BASTEI LÜBBE ROBERT HEINLEIN IM TASCHENBUCH-PROGRAMM:

14 159 Starship Troopers (Sternenkrieger)
23 163 Das geschenkte Leben
23 191 Von Stern zu Stern
23 210 Tunnel zu den Sternen
23 214 Der rote Planet
23 220 Weltraumkadetten
24 118 Das Buch Hiob
24 124 Die Katze, die durch Wände geht
24 163 Die Sternenbestie
24 176 Die Tür in den Sommer
24 183 Farnhams Oase
24 187 Segeln im Sonnenwind
24 191 Der Mond ist eine herbe Geliebte
24 214 Fremder in einer fremden Welt
24 220 Gestrandet im Sternenreich
24 275 Freitag

Robert A. Heinlein

METHUSALEMS KINDER

Vier Romane und siebzehn Erzählungen

Ins Deutsche übertragen von Rosemarie Hundertmarck

BASTEI LÜBBE

BASTEI LÜBBE TASCHENBUCH
Band 24 280

1. Auflage: November 2000

Vollständige Taschenbuchausgabe

Bastei Lübbe Taschenbücher
ist ein Imprint der
Verlagsgruppe Lübbe

Titel der amerikanischen Originalausgabe:
The Past Through Tomorrow – Future History Stories,
Complet in One Volume

Lektorat: Stefan Bauer
Titelillustration: Michael Whelan / Agentur Schlück
Umschlaggestaltung: QuadroGrafik, Bensberg
Satz: Fotosatz Steckstor, Rösrath
Druck und Verarbeitung: 52447
Société Nouvelle Firmin-Didot
Mesnil-sur-l'Estrée, Frankreich
Printed in France

ISBN 3-404-24280-7

Sie finden uns im Internet unter
http: / / www.luebbe.de

Der Preis dieses Bandes versteht sich einschließlich der gesetzlichen Mehrwertsteuer

INHALT

Einleitung
von Damon Knight

Man schreibt das Jahr 1967, und in Carmel, Kalifornien, pflegt ein pensionierter Admiral namens Robert A. Heinlein seinen Garten. 1929 Offizier geworden, zeichnete er sich im Zweiten Weltkrieg aus, lehrte ein paar Jahre lang Flugzeugbau und wurde dann Teilhaber in einer mit bescheidenem Erfolg arbeitenden Elektronikfirma. Abgesehen von seinen Nachbarn, seinen Geschäftsfreunden und seinen Kameraden von der Navy hat nie jemand etwas von ihm gehört.

Das ist eine glaubwürdige Geschichte, aber keine wahre. Was wirklich geschah, ist viel weniger wahrscheinlich: Sechs Jahre nach dem Abschluß der Naval Academy zog sich Heinlein, während er auf einem Zerstörer diente, Tuberkulose zu. Er verbrachte zwei Jahre im Bett und wurde dann im Alter von 27 Jahren pensioniert.

Wie der schwindsüchtige Robert Louis Stevenson, wie Mark Twain, dessen Karriere als Flußboot-Lotse durch den Krieg zerstört wurde, begann Heinlein beinahe zufällig zu schreiben, weil er das aktivere Leben, das er vorgezogen hätte, nicht mehr führen konnte. Abgeschnitten von der Navy und der Lebenslinie, die ihn in jenen Rosengarten in Carmel geführt hätte, studierte er Physik und Mathematik. Er wollte seinen alten Traum, Astronom zu werden, verwirklichen, aber wieder zwang ihn sein schlechter Gesundheitszustand zur Aufgabe. Ohne besonderen Erfolg versuchte er sich im Silberbergbau, in der Politik, im Immobiliengeschäft.

1939 geriet ihm die Ankündigung eines Amateur-Wettbewerbs für Kurzgeschichten in der Zeitschrift *Thrilling Wonder Stories* in die Hände. Der Preis betrug fünfzig Dollar, kein Vermögen, andererseits auch nicht zu verachten. Heinlein schrieb eine Geschichte, nannte sie ›Lebenslinie‹ und reichte sie ein, aber nicht dem Wettbewerbsredakteur, sondern John W. Campbell, dem Herausgeber von *Astounding Science Fiction.* Campbell kaufte sie, und die nächste, und die nächste. Heinleins Reaktion war: »Wie lange ist das so weitergegangen? Und warum hat es mir niemand gesagt?« Die Kriegsjahre ausgenommen, die er in der Naval Air Experimental Station in Philadelphia mit ›der notwendigen Langeweile des Flugzeugbaus‹ verbrachte, hat er nie wieder etwas anderes getan, um sich den Lebensunterhalt zu verdienen.

In der *Astounding-Ausgabe* vom Februar 1941, die zwei Heinlein-Geschichten brachte (eine unter dem Pseudonym Anson MacDonald) schrieb der Herausgeber:

Robert A. Heinlein kommt nächsten Monat mit der Titelgeschichte ›Imperiumslogik‹ wieder. Wie bei Heinlein üblich, ist sie ebenso gewissenhaft ausgearbeitet wie spannend und durchaus fähig, auf eigenen Füßen zu stehen. Aber in diesem Zusammenhang möchte ich auf etwas hinweisen, das die Astounding-*Leser vielleicht noch gar nicht bemerkt haben: Alle Science Fiction-Werke Heinleins spielen vor dem gemeinsamen Hintergrund einer angenommenen Zukunftsgeschichte der Welt und der Vereinigten Staaten. Mit jeder Story wird sie reicher an Einzelheiten. Heinlein hat Beschreibungen und graphische Darstellungen von Personen, Daten, wichtigen Entdeckungen usw. gemacht und bezieht sie in seine Erzählungen ein. Ich versuche, ihn zu überreden, daß er mir eine Fotokopie dieser Übersicht gibt. Sobald ich sie in Händen habe, werde ich sie veröffentlichen.*

Er veröffentlichte die Übersicht drei Monate später – die gleiche Tabelle, die mit einigen Änderungen und Ergänzungen in diesem Buch erscheint. Auch in diesem Heft war die Titelgeschichte ›Das Universum‹ von Heinlein.

›Future History‹ – ›Zukunftsgeschichte‹ – ist ein von Campbell, nicht von Heinlein geprägter Ausdruck, der den Autor manchmal ein bißchen in Verlegenheit gebracht hat. Diese miteinander verknüpfte Folge von Erzählungen gibt nicht vor, prophetisch zu sein. Es wird darin nicht die Geschichte *der* Zukunft, sondern *einer*

Zukunft geschildert – eine alternativ wahrscheinliche Welt (vielleicht dieselbe, in der der pensionierte Konteradmiral seine Rosen pflegt), die logisch in sich geschlossen, dramatisch und als Weiterentwicklung unserer eigenen Vergangenheit zu erkennen ist. Auch handelt es sich nicht um lineare Fortsetzungen. Heinleins Werke gleichen eher einer Pyramide, bei der die früheren eine solide Basis bilden, auf der die späteren ruhen.

Teils wegen dieses pyramidenartigen Aufbaus und teils wegen des umfangreichen Wissens, das der Autor besitzt – darüber gleich mehr –, finden sich Heinleins Leser in einer Welt wieder, die einwandfrei die unsere ist, nur ein paar Jahre oder Jahrzehnte in die Zukunft projiziert. Natürlich haben Veränderungen stattgefunden, aber es sind solche, bei denen man das Gefühl hat, sich ihnen ohne große Schwierigkeiten anpassen zu können. Die Menschen sind immer noch die gleichen: Sie lesen *Time,* machen sich Sorgen ums Geld, rauchen Luckies und streiten sich mit ihren Frauen.

Der ideale Science Fiction-Autor ist leicht zu definieren. Er muß ein talentierter und einfallsreicher Schriftsteller sein, ausgebildet in den Natur-, Sozial- und technischen Wissenschaften, mit gründlicher und vielseitiger Menschenkenntnis, und zwar nicht nur über Wissenschaftler und Ingenieure, sondern auch Sekretärinnen, Rechtsanwälte, Gewerkschaftsführer, Werbeleute, Journalisten, Politiker, Geschäftsleute. Das Problem ist, daß niemand, der seinen Verstand beisammen hat, die Zeit aufbringen würde, all dies Wissen zu erwerben, nur um Science Fiction schreiben zu können. Aber Heinlein besitzt es. Viel mehr von Heinleins Werk, als die meisten Leute sich klarmachen, stammt aus seiner eigenen Erfahrung. Wenn er etwas nicht selbst weiß, ist er zu gewissenhaft, um zu raten: Er geht hin und findet es heraus. Seine Geschichten sind voll von präzisen, richtigen Einzelheiten, das Ergebnis mühevoller Nachforschungen. Aber vieles hat er seinem eigenen Leben entnommen, darunter einige Dinge, die seine Glaubwürdigkeit arg strapazieren. Ein paar Beispiele mögen genügen:

Die eingehende Diskussion über die Schwierigkeiten von Kopplungen bei der Konstruktion von Haushaltsrobotern in *Tür in die Zukunft.* Heinlein ist Ingenieur und Fachmann für Kopplungen.

Die Leistungen, die die Helden aus dem ›Nova-Effekt‹ und der *Straße des Ruhms* im Nahkampf erbringen. Heinlein selbst ist ein ausgezeichneter Schütze und Schwertkämpfer und Experte im waffenlosen Kampf.

Die rothaarige und unwahrscheinlich vielseitig begabte Heldin aus *Weltraummollusken erobern die Erde* und anderen Heinlein-Geschichten. Heinleins rothaarige Frau Ginny ist Chemikerin, Biochemikerin, Flugtest-Ingenieurin und Experimentiergärtnerin; sie gehörte zu den Universitätsteams im Schwimmen, Turmspringen, Basketball und Hockey und hat nach dem Abschluß an der New York University als Eiskunstläuferin an Wettbewerben teilgenommen. Sie spricht bisher sieben Sprachen und lernt derzeit eine achte.

Die Langlebigkeit der ›Familien‹ in *Methusalems Kinder.* Fünf von Heinleins sechs Geschwistern leben noch, ebenso seine Mutter. Sie ist 87, ›zart, aber sehr lebendig und geistig aktiv‹. Sicher wird sie noch oft Geburtstag feiern.

Sogar die unwahrscheinlich talentierten Familien, die in den *Tramps von Luna* und anderswo auftreten, sind keine freie Erfindung: Heinlein selbst spielte Schach, bevor er lesen konnte. Von seinen drei Brüdern ist einer Professor für Elektrotechnik, einer Professor für politische Wissenschaften, und der dritte ist ein pensionierter Generalmajor, der ›von der Pike auf‹ gedient hat – das heißt, er stieg vom einfachen Soldaten durch sämtliche Ränge auf, ohne auch nur eine College-Ausbildung zu haben.

Wie Mark Twain stammt Heinlein aus Missouri. Das zeigt sich in seinem Skeptizismus, seinem gut entwickelten Sinn für menschliche Absurdität und gelegentlich in einer Redewendung – einer Vorliebe für breit ausgeschmückte Untertreibungen. Als Missourier bewundert er Kompetenz jeder Art und die Männer, die etwas zuwege bringen, auch wenn sie (oder vielleicht besonders wenn sie) dabei ein paar Gesetze übertreten. (Heinlein: »Ich stand gut in der Naval Academy und hätte noch viel besser gestanden, wäre da nicht meine Neigung gewesen, ›Schwarze N‹ – das sind grobe Verstöße gegen die militärische Disziplin – zu sammeln.«) Anders als die meisten modernen Romanschreiber hat er keine Geduld mit den Unwissenden und Unfähigen. Diejenigen, die am meisten zur Welt beitragen, meint Heinlein, sind auch diejenigen, die den größten Spaß haben. Diejenigen, die nichts beitragen, sind Gegenstand des Mitleids, und Mitleid mit solchen, die sich selbst bemitleiden, steht nicht sehr weit oben auf Heinleins Liste von Tugenden.

Diese Härte ist etwas ganz anderes als der Zynismus, den man bei manchen Schriftstellern findet. Heinlein ist Moralist bis ins Mark. Er glaubt fest an Mut, Ehre, Selbstbeherrschung, Selbstaufopferung aus Liebe oder aus Pflicht. Vor allem ist er Befürworter der individuellen Gedanken- und Handlungsfreiheit. »Wenn eine Regierung oder auch eine Kirche zu ihren Leuten sagt: ›Dies darfst du nicht lesen, dies darfst du nicht sehen, dies ist dir verboten zu wissen‹, ist das Endergebnis Tyrannei und Unterdrückung, ganz gleich, wie heilig die Motive sind. Sehr wenig Kraft ist notwendig, einen Menschen zu kontrollieren, dessen Geist Scheuklappen angelegt worden sind. Umgekehrt kann keine Macht der Welt einen freien Menschen kontrollieren, einen Menschen, dessen Geist frei ist. Nicht die Folter, nicht die Atombombe oder sonst etwas – man kann einen freien Menschen nicht besiegen, man kann ihn höchstens töten.«

Der Autor selbst hat oft abgestritten, die Geschichten in diesem Buch seien Prophezeiungen. Aber es steht fest, daß einige der Dinge, die Heinlein sich ausgemalt hat, bereits Wahrheit geworden sind – nicht buchstäblich, sondern symbolisch. ›Die Straßen müssen rollen‹ sagt das Wuchern der Städte voraus und nimmt Jimmy Hoffas Drohung eines landesweiten Transportarbeiterstreiks vorweg. Die Zeitungsschlagzeilen in *Methusalems Kinder* klingen heute weniger phantastisch als 1941.

›Katastrophen kommen vor‹, fünf Jahre vor der Bombe geschrieben und veröffentlicht, basiert auf einer Reihe von scharfsinnigen Mutmaßungen, die sich als falsch herausstellten. Das spezifische Dilemma dieser Story wurde niemals Wirklichkeit. Trotzdem spiegelt sie das reale, beängstigende Dilemma der Atomkraft, mit der wir seit 1945 leben.

Einige dieser Erzählungen dienen hauptsächlich der Unterhaltung, aber zumindest eine ist ein echtes Kunstwerk: ›Der Mann, der den Mond verkaufte‹. Täuschend leicht und einfach geschrieben, funktioniert sie brillant auf einem halben Dutzend Ebenen gleichzeitig. Sie ist ein Bericht über die Eroberung des Mondes durch den Menschen, ein tiefschürfender Essay über den Raubritter-Kapitalismus und ein zu Herzen gehendes, völlig überzeugendes und menschliches Porträt eines außergewöhnlichen Mannes.

Was die sich noch entfaltende Zukunft betrifft, gibt es hier Wegweiser und Warnungen. Heinlein mahnt uns ständig, daß Geschichte nicht tot und in Lehrbüchern einbalsamiert ist, sondern ein fortlaufender Prozeß. Das Kernproblem ist die Kontrolle des Menschen über seine eigenen Erfindungen – nicht nur die kleineren wie die Armbrust und die Atombombe, sondern die großen: Sprache, Kultur und Technologie. Wir sind, alles in allem betrachtet, eine zähe und einfallsreiche Rasse; unsere Nachkommen werden noch zäher und einfallsreicher sein müssen.

Die Chancen stehen gegen sie. Die Sterne sind weit, das Leben ist kurz, und die Spielbank kassiert immer ihren Prozentsatz. Aber der Mensch selbst ist so unwahrscheinlich, daß, wenn er nicht existierte, die Möglichkeit seiner Existenz eine Diskussion nicht wert wäre. Heinlein setzt sein Geld auf den Menschen, und ich habe so eine Ahnung, daß das nächste Jahrhundert beweisen wird, wie recht er damit hat.

The Anchorage
Milford, Penusylvania
(1977)

Mit lautem Hämmern verlangte der Vorsitzende Ruhe. Selbsternannte Ordner brachten ein paar hitzköpfige Individuen dazu, sich hinzusetzen, und allmählich erstarben die Buh-Rufe und Pfiffe. Der Redner auf dem Podium neben dem Vorsitzenden schien sich des Tumults nicht bewußt zu sein. Sein kühles Gesicht mit dem leichten Anflug von Unverschämtheit blieb gelassen. Der Vorsitzende wandte sich dem Redner zu und sprach ihn mit einer Stimme an, in der Zorn und Verärgerung kaum noch maskiert wurden.

»Doktor Pinero ...« – der ›Doktor‹ wurde leicht betont – »ich muß mich bei bei Ihnen für die ungehörigen Gefühlsausbrüche während Ihrer Ausführungen entschuldigen. Es überrascht mich, daß meine Kollegen ihre Würde als Wissenschaftler vergessen, um einen Redner zu unterbrechen, ganz gleich ...« – er kniff kurz die Lippen zusammen – »wie groß die Provokation gewesen sein mag.« Pinero lächelte ihm ins Gesicht, und das Lächeln war in gewisser Beziehung eine unverblümte Beleidigung. Dem Vorsitzenden war anzumerken, daß er sein Temperament zügelte. Dann erklärte er: »Ich lege großen Wert darauf, daß das Programm ordnungsgemäß zu Ende geführt wird. Bitte, fahren Sie fort! Ich muß Sie jedoch bitten, keine weiteren Theorien vorzutragen, die jeder Gebildete sofort als irrig erkennt und die somit einen Affront gegen unsere Intelligenz darstellen. Bitte, beschränken Sie sich auf Ihre Entdeckung – falls Sie eine gemacht haben.«

Pinero spreizte seine fetten weißen Hände, die Handflächen nach unten. »Wie kann ich Ihnen eine neue Idee vermitteln, wenn ich nicht zuvor mit Ihren falschen Vorstellungen aufräume?«

Die Zuhörer rückten auf ihren Plätzen herum und murrten. Jemand rief aus dem Hintergrund des Saals: »Werft den Scharlatan hinaus! Wir haben genug von ihm!« Der Vorsitzende klopfte mit seinem Hammer.

»Meine Herren! Bitte!« Dann zu Pinero: »Muß ich Sie erinnern, daß Sie nicht Mitglied dieses Gremiums sind und daß wir Sie nicht eingeladen haben?«

Pinero hob die Augenbrauen. »So? Mir ist, als erinnerte ich mich an eine Einladung auf einem Bogen mit dem Kopf der Akademie.«

Der Vorsitzende kaute auf seiner Unterlippe, bevor er antwortete. »Es stimmt, ich habe diese Einladung selbst geschrieben. Aber es geschah auf Verlangen eines der Treuhänder – der ein edler Mann mit viel Bürgersinn, aber kein Wissenschaftler und kein Mitglied der Akademie ist.«

Pinero zeigte sein aufreizendes Lächeln. »So? Das hätte ich mir denken können. Nicht wahr, es war der alte Bidwell von der Amalgamated Lebensversicherung? Und er wollte, daß seine dressierten Seehunde mich als Betrüger entlarven, ja? Denn wenn ich einem Menschen den Tag seines Todes vorhersagen kann, wird ihm niemand mehr seine hübschen Policen abkaufen. Aber wie wollen Sie mich entlarven, wenn Sie mir nicht zuerst einmal zuhören – immer vorausgesetzt, daß Sie intelligent genug sind, um mich zu verstehen? Pah! Er hat Schakale ausgeschickt, einen Löwen zu reißen.« Demonstrativ kehrte er den Zuhörern den Rücken. Das Murren der Menge schwoll an und bekam einen bösartigen Unterton. Vergebens rief der Vorsitzende um Ruhe. In der vordersten Reihe stand jemand auf.

»Herr Vorsitzender!«

Der Vorsitzende ergriff die Gelegenheit und rief: »Gentlemen! Doktor van Rhein-Smitt hat das Wort.« Der Aufruhr erstarb.

Van Rhein-Smitt räusperte sich, glättete die Stirnlocke seines wunderschönen weißen Haars und schob eine Hand in die Seitentasche seiner eleganten Hose. Er nahm seine Frauenclub-Positur ein.

»Herr Vorsitzender, meine Herren Kollegen von der Akademie und der Wissenschaft, üben wir Toleranz. Sogar ein Mörder hat das Recht, zu sagen, was er sagen will, bevor der Staat seinen Tribut fordert. Sollen wir weniger tun? Auch dann, wenn der Intellekt sich des Urteilsspruchs bereits sicher ist? Ich gewähre Dr. Pinero die ganze Rücksichtnahme, die dieses erhabene Gremium jedem ihm nicht zugehörigen Kollegen erweisen würde, obwohl uns ...« – er verbeugte sich leicht in Pineros Richtung – »die Universität, die ihm seinen Grad verliehen hat, nicht bekannt ist. Wenn das, was er zu sagen hat, falsch ist, kann es uns nicht schaden. Wenn das, was er zu sagen hat, wahr ist, sollten wir es erfahren.« Seine wohllautende, kultivierte Stimme tönte beruhigend und beschwichtigend weiter. »Wenn die Manieren des ausgezeichneten Gelehrten für unseren Geschmack ein bißchen ungehobelt erscheinen, müssen wir daran denken, daß der Doktor von einem Ort oder aus einer Schicht stammen mag, die es mit solchen Kleinigkeiten nicht so peinlich genau nimmt. Nun hat uns unser guter Freund und Wohltäter gebeten, diesen Mann anzuhören und den Gehalt seiner Behauptungen sorgfältig abzuwägen. Lassen Sie uns das mit Würde und Anstand tun!«

Unter trommelndem Applaus nahm er Platz, sich zu seinem Vergnügen bewußt, daß er seinen Ruf als intellektueller Führer bekräftigt hatte. Morgen würden die Zeitungen wieder den gesunden Menschenverstand und die überzeugende Persönlichkeit von ›Amerikas schönstem Universitätspräsidenten‹ erwähnen. Wer weiß? Vielleicht rückte der alte Bidwell mit dieser Stiftung für den Swimming-pool heraus.

Als der Applaus verstummt war, wandte sich der Vorsitzende der Stelle zu, wo das Zentrum der Störungen saß, die Hände über dem runden Bäuchlein gefaltet, das Gesicht voll heiterer Gelassenheit.

»Wollen Sie fortfahren, Dr. Pinero?«

»Warum sollte ich?«

Der Vorsitzende zuckte die Achseln. »Zu diesem Zweck sind Sie hergekommen.«

Pinero stand auf. »Wie wahr. Wie durch und durch wahr. Aber war es klug, daß ich gekommen bin? Ist hier ein einziger so aufgeschlossen, daß er einer nackten Tatsache ins Gesicht sehen kann, ohne zu erröten? Ich glaube nicht. Selbst dieser so schöne Herr, der Sie gebeten hat, mich zu Ende anzuhören, hat mich bereits verurteilt und verdammt. Er strebt nach Ordnung, nicht nach Wahrheit. Angenommen, die Wahrheit widersetzt sich der Ordnung, wird er sie akzeptieren? Werden Sie sie akzeptieren? Ich glaube nicht. Immerhin, wenn ich nicht weiterspreche, gewinnen Sie den Kampf durch mein Nichtantreten. Der Kleine Mann auf der Straße wird meinen, Sie kleine Männer hätten mich, Pinero, als einen Schwindler, einen Betrüger entlarvt. Das paßt mir nicht in meine Pläne. Ich werde sprechen.

Ich wiederhole, was ich über meine Entdeckung gesagt habe. Einfach ausgedrückt: Ich habe eine Technik erfunden, mit der ich vorhersagen kann, wie lange ein Mensch leben wird. Ich kann Ihnen den Todesengel ankündigen. Ich kann Ihnen mitteilen, wann das Schwarze Kamel vor Ihrer Tür knien wird. Mit meinem Apparat kann ich Ihnen in fünf Minuten sagen, wie viele Sandkörner in Ihrem Stundenglas noch übrig sind.« Er hielt inne und kreuzte die Arme über der Brust. Einen Augenblick lang sprach niemand. Die Zuhörer wurden unruhig. Schließlich griff der Vorsitzende ein.

»Sie sind doch noch nicht fertig, Dr. Pinero?«

»Was gibt es mehr zu sagen?«

»Sie haben uns nicht mitgeteilt, wie Ihre Erfindung funktioniert.«

Pinero hob die Augenbrauen. »Sie schlagen mir vor, ich solle die Früchte meiner Arbeit Kindern zum Spielen geben. Dies ist ein gefährliches Wissen, mein Freund. Ich behalte es für den Mann, der es versteht – mich selbst.« Er klopfte sich an die Brust.

»Woher sollen wir wissen, ob irgend etwas hinter Ihren wilden Behauptungen steckt?«

»Ganz einfach. Sie schicken mir ein Komitee, vor dem ich eine Demonstration veranstalte. Klappt es, fein, dann geben Sie es zu und informieren die Welt darüber. Klappt es nicht, bin ich blamiert und werde mich entschuldigen. Ja, ich, Pinero, werde mich entschuldigen.«

Ein schlanker Mann mit hängenden Schultern stand hinten im Saal auf. Der Vorsitzende erteilte ihm das Wort, und er fragte:

»Herr Vorsitzender, wie kann uns der ehrenwerte Gelehrte im Ernst so etwas zumuten? Erwartet er, daß wir zwanzig oder dreißig Jahre warten, bis jemand stirbt und seine Behauptung beweist?«

Pinero ignorierte den Vorsitzenden und antwortete direkt:

»Pfui! Solch ein Unsinn! Verstehen Sie nicht genug von der Statistik, um zu wissen, daß aus jeder großen Gruppe mindestens einer in unmittelbarer Zukunft sterben wird? Ich mache Ihnen einen Vorschlag. Lassen Sie mich jeden einzelnen in diesem Raum testen, und ich nenne Ihnen den Mann, der innerhalb von vierzehn Tagen sterben wird, jawohl, mit Tag und Stunde seines Todes.« Er warf grimmige Blicke um sich. »Nehmen Sie an?«

Ein weiterer Zuhörer erhob sich, ein wohlbeleibter Mann, der in abgemessenen Silben sprach. »Ich für meine Person kann ein solches Experiment nicht befürworten. Als Mediziner habe ich mit Sorge die Zeichen ernsthafter Herzbeschwerden bei vielen unserer älteren Kollegen festgestellt. Wenn Dr. Pinero die Symptome kennt, was ja möglich ist, und einen von ihnen als sein Opfer auswählte, würde der so ausgewählte Mann wahrscheinlich innerhalb der festgesetzten Frist sterben, ob nun die mechanische Eieruhr des ehrenwerten Redners funktioniert oder nicht.«

Sofort kam ihm ein anderer Sprecher zu Hilfe. »Dr. Shepard hat recht. Warum sollen wir Zeit auf Voodoo-Tricks verschwenden? Meiner Meinung nach möchte dieser Mensch, der sich *Dok*tor Pinero nennt, unsere Gesellschaft dazu benutzen, seinen Erklärungen Autorität zu verleihen. Wenn wir bei dieser Farce mitmachen, spielen wir ihm in die Hände. Ich weiß nicht, welchen Betrug er vorhat, aber Sie können darauf wetten, er hat sich einen Weg ausgedacht, uns als Reklame für seine Pläne einzusetzen. Ich beantrage, Herr Vorsitzender, daß wir mit unseren regulären Tagesordnungspunkten fortfahren.«

Der Antrag wurde durch Akklamation unterstützt, aber Pinero setzte sich nicht. Unter den Rufen: »Ruhe! Ruhe!« schüttelte er seinen unordentlichen Kopf gegen die Zuhörer und erklärte:

»Barbaren! Dummköpfe! Tölpel! Vom Anbeginn der Zeit haben Leute wie Sie die Anerkennung jeder großen Entdeckung hintertrieben. Eine so ignorante Canaille genügt, Galileo in seinem Grab rotieren zu lassen. Der fette Idiot da, der mit seinen Elchzahnanhängern spielt, nennt sich einen Mediziner. Hexendoktor wäre ein besserer Ausdruck! Der kahlköpfige Knirps dort – ja, Sie! Sie fühlen sich als Philosoph und faseln über Leben und Zeit in Ihren sauber angegrenzten Kategorien. Was wissen Sie von dem einen oder dem anderen? Wie können Sie je etwas darüber lernen, wenn Sie die Chance verschmähen, die Wahrheit zu prüfen? Pah!« Er spuckte auf die Bühne. »Sie nennen das hier eine Akademie der Wissenschaften. Ich nenne es eine Zusammenkunft von Leichenbestattern, die nur daran interessiert sind, die Ideen ihrer lebensprühenden Vorgänger einzubalsamieren.«

Er hielt inne, um Atem zu schöpfen, und wurde auf beiden Seiten von zwei Mitgliedern des Podium-Komitees gepackt, die ihn durch die Seitenkulissen hinausschafften. Mehrere Reporter erhoben sich hastig vom Pressetisch und folgten ihm. Der Vorsitzende erklärte die Sitzung für vertagt.

Die Zeitungsleute holten Pinero an der Bühnentür ein. Er ging mit leichten, federnden Schritten und pfiff sich ein Liedchen. Da war keine Spur von der Kampflust, die er eben noch gezeigt hatte. Sie umringten ihn. »Wie wäre es mit einem Interview, Doc?« – »Was halten Sie von dem modernen Bildungswesen?« – »Sie haben es denen aber gegeben! Was sind Ihre Ansichten über Leben und Tod?« – »Nehmen Sie den Hut ab, Doc, und passen Sie auf, wenn hier das Vögelchen rauskommt.«

Er grinste ihnen allen zu. »Einer nach dem anderen, Jungens, und nicht so schnell. Ich bin einmal selbst Zeitungsmann gewesen. Kommt doch mit in meine Wohnung; dort können wir darüber reden.«

Ein paar Minuten später versuchten sie, Sitzplätze in Pineros unordentlichem Wohnschlafzimmer zu finden, und zündeten sich seine Zigarren an. Pinero blickte ringsum und strahlte. »Was darf es sein, Jungens? Scotch oder Bourbon?« Als das besorgt war, kam er zur Sache. »Und jetzt, Jungens, was wollt ihr wissen?«

»Sagen Sie ehrlich, Doc: Haben Sie etwas, oder haben Sie nichts?«

»Und ob ich etwas habe, meine jungen Freunde!«

»Dann erzählen Sie uns, wie es funktioniert. Der Quatsch, den Sie den Professoren aufgetischt haben, zieht bei uns nicht.«

»Bitte, meine lieben Freunde. Es ist meine Erfindung. Ich erwarte, damit Geld zu verdienen. Verlangt ihr von mir, daß ich sie dem ersten schenke, der danach fragt?«

»Hören Sie, Doc, Sie müssen uns etwas geben, wenn Sie in den Morgenzeitungen erwähnt werden wollen. Was benutzen Sie? Eine Kristallkugel?«

»Nein, nicht ganz. Möchtet ihr meinen Apparat gern sehen?«

»Klar. Langsam kommen wir irgendwohin.«

Er führte sie in einen Nebenraum und wedelte mit der Hand. »Da ist er, Jungens.« Das große Gerät, auf das ihre Blicke fielen, erinnerte schwach an einen Röntgenapparat in einer Arztpraxis. Abgesehen von der offensichtlichen Tatsache, daß es elektrischen Strom brauchte und daß einige der Skalen in bekannten Maßeinheiten eingeteilt waren, gab eine flüchtige Betrachtung keinen Hinweis auf seinen eigentlichen Verwendungszweck.

»Was ist das für ein Prinzip, Doc?«

Pinero schürzte die Lippen und überlegte. »Zweifellos kennt ihr alle die Binsenwahrheit, das Leben sei elektrischer Natur? Nun, diese Binsenwahrheit ist keinen Pfifferling wert, aber sie hilft mir, euch einen Begriff von dem Prinzip zu geben. Ihr habt außerdem gelernt, die Zeit sei eine vierte Dimension. Vielleicht glaubt ihr das, vielleicht auch nicht. Es ist so oft gesagt worden, daß es aufgehört hat, irgendwelche Bedeutung zu haben. Es ist nichts als ein Klischee, das Schaumschläger benutzen, um Narren zu beeindrucken. Aber ich möchte, daß ihr jetzt versucht, es euch vorzustellen und zu fühlen.«

Er trat vor einen der Reporter. »Nehmen wir als Beispiel einmal Sie. Ihr Name ist Rogers, nicht wahr? Nun, Rogers, Sie sind ein Raum-Zeit-Ereignis, das auf vier Arten Dauer hat. Sie sind nicht ganz sechs Fuß groß, Sie sind etwa zwanzig Zoll breit und vielleicht zehn Zoll dick. In der Zeit erstreckt sich mehr von diesem Raum-Zeit-Ereignis zurück bis schätzungsweise 1916, und davon sehen wir hier einen Querschnitt im rechten Winkel zur Zeitachse und so dick wie die Gegenwart. Am hinteren Ende ist ein Baby, das nach saurer Milch riecht und sein Frühstück auf sein Lätzchen sabbert. Am anderen Ende, vielleicht irgendwo in den Achtzigerjahren, ist ein alter Mann. Stellen Sie sich dieses Raum-Zeit-Ereignis, das wir Rogers nennen, als einen langen rosa Wurm vor, der sich durch die Jahre zieht, das eine Ende im Mutterleib, das andere Ende im Grab. Es geht weiter als nur bis zu uns hier und zu dem Querschnitt, den wir als Einzelkörper sehen. Der Einzelkörper ist eine Illusion. Der rosa Wurm hat eine physische Kontinuität durch die Jahre. Tatsächlich gilt diese physische Kontinuität für die ganze Rasse, denn diese rosa Würmer zweigen von anderen rosa Würmern ab. So gesehen, ist die Rasse wie eine Schlingpflanze, deren Zweige sich verflechten und neue Triebe aussenden. Nur indem wir Querschnitte durch die Schlingpflanze machen, kommen wir zu der irrtümlichen Annahme, die kleinen Triebe seien Individuen.«

Er machte eine Pause und sah von einem Gesicht zum anderen. Einer der Reporter, ein halsstarriger, abgebrühter Typ, bemerkte:

»Das ist ja alles schön und gut, Pinero, aber wohin bringt Sie das?«

Pinero bedachte ihn mit einem Lächeln ohne Groll. »Geduld, mein Freund! Ich habe Sie gebeten, sich das Leben als ein elektrisches Phänomen vorzustellen. Jetzt denken Sie sich unseren langen rosa Wurm als Leiter der Elektrizität. Sie haben vielleicht davon gehört, daß Elektroingenieure die genaue Lage einer Bruchstelle in einem transatlantischen Kabel feststellen können, ohne die Küste zu verlassen. Ich tue dasselbe mit unseren rosa Würmern. Indem ich meine Instrumente an den Querschnitt hier in diesem Raum lege, kann ich sagen, wo der Bruch stattfindet, das heißt, wann der Tod eintritt. Wenn Sie möchten, kann ich die Richtung auch umkehren und Ihnen das Datum Ihrer Geburt nennen. Aber das ist uninteressant; Sie kennen es bereits.«

Das hartnäckige Individuum höhnte: »Jetzt habe ich Sie, Doc. Wenn es stimmt, daß die Rasse sozusagen ein Schlinggewächs aus rosa Würmern darstellt, wie Sie sagten, können Sie Geburtstage nicht erkennen, weil das Individuum über die Geburt hinaus mit der Rasse verbunden ist. Ihr elektrischer Leiter reicht durch die Mutter bis zu den entferntesten Vorfahren eines Menschen zurück.«

Pinero strahlte. »Eine richtige und sehr kluge Bemerkung, mein Freund. Aber Sie haben die Analogie zu weit getrieben. Es wird nicht auf genau dieselbe Art gemacht, wie man die Länge eines elektrischen Leiters mißt. In mancher Beziehung ist es eher so, als messe man einen langen Korridor, indem man vom hinteren Ende ein Echo zurückschallen läßt. Bei der Geburt erfährt der Korridor so etwas wie eine Krümmung, und durch geeignete Kalibrierungen kann ich das von dieser Krümmung zurückgeworfene Echo entdecken. Es gibt nur einen Fall, in dem ich kein eindeutiges Ergebnis erhalte: Wenn eine Frau ein Kind erwartet, kann ich ihre Lebenslinie nicht von der des ungeborenen Kindes trennen.«

»Beweisen Sie es uns!«

»Gern, mein lieber Freund. Möchten Sie die Testperson sein?«

Einer der anderen rief dazwischen: »Du hast es herausgefordert, Luke. Mach jetzt mit, oder halt den Mund!«

»Ich bin einverstanden. Was soll ich tun?«

»Zuerst schreiben Sie Ihr Geburtsdatum auf ein Blatt Papier und geben es einem Ihrer Kollegen.«

Luke tat es. »Und nun?«

»Legen Sie Ihre Oberbekleidung ab, und treten Sie auf diese Waage. Sagen Sie mir, waren Sie jemals viel dünner oder viel dicker als heute? Nein? Was haben Sie bei Ihrer Geburt gewogen? Zehn Pfund? Ein strammer Junge! So groß sind die Babies heutzutage nicht mehr.«

»Was soll all dieser Unsinn?«

»Ich versuche, den durchschnittlichen Querschnitt Ihres langen rosa Stromleiters zu schätzen, mein lieber Luke. Setzen Sie sich hierhin! Nehmen Sie diese Elektrode in den Mund! Nein, es wird Ihnen nicht schaden, die Spannung ist ganz niedrig, weniger als ein Mikrovolt, aber ich muß eine gute Verbindung haben.« Der Doktor verließ ihn und ging hinter den Apparat, wo er eine Haube auf seinen Kopf niedersenkte und die Kontrollen berührte. Bald erwachten einige der sichtbaren Skalen zum Leben. Die Maschine gab ein leises Summen von sich. Das hörte auf, und der Doktor schoß aus seinem Versteck hervor.

»Ich bekomme einen Tag im Februar 1912. Wer hat das Blatt mit dem Datum?«

Es wurde hervorgeholt und entfaltet. Sein Hüter las: »22. Februar 1912.«

Die Stille, die dem folgte, wurde durch eine Stimme vom Rand der kleinen Gruppe gebrochen. »Doc, kann ich noch etwas zu trinken haben?«

Die Spannung ließ nach; mehrere sprachen gleichzeitig. »Versuchen Sie es bei mir, Doc!« – »Bei mir zuerst, Doc, ich bin Waise und wollte es schon immer wissen.« – »Wie ist es, Doc, können Sie uns nicht allen ein bißchen was prophezeien?«

Lächelnd erfüllte er diesen Wunsch, verschwand unter der Haube und tauchte wieder hervor wie ein Wiesel aus seinem Loch. Als jeder zwei Papierstreifen besaß, die die Fertigkeit des Doktors bewiesen, herrschte von neuem lange Zeit Schweigen. Dann meinte Luke:

»Wollen Sie uns nun auch zeigen, wie Sie den Tod vorhersagen, Pinero?«

»Wenn Sie es wünschen. Wer meldet sich freiwillig?«

Niemand antwortete. Luke wurde nach vorn geschubst. »Mach schon, Schlaukopf! Du hast es ja wissen wollen.« Luke ließ es zu, daß man ihn auf den Stuhl setzte. Pinero änderte ein paar Einstellungen und verkroch sich unter die Haube. Als das Summen aufhörte, kam er heraus und rieb sich vergnügt die Hände.

»Nun, mehr gibt es nicht zu sehen, Jungens. Habt ihr genug für eine Story?«

»He, was ist mit der Vorhersage? Wann wird der Schlußpunkt für Luke gesetzt?«

Luke sah ihn an. »Ja, was ist damit? Wie lautet Ihre Antwort?«

Pinero verzog schmerzlich das Gesicht. »Gentlemen, ich wundere mich über Sie. Ich gebe diese Information gegen eine Gebühr. Außerdem ist sie vertraulich. Von mir erfährt sie nie jemand anders als der Klient, der mich konsultiert.«

»Mir macht das nichts. Los, sagen Sie es ihnen!«

»Ich bedauere außerordentlich. Ich muß mich weigern. Ich habe mich nur einverstanden erklärt, Ihnen zu zeigen, wie es geht, nicht, Ihnen die Resultate zu nennen.«

Luke trat seinen Zigarettenstummel auf dem Fußboden aus. »Es ist nichts als Schwindel, Jungens. Wahrscheinlich hat er das Alter von jedem Reporter der Stadt nachgeschlagen, um uns einseifen zu können. Darauf fallen wir nicht herein, Pinero.«

Pinero betrachtete ihn traurig. »Sind Sie verheiratet, mein Freund?«

»Nein.«

»Gibt es Menschen, die von Ihnen abhängig sind? Irgendwelche nahen Verwandten?«

»Nein. Warum? Wollen Sie mich adoptieren?«

Pinero schüttelte den Kopf. »Es tut mir sehr leid für Sie, mein lieber Luke. Sie werden noch vor morgen sterben.«

›WISSENSCHAFTLERTREFFEN ENDET MIT AUFSTAND‹
›SEHER BEZEICHNET WISSENSCHAFTLER ALS EINFALTSPINSEL‹
›DER TOD STICHT DIE KONTROLLUHR‹
›REPORTER STIRBT, WIE VON DOC VORHERGESAGT‹
››SCHWINDEL‹ BESIEGT WISSENSCHAFT‹

». . . innerhalb von zwanzig Minuten nach Pineros seltsamer Prophezeiung wurde Timons von einem fallenden Schild erschlagen, als er den Broadway hinunter zur Redaktion des *Daily Herald* ging, wo er beschäftigt war.

Dr. Pinero lehnt einen Kommentar ab, bestätigt aber, er habe Timons seinen Tod mittels seines sogenannten Chronovitameters vorhergesagt. Polizeichef Roy . . .«

Macht Ihnen die ZUKUNFT Sorgen?
Verschwenden Sie kein Geld an Wahrsager!
Konsultieren Sie Dr. Hugo Pinero, Bio-Berater.
Unfehlbare wissenschaftliche Methoden helfen Ihnen, Ihre Zukunft zu planen.
Kein Hokuspokus
Keine ›Geister‹ Botschaften
$ 10000
als Bürgschaft für unsere Vorhersagen hinterlegt
Prospekt auf Anforderung
SAND DER ZEIT, INC.
Majestic Building, Suite 700
(Anzeige)

ERKLÄRUNG

Ich, John Cabot Winthrop III., von der Kanzlei Winthrop, Winthrop, Ditmars & Winthrop, Rechtsanwälte, bestätige hiermit, daß Hugo Pinero, hier ansässig, mir zehntausend Dollar in gültiger Währung der Vereinigten Staaten übergeben und mich beauftragt hat, diese Summe bei einer Bank meiner Wahl unter folgenden Bedingungen zu hinterlegen:

Die gesamte Summe soll dem ersten Klienten ausgezahlt werden und in sein Eigentum übergehen, der seine von Hugo Pinero und/oder Sand der Zeit, Inc. vorhergesagte Lebensspanne um ein Prozent überzieht, beziehungsweise dem Nachlaß des ersten Klienten zugeschlagen werden, der das vorhergesagte Datum ebenfalls um ein Prozent nicht erreicht, je nachdem, welches Ereignis als erstes stattfindet.

Ich bestätige ferner, daß ich diese Summe am heutigen Tag bei der First National Bank dieser Stadt mit den erwähnten Anweisungen hinterlegt habe.

Unterschrieben und beschworen:
John Cabot Winthrop III.

An diesem 2. Tag des April 1951
vor mir unterschrieben und beschworen.
Albert M. Swanson
öffentlicher Notar für diese
County und diesen Staat
Meine Zulassung gilt bis 17. Juni 1951.

»Guten Abend, Mr. und Mrs. Radiohörer, was gibt es Neues? Hugo Pinero, der Wundermann aus Nirgendwo, hat seine tausendste Todesvorhersage gemacht, ohne daß jemand auf die für den Fall eines Irrtums hinterlegte Summe hat Anspruch erheben können. Da dreizehn seiner Klienten bereits tot sind, besteht eine mathematische Sicherheit, daß er eine private Leitung zu dem alten Mann mit der Sense hat. Ich möchte das ja gar nicht wissen, bevor es geschieht. Ihr ›Korrespondent von Küste zu Küste‹ wird nie Klient von Prophet Pinero werden . . .«

Der wässerige Bariton des Richters durchschnitt die muffige Luft des Gerichtssaals. »Bitte, Mr. Weems, kommen wir zum Thema zurück. Dieses Gericht hat Ihrem Antrag auf eine einstweilige Verfügung stattgegeben, und jetzt wollen Sie, daß sie in ein dauerhaftes Verbot umgewandelt werde. Mr. Pinero macht dagegen geltend, Sie hätten keinen Anlaß gehabt, und beantragt, daß die einstweilige Verfügung aufgehoben werde und ich Ihrem Mandanten weitere Versuche untersage, sich in das einzumischen, was Pinero als einen legalen Geschäftsbetrieb beschreibt. Da Sie sich nicht an eine Jury wenden, wollen Sie bitte die Rhetorik weglassen und mir in einfachen Worten mitteilen, warum ich seinem Antrag nicht stattgeben soll.«

Mr. Weems ruckte nervös mit seinem Kinn, so daß seine wabbelige graue Wamme sich über seinen hohen steifen Kragen schob, und setzte von neuem an:

»Wenn es dem ehrenwerten Gericht genehm ist, ich vertrete die Öffentlichkeit ...«

»Einen Augenblick. Ich dachte, Sie seien für die Amalgamated Lebensversicherung erschienen.«

»Das bin ich, Euer Ehren, im formalen Sinn. Im weiteren Sinn vertrete ich auch verschiedene andere große Versicherungen, Treuhandgesellschaften und finanzielle Institutionen, ihre Aktionäre und Policeninhaber, die eine Mehrheit der Bürgerschaft bilden. Außerdem sind wir der Meinung, daß wir die Interessen der gesamten Bevölkerung wahrnehmen, die ohne Organisation, ohne Stimme und deswegen ohne Schutz ist.«

»Ich habe geglaubt, daß ich die Öffentlichkeit vertrete«, bemerkte der Richter trocken. »Tut mir leid, ich kann Sie nur als Vertreter Ihrer in den Akten genannten Mandantin anerkennen. Aber fahren Sie fort! Wie lautet Ihr Postulat?«

Der ältere Rechtsanwalt versuchte, seinen Adamsapfel zu verschlucken, und begann von neuem. »Euer Ehren, wir behaupten, daß es zwei voneinander getrennte Gründe dafür gibt, warum diese einstweilige Verfügung zu einem dauerhaften Verbot gemacht werden sollte, und daß jeder dieser beiden Gründe allein genügen würde. Erstens praktiziert dieser Mann Wahrsagerei, eine Beschäftigung, die das geschriebene wie das überlieferte Recht verbietet. Er ist nichts als ein vagabundierender Scharlatan, der sich die Leichtgläubigkeit der Leute zunutze macht. Schlauer als der gewöhnliche

Zigeuner, der aus der Hand liest, der Astrologe oder Tischrücker, ist er um so gefährlicher. Er behauptet fälschlich, moderne wissenschaftliche Methoden anzuwenden, um seiner Thaumaturgie eine unechte Würde zu verleihen. Wir haben hier im Gerichtssaal führende Mitglieder der Akademie der Wissenschaften, die als Sachverständige die Absurdität seiner Ansprüche bezeugen können.

Zweitens, auch einmal angenommen, die Ansprüche dieses Mannes bestünden zu Recht ...« – Mr. Weems gestattete sich ein schmallippiges Lächeln – »behaupten wir, daß seine Tätigkeit dem öffentlichen Interesse im allgemeinen oder meiner Mandantin im besonderen schadet. Wir können zahlreiche Beweisstücke beibringen, daß dieser Mann Äußerungen veröffentlicht hat oder veröffentlichen hat lassen, in denen er die Bürger drängt, auf den unbezahlbaren Segen einer Lebensversicherung zu verzichten, was großen Nachteil für ihr Wohlergehen und finanziellen Schaden für meine Mandantin bedeutet.«

Pinero erhob sich von seinem Platz. »Euer Ehren, darf ich ein paar Worte sagen?«

»Um was geht es?«

»Ich glaube, es würde die Sache vereinfachen, wenn Sie mir eine kurze Analyse erlaubten.«

»Euer Ehren«, fiel Weems ein, »das ist höchst irregulär!«

»Geduld, Mr. Weems. Ihre Interessen werden geschützt werden. Mir scheint, daß wir in dieser Angelegenheit mehr Licht und weniger Lärm brauchen. Wenn Dr. Pinero fähig ist, die Verhandlung abzukürzen, indem er in diesem Augenblick spricht, bin ich geneigt, ihn sprechen zu lassen. Bitte, Dr. Pinero.«

»Ich danke Ihnen, Euer Ehren. Den von Mr. Weems zuletzt erwähnten Punkt als ersten aufgreifend, gebe ich gern zu, daß ich derartige Äußerungen veröffentlicht habe ...«

»Einen Augenblick, Doktor. Sie haben sich dafür entschieden, als Ihr eigener Anwalt aufzutreten. Sind Sie sicher, daß Sie kompetent sind, Ihre eigenen Interessen zu schützen?«

»Ich bin bereit, es darauf ankommen zu lassen, Euer Ehren. Unsere Freunde hier können leicht beweisen, was ich sage.«

»Nun gut. Fahren Sie fort!«

»Ich räume ein, daß, als Folge davon, viele Personen Lebensversicherungen gekündigt haben, aber ich fordere sie auf, zu bezeugen, ob irgend jemand dadurch einen Verlust oder Schaden erlitten hat. Es ist wahr, daß der Amalgamated Lebensversicherung durch meine Tätigkeit Geschäfte entgangen sind, aber das ist das natürliche Ergebnis meiner Entdeckung, durch die ihre Policen heute so überholt sind wie Pfeil und Bogen. Sollte ich auf dieser Grundlage Berufsverbot erhalten, werde ich eine Petroleumlampenfabrik gründen und dann Edison und General Electric verbieten lassen, Glühbirnen zu fabrizieren.

Ja, ich betreibe das Geschäft, den Tod vorherzusagen, aber ich leugne, daß ich Magie, sei es schwarze, weiße oder regenbogenfarbene, praktiziere. Wenn es illegal ist, Vorhersagen mit wissenschaftlich akkuraten Methoden zu treffen, dann machen sich die Versicherungsmathematiker der Amalgamated seit Jahren schuldig, indem sie den genauen Prozentsatz in jeder gegebenen großen Gruppe vorhersagen, der pro Jahr sterben wird. Ich sage den Tod en detail voraus, die Amalgamated sagt ihn en gros voraus. Wenn ihre Tätigkeit legal ist, wie kann dann meine illegal sein?

Sicher macht es einen Unterschied, ob ich tun kann, was ich behaupte, oder nicht, und die sogenannten Sachverständigen von der Akademie der Wissenschaften werden bezeugen, ich könne es nicht. Aber sie wissen nichts über meine Methoden und sind deshalb auch nicht imstande, sich sachverständig darüber zu äußern ...«

»Einen Augenblick, Doktor! Mr. Weems, stimmt es, daß Ihre Sachverständigen mit Dr. Pineros Theorie und Methoden nicht vertraut sind?«

Mr. Weems blickte besorgt drein. Er trommelte auf der Tischplatte herum, dann antwortete er: »Gestattet das Gericht mir eine kurze Beratung?«

»Gewiß.«

Mr. Weems hielt im Flüsterton eine hastige Konferenz mit seinen Kohorten ab. Dann wandte er sich wieder dem Richter zu. »Wir möchten einen Vorschlag machen, Euer Ehren. Wenn Dr. Pinero den Zeugenstand betreten und die Theorie und Praxis seiner angeblichen Methoden darlegen will, werden diese ehrenwerten Wissenschaftler in der Lage sein, die Gültigkeit seiner Ansprüche zu bezeugen.«

Der Richter sah Pinero fragend an, der erwiderte: »Ich würde das nicht gern tun. Ob mein Verfahren richtig oder falsch ist, es wäre gefährlich, es in die Hände von Narren und Quacksalbern fallen zu lassen ...« – er schwenkte die Hand in Richtung der Gruppe von Professoren, die in der ersten Reihe saßen, und lächelte maliziös – »wie diese Herren recht gut wissen. Außerdem ist es nicht notwendig, das Verfahren zu kennen, um zu beweisen, daß es funktioniert. Ist es notwendig, das komplexe Wunder biologischer Reproduktion zu verstehen, um festzustellen, daß eine Henne Eier legt? Ist es notwendig, daß ich diese ganze Gesellschaft von selbsternannten Hütern der Weisheit umerziehe – sie von ihrem eingewurzelten Aberglauben heile –, um zu beweisen, daß meine Vorhersagen korrekt sind? Es gibt nur zwei Wege, sich ein Urteil zu bilden, den wissenschaftlichen und den scholastischen. Man kann Schlüsse aus Experimenten ziehen, oder man kann blindlings die Meinung der Autoritäten übernehmen. Für den wissenschaftlichen Verstand ist der experimentelle Beweis von höchster Bedeutung und die Theorie nur eine aus Gründen der Bequemlichkeit aufgestellte Beschreibung, die man aufgibt, wenn sie nicht länger paßt. Für den akademischen Verstand ist Autorität alles, und Fakten werden verbogen, wenn sie nicht in die Theorie der Autorität passen.

Die Tatsache, daß der akademische Verstand sich wie

eine Auster an eine widerlegte Theorie klammert, hat jeden Fortschritt in der Geschichte blockiert. Ich bin bereit, meine Methode experimentell zu beweisen, und wie Galilei vor einem anderen Gericht bestehe ich darauf: ›Und sie bewegt sich doch!‹

Schon einmal habe ich dieser selben Gruppe von sogenannten Sachverständigen einen solchen Beweis angeboten, und sie haben ihn abgelehnt. Ich erneuere mein Angebot. Lassen Sie mich die Lebensspannen der Herren messen, die Mitglieder der Akademie der Wissenschaften sind. Lassen Sie sie ein Komitee bilden, das die Ergebnisse beurteilen soll. Ich werde die Daten, die ich feststelle, in zwei Reihen von Umschlägen einsiegeln. Bei der einen Reihe wird außen auf jedem Umschlag der Name eines Mitglieds stehen, innen das Datum seines Todes. Bei der zweiten Reihe werde ich Zettel mit den Namen in die Umschläge stecken und das Todesdatum auf den jeweiligen Umschlag schreiben. Das Komitee kann ja die Umschläge in einen Safe legen und sich von Zeit zu Zeit treffen, um die entsprechenden Umschläge zu öffnen. In einer so großen Gruppe sind einige Todesfälle zu erwarten – falls man den Statistikern der Amalgamated trauen kann, alle ein bis zwei Wochen einer. Auf diese Weise werden sich sehr schnell Daten anhäufen, die beweisen, ob Pinero ein Lügner ist oder nicht.«

Er hielt inne und drückte seine kleine Brust heraus, bis sie beinahe so weit vorstand wie sein rundes Bäuchlein. Mit funkelnden Blicken maß er die schwitzenden Gelehrten. »Nun?«

Der Richter hob die Augenbrauen und fing Mr. Weems' Blick ein. »Nehmen Sie an?«

»Euer Ehren, ich halte diesen Vorschlag für höchst unschicklich . . .«

Der Richter schnitt ihm das Wort ab. »Ich warne Sie, daß ich gegen Sie entscheiden werde, wenn Sie den Vorschlag nicht akzeptieren oder eine ebenso vernünftige Methode, die Wahrheit zu finden, zur Wahl stellen.«

Weems öffnete den Mund, überlegte es sich anders, ließ seinen Blick von einem der gelehrten Zeugen zum anderen wandern und richtete ihn dann auf den Richter. »Wir akzeptieren, Euer Ehren.«

»Sehr gut. Machen Sie die Einzelheiten unter sich aus. Die einstweilige Verfügung ist aufgehoben, und Dr. Pinero darf in der Ausübung seines Berufes nicht belästigt werden. Die Entscheidung des Antrags auf ein Dauerverbot wird zurückgestellt, bis genügend Beweismaterial gesammelt worden ist. Bevor wir dieses Thema verlassen, möchte ich eine Bemerkung zu der Theorie machen, die Sie, Mr. Weems, aufstellten, als Sie behaupteten, Ihre Mandantin sei geschädigt worden. Bei bestimmten Gruppen in diesem Land hat sich die Vorstellung entwickelt, wenn ein Mann oder eine Firma für eine Reihe von Jahren Gewinn aus einem Geschäftsbetrieb gezogen habe, hätten die Regierung und die Gerichte die Pflicht, einen solchen Gewinn für die Zukunft zu garantieren, auch wenn sich die Umstände und das öffentliche Interesse ändern. Diese merkwürdige Doktrin wird weder vom geschriebenen noch vom überlieferten Recht gestützt. Weder Einzelpersonen noch Gesellschaften steht das Recht zu, vor Gericht zu gehen und zu verlangen, daß die Uhr der Geschichte zu ihrem privaten Nutzen angehalten oder zurückgestellt werde. Das ist alles.«

Bidwell grunzte verärgert. »Weems, wenn Sie nicht fähig sind, sich etwas Besseres als das einfallen zu lassen, braucht die Amalgamated einen neuen Anwalt. Jetzt ist es zehn Wochen her, daß die einstweilige Verfügung aufgehoben worden ist, und dieser kleine Pfannkuchen scheffelt das Geld nur so. In der Zwischenzeit steuert jede Versicherung des Landes dem Konkurs entgegen. Hoskins, wie hoch sind unsere Verlustquoten?«

»Das ist schwer zu sagen, Mr. Bidwell. Es wird jeden Tag schlimmer. Diese Woche haben wir dreizehn hohe Summen ausgezahlt, und die Policen sind alle erst ausgestellt worden, nachdem Pinero zu arbeiten begann.«

Ein mickriges Männchen ergriff das Wort. »Wir von

United versichern niemanden mehr, solange wir uns nicht überzeugt haben, daß der Antragsteller Pinero nicht konsultiert hat. Können wir es uns nicht leisten, zu warten, bis die Wissenschaftler ihn als Betrüger entlarven?«

Bidwell schnaubte. »Sie verdammter Optimist! Sie werden ihn nicht entlarven. Aldrich, können Sie einer Tatsache nicht ins Gesicht sehen? Der fette kleine Mops kann es tatsächlich, nur weiß ich nicht, wie er es macht. Das ist ein Kampf bis aufs Messer. Wenn wir warten, sind wir verloren.« Er warf seine Zigarre in einen Spucknapf und biß wild in eine neue. »Verschwinden Sie hier, Sie alle! Ich werde das auf meine Art erledigen. Sie auch, Aldrich. United mag bereit sein zu warten, die Amalgamated ist es nicht.«

Weems räusperte sich besorgt. »Mr. Bidwell, Sie werden mich doch sicher konsultieren, bevor Sie einen Kurswechsel in der Firmenpolitik vornehmen?«

Bidwell grunzte. Alle gingen. Als sich die Tür hinter ihnen geschlossen hatte, drückte Bidwell den Schalter der Gegensprechanlage. »Okay, schicken Sie ihn herein!«

Die äußere Tür öffnete sich. Eine schmächtige, elegante Gestalt blieb für einen Augenblick auf der Schwelle stehen. Seine kleinen dunklen Augen fuhren rasch im Raum umher, bevor er ihn betrat. Mit schnellen, leisen Schritten ging er auf Bidwell zu. Er sprach mit einer flachen Stimme. Sein Gesicht blieb ausdruckslos bis auf die wachsamen Tieraugen. »Sie wollten mich sprechen?«

»Ja.«

»Wie lautet das Angebot?«

»Setzen Sie sich, dann werden wir darüber reden.«

Pinero nahm das junge Paar an der Tür seines Privatbüros in Empfang.

»Kommen Sie herein, meine Lieben, kommen Sie. Setzen Sie sich! Fühlen Sie sich wie zu Hause. Jetzt sagen Sie mir, was Sie von Pinero wollen. So junge Leute machen sich doch sicher noch keine Gedanken über den Letzten Aufruf?«

Das ehrliche Gesicht des jungen Mannes zeigte leichte Verwirrung. »Sehen Sie, Dr. Pinero, ich bin Ed Hartley und das ist meine Frau Betty. Wir erwarten – das heißt, Betty erwartet ein Baby, und ... nun ...«

Pinero lächelte wohlwollend. »Ich verstehe. Sie möchten wissen, wie lange Sie leben werden, damit Sie die bestmögliche Vorsorge für den Nachwuchs treffen können. Sehr weise. Soll ich das Datum nur für Sie feststellen oder für Sie beide?«

Die junge Frau antwortete: »Für uns beide, meinen wir.«

Pinero strahlte sie an. »Recht so! Ich pflichte Ihnen bei. In Ihrem Fall bestehen zur Zeit gewisse technische Schwierigkeiten, aber ich kann Ihnen ein paar Informationen jetzt geben und weitere, wenn das Kind da ist. Nun kommen Sie in mein Laboratorium, meine Lieben, und wir werden gleich anfangen.« Er ließ sich von seiner Sekretärin die Krankengeschichten bringen und führte das junge Paar dann in seine Werkstatt. »Mrs. Hartley zuerst, bitte. Würden Sie hinter diesen Schirm treten und Ihre Schuhe und Ihre Oberbekleidung ablegen? Denken Sie daran, ich bin ein alter Mann, den Sie konsultieren, wie Sie es bei einem Arzt tun würden.«

Er wandte sich ab und nahm ein paar kleinere Einstellungsveränderungen an seinem Apparat vor. Ed nickte seiner Frau zu, die hinter den Schirm schlüpfte und fast sofort wieder erschien, gekleidet in zwei Streifchen Seide. Pinero blickte auf und sah, wie jung, frisch und hübsch sie war und so rührend in ihrer Schüchternheit.

»Hier entlang, meine Liebe! Zuerst müssen wir Sie wiegen. Da. Stellen Sie sich auf die Waage! Nehmen Sie die Elektrode in den Mund! Nein, Ed, Sie dürfen Ihre Frau nicht berühren, während sie an den Stromkreis angeschlossen ist. Es wird keine Minute dauern. Bleiben Sie ganz ruhig.«

Er tauchte unter die Haube der Maschine, und die Anzeigen erwachten zum Leben. Ganz kurz darauf kam er mit verwirrtem Gesichtsausdruck wieder hervor. »Ed, haben Sie sie berührt?«

»Nein, Doktor.« Pinero verschwand wieder und blieb ein bißchen länger. Dann sagte er der jungen Frau, sie solle von der Waage heruntersteigen und sich anziehen.

»Ed, machen Sie sich jetzt fertig«, sagte er zu ihrem Mann.

»Welches genaue Datum haben Sie bei Betty festgestellt, Doktor?«

»Es gibt da eine kleine Schwierigkeit. Ich möchte zuerst Sie noch testen.«

Er nahm die Messungen bei dem jungen Mann vor, und sein Gesicht wirkte noch beunruhigter als zuvor. Ed erkundigte sich, ob es Probleme gebe. Pinero zuckte die Achseln und zwang ein Lächeln auf seine Lippen.

»Es hat nichts mit Ihnen zu tun, mein Junge. Ich vermute, es ist ein kleiner mechanischer Fehler in der Einstellung. Aber ich kann Ihnen beiden Ihre Daten heute nicht mehr geben. Erst muß ich meine Maschine überholen. Können Sie morgen wiederkommen?«

»Ich denke doch. Das tut mir aber leid mit Ihrer Maschine. Ich hoffe, es ist nichts Schlimmes.«

»Bestimmt nicht. Haben Sie Lust, sich noch ein bißchen in meinem Büro mit mir zu unterhalten?«

»Danke, gern, Doktor. Sie sind sehr freundlich.«

»Aber Ed, ich habe mich mit Ellen verabredet«, wandte die junge Frau ein.

Pinero richtete die volle Gewalt seiner Persönlichkeit auf sie. »Wollen Sie mir nicht ein paar Augenblicke schenken, meine liebe junge Dame? Ich bin alt und liebe die anregende Gesellschaft junger Leute. Ich kann sie gar zu selten genießen. Bitte.« Er drängte sie sacht in sein Büro und bat sie, sich zu setzen. Dann ließ er Limonade und Kekse hereinbringen, bot ihnen Zigaretten an und entzündete für sich eine Zigarre.

Der Doktor begann von den Abenteuern zu erzählen, die er als junger Mann in Tierra del Fuego erlebt hatte. Vierzig Minuten später hörte Ed hingerissen zu, während Betty ganz offensichtlich auf Nadeln saß und gehen wollte. Als der Doktor eine Pause machte, um seine Zigarre wieder anzuzünden, stand sie auf.

»Doktor, wir müssen wirklich gehen. Können Sie uns den Rest nicht morgen erzählen?«

»Morgen? Morgen wird keine Zeit sein.«

»Aber Sie haben doch heute auch keine Zeit. Ihre Sekretärin hat schon fünfmal hereingesehen.«

»Können Sie nicht nur noch ein paar Minuten für mich erübrigen?«

»Es geht heute nicht, Doktor. Ich habe eine Verabredung. Es wartet jemand auf mich.«

»Gibt es keine Möglichkeit, Sie zu überreden?«

»Leider nein. Komm, Ed!«

Sie waren fort. Der Doktor ging ans Fenster und blickte über die Stadt hin. Er entdeckte zwei winzige Gestalten, die das Bürogebäude verließen. Sie eilten zur Ecke, warteten, daß die Ampel umsprang, und begannen, die Straße zu überqueren. Als sie ungefähr in der Mitte waren, hörte man das Gellen einer Sirene. Die beiden kleinen Gestalten zögerten, wichen zurück, blieben stehen, drehten sich um. Dann war der Wagen über ihnen. Er bremste scharf, und nun sah man sie wieder, keine zwei Gestalten mehr, sondern ein einziger schlaffer, formloser Kleiderhaufen.

Der Doktor wandte sich vom Fenster ab. Dann sagte er über die Gegensprechanlage zu seiner Sekretärin:

»Sagen Sie meine Termine für den Rest des Tages ab ... Nein ... Nicht eine ... Das ist mir gleichgültig; sagen Sie sie ab.«

Er setzte sich auf seinen Stuhl. Seine Zigarre ging aus. Lange nach Dunkelwerden hielt er sie immer noch unangezündet in der Hand.

Pinero setzte sich an seinen Eßtisch und betrachtete die vor ihm ausgebreitete Gourmet-Mahlzeit. Er hatte sie mit besonderer Sorgfalt bestellt und war ein bißchen früher nach Hause gekommen, um sie voll zu genießen.

Etwas später ließ er ein paar Tropfen Fiori d'Alpini um

seine Zunge rollen und die Kehle hinunterrinnen. Der schwere, duftende Likör wärmte seinen Mund und erinnerte ihn an die kleinen Bergblumen, von denen er seinen Namen hatte. Er seufzte. Es war ein gutes Essen gewesen, ein exquisites Essen, und rechtfertigte das exotische Getränk. Sein Sinnen wurde von einer Störung an der Eingangstür unterbrochen. Die Stimme seiner Hausangestellten, einer älteren Frau, hob sich vorwurfsvoll. Eine kräftige Männerstimme unterbrach sie.

Der Aufruhr tobte den Flur hinunter. Die Tür des Speisezimmers flog auf.

»Madonna! Non si puo entrare! Der Meister speist!«

»Lassen Sie nur, Angela! Ich habe Zeit, die Herren zu empfangen. Sie können gehen.« Pinero richtete den Blick auf den grimmig wirkenden Sprecher der Eindringlinge. »Sie haben ein Geschäft mit mir, ja?«

»Darauf können Sie wetten. Anständige Leute haben mittlerweile genug von Ihrem verdammten Unsinn.«

»Und?«

Der Sprecher antwortete nicht sofort. Ein kleines, elegantes Individuum trat von hinten vor und stellte sich Pinero gegenüber.

»Wir könnten eigentlich anfangen.« Der Vorsitzende des Komitees steckte einen Schlüssel in die Kassette und öffnete sie »Wenzell, wollen Sie mir helfen, die Umschläge von heute herauszusuchen?« Er wurde unterbrochen. Jemand berührte seinen Arm.

»Dr. Baird, Sie werden am Telefon verlangt.«

»Gut. Bringen Sie den Apparat her!«

Der Apparat wurde gebracht, und Dr. Baird hielt den Hörer ans Ohr. »Hallo ... Ja, am Apparat ... Was ... Nein, wir haben nichts gehört ... Die Maschine vernichtet, sagen Sie ... Tot! Wie? ... Nein! Nein! Kein Kommentar ... Rufen Sie mich später wieder an ...«

Er knallte den Hörer hin und schob das Telefon von sich.

»Was ist los? – Wer ist gestorben?«

Baird hob die Hand. »Ruhe, meine Herren, bitte! Pinero ist vor ein paar Augenblicken in seiner Wohnung ermordet worden.«

»Ermordet?«

»Das ist noch nicht alles. Zur gleichen Zeit sind Vandalen in sein Büro eingebrochen und haben seine Apparatur zerschmettert.«

Die Komitee-Mitglieder sahen sich gegenseitig an. Keiner schien als erster einen Kommentar abgeben zu wollen.

Schließlich sagte jemand: »Holen Sie ihn heraus!«

»Was denn?«

»Pineros Umschlag. Es ist auch für ihn einer dabei. Das habe ich gesehen.«

Baird fand ihn und riß ihn langsam auf. Er faltete das darin steckende Blatt Papier auseinander und las es.

»Nun? Reden Sie schon!«

»Dreizehn Uhr dreizehn – am heutigen Tag.«

Sie nahmen es mit Schweigen auf.

Die dynamische Stille wurde gebrochen, als ein Mitglied auf der anderen Seite des Tisches nach der Kassette faßte und Baird seine Hand zurückschob.

»Was wollen Sie?« fragte Baird.

»Meine Vorhersage – sie ist da drin – von uns allen ist eine Vorhersage da drin.«

»Ja, ja. Von uns allen. Geben Sie sie uns!« rief es durcheinander.

Baird legte beide Hände über die Kassette. Er hielt den Blick des Mannes ihm gegenüber fest, ohne etwas zu sagen. Er leckte sich die Lippen. Seine Mundwinkel zuckten. Seine Hände zitterten. Immer noch sagte er nichts. Der andere Mann entspannte sich.

»Natürlich haben Sie recht«, sagte er.

»Bringen Sie mir den Papierkorb da!« Bairds Stimme klang leise und angestrengt, aber fest.

Er nahm den Papierkorb und kippte seinen Inhalt auf den Teppich. Er stellte den Zinn-Eimer vor sich auf den Tisch. Er riß ein halbes Dutzend Umschläge in der Mitte durch, hielt ein Streichholz daran und ließ sie in den

Eimer fallen. Danach zerriß er jeweils zwei Händevoll und nährte damit die Flammen. Von dem Rauch mußte er husten, und Tränen liefen ihm aus den brennenden Augen. Jemand stand auf und öffnete ein Fenster. Als Baird fertig war, schob er den Eimer zurück, sah nach unten und bemerkte:

»Ich fürchte, ich habe diese Tischplatte ruiniert.«

Originaltitel: ›Life-Line‹

Die Straßen müssen rollen

»Wer läßt die Straßen rollen?«

Der Sprecher auf dem Podium wartete auf die Antworten der Zuhörerschaft. Sie kamen in einzelnen Schreien, die das unheilverkündende, unzufriedene Murmeln der Menge durchschnitten.

»Wir!« – »Wir!« – »Verdammt richtig!«

»Wer tut die schmutzige Arbeit ›unten drin‹ – damit Herr Jedermann herumreisen kann, wie er Lust hat?«

Diesmal war es ein einziges Aufbrüllen. »Wir!«

Der Sprecher nutzte seinen Vorteil. Seine Worte überstürzten sich in einem rasselnden Strom. Er beugte sich zu der Menge vor, seine Augen sonderten Einzelpersonen aus, denen er seine Fragen und Antworten entgegenschleuderte. »Was hält Handel und Wandel in Gang? Die Straßen! Wie befördern sie die Lebensmittel, die sie essen? Auf den Straßen! Wie kommen sie zur Arbeit? Auf den Straßen! Wie kommen sie wieder nach Hause zu ihren Frauen? Auf den Straßen!« Er machte eine auf Wirkung berechnete Pause. Dann senkte er die Stimme. »Wo wären die Leute, wenn ihr die Straßen nicht am Rollen hieltet? – Sie säßen in der Klemme, und das wissen sie alle. Aber wissen sie uns Dank dafür? Pfui! Haben wir zuviel verlangt? Waren unsere Forderungen unvernünftig? ›Das Recht, zu jedem beliebigen Zeitpunkt zu kündigen.‹ Das hat in anderen Branchen jeder Arbeitnehmer. ›Die gleiche Bezahlung wie die Ingenieure.‹ Warum nicht? Wer sind hier die eigentlichen Ingenieure? Muß man ein Kadett mit einem komischen Hütchen auf dem Kopf sein, bevor man lernen kann, wie man ein Lager reinigt oder einen Rotor abstellt? Wer verdient sein Geld auf ehrlichere Weise, die ›Gentlemen‹ in den Kontrollbüros oder die Männer ›unten drin‹? Was verlangen wir sonst noch? ›Das Recht, unsere Ingenieure selbst zu wählen.‹ Warum nicht, zum Teufel? Wer ist fähig, Ingenieure auszusuchen? Die Techniker – oder die Mitglieder irgendeines verdammten, blöden Prüfungsausschusses, die niemals ›unten drin‹ gewesen sind und ein Rotorlager nicht von einer Feldspule unterscheiden können?«

Mit angeborenem Geschick wechselte er die Gangart und senkte die Stimme noch mehr. »Ich sage euch, Brüder; es ist Zeit, daß wir aufhören, mit Petitionen an die Transportkommission herumzuspielen. Statt dessen müssen wir Taten sprechen lassen. Sollen sie doch über Demokratie quatschen, das ist nichts als Augenwischerei – wir haben die Macht, und wir sind die Männer, auf die es ankommt!«

Inzwischen war ein Mann hinten im Saal aufgestanden. Als der Redner schwieg, fragte er: »Bruder Vorsitzender, darf ich ein paar Worte einflechten?«

»Du hast das Wort, Bruder Harvey.«

»Ich möchte fragen: Was soll die ganze Aufregung? Wir haben den höchsten Stundenlohn aller Mechanikergilden, umfassenden Versicherungsschutz, eine sichere Rente und eine ungefährliche Arbeit, ausgenommen die Möglichkeit, taub zu werden.« Er schob sich den Antilärm-Helm weiter von den Ohren zurück. Offensichtlich kam er gerade von der Schicht, denn er trug noch seinen Arbeitsanzug. »Natürlich müssen wir eine Kündigungsfrist von neunzig Tagen einhalten, aber, Mann, das wußten wir, als wir den Vertrag unterschrieben. Die Straßen müssen rollen – sie können nicht jedes Mal anhalten, wenn irgendein fauler Knochen seinen Job satt hat.

Und jetzt erzählt uns Soapy ...« – der Hammer des Vorsitzenden unterbrach ihn – »Verzeihung, ich meine *Bruder* Soapy, wie mächtig wir seien und daß wir Taten sprechen lassen sollten. Quatsch! Sicher, wir könnten die Straßen stillstehen und die ganze Bevölkerung darunter leiden lassen – aber das könnte auch jeder Verrückte mit einer Dose Nitroglyzerin, und er brauchte dazu nicht einmal Techniker zu sein.

Wir sind nicht die einzigen Frösche im Teich. Unsere Aufgabe ist wichtig, klar, aber wo wären wir ohne die Farmer- oder die Stahlarbeiter – oder ein Dutzend andere Berufe und Geschäftszweige?«

Er wurde von einem bläßlichen kleinen Mann unterbrochen, dessen obere Zähne vorstanden. »Einen Augenblick, Bruder Vorsitzender. Ich möchte Bruder Harvey eine Frage stellen.« Dann wandte er sich Harvey zu und fragte mit hinterhältigem Unterton: »Sprichst du für die Gilde, Bruder – oder nur für dich selbst? Vielleicht glaubst du nicht an die Gilde? Du bist nicht etwa ein ...« – er hielt inne und ließ seine Augen an Harveys schlankem Körper hinauf- und hinunterwandern – »ein *Schnüffler?*«

Harvey betrachtete den Fragesteller, als habe er etwas Widerliches auf seinem Eßteller entdeckt. »Sikes«, versicherte er ihm, »wenn du keine halbe Portion wärest, würde ich dir die Zähne in den Hals rammen. Ich habe geholfen, diese Gilde zu gründen. Ich war bei dem Streik im Jahr sechsundsiebzig dabei. Wo warst du damals? Bei den Streikbrechern?«

Der Vorsitzende klopfte mit seinem Hammer. »Das reicht«, sagte er. »Niemand, der auch nur ein bißchen über die Geschichte dieser Gilde weiß, bezweifelt die Loyalität von Bruder Harvey. Wir wollen mit der Tagesordnung fortfahren.« Er räusperte sich. »Normalerweise lassen wir hier keine Außenseiter sprechen, und ein paar von euch haben sich abfällig über einige der Ingenieure geäußert, unter denen wir arbeiten. Aber es gibt einen Ingenieur, dem wir immer gern zuhören, wenn er sich einmal von seinen zeitraubenden Pflichten freimachen kann. Ich glaube, der Grund ist, daß er Dreck unter den Fingernägeln hat, genau wie wir. Wie dem auch sei, das Wort hat jetzt Mr. Shorty van Kleeck ...«

Von unten wurde gerufen: »*Bruder* van Kleeck!«

»Okay, *Bruder* van Kleeck, stellvertretender Chefingenieur dieser Straßenstadt.«

»Danke, Bruder Vorsitzender.« Der Gastsprecher trat mit energischem Schritt vor. Er ließ die Menge in den ausgiebigen Genuß seines Grinsens kommen und schien unter ihrem Beifall anzuschwellen. »Danke, Brüder. Ich glaube, unser Vorsitzender hat recht. Hier in der Gildenhalle des Sacramento-Sektors – oder, was das betrifft, auch in jeder anderen Gildenhalle – fühle ich mich immer wohler als im Clubhaus der Ingenieure. Diese schnöseligen jungen Ingenieur-Kadetten gehen mir auf die Nerven. Vielleicht hätte ich eins dieser schicken technischen Institute besuchen sollen, um mir den richtigen Standpunkt zuzulegen, statt von ›unten drin‹ hochzukommen.

Nun zu euren Forderungen, die die Transportkommission abgelehnt hat. – Kann ich offen sprechen?«

»Na klar, Shorty!« – »Uns kannst du vertrauen!«

»Tja, natürlich dürfte ich nichts dazu sagen, aber wie sollte ich eure Gefühle nicht verstehen? Die Straßen sind heutzutage die große Show, und ihr seid die Männer, die sie rollen lassen. Es entspricht der natürlichen Ordnung der Dinge, daß man auf eure Meinung hören und eure Wünsche erfüllen sollte. Sogar Politiker müßten helle genug sein, das einzusehen. Manchmal, wenn ich nachts wachliege, frage ich mich, warum wir Techniker die Leitung nicht übernehmen und ...«

»Ihre Frau ist am Apparat, Mr. Gaines.«

»Gut.« Er griff nach dem Hörer und wandte sich dem Bildschirm zu.

»Ja, Darling, ich weiß, ich habe es versprochen, aber ... Du hast vollkommen recht, Darling, aber Washington hat ausdrücklich darum gebeten, daß wir Mr. Blekinsop alles zeigen, was er zu sehen wünscht. Ich habe nicht gewußt, daß er heute ankommen würde ... Nein, ich kann ihn nicht einem Mitarbeiter übergeben. Das wäre nicht höflich. Er ist der Transportminister Australiens. Das habe ich dir doch erzählt ... Ja, Darling, ich weiß, die Höflichkeit beginnt im eigenen Heim, aber die Straßen müssen rollen. Das ist mein Beruf; das hast du gewußt, als du mich heiratetest. Und diese Führung gehört zu meinem Beruf ... Du bist ein braves Mädchen. Ganz bestimmt werden wir zusammen frühstücken. Ich will dir was sagen, bestelle Pferde und ein Frühstückspaket, und wir machen ein Picknick daraus. Wir treffen uns in Bakersfield – am üblichen Ort ... Bis dann, Darling. Gib Junior einen Gutenachtkuß von mir.«

Er legte den Hörer auf den Schreibtisch zurück, worauf das hübsche, aber entrüstete Gesicht seiner Gattin auf dem Bildschirm verblaßte. Eine junge Frau kam in sein Büro. Als sie die Tür öffnete, war kurz die Beschriftung auf der Außenseite zu sehen: »STRASSENSTADT DIEGO-RENO, Büro des Chefingenieurs.« Gaines warf seiner Sekretärin einen gehetzten Blick zu.

»Oh, Sie sind es. Heiraten Sie keinen Ingenieur, Dolores, heiraten Sie einen Kunstmaler. Die sind häufiger zu Hause.«

»Ja, Mr. Gaines. Mr. Blekinsop ist hier, Mr. Gaines.«

»Schon? Ich hatte ihn noch nicht erwartet. Das Antipoden-Schiff muß früh gelandet sein.«

»Ja, Mr. Gaines.«

»Dolores, haben Sie jemals irgendwelche Gefühle?«

»Ja, Mr. Gaines.«

»Hmmm, es klingt unglaublich, aber Sie irren sich ja nie. Führen Sie Mr. Blekinsop herein.«

»Sehr wohl, Mr. Gaines.«

Larry Gaines stand auf, um seinen Besucher zu begrüßen. Sie schüttelten sich die Hand und tauschten formelle Höflichkeiten. Nicht besonders eindrucksvoll, das Männchen, dachte Gaines. Der gerollte Regenschirm und die Melone waren fast zu gut, um wahr zu sein. Ein Oxford-Akzent maskierte teilweise das abgehackte Näseln des gebürtigen Australiers.

»Es ist mir eine Freude, Sie hier begrüßen zu dürfen, Mr. Blekinsop, und ich hoffe, wir können Ihren Aufenthalt zu einem angenehmen Erlebnis gestalten.«

Der kleine Mann lächelte. »Davon bin ich überzeugt. Dies ist mein erster Besuch in Ihrem wundervollen Land. Ich fühle mich bereits ganz zu Hause. Die Eukalyptusbäume, wissen Sie, und die braunen Hügel ...«

»Aber es ist für Sie vor allem eine Dienstreise?«

»Ja, ja. Mein Hauptanliegen ist es, Ihre Straßenstädte zu studieren und meiner Regierung Bericht zu erstatten, ob es ratsam ist, Ihre verblüffenden amerikanischen

Methoden auf die sozialen Probleme bei uns in Australien anzuwenden. Ich dachte, Sie seien informiert worden, daß ich aus diesem Grund zu Ihnen komme.«

»Ja, das wurde ich, in großen Zügen. Ich weiß bisher nicht, was Sie im einzelnen herausfinden wollen. Sie haben doch sicher von unseren Straßenstädten gelesen, wie sie entstanden, wie sie funktionieren und so weiter.«

»Einiges, das ist wahr, aber ich bin kein Techniker, Mr. Gaines, kein Ingenieur. Ich bin Fachmann auf sozialem und politischem Gebiet, und ich möchte sehen, welche Auswirkungen diese bemerkenswerte technische Veränderung auf die Bevölkerung gehabt hat. Ich schlage vor, Sie erzählen mir von den Straßen, als sei ich gänzlich unwissend. Und ich werde Ihnen Fragen stellen.«

»Ein guter Gedanke. Übrigens, wie groß ist Ihre Delegation?«

»Ich bin allein. Meinen Sekretär habe ich nach Washington weitergeschickt.«

»Ich verstehe.« Gaines sah auf seine Armbanduhr. »Es ist fast Zeit zum Dinner. Wir könnten zum Stockton-Band hochlaufen und dort essen. Da oben gibt es ein gutes chinesisches Restaurant, für das ich eine Vorliebe habe. Wir werden ungefähr eine Stunde brauchen, und Sie können unterwegs die Straßen in Betrieb sehen.«

»Ausgezeichnet.«

Gaines drückte einen Knopf auf seinem Schreibtisch, und auf dem großen Schirm an der gegenüberliegenden Wand entstand ein Bild. Es stellte einen starkknochigen, eckigen jungen Mann dar, der an einem halbrunden Kontrolltisch saß, an das sich ein komplexes Instrumentenpaneel anschloß. Eine Zigarette hing ihm im Mundwinkel.

Der junge Mann blickte auf, grinste und winkte vom Schirm herunter. »Ich grüße Sie, Chef. Was kann ich für Sie tun?«

»Heh, Dave. Sie haben die Spätschicht, wie? Ich laufe zum Stockton-Sektor hoch und nehme das Dinner dort. Wo ist van Kleeck?«

»Zu irgendeiner Versammlung. Zu welcher, hat er nicht gesagt.«

»Gibt es etwas zu berichten?«

»Nein, Sir. Die Straßen rollen, und alle braven Bürger kehren zum Essen heim.«

»Okay – laßt sie rollen!«

»Sie rollen, Chef.«

Gaines unterbrach die Verbindung und sagte zu Blekinsop: »Van Kleeck ist mein Stellvertreter. Ich wünschte, er würde mehr Zeit auf die Straßen und weniger auf die Politik verwenden. Aber Davideon wird schon zurechtkommen. Sollen wir gehen?«

Sie fuhren eine Rolltreppe hinunter und kamen auf den Gehsteig hinaus, der an das nach Norden führende Fünfmeilenband grenzte. Nachdem sie einen Treppenschacht mit der Beschriftung ÜBERGANG ZUR STRASSE NACH SÜDEN umgangen hatten, blieben sie am Rand des ersten Bandes stehen. »Sind Sie schon einmal auf einem Transportband gefahren?« erkundigte sich Gaines. »Es ist ganz einfach. Sie müssen nur daran denken, mit dem Blick in Fahrtrichtung aufzusteigen.«

Sie bahnten sich ihren Weg durch die heimwärtsstrebende Menschenmenge und wechselten von einem Band aufs nächste über. In der Mitte des Zwanzigmeilenbandes erhob sich eine Glassit-Trennwand beinahe bis zu dem breiten Dach. Der ehrenwerte Mr. Blekinsop hob fragend die Augenbrauen.

»Ach, das?« Gaines öffnete eine Schiebetür und führte seinen Gast hindurch. »Das ist ein Windbrecher«, beantwortete er die unausgesprochene Frage. »Wir müssen die Luftströme über den mit verschiedenen Geschwindigkeiten laufenden Bändern irgendwie trennen, sonst würde uns der Wind auf dem Hundertmeilenband die Kleider vom Leib reißen.« Dabei beugte er sich zu Blekinsop hinunter, um sich durch das Rauschen der Luft, die über die Straßenoberflächen strich, den Lärm der Menge und das gedämpfte Grollen der unter den Bändern verborgenen Antriebsmaschinen verständlich zu machen. Die Kombination der Geräusche verbot eine weitere Unterhaltung, während sie zur Straßenmitte weitergingen. Noch dreimal passierten sie Windschirme, auf dem Vierzig-, Sechzig- und Achtzigmeilenband. Dann hatten sie das Band erreicht, das mit der Höchstgeschwindigkeit von hundert Meilen die Stunde von San Diego nach Reno und zurück zwölf Stunden brauchte.

Blekinsop fand sich auf einem zwanzig Fuß breiten Gehsteig wieder. Genau ihm gegenüber verkündete ein beleuchtetes Fenster:

JAKES STEAK-HAUS Nr. 4
Die schnellste Mahlzeit auf der schnellsten Straße!
›Ein Genuß unterwegs
sind unsere Steaks!‹

»Wie interessant!« rief Mr. Blekinsop. »Das muß sein, als äße man in einer Straßenbahn. Ist das ein gutes Restaurant?«

»Eins der besten. Nichts Ausgefallenes, aber solide.«

»Oh, könnten wir nicht ...«

Gaines lächelte ihm zu. »Sie möchten es gern ausprobieren, nicht wahr, Sir?«

»Sie sollen meinetwegen Ihre Pläne nicht ändern müssen ...«

»Das macht nichts. Ich habe selbst Hunger, und Stockton ist noch eine ganze Stunde entfernt. Gehen wir hinein.«

Gaines begrüßte die Geschäftsführerin wie eine alte Freundin. »Hallo, Mrs. McCoy, wie geht es Ihnen heute abend?«

»Wenn das nicht der Chef persönlich ist! Es ist lange her, daß wir das Vergnügen hatten, Ihr Gesicht zu sehen.« Sie führte die beiden Herren in eine Nische, die etwas abseits von der Menge der speisenden Pendler lag. »Möchten Sie und Ihr Freund das Dinner nehmen?«

»Ja, Mrs. McCoy, bestellen Sie es für uns, aber sorgen Sie dafür, daß eins von Ihren Steaks dabei ist.«

»Zwei Zoll dick – von einem Stier, der glücklich gestorben ist.«

Sie glitt davon, wobei sie ihren gewichtigen Körper mit überraschender Anmut bewegte.

Aus gründlicher Kenntnis der Bedürfnisse des Chefingenieurs hatte Mrs. McCoy ein tragbares Telefon auf dem Tisch zurückgelassen. Gaines stöpselte es an einem Steckkontakt in der Nischenwand ein und wählte eine Nummer. »Hallo – Davidson? Dave, hier ist der Chef. Ich bin in Jakes Pinte Nummer vier zum Abendessen. Sie können mich unter der Nummer zehn-L-sechs-sechs erreichen.«

Er legte den Hörer auf, und Blekinsop erkundigte sich höflich: »Ist es nötig, daß Sie jederzeit erreichbar sind?«

»Nicht unbedingt«, antwortete Gaines, »aber ich fühle mich sicherer, wenn ich in Kontakt bleibe. Entweder van Kleeck oder ich sollte sich da aufhalten, wo uns der ranghöchste Ingenieur vom Dienst – das ist zur Zeit Davidson – in einer kritischen Situation zu fassen kriegen kann. Wenn es ein wirklicher Notstand ist, möchte ich natürlich anwesend sein.«

»Wie könnte es zu einem wirklichen Notstand kommen?«

»Es gibt vor allem zwei Möglichkeiten. Ein Energieausfall bei den Rotoren würde die Straße stehenbleiben lassen, und dann wären möglicherweise Millionen von Menschen hundert Meilen oder mehr von ihren Wohnsitzen entfernt. Wenn das während der Stoßzeit passierte, müßten wir diese Millionen von der Straße evakuieren – keine leichte Aufgabe.«

»Sie sagen Millionen – so viele?«

»Ja, so ist es. Zwölf Millionen Menschen sind auf diese Straße angewiesen. Sie leben und arbeiten in den Gebäuden, die sich zu beiden Seiten bis in einem Abstand von fünf Meilen hinziehen.«

Das Zeitalter der Energie ginge beinahe unmerklich in das Zeitalter des Transportes über, bildeten nicht zwei Ereignisse die Landmarken der Veränderung: die Nutzbarmachung von billiger Sonnenenergie und der Bau der ersten mechanisierten Straße. Was die Vereinigten Staaten in Öl und Kohle an Energiequellen besaßen, war während der ersten Hälfte des 20. Jahrhunderts schamlos verschwendet worden. Gleichzeitig wuchs sich das

Automobil von seinen bescheidenen Anfängen als pferdeloser Wagen zu einem stählernen Monstrum mit mehr als hundert PS aus, das über hundert Meilen die Stunde zurücklegen konnte. Autos brodelten über die Landschaft wie Hefe in Ferment. 1955 wurde geschätzt, daß in den Vereinigten Staaten auf zwei Personen ein motorisiertes Fahrzeug kam.

Sie trugen den Samen ihrer eigenen Vernichtung in sich. Achtzig Millionen stählerne Moloche, die von unvollkommenen Menschen mit hoher Geschwindigkeit gelenkt werden, richten mehr Zerstörungen an als ein Krieg. In dem erwähnten Jahr überstiegen die Prämien, die die Automobil-Eigentümer für gesetzliche und freiwillige Haftpflichtversicherungen bezahlten, die Summe, die für den Erwerb von Automobilen ausgegeben wurde. Werbefeldzüge für sicheres Fahren waren ein chronisches Phänomen, aber nichts als gutgemeinte Versuche, Humpty-Dumpty wieder zusammenzusetzen. Es war physisch unmöglich, in jenen überfüllten Metropolen sicher zu fahren. Die Fußgänger teilte man ironisch in zwei Klassen ein, die Schnellen und die Toten.

Aber ein Fußgänger konnte als ein Mensch definiert werden, der einen Parkplatz für seinen Wagen gefunden hatte. Das Automobil machte große Städte erst möglich, und dann erstickte es dieselben Städte durch seine bloße Anzahl. 1900 wies Herbert George Wells darauf hin, der Sättigungspunkt im Wachstum einer Stadt könne anhand ihrer Transporteinrichtungen mathematisch vorhergesagt werden. Berücksichtigt man nur die Schnelligkeit des Automobils, wären Städte mit zweihundert Meilen Durchmesser denkbar, aber die Verstopfung der Straßen und die ständig vorhandene Gefahr, die mit hoher Energie betriebene, individuell gelenkte Fahrzeuge darstellen, gibt ihnen keine Chance.

1955 wurde die Bundesstraße # 66 von Los Angeles nach Chicago, ›die Hauptstraße Amerikas‹, in eine Schnellstraße für motorisierte Fahrzeuge mit einer unteren Geschwindigkeitsbegrenzung von sechzig Meilen die Stunde umgewandelt. Dem lag ein Plan zur Stimulierung der Schwerindustrie zugrunde, aber er hatte eine unerwartete Nebenwirkung. Die großen Städte Chicago und St. Louis streckten sich Pseudopodien entgegen, die sich schließlich in der Nähe von Bloomington, Illinois, trafen. Die Einwohnerzahl der Elternstädte ging tatsächlich zurück.

In diesem gleichen Jahr ersetzte die Stadt San Francisco ihre veralteten *cable cars* durch Gleitbürgersteige, die ihre Energie von den Douglas-Martin-Schirmen zur Speicherung von Sonnenenergie bezogen. Die größte Zahl von Automobil-Zulassungen der Geschichte war in diesem Jahr zu verzeichnen, aber das Ende der Automobil-Ära war in Sicht, und das Landesverteidigungsgesetz von 1957 stellte eine faire Warnung dar.

Dieses Gesetz, das zu den am heftigsten diskutierten gehört, die jemals in Kraft gesetzt wurden, erklärte Erdöl zu einem wesentlichen und begrenzten Kriegsmaterial. Die Streitkräfte hätten den ersten Anspruch auf sämtliches Erdöl, über oder unter der Erde, und achtzig Millionen ziviler Fahrzeuge mußten sich mit knappen und teuren Rationen abfinden. Die ›vorübergehenden‹ Bedingungen des Zweiten Weltkriegs waren dauerhaft geworden.

Man nehme die Schnellstraßen dieser Zeit, die in ihrer ganzen Länge durch Stadtgebiet laufen, füge die mechanisierten Straßen der Hügel San Franciscos hinzu und bringe beides mit der unmittelbaren Benzinverknappung zum Kochen. Man würze mit Yankee-Einfallsreichtum. Die erste mechanisierte Straße wurde 1960 zwischen Cincinnati und Cleveland in Betrieb genommen.

Wie man sich denken kann, war sie noch verhältnismäßig primitiv und aus den Erzförderbändern ein Jahrzehnt zuvor entwickelt worden. Das schnellste Band bewegte sich nur mit dreißig Meilen die Stunde und war ziemlich schmal, denn an die Möglichkeit, Einzelhandelsgeschäfte auf den Bändern selbst anzusiedeln, hatte niemand gedacht. Trotzdem war die Straße ein Prototyp für ein gesellschaftliches Phänomen, das die amerikanische Szene in den nächsten zwei Dekaden beherrschen sollte – weder ländlich noch städtisch, sondern von beidem etwas und auf schnellem, sicherem, billigem, bequemem Transport basierend.

Fabriken – breit hingelagerte, niedrige Gebäude, die Dächer bedeckt von Sonnenspeicherschirmen der gleichen Art, wie sie die Straße antrieben – säumten die Straße auf beiden Seiten. Hinter und zwischen ihnen lagen Hotels, Einzelhandelsgeschäfte, Theater, Wohnhäuser. Hinter diesem langen, schmalen Streifen breitete sich das offene Land aus, wo der Großteil der Bürger lebte. Ihre Häuser tupften die Hügel, hingen an den Ufern der Flüsse und nisteten zwischen den Farmen. Die Menschen arbeiteten ›in der Stadt‹, lebten jedoch ›auf dem Land‹ – und beides war keine zehn Minuten voneinander entfernt. Mrs. McCoy servierte dem Chef und seinem Gast das Essen höchstpersönlich. Die Herren unterbrachen ihr Gespräch beim Anblick der herrlichen Steaks.

Die sechshundert Meilen lange Strecke hinauf und hinunter liefen bei den diensthabenden Sektor-Ingenieuren die stündlichen Meldungen der Untersektor-Techniker ein. »Untersektor eins – klar!« – »Untersektor zwei – klar!« Tensionometer-Werte, Spannung, Rollenlagertemperaturen, Synchrotachometer-Ablesungen – »Untersektor sieben – klar!« Zähe Männer in Arbeitskleidung, deren Leben sich zum großen Teil ›unten drin‹ zwischen dem ungedämpften Brüllen des Hundertmeilenbandes, dem schrillen Winseln der Antriebsrotoren und dem Klagen der Relais-Rollen abspielte.

Davidson studierte das bewegliche Straßenmodell, das sich im Hauptkontrollraum des Fresno-Sektors vor ihm ausbreitete. Er beobachtete das kaum wahrnehmbare Kriechen des Hundertmeilenbandes *en miniature* und merkte sich unterbewußt die Suchnummern, in deren Feld Jakes Steak-Haus Nummer vier lag. Der Chef würde bald in Stockton ankommen; er würde ihn anrufen, sobald die stündlichen Meldungen vorlagen. Alles war ruhig. Die Verkehrstonnage war normal für die Stoßzeit. Er fürchtete, schläfrig zu werden, noch bevor seine Schicht zu Ende war. »Mr. Barnes«, wandte er sich an seinen Ingenieur-Kadetten vom Dienst.

»Ja, Sir.«

»Ich glaube, wir könnten einen Kaffee gebrauchen.«

»Gute Idee, Sir. Ich werde ihn bestellen, sobald die nächsten Berichte eingetroffen sind.«

Der Minutenzeiger des Chronometers auf dem Kontrollpaneel erreichte die Zwölf. Barnes drehte einen Schalter. »Alle Sektoren, Meldung!« verlangte er knapp und selbstbewußt.

Auf dem Bildschirm tauchten die Gesichter von zwei Männern auf. Der jüngere antwortete ihm mit dem gleichen Gehaben eines Kadetten in Anwesenheit eines Vorgesetzten. »Diego Circle – sie rollen!«

Sofort wurden die Gesichter von zwei anderen ersetzt. »Angeles-Sektor – sie rollen!«

Dann: »Bakersfield-Sektor – sie rollen!«

Und: »Fresno-Sektor – sie rollen!«

Schließlich, als auch Reno Circle seine Meldung abgegeben hatte, wandte sich der Kadett Davidson zu: »Sie rollen, Sir.«

»Gut – laßt sie rollen!«

Der Bildschirm leuchtete von neuem auf. »Sacramento-Sektor, eine zusätzliche Meldung.«

»Sprechen Sie!«

»Kadett Guenther, der als Ingenieur-Kadett vom Dienst einen Inspektionsgang machte, traf Kadett Alec Jeans, Untersektor-Techniker-Kadett vom Dienst, und R. J. Ross, Techniker zweiter Klasse, Techniker vom Dienst für den gleichen Untersektor, beim Kartenspiel an. Es war nicht möglich, mit einiger Genauigkeit festzustellen, wie lange sie es versäumt hatten, in ihrem Untersektor Patrouille zu gehen.«

»Irgendwelcher Schaden?«

»Ein Rotor heißgelaufen, aber noch synchron. Er wurde abgeschaltet und ersetzt.«

»Gut. Veranlassen Sie, daß der Zahlmeister Ross seine

Papiere aushändigt, und übergeben Sie ihn den zivilen Behörden. Stellen Sie Kadett Jeans unter Arrest, und befehlen Sie ihm, sich bei mir zu melden.«

»Jawohl, Sir.«

»Laßt sie rollen!«

Davidson wandte sich wieder dem Kontrolltisch zu und wählte die Nummer, unter der Chefingenieur Gaines augenblicklich zu erreichen war.

»Sie sagten, zwei Dinge könnten größere Schwierigkeiten auf der Straße hervorrufen, Mr. Gaines, aber Sie haben nur von einem möglichen Energieausfall bei den Rotoren gesprochen.«

Gaines stach mit der Gabel nach einem wegflutschenden Bissen Salat, bevor er antwortete. »Einen zweiten Grund gibt es eigentlich nicht – so etwas kann nicht passieren. Aber – wir bewegen uns hier mit einhundert Meilen die Stunde fort. Können Sie sich vorstellen, welche Auswirkungen es hätte, wenn das Band unter uns bräche?«

Mr. Blekinsop rutschte nervös auf seinem Stuhl herum. »Hmm – eine ziemlich beunruhigende Idee, finden Sie nicht? Was ich sagen möchte: Man ist sich der hohen Geschwindigkeit hier in diesem gemütlichen Raum kaum bewußt. Welche Auswirkungen hätte es denn?«

»Machen Sie sich darüber keine Gedanken; das Band kann nicht reißen. Es besteht aus Abschnitten, die sich auf eine solche Art überlappen, daß der Sicherheitsfaktor höher als zwölf zu eins ist. Mehrere Meilen von Rotoren müßten alle gleichzeitig ausfallen und die Sicherungen für den Rest der Strecke versagen, bevor genug Zug auf das Band ausgeübt würde.

Es ist jedoch einmal geschehen, auf der Philadelphia-Jersey-Straße, und wir werden das wohl nie vergessen. Sie war eine der frühesten Schnellstraßen und beförderte gewaltige Mengen an Passagieren und Fracht, da sie durch eine stark industrialisierte Gegend führt. Das

Band war kaum mehr als ein Förderband, und niemand hatte das Gewicht, das es würde tragen müssen, vorausgesehen. Es geschah natürlich unter maximaler Belastung, als die Schnellstraße überfüllt war. Hinter dem Bruch buckelte sich das Band meilenweit und quetschte Passagiere mit achtzig Stundenkilometern gegen das Dach. Das Stück vor dem Bruch knallte wie eine Peitsche. Die Passagiere flogen auf die langsameren Bänder, auf die freigelegten Rollen und Rotoren ›unten drin‹.

Über dreitausend Menschen kamen bei diesem einen Unfall ums Leben, und es wurde heftig dafür geworben, die Straßen stillzulegen. Sie lagen auf Befehl des Präsidenten tatsächlich eine Woche still, aber er war gezwungen, sie wieder starten zu lassen. Es gab keine Alternative.«

»Wirklich? Warum nicht?«

»Die Wirtschaft des Landes war von den Straßen abhängig geworden. Sie waren die wesentlichen Transportmittel in den Industriegebieten – die einzigen von ökonomischer Bedeutung. Fabriken wurden geschlossen, Lebensmittel nicht befördert, die Menschen bekamen Hunger – und der Präsident war gezwungen, die Straßen wieder rollen zu lassen. Es war das einzige, was man machen konnte. Das gesellschaftliche Phänomen hatte sich in einer bestimmten Form kristallisiert, und es ließ sich nicht über Nacht ändern. Eine große Bevölkerung in einem stark industrialisierten Gebiet muß adäquate Transportmittel haben, nicht nur für Personen, sondern auch für Frachtgut.«

Mr. Blekinson spielte mit seiner Serviette herum und meinte dann ziemlich schüchtern: »Mr. Gaines, es ist nicht meine Absicht, die geniale Erfindung Ihres großen Volkes herabzusetzen. Aber ist es nicht möglich, daß Sie zu viele Eier in einen Korb gelegt haben, als Sie Ihre ganze Wirtschaft vom Funktionieren eines einzigen Maschinentyps abhängig werden ließen?«

Gaines dachte ernsthaft darüber nach. »Ich weiß, was Sie meinen. Ja – und nein. Jede Zivilisation oberhalb des

Bauern-und-Dorf-Typs hängt von irgendeiner Schlüsselmaschinerie ab. Der alte Süden beruhte auf der Baumwollentkörnungsmaschine. Das englische Imperium wurde durch die Dampfmaschine ermöglicht. Große Bevölkerungen müssen Maschinen für die Energieerzeugung, den Transport und die Herstellung haben, um leben zu können. Ohne Maschinen wären die großen Bevölkerungen gar nicht erst herangewachsen. Das ist kein Nachteil der Maschine, sondern ein Vorteil.

Aber es ist wahr, immer wenn wir eine Maschinenanlage bis zu dem Punkt entwickeln, wo sie dafür sorgt, daß eine große Bevölkerung einen hohen Lebensstandard hat, sind wir gezwungen, diese Maschinenanlage in Betrieb zu halten, wenn wir katastrophale Folgen vermeiden wollen. Das eigentliche Risiko stellen jedoch nicht die Maschinen dar, sondern die Menschen, die die Maschinen steuern. Diese Straßen sind, als Maschinen betrachtet, in Ordnung. Sie sind stark und sicher und werden alles tun, wozu sie bestimmt sind. Nein, es sind nicht die Maschinen, sondern die Menschen.

Wenn eine Bevölkerung von Maschinen abhängt, ist sie in der Gewalt der Menschen, die die Maschinen bedienen. Haben diese Menschen eine hohe Moral, ein starkes Pflichtgefühl ...«

Jemand vorn im Restaurant hatte die Lautstärke des Radios aufgedreht, und ein Schwall von Musik übertönte Gaines' Worte. Als der Ton auf ein beinahe erträgliches Volumen gedämpft worden war, sagte er: »Hören Sie sich das an! Es illustriert meine Ausführungen.«

Blekinsop richtete seine Aufmerksamkeit auf die Musik. Es war ein swingender Marsch von mitreißendem Rhythmus, modern, auf interpretierende Weise arrangiert. Man konnte das Grollen der Maschinen, das sich ständig wiederholende Klappern von Mechanismen hören. Ein fröhliches Lächeln des Wiedererkennens breitete sich auf dem Gesicht des Australiers aus. »Das ist das Lied unserer Feldartillerie, *Das Rollen der Caissons,* nicht wahr? Aber ich sehe den Zusammenhang nicht.«

»Sie haben recht; es war *Das Rollen der Caissons,* aber

wir haben es für unsere Zwecke umgestaltet. Jetzt heißt es *Das Straßenlied der Transport-Kadetten.* Warten Sie.«

Das Hämmern des Marsches ging weiter und schien mit dem Vibrieren der Straße unter ihnen zu einem einzigen Rhythmus zu verschmelzen. Dann setzte ein Männerchor ein:

Die Straße rollt dahin,
Wir wachen unten drin,
Kadetten, wie ich einer bin,
Die haben niemals frei.
Der Rotor-Mann auf Schicht
Tut ständig seine Pflicht;
Sektoren melden grünes Licht:
(Gesprochen) *Eins! Zwei! Drei!*

Die Straße singt ihr Lied,
Kommt her, steigt auf, fahrt mit.
Sie bringt euch, wenn ihr mit ihr zieht,
An welchen Ort ihr wollt.
Ihr wißt, der Rotor-Mann
Macht sicher eure Bahn;
Die Straße, die hält niemals an –
(Gerufen) *LASST SIE ROLLEN!*

Die Straße, ja, die rollt.

»Sehen Sie?« fragte Gaines lebhafter als bisher. »Sehen Sie? Das ist der eigentliche Zweck, den die Transportakademie der Vereinigten Staaten erfüllt. Das ist der Grund, warum ›Transport-Ingenieur‹ ein halbmilitärischer Beruf mit strikter Disziplin ist. Wir sind der Flaschenhals, das *sine qua non* der ganzen Industrie, der ganzen Wirtschaft. Andere Industrien können streiken und rufen damit nur zeitlich und örtlich begrenzte Störungen hervor. Es kann hier und da Mißernten geben, und das Land verkraftet sie. Aber wenn die Straßen aufhören zu rollen, bleibt auch alles andere stehen. Die Wirkung wäre dieselbe wie bei einem Generalstreik – mit diesem wichtigen Unterschied: Zu einem Generalstreik kommt es nur, wenn eine Mehrheit der Bevölkerung wirklich ernsthafte Klagen hat. Aber die Männer, die die Straßen am Rollen halten, können, so wenige sie sind, die gleiche vollständige Lähmung hervorrufen.

Wir hatten erst einen einzigen Streik auf den Straßen, damals im Jahr sechsundsiebzig. Er war berechtigt, denke ich, und es wurden dadurch eine Menge Mißstände aus der Welt geschafft – doch es darf nicht wieder geschehen.«

»Aber was kann verhindern, daß es wieder geschieht, Mr. Gaines?«

»Die Moral – der Korpsgeist. Die Techniker im Straßendienst werden ständig mit der Idee indoktriniert, daß ihnen ein heiliges Gut anvertraut ist. Außerdem tun wir alles, was in unserer Macht steht, um ihre soziale Stellung aufzuwerten. Noch wichtiger ist die Akademie. Unser Bestreben ist es, daß die dort ausgebildeten Ingenieure die gleiche Loyalität besitzen sollen, die gleiche eiserne Selbstdisziplin und die gleiche Entschlossenheit, um jeden Preis ihre Pflicht gegenüber der Gemeinschaft zu erfüllen, wie sie Annapolis und West Point und Goddard ihren Absolventen so erfolgreich mitgeben.«

»Goddard? Oh, ja, das Raketengelände. Und glauben Sie, daß es Ihnen gelungen ist?«

»Vielleicht noch nicht ganz, aber wir werden es schaffen. Man braucht Zeit, um eine Tradition aufzubauen. Wenn der älteste Ingenieur ein Mann ist, der als Teenager mit dem Studium an der Akademie begonnen hat, können wir uns ein bißchen Entspannung gönnen und es als gelöstes Problem behandeln.«

»Ich nehme an, Sie sind Absolvent der Akademie?«

Gaines grinste. »Sie schmeicheln mir – ich muß jünger aussehen, als ich bin. Nein, ich bin von der Army übernommen worden. Wissen Sie, nach dem Streik von sechsundsiebzig unterstanden die Straßen drei Monate lang dem Verteidigungsministerium. Ich gehörte dem Schlichtungsausschuß an, der für Lohnerhöhungen und bessere Arbeitsbedingungen sorgte. Dann wurde ich ...«

Das Signallicht des tragbaren Telefons glühte rot. »Entschuldigen Sie.« Gaines griff nach dem Hörer. »Ja?«

Die Stimme am anderen Ende drang bis zu Blekinsop. »Hier ist Davidson, Chef. Die Straßen rollen.«

»Gut. Laßt sie rollen!«

»Ich habe noch eine Meldung über einen Zwischenfall im Sacramento-Sektor bekommen.«

»Schon wieder? Was ist es diesmal?«

Bevor Davidson antworten konnte, wurde die Verbindung unterbrochen. Als Gaines die Hand ausstreckte, um zurückzurufen, flog ihm auch schon die halbvolle Kaffeetasse in den Schoß. Blekinsop wurde gegen die Tischkante geschleudert, und doch fiel ihm eine beunruhigende Veränderung im Summen der Straße auf.

»Was ist geschehen, Mr. Gaines?«

»Ich habe keine Ahnung. Ein Notstopp – Gott weiß, warum.« Er wählte wütend. Kurz darauf warf er das Telefon auf den Tisch, ohne erst lange den Hörer auf die Gabel zu legen. »Die Verbindung ist tot. Kommen Sie! Nein – hier sind Sie sicher. Warten Sie.«

»Muß das sein?«

»Na gut, dann kommen Sie mit, und bleiben Sie immer dicht bei mir.« Er wandte sich ab. Den australischen Kabinettsminister hatte er bereits aus seinen Gedanken entlassen. Das Band kam langsam zum Stehen. Die riesigen Rotoren und Myriaden von Rollen wirkten als Schwungräder und verhinderten einen katastrophalen plötzlichen Stopp. Schon versuchte ein Knäuel von Pendlern, die bei ihrer Abendmahlzeit gestört worden waren, sich zur Tür des Restaurants hinauszudrängen.

»Halt!«

Wenn ein Mann, der gewöhnt ist, daß man ihm gehorcht, einen Befehl ausspricht, wird er befolgt. Es mag an der Intonation liegen oder möglicherweise an einer esoterischeren Kraft, wie sie angeblich von Tierbändigern ausgeübt wird, wenn sie sich wilde Bestien untertan machen. Jedenfalls funktioniert es.

Die Pendler blieben wie angewurzelt stehen.

Gaines fuhr fort: »Bleiben Sie im Restaurant, bis wir Sie evakuieren können! Ich bin der Chefingenieur. Sie werden hier nicht in Gefahr sein. Sie da!« rief er einem großen Mann in der Nähe der Tür zu. »Ich ernenne Sie zum Deputy. Lassen Sie niemanden hinaus, der nicht dazu befugt ist! Mrs. McCoy, servieren Sie weiter!«

Gaines schritt aus der Tür, dicht gefolgt von Blekinsop. Der Situation draußen war nicht mit so einfachen Maßnahmen beizukommen. Das Hundertmeilenband hatte angehalten. Wenige Fuß entfernt raste das nächste Band ungehindert mit fünfundneunzig Meilen die Stunde dahin – mit einhundertneununddreißig Fuß in der Sekunde. Die Reisenden darauf flickerten vorbei, unwirklich wie Pappfiguren.

Der zwanzig Fuß breite Gehweg auf dem Höchstgeschwindigkeitsband war überfüllt gewesen, als es zum Stillstand kam. Jetzt strömten die Kunden aus Läden, Imbißbuden, Warteräumen und Fernsehkinos auf den Gehsteig hinaus, um nachzusehen, was passiert war. Fast sofort geschah das erste Unglück.

Die schiebende Menge brachte eine Frau mittleren Alters am Rand des Bandes aus dem Gleichgewicht. Um nicht zu fallen, hob sie einen Fuß über das vorbeizischende Fünfundneunzigmeilenband. Sie erkannte ihren gräßlichen Irrtum, denn sie schrie, bevor ihr Fuß das Band berührte.

Sie wurde herumgeschleudert und landete schwer auf dem sich bewegenden Band, das versuchte, ihrer Masse mit einem Schlag eine Geschwindigkeit von fünfundneunzig Meilen die Stunde zu verleihen – einhundertneununddreißig Fuß die Sekunde. Im Weiterrollen warf sie ein paar der Pappfiguren um, wie eine Sichel Grashalme abmäht. Sehr schnell war sie außer Sicht. Ihre Identität, ihre Verletzungen und ihr Schicksal blieben unbekannt.

Aber ihr Unglück zog weitere Folgen nach sich. Eine der vorbeiflackernden Pappfiguren, die von ihrem relativen Bewegungsmoment umgeworfen wurden, fiel auf das Hundertmeilenband, krachte in die schreckensstarre

Menge und tauchte plötzlich als lebender Mann – aber blutend und mit gebrochenen Knochen – zwischen den am Boden liegenden Opfern auf, deren Körper seinen wilden Flug gebremst hatten.

Auch das war noch nicht das Ende. Die Katastrophe breitete sich um ihre Quelle herum aus, und jeder unglückliche menschliche Kegel mußte mit hoher Wahrscheinlichkeit andere umwerfen, so daß sie über die gefahrvolle Grenze stürzten, wo sie ein teuer erkauftes Gleichgewicht wiederfanden. Inzwischen raste der Brennpunkt des grauenhaften Geschehens außer Sicht, und Blekinsop konnte nichts mehr erkennen. Sein reger Verstand, daran gewöhnt, sich mit großen Mengen individueller menschlicher Wesen zu befassen, multiplizierte die tragische Kettenreaktion, deren Zeuge er gewesen war, mit zwölfhundert Meilen eines überfüllten Förderbandes, und sein Magen verkrampfte sich.

Zu Blekinsops Überraschung traf Gaines keine Anstalten, den Gefallenen zu helfen oder die vor Angst verrückte Menge zu beruhigen, sondern wandte das ausdruckslose Gesicht wieder dem Restaurant zu. Als der Australier sah, daß Gaines tatsächlich wieder hineingehen wollte, zupfte er ihn am Ärmel. »Sollen wir diesen armen Menschen nicht helfen?«

Das Gesicht des eiskalten Mannes, der ihm antwortete, hatte keine Ähnlichkeit mehr mit dem des aufgeschlossenen, beinahe jungenhaften Gastgebers, der er noch vor ein paar Minuten gewesen war. »Nein. Die Umstehenden können ihnen helfen. Ich muß an die ganze Straße denken. Stören Sie mich nicht.«

Der zurechtgewiesene Politiker gehorchte, innerlich irgendwie empört. Verstandesmäßig wußte er, daß der Chefingenieur recht hatte. Ein Mann, der für die Sicherheit von Millionen verantwortlich ist, kann sich seiner Pflicht nicht entziehen, um einzelnen persönlich beizustehen. Trotzdem stieß ihn die kalte Sachlichkeit eines solchen Standpunkts ab.

Gaines war wieder in dem Restaurant. »Mrs. McCoy, wo ist Ihr Notausstieg?«

»Im Anrichteraum, Sir.«

Gaines eilte hin, Blekinsop blieb ihm auf den Fersen. Ein nervöser Filipino-Salathoy wich vor ihm zurück, als er ohne Zögern einen Haufen geputzten Grünzeugs auf den Boden fegte und auf die Arbeitsplatte trat, wo es gelegen hatte. Direkt über seinem Kopf und in Reichweite war ein rundes Mannloch mit einem Handrad in der Mitte, das zum Öffnen und als Gegengewicht diente. Eine kurze Stahlleiter, deren Angeln am Rand der Öffnung saßen, lag flach an der Decke und war mit einem Haken gesichert.

Blekinsop verlor seinen Hut in dem Bemühen, schnell genug hinter Gaines die Leiter hochzuklettern. Als er oben auftauchte, suchte Gaines schon die Decke der Straße mit einer Taschenlampe ab. Tief gebückt bewegte er sich in dem engen Freiraum von vier Fuß zwischen dem Dach unter ihm und der Decke über ihm vorwärts.

Etwa fünfzig Fuß entfernt fand er, was er suchte – ein ähnliches Mannloch wie das, durch das sie von unten hochgestiegen waren. Er drehte das Rad, richtete sich auf, legte die Hände auf den Rand der Öffnung und schwang sich mit einer einzigen geschmeidigen Bewegung auf das Dach der Straße. Sein Begleiter folgte ihm unter größeren Schwierigkeiten.

Sie standen im Dunkeln und spürten einen feinen, kalten Regen auf den Gesichtern. Aber unter ihren Füßen und zu beiden Seiten, so weit man sehen konnte, zeigten die Sonnenenergieschirme ein opalisierendes Glühen. Der geringe Prozentsatz, der nicht in elektrische Energie umgewandelt wurde, machte sich als schwaches Phosphoreszieren bemerkbar. Das war keine Beleuchtung, sondern glich eher dem geisterhaften Schimmern einer schneebedeckten Ebene im Sternenlicht.

Dazwischen lag als schmaler schwarzer Streifen ein Pfad, der hinter dem leicht geschwungenen Dach im Dunkeln verschwand. Ihm mußten sie folgen, um die vom Regen verschleierten Gebäude am Rand der Straße zu erreichen. Sie trabten dahin, so schnell es der schlüpfrige Boden und die Finsternis erlaubten. Blekinson dachte immer noch über Gaines' so herzlos wirkende Sachlichkeit nach. Obwohl er einen scharfen Verstand besaß, herrschte bei ihm ein warmes, menschliches Mitgefühl vor, ohne das kein Politiker, welche anderen Tugenden oder Mängel er auch haben mag, lange erfolgreich ist.

Dieser Charakterzug war der Grund, daß er instinktiv jedem Verstand mißtraute, der sich allein von der Logik leiten ließ. Er war sich bewußt, daß sich vom Standpunkt strikter Logik aus kein Argument für den Fortbestand der menschlichen Rasse vorbringen läßt und erst recht keines für die menschlichen Werte, denen er diente.

Hätte er einen Blick in das Gehirn seines Gefährten werfen können, wäre er versöhnt gewesen. An der Oberfläche arbeitete Gaines' ungewöhnliche Intelligenz mit der Leichtigkeit eines elektronischen Integrators – stellte die verfügbaren Daten zusammen, traf vorläufige Beurteilungen, verschob in anderen Fällen Entscheidungen, bis die notwendigen Informationen vorliegen würden, wog Alternativen ab. In einem Abteil darunter, das durch strenge Selbstdisziplin von dem Kampfplatz seines Geistes getrennt war, tobte ein Sturm von Selbstanklagen. Das Herz tat ihm weh von dem Leid, das er gesehen hatte und von dem er genau wußte, daß es sich in ähnlicher Form auf der ganzen Strecke abspielte. Zwar hatte er selbst sich kein Versäumnis zuschulden kommen lassen, aber trotzdem war es irgendwie sein Fehler, denn Autorität schafft Verantwortung.

Zu lange hatte er die übermenschliche Bürde des Königtums getragen, die kein gesunder Geist ohne Sorgen trägt. In diesem Augenblick befand er sich gefährlich nahe an dem Geisteszustand, der Kapitäne mit ihren Schiffen untergehen läßt. Nur der Zwang zu sofortigem, konstruktivem Handeln hielt ihn aufrecht.

Aber keine Spur von diesem Konflikt malte sich in seinen Zügen.

Über die Front der Gebäude lief eine Linie aus glühenden grünen Pfeilen, die nach links zeigten. Über ihnen, am Ende des schmalen Pfades, leuchtete ein Schild auf:

»ZUGANG NACH UNTEN«. Sie folgten diesen Hinweisen, Blekinsop schnaufend in Gaines' Kielwasser, zu einer in die Mauer eingelassenen Tür. Dahinter lag eine enge Treppe, von einer einzigen Leuchtröhre erhellt. Gaines stürmte hinunter, Blekinsop hinterdrein. Sie kamen auf den überfüllten, lauten, stationären Gehweg hinaus, der die nach Norden führende Straße begrenzte.

Gleich rechts von der Treppe stand eine öffentliche Telefonzelle. Durch die Glassit-Tür konnten sie einen stattlichen, gut angezogenen Mann sehen, der ernsthaft mit seinem weiblichen Gegenstück auf dem Bildschirm sprach. Drei andere Bürger warteten vor der Zelle.

Gaines drängte sich an ihnen vorbei, riß die Tür auf, faßte den bestürzten und entrüsteten Mann bei den Schultern, warf ihn hinaus und warf die Tür hinter sich mit einem Fußtritt zu. Er löschte den Bildschirm mit einer einzigen Handbewegung, bevor die Dame darauf protestieren konnte, und drückte den *Not*stand-Priorität-Knopf. Er wählte seine private Codenummer und sah bald darauf in das beunruhigte Gesicht seines Ingenieurs vom Dienst Davidson.

»Meldung!«

»Sie sind es, Chef! Gott sei Dank! Wo sind Sie?« Es war rührend, wie erleichtert Davidson war.

»Meldung!«

Der ranghöchste Offizier vom Dienst unterdrückte seine Aufregung und erklärte in knappen, abgehackten Sätzen: »Um neunzehn Uhr neun stieg plötzlich der Wert der Gesamtspannung von Band zwanzig im Sacramento-Sektor. Bevor etwas unternommen werden konnte, war die Notfallmarke überschritten. Die Verriegelungen rasteten ein, und die Energiezufuhr zu diesem Band wurde unterbrochen. Grund des Versagens unbekannt. Direktverbindung zum Kontrollbüro von Sacramento gestört. Dort meldete sich niemand, weder über die Hilfsleitung noch über den öffentlichen Anschluß. Die Bemühungen zur Wiederherstellung der Verbindung werden fortgesetzt. Bote von Stockton, Untersektor zehn, abgegangen.

Keine Todesfälle gemeldet. Lautsprecherdurchsage an alle Passagiere, sich von Band neunzehn fernzuhalten. Evakuierung hat begonnen.«

»Es *hat* Todesfälle gegeben«, warf Gaines ein. »Alarmbereitschaft für Polizei und Krankenhäuser. Sofort!«

»Jawohl, Sir!« beeilte sich Davidson zu antworten und stieß einen Daumen über die Schulter – aber sein Kadettenoffizier vom Dienst sprang bereits, den Befehl auszuführen. »Soll ich den Rest der Straße abschalten, Chef?«

»Nein. Nach dem ersten Chaos sind keine Todesfälle mehr zu erwarten. Lassen Sie die Lautsprecherwarnung ständig wiederholen. Die anderen Streifen müssen weiterrollen, sonst haben wir einen Verkehrsstau, den der Teufel selbst nicht mehr entwirren könnte.« – Gaines dachte dabei an die Unmöglichkeit, stillstehende Bänder unter Last anlaufen zu lassen. Dazu waren die Rotoren nicht stark genug. Wurde die gesamte Straße gestoppt, mußte er jedes einzelne Band evakuieren, den Schaden an Band zwanzig beheben, alle Bänder neu starten und dann die inzwischen angesammelte Verkehrslast abtransportieren. In der Zwischenzeit würden aber fünf Millionen gestrandete Passagiere die Polizei vor fürchterliche Probleme stellen. Es war einfacher, die Leute auf Band zwanzig über das Dach zu evakuieren und ihnen zu erlauben, mittels der verbleibenden Bänder nach Hause zurückzukehren. »Benachrichtigen Sie den Bürgermeister und den Gouverneur, daß ich den Notstandsbefehl übernommen habe. Ebenso den Polizeichef; er untersteht ab sofort Ihrem Kommando. Sagen Sie dem Kommandeur, er soll alle erreichbaren Kadetten bewaffnen und auf Befehle warten. Tempo!«

»Jawohl, Sir. Soll ich dienstfreie Techniker zurückrufen?«

»Nein. Hier handelt es sich nicht um ein technisches Versagen. Werfen Sie einen Blick auf Ihre Meßwerte: Dieser ganze Sektor ist mit einem Schlag ausgefallen. Da hat jemand die Rotoren von Hand abgestellt. Die dienstfreien Techniker sollen sich bereithalten – aber bewaffnen Sie sie nicht, und ›unten drin‹ haben sie vorerst nichts zu suchen. Veranlassen Sie, daß der Kommandeur alle erreichbaren Kadetten der Examensklasse schleunigst ins Büro Nummer zehn des Untersektors Stockton schickt! Dort sollen sie sich bei mir melden, ausgerüstet mit Stehaufs, Pistolen und Betäubungsbomben!«

»Jawohl, Sir.« Ein Büroangestellter beugte sich über Davidsons Schulter und flüsterte ihm etwas ins Ohr. »Der Gouverneur möchte Sie sprechen, Chef.«

»Ich habe keine Zeit – und Sie auch nicht. Wer ist Ihre Ablösung? Haben Sie nach ihm geschickt?«

»Das ist Hubbard – und er ist gerade gekommen.«

»Lassen Sie ihn mit dem Gouverneur reden, mit dem Bürgermeister, der Presse – mit jedem, der anruft – sogar mit dem Weißen Haus. Sie bleiben auf Ihrem Platz. Ich melde mich wieder, sobald ich einen Spähwagen aufgetrieben habe.« Er hatte die Zelle beinahe eher verlassen, als das Bild auf dem Schirm erlosch.

Blekinsop traute sich nicht, etwas zu sagen, aber er folgte Gaines hinaus zu dem nach Norden laufenden Zwanzigmeilenband. Dort blieb Gaines kurz vor dem Windbrecher stehen, drehte sich um und richtete den Blick auf die Mauer hinter dem festen Gehsteig. Er suchte sich eine Landmarke oder ein Zeichen aus – seinem Gefährten wurde nicht klar, welches – und glitt so schnell, alle Bänder überquerend, zu dem stationären Gehsteig zurück, daß Blekinsop einige hundert Fuß weitergetragen wurde und Gaines beinahe verloren hätte, als dieser in einem Eingang verschwand und eine Treppe hinunterlief.

Sie kamen auf einem schmalen Gehsteig ›unten drin‹ heraus. Das alles durchdringende Getöse attackierte ihre Körper ebenso wie ihre Ohren. Gegen diese Mauer aus Lärm ankämpfend, nahm Blekinsop undeutlich ihre Umgebung wahr. Vor ihm stand, vom gelben Licht einer Natriumbogenlampe angestrahlt, einer der Rotoren, die das Fünfmeilenband antrieben. Das große, trommelförmige Gehäuse drehte sich langsam um die unbeweglichen Feldspulen in seinem Kern. Die obere Fläche drückte sich gegen die Unterseite der laufenden Straße und schob sie durch ihre majestätischen Bewegungen weiter.

Hundert Yards nach links und rechts und dahinter im gleichen Abstand, weiter als man sehen konnte, standen weitere Rotoren. Die Lücken zwischen ihnen füllten die schlanken Rollen aus, dicht bei dicht wie Zigarren in einem Kasten, um dem Band eine ununterbrochene rollende Stütze zu geben. Die Rollen wiederum wurden von Trägerbogen gestützt, durch deren Lücken Blekinsop Reihe auf Reihe von Rotoren in gestaffelten Reihen erblickte, deren jede sich schneller drehte als die vorherige.

Vor dem schmalen Gehweg durch eine Reihe von stählernen Pfeilern getrennt und auf der den Rotoren abgekehrten Seite parallel dazu laufend, erhob sich ein gepflasterter Damm, der an dieser Stelle mit dem Gehweg durch eine Rampe verbunden war. Gaines spähte in offensichtlicher Verärgerung den Tunnel hinauf und hinunter. Blekinsop wollte ihn fragen, was ihm Sorgen bereite, aber seine Stimme ging im Gebrüll der Tausende von Rotoren und dem Winseln der Hunderttausende von Rollen unter.

Gaines sah, daß seine Lippen sich bewegten, und erriet die Frage. Er wölbte die Hände um Blekinsops rechtes Ohr und brüllte: »Kein Wagen da – ich hatte erwartet, hier einen Wagen zu finden.«

Der Australier, der sich gern hilfsbereit erweisen wollte, ergriff Gaines' Arm und zeigte zurück in den Dschungel aus Maschinerie. Gaines' Auge folgte der ihm gewiesenen Richtung und entdeckte etwas, das ihm durch seine Konzentration auf den Wagen entgangen war: Ein halbes Dutzend Männer arbeitete mehrere Bänder entfernt rings um einen Rotor. Sie hatten ihn ausgebaut, so daß er nicht mehr in Kontakt mit der Straßenunterseite war, und trafen Anstalten, ihn zu ersetzen. Der Ersatzrotor stand auf einem niedrigen, schweren Lastwagen daneben.

Der Chefingenieur drückte seinen Dank mit einem anerkennenden Lächeln aus und richtete seine Taschenlampe auf die Gruppe. Der Strahl war zu einer dünnen, intensiven Lichtnadel gebündelt. Einer der Techniker blickte auf, und Gaines schaltete die Lampe in einem wiederholten, unregelmäßigen Muster an und aus. Eine Gestalt löste sich von der Gruppe und kam angerannt.

Es war ein schlanker junger Mann in Arbeitskleidung mit Ohrenschützern und einer dazu schlecht passenden runden Mütze, die vor Goldschnüren und Abzeichen glitzerte. Er erkannte den Chefingenieur und salutierte, und sein Gesicht nahm den Ausdruck humorlosen, jungenhaften Eifers an. Gaines steckte seine Taschenlampe weg und begann, rasch mit beiden Händen zu gestikulieren – in scharfen, deutlichen Bewegungen, die ebenso kompliziert und bedeutungsvoll waren wie die Taubstummensprache. Blekinsop rief sich sein dilettantisches anthropologisches Wissen ins Gedächtnis zurück und kam zu dem Schluß, das hier sei hauptsächlich die Zeichensprache der amerikanischen Indianer, ergänzt durch ein paar Fingergesten des Hula. Verstehen konnte er natürlich so gut wie nichts, da die Sprache einer bestimmten Terminologie angepaßt worden war.

Der Kadett antwortete ihm auf gleiche Weise, trat an den Rand des Dammes und richtete den Strahl seiner Taschenlampe nach Süden. Das Licht machte einen Wagen sichtbar, der noch ein gutes Stück entfernt war, sich aber mit Höchstgeschwindigkeit näherte. Er bremste und blieb neben ihnen stehen.

Es war ein kleines Fahrzeug in Eiform auf zwei Rädern an der Mittellinie. Eine Haube vorn schwang auf und enthüllte den Fahrer, ebenfalls ein Kadett. Gaines teilte ihm in der Zeichensprache kurz etwas mit und drängte dann Blekinsop vor sich in das enge Passagierabteil.

Während die Glassit-Haube sich wieder senkte, traf die Männer ein scharfer Luftzug. Der Australier sah noch rechtzeitig hoch, um einen Blick auf den letzten von drei viel größeren Fahrzeugen zu erhaschen, die an ihnen vorbeirasten. Sie fuhren in Richtung Norden mit einer Geschwindigkeit, die nicht viel unter zweihundert Meilen die Stunde lag. Blekinsop meinte, durch die Fenster die Mützchen der Kadetten erkannt zu haben, doch sicher war er sich nicht.

Er hatte keine Zeit, darüber nachzudenken, so heftig startete der Fahrer. Gaines ignorierte den Beschleunigungsdruck; er rief bereits Davidson über den eingebauten Kommunikator an. Das Gesicht einer Telefonistin der Relais-Station erschien auf dem Schirm.

»Geben Sie mir Davidson – den ranghöchsten Offizier vom Dienst!«

»Oh! Das ist Mr. Gaines! Der Bürgermeister möchte Sie sprechen, Mr. Gaines.«

»Verbinden Sie ihn mit jemand anders – und mich mit Davidson. Sofort!«

»Jawohl, Sir!«

»Und hören Sie – halten Sie die Verbindung dieses Apparats mit Davidsons Kontrolltisch aufrecht, bis ich persönlich Ihnen sage, Sie sollen sie trennen!«

»In Ordnung.« Ihr Gesicht wurde von dem des Diensthabenden ersetzt.

»Sie sind das, Chef? Hier gibt es nichts Neues.«

»Gut. Sie können mich über diese Leitung oder auch im Untersektor-Büro zehn erreichen. Ende.« Die Telefonistin erschien wieder.

»Ihre Frau ruft an, Mr. Gaines. Wollen Sie das Gespräch annehmen?«

Gaines murmelte etwas nicht sehr Galantes und antwortete: »Ja.«

Mrs. Gaines' Bild leuchtete auf. Der Chefingenieur redete los, bevor sie den Mund öffnen konnte. »Darling mir geht es gut mach dir keine Sorgen ich weiß noch nicht wann ich nach Hause komme jetzt muß ich weiter.« Es kam in einem Atemzug heraus, und schon schlug er auf den Knopf, der den Schirm löschte.

Nach einer Bremsung, die ihnen den Atem nahm, hielten sie an einer Treppe, über die es zum Wachbüro des Untersektors zehn ging, und stiegen aus. Drei große Lastwagen waren an der Rampe geparkt, und drei Züge Kadetten standen in unruhigen Reihen daneben.

Ein Kadett trat vor und salutierte. »Linsay, Sir – Ingenieur-Kadett vom Dienst. Der Ingenieur vom Dienst bittet, daß Sie sofort in den Kontrollraum kommen.«

Der Ingenieur vom Dienst blickte bei ihrem Eintritt auf. »Chef – van Kleeck ruft Sie an.«

»Legen Sie das Gespräch hierher!«

Van Kleecks Gesicht erschien auf dem großen Bildschirm. Gaines begrüßte ihn mit: »Hallo, Van. Wo stecken Sie?«

»Im Sacramento-Büro. Jetzt hören Sie mal zu ...«

»Sacramento? Das trifft sich gut! Meldung.«

Van Kleeck verzog ärgerlich das Gesicht. »Meldung? Verdammt, Gaines, ich bin nicht mehr Ihr Stellvertreter. Und Sie hören jetzt ...«

»Worüber, zum Teufel, reden Sie?«

»Hören Sie zu, und unterbrechen Sie mich nicht, dann werden Sie es erfahren. Ich bin zum Direktor des einstweiligen Kontroll-Komitees für die Neue Ordnung gewählt worden.«

»Van, haben Sie den Verstand verloren? Was meinen Sie mit ›Neuer Ordnung‹?«

»Das werden Sie schon noch merken. Das ist – die funktionalistische Revolution. Wir sind am Ruder; Sie sind draußen. Wir haben Band zwanzig angehalten, um Ihnen einen kleinen Vorgeschmack von dem zu geben, was wir tun können.«

Über die Funktion: Eine Abhandlung über die natürliche Ordnung in der Gesellschaft, die Bibel der Funktionalisten-Bewegung, erschien 1930. Sie behauptete, eine wissenschaftlich akkurate Theorie sozialer Beziehungen zu sein. Paul Decker, der Autor, verwarf die ›abgenutzten und sinnlosen‹ Ideale der Demokratie und der menschlichen Gleichheit und ersetzte sie durch ein System, in dem menschliche Wesen nach ihrer ›Funktion‹ eingestuft wurden, also nach der Rolle, die jeder in der ökonomischen Reihenfolge ausfüllt. Ihm zugrunde lag die These, ein Mann habe das Recht, alle Macht, die ihm seine

Funktion gebe, über seine Mitmenschen auszuüben, und jede andere Form sozialer Organisation sei töricht, illusionär und der ›natürlichen Ordnung‹ widersprechend.

Die gegenseitigen Abhängigkeiten, die das gesamte moderne ökonomische Leben durchziehen, scheinen ihm entgangen zu sein.

Seine Ideen wurden mit einer oberflächlichen mechanistischen Pseudo-Psychologie aufgemotzt, die auf der beobachteten Hackordnung im Hühnerhof und auf den berühmten Experimenten basierte, die Pawlow über erworbene Reflexe bei Hunden anstellte. Er sah nicht, daß menschliche Wesen weder Hunde noch Hühner sind. Der alte Dr. Pawlow ignorierte ihn vollständig, wie er so viele andere ignoriert hatte, die die Ergebnisse seiner wichtigen, aber streng begrenzten Versuche blindlings und unwissenschaftlich dogmatisierten.

Der Funktionalismus setzte sich nicht gleich durch – in den Dreißigerjahren hatte beinahe jeder, vom Lastwagenfahrer bis zum Garderobenfräulein, einen Plan, wie die Welt in sechs leichten Lektionen in Ordnung zu bringen sei, und ein erstaunlicher Prozentsatz brachte es so weit, daß ihre Theorien veröffentlicht wurden. Aber allmählich breitete er sich aus. Besonderer Beliebtheit erfreute er sich überall bei den kleinen Leuten, die sich einreden konnten, ihre speziellen Berufe seien unentbehrlich und unter der ›natürlichen Ordnung‹ würden sie deshalb obenauf sein.

Bei so vielen verschiedenen tatsächlich unentbehrlichen Berufen war eine solche Selbsttäuschung leicht.

Gaines musterte van Kleeck einen Augenblick, bevor er antwortete. »Van«, sagte er langsam, »Sie glauben doch nicht im Ernst, daß Sie damit durchkommen?«

Der kleine Mann wölbte seine Brust. »Warum denn nicht? Wir *sind* bereits damit durchgekommen. Sie können Band zwanzig erst wieder anlaufen lassen, wenn ich es gestatte, und ich kann, wenn nötig, die ganze Straße stoppen.«

Gaines wurde sich zu seinem Unbehagen bewußt, daß er es mit irrationalem Dünkel zu tun hatte, und bewahrte sorgfältig Geduld. »Sicher können Sie das, Van – aber was ist mit dem Rest des Landes? Meinen Sie, die Armee der Vereinigten Staaten wird ruhig dasitzen und Ihnen Kalifornien als Ihr privates Königreich überlassen?«

Van Kleecks Gesicht nahm einen listigen Ausdruck an. »Dafür habe ich Pläne parat. Gerade ist ein Manifest an alle Straßentechniker des Landes über den Sender gegangen, in dem ich ihnen mitteile, was wir getan haben, und sie aufrufe, sich zu erheben und ihre Rechte zu verlangen. Wenn jede einzelne Straße im Land stillsteht und die Menschen Hunger bekommen, wird der Präsident es sich wohl zweimal überlegen, bevor er uns die Armee auf den Hals schickt. Oh, er könnte einen Stoßtrupp aussenden, mich gefangenzunehmen oder zu töten – ich fürchte mich nicht zu sterben! –, aber er würde es nicht wagen, die Straßentechniker als Klasse niederzuschießen, weil es nämlich ohne uns nicht geht. Und daher wird er sich mit uns einigen müssen – zu unseren Bedingungen!«

In dem, was er sagte, lag viel bittere Wahrheit. Wenn der Aufstand der Straßentechniker allgemein wurde, konnte die Regierung ebensowenig versuchen, ihn mit Gewalt zu unterdrücken, wie ein Mann versuchen sollte, seine Kopfschmerzen zu heilen, indem er sich das Gehirn rausschießt. Aber *war* der Aufstand allgemein?

»Warum glauben Sie, die Techniker im Rest des Landes würden Ihrer Führung folgen?«

»Warum sollten sie es nicht tun? Wir leben im Maschinenzeitalter; überall liegt die wahre Macht bei den Technikern, aber man hat sie mit einem Haufen veralteter Schlagworte beschwatzt, ihre Macht nicht auszuüben. Und von allen Technikern sind die wichtigsten, die absolut unentbehrlichen die Straßentechniker. Von jetzt an leiten sie die Geschicke des Landes – das ist die natürliche Ordnung der Dinge!« Er machte sich kurz mit Papieren zu schaffen, die auf dem Schreibtisch vor ihm lagen, dann setzte er hinzu: »Das ist für den Augenblick alles, Gaines – ich muß das Weiße Haus anrufen und den Präsidenten wissen lassen, wie die Dinge stehen. Seien

Sie vernünftig und benehmen Sie sich, dann wird Ihnen nichts passieren!«

Gaines blieb mehrere Minuten, nachdem das Bild auf dem Schirm erloschen war, still sitzen. Also das steckte dahinter. Er fragte sich, welche Wirkung – wenn überhaupt eine – van Kleecks Aufruf zum Streik auf die Straßentechniker anderswo haben mochte. Keine, glaubte er – aber er hätte sich auch nicht im Traum einfallen lassen, daß es unter seinen eigenen Technikern geschehen könne. Vielleicht hatte er einen Fehler gemacht, als er meinte, keine Zeit zu haben, mit irgend jemandem außerhalb der Straße zu sprechen. Nein – wenn er sich hätte aufhalten lassen, um dem Gouverneur oder den Zeitungsleuten Auskunft zu geben, würde er immer noch reden. Trotzdem ...

Er wählte Davidsons Nummer.

»Irgendwelche Probleme in anderen Sektoren, Dave?«

»Nein, Chef.«

»Oder auf irgendeiner anderen Straße?«

»Keine gemeldet.«

»Haben Sie mein Gespräch mit van Kleeck mitgehört?«

»Ich war eingeschaltet – ja.«

»Gut. Sagen Sie Hubbard, er soll den Präsidenten und den Gouverneur anrufen und ihnen mitteilen, daß ich strikt gegen den Einsatz von Militär bin, solange der Streik sich auf diese Straße beschränkt, und daß ich keine Verantwortung übernehme, wenn Militär einrückt, bevor ich um Hilfe gebeten habe.«

Davidson sah ihn zweifelnd an. »Halten Sie das für klug, Chef?«

»Ja! Wenn wir versuchen, Van und seine Hitzköpfe mit Gewalt aus ihrer Stellung zu treiben, lösen wir unter Umständen einen wirklichen landesweiten Aufruhr aus. Dazu könnte er die Straße so beschädigen, daß Gott selbst nicht mehr imstande wäre, sie zu reparieren. Welche rollende Tonnage haben Sie jetzt?«

»Fünfunddreißig Prozent unter dem abendlichen Gipfel.«

»Was ist mit Band zwanzig?«

»Fast ganz evakuiert.«

»Gut. Machen Sie die Straße so schnell wie möglich von allem Verkehr frei! Am besten stellt der Polizeichef eine Wache an alle Eingänge, damit kein neuer mehr dazukommt! Van kann jederzeit alle Bänder stoppen – oder vielleicht bin *ich* gezwungen, es zu tun. Das ist mein Plan: Ich arbeite mich mit diesen bewaffneten Kadetten ›unten drin‹ nach Norden vor. Treffen wir auf Widerstand, wird er beseitigt. Sie sorgen dafür, daß diensthabende Techniker und Wartungsmannschaften unmittelbar hinter uns folgen. Jeder Rotor, an den sie kommen, wird abgeschaltet und dann mit der Kontrolle von Stockton verbunden. Das wird eine prekäre Schaltung ohne Sicherungen. Deshalb setzen Sie genug Techniker ein, die Pannen erkennen, bevor sie auftreten!

Wenn das klappt, können wir Van die Kontrolle des Sacramento-Sektors unter den Füßen wegziehen, und er kann in seinem Büro bleiben, bis er hungrig genug wird, um Vernunft anzunehmen.«

Er unterbrach die Verbindung. »Edmunds, geben Sie mir einen Helm – und eine Pistole«, bat er den Ingenieur vom Dienst des Untersektors.

»Jawohl, Sir.« Edmunds öffnete eine Schublade und reichte seinem Chef eine schlanke, tödlich wirkende Waffe. Gaines schnallte sie um und zwängte seinen Kopf in einen Helm, ohne die lärmdämpfenden Ohrenschützer abzunehmen. Blekinsop räusperte sich.

»Kann ich ... ah ... kann ich auch einen von diesen Helmen haben?« fragte er.

»Was?« Gaines wandte sich ihm zu. »Oh – Sie werden keinen brauchen, Mr. Blekinsop. Ich möchte, daß Sie hier an dieser Stelle bleiben, bis Sie von mir hören.«

»Aber ...« Der australische Staatsmann wollte etwas sagen, überlegte es sich anders und gab nach.

Vom Eingang her verlangte der Ingenieur-Kadett vom Dienst die Aufmerksamkeit des Chefingenieurs. »Mr. Gaines, draußen ist ein Techniker, der darauf besteht, Sie zu sprechen – ein Mann namens Harvey.«

»Keine Zeit.«

»Er ist vom Sacramento-Sektor, Sir.«

»Oh! – Schicken Sie ihn herein!«

Harvey informierte Gaines schnell darüber, was er an diesem Nachmittag bei dem Gildentreffen erlebt hatte. »Ich hatte die Nase voll und ging, während sie immer noch das Maul aufrissen, Chef. Dann dachte ich nicht mehr daran, bis Zwanzig stehenblieb und ich hörte, es gebe Ärger im Sacramento-Sektor. Da entschloß ich mich, Sie aufzusuchen.«

»Wie lange bahnt sich das schon an?«

»Eine ziemlich lange Zeit, schätze ich. Sie wissen, wie es ist – überall gibt es ein paar Unzufriedene, und die meisten von ihnen sind Funktionalisten. Aber man kann sich nicht weigern, mit einem Mann zusammenzuarbeiten, nur weil er andere politische Ansichten vertritt. Es ist ein freies Land.«

»Sie hätten eher zu mir kommen sollen, Harvey.« Harvey versteifte sich. »Nein, Sie haben wohl recht«, lenkte Gaines ein. »Es ist meine Aufgabe, Ihre Kollegen zu beobachten, nicht Ihre. Wie Sie sagen, es ist ein freies Land. Sonst noch etwas?«

»Nun – wo es mal soweit gekommen ist, dachte ich, ich könnte Ihnen vielleicht helfen, die Rädelsführer herauszufinden.«

»Danke. Bleiben Sie bei mir! Wir werden ›unten drin‹ versuchen, diesen Saustall aufzuräumen.«

Plötzlich öffnete sich die Bürotür. Ein Techniker und ein Kadett schleppten zwischen sich eine Bürde herein. Sie legten sie auf den Boden und warteten.

Es war ein junger Mann, ganz offensichtlich tot. Die Vorderseite seiner Arbeitsjacke war durchtränkt von Blut. Gaines sah den Offizier vom Dienst an. »Wer ist es?«

Edmunds riß seinen starren Blick von der Leiche los. »Kadett Hughes – der Bote, den ich nach Sacramento schickte, als die Verbindung unterbrochen wurde. Weil er sich nicht meldete, schickte ich Marston und Kadett Jenkins hinterher.«

Gaines murmelte etwas vor sich hin und drehte das Gesicht zur Seite. »Kommen Sie mit, Harvey!«

Die Stimmung bei den unten wartenden Kadetten hatte sich verändert. Gaines merkte, daß die jungenhafte Begierde nach Aufregung von etwas Häßlicherem abgelöst worden war. Es wurden viele Handzeichen gewechselt, und ein paar Leute überprüften die Ladung ihrer Pistolen.

Gaines betrachtete sie prüfend, dann winkte er ihren Anführer heran. Ein kurzer Austausch von Signalen. Der Kadett grüßte, baute sich vor seinen Männern auf, gestikulierte und stieß den Arm zackig nach unten. Sie marschierten die Treppe hinauf und in einen leeren Bereitschaftsraum. Gaines folgte ihnen.

Drinnen, wohin der Lärm nicht drang, sprach er sie an: »Sie haben gesehen, wie Hughes gebracht wurde. Wer von Ihnen wünscht sich eine Chance, die Laus zu töten, die das getan hat?«

Drei der Kadetten reagierten sofort, lösten sich aus ihren Reihen und traten vor. Gaines sah sie kalt an. »Gut. Sie geben Ihre Waffen ab und kehren in Ihr Quartier zurück! Wenn sonst noch einer da ist, der dies für einen persönlichen Rachefeldzug oder einen Jagdausflug hält, soll er sich den dreien anschließen.« Er machte eine kurze Pause, bevor er fortfuhr: »Der Sacramento-Sektor ist in der Gewalt von Unbefugten. Wir werden ihn ihnen wegnehmen – wenn möglich, ohne Tote auf dieser und der anderen Seite und ohne die Straßen anzuhalten. Mein Plan ist der, ›unten drin‹ Rotor um Rotor zu übernehmen und eine Querverbindung zu Stockton herzustellen. Ihre Gruppe hat die Aufgabe, nach Norden vorzudringen und alle Personen aufzuspüren und zu überwältigen, die sich auf Ihrem Weg befinden. Denken Sie immer daran, daß die meisten, die Sie festnehmen werden, vollkommen unschuldig sind! Daher werden Sie vorzugsweise Schlafgasbomben einsetzen und nur im äußersten Notfall tödliche Schüsse abgeben.

Kadettenkapitän, teilen Sie Ihre Männer in Trupps von zehn mit je einem Truppführer auf. Jeder Trupp bildet eine Schützenlinie und dringt auf Stehaufs mit fünfzehn Meilen die Stunde nach Norden vor. Lassen Sie zwischen jeder Schützenlinie einen Abstand von hundert Yards. Immer, wenn ein Mann in Sicht kommt, wird die ganze vordere Schützenlinie ihn einkreisen, festnehmen, bei einem Transportwagen abliefern und sich dann hinter der letzten Welle anschließen. Für die Beförderung der Gefangenen nehmen Sie die Wagen, mit denen Sie hergekommen sind. Instruieren Sie die Fahrer, sich in einer Reihe mit der zweiten Linie zu halten.

Sie werden einen Stoßtrupp zusammenstellen, der die Untersektor-Kontrollbüros zurückerobern soll, aber es darf kein Büro angegriffen werden, bevor sein Untersektor mit Stockton verbunden ist. Sorgen Sie für die notwendigen Nachrichtenverbindungen!

Irgendwelche Fragen?« Er musterte die Gesichter der jungen Männer. Niemand meldete sich. Gaines sagte zu dem Kadettenkapitän: »Gut, Sir. Führen Sie Ihre Befehle aus!«

Inzwischen waren die Vorbereitungen beendet. Die Techniker-Mannschaften, die nachrücken sollten, waren eingetroffen, und Gaines hatte dem leitenden Ingenieur seine Instruktionen gegeben. Die Kadetten waren neben ihren Stehaufs angetreten. Der Kadettenkapitän sah Gaines erwartungsvoll an. Gaines nickte, der Kadett stieß den Arm nach unten, die erste Welle saß auf und fuhr davon.

Auch Gaines und Harvey bestiegen Stehaufs und hielten sich neben dem Kadettenkapitän, etwa fünfundzwanzig Yards hinter der vorderen Schützenlinie. Es war lange her, daß der Chefingenieur eins dieser lächerlich wirkenden kleinen Fahrzeuge benutzt hatte, und es setzte ihn in Verlegenheit. Ein Stehauf ist nicht dazu geeignet, einem Mann Würde zu verleihen. Er hat ungefähr die Größe und die Form eines Küchenschemels und kreiselt auf einem einzigen Rad. Aber er ist ausgezeichnet geeignet, ›unten drin‹ in dem Irrgarten aus Maschinerie umherzufahren, da er eine Öffnung von der Schulterbreite eines Mannes passieren kann, leicht zu kontrollieren ist und geduldig aufrecht stehenbleibt, sollte sein Reiter absteigen.

Der kleine Spähwagen folgte Gaines in kurzem Abstand und fuhr im Zickzack zwischen den Rotoren hin und her, während seine Kommunikationseinrichtungen Gaines' Verbindung zu seinen vielfältigen anderen Verantwortungen darstellten.

Die ersten zweihundert Yards des Sacramento-Sektors wurden ohne Zwischenfall zurückgelegt. Dann sichtete ein Kadett aus der ersten Schützenlinie einen Stehauf, der neben einem Rotor geparkt war. Der Techniker, dem er gehörte, las die Meßwerte am Fuß des Rotors ab und sah sie nicht kommen. Er war unbewaffnet und leistete keinen Widerstand, aber er schien überrascht und empört und dazu sehr bestürzt zu sein. Der kleine Kommandotrupp ließ sich zurückfallen und gestattete der neuen führenden Welle, ihn zu überholen.

Drei Meilen weiter waren siebenunddreißig Männer festgenommen, keiner getötet worden. Zwei der Kadetten hatten geringfügige Verletzungen davongetragen und waren zurückgeschickt worden. Nur vier der Gefangenen waren bewaffnet gewesen, und einen davon hatte Harvey einwandfrei als Rädelsführer identifizieren können. Harvey äußerte den Wunsch, mit den Aufrührern zu reden, falls sich eine Gelegenheit dazu ergab. Zögernd stimmte Gaines zu. Er kannte Harveys lange und ehrenvolle Tätigkeit als Gewerkschaftsführer und war bereit, alles zu versuchen, was Hoffnung auf einen Erfolg mit einem Minimum an Gewalt gab.

Kurz darauf überraschte die erste Welle einen weiteren Techniker. Er befand sich auf der hinteren Seite eines Rotors; die Kadetten hatten ihn fast schon überrannt, ehe sie ihn sahen. Er versuchte nicht, sich zu widersetzen, obwohl er bewaffnet war, und der Vorfall wäre nicht erwähnenswert gewesen, hätte er nicht in ein Flüstertelefon gesprochen, das er in den Anschluß am Fuß des Rotors eingestöpselt hatte.

Gaines erreichte die Gruppe, als der Mann gerade festgenommen wurde. Er faßte nach der weichen Gummimaske des Telefons und riß sie dem Techniker so heftig vom Mund, daß er den Knochenleitungshörer zwischen den Zähnen des Mannes knirschen hörte. Der Gefangene spuckte ein Stück abgebrochenen Zahn aus und warf böse Blicke um sich, ignorierte jedoch Versuche, ihn zu befragen.

So schnell Gaines gehandelt hatte, der Vorteil der Überrumpelung war ihm jetzt höchstwahrscheinlich verlorengegangen. Man mußte davon ausgehen, daß es dem Gefangenen gelungen war, das Vordringen der Angreifer zu melden. Nach hinten wurde der Befehl weitergegeben, von nun an mit erhöhter Vorsicht zu handeln.

Bald darauf erwies sich Gaines' Pessimismus als gerechtfertigt. Eine Gruppe von Stehauf-Reitern, jetzt noch mehrere hundert Fuß entfernt, näherte sich ihnen. Es waren mindestens zwanzig, aber ihre genaue Anzahl ließ sich nicht feststellen, da sie im Vorrücken die Rotoren als Deckung nutzten. Harvey sah Gaines an, der nickte und dem Kadettenkapitän ein Zeichen gab, seine Leute halten zu lassen.

Harvey fuhr allein voraus, unbewaffnet, die Hände hoch über dem Kopf. Er steuerte den Stehauf durch Gewichtsverlagerungen. Die Gruppe der Aufrührer mäßigte unsicher die Geschwindigkeit und hielt schließlich ganz an. Harvey rollte bis auf etwa zehn Yards an sie heran und stoppte dann ebenfalls. Einer von ihnen, offenbar der Anführer, sagte ihm etwas in der Zeichensprache, und Harvey antwortete.

Gaines und seine Leute waren zu weit entfernt, und das gelbe Licht war zu unsicher, um der Diskussion zu folgen. Sie dauerte mehrere Minuten, dann trat eine Pause ein. Der Anführer schien nicht zu wissen, was er tun sollte. Einer aus der Gruppe rollte vor, steckte seine Pistole weg und besprach sich mit dem Anführer. Dieser schüttelte zu den heftigen Gesten des Mannes den Kopf.

Der Mann wiederholte seine Argumente, erhielt jedoch die gleiche verneinende Antwort. Mit einem letzten, angewiderten Schwenken der Hände rollte er ein Stück zurück, zog seine Pistole und schoß auf Harvey. Harvey faßte nach seiner Mitte und beugte sich vorwärts. Der Mann schoß noch einmal; Harvey zuckte und fiel zu Boden.

Der Kadettenkapitän war schneller im Ziehen als Gaines. Der Mörder hob das Gesicht, als die Kugel ihn traf, und es wirkte, als gebe ein seltsames Ereignis ihm Rätsel auf – er war noch nicht lange genug tot, um sich dessen bewußt zu sein.

Die Kadetten schwärmten schießend aus. Obwohl die erste Welle auf eine Überzahl von mehr als zwei zu einem traf, half ihnen der demoralisierte Zustand des Feindes. Nach der ersten Salve standen die Chancen nahezu gleich. Weniger als dreißig Sekunden nach dem ersten heimtückischen Schuß waren alle Aufrührer tot, verwundet oder gefangengenommen. Gaines' Verluste waren zwei Tote (einschließlich des ermordeten Harvey) und zwei Verwundete.

Nun paßte Gaines seine Taktik den veränderten Umständen an. Da der Feind wußte, daß sie kamen, hing ihr Sieg vor allem von Geschwindigkeit und Schlagkraft ab. Die zweite Welle erhielt Befehl, der ersten praktisch auf den Fersen zu folgen, die dritte, zu einem Abstand von fünfundzwanzig Yards hinter der zweiten aufzurücken. Diese drei Linien sollten unbewaffnete Männer ignorieren und sie der vierten Welle überlassen, aber ohne Warnung auf jede Person schießen, die Waffen trug.

Gaines schärfte ihnen ein, die Gegner zu verwunden, statt zu töten, war sich jedoch klar darüber, daß es fast unmöglich war, seinen Ermahnungen zu folgen. Es würde Tote geben. Nun – er hatte das nicht gewollt, aber es blieb ihm keine andere Wahl. Jeder bewaffnete Anführer war ein potentieller Killer – wenn er fair gegen seine eigenen Männer sein wollte, durfte er ihnen nicht zu viele Beschränkungen auferlegen.

Als die Vorbereitungen für die neue Marschordnung getroffen waren, winkte er dem Kadettenkapitän, loszufahren, und die erste und zweite Welle entfernten sich mit der Höchstgeschwindigkeit, zu der die Stehaufs fähig waren – nicht ganz achtzehn Meilen die Stunde. Gaines folgte ihnen.

Er machte einen Bogen um Harveys Leiche und sah dabei unwillkürlich nach unten. Das Gesicht zeigte unter der Natriumbogenlampe ein häßliches Gelb, aber es war zu einer Totenmaske von harter Schönheit erstarrt, in der sich der starke Charakter des Toten offenbarte. Bei diesem Anblick bereute Gaines nicht mehr so sehr, den Schießbefehl gegeben zu haben. Doch das Gefühl, seine Ehre verloren zu haben, bedrückte ihn stärker als zuvor.

In den nächsten paar Minuten kamen sie an mehreren Technikern vorbei, aber sie hatten keine Veranlassung zu schießen. Gaines begann schon, auf einen einigermaßen unblutigen Sieg zu hoffen, als ihm eine Veränderung in dem ständigen Dröhnen der Maschinen auffiel, der sogar durch seinen Lärmschutz innerhalb des Helms drang. Er hob einen der dicken Ohrenschützer noch gerade rechtzeitig, um ein verebbendes Rumpeln zu hören. Rotoren und Rollen blieben stehen.

Die Straße war angehalten worden.

»Das Ganze halt!« brüllte er dem Kadettenkapitän zu. Seine Worte hallten in der unwirklichen Stille hohl wider.

Der Spähwagen wendete, und Gaines lief ihm entgegen. »Chef!« rief der darin sitzende Kadett, »die Relaisstation ruft Sie!«

Das Mädchen auf dem Bildschirm machte Davidson Platz, sobald sie Gaines' Gesicht erkannte. »Chef«, berichtete Davidson sofort, »van Kleeck ruft Sie an.«

»Wer hat die Straße angehalten?«

»Er.«

»Irgendwelche wesentlichen Veränderungen der Situation?«

»Nein – die Straße war praktisch leer.«

»Gut. Geben Sie mir van Kleeck!«

Unbeherrschter Zorn verzerrte das Gesicht des Verschwörers, als er Gaines vor sich sah. Er schrie los:

»Sie haben also gedacht, ich mache Spaß, wie? Was denken Sie jetzt, Herr Chefingenieur Gaines?«

Gaines bezwang den Impuls, ihm genau zu sagen, was er dachte, besonders über ihn. Alles an dem kleinen Mann ging ihm auf die Nerven wie ein Griffel, der auf einer Schiefertafel quietscht.

Aber er konnte sich den Luxus, seine Meinung auszusprechen, nicht leisten. Er gab sich Mühe, genau den richtigen Ton anzuschlagen, der die Eitelkeit van Kleecks kitzeln würde. »Ich muß zugeben, daß Sie diesen Satz gewonnen haben, Van – die Straße steht still. Nur dürfen Sie nicht denken, ich hätte Sie nicht ernstgenommen. Ich habe Ihre Arbeit zu lange beobachtet, um Sie zu unterschätzen. Deshalb weiß ich; Sie meinen, was Sie sagen.«

Das war für van Kleeck angenehm zu hören, wenn er auch versuchte, sich das nicht anmerken zu lassen. »Warum werden Sie dann nicht klug und geben auf?« fragte er kriegerisch. »Siegen können Sie nicht.«

»Vielleicht nicht, Van, aber Sie wissen, daß ich es versuchen muß. Außerdem«, fuhr Gaines fort, »warum kann ich nicht siegen? Sie haben selbst gesagt, ich könne die ganze Armee der Vereinigten Staaten zu Hilfe rufen.«

Van Kleeck grinste triumphierend. »Sehen Sie das hier?« Er hielt einen birnenförmigen Druckknopfschalter hoch, an dem ein langes Kabel hing. »Wenn ich das drücke, wird eine Explosion quer über sämtliche Bänder gehen – und die Straße ins Nichts blasen. Und als Zugabe werde ich eine Axt nehmen und diese Kontrollstation demolieren, bevor ich gehe.«

Gaines wünschte von ganzem Herzen, mehr von Psychiatrie zu verstehen. Nun – er mußte eben sein Bestes tun und darauf vertrauen, daß sein gesunder Menschenverstand ihm die richtigen Antworten eingab. »Das ist ziemlich drastisch, Van, aber ich sehe nicht, wie wir aufgeben könnten.«

»Nicht? Denken Sie besser noch einmal darüber nach! Wenn Sie mich zwingen, die Straße zu vernichten, was ist dann mit all den Menschen, die mit ihr in die Luft gehen werden?«

Gaines dachte heftig nach. Er zweifelte nicht daran, daß van Kleeck seine Drohung ausführen würde; schon seine Ausdrucksweise, das kindische Schmollen von »Wenn Sie mich zwingen ...« verriet die gefährliche Irrationalität seiner Denkprozesse. Eine solche Explosion in dem dicht bevölkerten Sacramento-Sektor würde ein Wohnhaus oder mehrere zerstören und Ladeninhaber auf dem Segment von Band zwanzig sowie zufällig anwesende Personen töten. Van hatte absolut recht: Er wagte es nicht, das Leben von Unschuldigen aufs Spiel zu setzen, die nicht einmal wußten, um was es ging – auch wenn die Straße niemals wieder rollen würde.

Er wollte nicht, daß die Straße ernsthaft beschädigt wurde – aber er war hilflos, weil er das Leben Unschuldiger nicht gefährden durfte.

Eine Melodie ging ihm durch den Kopf: *Die Straße rollt dahin, wir wachen unten drin* ... Was sollte er tun? Was sollte er tun? *Der Rotor-Mann auf Schicht tut ständig seine Pflicht* ... Das brachte ihn nicht weiter.

Er sprach wieder zu dem Bild auf dem Schirm. »Hören Sie, Van! Ich bin überzeugt, Sie wollen die Straße nicht sprengen, wenn Sie nicht müssen. Ich will es auch nicht. Ich schlage vor, ich komme in Ihr Hauptquartier, und wir besprechen die Sache. Zwei vernünftige Männer sollten doch imstande sein, zu einer Vereinbarung zu kommen.«

Van Kleeck war mißtrauisch. »Ist das ein Trick?«

»Wie könnte es ein Trick sein? Ich werde allein und unbewaffnet kommen, so schnell mich mein Wagen hinbringen kann.«

»Was ist mit Ihren Männern?«

»Sie werden bleiben, wo sie sind, bis ich zurückkomme. Schicken Sie doch Beobachter aus, um sich davon zu überzeugen.«

Van Kleeck zögerte einen Augenblick, gefangen zwischen der Furcht vor einer Falle und dem Vergnügen, seinen früheren Vorgesetzten als Unterhändler zu sich kommen zu lassen. Schließlich erklärte er sich mißmutig einverstanden. Gaines hinterließ seine Anweisungen und teilte Davidson mit, was er vorhatte. »Wenn ich nicht in einer Stunde wieder da bin, müssen Sie nach eigenem Ermessen entscheiden, Dave.«

»Seien Sie vorsichtig, Chef!«

»Bestimmt.«

Er vertrieb den Kadettenfahrer aus dem Spähwagen, fuhr die Rampe hinunter auf den Damm und raste nach Norden. Jetzt endlich bekam er eine Chance, seine Gedanken zu sammeln, auch wenn es bei zweihundert Meilen die Stunde war. Angenommen, er konnte den Aufstand niederschlagen – dann mußte immer noch manches anders werden. Zweierlei war ihm heute schmerzlich bewußt geworden. Erstens, die Bänder brauchten Sicherheitsschaltungen, damit sie langsamer wurden oder anhielten, wenn die Geschwindigkeit eines benachbarten Bandes sich gefährlich von der eigenen unterschied. Nie durfte sich wiederholen, was auf Zwanzig geschehen war!

Aber das war elementar, ein bloß mechanisches Detail. Das eigentliche Versagen hatte bei den Menschen gelegen. Die Tests, nach denen die psychologische Klassifizierung vorgenommen wurde, mußten verbessert werden, damit die Straßen nur verantwortungsbewußte, zuverlässige Männer beschäftigten. Aber zum Teufel – gerade das sollten die augenblicklichen Tests doch mit absoluter Sicherheit gewährleisten! Soviel er wußte, hatte die verbesserte Humm-Wadsworth-Burton-Methode noch nie versagt – bis heute im Sacramento-Sektor. Wie hatte van Kleeck es geschafft, einen ganzen Sektor klassifizierter Männer zur Revolte zu bewegen?

Das war ein Rätsel.

Menschen fallen nicht ohne Grund aus ihrem Verhaltensmuster. Ein einzelner Mensch mag unberechenbar sein, aber in großer Anzahl reagieren sie so zuverlässig wie Maschinen oder Zahlen. Sie können gemessen, geprüft, klassifiziert werden. Gaines sah vor seinem geistigen Auge das Personalbüro mit seinen Reihen von Aktenschränken, seinen Büroangestellten ... Er hatte es! Er hatte es! Van Kleeck war sein erster Stellvertreter, und als solcher war er auch *Personaloffizier für die ganze Straße!*

Das war die einzige Lösung, die alle Tatsachen berücksichtigte. Nur der Personaloffizier hatte Gelegenheit, alle faulen Äpfel herauszusuchen und in einem Korb zu sammeln. Gaines zweifelte kaum noch daran, daß die Temperamentklassifizierungstests manipuliert worden waren, vielleicht schon seit Jahren. Van Kleeck hatte die Personalakten der Männer, die er brauchte, gefälscht und sie in ein und denselben Sektor versetzt.

Und das enthielt eine weitere Lehre – härtere Tests für Offiziere, und keinem Offizier durfte die Klassifizierung und Einteilung der Männer ohne genaue Überwachung und Inspektion anvertraut werden. Sogar er selbst mußte in dieser Beziehung überwacht werden. *Qui custodiet ipsos custodes?* Wer wird ebendiese Wächter bewachen? Latein mochte eine tote Sprache sein, aber diese alten Römer waren keine Dummköpfe. Endlich wußte er, an welcher Stelle er versagt hatte, und das Wissen bereitete ihm ein melancholisches Vergnügen. Überwachung und Inspektion, Prüfung und Nachprüfung hieß die Antwort. Es würde umständlich und unwirtschaftlich sein, aber anscheinend bedeuteten angemessene Sicherheitsvorkehrungen immer einen Verlust an Wirtschaftlichkeit.

Er hätte van Kleeck nicht soviel Autorität anvertrauen dürfen, ohne mehr über ihn zu wissen. Auch jetzt müßte er mehr über ihn wissen ... Er berührte den Nothaltknopf, und der Wagen kam zu einem schwindelerregenden Stopp. »Relaisstation! Versuchen Sie, ob Sie mein Büro erreichen können!«

Dolores' Gesicht sah ihn aus dem Schirm an. »Sie sind noch da – gut!« rief Gaines. »Ich hatte schon Angst, Sie seien nach Hause gegangen.«

»Ich bin zurückgekommen, Mr. Gaines.«

»Braves Mädchen. Holen Sie mir van Kleecks Personalakte! Ich möchte seine Klassifizierung sehen.«

In erstaunlich kurzer Zeit war sie mit der Akte wieder da und las daraus Symbole und Prozentzahlen vor. Gaines nickte mehrmals. Die Daten entsprachen seinen Ahnungen – maskierte Introvertiertheit – Minderwertigkeitskomplexe. Es paßte alles zusammen.

»›Anmerkung des Ausschusses‹«, erklang Dolores' Stimme. »›Trotz der potentiellen Labilität, wie sie die Maxima A und D der konsolidierten Profilkurve zeigen, ist der Ausschuß überzeugt, daß dieser Offizier zum Dienst geeignet ist. Er hat außergewöhnlich gute Zeugnisse und ist besonders geschickt in der Behandlung von Menschen. Daher wird er zur Beibehaltung im Dienst und zur Beförderung vorgeschlagen.‹«

»Das ist alles, Dolores. Danke.«

»Ja, Mr. Gaines.«

»Ich ziehe jetzt in den Entscheidungskampf. Halten Sie mir den Daumen!«

»Aber, Mr. Gaines . . .«

Hinten in Fresno starrte Dolores mit aufgerissenen Augen einen leeren Schirm an.

»Bringen Sie mich zu Mr. van Kleeck!«

Der so angesprochene Mann nahm seine Pistole aus Gaines' Rippen – ungern, meinte Gaines – und deutete dem Chefingenieur an, vor ihm die Treppe hochzusteigen. Gaines kletterte aus dem Wagen und gehorchte.

Van Kleeck hatte sich im Sektor-Kontrollraum statt im Verwaltungsbüro eingerichtet. Bei ihm war ein halbes Dutzend Männer, alle bewaffnet.

»Guten Abend, Direktor van Kleeck.« Der kleine Mann wuchs förmlich, als er von Gaines mit seinem angemaßten Rang angeredet wurde.

»Wir legen hier nicht viel Wert auf Titel«, sagte er mit demonstrativem Gleichmut. »Nennen Sie mich einfach Van. Setzen Sie sich, Gaines!«

Gaines tat es. Er mußte unbedingt dafür sorgen, daß diese anderen Männer den Raum verließen. Deshalb sah er sich mit dem Ausdruck belustigter Langeweile um. »Werden Sie mit einem einzigen unbewaffneten Mann nicht allein fertig, Van? Oder trauen die Funktionalisten sich gegenseitig nicht?«

Van Kleecks Gesicht zeigte seine Verärgerung, aber Gaines lächelte unverzagt weiter. Schließlich nahm der kleinere Mann eine Pistole von seinem Schreibtisch und wies auf die Tür. »Raus mit euch, Jungens!«

»Aber, Van ...«

»Raus, habe ich gesagt!«

Als sie allein waren, ergriff van Kleeck den elektrischen Druckknopfschalter, den Gaines auf dem Bildschirm gesehen hatte, und richtete die Pistole auf seinen früheren Chef. »Okay«, knurrte er, »versuchen Sie es mit irgendwelchen Tricks, und alles geht in die Luft! Wie lauten Ihre Vorschläge?«

Gaines' aufreizendes Lächeln wurde noch breiter. Van Kleeck sah ihn böse an. »Was ist so verdammt komisch?« fragte er.

Gaines gewährte ihm eine Antwort. »Sie sind komisch, Van – ehrlich, das ist gut! Sie fangen eine funktionalistische Revolution an, und die einzige Funktion, die Sie für sich finden können, ist, die Straße zu sprengen, die Ihren Titel rechtfertigt. Sagen Sie mir doch«, fuhr er fort, »wovor haben Sie solche Angst?«

»Ich habe keine Angst!«

»Keine Angst? Sie? Da sitzen Sie, bereit, mit diesem Spielzeug Selbstmord zu begehen, und erzählen mir, Sie hätten keine Angst! Wenn Ihre Freunde wüßten, wie nahe daran Sie sind, wegzuwerfen, für was sie gekämpft haben, würden sie Sie noch in dieser Sekunde erschießen. Sie haben Angst vor ihnen, nicht wahr?«

Van Kleeck warf den Druckknopfschalter von sich und stand auf. »Ich habe keine Angst!« schrie er und kam um den Schreibtisch auf Gaines zu.

Gaines blieb sitzen und lachte. »Und ob! Jetzt, in dieser Minute, haben Sie Angst vor mir. Sie haben Angst, ich werde Sie für die Art, wie Sie Ihre Arbeit tun, zusammenstauchen. Sie haben Angst, daß die Kadetten Sie nicht grüßen werden. Sie haben Angst, daß man hinter Ihrem Rücken über Sie lacht. Sie haben Angst, bei Tisch die falsche Gabel zu benutzen. Sie haben Angst, daß die Leute Sie ansehen – und Sie haben Angst, daß sie Sie nicht beachten werden.«

»Das ist nicht wahr!« protestierte van Kleeck. »Sie ...

Sie dreckiger, hochnäsiger Snob! Nur weil Sie auf einer feinen Schule waren, halten Sie sich für besser als alle anderen.« Er würgte, seine Rede wurde unzusammenhängend, er kämpfte darum, die Zornestränen zurückzudrängen. »Sie und Ihre blöden kleinen Kadetten ...«

Gaines beobachtete ihn gespannt. Die Schwäche im Charakter dieses Mannes lag jetzt klar zu Tage – er wunderte sich nur, daß er sie nicht früher erkannt hatte. Ihm fiel ein, wie ungnädig van Kleeck einmal reagiert hatte, als er sich erbot, ihm bei einer schwierigen Rechnung zu helfen.

Jetzt galt es, diese Schwäche auszunützen, die Gedanken van Kleecks so zu beschäftigten, daß er nicht mehr an den gefährlichen Schalter dachte. Er mußte gezwungen werden, das Gift seiner verdrehten Ansichten auf Gaines zu konzentrieren und alles andere darüber zu vergessen.

Aber er durfte ihn nicht zu unvorsichtig anstacheln, sonst würde ein Schuß quer durch den Raum Gaines' Leben ein Ende setzen und ebenso der Aussicht, einen blutigen, verlustreichen Kampf um die Kontrolle der Straße zu vermeiden.

Gaines lachte vor sich hin.

»Van«, sagte er, »Sie sind ein klägliches Würstchen. Jetzt haben Sie sich verraten. Ich verstehe Sie sehr gut; Sie sind drittklassig, Van, und Ihr ganzes Leben lang haben Sie gefürchtet, jemand könne Sie durchschauen und auf den letzten Platz der Klasse zurückschicken. Direktor – pfui! Wenn Sie das Beste sind, was die Funktionalisten anzubieten haben, können wir es uns leisten, sie zu ignorieren – sie werden an ihrer eigenen Untüchtigkeit zugrundegehen.« Er schwang in seinem Sessel herum und kehrte von Kleeck und seiner Pistole absichtlich den Rücken zu.

Van Kleeck stürmte auf seinen Quälgeist los, blieb ein paar Fuß vor ihm stehen und schrie: »Sie – ich werde es Ihnen zeigen – ich werde Ihnen eine Kugel in den Leib jagen, das werde ich tun!«

Gaines ließ den Sessel zurückkreiseln, stand auf und

ging ruhig auf van Kleeck zu. »Legen Sie die Knallbüchse hin, bevor Sie sich verletzen.«

Van Kleeck wich einen Schritt zurück.

»Kommen Sie mir nicht nahe!« kreischte er. »Kommen Sie mir nicht nahe – oder ich erschieße Sie – Sie werden schon sehen!«

Das ist der Augenblick, dachte Gaines und sprang.

Die Pistole ging neben seinem Ohr los. Nun, dieser Schuß hatte ihn nicht erwischt. Sie lagen auf dem Fußboden. Van Kleeck war für einen so kleinen Mann schwer festzuhalten. Wo war die Pistole? Da! Gaines hatte sie und riß sich los.

Van Kleeck stand nicht auf. Er lag mit ausgebreiteten Armen und Beinen auf dem Fußboden. Die Tränen strömten ihm aus den geschlossenen Augen. Er heulte wie ein enttäuschtes Kind.

Mit so etwas wie Mitleid in den Augen sah Gaines ihn an, bevor er ihm mit dem Kolben der Pistole einen abgemessenen Schlag hinter das Ohr versetzte. Er ging zur Tür und lauschte, dann verschloß er sie der Vorsicht halber.

Das Kabel von dem Druckknopfschalter führte zum Kontrollpaneel. Gaines sah sich die Schaltung an und montierte das Kabel ab. Als das erledigt war, setzte er sich vor den Bildschirm und rief Fresno an.

»Okay, Dave«, sagte er, »lassen Sie sie jetzt angreifen – und um der Liebe Gottes willen, sie sollen sich beeilen!« Damit löschte er den Schirm. Er wollte nicht, daß sein Offizier vom Dienst sah, wie er zitterte.

Am nächsten Morgen wanderte Gaines im Hauptkontrollraum von Fresno herum, ein gerütteltes Maß von Zufriedenheit im Herzen. Die Straßen rollten – nicht mehr lange, und sie erreichten wieder volle Geschwindigkeit. Es war eine lange Nacht gewesen. Jeder Ingenieur, jeder zur Verfügung stehende Kadett war gebraucht worden, um den Sacramento-Sektor Zoll für Zoll zu inspizieren, wie er es verlangt hatte. Dann hatten sie für zwei zerstörte Untersektor-Kontrollpaneele neue Verbindungen schaffen müssen. Aber die Straßen rollten – er konnte ihren Rhythmus unter seinen Füßen spüren.

Neben einem hohläugigen, stoppelbärtigen Mann blieb er stehen. »Warum gehen Sie nicht nach Hause, Dave?« fragte er. »McPherson kann jetzt weitermachen.«

»Wie ist es mit Ihnen selbst, Chef? Sie sehen auch nicht gerade taufrisch aus.«

»Oh, ich werde mich gleich in meinem Büro ein bißchen hinlegen. Ich habe meine Frau angerufen und ihr gesagt, ich könne es nicht schaffen. Sie kommt, um sich hier mit mir zu treffen.«

»War sie böse?«

»Nicht sehr. Sie wissen, wie Frauen sind.« Er beobachtete von neuem die klickenden Lichter, die Daten aus den sechs Sektoren assemblierten. San Diego Circle, Angeles, Bakersfield, Fresno, Stockton? Stockton? Stockton! Gütiger Himmel! Blekinsop! Er hatte einen australischen Kabinettsminister die ganze Nacht in dem Stocktoner Büro sitzenlassen!

Auf dem Weg zur Tür rief Gaines über die Schulter zurück: »Dave, würden Sie einen Wagen für mich anfordern? Machen Sie es dringend!« Er war schon über den Flur gelaufen und steckte den Kopf in sein Privatbüro, bevor Davidson den Befehl bestätigen konnte.

»Dolores!«

»Ja, Mr. Gaines.«

»Rufen Sie meine Frau an, und sagen Sie ihr, ich müsse nach Stockton. Sollte Sie schon weggegangen sein, lassen Sie sie hier warten. Und, Dolores ...«

»Ja, Mr. Gaines?«

»Beruhigen Sie sie.«

Sie biß sich auf die Lippe, aber ihr Gesicht blieb gleichmütig. »Ja, Mr. Gaines.«

»Braves Mädchen.« Er war schon wieder draußen und sprang die Treppe hinunter. Auf Straßenniveau angekommen, machte ihm der Anblick der rollenden Bänder das Herz warm. Ihm war beinahe fröhlich zumute.

Mit flottem Schritt ging er auf eine Tür zu, die als

ZUGANG NACH UNTEN gekennzeichnet war, und pfiff dabei leise vor sich hin. Er öffnete die Tür, und der rumpelnde, grollende Rhythmus von ›unten drin‹ schien, während er sein Pfeifen übertönte, die Melodie aufzunehmen.

Die Straße singt ihr Lied,
Kommt her, steigt auf, fahrt mit.
Sie bringt euch, wenn ihr mit ihr zieht,
An welchen Ort ihr wollt.
Ihr wißt, der Rotor-Mann
Macht sicher eure Bahn;
Die Straße, die hält niemals an.
Die Straße, ja, die rollt.

»Legen Sie den Schraubenschlüssel hin!«

Der so angesprochene Mann drehte sich langsam zu dem Sprecher um. Seinen Gesichtsausdruck verbarg ein grotesker Helm, Teil einer schweren Blei-Kadmium-Rüstung, die seinen gesamten Körper schützte, aber der Ton seiner Stimme verriet Gereiztheit und Erbitterung.

»Zum Teufel, was haben Sie denn, Doc?« Er traf keine Anstalten, sich von dem in Rede stehenden Werkzeug zu trennen.

Sie standen sich gegenüber wie zwei behelmte, gepanzerte Fechter, die auf eine Eröffnung warten. Die Stimme des ersten Sprechers klang hinter der Maske hervor, höher und dringlicher geworden. »Sie haben gehört, was ich gesagt habe, Harper. Legen Sie diesen Schraubenschlüssel sofort hin, und gehen Sie von dem ›Auslöser‹ weg! – Erickson!«

Eine dritte in einer Rüstung steckende Gestalt kam vom anderen Ende des Kontrollraums herüber. »Sie wünschen, Doc?«

»Harper ist vom Dienst suspendiert. Sie übernehmen als Physiker vom Dienst. Lassen Sie Ihren Ersatzmann herkommen!«

»Gut.« Erickson akzeptierte die Situation ohne Kommentar; Stimme und Verhalten waren phlegmatisch. Der Atomphysiker, den er soeben abgelöst hatte, sah vom einen zum anderen. Dann legte er den Schraubenschlüssel sorgsam an seine Stelle im Regal.

»Ganz, wie Sie wollen, *Doktor* Silard – aber schicken Sie auch nach Ihrem Ersatzmann! Ich werde eine sofortige Anhörung verlangen!« Harper marschierte entrüstet hinaus. Seine bleiverkleideten Stiefel trampelten über die Fußbodenplatten.

Doktor Silard wartete die folgenden zwanzig Minuten unglücklich darauf, daß seine eigene Ablösung eintraf. Vielleicht hatte er voreilig gehandelt. Vielleicht irrte er sich, wenn er meinte, Harper sei nun auch unter der

Belastung zusammengebrochen, die der Dienst an der gefährlichsten Maschine der Welt mit sich brachte – dem Schnellen Brüter. Aber wenn er schon einen Fehler machte, mußte er zugunsten der Sicherheit sein. In diesem Geschäft durfte es keine Pannen geben, denn eine Panne mochte eine atomare Explosion von beinahe zehn Tonnen Uran-238, U-235 und Plutonium hervorrufen.

Vergeblich bemühte er sich, vor seinem geistigen Auge ein Bild heraufzubeschwören, was das bedeutete. Uran hat die zwanzigfache Sprengkraft von TNT, das wußte er, doch die Zahl sagte ihm nichts. Ein Stapel von hundert Millionen Tonnen hochexplosiven Sprengstoffs oder tausend Hiroshimas – das war für ihn immer noch nicht faßlich. Er hatte einmal gesehen, wie eine Atombombe abgeworfen wurde, als er Psychoanalytiker bei den Luftstreitkräften war. Die Explosion von tausend solcher Bomben konnte er sich nicht vorstellen. Sein Gehirn weigerte sich einfach.

Vielleicht brachten diese Atomphysiker es fertig. Vielleicht hatten sie mit ihren umfassenderen mathematischen Kenntnissen und dem besseren Verständnis für das, was tatsächlich innerhalb einer Atomspaltungskammer vor sich ging, ein lebhafteres Bild von dem verstandeszerrüttenden Grauen, das hinter diesem Schild eingeschlossen war. Wenn ja, dann war es kein Wunder, daß sie zu Nervenzusammenbrüchen neigten ...

Er seufzte. Erickson sah von den Kontrollen des Linearbeschleunigers auf, an dem er ein paar Einstellungen vorgenommen hatte. »Was ist los, Doc?«

»Nichts. Es tut mir leid, daß ich Harper ablösen lassen mußte.«

Silard spürte den wissenden Blick des großen Skandinaviers. »Sie werden es doch nicht selbst mit den Nerven bekommen, Doc? Manchmal erwischt es auch euch Gehirnschnüffler ...«

»Ich? Das glaube ich nicht. Ich habe Angst vor dem Ding da drin – und ich wäre verrückt, wenn ich keine hätte.«

»Ich habe auch Angst«, teilte Erickson ihm sachlich

mit und widmete sich wieder seiner Arbeit an den Kontrollen. Der eigentliche Beschleuniger lag hinter einem weiteren Schutzschild; seine Schnauze verschwand in dem letzten Schild zwischen ihm und dem Meiler und feuerte einen stetigen Strom von wahnsinnig beschleunigten subatomaren Kugeln auf das Beryllium-Target, das innerhalb des Meilers lag. Das gefolterte Beryllium gab Neutronen ab, die in alle Richtungen durch die Uran-Masse davonschossen. Einige dieser Neutronen trafen Uran-Atome genau auf ihren Kern und spalteten ihn. Die Bruchstücke waren neue Elemente, Barium, Xenon, Rubidium – das hing von den Proportionen ab, in denen sich das Atom aufteilte. Die neuen Elemente waren für gewöhnlich instabile Isotopen und zerbrachen in einer Kettenreaktion zu einem Dutzend weiterer Elemente.

Diese zweiten Transmutationen waren verhältnismäßig stabil; wichtig – und gefährlich – war die erste Spaltung des Uran-Kerns unter Freisetzung der überwältigenden Energie von zweihundert Millionen Elektronenvolt, die ihn zusammenhielt.

Denn während man Uran mit Neutronen bombardiert, damit es andere Kraftstoffe erzeugt, entstehen bei der Spaltung selbst wiederum Neutronen, die auf anderen Uran-Kernen landen und sie spalten. Sind die Bedingungen einer ständig zunehmenden Reaktion dieser Art günstig, kann der Vorgang außer Kontrolle geraten und das ganze Material in dem unmeßbaren Bruchteil einer Mikrosekunde in einer Explosion hochgehen lassen, neben der eine Atombombe wie ein Kinderspielzeug wirken würde – einer Explosion, so ganz und gar jenseits aller menschlichen Erfahrung, daß sie ebenso unbegreiflich ist wie die Vorstellung von dem eigenen Tod. Man kann sie fürchten, aber nicht verstehen.

Andererseits waren sich selbst fortpflanzende Atomspaltungen *gerade unter dem Niveuu einer vollständigen Explosion* notwendig für den Betrieb des Brüters. Die Spaltung des ersten Uran-Kerns mittels Bombardierung durch Neutronen, die das Beryllium-Target abgab, hatte mehr Energie gekostet, als der Tod des Atoms freigab. Damit der Brüter funktionierte, mußte jedes von einem Neutron gespaltene Atom unbedingt viele andere spalten.

Ebenso wichtig war es, daß diese Kettenreaktion ständig dazu neigte abzuflauen. Sie durfte sich nicht steigern, sonst würde die Uran-Masse in einem Zeitabschnitt explodieren, der zu kurz war, um mit irgendwelchen Mitteln gemessen zu werden.

Es wäre auch niemand mehr da, der ihn messen könnte.

Der Atomphysiker, der Dienst am Meiler hatte, konnte diese Kettenreaktion mit Hilfe des ›Auslösers‹ regeln. Unter diesem Ausdruck verstanden die Physiker die Gesamtheit von Linearbeschleuniger, Beryllium-Target und Kadmiumstäbchen innen sowie Kontrollen, Instrumentenpaneel und Energiequellen außen. Das heißt, er konnte das Bombardement des Beryllium-Zieles variieren, um die Energieerzeugung der Anlage zu heben oder zu senken, er konnte die ›effektive Masse‹ des Meilers mit den Kadmiumstäben verändern, und er konnte von seinen Instrumenten ablesen, daß die innere Reaktion gedämpft wurde – oder vielmehr, daß sie vor einem Sekundenbruchteil gedämpft worden war. Er hatte keine Möglichkeit festzustellen, was sich *jetzt* innerhalb des Meilers abspielte – dazu sind subatomare Geschwindigkeiten zu groß und die Zeitspannen zu kurz. Deshalb war er wie der Vogel, der rückwärts flog: Er konnte sehen, wo er gewesen war, aber er wußte nie, wohin sein Flug ihn führte.

Trotzdem trug er allein nicht nur dafür die Verantwortung, daß der Meiler auf einer hohen Stufe der Leistungsfähigkeit gehalten wurde, er mußte auch aufpassen, daß die Kettenreaktion niemals den kritischen Punkt überschritt, der zu einer Massenexplosion führt.

Aber das war unmöglich. Er konnte nicht sicher sein; er konnte niemals sicher sein.

Er mochte an seinen Arbeitsplatz alles Wissen mitbringen, das auf den besten Technischen Hochschulen zu erwerben ist, und es benutzen, um das Risiko auf den niedrigsten Wahrscheinlichkeitswert hinabzudrücken. Die blinden Gesetze des Zufalls, die bei subatomaren Vorgängen herrschen, konnten trotzdem einen Royal Flush gegen ihn in der Hand haben und ihn, so geschickt er auch spielte, schlagen.

Und jeder Atomphysiker wußte es, wußte, daß er nicht nur mit seinem eigenen Leben spielte, sondern auch mit dem Leben zahlloser anderer, vielleicht mit dem Leben jedes einzelnen menschlichen Wesens auf dem Planeten. Niemand konnte genau sagen, was eine solche Explosion anrichten würde. Eine vorsichtige Schätzung besagte, sie würde nicht nur die Anlage mitsamt ihrem Personal vollständig zerstören, sondern auch ein Stück aus der Los-Angeles-Oklahoma-Straßenstadt mit ihrer dichten Bevölkerung und ihrem starken Verkehr reißen, die hundert Meilen weiter nördlich lag.

Der offizielle optimistische Standpunkt, der die Grundlage für die Genehmigung des Werks durch die Atomenergie-Kommission bildete, berief sich auf Berechnungen, denen zufolge eine solche Masse an Uran sich selbst auf molarer Ebene zerreißen und so den Umfang der Zerstörung begrenzen würde, bevor eine beschleunigte Kettenreaktion die gesamte Masse erfaßte.

Im großen und ganzen setzten die Atomphysiker keinen Glauben in die offizielle Theorie. Sie sahen in theoretischen mathematischen Voraussagen das, was sie wert sind: Buchstäblich nichts, solange man keine Experimente durchgeführt hat, die sie bestätigen.

Aber selbst nach der offiziellen Version hielt jeder diensttuende Atomphysiker nicht nur sein eigenes Leben in der Hand, sondern auch das Leben von vielen anderen – von wie vielen, darüber dachte man besser gar nicht erst nach. Kein Pilot, kein General, kein Chirurg hat jemals Tag für Tag eine solche ständige Verantwortung getragen wie diese Männer jedes Mal, wenn sie ihren Dienst taten, wenn sie eine Feineinstellung vornahmen oder eine Anzeige ablasen.

Sie wurden nicht allein nach ihrer Intelligenz und

ihrer Qualifikation ausgewählt, sondern ebenso nach ihrem Charakter und ihrem Sinn für soziale Verantwortung. Sensible Männer wurden gebraucht, Männer, die fähig waren, die Wichtigkeit der ihnen anvertrauten Aufgabe in ihrem ganzen Umfang zu erfassen. Andernfalls konnte man sie nicht einsetzen. Aber die Last der Verantwortung war zu groß, um von einem sensiblen Mann unbegrenzt lange Zeit getragen zu werden.

Es war zwangsläufig ein vom psychologischen Standpunkt aus labiler Zustand. Wahnsinn war eine Berufskrankheit.

Dr. Cummings tauchte auf, noch damit beschäftigt, die Gurte der Rüstung zuzuschnallen, die ihn gegen Streustrahlung schützen sollte. »Was gibt's?« erkundigte er sich bei Silard.

»Ich mußte Harper ablösen lassen.«

»Das habe ich mir gedacht. Ich bin ihm auf dem Herweg begegnet. Er war fuchsteufelswild – hatte für mich nur böse Blicke übrig.«

»Ich weiß. Er verlangt eine sofortige Anhörung. Deshalb mußte ich Sie herbitten.«

Cummings grunzte, dann nickte er dem Physiker zu, der in seiner ihn ganz umhüllenden Rüstung anonym war. »Wen habe ich gezogen?«

»Erickson.«

»Das ist gut. Quadratschädel können nicht verrückt werden, stimmt's, Gus?«

Erickson sah kurz auf, antwortete: »Das ist Ihr Problem«, und widmete sich weiter seiner Arbeit. Cummings wandte sich wieder Silard zu und bemerkte: »Psychiater scheinen in dieser Gegend nicht sehr beliebt zu sein. Okay – ich löse Sie ab, Sir.«

»Danke, Sir.«

Silard folgte dem Zickzackweg durch den äußeren Schirm, der den Kontrollraum umgab. Sobald er draußen war, befreite er sich von der lästigen Rüstung, verstaute sie im Umkleideraum und eilte zu einem Aufzug. An der unterirdischen Röhrenstation stieg er aus und sah sich nach einer unbesetzten Kapsel um. Er fand eine, schnallte sich an, schloß die abgedichtete Tür und lehnte in Erwartung des Beschleunigungsdrucks den Kopf an die dafür vorgesehene Stütze.

Fünf Minuten später und zwanzig Meilen weiter klopfte er an die Bürotür des Generaldirektors Dr. King.

Der eigentliche Brüter lag in einer Senke zwischen öden Hügeln der Arizona-Hochebene. Alles, was nicht zum unmittelbaren Betrieb notwendig war – Verwaltungsbüros, Fernsehstation und so weiter – war auf der anderen Seite der Hügel erbaut worden. Den Gebäuden, in denen diese Hilfsfunktionen untergebracht waren, hatte man die dauerhafteste Konstruktion gegeben, die technisches Genie ersinnen konnte. Man hoffte, daß, sollte *der Tag* jemals kommen, die Bewohner etwa die gleiche Überlebenschance haben würden wie ein Mann, der die Niagara-Fälle in einem Faß hinunterstürzt.

Silard klopfte von neuem. Sekretär Steinke öffnete ihm. Silard erinnerte sich, seine Krankengeschichte gelesen zu haben. Früher einer der brillantesten unter den jungen Atomphysikern, hatte er schlagartig die Fähigkeit verloren, mathematische Berechnungen durchzuführen. Ein eindeutiger Fall von *Fugue*, aber der arme Teufel hatte nichts dagegen tun können – er hatte sich mit dem bewußten Teil seines Ichs Mühe genug gegeben, seinen Dienst weiter zu verrichten. Er war als Büroangestellter rehabilitiert worden.

Steinke führte Silard ins Privatbüro des Generaldirektors. Harper war schon da und erwiderte seinen Gruß mit eisiger Höflichkeit. King war freundlich, aber Silard fand, er sehe müde aus, als seien vierundzwanzig Stunden Streß pro Tag zuviel für ihn.

»Kommen Sie herein, Doktor, kommen Sie herein! Setzen Sie sich! Jetzt erzählen Sie mir die Sache! Ich bin ein bißchen erstaunt. Ich habe Harper für einen meiner psychisch stabilsten Männer gehalten.«

»Ich sage nicht, daß er das nicht ist, Sir.«

»Wie bitte?«

»Er ist vielleicht völlig in Ordnung, aber Sie haben mich angewiesen, auf keinen Fall ein Risiko einzugehen.«

»Ganz richtig.« Beunruhigt musterte der Generaldirektor den Physiker, der stumm und angespannt in seinem Sessel saß, und wandte seine Aufmerksamkeit dann wieder Silard zu. »Ich schlage vor, Sie berichten erst einmal.«

Silard holte tief Atem. »Während meines Dienstes als psychologischer Beobachter in der Kontrollstation hatte ich den Eindruck, der Physiker vom Dienst sei geistesabwesend und reagierte auf Stimuli schwächer als gewöhnlich. Ich habe diesen Fall während der letzten Tage auch in dienstfreien Stunden beobachtet und vermutete einen zunehmenden Mangel an Aufmerksamkeit. Zum Beispiel, wenn er Kontrakt-Bridge spielt, bittet er neuerdings gelegentlich, die Ansage zu wiederholen, was in Widerspruch zu einem früheren Verhaltensmuster steht.

Mir liegen auch noch andere, ähnliche Daten vor. Um es kurz zu machen, heute um 3 Uhr 11, als ich Dienst hatte, sah ich Harper, ohne daß ein vernünftiger Grund dazu vorhanden gewesen wäre, einen Schraubenschlüssel ergreifen, der nur für die Ventile des Wasserschildes benutzt wird, und sich dem Auslöser nähern. Ich suspendierte ihn vom Dienst und schickte ihn aus dem Kontrollraum.«

»Chef!« fuhr Harper auf. Er bezwang sich und fuhr fort: »Wenn dieser Hexendoktor einen Schraubenschlüssel von einem Oszillator unterscheiden könnte, hätte er erkannt, was ich tat. Der Schraubenschlüssel lag auf dem falschen Regal. Ich bemerkte es und nahm ihn in die Hand, um ihn an seinen richtigen Platz zurückzubringen. Unterwegs blieb ich stehen, um die Anzeigen zu überprüfen.«

Der Generaldirektor sah Dr. Silard fragend an.

»Das mag wahr sein – nehmen wir ruhig einmal an, daß es wahr ist«, antwortete der Psychiater unbeeindruckt. »Meine Diagnose stimmt trotzdem. Ihr Verhaltensmuster hat sich verändert; Ihre Handlungen sind nicht länger vorhersehbar, und ich kann Sie ohne eingehende Untersuchung nicht zu einer verantwortlichen Arbeit zulassen.«

Generaldirektor King trommelte auf der Schreibtischplatte herum und seufzte. Dann sagte er langsam zu Harper: »Cal, Sie sind ein guter Junge, und glauben Sie mir, ich weiß, wie Ihnen zumute ist. Aber es gibt keinen Weg, das zu vermeiden. Sie müssen zur psychometrischen Untersuchung und akzeptieren, was der Ausschuß über Sie verfügt.« Er hielt inne. Harper behielt sein ausdrucksloses Schweigen bei. »Ich will Ihnen was sagen, mein Sohn – warum nehmen Sie nicht ein paar Tage Urlaub? Wenn Sie dann zurückkommen, können Sie sich untersuchen lassen oder in eine andere Abteilung versetzt werden, weg von der Bombe, ganz wie Sie möchten.« Er bat Silard mit einem Blick um seine Zustimmung und erhielt ein Nicken zur Antwort.

Harper ließ sich jedoch nicht so leicht besänftigen. »Nein, Chef«, protestierte er, »so geht das nicht. Sehen Sie nicht, was das Problem ist? Diese ständige Überwachung! Immerzu hat man jemanden im Nacken, der *erwartet*, daß man durchdreht. Man kann sich nicht einmal unbeobachtet rasieren! Wir zucken bei den harmlosesten Vorfällen zusammen, weil wir fürchten, irgend so ein Kopfdoktor, der selbst halb plemplem ist, könnte es gesehen haben und für ein Zeichen halten, daß wir die Nerven verlieren. Himmel, was erwarten Sie denn!« Nachdem er sich auf diese Weise Luft gemacht hatte, überließ er sich einem schnodderigen Zynismus, der nicht ganz zum Durchbruch kam. »Okay – Sie brauchen keine Zwangsjacke, ich gehe ja schon. Trotz allem sind Sie ein feiner Kerl, Chef«, setzte er hinzu, »und ich freue mich, daß ich unter Ihnen habe arbeiten können. Leben Sie wohl!«

King ließ den Schmerz, der in seinen Augen stand, nicht in seiner Stimme mitklingen. »Warten Sie einen Augenblick, Cal – Sie sind hier noch nicht fertig. Vergessen wir die Sache mit dem Urlaub. Ich versetze Sie ins Strahlungslabor. Sie gehören sowieso zur Forschung. Ich hätte Sie nie dort abgezogen und im Kontrollraum Wache schieben lassen, wenn ich nicht knapp an erstklassigen Männern gewesen wäre.

Was die ständige psychologische Beobachtung betrifft, so verabscheue ich sie ebenso, wie Sie es tun. Vermutlich wissen Sie nicht, daß ich ungefähr zweimal so scharf überwacht werde wie ihr diensttuenden Physiker.« Harper zeigte seine Überraschung, aber Silard nickte bestätigend. »Leider muß es sein ... Erinnern Sie sich noch an Manning? Nein, er war vor Ihrer Zeit hier. Damals hatten wir noch keine psychologischen Beobachter. Manning war ein fähiger, ein brillanter Mann. Außerdem war er immer vergnügt; nichts schien ihm Sorgen zu machen.

Ich war froh, ihn für den Meiler einsetzen zu können, denn er war stets wachsam, und die Arbeit dort schien ihn absolut nicht nervös zu machen. Im Gegenteil, er wurde mit der Zeit immer lustiger. Ich hätte wissen müssen, daß das ein sehr schlechtes Zeichen war, aber ich wußte es nicht, und es war kein Beobachter da, der es mir hätte sagen können.

Sein Techniker mußte ihn eines Abends niederschlagen ... Er traf ihn dabei an, wie er die Sicherheitsblöcke an den Kadmiumstäben abmontierte. Der arme alte Manning ist nicht wieder gesund geworden – er ist seitdem ein tobender Irrer. Nachdem Manning zusammengebrochen war, arbeiteten wir das gegenwärtige System von zwei qualifizierten Physikern und einem Beobachter für jede Schicht aus. Es schien die einzige Möglichkeit zu sein.«

»Das glaube ich auch, Chef«, meinte Harper nachdenklich. Sein Gesicht war nicht mehr mürrisch, aber immer noch unglücklich. »Trotzdem ist es eine verteufelte Situation.«

»Das ist noch milde ausgedrückt.« Der Generaldirektor erhob sich und streckte die Hand aus. »Cal, falls Sie nicht fest entschlossen sind, uns zu verlassen, erwarte ich, Sie morgen früh im Strahlungslabor zu sehen. Noch etwas – ich empfehle das nicht oft, aber es könnte Ihnen gut tun, sich heute abend zu betrinken.«

Der junge Mann ging, während Silard auf ein Zeichen des Generaldirektors noch blieb. Sobald die Tür sich geschlossen hatte, sagte King zu dem Psychiater: »Da geht wieder einer – und einer der besten. Doktor, was soll ich tun?«

Silard zupfte an seiner Wange. »Ich weiß es nicht«, gestand er. »Das Teuflische daran ist, daß Harper absolut recht hat. Der Druck, der auf den Männern lastet, wird durch das Wissen, daß sie ständig beobachtet werden, tatsächlich verstärkt ... und doch müssen sie beobachtet werden. Der psychiatrische Stab hat übrigens auch seine Probleme. Es macht uns nervös, in der Nähe der Großen Bombe zu sein – und das um so mehr, weil wir sie nicht verstehen. Und es deprimiert uns, daß wir verhaßt und verabscheut werden. Wissenschaftliche Objektivität ist unter solchen Bedingungen schwierig. Ich werde selbst reizbar.«

King stellte sein Hin- und Herwandern ein und blieb vor dem Psychiater stehen. »Es *muß* doch eine Lösung geben ...«, drängte er.

Silard schüttelte den Kopf. »Dazu kann ich nichts sagen. Vom Standpunkt der Psychologie aus sehe ich keine Lösung.«

»Keine? Hmm – Doktor, wer ist der beste Mann auf Ihrem Fachgebiet?«

»Wie bitte?«

»Wer ist die anerkannte Nummer Eins in der Behandlung dieser Dinge?«

»Das ist schwer zu sagen. Es gibt natürlich nicht nur einen einzigen führenden Psychiater auf der Welt, dazu spezialisieren wir uns zu stark. Aber ich weiß, was Sie meinen. Sie wollen nicht den besten Psychometriker für die temperamentsmäßige Eignung in der Industrie, Sie wollen den besten All-Round-Man für nicht durch Läsion hervorgerufene Situationspsychosen. Das wäre Lentz.«

»Fahren Sie fort!«

»Nun ... er arbeitet auf dem ganzen Bereich der Umweltanpassung. Er ist der Mann, der die Theorie des optimalen Muskeltonus mit der Entspannungstechnik, die Korzybski empirisch entwickelte, auf einen Nenner gebracht hat. Er hat tatsächlich als Student noch unter

Korzybski gearbeitet – das ist das Einzige, worauf er sich etwas einbildet.«

»So? Dann muß er ziemlich alt sein. Korzybski ist ... In welchem Jahr ist er gestorben?«

»Ich wollte eben sagen, daß Sie seine Arbeit über Symbologie sicher kennen – Theorie der Statement- Abstrahierung und -Analyse –, weil sie im Maschinenbau und in der theoretischen Physik Anwendung gefunden hat.«

»*Der* Lentz – ja, natürlich. Aber ich hätte nie gedacht, daß er Psychiater ist.«

»Das ist für jeden Physiker eine Überraschung. Trotzdem hat er mehr als jeder heute noch lebende Mann dazu beigetragen, daß die pandemischen Neurosen der Verrückten Jahre unter Kontrolle gebracht und eingedämmt wurden.«

»Wo ist er?«

»In Chicago, nehme ich an. Im Institut.«

»Holen Sie ihn her!«

»Wie bitte?«

»Holen Sie ihn her! Hängen Sie sich ans Visifon und stellen Sie fest, wo er sich aufhält. Dann lassen Sie Steinke den Flughafen von Chicago anrufen und einen Stratowagen für ihn bereitstellen. Ich möchte ihn so bald wie möglich sprechen – auf jeden Fall noch heute.« King richtete sich in seinem Sessel mit dem Ausdruck eines Mannes auf, der von neuem Herr seiner selbst und der Situation ist. Er kannte das freudige Gefühl, das sich nur einstellt, wenn man zu einer Entscheidung gelangt ist. Der gequälte Gesichtsausdruck war verschwunden.

Silard sah aus wie vom Donner gerührt. »Aber, Herr Generaldirektor!« rief er, »Sie können Dr. Lentz nicht herrufen, als sei er ein kleiner Angestellter. Er ist – er ist *Lentz!*«

»Sicher – deshalb will ich ihn ja haben. Aber ich bin auch keine neurotische Clubdame, die Mitgefühl sucht. Er wird kommen. Wenn nötig, lassen Sie von Washington aus Dampf dahintermachen. Soll das Weiße Haus ihn anrufen. Aber holen Sie ihn sofort her! Tempo!« King verließ das Büro.

Als Erickson von der Schicht kam, fragte er herum und stellte fest, daß Harper in die Stadt gefahren war. Deshalb verzichtete er auf das Dinner in der Basis, zog seine ›Trinkklamotten‹ an und ließ sich von der Röhrenbahn nach Paradise befördern.

Paradise, Arizona, verdankte seine Existenz dem Brüter. Die Einwohner der kleinen Stadt widmeten sich ausschließlich dem ernsthaften Geschäft, die Mitarbeiter des Werkes von ihren außergewöhnlich guten Gehältern zu befreien. Bei diesem ehrenwerten Unterfangen erhielten sie viel Unterstützung durch die Mitarbeiter selbst, von denen jeder einzelne am Zahltag zwei- bis zehnmal soviel Geld erhielt, wie er je in einer anderen Stellung verdient hätte, und durchaus nicht sicher war, ob er lange genug leben würde, daß es sich lohnte, fürs Alter zu sparen. Außerdem hatte die Company in Manhattan einen Notfonds für ihre Angestellten eingerichtet. Also warum knausern?

Es wurde behauptet, und das stimmte beinahe, jedes Vergnügen, jeder Luxus, den es in New York City gebe, sei auch in Paradise zu haben. Die dortige Handelskammer hatte sich den Werbespruch von Reno, Nevada, angeeignet: ›Die größte Kleinstadt der Welt‹. Die Werbeleute von Reno rächten sich, indem sie verbreiteten, ›Höllentor‹ sei ein geeigneter Name für Paradise, denn jede Stadt, die so nahe an einem Schnellen Brüter liege, erwecke unvermeidlich Gedanken an den Tod.

Erickson machte die Runde. In den sechs Straßen, die von der Hauptstraße abgingen, gab es siebenundzwanzig Lokale, die Alkohol ausschenken durften. Er war sicher, daß Harper sich in einem von ihnen niedergelassen hatte, und da er die Gewohnheiten und den Geschmack seines Kollegen kannte, rechnete er damit, ihn in den ersten zwei oder drei zu finden, die er anlief.

Er irrte sich nicht. Harper saß allein an einem Tisch im Hinterzimmer von DeLanceys Sanssouci-Bar. Es war ein Lieblingslokal von ihnen beiden. Der altmodische Luxus der verchromten Bar und der roten Ledermöbel sagte ihnen mehr zu als die spektakuläre Ausstattung der hochmodernen Lokale. DeLancey war konservativ; er blieb bei indirekter Beleuchtung und leiser Musik; seine Kellnerinnen mußten vollständig angezogen sein, sogar abends.

Das fünfte Glas Scotch vor Harper war noch zu etwa zwei Dritteln voll. Erickson hielt Harper drei Finger vors Gesicht und verlangte: »Zähle!«

»Drei«, verkündete Harper. »Setz dich, Gus!«

»Richtig gezählt«, stimmte Erickson zu und ließ seinen massigen Körper in einen niedrigen Sessel sinken. »Du bist noch klar. Wie ist die Sache ausgegangen?«

»Trink erst mal was! Nicht etwa ...« – erläuterte er –, »daß dieser Scotch gut wäre. Ich glaube, Lance hat angefangen, ihn zu taufen. Ich habe kapituliert, mit Mann und Roß und Wagen.«

»Lance würde so etwas nie tun – bleibe bei deiner Theorie, und du wirst auf dem Bürgersteig in die Knie sinken. Wie ist es zu dieser Kapitulation gekommen? Ich dachte, du hättest vor, ihnen zumindest ein paar Ohrfeigen zu verpassen.«

»Habe ich ja auch getan«, jammerte Harper, »aber, zum Kuckuck, Gus, der Chef hat recht! Wenn ein Gehirnmechaniker sagt, du hast eine Meise, muß er dem Gehirnmechaniker Rückendeckung geben und dich von der Liste des Wachpersonals streichen. Der Chef kann es sich nicht leisten, ein Risiko einzugehen.«

»Ja, der Chef ist in Ordnung, aber ich bringe es nicht fertig, unsere Psychiater zu lieben. Weißt du was? Wir suchen uns einen und probieren aus, ob er Schmerz empfinden kann. Ich halte ihn fest, und du haust zu.«

»Oh, vergiß es, Gus! Trink etwas!«

»Ein guter Gedanke – aber keinen Scotch. Ich werde einen Martini nehmen. Wir sollten bald etwas essen.«

»Ich nehme auch einen.«

»Wird dir guttun.« Erickson hob seinen blonden Kopf und brüllte: »Israfel!«

Eine große schwarze Gestalt tauchte neben ihm auf. »Mistör Erickson! Yes, Sörr!«

»Izzy, bring uns zwei Martinis! Mach meinen mit Italienischem.« Er wandte sich wieder Harper zu. »Was wirst du jetzt tun, Cal?«

»Strahlungslabor.«

»Das ist doch gar nicht schlecht. Ich würde mich selbst gern einmal mit Raketentreibstoff beschäftigen. Da habe ich ein paar Ideen.«

Harper blickte leicht belustigt drein. »Du meinst atomaren Treibstoff für interplanetare Flüge? Das ist so ziemlich ausgereizt. Nein, mein Sohn, die Ionosphäre ist die Decke, bis wir uns etwas Besseres als Raketen ausgedacht haben. Natürlich, man *könnte* einen Atommeiler in einem Schiff unterbringen, aber wie weit kämst du damit? Du hättest wegen der Abschirmung immer noch ein fürchterliches Massenverhältnis, und ich wette, du könntest nicht einmal ein Prozent des Meiler-Outputs in Schub umwandeln. Und dabei haben wir noch die Frage außer acht gelassen, wie du die Company dazu bringen kannst, daß sie dir für etwas, das keine Dividenden bringt, einen Atommeiler leiht.«

Erickson blieb stur. »Damit sind längst nicht alle Möglichkeiten erschöpft. Was haben wir? Die frühen Raketenbauer versuchten, bessere Raketen herzustellen, und glaubten zuversichtlich daran, wenn ihre Raketen gut genug sein würden, um zum Mond zu fliegen, wäre inzwischen ein dementsprechender Treibstoff entwickelt. Und sie bauten tatsächlich Schiffe, die gut genug waren. Wir könnten jedes beliebige Schiff der Antipoden-Route hernehmen und für den Mond umrüsten – *wenn* wir den richtigen Treibstoff hätten. Aber den haben wir nicht.

Und warum nicht? Weil wir sie im Stich gelassen haben, darum. Weil die Raketen immer noch von Molekular-Energie, von chemischen Reaktionen abhängen, während wir die Atomkraft hier auf dem Schoß halten. Es ist nicht die Schuld der Raketenbauer – der alte D. D. Harriman ließ Rocket Consolidated die ganze erste Emission von Atlantic Pitchblende zeichnen und schnitt für sich selbst ein großes Stück ab, weil er erwartete, wir würden etwas Verwendbares auf dem Gebiet eines konzentrierten Raketentreibstoffs produzieren. Haben wir das getan? Von wegen! Die Company drängte wie verrückt auf sofortige kommerzielle Auswertung, und einen atomaren Raketentreibstoff gibt es bis heute nicht.«

»Du hast das nicht richtig dargestellt«, wandte Harper ein. »Es stehen nur zwei Formen von Atomkraft zur Verfügung, die Radioaktivität und der Atomzerfall. Das erste ist zu langsam. Die Energie ist da, aber man kann nicht jahrelang darauf warten, daß sie herauskommt – nicht in einem Raketenschiff. Das zweite gelingt uns nur in einer großen Anlage. Also. Wir sitzen fest.«

»Wir haben es doch noch gar nicht richtig versucht«, erwiderte Erickson. »Die Raketen sind da; wir brauchen ihnen bloß einen anständigen Treibstoff zu geben.«

»Was nennst du einen ›anständigen‹ Treibstoff?«

Erickson zählte es an den Fingern ab. »Eine kritische Masse, die klein genug ist, daß die ganze oder fast die ganze Energie von der Reaktionsmasse als Hitze aufgenommen werden kann – gewöhnliches Wasser wäre mir als Reaktionsmasse am liebsten. Eine Abschirmung, die nicht mehr zu sein braucht als ein Blei- und Kadmium-Mantel. Und das Ganze müßte genau kontrolliert werden können.«

Harper lachte.

»Frage lieber gleich nach Engelsflügeln! Ein solcher Treibstoff läßt sich nicht in einer Rakete unterbringen. Er würde sich entzünden, bevor er die Brennkammer erreicht hätte.«

Ericksons skandinavische Hartnäckigkeit sammelte sich gerade zu einem neuen Vorstoß, als der Kellner mit den Getränken kam. Er setzte sie schwungvoll ab. »Schon da, Sörr!«

»Möchtest du darum würfeln, Izzy?« fragte Harper.

»Warum nicht?«

Der Neger brachte einen ledernen Würfelbecher zum Vorschein, und Harper würfelte. Er brachte es tatsächlich fertig, bei drei Würfen viermal eine Eins dabei zu haben. Israfel nahm den Becher und schüttelte ihn mit einem eleganten Drehen des Handgelenks nach hinten. Bei seinen drei Würfen war fünfmal die Sechs dabei. Höflich nahm er den Preis für sechs Drinks entgegen. Harper stupste die Würfel mit dem Zeigefinger an.

»Izzy«, fragte er, »sind das dieselben Würfel, mit denen ich geworfen habe?«

»Wieso, Mistör Harper?« Der Schwarze verzog schmerzlich das Gesicht.

»Laß man!« winkte Harper ab. »Ich hätte gescheiter sein sollen, als mit dir zu würfeln. In sechs Wochen habe ich gegen dich nicht einmal gewonnen. Was wolltest du eben sagen, Gus?«

»Ich wollte sagen, es müßte einen besseren Weg geben, Energie aus ...«

Doch wieder trat jemand an ihren Tisch, diesmal etwas sehr Verführerisches in einem Abendkleid, das auf ihren üppigen Körper gesprüht zu sein schien. Sie war jung, vielleicht neunzehn oder zwanzig. »Fühlt ihr Jungens euch einsam?« fragte sie und floß in einen Sessel.

»Nett, daß du fragst, aber wir fühlen uns nicht einsam«, wehrte Erickson mit geduldiger Höflichkeit ab. Er wies mit dem Daumen auf einen Mann, der auf der anderen Seite des Raums allein an einem Tisch saß. »Geh hinüber zu Hannigan, der ist nicht beschäftigt.«

Sie folgte seiner Geste mit den Augen und antwortete mit leichter Verachtung: »Der? Bei dem hat es keinen Zweck. So ist er schon seit drei Wochen – hat mit keiner Menschenseele gesprochen. Wenn ihr mich fragt, ich glaube, er steht vor einem Zusammenbruch.«

»Ach ja?« bemerkte Erickson unverbindlich. »Hier ...« Er fischte eine Fünfdollar-Note aus der Tasche und reichte sie ihr. »Bestell dir etwas zu trinken! Vielleicht kommen wir später zu dir.«

»Danke, Jungens.« Das Geld verschwand unter ihrer Kleidung. Sie stand auf. »Fragt einfach nach Edith.«

»Hannigan sieht wirklich schlecht aus.« Jetzt bemerkte auch Harper das brütende Starren und die apathische Haltung. »In letzter Zeit ist er für seine Verhältnisse schrecklich reserviert gewesen. Meinst du, wir sind verpflichtet, ihn zu melden?«

»Mach dir darüber keine Sorgen«, riet ihm Erickson,

»es ist schon ein Beobachter am Werk. Sieh mal – da!« Harper folgte der Richtung, die sein Kollege ihm wies, und erkannte Dr. Mott vom psychologischen Stab. Er lehnte am hinteren Ende der Bar und hielt ein hohes Glas in der Hand, das ihm Schutzfärbung gab. Aber er hatte seinen Platz so gewählt, daß er nicht nur Hannigan, sondern auch Erickson und Harper im Blickfeld hatte.

»Ja, und uns studiert er ebenso«, ergänzte Harper. »Hölle und Verdammnis, warum bekomme ich eine Gänsehaut, wenn ich einen von denen nur sehe?«

Es war eine rhetorische Frage, und Erickson ignorierte sie. »Gehen wir!« schlug er vor. »Wir können anderswo essen.«

»Okay.«

DeLancey persönlich machte ihnen seine Aufwartung, als sie gingen. »Sie wollen uns schon verlassen, Gentlemen?« fragte er in einem Ton, der andeutete, dann habe er keinen Grund mehr, das Lokal geöffnet zu halten. »Wir haben heute abend wundervollen Hummer. Wenn er Ihnen nicht schmeckt, brauchen Sie nicht zu bezahlen.« Er lächelte strahlend.

»Keine Meeresfrüchte, Lance«, antwortete Harper ihm, »heute abend nicht. Sagen Sie einmal – warum bleiben Sie hier, wenn Sie doch wissen, daß der Meiler Sie auf lange Sicht erwischen wird? Fürchten Sie sich nicht vor ihm?«

Die Augenbrauen des Wirtes schossen in die Höhe. »Fürchten? Vor dem Meiler? Aber er ist mein Freund!«

»Bringt Ihnen Geld, wie?«

»Oh, das meine ich nicht.« Er beugte sich vertraulich zu ihnen vor. »Vor fünf Jahren kam ich her, um schnell etwas Geld für meine Familie zu machen, bevor mich mein Magenkrebs umbrachte. In der Klinik wurde ich mit den wundervollen neuen Strahlen, die Sie, meine Herren, mit Hilfe der Großen Bombe herstellen, geheilt – ich lebe wieder. Nein, ich fürchte mich nicht vor dem Meiler; er ist mein guter Freund.«

»Und wenn er in die Luft geht?«

»Wenn der liebe Gott mich braucht, wird er mich zu sich nehmen.« Er bekreuzigte sich schnell.

Sie wandten sich zum Gehen, und Erickson sagte mit leiser Stimme zu Harper: »Da hast du deine Antwort, Cal. Wenn wir Physiker alle seinen Glauben hätten, würde die Arbeit uns nicht kaputtmachen.«

Harper ließ sich davon nicht überzeugen. »Ich weiß nicht«, überlegte er. »Ich glaube nicht, daß es Glauben ist. Ich halte es für Mangel an Phantasie – und an Wissen.«

Ungeachtet des Vertrauens, das King in ihn setzte, kreuzte Lentz erst am nächsten Tag auf. Der Generaldirektor war unterbewußt ein bißchen erstaunt über das Aussehen seines Besuchers. Er hatte sich einen Meister-Psychologen mit wallendem Haar, einem Knebelbart und durchdringenden schwarzen Augen vorgestellt. Aber dieser Mann war nicht übermäßig groß, von schwerem Knochenbau und dick – beinahe fett. Er hätte Metzger sein können. Kleine, blaßblaue Schweinsaugen lugten fröhlich unter zottigen blonden Brauen hervor. Sonst fand sich nirgendwo ein Haar auf dem gewaltigen Schädel, und das affenartige Kinn war glatt und rosig. Gekleidet war er in einen zerknitterten Pyjama aus ungebleichtem Leinen. Eine lange Zigarettenspitze ragte ständig aus einem Winkel seines breiten Mundes, noch breiter durch ein Lächeln, das harmlose Belustigung über das Schlimmste, was das Leben oder die Menschen tun konnten, auszudrücken schien. Offenbar freute er sich seines Lebens. King stellte fest, daß man bemerkenswert gut mit ihm reden konnte.

Auf Lentz' Vorschlag hin berichtete der Generaldirektor zuerst über die Geschichte der Atomkraftwerke: Die Spaltung des Uran-Atoms, die Dr. Otto Hahn im Dezember 1938 gelang, öffnete die Tür zur Atomkraft, wenn auch nur um einen Spalt. Es erforderte ein gewaltiges Mehr an Wissen, als zu der Zeit in der gesamten zivilisierten Welt vorhanden war, um den Prozeß so zu gestalten, daß er sich von selbst fortsetzte und kommerziell nutzbar wurde.

1938 hatte das gespaltene Uran-235, das es auf der ganzen Welt gab, nicht einmal die Masse eines Stecknadelkopfes. Von Plutonium hatte noch nie jemand etwas gehört. Die Atomkraft bestand aus einer abstrusen Theorie und einem einzigen, nur Eingeweihten bekannten Laboratoriumsexperiment. Der Zweite Weltkrieg, das Manhattan-Projekt und Hiroshima änderten das; Ende 1945 überstürzten sich Veröffentlichungen von Propheten, die in einem oder zwei Jahren billige, beinahe kostenlose Atomkraft für jedermann voraussagten.

Es kam nicht so. Das Manhattan-Projekt hatte den einzigen Zweck verfolgt, Waffen herzustellen. Die Nutzbarmachung der Atomkraft lag noch in der Zukunft.

In der fernen Zukunft, so sah es aus. Die Uran-Meiler, die zur Herstellung der Atombombe benutzt worden waren, ließen sich nicht kommerziell nutzen. Sie funktionierten auf die Weise, daß sie Energie als wertloses Nebenprodukt wegwarfen, und sie konnten auch nicht mehr umgebaut werden, wenn sie einmal in Betrieb genommen waren. Auf dem Papier ließ sich ein ökonomischer, kommerzieller Atommeiler wohl entwerfen, aber es gab zwei Haken dabei. Der erste war, daß dieser Meiler, sofern er für kommerzielle Zwecke genügend groß war, die Energie mit einer solchen Heftigkeit abgeben würde, daß es keine bekannte Methode gab, sie zu speichern und weiterzuleiten.

Dieses Problem wurde als erstes gelöst. Eine Modifizierung der Douglas-Martin-Energieschirme, ursprünglich dazu gedacht, die Strahlenenergie der Sonne, die ein natürlicher Atommeiler ist, direkt in elektrische Energie umzuwandeln, wurde auf die Energie angewendet, die bei der Uran-Spaltung freiwurde.

Der zweite Haken schien gar kein Haken zu sein. Ein ›angereicherter‹ Meiler – in dem U-235 oder Plutonium dem natürlichen Uran hinzugefügt worden war – bildete eine recht zufriedenstellende Quelle für kommerzielle Energie. Wir wußten, wie wir U-235 und Plutonium bekommen konnten; das war die hauptsächliche Errungenschaft des Manhattan-Projekts.

Wußten wir es wirklich? Sicher, Hanford produzierte Plutonium, Oak Ridge gewann U-235 – aber die Hanford-Meiler verbrauchten mehr U-235, als sie Plutonium produzierten, und Oak Ridge gewann U-235 aus sieben Zehnteln eines Prozents des natürlichen Urans, und mehr als 99 Prozent der Energie, die noch in dem weggeworfenen U-238 eingeschlossen war, ging verloren. Kommerziell lächerlich, ökonomisch phantastisch!

Aber es gab einen anderen Weg, Plutonium herzustellen, nämlich mit Hilfe eines nicht gedämpften Hochenergie-Meilers mit natürlichem Uran, der nur ein bißchen angereichert wurde. Ab einer Million Elektronenvolts spaltet sich das U-238; bei etwas geringeren Energiemengen verwandelt es sich in Plutonium. Ein solcher Meiler macht sein eigenes ›Feuer‹ und produziert mehr ›Brennstoff‹, als er verbraucht, er könnte Brennstoff für unzählige andere Meiler der gewöhnlichen gedämpften Sorte herstellen.

Aber ein nicht gedämpfter Atommeiler ist beinahe laut Definition eine Atombombe.

Schon der Name ›Meiler‹ kommt von dem Stapel aus Graphitblöcken und Uran-Stücken, der ganz zu Beginn des Manhattan-Projekts in einem Squash-Hof der Universität von Chicago aufgebaut wurde. Ein solcher Meiler, gedämpft durch Graphit oder schweres Wasser, *kann nicht* explodieren.

Niemand wußte, was mit einem ungedämpften Hochenergie-Meiler passieren könnte. Er würde Plutonium in großen Mengen erzeugen – aber würde er explodieren? Mit solcher Gewalt explodieren, daß die Nagasaki-Bombe dagegen ein Kinderspielzeug wäre?

Niemand wußte es.

In der Zwischenzeit drängte die energiehungrige Industrie der Vereinigten Staaten immer heftiger. Mit den Douglas-Martin-Sonnenenergieschirmen wurde die akute Krise überwunden, als Öl zu knapp wurde, um als Brennstoff verschwendet zu werden, aber die Sonnenenergie beschränkte sich auf etwa eine Pferdestärke pro Quadratyard und hing von den Launen des Wetters ab.

Die Atomkraft wurde gebraucht – wurde gefordert.

Die Atomphysiker machten in dieser Periode Qualen der Unentschlossenheit durch. Vielleicht konnte ein Schneller Brüter kontrolliert werden. Oder vielleicht würde er sich, falls er außer Kontrolle geriet, nur selbst zerreißen und so sein eigenes Feuer löschen. Vielleicht würde er wie mehrere Atombomben explodieren, aber mit geringer Wirksamkeit. Doch es bestand auch die Möglichkeit – so gerade eben –, daß die ganze Masse von vielen Tonnen Uran auf einmal explodierte und die menschliche Rasse dabei vernichtet wurde.

Eine alte (nicht wahre) Geschichte erzählt, ein Wissenschaftler habe eine Maschine erfunden, die in einem Augenblick die Welt zerstören würde, so glaubte er, wenn er einen bestimmten Schalter drehte. Er wollte unbedingt wissen, ob er recht hatte oder nicht. So drehte er den Schalter – und fand es nie heraus.

Die Atomphysiker fürchteten sich, den Schalter zu drehen.

»Erst Destrys Mechanik infinetesimaler Größen zeigte einen Weg aus dem Dilemma«, fuhr King fort. »Seine Gleichungen schienen vorauszusagen: Eine solche Atomexplosion würde gleich zu Anfang die sie einschließende molare Masse so schnell zerreißen, daß der Neutronenverlust durch die Außenflächen der Fragmente die Progression auf Null dämpfte. Folglich könne die gesamte Masse gar nicht explodieren. In einer Atombombe kommt es tatsächlich zu einer solchen Dämpfung.

Für die Masse, die wir in dem Meiler benutzen, sagen seine Gleichungen eine mögliche Explosion mit einem Siebentel eines Prozents der Stärke voraus, die die Explosion der gesamten Masse hätte. Schon das riefe natürlich unvorstellbare Zerstörungen hervor – es würde ausreichen, um dieses Ende des Staates zu vernichten. Und ich persönlich bin nie davon überzeugt gewesen, daß das alles wäre.«

»Warum haben Sie dann diese Stellung angenommen?« erkundigte sich Lentz.

King spielte mit den Gegenständen auf seinem

Schreibtisch herum, bevor er antwortete. »Ich konnte das Angebot nicht ablehnen, Doktor – ich *konnte nicht.* Wenn ich mich geweigert hätte, wäre jemand anders beauftragt worden – und es war eine Gelegenheit, die ein Physiker nur ein einziges Mal in der Geschichte erhält.«

Lentz nickte. »Und wahrscheinlich wäre jemand beauftragt worden, der nicht so kompetent ist. Ich verstehe, Dr. King – Sie wurden von dem ›Wahrheitstropismus‹ des Wissenschaftlers dazu gezwungen. Der Wissenschaftler muß dahin gehen, wo er seine Daten bekommt, und wenn es ihn umbringt. Aber was diesen Destry angeht, so haben mir seine mathematischen Arbeiten nie gefallen; er setzt zuviel als gegeben voraus.«

King sah überrascht hoch, und dann erinnerte er sich, daß dies der Mann war, der die Statement-Analyse verfeinert und ihr Beweiskraft gegeben hatte. »Das ist es ja«, stimmte er zu. »Seine Arbeit ist brillant, aber ich war immer der Meinung, seine Voraussagen seien das Papier nicht wert, auf dem sie geschrieben wurden. Und offensichtlich«, setzte er bitter hinzu, »ist das auch die Meinung meiner Mitarbeiter.«

Er berichtete dem Psychiater über die Schwierigkeiten mit dem Personal, wie die mit größter Sorgfalt ausgesuchten Männer früher oder später unter der Belastung zusammenbrachen. »Anfangs dachte ich, es könne eine degenerierende Wirkung der Neutronenstrahlung sein, die durch die Abschirmung dringt. Deshalb verbesserten wir die Abschirmung und die Rüstungen, die die Männer tragen. Es half nichts. Ein junger Mann, der zu uns gekommen war, nachdem wir die neuen Schirme installiert hatten, wurde eines Abends beim Dinner gewalttätig und behauptete, ein Schweineschnitzel werde gleich explodieren. Mir graust es bei dem Gedanken, was hätte passieren können, wenn er in diesem Augenblick Dienst am Meiler gehabt hätte.«

Die Einführung einer ständigen psychologischen Überwachung hatte die Wahrscheinlichkeit der Gefahr, daß ein Physiker auf Wache zusammenbrach, sehr verringert, aber King war gezwungen, zuzugeben, daß das

System kein Erfolg war. Tatsächlich war von diesem Zeitpunkt an die Zahl der Psychoneurosen deutlich gestiegen.

»Und das ist das Bild, Dr. Lentz. Es wird fortlaufend schlimmer. Jetzt fängt es bei mir an. Die Belastung zehrt an mir; ich kann nicht schlafen, und ich fürchte, meine Urteilskraft hat gelitten – ich habe Schwierigkeiten, mich zu entschließen, eine Entscheidung zu treffen. Glauben Sie, daß Sie etwas für uns tun können?«

Lentz hatte kein sofortiges Heilmittel für Kings Ängste. »Nicht so schnell, Herr Generaldirektor«, gab er zurück. »Sie haben mir die Situation geschildert, aber bisher habe ich keine wirklichen Daten. Ich muß mich eine Weile umsehen, selbst einen Eindruck gewinnen, mit Ihren Physikern reden, vielleicht ein paar Gläser mit ihnen trinken und mit ihnen bekannt werden. Das ist doch möglich? Vielleicht werden wir dann in ein paar Tagen wissen, wo wir stehen.«

King hatte keine andere Wahl, als dem zuzustimmen.

»Es ist gut, daß Ihre jungen Männer nicht wissen, aus welchem Grund ich hier bin. Könnte ich nicht ein alter Freund von Ihnen sein, ein Physiker, der einen Besuch macht?«

»Nun ja – natürlich. Ich kann dafür sorgen, daß sich das herumspricht. Aber sagen Sie ...« Wieder kam King der Gedanke, der ihn von dem Augenblick an verfolgt hatte, als Silard den Namen des berühmten Psychiaters nannte. »Darf ich Ihnen eine persönliche Frage stellen?«

Die Schweinsäuglein verloren nichts von ihrem lustigen Ausdruck. »Nur zu!«

»Ich kann nicht umhin, mich zu wundern, daß ein einziger Mann Bedeutung auf zwei so ganz unterschiedlichen Gebieten wie der Psychologie und der Mathematik gewinnt. Persönlich bin ich vollkommen von Ihrer Fähigkeit überzeugt, sich als Physiker auszugeben und damit durchzukommen. Ich verstehe es nicht.«

Das Lächeln wirkte noch belustigter, ohne im mindesten überheblich oder beleidigend zu sein. »Es ist der gleiche Gegenstand«, antwortete Lentz.

»Wie bitte? Das ist doch ...«

»Oder vielmehr, sowohl die theoretische Physik als auch die Psychologie sind Zweige des gleichen Stammes, der Symbologie. Sie sind Spezialist, da ist es verständlich, daß Ihnen der Gedanke nicht gekommen ist.«

»Ich verstehe immer noch nicht.«

»Nein? Der Mensch lebt in einer Welt von Ideen. Jedes Phänomen ist so komplex, daß er es nicht in seinem ganzen Umfang begreifen kann. Er abstrahiert gewisse Eigenschaften eines gegebenen Phänomens als eine Idee und stellt diese Idee dann durch ein Symbol dar, sei es ein Wort oder ein mathematisches Zeichen. Menschliche Reaktionen sind fast völlig Reaktionen auf Symbole und nur in verschwindend geringem Umfang auf Phänomene. Tatsächlich kann nachgewiesen werden ...« – er nahm die Zigarettenspitze aus dem Mund und stürzte sich in sein Thema – »daß das menschliche Gehirn nur in Symbolen denken kann. Wenn wir denken; führen wir mit Symbolen Operationen an anderen Symbolen durch – und das nach bestimmten, festen Methoden, sei es nach den Regeln der Logik oder den Regeln der Mathematik. Wenn die Symbole den Phänomenen, die sie repräsentieren, strukturell ähneln, und wenn die symbolischen Operationen in Struktur und Reihenfolge den Operationen der Phänomene in der realen Welt ähneln, ist unser Verstand gesund. Wenn unsere Logik, unsere Mathematik oder unsere Wort-Symbole schlecht gewählt sind, ist unser Verstand krank.

In der theoretischen Physik passen Sie Ihre Symbologie physikalischen Phänomenen an. In der Psychiatrie tue ich genau dasselbe, nur daß ich mich dabei unmittelbarer mit dem Menschen befasse, der das Denken besorgt, als mit den Phänomenen, über die er nachdenkt. Aber es ist derselbe Gegenstand, immer derselbe Gegenstand.«

»Wir kommen so nicht weiter, Gus.« Harper legte seinen Rechenschieber hin und runzelte die Stirn.

»Sieht ganz so aus, Cal«, gab Erickson finster zu. »Aber

verdammt noch mal – es muß doch einen vernünftigen Weg geben, das Problem in Angriff zu nehmen! Was brauchen wir? Eine konzentrierte, kontrollierbare Energie, um damit Raketen anzutreiben. Was haben wir? Energie im Überfluß durch Atomspaltung. Wie füllen wir diese Energie nun auf Flaschen und gießen sie aus, wenn wir sie brauchen? Die Antwort liegt irgendwo in einer der radioaktiven Serien. Ich *weiß* es.« Er warf düstere Blicke im Labor umher, als erwarte er, die Antwort irgendwo auf den bleigepanzerten Wänden geschrieben zu sehen.

»Sie sind so niedergeschlagen. Du hast mich überzeugt, daß es eine Lösung gibt; machen wir uns also daran, sie zu finden. Die drei natürlichen radioaktiven Serien können wir gleich streichen, nicht wahr?«

»Ja ... wenigstens waren wir übereingekommen, daß das Feld schon ausgiebig beackert worden ist.«

»Okay. Wir müssen davon ausgehen, daß frühere Forscher getan haben, was sie in ihren Veröffentlichungen behaupten. Andernfalls müßten wir von Archimedes bis heute alle Ergebnisse nachprüfen. Das könnte durchaus angebracht sein, aber nicht einmal Methusalem würde sich an eine solche Aufgabe heranwagen. Was haben wir dann noch?«

»Die künstlichen Radioaktiven.«

»Richtig. Legen wir eine Liste davon an, sowohl von denen, die bereits hergestellt worden sind, als auch von denen, die möglicherweise in der Zukunft hergestellt werden können. Nennen wir das unsere Gruppe oder besser unser Feld, wenn du in bezug auf Definitionen pedantisch sein willst. Es gibt eine begrenzte Zahl von Operationen, die an jedem Mitglied der Gruppe und an einer Kombination von Mitgliedern durchgeführt werden können. Stelle die Gleichung auf!«

Erickson tat es und benutzte dazu die merkwürdigen Schnörkel der Statement-Analyse. Harper nickte. »Gut. Jetzt entwickle sie.«

Erickson sah nach einer Weile auf und fragte: »Cal, hast du eine Ahnung, wie viele Beziehungen in der Entwicklung enthalten sind?«

»Nein ... Hunderte, vielleicht Tausende – nehme ich an.«

»Du bist viel zu bescheiden. Das gibt eine vierstellige Zahl, ohne Berücksichtigung möglicher neuer radioaktiver Stoffe. Ein solches Forschungsprojekt könnten wir nicht in einem Jahrhundert abschließen.« Er warf seinen Bleistift hin und machte ein mürrisches Gesicht.

Cal Harper sah ihn neugierig, aber voller Mitgefühl an. »Gus«, fragte er behutsam, »der Streß wird dir doch nicht auch zuviel?«

»Ich glaube nicht. Warum?«

»Ich habe dich bisher noch nie so bereit gesehen, die Flinte ins Korn zu werfen. Natürlich werden du und ich nie mit einer solchen Arbeit fertig werden, aber im allerschlimmsten Fall hätten wir dann immer noch eine Menge falscher Antworten für andere Leute eliminiert. Sieh dir Edison an – sechzig Jahre lang hat er experimentiert, zwanzig Stunden am Tag, und doch hat er nie die eine Sache herausgefunden, an der er hauptsächlich interessiert war. Wenn er damit fertigwerden konnte, können wir es auch.«

Ericksons düstere Stimmung besserte sich ein wenig. »Ja sicher«, stimmte er zu. »Wie dem auch sei, vielleicht könnten wir Techniken ausarbeiten, wie man eine Reihe von Experimenten gleichzeitig durchführt.«

Harper schlug ihm auf die Schulter. »Das ist dein alter Kampfgeist. Außerdem – es ist gar nicht gesagt, daß wir das Forschungsprojekt oder etwas in der Art abschließen müssen, um einen zufriedenstellenden Treibstoff zu finden. Wie ich es sehe, gibt es wahrscheinlich ein Dutzend, vielleicht sogar hundert richtige Antworten. Eines Tages mögen wir über eine von ihnen stolpern. Jedenfalls, da du mir in deiner dienstfreien Zeit dabei helfen willst, bin ich bereit, mich mit dem Problem herumzuschlagen, bis die Hölle friert.«

Lentz schlenderte mehrere Tage lang im Werk und im Verwaltungszentrum herum, bis er jedem vom Ansehen bekannt war. Er machte sich beliebt und stellte Fragen. Bald war er als harmloser Plagegeist bekannt, den man tolerieren mußte, weil er ein Freund des Generaldirektors war. Er steckte seine Nase sogar in den Teil der Anlage für kommerzielle Energie und ließ sich die Umwandlung von Strahlung in Elektrizität in allen Einzelheiten erklären. Das allein hätte genügt, um jeden Argwohn zu zerstreuen, er könne Psychiater sein, denn die Stabspsychiater zollten den abgebrühten Technikern von der Trafostation keine Aufmerksamkeit. Das war nicht notwendig; ein Nervenzusammenbruch bei einem von ihnen hätte keine Auswirkung auf den Meiler gehabt, und sie standen auch nicht unter dem nervenzerreißenden Druck der Verantwortung für die ganze Menschheit. Sie taten einfach eine Arbeit, die für sie selbst mit Gefahren verbunden war, und das ist eine Art von Streß, der starke Männer schon ausgesetzt waren, als die Menschheit noch im Dschungel hauste.

Im Laufe der Zeit kam Lentz auch an das Strahlungslabor, das für Calvin Harper eingerichtet worden war. Er läutete und wartete. Harper öffnete die Tür. Den Antistrahlungshelm hatte er wie einen grotesken Sonnenhut aus dem Gesicht geschoben. »Was gibt's?« fragte er. »Ach, Sie sind es, Dr. Lentz. Wollten Sie zu mir?«

»Nun, ja und nein«, antwortete der Ältere. »Ich habe mir gerade die Experimentalstation angesehen und mich gefragt, was Sie hier drin tun. Störe ich?«

»Durchaus nicht. Kommen Sie herein, Gus!«

Erickson stand auf. Er hatte gerade an den Leitungen zu ihrem Auslöser gearbeitet, der eher ein modifiziertes Betatron als ein Resonanzbeschleuniger war. »Hallo.«

»Gus, dies ist Dr. Lentz – Gus Erickson.«

»Wir kennen uns schon.« Erickson zog sich den Handschuh aus, um Dr. Lentz die Hand zu schütteln. Er hatte in der Stadt ein paar Gläser mit Lentz getrunken und hielt ihn für einen ›reizenden alten Knaben‹. »Sie kommen gerade zwischen zwei Durchläufen, aber bleiben

Sie, und wir starten einen neuen – was nicht heißen soll, daß es viel zu sehen gäbe.«

Während Erickson sich weiter mit seinen Vorbereitungen beschäftigte, führte Harper den Besucher im Labor herum und erklärte ihm glücklich wie ein Vater, der seine Zwillinge vorzeigt, mit welchen Forschungen sie sich befaßten. Der Psychiater hörte mit einem Ohr zu und gab angemessene Bemerkungen von sich, während er den jungen Wissenschaftler auf Anzeichen seiner angeblichen Labilität hin beobachtete.

»Sie sehen«, führte Harper aus, ohne etwas von dem Interesse an seiner Person zu ahnen, »wir testen radioaktive Stoffe, um festzustellen, ob wir eine Spaltung von der Art durchführen können, wie sie in dem Meiler stattfindet, aber in einer winzigen, beinahe mikroskopisch kleinen Masse. Wenn wir Erfolg damit haben, können wir den Brüter dazu benutzen, ungefährlichen, wirksamen atomaren Treibstoff für Raketen herzustellen – und für alles mögliche andere.« Er setzte Lentz die Versuchsanordnung auseinander.

»Ich verstehe«, bemerkte Lentz höflich. »Welches Element untersuchen Sie jetzt?«

Harper sagte es ihm. »Aber es geht nicht nur darum, ein Element zu untersuchen. Mit Isotop II dieses Elements sind wir fertig; das Ergebnis war negativ. Nach unserer Versuchsanordnung müssen wir jetzt den gleichen Test mit Isotop V durchführen. Da ist es.« Er zog eine Bleikapsel heran und zeigte Lentz das Etikett. Dann eilte er an den Schirm um das Target des Betatrons, den Erickson offengelassen hatte. Er senkte den Helm, öffnete die Kapsel und nahm daran mit einer langen Zange behutsam etwas vor. Dann schloß und verriegelte er den Target-Schirm.

»Okay, Gus!« rief er. »Fertig zum Rollen?«

»Ja, ich glaube schon.« Erickson kam hinter der umfangreichen Apparatur hervor und stellte sich zu den beiden. Sie drängten sich hinter dem dicken Schirm aus Metall und Beton, der ihnen die direkte Sicht auf den Aufbau verwehrte.

»Muß ich denn auch eine Rüstung anziehen?« erkundigte sich Lentz.

»Nein«, versicherte Erickson ihm. »Wir tragen sie, weil wir Tag für Tag mit dem Zeug umgehen. Bleiben Sie nur hinter dem Schirm, und es passiert Ihnen nichts.«

Erickson warf Harper einen Blick zu. Der nickte und richtete seine Augen dann auf ein Instrumentenpaneel, das an den Schirm montiert war. Lentz sah Erickson einen Knopf oben auf dem Paneel drücken und hörte auf der anderen Seite des Schirms eine Reihe von Relais klicken. Einen kurzen Augenblick herrschte Stille.

Der Fußboden knallte ihm als unglaubliche Bastonade gegen die Sohlen. Die Erschütterung, die auf seine Ohren einstürmte, war so heftig, daß sie den Gehörnerv lähmte, fast noch ehe sie als Geräusch registriert worden war. Die Druckwelle, die die Luft weiterleitete, peitschte jeden Zoll seines Körpers mit einem einzigen stechenden, betäubenden Schlag. Als er sich aufrappelte, stellte er fest, daß er unkontrolliert zitterte. Zum ersten Mal merkte er, daß er alt wurde.

Harper saß auf dem Boden und blutete aus der Nase. Erickson war wieder auf den Beinen, eine Schnittverletzung auf der Wange. Er führte eine Hand an die Wunde. Dann stand er da und betrachtete verwirrt das Blut an seinen Fingern.

»Sind Sie verletzt?« fragte Lentz wenig geistreich. »Was ist passiert?«

Harper rief dazwischen: »Gus, wir haben es geschafft! Wir haben es geschafft! Isotop Fünf ist das richtige!«

Erickson blickte noch verdutzter drein. »Fünf? Aber das war nicht Fünf, das war Isotop II. Ich habe es selbst eingelegt.«

»*Du* hast es eingelegt? *Ich* habe es eingelegt, und es war Fünf, sage ich dir!«

Sie starrten einander an, immer noch benommen von der Explosion und jeder ein bißchen ärgerlich über die starrköpfige Dummheit des anderen angesichts offenkundiger Tatsachen. Schüchtern mischte Lentz sich ein.

»Einen Augenblick«, bat er, »vielleicht gibt es einen

Grund – Gus, Sie haben etwas von dem zweiten Isotop in den Behälter getan?«

»Ja, sicher. Der letzte Durchlauf hatte mich nicht zufriedengestellt, und ich wollte ihn nachprüfen.«

Lentz nickte. »Es ist meine Schuld, Gentlemen«, gestand er kläglich. »Ich bin hereingekommen, habe den normalen Ablauf gestört, und da haben Sie beide etwas in den Behälter getan. Daß Harper etwas hineingetan hat, weiß ich, weil ich es gesehen habe – und es war Isotop V. Es tut mir leid.«

Begreifen malte sich auf Harpers Gesicht. Er schlug dem Älteren auf die Schulter. »Das braucht Ihnen nicht leid zu tun«, sagte er lachend, »Sie dürfen wiederkommen, wann immer Sie Lust haben, und uns helfen, Fehler zu machen – nicht wahr, Gus? Das ist die Lösung, Dr. Lentz, das ist sie!«

»Aber«, mahnte der Psychiater, »Sie wissen nicht, welches Isotop explodiert ist.«

»Das ist ganz gleich«, versicherte ihm Harper. »Vielleicht waren es beide zusammen. Aber wir *werden* es wissen. Diese Nuß ist jetzt geknackt, und bald werden wir sie offen haben.« Glücklich betrachtete er das zertrümmerte Labor.

So sehr Generaldirektor King drängte, Lentz weigerte sich, jetzt schon eine Beurteilung der Situation abzugeben. Als er sich dann endlich in Kings Büro einfand und verkündete, er wolle Bericht erstatten, war King ebenso angenehm überrascht wie erleichtert. »Ich bin entzückt, Doktor«, sagte er. »Setzen Sie sich doch. Eine Zigarre? Also, was sollen wir tun?«

Lentz blieb jedoch bei seiner ständigen Zigarette und ließ sich nicht hetzen. »Ich muß zuerst eine Information haben. Wie wichtig ist die Energie, die Ihre Anlage erzeugt?«

King verstand sofort, worauf er hinauswollte. »Falls Sie daran denken, die Anlage länger als eine begrenzte Zeit stillzulegen: Das ist unmöglich.«

»Warum? Wenn die mir zur Verfügung gestellten Zahlen stimmen, macht ihr Output weniger als dreizehn Prozent des gesamten Energieverbrauchs dieses Landes aus.«

»Ja, das ist richtig, aber wir erzeugen indirekt weitere dreizehn Prozent durch das Plutonium, das wir liefern. Außerdem haben Sie den übrigen Energieverbrauch nicht analysiert. Eine Menge davon ist Hausstrom, den die Bewohner aus Sonnenenergieschirmen auf ihren Dächern gewinnen. Ein weiterer großer Anteil treibt die rollenden Straßen an – und das ist ebenfalls Sonnenenergie. Wir stellen direkt oder indirekt die wichtigste Energiequelle für den Großteil der Schwerindustrie dar – Stahl, Plastik, Steine, alle möglichen Herstellungs- und Verarbeitungsfabriken. Ebensogut könnten Sie einem Menschen das Herz herausschneiden ...«

»Aber die Nahrungsmittelindustrie hängt im wesentlichen nicht von Ihnen ab?« fragte Lentz nach.

»Nein ... Das ist keine energieintensive Industrie – obwohl wir einen gewissen Prozentsatz der beim Verarbeiten benötigten Energie liefern. Ich verstehe Ihren Standpunkt und will noch weitergehen und einräumen, daß der Transport, also die Verteilung der Nahrungsmittel, ohne uns auskommen könnte. Aber lieber Himmel, Doktor, Sie können die Atomenergie nicht abschalten, ohne die größte Panik hervorzurufen, die es in diesem Land je gegeben hat. Sie ist der Grundpfeiler für unser ganzes industrielles System.«

»Das Land hat auch früher Paniken überstanden, und wir sind ohne Schaden durch die Ölverknappung gekommen.«

»Ja – weil Sonnenenergie und Atomkraft die Stelle des Öls einnahmen. Sie machen sich nicht klar, was das bedeuten würde, Doktor. Es wäre schlimmer als ein Krieg; in einem System wie dem unseren hängt ein Ding vom anderen ab. Wenn Sie mit einem Schlag die Schwerindustrie stillegen, bleibt auch alles andere stehen.«

»Trotzdem sollten Sie den Meiler lieber abschalten.« Das Uran in dem Meiler war geschmolzen, seine Temperatur höher als 2400 Grad. Man konnte es in eine Reihe von kleinen Containern fließen lassen, wenn es wünschenswert war, den Meiler abzuschalten. Die Masse in jedem der Container wäre zu klein, um eine atomare Kettenreaktion aufrechtzuerhalten.

Unwillkürlich wanderte Kings Blick zu dem von Glas geschützten Relais an der Wand seines Büros, mit dem er, ebenso wie der Physiker auf Wache, den Meiler abschalten konnte, wenn es sein mußte. »Aber ich kann es nicht tun – oder vielmehr, wenn ich es täte, würde die Anlage nicht lange stilliegen. Die Direktoren würden mich einfach durch jemanden ersetzen, der sie wieder in Betrieb nähme.«

»Sie haben natürlich recht.« Lentz dachte eine Weile schweigend nach. Dann bat er: »Herr Generaldirektor, wollen Sie mir einen Wagen bestellen, der mich nach Chicago zurückfliegt?«

»Sie verlassen uns, Doktor?«

»Ja.« Er nahm die Zigarettenspitze aus dem Gesicht, und dieses eine Mal war das Lächeln olympischer Abgeklärtheit vollkommen verschwunden. Sein ganzes Verhalten war ernst, beinahe tragisch. »Abgesehen von der Stillegung des Meilers gibt es keine Lösung für Ihr Problem – überhaupt keine!«

Dann fuhr er fort: »Ich schulde Ihnen eine Erklärung. Sie erleben unter ihren Mitarbeitern immer wieder Fälle von situationsbedingten Psychoneurosen. Im großen und ganzen manifestieren sich die Symptome als Angstneurosen oder als eine Form der Hysterie. Der teilweise Gedächtnisschwund Ihres Sekretärs Steinke ist ein gutes Beispiel für letzteres. Er könnte durch Schocktherapie geheilt werden, aber das wäre nicht gerade freundlich gegen ihn, da er einen stabilen Zustand der Anpassung gefunden hat. Jetzt ist er außer Reichweite des Druckes, den er nicht aushalten konnte.

Harper, dieser andere junge Mann, dessen Nervenzusammenbruch die unmittelbare Ursache war, daß Sie mich kommen ließen, ist ein Angstfall. Als der Grund für seine Angst aus seiner Matrix entfernt wurde, gewann er sofort die volle geistige Gesundheit zurück. Aber halten Sie seinen Freund Erickson genau im Auge ...

Uns interessieren jedoch mehr die Ursache und die Verhütung situationsbedingter Psychoneurosen als die Formen, in denen sie auftreten. Einfach ausgedrückt, wenn Sie einen Mann in eine Situation bringen, die ihn stärker beunruhigt, als er es aushalten kann, bricht er irgendwann so oder so zusammen.

Genau diese Situation haben wir hier. Sie nehmen sensible, intelligente junge Männer, prägen ihnen die Tatsache ein, daß ein einziges Versehen ihrerseits oder sogar ein Zufall, der sich ihrer Kontrolle entzieht, den Tod von Gott weiß wie vielen Menschen zur Folge haben wird, und erwarten dann, daß sie geistig gesund bleiben. Das ist lächerlich – unmöglich!«

»Aber lieber Himmel, Doktor! Es muß eine Lösung geben! Es muß!« King stand auf und lief im Zimmer hin und her. Lentz stellte voller Mitleid fest, daß King selbst am Rande des Abgrunds stand, über den sie sprachen.

»Nein«, sagte er langsam. »Nein ... Lassen Sie es mich erklären. Sie wagen es nicht, die Kontrolle weniger sensiblen, sich ihrer sozialen Verpflichtung weniger bewußten Männern anzuvertrauen. Sie könnten die Kontrollen ebensogut einem Idioten übergeben. Und für die situationsbedingte Psychoneurose gibt es nur zwei Heilmittel. Das erste ist anzuwenden, wenn die Psychose von einer falschen Einschätzung der Umgebung herrührt. Das erfordert eine semantische Neuorientierung. Man hilft dem Patienten dabei, seine Umgebung richtig zu sehen. Die Angst verschwindet, weil nicht die Situation einen Grund zur Angst enthielt, sondern nur die falsche Auslegung, die der Verstand des Patienten geschaffen hatte.

Der zweite Fall liegt vor, wenn der Patient die Umgebung richtig einschätzt und darin mit Recht einen Grund für große Angst sieht. Seine Angst zeugt von einem gesunden Verstand, aber er hält sie nicht unbegrenzt lange aus, sie treibt ihn in den Wahnsinn. Da hilft nur eins: Man muß die Situation verändern. Ich habe mich lange genug hier aufgehalten, um mich davon zu überzeugen, daß wir es mit diesem zweiten Fall zu tun haben. Ihr Physiker habt die Gefahr, die dieses Ding für die Menschheit darstellt, richtig erkannt, und es wird euch mit tödlicher Sicherheit alle um den Verstand bringen.

Die einzige mögliche Lösung ist, den Meiler abzuschalten – und ihn abgeschaltet zu lassen.«

King hatte sein nervöses Herumwandern fortgesetzt, als seien die Wände des Büros der Käfig seines Dilemmas. Jetzt blieb er stehen und flehte den Psychiater von neuem an: »Gibt es denn *gar nichts*, was ich tun könnte?«

»Mit nichts können Sie die Psychoneurosen heilen. Ein bißchen Erleichterung – nun, das wäre möglich.«

»Wie?«

»Situationsbedingte Psychosen rühren von Adrenalin-Erschöpfung her. Wenn ein Mann unter Streß steht, erhöhen seine Nebennieren den Adrenalinausstoß, um den Streß zu kompensieren. Wird die Belastung zu groß und dauert sie zu lange, sind die Nebennieren ihrer Aufgabe nicht mehr gewachsen, und der Mann bricht zusammen. Das ist es, was Sie hier haben. Eine Adrenalin-Therapie mag einen psychischen Zusammenbruch verhindern, aber ganz bestimmt wird sie den physischen Zusammenbruch beschleunigen. Das wäre jedoch vom Standpunkt des öffentlichen Wohlergehens ungefährlicher – obwohl es zu beweisen scheint, daß Physiker entbehrlich sind! Noch etwas fällt mir ein: Wenn Sie neue Physiker für den Wachdienst einstellen, könnten Sie Mitglieder von Glaubensgemeinschaften auswählen, die die Beichte praktizieren. Es würde die Dauer ihrer Nützlichkeit verlängern.«

King wunderte sich. »Ich kann Ihnen nicht folgen.«

»Der Patient lädt den größten Teil seiner Sorgen auf seinen Beichtvater ab, der selbst nicht direkt mit dem Problem konfrontiert ist und es deshalb aushalten kann. Das ist jedoch nur ein Linderungsmittel. Ich bin überzeugt, daß der Wahnsinn in dieser Situation letzten Endes unvermeidlich ist. Aber es liegt eine Menge gesunder Menschenverstand in der Beichte«, meinte er versonnen. »Sie entspricht einem grundlegenden menschlichen

Bedürfnis. Ich glaube, das ist der Grund, warum die ersten Psychoanalytiker so überraschend erfolgreich waren, trotz ihres begrenzten Wissens.« Er versank eine Weile in Schweigen. Dann bat er noch einmal: »Wenn Sie so freundlich sein und mir einen Stratowagen bestellen wollten ...«

»Sonst haben Sie nichts vorzuschlagen?«

»Nein. Setzen Sie Ihren Psychologenstab besser daran, nach Linderungsmitteln zu suchen; sie sind doch alle sehr fähige Männer.«

King drückte einen Schalter und sprach kurz mit Steinke. Dann fragte er Lentz: »Möchten Sie hier warten, bis Ihr Wagen da ist?«

Lentz vermutete richtig, daß King es wünschte, und stimmte zu.

Die Rohrpostanlage auf Kings Schreibtisch machte »Ping!« Der Generaldirektor nahm ein kleines weißes Kartonstück heraus, eine Visitenkarte. Er las sie erstaunt und reichte sie Lentz. »Ich kann mir nicht vorstellen, warum er mich sprechen möchte«, bemerkte er. »Aber würden Sie ihn gern kennenlernen?« Lentz las:

THOMAS P. HARRINGTON
Captain (Mathematik)
United States Navy
Direktor des US-amerikanischen
Marine-Observatoriums

»Aber ich kenne ihn schon«, stellte er fest. »Ich würde mich sehr freuen, ihn wiederzusehen.«

Harrington war ein Mann, der etwas auf dem Herzen hatte. Er schien erleichtert zu sein, als Steinke, der ihn hereinführte, mit ihm fertig und in das Vorzimmer zurückgekehrt war. Sofort fing er an zu sprechen und richtete seine Worte an Lentz, der ihm näher saß als King. »Sie sind King? Was, das ist ja Dr. Lentz! Was machen Sie denn hier?«

»Einen Besuch«, antwortete Lentz der Wahrheit, aber nicht der ganzen Wahrheit entsprechend und schüttelte ihm die Hand. »Das da drüben ist Dr. King. Generaldirektor King – Captain Harrington.«

»Ich freue mich, Sie begrüßen zu dürfen, Captain.«

»Es ist mir eine Ehre, hier zu sein, Sir.«

»Nehmen Sie doch Platz!«

»Danke.« Er setzte sich und legte einen Aktenkoffer auf die Ecke von Kings Schreibtisch. »Dr. King, Sie haben das Recht auf eine Erklärung, warum ich auf diese Art bei Ihnen eindringe ...«

»Nicht doch, nicht doch!« Der Austausch von Höflichkeiten war wie ein Beruhigungsmittel für Kings strapazierte Nerven.

»Das ist freundlich von Ihnen, aber ... Dieser Sekretär, der mich hereingebracht hat ... wäre es zuviel verlangt, wenn Sie ihm sagten, er solle meinen Namen vergessen? Ich weiß, das ist ein seltsames Ansinnen ...«

»Durchaus nicht.« King war die Sache rätselhaft, aber er war bereit, jede halbwegs vernünftige Bitte eines distinguierten wissenschaftlichen Kollegen zu erfüllen. Er rief Steinke über die Visifonverbindung der Verwaltungsbüros an und erteilte ihm seine Befehle.

Lentz stand auf und gab zu erkennen, daß er gehen wolle. Er gewahrte Harringtons Blick. »Ich glaube, Sie möchten ein Palaver unter vier Augen abhalten, Captain.«

King sah von Harrington zu Lentz und wieder zurück zu Harrington. Der Astronom war erst unschlüssig, dann protestierte er: »Ich selbst habe gar nichts gegen Ihre Anwesenheit einzuwenden; das muß Dr. King entscheiden. Eigentlich«, setzte er hinzu, »wäre es nur gut, wenn Sie teilnehmen würden.«

»Ich weiß nicht, weswegen Sie mich sprechen wollen, Captain«, bemerkte King, »aber Dr. Lentz ist bereits in einer vertraulichen Angelegenheit hier.«

»Gut! Dann ist das geregelt ... Ich will gleich zur Sache kommen, Dr. King. Sie kennen Destrys Mechanik der infinitesimalen Größen?«

»Natürlich«, antwortete King. Lentz sah ihn an und hob eine Augenbraue, aber King ignorierte ihn.

»Ja, natürlich. Erinnern Sie sich an Theorem sechs und die Transformation zwischen Gleichung dreizehn und vierzehn?«

»Ich glaube schon, aber ich schlage lieber nach.« King stand auf und ging zu einem Bücherschrank. Harrington hielt ihn mit einer Handbewegung zurück.

»Bemühen Sie sich nicht! Ich habe sie hier.« Er holte einen Schlüssel hervor, öffnete den Aktenkoffer und entnahm ihm ein großes, abgegriffenes Ringbuch. »Hier. Sehen Sie es sich auch an, Dr. Lentz. Sind Sie mit dieser Entwicklung vertraut?«

Lentz nickte. »Ich hatte Gelegenheit, mich damit zu beschäftigen.«

»Gut. Soviel ich weiß, wird allgemein anerkannt, daß der Schritt von dreizehn zu vierzehn der Schlüssel zu der ganzen Sache ist. Er sieht ganz richtig aus – und das ist er auch auf manchen Gebieten. Aber angenommen, wir entwickeln die Gleichung, um jede mögliche Phase zu zeigen, jedes Glied in der Kette der Beweisführung.«

Er blätterte um und zeigte ihnen die beiden Gleichungen, diesmal mit neun Zwischenschritten. Mit dem Finger auf eine einander zugeordnete Gruppe von mathematischen Symbolen zeigend, fragte er: »Sehen Sie das? Erkennen Sie, was das impliziert?« Erwartungsvoll forschte er in ihren Gesichtern.

King sah sich die Symbole an, und seine Lippen bewegten sich. »Ja ... ich glaube, ich sehe es wirklich. Merkwürdig ... Auf diese Weise habe ich es bisher nie betrachtet – und doch habe ich diese Gleichungen studiert, bis ich davon geträumt habe.« Er fragte Lentz: »Sind Sie auch meiner Ansicht, Doktor?«

Lentz nickte bedächtig. »Ja ... das kann man wohl sagen.«

Harrington hätte darüber erfreut sein müssen, doch er war es nicht. »Ich hatte gehofft, Sie könnten mir sagen, daß ich mich täusche«, erklärte er beinahe gereizt, »aber leider ist jetzt kein Zweifel mehr daran. Dr. Destry ist von einer Prämisse ausgegangen, die für die Molarphysik gilt – ob ebenso für die Atomphysik, wissen wir nicht. Vermutlich erkennen Sie, was das für Sie bedeutet, Dr. King?«

Kings Stimme war ein heiseres Flüstern. »Ja. Ja ... es bedeutet, daß, sollte die Große Bombe da draußen jemals hochgehen, wird es nicht so geschehen, wie Destry vorhergesagt hat, sondern die ganze Masse wird auf einmal explodieren ... – und Gott helfe dann der menschlichen Rasse!«

Captain Harrington räusperte sich und brach damit das Schweigen. »Dr. King«, sagte er, »ich hätte nicht gewagt, zu Ihnen vorzudringen, wenn es sich nur um eine Meinungsverschiedenheit über die Auslegung theoretischer Vorhersagen handelte ...«

»Sie haben uns noch mehr mitzuteilen?«

»Ja und nein. Sie, meine Herren, glauben wahrscheinlich, daß sich das Marine-Observatorium ausschließlich mit Ephemeriden und Gezeitentabellen beschäftigt. Auf gewisse Weise trifft das auch zu – aber es bleibt uns immer noch etwas Zeit für die Forschung, solange unsere eigentlichen Aufgaben nicht darunter leiden. Mein besonderes Interesse hat seit jeher der Lunar-Theorie gegolten. Ich meine damit nicht Lunar-Ballistik«, erläuterte er. »Ich meine das viel interessantere Problem des Ursprungs und der Geschichte des Mondes, das Problem, mit dem der junge Darwin ebenso kämpfte wie mein berühmter Vorgänger Captain T.J.J. See. Es liegt doch auf der Hand, daß jede Theorie über den Ursprung und die Geschichte des Mondes seine Oberflächengestaltung einbeziehen muß – besonders die Berge, die Krater, die so markante Kennzeichen seines Gesichtes sind.«

Er hielt inne, und Generaldirektor King fiel ein: »Einen Augenblick, Captain. Vielleicht bin ich dumm, oder es ist mir etwas entgangen, aber – besteht ein Zusammenhang zwischen dem Thema, das wir eben diskutiert haben, und der Lunar-Theorie?«

»Haben Sie noch kurze Zeit Geduld, Dr. King«, entschuldigte Harrington sich, »es gibt einen Zusammenhang – zumindest *fürchte* ich, daß es einen gibt. Ich würde es jedoch vorziehen, meine Punkte in der richtigen Reihenfolge vorzutragen, bevor ich eine Schlußfolgerung ziehe.«

Der gespannten Aufmerksamkeit seiner beiden Zuhörer sicher, fuhr Harrington fort: »Obwohl wir die Gewohnheit haben, von den ›Kratern‹ des Mondes zu sprechen, wissen wir, daß es keine vulkanischen Krater sind. Auf den ersten Blick sieht man schon, daß sie in Aussehen und Verteilung keiner der Regeln folgen, die für irdische Vulkane gelten. Dann erschien 1952 Rutters Monographie über die Dynamik der Vulkanologie, worin er schlüssig bewies, daß die Mondkrater durch nichts in der Art verursacht worden sein können, was wir als vulkanische Tätigkeit kennen.

Das ließ die Bombardement-Theorie als einfachste Vorstellung übrig. Sie ist einleuchtend, und jeder, der ein paar Minuten darauf verwendet, Steinchen in eine Schlammpfütze zu werfen, wird überzeugt sein, daß fallende Meteore die Mondkrater erzeugt haben könnten.

Trotzdem bleiben Fragen offen. Warum ist der Mond so häufig getroffen worden, die Erde aber nicht? Es ist kaum notwendig, zu erwähnen, daß die Erdatmosphäre keinen Schutz gegen Massen darstellt, die groß genug sind, um Krater wie den Endymion oder den Plato zu erzeugen. Und wenn sie fielen, als der Mond schon eine tote Welt, die Erde aber noch jung genug war, um ihr Antlitz zu verändern und die Male des Bombardements auszulöschen, warum vermieden die Meteore die großen Trockenbecken, die wir Mare nennen, fast vollständig?

Ich werde mich kurz fassen. Sie können die Daten und die mathematischen Untersuchungen in meinen Notizen hier finden. Noch einen wichtigen Einwand gibt es gegen die Meteor-Bombardement-Theorie: Die Strahlen, die sich vom Tycho aus fast über die ganze Mondoberfläche hinziehen. Sie geben dem Mond das Aussehen einer Kristallkugel, die einen Schlag mit einem Hammer bekommen hat, und eine Einwirkung aus dem Weltraum scheint offensichtlich zu sein. Doch überlegen Sie: Unser hypothetischer Meteor muß kleiner gewesen sein als der gegenwärtige Krater Tycho, und doch müssen seine Masse und seine Geschwindigkeit ausgereicht haben, einen Planeten anzuknacksen.

Also muß der Meteor entweder ein Stück aus dem Kern eines Zwergsterns gewesen sein oder eine Geschwindigkeit gehabt haben, wie sie innerhalb des Sonnensystems noch nie zu beobachten gewesen ist. Vorstellbar ist es, aber doch eine weithergeholte Erklärung.«

Er wandte sich King zu. »Doktor, fällt Ihnen etwas ein, das die Ursache für ein Phänomen wie den Tycho sein könnte?«

Der Generaldirektor umklammerte die Lehnen seines Sessels. Dann sah er seine Handflächen an. Er suchte nach einem Taschentuch und wischte sie ab. »Weiter«, stieß er fast unhörbar hervor.

»Nun gut.« Harrington entnahm seinem Aktenkoffer eine große Fotografie des Mondes – ein wunderschönes Vollmond-Porträt. »Stellen Sie sich den Mond einmal vor, wie er in der Vergangenheit gewesen sein mag. Die dunklen Stellen, die wir Mare nennen, sind tatsächlich Ozeane. Er hat eine Atmosphäre, vielleicht ein schwereres Gasgemisch als Sauerstoff und Stickstoff, aber fähig, eine für uns nicht völlig fremdartige Form von Leben zu erhalten.

Denn dies ist ein bewohnter Planet, bewohnt von intelligenten Wesen, die imstande sein mögen, die Atomenergie zu entdecken und nutzbar zu machen.«

Er zeigte auf den kalkweißen Kreis Tychos mit seinen leuchtenden, unglaublichen, tausend Meilen langen Strahlen. »Hierhier an dieser Stelle lag ihr wichtigstes Atomkraftwerk.« Er rückte den Finger weiter in die Nähe des Äquators, wo drei große dunkle Gebiete ineinanderflossen – das *Mare Nubium,* das *Mare Imbrium* und der *Oceanus Procellarum* – und wies auf zwei helle Flecken hin, von denen ebenfalls Strahlen ausgingen, die aber kürzer, weniger ausgeprägt und wellig waren.

»Und hier, wo wir jetzt den Kopernikus und den Kepler sehen, lagen auf Inseln inmitten eines großen Ozeans kleinere Kraftwerke.«

Er machte eine Pause und schob ernst ein: »Vielleicht kannten sie die Gefahr, in der sie schwebten, aber sie brauchten so dringend Energie, daß sie willens waren, die Existenz ihrer Rasse aufs Spiel zu setzen. Vielleicht hatten sie keine Ahnung, welche Katastrophen ihre kleinen Maschinen hervorrufen konnten, oder vielleicht hatten ihre Mathematiker ihnen versichert, so etwas könne nicht passieren.

Wir werden es nie erfahren ... niemand wird es jemals erfahren. Denn das Kraftwerk explodierte und tötete sie – und tötete ihren Planeten.

Die Gashülle wurde weggefegt. Es mag sogar in der Atmosphäre zu einer Kettenreaktion gekommen sein. Aus der Planetenkruste sprengten sich große Brocken los. Vielleicht entflohen einige davon für immer, aber alles, was keine Fluchtgeschwindigkeit erreichte, fiel mit der Zeit nach unten und grub große, ringförmige Krater in das Land.

Die Ozeane dämpften den Aufprall; nur die größeren Bruchstücke erzeugten Krater auf dem Meeresgrund. Wenn in diesen Tiefen noch Leben existierte, war es jetzt zum Tode verurteilt – denn das Wasser blieb ohne den Schutz des atmosphärischen Drucks nicht länger flüssig und entwich in den Weltraum. Das Lebensblut des Planeten verströmte. Er war tot – gestorben durch Selbstmord.«

Harrington begegnete den ernsten Augen seiner beiden stummen Zuhörer mit einem beinahe flehentlichen Ausdruck. »Meine Herren – ich weiß, das ist nur eine Theorie, ein Traum, ein Alptraum ... Aber es hat mich so viele Nächte wachgehalten, daß ich Ihnen davon erzählen und feststellen mußte, ob Sie es ebenso sehen wie ich. Die mathematischen Unterlagen finden Sie alle in meinen Notizen. Überprüfen Sie sie – und ich bete, daß Sie einen Irrtum finden! Aber es ist die einzige Lunar-Theorie, die alle bekannten Daten berücksichtigt und für alle eine Erklärung findet.«

Er war ans Ende seiner Ausführungen gelangt. Lentz ergriff das Wort. »Angenommen, Captain – angenommen, wir überprüfen Ihre Berechnungen und finden keinen Fehler darin – was dann?«

Harrington hob die Hände. »Um das herauszufinden, bin ich ja hergekommen!«

Obwohl Lentz die Frage gestellt hatte, richtete Harrington seine Bitte an King. Der Generaldirektor sah hoch. Sein Blick begegnete dem des Astronomen, flackerte und senkte sich wieder. »Es gibt nichts, was man tun könnte«, stellte er trübe fest. »Gar nichts.«

Harrington starrte ihn mit unverhülltem Staunen an. »Sehen Sie das denn nicht? Dieser Meiler muß ausgeschaltet werden – sofort!«

»Immer mit der Ruhe, Captain!« Lentz' beherrschte Stimme wirkte wie ein Guß kalten Wassers. »Und seien Sie nicht so barsch gegen den armen King – diese Sache macht ihm noch mehr Sorgen als Ihnen. Er meint folgendes: Wir stehen nicht vor einem physikalischen Problem, sondern vor einer politischen und ökonomischen Situation. Lassen Sie es mich so ausdrücken: King kann seine Anlage ebensowenig ausschalten, wie ein Bauer mit einem Weingarten auf den Hängen des Vesuvs sein Besitztum verlassen und seine Familie an den Bettelstab bringen kann, nur weil es eines Tages einen Vulkanausbruch geben wird.

King ist nicht der Eigentümer des Werkes da draußen; er ist nur sein Verwalter. Wenn er es gegen den Willen der gesetzlichen Eigentümer stillegt, werden sie ihn einfach hinauswerfen und einen willfährigeren Mann an seine Stelle setzen. Nein, wir müssen die Eigentümer überzeugen.«

»Der Präsident kann sie zwingen«, erklärte Harrington. »Ich werde zum Präsidenten gehen ...«

»Zweifellos würden Sie über die Marineleitung zu ihm gelangen. Und es ist sogar denkbar, daß Sie ihn überzeugen. Aber könnte er uns wesentlich helfen?«

»Natürlich könnte er das! Schließlich ist er der *Präsident!*«

»Langsam! Sie sind Direktor des Marine-Observatoriums. Angenommen, Sie nähmen einen Vorschlaghammer und versuchten, das große Teleskop zu zerschmettern – wie weit würden Sie damit kommen?«

»Nicht sehr weit«, gestand Harrington. »Wir geben sehr genau Obacht auf das gute Stück.«

»Ebensowenig kann der Präsident willkürlich eingreifen«, stellte Lentz fest. »Er ist kein absoluter Monarch. Wenn er diese Anlage ohne Rücksicht auf den gesetzlich vorgeschriebenen Weg stillegt, werden die Bundesgerichtshöfe ihm den Kopf abreißen. Ich räume ein, daß der Kongreß nicht hilflos ist, da die Atomenergie-Kommission Befehle von ihm entgegennimmt, aber – möchten Sie einem Kongreßabgeordneten einen Kurs in der Mechanik infinitesimaler Größen verpassen?«

Das leuchtete Harrington ein. »Nun, es gibt einen anderen Weg«, erwiderte er. »Der Kongreß ist der Öffentlichkeit verantwortlich. Also müssen wir die Öffentlichkeit überzeugen, daß der Meiler eine Bedrohung für jedermann darstellt. Dazu brauchten wir nicht einmal einen Versuch zu machen, die Dinge in der Sprache der höheren Mathematik zu erklären.«

»Sicher«, nickte Lentz. »Sie könnten es über Rundfunk und Fernsehen verbreiten und alle Welt halb zu Tode ängstigen. Und daraus entstünde die größte Panik, die dieses verrückte Land jemals gesehen hat. Nein, danke. Was mich betrifft, ich gehe lieber das Risiko ein, daß wir alle auf einmal ums Leben kommen, als daß ich eine Massenpsychose hervorrufen möchte, die die Kultur zerstören würde, die wir aufbauen. Ich finde, *eine* Erfahrung mit den Verrückten Jahren ist genug.«

»Ja, was schlagen *Sie* dann vor?«

Lentz dachte kurz nach, bevor er antwortete: »Alles, was mir einfällt, wäre vergebliche Liebesmüh. Wir müssen den Verwaltungsrat bearbeiten und versuchen, den Herren etwas Vernunft einzubleuen.«

King, der trotz seiner Niedergeschlagenheit der Diskussion aufmerksam gefolgt war, warf eine Frage ein. »Wie würden Sie dabei vorgehen?«

»Ich weiß es nicht«, gab Lentz zu. »Darüber müssen wir nachdenken. Aber es scheint der aussichtsreichste Weg zu sein. Wenn es nicht funktioniert, können wir immer noch auf Harringtons Idee zurückgreifen und uns an die Öffentlichkeit wenden – ich bestehe nicht darauf, daß die Welt Selbstmord begehen soll, um meinen Wertvorstellungen zu entsprechen.«

Harrington warf einen Blick auf seine Armbanduhr – ein klobiges Gerät – und pfiff. »Großer Gott!« rief er aus, »ich habe gar nicht auf die Zeit geachtet! Offiziell bin ich in diesem Augenblick im Flagstaff-Observatorium.«

King hatte automatisch auf das Ziffernblatt gesehen, als der Captain das Handgelenk drehte. »So spät kann es doch noch nicht sein«, protestierte er. Harrington sah ihn verwirrt an; dann lachte er.

»Ist es auch nicht – da fehlen noch zwei Stunden. Wir sind in Zone Plus-sieben; die Uhr zeigt die Zeit von Zone Plus-fünf – sie ist funksynchronisiert mit der Mutteruhr in Washington.«

»Sagten Sie funksynchronisiert?«

»Ja. Tolle Erfindung, nicht?« Er hielt sie so, daß alle sie sehen konnten. »Ich nenne das Gerät ein Telechronometer; es ist bis heute das einzige seiner Art. Mein Neffe hat es für mich entworfen. Das ist ein kluger Kopf, der Junge, er wird es noch weit bringen. Das heißt ...« sein Gesicht verdüsterte sich, als habe das kleine Zwischenspiel nur dazu gedient, die Tatsache zu unterstreichen, daß über ihnen eine Katastrophe schwebte – »wenn wir alle solange am Leben bleiben!«

Ein Signallicht glühte auf Kings Schreibtisch, und Steinkes Gesicht zeigte sich auf dem Bildschirm. King sprach mit ihm und sagte dann: »Ihr Wagen wartet, Dr. Lentz.«

»Captain Harriman kann ihn haben.«

»Dann wollen Sie nicht nach Chicago zurückfliegen?«

»Nein. Die Situation hat sich verändert. Wenn Sie mich wollen, stehe ich Ihnen zur Verfügung.«

Am Freitag darauf kam Lentz wieder in Kings Büro. Sie schüttelten sich die Hand, und King sah beinahe glücklich aus. »Wann sind Sie gelandet, Doktor? Ich habe Sie frühestens in einer Stunde zurückerwartet.«

»Gerade eben. Ich habe mir einen Wagen genommen, statt auf die Fähre zu warten.«

»Glück gehabt?« erkundigte sich King.

»Nein. Die gleiche Antwort, die sie Ihnen erteilten: ›Die Company hat Gutachten von unabhängigen Sachverständigen vorliegen, daß Destrys Mechanik Gültigkeit besitzt, und sieht keinen Grund, Hysterie unter ihren Angestellten zu fördern.‹«

King trommelte auf seiner Schreibtischplatte, den Blick in die Ferne gerichtet. Dann drehte er sich um, sah Lentz ins Gesicht und fragte: »Glauben Sie, daß der Vorsitzende recht hat?«

»Inwiefern?«

»Könnten wir drei, Sie, ich und Harrington den Verstand verloren haben?«

»Nein.«

»Sind Sie sicher?«

»Und ob. Ich habe meine eigenen unabhängigen Sachverständigen aufgesucht, die nicht von der Company bezahlt werden, und Harringtons Arbeit von ihnen nachprüfen lassen. Sie stimmt.« Lentz hütete sich, zu erwähnen, daß er es teilweise deswegen getan hatte, weil er von Kings gegenwärtiger geistiger Stabilität nicht allzu überzeugt war.

King setzte sich mit einem Ruck auf und drückte einen Knopf. »Ich werde einen weiteren Versuch machen«, verkündete er, »dem Quadratschädel Dixon Angst einzujagen. – Steinke«, sprach er in den Kommunikator, »holen Sie mir Mr. Dixon auf den Schirm!«

»Jawohl, Sir.«

Ungefähr zwei Minuten später erwachte der Visifon-Schirm zum Leben und zeigte die Züge des Vorsitzenden Dixon. Er sprach nicht von seinem Büro aus, sondern aus dem Konferenzsaal des Energie-Syndikats in Jersey City. »Ja?« sagte er. »Was gibt es, Mr. King?« Es gelang ihm irgendwie, gleichzeitig nörgelig und liebenswürdig zu wirken.

»Mr. Dixon«, begann King, »ich rufe Sie an, um noch einmal zu betonen, daß die Company tätig werden muß. Ich verpfände meinen Ruf als Wissenschaftler dafür, daß Harrington einwandfrei bewiesen ...«

»Ach, das? Mr. King, ich dachte, Sie hätten begriffen, daß das Thema abgeschlossen ist.«

»Aber, Mr. Dixon ...«

»Herr Generaldirektor, bitte! Wenn es irgendeinen möglichen Grund zur Furcht gäbe, glauben Sie, daß ich dann zögern würde? Ich habe Kinder, wissen Sie, und Enkel.«

»Gerade aus dem Grund ...«

»Wir versuchen, die Geschäfte der Company mit Vernunft und im öffentlichen Interesse zu führen. Aber wir tragen auch noch für andere Dinge die Verantwortung. Es gibt Hunderttausende von kleinen Aktionären, die von uns erwarten, daß wir ihnen eine Dividende auszahlen. Sie können uns nicht zumuten, daß wir ein Milliarden-Dollar-Unternehmen dichtmachen, nur weil Sie sich neuerdings mit Astrologie beschäftigen. Mondtheorie!« Er rümpfte die Nase.

»Nun gut, Herr Vorsitzender«, sagte King steif.

»Nun seien Sie nicht so, Mr. King. Ich bin froh, daß Sie angerufen haben. Der Verwaltungsrat hat soeben eine Sitzung beendet. Ihre Pensionierung ist genehmigt worden – bei vollem Gehalt selbstverständlich.«

»Ich habe keinen Antrag auf Pensionierung gestellt!«

»Ich weiß, Mr. King, aber der Verwaltungsrat vertrat die Auffassung ...«

»Ich verstehe. Guten Tag!«

»Mr. King ...«

»Guten Tag!« King schaltete ab und drehte sich zu Lentz um. »›... bei vollem Gehalt‹«, zitierte er, »mit dem ich für den Rest meines Lebens ein so glückliches Leben führen kann wie nur je ein Mann in einem Totenhaus!«

»Genau«, pflichtete Lentz ihm bei. »Nun, mit unserem Vorschlag haben wir es probiert. Ich glaube, daß wir Harrington anrufen sollten, damit er seine Methode der Politik und der Öffentlichkeitsarbeit anwendet.«

»Ja, das glaube ich auch«, sagte King geistesabwesend. »Wollen Sie jetzt nach Chicago zurückkehren?«

»Nein ...«, überlegte Lentz. »Nein ... Ich werde die Fähre nach Los Angeles und die Abendrakete zu den Antipoden nehmen.«

King blickte überrascht drein, sagte jedoch nichts. Lentz beantwortete die unausgesprochene Frage. »Vielleicht werden einige von uns auf der anderen Seite der Erde überleben. Ich habe hier getan, was ich kann. Ich möchte lieber ein lebendiger Schafhirte in Australien als ein toter Psychiater in Chicago sein.«

King nickte heftig. »Das spricht von gesundem Menschenverstand. Für zwei Cents würde ich den Meiler jetzt ausschalten und mit Ihnen gehen.«

»Dann kommen Sie doch mit! Das würde Harrington helfen, den Leuten Angst einzujagen.«

»Ich glaube, das tue ich wirklich!«

Steinkes Gesicht erschien wieder auf dem Schirm. »Harper und Erickson sind hier, Chef.«

»Ich habe zu tun.«

»Sie wollen Sie unbedingt sprechen.«

»Oh – schon gut«, gab King müde nach. »Schicken Sie sie herein! Es spielt keine Rolle.«

Sie stürmten in sein Büro, Harper vorneweg. Er begann sofort zu sprechen, ohne die deprimierte Stimmung des Generaldirektors zu bemerken. »Wir haben ihn, Chef, wir haben ihn! – und alles stimmt bis zur soundsovielten Stelle hinter dem Komma!«

»Sie haben was? Sprechen Sie so, daß man es verstehen kann!«

Harper grinste. Er genoß seinen Augenblick des Triumphs und wollte ihn möglichst in die Länge ziehen. »Chef, wissen Sie noch, daß ich vor ein paar Wochen um zusätzliche Mittel bat – ohne zu spezifizieren, wie ich sie zu verwenden gedachte?«

»Ja. Kommen Sie endlich zur Sache!«

»Sie wollten erst nicht, aber schließlich genehmigten

Sie sie mir doch. Erinnern Sie sich? Und jetzt haben wir dafür etwas vorzuweisen, in Geschenkpackung mit rosa Schleife. Es ist der größte Fortschritt in der Erforschung der Radioaktivität, seit Hahn den Atomkern spaltete. Atomarer Kraftstoff, Chef, atomarer Kraftstoff, sicher, konzentriert und kontrollierbar. Geeignet für Raketen, für Kraftwerke, einfach für alles!«

Zum ersten Mal zeigte King Interesse. »Sie meinen eine Energiequelle, die keinen Meiler braucht?«

»O nein, das habe ich nicht gesagt. Man benutzt den Brüter, um den Kraftstoff herzustellen, dann benutzt man den Kraftstoff, wo und wie man will, und das mit etwa 92 Prozent Energieausnutzung. Aber man kann mit der Kettenreaktion Schluß machen, wenn man will.«

Kings erste wilde Hoffnung, einen Weg aus seinem Dilemma gefunden zu haben, zerbrach. »Sprechen Sie weiter! Erzählen Sie mir davon!«

»Also – es geht hier um die künstlichen radioaktiven Stoffe. Kurz bevor ich um jenen Sonderfonds bat, fanden Erickson und ich – und Dr. Lentz hatte auch mitgewirkt ...« – er bedankte sich mit einem Nicken bei dem Psychiater – »zwei Isotope, die unverträglich zu sein schienen. Das heißt, wenn wir sie in einem Behälter vereinigt bestrahlten, gaben sie ihre latente Energie mit einem Schlag ab. Der springende Punkt ist, daß wir von jedem nur ein winziges Körnchen an Masse benutzt haben – um die Reaktion aufrechtzuerhalten, war keine große Masse notwendig.«

»Ich verstehe nicht«, wandte King ein, »wie das ...«

»Wir auch nicht, nicht ganz – aber es funktioniert. Wir haben den Mund darüber gehalten, bis wir sicher waren. Bei der Überprüfung von allem, was wir hatten, haben wir noch ein Dutzend weiterer Kraftstoffe gefunden. Wahrscheinlich werden wir imstande sein, einen für jeden gewünschten Zweck eigens zugeschnittenen Kraftstoff herzustellen. Hier ist der Bericht.« Er reichte King ein gebundenes Exemplar aus maschinengeschriebenen Seiten, das er unter dem Arm getragen hatte. »Das ist Ihre Kopie. Lesen Sie sie!«

King begann damit. Lentz bat Erickson mit einem stummen Blick um Erlaubnis, der daraufhin mit »Klar, Doc!« zum ersten Mal den Mund aufmachte, und sah King über die Schulter.

Während King las, verlor sein Gesicht den Ausdruck eines gehetzten Verwaltungsmannes, und seine dominierende Persönlichkeit, die des Wissenschaftlers, kam wieder zum Vorschein. Er gab sich der kontrollierten, geistigen Ekstase des objektiven Suchers nach der flüchtigen Wahrheit hin. In diesem Augenblick war er geistig gesund, war er der vollständigen geistigen Gesundheit näher, als es den meisten Menschen jemals widerfährt.

Lange Zeit war nichts zu hören als ein gelegentliches Grunzen und das Rascheln der umgewendeten Seiten. Manchmal nickte King. Endlich legte er den Bericht hin.

»Das ist es«, sagte er. »Ihr habt es geschafft, Jungens. Es ist großartig; ich bin stolz auf euch.«

Ericksons Gesicht glühte dunkelrot. Er schluckte. Harpers kleine, drahtige Gestalt deutete eine Bewegung wie die eines Foxterriers an, der gelobt wird. »Das ist fein, Chef. Uns ist es lieber, das von Ihnen zu hören, als den Nobel-Preis zu bekommen.«

»Den werdet ihr wahrscheinlich kriegen. Aber ...« – das Strahlen in seinen Augen erlosch – »ich werde in dieser Angelegenheit nichts unternehmen.«

»Warum nicht, Chef?« fragte Harper bestürzt.

»Ich bin pensioniert worden. Mein Nachfolger wird sich in naher Zukunft darum kümmern. Die Sache ist zu groß, um sie unmittelbar vor einem Wechsel in der Verwaltung anzufangen.«

»*Sie sind pensioniert worden!* Zum Teufel, aus welchem Grund?«

»Das ist ungefähr der gleiche, aus dem ich Sie vom Dienst suspendiert habe – zumindest denken die Direktoren so.«

»Aber das ist doch Unsinn! Sie hatten recht, mich nicht länger Wachdienst tun zu lassen, ich wurde wirklich langsam nervös. Bei Ihnen ist das etwas ganz anderes – wir alle hängen von Ihnen ab.«

»Danke, Cal – aber so ist es nun einmal, und dagegen kann man nichts tun.« Er wandte sich an Lentz. »Diese ironische Note hat noch gefehlt, um das Ganze zu einer Farce zu machen«, stellte er bitter fest. »Die Sache ist groß, größer, als wir in diesem Stadium abschätzen können – und ich muß sie aus der Hand geben.«

»Ich weiß sehr wohl, was man dagegen tun kann!« entfuhr es Harper. Er eilte zu Kings Schreibtisch und ergriff das Manuskript. Erickson erklärte dazu kriegerisch: »Entweder wird die Erfindung unter Ihrer Leitung genutzt, oder die Company soll sehen, wie sie ohne Sie auskommt!«

Lentz ergriff das Wort. »Warten Sie! Dr. Harper – haben Sie bereits einen verwendbaren Raketentreibstoff entwickelt?«

»Sage ich doch.«

»Einen Treibstoff, mit dem die Fluchtgeschwindigkeit erreicht werden kann?«

»Sicher. Sie könnten eine der *Clipper-Raketen* nehmen, sie ein bißchen umbauen und das Frühstück auf dem Mond einnehmen.«

»Ausgezeichnet. Haben Sie Geduld mit mir ...« Er ließ sich von King ein Blatt Papier geben und begann zu schreiben. Die anderen sahen ihm ungeduldig zu, ohne zu wissen, worauf er hinauswollte. Mehrere Minuten lang setzte Lentz seine Tätigkeit emsig fort, fast ohne zu zögern. Dann schob er das Blatt King hinüber. »Lösen Sie die Gleichungen!« verlangte er.

King studierte die Aufzeichnungen. Lentz hatte einer großen Zahl von Faktoren, einige sozialer, einige psychologischer, einige physikalischer und einige ökonomischer Natur, Symbole zugeordnet. Er hatte sie in eine strukturelle Beziehung zueinander gebracht, indem er die Methoden der Statement-Analyse anwandte. King begriff die paramathematischen Operationen, aber er war nicht so an sie gewöhnt wie an die Symbole und Operationen der theoretischen Physik. Schweigend, nur die Lippen bewegend, ackerte er sich hindurch.

Er nahm einen Bleistift und vollendete die Lösung.

Dazu brauchte er noch einige Reihen, noch einige Gleichungen, bevor sich Glieder gegenseitig aufhoben beziehungsweise zu einer eindeutigen Antwort umgruppierten. Diese Antwort starrte er an, und die Verwirrung auf seinem Gesicht wich aufdämmerndem Verstehen und Begeisterung.

Er blickte auf. »Erickson! Harper!« rief er. »Wir werden Ihren neuen Treibstoff nehmen, eine große Rakete umbauen, den Brüter darin installieren und ihn weit draußen im Raum in eine Kreisbahn um die Erde bringen. Dort werden wir ihn dazu benutzen, weiteren Treibstoff zur Verwendung auf der Erde herzustellen, und die Gefahr der Großen Bombe wird auf die Menschen beschränkt sein, die gerade auf Wache sind!«

Es gab keinen Applaus. Die Idee war nicht von dieser Sorte; ihre Gehirne kämpften noch mit den vielschichtigen Folgerungen. »Aber, Chef«, brachte Harper schließlich hervor, »was ist mit Ihrer Pensionierung? Damit sind wir immer noch nicht einverstanden.«

»Keine Bange«, versicherte King ihm. »Es steckt alles hier drin, in diesen Gleichungen, Sie beide, ich, Lentz, der Verwaltungsrat – und dazu das, was wir zu tun haben, um es Wirklichkeit werden zu lassen.«

»Alles bis auf den Zeitfaktor«, warnte Lentz ihn.

»Wie bitte?«

»Sie werden bemerken, daß vergangene Zeit in Ihrer Lösung als eine unbestimmte Unbekannte erscheint.«

»Ja ... ja, natürlich. Das Risiko müssen wir eingehen. An die Arbeit!«

Dixon, der Vorsitzende des Verwaltungsrats, bat um Ruhe. »Da dies eine außerplanmäßige Sitzung ist, wollen wir auf alle Förmlichkeiten verzichten«, verkündete er. »Wie in der Einladung ausgeführt, haben wir uns bereiterklärt, dem vor der Pensionierung stehenden Generaldirektor zwei Stunden von unserer Zeit zu geben.«

»Herr Vorsitzender ...«

»Ja, Mr. Strong?«

»Ich dachte, das hätten wir erledigt.«

»Haben wir auch, Mr. Strong, aber in Anbetracht von Dr. Kings langer und erfolgreicher Tätigkeit ist es unsere Ehrenpflicht, ihn anzuhören, wenn er darum bittet. Sie haben das Wort, Dr. King.«

King stand auf und erklärte kurz: »Dr. Lentz wird für mich sprechen.« Damit setzte er sich wieder.

Lentz mußte erst warten, bis sich das Husten, Räuspern und Stühlescharren gelegt hatte. Es war offenkundig, daß die Mitglieder des Verwaltungsrats über den Außenseiter in ihrer Mitte nicht erfreut waren.

Lentz zählte schnell die Hauptargumente dafür auf, daß die Bombe an jedem Ort auf der Erde eine unerträgliche Gefahr darstelle. Dann ging er sofort auf den alternativen Vorschlag über, den Meiler in ein Raketenschiff einzubauen, einen künstlichen kleinen Mond, der in geeigneter Entfernung sagen wir, fünfzehntausend Meilen – die Erde im freien Fall umkreisen solle, während die Nebenstationen auf der Erde den ungefährlichen Kraftstoff verbrennen würden, den der Brüter herstellte.

Er gab die Entdeckung der Harper-Erickson-Technik bekannt und verweilte auf ihrer kommerziellen Bedeutung. Jeden Punkt präsentierte er so überzeugend wie möglich, und er setzte die ganze Macht seiner gewinnenden Persönlichkeit dafür ein. Dann hielt er inne und wartete darauf, daß die Anwesenden Dampf abließen.

Das taten sie. »Phanatasterei ...« – »Unbewiesen ...« – »Keine wesentliche Veränderung der Situation ...« Das alles hieß, sie seien sehr glücklich, von dem neuen Kraftstoff zu erfahren, aber davon nicht besonders beeindruckt. Vielleicht würden sie nach weiteren zwanzig Jahren, wenn er gründlich getestet und kommerziell erprobt worden sei, in Erwägung ziehen, einen Schnellen Brüter außerhalb der Atmosphäre in Betrieb zu nehmen. Vorerst sei die Sache ja nicht eilig. Nur ein einziges Mitglied unterstützte den Plan, und es machte sich damit ganz offensichtlich unbeliebt.

Geduldig und höflich beantwortete Lentz alle Einwände. Er betonte das immer häufigere Auftreten von beschäftigungsbedingten Psychoneurosen unter den Physikern und die große Gefahr, die selbst nach der orthodoxen Theorie für jeden bestand, der sich in der Nähe der Bombe aufhielt. Er erinnerte sie an ihre hohen Versicherungsprämien und die Bestechungsgelder, die sie den Politikern zahlten.

Dann änderte er den Ton und gab es ihnen direkt und brutal. »Gentlemen«, sagte er, »wir glauben, daß es um unser Leben geht – unser eigenes, das unserer Familien und das jedes Menschen auf der Erde. Wenn Sie diesen Kompromiß ablehnen, werden wir ebenso wild und ohne Rücksicht auf Fairplay kämpfen, wie jedes in die Enge getriebene Tier.« Damit hatte er seinen ersten Angriffszug getan.

Es war ganz einfach. Er legte ihnen einen Propagandafeldzug auf nationaler Ebene vor, wie ihn jede größere Agentur routinemäßig durchführen konnte. Er war bis ins letzte Detail ausgearbeitet: Werbung im Fernsehen und im Rundfunk, Anzeigen in Zeitungen und Zeitschriften, gestützt durch bezahlte redaktionelle Beiträge, vorgeschobene Bürger-Initiativen und – was am wichtigsten war – eine Flüsterkampagne und eine Briefe-an-den-Kongreß-Organisation. Jeder anwesende Geschäftsmann wußte aus Erfahrung, wie so etwas gemacht wird.

Aber das Ziel war, Furcht vor dem Arizona-Meiler zu erwecken und diese Furcht nicht in Panik, sondern in Zorn gegen den Verwaltungsrat und in die Forderung umzumünzen, die Atomenergie-Kommission müsse eingreifen und die Große Bombe ins Weltall transportieren lassen.

»Das ist Erpressung! Wir werden Ihnen das Handwerk legen!«

»Ich glaube nicht«, erwiderte Lentz ruhig. »Es mag Ihnen gelingen, uns aus einigen Zeitungen herauszuhalten, aber alles Übrige können Sie nicht verhindern. Sie können uns nicht einmal aus dem Äther vertreiben – fragen Sie die Bundes-Kommunikationskommission.« Es war die Wahrheit. Harrington hatte die politische Seite behandelt und seine Sache gut gemacht; der Präsident war überzeugt.

Überall im Saal kam es zu Temperamentsausbrüchen; Dixon mußte mit Hilfe seines Hammers für Ruhe sorgen. »Dr. Lentz«, sagte er, sein eigenes Temperament unter scharfer Kontrolle haltend, »Sie planen, jeden einzelnen von uns als herzlosen Schurken hinzustellen, der nichts anderes will als persönlichen Profit, auch wenn es das Leben anderer Menschen kostet. Sie wissen, daß das nicht stimmt; hier handelt es sich um eine einfache Meinungsverschiedenheit über das, was klug ist.«

»Ich habe nicht gesagt, daß es stimmt«, gab Lentz ungerührt zu, »aber es ist Ihnen doch klar, daß ich die Öffentlichkeit zu diesem Glauben bringen kann. Was die angebliche Meinungsverschiedenheit betrifft ... keiner von Ihnen ist Atomphysiker; Sie haben gar nicht das Recht, in dieser Angelegenheit eine Meinung zu äußern. Ich hege nur einen einzigen Zweifel«, fuhr er erbarmungslos fort, »nämlich ob eine wütende Volksmenge Ihre kostbare Anlage zerstören wird, bevor der Kongreß Zeit hatte, Sie zu enteignen, oder nicht.«

Bevor sie sich Argumente ausdenken konnten, um sie ihm entgegenzuschleudern, und Wege, seinen Plan zu vereiteln, bevor ihre kochende Entrüstung sich abgekühlt und als hartnäckiger Widerstand niedergeschlagen hatte, machte Lentz sie mundtot. Er erläuterte den Plan für einen anderen Propagandafeldzug – einen von ganz unterschiedlicher Art.

Diesmal sollte der Verwaltungsrat aufgebaut, nicht niedergerissen werden, und das mit genau den gleichen Techniken. Dokumentarberichte mit viel menschlichem Interesse würden die Aufgaben der Company beschreiben, sie als große Treuhandgesellschaft hinstellen, geleitet von patriotischen, selbstlosen Männern der Geschäftswelt. Am geeigneten Punkt der Kampagne würde der Harper-Erickson-Kraftstoff angekündigt werden, nicht als das halb zufällige Ergebnis der Initiative von zwei Angestellten, sondern als das lange erwartete

Endprodukt jahrelanger systematischer Forschung nach den Richtlinien des Verwaltungsrates, dessen Trachten dahin gehe, die Gefahr einer Explosion, und wenn es in der spärlich besiedelten Arizona-Wüste wäre, für immer zu bannen. Die Gefahr einer planetenweiten Katastrophe sollte nicht erwähnt werden.

Lentz erläuterte den Plan. Er verweilte bei der Anerkennung, die sie von einer dankbaren Welt erhalten würden. Er forderte sie auf, edelmütig ein Opfer zu bringen, und verleitete sie dazu, sich selbst als Helden zu sehen. Bewußt sprach er einen der am tiefsten verwurzelten äffischen Instinkte an, das Verlangen nach Anerkennung von der eigenen Art, ob verdient oder nicht.

Er spielte um Zeit, während er seine Aufmerksamkeit von einem schwierigen Fall und einem widerspenstigen Kopf zum nächsten wandern ließ. Er beruhigte, und er kitzelte, und er nutzte menschliche Schwächen aus. Für die Ängstlichen und für die braven Familienväter entwarf er noch einmal ein Bild des Leidens, des Sterbens und der Zerstörung, das eine Folge ihres gutgemeinten Vertrauens auf die unbewiesenen und sehr zweifelhaften Vorhersagen Destrys sein könne. Dann beschrieb er in leuchtenden Einzelheiten eine Welt, die frei von Angst, aber im Besitz fast unbegrenzter Energievorräte war, einer ungefährlichen Energie, die ihnen für dieses eine kleine Zugeständnis gehörte.

Es funktionierte. Sie bekehrten sich nicht alle auf einmal, aber es wurde ein Komitee ernannt, das prüfen sollte, ob das vorgeschlagene Raumschiff-Kraftwerk praktisch durchführbar sei. Mit nichts als Frechheit schlug Lentz Namen für das Komitee vor, und Dixon bestätigte seine Wahl, nicht, weil er es wünschte, sondern weil er überrumpelt worden war und keinen Weg fand, diese Kollegen abzulehnen, ohne sie zu beleidigen. Lentz achtete darauf, daß der eine Mann, der ihn unterstützt hatte, mit auf die Liste kam.

Von der Pensionierung Kings sprach keine der beiden Seiten mehr, und Lentz war insgeheim überzeugt, daß auch nie mehr davon gesprochen werden würde.

Es funktionierte, aber es gab noch viel zu tun. In den ersten paar Tagen nach dem Sieg in der Verwaltungsratssitzung fühlte sich King beschwingt durch die Ansicht, bald seine seelentötenden Sorgen los zu sein. Vielfältige angenehme Verwaltungsaufgaben erfüllten ihn mit neuem Mut. Harper und Erickson wurden nach Goddard Field abkommandiert, um dort bei dem Bau von Brennkammern, Düsen, Treibstofflagern, Treibstoffmeßpumpen und dergleichen mit den Raketen-Ingenieuren zusammenzuarbeiten. Ein Stundenplan mußte aufgestellt werden, damit der Meiler neben seinem Einsatz für kommerzielle Zwecke so viel atomaren Treibstoff wie möglich herstellen konnte. Eine riesige Brennkammer für atomaren Treibstoff wurde entworfen und bestellt. Sie sollte den Meiler in der Zeit ersetzen, wenn er auf der Erde abgeschaltet worden war, aber noch nicht genügend kleinere lokale Kraftwerke den Betrieb aufgenommen hatten. King war überaus beschäftigt.

Als sich die erste Aufregung gelegt hatte und es nur noch eine Frage der Zeit war, daß der Meiler abgeschaltet und in den Weltraum transportiert wurde, kam es bei King zu einem emotionalen Rückschlag. Es gab nichts mehr zu tun als zu warten und sich um den Meiler zu kümmern, bis das Team in Goddard Field die letzten Fehler beseitigt und ein raumtüchtiges Raketenschiff hergestellt hatte.

In Goddard stießen sie auf Schwierigkeiten, überwanden sie und fanden sich vor neuen. Sie hatten noch nie so hohe Reaktionsgeschwindigkeiten benutzt; es bedurfte vieler Versuche, bis sie eine geeignete Form für leistungsfähige Düsen gefunden hatten. Als das Problem gelöst und der Erfolg schon in Sicht war, brannten die Düsen bei einem Langzeittest auf dem Boden aus. Dadurch saßen sie für Wochen fest.

Es gab noch ein weiteres Problem, das mit dem Düsenproblem nichts zu tun hatte: Was sollte mit der Energie geschehen, die der Brüter erzeugte, wenn er in einem Satelliten die Erde umkreiste? Man kam auf die drastische Lösung, dem eigentlichen Meiler einen Platz *außer-*

halb des Satelliten zu geben und ihn die Energie, unbehindert durch einen Schutzschirm, abstrahlen zu lassen. Wie ein winziger künstlicher Stern würde er im Vakuum des Raums leuchten. In der Zwischenzeit konnte man nach Mitteln forschen, die Energie auf die Erde zurückzulenken und nutzbar zu machen. Aber Verschwendung gab es nur bei dieser Energie; Plutonium und die neueren atomaren Kraftstoffe würden gewonnen und mit Raketenschiffen zur Erde befördert werden.

Generaldirektor King, im Kraftwerk zurückgeblieben, konnte nichts anderes tun als an den Nägeln kauen und warten. Er gönnte sich nicht einmal die Erholung, in Goddard Field vorbeizuschauen und sich zu vergewissern, wie weit sie dort waren, denn so sehr er sich das wünschte, stärker war der Drang, über den Meiler zu wachen, damit er nicht – entsetzliche Vorstellung! – noch in der letzten Minute explodierte.

King gewöhnte es sich an, im Kontrollraum herumzulungern. Das mußte aufhören. Seine Nervosität teilte sich den wachehaltenden Physikern mit; an einem einzigen Tag brachen zwei zusammen – einer davon im Dienst.

Es ließ sich nicht leugnen, die Zahl der Psychoneurosen war bestürzend angestiegen, seit die Zeit des wachsamen Wartens begonnen hatte. Anfangs hatten sie versucht, den Plan geheimzuhalten. Aber er war durchgesickert, vielleicht durch ein Mitglied des Prüfungskomitees. Jetzt gestand King sich ein, daß es ein Fehler gewesen war, die Mitarbeiter im unklaren zu lassen – Lentz hatte gleich davon abgeraten, und auch die Physiker, die mit dem eigentlichen Geschehen nichts zu tun hatten, mußten spüren, daß irgend etwas in der Luft lag.

Schließlich zog King sämtliche Physiker ins Vertrauen und ließ sie die Geheimhaltung beschwören. Das half eine Woche oder etwas länger, eine Woche, in der sich alle durch ihr Wissen beflügelt fühlten, gerade wie es ihm ergangen war. Dann verblaßte die Wirkung, die Reaktion setzte ein, und die psychologischen Beobachter begannen, beinahe täglich Physiker vom Wachdienst zu suspendieren. Sie meldeten sich häufig sogar gegenseitig als psychisch labil. Wenn das so weiterging, dachte King mit bitterer Belustigung, mochte es ihm bald an Psychiatern mangeln. Seine Physiker taten bereits vier von jeweils sechzehn Stunden Dienst. Fiel noch einer aus, mußte er selbst einspringen. Um die Wahrheit zu sagen: Für ihn würde es eine Erleichterung bedeuten.

Irgendwie kamen einige der Zivilisten und der nichttechnischen Angestellten hinter das Geheimnis. Dem mußte unbedingt ein Riegel vorgeschoben werden, sonst brach eine landesweite Panik aus. Aber was, zum Teufel, konnte er unternehmen?

Nichts!

Er wälzte sich im Bett herum, knuffte sein Kissen zurecht und versuchte von neuem einzuschlafen. Umsonst. Sein Kopf schmerzte, seine Augen waren brennende Kugeln, und sein Gehirn schnarrte unaufhörlich im Leerlauf wie eine hängengebliebene Schallplatte.

Gott! Das war unerträglich! Würde er auch zusammenbrechen – war er bereits zusammengebrochen? Dies war schlimmer, viel schlimmer als in früherer Zeit, als er von der Gefahr gewußt und versucht hatte, sie so gut wie möglich zu vergessen. Nicht etwa, daß der Meiler anders gewesen wäre – es war dieses Fünf-Minuten-bis-zum-Waffenstillstand-Gefühl, das Warten darauf, daß der Vorhang sich hob, der Wettlauf mit der Zeit, und das, ohne daß er irgendwie helfen konnte.

Er setzte sich auf, schaltete seine Nachttischlampe an und sah auf die Uhr. Drei Uhr dreißig. Nicht gut. Er stand auf, ging ins Badezimmer und löste ein Schlafmittel in einem Glas mit halb Whisky, halb Wasser auf. Das goß er hinunter und legte sich wieder ins Bett. Endlich schlief er ein.

Er rannte, floh einen langen Korridor hinunter. Am Ende lag die Sicherheit – er wußte es, aber er war so restlos erschöpft, daß er nicht wußte, ob er hingelangen würde. Das Ding, das ihn verfolgte, holte auf. Er zwang seine bleiernen, schmerzenden Beine zu größerer Schnelligkeit. Das Ding hinter ihm beschleunigte das Tempo und berührte ihn. Das Herz blieb ihm stehen, und dann hämmerte es los. Er wurde sich bewußt, daß er in Todesangst schrie.

Aber er mußte das Ende dieses Korridors erreichen, davon hing mehr ab als sein eigenes Leben. Er mußte.

Dann kam der Blitz, und er erkannte, daß er verloren hatte, erkannte es mit äußerster Verzweiflung und dem Gefühl äußerster, bitterer Niederlage. Er hatte versagt; der Meiler war explodiert.

Der Blitz war seine Nachttischlampe, die sich automatisch eingeschaltet hatte; es war sieben Uhr. Sein Pyjama war tropfnaß von Schweiß, und sein Herz raste immer noch. Jeder gequälte Nerv in seinem Körper schrie nach Erlösung. Es würde mehr brauchen als eine kalte Dusche, um das Zittern zu beseitigen.

Er betrat das Büro, bevor der Hausmeister es verlassen hatte. Dann saß er dort, ohne etwas zu tun, bis zwei Stunden später Lentz hereinkam. Der Psychiater sah gerade noch, wie King zwei kleine Tabletten aus seiner Schachtel nahm.

»Langsam, alter Junge!« sagte Lentz bedächtig. »Was haben Sie denn da?« Er kam um den Schreibtisch herum und eignete sich mit sanfter Gewalt die Schachtel an.

»Nur ein Beruhigungsmittel.«

Lentz studierte die Angaben auf dem Deckel. »Wie viele haben Sie heute schon genommen?«

»Bisher erst zwei.«

»Sie brauchen keine Barbiturate, Sie brauchen einen Spaziergang in der frischen Luft. Kommen Sie mit!«

»Sie müssen reden – Sie rauchen eine Zigarette, die nicht angezündet ist!«

»Ich? Tatsächlich! Den Spaziergang brauchen wir also beide. Los!«

Zehn Minuten, nachdem sie das Büro verlassen hatten, traf Harper ein. Steinke war nicht im Vorzimmer, deshalb ging er durch und klopfte an die Tür von Kings Privatbüro. Er hatte einen zweiten Mann bei sich, einen harten jungen Burschen mit einer Haltung unbekümmerten Selbstbewußtseins. Steinke öffnete ihnen.

Mit einem lässigen Gruß ging Harper an ihm vorbei

und blieb stehen, als er sah, daß sonst niemand im Raum war. »Wo ist der Chef?« fragte er.

»Fort. Er wird bald zurück sein.«

»Dann warte ich. Oh – Steinke, das ist Greene. Greene – Steinke.«

Die beiden reichten sich die Hand. »Was führt Sie her, Cal?« erkundigte sich Steinke bei Harper.

»Hm ... Ich nehme an, es macht nichts, wenn ich es Ihnen sage ...«

Der Bildschirm des Visifons leuchtete plötzlich auf und schnitt ihm das Wort ab. Ein Gesicht füllte den Rahmen fast aus. Offensichtlich war es zu nahe an der Kamera, denn es war ganz unscharf. »Chef!« schrie eine angstverzerrte Stimme. »Der Meiler ...!«

Ein Schatten huschte über den Schirm, sie hörten ein dumpfes Klatschen, das Gesicht glitt aus dem Aufnahmebereich und enthüllte den Kontrollraum, den es bisher verdeckt hatte. Jemand lag auf den Fußbodenfliesen, ein namenloses Bündel. Eine weitere Gestalt rannte quer durchs Bild und verschwand.

Harper wurde als erster aktiv. »Das war Silard«, rief er, »im Kontrollraum! Kommen Sie, Steinke!« Er rannte bereits aus dem Büro.

Steinke war totenbleich, zögerte jedoch nur einen unmeßbaren Augenblick, dann folgte er Harper auf den Fersen. Greene schloß sich ohne Einladung an und hielt mühelos mit ihnen Schritt.

An der Röhrenstation mußten sie warten, bis eine Kapsel frei wurde. Dann zwängten sie sich zu dritt in eine Zwei-Mann-Kapsel. Sie weigerte sich zu starten, und Sekunden gingen verloren, bis Greene sich hinauswand und einen anderen Wagen suchte.

Die vier Minuten Fahrt bei hoher Beschleunigung kamen ihnen wie ein niemals endendes Dahinkriechen vor. Harper war schon überzeugt, es liege eine Betriebsstörung vor, als das vertraute Klicken und Seufzen ihre Ankunft in der Station unter dem Kraftwerk meldete. Sie behinderten sich gegenseitig bei dem Versuch, gleichzeitig auszusteigen.

Der Aufzug war oben; sie warteten nicht auf ihn. Das war unklug, denn sie gewannen dadurch keine Zeit und kamen außer Atem auf der Kontrollebene an. Trotzdem rannten sie jetzt erst recht los, rasten den Zickzackweg durch den äußeren Schirm hinunter und platzten in den Kontrollraum. Die schlaffe Gestalt lag immer noch auf dem Fußboden, und eine zweite, ebenfalls bewegungslos, lag daneben.

Ein dritter Mann beugte sich über den Auslöser. Er hörte sie hereinkommen, blickte auf und griff sie an. Beide schlugen sie nach ihm, und alle drei gingen zu Boden. Harper und Steinke waren zwei gegen einen, aber sie kamen sich gegenseitig in den Weg, und ihren Gegner schützte die schwere Rüstung. Er kämpfte mit der wilden Heftigkeit eines Wahnsinnigen.

Harper spürte einen scharfen Schmerz und merkte, daß er seinen rechten Arm nicht mehr gebrauchen konnte. Der Mann in der Rüstung riß sich los. Von irgendwo hinter ihnen kam ein Ruf: »Liegenbleiben!«

Aus dem Augenwinkel sah Harper ein Aufblitzen. Ein betäubendes Krachen folgte und hallte schmerzhaft im Raum wider. Der Mann in der Rüstung fiel auf die Knie, schwankte und schlug dann schwer aufs Gesicht. Greene stand im Eingang, eine Dienstpistole in der Hand.

Harper raffte sich auf und ging zum Auslöser hinüber. Er versuchte, die Energieeinstellung zu adjustieren, aber seine rechte Hand wollte seine Befehle nicht ausführen, und mit der linken war er zu ungeschickt. »Steinke!« rief er, »kommen Sie her! Übernehmen Sie!«

Steinke eilte herbei, warf einen Blick auf die Anzeigen, nickte und machte sich hastig an die Arbeit.

So fand King sie, als er ein paar Minuten später hereinstürmte. »Harper!« Mit einem schnellen Blick versuchte er die Situation abzuschätzen. »Was ist passiert?«

Harper teilte es ihm kurz mit. »Das Ende des Kampfes habe ich von meinem Büro aus gesehen – Steinke!« Jetzt erst schien King zu erfassen, wer am Auslöser saß. »Er kann die Kontrollen nicht bedienen ...« Damit eilte er zu ihm.

Steinke blickte auf. »Chef!« rief er. »Chef! *Ich habe meine Mathematik wieder!*«

King blickte verblüfft drein. Dann nickte er vage und ließ Steinke weitermachen. »Wie kommt es, daß Sie hier sind?« fragte er Harper.

»Ich? Ich bin gekommen, um zu melden: Wir haben es geschafft, Chef!«

»Wie bitte?«

»Wir sind fertig; es ist alles erledigt. Erickson ist dortgeblieben, um letzte Hand an die Installationen auf dem großen Schiff zu legen. Ich bin mit dem Schiff gekommen, das wir als Shuttle zwischen der Erde und dem großen Schiff, dem Kraftwerksschiff, benutzen werden. Es hat von Goddard Field bis hierher vier Minuten gebraucht. Das da ist der Pilot.« Er wies auf die Tür, wo Greens kräftiger Körper Lentz teilweise verdeckte.

»Einen Augenblick! Sie sagen, es ist soweit, daß der Meiler im Schiff installiert werden kann? Sind Sie *sicher?*«

»Ganz sicher. Das große Schiff ist bereits mit unserem Treibstoff geflogen – länger und schneller als es wird fliegen müssen, um seine Umlaufhahn zu erreichen. Ich war mit – draußen im Weltraum, Chef!«

King starrte den Notschalter an, der sich unter einem Glasdeckel oben auf dem Instrumentenpaneel befand. »Wir haben genug Kraftstoff«, sagte er leise, als sei er allein und spreche mit sich selbst. »Genug für Wochen.«

Schnell trat er vor das Paneel, zerschmetterte das Glas mit der Faust und riß den Schalter herum.

Der Raum rumpelte und bebte, als Tonnen von geschmolzenem Metall, schwerer als Gold, Kanäle hinunterflossen, auf Abschirmungen stießen, sich in ein Dutzend Ströme aufteilten und in Bleibehälter rannen – wo sie sicher und harmlos ruhten, bis man sie weit draußen im Weltraum wieder vereinigen würde.

Originaltitel: ›Blowups Happen‹

Der Mann, der den Mond verkaufte

1

»Du mußt daran glauben!«

George Strong beantwortete die Forderung seines Partners mit einem Schnauben. »Delos, warum gibst du nicht auf? Du singst diese Melodie seit Jahren. Vielleicht werden die Menschen eines Tages zum Mond gelangen, obwohl ich persönlich daran zweifele. Auf jeden Fall werden du und ich es nicht mehr erleben. Der Verlust des Kraftwerk-Satelliten hat der Sache für unsere Generation den Garaus gemacht.«

D.D. Harriman grunzte.

»Wir werden es nicht erleben, wenn wir auf unseren fetten Hintern hocken und nichts unternehmen, damit es Wirklichkeit wird. Aber wir können es Wirklichkeit werden lassen.«

»Frage Nummer eins: Wie? Frage Nummer zwei: Warum?«

»›Warum?‹ Der Mann fragt ›Warum?‹! George, lebt in deiner Seele nichts anderes als Rabatte und Dividenden? Hast du niemals an einem warmen Sommerabend mit einem Mädchen draußen gesessen, zum Mond hinaufgeblickt und dich gefragt, was da oben sei?«

»Ja-a, einmal. Ich habe mir einen Schnupfen geholt.«

Harriman fragte den Allmächtigen, warum er ihn in die Hände der Philister gegeben habe. Dann wandte er sich wieder seinem Partner zu. »Ich könnte dir sagen, warum, das wirkliche ›Warum‹, aber du würdest mich nicht verstehen. Du möchtest es in Gewinn und Verlust ausgedrückt haben. Du möchtest wissen, wie Harriman & Strong und Harriman Enterprises einen Profit machen können, nicht wahr?«

»Ja«, gab Strong zu, »und fang jetzt nicht an, von Touristenverkehr und sagenhaften Mond-Edelsteinen zu faseln. Das kenne ich alles schon.«

»Du verlangst von mir, daß ich Zahlen über eine

brandneue Art von Unternehmen nenne, und weißt, daß ich das nicht kann. Das ist, als hätte man die Brüder Wright in Kitty Hawk um eine Schätzung gebeten, wieviel Geld die Curtiss-Wright Corporation eines Tages am Flugzeugbau verdienen würde. Ich will es auf andere Weise ausdrücken. Du wolltest nicht, daß wir die Produktion von Plastik-Häusern aufnahmen. Wenn du deinen Willen bekommen hättest, säßen wir immer noch in Kansas City, würden Kuhweiden parzellieren und Interessenten herumführen.«

Strong zuckte die Achseln.

»Wieviel hat New World Homes bis heute eingebracht?«

Strong blickte ins Leere, während er das Talent anwandte, das er in die Partnerschaft eingebracht hatte. »Hm ... bis zum Ende des letzten Geschäftsjahres $ 172.946.004,62 nach Abzug der Steuern. Auf den heutigen Tag fortgeschrieben sind das ...«

»Laß nur! Wie hoch war unser Anteil?«

»Nun, die Partnerschaft, ausgenommen die Aktien, die du für dich selbst genommen und später mir verkauft hast, verdiente an New World Homes in der gleichen Zeitspanne $ 13.010.437,20 vor Abzug der Personalsteuer. Delos, diese Doppelbesteuerung muß aufhören. Das Bestrafen von Leistung führt dieses Land geradenwegs in den Ruin!«

»Vergiß es, vergiß es! Wieviel haben wir an Skyblast Freight and Antipodes Transways verdient?«

Strong sagte es ihm.

»Und doch mußte ich dir mit Gewalt drohen, damit du einen Groschen lockermachtest, um dieses Einspritzdüsen-Patent aufzukaufen. Du sagtest, Raketen seien eine vorübergehende Modelaune.«

»Das war nichts als Glück«, wandte Strong ein. »Du konntest nicht wissen, daß es in Australien einen großen Streik im Uran-Abbau geben würde. Ohne das hätte die Skyways-Firmengruppe uns in die roten Zahlen gebracht. Und New World Homes wären auch eingegangen, wenn sich uns durch die Straßenstädte nicht ein

Markt erschlossen hätte, der nicht den örtlichen Bauvorschriften unterworfen war.«

»Du hast in beiden Punkten unrecht. Schneller Transport zahlt sich aus; das ist schon immer so gewesen. Was New World angeht, kann ich nur sagen: Wenn zehn Millionen Familien neue Häuser brauchen und wir sie ihnen billig verkaufen können, werden sie kaufen. Sie werden sich nicht von Bauvorschriften aufhalten lassen, jedenfalls nicht ewig. Wir hatten auf eine ganz sichere Nummer gesetzt. Denk nach, George! Mit welchen Unternehmen haben wir Geld verloren, und mit welchen haben wir Geld gemacht? Jede einzelne meiner verrückten Ideen hat sich als gewinnbringend erwiesen, stimmt's? Und die einzigen Fälle, wo wir unseren Einsatz verloren haben, waren konservative, solide Investitionen.«

»Wir haben auch an einigen konservativen Unternehmen verdient«, protestierte Strong.

»Nicht soviel, daß du dir deine Jacht leisten könntest. Sei fair, George. Die Andes Development Company, das Meß-Pantograph-Patent, jede meiner Spekulationen, in die ich dich an den Haaren hereinzerren mußte, hat Geld eingebracht!«

»Ich habe Blut schwitzen müssen, um sie soweit zu bringen«, murrte Strong.

»Darum sind wir ja Partner. Ich fasse die Wildkatze am Schwanz; du legst ihr das Geschirr an und kriegst sie ans Arbeiten. Jetzt fliegen wir zum Mond – und dank deiner Tüchtigkeit wird es sich auszahlen.«

»Sprich für dich selbst! Ich fliege nicht zum Mond.«

»Ich schon.«

»Hummpf! Delos, selbst wenn wir reich geworden sind, indem wir auf deine Ideen gesetzt haben, ist es eine unerschütterliche Tatsache, daß du dein Hemd verlieren wirst, wenn du fortfährst zu spielen. Es gibt da ein altes Sprichwort von dem Krug, der einmal zu oft zum Brunnen geht.«

»Verdammt, George – und ich fliege doch zum Mond! Wenn du nicht mitmachen willst, wollen wir liquidieren, und ich tue es allein.«

Strong trommelte auf seiner Schreibtischplatte. »Also, Delos, niemand hat etwas davon gesagt, daß ich nicht mitmachen wolle.«

»Jetzt oder nie! Jetzt ist die beste Gelegenheit, und ich habe mich entschlossen. Ich werde der Mann im Mond sein.«

»Nun ... wir müssen gehen, sonst kommen wir zu spät zur Sitzung.«

Bevor sie ihr gemeinsames Büro verließen, schaltete Strong, der immer auf den Penny achtete, das Licht aus. Harriman hatte es ihn tausendmal tun sehen; diesmal bemerkte er: »George, wie wäre es mit einem Lichtschalter, der sich automatisch dreht, sobald du einen Raum verläßt?«

»Hmm – aber wenn nun jemand in dem Raum zurückbleibt?«

»Dann müßte man davon ausgehen, daß das Licht nur anbleibt, wenn jemand im Raum ist – den Schalter vielleicht auf die Wärmeausstrahlung des menschlichen Körpers abstimmen.«

»Zu teuer und zu kompliziert.«

»Nicht unbedingt. Ich werde die Idee an Ferguson weitergeben, der damit herumspielen kann. Der Schalter sollte nicht größer sein als der jetzt gebräuchliche und nicht teurer als der Strom, den er in einem Jahr spart.«

»Wie soll das funktionieren?« fragte Strong.

»Wie soll ich das wissen? Ich bin kein Ingenieur. Das ist etwas für Ferguson und die anderen klugen Kerlchen.«

Strong murrte: »Das läßt sich kommerziell nicht auswerten. Ob man das Licht ausschaltet, wenn man einen Raum verläßt, hängt davon ab, ob man Sinn dafür hat. Ich habe ihn, du hast ihn nicht. Wenn ein Mann keinen Sinn dafür hat, kann man ihn auch nicht für einen solchen Schalter interessieren.«

»Doch, wenn der Strom noch strenger rationiert wird. Die Energieknappheit verschlimmert sich.«

»Eine vorübergehende Erscheinung. Diese Sitzung wird Abhilfe schaffen.«

»George, nichts auf der Welt ist so dauerhaft wie eine vorübergehende Notlage. Der Schalter bringt uns bestimmt Geld.«

Strong zog Notizbuch und Schreibstift aus der Tasche. »Ich werde Ferguson morgen zu mir bitten und mit ihm darüber reden.«

Harriman vergaß die Sache und dachte nie wieder daran. Sie waren auf dem Dach angekommen; er winkte einem Taxi und erkundigte sich bei Strong: »Wieviel können wir flüssig machen, wenn wir unsere Aktien von Roadways und Belt Transport Corporation – ja, und von New World Homes abstoßen?«

»Ha? Bist du verrückt geworden?«

»Wahrscheinlich. Aber ich werde alles Bargeld brauchen, das du für mich lockermachen kannst. Roadways und Belt Transport taugen sowieso nichts; die hätten wir längst verkaufen sollen.«

»Du bist tatsächlich verrückt! Das sind die einzigen konservativen Unternehmen, die du unterstützt hast.«

»Als ich sie unterstützt habe, waren sie nicht konservativ. Glaube mir, George, die Straßenstädte haben ihren Höhepunkt überschritten. Sie werden krank, genau wie früher die Eisenbahnen. In hundert Jahren wird keine einzige mehr auf dem Kontinent übrig sein. Wie lautet die Formel für das Geldmachen, George?«

»Kaufe billig ein und verkaufe teuer.«

»Das ist nur die Hälfte ... *deine* Hälfte. Wir müssen erraten, in welche Richtung die Entwicklung läuft, wir müssen ihr einen Schubs geben und dafür sorgen, daß wir von Anfang an dabei sind. Verkaufe diese Aktien, George! Ich brauche Geld, um handeln zu können.« Das Taxi landete, sie stiegen ein und flogen zum Dach des Hemisphere Power Building.

Von dort fuhren sie in den Konferenzsaal des Energie-Syndikats hinunter, der sich ebenso weit hinunter in die Erde wie die Landeplattform in die Höhe streckte. In jener Zeit fühlten sich Industriemagnaten ungeachtet des jahrelangen Friedens im allgemeinen nur an Orten wohl, die so gut wie immun gegen Atombomben waren. Doch sah der Raum nicht wie ein Luftschutzkeller aus, eher wie ein Saal in einem luxuriösen Penthouse. Ein ›Aussichtsfenster‹ hinter dem Platz des Vorsitzenden bot in überzeugender, echt wirkender Stereoaufnahme, die vom Dach aus übertragen wurde, einen Blick über die Stadt.

Die anderen Mitglieder des Verwaltungsrats waren schon da. Dixon nickte Harriman und Strong zu, sah auf seine Ringuhr und sagte: »Nun, meine Herren, unser böser Bube ist hier, und da können wir ja anfangen.« Er nahm den Platz des Vorsitzenden ein und klopfte mit seinem Hammer um Ruhe.

»Das Protokoll der letzten Sitzung liegt wie üblich vor Ihnen. Geben Sie das Zeichen, wenn Sie fertig sind!« Harriman warf einen Blick auf die Zusammenfassung und legte sofort einen Schalter auf der Tischplatte um. Ein grünes Lämpchen ging an seinem Platz an. Die meisten Direktoren taten es ihm nach.

»Wer hält den Vormarsch auf?« fragte Harriman und sah von einem zum anderen. »Oh – du, George. Mach schon!«

»Ich prüfe die Zahlen gern nach«, antwortete sein Partner gekränkt. Dann kippte er seinen eigenen Schalter. Ein größeres grünes Licht flammte vor Dixon auf, der nun einen Knopf drückte. Eine Leuchtplatte, die sich an seinem Platz einen oder zwei Zoll über die Tischplatte erhob, wurde hell und zeigte die Worte PROTOKOLLIERUNG LÄUFT.

»Tätigkeitsbericht«, verlangte Dixon und berührte einen weiteren Schalter. Eine weibliche Stimme erklang aus dem Nichts. Harriman las den Bericht auf dem nächsten Blatt Papier an seinem Platz mit. Dreizehn Atommeiler vom Curie-Typ waren in Betrieb, fünf mehr als bei der letzten Sitzung. Die Meiler in Susquehanna und Charleston versorgten jetzt die Stadt Atlantic, deren Straßen inzwischen normale Geschwindigkeit erreicht hatten. Man rechnete damit, die Chicago-Angeles-Straße während der nächsten vierzehn Tage wieder anlaufen lassen zu können. Energie würde rationiert bleiben, aber die Krise war überwunden.

Alles sehr interessant, doch nicht von unmittelbarem Interesse für Harriman. Gegen den Energiemangel, eine Folge der Explosion des Kraftwerk-Satelliten, wurde mit geeigneten Mitteln angegangen – schön und gut, aber was Harriman berührte, war die Tatsache, daß die interplanetare Raumfahrt dadurch einen Rückschlag erlitten hatte, von dem sie sich vielleicht nie mehr erholte.

Vor drei Jahren hatte es so ausgesehen, als sei mit den künstlichen Harper-Erickson-Kraftstoffen nicht nur das Dilemma beseitigt, daß einerseits das wirtschaftliche Leben des Kontinents den Arizona-Meiler unbedingt brauchte und dieser Meiler andererseits eine Gefahr für die ganze Menschheit darstellte, sondern als habe man jetzt auch ein Mittel gefunden, die interplanetare Raumfahrt ohne größere Schwierigkeiten zu entwickeln.

Der Arizona-Meiler war in einer der größten Antipoden-Raketen installiert worden, die selbst den von dem Meiler produzierten Isotopen-Treibstoff benutzte, und das Ganze hatte man in eine Kreisbahn um die Erde geschossen. Eine viel kleinere Rakete hatte Fährdienst zwischen dem Satelliten und der Erde geleistet, das Personal des Meilers mit Vorräten versorgt und synthetischen radioaktiven Kraftstoff für die hochtechnisierte, immer energiehungrige Wirtschaft der Erde zurückgebracht.

Als Verwaltungsratsmitglied des Energie-Syndikats war Harriman für den Kraftwerk-Satelliten eingetreten – und hatte dabei ein eigenes Vorhaben im Auge gehabt. Sein Plan war, ein raumtüchtiges Schiff mit dem Treibstoff auszurüsten, den der Kraftwerk-Satellit herstellte, und so den ersten Flug zum Mond unmittelbar nach dem Hochschießen des Satelliten durchzuführen. Er hatte nicht einmal versucht, das Verteidigungsministerium aus dem Schlaf zu wecken, denn er wollte keine Subventionen.

Die Sache war ein Kinderspiel, jeder konnte es tun –

und Harriman *würde* es tun. Er hatte das Schiff, und bald würde er den Treibstoff haben.

Das Schiff war ein Frachter seiner eigenen Antipoden-Linie gewesen, dessen für chemischen Treibstoff gedachte Motoren ersetzt und dessen Tragflächen entfernt worden waren. Sie wartete immer noch auf ihren Isotopen-Treibstoff – die wieder in Dienst gestellte *Santa Maria,* geborene *City of Brisbane.*

Leider ging es mit dem Treibstoff langsam voran. Zuerst mußte die Raumfähre versorgt werden, dann kam der Bedarf eines Kontinents, auf dem die Energie rationiert war – und dieser Bedarf wuchs schneller, als der Kraftwerk-Satellit produzieren konnte. Und das Syndikat war nicht nur weit davon entfernt gewesen, Harriman Treibstoff für einen ›sinnlosen‹ Mondflug zur Verfügung zu stellen, es hatte sich auch entschlossen, auf die ungefährlichen, wenn auch weniger leistungsfähigen Niedrigtemperatur-Meiler vom Curie-Typ zurückzugreifen, statt weitere Satelliten zu bauen und in eine Kreishahn zu bringen.

Unglücklicherweise entstehen in Curie-Meilern nicht die Bedingungen wie im Innern eines Sterns, die zur Herstellung von Isotopen-Treibstoff nun einmal notwendig sind. Harriman hatte sich schon widerstrebend damit abgefunden, daß er politischen Druck werde ausüben müssen, um den Treibstoff, den er für die *Santa Maria* brauchte, zu bekommen.

Da war der Kraftwerk-Satellit explodiert.

Dixons Stimme riß Harriman aus seinen verdrießlichen Gedanken. »Der Tätigkeitsbericht ist in meinen Augen zufriedenstellend, Gentlemen. Wenn niemand einen Einwand dagegen erhebt, wird er als akzeptiert ins Protokoll aufgenommen. Sie können davon ausgehen, daß wir in den nächsten neunzig Tagen wieder das Niveau des Energieverbrauchs erreichen werden, das wir hatten, bevor wir gezwungen wurden, den Ariozona-Meiler abzuschalten.«

»Aber ohne Spielraum für zukünftigen Bedarf«, bemerkte Harriman. »In der Zeit, die wir hier sitzen, sind eine Menge Kinder geboren worden.«

»Ist das ein Einwand gegen den Tätigkeitsbericht, D. D.?«

»Nein.«

»Gut. Jetzt der Bericht über die Öffentlichkeitsarbeit – ich möchte Ihre Aufmerksamkeit besonders auf den ersten Punkt lenken, Gentlemen. Der zuständige Vizepräsident empfiehlt eine Liste von Renten, Beihilfen, Stipendien und so weiter für die abhängigen Familienangehörigen der Männer des Kraftwerk-Satelliten und des Piloten der *Charon:* siehe Anlage ›C‹.«

Ein Harriman gegenübersitzendes Verwaltungsratsmitglied – es war Phineas Morgan, Vorsitzender des Nahrungsmitteltrusts Cuisine, Incorporated – beschwerte sich: »Was soll das, Ed? Sicher ist es traurig, daß diese Leute umgekommen sind, aber wir haben ihnen himmelhohe Gehälter und sämtliche Versicherungsprämien gezahlt. Warum die Wohltätigkeit?«

Harriman grunzte. »Zahlen Sie – ich stimme dafür. Das sind Erdnüsse. ›Du sollst dem Ochsen, der da drischt, nicht das Maul verbinden.‹«

»Ich würde mehr als neunhunderttausend nicht ›Erdnüsse‹ nennen«, protestierte Morgan.

»Einen Augenblick, Gentlemen!« meldete sich der Vizepräsident, der für die Öffentlichkeitsarbeit verantwortlich und auch Verwaltungsratsmitglied war. »Wenn Sie sich die Aufschlüsselung ansehen, Mr. Morgan, werden Sie feststellen, daß fünfundachtzig Prozent der ausgesetzten Summe dazu benutzt werden wird, die Stiftungen bekanntzumachen.«

Morgan betrachtete mißtrauisch die Zahlen. »Oh – warum haben Sie das nicht gleich gesagt? Nun, vermutlich kann man die Stiftungen als laufende Geschäftskosten betrachten, aber sie stellen einen bedenklichen Präzedenzfall dar.«

»Ohne sie haben wir nichts bekanntzumachen.«

»Ja, aber ...«

Dixon klopfte scharf mit dem Hammer. »Mr. Harriman hat mit ›Ja‹ gestimmt. Bitte, geben Sie Ihre Stimmen ab!« Die Signallämpchen leuchteten grün; nach kurzem Zögern gab auch Morgan sein Okay. »Als nächstes haben wir einen damit verwandten Punkt«, sagte Dixon. »Eine Mrs.... ah ... Garfield macht durch ihre Anwälte geltend, wir seien dafür verantwortlich, daß ihr viertes Kind als Krüppel geboren ist. Die putativen Tatsachen sind, daß die Geburt zum Zeitpunkt der Explosion und auf einem Meridian unter dem Satelliten stattfand. Sie will auf eine Entschädigung von einer halben Million klagen.«

Morgan sagte zu Harriman: »Delos, ich vermute, Sie werden jetzt vorschlagen, das sollten wir außergerichtlich regeln.«

»Seien Sie nicht albern. Wir kämpfen es durch.«

Dixon sah ihn überrascht an. »Warum, D. D.? Ich schätze, daß wir die Frau mit zehn- oder fünfzehntausend abfinden könnten – und das wollte ich eben empfehlen. Ich wundere mich, daß die Rechtsabteilung den Fall an die Abteilung für Öffentlichkeitsarbeit weitergegeben hat.«

»Das liegt auf der Hand; er ist mit Zündstoff geladen. Aber wir sollten kämpfen, ohne Rücksicht auf schlechte Publicity. Ich sehe gar keine Ähnlichkeit mit dem letzten Punkt; Mrs. Garfield und ihr Balg gehören nicht zu unseren Leuten. Und jeder Trottel weiß, daß man ein Kind nicht während der Geburt durch Radioaktivität schädigen kann; man muß an das Keimplasma zumindest der vorigen Generation herankommen. Und drittens, wenn wir hier klein beigeben, verklagt man uns von nun an für jedes Ei, das mit zwei Dottern gelegt wird. Das schreit nach einem unbegrenzten Betrag zur Verteidigung und keinem einzigen verdammten Cent für einen Kompromiß.«

»Es könnte sehr teuer werden«, bemerkte Dixon.

»Es wird teuer werden, wenn wir nicht kämpfen. Falls notwendig, sollten wir den Richter kaufen.«

Der Leiter der Öffentlichkeitsarbeit flüsterte Dixon

etwas zu und verkündete dann: »Ich unterstütze Mr. Harrimans Ansicht. Das ist die Empfehlung meiner Abteilung.«

Der Vorschlag wurde gebilligt. »Der nächste Punkt«, fuhr Dixon fort, »ist ein ganzer Stapel von Klagen, daher rührend, daß wir die Straßenstädte verlangsamt haben, um während der Krise Energie abzuzweigen. Geltend gemacht werden Geschäftsschädigung, Zeitverlust und Verlust von diesem und jenem, aber die Grundlage ist immer die gleiche. Der heikelste Fall ist vielleicht der eines Aktionärs, der behauptet, Roadways und diese Firma seien so miteinander verflochten, daß die Entscheidung, Energie abzuzweigen, nicht im Interesse der Aktionäre von Roadways erfolgt sei. Delos, das ist Ihr Baby. Möchten Sie etwas dazu sagen?«

»Vergessen Sie es!«

»Warum?«

»Der Kläger verfolgt den Grundsatz ›Frechheit siegt‹. Diese Gesellschaft ist nicht verantwortlich; ich hatte veranlaßt, daß Roadways sich erbot, die Energie zu verkaufen, weil ich das hier vorausgesehen habe. Und kein Mitglied sitzt in beiden Verwaltungsräten, nicht auf dem Papier. Es gibt schließlich Strohmänner. Vergessen Sie es – für jede Klage, die gegen Sie erhoben wird, fällt auf Roadways ein Dutzend. Wir werden die Prozesse gewinnen.«

»Was macht Sie so sicher?«

»Nun ...« Harriman lehnte sich zurück und hängte ein Bein über die Armlehne seines Sessels. »Vor einer ganzen Reihe von Jahren war ich Botenjunge bei der Western Union. Wenn ich in einem Büro warten mußte, las ich alles, was ich in die Hände bekommen konnte, einschließlich der Geschäftsbedingungen auf der Rückseite der Telegrammformulare. Erinnern Sie sich noch daran? Sie wurden in dicken Blöcken aus gelbem Papier geliefert, und wer eine Nachricht auf die Vorderseite des Formulars schrieb, akzeptierte das Kleingedruckte auf der Rückseite – nur machten sich die meisten Leute das nicht klar. Wissen Sie, wozu dieser Vertrag zwischen Western Union und Kunde die Firma verpflichtete?«

»Wahrscheinlich dazu, ein Telegramm zu schicken.«

»Er verpflichtete sie zu verdammt gar nichts. Die Firma erbot sich zu dem *Versuch,* die Nachricht zu übermitteln, mittels einer Kamelkarawane oder auf dem Rücken von Schnecken oder einer ähnlich stromlinienförmigen Methode, die ihr paßte, aber im Falle eines Mißlingens trug sie keine Verantwortung. Ich habe dieses Kleingedruckte gelesen, bis ich es auswendig konnte. Es war die ergreifendste Prosa, die ich je gesehen hatte. Seit damals sind alle meine Verträge nach demselben Prinzip formuliert worden. Jeder, der Roadways verklagen will, wird feststellen, daß er Roadways wegen des Zeitfaktors nicht verklagen kann, weil die Zeit nicht Vertragsbestandteil ist. Im Falle vollständiger Nichterfüllung – was bisher nicht vorgekommen ist – haftet Roadways nur für die Frachtgebühren beziehungsweise den Preis der Fahrkarte. Also vergessen Sie es!«

Morgan richtete sich auf. »D. D., angenommen, ich wollte heute abend auf der Straße zu meinem Landhaus fahren, und durch irgendeine Panne würde ich erst morgen dort ankommen. Wäre dann Roadways nicht haftbar?«

Harriman grinste. »Nicht einmal dann, wenn Sie unterwegs verhungerten. Benutzen Sie lieber Ihren Hubschrauber.« Er wandte sich wieder Dixon zu. »Ich stimme dafür, daß wir die Sache hinauszögern und uns von Roadways die Kastanien aus dem Feuer holen lassen.«

»Nachdem die Punkte der Tagesordnung erledigt sind«, verkündete Dixon später, »ist unser Kollege Mr. Harriman an der Reihe, über ein Thema seiner eigenen Wahl zu sprechen. Er hat kein Thema im voraus eingereicht, aber wir wollen ihn anhören, bis Sie eine Vertagung wünschen.«

Morgan warf Harriman einen säuerlichen Blick zu. »Ich beantrage Vertagung.«

Harriman grinste. »Für zwei Cents würde ich diesen Antrag unterstützen und Sie an Neugier sterben lassen.«

Der Antrag wurde mangels Unterstützung durch ein zweites Mitglied abgelehnt. Harriman stand auf.

»Herr Vorsitzender, Freunde ...« – er sah Morgan an – »und Kollegen, wie Sie wissen, interessiere ich mich für die Raumfahrt.«

Dixon hob ruckartig den Kopf. »Nicht schon wieder, Delos! Wenn ich nicht den Vorsitz hätte, würde ich selbst Vertagung beantragen.«

»Doch, schon wieder«, konterte Harriman. »Und in alle Ewigkeit immer wieder. Hören Sie mich erst einmal an! Vor drei Jahren, als wir dazu gedrängt wurden, den Arizona-Meiler in den Weltraum zu schaffen, hatte es den Anschein, als würde uns das gleichzeitig die interplanetare Raumfahrt bescheren. Einige von Ihnen gründeten mit mir zusammen Spaceways, Incorporated zum Zwecke der Erprobung, Erkundung – und Ausbeutung.

Der Raum war erprobt. Raketen, die Kreisbahnen um die Erde erreichten, konnten umgebaut werden, um zum Mond zu fliegen – und von da überallhin! Wir hätten es mit Leichtigkeit tun können. Die einzigen noch nicht gelösten Probleme waren finanzieller und politischer Art. Die eigentlichen technischen Probleme der Raumfahrt sind im Grunde seit dem Zweiten Weltkrieg gelöst. Die Eroberung des Raums ist lange eine Sache des Geldes und der Politik gewesen. Aber es sah so aus, als hätten der Harper-Erickson-Prozeß, der die Erde umkreisende Kraftwerk-Satellit und ein praktischer, ökonomischer Raketentreibstoff die Raumfahrt in die nächste Zukunft gerückt, in eine so nahe Zukunft, daß ich keinen Einspruch erhob, als die ersten Kraftstoffmengen des Satelliten der Industrie zugeteilt wurden.«

Er blickte in die Runde. »Ich hätte nicht schweigen dürfen. Ich hätte brüllen und Druck ausüben und mich als lästige Plage erweisen müssen, bis Sie mir, um mich loszuwerden, Treibstoff zugebilligt hätten. Jetzt haben wir unsere beste Chance versäumt. Es gibt keinen Satelliten, keine Treibstoffquelle mehr, nicht einmal mehr die Raumfähre. Wir sind wieder da, wo wir 1950 gestanden haben. Deshalb ...«

Von neuem machte er eine Pause. »Deshalb ... schlage ich vor, daß wir ein Raumschiff bauen und zum Mond schicken!«

Dixon brach das Schweigen. »Delos, haben Sie den Verstand verloren? Sie haben eben gesagt, es sei nicht länger möglich. Jetzt sagen Sie, wir sollten ein Raumschiff bauen.«

»Ich habe nicht gesagt, es sei unmöglich; ich habe gesagt, wir hätten unsere beste Chance versäumt. Die Zeit ist überreif für die Raumfahrt. Die Überfüllung der Erde wird jeden Tag schlimmer. Trotz des technischen Fortschritts ist die tägliche Nahrungsaufnahme auf diesem Planeten geringer, als sie vor dreißig Jahren war – und jede Minute kommen sechsundvierzig neue Kinder dazu, fünfundsechzigtausend pro Tag, fünfundzwanzig Millionen pro Jahr. Unsere Rasse steht davor, sich auf die Planeten auszudehnen, und wenn wir soviel Initiative besitzen, wie Gott sie einer Auster zugesagt hat, werden wir ihr auf den Weg helfen!

Ja, wir haben unsere beste Chance versäumt – aber die technischen Einzelheiten können geregelt werden. Die eigentliche Frage ist, wer wird die Rechnung abzeichnen? Deshalb spreche ich Sie an, Gentlemen, denn hier in diesem Raum ist das finanzielle Kapital dieses Planeten versammelt.«

Morgan stand auf. »Herr Vorsitzender, wenn alle *geschäftlichen* Angelegenheiten erledigt sind, bitte ich, mich zu entschuldigen.«

Dixon nickte. Harriman sagte: »Bis dann, Phineas. Lassen Sie sich nicht aufhalten! Also, wie ich sagte, es ist eine Geldfrage, und das Geld ist hier. Ich beantrage, daß wir einen Flug zum Mond finanzieren.«

Der Vorschlag rief keine besondere Aufregung hervor. Diese Männer kannten Harriman. Dixon fragte: »Unterstützt jemand D. D.'s Antrag?«

»Einen Augenblick, Herr Vorsitzender!« Das war Jack Entenza, Präsident der Two-Continents Amusement Corporation. »Ich möchte Delos ein paar Fragen stellen.« Er drehte sich zu Harriman um. »D. D., Sie wissen, ich habe mitgemacht, als Sie Spaceways gründeten. Das schien ein risikoloses Unternehmen zu sein, das eventuell auf pädagogischem und wissenschaftlichem Gebiet Gewinn bringen mochte. An Linienschiffe, die den Raum zwischen den Planeten pflügen, habe ich jedoch nie geglaubt; das sind Phantastereien. Ich bin bereit, innerhalb gewisser Grenzen auf Ihre Träume einzugehen, aber wie wollen Sie zum Mond kommen? Wie Sie sagen, ist Ihnen gerade erst der Treibstoff ausgegangen.«

Harriman grinste immer noch. »Machen Sie mir nichts vor, Jack. Ich weiß, warum Sie damals mitgemacht haben. Sie interessieren sich nicht für die Wissenschaft, dafür haben Sie noch nie einen Groschen ausgegeben. Sie haben gehofft, sich die alleinigen Film- und Fernsehrechte für Ihre Kette sichern zu können. Nun, Sie werden sie bekommen, wenn Sie zu mir halten – andernfalls schließe ich den Vertrag mit Recreations Unlimited – die werden zahlen, bloß um Ihnen eins auszuwischen.«

Entenza sah ihn mißtrauisch an. »Was wird es mich kosten?«

»Ihr zweites Hemd, Ihre Augenzähne und den Ehering Ihrer Frau – falls Recreations nicht mehr zahlen.«

»Verdammt sollen Sie sein, Delos! Sie sind krummer als ein Hundehinterbein.«

»Von Ihnen, Jack, ist das ein Kompliment. Wir werden schon zusammenkommen. Jetzt zu der Frage, wie ich den Mond erreichen will. Das ist eine dumme Frage. Hier in diesem Raum ist nicht einer, der mit komplizierteren Geräten als mit Messer und Gabel umgehen kann. Sie sind nicht fähig, einen Schraubenschlüssel für Linkshänder von einem Rückstoßmotor zu unterscheiden, und doch verlangen Sie von mir Blaupausen für ein Raumschiff.

Aber ich will Ihnen sagen, wie ich den Mond erreichen werde. Ich stelle die richtigen klugen Köpfe ein, gebe ihnen alles, was sie wollen, sorge dafür, daß sie soviel Geld bekommen, wie sie verwenden können, animiere sie, Überstunden zu machen – und warte dann ab, was sie fertigbringen. Das wird genauso laufen wie beim Manhattan-Projekt. Die meisten von Ihnen erinnern sich an die Entwicklung der Atombombe, ja, einige können sich sogar noch an die Mississippi-Blase erinnern. Der Mann, der das Manhattan-Projekt aufzog, konnte ein Neutron nicht von Onkel George unterscheiden – aber er erhielt Resultate. Seine Leute fanden vier Lösungen für das Problem. Das ist der Grund, warum ich mir keine Sorgen über den Treibstoff mache; wir werden einen Treibstoff bekommen. Wir werden verschiedene Treibstoffe bekommen.«

Dixon sagte: »Angenommen, es klappt. Dann kommt es mir immer noch vor, als verlangten Sie von uns, daß wir die Company für ein Unternehmen, das abgesehen von dem rein wissenschaftlichen Wert nichts als eine einmalige Unterhaltungsveranstaltung ist, in den Konkurs treiben. Ich bin nicht gegen Sie – ich hätte nichts dagegen, zehn-, fünfzehntausend auszugeben, um eine Sache zu unterstützen, die es verdient –, aber ich kann das nicht als geschäftliches Vorhaben betrachten.«

Harriman stützte das Kinn auf die Fingerspitzen und sah den langen Tisch hinunter. »Zehn- oder fünfzehntausend Gummidrops! Dan, ich denke, daß Sie mit *mindestens* zwei Millionen einsteigen sollten – und bevor wir fertig sind, werden Sie nach weiteren Aktien schreien. Das ist das größte Immobiliengeschäft, seit der Papst die Neue Welt aufgeteilt hat. Fragen Sie mich nicht, an was wir verdienen werden. Ich kann die Posten nicht auflisten, aber ich kann es Ihnen mit einem Wort sagen. Wir gewinnen einen Planeten – einen *ganzen Planeten,* Dan, der noch nie berührt worden ist. Und nach ihm weitere Planeten. Wenn wir keine Möglichkeit finden, ein paar schnelle Dollars aus einem solchen noch nie dagewesenen Angebot herauszuschwindeln, sollten Sie und ich besser in Rente gehen. Es ist, als würde uns Manhattan für vierundzwanzig Dollar und eine Kiste Whisky angeboten.«

Dixon grunzte. »Sie stellen es als die Chance unseres Lebens hin.«

»Chance unseres Lebens, Quatsch! Das ist die größte Chance der ganzen Menschheitsgeschichte. Es regnet Suppe; schnappen Sie sich einen Eimer.«

Neben Entenza saß Gaston P. Jones, Direktor der Trans-America und eines halben Dutzends anderer Banken, einer der reichsten Männer im Saal. Er entfernte sorgfältig zwei Zoll Zigarrenasche und sagte trocken: »Mr. Harriman, ich will Ihnen alle meine Ansprüche an den Mond, die gegenwärtigen und die zukünftigen, für fünfzig Cents verkaufen.«

Harriman strahlte. »Gemacht!«

Entenza hatte an seiner Unterlippe gezupft und mit grübelndem Gesichtsausdruck zugehört. Jetzt ergriff er das Wort. »Einen Augenblick, Mr. Jones – ich gebe Ihnen einen Dollar dafür.«

»Einen Dollar fünfzig«, zog Harriman nach.

»Zwei Dollar«, sagte Entenza langsam.

»Fünf!«

Sie steigerten sich hoch. Bei zehn Dollar gab Entenza auf und lehnte sich zurück. Er wirkte immer noch nachdenklich. Harriman sah strahlend in die Runde. »Wer von euch Dieben ist Rechtsanwalt?« fragte er. Es war eine rhetorische Frage; von siebzehn Verwaltungsratsmitgliedern war der normale Prozentsatz – elf, um genau zu sein – Rechtsanwälte. »He, Tony«, fuhr er fort, »entwerfen Sie mir *sofort* einen Vertrag, der diese Transaktion so wasserdicht macht, daß sie nicht einmal vor dem Thron Gottes gebrochen werden kann. Alle Ansprüche von Mr. Jones, Rechtstitel, Rechte nach dem Naturgesetz, zukünftige Rechte, ihm direkt oder indirekt durch Eigentum an Aktien zustehend, augenblicklich sein Eigentum oder Eigentum, das später erworben wird, und so weiter und so fort. Stopfen Sie eine Menge Latein hinein. Der Grundgedanke ist, daß jeder Anspruch auf den Mond, den Mr. Jones jetzt besitzt oder in Zukunft erwerben mag, mir gehört – für zehn Dollar, bar auf die Hand.« Harriman klatschte einen Geldschein auf den Tisch. »Richtig, Mr. Jones?«

Jones lächelte kurz. »Das ist richtig, junger Mann.« Er steckte den Geldschein ein. »Den werde ich für meine Enkel einrahmen lassen – um ihnen zu zeigen, wie leicht es ist, Geld zu machen.« Entenzas Augen flitzten immer noch von Jones zu Harriman und zurück.

»Gut!« rief Harriman. »Gentlemen, Mr. Jones hat einen Marktpreis für den Anspruch eines einzigen menschlichen Wesens an unserem Satelliten festgesetzt. Bei rund drei Milliarden Menschen auf der Erde ergibt das einen Preis für den Mond von dreißig Milliarden Dollar.« Er zog einen Packen Geldscheine hervor. »Sind noch mehr so kluge Geschäftsleute anwesend? Ich kaufe jeden Anteil, der mir angeboten wird, zehn Dollar pro Stück.«

»Ich zahle zwanzig!« fuhr Entenza dazwischen.

Harriman sah ihn bekümmert an. »Jack, lassen Sie das sein! Wir sind im gleichen Team. Kaufen wir die Anteile beide zu zehn.«

Dixon hämmerte um Ruhe. »Gentlemen, bitte, führen Sie solche Transaktionen durch, wenn die Sitzung vertagt ist! Will jemand Mr. Harrimans Antrag unterstützen?«

Gaston Jones sagte: »Ich schulde es Mr. Harriman, seinen Antrag zu unterstützen – unverbindlich. Stimmen wir ab!«

Niemand erhob Einspruch; die Abstimmung wurde durchgeführt. Sie ging elf zu drei gegen Harriman aus. Harriman, Strong und Entenza hatten dafür, alle anderen dagegen gestimmt. Harriman sprang auf, bevor jemand die Vertagung beantragen konnte, und sagte: »Das habe ich erwartet. Jetzt habe ich nur noch einen Wunsch: Wird mir die Company, da sie nicht länger an der Raumfahrt interessiert ist, die Freundlichkeit erweisen und mir verkaufen, was ich an Patenten, Herstellungsverfahren, Produktionsanlagen und so weiter benötige, sofern es im Augenblick Eigentum der Company ist und in Zusammenhang mit der Raumfahrt, aber nicht mit der Energieerzeugung auf diesem Planeten steht? In unseren kurzen Flitterwochen mit dem Kraftwerk-Satelliten haben sich Vermögenswerte angesammelt, die ich benutzen will. Ich brauche nichts Offizielles – nur ein Votum, die Company verfolge die Politik, mich zu unterstützen, solange dies nicht in Widerspruch zu ihren primären Interessen steht. Wie ist es, Gentlemen? Dann sind Sie mich los.«

Jones studierte von neuem seine Zigarre. »Ich sehe keinen Grund, warum wir ihm den Gefallen nicht tun sollen, Gentlemen – und ich spreche als völlig desinteressierte Partei.«

»Ich glaube, das können wir machen, Delos«, stimmte Dixon zu. »Nur werden wir Ihnen nichts verkaufen, wir werden es Ihnen *leihen.* Sollten Sie zufällig doch den Jackpot gewinnen, wäre die Company immer noch beteiligt. Hat jemand dagegen etwas einzuwenden?« fragte er die Anwesenden im allgemeinen.

Niemand meldete sich. Harrimans Wunsch wurde als Politik der Company ins Protokoll aufgenommen und die Sitzung vertagt. Harriman blieb zurück, um mit Entenza zu flüstern und schließlich eine Verabredung zu treffen. Gaston Jones stand im Gespräch mit dem Vorsitzenden Dixon in der Nähe der Tür. Er winkte Strong herbei, Harrimans Partner. »George, darf ich Ihnen eine persönliche Frage stellen?«

»Ich verspreche nicht, daß ich sie beantworten werde, aber fragen Sie!«

»Sie sind mir immer als ein Mann mit nüchternem Urteilsvermögen vorgekommen. Sagen Sie mir – warum halten Sie die Partnerschaft mit Harriman aufrecht? Der Mann ist doch verrückt wie ein Märzhase.«

Strong geriet in Verlegenheit. »Das müßte ich abstreiten, er ist mein Freund – aber ich kann es nicht. Aber, zum Kuckuck! Jedes Mal, wenn Delos mit irgendeiner Phantasterei daherkommt, stellt sich später heraus, daß er recht gehabt hat. Ich arbeite ungern mit ihm zusammen, es macht mich nervös. Ich habe jedoch gelernt, mich mehr auf seine Ahnungen zu verlassen als auf den beeideten Geschäftsbericht von jemand anders.«

Jones hob eine Augenbraue. »Bei ihm wird alles zu Gold wie bei König Midas, wie?«

»So könnte man es nennen.«

»Nun, denken Sie daran, was König Midas letzten Endes widerfahren ist. Guten Tag, Gentlemen.«

Harriman hatte Entenza verlassen; Strong schloß sich ihm an. Dixon starrte ihnen nach. Sein Gesicht war sehr nachdenklich.

2

Harrimans Haus war zu der Zeit gebaut worden, als jeder, der konnte, aufs Land zog und in den Untergrund ging. Über der Erde waren ein stilechtes Cape-Cod-Häuschen – dessen Schindeln Panzerplatten verdeckten – und ein entzückendes, landschaftsgärtnerisch geschickt angelegtes Grundstück zu sehen. Unter der Erde befand sich das Vier- bis Fünffache an Wohnfläche, immun gegen alles bis auf den Volltreffer einer Atombombe und mit einer unabhängigen Luftversorgung, die Reserven für tausend Stunden hatte. Während der Verrückten Jahre war die konventionelle Mauer, die das Grundstück begrenzte, von einer anderen ersetzt worden, die genauso aussah, aber nur noch von einem Panzer im Frontalangriff einzudrücken war. Auch die Tore bildeten keine Schwachstellen; die daran angebrachten Vorrichtungen waren ihrem Herrn ebenso treu wie ein gut erzogener Hund.

Trotz seines festungsartigen Charakters war das Haus gemütlich. Es war außerdem sehr kostspielig im Unterhalt.

Harriman ließ sich die Ausgaben nicht verdrießen; Charlotte liebte das Haus, und es gab ihr etwas zu tun. Sie hatte sich nie beklagt, als sie zu Beginn ihrer Ehe eine enge Wohnung über einem Lebensmittelladen gehabt hatten. Wenn es ihr jetzt gefiel, Haushalt in einer Burg zu spielen, sollte es Harriman recht sein.

Aber jetzt hatte er sich wieder einmal auf eine abenteuerliche Sache eingelassen. Die paar Tausend pro Monat, die das Haus verschlang, mochten an irgendeinem Punkt des Spiels den Unterschied zwischen dem Erfolg und dem Gerichtsvollzieher bedeuten. An diesem Abend kam er nach dem Dinner, als die Diener Kaffee und Portwein serviert hatten, darauf zu sprechen.

»Meine Liebe, ich habe mich gefragt, wie dir ein paar Monate in Florida gefallen würden.«

Seine Frau sah ihn verblüfft an. »In Florida? Delos, wie

kommst du denn darauf? Florida ist zu dieser Jahreszeit unerträglich.«

»Also dann in der Schweiz, oder wo es dir sonst gefällt. Mach einmal richtige Ferien, solange du willst.«

»Delos, du hast etwas vor.«

Harriman seufzte. Etwas vorzuhaben war das unsagbare und unverzeihliche Verbrechen, für das jeder amerikanische Mann in einem Atemzug angeklagt, verhört, überführt und verurteilt werden konnte. Er fragte sich, wie es dahin hatte kommen können, daß die männliche Hälfte der Rasse sich immer entsprechend weiblichen Regeln und weiblicher Logik verhalten mußte wie ein rotznasiger Schuljunge vor einer strengen Lehrerin.

»In gewisser Beziehung, vielleicht. Wir waren beide zu dem Schluß gekommen, daß dieses Haus so etwas wie ein weißer Elefant ist. Ich dachte daran, es zu schließen, unter Umständen sogar zu verkaufen – das Land ist jetzt mehr wert, als wir damals dafür bezahlt haben. Dann könnten wir ein Haus bauen, das ein bißchen moderner und ein bißchen weniger bunkerhaft ist.«

Mrs. Harriman ließ sich vorübergehend ablenken. »Nun, ich habe tatsächlich schon gedacht, es wäre nett, ein anderes Haus zu bauen, Delos – zum Beispiel ein kleines Chalet, versteckt in den Bergen, nichts Repräsentatives, nicht mehr als zwei Dienstboten oder drei. Aber wir wollen dieses Haus nicht schließen, bevor das neue fertig ist, Delos. Schließlich müssen wir ja irgendwo wohnen.«

»Ich hatte nicht die Absicht, sofort zu bauen«, antwortete er vorsichtig.

»Warum nicht? Wir werden nicht jünger, Delos. Wenn wir das Leben genießen wollen, sollten wir es nicht auf die lange Bank schieben. Du brauchst dir keine Sorgen zu machen, ich organisiere das alles.«

Harriman erwog im Geist die Möglichkeit, sie bauen zu lassen, damit sie beschäftigt war. Wenn er das Geld für ihr ›kleines Chalet‹ zur Verfügung stellte, würde sie in ein Hotel ziehen, das in der Nähe der von ihr ausgewählten Stelle lag. Er konnte währenddessen diese Monstrosität verkaufen, auf der sie saßen. Die nächste

Straßenstadt war jetzt keine zehn Meilen mehr entfernt. Da sollte das Land mehr einbringen, als Charlottes neues Haus kosten würde, und es wäre vorbei mit dem monatlichen Aderlaß seiner Brieftasche.

»Du magst recht haben«, pflichtete er ihr bei. »Aber angenommen, du baust sofort, dann wirst du nicht hier wohnen. Du wirst jede Einzelheit der Arbeiten an dem neuen Haus überwachen wollen. Ich meine, wir sollten erst das hier loswerden. Es verschlingt Unsummen an Steuern, Unterhalt und laufenden Ausgaben.«

Charlotte schüttelte den Kopf. »Kommt nicht in Frage, Delos! Das hier ist mein Heim.«

Er drückte eine fast ungerauchte Zigarre aus. »Es tut mir leid, Charlotte, aber du kannst nicht beides haben. Wenn du bauen willst, kannst du nicht hierbleiben. Wenn du hierbleibst, werden wir die unterirdischen Katakomben schließen, ein Dutzend der Parasiten hinauswerfen, über die ich ständig stolpere, und in dem Cottage an der Oberfläche leben. Ich will die Kosten verringern.«

»Die Dienstboten entlassen? Delos, wenn du glaubst, daß ich es auf mich nehme, dir ohne das notwendige Personal ein Heim zu schaffen, kannst du ...«

»Hör auf!« Er stand auf und warf seine Serviette hin. »Man braucht keine Kompanie von Dienstboten, um ein Heim zu schaffen. Als wir jungverheiratet waren, hattest du überhaupt keine Hilfe – und du hast noch dazu meine Hemden gewaschen und gebügelt. Trotzdem hatten wir damals ein Heim. Dieses Haus gehört dem Personal, von dem du sprichst. Nun, ich werde sie mir alle vom Hals schaffen, alle außer der Köchin und einem Hausmeister.«

Charlotte schien ihn nicht zu hören. »Delos! Setz dich hin und benimm dich! Was soll das alles mit den Kosten, die du verringern willst? Steckst du in irgendwelchen Schwierigkeiten? Ja? Antworte mir!«

Er ließ sich müde wieder nieder. »Muß ein Mann in Schwierigkeiten stecken, wenn er unnötige Ausgaben vermeiden will?«

»In deinem Fall ja. Also, was ist los? Versuche nicht, mir auszuweichen!«

»Sieh mal, Charlotte, wir sind doch schon vor langer Zeit übereingekommen, daß ich geschäftliche Angelegenheiten im Büro lasse. Was das Haus betrifft, so brauchen wir einfach keins von dieser Größe. Schließlich haben wir keine Schar von Kindern, die es füllt ...«

»*Oh!* Jetzt wirfst du mir *das* schon wieder vor!«

Er setzte von neuem an. »Charlotte, ich habe es dir noch nie vorgeworfen, und ich werfe es dir jetzt nicht vor. Ich habe doch nur vorgeschlagen, wir sollten beide zum Arzt gehen und herausfinden, aus welchem Grund wir keine Kinder bekommen. Und seit zwanzig Jahren läßt du mich für diese eine Bemerkung büßen. Aber das ist alles vorbei und vergessen; ich habe nur darauf hingewiesen, daß zwei Personen keine zweiundzwanzig Zimmer ausfüllen. Ich werde jeden angemessenen Preis für ein neues Haus zahlen, wenn du eins willst, und dir ein reichliches Haushaltsgeld geben.« Er wollte schon sagen, wieviel, überlegte es sich jedoch anders. »Oder wir schließen den unterirdischen Teil und leben in dem Cottage oben. Es ist nur, daß wir aufhören müssen, Geld zu verschwenden – für eine Weile.«

Sie griff den letzten Ausdruck auf. »›Für eine Weile.‹ Was geht vor, Delos? Wofür willst *du* Geld verschwenden?« Als er nicht antwortete, fuhr sie fort: »Nun gut, wenn du es mir nicht sagen willst, werde ich George anrufen, der wird es mir sagen.«

»Tu das nicht, Charlotte. Ich warne dich. Ich werde ...«

»Du wirst was?« Sie musterte ihn scharf. »Ich brauche gar nicht mit George zu reden; ich lese es dir vom Gesicht ab. Das hat denselben Ausdruck wie damals, als du nach Hause kamst und mir erzähltest, du hättest unser ganzes Geld in diese verrückten Raketen gesteckt.«

»Charlotte, das ist nicht fair. Skyways hat sich zu einem lohnenden Unternehmen entwickelt. Es ist für uns zur Goldgrube geworden.«

»Darum geht es hier nicht. Ich weiß, warum du dich so seltsam aufführst. Der alte Wahnsinn, daß du zum Mond fliegen willst, ist wieder über dich gekommen. Ich lasse das nicht zu, hörst du? Ich werde dich daran hindern; ich brauche mir das nicht gefallen zu lassen. Gleich morgen früh gehe ich zu Mr. Kamens und stelle fest, was getan werden muß, damit du dich benimmst.« Die Sehnen an ihrem Hals zuckten.

Er wartete, bezwang sein Temperament, bevor er antwortete. »Charlotte, du hast keinen echten Grund, dich zu beklagen. Ganz gleich, was mir zustößt, für deine Zukunft ist gesorgt.«

»Glaubst du, ich will als *Witwe* leben?«

Er sah sie nachdenklich an. »Manchmal halte ich das für möglich.«

»Du ... du herzloses *Ungeheuer!«* Sie erhob sich. »Wir wollen nicht weiter darüber sprechen, ja?« Sie ging, ohne auf eine Antwort zu warten.

Harriman suchte sein Zimmer auf, wo sein Kammerdiener Jenkins auf ihn wartete. Hastig stand Jenkins auf und ließ ein Bad ein. »Hau ab!« grunzte Harriman. »Ich kann mich allein ausziehen.«

»Sie brauchen heute abend nichts mehr, Sir?«

»Nichts. Aber wenn du willst, bleib noch ein bißchen. Setz dich und gieß dir ein Glas ein! Ed, wie lange bist du schon verheiratet?«

»Ich bin so frei.« Jenkins bediente sich. »Im Mai dreiundzwanzig Jahre, Sir.«

»Wie ist es gegangen, falls dir die Frage nichts ausmacht?«

»Nicht schlecht. Natürlich hat es Zeiten gegeben ...«

»Ich weiß, was du meinst. Ed, angenommen, du würdest nicht für mich arbeiten – was würdest du tun?«

»Nun, meine Frau und ich haben oft über unsern Wunsch gesprochen, ein kleines Restaurant aufzumachen, nichts Großartiges, aber solide. Ein Lokal, wo ein Gentleman in Ruhe ein gutes Essen genießen kann.«

»Ein Herrenlokal, wie?«

»Nein, nicht ganz, Sir. Aber es hätte einen Salon nur für Herren. Nicht einmal Kellnerinnen kämen hinein; ich würde dort selbst bedienen.«

»Du könntest dich einmal nach geeigneten Objekten umsehen, Ed. Praktisch bist du schon Gastwirt.«

3

Strong betrat am nächsten Morgen ihr gemeinsames Büro wie üblich pünktlich um neun. Es überraschte ihn, daß Harriman schon vor ihm da war. Wenn Harriman überhaupt nicht auftauchte, hatte das nichts zu bedeuten. Kam er früher als die Angestellten, dann steckte etwas dahinter.

Harriman beschäftigte sich eifrig mit einem Globus und einem Buch – der neuesten Ausgabe des ›*Nautischen Almanachs*‹, wie Strong bemerkte – und blickte kaum auf. »Morgen, George. Sag mal, wer sind unsere Kontaktleute in Brasilien?«

»Warum?«

»Ich brauche ein paar dressierte Seehunde, die Portugiesisch sprechen, darum. Und dazu welche, die Spanisch sprechen. Ganz zu schweigen von drei oder vier Dutzend, die überall in diesem Land verteilt sind. Ich bin da auf etwas sehr, sehr Interessantes gestoßen. Sieh her! Nach diesen Tabellen kreist der Mond nur über einem Gebiet, das nicht ganz an den 29. Breitengrad nördlich und südlich des Äquators heranreicht.« Er ließ den Globus rotieren und hielt einen Bleistift daran. »So. Fällt dir dabei etwas auf?«

»Nein. Außer daß du dabei Bleistiftstriche auf einen Sechzig-Dollar-Globus bekommst.«

»Und du willst ein alter Grundstücksmakler sein! Was gehört einem Mann, wenn er ein Stück Land kauft?«

»Das hängt von dem Kaufvertrag ab. Für gewöhnlich werden die Rechte zum Tage- und Grubenbau …«

»Das meine ich jetzt nicht. Angenommen, er kauft das Land, ohne daß irgendwelche Rechte ausgeklammert werden: Wie weit hinunter reicht sein Eigentum? Wie weit nach oben?«

»Nun, ihm gehört ein Keil bis hinunter zum Mittelpunkt der Erde. Das ist anläßlich der Prozesse über schräg verlaufende und abzweigende Ölbohrungen geregelt worden. Theoretisch gehört ihm auch der Raum darüber bis hinaus in die Unendlichkeit, aber eine Reihe von Gerichtsentscheidungen haben da für Einschränkungen gesorgt, nachdem die ersten kommerziellen Luftfahrtgesellschaften gegründet waren. Für uns ist das nur gut, denn sonst müßten wir jedes Mal Zoll bezahlen, wenn eine unserer Raketen nach Australien startet.«

»Nein, nein, nein, George! Du hast diese Gerichtsentscheidungen nicht richtig gelesen. Den Luftfahrtgesellschaften wurde das Recht eingeräumt, das Land zu überfliegen – aber das *Eigentum* an dem Raum oberhalb des Landes bleibt unangetastet. Und nicht einmal das Überflugrecht ist absolut. Man kann einen tausend Fuß hohen Turm auf seinem Land bauen, das Flugzeuge oder Raketen oder was auch immer gewohnheitsmäßig überfliegen, und dann müssen sie in größere Höhe hinaufsteigen, ohne daß sie einem etwas anhaben können. Weißt du nicht mehr, wie wir den Luftraum südlich von Hughes Field pachten mußten, um sicherzugehen, daß uns die Anflugschneise nicht verbaut wurde?«

Strong wurde nachdenklich. »Ja. Ich sehe, worauf du hinauswillst. Das alte Prinzip des Eigentums am Land wird nicht gebrochen – hinunter bis zum Mittelpunkt der Erde, hinauf bis in die Unendlichkeit. Aber was soll das? Es ist eine theoretische Angelegenheit. Du hast doch wohl nicht vor, Zoll zu zahlen, damit du diese Raumschiffe, von denen du immerzu redest, fliegen lassen kannst?« Er gestattete sich ein Lächeln über seinen eigenen Witz.

»Das hätte gerade noch gefehlt! Eine ganz andere Sache, George – *wem gehört der Mond?*«

Strong blieb der Mund offenstehen. »Delos, du machst Witze!«

»Nein! Ich frage dich noch einmal: Wenn das geltende Recht sagt, daß einem Mann der Himmelskeil über seiner Farm bis hinaus in die Unendlichkeit gehört, *wem gehört dann der Mond?* Wirf einen Blick auf diesen Globus und sag es mir!«

Strong sah es sich an. »Aber das kann nichts zu bedeuten haben, Delos. Die Gesetze der Erde lassen sich doch nicht auf den Mond anwenden.«

»Sie werden *hier* angewendet, und *hier* machen sie mir Sorgen. Der Mond bleibt ständig über einem Streifen, der von dem 29. Breitengrad im Norden und im Süden begrenzt wird. Wenn dieser Gürtel rund um die Erde einem einzigen Mann gehörte – dann wäre er nach allen Theorien über Eigentum an Immobilien, die unsere Gerichte berücksichtigen, auch Eigentümer des Mondes, nicht wahr? Mit der Art von Logik, die Juristen lieben, läßt sich daraus ableiten, daß die verschiedenen Eigentümer dieses Gürtels Rechtstitel – gute, verkäufliche Rechtstitel – an dem Mond haben. Die Tatsache, daß die Aufteilung des Titels ein bißchen vage ist, würde Rechtsanwälte nicht stören. Sie werden jedes Mal, wenn ein Testament eröffnet wird, fett an solchen Aufteilungen.«

»Es ist phantastisch!«

»George, wann wirst du lernen, daß ›phantastisch‹ ein Begriff ist, um den sich ein Rechtsanwalt nicht kümmert?«

»Du planst doch nicht etwa, die ganze tropische Zone aufzukaufen – denn das würdest du tun müssen.«

»Nein«, antwortete Harriman langsam, »aber es wäre vielleicht keine schlechte Idee, von jedem der souveränen Staaten auf diesem Gürtel Rechte, Titel und Anteile am Mond zu kaufen. Wenn es möglich wäre, das geheimzuhalten und den Markt nicht zu ruinieren, würde ich es versuchen. Du kannst eine Sache schrecklich billig bekommen, wenn der Eigentümer sie für wertlos hält und sie losschlagen will, bevor du wieder zur Vernunft kommst. Aber ich habe einen anderen Plan«, fuhr er fort. »George, ich möchte, daß in jedem einzelnen dieser Länder Aktiengesellschaften nach dortigem Recht gegründet werden. Die Gesetzgeber dieser Länder sollen der jeweiligen Firma Konzessionen für die Erkundung, Ausbeutung et cetera des Mondes erteilen, dazu das Recht, die Oberfläche des Mondes im Namen des Landes in Besitz zu nehmen – und natürlich wird der patriotischen Firma, die auf diese Idee gekommen ist, das unbeschränkte Eigentumsrecht auf einem silbernen Teller überreicht. Und ich möchte, daß das in aller Stille geschieht, damit die Bestechungssummen nicht zu hoch werden. Selbstverständlich werden wir Eigentümer der Aktiengesellschaften sein, und das ist der Grund, warum ich eine Herde von dressierten Seehunden brauche. Irgendwann wird es zu einem heftigen Streit über die Frage kommen, wem der Mond gehört. Ich möchte dann die Karten schon so gemischt haben, daß wir gewinnen, ganz gleich, wie sie ausgeteilt werden.«

»Das wird gräßlich teuer werden, Delos. Und du weißt nicht einmal, ob du jemals zum Mond gelangen wirst, ganz zu schweigen davon, ob es sich lohnt, wenn du hingelangst.«

»Wir werden den Mond erreichen! Es wird teurer kommen, diese Rechte nicht zu erwerben. Jedenfalls braucht es nicht sehr teuer zu werden. Der richtige Einsatz von Bestechungen ist eine homöopathische Kunst – man benutzt sie als Katalysator. Mitte des vorigen Jahrhunderts zogen vier Männer mit vierzig Dollar von Kalifornien nach Washington; das war alles, was sie hatten. Ein paar Wochen später waren sie pleite – aber der Kongreß hatte ihnen Rechte zum Bau von Eisenbahnlinien verliehen, die eine Milliarde Dollar wert waren. Der Trick ist, man darf den Markt nicht aufmerksam machen.«

Strong schüttelte den Kopf. »Dein Titel wäre auf keinen Fall etwas wert. Der Mond bleibt nicht an einem Ort, er zieht *über* das irgendwem gehörende Land hinweg. Und das tut auch eine Wildgans.«

»Und niemand hat einen Rechtstitel an einer Wildgans. Ich weiß, was du meinst – aber der Mond bleibt *immer* über diesem Gürtel. Wenn du einen Felsblock in deinem Garten versetzt, verlierst du dann den Anspruch darauf? Ist er immer noch eine Immobilie? Das ist wie bei der Reihe von Prozessen über die wandernden Inseln im Mississippi, George. Das Land verändert sich, wenn der Fluß neue Rinnen hineinschneidet, *aber irgendwem gehört es immer.* In diesem Fall werde ich dafür sorgen, daß wir der ›Irgendwer‹ sind.«

Strong runzelte die Stirn. »Ich erinnere mich, daß von

diesen Insel-und-Uferanlieger-Prozessen einige so und andere anders ausgegangen sind.«

»Wir werden uns die Entscheidungen heraussuchen, die uns passen. Aus dem Grund besitzen Rechtsanwaltsgattinnen Nerzmäntel. Los, George, an die Arbeit!«

»Was für eine?«

»Das Geld aufzutreiben.«

»Oh.« Strong atmete erleichtert auf. »Ich dachte schon, du hättest vor, *unser* Geld zu nehmen.«

»Habe ich auch vor. Aber es wird bei weitem nicht reichen. Mit unserm Geld werden wir die Dinge erst einmal in Gang bringen, und inzwischen müssen wir uns allerhand einfallen lassen, daß weiterhin Geld hereinrollt.« Er drückte einen Knopf an seinem Schreibtisch. Das Gesicht von Saul Kamens, dem Firmenanwalt, erschien auf dem Bildschirm. »He, Saul, können Sie zu einem Palaver herüberkommen?«

»Um was es sich auch handelt, sagen Sie ›nein‹«, antwortete der Anwalt. »Ich regele das schon.«

»Gut. Jetzt kommen Sie – die Hölle hat Ausverkauf, und ich habe eine Option auf die ersten zehn Wagenladungen.«

Kamens kam, sobald es ihm paßte. Einige Minuten später hatte Harriman ihm seine Idee erklärt, wie er sich das Recht auf den Mond sichern wollte, bevor er den Fuß darauf setzte. »Abgesehen von diesen Scheinfirmen«, fuhr er fort, »brauchen wir eine Stelle, die Spenden entgegennehmen kann, ohne finanzielle Interessen seitens des Spenders zugeben zu müssen – so wie die National Geographic Society.«

Kamens schüttelte den Kopf. »Sie können die National Geographic Society nicht kaufen.«

»Verdammt noch mal, wer hat das gesagt? Wir werden unsere eigene Gesellschaft gründen.«

»Das wollte ich gerade vorschlagen.«

»Gut. Wie ich es sehe, brauchen wir mindestens *eine* steuerfreie, nicht nach Gewinn strebende Gesellschaft, an deren Spitze die richtigen Leute stehen – natürlich werden wir das Prinzip der Kontrolle durch Abstimmung beibehalten. Wahrscheinlich wird mehr als eine nötig sein; wir werden sie den Erfordernissen entsprechend nach und nach gründen. Und wir müssen mindestens eine neue normale Gesellschaft haben, die *nicht* steuerfrei ist – aber sie wird keinen Gewinn ausweisen, bis wir soweit sind. Meine Absicht ist, daß die gemeinnützigen Gesellschaften alles an Prestige und Publicity bekommen – und die anderen alles an Profit, wenn und falls. Wir tauschen Aktiva zwischen den Firmen aus, immer aus guten Gründen, so daß die gemeinnützigen Gesellschaften im Laufe der Zeit die Ausgaben bezahlen. Dabei fällt mir ein, mindestens zwei normale Gesellschaften wären besser, damit wir eine davon in Konkurs gehen lassen können, wenn wir es für notwendig halten, Ballast abzuwerfen. Das sind die allgemeinen Umrisse. Machen Sie sich an die Arbeit! Drehen Sie alles so, daß es legal ist, ja?«

Kamens meinte: »Wissen Sie, Delos, es wäre viel ehrlicher, wenn Sie sich das Geld mit einem Revolver in der Hand beschaffen würden.«

»Ein Rechtsanwalt spricht mir von Ehrlichkeit! Aber keine Bange, Saul. Im Grunde werde ich niemanden betrügen . . .«

»Hmmph!«

»Ich will nur zum Mond fliegen. Dafür werden sie alle bezahlen, und das werden sie für ihr Geld bekommen. Jetzt seien Sie ein braver Junge und kümmern Sie sich um die juristische Angelegenheit!«

»Ich muß da an etwas denken, das der Anwalt von Vanderbilt senior zu dem alten Mann unter ähnlichen Umständen sagte. ›Es ist schön, so, wie es ist; warum sollen wir es verderben, indem wir es legal machen?‹ Okay, Bruder Ganeff, ich werde Ihre Falle aufstellen. Sonst noch etwas?«

»Ja. Bleiben Sie hier, Sie könnten ein paar Ideen haben. George, bitte Montgomery hereinzukommen, willst du?« Montgomery, Harrimans Publicity-Chef, hatte in den Augen seines Arbeitgebers zwei Tugenden: Er verhielt sich Harriman gegenüber loyal, und er war durchaus fähig, einen Werbefeldzug zu planen, um die Leute zu überzeugen, daß Lady Godiva bei ihrem berühmten Ritt einen Strumpfhaltergürtel Marke *Caresse* getragen habe ... oder daß Herkules seine Kraft den Frühstücksflocken zuschrieb, die er zu essen pflegte.

Montgomery kam mit einer großen Mappe unter dem Arm an. »Ich bin froh, daß Sie mich gerufen haben, Chef. Sehen Sie sich das einmal an ...« Er öffnete die Mappe auf Harrimans Schreibtisch und begann, Zeichnungen und Layouts auszubreiten. »Kinskys Arbeit – der Junge hat was los!«

Harriman klappte die Mappe zu. »Für welche Firma ist das?«

»Hä? Für New World Homes.«

»Das will ich mir nicht ansehen; wir stoßen New World Homes ab. Warten Sie – fangen Sie nicht gleich an zu heulen! Lassen Sie die Jungens das fertigmachen; ich möchte den Preis hochhalten, solange die Sache noch nicht perfekt ist. Aber knöpfen Sie die Ohren für eine andere Sache auf.« Er erklärte schnell, worum es sich bei dem neuen Unternehmen handelte.

Montgomery nickte. »Wann fangen wir an? Wieviel geben wir aus?«

»Sofort, und Sie geben aus, was notwendig ist. Werden Sie nicht ängstlich wegen der Kosten. Das ist die größte Sache, die wir je in Angriff genommen haben.« Strong zuckte zusammen; Harriman fuhr fort: »Verbringen Sie heute eine schlaflose Nacht damit. Kommen Sie morgen zu mir, und wir besprechen es.«

»Eine Sekunde, Chef. Wie wollen Sie alle diese Konzessionen von den ... ah ... Mondstaaten, diesen Ländern, über die der Mond hinwegzieht, unter Dach und Fach bringen, wenn gleichzeitig eine riesige Werbekampagne für einen Flug zum Mond läuft und den Leuten versichert, daß das eine große Sache für alle ist? Schneiden Sie sich damit nicht ins eigene Fleisch?«

»Sehe ich so dumm aus? Wir besorgen uns die Konzessionen, *bevor* Sie auch nur eine als Füller geeignete Notiz hinausgeben – *Sie* besorgen sie, Sie und Kamens. Das ist Ihre erste Aufgabe.«

»Hmmm ...« Montgomery kaute am Daumennagel. »Na gut – ich sehe ein paar Ansatzpunkte. Wieviel Zeit haben wir?«

»Ich gebe Ihnen sechs Wochen. Sind Sie bis dahin nicht fertig, schicken Sie Ihre Kündigung ein, geschrieben auf die Haut Ihres Rückens.«

»Ich werde sie jetzt gleich schreiben, wenn Sie mir helfen, indem Sie einen Spiegel halten.«

»Verdammt, Monty, ich weiß, daß Sie es in sechs Wochen nicht schaffen können. Aber setzen Sie Dampf dahinter! Wir können die Sache nicht anlaufen lassen, solange Sie diese Konzessionen nicht haben. Trödeln Sie, werden wir alle verhungern – und zum Mond kommen wir dann auch nicht.«

Strong sagte: »D.D., wozu soll dieses ganze Theater mit Scheinansprüchen von einem Haufen mottenzerfressener Tropenländer gut sein? Wenn du fest entschlossen bist, zum Mond zu fliegen, können wir doch Ferguson hereinrufen und ihn mit dem Bau eines Schiffes beauftragen.«

»Ich liebe deine direkte Art, George«, antwortete Harriman stirnrunzelnd. »Hmmm ... im Jahr 1845 oder 46 nahm ein übereifriger Offizier der amerikanischen Armee Kalifornien in Besitz. Weißt du, was das State Department getan hat?«

»Nein.«

»Sie befahlen ihm, es zurückzugeben. Anscheinend hatte er sich zuvor nicht mit der zuständigen Stelle in Verbindung gesetzt oder etwas in der Art. Deshalb mußte man sich ein paar Monate später die Mühe machen, Kalifornien noch einmal zu erobern. Ich will nicht, daß uns so etwas passiert. Es langt nicht, den Fuß auf den Mond zu setzen und ihn in Besitz zu nehmen. Wir müssen diesen Anspruch vor Gerichten der Erde bestätigen lassen – oder wir werden uns eine Menge Ärger einhandeln. Stimmt's, Saul?«

Kamens nickte. »Denken Sie daran, wie es Kolumbus ergangen ist.«

»Genau. Wir werden uns nicht so aufs Kreuz legen lassen.«

Montgomery spuckte ein Stück Daumennagel aus. »Aber, Chef – Sie wissen verdammt gut, daß diese Ansprüche von den Bananenrepubliken keine zwei Cents mehr wert sind, wenn ich sie einmal in der Hand habe. Warum holen wir uns keine Konzession direkt von den Vereinten Nationen, und damit basta? Ich würde mich lieber mit denen herumschlagen als mit zwei Dutzend schieläugigen gesetzgebenden Körperschaften. Ich hätte da gleich eine Idee: Wir bringen es vor den Sicherheitsrat und ...«

»Arbeiten Sie diese Idee weiter aus! Wir werden sie später verwenden. Sie haben noch nicht ganz begriffen, wie der Plan funktioniert, Monty. Natürlich sind diese Ansprüche nichts wert – außer als Störung. Aber ihr Störwert hat ausschlaggebende Bedeutung. Hören Sie zu! Wenn wir den Flug zum Mond einmal durchgeführt haben oder kurz davorstehen, wird jedes einzelne dieser Länder großes Geschrei erheben, dazu bringen wir sie durch die Scheinfirmen, denen sie Konzessionen erteilt haben. Wo schreien sie? Vor den Vereinten Nationen natürlich. Nun liegen alle großen Staaten dieser Erde, die reichen und wichtigen, in der nördlichen gemäßigten Zone. Sie hören, mit welcher Begründung die Ansprüche erhoben werden, und sehen in wilder Hast auf dem Globus nach. Tatsächlich, der Mond zieht über *keinen* von ihnen hinweg. Das größte Land von allen – Rußland – besitzt keinen Spaten voll Dreck südlich des nördlichen 29. Breitengrades. Deshalb erklären die Russen alle Ansprüche für unberechtigt.

Kommen Sie damit durch?« fuhr Harriman fort. »Die USA stellen sich gegen sie. *Der Mond überquert Florida und den südlichen Teil von Texas.* In Washington herrscht helle Aufregung. Soll man den tropischen Ländern Rückendeckung geben und die traditionelle Theorie über das Eigentum an Grund und Boden unterstützen, oder soll man sich mit seinem ganzen Gewicht dafür einsetzen, daß der Mond allen gehört? Oder sollen die USA Anspruch auf den ganzen Mond erheben, da ja schließlich Amerikaner als erste dort gelandet sind?

An dieser Stelle kriechen wir aus unserer Deckung hervor. Es sieht ganz so aus, als sei das Mondschiff Eigentum einer gemeinnützigen Gesellschaft, die alle Kosten getragen hat. Sie wurde von den Vereinten Nationen gegründet ...«.

»Nicht so schnell«, unterbrach Strong. »Ich wußte nicht, daß die Vereinten Nationen Firmen gründen können.«

»Du wirst feststellen, daß sie es können«, antwortete sein Partner. »Wie ist es, Saul?« Kamens nickte. »Jedenfalls habe ich die Gesellschaft bereits«, erklärte Harriman. »Ich habe sie vor mehreren Jahren ins Leben gerufen. Sie darf fast alles, was pädagogischer oder wissenschaftlicher Natur ist – und, Junge, Junge, das ist ein weites Feld! Zurück zum Thema – diese Gesellschaft, diese Schöpfung der Vereinten Nationen, bittet ihre Schöpfer, die Mondkolonie zum autonomen Territorium unter dem Schutz der Vereinten Nationen zu erklären. Wir werden nicht gleich Vollmitgliedschaft beantragen, weil wir eine einfache Sache nicht komplizieren wollen ...«

»Einfach nennt er das!« bemerkte Montgomery.

»Einfach. Diese neue Kolonie wird *de facto* ein souveräner Staat sein, der Anspruch auf den ganzen Mond hat und – hören Sie genau zu! – berechtigt ist, zu kaufen, zu verkaufen, Gesetze zu erlassen, Grundstücke zu vergeben, Monopole zu errichten, Steuern zu erheben und so weiter ohne Ende. *Und uns gehört der Mond!*

Das alles bekommen wir, weil die wichtigeren Staaten bei den Vereinten Nationen nicht fähig sind, Ansprüche vorzubringen, die so legal klingen wie die der tropischen Länder. Sie können sich untereinander nicht einigen, wie sie die Beute aufteilen sollen, wenn sie brutale Gewalt anwenden, und die anderen wichtigeren Staaten wollen nicht zusehen, wie sich die USA das ganze Ding unter den Nagel reißen. Deshalb werden sie den leichtesten Weg aus dem Dilemma wählen, indem sie, wie sie meinen, den Rechtstitel bei den Vereinten Nationen behalten. Der wirkliche Rechtstitel, der alle wirtschaftlichen und juristischen Angelegenheiten kontrolliert, kehrt zu uns zurück. Verstehen Sie jetzt, Monty?«

Montgomery grinste. »Verdammt will ich sein, wenn ich weiß, ob das notwendig ist, Chef, aber es gefällt mir. Das ist köstlich.«

»Also, ich finde das nicht«, brummte Strong. »Delos, ich habe gesehen, wie du komplizierte Geschäfte zustandegebracht hast – und manche davon waren so heimtückisch, daß es sogar mir den Magen umgedreht hat –, aber das hier ist das bisher schlimmste. Ich glaube, du hast dich von deinem Vergnügen am Ausdenken verwickelter Unternehmungen, bei denen irgendwer hereingelegt wird, fortreißen lassen.«

Harriman paffte heftig an seiner Zigarre, bevor er antwortete. »Das ist mir verflucht gleichgültig, George. Nenne es Heimtücke, nenne es, was du willst. *Ich fliege zum Mond!* Und wenn ich eine Million Menschen manipulieren muß, um das zu erreichen, werde ich es tun.«

»Aber es ist nicht notwendig, es auf diese Weise zu tun.«

»Wie würdest du es denn anfangen?«

»Ich? Ich würde eine ganz normale Aktiengesellschaft gründen. Ich würde eine Resolution im Kongreß einbringen, die meine Gesellschaft zum erwählten Instrument der USA machte ...«

»Bestechung?«

»Nicht unbedingt. Einfluß und Druck sollten genügen. Dann würde ich mich daranmachen, das Geld aufzubringen, und der Flug könnte stattfinden.«

»Und den USA würde dann der Mond gehören?«

»Natürlich«, antwortete Strong ein bißchen steif.

Harriman stand auf und begann, im Zimmer umherzuwandern. »Du verstehst es nicht, George, du verstehst es nicht. Ich will nicht, daß der Mond einem einzigen Land gehört, selbst wenn es die USA wären.«

»Du willst, daß er *dir* gehört, nehme ich an.«

»Nun, wenn er mir gehört – für kurze Zeit –, werde ich ihn nicht mißbrauchen und aufpassen, daß auch andere es nicht tun. Verdammt, der Nationalismus sollte an der Stratosphäre aufhören. Kannst du dir vorstellen, was geschehen würde, wenn die USA Anspruch auf den

Mond erhöben? Die anderen Staaten würden den Anspruch nicht anerkennen. Der Mond würde zum ständigen Zankapfel im Sicherheitsrat – und gerade sind wir soweit gekommen, daß ein Mann Geschäfte für die Zukunft planen kann, ohne daß ihn alle paar Jahre ein Krieg aus dem Konzept bringt. Die anderen Staaten werden sich vor den USA zu Tode fürchten, und das mit Recht. Sie werden jede Nacht zum Himmel aufschauen, und die Hauptraketenbasis der USA wird auf sie zurückstarren. Werden sie sich das stillschweigend gefallen lassen? Nein, Sir – sie werden versuchen, sich für ihre eigenen nationalen Zwecke ein Stück vom Mond abzuschneiden. Der Mond ist zu groß, als daß man ihn gleich zu Anfang halten könnte. Es werden andere Raketenbasen errichtet werden. Schließlich wird der gottverdammteste Krieg ausbrechen, den dieser Planet je gesehen hat – und wir wären daran schuld.

Nein, die Sache muß so arrangiert werden, daß alle zufrieden sind – und deshalb müssen wir sie planen, müssen an alle Gesichtspunkte denken und mit List vorgehen, bis wir sicher sind, daß sie funktioniert.

Auf jeden Fall, George, wenn wir den Mond im Namen der USA verlangen, weißt du, wo wir als Geschäftsleute dann sein werden?«

»Auf dem Fahrersitz«, antwortete Strong.

»Von wegen! Wir wären aus dem Spiel. Das Verteidigungsministerium wird sagen: ›Danke, Mr. Harriman. Danke, Mr. Strong. Wir übernehmen im Interesse der nationalen Sicherheit; Sie können jetzt nach Hause gehen.‹ Und etwas anderes würde uns gar nicht übrigbleiben. Wir könnten nach Hause gehen und auf den nächsten Atomkrieg warten.

Das werde ich nicht tun, George. Ich werde nicht zulassen, daß das Militär die Sache in die Hand nimmt. Ich werde eine Mondkolonie gründen und sie hochpäppeln, bis sie groß genug ist, um auf eigenen Füßen zu stehen. Ich sage dir – und ich sage Ihnen allen! –, dies ist für die Menschheit der wichtigste Schritt seit der Entdeckung des Feuers. Richtig durchgeführt, kann es eine neue und bessere Welt bedeuten. Falsch durchgeführt, wird es eine Fahrkarte nach Harmageddon. Der Mond wird erreicht, er wird bald erreicht, ob wir etwas dazutun oder nicht. Aber ich beabsichtige, selbst der Mann im Mond zu werden – und dafür zu sorgen, daß es richtig gemacht wird.«

Er hielt inne. Strong fragte: »Bist du fertig mit deiner Predigt, Delos?«

»Nein, das bin ich nicht«, erwiderte Harriman gereizt. »Du siehst das nicht auf die richtige Weise. Weißt du, was wir da oben finden könnten?« Er schwang den Arm im Bogen zur Decke. *»Intelligenz!«*

»Auf dem *Mond?«* sagte Kamens.

»Warum nicht auf dem Mond?« flüsterte Montgomery in Strongs Ohr.

»Nein, nicht auf dem Mond – zumindest würde ich mich sehr wundern, wenn wir ein Loch grüben und jemanden unter der luftlosen Hülle fänden. Der Mond hat seine Zeit gehabt. Ich habe von Leben auf anderen Planeten gesprochen – auf Mars und Venus und den Jupiter-Satelliten. Vielleicht sogar draußen zwischen den Sternen. Angenommen, wir finden Intelligenz. Stellen Sie sich vor, was das für uns bedeuten würde. Wir sind allein gewesen, ganz allein, die einzige intelligente Rasse auf der einzigen Welt, die wir kennen. Wir konnten nicht einmal mit Hunden oder Affen sprechen. Alle Antworten, die wir bekamen, mußten wir uns selbst geben wie verlassene Waisen. Aber angenommen, wir finden intelligente Wesen, die auf ihre eigene Art einige Denkarbeit geleistet haben. *Wir wären nicht länger allein!* Wir könnten zu den Sternen hinaufschauen und brauchten uns nie mehr zu fürchten.«

Als er jetzt schwieg, wirkte er ein bißchen müde und sogar ein bißchen verlegen über seinen Ausbruch, wie ein Mann, den man bei einer privaten Handlung überrascht hat. Er stand vor ihnen und forschte in ihren Gesichtern.

»Phantastisch, Chef«, sagte Montgomery, »das kann ich brauchen. Darf ich?«

»Glauben Sie, daß Sie sich alles haben merken können?«

»Brauchte mir nichts zu merken – ich habe Ihren ›Stummen Stenographen‹ angestellt.«

»Da soll mich doch dieser und jener!«

»Wir werden es auf Video aufnehmen – in einer Spielszene, denke ich.«

Harriman lächelte beinahe jungenhaft. »Ich habe noch nie Theater gespielt, aber wenn Sie meinen, es könnte nützen, mache ich mit.«

»O nein, Sie nicht, Chef«, antwortete Montgomery entsetzt. »Sie sind nicht der Typ. Wahrscheinlich werde ich Basil Wilkes-Booth nehmen. Mit seiner orgelgleichen Stimme und diesem schönen Erzengelgesicht wird er das rüberbekommen.«

Harriman warf einen Blick nach unten auf seine Bauchwölbung und sagte mürrisch: »Okay – weiter im Text! Der nächste Punkt ist das Geld. Anfangs können wir um Spenden für eine der gemeinnützigen Gesellschaften werben, wie man das bei Stiftungen für ein College macht. Wir werden uns an die oberen Zehntausend wenden, bei denen Absetzungen von der Steuer wirklich eine Rolle spielen. Was meinen Sie, wieviel können wir auf diese Weise zusammenbekommen?«

»Sehr wenig«, sagte Strong. »Diese Kuh ist so ungefähr trockengemolken.«

»Sie kann gar nicht trockengemolken werden, solange es reiche Männer gibt, die lieber Geschenke machen als Steuern entrichten. Wieviel wird ein Mann zahlen, damit ein Krater auf dem Mond nach ihm benannt wird?«

»Ich dachte, sie hätten alle schon Namen?« bemerkte der Rechtsanwalt.

»Viele noch nicht – und wir haben die ganze unberührte Rückseite. Wir wollen heute nicht versuchen, den Betrag zu schätzen. Wir notieren den Punkt einfach. Monty, ich brauche eine Idee, wie man Groschen aus Schulkindern herausquetschen kann. Vierzig Millionen Schulkinder mit einem Groschen pro Kopf sind 4.000.000,00 – das können wir brauchen.«

»Warum bei einem Groschen haltmachen?« fragte Monty. »Wenn man das Interesse eines Kindes richtig zu wecken versteht, kratzt es auch einen Dollar zusammen.«

»Ja, aber was bieten wir ihm dafür? Abgesehen von der Ehre, an einem edlen Wagestück teilzuhaben und so weiter?«

»Hmmm ...« Montgomery verbrauchte noch mehr Daumennagel. »Warum nicht sowohl nach den Groschen als auch nach den Dollars streben? Für einen Groschen bekommt ein Junge eine Karte, auf der steht, daß er Mitglied des Mondstrahl-Clubs ist ...«

»Nein, der Junior-Weltraumfahrer.«

»Okay, der Mondstrahl-Club ist für die Mädchen – und wir dürfen nicht vergessen, die Pfadfinder und Pfadfinderinnen dafür einzufangen. Wir geben jedem Jungen eine Karte, und wenn er einen weiteren Groschen einzahlt, lochen wir sie. Sobald er einen Dollar erreicht hat, bekommt er ein Zertifikat, das sich eingerahmt gut macht, mit seinem Namen und photomechanisch reproduzierten Gravierungen, und auf der Rückseite ein Bild vom Mond.«

»Auf der *Vorderseite«*, verbesserte Harriman. »Lassen Sie es in einem Arbeitsgang drucken, das ist billiger, und es wird besser aussehen. Wir geben ihm auch noch etwas anderes, eine felsenfeste Garantie, daß sein Name auf der Rolle der Junior-Pioniere des Mondes stehen wird, und diese Rolle wird in ein Denkmal gelegt, das wir am Landeplatz des ersten Mondschiffes errichten – auf Mikrofilm natürlich, wir müssen an das Gewicht denken.«

»Großartig!« jubelte Montgomery. »Wollen Sie den Posten mit mir tauschen, Chef? Wenn er zehn Dollar eingezahlt hat, geben wir ihm eine echt goldplattierte Anstecknadel mit einer Sternschnuppe, und er ist dann Senior-Pionier mit Stimmrecht oder sonst etwas. Und sein Name kommt *außen* auf das Denkmal – in Mikrogravierung oder auf einem Platinstreifen.«

Strong sah aus, als habe er in eine Zitrone gebissen. »Was geschieht, wenn er hundert Dollar erreicht?« fragte er.

»Also dann«, antwortete Montgomery strahlend, »dann geben wir ihm eine neue Karte, und er kann von vorn anfangen. Machen Sie sich darüber keine Sorgen, Mr. Strong – wenn ein Junge so hoch kommt, wird er seine Belohnung erhalten. Zum Beispiel können wir ihn zu einer Besichtigung des Schiffes vor dem Start einladen und ihn, ganz kostenlos, vor dem Schiff fotografieren. Unten auf das Bild wird dann irgendeine Schreibkraft die eigenhändige Unterschrift des Piloten setzen.«

»Sie wollen also Kinder begaunern. Bah!«

»Durchaus nicht«, erklärte Montgomery gekränkt. »Immaterielle Vermögenswerte sind die ehrlichste Ware, die man verkaufen kann. Sie sind immer das wert, was man bereit ist, für sie zu zahlen, und sie nutzen sich nie ab. Man kann sie frisch wie eh und je mit ins Grab nehmen.«

»Hummph!«

Harriman hörte dem lächelnd und schweigend zu. Kamens räusperte sich. »Wenn ihr beiden Ghouls damit fertig seid, die Jugend des Landes zu verschlingen, hätte ich noch eine Idee.«

»Heraus damit!«

»George, Sie sammeln Briefmarken, nicht wahr?«

»Ja.«

»Was wäre ein Umschlag wert, der auf dem Mond gewesen und dort abgestempelt worden ist?«

»Hä? Das läßt sich doch gar nicht durchführen!«

»Ich glaube, es dürfte nicht allzu schwierig sein, unser Mondschiff zur offiziellen Postnebenstelle erklären zu lassen. Was wären die Umschläge wert?«

»Hm, das hängt davon ab, wie selten sie sind.«

»Es muß eine optimale Anzahl geben, die den maximalen Erlös erzielt. Könnten Sie das schätzen?«

In Strongs Augen trat ein geistesabwesender Ausdruck. Dann brachte er einen altmodischen Bleistift zum Vorschein und begann zu rechnen. Harriman sagte: »Saul, mein kleiner Erfolg, daß ich Jones einen Anteil am Mond abgekauft habe, ist mir zu Kopf gestiegen. Könnten wir nicht Baugrundstücke auf dem Mond verkaufen?«

»Lassen Sie uns ernsthaft bleiben, Delos. Das können Sie nicht tun, solange Sie nicht dort gelandet sind.«

»Ich bin ernsthaft. Ich weiß, Sie denken an dieses Gesetz aus den Vierzigerjahren, daß solches Land abgesteckt und genau beschrieben werden muß. Ich will Land auf dem Mond verkaufen. Sie denken sich einen Weg aus, wie das legal zu machen ist. Ich werde den ganzen Mond verkaufen, wenn ich kann – Rechte für den Tage- und Grubenbau und so weiter.«

»Angenommen, die Käufer wollen sich auf dem Land niederlassen?«

»Fein. Je mehr, desto lustiger wird es. Ich würde auch darauf hinweisen, daß wir in der Lage sein werden, Steuern auf das, was wir verkauft haben, zu erheben. Wenn sie das Land nicht nutzen und keine Steuern zahlen, fällt es an uns zurück. Jetzt denken Sie sich aus, wie wir es anbieten können, ohne ins Gefängnis zu kommen. Vielleicht müssen Sie im Ausland dafür werben und dann hier persönlich hausieren gehen wie bei den Losen für die irischen Sweepstake-Rennen.«

Kamens blickte nachdenklich drein. »Wir könnten die Immobilienfirma in Panama benutzen und von Mexiko aus mit Video und Rundfunk werben. Glauben Sie wirklich, daß Sie Mondgrundstücke verkaufen können?«

»Man kann Schneebälle in Grönland verkaufen«, fiel Montgomery ein. »Das ist nur eine Sache der Promotion.«

Harriman ergänzte: »Haben Sie schon einmal etwas über den Land-Boom in Florida gelesen, Saul? Die Leute kauften Grundstücke und verkauften sie zum dreifachen Preis weiter, ohne sie je gesehen zu haben. Manchmal ging eine Parzelle durch ein Dutzend Hände, bevor jemand herausfand, daß sie zehn Fuß unter Wasser lag. Wir haben etwas Besseres anzubieten: Einen Morgen, einen garantiert trockenen Morgen mit viel Sonnenschein für vielleicht zehn Dollar – oder tausend Morgen für einen Dollar pro Morgen. Wer könnte da schon nein sagen? Bestimmt dann nicht mehr, wenn sich das Gerücht verbreitet hat, der Mond sei gestopft voll mit Uran!«

»Ist das wahr?«

»Woher soll ich das wissen? Wenn der Boom ein bißchen abflaut, werden wir den für Luna City ausgewählten Standort bekanntgeben – und zufällig wird das Land ringsherum noch nicht verkauft sein. Keine Bange, Saul, wenn es sich um Immobilien handelt, bringen George und ich sie an den Mann. Unten in den Ozarks, wo das Land hochkant steht, pflegten wir von ein und demselben Morgen beide Seiten zu verkaufen.« Harriman überlegte. »Ich glaube, die Schürfrechte werden wir uns vorbehalten – es könnte dort tatsächlich Uran geben!«

Kamens lachte. »Delos, im Herzen sind Sie ein Kind. Ein großer, liebenswerter – jugendlicher Krimineller.«

Strong blickte auf. »Ich komme auf eine halbe Million«, verkündete er.

»Eine halbe Million was?« fragte Harriman.

»Für die abgestempelten philatelistischen Umschläge natürlich. Darüber haben wir doch gerade gesprochen. Fünftausend ist meiner Schätzung nach die optimale Anzahl, die man bei Händlern und ernsthaften Sammlern unterbringen könnte. Selbst dann werden wir sie mit Rabatt an ein Konsortium geben und zurückhalten müssen, bis das Schiff gebaut ist und der Flug als wahrscheinlich gilt.«

»Okay«, stimmte Harriman zu. »Mach du was! Ich werde mir nur notieren, daß wir gegen Ende des Unternehmens von dir eine zusätzliche halbe Million zu erwarten haben.«

»Bekomme ich keine Provision?« fragte Kamens. »Mir ist es eingefallen.«

»Sie bekommen eine Dankadresse – und zehn Morgen Land auf dem Mond. Welche Einkommensquellen können wir sonst noch sprudeln lassen?«

»Wollen Sie keine Aktien verkaufen?« erkundigte sich Kamens.

»Darauf wollte ich noch kommen. Natürlich – aber keine Vorzugsaktien. Wir wollen ja nicht, daß man uns zu einer Umbildung zwingt. Dividendenberechtigte Aktien ohne Stimmrecht ...«

»Das klingt in meinen Ohren wie eine weitere Bananenrepublik-Firma.«

»Natürlich – aber ich möchte, daß ein Teil an der New Yorker Börse gehandelt wird, und Sie müssen das irgendwie mit der Börsenaufsicht ausarbeiten. Nicht zuviel davon – das ist unser Schaufenster, und der Kurs soll ständig steigen.«

»Soll ich nicht lieber den Hellespont durchschwimmen?«

»Nun seien Sie nicht so, Saul! Es ist doch immer noch besser, als wenn Sie sich Unfallopfer als Mandanten einfangen müßten, oder?«

»Ich bin mir da nicht so sicher.«

»Jedenfalls ist das Ihr Auftrag – Moment!« Der Schirm auf Harrimans Schreibtisch war hell geworden. Ein Mädchen verkündete: »Mr. Harriman, Mr. Dixon ist hier. Er ist nicht angemeldet, aber er sagt, Sie würden ihn bestimmt sprechen wollen.«

»Ich dachte, ich hätte das Ding abgeschaltet«, murmelte Harriman. Dann drückte er seine Taste und antwortete: »Okay, schicken Sie ihn herein!«

»Sehr wohl, Sir – oh, Mr. Harriman, in dieser Sekunde ist Mr. Entenza gekommen.«

»Dann schicken Sie alle beide herein!« Harriman trennte die Verbindung und wandte sich wieder seinen Mitarbeitern zu. »Kneift die Lippen zusammen, Leute, und haltet eure Brieftaschen fest!«

»Hört euch den an!« kommentierte Kamens.

Dixon trat ein, dicht gefolgt von Entenza. Er setzte sich, blickte ringsum, wollte etwas sagen und überlegte es sich anders. Er blickte von neuem ringsum und faßte besonders Entenza ins Auge.

»Machen Sie schon, Dan!« ermutigte Harriman ihn. »Hier ist niemand außer uns jungen Leuten.«

Dixon faßte sich ein Herz. »Ich habe mich entschlossen, Sie zu unterstützen, D. D.«, verkündete er. »Um Ihnen meine Loyalität zu beweisen, habe ich mir die Mühe gemacht, das hier zu besorgen.« Er zog eine offiziell wirkende Urkunde aus der Tasche und zeigte sie vor.

Es war der Verkauf lunarer Rechte von Phineas Morgan an Dixon, genauso formuliert wie der Vertrag, den Jones mit Harriman abgeschlossen hatte.

Entenza war offensichtlich verblüfft. Dann fuhr er mit der Hand in die Innentasche seines Mantels. Zum Vorschein kamen drei weitere Kaufverträge der gleichen Sorte, jeder von einem Direktor des Energie-Syndikats. Harriman hob eine Augenbraue. »Jack hält mit und erhöht den Einsatz um zwei, Dan. Wollen Sie die Karten auf den Tisch haben?«

Dixon lächelte verlegen. »Ich kann gerade eben noch mithalten.« Er legte zwei weitere Kaufverträge hin, grinste und bot Entenza die Hand.

»Sieht aus wie ein Patt.« Harriman hielt es für besser, nichts von den sieben fernmündlich abgeschlossenen Verträgen zu sagen, die in seinem Schreibtisch ruhten. Nachdem er am Abend zuvor ins Bett gegangen war, hatte er beinahe bis Mitternacht noch eifrig telefoniert. »Jack, wieviel haben Sie für diese Dinger bezahlt?«

»Standish hat mir tausend abgeknöpft; die anderen waren billiger.«

»Verdammt noch mal, ich hatte Sie gewarnt, den Preis nicht in die Höhe zu treiben. Standish wird quatschen. Wie steht es bei Ihnen, Dan?«

»Ich habe sie zu zufriedenstellenden Preisen bekommen.«

»Sie wollen nicht reden, wie? Macht nichts – Gentlemen, wie ernst ist es Ihnen damit? Wieviel Geld haben Sie zusätzlich mitgebracht?«

Entenza sah Dixon an, der antwortete: »Wieviel wird es kosten?«

»Wieviel können Sie aufbringen?« fragte Harriman zurück.

Dixon zuckte die Achseln. »So kommen wir nicht weiter. Nennen wir Zahlen! Einhunderttausend.«

Harriman rümpfte die Nase. »Ich nehme an, was Sie wirklich wollen, ist die Reservierung eines Platzes in dem ersten fahrplanmäßigen Mondschiff. Ich verkaufe ihn Ihnen zu diesem Preis.«

»Hören wir auf mit dem Geplänkel, Delos! Wieviel?«

Harrimans Gesicht blieb ganz ruhig, aber er dachte heftig nach. Es mangelte ihm an Informationen – über die Kosten hatte er bisher noch nicht einmal mit seinem Chefingenieur gesprochen. Verdammt! Warum hatte er das Telefon eingeschaltet gelassen? »Dan, wie ich schon sagte, es wird Sie mindestens eine Million Dollar kosten, um bei diesem Spiel auch nur Platz zu nehmen.«

»Das habe ich mir gedacht. Wieviel wird es kosten, bei dem Spiel *dabeizubleiben?*«

»Alles, was Sie haben.«

»Seien Sie nicht albern, Delos. Ich habe mehr als Sie.«

Harriman zündete sich eine Zigarre an, und das war der einzige Hinweis auf seine Erregung. »Ich schlage vor, Sie ziehen mit uns gleich, Dollar für Dollar.«

»Und dafür bekomme ich zwei Anteile?«

»Okay, okay, Sie schießen einen Dollar zu, immer wenn einer von uns es tut. Aber ich behalte die Leitung.«

»Einverstanden«, sagte Dixon. »Ich zahle jetzt eine Million ein und gleiche mich Ihnen von Fall zu Fall an. Sicher haben Sie nichts dagegen einzuwenden, daß ich meinen eigenen Buchprüfer mitbringe.«

»Wann habe ich Sie je betrogen, Dan?«

»Noch nie, und es ist nicht notwendig, daß Sie damit anfangen.«

»Machen Sie das, wie Sie wollen – aber sorgen Sie dafür, daß es ein Mann ist, der den Mund halten kann!«

»Das wird er. Ich verwahre sein Herz in einem Krug in meinem Safe.«

Harriman dachte an die Höhe von Dixons Aktivposten. »Vielleicht lassen wir Sie später einen zweiten Anteil kaufen, Dan. Dieses Unternehmen wird teuer.«

Dixon legte sorgfältig die Fingerspitzen zusammen. »Die Frage werden wir regeln, wenn sie akut geworden ist. Ich halte nichts davon, ein Unternehmen aus Kapitalmangel eingehen zu lassen.«

»Gut.« Harriman wandte sich an Entenza. »Sie haben gehört, was Dan zu sagen hatte, Jack. Sind Ihnen die Bedingungen recht?«

Entenzas Stirn war schweißbedeckt. »So schnell kann ich keine Million aufbringen.«

»Das geht in Ordnung, Jack. Wir brauchen sie nicht gleich heute vormittag. Ihr Ruf ist gut; Sie können sich beim Liquidieren Zeit lassen.«

»Aber Sie sagten, eine Million sei erst der Anfang. Ich kann nicht unbegrenzt nachziehen; Sie müssen eine obere Grenze setzen. Ich habe Rücksicht auf meine Familie zu nehmen.«

»Keine Renten, Jack? Keine Gelder, die in einen unwiderruflichen Fonds eingezahlt sind?«

»Darum geht es nicht. Sie werden in der Position sein, mich hinauszudrücken.«

Harriman wartete, ob Dixon etwas sagen werde. Schließlich erklärte Dixon: »Wir werden Sie nicht hinausdrücken, Jack – solange Sie beweisen können, daß Sie alle Vermögenswerte, die Sie besitzen, flüssig gemacht haben. Dann brauchten Sie nicht weiter zuzuzahlen.«

Harriman nickte. »So ist es, Jack.« Er dachte daran, daß er und Strong die Stimmenmehrheit erhielten, wenn Entenzas Anteil schrumpfte.

Strong mußte sich etwas Ähnliches überlegt haben, denn er ergriff plötzlich das Wort. »Mir gefällt das nicht. Bei gleichen Anteilen kann man sich bei Verhandlungen zu leicht festfahren.«

Dixon zuckte die Achseln. »Das soll mich nicht kümmern. Ich mache mit, weil ich überzeugt bin, Delos wird ein profitables Geschäft daraus machen.«

»Wir werden zum Mond fliegen, Dan!«

»Das habe ich nicht gesagt. Ich setze darauf, daß Sie einen Gewinn erwirtschaften, ob wir den Mond nun erreichen oder nicht. Den gestrigen Abend habe ich damit verbracht, mir die Bilanzen verschiedener Ihrer Firmen anzusehen; sie waren sehr interessant. Ich schlage vor, wir vermeiden jedes zukünftige Festfahren, indem wir dem Direktor – das sind Sie, Delos – das Recht geben, in einem solchen Fall zu entscheiden. Zufrieden, Entenza?«

»Oh, sicher!«

Harriman war beunruhigt, versuchte aber, es sich nicht anmerken zu lassen. Er traute Dixon nicht, wenn er Geschenke brachte. Plötzlich stand er auf. »Ich muß fort, Gentlemen, und überlasse Sie Mr. Strong und Mr. Kamens. Kommen Sie mit, Monty!« Kamens, davon war er überzeugt, würde nichts vorzeitig ausplaudern, nicht einmal vor nominell gleichberechtigten Partnern. Was Strong betraf – George, dachte er, teilte nicht einmal seiner linken Hand mit, wie viele Finger er an der rechten hatte.

Er entließ Montgomery vor dem Privatbüro der Partner, ging den Flur hinunter und betrat einen anderen Raum. Andrew Ferguson, Chef-Ingenieur von Harriman Enterprises, blickte auf. »Hallo, Boß. Mr. Strong hat mir heute morgen eine interessante Idee für einen Lichtschalter mitgeteilt. Anfangs glaubte ich, das sei nicht zu machen, aber ...«

»Setzen Sie einen der Jungens daran, und vergessen Sie es! Sie wissen ja, welche Politik wir jetzt verfolgen.«

»Ich habe Gerüchte gehört«, antwortete Ferguson vorsichtig.

»Werfen Sie den Mann hinaus, der Ihnen das Gerücht erzählt hat. Nein – schicken Sie ihn mit einem Sonderauftrag nach Tibet, und lassen Sie ihn dort, bis wir fertig sind! Doch zur Sache! Ich möchte, daß Sie so schnell wie möglich ein Mondschiff bauen.«

Ferguson warf ein Bein über die Armlehne seines Sessels, nahm ein Taschenmesser und begann, seine Fingernägel zu schneiden. »Sie sagen das, als sei es ein Befehl, einen Abtritt zu bauen.«

»Warum auch nicht? Theoretisch geeignete Treibstoffe gibt es seit 1949. Sie holen ein Team zusammen, das es konstruiert, und die Leute, die es bauen. Sie bauen es – ich zahle die Rechnungen. Was könnte einfacher sein?«

Ferguson betrachtete die Zimmerdecke. »›Geeignete Treibstoffe ...‹«, wiederholte er verträumt.

»So habe ich gesagt. Die Zahlen zeigen, daß Wasserstoff und Sauerstoff genügen, um eine Stufenrakete zum Mond und zurück zu befördern – es ist nur eine Sache der richtigen Konstruktion.«

»›Richtige Konstruktion‹, sagt er«, fuhr Ferguson mit der gleichen leisen Stimme fort. Plötzlich schwang er sich auf seinem Drehstuhl herum, stach das Messer in die narbenübersäte Schreibtischplatte und brüllte: »Was wissen Sie über die richtige Konstruktion? Woher erhalte ich den richtigen Stahl? Was benutze ich als Auskleidung der Brennkammern? Wie, zum Teufel, soll ich genug Tonnen Ihrer verrückten Mischung pro Sekunde verbrennen, ohne daß der ganze Vorrat explodiert? Wie bekomme ich eine anständige Massenratio mit einer Stufenrakete? Warum, zum Teufel, haben Sie mich das Schiff nicht bauen lassen, als wir den Treibstoff hatten?«

Harriman wartete, bis er sich beruhigt hatte. Dann sagte er: »Wie fangen wir's an, Andy?«

»Hmmm ... Ich habe heute nacht im Bett darüber nachgedacht – und meine Alte ist fuchsteufelswild auf Sie; ich mußte die Nacht auf der Couch beenden. Zuerst einmal, Mr. Harriman, müssen wir einen Forschungsetat vom Verteidigungsministerium bekommen. Dann können Sie ...«

»Verdammt, Andy, kümmern Sie sich um die *technischen* Fragen und lassen Sie mich die politische und finanzielle Seite erledigen. Ich will Ihren Rat nicht.«

»Schießen Sie nicht los, ehe der Hahn gespannt ist, Delos! Das *sind* technische Fragen, über die ich rede. Die Regierung besitzt eine Menge von Unterlagen über den Raketenbau – und alle sind geheim. Ohne einen Regierungsauftrag dürfen Sie nicht einmal einen Blick darauf werfen.«

»So wichtig können diese Unterlagen nicht sein. Was hat eine Regierungsrakete einer Skyways-Rakete voraus? Sie haben selbst gesagt, der Raketenbau der Regierung spiele keine Rolle mehr.«

Ferguson sah ihn von oben herab an. »Ich fürchte, das kann ich nicht so erklären, daß es einem Laien verständlich ist. Sie müssen einfach davon ausgehen, daß wir diese Forschungsberichte der Regierung brauchen. Es hat keinen Sinn, Tausende von Dollar für eine Arbeit auszugeben, die bereits getan worden ist.«

»Geben Sie die Tausende aus!«

»Vielleicht Millionen.«

»Geben Sie die Millionen aus! Haben Sie keine Angst vor den Kosten. Andy, ich will das Militär nicht dabeihaben.« Er überlegte, ob er dem Ingenieur die politischen Überlegungen erläutern solle, die hinter seinem Entschluß standen, und entschied sich dagegen. »Brauchen Sie dieses Zeug wirklich so notwendig? Können Sie nicht die gleichen Ergebnisse bekommen, wenn Sie Ingenieure einstellen, die früher für die Regierung gearbeitet haben ... oder sie abwerben, wenn sie noch für sie arbeiten?«

Ferguson schürzte die Lippen. »Wenn Sie darauf bestehen, mich zu behindern, wie können Sie dann erwarten, daß ich zu Ergebnissen komme?«

»Ich behindere Sie nicht. Ich teile Ihnen nur mit, daß dies kein Regierungsprojekt ist. Wenn Sie es unter diesen Bedingungen nicht in Angriff nehmen wollen, sagen Sie es mir, damit ich mir einen anderen suchen kann.«

Ferguson begann, auf seiner Schreibtischplatte Messerwerfen zu spielen. Als er an ›Nasen‹ kam – und danebenwarf – erklärte er ruhig: »Ich erinnere mich an einen Jungen, der in White Sands für die Regierung gearbeitet hat. Er war ein wirklich kluger Kopf – Konstruktionschef der Sektion.«

»Sie meinen also, er würde die Leitung Ihres Teams übernehmen?«

»Das war mein Gedanke dabei.«

»Wie heißt er? Wo steckt er? Für wen arbeitet er jetzt?«

»Nun, als die Regierung White Sands zumachte, hielt ich es für eine Schande, daß ein solcher Junge arbeitslos werden sollte. Deshalb habe ich ihn bei Skyways untergebracht. Er ist draußen an der Küste Chefingenieur der Instandhaltung.«

»Der Instandhaltung? Ist das ein scheußlicher Posten für einen kreativen Mann! Aber jedenfalls arbeitet er jetzt für uns? Holen Sie ihn auf den Schirm! Nein – rufen Sie die Küste an, und lassen Sie ihn in einer Sonderrakete herschicken! Dann gehen wir alle zusammen zum Lunch.«

»Zufällig«, sagte Ferguson, »bin ich heute nacht aufgestanden und habe ihn angerufen – das ist es ja, was meine Alte so verärgert hat. Er wartet draußen. Coster heißt er – Bob Coster.«

Langsam breitete sich ein Grinsen über Harrimans Gesicht aus. »Andy! Sie alter Schurke! Warum haben Sie so getan, als sträubten Sie sich?«

»Ich habe nicht nur so getan. Mir gefällt es hier, Mr. Harriman. Solange Sie sich nicht einmischen, werde ich meine Arbeit tun. Jetzt denke ich es mir so: Wir machen den jungen Coster zum Chefingenieur des Projekts und geben ihm freie Hand. Ich werde ihn nicht gängeln; ich werde nur die Berichte lesen. Und Sie lassen ihn auch in Ruhe, hören Sie? Nichts macht einen guten Techniker wütender, als wenn irgendein Schwachkopf mit einem Scheckbuch ihm sagt, wie er seine Aufgaben erfüllen soll.«

»Einverstanden. Ich will auch nicht, daß irgendein pfennigfuchsender alter Trottel ihn bremst. Aber Sie mischen sich ebensowenig ein, sonst ziehe ich Ihnen den Teppich unter den Füßen weg. Haben wir uns verstanden?«

»Ich denke schon.«

»Dann lassen Sie ihn hereinkommen.«

Offenbar war Fergusons Vorstellung von einem ›Jungen‹ ein Mann von etwa fünfunddreißig, denn auf so alt schätzte Harriman ihn. Er war groß, mager und auf ruhige Weise konzentriert. Harriman schüttelte ihm die Hand und sprang ihm sofort mit der Frage ins Gesicht: »Bob, können Sie eine Rakete für einen Flug zum Mond bauen?«

Coster zuckte nicht mit der Wimper. »Haben Sie eine Quelle für X-Treibstoff?« gab er zurück, die Abkürzung des Raketenmannes für den Isotopen-Treibstoff benutzend, der früher von dem Kraftwerk-Satelliten hergestellt worden war.

»Nein.«

Coster schwieg mehrere Sekunden lang. Dann antwortete er: »Ich kann eine unbemannte Kurier-Rakete auf die Mondoberfläche setzen.«

»Nicht gut genug. Ich möchte, daß sie hingelangt, landet und zurückkehrt. Ob sie hier mit Antrieb landet oder durch Bremsen in der Atmosphäre, ist unwichtig.«

Anscheinend antwortete Coster nie sofort. Harriman konnte beinahe die Räder hören, die sich im Kopf des Mannes drehten. »Das würde eine sehr teure Angelegenheit.«

»Wer hat danach gefragt, wieviel es kosten wird? Bringen Sie es fertig?«

»Ich könnte es versuchen.«

»*Versuchen* – von wegen! Glauben Sie, daß Sie es *tun* können? Würden Sie Ihr letztes Hemd darauf wetten? Wären Sie bereit, Ihren Hals bei dem Versuch zu riskieren? Wenn Sie nicht an sich selbst glauben, Mann, werden Sie immer verlieren.«

»Wieviel wollen *Sie* riskieren, Sir? Ich habe Ihnen gesagt, es wird teuer werden, und ich bezweifele, daß Sie eine Ahnung haben, *wie* teuer.«

»Und ich habe Ihnen gesagt, Sie sollen sich keine Sorgen um das Geld machen. Verbrauchen Sie, soviel notwendig ist! Meine Aufgabe ist es, die Rechnungen zu bezahlen. Können Sie es tun?«

»Ich kann. Ich werde Sie später wissen lassen, was es kosten und wie lange es dauern wird.«

»Gut. Fangen Sie an, Ihr Team zusammenzustellen! Wo sollen wir das machen, Andy?« setzte er an Fergusons Adresse hinzu. »In Australien?«

»Nein.« Die Antwort gab Coster. »In Australien geht es nicht; ich möchte ein Berg-Katapult. Das wird uns eine Raketenstufe sparen.«

»Wie hoch soll der Berg sein?« erkundigte sich Harriman. »Wird der Pikes Peak genügen?«

»Wir sollten die Rakete in den Anden bauen«, wandte Ferguson ein. »Die Berge sind höher und näher am Äquator. Schließlich gehören uns beziehungsweise der Andes Development Company dort Fabrikanlagen.«

»Machen Sie das, wie Sie wollen, Bob«, sagte Harriman zu Coster. »Ich würde den Pikes Peak vorziehen, aber die Entscheidung liegt bei Ihnen.« Er dachte daran, daß es ungeheure geschäftliche Vorteile bot, den ersten Raumhafen der Erde innerhalb der USA anzulegen – und er konnte sich schon richtig vorstellen, wie günstig es für die Werbung war, wenn die Mondschiffe vom Gipfel des Pikes Peak starteten, für Hunderte von Meilen in östlicher Richtung von jedermann deutlich zu sehen.

»Ich werde Sie benachrichtigen.«

»Jetzt zu Ihrem Gehalt. Vergessen Sie, was wir Ihnen bisher gezahlt haben. Wieviel wollen Sie?«

Coster wischte das Thema doch tatsächlich mit einer Handbewegung beiseite. »Ich werde für Kaffee und Kuchen arbeiten.«

»Seien Sie nicht töricht!«

»Lassen Sie mich ausreden. Kaffee und Kuchen und noch eins: Ich werde bei dem ersten Flug dabeisein.«

Harriman zwinkerte. »Ja, das kann ich verstehen«, sagte er langsam. »In der Zwischenzeit richte ich Ihnen ein Spesenkonto ein.« Er setzte hinzu: »Machen Sie die Berechnungen besser für ein Drei-Mann-Schiff, es sei denn, Sie sind Pilot.«

»Das bin ich nicht.«

»Also drei Mann. Denn wissen Sie – ich werde auch mitkommen.«

4

»Gut, daß Sie sich entschlossen haben mitzumachen, Dan«, sagte Harriman, »denn Sie hätten sonst leicht arbeitslos werden können. Das Energie-Syndikat wird gewaltige Marktanteile verlieren, bevor ich hiermit fertig bin.«

Dixon strich sich Butter auf ein Brötchen. »Wirklich? Was haben Sie vor?«

»Wir werden gleich um die Ecke auf der Rückseite des Mondes sechs Hochtemperatur-Meiler aufstellen wie den in Arizona, der explodiert ist. Wir werden sie durch Fernsteuerung kontrollieren. Wenn einer explodiert, ist das nicht so schlimm. Und ich werde in einer Woche mehr X-Treibstoff herstellen als die Company in drei Monaten. Nicht aus persönlichen Gründen; ich möchte einfach eine Treibstoffquelle für interplanetare Linienschiffe haben. Bekommen wir das Zeug nicht hier, müssen wir es auf dem Mond erzeugen.«

»Interessant. Aber woher wollen Sie das Uran für sechs Meiler nehmen? Das Letzte, was ich von der Atomenergie-Kommission gehört habe, war, daß der Treibstoff schon auf zwanzig Jahre im voraus verteilt ist.«

»Das Uran? Seien Sie nicht naiv, das bekommen wir auf dem Mond.«

»Auf dem Mond? Gibt es Uran auf dem Mond?«

»Wußten Sie das nicht? Ich dachte, aus dem Grund hätten Sie sich entschlossen mitzumachen!«

»Nein, ich habe es nicht gewußt«, stellte Dixon mit Nachdruck fest. »Welchen Beweis haben Sie dafür?«

»Nun, ich bin kein Wissenschaftler, aber das ist doch eine allgemein bekannte Tatsache. Spektroskopie oder so etwas. Fragen Sie einen der Professoren! Aber zeigen Sie nicht zuviel Interesse; wir sind noch nicht soweit, daß wir unser Blatt zeigen dürfen.« Harriman stand auf. »Ich muß laufen, sonst verpasse ich das Shuttle nach Rotterdam. Danke für den Lunch!« Er griff nach seinem Hut und ging.

Harriman stand auf. »Das können Sie halten, wie Sie wollen, Mynheer van der Velde. Ich biete Ihnen und Ihren Kollegen eine Chance, Ihre Einsätze zu vervielfachen. Ihre Geologen stimmen alle darin überein, daß Diamanten durch Vulkantätigkeit entstehen. Was, glauben Sie, werden wir *dort* finden?« Er ließ eine große Fotografie des Mondes auf den Schreibtisch des Holländers fallen.

Der Diamantenhändler sah sich den abgebildeten Himmelskörper mit seinen Pockennarben von tausend gigantischen Kratern ungerührt an. »Falls Sie hinkommen, Mr. Harriman.«

Harriman nahm das Bild wieder an sich. »Wir werden hinkommen. Und wir werden Diamanten finden – obwohl ich als erster zugebe, daß es zwanzig oder sogar vierzig Jahre dauern mag, bis ein Fund gemacht wird, der der Rede wert ist. Ich habe Sie aufgesucht, weil ich glaube, daß der größte Schurke in unserer Gesellschaft der Mann ist, der einen wichtigen neuen ökonomischen Faktor einführt, ohne Vorsorge für eine friedliche Anpassung zu treffen. Ich mag keine Panik. Aber ich kann nicht mehr tun, als Sie zu warnen. Guten Tag.«

»Setzen Sie sich doch, Mr. Harriman! Es verwirrt mich immer, wenn ein Mann mir erklärt, wie er mir Gutes tun will. Wollen Sie mir stattdessen nicht erklären, was es Ihnen nutzen wird? Dann reden wir darüber, wie wir den Weltmarkt gegen ein plötzliches Überfluten mit Monddiamanten schützen werden.«

Harriman setzte sich.

Harriman liebte die Niederlande. Er war entzückt, als er einen von einem Hund gezogenen Milchkarren entdeckte, dessen junger Herr richtige Holzschuhe trug. Glücklich fotografierte er ihn und gab dem Jungen ein dickes Trinkgeld, ohne zu ahnen, daß es eine Maskerade für Touristen war. Er besuchte mehrere andere Diamantenhändler, aber ohne vom Mond zu sprechen. Unter verschiedenen Einkäufen, die er tätigte, war auch eine Brosche für Charlotte – ein Friedensangebot.

Dann nahm er ein Taxi nach London, brachte bei den Vertretern des dortigen Diamanten-Syndikats ein Gerücht auf, schloß mit Hilfe seiner Londoner Rechtsanwälte über einen Strohmann bei Lloyd's eine Versicherung gegen einen erfolgreichen Flug zum Mond ab und rief sein Büro zu Hause an. Er lauschte zahlreichen Berichten, besonders denen, die Montgomery betrafen, und hörte, daß Montgomery selbst in New Delhi war. Er rief ihn dort an, sprach ausführlich mit ihm und erreichte den Raketenhafen gerade noch rechtzeitig, um sein Schiff zu erwischen. Am nächsten Morgen war er in Colorado.

Am Peterson Field östlich von Colorado Springs hatte er Schwierigkeiten, durch das Tor zu kommen, obwohl er das Grundstück gepachtet hatte und jetzt hier der Herr war. Natürlich hätte er Coster anrufen und die Sache sofort richtigstellen lassen können, aber er wollte sich ein bißchen umsehen, bevor er zu Coster ging. Glücklicherweise kannte der Chef der Wachtposten ihn vom Ansehen. Harriman kam also hinein und wanderte eine Stunde oder länger umher, wozu ihm ein dreifarbiges Abzeichen am Mantelaufschlag die Erlaubnis gab.

In der Maschinenhalle herrschte gemäßigte Tätigkeit, ebenso in der Gießerei – aber die meisten Hallen waren beinahe verlassen. Harriman betrat das Gebäude, in dem sich die Konstruktionsbüros befanden. Im Zeichensaal wurde gearbeitet, auch in der Abteilung für die Berechnungen. Dagegen sah er leere Schreibtische in der Konstruktionsabteilung und fand eine kirchenartige Stille in den Räumen der Materialforschung und in dem daran anstoßenden metallurgischen Labor. Gerade wollte er in den Anbau für Chemikalien und andere Vorräte hinübergehen, als plötzlich Coster auftauchte.

»Mr. Harriman! Ich habe gerade gehört, Sie seien hier.«

»Überall Spione«, bemerkte Harriman. »Ich wollte Sie nicht stören.«

»Sie stören überhaupt nicht. Gehen wir doch in mein Büro hinauf!«

Dort angekommen, fragte Harriman: »Nun – wie geht's?«

Coster runzelte die Stirn. »Gut, glaube ich.«

Die Postkörbe auf dem Schreibtisch des Ingenieurs flossen von Papieren über. Bevor Harriman antworten konnte, wurde der Schirm von Costers Telefon hell, und eine weibliche Stimme flötete: »Mr. Coster – Mr. Morgenstern möchte Sie sprechen.«

»Sagen Sie ihm, daß ich zu tun habe.«

Nach kurzer Pause meldete sich das Mädchen wieder. Ihre Stimme klang besorgt. »Er sagt, er müsse Sie *unbedingt* sprechen, Sir.«

Coster blickte ärgerlich drein. »Entschuldigen Sie mich einen Augenblick, Mr. Harriman. – Okay, stellen Sie durch!«

Das Mädchen wurde von einem Mann ersetzt, der loslegte: »Oh, da sind Sie ja – was hat Sie aufgehalten? Hören Sie, Chef, wir sitzen in der Klemme mit diesen Lastwagen. Jeder einzelne, den wir gemietet haben, muß überholt werden, und jetzt stellt sich heraus, daß die White Fleet Company nichts zu unternehmen gedenkt – die halten sich an das Kleingedruckte im Vertrag. Wie ich es sehe, sollten wir den Vertrag besser stornieren und in Verbindung mit Peak City Transport treten. Die Leute dort haben ein System, das einen guten Eindruck auf mich macht. Sie garantieren ...«

»Kümmern Sie sich darum!« schnitt ihm Coster das Wort ab. »Sie haben den Vertrag geschlossen, und Sie haben Vollmacht, ihn zu stornieren. Das wissen Sie doch.«

»Ja, aber, Chef, ich dachte, das würden Sie vielleicht gern persönlich in die Hand nehmen. Es erfordert Diplomatie und ...«

»Kümmern Sie sich darum! Mir ist verdammt egal, was Sie tun, solange wir Transportmittel haben, wenn wir sie brauchen.« Er schaltete aus.

»Wer ist der Mann?« erkundigte sich Harriman.

»Wer? Oh, das ist Morgenstern, Claude Morgenstern.«

»Ich meine nicht seinen Namen – was tut er?«

»Er ist einer meiner Assistenten – Gebäude, Grundstücke und Transport.«

»Werfen Sie ihn hinaus!«

Costers Gesicht nahm einen verbissenen Ausdruck an. Bevor er antworten konnte, kam eine Sekretärin herein, stellte sich mit einem Stapel Papiere neben ihn und blieb beharrlich stehen. Coster runzelte die Stirn, zeichnete die Papiere ab und schickte das Mädchen hinaus.

»Oh, ich meine das nicht als Befehl«, ergänzte Harriman, »sondern als einen guten Rat. Ich werde in Ihrem Hinterhof keine Befehle geben – aber wollen Sie mir ein paar Minuten zuhören?«

»Natürlich«, stimmte Coster steif zu.

»Hmm ... Ist dies Ihre erste Stellung als oberster Chef?«

Coster zögerte, dann gestand er es ein.

»Ich habe Ihnen den Posten gegeben, weil Ferguson in Ihnen den besten Ingenieur für den Bau eines erfolgreichen Mondschiffes sieht. Ich habe keinen Anlaß, meine Meinung zu ändern. Aber Verwaltungsarbeit ist keine Ingenieursarbeit, und vielleicht kann ich Ihnen ein paar Tricks verraten, wenn Sie mich lassen.«

Er wartete. »Ich kritisiere Sie nicht«, setzte er hinzu. »Beim Chefspielen ist es wie beim Sex; solange man keine eigenen Erfahrungen hat, weiß man gar nichts darüber.« Im stillen machte Harriman den Vorbehalt, daß der Junge, sollte er nicht bereit sein, guten Rat anzunehmen, sich plötzlich auf der Straße wiederfinden würde, ob es Ferguson gefiel oder nicht.

Coster trommelte auf seinem Schreibtisch. »Ich weiß nicht, was ich verkehrt mache, ehrlich. Anscheinend kann ich niemandem eine Arbeit übertragen und sie ordentlich getan bekommen. Es ist ein Gefühl, als ob ich in Treibsand schwimme.«

»Haben Sie in letzter Zeit viel konstruiert?«

»Ich gebe mir Mühe.« Coster zeigte auf einen anderen Schreibtisch in der Ecke. »Ich arbeite dort, spät abends.«

»Das taugt nichts. Ich habe Sie als Ingenieur angestellt. Bob, hier läuft alles verkehrt. Die ganze Anlage müßte vor Geschäftigkeit brodeln, und in Ihrem Büro müßte es so still wie in einem Grab sein. Statt dessen brodelt es in Ihrem Büro, und alles Übrige wirkt wie ein Friedhof.«

Coster verbarg das Gesicht in den Händen. Dann blickte er auf. »Ich weiß. Ich weiß, was ich tun muß – aber jedes Mal, wenn ich ein technisches Problem in Angriff nehme, verlangt irgendein Idiot von mir, daß ich eine Entscheidung über Lastwagen fälle – oder Telefone – oder irgendeine andere blöde Sache. Es tut mir echt leid, Mr. Harriman. Ich hatte geglaubt, ich würde es schaffen.«

Harriman sagte sehr sanft: »Lassen Sie sich davon

nicht umwerfen, Bob! Sie haben in letzter Zeit nicht viel Schlaf bekommen, nicht wahr? Ich will Ihnen was sagen – wir spielen Ferguson einen Streich. Ich übernehme den Schreibtisch, an dem Sie sitzen, für ein paar Tage, und baue Ihnen eine Organisation auf, die Sie vor solchen Dingen abschirmt. Ich möchte, daß Ihr Gehirn über Reaktionsvektoren und Treibstoffkapazitäten und Konstruktionsmängel nachdenkt, nicht über Mietverträge für Lastwagen.« Harriman trat an die Tür, sah ins Vorzimmer hinaus und entdeckte einen Mann, der der Bürovorsteher sein mochte oder auch nicht. »He, Sie! Kommen Sie her!«

Der Mann sah ihn verblüfft an, stand auf, kam an die Tür und fragte: »Ja?«

»Ich möchte, daß der Schreibtisch da in der Ecke mit allem, was darauf liegt, sofort in ein leeres Büro auf diesem Stockwerk gebracht wird.«

Der Mann hob die Augenbrauen. »Und wer sind Sie, wenn ich fragen darf?«

»Gottverdammt noch mal ...«

»Tun Sie, was er Ihnen sagt, Weber!« fiel Coster ein.

»Und zwar in zwanzig Minuten«, setzte Harriman hinzu. »Hopp!«

Er kehrte zu Costers anderem Schreibtisch zurück, drückte Telefontasten und sprach mit dem Hauptbüro von Skyways. »Jim, ist Ihr Jock Berkeley in der Nähe? Beurlauben Sie ihn, und schicken Sie ihn zu mir nach Peterson Field, auf der Stelle, mit Sonderrakete! Ich möchte, daß sein Schiff innerhalb von zehn Minuten nach Beendigung unseres Gesprächs abhebt. Senden Sie ihm sein Gepäck nach!« Harriman hörte einen Augenblick lang zu. Dann antwortete er: »Nein, Ihre Organisation wird nicht in Stücke gehen, wenn Sie Jock verlieren – oder wenn doch, haben wir vielleicht dem falschen Mann das höchste Gehalt bezahlt ... Okay, okay, das nächste Mal, wenn wir uns sehen, haben Sie das Recht, mir einmal kurz auf die Zehen zu treten, aber schicken Sie mir Jock! Bis dann.«

Er überwachte den Umzug Costers und seines zweiten

Schreibtischs in ein anderes Büro, sorgte dafür, daß die Telefonleitung in dem neuen Büro unterbrochen wurde, und ließ als nachträglichen Einfall noch eine Couch hineinstellen. »Heute abend kommen dann ein Projektor, eine Zeichenmaschine, Bücherschränke und sonstiger Kram«, sagte er zu Coster. »Machen Sie nur eine Liste von allem, was Sie brauchen – um zu konstruieren! Und rufen Sie mich, wenn Sie einen Wunsch haben!« Er kehrte in das Chefzimmer zurück und versuchte, herauszufinden, wo der Wurm in der Organisation steckte.

Vier Stunden später kam er mit Berkeley in Costers Büro. Der Kopf des Chefingenieurs lag auf seinen Armen; er war am Schreibtisch eingeschlafen. Harriman wollte sich zurückziehen, doch Coster wachte auf. »Oh! Entschuldigen Sie.« Er errötete. »Ich muß eingenickt sein.«

»Dafür habe ich Ihnen die Couch ins Zimmer stellen lassen«, sagte Harriman. »Sie ist bequemer. Bob, das hier ist Jock Berkeley. Er ist Ihr neuer Sklave. Sie bleiben Chef-Ingenieur und unbestrittener oberster Chef. Jock ist der hohe Lord Alles Andere. Von jetzt an brauchen Sie sich über absolut gar nichts mehr Sorgen zu machen – außer über die kleine Einzelheit, wie man ein Mondschiff baut.«

Sie schüttelten sich die Hand. »Ich bitte Sie nur um eins, Mr. Coster«, sagte Berkeley ernsthaft. »Übergehen Sie mich, soviel Sie wollen – die technische Leitung liegt in Ihren Händen –, aber um Gottes willen, nehmen Sie Ihre Anordnungen auf Band auf, damit ich weiß, was vorgeht. Ich werde auf Ihrem Schreibtisch einen Schalter anbringen lassen, mit dem Sie ein versiegeltes Tonbandgerät auf meinem Schreibtisch einschalten können.«

»Großartig!« Coster sah bereits jünger aus, dachte Harriman.

»Und wenn Sie etwas wollen, das nicht technisch ist, tun Sie es nicht selbst. Legen Sie nur einen Schalter um, und pfeifen Sie, und es wird geschehen.« Berkeley sah zu Harriman hinüber. »Der Boß sagt, er möchte mit Ihnen über die eigentliche Arbeit sprechen. Ich lasse Sie mit ihm allein und mache mich an die meine.« Er ging.

Harriman setzte sich. Coster folgte seinem Beispiel und stieß einen Seufzer der Erleichterung aus.

»Geht's besser?«

»Mir gefällt dieser Berkeley.«

»Das ist gut; er wird von nun an Ihr Zwillingsbruder sein. Hören Sie auf, sich verrückt zu machen! Ich habe ihn schon früher eingesetzt. Sie werden meinen, in einem gutgeführten Krankenhaus zu leben. Übrigens, wo wohnen Sie?«

»In einer Pension in den Springs.«

»Das ist lächerlich. Und hier haben Sie nicht einmal einen Platz zum Schlafen?« Harriman langte zu Costers Schreibtisch hinüber und stellte die Verbindung mit Berkeley her. »Jock, bestellen Sie für Mr. Coster eine Suite im Broadmoor, unter einem Decknamen!«

»In Ordnung.«

»Und lassen Sie die Räume, die an dieses Büro anschließen, als Apartment einrichten!«

»In Ordnung. Noch heute abend.«

»Und nun, Bob, zu dem Mondschiff. Wo stehen wir?«

Die nächsten beiden Stunden verbrachten sie zufrieden damit, alle Punkte des Problems durchzugehen, wie Coster sie aufgelistet hatte. Sicher, es war noch sehr wenig geschafft worden, seit man das Feld gepachtet hatte, aber Coster hatte beträchtliche theoretische und rechnerische Arbeiten geleistet, bevor er in administrativen Einzelheiten ertränkt wurde. Harriman, der kein Ingenieur und außerhalb der primitiven Arithmetik des Geldes gewiß kein Mathematiker war, hatte so lange Zeit alles an Literatur über Raumfahrt verschlungen, was er finden konnte, daß er fähig war, den Ausführungen Costers zum größten Teil zu folgen.

»Ich sehe hier nichts über Ihr Berg-Katapult«, sagte er schließlich.

Coster blickte verlegen drein. »Oh, das! Mr. Harriman, ich bin zu voreilig gewesen.«

»Hä? Wieso? Ich habe von Montgomerys Jungens schon wunderschöne Bilder malen lassen, wie das Ding aussehen wird, wenn erst einmal regelmäßige Flüge stattfinden. Meine Absicht ist, Colorado Springs zur Raumhafen-Hauptstadt der Welt zu machen. Wir haben jetzt die Konzession für die alte Zahnradbahn. Wo steckt der Haken?«

»Nun, es liegt sowohl an der Zeit wie auch am Geld.«

»Vergessen Sie das Geld! Das ist mein Bier.«

»Dann also die Zeit. Ich meine immer noch, eine elektrische Abschußvorrichtung sei die beste Methode, die Anfangsbeschleunigung für ein chemisch angetriebenes Schiff zu erzeugen. So ...« Er zeichnete mit schnellen Strichen. »Das ermöglicht es, die erste Raketenstufe wegzulassen, die größer ist als die anderen zusammen und schrecklich unwirksam, da sie ein so ungünstiges Massenverhältnis hat. Und wie baut man sie? Es ist unmöglich, zumindest vorerst, einen Turm zu errichten, der zwei Meilen hoch und stark genug ist, den Schub auszuhalten. Deshalb muß man einen Berg benutzen. Der Pikes Peak ist recht gut geeignet, und jedenfalls ist er zugänglich.

Und wie benutzt man ihn? Zuerst muß ein Tunnel gebaut werden, der von Manitou aus unter der Oberfläche bis fast zum Gipfel führt. Er muß groß genug sein, um das beladene Schiff aufzunehmen ...«

»Lassen Sie es von oben herab«, schlug Harriman vor.

Coster antwortete: »Daran habe ich auch schon gedacht. Zwei Meilen hohe Aufzüge für beladene Raumschiffe werden nicht gerade aus Bindfaden gebaut. Tatsächlich werden sie aus gar keinem verfügbaren Material gebaut. Es ist möglich, das Katapult selbst entsprechend hinzukriegen, indem man die Beschleunigungswicklungen gegenläufig macht und unterschiedlich einregelt, aber glauben Sie mir, Mr. Harriman, das wirft neue, ebenso große Konstruktionsprobleme auf – zum Beispiel eine gigantische Eisenbahn zur Spitze des Schiffes. Und dann muß immer noch der Schacht für das Katapult gegraben werden. Er kann nicht so eng sein, daß das Schiff darin sitzt wie eine Kugel in einem Gewehrlauf. Er muß beträchtlich größer sein. Man komprimiert keine zwei Meilen hohe Luftsäule mit reiner

Frechheit. Oh, ein Berg-Katapult kann gebaut werden, aber es mag zehn Jahre dauern – oder länger.«

»Dann vergessen Sie es! Wir werden es in Zukunft bauen, aber nicht für diesen Flug. Nein, warten Sie – wie wäre es mit einem *Oberflächen-Katapult?* Wenn wir es am Berghang hinaufführen und am Ende hochbiegen?«

»Offen gesagt, ich glaube, letzten Endes wird es auf etwas in der Art hinauslaufen. Heute ruft es jedoch nur neue Probleme hervor. Selbst wenn wir eine elektrische Abschußvorrichtung mit dieser letzten Kurve konstruieren könnten – und wir können es gegenwärtig nicht –, müßte das Schiff gewaltige Seitendrücke aushalten, und das ganze zusätzliche Gewicht würde unser Hauptziel zunichte machen, den Bau eines Raketenschiffes.«

»Also, Bob, wie lautet Ihre Lösung?«

Coster runzelte die Stirn. »Uns auf das zu beschränken, was wir können – eine Stufenrakete bauen.«

5

»Monty . . .«

»Ja, Chef?«

»Haben Sie dieses Lied schon einmal gehört?« Harriman summte: *»Der Mond gehört uns allen; die besten Freuden kosten nichts . . .«* Dann sang er es, und er sang sehr falsch.

»Ich kann mich nicht erinnern.«

»Es war vor Ihrer Zeit. Ich möchte, daß es wieder ausgegraben und so oft gespielt wird, bis die Hölle es nicht mehr haben will und jedermann es auf den Lippen hat.«

»Okay.« Montgomery griff nach seinem Notizblock. »Wann soll der Höhepunkt erreicht sein?«

Harriman überlegte. »Sagen wir, in etwa drei Monaten. Dann benutzen wir den ersten Vers als Werbe-Slogan.«

»Ein Kinderspiel.«

»Wie sieht es in Florida aus, Monty?«

»Ich fürchtete schon, wir müßten die ganze verdammte gesetzgebende Körperschaft kaufen. Doch dann verbreiteten wir das Gerücht, Los Angeles habe den Auftrag erteilt, für Werbefotos die Schrift ›Stadtgrenze von Los Angeles‹ auf der Mondoberfläche anbringen zu lassen. Da kamen sie prompt gelaufen.«

»Gut.« Harriman fiel etwas ein. »Wissen Sie, das ist gar nicht so übel. Was meinen Sie, wieviel würde die Handelskammer von Los Angeles für ein solches Bild zahlen?«

Montgomery machte sich noch eine Notiz. »Ich werde es feststellen.«

»Da Sie mit der Bearbeitung von Florida fertig sind, werden Sie sich vermutlich jetzt Texas vornehmen?«

»In allernächster Zeit. Zuerst wollen wir ein paar erfundene Gerüchte in die Welt setzen.«

Schlagzeile aus dem *Banner,* Dallas-Fort Worth:

DER MOND GEHÖRT TEXAS!!!

... und das ist alles für heute abend, Kinder. Vergeßt nicht, diese Schachteldeckel oder erkennbare Fotokopien einzuschicken. Ihr wißt doch – der erste Preis ist eine tausend Morgen große Ranch auf dem Mond – steuerfrei! Der zweite Preis ist ein sechs Fuß großes, maßstabgetreues Modell des Mondschiffes, und dann gibt es noch fünfzig, zählt sie, fünfzig dritte Preise, jeweils ein zugerittenes Shetland-Pony. Euer aus hundert Wörtern bestehender Aufsatz ›Warum ich zum Mond fliegen will‹ wird nach Aufrichtigkeit und Originalität beurteilt werden, nicht nach dem literarischen Wert. Schickt diese Schachteldeckel an Onkel Taffy, Postfach 214, Juarez, Old Mexico.

Harriman wurde in das Büro des Präsidenten der Moka-Coka-Gesellschaft geführt (›Nur ein Moke ist wirklich ein Coke‹). Er blieb an der Tür stehen, etwa zwanzig Fuß vom Schreibtisch des Präsidenten entfernt, und steckte sich schnell ein Abzeichen mit zwei Zoll Durchmesser an den Aufschlag.

Patterson Griggs blickte auf. »Das ist mir wirklich eine Ehre, D.D. Kommen Sie herein und …« Der Erfrischungsgetränke-Hersteller brach plötzlich ab, sein Gesichtsausdruck veränderte sich. »Wie kommen Sie dazu, *das da zu* tragen?« fuhr er Harriman an. »Wollen Sie mich ärgern?«

Mit ›das da‹ meinte er die zwei Zoll große Scheibe. Harriman machte sie los und steckte sie in die Tasche. Es war eine Werbenadel aus Zelluloid in schlichtem Gelb, auf der, den Kreis ganz ausfüllend, in Schwarz (6+) stand, die Handelsmarke von Moka-Cokas einzigem ernstzunehmenden Konkurrenten.

»Nein«, antwortete Harriman, »obwohl ich es Ihnen nicht verübele, wenn Sie gereizt reagieren. Mir ist aufgefallen, daß die Hälfte der Schulkinder im Land diese dummen Abzeichen trägt. Aber ich bin gekommen, Ihnen einen freundschaftlichen Tip zu geben, nicht, Sie zu ärgern.«

»Wie bitte?«

»Als ich auf Ihrer Türschwelle stand, war dieses Abzeichen an meinem Aufschlag für Sie, der Sie an Ihrem Schreibtisch saßen, ebenso groß, wie der Vollmond wirkt, wenn Sie in Ihrem Garten zu ihm hochblicken. Sie hatten überhaupt keine Mühe, zu lesen, was auf dem Abzeichen steht, nicht wahr? Ich weiß es, denn Sie brüllten mich schon an, bevor einer von uns beiden sich gerührt hatte.«

»Was soll das?«

»Wie wäre Ihnen zumute – und wie wäre die Auswirkung auf Ihren Absatz –, wenn ›Sechs-plus‹ quer über das Gesicht des Mondes geschrieben stünde statt nur auf dem Pullover eines Schulkindes?«

Griggs dachte darüber nach. Dann sagte er: »D.D., machen Sie keine dummen Witze. Ich habe einen scheußlichen Tag hinter mir.«

»Ich mache keine Witze. Wie Sie wahrscheinlich

gehört haben, stehe ich hinter dem Mondflug-Vorhaben. Unter uns, Pat, es ist eine teure Angelegenheit, sogar für mich. Vor ein paar Tagen kam ein Mann zu mir – Sie werden mir verzeihen, wenn ich keine Namen nenne? Denken können Sie ihn sich ohnehin. Jedenfalls vertrat dieser Mann einen Kunden, der die Werbe-Konzession für den Mond kaufen wollte. Er wußte, daß wir uns des Erfolges nicht sicher sind, aber er sagte, sein Kunde sei bereit, das Risiko einzugehen.

Zuerst begriff ich gar nicht, worauf er hinauswollte. Er erklärte es mir. Dann glaubte ich, er wolle mich auf den Arm nehmen. Dann war ich schockiert. Sehen Sie sich das an ...« Harriman nahm ein großes Blatt Papier aus der Tasche und breitete es auf Griggs Schreibtisch aus. »Die Ausrüstung muß sich unserer Meinung nach irgendwo nahe dem Mittelpunkt der Mondoberfläche befinden. Achtzehn pyrotechnische Raketen, die wie die Speichen eines Rades in achtzehn verschiedenen Richtungen über genau berechnete Entfernungen abgeschossen werden. Sie treffen auf, und die Bomben, die sie befördert haben, gehen los und verteilen feinen Ruß über bestimmte Strecken. Wie Sie wissen, gibt es auf dem Mond keine Luft, Pat – feines Pulver läßt sich ebenso leicht werfen wie ein Speer. Hier sehen Sie das Ergebnis.« Er drehte das Blatt um. Auf der Rückseite war ein Bild des Mondes, in hellen Grautönen gedruckt. Darüber legte sich in tiefem Schwarz: (6+).

»Es ist also wirklich diese Bande – diese Vergifter!«

»Nein, nein, das habe ich nicht gesagt! Aber es ist ein gutes Beispiel. Sechs-plus besteht nur aus zwei Symbolen, und man kann sie groß genug machen, daß sie auf dem Gesicht des Mondes zu lesen sind.«

Griggs starrte auf die gräßliche Anzeige. »Ich glaube nicht, daß es funktionieren wird!«

»Eine zuverlässige Firma für Pyrotechnik hat garantiert, daß es funktionieren wird – vorausgesetzt, ich kann ihre Ausrüstung hinschaffen. Pat, es ist nicht viel verlangt von einer pyrotechnischen Rakete, auf dem Mond über eine weite Strecke zu fliegen. Sie selbst könnten einen Baseball zwei Meilen weit werfen – die geringe Schwerkraft, wissen Sie.«

»Das sehen die Leute nicht ruhig mit an! Es ist ein Sakrileg!«

Harriman machte ein trauriges Gesicht. »Ich wünschte, Sie hätten recht. Aber die Leute sehen auch Himmelsschreiber und Video-Werbung ruhig mit an.«

Griggs kaute auf der Unterlippe. »Ich begreife nur nicht, warum Sie damit zu mir kommen!« explodierte er. »Sie wissen verdammt genau, daß der Name meines Produktes nicht auf das Gesicht des Mondes paßt. Die Buchstaben würden zu klein ausfallen, als daß man sie noch lesen könnte.«

Harriman nickte. »Das ist genau der Grund, warum ich zu Ihnen gekommen bin, Pat. Für mich ist das kein Geschäft; es ist mein Herz und meine Seele. Es machte mich einfach krank, zu denken, daß jemand das Gesicht des Mondes tatsächlich für Werbezwecke benutzen will. Wie Sie sagen: Es ist ein Sakrileg. Aber irgendwie haben diese Schakale herausgefunden, daß ich Geld brauche. Sie suchten mich auf, als sie wußten, daß ich würde zuhören müssen.

Ich habe sie hingehalten. Ich habe ihnen für Donnerstag eine Antwort versprochen. Dann ging ich nach Hause und habe die ganze Nacht wachgelegen. Nach einer Weile fielen Sie mir ein.«

»Ich?«

»Sie. Sie und Ihre Firma. Schließlich haben Sie ein gutes Produkt, und Sie brauchen dafür eine legitime Werbung. Es schoß mir durch den Kopf, daß es andere Möglichkeiten gibt, den Mond zur Werbung zu benutzen, als sein Gesicht zu beschmieren. Stellen Sie sich einmal vor, Ihre Gesellschaft würde die gleiche Konzession kaufen, aber mit dem von Verantwortungsbewußtsein eingegebenen Versprechen, niemals Gebrauch davon zu machen. Angenommen, Sie würden auf diese Tatsache in Ihren Anzeigen hinweisen? Angenommen, Sie zeigten einen Spot von einem Jungen und einem Mädchen, die draußen unter dem Mond sitzen und sich eine Flasche

Moke teilen? Angenommen, Moke wäre das einzige Erfrischungsgetränk, das auf dem ersten Flug zum Mond mitgenommen wird? Aber ich brauche Ihnen ja nicht auseinanderzusetzen, wie man so etwas anfängt.« Er sah auf seine Ringuhr. »Ich muß laufen, und ich möchte Sie nicht drängen. Falls Sie interessiert an dem Geschäft sind, sagen Sie bis morgen mittag in meinem Büro Bescheid, und ich werde unsern Mr. Montgomery beauftragen, sich mit Ihrem Werbechef in Verbindung zu setzen.«

Der Chef der großen Zeitungskette ließ ihn die Mindestzeit warten, die für Industriemagnaten und Kabinettsmitglieder reserviert war. Wieder blieb Harriman auf der Schwelle eines großen Büros stehen und steckte sich eine Scheibe an den Aufschlag.

»Wie geht's, Delos?« fragte der Verleger. »Wie läuft das Geschäft in grünem Käse?« Dann bemerkte er das Abzeichen und runzelte die Stirn. »Wenn das ein Witz ist, dann ein geschmackloser.«

Harriman steckte das Abzeichen ein. Es zeigte nicht (6+), sondern Hammer und Sichel.

»Nein«, antwortete er, »das ist kein Witz, das ist ein Alptraum. Colonel, Sie und ich gehören zu den wenigen Menschen in diesem Land, die sich klar darüber sind, daß der Kommunismus immer noch eine Bedrohung darstellt.«

Einige Zeit später unterhielten sie sich so freundschaftlich, als hätten die Zeitungen des Colonels nicht von Anfang an gegen einen Flug zum Mond gewettert. Der Verleger zeigte mit seiner Zigarre auf den Schreibtisch. »Wie sind Sie an diese Beweise gekommen? Haben Sie sie gestohlen?«

»Sie wurden kopiert«, antwortete Harriman beinahe wahrheitsgemäß. »Aber sie sind nicht wichtig. Allein wichtig ist es, daß wir als erste dort landen. Wir können es nicht riskieren, daß auf dem Mond eine feindliche Raketenbasis errichtet wird. Seit Jahren habe ich einen immer wiederkehrenden Alptraum von Schlagzeilen, die Russen seien auf dem Mond gelandet und hätten die Lunare Sowjetrepublik gegründet – sagen wir, mit dreizehn männlichen und zwei weiblichen Wissenschaftlern – und hätten die Aufnahme in die UdSSR beantragt – und der Oberste Sowjet habe diesen Antrag natürlich mit Freude genehmigt. Dann wache ich auf und zittere. Ich weiß nicht, was sie eigentlich damit bezwecken, wenn sie Hammer und Sichel auf das Gesicht des Mondes malen, aber es würde zu ihrer Psyche passen. Sehen Sie sich diese gewaltigen Plakate an, die sie ständig aufhängen.«

Der Verleger biß kräftig auf seine Zigarre. »Wir werden sehen, was sich machen läßt. Gibt es eine Möglichkeit, daß Sie den Start vorverlegen?«

6

»Mr. Harriman?«

»Ja?«

»Dieser Mr. LeCroix ist wieder da.«

»Sagen Sie ihm, ich kann ihn nicht empfangen!«

»Jawohl, Sir – ah, Mr. Harriman, er hat es neulich nicht erwähnt, aber er sagt, er sei der neue Raketenpilot.«

»Verdammt noch mal, schicken Sie ihn zu Skyways rüber! Ich stelle keine Piloten ein.«

Das Gesicht eines Mannes verdrängte Harrimans Empfangsdame vom Bildschirm. »Mr. Harriman, ich bin Leslie LeCroix, Ablösung des Piloten der *Charon.*«

»Mir ist es egal, ob Sie der Erzengel Gab ... Haben Sie *Charon* gesagt?«

»Ich habe *Charon* gesagt. Und ich muß Sie sprechen.«

»Kommen Sie herein!«

Harriman begrüßte seinen Besucher, bot ihm Tabak an und musterte ihn dann voller Interesse. Die *Charon*, die Fährrakete zu dem explodierten Kraftwerk-Satelliten, war das einem Raumschiff ähnlichste Fahrzeug gewesen, das die Welt je gesehen hatte. Sein Pilot, bei dem Unglück ebenfalls ums Leben gekommen, hatte auf gewisse Weise das erste Exemplar der zukünftigen Rasse der Raumfahrer dargestellt.

Harriman fragte sich, wie es seiner Aufmerksamkeit hatte entgehen können, daß auf der *Charon* zwei Piloten abwechselnd Dienst getan hatten. Natürlich hatte er es gewußt – aber irgendwie hatte er vergessen, die Tatsache in seine Überlegungen einzubeziehen. Er hatte den Kraftwerk-Satelliten, die Fährrakete und alles, was damit zu tun hatte, abgeschrieben, hatte aufgehört, daran zu denken. Jetzt betrachtete er LeCroix neugierig.

Er sah einen kleinen, adretten Mann mit einem schmalen, intelligenten Gesicht und den großen, kompetenten Händen eines Jockeys. LeCroix erwiderte seinen prüfenden Blick ohne Verlegenheit. Er schien ruhig und absolut selbstsicher zu sein.

»Nun, Captain LeCroix?«

»Sie bauen ein Mondschiff.«

»Wer sagt das?«

»Es wird ein Mondschiff gebaut. Die Jungens sagen alle, daß Sie dahinterstehen.«

»Ja?«

»Ich möchte der Pilot sein.«

»Warum sollten gerade Sie es sein?«

»Ich bin der beste Mann dafür.«

Harriman machte eine Pause, um eine Wolke Tabaksrauch auszustoßen. »Wenn Sie das beweisen können, gehört der Posten Ihnen.«

»Abgemacht.« LeCroix stand auf. »Ich werde draußen meinen Namen und meine Anschrift hinterlassen.«

»Warten Sie! Ich habe gesagt ›wenn‹. Reden wir miteinander! Ich werde diesen Flug selbst mitmachen; ich möchte mehr über Sie wissen, bevor ich Ihnen mein Leben anvertraue.«

Sie diskutierten über den Flug zum Mond, die interplanetare Raumfahrt, den Raketenbau und das, was sie auf dem Mond finden mochten. Harriman entdeckte eine zweite Seele, die ganz wie seine eigene besessen von diesem wundervollen Traum war, und taute allmählich auf. Im Unterbewußtsein hatte er LeCroix bereits akzeptiert; das Gespräch wurde ab einem gewissen Punkt auf der Grundlage geführt, daß sie das Wagnis gemeinsam ausführen würden.

Nach langer Zeit sagte Harriman: »Ich würde mich gern noch weiter mit Ihnen unterhalten, Les, aber ich muß heute noch ein paar Arbeiten erledigen, sonst wird keiner von uns zum Mond gelangen. Sie fliegen zum Peterson Field und machen sich mit Bob Coster bekannt – ich werde ihn anrufen. Wenn ihr beiden miteinander auskommt, unterschreibe ich Ihren Vertrag.« Er kritzelte ein paar Wörter und reichte LeCroix den Zettel. »Geben Sie das beim Hinausgehen Miß Perkins, und sie wird Sie auf die Gehaltsliste setzen!«

»Das hat Zeit.«

»Der Mensch muß essen.«

LeCroix nahm den Zettel, ging aber noch nicht. »Eins verstehe ich nicht, Mr. Harriman.«

»Und das wäre?«

»Warum planen Sie ein Schiff mit chemischem Treibstoff? Nicht, daß ich etwas dagegen hätte, ich werde mit ihm schon fertig. Aber warum wählen Sie den schweren Weg? Ich weiß, daß Sie die *City of Brisbane* für X-Treibstoff haben umbauen lassen . . .«

Harriman starrte ihn an. »Sind Sie nicht bei Trost, Les? Sie fragen, warum Schweine keine Flügel haben! Es gibt keinen X-Treibstoff, und es wird so lange keinen geben, bis wir selbst welchen herstellen – auf dem Mond.«

»Wer sagt denn das?«

»Wie meinen Sie das?«

»Soviel ich weiß, hat die Atomenergie-Kommission verschiedenen anderen verbündeten Staaten X-Treibstoff geliefert – und einige davon waren nicht einmal in der Lage, Gebrauch davon zu machen. Trotzdem haben sie ihn bekommen. Was ist daraus geworden?«

»Oh, dieser Treibstoff! Sicher, Les, mehrere der kleinen Länder in Mittel- und Südamerika haben aus politischen Gründen ein Stück vom Kuchen abbekommen, obwohl sie es nicht essen konnten. Das war ein Glück – wir konnten es zurückkaufen und dazu benutzen, die Energiekrise zu überbrücken.« Harriman runzelte die Stirn. »Aber Sie haben recht. Ich hätte mir damals etwas von dem Zeug sichern sollen.«

»Wissen Sie *genau,* daß alles weg ist?«

»Natürlich weiß ich ... nein, ich weiß es nicht. Ich werde die Sache nachprüfen. Auf Wiedersehen, Les.«

Seine Kontaktleute konnten in wenig Zeit nachweisen, wo jedes einzelne Pfund X-Treibstoff geblieben war – außer dem Kontingent, das Costa Rica erhalten hatte. Dieser Staat hatte sich geweigert, es zurückzuverkaufen, weil sein für X-Kraftstoff geeignetes Atom-Kraftwerk zur Zeit der Katastrophe fast fertiggestellt war. Eine weitere Nachforschung ergab, daß man das Atom-Kraftwerk niemals mehr fertiggestellt hatte.

Zu diesem Zeitpunkt hielt sich Montgomery gerade in Managua auf; in Nicaragua hatte ein Regierungswechsel stattgefunden, und Montgomery sorgte dafür, daß der besondere Status der Mond-Gesellschaft geschützt wurde. Harriman schickte ihm eine codierte Botschaft, nach San Jose weiterzureisen, festzustellen, wo sich der X-Kraftstoff befand, ihn zu kaufen und herzuschicken – ganz gleich, zu welchen Kosten. Dann suchte Harriman den Vorsitzenden der Atomenergie-Kommission auf.

Der Beamte freute sich offensichtlich, ihn zu sehen, und empfing ihn mit großer Liebenswürdigkeit. Harriman erklärte schließlich, er brauche eine Lizenz für Versuchsarbeiten an Isotopen – an X-Kraftstoff, um genau zu sein.

»Sie müssen den Antrag bei den üblichen Stellen einreichen, Mr. Harriman.«

»Das werde ich auch. Das ist nur eine vorweg gestellte Anfrage. Ich wollte wissen, wie Sie darauf reagieren.«

»Ich bin schließlich nicht das einzige Mitglied der Kommission – und wir folgen fast immer den Empfehlungen unserer technischen Abteilung.«

»Weichen Sie mir nicht aus, Carl. Sie wissen verflixt genau, daß Sie die Stimmenmehrheit kontrollieren. Ganz unter uns, was sagen Sie dazu?«

»Nun, D. D. – ganz unter uns –, Sie können keinen X-Kraftstoff bekommen, also warum möchten Sie eine Lizenz?«

»Das lassen Sie meine Sorge sein.«

»Hmmm ... wir waren nicht gesetzlich verpflichtet, jedes Millicurie X-Kraftstoff zu verfolgen, da er nicht als geeignet für Massenvernichtungswaffen gilt. Trotzdem wissen wir, was daraus geworden ist. Es ist keiner mehr da.«

Harriman schwieg.

»Zweitens können Sie gern eine X-Kraftstoff-Lizenz bekommen – für jeden Zweck, außer als Treibstoff für Raketen.«

»Warum die Einschränkung?«

»Sie bauen ein Mondschiff, nicht wahr?«

»Ich?«

»Jetzt weichen Sie mir nicht aus, D. D. Es gehört zu meinen Aufgaben, so etwas zu wissen. Sie dürfen X-Kraftstoff nicht für Raketen benutzen, selbst wenn Sie welchen finden – und Sie werden keinen finden.« Der Vorsitzende trat an einen Safe hinter seinem Schreibtisch, kehrte mit einem Band im Quartformat zurück und legte ihn vor Harriman hin. Er trug den Titel: *Theoretische Untersuchung der Stabilität verschiedener radioaktiver Isotopen-Kraftstoffe – mit Anmerkungen über die Explosion des Kraftwerk-Satelliten und Raumfähre* Charon. – Der Einband trug eine Seriennummer und den Stempel *GEHEIM.*

Harriman schob den Band von sich. »Ich bin nicht berechtigt, mir das anzusehen – und wenn ich es mir ansähe, würde ich es nicht verstehen.«

Der Vorsitzende grinste. »Gut, dann werde ich Ihnen erzählen, was darinsteht. Ich binde Ihnen die Hände, D.D., indem ich Ihnen ein Geheimnis der Verteidigung anvertraue ...«

»Ich will nichts hören, sage ich doch!«

»Versuchen Sie nicht, ein Raumschiff mit X-Kraftstoff

anzutreiben, D.D.! Es ist ein wunderbarer Kraftstoff – aber er kann überall im Raum wie ein Feuerwerkskörper losgehen. Dieser Bericht erklärt, warum.«

»Zum Kuckuck, die *Charon* ist damit beinahe drei Jahre lang geflogen!«

»Da haben Sie Glück gehabt. Das offizielle – aber streng geheime – Urteil der Regierung lautet, daß die *Charon* den Satelliten zur Explosion gebracht hat, nicht umgekehrt, wie wir anfangs dachten. Das wäre zwar auch möglich gewesen, aber die Aufzeichnungen der Radar-Stationen störten das Bild. Deshalb führten wir intensive theoretische Untersuchungen durch. X-Treibstoff ist für Raketen zu gefährlich.«

»Das ist lächerlich! Auf jedes Pfund, das in der *Charon* verbrannt wurde, kommen mindestens hundert Pfund in den Kraftwerken auf der Erdoberfläche! Warum sind *die* nicht explodiert?«

»Das ist eine Sache der Abschirmung. Es liegt in der Natur der Sache, daß eine Rakete weniger gut abgeschirmt ist als ein stationäres Kraftwerk, aber der gefährlichste Punkt ist, daß sie draußen im All arbeitet. Man nimmt an, daß die Katastrophe durch primäre kosmische Strahlung ausgelöst wurde. Wenn Sie möchten, rufe ich einen der Fachleute für theoretische Physik herein, der es Ihnen näher erläutern wird.«

Harriman schüttelte den Kopf. »Sie wissen, ich beherrsche die Fachsprache nicht.« Er überlegte. »Und das wäre dann vermutlich alles?«

»Leider ja. Es tut mir aufrichtig leid.« Harriman stand auf und rüstete sich zum Gehen. »Oh, noch etwas, D.D. Sie haben doch nicht daran gedacht, an einen der mir unterstellten Kollegen heranzutreten?«

»Natürlich nicht. Warum sollte ich?«

»Das freut mich zu hören. Wissen Sie, Mr. Harriman, meine Mitarbeiter mögen nicht die brillantesten Wissenschaftler der Welt sein – es ist nämlich sehr schwer, einen erstklassigen Wissenschaftler unter den Bedingungen des öffentlichen Dienstes glücklich zu machen. Aber einer Sache bin ich mir hundertprozentig sicher: Keiner von ihnen ist bestechlich. Da ich das weiß, würde ich es als persönliche Beleidigung auffassen, sollte jemand versuchen, einen meiner Leute zu beeinflussen – als sehr persönliche Beleidigung.«

»So?«

»Ja. Übrigens, im College habe ich im Halbschwergewicht geboxt. Ich habe den Sport weiterbetrieben.«

»Hmmm ... nun, ich habe kein College besucht. Aber ich spiele recht gut Poker.« Plötzlich grinste Harriman. »Ich werde mich nicht an Ihre Jungens heranmachen, Carl. Das wäre ja beinahe so, als böte man einem Verhungernden eine Bestechung an. Bis dann!«

Zurück in seinem Büro, rief Harriman einen seiner Prokuristen herein. »Schicken Sie Mr. Montgomery eine weitere codierte Botschaft! Er soll das Zeug nach Panama City, nicht in die Vereinigten Staaten transportieren lassen.« Schon wollte er ein Telegramm an Coster diktieren, er solle die Arbeiten an der *Pioneer,* deren Skelett sich bereits auf der Prärie von Colorado himmelwärts reckte, einstellen und statt dessen die Santa Maria, die frühere City *of Brisbane,* auf den Start vorbereiten.

Doch er überlegte es sich anders. Der Start mußte außerhalb der Vereinigten Staaten erfolgen, und da die Atomenergie-Kommission sich bockbeinig zeigte, war es besser, die Santa Maria nicht an einen anderen Ort zu schaffen. Damit wäre alles verraten gewesen.

Sie konnte auch gar nicht fort, ohne daß sie für chemischen Treibstoff umgerüstet worden wäre. Nein, er würde ein anderes Schiff der Brisbane-Klasse außer Dienst stellen und nach Panama schicken müssen, und der Antrieb der Santa Maria mußte demontiert und ebenfalls nach Panama gebracht werden. Coster konnte das neue Schiff in sechs Wochen, vielleicht eher, fertig haben ... und dann würden er, Coster und LeCroix zum Mond starten!

Zum Teufel mit den Bedenken wegen primärer kosmischer Strahlen! Die Charon war schließlich drei Jahre lang geflogen, oder nicht? Sie würden die Reise machen, sie würden beweisen, daß es möglich war, und damit hatten sie dann den Anreiz gegeben, zuverlässigere Treibstoffe zu entwickeln. Wichtig war, daß der Flug zustande kam. Wenn Kolumbus auf zuverlässige Schiffe gewartet hätte, wären wir alle noch in Europa. Ein Mann mußte gewisse Risiken eingehen, oder er erreichte nie etwas.

Zufrieden schrieb Harriman das Telegramm nieder, das den neuen Plan in die Wirklichkeit umsetzen würde.

Er wurde von einer Sekretärin unterbrochen. »Mr. Harriman. Mr. Montgomery möchte Sie sprechen.«

»Wie? Hat er mein Telegramm bereits erhalten?«

»Das weiß ich nicht, Sir.«

»Stellen Sie ihn durch!«

Montgomery hatte die zweite Nachricht nicht erhalten. Aber er hatte Neuigkeiten für Harriman: Costa Rica hatte nach der Katastrophe seinen gesamten X-Treibstoff an das englische Energie-Ministerium verkauft. Weder in Costa Rica noch in England war eine einzige Unze übriggeblieben.

Montgomery verschwand vom Schirm, und Harriman grübelte eine Weile vor sich hin. Dann rief er Coster an. »Bob? Ist LeCroix da?«

»Hier bei mir – wir wollten gerade zusammen zum Essen gehen. Ich gebe ihn Ihnen.«

»Hallo, Les. Ihr Einfall war gut, aber es hat nicht geklappt. Irgendwer hat das Baby gestohlen.«

»Hö? Oh, ich verstehe. Das tut mir leid.«

»Verschwenden Sie niemals Zeit damit, etwas zu bedauern. Wir werden vorgehen, wie ursprünglich geplant. Wir erreichen den Mond!«

»Na klar.«

7

Aus dem Juni-Heft der Zeitschrift *Popular Technics:*

URANSUCHE AUF DEM MOND
Tatsachenbericht über eine in naher Zukunft
entstehende Großindustrie.

Aus *Holiday:*

FLITTERWOCHEN AUF DEM MOND
Recherchen unseres Reise-Redakteurs
über den Wunder-Kurort,
an dem sich Ihre Kinder erholen werden.

Aus dem *American Sunday Magazine:*

DIAMANTEN AUF DEM MOND?
Weltberühmter Wissenschaftler erklärt,
warum Diamanten in den Mondkratern so häufig sein
müssen wie Kieselsteine.

»Natürlich verstehe ich nichts von Elektronik, Clem, aber so hat man es mir erklärt. Man kann heutzutage den Strahl einer Fernsehsendung auf etwa ein Grad bündeln, stimmt's?«

»Ja – wenn der Reflektor, den man benutzt, groß genug ist.«

»Sie werden viel Ellbogenfreiheit haben. Die Erde bedeckt, vom Mond aus gesehen, einen zwei Grad breiten Raum! Sicher, sie ist ganz schön weit weg, aber Sie hätten keine Energieverluste und absolut perfekte, sich niemals ändernde Sendebedingungen. Wenn Sie Ihre Geräte einmal aufgestellt haben, wird es Sie nicht teurer kommen als eine Sendung von einem Berggipfel hier unten und sehr viel billiger, als wenn Sie von Küste zu Küste Hubschrauber in der Luft halten müssen, wie Sie es jetzt tun.«

»Es ist ein phantastischer Plan, Delos.«

»Was ist daran phantastisch? Wie wir zum Mond kommen, ist meine Sorge, nicht Ihre. Sobald wir einmal dort sind, wird es Fernsehsendungen zur Erde geben, darauf können Sie Ihr Hemd wetten. Das liegt in der Natur der Dinge. Wenn Sie nicht daran interessiert sind, muß ich mich nach jemand anderem umsehen.«

»Ich habe nicht gesagt, ich sei nicht interessiert.«

»Dann entschließen Sie sich. Noch etwas, Clem – ich will meine Nase nicht in Ihre Angelegenheiten stecken, aber haben Sie nicht einige Probleme gehabt, seit Ihnen der Kraftwerk-Satellit als Relais-Station verlorenging?«

»Sie kennen die Antwort; lassen Sie das Sticheln! Die Ausgaben steigen himmelhoch, ohne daß wir dafür eine Qualitätsverbesserung bekommen.«

»Das ist nicht ganz, was ich gemeint habe. Wie ist es mit der Zensur?«

Der Fernsehmann warf die Hände in die Höhe. »Sprechen Sie das Wort nicht aus! Es ist ja fast unmöglich, im Geschäft zu bleiben, wenn jeder moralinsaure Spießer im Land das Recht hat, ein Veto gegen das, was wir zeigen wollen, einzulegen – zum Kotzen ist das! Das ganze Prinzip ist verkehrt. Es ist, als verlange man, Erwachsene sollten von entrahmter Milch leben, weil Säuglinge keine Steaks essen können. Bekäme ich so einen verdammten, geilen, schleimigen Kerl in die Finger ...«

»Langsam! Langsam!« unterbrach Harriman ihn. »Sind Sie schon einmal auf die Idee gekommen, daß es absolut keine Möglichkeit gibt, sich in eine Fernsehsendung einzumischen, die vom Mond kommt – und daß Zensurausschüsse der Erde auf dem Mond nichts zu sagen hätten?«

»Was? – Wiederholen Sie das bitte!«

LIFE fliegt zum Mond. – LIFE-TIME Inc. gibt mit Stolz bekannt, daß wir die LIFE-Leser an dem ersten Flug zu unserem Satelliten teilnehmen lassen werden. Anstelle unserer üblichen wöchentlichen Spalte ›LIFE geht zu einer Party‹ wird sofort nach der Rückkehr des ersten erfolgreichen ...

VERSICHERUNG FÜR DAS NEUE ZEITALTER
(Auszug aus einer Anzeige der Nordatlantischen Versicherung auf Gegenseitigkeit)

... mit dem gleichen Weitblick, der unsere Versicherten nach dem Brand von Chicago, nach dem Brand von San Francisco und nach jeder Katastrophe seit dem Krieg von 1812 geschützt hat, wollen wir Sie jetzt gegen unerwartete Verluste *sogar auf dem Mond* schützen ...

UNBEGRENZTE ENTWICKLUNGSMÖGLICHKEITEN FÜR DIE TECHNIK

Wenn das Mondschiff *Pioneer* auf einer Flammenleiter himmelwärts klettert, werden siebenundzwanzig wichtige Geräte in seinem Innern von speziellen DELTA-Batterien mit Energie versorgt werden ...

»Mr. Harriman, könnten Sie bitte aufs Feld hinauskommen?«

»Was gibt's, Bob?«

»Ärger«, antwortete Coster lakonisch.

»Was für Ärger?«

Coster zögerte. »Ich möchte darüber lieber nicht auf dem Schirm reden. Wenn Sie nicht herauskommen können, wäre es vielleicht besser, Les und ich kämen zu Ihnen.«

»Ich bin heute abend da.«

Eben gelandet, sah Harriman sofort, daß LeCroix' gleichmütiger Gesichtsausdruck Bitterkeit verbarg, während Coster verbissen und abwehrend dreinblickte. Erst als sie in Costers Arbeitsraum zu dritt allein waren, forderte Harriman sie auf: »Raus mit der Sprache, Jungens!«

LeCroix sah Coster an. Dr Ingenieur kaute auf der Unterlippe. Schließlich sagte er: »Mr. Harriman, Sie wissen, welche Phasen diese Konstruktion durchlaufen hat.«

»Mehr oder weniger.«

»Wir mußten den Gedanken an ein Katapult aufgeben.

Dann hatten wir das hier ...« Coster kramte auf seinem Schreibtisch herum und zog die perspektivische Zeichnung einer Vier-Stufen-Rakete hervor, groß, aber durchaus anmutig. »Theoretisch war es eine Möglichkeit, praktisch aber viel zu kompliziert. Da die Teams, die für die Drücke, die Hilfsgeräte und die Kontrollen verantwortlich sind, nicht damit fertig wurden, alles unter einen Hut zu bringen, waren wir zu dem hier gezwungen ...« Er hielt eine weitere Zeichnung hoch. Die Rakete glich der ersten, war jedoch gedrungener, beinahe pyramidenförmig. »Wir fügten eine fünfte Stufe als Ring um die vierte hinzu. Es gelang uns sogar, etwas Gewicht einzusparen, indem wir einen Großteil der Ausrüstung für die vierte Stufe auch für die fünfte einsetzten. Und die Rakete hatte in den einzelnen Sektionen immer noch genug Stabilität, um durch die Atmosphäre zu kommen, und ohne nennenswerten Widerstand, auch wenn sie klobig wirkt.«

Harriman nickte. »Wissen Sie, Bob, wir werden die Stufenraketen-Idee fallenlassen müssen, bevor wir einen Linienverkehr zum Mond einrichten.«

»Ich sehe nicht, wie man daran vorbeikommt, wenn man chemischen Treibstoff benutzt.«

»Wenn Sie ein anständiges Katapult hätten, könnten Sie eine Rakete, die nur eine einzige Stufe hat, mit chemischem Treibstoff in einen Orbit bringen, nicht wahr?«

»Klar.«

»Das werden wir machen. Dann kann sie im Orbit auftanken.«

»Das alte Raumstation-System! Ich glaube, das ginge – das heißt, ich weiß, daß es geht. Nur sollte das Schiff nicht auftanken und dann die Reise zum Mond fortsetzen. Wirtschaftlicher wären spezielle Schiffe, die niemals irgendwo landen, sondern nur den Sprung von dieser Raumstation zu einer zweiten im Orbit um den Mond machen. Dann ...«

LeCroix zeigte eine höchst ungewöhnliche Ungeduld. »All das hat im Augenblick keinen Wert. Fahren Sie mit dem Bericht fort, Bob!«

»Richtig«, stimmte Harriman zu.

»Nun, dieses Modell hätte es schaffen müssen. Und, verdammt noch mal, ich glaube immer noch, es müßte es schaffen.«

Harriman sah ihn verwirrt an. »Aber, Bob, das ist doch der genehmigte Entwurf, nicht wahr? Das ist das Schiff, von dem draußen auf dem Feld zwei Drittel fertig sind?«

»Ja.« Coster machte einen angeschlagenen Eindruck. »Aber es wird es nicht schaffen. Es wird nicht funktionieren.«

»Warum nicht?«

»Weil ich zuviel totes Gewicht hinzufügen mußte, darum. Mr. Harriman, Sie sind kein Ingenieur; Sie haben keine Ahnung, wie schnell die Leistung sinkt, wenn man ein Schiff, abgesehen vom Treibstoff und vom Antriebsaggregat, mit allem möglichen vollstopfen muß. Zum Beispiel die Landevorrichtung für die ringförmige fünfte Stufe. Diese Stufe wird anderthalb Minuten lang benutzt und dann weggeworfen. Aber wir können es nicht darauf ankommen lassen, daß sie auf Wichita oder Kansas City fällt. Also statten wir sie mit Fallschirmen aus. Aber auch dann müssen wir sie mit Radar verfolgen und den Fallschirm durch Funksteuerung lösen, wenn sie sich über unbewohntem Gebiet und in nicht zu großer Höhe befindet. Das bedeutet weiteres Gewicht außer dem Fallschirm. Zum Schluß bekommen wir aus dieser Stufe nicht einmal eine Meile pro Sekunde mehr heraus. Das reicht nicht.«

Harriman rutschte in seinem Sessel herum. »Sieht aus, als sei es ein Fehler gewesen, als wir uns vornahmen, das Schiff in den Vereinigten Staaten starten zu lassen. Angenommen, wir nähmen als Startplatz ein unbewohntes Gebiet, zum Beispiel die brasilianische Küste, und ließen die Antriebsstufen in den Atlantik fallen ... wieviel würde Ihnen das sparen?«

Costers Blick ging in die Ferne. Dann nahm er einen Rechenschieber aus der Tasche. »Könnte klappen.«

»Wieviel Arbeit wäre es, das Schiff in diesem Stadium an einen anderen Ort zu bringen?«

»Nun ... es müßte völlig demontiert werden, anders ginge es nicht. Die Kosten kann ich nicht aus dem Kopf schätzen, aber es würde teuer werden.«

»Wie lange würde es dauern?«

»Hmm ... ach, Mr. Harriman, das kann ich so nicht sagen. Zwei Jahre – achtzehn Monate, wenn wir Glück haben. Wir müßten einen neuen Startplatz anlegen, Fabrikhallen bauen.«

Harriman dachte darüber nach, obwohl er die Antwort tief in seinem Innern schon kannte. So reich er war, seine Finanzlage war bis zum Gefahrenpunkt angespannt. Er konnte die Werbung nicht noch zwei Jahre allein auf Worte aufbauen; er mußte einen erfolgreichen Flug zuwegebringen, und das bald – oder es brach alles zusammen. »Das geht nicht, Bob.«

»Das habe ich befürchtet. Nun, ich habe versucht, noch eine sechste Stufe hinzuzufügen.« Er hielt eine weitere Zeichnung hoch. »Sehen Sie diese Monstrosität? Von einem bestimmten Punkt an nimmt die Leistung ab. Die effektive Endgeschwindigkeit ist bei dieser Mißgeburt geringer als bei fünf Stufen.«

»Heißt das, daß Sie sich geschlagen geben, Bob? Können Sie kein Mondschiff bauen?«

»Doch, aber ...«

»Evakuieren Sie Kansas«, sagte LeCroix plötzlich.

»Wie bitte?« fragte Harriman.

»Evakuieren Sie die gesamte Bevölkerung von Kansas und Ost-Colorado. Lassen Sie die fünfte und die vierte Stufe irgendwie in diesem Gebiet niedergehen. Die dritte Stufe fällt in den Atlantik, die zweite geht in eine dauerhafte Kreisbahn – und das Schiff selbst fliegt weiter zum Mond. Das geht, wenn man das Gewicht der Fallschirme für die fünfte und vierte Stufe einsparen kann. Fragen Sie Bob!«

»Nun, Bob?«

»Das habe ich doch gesagt! Dieses parasitäre Übergewicht vereitelt unseren Plan. Der grundlegende Entwurf ist in Ordnung.«

»Hmmm ... geben Sie mir mal einen Atlas!« Harriman

sah sich Kansas und Colorado an und überschlug im Kopf ein paar Zahlen. Sein Blick ging ins Leere. In diesem Augenblick hatte er eine verblüffende Ähnlichkeit mit Coster, als dieser an seine eigene Arbeit gedacht hatte. Schließlich erklärte Harriman: »Es geht nicht.«

»Warum nicht?«

»Das Geld. Ich habe Ihnen gesagt, Sie sollen sich keine Sorgen über das Geld machen – für das Schiff. Aber es würde mindestens sechs oder sieben Millionen Dollar kosten, dieses Gebiet auch nur für einen Tag zu räumen. Klagen müßten wir außergerichtlich regeln, denn warten könnten wir nicht. Und ein paar Dickschädel würden auf gar keinen Fall gehen.«

LeCroix rief wild: »Wenn die Verrückten nicht gehen wollen, steht es ihnen doch frei, ihr Leben aufs Spiel zu setzen!«

»Ich verstehe Sie sehr gut, Les. Aber dieses Projekt ist zu groß, um es zu verstecken, und auch zu groß, um es umzusiedeln. Falls wir Unbeteiligte nicht schützen, wird uns der Laden aufgrund eines Gerichtsurteils zwangsweise dichtgemacht. Ich kann nicht sämtliche Richter in zwei Staaten bestechen. Und einige von ihnen würden nicht käuflich sein.«

»Es war eine gute Idee, Les«, tröstete Coster.

»Ich dachte, damit eine Lösung für uns alle gefunden zu haben«, antwortete der Pilot.

Harriman sagte: »Sie erwähnten noch eine andere Lösung, Bob.«

Coster blickte verlegen auf die Seite. »Sie kennen die Pläne für das Schiff selbst – es hat Raum und Vorräte für drei Mann.«

»Ja. Worauf wollen Sie hinaus?«

»Es brauchen keine drei Mann zu sein. Man könnte die erste Stufe in zwei Hälften teilen, das Schiff bis auf das Minimum für einen Mann verkleinern und auf den Rest verzichten. Das ist die einzige Möglichkeit, die ich sehe, um diese Konstruktion zum Funktionieren zu bringen.« Er holte eine neue Zeichnung hervor. »Sehen Sie? Ein Mann und Vorräte für weniger als eine Woche. Keine

Luftschleuse – der Pilot bleibt in seinem Druckanzug. Keine Kombüse. Keine Kojen. Das bloße Minimum, um einen Mann für ein Maximum von zweihundert Stunden am Leben zu erhalten. Es wird funktionieren.«

»Es wird funktionieren«, wiederholte LeCroix und sah Coster an.

Harriman betrachtete die Zeichnung mit einem merkwürdigen, ganz üblen Gefühl im Magen. Ja, zweifellos würde es funktionieren – und für die Zwecke der Werbung war es gleichgültig, ob ein Mann oder drei zum Mond flogen und zurückkehrten. Es genügte, wenn das überhaupt geschafft wurde. Harriman war fest überzeugt, nach einem einzigen erfolgreichen Flug würde das Geld hereinströmen. Dann würde Kapital da sein, um ausgereifte, Passagiere befördernde Schiffe zu entwickeln.

Die Brüder Wright hatten mit weniger angefangen.

»Wenn es das ist, womit ich mich abfinden muß, wird mir wohl nichts anderes übrigbleiben«, sagte er langsam.

Coster zeigte seine Erleichterung. »Fein! Aber da ist noch ein weiterer Haken. Sie wissen, welche Bedingung ich stellte, als ich diese Arbeit begann: Ich wollte mitfliegen. Jetzt wedelt Les mir mit einem Vertrag unter der Nase herum und behauptet, *er* sei der Pilot.«

»Es geht nicht nur darum«, fiel LeCroix ein. »Sie sind kein Pilot, Bob. Sie werden sich mit Ihrer Uneinsichtigkeit umbringen und das ganze Unternehmen zum Scheitern verurteilen.«

»Ich werde lernen, das Schiff zu fliegen. Schließlich habe ich es konstruiert. Mr. Harriman, es wäre mir schrecklich, gegen Sie klagen zu müssen – Les sagt, er will klagen –, aber mein Vertrag ist älter als seiner. Ich habe die Absicht, seine Einhaltung zu erzwingen.«

»Hören Sie nicht auf ihn, Mr. Harriman. Soll er doch klagen. Ich werde dieses Schiff fliegen und zurückbringen. Er wird es kaputtmachen.«

»Entweder ich fliege, oder ich baue das Schiff nicht«, erklärte Coster ausdruckslos.

Harriman winkte ihnen zu schweigen. »Langsam,

langsam, meine Herren. Sie können mich beide verklagen, wenn es Ihnen Spaß macht. Bob, reden Sie keinen Unsinn! In diesem Stadium kann ich andere Ingenieure einstellen, die die Arbeit zu Ende führen. Sie sagen, es dürfe nur ein einziger Mann sein.«

»Das ist richtig.«

»Sie sehen ihn vor sich.«

Beide starrten ihn an.

»Machen Sie den Mund zu!« schimpfte Harriman. »Was ist daran so komisch? Sie haben gewußt, was ich vorhatte. Sie glauben doch nicht, ich habe mir all diese Mühe gemacht, nur um Ihnen beiden einen Flug zum Mond zu ermöglichen? *Ich werde fliegen*. Warum soll nicht ich der Pilot sein? Ich bin in gutem Gesundheitszustand, mein Sehvermögen ist normal, ich bin immer noch aufnahmefähig genug, daß ich lernen kann, was notwendig ist. Wenn ich selbst kutschieren muß, werde ich es tun. Ich trete für niemanden zur Seite, für niemanden, hören Sie?«

Coster kam zuerst wieder zu Atem. »Chef, Sie wissen nicht, was Sie da reden.«

Zwei Stunden später stritten sie immer noch. Die meiste Zeit hatte Harriman geschwiegen und auf ihre Argumente gar nicht reagiert. Endlich ging er für ein paar Minuten unter dem üblichen Vorwand hinaus. Als er zurückkam, sagte er: »Bob, was wiegen Sie?«

»Ich? Ein bißchen über zweihundert.«

»Nahe an zwei-zwanzig, würde ich schätzen. Les, was wiegen Sie?«

»Einhundertsechsundzwanzig.«

»Bob, konstruieren Sie das Schiff für eine Netto-Last von einhundertundsechsundzwanzig Pfund.«

»Was? Nicht so schnell, Mr. Harriman ...«

»*Halten Sie den Mund!* Wenn ich mich nicht in sechs Wochen zum Piloten ausbilden kann, können Sie es auch nicht.«

»Aber ich beherrsche die Mathematik und die Grundlagen, um ...«

»Sie sollen den Mund halten, habe ich gesagt! Les hat

ebensoviel Zeit gebraucht, seinen Beruf zu erlernen, wie Sie für den Ihren. Kann er in sechs Wochen Ingenieur werden? Wie kommen Sie dann auf die Idee, Sie könnten in dieser Zeit Pilot werden? Ich werde nicht zulassen, daß Sie mein Schiff ruinieren, nur um Ihr aufgeblähtes Ego zu befriedigen. Immerhin haben Sie uns den Schlüssel geliefert, als wir den Entwurf diskutierten. Der eigentliche limitierende Faktor ist das Gewicht des Passagiers oder der Passagiere, richtig? Alles – *alles* funktioniert im Verhältnis zu dieser einen Masse. Richtig?«

»Ja, aber ...«

»Richtig oder falsch?«

»Nun ... ja, das ist richtig. Ich wollte nur ...«

»Der kleinere Mann kann von weniger Wasser leben, er atmet weniger Luft, er nimmt weniger Raum ein. Les fliegt.« Harriman ging zu Coster hinüber und legte ihm die Hand auf die Schulter. »Nehmen Sie es nicht so schwer, mein Sohn. Dieser Flug muß ein Erfolg werden – und das bedeutet, Sie und ich müssen auf die Ehre verzichten, der erste Mensch auf dem Mond zu sein. Aber ich verspreche Ihnen: Wir werden den zweiten Flug mitmachen, mit Les als unserem Privatchauffeur, und dann werden viele Flüge mit Passagieren folgen. Bob, Sie können ein großer Mann bei diesem Spiel werden, wenn Sie jetzt Ihre eigenen Interessen zurückstellen. Wie würde Ihnen der Posten des Chef-Ingenieurs in der ersten Mondkolonie gefallen?«

Coster brachte ein Grinsen zustande. »Gar nicht schlecht.«

»Er wird Ihnen gefallen. Auf dem Mond zu leben ist ein technisches Problem. Sie und ich müssen noch darüber reden. Würde es Sie nicht reizen, Ihre Theorien in die Praxis umzusetzen? Die erste Stadt zu bauen? Das große Observatorium zu bauen, das wir dort errichten werden? Sich umzusehen und zu wissen, daß Sie der Mann sind, der das alles geschaffen hat?«

Coster machte sich langsam mit dem Gedanken vertraut. »Es klingt gut, wie Sie das sagen. Aber was werden *sie* tun?«

»Ich? Vielleicht werde ich der erste Bürgermeister von Luna City.« Das war ein ganz neuer Einfall, und er hatte seine Freude daran. »Der ehrenwerte Delos David Harriman, Bürgermeister von Luna City. Ha, das gefällt mir! Wissen Sie, ich habe noch nie ein öffentliches Amt ausgeübt. Ich bin nie etwas anderes als Eigentümer gewesen.« Er blickte ringsum. »Alles geregelt?«

»Ich denke schon«, antwortete Coster langsam. Plötzlich streckte er LeCroix die Hand entgegen. »Sie fliegen das Schiff, Les. Ich werde es bauen.«

LeCroix ergriff Costers Hand. »Abgemacht. Und Sie und der Chef machen sich an die Arbeit und entwerfen Pläne für das nächste Modell – groß genug für uns alle.«

»In Ordnung!«

Harriman legte seine Hand auf die Hände der beiden anderen. »Das ist die Art, wie ich Sie gern sprechen höre. Wir wollen zusammenhalten und gemeinsam Luna City gründen.«

»Ich finde, wir sollten die Stadt ›Harriman‹ nennen«, schlug LeCroix ernsthaft vor.

»Nein. Schon als ich noch ein Kind war, hat die erste Stadt auf dem Mond für mich Luna City geheißen, und bei Luna City soll es bleiben. Vielleicht«, setzte er hinzu, »können wir in der Mitte einen Harriman-Platz anlegen.«

»So werde ich ihn auf den Plänen bezeichnen«, stimmte Coster zu.

Harriman ging. Obwohl sie eine Lösung gefunden hatten, war er schrecklich deprimiert, und er wollte es seine beiden Kollegen nicht merken lassen. Es war ein Pyrrhus-Sieg geworden. Er hatte das Unternehmen gerettet, aber er kam sich vor wie ein Tier, das sich das eigene Bein abgebissen hat, um der Falle zu entrinnen.

8

Strong, allein in den Büros der Partnerschaft zurückgeblieben, erhielt einen Anruf von Dixon. »George, ich suche D. D. Ist er da?«

»Nein, er ist in Washington – hat etwas mit der Starterlaubnis zu tun. Ich erwarte ihn bald zurück.«

»Hmmm ... Entenza und ich möchten ihn sprechen. Wir kommen zu Ihnen.«

Kurz darauf trafen sie ein. Entenza war offensichtlich über irgend etwas sehr aufgeregt; Dixon wirkte gleichmütig wie üblich. Nach der Begrüßung wartete Dixon einen Augenblick und fragte dann: »Jack, hatten Sie nicht etwas Geschäftliches zu erledigen?«

Entenza fuhr zusammen. Er zog einen Scheck aus der Tasche. »Ach ja! George, ich brauche mich jetzt doch nicht auf einen kleineren Anteil zu beschränken. Mit dieser Summe ziehe ich zum heutigen Stand mit Ihnen gleich.«

Strong griff nach dem Scheck und legte ihn in eine Schublade. »Delos wird sich bestimmt freuen.«

»Wollen Sie keine Quittung dafür ausschreiben?« fragte Dixon scharf.

»Wenn Jack eine haben möchte. Der entwertete Scheck genügt doch.« Trotzdem schrieb Strong ohne ein weiteres Wort eine Quittung aus, und Entenza nahm sie.

Sie schwiegen eine Weile. Schließlich sagte Dixon: »George, Sie haben sich ziemlich stark engagiert, nicht wahr?«

»Schon möglich.«

»Möchten Sie Ihren Einsatz sichern?«

»Wie?«

»Also, offen gesprochen, ich möchte mich selbst schützen. Würden Sie ein halbes Prozent Ihres Anteils verkaufen?«

Strong dachte darüber nach. Er machte sich tatsächlich Sorgen – er war schon ganz krank davon. Die Anwesenheit von Dixons Buchprüfer hatte sie gezwungen, jeden

Betrag sofort einzuzahlen – und nur Strong wußte, wie nahe an den Rand des Abgrunds es die Partner gebracht hatte. »Warum wollen Sie ihn denn haben?«

»Oh, ich würde ihn nicht dazu benutzen, mich in Delos' Unternehmungen einzumischen. Er ist unser Mann, wir stehen zu ihm. Aber ich würde mich viel sicherer fühlen, wenn ich das Recht hätte, ›Halt!‹ zu rufen, sollte er versuchen, uns finanzielle Verpflichtungen aufzuladen, denen wir nicht nachkommen können. Sie kennen Delos; er ist ein unverbesserlicher Optimist. Wir müssen irgendeine Möglichkeit haben, ihn zu bremsen.«

Wieder dachte Strong nach. Es schmerzte ihn, daß er völlig Dixons Meinung war. Er hatte danebengestanden und zugesehen, wie Delos zwei Vermögen, die in vielen Jahren mit großer Mühe aufgebaut worden waren, in alle Winde streute. D.D. schien nichts mehr zu interessieren. Erst heute morgen hatte er sich geweigert, auch nur einen Blick auf einen Bericht über den automatischen Haushalt-Schalter von H & S zu werfen – den er Strong doch selbst aufgehalst hatte.

Dixon beugte sich vor. »Nennen Sie einen Preis, George. Ich werde großzügig sein.«

Strong straffte seine gebeugten Schultern. »Ich werde verkaufen ...«

»Gut!«

»... wenn Delos damit einverstanden ist. Sonst nicht.«

Dixon murmelte etwas. Entenza schnaubte. Vielleicht wären noch scharfe Worte gefallen, doch da kam Harriman herein.

Niemand sagte ein Wort über den Strong unterbreiteten Vorschlag. Strong erkundigte sich nach dem Ergebnis der Reise. Harriman drückte Daumen und Finger zusammen. »Alles geritzt! Aber es wird von Tag zu Tag teurer, in Washington Geschäfte zu machen.« Er wandte sich den anderen zu. »Wie geht's? Hat diese Versammlung eine besondere Bedeutung? Sind wir in einer Geheimsitzung?«

Dixon forderte Entenza auf: »Sagen Sie es ihm, Jack.«

Entenza sah Harriman an. »Was haben Sie sich dabei gedacht, als Sie die Fernsehrechte verkauft haben?«

Harriman hob eine Braue. »Warum sollte ich sie nicht verkaufen?«

»Weil Sie sie mir versprochen hatten, darum. So lautet die ursprüngliche Abmachung; ich habe sie schriftlich.«

»Sehen Sie sich diese Abmachung lieber noch einmal genau an, Jack, und poltern Sie nicht voreilig los! Sie haben die Rechte für den Rundfunk, das Fernsehen und andere Unterhaltungsmedien bei dem ersten Flug zum Mond. Sie haben sie immer noch. Einschließlich der Übertragungen aus dem Schiff, vorausgesetzt, wir bringen sie fertig.« Der Augenblick war nicht günstig, Entenza mitzuteilen, daß letzteres durch die Rücksichten auf das Gewicht bereits unmöglich geworden war. Die *Pioneer* würde an elektronischer Ausrüstung nur das mitnehmen, was sie für die Astrogation brauchte. »Anderweitig verkauft habe ich die Konzession, später eine Fernsehstation auf dem Mond zu errichten. Übrigens, es ist nicht einmal ein Exklusiv-Vertrag, wenn auch Clem Haggerty meint, es sei einer. Falls Sie einen eigenen Sender kaufen wollen, sind wir Ihnen gern gefällig.«

»*Kaufen!* Also, da soll doch ...«

»Sie können ihn auch umsonst haben, wenn es Ihnen gelingt, Dixon und George zu überzeugen, daß Sie ein Recht darauf haben. Ich will nicht als Geizkragen dastehen. Sonst noch etwas?«

Dixon fiel ein: »Wo stehen wir denn jetzt, Delos?«

»Gentlemen, Sie können sich darauf verlassen, daß die *Pioneer* plangemäß startet – also am nächsten Mittwoch. Würden Sie mich jetzt bitte entschuldigen? Ich bin unterwegs zum Peterson Field.«

Als er gegangen war, saßen seine drei Geschäftsfreunde eine Weile still da. Entenza murmelte vor sich hin, Dixon dachte offensichtlich nach, und Strong wartete einfach ab. Dann fragte Dixon: »Wie ist es nun mit diesem halben Prozent, George?«

»Sie hielten es nicht für angebracht, das Delos gegenüber zu erwähnen.«

»Ich verstehe.« Dixon streifte sorgfältig Asche ab. »Er ist ein merkwürdiger Mann, nicht wahr?«

Strong drehte sich zu ihm um. »Ja.«

»Wie lange kennen Sie ihn schon?«

»Lassen Sie mich überlegen – er arbeitete für mich im Jahr . . .«

»Er hat für *Sie* gearbeitet?«

»Mehrere Monate lang. Dann gründeten wir unsere erste Firma.« Strongs Gedanken wanderten in die Vergangenheit zurück. »Ich glaube, er hatte damals schon einen Energie-Komplex.«

»Nein«, meinte Dixon versonnen. »Nein, einen Energie-Komplex würde ich es nicht nennen. Es ist schon eher ein Messias-Komplex.«

Entenza hob den Blick. »Er ist ein krummer Hund, das ist er!«

Strong sah ihn milde an. »Mir wäre es lieber, Sie würden nicht so von ihm sprechen. Wirklich!«

»Behalten Sie Ihre Gedanken für sich, Jack!« befahl Dixon. »Sonst zwingen Sie George noch, Ihnen die Nase einzuschlagen. Besonders merkwürdig an ihm ist«, fuhr Dixon fort, »daß er fähig ist, in anderen eine beinahe feudale Loyalität zu erwecken. Zum Beispiel bei Ihnen, George. Ich weiß, daß Sie blank sind – und doch wollen Sie sich nicht von mir retten lassen. Das hat nichts mehr mit Logik zu tun; es liegt an der Persönlichkeit.«

Strong nickte. »Er ist tatsächlich ein merkwürdiger Mann. Manchmal denke ich, er ist der letzte Raubritter.«

Dixon schüttelte den Kopf. »Nicht der letzte. Der letzte Raubritter hat den amerikanischen Westen erschlossen. Er ist der erste der *neuen* Raubritter – und wie das einmal endet, werden Sie und ich nicht mehr erleben. Haben Sie jemals Carlyle gelesen?«

Wieder nickte Strong. »Ich weiß, was Sie meinen: Die ›Helden‹-Theorie. Aber ich stimme ihr nicht zu.«

»Es ist jedoch etwas daran«, antwortete Dixon. »Ehrlich, ich glaube nicht, daß Delos weiß, was er tut. Er begründet einen neuen Imperialismus. Dafür wird noch ein schrecklicher Preis bezahlt werden müssen.« Er stand auf. »Vielleicht hätten wir warten sollen. Vielleicht hätten wir ihn aufhalten sollen – wenn wir das überhaupt gekonnt hätten. Nun, geschehen ist geschehen. Wir sitzen auf dem Karussell und können nicht abspringen. Ich hoffe, die Fahrt wird uns Vergnügen machen. Kommen Sie, Jack!«

9

Auf der Colorado-Prärie wurde es dämmerig. Die Sonne stand hinter dem Gipfel, und das breite weiße Gesicht Lunas, voll und rund, stieg im Osten auf. In der Mitte des Peterson Fields reckte sich die *Pioneer* gen Himmel. Ein mit einem Radius von tausend Yards ringsumher gezogener Stacheldrahtzaun hielt die Menschenmengen zurück. Auf der Innenseite schritten unablässig Wachen den Zaun ab. Weitere Wachen gingen zwischen den Zuschauern umher. Innerhalb des Sperrgebiets sah man Leitungen und Übertragungswagen für Funk und Fernsehen, und ferngesteuerte Kameras standen auf allen Seiten, sowohl dicht am Schiff als auch weit davon entfernt. Neben dem Schiff parkten weitere Fahrzeuge. Man hatte den Eindruck von organisierter Aktivität.

Harriman wartete in Costers Büro. Coster selbst war draußen auf dem Feld, und Dixon und Entenza hatten einen Raum für sich. LeCroix, immer noch im Betäubungsschlaf, lag auf dem Bett von Costers Apartment.

Vor der Tür entstand Bewegung. Harriman öffnete sie einen Spalt. »Wenn das wieder ein Reporter ist, weisen Sie ihn ab! Schicken Sie ihn zu Mr. Montgomery hinüber! Captain LeCroix gibt keine ungenehmigten Interviews.«

»Delos! Laß mich rein!«

»Ach, du bist es, George. Komm rein! Die Reporter haben uns fast zu Tode gehetzt.«

Strong trat ein und reichte Harriman eine große und schwere Tasche. »Das sind sie.«

»Was meinst du?«

»Die abgestempelten Umschläge für das Philatelisten-Syndikat. Du hattest sie vergessen. Sie bedeuten eine halbe Million Dollar, Delos«, beschwerte er sich. »Wenn ich sie nicht in deinem Garderobenschrank entdeckt hätte, wäre sie uns verlorengegangen.«

Harriman glättete seine Gesichtszüge. »George, du bist ein Pfundskerl.«

»Soll ich sie selbst ins Schiff bringen?« fragte Strong eifrig.

»Wie bitte? Nein, nein. Les wird das machen.« Harriman warf einen Blick auf die Uhr. »Wir müssen ihn bald wecken. Um diese Umschläge kümmere ich mich schon.« Er nahm die Tasche. »Störe ihn jetzt nicht! Du bekommst auf dem Feld Gelegenheit, dich von ihm zu verabschieden.«

Harriman ging ins Nebenzimmer, schloß die Tür hinter sich, wartete, bis die Krankenschwester dem schlafenden Piloten ein als Gegenmittel wirkendes Stimulanz gespritzt hatte, und jagte sie dann hinaus. Als er sich wieder umdrehte, setzte der Pilot sich auf und rieb sich die Augen. »Wie fühlen Sie sich, Les?«

»Gut. Dann ist es jetzt also soweit.«

»Ja. Und wir alle halten Ihnen die Daumen, Junge. In zwei Minuten müssen Sie nach draußen gehen und sich den Leuten stellen. Alles ist bereit – aber ich habe noch ein paar Dinge, die ich Ihnen sagen möchte.«

»Ja?«

»Sehen Sie diese Tasche?« Rasch erklärte Harriman, was sie enthielt und was es zu bedeuten hatte.

LeCroix blickte bestürzt drein. »Aber ich kann die Umschläge wirklich nicht mitnehmen, Delos. Es ist alles bis zur letzten Unze berechnet.«

»Wer hat gesagt, Sie sollen sie mitnehmen? Natürlich können Sie das nicht; die Tasche muß sechzig, siebzig Pfund wiegen. Ich hatte sie einfach vergessen. Also, wir tun folgendes: Vorerst verstecke ich sie hier ...« Harriman stopfte die Tasche ganz nach hinten in einen Kleiderschrank. »Wenn Sie landen, stehe ich sofort da. Und mit Hilfe eines Taschenspielertricks nehmen Sie sie dann aus dem Schiff.«

LeCroix schüttelte kläglich den Kopf. »Delos, Sie sind mir zu raffiniert, und außerdem bin ich nicht in der Stimmung, mich zu streiten.«

»Da bin ich aber froh, denn andernfalls würde ich für eine popelige halbe Million ins Gefängnis wandern. Wir haben das Geld bereits verbraucht. Es kommt ja gar nicht darauf an; niemand als Sie und ich wissen es – und die Briefmarkensammler erhalten den vollen Gegenwert für ihr Geld.« Er sah den Jüngeren an, als liege ihm sehr an dessen Zustimmung.

»Okay, okay«, sagte LeCroix. »Was interessieren mich die Briefmarkensammler – noch dazu ausgerechnet heute abend. Gehen wir!«

»Noch eins.« Harriman zog ein Stoffbeutelchen aus der Tasche. »Das nehmen Sie tatsächlich mit – und das Gewicht ist berücksichtigt worden. Dafür habe ich gesorgt. Jetzt passen Sie auf, was Sie damit machen.« Er gab ihm ausführliche und sehr genaue Instruktionen.

LeCroix kannte sich nicht mehr aus. »Habe ich Sie richtig verstanden? Ich soll zulassen, daß der Beutel gefunden wird – und dann die reine Wahrheit über das sagen, was sich abgespielt hat?«

»Das ist richtig.«

»Okay.« LeCroix ließ den Beutel in einer Reißverschlußtasche seines Overalls verschwinden. »Wir müssen aufs Feld. Es ist schon X minus einundzwanzig Minuten.«

Als LeCroix im Schiff war, kam Strong zu Harriman in das Kontroll-Blockhaus. »Sind die Umschläge an Bord?« erkundigte er sich besorgt. »LeCroix hat nichts in der Hand getragen.«

»Oh, natürlich«, antwortete Harriman. »Ich habe sie vorausgeschickt. Du solltest dich an deinen Platz begeben. Da geht schon die erste Leuchtkugel hoch.«

Dixon, Entenza, der Gouverneur von Colorado, der

Vizepräsident der Vereinigten Staaten und ein rundes Dutzend anderer VIPs saßen bereits auf einem Balkon oberhalb der Kontrollebene an Periskopen, mit denen man durch Schlitze hinaussehen konnte. Strong und Harriman kletterten eine Leiter hoch und nahmen die beiden noch freien Sitze ein.

Harriman brach der Schweiß aus, und er merkte, daß er zitterte. Durch sein Periskop sah er das Schiff; von unten klang Costers Stimme herauf, die nervös Meldungen über die Startvorbereitungen nachprüfte. Aus einem Lautsprecher neben ihm kam gedämpft der laufende Kommentar eines Berichterstatters. Harriman selbst war – nun, der Admiral der Operation, aber er konnte nichts anderes mehr tun als warten, zugucken und zu beten versuchen.

Eine zweite Leuchtkugel stieg in den Himmel und zerplatzte zu roten und grünen Funken. Noch fünf Minuten.

Die Sekunden zogen sich in die Länge. Bei minus zwei Minuten ertrug Harriman es nicht länger, das Geschehen durch einen schmalen Schlitz zu beobachten. Er mußte hinaus, mußte persönlich daran teilhaben – er mußte einfach. Also kletterte er hinunter und eilte dem Ausgang des Blockhauses zu. Coster sah sich verblüfft nach ihm um, versuchte jedoch nicht, ihn aufzuhalten – ganz gleich, was geschah, er durfte seinen Posten nicht verlassen. Harriman stieß den Wachtposten mit dem Ellbogen zur Seite und lief zur Tür hinaus.

Im Osten ragte das Schiff himmelwärts, eine scharf umrissene, schlanke Pyramide vor dem Vollmond. Harriman wartete.

Und wartete.

Was war schiefgegangen? Als er ins Freie gekommen war, hatten weniger als zwei Minuten gefehlt, das wußte er genau. Und doch stand die Rakete immer noch da, stumm, dunkel, unbeweglich. Kein Ton war zu hören außer dem fernen Heulen der Sirenen, die die Zuschauer hinter dem Zaun warnten. Harrimans Herz setzte aus, der Atem stockte ihm in der Kehle. Irgend etwas war fehlgeschlagen. Das Unternehmen war fehlgeschlagen.

Eine einzelne Leuchtkugel stieg vom Dach des Blockhauses hoch. Eine Flamme umzüngelte die Basis des Schiffes.

Sie breitete sich aus, wurde zu einem Kissen aus weißem Feuer. Langsam, beinahe zögernd hob die *Pioneer* sich, schien einen Augenblick zu schweben, balancierte auf einer Feuersäule – und raste mit einer so hohen Beschleunigung in den Himmel, daß sie beinahe sofort über ihm war, oben im Zenit, ein blendender Flammenkreis. Sie stieg soviel schneller, als sie sich vorwärtsbewegte, daß es den Anschein hatte, als werde sie sich rückwärts überschlagen und auf ihn fallen. In einer instinktiven, wenn auch sinnlosen Bewegung hielt er sich die Hand vors Gesicht.

Das Geräusch erreichte ihn.

Das war kein Geräusch – es war ein Brüllen auf allen Frequenzen zwischen Unterschall und Überschall, so unglaublich mit Energie geladen, daß es ihn in die Brust traf. Er hörte es mit den Zähnen und Knochen ebenso wie mit den Ohren. Er ging in die Knie und stemmte sich dagegen.

Dem Geräusch folgte die zurückströmende Luft im Schneckentempo eines Hurrikans. Sie zerrte an seiner Kleidung, riß ihm den Atem von den Lippen. Blindlings zurücktaumelnd versuchte er, das Lee des Betongebäudes zu erreichen. Er wurde zu Boden geschleudert.

Hustend und würgend raffte er sich wieder auf und erinnerte sich, daß er zum Himmel hochblicken mußte. Direkt über ihm verschwand ein Stern. Schon war er fort.

Harriman ging in das Blockhaus.

Der Innenraum war voll von angespanntem Gemurmel. In Harrimans noch klingende Ohren drang das Plärren eines Lautsprechers: »Beobachtungsposten eins! Beobachtungsposten eins an Blockhaus! Stufe fünf planmäßig abgesprengt – Schiff und Stufe fünf zeigen getrennte Blips ...« und Costers Stimme, die hoch und ärgerlich dazwischenfuhr: »Geben Sie mir Radarstation eins! Hat sie Stufe fünf schon auf dem Schirm? Verfolgt sie ihre Bahn?«

Im Hintergrund schrie sich der Berichterstatter immer noch die Lunge aus dem Hals. »Ein großer Tag, Leute, ein großer Tag! Die gewaltige *Pioneer* ist jetzt wie ein Engel des Herrn, das Flammenschwert in der Hand, auf ihrem ruhmreichen Weg zu unserem Schwesterplaneten. Die meisten von Ihnen haben ihren Start auf dem Bildschirm gesehen; ich wünschte, Sie hätten sie sehen können wie ich, als sie in den Abendhimmel hinaufstieg, ihre kostbare Ladung an . . .«

»Schalten Sie das verdammte Ding ab!« befahl Coster. Dann rief er den Besuchern auf der Beobachtungsplattform zu: »Und seien Sie da oben etwas leiser! Ruhe!«

Der Vizepräsident der Vereinigten Staaten sah ruckartig nach hinten, die Lippen zusammengepreßt. Dann dachte er daran zu lächeln. Die anderen VIPs verstummten und nahmen ihre Gespräche nach einer Weile in gedämpftem Flüsterton wieder auf. Die Stimme eines Mädchens durchschnitt die Stille: »Radarstation eins an Blockhaus – verfolgen Bahn von Stufe fünf.«

In einer Ecke regte sich etwas. Dort schirmte eine große Haube aus Segeltuch eine dicke Plexiglas-Platte vor dem direkten Licht ab. Die Platte hing senkrecht von der Decke und wurde von den Rändern her beleuchtet; sie zeigte in feinen weißen Linien eine Landkarte von Colorado und Kansas. Städte und Dörfer glühten rot. Nicht evakuierte Farmen waren winzige rote Warnlichter.

Ein hinter der transparenten Karte stehender Mann berührte sie mit einem Fettstift. Die gemeldete Position von Stufe fünf leuchtete auf. Vor der Karte saß ein junger Mann ruhig in einem Sessel, einen birnenförmigen Schalter in der Hand. Sein Daumen ruhte leicht auf dem Druckknopf. Er war ein von der Air Force ausgeliehener Bombenschütze. Wenn er den Schalter betätigte, würde ein Funksignal den Fallschirm von Stufe fünf abtrennen und sie der Erde zustürzen lassen. Er arbeitete allein nach den Berichten der Radarstationen und hatte kein neumodisches Bombenzielgerät, das für ihn dachte. Beinahe ließ er sich vom Instinkt leiten – oder vielmehr von dem angesammelten unterbewußten Wissen seines Handwerks, das sich in seinem Gehirn mit den mageren Informationen auf der Karte vor ihm zusammenschloß und ihm sagte, wo die tonnenschwere Stufe fünf landen würde, wenn er in diesem Augenblick den Schalter drückte. Sorgen machte er sich offenbar keine.

»Beobachtungsposten eins an Blockhaus!« war wieder eine Männerstimme zu hören. »Stufe vier planmäßig abgesprengt.« Beinahe sofort folgte darauf eine tiefere Stimme: »Radarstation zwei, verfolgen Stufe vier, augenblickliche Höhe neun-fünf-eins Meilen, vorhergesagter Vektor.«

Niemand zollte Harriman irgendwelche Aufmerksamkeit.

Unter der Haube wuchs die beobachtete Flugbahn von Stufe fünf in schimmernden Markierungen des Fettstiftes nahe, aber nicht auf der gepunkteten Linie ihres vorhergesagten Pfades. An jeder Markierung wurde im rechten Winkel nach unten die gemeldete Höhe eingetragen.

Der schweigende junge Mann vor der Karte drückte plötzlich kräftig auf seinen Schalter. Dann stand er auf, reckte sich und fragte: »Hat jemand eine Zigarette für mich?« – »Radarstation zwei!« erhielt er zur Antwort. »Stufe vier – erste Schätzung der Aufschlagstelle: vierzig Meilen westlich von Charleston, Süd-Carolina.«

»Wiederholen!« brüllte Coster.

Der Lautsprecher plärrte ohne Pause: »Berichtigung, Berichtigung – vierzig Meilen östlich, wiederhole *östlich.*«

Coster seufzte. Der Seufzer wurde von einer Meldung abgeschnitten: »Beobachtungsposten eins an Blockhaus – Stufe drei abgesprengt, minus fünf Sekunden«, und von Costers Kontrolltisch rief es: »Mr. Coster, *Mister Coster* – das Palomar-Observatorium möchte Sie sprechen.«

»Sagen Sie ihnen, es geht nicht – nein, sagen Sie ihnen, sie sollen warten.« Sofort meldete eine neue Stimme: »Radarstation eins, Nebenstelle Fox-Stufe eins wird gleich nahe Dodge City, Kansas, aufschlagen.«

»Wie nahe?«

Es kam keine Antwort. Schließlich sagte die Stimme der Hauptstelle von Radarstation eins: »Aufschlag gemeldet zirka fünfzehn Meilen südwestlich von Dodge City.«

»Unfälle?«

Beobachtungsposten eins meldete sich, bevor Radarstation eins antworten konnte: »Stufe zwei abgesprengt, Stufe zwei abgesprengt – das Schiff ist jetzt selbständig.«

»Mr. Coster – *bitte,* Mr. Coster . . .«

Und eine völlig neue Stimme: »Beobachtungsposten zwei an Blockhaus – wir verfolgen jetzt die Bahn des Schiffes. Bleiben Sie auf Empfang für Meldungen der Entfernung und Richtung. Bleiben Sie auf Empfang . . .«

»Radarstation zwei an Blockhaus – Stufe vier wird definitiv im Atlantik landen, geschätzte Aufschlagstelle null-fünf-sieben Meilen östlich von Charleston Richtung null-neun-drei. Ich wiederhole . . .«

Coster blickte gereizt ringsum. »Gibt es überhaupt kein Trinkwasser in diesem Schuppen?«

»Mr. Coster, bitte – Palomar sagt, sie müssen Sie unbedingt sprechen.«

Harriman drückte sich zur Tür hinaus. Er fühlte sich plötzlich völlig im Stich gelassen, todmüde und deprimiert.

Das Feld sah ohne das Schiff merkwürdig aus. Er hatte die Rakete wachsen sehen, und jetzt war sie auf einmal fort. Den Mond, der noch im Steigen war, schien es nicht zu kümmern – und die Raumfahrt war ein ebenso unwirklicher Traum, wie sie es in seiner Kindheit gewesen war.

Mehrere winzige Gestalten schlichen um die Stelle herum, wo das Schiff gestanden hatte. Andenkenjäger, dachte Harriman verächtlich. Jemand kam durch die Dunkelheit auf ihn zu. »Mr. Harriman?«

»Ja?«

»Hopkins – von Associated Press. Wie ist es mit einem Kommentar?«

»Ha? Nein, kein Kommentar. Ich bin ganz k.o.«

»Oh, bitte, nur ein Wort. Was ist das für ein Gefühl,

den ersten erfolgreichen Flug zum Mond ermöglicht zu haben – falls er erfolgreich sein wird?«

»Er wird erfolgreich sein.« Harriman dachte einen Augenblick lang nach, dann straffte er seine müden Schultern. »Sagen Sie den Leuten, daß dies der Beginn der größten Zeit für die menschliche Rasse ist. Sagen Sie ihnen, daß jeder einzelne eine Chance bekommen wird, Captain LeCroix' Spuren zu folgen, neue Planeten zu suchen, fremdem Boden eine Heimat abzuringen. Sagen Sie ihnen, daß dies ein Hinausrücken der Grenzen, eine Spritze für den Wohlstand bedeutet. Es bedeutet ...« Er verstummte. »Das ist für heute abend alles. Ich bin völlig fertig, mein Sohn. Lassen Sie mich allein, ja?«

Dann kam Coster heraus, gefolgt von den VIPs. »Alles in Ordnung?« erkundigte sich Harriman bei Coster.

»Klar. Warum auch nicht? Radarstation drei hat das Schiff bis an die Grenzen seiner Reichweite verfolgt – es läuft alles wie geplant.« Coster ergänzte: »Stufe fünf hat beim Aufschlag eine Kuh getötet.«

»Vergessen Sie's – dann haben wir Steaks zum Frühstück.«

Nun mußte Harriman Konversation mit dem Gouverneur und dem Vizepräsidenten machen und sie an ihr Schiff begleiten. Dixon und Entenza gingen ohne besondere Förmlichkeit zusammen weg. Endlich waren Coster und Harriman allein. Nur Untergebene, deren Rang zu niedrig war, als daß sie eine Störung dargestellt hätten, und die Wachtposten, die sie vor den Menschenmengen schützen sollten, waren noch anwesend. »Wohin werden Sie jetzt gehen, Bob?« erkundigte sich Harriman.

»Ins Broadmoor hinauf und eine Woche lang schlafen. Und Sie?«

»Wenn Sie nichts dagegen haben, hau' ich mich in Ihrem Apartment hin.«

»Bedienen Sie sich! Schlaftabletten sind im Badezimmer.«

»Ich werde sie nicht brauchen.« Sie tranken ein Glas miteinander in Costers Quartier und redeten ziellos, bis Coster ein Hubschrauber-Taxi bestellte und ins Hotel flog. Harriman legte sich ins Bett, stand wieder auf, las die einen Tag alte *Post* aus Denver, die viele Bilder der *Pioneer* enthielt, kapitulierte schließlich und nahm zwei von Costers Schlaftabletten.

10

Jemand schüttelte ihn. »Mr. Harriman! Wachen Sie auf – Mr. Coster ist auf dem Schirm.«

»Wer? Was? Oh, schon gut.« Er stieg aus dem Bett und tapste zum Visifon. Costers Haar war zerzaust; aufgeregt verkündete er: »He, Chef – *er hat es geschafft!«*

»Was meinen Sie?«

»Palomar hat mich eben angerufen. Sie haben die schwarze Markierung gesehen, und jetzt haben sie das Schiff selbst entdeckt. Er ...«

»Warten Sie, Bob! Nicht so schnell! Er *kann* noch nicht da sein. Er ist doch erst gestern abend gestartet.«

Coster sah ihn besorgt an. »Was ist los, Mr. Harriman? Fühlen Sie sich nicht wohl? Er ist am Mittwoch gestartet.«

Allmählich orientierte Harriman sich. Nein, der Start war nicht erst gestern abend gewesen – undeutlich erinnerte er sich an eine Fahrt in die Berge, einen Tag des Faulenzens in der Sonne, eine Art von Party, bei der er zuviel getrunken hatte. Was für ein Tag war heute? Er wußte es nicht. Wenn LeCroix auf dem Mond gelandet war, dann – egal. »Alles in Ordnung, Bob, ich war noch halb im Schlaf. Wahrscheinlich habe ich den Start im Traum noch einmal erlebt. Jetzt erzählen Sie mir die Neuigkeiten – aber langsam!«

Coster begann von vorn. »LeCroix ist gelandet, gleich westlich vom Krater Archimedes. Von Palomar aus können sie sein Schiff sehen. Sie sagen, das sei ein toller Einfall von Ihnen, die Stelle mit Kohlenschwarz zu markieren. Les muß zwei Morgen damit bedeckt haben, Sie sagen, sie fällt ins Auge wie eine Reklametafel.«

»Vielleicht sollten wir nach Palomar flitzen und es uns ansehen. Nein – später«, verbesserte er sich. »Wir haben zu tun.«

»Ich weiß wirklich nicht, was wir sonst noch tun könnten, Mr. Harriman. Inzwischen berechnen zwölf unserer größten ballistischen Rechenmaschinen mögliche Routen für Sie.«

Harriman wollte dem Mann schon sagen, er solle zwölf weitere daransetzen, schaltete statt dessen aber den Schirm aus. Er war immer noch auf dem Peterson Field. Eins der besten Stratosphärenschiffe von Skyways wartete draußen, um ihn an jeden Punkt der Erde zu bringen, auf dem LeCroix landen mochte. LeCroix befand sich seit mehr als vierundzwanzig Stunden in der oberen Stratosphäre. Langsam, vorsichtig bremste der Pilot seine Endgeschwindigkeit ab und setzte die unglaubliche kinetische Energie in Druckwellen und Strahlungswärme um.

Sie hatten mit Radar seine Umkreisung des Erdballs verfolgt und die nächste – und die nächste ... Trotzdem konnte man noch nicht vorhersagen, wo und wie der Pilot die Landung wagen würde. Harriman hörte sich die laufenden Meldungen der Radarstation an und verfluchte ihren Entschluß, das Gewicht einer Funkausrüstung einzusparen.

Die Radar-Zahlen begannen näher aneinanderzurücken. Die Stimme brach ab und setzte von neuem an: »Er ist im Landeanflug!«

»Sagen Sie dem Piloten, er soll sich startklar machen!« brüllte Harriman. Er hielt den Atem an und wartete. Nach endlosen Sekunden verkündete eine andere Stimme: »Das Mondschiff landet jetzt. Es wird irgendwo westlich von Chihuahua in Alt-Mexiko niedergehen.«

Harriman eilte im Laufschritt zur Tür.

Unterwegs durch Funksprüche geleitet, entdeckte Harrimans Pilot die *Pioneer,* die im Wüstensand unglaublich klein aussah. Mit einer wunderschönen Landung setzte er sein Schiff dicht daneben auf. Harriman fummelte schon an der Kabinentür herum, bevor das Schiff richtig stand.

LeCroix saß auf der Erde, lehnte den Rücken an eine Stütze seines Schiffes und genoß den Schatten der dreieckigen Stummelflügel. Ein Paisano-Schafhirte stand vor ihm und glotzte ihn mit offenem Mund an. Als Harriman angetrabt kam, stand LeCroix auf, schnippte einen Zigarettenstummel weg und sagte: »Hallo, Chef!«

»Les!« Der Ältere warf die Arme um den Jüngeren. »Wie schön, Sie wiederzusehen, Junge.«

»Was meinen Sie, wie ich mich freue, Sie wiederzusehen! Pedro hier spricht nicht meine Sprache.« LeCroix sah sich um; es war niemand in der Nähe außer dem Piloten von Harrimans Schiff. »Wo ist die ganze Bande? Wo ist Bob?«

»Ich habe nicht auf sie gewartet. Sie sind bestimmt in ein paar Minuten da – he, da kommen sie schon!« Ein zweites Stratosphärenschiff setzte zur Landung an. Harriman wandte sich an seinen Piloten. »Bill, holen Sie sie ab!«

»Hö? Die kommen schon von selbst, keine Bange.«

»Tun Sie, was ich Ihnen sage!«

»Sie sind der Doktor.« Der Pilot stapfte durch den Sand, und sein Rücken drückte seine Mißbilligung aus. LeCroix blickte verwirrt drein. Harriman sagte: »Schnell, Les – helfen Sie mir!«

Er sprach von den fünftausend abgestempelten Briefumschlägen, die angeblich auf dem Mond gewesen waren. Sie schafften es, sie aus Harrimans Stratosphärenschiff zu holen und in einem leeren Nahrungsmittelbehälter des Mondschiffes zu verstauen, solange ihr Tun noch von dem Rumpf des Stratosphärenschiffes vor den Augen der später Angekommenen abgeschirmt wurde. »Puh!« stöhnte Harriman. »Das war knapp. Eine halbe Million Dollar. Wir brauchen sie, Les.«

»Klar, aber hören Sie, Mr. Harriman! Die Diam ...«

»Pst! Da kommen sie. Wie ist es mit der anderen Sache? Sind Sie auf Ihre Szene vorbereitet?«

»Ja. Aber was ich Ihnen eben sagen wollte ...«

»Still!«

Es waren nicht ihre Kollegen; es war eine Schiffsladung Reporter, Kameraleute, Mikrophonleute, Kommentatoren und Techniker. Sie fielen wie ein Schwarm über sie her.

Harriman winkte ihnen fröhlich zu. »Bedient euch, Jungens! Macht eine Menge Bilder. Klettert durch das Schiff! Fühlt euch wie zu Hause! Seht euch alles an, was ihr wollt! Aber strapaziert Captain LeCroix nicht – er ist müde.«

Ein weiteres Schiff landete und brachte Coster, Dixon und Strong. Entenza traf mit einem gecharterten Schiff ein und begann augenblicklich die Fotografen, die Rundfunk- und Fernsehleute herumzukommandieren. Dabei wäre es fast zu einem Handgemenge mit einem unbefugten Kamera-Team gekommen. Ein großer Transport-Hubschrauber landete und spie einen Zug in Khaki gekleidete mexikanische Soldaten aus. Von irgendwo – offenbar aus dem Sand – tauchten mehrere Dutzend eingeborene Bauern auf. Harriman riß sich von den Reportern los und führte eine schnelle und teure Diskussion mit dem Hauptmann der lokalen Truppen. Darauf wurde noch rechtzeitig so etwas wie Ordnung wiederhergestellt, um die *Pioneer* davor zu retten, daß sie in Stücke zerlegt wurde.

»Das lassen Sie liegen!« war LeCroix' Stimme aus dem Innern der *Pioneer zu* hören. Harriman wartete und lauschte. »Das geht Sie nichts an!« Die Stimme des Piloten hob sich. »Legen Sie das zurück!«

Harriman bahnte sich einen Weg an die Tür des Schiffes. »Was ist los, Les?«

In dem engen Raum, der kaum groß genug für eine Fernsehübertragungskabine war, standen drei Männer, LeCroix und zwei Reporter. Alle drei sahen wütend aus. »Was ist los, Les?« wiederholte Harriman.

LeCroix hielt ein Stoffsäckchen hoch, das leer zu sein schien. Verstreut auf dem Beschleunigungssitz des Piloten lagen zwischen ihm und den Reportern mehrere kleine, trüb schimmernde Steine. Ein Reporter hielt einen davon ans Licht.

»Die Kerle haben die Nase in Dinge gesteckt, die sie nichts angehen«, erklärte LeCroix zornig.

Der Reporter betrachtete den Stein. »Sie haben uns gesagt, wir könnten uns ansehen, was wir wollen. Stimmt's, Mr. Harriman?«

»Ja.«

»Ihr Pilot hier ...« – er wies mit dem Daumen auf LeCroix – »hat offenbar nicht damit gerechnet, daß wir das hier finden würden. Er hatte es in den Polstern seines Sessels versteckt.«

»Was ist damit?«

»Das sind Diamanten.«

»Wie kommen Sie auf die Idee?«

»Und ob das Diamanten sind!«

Harriman blieb stehen und wickelte eine Zigarre aus. Dann sagte er: »Diese Diamanten waren da, wo Sie sie gefunden haben, weil ich sie dort hingelegt hatte.«

Ein Blitzlicht ging hinter Harriman los; eine Stimme sagte: »Halt den Stein höher, Jeff.«

Der mit Jeff angeredete Reporter gehorchte und meinte dann: »Ich finde es aber sehr komisch, so etwas zu tun, Mr. Harriman.«

»Ich interessiere mich für die Wirkung der Weltraumstrahlung auf Rohdiamanten. Auf meinen Befehl hat Captain LeCroix diesen Beutel mit ins Schiff genommen.«

Jeff stieß einen gedankenverlorenen Pfiff aus. »Wissen Sie, Mr. Harriman, wenn Sie uns diese Erklärung nicht gegeben hätten, würde ich glauben, LeCroix habe die Steine auf dem Mond gefunden und wolle Sie darum betrügen.«

»Drucken Sie das, und Sie haben eine Verleumdungsklage am Hals. Ich habe volles Vertrauen zu Captain LeCroix. Jetzt geben Sie mir die Diamanten!«

Jeffs Augenbrauen wanderten in die Höhe. »Aber vielleicht nicht genug Vertrauen, um LeCroix die Diamanten behalten zu lassen?«

»Geben Sie mir die Steine! Dann steigen Sie aus!«

Harriman brachte LeCroix so schnell wie möglich von den Reportern weg und in sein eigenes Schiff. »Das ist für den Augenblick alles«, wehrte er die Meute ab. »Wir sehen uns auf dem Peterson Field.«

Kaum hatte das Schiff abgehoben, sagte er zu LeCroix: »Das haben Sie großartig gemacht, Les.«

»Dieser Reporter namens Jeff muß einigermaßen durcheinander sein.«

»Wie? Oh, *das*. Nein, ich meinte den Flug. Sie haben es geschafft. Sie sind der größte auf diesem Planeten.«

LeCroix tat es mit einem Achselzucken ab. »Bob hat ein gutes Schiff gebaut. Es war ein Kinderspiel. Und was diese Diamanten ...«

»Vergessen Sie die Diamanten! Sie haben Ihre Rolle gut gespielt, Les. Wir haben diese Steine ins Schiff gelegt, und jetzt sagen wir allen, daß wir es getan haben – was die reine Wahrheit ist. Es ist nicht unsere Schuld, wenn sie uns nicht glauben.«

»Aber, Mr. Harriman ...«

»Was?«

LeCroix zog den Reißverschluß an einer Tasche seines Overalls auf und holte ein zusammengeknotetes, schmutziges Taschentuch hervor. Er öffnete es und schüttete Harriman mehr Diamanten in die Hände, als er ins Schiff mitgenommen hatte – größere, schönere Diamanten.

Harriman starrte sie an. Er begann zu lachen.

Dann schob er sie LeCroix wieder zu. »Behalten Sie sie!«

»Ich meine, sie gehören uns allen.«

»Gut, dann bewahren Sie sie für uns auf. Nein, warten Sie!« Er wählte zwei große Steine aus. »Von diesen beiden lasse ich Ringe machen, einen für Sie, einen für mich. Aber halten Sie den Mund darüber, sonst sind sie nichts mehr wert, außer als Kuriositäten.«

Genauso war es, dachte er. Schon vor langer Zeit war sich das Diamanten-Syndikat darüber klar gewesen, daß reichlich vorhandene Diamanten wenig mehr wert sind als Glas, außer für industrielle Zwecke. Die Erde besaß mehr als genug dafür, mehr als genug für Schmuckstücke. Wenn Monddiamanten tatsächlich ›häufig wie Kieselsteine‹ waren, dann waren sie auch nur noch Kieselsteine. Sie waren nicht einmal das wert, was es kostete, sie zur Erde zu schaffen.

Aber zum Beispiel Uran ... wenn das in großen Mengen vorkam ...

Harriman lehnte sich zurück und gab sich Tagträumen hin. Nach einer Weile sagte LeCroix leise: »Wissen Sie, Chef, es ist wunderschön dort.«

»Wie bitte? Wo?«

»Auf dem Mond natürlich. Ich will wieder hin, sobald es möglich ist. Wir müssen uns sofort an die Arbeit für das neue Schiff machen.«

»Selbstverständlich! Und diesmal bauen wir eins, das für uns alle groß genug ist. Diesmal fliege ich auch mit!«

»Unbedingt.«

»Les ...« Der Ältere sprach beinahe schüchtern. »Wie sieht es aus, wenn man zurückblickt und die Erde sieht?«

»Das ... das sieht aus ... sieht aus ...« LeCroix brach ab. »Zum Teufel, Chef, das kann man nicht beschreiben. Es ist wunderbar, das ist alles. Der Himmel ist schwarz und – nun, warten Sie, bis Sie die Fotos sehen, die ich aufgenommen habe. Oder noch besser: Warten Sie, bis Sie es selbst sehen.«

Harriman nickte. »Aber das Warten ist schwer.«

11

DIAMANTENFELDER AUF DEM MOND!!!
MILLIARDÄR BACKER BESTREITET
MONDGESCHICHTE

Backer: ›Diamanten sind aus wissenschaftlichen Gründen in den Weltraum mitgenommen worden.‹

MONDDIAMANTEN:
SCHWINDEL, ODER TATSACHE?

... aber überlegen Sie sich folgendes, meine Freunde aus der unsichtbaren Zuhörerschaft: Warum sollte jemand Diamanten zum Mond mitnehmen? *Jede Unze dieses Schiffes und seiner Fracht war berechnet; Diamanten hätte man nicht ohne Grund mitgeschickt. Zahlreiche wissenschaftliche Autoritäten haben den von Mr. Harriman angegebenen Grund als absurd bezeichnet. Man könnte sich allenfalls vorstellen, daß Diamanten mitgenommen werden, um den Mond mit irdischen Edelsteinen, wie man so sagt, zu ›salzen‹, weil wir glauben sollen, daß es auf dem Mond Diamanten gibt. Aber Mr. Harriman, Captain LeCroix, sein Pilot, und jeder andere, der mit dem Unternehmen in Verbindung steht, hat von Anfang an geschworen, diese Diamanten kämen* nicht *vom Mond. Es ist jedoch absolut sicher, daß sich die Diamanten in dem Raumschiff befanden, als es landete. Legen Sie es sich zurecht, wie Sie wollen. Was mich betrifft, so werde ich versuchen, vorsorglich ein paar Aktien von lunaren Diamantenminen zu kaufen ...*

Strong war wie üblich schon im Büro, als Harriman eintraf. Bevor die Partner ein Wort miteinander wechseln konnten, erklang es vom Schirm: »Mr. Harriman, Rotterdam ruft an.«

»Sagen Sie ihnen, sie sollen eine Tulpe pflanzen.«

»Mr. van de Velde wartet, Mr. Harriman.«

»Okay.«

Harriman ließ den Holländer reden. Dann sagte er: »Mr. van de Velde, die mir zugeschriebenen Aussagen sind absolut korrekt. Ich habe die Diamanten, die die Reporter gesehen haben, vor dem Start in das Schiff gelegt. Sie sind hier auf der Erde gefunden worden. Tatsächlich habe ich sie gekauft, als ich bei Ihnen drüben war, das kann ich beweisen.«

»Aber, Mr. Harriman ...«

»Wie Sie wollen. Es mag auf dem Mond solche Haufen

von Diamanten geben, daß Sie nicht darüber hinwegspringen können. Ich garantiere Ihnen nicht, daß es keine gibt. Aber ich garantiere Ihnen, daß die Diamanten, von denen die Zeitungen schreiben, von der Erde stammen.«

»Mr. Harriman, warum sollten Sie Diamanten zum Mond schicken? Hatten Sie vielleicht die Absicht, uns zum Narren zu halten?«

»Ganz gleich, welche Spekulationen Sie anstellen, ich habe von Anfang an gesagt, daß diese Diamanten von der Erde stammen. Jetzt hören Sie mal zu! Sie haben ein Vorkaufsrecht erworben – sozusagen ein Vorkaufsrecht auf ein Vorkaufsrecht. Wenn Sie die zweite Zahlung auf dieses Vorkaufsrecht leisten und es in Kraft halten wollen, ist der letzte Termin wie vereinbart Dienstag neun Uhr New Yorker Zeit. Entschließen Sie sich!«

Er schaltete ab und entdeckte, daß sein Partner ihn mit verdrießlichen Blicken maß. »Was hast du?«

»Ich habe mir auch Gedanken über diese Diamanten gemacht, Delos. Deshalb habe ich mir die Gewichtsberechnungen der *Pioneer* angesehen.«

»Wußte gar nicht, daß du dich für Raketenbau interessierst.«

»Ich kann Zahlen lesen.«

»Und da hast du es gefunden, nicht wahr? Punkt F-17-c, zwei Unzen zu meinem persönlichen Gebrauch.«

»Ich habe es gefunden. Es sticht hervor wie ein wunder Daumen. Aber etwas anderes habe ich nicht gefunden.«

Harriman spürte einen eiskalten Klumpen im Magen. »Was denn?«

»Ich habe keine Gewichtsreservierung für die abgestempelten Briefumschläge gefunden.« Strong musterte ihn scharf.

»Sie muß aufgeführt sein. Zeig mir mal diese Gewichtstabelle.«

»Ich habe sie nicht hier, Delos. Weißt du, es kam mir komisch vor, als du darauf bestandest, Captain LeCroix selbst abzuholen. Wie hat es sich abgespielt, Delos? Hast du sie an Bord geschmuggelt?« Er ließ den nervös herumzappelnden Harriman nicht aus den Augen. »Wir haben schon sehr gewagte Geschäfte gemacht – aber dies ist das erste Mal, daß man der Firma Harriman und Strong einen Betrug nachsagen kann.«

»Verdammt, George – ich würde betrügen, lügen, stehlen, betteln, bestechen – ich würde *alles* tun, um zu erreichen, was wir erreicht haben.«

Harriman stand auf und marschierte im Zimmer hin und her. »Wir *mußten* das Geld haben, oder das Schiff wäre niemals gestartet. Wir sind blank. Das weißt du, nicht wahr?«

Strong nickte. »Aber diese Briefumschläge hätten zum Mond transportiert werden müssen. Dazu hatten wir uns verpflichtet.«

»Verdammt, ich hatte es schlicht vergessen. Dann war es zu spät, um das Gewicht einzukalkulieren. Aber es spielt keine Rolle. Ich sagte mir, wenn der Flug ein Fehlschlag werden, wenn LeCroix verunglücken sollte, würde niemand wissen oder sich dafür interessieren, daß die Umschläge zurückgeblieben waren. Und wenn LeCroix es schaffte, kam es auf die Umschläge nicht mehr an; wir würden eine Menge Geld haben. Und das werden wir, George!«

»Wir müssen das Geld zurückzahlen.«

»Jetzt? Laß mir Zeit, George! Alle, die es betrifft, sind damit zufrieden, wie es ist. Warte, bis wir uns finanziell wieder erholt haben. Dann werde ich jeden einzelnen dieser Umschläge zurückkaufen – aus eigener Tasche. Darauf hast du mein Wort.«

Strong blieb sitzen. Harriman hielt vor ihm an. »Ich frage dich, George, lohnt es sich, ein Unternehmen dieser Größe einer rein theoretischen Überlegung wegen zu ruinieren?«

Strong seufzte. »Wenn die Zeit kommt, benutze das Firmengeld.«

»Das ist der richtige Geist! Aber ich werde mein eigenes benutzen, das verspreche ich dir.«

»Nein, du nimmst das Firmengeld. Wir stecken nun einmal gemeinsam in der Sache.«

»Okay, wenn du es so haben willst.«

Harriman begab sich wieder an seinen Schreibtisch. Lange Zeit fand keiner der beiden Partner etwas zu sagen. Dann wurden Dixon und Entenza angemeldet.

»Nun, Jack«, erkundigte Harriman sich, »fühlen Sie sich besser?«

»Das habe ich nicht Ihnen zu verdanken! Ich habe um das, was ich in den Äther geschickt habe, kämpfen müssen – und einiges davon ist noch gestohlen worden. Delos, wir hätten unbedingt eine Fernsehkamera im Schiff gebraucht.«

»Ärgern Sie sich nicht darüber. Wie ich Ihnen sagte, diesmal mußten wir das Gewicht einsparen. Aber es wird wieder einen und dann immer wieder einen Flug geben. Ihre Konzession wird einen Haufen Geld wert sein.«

Dixon räusperte sich. »Deswegen wollten wir Sie sprechen, Delos. Wie sehen Ihre Pläne aus?«

»Pläne? Wir machen weiter. Les und Coster und ich unternehmen den nächsten Flug. Wir errichten eine ständige Basis. Vielleicht bleibt Coster oben. Beim dritten Flug schicken wir eine richtige Kolonie hinauf – Atomphysiker, Bergleute, Hydroponik-Experten, Nachrichtentechniker. Wir werden Luna City gründen, die erste Stadt auf einem anderen Himmelskörper.«

Dixon blickte nachdenklich drein. »Und wann wird das alles anfangen sich auszuzahlen?«

»Was meinen Sie mit ›auszahlen‹? Wollen Sie Ihr Kapital zurückhaben, oder wollen Sie, daß Ihre Investierung sich zu amortisieren beginnt? Ich kann Sie so oder so bedienen.«

Entenza wollte schon sagen, er verlange sein Kapital zurück, aber Dixon ließ ihn nicht zu Wort kommen. »Natürlich will ich einen Profit. Aus dem Grund habe ich ja investiert.«

»Gut!«

»Aber ich begreife nicht, wie Sie Profite erwarten können. Sicher, LeCroix hat den Flug gemacht und ist heil zurückgekehrt. Das bedeutete Ehre für uns alle. Aber wo bleiben die Dividenden?«

»Lassen Sie der Ernte Zeit zum Reifen, Dan. Mache ich einen besorgten Eindruck? Was haben wir für Aktivposten?« Harriman zählte sie an den Fingern ab. »Gebühren für die Rechte an Fotoaufnahmen, Fernsehen, Rundfunk. . .«

»Diese Rechte gehen an Jack.«

»Sehen Sie sich den Vertrag an. Er hat die Konzession, aber er bezahlt die Firma – das sind wir alle – dafür.«

Dixon befahl: »Halt den Mund, Jack!« bevor Entenza etwas sagen konnte. Dann fragte er weiter: »Was sonst noch? Das allein wird uns nicht aus den roten Zahlen bringen.«

»Übertragung von Rechten in rauhen Mengen. Montys Jungens arbeiten gerade daran. Tantiemen von dem größten Bestseller aller Zeiten – in diesem Augenblick folgen LeCroix auf Schritt und Tritt ein Ghostwriter und ein Stenograph, die ich ihm angehängt habe. Konzessionsgebühren für die erste und einzige Weltraumfluglinie . . .«

»Von wem?«

»Wir bekommen sie. Kamens und Montgomery arbeiten gerade in Paris daran. Ich geselle mich heute nachmittag zu ihnen. Und wir werden diese Konzession mit einer Konzession vom *anderen Ende her* absichern, sobald wir dort eine ständige Kolonie haben, ganz gleich, wie klein sie ist. Das wird der autonome Staat Luna unter dem Schutz der Vereinten Nationen sein – und kein Schiff wird in seinem Territorium landen oder starten ohne seine Erlaubnis. Außerdem werden wir das Recht besitzen, einem Dutzend anderer Firmen für verschiedene Zwecke Konzessionen zu gewähren – *und* sie zu besteuern –, sobald wir nach den Gesetzen des Staates Luna die Körperschaft des öffentlichen Rechts Luna City gegründet haben. Wir werden alles verkaufen außer Vakuum – und wir werden sogar Vakuum verkaufen, zu Experimentierzwecken. Und vergessen Sie nicht, wir – als Staat – haben immer noch das unumschränkte Recht an einer dicken Scheibe Immobilien, die bisher nicht verkauft sind. Der Mond ist *groß*.«

»Auch Ihre Ideen sind groß, Delos«, stellte Dixon trocken fest. »Aber was geschieht als nächstes?«

»Zuerst lassen wir uns von der UNO unseren Rechtsanspruch bestätigen. Der Sicherheitsrat hält augenblicklich eine Geheimsitzung ab, die Vollversammlung tritt heute abend zusammen. Das wird ein Feuerwerk geben, und deshalb muß ich dort sein. Wenn die UNO entscheidet – was sie tun wird! –, daß ihre eigene gemeinnützige Gesellschaft den einzigen echten Anspruch auf den Mond hat, dann mache ich mich emsig an die Arbeit. Die arme, kleine, schwache, nicht nach Profit strebende Gesellschaft wird einigen muskulösen Firmen mit Haaren auf der Brust Zugeständnisse machen und dafür Hilfe bei der Einrichtung eines physikalischen Forschungslaboratoriums, eines Observatoriums, eines lunographischen Instituts und anderer strikt gemeinnütziger Unternehmen bekommen. Das ist ein Zwischenstadium, bis wir eine ständige Kolonie mit eigenen Gesetzen haben. Dann werden wir ...«

Dixon winkte ungeduldig ab. »Lassen Sie den juristischen Mumpitz, Delos! Ich kenne Sie lange genug, um zu wissen, daß Sie die richtigen Winkelzüge kennen. Was werden wir als nächstes *unternehmen?*«

»Hä? Wir müssen ein neues, ein größeres Schiff bauen. Nicht im Umfang, sondern in der Leistung größer. Coster hat mit den Entwürfen für ein Oberflächen-Katapult angefangen – es wird von Manitou Springs bis auf den Gipfel des Pikes Peak reichen. Damit können wir ein Schiff in eine freie Kreisbahn um die Erde schicken. Dann werden wir dieses Schiff dazu benutzen, weitere Schiffe aufzutanken – im Grunde haben wir dann eine Raumstation, ähnlich dem Kraftwerk-Satelliten. Sie bietet uns die Möglichkeit, mit chemischem Treibstoff zum Mond zu gelangen, ohne daß wir dabei gezwungen sind, neun Zehntel des Schiffes wegzuwerfen.«

»Hört sich teuer an.«

»Es wird auch teuer werden. Aber keine Bange; wir haben ein paar Dutzend Klecker-Unternehmen, die uns in der Zwischenzeit über Wasser halten. Dann werden wir Aktien verkaufen. Das haben wir schon getan, aber jetzt werden wir da, wo wir für zehn Dollar verkauft haben, für tausend Dollar verkaufen.«

»Und Sie glauben, damit halten Sie durch, bis das Unternehmen als Ganzes Gewinn bringt? Sehen Sie den Tatsachen ins Auge, Delos! Das Unternehmen als Ganzes wird erst dann Gewinn bringen, wenn Schiffe zwischen hier und dem Mond verkehren, die für die Beförderung von Fracht und Passagieren Geld kassieren. Das bedeutet Kunden mit Geld. Aber was ist das für eine Fracht, die auf den Mond gebracht werden muß – und wer bezahlt dafür?«

»Dan, glauben Sie nicht, daß es Fracht geben wird? Und wenn Sie es nicht glauben, warum sind Sie dann hier?«

»Ich glaube daran, Delos – oder besser gesagt: Ich glaube an Sie. Aber wie sieht Ihr Zeitplan aus? Was haben Sie für ein Budget? Mit welcher Ware wollen Sie handeln? Und bitte, fangen Sie jetzt nicht von Diamanten an! Den Trick habe ich längst durchschaut.«

Harriman kaute eine Weile auf seiner Zigarre. »Eine wertvolle Ware gibt es, mit deren Verschiffung wir sofort beginnen werden.«

»Was ist das?«

»Wissen.«

Entenza schnaubte. Strong blickte verwirrt drein. Dixon nickte. »Das leuchtet mir ein. Wissen ist immer etwas wert – für den Mann, der weiß, wie er es anwenden muß. Und ich will einräumen, daß der Mond ein Ort ist, an dem sich neues Wissen finden läßt. Vermutlich werden Sie es schaffen, daß schon der nächste Flug sich lohnt. Wie sehen Ihr Budget und Ihr Zeitplan dafür aus?«

Harriman antwortete nicht. Strong forschte in seinen Zügen. Für ihn war Harrimans Pokergesicht so deutlich zu lesen wie große Druckschrift, und er kam zu dem Schluß, sein Partner sei in die Ecke gedrängt worden. Er wartete, nervös, aber bereit, Harriman Rückendeckung zu geben. Dixon fuhr fort: »Aus Ihren Äußerungen schließe ich, daß Sie für Ihren nächsten Schritt nicht genug Geld haben, Delos – und auch nicht wissen, wo Sie es herholen sollen. Ich glaube an Sie, Delos, und ich habe Ihnen gleich zu Anfang gesagt, daß ich nichts davon halte, eine neue Firma an Blutarmut sterben zu lassen. Ich bin bereit, mich mit einem fünften Anteil einzukaufen.«

Harriman sah ihn groß an. »Sie besitzen jetzt auch Jacks Anteil, nicht wahr?« fragte er geradeheraus.

»So ist es nicht.«

»Jedes Ihrer Worte verkündet es.«

Entenza rief: »Das ist nicht wahr! Ich bin unabhängig. Ich ...«

»Jack, Sie sind ein verdammter Lügner«, stellte Harriman leidenschaftslos fest. »Dan, Sie haben jetzt fünfzig Prozent. Nach den gegenwärtigen Bestimmungen entscheide ich bei Stimmengleichheit, was mir die Kontrolle gibt, solange George zu mir hält. Wenn wir Ihnen einen weiteren Anteil verkaufen, haben Sie drei Fünftel der Stimmen – und sind der Boß. Ist das Ihr Ziel?«

»Delos, ich versichere Ihnen noch einmal, ich habe Vertrauen zu Ihnen.«

»Nur würden Sie sich mit der Peitsche in der Hand glücklicher fühlen. Wie dem auch sei, ich will nicht. Ich werde die Raumfahrt – die *wirkliche* Raumfahrt mit festen Linienflügen – sich noch zwanzig weitere Jahre entwickeln lassen, bevor ich das Heft aus der Hand gebe. Eher sehe ich zu, daß wir alle in Konkurs gehen und vom Ruhm allein leben. Sie werden sich einen anderen Plan ausdenken müssen.«

Dixon schwieg. Harriman stand auf und wanderte wieder im Zimmer umher. Er blieb vor Dixon stehen. »Dan, wenn Sie wirklich verstünden, um was es geht, würde ich Ihnen die Kontrolle überlassen. Sie verstehen es jedoch nicht. Sie sehen hier nur einen weiteren Weg zu Geld und Macht. Ich habe nichts dagegen, wenn ihr Geier dabei reich werdet – aber ich behalte die Kontrolle. Diese Sache soll sich entwickeln, nicht gemolken werden. Die menschliche Rasse steht vor dem Aufbruch zu den Sternen – und gegen die neuen Probleme, die dieses

Abenteuer aufwirft, wird die Atomenergie ein Kinderspielzeug sein. Die Rasse ist darauf ungefähr so gut vorbereitet wie eine Jungfrau auf Sex. Das Ganze muß vorsichtig behandelt werden, oder es wird versaut. *Sie* werden es versauen, Dan, wenn ich Ihnen die entscheidende Stimme zubillige – weil Sie es nicht verstehen.«

Er holte Atem und fuhr fort: »Nehmen Sie zum Beispiel die Sicherheit. Wissen Sie, warum ich LeCroix das Schiff habe fliegen lassen, statt es selbst zu tun? Meinen Sie, ich hätte Angst gehabt? Nein! Ich wollte, daß es zurückkam – unbeschädigt! Die Raumfahrt sollte nicht schon wieder einen Rückschlag erleiden. Wissen Sie, warum wir ein Monopol haben müssen, zumindest für die nächsten paar Jahre? Weil Jedermann und sein Bruder ein Mondschiff werden bauen wollen, jetzt, wo sie wissen, daß es möglich ist. Erinnern Sie sich an die Anfänge der Atlantik-Überquerungen mit dem Flugzeug? Nachdem Lindbergh es geschafft hatte, hob jeder sogenannte Pilot, der eine Kiste in die Finger bekommen konnte, nach irgendeinem überseeischen Ziel ab. Manche nahmen sogar ihre Kinder mit. Und die meisten landeten im Wasser. Flugzeuge kamen in den Ruf, gefährlich zu sein. Ein paar Jahre darauf wurden die Luftfahrtgesellschaften so gierig nach einem schnellen Verdienst auf einem konkurrenzreichen Gebiet, daß man keine Zeitung aufschlagen konnte, ohne von einem neuen Flugzeugabsturz zu lesen.

Das wird bei der Raumfahrt nicht geschehen! Ich werde es nicht zulassen. Raumschiffe sind zu groß und zu teuer; wenn sie ebenfalls in den Ruf kommen, gefährlich zu sein, hätten wir ebensogut im Bett bleiben können. Ich behalte die Leitung.«

Er hielt inne. Dixon wartete eine Weile und erklärte dann: »Ich habe gesagt, daß ich an Sie glaube, Delos. Wieviel Geld brauchen Sie?«

»Zu welchen Bedingungen?«

»Ein Schuldschein.«

»Ein Schuldschein? Haben Sie *Schuldschein* gesagt?«

»Natürlich würde ich Sicherheiten verlangen.«

Harriman fluchte. »Ich wußte doch, daß ein Haken dabei ist. Dan, Sie wissen verdammt genau, daß alles, was ich besitze, in diesem Vorhaben steckt.«

»Sie haben Versicherungen. Sie haben eine Menge Versicherungen, wie ich weiß.«

»Ja, aber sie sind alle auf meine Frau ausgestellt.«

»Ich glaube mich zu erinnern, daß Sie etwas Ähnliches schon einmal zu Jack Entenza gesagt haben«, erwiderte Dixon. »Heraus mit der Sprache – wie ich euch Steuerhinterzieher kenne, haben Sie mindestens einen unwiderruflichen Fonds oder eine voll eingezahlte Rente oder dergleichen, damit Mrs. Harriman nicht ins Armenhaus kommt!«

Harriman dachte heftig nach.

»Welcher Fälligkeitstag soll denn auf dem Schuldschein stehen?«

»Ein Tag irgendwann in der rosigen Zukunft. Natürlich möchte ich eine Konkursklausel.«

»Warum? Eine solche Klausel hat juristisch keinerlei Gültigkeit.«

»Für *Sie* hätte sie Gültigkeit, nicht wahr?«

»Hmm ... ja. Ja, doch.«

»Dann holen Sie Ihre Versicherungspolicen hervor und sehen Sie nach, wie hoch die Summe auf dem Schuldschein, den Sie unterschreiben werden, sein darf!«

Harriman sah ihn an, drehte sich abrupt um und ging an seinen Safe. Er kam mit einem ganzen Stapel langer, fester Mappen zurück. Sie addierten die Beträge. Es war eine erstaunlich hohe Summe – für jene Zeit. Dixon zog eine Notiz aus der Tasche, sah darauf nach und meinte: »Eine Versicherung scheint noch zu fehlen – eine ziemlich hohe. Eine Police der Nordatlantischen Versicherung auf Gegenseitigkeit, wie ich glaube.«

Harriman schoß ihm einen finsteren Blick zu. »Verdammt sollen Sie sein, werde ich jeden Prokuristen meiner Firma entlassen müssen?«

»Nein«, erklärte Dixon freundlich, »ich erhalte meine Informationen nicht von Ihren Mitarbeitern.«

Harriman kehrte an den Safe zurück, holte die Police

und fügte sie dem Stapel bei. Strong ergriff das Wort. »Wollen Sie meine auch haben, Mr. Dixon?«

»Nein«, antwortete Dixon, »das wird nicht nötig sein.« Er begann, die Policen in seine Tasche zu stopfen. »Die behalte ich, Delos. Ich werde mich auch um die Prämienzahlungen kümmern. Natürlich stelle ich sie Ihnen in Rechnung. Den Schuldschein und die Formulare zur Änderung des Begünstigten können Sie an mein Büro schicken. Hier ist Ihr Scheck.« Er brachte ein weiteres Stück Papier zum Vorschein. Es war der Scheck – bereits auf den Gesamtbetrag der Versicherungen ausgestellt.

Harriman betrachtete ihn. »Manchmal frage ich mich«, sagte er langsam, »wer hier wen an der Nase herumführt.« Er schob den Scheck zu Strong hinüber. »Okay, George, reichen Sie ihn ein! Ich muß nach Paris, Jungens. Wünschen Sie mir Glück!« Er schritt so munter hinaus wie ein Foxterrier.

Strongs Blick wanderte von der geschlossenen Tür zu Dixon und weiter zu dem Scheck. »Ich sollte dieses Ding zerreißen!«

»Tun Sie es nicht!« riet Dixon ihm. »Wie Sie sehen, glaube ich wirklich an ihn.« Er setzte hinzu: »Haben Sie jemals Carl Sandburg gelesen, George?«

»Ich bin kein großer Leser.«

»Versuchen Sie es irgendwann einmal mit ihm! Er erzählt eine Geschichte von einem Mann, der ein Gerücht in die Welt setzte, in der Hölle habe man Öl gefunden. Bald darauf waren alle zur Hölle abgereist, um mit von dem Boom zu profitieren. Der Mann, der das Gerücht erfunden hatte, sieht sie alle gehen, kratzt sich den Kopf und sagt zu sich selbst, es könne schließlich doch etwas daran sein. Da ging er auch zur Hölle.«

Strong schwieg eine Weile. Schließlich sagte er: »Ich verstehe die Pointe nicht.«

»Die Pointe ist, daß ich darauf vorbereitet sein möchte, mich zu schützen, falls es notwendig werden sollte – und das sollten Sie auch tun, George. Delos könnte anfangen, an seine eigenen Gerüchte zu glauben. Diamanten! Kommen Sie, Jack!«

12

In den nächsten Monaten gab es ebensoviel zu tun wie in der Zeit vor dem Flug der *Pioneer* (die einen ehrenvollen Ruheplatz in der Smithsonian Institution gefunden hatte). Der eine Stab von Technikern und große Arbeitstrupps befaßten sich mit dem Katapult, zwei weitere Teams mit zwei neuen Schiffen, der *Mayflower* und der *Colonial.* Ein drittes Schiff entstand auf den Reißbrettern. Für all das war Ferguson der Chef-Ingenieur; Coster, immer noch von Jock Berkeley abgeschirmt, war beratender Ingenieur, der arbeitete, wo und wie er Lust hatte. In Colorado Springs herrschte Hochkonjunktur; die Siedlungen der Denver-Trinidad-Straßenstadt breiteten sich an den Springs aus, bis sie Peterson Field ringsum eingekreist hatten.

Harriman war so geschäftig wie eine Katze mit zwei Schwänzen. Die sich ständig ausdehnende Auswertung und Werbung nahm von seiner Zeit volle acht Tage die Woche in Anspruch. Doch indem er Kamens und Montgomery so einspannte, daß sie fast Magengeschwüre bekamen, und selbst ohne Schlaf auskam, fand er häufig Gelegenheit, nach Colorado zu fliegen und sich mit Coster zu besprechen.

Luna City, entschieden sie, sollte schon auf der nächsten Reise gegründet werden. Die *Mayflower* wurde für eine Nutzlast von nicht nur sieben Passagieren ausgelegt, sie sollte auch soviel Luft, Wasser und Lebensmittel mitnehmen, daß vier von ihnen bis zur nächsten Ankunft des Schiffes überleben konnten. Sie würden in Nissenhütten aus Aluminium leben, versiegelt, druckfest gemacht und unter dem lockeren Boden Lunas vergraben, bis – hoffentlich – Ersatz eintraf.

Die Auswahl der vier zusätzlichen Passagiere führte zu einem neuen Wettbewerb und neuen Werbekampagnen – und zum Verkauf weiterer Aktien. Harriman bestand im Widerspruch zu den vereinigten Protesten sämtlicher wissenschaftlicher Organisationen darauf, es müßten zwei verheiratete Paare sein. Er gab nur insoweit nach, als er zugestand, von ihm aus könnten ruhig vier Wissenschaftler mitkommen, vorausgesetzt, daß es sich bei ihnen um zwei verheiratete Paare handele. Das war Anlaß zu mehreren hastigen Eheschließungen – und einigen Scheidungen, als die Auswahl bekanntgegeben wurde.

Die *Mayflower* besaß die maximale Größe, die nach den Berechnungen noch möglich war, wenn das Schiff mit einem Katapultstart plus dem eigenen Antrieb in einen freien Orbit um die Erde gebracht werden sollte. Vier weitere Schiffe, ebenso groß, sollten vor ihr starten. Aber das würden keine Raumschiffe sein, sondern bloße Tanker – namenlos. Die ausgeklügeltste ballistische Berechnung, der präziseste Abschuß würde sie in die gleiche Umlaufbahn und an die gleiche Stelle bringen. Geplant war, daß die *Mayflower* in einem Rendezvous-Manöver dort ihren noch vorhandenen Treibstoff übernahm.

Das war der heikelste Teil des ganzen Projekts. Wenn die vier Tanker dicht genug aneinander placiert werden konnten, war es LeCroix möglich, sein neues Schiff mit einer winzigen Manövrier-Reserve an Treibstoff heranzubringen. Wenn nicht – nun, es wird sehr einsam draußen im Weltraum.

Gründliche Überlegungen wurden darüber angestellt, ob es besser sei, Piloten in die Tanker zu setzen und dafür in Kauf zu nehmen, daß bei einem Tanker genug Treibstoff abgezweigt werden mußte, um ein mit Tragflächen ausgestattetes Rettungsboot zurück zur Erde zu schicken. Es sollte abbremsen, in die Atmosphäre eintauchen und landen. Coster fand eine billigere Lösung.

Ein Radar-Pilot, dessen Ahnherr der Annäherungszünder war und dessen Eltern unter den Zielsuchköpfen von Marschflugkörpern gefunden werden konnten, erhielt die Aufgabe, die Tanker zusammenzubringen. Der erste Tanker erhielt keine solche Ausrüstung, aber der zweite konnte durch seinen Roboter den ersten riechen, den kleinsten Vektor berechnen und ihn mit einem winzigen Raketenantrieb ansteuern. Der dritte würde sich den beiden ersten beigesellen und der vierte der Gruppe. Für LeCroix dürfte es keine Probleme geben – falls alles nach Plan funktionierte.

13

Strong wollte Harriman die Verkaufsberichte über die automatischen H & S-Haushaltsschalter zeigen; Harriman fegte sie beiseite. Strong schob sie ihm von neuem unter die Nase. »Du fängst besser damit an, Interesse an diesen Dingen zu zeigen, Delos. *Irgend jemand* in diesem Büro muß dafür sorgen, daß etwas Geld hereinkommt – Geld, das uns persönlich gehört –, oder du wirst bald an der Straßenecke Äpfel verkaufen.«

Harriman lehnte sich zurück und verschränkte die Hände hinter dem Kopf. »George, wie kannst du an einem Tag wie diesem so reden? Gibt es keine Poesie in deiner Seele? Hast du nicht gehört, was ich gesagt habe, als ich hereinkam? *Das Rendezvous hat geklappt.* Die Tanker eins und zwei sind so dicht beisammen wie Siamesische Zwillinge. Wir werden noch diese Woche starten.«

»Von mir aus. Das Geschäft muß weitergehen.«

»Du hältst es am Laufen; ich habe eine Verabredung. Wann wollte Dixon herüberkommen?«

»Er muß jede Minute da sein.«

»Gut!« Harriman biß das Ende einer Zigarre ab. »Weißt du, George, es tut mir nicht leid, daß ich den ersten Flug nicht mitmachen konnte. Jetzt habe ich ihn noch vor mir. Ich bin so aufgeregt wie ein Bräutigam – und ebenso glücklich.« Er summte vor sich hin.

Dixon kam ohne Entenza, wie immer, seit er nicht mehr so tat, als kontrolliere er nur einen Anteil. Er schüttelte den Partnern die Hände. »Sie haben die Neuigkeit gehört, Dan?«

»George hat es mir erzählt.«

»Wir haben es geschafft – oder doch fast. In etwas mehr oder weniger als einer Woche werde ich auf dem Mond sein. Ich kann es kaum glauben.«

Dixon setzte sich schweigend. Harriman fragte: »Wollen Sie mir nicht einmal gratulieren? Mann, das ist ein großer Tag!«

»D.D., warum fliegen Sie zum Mond?« fragte Dixon.

»Wie bitte? Stellen Sie keine dummen Fragen! Auf dieses Ziel habe ich hingearbeitet.«

»Es ist keine dumme Frage. Ich möchte wissen, warum *Sie* fliegen. Die vier Kolonisten haben einen offensichtlichen Grund, und jeder von ihnen ist noch dazu ein ausgewählter spezialisierter Beobachter. LeCroix ist der Pilot. Coster ist der Mann, der die ständige Kolonie bauen wird. Aber warum fliegen *Sie* mit? Welche Funktion haben *Sie?*«

»Welche Funktion? Bin ich nicht der Mann, der das ganze Projekt leitet? Außerdem werde ich als Bürgermeister kandidieren, wenn ich einmal dort bin. Nehmen Sie sich eine Zigarre, alter Freund – Ihr Kandidat heißt Harriman! Vergessen Sie nicht, Ihre Stimme abzugeben!« Er grinste.

Dixon lächelte nicht. »Ich wußte nicht, daß Sie planen, dort zu bleiben.«

Harriman geriet in Verlegenheit. »Nun, das steht noch nicht fest. Wenn wir den Unterstand sehr schnell gebaut kriegen, sparen wir an Vorräten vielleicht genug, daß ich die Ankunft des nächsten Schiffes abwarten kann. Das würden Sie mir doch nicht mißgönnen, oder?«

Dixon sah ihm in die Augen. »Delos, ich kann Sie überhaupt nicht zum Mond fliegen lassen.«

Erst war Harriman so perplex, daß es ihm die Sprache verschlug. Dann brachte er heraus: »Machen Sie keine Witze, Dan! Ich fliege. Sie können mich nicht aufhalten. Keine Macht der Erde kann mich aufhalten.«

Dixon schüttelte den Kopf. »Ich kann es nicht erlauben, Delos. Ich stecke zu tief in der Sache drin. Wenn Sie fliegen und Ihnen etwas passiert, verliere ich alles.«

»Das ist albern. Sie und George würden einfach weitermachen.«

»Fragen Sie George!«

Strong hatte nichts zu sagen. Er wich Harrimans Blick aus. Dixon fuhr fort: »Versuchen Sie nicht, sich Ihrer Verantwortung mit Redensarten zu entziehen! Dieses Projekt sind Sie, und Sie sind das Projekt. Wenn Sie ums Leben kommen, bricht alles zusammen. Ich sage nicht, daß die Raumfahrt zusammenbrechen wird, denn ich glaube, Sie haben ihr schon genug Antrieb gegeben, daß sie sich weiterentwickeln wird, auch wenn kleinere Männer Ihre Schuhe anziehen. Aber für dieses Projekt, für unsere Firma würde es das Ende bedeuten. George und ich müßten zu einem halben Cent auf den Dollar liquidieren. Um auch nur soviel zu bekommen, müßten wir Patentrechte verkaufen. Die materiellen Vermögenswerte bringen nichts mehr.«

»Verdammt, es sind doch die immateriellen, die wir verkaufen. Das haben Sie von Anfang an gewußt.«

»*Sie* sind der immaterielle Vermögenswert, Delos. *Sie* sind die Gans, die die goldenen Eier legt. Ich will, daß Sie hierbleiben, bis Sie sie gelegt haben. Sie dürfen Ihr Leben nicht bei einem Raumflug in Gefahr bringen, bevor diese Firma Gewinne abwirft. Danach kann ein fähiger Manager wie George oder ich sie solvent halten. Es ist mein Ernst, Delos. Ich habe zuviel investiert, als daß ich zusehen werde, wie Sie es bei einem Vergnügungsflug aufs Spiel setzen.«

Harriman stand auf und stemmte die Hände auf den Rand seiner Schreibtischplatte. Er atmete schwer. »Sie können mich nicht aufhalten!« stellte er langsam und mit Nachdruck fest. »Sie haben die ganze Zeit gewußt, daß ich mitfliegen will. Jetzt können Sie mich nicht mehr aufhalten! Alle Mächte des Himmels oder der Hölle können mich nicht mehr aufhalten!«

Dixon antwortete ruhig: »Es tut mir leid, Delos. Aber ich kann und werde Sie aufhalten. Ich kann das Schiff da draußen stillegen lassen.«

»Versuchen Sie es! Ich habe ebenso viele Rechtsanwälte wie Sie – und bessere!«

»Ich glaube, Sie werden feststellen, daß Sie bei amerikanischen Gerichten neuerdings recht unbeliebt sind – seit dem Tag, als die Vereinigten Staaten herausfanden, daß der Mond ihnen doch nicht gehört.«

»Versuchen Sie es, sage ich Ihnen! Ich werde Sie zerbrechen, und Ihre Anteile werde ich Ihnen auch wegnehmen.«

»Langsam, Delos! Ich habe keinen Zweifel, daß Sie sich einen Plan zurechtgelegt haben, nach dem Sie George und mir die Firma wegnehmen können, wenn Sie wollen. Aber das wird nicht notwendig sein. Auch wird es nicht notwendig sein, das Schiff stillzulegen. Ich wünsche mir ebensosehr wie Sie, daß dieser Flug stattfindet. Nur werden Sie ihn nicht mitmachen, weil Sie sich dafür entscheiden werden, hierzubleiben.«

»So? Sehe ich von da, wo Sie sitzen, verrückt aus?«

»Nein, ganz im Gegenteil.«

»Warum soll ich dann nicht mitfliegen wollen?«

»Wegen Ihres Schuldscheins, der in meinem Besitz ist. Ich möchte das Geld kassieren.«

»Was? Er trägt kein Fälligkeitsdatum.«

»Das nicht. Ich möchte aber sicher sein, daß ich das Geld bekomme.«

»Sie verdammter Narr, wenn ich ums Leben komme, kriegen Sie es doch um so eher.«

»Wirklich? Da irren Sie sich, Delos. Wenn Sie ums Leben kommen – bei einem Flug zum Mond –, kriege ich gar nichts. Das weiß ich genau; ich habe mich bei jeder einzelnen Gesellschaft erkundigt, die Sie versichert hat. Die meisten haben Rücktrittsklauseln bezüglich Fahrzeugen im Experimentierstadium, die bis auf die Anfangszeit der Luftfahrt zurückgehen. Jedenfalls werden sie alle ihre Versicherungen stornieren und das vor Gericht durchkämpfen, wenn Sie einen Fuß in dieses Schiff setzen.«

»Sie haben sie dazu angestiftet!«

»Beruhigen Sie sich, Delos, sonst platzt Ihnen noch eine Ader. Gewiß, ich habe bei diesen Gesellschaften angefragt, aber damit habe ich nur meine legitimen Interessen wahrgenommen. Ich möchte das Geld für diesen Schuldschein gar nicht kassieren – nicht jetzt, nicht aufgrund Ihres Todes. Ich möchte, daß Sie es mir aus Ihrem Gewinn bezahlen, indem Sie hierbleiben und die Firma hochpäppeln, bis sie fest auf den Beinen steht.«

Harriman schleuderte seine Zigarre, die fast ungeraucht, aber schlimm zerbissen war, in Richtung eines Papierkorbs und verfehlte ihn. »Es geschieht Ihnen recht, wenn Sie Ihr Geld verlieren. Wenn Sie die Versicherungen nicht mit der Nase daraufgestoßen hätten, dann hätten sie ohne ein Wimpernzucken bezahlt.«

»Aber es hat eine schwache Stelle in Ihren Plänen aufgezeigt, Delos. Wenn die Raumfahrt ein Erfolg werden soll, müssen die Versicherungen ihre Policen so abfassen, daß sie auch bei einem Aufenthalt im All gelten.«

»Verdammt noch mal, eine tut es jetzt schon – die Nordatlantische Versicherung auf Gegenseitigkeit.«

»Ich habe ihre Anzeige gesehen und nachgeprüft, was sie anzubieten behauptet. Es ist nichts als eine Schaufensterdekoration mit der üblichen Rücktrittsklausel. Nein, die Versicherungen müssen umdenken – alle Arten von Versicherungen.«

Harriman wurde nachdenklich. »Ich werde mich darum kümmern, George, ruf Kamens an! Vielleicht müssen wir unsere eigene Versicherung gründen.«

»Mit Kamens sprechen Sie bitte später«, protestierte Dixon. »Der springende Punkt ist, daß Sie diese Reise nicht machen können. Es gibt zu viele Einzelheiten dieser Art, um die Sie sich kümmern und für die Sie planen müssen.«

Harriman wandte seine Aufmerksamkeit wieder ihm zu. »Sie haben es immer noch nicht kapiert, daß ich zum *Mond fliege!* Lassen Sie das Schiff stillegen, wenn Sie können! Falls Sie ringsherum Sheriffs aufstellen, komme ich mit einem Schlägertrupp, der sie beiseitefegt.«

Dixons Gesicht zeigte einen schmerzlichen Ausdruck. »Ich erwähne es ungern, Dixon, aber leider wird man Sie aufhalten, auch wenn ich tot umfallen sollte.«

»Wie?«

»Ihre Frau.«

»Was hat sie damit zu tun?«

»Sie ist bereit, als getrennt lebende Ehefrau auf Alimente zu klagen – sie hat nämlich die Sache mit den Versicherungen herausgefunden. Wenn Sie von diesem neuen Plan erfährt, wird sie sofort vor Gericht gehen und Sie zwingen, Ihre Vermögenswerte offenzulegen.«

»Das haben Sie ihr eingeredet!«

Dixon zögerte. Er wußte, daß Entenza aus purer Bosheit Mrs. Harriman den Floh ins Ohr gesetzt hatte, doch er sah keinen Sinn darin, eine Privatrache weiter anzuschüren. »Sie ist intelligent genug, um auf eigene Faust Nachforschungen anzustellen. Ich leugne nicht, daß ich mit ihr gesprochen habe – aber sie hatte mich zu sich gebeten.«

»Ich werde gegen euch beide siegen!« Harriman stapfte an ein Fenster und blickte hinaus. Es war ein echtes Fenster, denn er liebte es, den Himmel zu betrachten.

Dixon trat zu ihm und legte ihm die Hand auf die Schulter. Leise sagte er: »So dürfen Sie es nicht auffassen, Delos. Niemand versucht, Ihnen die Verwirklichung Ihres Traums vorzuenthalten. Aber in diesem Augenblick dürfen Sie nicht fliegen; Sie dürfen uns nicht im Stich lassen. Wir haben bis heute zu Ihnen gehalten. Sie sind es uns schuldig, zu uns zu halten, bis wir es geschafft haben.«

Harriman antwortete nicht. Dixon fuhr fort: »Sie mögen keine Loyalität für mich empfinden, aber wie ist es mit George? Er hat Ihre Partei *gegen* mich ergriffen, als es ihn schmerzte, als er glaubte, Sie würden ihn ruinieren – und Sie werden ihn bestimmt noch ruinieren, wenn Sie jetzt alles hinwerfen. Wie ist es mit George, Delos? Wollen Sie auch ihn im Stich lassen?«

Harriman fuhr herum. Ohne Dixon zu beachten, sah er George an. »Was sagst du dazu, George? Glaubst du auch, ich solle hierbleiben?«

Strong rieb sich die Hände und nagte an der Unterlippe. Schließlich hob er den Blick. »Ich mache dir keine Vorschriften, Delos. Tu du, was du für das Beste hältst!«

Harriman stand lange da und sah ihn an, und in seinem Gesicht arbeitete es, als wolle er anfangen zu weinen. Dann stieß er heiser hervor: »Okay, ihr Schurken. Okay, ich bleibe hier.«

14

Es war an einem dieser herrlichen Abende, wie sie im Gebiet des Pikes Peak nach einem Tag, an dem Gewitter den Himmel reingewaschen haben, häufig sind. Das Gleis des Katapults kroch in einer geraden Linie an dem Berg empor, dessen Schultern zu diesem Zweck hatten abgetragen werden müssen. Auf dem vorläufigen Raumhafen, dem man ansah, daß er eben erst fertiggestellt worden war, verabschiedete Harriman in Gesellschaft wichtiger Besucher Passagiere und Mannschaft der *Mayflower.*

Die Menge trat bis dicht an die Schienen des Katapults heran. Es war nicht notwendig, Abstand von dem Schiff zu halten; die Düsen würden erst zünden, wenn es sich hoch über dem Gipfel befand. Nur das Schiff selbst wurde bewacht, das Schiff und die schimmernden Schienen.

Dixon und Strong, die der Gesellschaft und der gegenseitigen Unterstützung wegen beisammen standen, hielten sich am Rand des mit Seilen abgesperrten Raums für Passagiere und Funktionäre auf. Sie beobachteten, wie Harriman seine Scherze mit den Leuten machte, die zum Mond fliegen würden. »Auf Wiedersehen, Doktor. Halten Sie ein Auge auf ihn, Janet, damit er nicht auf die Suche nach Mondjungfrauen geht!« Er verwickelte Coster in ein Gespräch unter vier Augen und klopfte dem jungen Mann auf den Rücken.

»Er hält die Ohren steif, was?« flüsterte Dixon.

»Vielleicht hätten wir ihn mitfliegen lassen sollen«, antwortete Strong.

»Was? Unsinn! Wir brauchen ihn. Außerdem ist ihm sein Platz in der Geschichte schon sicher.«

»Die Geschichte ist ihm gleichgültig«, erklärte Strong ernst. »Er will weiter nichts als zum Mond.«

»Ja, zum Kuckuck, das kann er ja auch ... sobald er seine Aufgabe erfüllt hat. Schließlich ist es seine Aufgabe. Er hat das alles angefangen.«

»Ich weiß.«

Harriman drehte sich um, sah sie und kam auf sie zu. Sie verstummten. »Versteckt euch nicht!« sagte er fröhlich. »Es ist alles in Ordnung. Ich werde den nächsten Flug mitmachen. Bis dahin laufen die Geschäfte von selbst. Ihr werdet schon sehen.« Sein Blick wanderte zu der *Mayflower.* »Ist das nicht ein herrlicher Anblick?«

Die äußere Tür wurde geschlossen. Signallichter blinkten entlang dem Gleis und vom Kontrollturm. Eine Sirene heulte.

Harriman machte einen oder zwei Schritte vorwärts.

»Jetzt!«

Es kam als Aufschrei von der ganzen Menschenmenge. Das große Schiff glitt langsam den Berg hinauf, wurde schneller und schoß dem fernen Gipfel entgegen. Als es in den Himmel sprang, war es bereits winzig geworden.

Für einen Sekundenbruchteil hing es dort als Flammenkugel, und dann – nichts mehr. Es war unterwegs zu seinem Rendezvous mit den Tankern.

Während das Schiff den Hang hinaufraste, hatten sich die Zuschauer an das westliche Ende der Plattform gedrängt. Harriman war geblieben, wo er war, und auch Dixon und Strong waren der Menge nicht gefolgt. Die drei waren allein, und Harriman war ganz allein, weil er nicht zu merken schien, daß die beiden anderen in seiner Nähe waren. Er betrachtete den Himmel.

Strong sah zu ihm hinüber und flüsterte Dixon kaum hörbar zu: »Lesen Sie die Bibel?«

»Manches.«

»Er sieht aus, wie Moses ausgesehen haben muß, als er auf das Gelobte Land hinausblickte.«

Harriman wandte seinen Blick vom Himmel ab und sah sie an. »Seid ihr immer noch hier?« fragte er. »Los – es gibt Arbeit zu tun!«

Sicher, wir hatten Schwierigkeiten beim Bau von Raumstation Eins – aber nur solche, die uns die Menschen machten.

Natürlich ist es kein Kinderspiel, eine Station zweiundzwanzigtausenddreihundert Meilen draußen im Raum zu errichten. Die technische Leistung war gewaltiger als beim Bau des Panama-Kanals, der Pyramiden und sogar des Susquehanna-Reaktors. Aber ›Tiny‹ Larsen baute sie – und eine Aufgabe, die Tiny in Angriff nimmt, wird auch erledigt.

Ich lernte Tiny als Abwehrspieler bei einer Halbprofi-Basketballmannschaft kennen, womit er sich das Studium am Oppenheimer-Technikum verdiente. Danach arbeitete er jeden Sommer für mich, bis er sein Examen bestanden hatte. Er blieb im Baugeschäft, und am Ende arbeitete ich für ihn.

Tiny fing mit einem Auftrag erst an, wenn er die Planung bis ins letzte ausgefeilt hatte. Bei der Station gab es ursprünglich Arbeitsvorgänge, für die man sechsarmige Affen statt erwachsenen Männern in Raumanzügen gebraucht hätte. Tiny fand solche Schlampereien heraus. Nicht eine einzige Tonne Material wurde in den Himmel geschickt, bis er mit den Berechnungen und Zeichnungen zufrieden war.

Kopfschmerzen konnten wir jedoch immer noch der Menschen wegen bekommen. Wir hatten ein paar verheiratete Männer dabei, aber zumeist waren es wilde Burschen, angelockt von der hohen Bezahlung und dem Abenteuer. Einige waren verkrachte Raumfahrer. Einige waren Facharbeiter, zum Beispiel Elektriker oder Meß- und Regeltechniker. Etwa die Hälfte waren Tiefseetaucher und an das Arbeiten in Druckanzügen gewöhnt. Es gab Unterwassertunnelbauer und Monteure und Schweißer und Schiffsschlosser und zwei Zirkusakrobaten.

Vier davon warfen wir wegen Trunkenheit während der Arbeitszeit hinaus. Tiny mußte einem den Arm brechen, bevor er draußen blieb. Was uns Sorgen machte, war die Frage: Wo bekamen sie das Zeug her? Dann kamen wir dahinter, daß einer der Schiffsschlosser einen wärmelosen Destillierapparat gebaut hatte, indem er das Vakuum rings um uns benutzte. Er produzierte Wodka aus Kartoffeln, die aus dem Lebensmittellager geklaut waren. Ich entließ ihn zwar ungern, aber er war doch etwas zu schlau.

Da wir die Erde alle vierundzwanzig Stunden einmal im freien Fall umkreisten und alles gewichtslos schwebte, sollte man meinen, Würfelspiele seien unmöglich gewesen. Aber ein Funker namens Peters kam auf den Trick, Stahlwürfel und ein magnetisches Brett zu nehmen. Außerdem hatte er das Zufallselement ausgeschaltet, und so feuerten wir ihn.

Wir wollten ihn mit dem nächsten Versorgungsschiff, der R. S. *Half Moon,* zurückschicken. Ich war gerade in Tinys Büro, als sie die Raketen zündete, um sich unserm Orbit anzupassen. Tiny schwamm ans Bullauge. »Lassen Sie Peters holen, Dad«, sagte er, »und geben Sie ihm den Laufpaß! Wer ist sein Ersatzmann?«

»Ein gewisser G. Brooks McNye«, antwortete ich.

Eine Leine schlängelte sich von dem Schiff herüber. Tiny meinte: »Ich glaube nicht, daß die *Half Moon* ihren Kurs richtig angeglichen hat.« Er erkundigte sich im Funkraum nach der Bewegung des Schiffes relativ zur Station. Die Antwort gefiel ihm nicht, und er gab Befehl, die *Half Moon* anzurufen.

Tiny wartete, bis der Fernsehschirm den Befehlshabenden des Raketenschiffes zeigte. »Guten Morgen, Captain. Warum haben Sie uns eine Leine angehängt?«

»Für die Fracht natürlich. Schicken Sie Ihre schnellsten Leute herüber. Ich will starten, bevor wir in den Schatten eintreten.« Die Station verbrachte jeden Tag rund eineinviertel Stunden mit der Durchquerung des Erdschattens. Wir arbeiteten in zwei Elf-Stunden-Schichten und machten während der dunklen Periode Pause; so brauchten wir keine Scheinwerfer anzubringen und die Anzüge nicht zu heizen.

Tiny schüttelte den Kopf. »Erst, wenn Sie Kurs und Geschwindigkeit angeglichen haben.«

»Ich *habe* sie angeglichen!«

»Nicht den Vorschriften entsprechend – nach meinen Instrumenten.«

»Haben Sie ein Herz, Tiny! Ich bin knapp an Manövrier-Treibstoff. Wenn ich dieses ganze Schiff herumschwenke, um eine geringfügige Korrektur an ein paar lausigen Tonnen Fracht vorzunehmen, werde ich auf einem Sekundärfeld, ja, vielleicht sogar mit abgestellten Motoren landen müssen.« Damals hatten alle Schiffe Lande-Tragflächen.

»Hören Sie, Captain«, erklärte Tiny scharf, »der einzige Zweck Ihres Fluges war es, für diese paar lausigen Tonnen die Kreisbahn anzugleichen. Mir ist es gleich, ob Sie in Klein-Amerika auf einem Springstock landen. Die erste Ladung wurde hier mit liebevoller Sorgfalt auf dem richtigen Orbit abgesetzt, und ich werde dafür sorgen, daß es bei jeder weiteren Ladung auch geschieht. Bringen Sie Ihren Planwagen auf die richtige Bahn.«

»Sehr wohl, Herr Bauleiter!« entgegnete Captain Shields steif.

»Seien Sie nicht böse, Dona«, sagte Tiny leise. »Übrigens, haben Sie nicht einen Passagier für mich?«

»O ja, und ob!« Shields Gesicht verzog sich zum Grinsen.

»Nun, behalten Sie ihn an Bord, bis wir gelöscht haben. Vielleicht sind wir doch noch schneller als der Schatten.«

»Gut, gut! Warum sollte auch gerade ich Ihre Sorgen vermehren?« Der Skipper schaltete ab und ließ meinen Boß mit verwirrtem Gesicht zurück.

Wir hatten keine Zeit, über die Worte des Skippers nachzudenken. Shields drehte sein Schiff auf den Gyroskopen herum, feuerte eine oder zwei Sekunden lang, hatte sich uns haargenau angepaßt – und verbrauchte trotz seines Gejammers nur sehr wenig Treibstoff. Ich schnappte mir jeden Mann, den wir entbehren konnten, und holte die Ladung heraus, bevor wir in den Erdschatten eintraten. Schwerelosigkeit ist ein unglaublicher Vorteil beim Umgang mit Fracht. Wir entluden die *Half Moon* – und das von Hand! – in vierundfünfzig Minuten.

Die Lieferung bestand aus vollen Sauerstofftanks und Aluminiumspiegeln, um sie abzuschirmen, Außenhaut-Elementen – Aluminium-Sandwichplatten mit Schaumglasfüllung – und Kisten mit Starthilfsraketen, mit denen wir die Wohnquartiere in Rotation versetzen wollten. Sobald alles draußen und an unserer Leine befestigt war, schickte ich die Männer an der gleichen Leine zurück. Ich lasse nämlich keinen Mann ungesichert draußen arbeiten, auch wenn er sich einbildet, der Raum sei sein eigentliches Element. Dann sagte ich Shields, er könne uns den Passagier herüberschicken und ablegen.

Dieser kleine Kerl kam aus der Luftschleuse des Schiffes und hakte sich an der Schiffsleine fest. Er benahm sich ganz, als sei er an den Raum gewöhnt, warf die Füße hoch, stieß sich ab und segelte mit freilaufendem Karabinerhaken an der Leine entlang. Ich beeilte mich mit dem Rückweg und winkte ihm, mir zu folgen. Tiny, der Neue und ich erreichten die Luftschleusen gleichzeitig.

Außer der üblichen Frachtschleuse hatten wir drei Kwikloks. Ein Kwiklok ist eine Eiserne Jungfrau ohne Stacheln, gerade groß genug für einen Mann im Raumanzug und ein paar Liter Spülluft. Sie öffnen sich automatisch in festgesetzten Intervallen. Beim Schichtwechsel sparen sie viel Zeit. Ich nahm die mittelgroße, Tiny natürlich die große. Ohne Zögern zog sich der neue Mann in die kleine.

Wir schwebten in Tinys Büro. Tiny schnallte sich an und schob seinen Helm zurück. »Nun, McNyea«, sagte er. »Ich freue mich, Sie bei uns zu haben.«

Der neue Funktechniker öffnete seinen Helm. Eine leise, angenehme Stimme antwortete: »Vielen Dank.«

Ich glotzte und brachte kein Wort heraus. Von meinem Platz aus konnte ich sehen, daß der neue Funktechniker ein Haarband trug.

Ich fürchtete, Tiny werde explodieren. Er brauchte das Haarband gar nicht erst zu sehen. Bei hochgeschobenem Helm war es offensichtlich, daß der neue ›Mann‹ so weiblich war wie die Venus von Milo. Tiny blubberte etwas, dann hatte er sich losgeschnallt und machte einen Satz zum Bullauge hin. »Dad!« brüllte er. »Rufen Sie den Funkraum! Lassen Sie das Schiff anhalten!«

Aber die *Half Moon* war bereits eine weit entfernte Feuerkugel. Tiny wirkte benommen. »Dad«, sagte er, »wer weiß sonst noch davon?«

»Niemand, soviel ich weiß.«

Er dachte ein Weilchen nach. »Wir müssen sie außer Sicht halten. Das ist es – wir sperren sie ein, bis das nächste Schiff kommt.« Er sah sie nicht an dabei.

»Über was in aller Welt reden Sie?« McNyes Stimme klang höher und nicht mehr angenehm.

Tiny maß sie mit einem bösen Blick. »Über Sie. Was sind Sie – ein Blinder Passagier?«

»Seien Sie nicht albern! Ich bin G.B. McNye, Elektronik-Ingenieur. Haben Sie meine Papiere nicht bekommen?«

Tiny wandte sich mir zu. »Dad, das ist Ihre Schuld. Wie zum Teu ... – entschuldigen Sie, Miss. Wie konnte das passieren, daß Sie sich eine Frau haben schicken lassen? Haben Sie nicht einmal den Vorbericht über sie gelesen?«

»Ich?« fragte ich. »Nun hören Sie mal, Sie Dickkopf! Auf diesen Formularen wird das Geschlecht nie erwähnt. Das erlaubt die Einstellungskontrollkommission nicht, außer da, wo es für die Arbeit eine Rolle spielt.«

»Sie wollen mir erzählen, es spiele für die Arbeit *hier* keine Rolle?«

»Nach der Arbeitsplatzbeschreibung nicht. Unten auf der Erde gibt es eine Menge Funk- und Radartechnikerinnen.«

»Wir sind hier nicht auf der Erde.« Natürlich dachte er an all diese zweibeinigen Wölfe, die draußen auf der Station herumkletterten. Und G.B. McNye war hübsch. Vielleicht beeinflußte es mein Urteil, daß ich acht Monate lang keine Frau gesehen hatte, aber hübsch war sie auf jeden Fall.

»Ich habe sogar schon von Raketenpilotinnen gehört«, setzte ich aus purer Bosheit hinzu.

»Mir ist es wurst, ob Sie von weiblichen Erzengeln gehört haben; ich dulde hier keine Frau!«

»Einen Augenblick!« fiel Miss McNye ihm ins Wort. Ich war verärgert, aber sie war wütend. »Sie sind der Bauleiter, nicht wahr?«

»Ja«, gestand Tiny.

»Gut. Und woher wissen Sie, welches Geschlecht ich habe?«

»Wollen Sie leugnen, daß Sie eine Frau sind?«

»Durchaus nicht! Ich bin stolz darauf. Aber offiziell wissen Sie nicht, welches Geschlecht G. Brooks McNye hat. Deshalb benutze ich ›G‹ anstelle von Gloria. Ich will keine Vergünstigungen.«

Tiny grunzte. »Sie werden auch keine bekommen. Ich weiß nicht, wie Sie sich eingeschmuggelt haben, aber merken Sie sich eins, McNye – oder Gloria oder wie auch immer –, Sie sind entlassen. Mit dem nächsten Schiff fliegen Sie zurück. In der Zwischenzeit werden wir tun, was wir können, damit die Männer nicht erfahren, daß wir eine Frau an Bord haben.«

Ich sah, daß sie bis zehn zählte. »Darf ich dazu etwas sagen?« fragte sie schließlich. »Oder verbieten Sie es mir in Ihrer Rolle als Captain Bligh?«

»Reden Sie schon!«

»Ich habe mich nicht eingeschmuggelt. Ich gehöre als leitende Kommunikationsingenieurin zur Stammbesatzung der Station. Ich habe mir Urlaub genommen, um die Ausrüstung kennenzulernen, während sie installiert wird. Später werde ich genau hier leben, und ich sehe keinen Grund, warum ich nicht jetzt schon damit anfangen soll.«

Tiny winkte ab. »Eines Tages wird es hier Männer und Frauen geben. Sogar Kinder. Im Augenblick ist es eine rein männliche Station und wird es bleiben.«

»Das werden wir sehen. Jedenfalls können Sie mich

nicht entlassen; das Funkpersonal untersteht Ihnen nicht.« Da hatte sie recht; Kommunikationsleute und einige andere Spezialisten wurden dem Unternehmer, der Firma Five Companies, von den Harriman Enterprises ausgeliehen.

Tiny schnaubte. »Vielleicht kann ich Sie nicht entlassen, aber ich kann Sie nach Hause schicken. ›Das zur Verfügung gestellte Personal muß von dem Unternehmer . . .‹ – das bin ich – ›gebilligt werden.‹ Paragraph sieben, Absatz M. Diese Klausel habe ich persönlich hineingesetzt.«

»Dann wissen Sie, daß der Unternehmer die Kosten der Auswechslung gegen neue Mitarbeiter trägt, wenn er zur Verfügung gestelltes Personal ohne Grund ablehnt.«

»Ich zahle Ihnen den Rückflug, aber ich will Sie hier nicht haben.«

»Sie sind sehr unvernünftig!«

»Mag sein, aber ich entscheide, was gut für das Bauvorhaben ist. Mir wäre es lieber, ein Rauschgifthändler schnüffelte bei meinen Jungen herum als eine Frau!«

Sie keuchte. Tiny erkannte, daß er zu weit gegangen war, und setzte hinzu: »Entschuldigen Sie, Miss. Aber so ist das. Sie bleiben in Deckung, bis ich Sie loswerden kann.«

Bevor sie etwas sagen konnte, mischte ich mich ein. »Tiny – sehen Sie sich mal um!«

Einer von den Monteuren starrte mit hervorquellenden Augen durch das Bullauge herein. Drei oder vier weitere kamen herangeschwebt und gesellten sich zu ihm.

Tiny schoß auf das Bullauge zu, und sie flatterten auseinander wie Spatzen. Er jagte ihnen solche Angst ein, daß sie beinahe ihre Anzüge verloren. Ich glaubte schon, er werde mit den Fäusten durch das Quarzglas fahren.

Dann kam er zurück und sah aus wie ein gebrochener Mann. »Miss, warten Sie in meinem Zimmer!« Er zeigte mit dem Finger. Als sie gegangen war, setzte er hinzu: »Dad, was sollen wir tun?«

Ich antwortete: »Ich dachte, Ihr Entschluß sei gefaßt, Tiny.«

»Ist er auch«, brummte er verdrießlich. »Würden Sie den Chefinspektor bitten herzukommen?«

Das zeigte, wie ernst die Lage war. Die Inspektionsleute waren von Harriman Enterprises, nicht von uns, und Tiny sah in ihnen nichts als eine Plage. Außerdem hatte Tiny am Oppenheimer-Technikum studiert und Dalrymple am Massachusetts Institute of Technology.

Er kam herein, frisch und munter. »Guten Morgen, Bauleiter. Guten Morgen, Mr. Witherspoon. Was kann ich für Sie tun?«

Düster erzählte Tiny die Geschichte. Dalrymple blickte selbstzufrieden drein. »Sie hat recht, mein Lieber. Sie können sie zurückschicken, und Sie können sogar auf einem männlichen Ersatz bestehen. Aber ich kann Ihnen kaum einen ›triftigen Grund‹ bestätigen, nicht wahr?«

»Verdammt, Dalrymple, wir können hier keine Frau brauchen!«

»Ein strittiger Punkt. Im Vertrag nicht vorgesehen, wissen Sie.«

»Wenn Ihr Büro uns als Vorgänger dieser Frau keinen Falschspieler geschickt hätte, wäre ich jetzt nicht in der Bredouille!«

»Langsam, langsam! Immer an den Blutdruck denken. Ich schlage vor, wir lassen die Bestätigung weg und teilen uns die Kosten. Das ist fair, oder?«

»Ja. Danke.«

»Nichts zu danken. Aber überlegen Sie einmal folgendes: Indem Sie Peters hinauswarfen, ehe Sie mit dem Neuankömmling gesprochen hatten, haben Sie Ihr Personal auf einen einzigen Funker beschränkt. Hammond kann nicht vierundzwanzig Stunden am Tag Dienst tun.«

»Er kann in der Bude schlafen. Das Rufzeichen wird ihn wecken.«

»Das kann ich nicht akzeptieren. Auf das Heimatbüro und die Schiffsfrequenzen muß die ganze Zeit geachtet werden. Harriman Enterprises hat eine qualifizierte Funkerin zur Verfügung gestellt, und vorerst müssen Sie sie leider einsetzen.«

Tiny wird sich immer mit dem Unvermeidlichen

abfinden. Er sagte ruhig: »Dad, sie bekommt die erste Schicht. Besser, Sie teilen mit ihr zusammen verheiratete Männer ein.«

Dann rief er sie herein. »Schwimmen Sie ab in die Funkbude, und fangen Sie an, sich einzuarbeiten, damit Hammond bald Feierabend machen kann! Passen Sie gut auf, was er Ihnen sagt! Er ist tüchtig.«

»Ich weiß«, gab sie knapp zurück. »Ich habe ihn ausgebildet.«

Tiny biß sich auf die Unterlippe. Der Chefinspektor sagte: »Der Bauleiter gibt sich nicht mit Kleinigkeiten ab – ich bin Robert Dalrymple, Chefinspektor. Wahrscheinlich hat er auch seinen Assistenten nicht vorgestellt – Mr. Witherspoon.«

»Nennen Sie mich Dad«, bat ich.

Sie lächelte. »Guten Tag, Dad.« Mir wurde ganz warm ums Herz. Zu Dalrymple sagte sie: »Merkwürdig, daß wir uns nicht schon früher kennengelernt haben.«

Tiny unterbrach: »McNye, Sie werden in meinem Raum schlafen ...«

Sie hob die Augenbrauen, und er fuhr ärgerlich fort: »Oh, ich werde meine Sachen daraus entfernen – sofort. Und merken Sie sich eins: Halten Sie die Tür verschlossen, wenn Sie drinnen sind!«

»Darauf können Sie Gift nehmen.«

Tiny wurde rot.

Ich hatte zuviel zu tun, um viel von Miss Gloria zu sehen. Die Fracht mußte verstaut, die neuen Tanks mußten installiert und abgeschirmt werden. Dann war noch die kniffligste Arbeit, nämlich die Wohnquartiere in Rotation zu versetzen. Zwar rechneten nicht einmal die Optimisten in den nächsten Jahren mit starkem interplanetaren Verkehr, aber dessen ungeachtet wollten Harriman Enterprises, die enorme Summen investiert hatten, ein paar Mieten kassieren.

I.T.&T. hatte Räume für eine Mikrowellen-Relaisstation gemietet – ein paar Millionen im Jahr allein für das Fernsehen. Das Wetterbüro war erpicht darauf, seine integrierende Heimisphärenstation einzurichten. Das

Palomar-Observatorium hatte eine Konzession (Harriman Enterprises hatten die Räume gestiftet). Der Sicherheitsrat ging mit einem Pst-Pst-Projekt um. Fermi Physical Labs und das Kettering Institute bekamen jeder eine Kammer. Ein Dutzend Mieter wollte gleich oder noch früher einziehen, auch wenn wir die Unterbringungen für Touristen und Reisende niemals fertigstellten.

Die Firma Five Companies, Incorporated und ihre Mitarbeiter freuten sich auf eine Zeitprämie. Deshalb hatten wir es eilig, mit der Arbeit an den Wohnquartieren anzufangen. Leute, die niemals draußen gewesen sind, bekommen es nur schwer in den Kopf – zumindest hatte ich es schwer in den Kopf bekommen –, daß man im Freien Fall kein Gefühl für das Gewicht, für oben und unten hat. Da ist die Erde, rund und schön, nur etwa zwanzigtausend Meilen entfernt, nahe genug, daß man sie mit dem Ärmel streifen kann. Man weiß, daß sie einen anzieht. Und doch spürt man kein Gewicht, absolut keins. Man schwebt. Das Schweben ist für manche Arbeiten sehr praktisch, aber wenn es Zeit ist, zu essen oder Karten zu spielen oder zu baden, dann spürt man gern Gewicht auf den Füßen. Das Essen bleibt unten, und man fühlt sich natürlicher.

Sie werden Bilder der Station gesehen haben. Sie ist ein riesiger Zylinder wie eine große Trommel mit Einbuchtungen für die Schiffsnasen an den Seiten. Jetzt stellen Sie sich eine kleine Trommel vor, die sich innerhalb der großen dreht. Das sind die Wohnquartiere, bei denen die Zentrifugalkraft die Schwerkraft ersetzt. Wir hätten die ganze Station rotieren lassen können, aber ein Schiff kann nicht an einem tanzenden Derwisch anlegen.

Also bauten wir einen rotierenden Teil für die Bequemlichkeit der Menschen und einen äußeren stillstehenden Teil für Docks, Tanks, Vorratsräume und dergleichen. An der Nabe gelangte man von einem Teil in den anderen. Als Miss Gloria zu uns kam, war der innere Teil geschlossen und unter Druck gesetzt, doch alles andere war nur ein Skelett aus Trägern.

Es sah richtig schön aus, dieses große Netzwerk aus

schimmernden Streben und Verbindungen vor dem schwarzen Himmel und den Sternen – Titaniumlegierung 1403, leicht, stark und nicht korrodierbar. Die Station ist, verglichen mit einem Schiff, ein zartes Gebilde, weil sie keine Belastung durch einen Start auszuhalten braucht. Deshalb durften wir es nicht wagen, die Rotation mit Gewalt einzuleiten, und hatten uns Starthilfsraketen bringen lassen.

Starthilfsraketen sind zu dem Zweck erfunden worden, Flugzeuge vom Boden hochzubringen. Jetzt benutzen wir sie überall, wo ein kontrollierter Schub gebraucht wird, zum Beispiel, um beim Dammbau einen Lastwagen aus dem Schlamm zu hieven. Wir montierten viertausend Stück um den Rahmen der Wohnquartiere, jede genau an ihren Platz. Sie waren alle angeschlossen und konnten gezündet werden, als Tiny mit besorgtem Gesicht zu mir kam. »Dad«, sagte er, »lassen Sie hier alles liegen und machen Sie Abteil D-113 fertig.«

»Okay«, sagte ich. D-113 lag in dem nichtrotierenden Teil.

»Bringen Sie eine Luftschleuse daran an, und versehen Sie es mit Vorräten für zwei Wochen.«

»Das wird unsere Massenverteilung für die Rotation verändern«, gab ich zu bedenken.

»Ich werde sie in der nächsten Dunkelperiode neu berechnen. Dann versetzen wir die Raketen.«

Als Dalrymple es hörte, kam er angetobt. Der Zeitpunkt, zu dem Mieter einziehen konnten, wurde dadurch nämlich hinausgeschoben. »Was haben Sie sich denn dabei gedacht?«

Tiny starrte ihn an. Der Umgangston zwischen ihnen war in letzter Zeit kühler als sonst gewesen. Dalrymple hatte ständig Vorwände gefunden, um Miss Gloria aufzusuchen, und zu ihrem augenblicklichen Zimmer führte kein anderer Weg als der durch Tinys Büro. Tiny hatte ihm schließlich gesagt, er solle endgültig verschwinden. »Ich habe mir dabei gedacht«, erklärte Tiny bedächtig, »daß ich, wenn das Haus brennt, gern ein kleines Schutzzelt hätte.«

»Was meinen Sie?«

»Stellen Sie sich einmal vor, wir zünden die Raketen, und die Konstruktion bricht zusammen! Wollen Sie dann in einem Raumanzug herumhängen, bis zufällig ein Schiff vorbeikommt?«

»Das ist Unsinn. Die Drücke sind berechnet worden.«

»Genau das sagte der Mann, dem die Brücke einstürzte. Wir werden es auf meine Weise machen.«

Dalrymple stürmte davon.

Tinys Bemühungen, Gloria eingesperrt zu halten, waren im Grunde mitleiderregend. Zunächst einmal nahm die meiste Zeit eines Funktechnikers das Reparieren von Anzug-Walkie-Talkies in Anspruch, und er machte das auf Wache. Es kam zu häufigen Defekten an diesen Geräten – in Glorias Schicht. Ich teilte ein paar Leute für die andere Schicht ein und zog einigen die Kosten vom Lohn ab. Schließlich ist es keine sachgemäße Behandlung, wenn ein Mann seine Antenne absichtlich kaputtmacht.

Weitere Symptome zeigten sich. Es wurde schick, sich zu rasieren. Die Männer fingen an, im Wohnquartier Hemden zu tragen, und das Baden nahm so zu, daß ich schon meinte, für eine zweite Wasserdestillieranlage sorgen zu müssen.

Dann kam die Schicht, als D-113 fertig war und wir die Raketen versetzt hatten. Ich will gern zugeben, daß ich nervös war. Alle Leute erhielten Befehl, das Wohnquartier zu verlassen und Raumanzüge anzulegen. Sie hockten an den Streben und warteten.

Männer in Raumanzügen sehen alle gleich aus; wir benutzten Nummern und farbige Armbinden. Vorarbeiter hatten zwei Antennen, eine für die Frequenz ihrer Kolonne, eine für die Verständigung mit den anderen Vorarbeitern. Bei Tiny und mir war die zweite Antenne über die Funkbude mit allen Kolonnen-Frequenzen verbunden – für allgemeine Durchsagen.

Die Vorarbeiter hatten gemeldet, daß ihre Männer sich in ausreichendem Abstand vom Feuerwerk befanden, und ich wollte Tiny gerade Bescheid geben, als diese

Gestalt durch die Träger kletterte, innerhalb der Gefahrenzone. Keine Sicherheitsleine. Keine Armbinde. Nur eine Antenne.

Miss Gloria natürlich. Tiny zog sie aus der Schußlinie und verankerte sie mit seiner eigenen Sicherheitsleine. Ich hörte seine barsche Stimme in meinem Helm: »Was glauben Sie wohl, wer Sie sind, Sie Besserwisserin?«

Und ihre Stimme: »Und was soll ich Ihrer Meinung nach tun? Mir einen Stern als Parkplatz suchen?«

»Ich habe Ihnen gesagt, Sie sollen wegbleiben. Wenn Sie Befehlen nicht gehorchen können, werde ich Sie einsperren.«

Ich erreichte ihn, schaltete mein Funkgerät aus und legte meinen Helm an seinen. »Boß! Boß! Sie sind auf Sendung!«

»Oh ...«, sagte er, schaltete ab und legte seinen Helm an den Miss Glorias.

Wir konnten sie immer noch hören, denn sie schaltete nicht ab. »Ich bin nach draußen gekommen, Sie Pavian, weil Sie eine Suchmannschaft geschickt haben, die jeden hinausjagte!« und: »Woher soll ich von der Vorschrift wissen, eine Sicherheitsleine zu benutzen? Sie haben mich da drinnen eingepfercht.« Und schließlich: »Das werden wir sehen!«

Ich zog ihn weg, und er sagte dem Chefelektriker, er könne anfangen. Dann vergaßen wir den Streit, denn wir erlebten das hübscheste Feuerwerk, das es je zu sehen gegeben hat, ein riesiges Feuerrad, von dem nach allen Seiten Raketen losgingen. Ganz ohne Geräusch, hier draußen im Raum – aber von unvergleichlicher Schönheit.

Das Schießen hörte auf, und die Wohnquartiere rotierten vorschriftsmäßig wie ein Schwungrad. Tiny und ich stießen beide einen Seufzer der Erleichterung aus. Dann gingen wir alle hinein, um auszuprobieren, wie sich Gewicht anfühlt.

Es fühlte sich komisch an. Ich ging durch den Schacht und stieg die Leiter hinunter, und je näher ich an den Rand kam, desto schwerer wurde ich. Das machte mich ebenso seekrank wie das erste Mal, als ich die Schwerelosigkeit erlebte. Ich war kaum imstande zu gehen, und meine Wadenmuskeln verkrampften sich.

Wir inspizierten alles gründlich. Dann gingen wir ins Büro und setzten uns. Dort am Rand war es bei einem Drittel g angenehm. Tiny rieb über die Armlehnen seines Sessels und grinste: »Das ist besser, als in D-113 eingesperrt zu sein.«

»Da Sie gerade das Einsperren erwähnen«, sagte Miss Gloria und kam herein, »kann ich ein Wort mit Ihnen reden, Mr. Larsen?«

»Hä? Na klar! Tatsache ist, daß ich Sie sprechen wollte. Ich muß mich bei Ihnen entschuldigen, Miss McNye. Ich war ...«

»Vergessen Sie's!« unterbrach sie ihn. »Sie waren erregt. Aber ich möchte eins wissen: Wie lange wollen Sie diesen Unsinn, meine Tugend zu bewachen, noch fortsetzen?«

Er musterte sie. »Nicht mehr lange. Nur bis Ihre Ablösung eintrifft.«

»So? Wer ist hier der Betriebsrat?«

»Ein Schiffsschlosser namens McAndrews. Aber Sie können sich nicht an ihn wenden. Sie gehören zum Stab.«

»Nicht auf dem Posten, den ich innehabe. Ich werde mit ihm sprechen. Sie beschneiden meine Rechte, und dazu noch in meiner Freizeit.«

»Mag sein, aber Sie werden feststellen, daß es in meiner Macht liegt. Juristisch bin ich während der Bauzeit ein Schiffskapitän. Ein Kapitän im Raum hat in weiten Grenzen die Autorität, Rechte zu beschneiden.«

»Dann setzen Sie Ihre Autorität mit Verstand ein!«

Er grinste. »Genau das tue ich ja.«

Wir hörten nichts von dem Betriebsrat, aber Miss Gloria fuhr fort, zu tun, was ihr beliebte. Nach ihrer nächsten Schicht zeigte sie sich mit Dalrymple im Kino. Tiny ging mittendrin hinaus – und dabei war es ein guter Film, *Lysistrata geht in die Stadt*, von New York übertragen.

Als sie allein zurückkam, hielt er sie an. Er hatte dafür gesorgt, daß ich ebenfalls anwesend war. »Einen Augenblick – Miss McNye ...«

»Ja?«

»Ich finde, Sie sollten wissen, daß ... äh ... Chefinspektor Dalrymple ein verheirateter Mann ist.«

»Wollen Sie damit andeuten, ich hätte mich unschicklich betragen?«

»Nein, aber ...«

»Dann kümmern Sie sich erst um Ihre eigenen Angelegenheiten!« Ehe er antworten konnte, setzte sie hinzu: »Es interessiert Sie vielleicht, daß er mir von Ihren vier Kindern erzählt hat.«

Tiny stotterte: »Was ... was ...! Ich bin ja nicht einmal verheiratet!«

»So? Dann ist es noch schlimmer, nicht wahr?« Sie fegte hinaus.

Tiny gab sich keine Mühe mehr, sie in ihrem Zimmer festzuhalten, wies sie jedoch an, ihm Bescheid zu sagen, wann immer sie es verließ. Es gab ihm richtig zu tun, sie zu hüten. Ich verkniff mir den Vorschlag, er solle Dalrymple auffordern, ihn einmal abzulösen.

Es überraschte mich jedoch, daß er mir sagte, ich solle ihre Entlassung durchgeben. Ich war so ziemlich überzeugt gewesen, er werde nicht mehr darauf zurückkommen.

»Mit welcher Beschuldigung?« fragte ich.

»Insubordination!«

Ich hielt den Mund. Er sagte: »Sie hält sich nicht an ihre Befehle.«

»Sie tut ihre Arbeit gewissenhaft. Sie geben ihr Befehle, die Sie keinem der Männer geben würden – und die ein Mann sich nicht gefallen ließe.«

»Sie halten meine Befehle für falsch?«

»Darum geht es nicht. Sie können die Beschuldigung nicht beweisen, Tiny.«

»Dann beschuldigen Sie sie, weiblich zu sein! Das *kann* ich beweisen.«

Ich sagte kein Wort. »Dad«, setzte er schmeichelnd

hinzu, »Sie wissen doch, wie Sie das abfassen müssen. ›Keine persönlichen Einwände gegen Miss McNye, aber im Rahmen unserer Personalpolitik‹ und so weiter und so fort.«

Ich schrieb die Entlassung und gab sie Hammond unter vier Augen. Funktechniker sind auf Geheimhaltung vereidigt, aber es wunderte mich gar nicht, als O'Connor, einer unserer besten Metallschmiede, sich mir in den Weg stellte. »Hören Sie, Dad, ist es wahr, daß der Alte Brooksie loswerden will?«

»Brooksie?«

»Brooksie McNye – sie sagt, wir sollen sie Brooks nennen. Ist es wahr?«

Ich gestand es ein. Dann ging ich weiter und fragte mich, ob ich hätte lügen sollen.

Auf der Erde brauchen sie ungefähr vier Stunden, um ein Schiff zur Station hochzuschicken. In der Schicht, bevor die *Pole Star* fällig war, die Miss Glorias Ersatzmann an Bord hatte, brachte mir der Lohnbuchhalter zwei Kündigungsformulare. Zwei Männer waren gar nichts; im Durchschnitt gingen mit jedem Schiff mehr. Eine Stunde später rief er mich über die Vorarbeiter-Frequenz und bat mich, ins Lohnbüro zu kommen. Ich war draußen am Rand und beaufsichtigte eine Schweißarbeit; ich sagte nein. »*Bitte,* Mr. Witherspoon«, flehte er, »Sie *müssen* kommen.« Wenn einer von den Jungen mich nicht ›Dad‹ nennt, hat das etwas zu bedeuten. Ich ging.

Vor seiner Tür stand eine Schlange wie bei der Postausgabe. Ich trat ein, und er machte den Leuten die Tür vor der Nase zu. Dann hielt er mir zwei Hände voll von Kündigungsformularen entgegen. »Was, bei den großen Tiefen der Nacht, ist denn das?« fragte ich.

»Es sind noch Dutzende eingegangen, die auszuschreiben ich bisher keine Zeit hatte.«

Auf keinem Zettel war irgendein Grund angegeben – da stand nur ›auf eigenen Wunsch‹. »Was geht hier vor, Jimmie?«

»Können Sie sich das nicht denken, Dad? Zum Kukkuck, ich selbst werde auch kündigen.«

Ich sagte ihm, was ich vermutete, und er bestätigte es mir. Also nahm ich die Formulare, rief Tiny und bat ihn, um der Liebe des Himmels willen in sein Büro zu kommen. Tiny kaute nachdenklich auf seiner Unterlippe. »Aber, Dad, sie *können* nicht streiken. Die Verträge, die von jeder betroffenen Gewerkschaft abgesegnet sind, schließen einen Streik aus.«

»Das ist kein Streik, Tiny. Sie können einen Mann nicht daran hindern zu kündigen.«

»Die können ihren Rückflug selbst bezahlen, Gott helfe mir!«

»Damit kommen Sie nicht durch. Die meisten haben lange genug hier gearbeitet, daß ihnen ein Freiflug zusteht.«

»Wir werden schnell andere Leute einstellen müssen, oder wir überziehen unsern Termin.«

»Schlimmer als das, Tiny – wir bringen die Arbeit nie mehr zu Ende. In der nächsten Dunkelperiode werden Sie nicht einmal mehr eine Wartungsmannschaft haben.«

»Meine Leute haben mich noch nie im Stich gelassen. Ich werde mit ihnen reden.«

»Hat keinen Sinn, Tiny. Sie kämpfen gegen etwas an, das zu stark für Sie ist.«

»*Sie* sind gegen mich, Dad?«

»Ich bin nie gegen Sie, Tiny.«

»Dad«, sagte er, »Sie halten mich für dickköpfig, aber ich habe *recht*. Man kann nicht eine einzige Frau zwischen mehreren hundert Männern herumlaufen lassen. Das macht sie verrückt.«

Ich sagte nicht, daß die Wirkung auf ihn die gleiche sei. Ich fragte: »Ist das schlimm?«

»Natürlich. Ich kann den Bau der Station nicht einer einzigen Frau wegen aufs Spiel setzen.«

»Tiny, haben Sie sich in letzter Zeit die Ist-Leistungskurven angesehen?«

»Dazu hatte ich gar keine Zeit – was ist mit ihnen?«

Ich wußte, warum er keine Zeit gehabt hatte. »Es wird ihnen schwerfallen, zu beweisen, daß Miss Gloria die Arbeit aufgehalten hat. Wir sind dem Zeitplan voraus.«

»Wirklich?«

Während er die Kurven studierte, legte ich ihm den Arm um die Schultern. »Hören Sie, mein Sohn«, sagte ich, »Sex gibt es auf unserm Planeten schon lange Zeit. Auf der Erde unten kommen sie nie davon los, und trotzdem sind ein paar ganz gewaltige Bauvorhaben verwirklicht worden. Vielleicht müssen wir hier auch lernen, damit zu leben. Tatsächlich haben Sie die Antwort vor einer Minute schon gehabt.«

»Ich? Nicht daß ich wüßte.«

»Sie sagten: ›Man kann nicht *eine einzige* Frau unter mehreren hundert Männern herumlaufen lassen.‹ Fällt der Groschen?«

»Hä? Nein. Moment. Vielleicht doch.«

»Haben Sie sich einmal mit Jiu-Jitsu beschäftigt? Manchmal siegt man, indem man nachgibt.«

»Ja. Ja!«

»Wenn man den Gegner nicht schlagen kann, schließt man sich ihm an.«

Er rief die Funkbude an. »Lassen Sie sich von Hammond ablösen, McNye, und kommen Sie in mein Büro!«

Er machte es mit Anstand, erhob sich und hielt eine Rede. Er sei im Unrecht gewesen und habe lange Zeit gebraucht, um es einzusehen, doch er hoffe, es bleibe kein Groll zurück und so weiter. Er werde das Heimatbüro anweisen, zu überprüfen, wie viele Stellen sofort mit weiblichen Arbeitskräften besetzt werden könnten. »Denken Sie auch an verheiratete Paare«, warf ich in mildem Ton ein, »und am besten lassen Sie auch ein paar ältere Frauen kommen.«

»Das werde ich«, stimmte Tiny zu. »Habe ich irgend etwas vergessen, Dad?«

»Ich glaube nicht. Wir werden neue Wohnquartiere einrichten müssen, aber dazu ist Zeit genug.«

»Okay, ich sage ihnen, sie sollen die *Pole Star* zurückhalten, damit sie uns schon auf diesem Flug ein paar schicken können.«

»Großartig!« Miss Gloria sah richtig glücklich aus.

Tiny kaute auf der Unterlippe. »Und trotzdem habe

ich das Gefühl, ich hätte etwas vergessen. Hmm – jetzt habe ich es. Dad, sagen Sie ihnen, sie sollen uns so bald wie möglich einen Geistlichen für die Station schicken! Bei der neuen Personalpolitik werden wir bald einen brauchen.« Das glaubte ich auch.

Gerade als sie gehen wollten, rief das Telefon seinen Namen. »Melde dich nicht!« flehte Phyllis. »Wir kommen zu spät ins Theater.«

»Wer ist da?« rief Jake. Der Bildschirm wurde hell. Er erkannte Olga Pierce und hinter ihr das Büro der Trans-Lunar Transit in Colorado Springs.

»Ich rufe Mr. Pemberton. Ich rufe – oh, da sind Sie ja, Jake. Sie sind dran. Flug 27, Supra-New-York zum Mond-Terminal. Ich schicke Ihnen einen Hubschrauber, der Sie in zwanzig Minuten abholen wird.«

»Wie kommt denn das?« protestierte er. »Ich stehe erst an vierter Stelle auf der Bereitschaftsliste.«

»Da *haben* Sie gestanden. Jetzt sind Sie Ersatz-Pilot für Hicks – und er hat gerade von der Psychologischen Abteilung Startverbot bekommen.«

»Hicks? Das gibt es doch nicht!«

»Es passiert den besten, Sportsfreund. Halten Sie sich bereit! Bis dann!«

Seine Frau zerknüllte ein Spitzentaschentuch im Wert von sechzehn Dollar zu einer formlosen Masse. »Jake, das ist lächerlich. Drei Monate lang habe ich nicht soviel von dir gesehen, daß ich wußte, wie du aussiehst.«

»Tut mir leid, Kleines. Nimm Helen zu der Show mit!«

»Jake, es geht mir nicht um die Show. Ich wollte dich an einem Ort haben, wo man dich nicht erreichen kann.«

»Man hätte mich im Theater auch gerufen.«

»O nein! Ich habe die Aufzeichnung gelöscht, die du hinterlassen wolltest.«

»Phyllis! Willst du, daß ich entlassen werde?«

»Sieh mich nicht so an!« Sie hielt inne, hoffte, er werde etwas sagen. Wenn es jetzt nur nicht wegen dieser Nebensache zum Streit kam! Wie sollte sie ihm beibringen, daß ihre Nervosität nicht von der Enttäuschung herrührte, sondern von den Sorgen, die sie sich jedes Mal, wenn er in den Raum hinausflog, um seine Sicherheit machte?

Verzweifelt fuhr sie fort: »Du brauchst diesen Auftrag nicht anzunehmen, Darling; du bist nicht einmal die Mindestzeit auf der Erde. Bitte, Jake!«

Er schälte sich aus seinem Smoking. »Ich habe dir schon tausendmal gesagt: Ein Pilot wird nie zum regelmäßigen Dienst eingeteilt, wenn er ständig auf die Vorschriften pocht. Was hast du dir dabei gedacht, daß du meine Aufzeichnung gelöscht hast, Phyllis? Wolltest du, daß ich Flugverbot bekomme?«

»Nein, Darling, aber ich fand, dieses eine Mal ...«

»Wenn man mir einen Flug anbietet, nehme ich ihn.« Steif verließ er das Zimmer.

Zehn Minuten später kam er zurück, für den Raum gekleidet und offensichtlich in guter Laune. Er pfiff: »... Um halb fünf mußte Casey schon raus; er küßt' seine ...« Als er ihr Gesicht sah, brach er ab und kniff die Lippen zusammen. »Wo ist mein Overall?«

»Ich hole ihn. Laß mich dir schnell etwas zu essen machen!«

»Du weißt, ich vertrage eine hohe Beschleunigung mit vollem Magen nicht. Und warum dreißig Dollar einbüßen, um ein weiteres Pfund in die Höhe zu bringen?«

Wie er dastand, in kurzer Hose, ärmellosem Trikot, Sandalen und Taschengürtel, hatte er rund fünfzig Pfund gut. Phyllis wollte schon sagen, die Kosten des zusätzlichen Gewichts von einem Sandwich und einer Tasse Kaffee spielten für sie keine Rolle, aber das war nur ein weiterer möglicher Anlaß für ein Mißverständnis.

Keiner von beiden sprach viel, bis das Taxi auf dem Dach landete. Er gab ihr einen Abschiedskuß und sagte ihr, sie solle nicht mit nach draußen kommen. Sie gehorchte – bis sie den Hubschrauber starten hörte. Dann stieg sie aufs Dach hinaus und sah ihm nach, solange er in Sicht war.

Von den Reisenden wird bemängelt, daß es keine direkte Erde-Mond-Verbindung gibt. Statt dessen muß man drei verschiedene Typen von Raketenschiffen benutzen und zweimal an einer Raumstation umsteigen, um den Katzensprung von einer Viertelmillion Meilen zu machen. Das hat einen guten Grund, nämlich Geld.

Die Handelskommission hat die Gebühr für den Flug in drei Etappen, wie er augenblicklich gehandhabt wird, auf dreißig Dollar pro Pfund festgesetzt. Wäre eine direkte Verbindung billiger? Dafür müßte ein Schiff von der Erde starten, auf dem luftlosen Mond landen, zurückkehren und eine Landung in einer Atmosphäre machen. Vollgestopft mit schweren Spezialausrüstungen, die nur ein einziges Mal auf dem Flug verwendet würden, könnte es nie einen Gewinn von tausend Dollar pro Pfund abwerfen! Stellen Sie sich eine Kombination aus einem Fährschiff, einer Untergrundbahn und einem Schnellaufzug vor ...

Deshalb benutzt Trans-Lunar für den schwierigen ersten Schritt von der Erde zu unserer Satelliten-Station Supra-New-York Raketen, die von einem Katapult abgeschossen werden können und Tragflächen für die spätere Landung auf der Erde besitzen. Auf dem langen mittleren Abschnitt von Supra-New-York bis zu dem Raum-Terminal, das den Mond umkreist, weiß man Bequemlichkeit zu schätzen, braucht aber keine Vorrichtung für eine Landung. Die *Flying Dutchman* und die *Philip Nolan* landen niemals; sie sind sogar im Raum gebaut worden und ähneln geflügelten Raketen wie der *Skysprite* und der *Firefly* ebensowenig wie ein Schlafwagen einem Fallschirm.

Die *Moonbet* und die *Gremlin* taugen nur für den Sprung vom Raum-Terminal hinunter zum Mond ... keine Tragflächen, kokonartige Hängematten zum Schutz gegen Beschleunigung und Aufprall, nur ein Mindestmaß von Kontrollen für die gewaltigen Triebwerke.

Die Umsteigplätze brauchten eigentlich nicht mehr als klimatisierte Tanks zu sein. Natürlich ist das Mond-Terminal des Mars- und Venus-Verkehrs wegen eine richtige Stadt, aber Supra-New-York ist immer noch ziemlich primitiv, kaum mehr als eine Auftankstation und ein Wartesaal mit Restauration. Erst seit fünf Jahren bietet es Reisenden mit empfindlichem Magen eine Zentrifugalkraft von einem g.

Pemberton ließ sich im Raumhafen-Büro wiegen und eilte zur *Skysprite* auf dem Katapult hinüber. Er stieg aus seinem Overall, erschauerte und reichte ihn dem Wachtposten. Dann tauchte er ins Innere. Er legte sich in seine Beschleunigungshängematte und schlief ein. Der Aufstieg nach Supra-New-York war nicht seine Sorge – er arbeitete im tiefen Raum.

Er erwachte vom Rauschen des Katapults und dem Hinaufsausen auf den Pikes Peak. Die *Skysprite* wurde vom Gipfel senkrecht hochgeschleudert und ging in den freien Flug über. Pemberton hielt den Atem an. Wenn die Düsen nicht zündeten, mußte der Boden-Raum-Pilot versuchen, die *Skysprite* in einen Gleitflug zu bringen und mit Hilfe der Tragflächen zu landen.

Die Düsen brüllten rechtzeitig los. Jake schlief wieder ein.

Dann legte die *Skysprite* bei der Raumstation Supra-New-York an. Pemberton begab sich in das Büro für stellare Navigation. Zu seiner Freude hatte dort Shorty Weinstein Dienst am Computer. Jake hatte Vertrauen zu Shortys Berechnungen, und das ist eine gute Sache, wenn das Schiff, die Reisenden und die eigene Haut davon abhängen. Er mußte als Pilot selbst ein überdurchschnittlich guter Mechaniker sein, und sein eigenes begrenztes Talent befähigte ihn, das Genie der Menschen anzuerkennen, die die Bahnen berechneten.

»Da kommt Pilot Pemberton, die Geißel des Raums – hei!« Weinstein reichte ihm ein Blatt Papier.

Jake sah es sich an und meinte verblüfft: »He, Shorty, du hast einen Fehler gemacht.«

»Wie? Unmöglich. Mabel kann keine Fehler machen.« Weinstein wies auf den riesigen Astrogationscomputer, der die hintere Wand ausfüllte.

»*Du* hast einen Fehler gemacht. Du hast mir eine einfache Ortung gegeben – ›Vega, Antares, Regulus‹. Du machst dem Piloten die Arbeit leicht, und deine Gewerkschaft wird dich hinauswerfen.« Weinstein blickte verlegen und erfreut drein. »Wie ich sehe, starte ich erst in siebzehn Stunden. Ich hätte morgen früh die Frachtrakete nehmen können.«

»Die Vereinten Nationen haben den Morgenflug storniert.«

»Oh ...« Jake verstummte, denn ihm war klar, daß Weinstein ebensowenig wußte wie er. Vielleicht wäre die Bahn einer der Atombomben-Raketen zu nahe gekommen, die die Erde umkreisten wie Polizisten. Der Generalstab des Sicherheitsrates gab keine Informationen über die streng geheimen Dinge, die den Frieden des Planeten bewachten.

Pemberton zuckte die Achseln. »Wenn ich schlafe, ruf mich bitte drei Stunden minus!«

»In Ordnung. Dein Band wird bereit sein.«

Während er schlief, schob die *Flying Dutchman* ihre Nase behutsam in ihren Andockschlitz, verband ihre Luftschleusen mit der Station und lud Passagiere und Fracht von Luna City aus. Als Jake erwachte, füllten sich ihre Frachträume, der Treibstoff war ergänzt, und die Passagiere gingen an Bord. Er blieb beim Postschalter stehen und spähte nach einem Brief von Phyllis. Da er keinen fand, redete er sich ein, sie habe ihn sicher zum Terminal geschickt. Er ging weiter ins Restaurant, kaufte sich die Faksimile-Ausgabe der *Herald Tribune* und setzte sich, grimmig entschlossen, die Comics und sein Frühstück zu genießen. Ein Mann nahm ihm gegenüber Platz und fing sofort an, ihn mit dummen Fragen über Raketenschiffe zu löchern. Zu allem Überfluß deutete er noch das auf Pembertons Trikot gestickte Abzeichen falsch und redete ihn irrigerweise mit ›Captain‹ an. Jake beeilte sich mit dem Frühstück, um ihm zu entrinnen. Dann holte er sich das Band für seinen automatischen Piloten und ging an Bord der *Flying Dutchman.*

Nachdem er sich beim Captain gemeldet hatte, schwebte er, sich an den Handgriffen weiterziehend, in den Kontrollraum. Er schnallte sich auf dem Pilotensitz an und begann mit seinem Check-off.

Captain Kelly schwamm herein und ließ sich auf dem anderen Sessel nieder, als Pemberton gerade die letzten Probeläufe auf dem ballistischen Zielgeber machte. »Hier, nehmen Sie sich eine Camel, Jake.«

»Darf ich später darauf zurückkommen?« Er fuhr mit seiner Arbeit fort; Kelly beobachtete ihn mit leichtem Stirnrunzeln. Wie die Kapitäne und Lotsen auf Mark Twains Mississippi – und aus demselben Grund! –, ist ein Raumschiff-Kapitän Herr seines Schiffs, seiner Mannschaft, seiner Fracht und seiner Passagiere, aber der Pilot hat die endgültige, legale und unbestrittene Entscheidungsgewalt darüber, wie das Schiff vom Start bis zur Beendigung der Reise behandelt wird. Ein Kapitän kann einen ihm zugewiesenen Piloten ablehnen – sonst nichts. Kelly befühlte ein Stück Papier in seiner Gürteltasche und ging im Geist die Worte durch, mit der der Company-Psychiater es ihm überreicht hatte.

»Ich gebe diesem Piloten Starterlaubnis, Captain, aber Sie brauchen ihn nicht zu nehmen.«

»Pemberton ist ein guter Mann. Was stimmt nicht?«

Der Psychiater hatte seine Beobachtungen gemacht, als er den einfältigen Touristen spielte, der einen Fremden beim Frühstück stört. »Er ist ein bißchen antisozialer, als frühere Tests gezeigt haben. Irgend etwas quält ihn. Zur Zeit wird er noch damit fertig. Wir werden ein Auge auf ihn haben.«

Kelly hatte geantwortet: »Fliegen Sie mit, wenn er der Pilot ist?«

»Wenn Sie es wünschen.«

»Machen Sie sich die Mühe nicht – ich nehme ihn. Warum soll ich ihn als nichtzahlenden Passagier befördern?«

Pemberton fütterte Weinsteins Band in den Robotpiloten. Dann wandte er sich Kelly zu. »Fertig mit den Kontrollen, Sir.«

»Starten Sie, wenn Sie soweit sind, Pilot.« Kelly fühlte sich erleichtert, als er sich die endgültige Entscheidung treffen hörte.

Pemberton gab der Station das Signal zum Loswerfen.

Das große Schiff wurde von einer ausfahrbaren pneumatischen Ramme weggeschoben, bis es, von einem einzigen Tau gesichert, in tausend Fuß Entfernung im Raum schwamm. Dann drehte er das Schiff in die Startrichtung, indem er ein Schwungrad, das im Schwerpunkt des Schiffes auf Kardanringen montiert war, schnell rotieren ließ. Dank Newtons drittem Axiom schwang das Schiff langsam in die entgegengesetzte Richtung.

Von dem Band geleitet, kippte der Robotpilot Prismen des Periskops, so daß Vega, Antares und Regulus als ein einziges Bild aufleuchteten, wenn das Schiff auf dem richtigen Kurs war. Mit großer Sorgfalt brachte Pemberton das Schiff auf diesen Kurs. Ein Fehler von einer Bogenminute bedeutete hier zweihundert Meilen Abweichung vom Zielort.

Als die drei Bilder haargenau übereinstimmten, hielt er das Schwungrad an und sperrte die Kreisel. Dann prüfte er die Position des Schiffes, indem er jeden der Sterne direkt anpeilte, genau wie ein Salzwasser-Skipper einen Sextanten benutzt, aber mit unvergleichlich genaueren Instrumenten. Das sagte ihm nichts über die Richtigkeit des Kurses, den Weinstein festgelegt hatte – daran mußte er wie ans Evangelium glauben –, aber es bestätigte ihm, daß der Robot und das Band wie geplant funktionierten. Befriedigt warf er die letzte Leine los.

Noch sieben Minuten – Pemberton legte den Schalter um, der dem Robotpiloten erlaubte zu starten, sobald seine Uhr ihm das befahl. Er wartete, die Hände auf den manuellen Kontrollen, bereit zu übernehmen, sollte der Roboter versagen, und spürte, wie die alte, unvermeidliche, Übelkeit hervorrufende Erregung in ihm aufstieg.

Noch als das Adrenalin sich in seinen Blutstrom ergoß, seinen Zeitsinn dehnte und in seinen Ohren hämmerte, kehrten seine Gedanken ständig zu Phyllis zurück.

Er räumte ein, daß sie Grund zur Klage hatte. Raumfahrer sollten nicht heiraten. Nicht etwa, daß sie verhungern müßte, wenn er eine Landung versaute, aber eine Frau will keine Versicherung, sie will einen Mann – minus sechs Minuten.

Wenn er in den regelmäßigen Dienst aufrückte, konnte Phyllis im Mond-Terminal wohnen.

Nein, das war nichts. Aus müßigen Frauen wurden im Mond-Terminal schlechte Frauen. Oh, Phyllis würde sich nicht herumtreiben und nicht dem Alkohol verfallen; sie würde nur durchdrehen.

Noch fünf Minuten – er selbst machte sich auch nichts aus dem Raum-Terminal, das den Mond umkreiste. Und ebensowenig aus dem Raum! »Die Romantik der interplanetaren Reisen« – das sah in Prospekten gut aus, aber er wußte, was dahintersteckte: Ein Job. Monotonie. Keine Landschaft fürs Auge. Angestrengte Arbeit abwechselnd mit nervtötenden Wartezeiten. Kein häusliches Leben.

Warum suchte er sich nicht eine anständige Stellung und blieb nachts zu Hause?

Das war ihm klar. Weil er ein Raum-Jockey und zu alt zum Umsatteln war.

Welche Chancen hat ein dreißigjähriger verheirateter Mann, der an ein gutes Gehalt gewöhnt ist, seinen Beruf zu wechseln? (Vier Minuten) Er würde ziemlich albern aussehen, wenn er jetzt versuchte, Hubschrauber gegen Provision zu verkaufen, oder?

Vielleicht konnte er ein Stück künstlich bewässertes Land kaufen und ... Benimm dich erwachsen, Mann! Von der Landwirtschaft verstehst du soviel wie eine Kuh von einer Kubikwurzel! Nein, er hatte die Weichen gestellt, als er sich während seiner Soldatenzeit für Raketen entschied. Wenn er sich für Elektronik interessiert oder um ein GI-Stipendium beworben hätte – zu spät! Vom Militärdienst sofort zu Harrimans Bergbau-Unternehmen, um auf dem Mond Erze zu befördern. Danach gab es kein Zurück mehr.

»Wie steht's, Doc?« Kellys Stimme klang gereizt.

»Minus zwei Minuten und ein paar Sekunden.« Verdammt! Kelly wußte doch, daß man einen Piloten in der Minuszeit nicht anspricht!

Er warf einen letzten Blick durch das Periskop. Antares schien abgetrieben zu sein. Er löste die Sperre an den Kardanringen, kippte und drehte das Schwungrad, hielt es einen Augenblick später mit heftigem Ruck an. Wieder deckten sich die drei Bilder genau. Er hätte niemandem erklären können, was er machte: Das war Virtuosität, war exaktes Jonglieren und hatte nichts mit Lehrbüchern und Hörsälen zu tun.

Zwanzig Sekunden ... Mit den Lichtperlen, die über die Anzeige des Chronometers liefen, rann die Zeit dahin. Pemberton machte sich bereit, den Start von Hand einzuleiten oder sogar abzubrechen, wenn es nach seiner Entscheidung notwendig war. Übervorsichtiges Handeln konnte ihn seine Versicherungspolice, Tollkühnheit die Lizenz und sogar das Leben kosten – und nicht nur seins.

Aber er dachte nicht an Versicherungsgesellschaften und Lizenzen und nicht einmal an die Menschenleben. In Wahrheit dachte er überhaupt nicht. Er fühlte; er fühlte sein Schiff, als erstreckten sich seine Nervenenden in jeden Teil davon. Fünf Sekunden ... Die Sicherheitskupplungen rückten aus. Vier Sekunden ... drei ... zwei ... eine...

Seine Hand schwebte über dem Schalter, doch da brüllten die Raketen los.

Kelly entspannte sich in der Pseudo-Schwerkraft des Starts und beobachtete seinen Piloten. Pemberton ging ruhig seiner Arbeit nach, las Anzeigen ab, notierte sich die Zeit, maß die zurückgelegte Strecke durch einen auf Supra-New-York gerichteten Radarstrahl. Weinsteins Zahlen, der Robotpilot, das Schiff selbst, alles fügte sich wie ein Uhrwerk zusammen.

Minuten später näherte sich der kritische Augenblick, zu dem der Roboter die Triebwerke abstellen sollte. Pemberton hielt einen Finger über dem Notschalter und teilte seine Aufmerksamkeit zwischen Radar-Sichtgerät, Beschleunigungsmesser, Periskop und Chronometer. Eben noch brausten sie auf dem Feuerstrahl ihrer Raketen dahin, und einen Sekundenbruchteil später war das Schiff im freien Fall und fiel geräuschlos auf den Mond zu. So perfekt waren Mensch und Roboter aufeinander abgestimmt, daß Pemberton selbst nicht wußte, wer von ihnen die Düsen zum Schweigen gebracht hatte.

Er warf noch einen Blick auf die Instrumente, dann befreite er sich von seinem Sicherheitsgurt. »Wie ist es mit der Zigarette, Captain? Und die Passagiere können sich jetzt losschnallen.«

Im Raum braucht man keinen Kopiloten, und die meisten Piloten würden eher ihre Zahnbürste teilen als ihren Kontrollraum. Beim Start arbeitet der Pilot eine Stunde lang und wieder ungefähr die gleiche Zeit vor dem Kontakt, und während des Freien Falls frönt er dem Müßiggang, bis auf die Routine-Überprüfungen und Korrekturen. Pemberton bereitete sich darauf vor, einhundertundvier Stunden mit Essen, Lesen, Briefeschreiben und Schlafen zu verbringen – vor allem mit Schlafen.

Als der Wecker klingelte, kontrollierte er die Position des Schiffes, und dann schrieb er an seine Frau. »Meine liebe Phyllis«, begann er, »ich nehme es Dir nicht übel, daß Du ärgerlich warst, als uns unser Theaterbesuch verdorben wurde. Ich war auch enttäuscht. Aber halte es mit mir aus, Darling. Nicht mehr lange, und ich werde zum regelmäßigen Dienst eingeteilt. In weniger als zehn Jahren kann ich mich pensionieren lassen, und dann haben wir jede Chance, unsern Rückstand im Bridge und Golf und allen diesen Dingen aufzuholen. Ich weiß, für Dich ist es recht hart ...«

Die Sprechanlage unterbrach ihn. »Jake, setzen Sie Ihr Gastgebergesicht auf! Ich komme mit einem Besucher in den Kontrollraum.«

»Keine Besucher im Kontrollraum, Captain.«

»Langsam, Jake, der Knilch hat ein Empfehlungsschreiben vom alten Harriman persönlich. ›Jedes mögliche Entgegenkommen ...‹ und so weiter.«

Pemberton dachte rasch nach. Er konnte sich weigern – aber es hatte keinen Sinn, den obersten Chef zu beleidigen. »Okay, Captain. Machen Sie es kurz!«

Der Besucher kam gutgelaunt herein. Er war groß und dick – Jake schätzte ihn auf eine Strafgebühr für achtzig Pfund Übergewicht. Hinter ihm schoß sein dreizehnjähriges Ebenbild durch die Tür und war mit einem Satz an der Kontrollkonsole. Pemberton faßte ihn beim Arm und zwang sich, freundlich zu sprechen. »Halte dich hier an dem Griff fest, Junge! Ich möchte nicht, daß du dir den Kopf einschlägst.«

»Lassen Sie mich los! Pop, sag ihm, er soll mich loslassen!«

Kelly legte sich ins Mittel. »Es ist besser, er hält sich fest, Richter.«

»Hm ... äh ... gut. Tu, was der Captain sagt, Junior!«

»Muß ich, Pop?«

»Richter Schacht, das ist Erster Pilot Pemberton«, sagte Kelly schnell. »Er wird Ihnen alles zeigen.«

»Freue mich, Sie kennenzulernen, Pilot. Freundlich von Ihnen und so weiter.«

»Was möchten Sie gern sehen, Richter?« erkundigte Jake sich vorsichtig.

»Oh, dies und das. Es ist für den Jungen – sein erster Ausflug in den Raum. Ich selbst bin ein alter Hase. Wahrscheinlich habe ich mehr Flugstunden als die Hälfte Ihrer Crew.« Er lachte. Pemberton nicht.

»Im Freien Fall gibt es nicht viel zu sehen.«

»Da haben Sie recht. Wir wollen nur das Gefühl haben, an Bord zu Hause zu sein, he, Captain?«

»Ich will auf dem Pilotensessel sitzen«, verkündete Schacht junior.

Pemberton zuckte zusammen. Kelly meinte beschwörend: »Jake, würden Sie so nett sein, dem Jungen das Kontrollsystem zu erklären? Dann gehen wir wieder.«

»Er braucht mir gar nichts zu erklären. Ich weiß alles darüber. Ich bin Mitglied der Junior-Weltraumfahrer von Amerika – sehen Sie mein Abzeichen?« Der Junge schob sich auf das Kontrollpult zu.

Pemberton faßte ihn, steuerte ihn auf den Pilotensessel und schnallte ihn an. Dann kippte er den Trennschalter.

»Was machen Sie da?«

»Ich habe die Energiezufuhr zu den Kontrollen unterbrochen, damit ich sie dir erklären kann.«

»Werden Sie die Triebwerke nicht feuern lassen?«

»Nein.« Jake stürzte sich in eine Aufzählung, welchen

Sinn und Zweck jeder Knopf, jede Skala, jeder Schalter, jedes Meßgerät, jede Anzeige und jedes sonstige Instrument hatte.

Junior zappelte herum. »Wie ist es mit Meteoren?« wollte er wissen.

»Ach, die – es kommt vielleicht ein Zusammenstoß auf eine halbe Million von Erde-Mond-Flügen. Meteore sind selten.«

»Na und? Wenn es nun gerade Sie trifft? Dann sitzen Sie in der Tinte.«

»Durchaus nicht. Das Antikollisionsradar hält nach allen Richtungen auf fünfhundert Meilen Ausschau. Wenn irgend etwas drei Sekunden lang den gleichen Kurs beibehält, zündet eine Direktverbindung die Triebwerke. Zuerst ertönt ein warnender Gongschlag, damit jeder sich festhalten kann, und eine Sekunde später – Bumm! – sind wir aus dem freien Fall heraus.«

»Hört sich für mich an wie ein alter Hut. Ich will Ihnen mal zeigen, wie es Kommodore Cartwright in den *Kometensprengern* gemacht hat ...«

»Rühr die Kontrollen nicht an!«

»Das Schiff gehört Ihnen nicht. Mein Pop sagt ...«

»Oh, Jake!« Pemberton drehte sich wie ein Fisch zu Kelly um, der ihn angeredet hatte.

»Jake, Richter Schacht möchte gern wissen ...« Aus dem Augenwinkel sah Jake den Jungen nach dem Instrumentenpaneel langen. Er fuhr herum, wollte es ihm verbieten ... Die Beschleunigung erfaßte ihn, und die Düsen donnerten ihm ins Ohr.

Ein alter Raumfahrer findet sich normalerweise bei einem unerwarteten Wechsel von der Schwerelosigkeit zur Beschleunigung schnell zurecht. Aber Jake hatte nach dem Jungen gegriffen, statt sich irgendwo zu verankern. Er fiel nach hinten und unten, verrenkte sich, um Schacht nicht mitzureißen, stieß mit dem Kopf gegen den Rahmen der offenstehenden luftdichten Tür unter ihm und blieb bewußtlos auf dem nächsten Deck liegen.

Kelly schüttelte ihn. »Sind Sie in Ordnung, Jake?«

Er setzte sich auf. »Ja. Sicher.« Das Donnern, die

bebenden Deckplatten kamen ihm zu Bewußtsein. »Die Triebwerke! Sofort abstellen!«

Er schob Kelly beiseite, raste in den Kontrollraum hoch und hieb auf den Abschaltknopf. Die plötzliche Stille dröhnte ihnen in den Ohren, und sie waren wieder schwerelos.

Jake drehte sich um, schnallte Schacht junior los und schob ihn zu Kelly hinüber. »Captain, bitte, entfernen Sie dieses Ungeheuer aus meinem Kontrollraum.«

»Lassen Sie mich los! Pop, er tut mir weh!«

Sofort sträubte der ältere Schacht das Gefieder. »Was hat das zu bedeuten? Nehmen Sie die Hände von meinem Sohn!«

»Ihr Söhnchen hat die Triebwerke eingeschaltet.«

»Junior – warst du das?«

Der Junge wandte das Gesicht ab. »Nein, Pop. Es ... es war ein Meteor.«

Schacht blickte verwirrt drein. Pemberton schnaubte: »Ich hatte ihm gerade erklärt, wie das Antikollisionsradar die Triebwerke einschalten kann, um einem Meteor auszuweichen. Er lügt.«

Schacht durchlief innerlich den Prozeß, den er ›zu einem Entschluß kommen‹ nannte. Dann antwortete er: »Junior lügt nie. Schämen Sie sich, daß Sie, ein erwachsener Mann, einem hilflosen Jungen die Verantwortung in die Schuhe schieben wollen! Ich werde Sie melden, Sir. Komm, Junior!«

Jake packte seinen Arm. »Captain, ich will, daß die Kontrollen auf Fingerabdrücke fotografiert werden, bevor dieser Mann den Raum verläßt. Es war kein Meteor; die Kontrollen waren tot, bis der Junge sie einschaltete. Außerdem gibt das Antikollisionsradar ein akustisches Warnsignal.«

Schachts Gesicht nahm einen wachsamen Ausdruck an. »Das ist lächerlich. Ich habe nur dagegen Einspruch erhoben, daß die Ehrenhaftigkeit meines Sohnes in Zweifel gezogen wird. Es ist kein Schaden angerichtet worden.«

»Kein Schaden, so? Wie ist es mit gebrochenen Armen – oder Hälsen? Und mit dem Treibstoff, den wir verschwendet haben und noch weiter verschwenden müssen, bis wir wieder auf dem richtigen Kurs sind? Wissen Sie überhaupt, Sie ›alter Hase‹, wie kostbar ein bißchen Treibstoff sein wird, wenn wir unsere Bahn dem Raum-Terminal angleichen wollen – und keinen mehr haben? Vielleicht müssen wir Fracht abwerfen, um das Schiff zu retten, Fracht, die allein an Transportkosten sechzigtausend Dollar pro Tonne wert ist. Fingerabdrücke werden der Handelskommission zeigen, wen sie dafür zur Kasse bitten kann.«

Als sie wieder allein waren, fragte Kelly ängstlich: »Sie müssen doch nicht wirklich Fracht abwerfen? Sie haben eine Manövrier-Reserve.«

»Vielleicht erreichen wir das Terminal nicht einmal mehr. Wie lange haben die Raketen gefeuert?«

Kelly kratzte sich den Kopf. »Ich war selbst benommen.«

»Öffnen wir den Akzellerographen und sehen wir nach!«

Kellys Miene erhellte sich. »Natürlich! Wenn der Bengel nicht zuviel verpulvert hat, wenden wir das Schiff einfach und kehren unter Antrieb die gleiche Strecke zurück.«

Jake schüttelte den Kopf. »Sie vergessen das veränderte Massenverhältnis.«

»Ach ... ja.« Kelly wirkte verlegen. Unter Antrieb verlor das Schiff das Gewicht des verbrannten Treibstoffs. Der Schub blieb konstant; die geschobene Masse verringerte sich. Die Rückkehr auf die richtige Position, den alten Kurs und die notwendige Geschwindigkeit wurde zu einem komplizierten ballistischen Problem. »Sie können die Berechnungen doch durchführen, nicht wahr?«

»Ich werde wohl müssen. Aber ich wünschte, ich hätte Weinstein hier.«

Kelly ging, um nach seinen Passagieren zu sehen. Jake machte sich an die Arbeit. Er stellte die Position durch astronomische Beobachtung und durch Radar fest. Mit Radar bekam er alle drei Faktoren schnell, aber mit begrenzter Genauigkeit. Das Anpeilen von Sonne, Mond und Erde gab ihm die Position, verriet ihm jedoch nichts über Kurs und Geschwindigkeit, die das Schiff in diesem Augenblick hatte – und Zeit für eine zweite Serie von Messungen hatte er nicht.

Er fügte die berechneten Ergebnisse der Heldentat von Schacht junior den Voraussagen Weinsteins hinzu und erhielt so einen Schätzwert, der ziemlich genau mit den Radar- und visuellen Beobachtungen übereinstimmte. Doch er hatte immer noch keine Ahnung, ob er auf den alten Kurs zurückkehren und seinen Bestimmungsort erreichen konnte. Jetzt mußte er berechnen, wieviel Treibstoff das kosten würde und ob der übrigbleibende Treibstoff ausreichte, abzubremsen und die Bahn anzugleichen.

Im Raum erreicht man sein Ziel nie, wenn man mit Meilen pro Sekunde daran vorbeischießt, und selbst dann nicht, wenn man mit ein paar hundert Meilen pro Stunde weiterkriecht. Wer ein Ei mit einem Teller auffangen will, muß es behutsam tun.

Verbissen berechnete Jake, wie er es mit dem geringstmöglichen Verbrauch an Treibstoff machen sollte. Aber sein kleiner elektronischer Marchant-Rechner war nicht mit dem tonnenschweren IBM-Computer auf Supra-New-York zu vergleichen, auch war er selbst kein Weinstein. Drei Stunden später hatte er eine Art von Lösung. Er rief Kelly an. »Captain? Sie können damit anfangen, daß Sie Schacht & Sohn abwerfen.«

»Das täte ich gern. Kein Ausweg, Jake?«

»Ich kann nicht versprechen, Ihr Schiff sicher ans Ziel zu bringen, ohne daß wir abwerfen müssen. Tun wir es besser gleich, bevor ich die Triebwerke zünde. Es kommt billiger.«

Kelly zögerte; ebenso gefreut hätte er sich darüber, ein Bein zu verlieren. »Lassen Sie mir soviel Zeit, daß ich eine Auswahl treffen kann.«

»Okay.« In der Hoffnung, einen rettenden Fehler zu

finden, kehrte Pemberton traurig an seine Zahlen zurück. Dann fiel ihm etwas Besseres ein. Er rief die Funkbude an. »Geben Sie mir Weinstein in Supra-New-York.«

»Außerhalb der normalen Reichweite.«

»Das weiß ich. Hier spricht der Pilot. Vordringliche Sicherheitsmaßnahmen. Richten Sie einen enggebündelten Strahl auf ihn, und halten Sie ihn in Position!«

»Äh ... Aye, aye, Sir. Ich werde es versuchen.«

Weinstein hatte Bedenken. »Mann, Jake, ich kann dich nicht lotsen!«

»Verdammt noch mal, du kannst Lösungen für mich finden!«

»Was nützt eine Genauigkeit bis zur siebten Stelle hinter dem Komma, wenn ich Mabel ungenaue Daten eingebe?«

»Sicher, sicher. Aber du weißt, was für Instrumente ich habe; du weißt, wie gut ich damit umgehen kann. Gib mir eine bessere Antwort!«

»Ich will es versuchen.« Weinstein rief vier Stunden später zurück. »Jake? Hör zu! Du hattest vor, zurückzufliegen, um die vorausberechnete Geschwindigkeit wiederzugewinnen, und dann Seitenkorrekturen auf die richtige Position zu machen. Orthodox, aber unwirtschaftlich. Statt dessen habe ich Mabel das Ganze als ein einziges Manöver berechnen lassen.«

»Gut!«

»Nicht so schnell. Es spart Treibstoff, aber nicht genug. Du kannst nicht auf deinen alten Kurs zurückkehren und dich dann dem Terminal angleichen, ohne Ballast abzuwerfen.«

Pemberton mußte das erst verdauen. Schließlich sagte er: »Ich werde es Kelly mitteilen.«

»Warte einen Augenblick, Jake! Versuch folgendes! Fang von vorn an!«

»Was?«

»Behandele es als ein brandneues Problem! Vergiß den alten Kurs auf deinem Band! Berechne mit deinen augenblicklichen Werten für Kurs, Geschwindigkeit und Position den billigsten Weg, wie du das Terminal erreichen kannst! Schlage eine neue Bahn ein!«

Pemberton kam sich dumm vor. »Das ist mir überhaupt nicht eingefallen.«

»Natürlich nicht. Mit dem schmalbrüstigen Rechner des Schiffes hättest du drei Wochen dazu gebraucht. Hast du auf Aufnahme geschaltet?«

»Na klar.«

»Hier sind deine Daten.« Weinstein begann, sie zu verlesen.

Als sie sie verglichen hatten, fragte Jake: »Und damit soll ich hinkommen?«

»Vielleicht. Wenn die Daten, die du mir gegeben hast, so genau wie bei dir üblich sind, wenn du Anweisungen so exakt wie ein Roboter folgen kannst, wenn du den Kontakt gleich auf den ersten Anhieb so herstellst, daß du keine Seitenkorrekturen brauchst, dann wirst du es gerade eben schaffen. Auf jeden Fall viel Glück.« Der schwankende Empfang dämpfte ihre Verabschiedung.

Jake gab Kelly durch: »Sie brauchen nichts abzuwerfen, Captain. Sagen Sie den Passagieren, sie sollen sich anschnallen! Gleich werden die Triebwerke gezündet. Minus vierzehn Minuten.«

»Gut, Pilot.«

Nachdem der neue Start durchgeführt und überprüft war, hatte Jake wieder freie Zeit. Er holte seinen unbeendeten Brief hervor, las und zerriß ihn.

»Liebste Phyllis«, begann er von neuem, »ich habe auf diesem Flug gründlich nachgedacht und bin zu dem Schluß gekommen, daß ich nichts als stur gewesen bin. Was habe ich hier draußen verloren? Es gefällt mir zu Hause. Ich bin gern bei meiner Frau.

Warum soll ich meinen Hals und Deinen Seelenfrieden aufs Spiel setzen, um Plunder durch den Himmel zu kutschieren? Warum am Telefon hocken und darauf warten, daß ich Leute zum Mond bringen darf – Trottel, die nicht einmal ein Ruderboot steuern könnten und sowieso am besten zu Hause bleiben würden?

Der Grund ist natürlich das Geld. Ich habe mich davor gefürchtet, mir eine neue Stellung zu suchen. Und ich werde keine neue Stellung finden, bei der ich ebensoviel verdiene. Aber wenn Du einverstanden bist, bleibe ich in Zukunft auf der Erde, und wir machen einen neuen Anfang. Mit all meiner Liebe,

Jake.«

Er legte den Brief weg, ging zu Bett und träumte, eine ganze Truppe von Junior Weltraumfahrern sei in seinem Kontrollraum einquartiert worden.

Der Mond aus nächster Nähe steht als Touristenattraktion nur der Erde, vom Raum aus gesehen, nach; trotzdem bestand Pemberton darauf, daß sich alle Passagiere während des Herumschwenkens zum Terminal anschnallten. Er hatte für das Angleichungsmanöver nur noch ganz wenig von dem kostbaren Treibstoff und dachte nicht daran, sich in seinen Bewegungen behindern zu lassen, nur damit die Reisenden eine schöne Aussicht hatten.

Um die Wölbung des Mondes kam das Terminal in Sicht – nur auf dem Radarschirm, denn das Schiff bewegte sich mit dem Heck voraus. Nach jeder kurzen Bremsung machte Pemberton eine neue Radar-Positionsbestimmung und verglich dann seine Annäherung mit einer Kurve, die er nach Weinsteins Zahlen gezeichnet hatte. Ein Auge war dabei auf die Zeit, das zweite auf das Radar-Sichtgerät, ein drittes auf die Zeichnung und ein viertes auf die Treibstoffanzeige gerichtet.

»Nun, Jake?« fragte Kelly nervös. »Werden wir es schaffen?«

»Wie soll ich das wissen? Halten Sie sich bereit, Ballast abzuwerfen!« Sie hatten sich auf flüssigen Sauerstoff als abzuwerfende Fracht geeinigt, da sie ihn durch die äußeren Ventile hinauskochen lassen konnten, ohne weitere Arbeit damit zu haben.

»Sagen Sie das nicht, Jake!«

»Verdammt noch mal – ich werde es nicht sagen, wenn es nicht sein muß.« Seine Hände lagen auf den Kontrollen, und das Losdonnern der Triebwerke hackte seine Worte ab. Als es wieder ruhig war, wurde er über Funk angerufen.

»*Flying Dutchman*, es spricht der Pilot«, brüllte Jake zurück.

»Terminal-Kontrolle – Raumstation Supra meldet, Sie sind knapp an Treibstoff.«

»Stimmt.«

»Legen Sie nicht an! Führen Sie das Angleichungsmanöver draußen durch! Wir schicken ein Fährboot, das Sie auftanken und Ihre Passagiere übernehmen wird.«

»Ich glaube, ich kann es schaffen.«

»Versuchen Sie es nicht! Warten Sie auf das Auftanken!«

»Hören Sie auf, mir zu sagen, wie ich mein Schiff fliegen soll!« Pemberton schaltete aus. Er starrte düster das Instrumentenpaneel an und pfiff vor sich hin. Im Geist unterlegte Kelly die Melodie mit ihrem Text. »Zum Heizer sprach Casey: ›Laß dich fallen, gleich werden zwei Loks zusammenknallen!‹«

»Sie wollen auf jeden Fall andocken, Jake?«

»Hmm – nein, zum Kuckuck! Ich kann das Risiko nicht eingehen, das Terminal einzudellen – nicht mit Passagieren an Bord. Aber ich werde die Geschwindigkeit nicht fünfzig Meilen weit draußen angleichen und dann warten, daß man uns Huckepack nimmt.«

Er zielte auf eine Bahn dicht vor dem Orbit des Terminals um den Mond und ließ sich dabei von seinem Instinkt leiten. Denn Weinsteins Zahlen hatten jetzt keine Bedeutung mehr. Und er hatte gut gezielt; auch ohne daß er seinen gesparten Treibstoff für Seitenkorrekturen in letzter Minute verbrauchen mußte, bestand keine Gefahr, daß er das Terminal rammte. Nur noch ein einziges Mal mußte er bremsen, um nicht vorbeizugleiten. Dann stellte er die Triebwerke ab. Die Düsen husteten, spuckten und verstummten.

Die *Flying Dutchman* schwebte im Raum, fünfhundert Yards vor dem Terminal, auf angeglichenem Orbit.

Jake schaltete das Funkgerät ein. »Terminal – haltet euch bereit für meine Leine! Ich werde das Schiff reinbugsieren.«

Er hatte seinen Bericht abgegeben, hatte geduscht und wollte zum Postamt gehen, um seinen Brief über Funk durchgeben zu lassen, als er über Megaphon ins Büro des Piloten-Kommodore gerufen wurde. Oh, oh, sagte er zu sich selbst, Schacht hat bei den Lametta-Trägern Stunk gemacht – ich möchte nur wissen, wieviel Aktien dieser Knilch besitzt! Und dann ist da noch die Sache, daß ich bei der Kontrolle eine Lippe riskiert habe.

Er meldete sich steif: »Erster Pilot Pemberton, Sir.«

Kommodore Soames blickte auf. »Pemberton – ach ja. Sie haben zwei Lizenzen, Raum-Raum und atmosphärelose Landung.«

Schieben wir's nicht auf die lange Bank, sagte Jake zu sich selbst. Laut erklärte er: »Ich habe für nichts auf diesem letzten Flug eine Entschuldigung. Wenn der Kommodore die Art, wie ich meinen Kontrollraum führe, nicht billigt, kann er meine Kündigung haben.«

»Worüber reden Sie?«

»Ich ... nun ... hat sich nicht ein Passagier über mich beschwert?«

»Oh, das!« Soames wischte es beiseite. »Ja, er ist hiergewesen. Aber mir liegt auch Kellys Bericht vor – und der Ihres Chef-Düsentechnikers und eine eigene Durchsage aus Supra-New-York. Das war erstklassige Arbeit, Pemberton.«

»Sie meinen, die Company wird mir keine Schwierigkeiten machen?«

»Habe ich meinen Piloten nicht immer Rückendeckung gegeben? Sie waren vollständig im Recht; ich hätte ihn aus der Luftschleuse geworfen. Kommen wir zur Sache! Sie machen Raum-Raum-Dienst, aber ich muß eine Sonderlieferung nach Luna City schicken. Wollen Sie mir den Gefallen tun und das übernehmen?«

Pemberton zögerte. Soames fuhr fort: »Dieser Sauerstoff, den Sie gerettet haben, ist für das Kosmische Forschungsprojekt. Eine Explosion im Nordtunnel hat die Abdichtungen zerstört, und es sind Tonnen von dem Zeug verlorengegangen. Die Arbeit ist eingestellt – rund hundertdreißigtausend Dollar täglich insgesamt für Löhne und Konventionalstrafen. Die *Gremlin* ist hier, aber kein Pilot, bis die *Moonbat* kommt – Sie ausgenommen. Nun?«

»Aber ich – sehen Sie, Kommodore, Sie können das Leben anderer Leute nicht für eine Düsenlandung von mir riskieren. Ich bin eingerostet; ich brauche einen Wiederholungskurs und eine Überprüfung.«

»Keine Passagiere, keine Besatzung, kein Kapitän – es geht nur um Ihr Leben.«

»Dann mache ich es.«

Achtundzwanzig Minuten später startete er, die häßliche, widerstandsfähige Hülle der *Gremlin* um sich. Ein starker Schub, um die Kreisbahn zu verlassen, und sie fiel auf den Mond zu. Dann hatte er keine Sorgen mehr, bis der Zeitpunkt gekommen war, sie ›auf dem Schwanz stehend‹ nach unten zu bringen.

Er war in bester Stimmung – bis er zwei Briefe hervorholte, den einen, den er nicht mehr abgeschickt hatte, und einen von Phyllis, ausgeliefert im Terminal.

Der Brief von Phyllis war liebevoll – und oberflächlich. Sie erwähnte seine plötzliche Abreise nicht, sie ignorierte seinen Beruf vollständig. Der Brief war ein Muster an Korrektheit, aber er beunruhigte ihn.

Er zerriß beide Briefe und begann mit einem neuen. Darin hieß es: »Du hast es nie geradeheraus gesagt, aber Dir mißfällt mein Beruf.

Ich muß arbeiten, um uns zu ernähren. Du hast ebenfalls eine Arbeit. Es ist eine alte, alte Aufgabe, die seit langer Zeit von den Frauen erfüllt worden ist, die Prärien in Planwagen überquerten oder darauf warteten, daß ein Schiff aus China zurückkehrte, oder nach einer Grubenexplosion oben am Schacht standen: Gib ihm zum Abschied lächelnd einen Kuß, sorge für ihn, wenn er zu Hause ist!

Du hast einen Raumfahrer geheiratet, deshalb ist es Teil Deiner Pflichten, meinen Beruf fröhlich zu akzeptieren. Ich glaube, das kannst Du auch, wenn Du es erst einmal eingesehen hast. Ich hoffe es wenigstens, denn so, wie es sich zwischen uns entwickelt hat, kann es nicht weitergehen.

Glaub mir, ich liebe Dich. Jake«

Er grübelte darüber, bis es Zeit war, das Schiff nach unten zu bringen. Von zwanzig Meilen Höhe bis hinunter auf eine Meile überließ er das Bremsen dem Roboter. Dann schaltete er auf manuelle Bedienung um. Das Schiff fiel immer noch langsam. Eine perfekte atmosphärelose Landung mußte das Gegenteil des Starts einer Kriegsrakete sein – Freier Fall, dann ein einziger langer Feuerstoß, und bei der Landung mußte das Schiff bewegungslos wie eine Eins dastehen. In der Praxis tastete sich der Pilot nach unten, und zwar nicht zu langsam. Ein Schiff konnte auf dieser Seite der Venus all seinen Treibstoff verbrennen, wenn es zu lange gegen die Schwerkraft ankämpfte.

Vierzig Sekunden später – er fiel etwas schneller als hundertvierzig Meilen pro Stunde – entdeckte er im Periskop die tausend Fuß hohen Türme. Auf dreißig Fuß Höhe bremste er länger als eine Sekunde mit fünf g ab und ging dann auf ein Sechstel g über, die normale Schwerkraft des Mondes. Langsam nahm er die Hände von den Kontrollen. Er fühlte sich glücklich. Die *Gremlin* schwebte, und der Feuerstrom aus ihren Düsen wühlte den Mondboden auf. Dann ließ sie sich würdevoll nieder und landete ohne die geringste Erschütterung.

Die Bodenmannschaft übernahm; ein geschlossener Wagen fuhr Pemberton zum Tunneleingang. Kaum in Luna City angelangt, wurde er ausgerufen. Er hatte noch nicht einmal seinen Bericht beendet. Als er sich meldete, lächelte ihn Soames vom Bildschirm an. »Ich habe die Aufnahme gesehen, die die Feldkamera von Ihrer Landung gemacht hat, Pemberton. Sie brauchen keinen Wiederholungskurs.«

Jake wurde rot. »Danke, Sir.«

»Falls Sie nicht ganz wild auf Raum-Raum-Flüge sind, kann ich Sie auf der regulären Luna-City-Route brauchen. Wohnung hier oder in Luna City? Wollen Sie?«

Er hörte sich sagen: »Luna City. Ich nehme an.«

Er betrat das Postamt von Luna City und zerriß seinen dritten Brief. Am Telefonschalter sprach er mit einer Blondine in einem blauen Mondanzug. »Verbinden Sie mich bitte mit Mrs. Jake Pemberton, Siedlung sechs-vier-null-drei, Dodge City, Kansas.«

Sie musterte ihn. »Ihr Piloten werft wahrhaftig mit dem Geld um euch.«

»Manchmal sind Telefonanrufe auch billig. Beeilen Sie sich, ja?«

Phyllis versuchte, den Brief zu formulieren, den sie, wie sie meinte, anstelle des anderen hätte schreiben sollen. Es war leichter zu schreiben als zu sagen, sie beklage sich nicht über Einsamkeit oder zu wenig Abwechslung, aber sie halte die Sorgen um seine Sicherheit nicht aus. Doch dann war sie unfähig, den logischen Schluß daraus zu ziehen. War sie bereit, ganz auf ihn zu verzichten, wenn er nicht auf den Raum verzichten wollte? Sie wußte es ehrlich nicht ... Der Telefonanruf war eine willkommene Unterbrechung.

Der Schirm blieb leer. »Ferngespräch«, ertönte eine dünne Stimme. »Luna City ruft.«

Furcht krallte sich in ihr Herz. »Hier Phyllis Pemberton.«

Eine ewige Verzögerung – sie wußte, daß Radiowellen für den Weg Erde-Mond und zurück beinahe drei Sekunden brauchten, aber in diesem Augenblick dachte sie nicht daran, und es wäre ihr auch keine Beruhigung gewesen. Sie sah nichts anderes als ein zerstörtes Heim, sich selbst als Witwe und Jake, ihren geliebten Jake, tot im Raum.

»Mrs. Jake Pemberton?«

»Ja, ja!« Wieder eine Wartezeit – hatte sie ihn in schlechter Stimmung weggehen lassen, war sein Urteilsvermögen beeinträchtigt gewesen, hatte er unvorsichtig gehandelt? War er da draußen gestorben mit keiner anderen Erinnerung an sie, als daß sie ihm Szenen machte, wenn er sie verließ, um zur Arbeit zu gehen? Sie wußte, ihr Jake ließ sich nicht zu Hause anbinden. Männer – erwachsene Männer, keine Muttersöhnchen – mußten sich von Mutters Schürzenzipfel losreißen. Also warum hatte sie versucht, ihn an ihrem Schürzenzipfel festzuhalten? Sie hatte gewußt, daß es falsch war; ihre eigene Mutter hatte sie gewarnt, so etwas gar nicht erst zu versuchen.

Sie betete.

Dann erklang eine völlig neue Stimme, eine, bei der ihr die Knie vor Erleichterung schwach wurden. »Bist du das etwa, Schätzchen?«

»Ja, Darling, ja! Was tust du auf dem Mond?«

»Das ist eine lange Geschichte. Bei einem Dollar pro Sekunde kann ich sie dir jetzt nicht erzählen. Ich möchte nur wissen – bist du bereit, nach Luna City zu kommen?«

Nun war Jake an der Reihe, unter der unvermeidlichen Verzögerung zu leiden. Ließ Phyllis ihn warten, weil sie sich nicht entscheiden konnte? Endlich hörte er sie sagen: »Natürlich, Darling. Wann soll ich abreisen?«

»Wann – sag mal, willst du nicht einmal wissen, *warum?*«

Sie wollte schon sagen, es spiele keine Rolle, aber dann bat sie: »Doch, erzähl es mir!« Die Verzögerung ließ sich nicht aus der Welt schaffen, nur kümmerte es keinen von beiden mehr. Er berichtete ihr die Neuigkeiten und setzte hinzu: »Fahr hinüber nach Colorado Springs und bitte Olga Pierce, dir bei dem Papierkram zu helfen! Brauchst du meine Hilfe beim Packen?«

Sie dachte schnell nach. Wenn er vorgehabt hätte, auf jeden Fall zurückzukommen, würde er nicht fragen. »Nein. Ich komme zurecht.«

»Braves Mädchen. Ich werde dir einen langen Funkbrief über das, was du mitbringen sollst, und so weiter schicken. Ich liebe dich. Auf Wiedersehen!«

»Oh, ich liebe dich auch. Auf Wiedersehen, Darling.«

Pfeifend verließ Pemberton die Telefonzelle. Ein braves Mädchen, seine Phyllis. Zuverlässig. Er fragte sich, warum er jemals an ihr gezweifelt hatte.

Originaltitel: ›Space Jockey‹

Requiem

Auf einem hohen Berg der Samoa-Inseln findet man ein Grab, auf dessen Gedenktafel die Worte stehen:

Unter dem Sternenhimmel weit
Schaufelt mein Grab, ich bin bereit.
Schön war mein Leben, jetzt ist's an der Zeit,
Da leg' ich mich freiwillig nieder.

Schreibt diesen Vers mir auf meinen Stein:
›Hier liegt er, wo er sich sehnte zu sein.
Des Seemanns Schiff in den Hafen lief ein,
Vom Berg kam der Jäger wieder.‹

Diese Zeilen erscheinen noch an einem anderen Ort – hingekritzelt auf einem Frachtzettel, den jemand von einem Druckluft-Container abgerissen und mit einem Messer am Boden festgespießt hat.

Auf dem Jahrmarkt war nichts Besonderes los. Die Pferderennen versprachen nicht viel Aufregung, obwohl mehrere gemeldete Tiere Anspruch auf das Blut des unsterblichen Dan Patch erhoben. Die Zelte und Buden füllten den Rummelplatz kaum, und die Ausrufer machten einen entmutigten Eindruck. D.D. Harrimans Chauffeur sah keinen Grund zum Anhalten. Sie mußten nach Kansas City zu einer Direktoren-Konferenz, das heißt, D.D. Harriman mußte. Der Chauffeur hatte private Gründe für ein pünktliches Eintreffen, bei denen die Darktown-Gesellschaft der 18. Straße eine Rolle spielte. Aber der Boß hatte nicht nur anhalten lassen, er hatte es auch gar nicht eilig mit dem Weiterfahren.

Flaggenschmuck und ein aus Segeltuch bestehender Bogen bildeten den Eingang zu einem großen, eingezäunten Platz hinter dem Rennplatz. Rote und goldene Buchstaben verkündeten:

Hier entlang zur
MONDRAKETE!!!!
Erleben Sie sie im Flug!
Demonstrationsflüge
zweimal täglich.
Mit genau diesem Modell
hat der Mensch zum ersten Mal
den MOND erreicht!!!
SIE können damit fliegen! – $ 50.00

Ein Junge, neun oder zehn Jahre alt, stand am Eingang herum und starrte die Plakate an.

»Möchtest du das Schiff sehen, Junge?«

Die Augen des Kindes leuchteten auf. »O ja, Mister.«

»Ich auch. Komm mit!« Harriman bezahlte einen Dollar für zwei rosa Eintrittskarten, die ihnen das Recht gaben, den Platz zu betreten und das Raketenschiff zu besichtigen. Der Junge nahm seine und lief mit der Zielstrebigkeit der Jugend voraus. Harriman betrachtete die geschwungenen Linien des kompakten, eiförmigen Körpers. Mit professionellem Blick stellte er fest, daß das Modell ein einziges Raketentriebwerk und minimale Kontrollen um seine Mitte besaß. Er spähte durch seine Brillengläser nach dem Namen, der in Goldbuchstaben auf dem Rummelplatz-Rot der Hülle stand: Care *Free*. Dann zahlte er noch einmal einen Vierteldollar als Eintrittsgebühr für die Kontrollkabine. Die starken Strahlenfilter der Bullaugen schufen ein Dämmerlicht, an das sich seine Augen erst gewöhnen mußten. Zärtlich ruhten seine Augen auf den Tasten der Konsole und dem Halbkreis der Skalen darüber. Jedes geliebte Instrument befand sich an seinem angestammten Platz. Er kannte sie – sie waren in sein Herz eingegraben. Während er gedankenversunken vor dem Instrumentenpaneel stand und die Zufriedenheit seinen Körper wie eine warme Flüssigkeit durchtränkte, trat der Pilot ein und berührte seinen Arm.

»Es tut mir leid, Sir. Wir müssen für den Flug losmachen.«

»Wie?« Harriman fuhr zusammen. Der Sprecher war

ein hübscher Bengel mit einem guten Schädel und kräftigen Schultern – kecke Augen, ein zu weicher Mund, aber ein festes Kinn. »Oh, entschuldigen Sie, Captain.«

»Geht schon in Ordnung.«

»Oh, was ich noch fragen wollte, Captain ... hm ...«

»McIntyre.«

»Captain McIntyre, könnten Sie bei diesem Flug einen Passagier mitnehmen?« Der alte Mann beugte sich eifrig zu ihm vor.

»Ja, sicher, wenn Sie es wünschen. Kommen Sie mit!« Er führte Harriman zu einer Bude mit dem Schild BÜRO neben dem Eingang. »Ein Passagier zur Untersuchung, Doc.« Harriman erschrak, erlaubte dem Arzt jedoch, ihm ein Stethoskop auf die dünne Brust zu setzen und eine Gummibandage um den Arm zu schnallen. Dann entfernte der Arzt die Bandage, sah McIntyre an und schüttelte den Kopf.

»Sie sagen nein, Doc?«

»So ist es, Captain.«

Harriman sah von einem Gesicht zum anderen. »Mein Herz ist in Ordnung. Das ist nur ein Flattern.«

Die Brauen des Arztes schossen in die Höhe. »Ach ja? Aber es geht nicht nur um Ihr Herz. In Ihrem Alter sind die Knochen spröde, zu spröde, als daß Sie einen Start riskieren dürften.«

»Tut mir leid, Sir«, setzte der Pilot hinzu, »aber die Bates County Fair Association bezahlt den Doktor, damit er aufpaßt, daß ich niemanden mit hinaufnehme, der von der Beschleunigung verletzt werden könnte.«

Der alte Mann ließ betrübt die Schultern hängen. »Im Grunde hatte ich damit gerechnet.«

»Tut mir leid, Sir.« McIntyre wandte sich zum Gehen, doch Harriman folgte ihm nach draußen.

»Entschuldigen Sie, Captain ...«

»Ja?«

»Könnten Sie und Ihr ... äh ... Ingenieur nach Ihrem Flug mit mir zum Dinner gehen?«

Der Pilot maß ihn mit einem eigentümlichen Blick. »Warum nicht? Danke.«

»Captain McIntyre, ich kann einfach nicht begreifen, warum jemand den Dienst auf der Erde-Mond-Route aufgibt.« Brathähnchen und frische Brötchen in einem privaten Speiseraum des besten Hotels der kleinen Stadt Butler, dreigestirnter Hennessey und Corona-Coronas hatten eine freundschaftliche Atmosphäre geschaffen, in der sich drei Männer ungezwungen unterhalten konnten.

»Nun, mir hat es nicht gefallen.«

»Ach, Mac, tisch ihm das nicht auf – du weißt verdammt gut, daß Vorschrift G daran schuld war.« McIntyres Mechaniker goß sich einen weiteren Brandy ein.

McIntyre zog ein verdrießliches Gesicht. »Zugegeben, ich habe ein paar Schlucke getrunken. Das hätte ich aber wieder ausbügeln können. Tatsache ist, daß mir diese kleinlichen Vorschriften bis zum Hals standen. Und wer bist du, daß du den Mund aufreißt? Du Schmuggler!«

»Na klar, ich habe geschmuggelt! Wer würde das nicht tun, wenn all diese hübschen Steinchen geradezu darum bitten, zur Erde mitgenommen zu werden. Einmal hatte ich einen Diamanten, so groß wie ... Aber wäre ich nicht geschnappt worden, säße ich heute abend in Luna City, und du auch, du Saufkopf ... und die Jungens würden uns freihalten, und die Mädchen würden lächeln und Anregungen fallenlassen ...« Er ließ den Kopf hängen und begann, leise zu weinen.

McIntyre schüttelte ihn. »Er ist betrunken.«

»Macht doch nichts«, beschwichtigte Harriman ihn. »Sagen Sie, sind Sie wirklich zufrieden damit, daß Sie nicht mehr im Dienst sind?«

McIntyre kaute auf der Unterlippe. »Nein – er hat natürlich recht. Das Tingeln ist gar nicht so schön, wie behauptet wird. Jeder Blödmann kann uns das ganze Mississippi-Tal hinauf- und hinunterspringen lassen. Wir schlafen in Touristen-Camps und essen an Imbißständen. Die Hälfte der Zeit hat der Sheriff das Schiff gepfändet, und die andere Hälfte ist die Gesellschaft zur Verhinderung von diesem und jenem im Besitz einer gerichtlichen Verfügung, daß wir am Boden bleiben müssen. Das ist kein Leben für einen Raketenmann.«

»Wäre es für Sie beide leichter, wenn Sie auf dem Mond wären?«

»Nun ... ja. Auf der Erde-Mond-Route dürfte ich nicht wieder anfangen, aber wenn ich in Luna City wäre, könnte ich Erz für die Company befördern. Dafür fehlt es ihnen immer an Raketenpiloten, und meine Personalakte wäre ihnen gleichgültig. Wenn ich mir nichts zuschulden kommen ließe, würde man mich mit der Zeit vielleicht sogar wieder in den Dienst aufnehmen.«

Harriman spielte mit einem Löffel, blickte hoch. »Wären die jungen Gentlemen einem geschäftlichen Vorschlag gegenüber aufgeschlossen?«

»Vielleicht. Um was geht es?«

»Die *Care Free* gehört Ihnen?«

»Ja. Das heißt, Charlie und mir – abgesehen davon, daß sie ständig gepfändet ist. Und?«

»Ich möchte sie chartern ... und Sie und Charlie sollen mich zum Mond bringen!«

Charlie richtete sich mit einem Ruck auf. »Hast du gehört, was er gesagt hat, Mac? Er will, daß wir die alte Schrottkiste zum Mond fliegen!«

McIntyre schüttelte den Kopf. »Das geht nicht, Mr. Harriman. Die *Care Free ist* abgenutzt. Ein Treibstoff, mit dem man Fluchtgeschwindigkeit erreicht, läßt sich darin nicht verwenden. Wir nehmen nicht einmal den Standardsaft – nur Benzin und flüssige Luft. Charlie bastelt so schon die ganze Zeit an ihr herum. Eines Tages wird sie explodieren.«

»Sagen Sie, Mr. Harriman«, mischte sich Charlie ein, »warum nehmen Sie sich keine Sonntagsrückflugkarte für ein Company-Schiff?«

»Das geht nicht, Sohn«, antwortete der alte Mann. »Sie kennen die Bedingungen, unter denen die Vereinten Nationen der Company das Monopol auf die Ausbeutung des Mondes gewährt haben. Niemand darf in den Raum, der nicht körperlich fähig ist, das auszuhalten. Die Company trägt jenseits der Stratosphäre die volle Verantwortung für die Sicherheit und Gesundheit aller Bürger. Der offizielle Grund für die Vergabe der Konzession lautete, man wolle während der ersten Jahre der Raumfahrt unnötige Verluste an Menschenleben vermeiden.«

»Und Sie würden bei der ärztlichen Untersuchung nicht durchkommen?«

Harriman schüttelte den Kopf.

»Ja, aber, zum Teufel – wenn Sie es sich leisten können, uns anzustellen, warum bestechen Sie dann nicht zwei Company-Ärzte? So etwas ist schon vorgekommen.«

Harriman lächelte kläglich. »Das weiß ich, Charlie, aber bei mir würde es nicht klappen. Ich bin ein bißchen zu prominent, wissen Sie. Mein voller Name ist Delos D. Harriman.«

»Was? *Sie* sind der alte D.D.? Zum Donnerwetter, Ihnen gehört doch ein dickes Stück der Company – praktisch *sind* Sie die Company! Sie müßten doch alles tun können, was Sie wollen, ob die Vorschriften es erlauben oder nicht.«

»Auf diese Meinung trifft man nicht selten, Sohn, aber das ist ein Irrtum. Reiche Männer sind nicht freier als andere, sondern weniger, sehr viel weniger frei. Ich habe versucht, was Sie mir raten, nur haben es die anderen Direktoren nicht zugelassen. Sie fürchten, ihre Konzession zu verlieren. Schon jetzt müssen sie eine Menge Geld für ... hm ... politische Kontakte ausgeben, um sie zu behalten.«

»Da will ich doch gleich ... Begreifst du das, Mac? Ein Mann mit einem Haufen Moos, und er kann es nicht ausgeben, wie er möchte.«

McIntyre antwortete ihm nicht, sondern wartete darauf, daß Harriman weitersprach.

»Captain McIntyre, wenn Sie ein Schiff hätten, würden Sie mich mitnehmen?«

McIntyre rieb sich das Kinn. »Es ist gegen das Gesetz.«

»Ich würde dafür sorgen, daß es sich für Sie lohnt.«

»Natürlich würde er Sie mitnehmen, Mr. Harriman. Natürlich würdest du das tun, Mac. Luna City! Oh, Baby!«

»Warum wünschen Sie sich so sehr, zum Mond zu fliegen, Mr. Harriman?«

»Captain, es ist das eine, was ich mir in meinem ganzen Leben wirklich gewünscht habe, schon als kleiner Junge. Ich weiß nicht, ob ich es Ihnen erklären kann. Ihr jungen Burschen seid mit den Raketenschiffen aufgewachsen wie ich mit Flugzeugen. Ich bin sehr viel älter als Sie, mindestens fünfzig Jahre älter. Als ich ein Kind war, glaubte praktisch niemand daran, daß der Mensch jemals den Mond erreichen würde. Sie haben Ihr Leben lang Raketen gesehen, und die erste landete noch vor Ihrer Geburt auf dem Mond. Damals lachte man über die Vorstellung.

Aber ich ... – ich glaubte daran. Ich las Verne und Wells und Smith, und ich glaubte, wir könnten ... wir *würden* es schaffen. Ich faßte den festen Entschluß, einer der Männer zu werden, die die Oberfläche des Mondes betraten, seine andere Seite zu sehen bekamen und, dort oben am Himmel hängend, auf die Erde zurückblickten.

Ich verzichtete auf meinen Lunch, um meinen Beitrag in der Amerikanischen Raketen-Gesellschaft bezahlen zu können. Denn ich wollte glauben, daß ich half, den Tag näherzubringen, an dem wir den Mond erreichten. Als dieser Tag kam, war ich bereits ein alter Mann. Ich habe länger gelebt, als mir zustand, ich wollte ... ich will nicht sterben, bevor ich meinen Fuß auf den Mond gesetzt habe.«

McIntyre stand auf und streckte ihm die Hand entgegen. »Besorgen Sie das Schiff, Mr. Harriman! Ich werde es fliegen.«

»So ist's recht, Mac! Ich habe Ihnen doch gesagt, er tut es, Mr. Harriman.«

Während der halbstündigen Fahrt nordwärts nach Kansas City fiel Harriman immer wieder in den leichten, unruhigen Schlaf des hohen Alters. Dazwischen dachte er nach. Ereignisse seines langen Lebens zogen in flüchtigen Träumen durch sein Gehirn. Zum Beispiel damals ... ach ja, 1910 ... Ein kleiner Junge in einer warmen Frühlingsnacht. »Was ist das, Daddy?« – »Das ist der Halleysche Komet, Sohnemann.« – »Woher kommt er?« – »Das weiß ich nicht. Von irgendwo aus dem Himmel.« – »Er ist schöööön, Daddy. Ich möchte ihn anfassen.« – »Das geht leider nicht, Sohn.«

»Delos, du hast tatsächlich den Nerv, mir zu erzählen, daß du das Geld, das wir für das Haus gespart haben, in diese verrückte Raketen-Gesellschaft gesteckt hast?« – »Charlotte, bitte! Das ist keine Verrücktheit, das ist eine gesunde Anlage. Eines Tages werden Raketen den Himmel füllen. Schiffe und Eisenbahnen werden veraltet sein. Denk an die Männer, die weitsichtig genug waren, ihr Geld in Henry Ford zu investieren!« – »Das haben wir alles längst besprochen.« – »Charlotte, der Tag wird kommen, wenn die Menschen von der Erde aufsteigen und den Mond, ja sogar die Planeten besuchen. Dies ist der Anfang.« – »Mußt du unbedingt schreien?« – »Entschuldige, aber ...« – »Ich spüre, daß ich Kopfschmerzen bekomme. Bitte, versuche, ein bißchen leise zu sein, wenn du ins Bett kommst.«

Er war nicht ins Bett gegangen. Er hatte die ganze Nacht draußen auf der Veranda gesessen und zugesehen, wie der Vollmond über den Himmel wanderte. Am Morgen würde er dafür mit dünnlippigem Schweigen bestraft werden. Aber er blieb bei seinem Entschluß. Meistens pflegte er nachzugeben, aber in diesem Fall dachte er nicht daran. Und jedenfalls gehörte die Nacht ihm. Diese Nacht wollte er mit seinem alten Freund allein sein. Er durchforschte sein Gesicht. Wo war das Mare Crisium? Komisch, er konnte es nicht ausmachen. Als Junge hatte er es immer ganz deutlich gesehen. Wahrscheinlich brauchte er eine neue Brille. Diese ständige Büroarbeit war nicht gut für seine Augen.

Doch er brauchte sie nicht zu sehen, er wußte, wo sie alle waren, das Mare Crisium, das Mare Fecunditatis, das Mare Tranquilitatis – wie das angenehm über die Zunge rollte! –, die Apenninen, die Karpaten, der alte Tycho mit seinen geheimnisvollen Strahlen.

Zweihundertundvierzigtausend Meilen – zehnmal rund um die Erde. Bestimmt war der Mensch imstande, eine so geringe Entfernung zu überbrücken. Konnte er, wenn er die Hand ausstreckte, ihn nicht fast berühren, wie er da hinter den Ulmen nickte?

Nicht etwa, daß er hätte helfen können. Er besaß die Ausbildung nicht.

»Sohn, ich habe ein ernstes Wort mit dir zu reden.« – »Ja, Mutter.« – »Ich weiß, du hast gehofft, nächstes Jahr aufs College gehen zu können ...« (Gehofft! Er hatte dafür *gelebt!* Erst an der University of Chicago bei Moulton studieren, dann im Yerkes-Observatorium unter den Augen von Dr. Frost persönlich arbeiten) »... und ich hatte das auch gehofft. Aber jetzt, wo dein Vater tot ist und die Mädchen heranwachsen, ist es schwerer, durchzukommen. Du bist ein braver Junge gewesen und hast hart gearbeitet, um auszuhelfen. Ich weiß, du wirst es verstehen.« – »Ja, Mutter.«

»Extrablatt! Extrablatt! STRATOSPHÄREN-RAKETE HAT PARIS ERREICHT. Lesen Sie alles darüber!« Der dünne kleine Mann mit den Bifokalgläsern schnappte sich die Zeitung und eilte ins Büro zurück. – »Sieh dir das an, George.« – »Hö? Hmm, interessant, aber was soll's?« – »Verstehst du das nicht? Die nächste Stufe ist der Flug zum Mond!« – »Gott, du glaubst aber auch alles, Delos. Das Schlimme an dir ist, daß du zuviel von diesen Schundheften liest. Erst letzte Woche habe ich meinen Sohn dabei erwischt, *Stuuning Stories* oder so ähnlich hieß es, und habe ihm deswegen eine Standpauke gehalten. Deine Eltern hätten dir den gleichen Gefallen tun sollen.« – Harriman straffte seine schmalen, mittelalterlichen Schultern. »Und wir erreichen den Mond doch!« – Sein Partner lachte. »Ganz wie du willst. Wenn Baby den Mond haben will, wird Papa ihn ihm bringen. Aber halte dich an deine Rabatte und Provisionen, denn damit verdienen wir unser Geld.«

Der große Wagen brauste den Paseo hinunter und bog

auf den Armour Boulevard ein. Der alte Harriman bewegte sich unruhig im Schlaf und murmelte vor sich hin.

»Aber Mr. Harriman . . .« Der junge Mann mit dem Notizblock war ganz verstört. Der alte Mann grunzte.

»Sie haben gehört, was ich gesagt habe. Verkaufen Sie sie! Ich will für jede Aktie, die ich besitze, so schnell wie möglich Bargeld haben: Spaceways, Spaceways Provisioning Company, Artemis Mines, Luna City Recreations, den ganzen Haufen.«

»Das wird die Kurse drücken. Sie werden nicht den vollen Wert ihrer Beteiligungen erhalten.«

»Meinen Sie, das weiß ich nicht? Ich kann es mir leisten.«

»Und was ist mit den Aktien, die Sie für das Richardson-Observatorium und die Harriman-Stipendien bestimmt hatten?«

»Ach ja. Die verkaufen Sie nicht. Damit wird ein Fonds gegründet. Das hätte ich schon längst tun sollen. Sagen Sie dem jungen Kamens, er soll die Dokumente vorbereiten! Er weiß, was ich möchte.«

Der Bildschirm der Gegensprechanlage wurde hell. »Die Herren sind da, Mr. Harriman.«

»Schicken Sie sie herein! Das ist alles, Ashley. Machen Sie sich an die Arbeit!« Ashley verschwand, McIntyre und Charlie traten ein. Harriman stand auf, ging ihnen entgegen und begrüßte sie.

»Kommt herein, Jungens, kommt herein! Wie schön, daß ihr gekommen seid. Setzt euch doch! Eine Zigarre?«

»Wir freuen uns sehr, Sie zu sehen, Mr. Harriman«, entgegnete Charlie. »Tatsächlich könnte man sagen, wir waren gezwungen, Sie aufzusuchen.«

»Gibt es irgendwelche Schwierigkeiten, Gentlemen?« Harriman sah von einem Gesicht zum anderen. McIntyre antwortete ihm.

»Sie meinen es immer noch ernst mit diesem Job für uns, Mr. Harriman?«

»Selbstverständlich. Sie wollen mich doch nicht im Stich lassen?«

»Auf keinen Fall. Wir brauchen diesen Job jetzt. Die *Care Free*, wissen Sie, liegt mitten im Osage River, und ihr Triebwerk ist bis zum Injektor aufgerissen.«

»Du meine Güte! Sie sind nicht verletzt worden?«

»Nein, abgesehen von ein paar Zerrungen und blauen Flecken. Wir sind gesprungen.«

Charlie lachte vor sich hin. »Ich habe mit bloßen Zähnen einen Katzenfisch gefangen.«

Dann kam man schnell zur Sache. »Sie beide werden ein Schiff für mich kaufen müssen. Ich kann es nicht offen tun; meine Kollegen würden sich ausrechnen, was ich vorhabe, und mich daran hindern. Das Geld stelle ich Ihnen zur Verfügung. Sie sehen sich nach einem Schiff um, das für den Flug instandgesetzt werden kann. Denken Sie sich eine glaubwürdige Geschichte aus, daß Sie es für irgendeinen Playboy als Stratosphären-Yacht haben oder daß Sie einen Arktis-Antarktis-Touristenflugdienst einrichten wollen. Hauptsache, es kommt keiner auf den Verdacht, das Schiff werde für einen Raumflug ausgerüstet.

Wenn dann das Verkehrsministerium das Schiff für den Stratosphärenflug freigegeben hat, ziehen Sie in die Wüste draußen im Westen. Ich werde ein geeignetes Stück Land finden und kaufen. Dort werden wir die Tanks für den richtigen Treibstoff installieren, die Injektoren und Zeitschalter ändern und so weiter und das Schiff für den Raumflug umbauen. Was halten Sie davon?«

McIntyre blickte zweifelnd drein. »Das wird eine Menge Arbeit kosten. Charlie, meinst du, daß du diese Umrüstung ohne Werft und Werkstätten fertigbringst?«

»Ich? Na klar kann ich das – wenn du mir mit deinen dicken Fingern hilfst. Gib mir nur die Werkzeuge und das Material, das ich haben möchte, und hetze mich nicht zu sehr! Natürlich wird das Schiff nicht elegant aussehen ...«

»Das verlangt niemand. Ich will nichts als ein Schiff,

das nicht explodiert, wenn ich anfange, die Schalter zu drücken. Mit Isotopen-Treibstoff ist nicht zu spaßen.«

»Es wird nicht explodieren, Mac.«

»Das hast du auch von der *Care Free* angenommen.«

»Du bist ungerecht, Mac. Ich frage Sie, Mr. Harriman: Diese Kiste war Schrott, das wußten wir genau. Mit dem neuen Schiff ist es eine andere Sache. Wir werden einiges Geld dafür ausgeben und es richtig machen. Nicht wahr, Mr. Harriman?«

Harriman klopfte ihm auf die Schulter. »Aber bestimmt, Charlie. Sie können soviel Geld haben, wie Sie wollen. Das soll Ihre geringste Sorge sein. Und nun sagen Sie mir, ob Sie mit den Gehältern und Prämien, die ich erwähnte, einverstanden sind. Ich möchte nicht, daß Sie schlecht dabei abschneiden.«

»... meine Mandanten sind nämlich seine nächsten Verwandten, und sein Wohl liegt ihnen am Herzen. Wie das vorgelegte Beweismaterial bestätigt, läßt Mr. Harrimans Verhalten in den letzten paar Wochen nur den Schluß zu, daß sein früher in der Finanzwelt als brillant gekanntes Gehirn senil geworden ist. Daher bitten wir diesen ehrenwerten Gerichtshof mit dem tiefsten Bedauern, Mr. Harriman für nicht zurechnungsfähig zu erklären und einen Vormund zu ernennen, der seine finanziellen Interessen sowie die seiner künftigen Erben und Rechtsnachfolger schützen wird.« Zufrieden mit sich selbst, setzte der Anwalt sich.

Mr. Kamens ergriff das Wort. »Falls mein geschätzter Freund ganz fertig ist, möchte ich mit Erlaubnis des Gerichts darauf hinweisen, daß er sich mit seinen letzten Worten ›die finanziellen Interessen seiner künftigen Erben und Rechtsnachfolger‹ verraten hat. Offenbar glauben die Antragsteller, mein Mandant müsse seine Angelegenheiten so regeln, daß seine Nichten und Neffen und ihr Anhang sicher sein können, für den Rest ihres Lebens in unverdientem Luxus zu schwelgen. Die Ehefrau meines Mandanten ist verschieden, er hat keine

Kinder. Die Gegenseite gibt zu, daß er für seine Schwestern und deren Kinder großzügig gesorgt und Leibrenten für solche nahen Verwandten gestiftet hat, die ohne Mittel sind.

Und jetzt benehmen sie sich wie Geier, schlimmer als Geier, denn sie wollen ihn nicht in Frieden sterben lassen. Sie möchten meinen Mandanten daran hindern, sich in den paar Lebensjahren, die ihm noch bleiben, seines Reichtums auf die Weise zu erfreuen, die ihm am besten paßt. Es stimmt, daß er seine Aktien verkauft hat. Warum soll ein älterer Mann nicht den Wunsch haben, sich zurückzuziehen? Es stimmt, daß er beim Verkauf einige Verluste erlitten hat. Na und? Er wollte sich zurückziehen, und es war ihm um Bargeld zu tun. Ist daran irgend etwas seltsam?

Es heißt, er habe sich geweigert, seine Handlungen mit seinen ihn so sehr liebenden Verwandten zu besprechen. Welches Gesetz oder Prinzip verlangt von einem Mann, daß er sich über irgend etwas mit seinen Neffen berät?

Deshalb bitten wir dieses Gericht, das Recht meines Mandanten, mit seinem Eigentum zu tun, was ihm beliebt, zu bestätigen, den Antrag der Gegenseite abzulehnen und diese zudringlichen Menschen nach Hause zu schicken.«

Der Richter nahm seine Brille ab und polierte sie nachdenklich.

»Mr. Kamens, dieses Gericht hält die individuelle Freiheit ebenso hoch wie Sie, und Sie können versichert sein, daß es einzig und allein im Interesse Ihres Mandanten entscheiden wird. Dessen ungeachtet passiert es, daß Menschen alt, daß sie senil werden und in diesem Fall Schutz brauchen.

Ich werde mir die Sache bis morgen durch den Kopf gehen lassen. Die Sitzung ist vertagt.«

Aus dem Kansas City Star:

EXZENTRISCHER MILLIONÄR VERSCHWINDET

... erschien nicht zum anberaumten Termin. Die Vollstreckungsbeamten kehrten von ihrer Suche an Orten, wo Harriman sich häufig aufzuhalten pflegte, mit dem Bericht zurück, man habe ihn seit dem gestrigen Tag nicht mehr gesehen. Wegen Nichtachtung des Gerichts wurde ein Haftbefehl erlassen und ...

Ein Sonnenuntergang in der Wüste regt den Appetit besser an als ein heißes Tanzorchester. Charlie erbrachte den Beweis dafür, indem er den Rest der Schinkensoße mit einem Stück Brot wegputzte. Harriman gab den beiden jüngeren Männern Zigarren und nahm sich selbst auch eine.

»Mein Arzt behauptet, dieses Kraut sei schlecht für mein Herz«, bemerkte er und zündete die Zigarre an, »aber ich fühle mich soviel besser, seit ich zu euch Jungens hier auf die Ranch gekommen bin, daß ich dazu neige, seine Worte anzuzweifeln.« Er stieß eine Wolke blaugrauen Rauchs aus und fuhr fort: »Ich glaube nicht, daß die Gesundheit eines Mannes so sehr davon abhängt, was er tut, sondern vielmehr, ob er es tun will. Ich tue, was ich tun will.«

»Das ist alles, was man vom Leben verlangen kann«, stimmte McIntyre ihm zu.

»Und wie geht es mit der Arbeit voran, Jungens?«

»Bei mir recht gut«, antwortete Charlie. »Wir haben heute die zweiten Drucktests an den neuen Tanks und den Treibstoffleitungen durchgeführt. Die Bodentests sind alle erledigt, ausgenommen die Kalibrierungsdurchläufe. Die werden nicht lange dauern – nur vier Stunden, falls ich nicht auf irgendwelche Macken stoße. Wie steht es bei dir, Mac?«

McIntyre zählte an den Fingern ab: »Lebensmittel und Wasser sind an Bord. Drei Vakuum-Anzüge, einer als Reserve, und Werkzeugkästen. Bordapotheke. Der Geländewagen hatte bereits die Standard-Ausrüstung für den Stratosphärenflug. Die neuesten Mondtabellen sind noch nicht eingetroffen.«

»Wann erwarten Sie sie?«

»Jederzeit – sie müßten eigentlich schon hier sein. Nicht, daß sie besonders wichtig wären. Das Gerede, wie schwierig die Navigation von hier zum Mond sei, soll nur das Publikum beeindrucken. Schließlich kann man sein Ziel *sehen* – es ist nicht wie bei der Navigation auf dem Meer. Geben Sie mir einen Sextanten und ein gutes Radargerät, und ich setze Sie an jeder Ihnen beliebigen Stelle auf dem Mond ab, ohne einen Almanach oder eine Sternentabelle zu brauchen, nur aufgrund meines Wissens über die zu berücksichtigenden relativen Geschwindigkeiten.«

»Streng dich nicht so an mit der Eigenwerbung, Kolumbus«, riet Charlie ihm. »Wir wollen zugeben, daß du den Fußboden mit deinem Hut treffen kannst. Der springende Punkt ist, daß du startbereit bist. Ist das richtig?«

»Jawohl.«

»In dem Fall könnte ich die Tests heute abend noch durchführen. Ich werde nervös – es ist alles zu reibungslos gegangen. Wenn du mir hilfst, sollten wir um Mitternacht im Bett sein.«

»Okay, sobald ich die Zigarre ausgeraucht habe.«

Eine Weile rauchten sie schweigend. Jeder dachte an den bevorstehenden Flug und was er für ihn bedeutete. Der alte Harriman versuchte, die Aufregung zu unterdrücken, die ihn bei der Aussicht auf die Erfüllung seines lebenslangen Traums gepackt hatte.

»Mr. Harriman . . .«

»Ja? Was ist, Charlie?«

»Wie fängt man es an, reich zu werden? Wie haben Sie es gemacht?«

»Ich? Das kann ich nicht sagen; ich habe nie versucht, reich zu werden. Ich wollte nie reich oder allgemein bekannt oder etwas in der Art sein.«

»Wirklich?«

»Ich wollte nur lange leben und es alles geschehen sehen. Ich war nicht ungewöhnlich, es gab viele Jungen wie mich – lauter Funkamateure und Teleskopbauer und Flugzeugbastler. Wir hatten Forschungsgemeinschaften und Keller-Labors und Science Fiction-Clubs. Jungen wie wir waren der Ansicht, eine einzige Ausgabe des *Electrical Experimenter* enthalte mehr Romantik als sämtliche Bücher, die Dumas jemals geschrieben hat. Wir wollten auch keiner der nach Reichtum strebenden Helden Horatio Algers sein. Wir wollten Raumschiffe bauen. Nun, einige von uns haben es getan.«

»Jesus, Pop, das klingt richtig aufregend.«

»Es war aufregend, Charlie. Dies ist ein wunderbares, romantisches Jahrhundert gewesen, trotz all seiner schlechten Eigenschaften. Und es ist jedes Jahr wunderbarer und romantischer geworden. Nein, ich wollte nicht reich werden; ich wollte nur lange genug leben, um dabei zu sein, wenn Menschen hinauszogen zu den Sternen, und, wenn Gott gut zu mir war, selbst so weit wie zum Mond zu gelangen.« Er deponierte sorgsam einen Zoll weiße Asche in einer Untertasse. »Es ist ein gutes Leben gewesen. Ich kann mich nicht beschweren.«

McIntyre schob seinen Stuhl zurück. »Komm, Charlie, wenn du fertig bist!«

»Okay.«

Sie standen auf. Harriman wollte etwas sagen, faßte sich an die Brust. Sein Gesicht wurde grauweiß.

»Fang ihn auf, Mac!«

»Wo ist seine Medizin?«

»In seiner Westentasche.«

Sie halfen ihm auf eine Couch, zerbrachen eine kleine Glaskapsel in einem Taschentuch und hielten es ihm unter die Nase. Die ätherischen Dämpfe schienen etwas Farbe in sein Gesicht zurückzubringen. Die beiden Männer taten für ihn, was sie konnten. Dann warteten sie darauf, daß er das Bewußtsein wiedererlangte.

Charlie brach das unbehagliche Schweigen. »Mac, damit kommen wir nicht durch.«

»Warum nicht?«

»Es ist Mord. Er wird die Anfangsbeschleunigung nicht überstehen.«

»Mag sein, aber er will es tun. Du hast ihn gehört.«

»Aber wir sollten es ihn nicht tun lassen.«

»Warum nicht? Es steht weder dir noch dieser verdammten bevormundenden Regierung zu, einem Mann zu sagen, er dürfe sein Leben bei dem, was er wirklich tun möchte, nicht aufs Spiel setzen.«

»Trotzdem ist mir nicht wohl dabei zumute. Er ist so ein feiner alter Kumpel.«

»Was wolltest du aber mit ihm machen – ihn nach Kansas City zurückschicken, damit diese alten Harpyien ihn in einer Klapsmühle einsperren können, bis er an gebrochenem Herzen stirbt?«

»N-n-ein – das nicht.«

»Dann geh und bereite deine Testläufe vor! Ich komme gleich nach.«

Am nächsten Morgen rollte ein Wüstenwagen mit breiten Reifen durch das Ranch-Tor und blieb vor dem Haus stehen. Ein schwergebauter Mann mit einem festen, aber freundlichen Gesicht kletterte heraus und sprach McIntyre an, der ihm entgegenkam.

»Sind Sie James McIntyre?«

»Wieso?«

»Ich bin in dieser Gegend Deputy des Bundes-Marshals und habe einen Haftbefehl für Sie.«

»Unter welcher Anklage?«

»Verschwörung zwecks Verletzung der Raumsicherheitsakte.«

Charlie schloß sich den beiden an. »Was ist los, Mac?«

Der Deputy antwortete ihm. »Sie sind Charles Cummings, nehme ich an. Hier ein Haftbefehl für Sie. Dann habe ich noch einen für einen Mann namens Harriman und einen Gerichtsbeschluß, Siegel an Ihr Raumschiff zu kleben.«

»Wir haben kein Raumschiff.«

»Und was haben Sie in diesem großen Schuppen stehen?«

»Eine Stratosphären-Yacht.«

»So? Nun, dann klebe ich ihr die Siegel an, bis Ihr Raumschiff auftaucht. Wo ist Harriman?«

»Da drin.« Charlie war so gefällig, die Richtung mit dem Finger zu zeigen, ohne auf McIntyres finsteres Gesicht zu achten.

Der Deputy drehte den Kopf. Charlie mußte die richtige Stelle haargenau getroffen haben, denn der Deputy brach ohne einen Laut zusammen. Charlie stand vor ihm, rieb sich die Knöchel und jammerte:

»Verdammter Mist – das ist der Finger, den ich mir beim Baseball gebrochen habe! Immer verletze ich mir gerade *den* Finger!«

»Schaffe Pop in die Kabine«, unterbrach Mac ihn, »und schnalle ihn in seiner Hängematte an!«

»Aye, aye, Skipper.«

Sie zogen das Schiff mit einem Traktor aus dem Hangar, wendeten und fuhren in die ebene Wüste hinaus, um Ellbogenfreiheit für den Start zu gewinnen. Dann stiegen sie ein. McIntyre sah durch das Bullauge steuerbords, wie der Deputy ihnen trostlos nachstarrte.

McIntyre befestigte seinen Sicherheitsgurt, rückte seinen Harnisch zurecht und fragte in das Sprachrohr zum Maschinenraum: »Alles bereit, Charlie?«

»Alles bereit, Skipper. Aber du kannst das Schiff jetzt nicht starten, Mac – *es hat noch keinen Namen!*«

»Keine Zeit für Aberglauben!«

Harrimans dünne Stimme erklang: »Nennt es *Die Mondsüchtige.* Das ist der einzige passende Name!«

McIntyre legte seinen Kopf an die Polsterung, drückte zwei Schalter, dann in rascher Folge drei weitere, und die *Mondsüchtige* hob ab.

»Wie geht es Ihnen, Pop?«

Ängstlich forschte Charlie im Gesicht des alten Mannes. Harriman leckte sich die Lippen und schaffte es, zu sprechen.

»Gut, mein Sohn. Könnte nicht besser gehen.«

»Die Beschleunigung ist vorbei, da haben wir das Schlimmste hinter uns. Ich mache Ihre Gurte auf, damit Sie sich ein bißchen bewegen können. Aber es ist besser, wenn Sie in der Hängematte bleiben.« Er öffnete Schnallen. Harriman unterdrückte notdürftig ein Stöhnen.

»Was ist, Pop?«

»Nichts. Gar nichts. Seien Sie nur auf dieser Seite vorsichtig.«

Mit den sicheren, behutsamen Fingern eines Mechanikers fuhr Charlie dem alten Mann über die Rippen. »Sie können mir nichts vormachen, Pop. Aber ich kann nicht viel tun, bis wir wieder gelandet sind.«

»Charlie ...«

»Ja, Pop?«

»Kann ich nicht aus einem Bullauge sehen? Ich möchte die Erde beobachten.«

»Es gibt noch nichts zu sehen, das Schiff verbirgt sie. Sobald wir das Schiff umgedreht haben, bringe ich Sie an ein Bullauge. Und ich will Ihnen was sagen. Ich gebe Ihnen eine Schlaftablette und wecke Sie zum richtigen Zeitpunkt auf.«

»Nein!«

»Hä?«

»Ich will wachbleiben.«

»Wie Sie möchten, Pop.«

Charlie kletterte wie ein Affe bis zur Nase des Schiffes vor und verankerte sich am Kardanrahmen des Pilotensessels. McIntyre sah ihn fragend an.

»Also, er lebt noch«, berichtete Charlie, »aber er ist in schlechter Verfassung.«

»Wie schlecht?«

»Jedenfalls zwei gebrochene Rippen. Ich weiß nicht, was sonst noch. Ich weiß nicht, ob er den Flug überstehen wird, Mac. Sein Herz klopft schrecklich.«

»Er wird den Flug überstehen, Charlie. Er ist zäh.«

»Zäh? Er ist so zerbrechlich wie ein Kanarienvogel.«

»Das meine ich nicht. Innerlich ist er zäh – da, wo es zählt.«

»Trotzdem setzt du das Schiff besser ganz, ganz vorsichtig auf, wenn du mit vollzähliger Besatzung landen willst.«

»Das werde ich. Ich werde den Mond einmal ganz

umkreisen und es in einer Abwicklungskurve auf Annäherungskurs bringen. Genug Treibstoff haben wir, glaube ich.«

Sie waren jetzt im Freien Fall. Nachdem McIntyre das Schiff umgedreht hatte, ging Charlie zurück, löste die Hängematte und zog sie mitsamt Harriman an ein Bullauge. McIntyre stabilisierte das Schiff um eine Querachse, so daß das Heck auf die Sonne zeigte. Dann ließ er zwei der sich paarweise gegenüberliegenden Hilfstriebwerke kurz feuern. Das bewirkte, daß das Schiff sich langsam um seine Längsachse drehte und eine leichte künstliche Schwerkraft entstand. Die Schwerelosigkeit zu Beginn des Freien Falls hatte bei dem alten Mann die charakteristische Übelkeit hervorgerufen, und der Pilot wollte seinem Passagier soviel an Unbequemlichkeiten ersparen wie möglich. Aber Harriman machte sich keine Gedanken über den Zustand seines Magens.

Jetzt erlebte er, was er sich so oft ausgemalt hatte. Der Mond zog majestätisch an dem Aussichtsfenster vorbei, viel größer, als er ihn je zuvor gesehen hatte, und all seine ihm vertrauten Züge waren kameenhaft deutlich. Durch das langsame Rotieren des Schiffes wurde er von der Erde abgelöst, und da tauchte sie auf, wie Harriman sie sich vorgestellt hatte, ein edler Planet, um ein Vielfaches größer als der Mond für das Auge des Erdbewohners und prächtiger, von einer viel sinnlicheren Schönheit, als es der silberne Mond sein kann. Am Atlantik war es Abend. Die Schattenlinie lief an der nordamerikanischen Küste entlang, durchschnitt Kuba und verdunkelte ganz Südamerika bis auf einen Streifen im Westen. Harriman genoß das satte Blau des Pazifiks, spürte die Textur des weichen Grüns und Brauns der Kontinente, bewunderte die blauweiße Kälte der Polkappen. Kanada und die nördlichen Staaten lagen im Schatten einer Wolke. Ein großes Tiefdruckgebiet breitete sich über den Kontinent aus. Es leuchtete mit einem noch herrlicher gleißenden Weiß als die Polkappen.

Während das Schiff sich langsam drehte, verschwand die Erde außer Sicht, und die Sterne marschierten an dem Bullauge vorüber – die gleichen Sterne, die Harriman seit jeher kannte, aber stetiger, heller und ohne Funkeln vor einem Schirm aus vollkommenem, lebendigem Schwarz. Dann schwamm der Mond wieder heran und beanspruchte Harrimans Gedanken von neuem für sich.

Ein erhabenes Glücksgefühl erfüllte ihn, wie es nur wenige Menschen auch in einem langen Leben zuteil wird. Ihm war, als sei er jeder Mensch, der je gelebt, zu den Sternen aufgeblickt und sich nach ihnen gesehnt hatte.

Viele Stunden kamen und gingen. Er beobachtete und schlummerte und träumte. Wenigstens einmal mußte er in Tiefschlaf oder vielleicht in ein Delirium versunken sein, denn er erwachte mit einem Ruck und meinte, Charlotte, seine Frau, rufe ihn. »Delos!« hatte die Stimme gesagt, »Delos! Komm ins Haus! Du wirst dir in dieser Nachtluft einen fürchterlichen Schnupfen holen.«

Arme Charlotte! Sie war ihm eine gute Frau gewesen, eine gute Frau. Er war sich ganz sicher, als sie starb, war ihr einziger Kummer die Angst gewesen, er sei nicht imstande, für sich selbst zu sorgen. Es war nicht ihr Fehler, daß sie seine Träume und Sehnsüchte nicht geteilt hatte.

Charlie brachte die Hängematte so an, daß Harriman aus dem Steuerbord-Bullauge sehen konnte, als sie die Rückseite des Mondes überflogen. Mit nostalgischem Vergnügen, als kehre er in sein Heimatland zurück, suchte Harriman sich die Landmarken heraus, die ihm von tausend Fotos vertraut waren. Als sie die erdzugewandte Seite wieder erreichten, brachte McIntyre das Schiff langsam nach unten. Er beabsichtigte, im Mare Fecunditatis zu landen, etwa zehn Meilen von Luna City entfernt.

Alles in allem war es keine schlechte Landung. Er bekam keine Anweisungen vom Boden, und er hatte keinen zweiten Piloten, der das Radargerät für ihn beobachtete. In seiner Sorge, weich aufzusetzen, verfehlte er sein

Ziel um mehr als dreißig Meilen. Er tat wirklich sein Bestes, aber das war holperig.

Als sie unten waren und der aufgewirbelte Bimssteinstaub sich rings um sie setzte, kam Charlie in die Kontrollstation hinauf.

»Wie geht es unserem Passagier?« fragte Mac.

»Ich werde nachsehen, aber eine Wette möchte ich nicht eingehen. Das war eine saumäßige Landung, Mac.«

»Verdammt noch mal, ich habe mein Bestes getan.«

»Das weiß ich, Skipper. Vergiß es!«

Doch der Passagier war am Leben und bei Bewußtsein, wenn er auch aus der Nase blutete und rosa Schaum auf den Lippen hatte. Er machte schwache Versuche, sich aus seinem Kokon zu befreien. Mac und Charlie halfen ihm gemeinsam.

»Wo sind die Vakuum-Anzüge?« war das erste, was er sagte.

»Immer mit der Ruhe, Mr. Harriman! Sie können jetzt nicht hinaus. Wir müssen Ihnen Erste Hilfe leisten.«

»Holen Sie mir *den Anzug!* Die Erste Hilfe kann warten.«

Schweigend gehorchten sie. Sein linkes Bein war praktisch unbrauchbar, und sie mußten ihm durch die Luftschleuse helfen, einer auf jeder Seite. Aber da seine unbeträchtliche Masse auf dem Mond nur zwanzig Pfund wog, war er keine Bürde. Etwa fünfzig Yards vom Schiff entfernt fanden sie eine Stelle, wo sie es ihm bequem machen und ihn sich umsehen lassen konnten, ein Stück Gesteinsschlacke als Stütze unter dem Kopf.

McIntyre legte seinen Helm an den des alten Mannes. »Bleiben Sie hier, und genießen Sie die Aussicht! Wir bereiten inzwischen den Treck in die Stadt vor. Sie ist gar nicht weit von hier, nur vierzig Meilen. Jetzt müssen wir Reserve-Luftflaschen und Lebensmittelrationen und all so was zusammenpacken. Wir sind bald wieder zurück.«

Harriman nickte, ohne zu antworten, und drückte ihre Handschuhe mit erstaunlicher Kraft.

Er saß ganz ruhig da, strich mit den Händen über den Mondboden und spürte den merkwürdig geringen Druck, den sein Körper darauf ausübte. Endlich herrschte Frieden in seinem Herzen. Seine Verletzungen schmerzten nicht mehr. Er war dort, wo zu sein er sich gesehnt hatte – er war seiner Sehnsucht gefolgt. Über dem westlichen Horizont hing die Erde im letzten Viertel, eine grünblaue, gigantische Sichel. Über ihm schien die Sonne von einem schwarzen, sternenbesetzten Himmel. Und unter ihm war der Mond, die Oberfläche des Mondes. Er war auf dem Mond! Er lehnte sich zurück. Zufriedenheit spülte über ihn weg wie eine Flutwelle und durchweichte ihn bis ins Mark. Seine Aufmerksamkeit irrte kurz ab, und wieder glaubte er, sein Name werde gerufen. Zu dumm, dachte er, ich werde alt – meine Gedanken wandern.

Im Schiff brachten Charlie und Mac vorn und hinten an einer Tragbahre ein Schulterjoch an. »Gut. So wird es gehen«, kommentierte Mac. »Besser, wir holen Pop. Wir müssen los.«

»Ich hole ihn«, antwortete Charlie. »Ich nehme ihn auf den Arm und trage ihn. Er wiegt ja nichts.«

Charlie blieb länger weg, als McIntyre erwartet hatte. Er kam allein wieder. Mac wartete, bis er die Luftschleuse geschlossen und seinen Helm zurückgeschoben hatte. »Probleme?«

»Mach dir keine Gedanken mehr um die Tragbahre, Skipper! Wir werden sie nicht brauchen.«

McIntyre sah ihn fragend an.

»Das ist mein Ernst«, fuhr Charlie fort. »Pop ist tot. Ich habe getan, was notwendig war.«

Ohne ein Wort bückte McIntyre sich und hob die breiten Skier auf, die man zum Wandern über die pulvrige Asche braucht. Charlie folgte seinem Beispiel. Dann hängten sie sich die Reserve-Luftflaschen über die Schulter und gingen durch die Luftschleuse hinaus.

Sie machten sich nicht die Mühe, die äußere Tür der Luftschleuse hinter sich zu schließen.

Die lange Wache

»Neun Schiffe starteten von der Mondbasis. Im Raum bildeten acht von ihnen eine Kugel um das kleinste. Diese Formation behielten sie auf dem ganzen Weg zur Erde bei.

Das kleine Schiff trug die Insignien eines Admirals, doch es befand sich kein lebendes Wesen in ihm. Es war nicht einmal ein Passagierschiff, sondern nur eine ferngesteuerte Hülle, ein für radioaktive Fracht bestimmtes Robotschiff. Auf diesem Flug trug es nichts als einen Bleisarg – und einen niemals verstummenden Geigerzähler.«

– aus dem Leitartikel
Zehn Jahre später,
Film 38. 17. Juni 2009.
Archiv der N. Y. *Times.*

1

Johnny Dahlquist blies Zigarettenrauch gegen den Geigerzähler. Er grinste schief und versuchte es noch einmal. Inzwischen war sein ganzer Körper radioaktiv. Schon sein Atem, der Rauch seiner Zigarette, konnte den Geigerzähler zum Kreischen bringen.

Wie lange war er jetzt hier? Zeit bedeutet nicht viel auf dem Mond. Zwei Tage? Drei? Eine Woche? Er ließ seine Gedanken zurückwandern: Das letzte zeitlich fixierte Ereignis in seinem Gedächtnis war, daß der stellvertretende Kommandeur ihn gleich nach dem Frühstück hatte rufen lassen.

»Lieutenant Dahlquist meldet sich beim stellvertretenden Kommandeur.«

Colonel Towers blickte auf. »Ah, John Ezra. Setzen Sie sich, Johnny! Zigarette?«

Johnny setzte sich, verwirrt, aber geschmeichelt. Er

bewunderte Colonel Towers wegen seiner Brillanz, seiner Fähigkeit zu dominieren und seiner Kampferfahrung. Johnny hatte keine Kampferfahrung; er war abkommandiert worden, seinen Doktor in Atomphysik zu machen, und war jetzt Zweiter Bombenoffizier der Mondbasis.

Der Colonel sprach über Politik, und Johnny wußte nicht recht, worauf er hinauswollte. Schließlich war Towers zur Sache gekommen. Es sei zu gefährlich, so sagte er, die Kontrolle der Welt in den Händen von Politikern zu lassen. Macht müsse von einer wissenschaftlich ausgesuchten Gruppe ausgeübt werden. Kurz gesagt – von der Patrouille.

Johnny war eher überrascht als entsetzt. Als abstrakte Idee klangen Towers Gedanken plausibel. Der Völkerbund war zerbrochen; was würde die Vereinten Nationen davor bewahren, ebenfalls zu zerbrechen, und so einen weiteren Weltkrieg verhindern? »Und Sie wissen, wie furchtbar ein solcher Krieg werden würde, Johnny.«

Johnny stimmte ihm zu. Towers sagte, es freue ihn, daß Johnny ihn verstanden habe. Der Erste Bombenoffizier könne die Arbeit allein tun, aber es sei besser, beide Spezialisten dabei zu haben.

Johnny richtete sich mit einem Ruck auf. »Sie haben vor, in dieser Sache etwas zu unternehmen?« Er hatte geglaubt, der stellvertretende Kommandeur theoretisiere nur.

Towers lächelte. »Wir sind keine Politiker; wir reden nicht nur. Wir handeln.«

Johnny stieß einen Piff aus. »Wann soll es losgehen?«

Towers legte einen Schalter um. Zu seiner Überraschung hörte Johnny seine eigene Stimme. Dann erkannte er, daß es die Aufnahme einer Unterhaltung in der Messe der unteren Offiziersdienstgrade war. Eine politische Diskussion, erinnerte er sich, die er ziemlich früh verlassen hatte. Aber daß er bespitzelt worden war, ärgerte ihn.

Towers schaltete ab. »Wir *haben* gehandelt«, sagte er. »Wir wissen, wer zuverlässig ist und wer nicht. Nehmen

Sie zum Beispiel Kelly ...« – er machte eine Handbewegung zum Lautsprecher hin – »Kelly ist politisch unzuverlässig. Sie haben bemerkt, daß er beim Frühstück nicht anwesend war?«

»Ich dachte, er habe Dienst.«

»Kelly wird nie wieder Dienst tun. Oh, keine Bange, es ist ihm nichts geschehen.«

Johnny dachte darüber nach. »Auf welcher Liste stehe ich?« erkundigte er sich. »Zuverlässig oder unzuverlässig?«

»Hinter Ihrem Namen steht ein Fragezeichen. Aber ich habe schon immer gesagt, auf Sie könne man sich verlassen.« Er grinste gewinnend. »Sie werden mich doch nicht Lügen strafen wollen, Johnny?«

Dahlquist antwortete nicht.

Towers fragte scharf: »Nun – was halten Sie davon? Sprechen Sie!«

»Also, wenn Sie mich fragen, dann haben Sie mehr abgebissen, als Sie kauen können. Es stimmt zwar, daß die Mondbasis die Erde kontrolliert, aber die Mondbasis selbst ist für ein Schiff eine sitzende Ente. Eine Bombe – und *peng!*«

Towers griff nach einem Nachrichtenformular und reichte es Johnny. Darauf stand: ICH HABE IHRE SAUBERE WÄSCHE – ZACK. »Das bedeutet, jede Bombe an Bord der *Trygve Lie* ist entschärft worden. Diese Meldung habe ich von jedem Schiff bekommen, über das wir uns Gedanken machen müssen.« Er stand auf. »Denken Sie darüber nach, und kommen Sie nach dem Lunch zu mir! Major Morgan braucht sofort Ihre Hilfe beim Ändern der Kontrollfrequenzen an den Bomben.«

»Der Kontrollfrequenzen?«

»Natürlich. Wir wollen doch nicht, daß die Bomben gestört werden, bevor sie ihre Ziele erreichen.«

»Was? Sie haben gesagt, der Gedanke dabei sei, einen Krieg zu *verhindern.*«

Towers wischte das beiseite. »Es wird keinen Krieg geben – nur eine psychologische Demonstration, eine oder zwei unbedeutende Städte. Ein kleiner Aderlaß, um uns einen alles vernichtenden Krieg zu ersparen. Ein einfaches Rechenexempel.«

Er legte Johnny die Hand auf die Schulter. »Sie sind nicht zimperlich, sonst wären Sie kein Bombenoffizier. Stellen Sie es sich als chirurgischen Eingriff vor! Und denken Sie an Ihre Familie!«

Johnny Dahlquist hatte an seine Familie gedacht. »Bitte, Sir, ich möchte den Kommandeur sprechen.«

Towers runzelte die Stirn. »Der Kommandeur ist nicht erreichbar. Wie Sie wissen, spreche ich für ihn. Kommen Sie wieder zu mir – nach dem Lunch!«

Der Kommandeur war in der Tat nicht zu erreichen, er war tot. Aber das wußte Johnny nicht.

Dahlquist kehrte in die Messe zurück, kaufte Zigaretten, setzte sich und rauchte eine. Er stand auf, drückte den Stummel aus und ging zur westlichen Luftschleuse der Basis. Dort stieg er in seinen Raumanzug und bat den Schleusenmeister: »Machen Sie auf, Smitty!«

Der Raumsoldat blickte überrascht drein. »Ich darf niemanden ohne Erlaubnis von Colonel Towers auf die Oberfläche hinauslassen, Sir. Haben Sie das noch nicht gehört?«

»O doch! Geben Sie mir Ihr Parolebuch.« Dahlquist nahm es, schrieb eine Genehmigung für sich selbst hinein und unterzeichnete sie: »Auf Anweisung von Colonel Towers.« Er sagte: »Besser, Sie rufen den stelltvertretenden Kommandeur an und überprüfen es.«

Der Schleusenmeister las die Genehmigung und steckte das Buch in die Tasche. »O nein, Lieutenant. Ihr Wort genügt mir.«

»Sie stören den stellvertretenden Kommandeur ungern, wie? Das kann ich Ihnen nicht verübeln.« Dahlquist trat ein, schloß die innere Tür und wartete, bis die Luft hinausgesaugt war.

Draußen auf der Mondoberfläche blinzelte er ins Licht und eilte zum Halteplatz der Gleisraketen; ein Wagen wartete. Er quetschte sich hinein, schloß die Kabinenhaube und drückte den Startknopf. Der Wagen raste auf die Berge zu, tauchte hindurch und kam auf einer Ebene wieder heraus, die mit Projektil-Raketen besetzt war wie ein Kuchen mit Kerzen. Gleich darauf ging es in einen zweiten Tunnel. Die Bremsung drehte Johnny den Magen um, und dann hielt der Wagen vor dem Atombomben-Arsenal, das tief unter der Oberfläche lag.

Dahlquist stieg aus und schaltete sein Walkie-Talkie ein. Der in einem Raumanzug steckende Wachtposten am Eingang fällte das Gewehr. Dahlquist sagte: »Morgen, Lopez«, und ging an ihm vorbei zur Luftschleuse. Er zog sie auf.

Der Posten scheuchte ihn zurück. »He! Niemand darf hier rein, wenn es der stellvertretende Kommandeur nicht erlaubt hat.« Er nahm das Gewehr in die andere Hand, fummelte in seinem Beutel und förderte ein Blatt Papier zu Tage. »Lesen Sie das, Lieutenant!«

Dahlquist winkte ab. »Ich habe diesen Befehl selbst ausgestellt. Lesen *Sie* ihn! Sie haben ihn falsch ausgelegt.«

»Wüßte nicht, wieso, Lieutenant.«

Dahlquist griff nach dem Papier, warf einen Blick darauf und wies auf eine Zeile. »Sehen Sie? ›*... ausgenommen vom stellvertretenden Kommandeur eigens beauftragte Personen.*‹ Das sind die Bomben-Offiziere, Major Morgan und ich.«

Der Wachtposten machte ein gequältes Gesicht. Dahlquist sagte: »Verdammt, schlagen Sie ›eigens beauftragt‹ nach – das finden Sie unter ›*Bombenraum, Sicherheit, Maßnahmen für die*‹ in Ihren Dauerbefehlen. Und jetzt erzählen Sie mir nicht, Sie hätten sie in der Unterkunft gelassen!«

»O nein, Sir! Ich habe sie hier.« Der Posten faßte in seinen Beutel. Dahlquist gab ihm das Blatt Papier zurück. Der Posten nahm es, zögerte, lehnte dann seine Waffe an die Hüfte, nahm das Papier in die linke Hand und kramte mit der rechten in seinem Beutel.

Dahlquist packte das Gewehr, steckte es dem Posten zwischen die Beine und zog. Er warf die Waffe weg und sprang in die Luftschleuse. Als er die Tür zuknallte, sah er, wie der Posten sich aufrappelte, nach seiner Handwaffe langte und schoß. Die Kugel traf die Tür. Dahlquist spürte ein Kribbeln in den Fingern.

Mit einem Satz war er an der inneren Tür, riß an dem Luftventilhebel, stürzte an die äußere *Tür zurück* und hängte sich mit seinem ganzen Gewicht an den Handgriff. Sofort spürte er, daß er sich bewegte. Der Posten drückte ihn hoch, der Lieutenant zog ihn nach unten, wobei ihn nur sein niedriges Mondgewicht verankerte. Langsam stieg der Handgriff vor seinen Augen in die Höhe.

Durch das Ventil rauschte Luft aus dem Bombenraum in die Schleuse. Dahlquists Vakuumanzug legte sich dem Körper an, als der Druck in der Schleuse sich dem Druck im Anzug anglich. Jetzt strengte er sich nicht länger an und ließ es zu, daß der Posten den Handgriff hob. Das spielte keine Rolle mehr; dreizehn Tonnen Luftdruck hielten die Tür geschlossen.

Er stellte die innere Tür zum Bombenraum fest, damit sie nicht zufallen konnte. Solange sie offenstand, war die Schleuse blockiert. Niemand konnte eintreten.

In dem Raum vor ihm lagerten die Atombomben, eine für jede Projektil-Rakete. Die Reihen waren weit genug voneinander entfernt, daß jede Möglichkeit einer spontanen Kettenreaktion ausgeschlossen war. Sie waren die tödlichsten Dinge im bekannten Universum, aber sie waren seine Babies. Er hatte sich selbst zwischen sie und jeden gestellt, der sie mißbrauchen konnte.

Aber jetzt, wo er hier war, hatte er keinen Plan, um seinen augenblicklichen Vorteil auszunützen.

Stotternd erwachte der Lautsprecher an der Wand zum Leben. »He! Lieutenant! Was geht hier vor? Sind Sie wahnsinnig geworden?« Dahlquist antwortete nicht. Je länger Lopez sich mit seiner Verwirrung herumschlug, desto länger brauchte er, um einen Entschluß zu fassen. Und Johnny Dahlquist brauchte so viele Minuten, wie er herausschinden konnte. Lopez protestierte noch eine Weile. Dann verstummte er.

Johnny war dem blinden Drang gefolgt, die Bomben – *seine* Bomben! – nicht für ›Demonstrationen an unwichtigen Städten‹ einsetzen zu lassen. Doch was sollte er als Nächstes tun? Jedenfalls hatte er es Towers unmöglich gemacht, durch die Schleuse zu kommen, Johnny würde hier drin bleiben, bis die Hölle zufror.

Mach dir nichts vor, John Ezra! Towers konnte herein. Irgendein wirksamer Sprengstoff gegen die Außentür – dann zischte die Luft hinaus, der liebe Johnny ertrank in dem Blut aus seinen geplatzten Lungen – und die Bomben waren immer noch unbeschädigt vorhanden. Sie waren dazu gebaut, den Sprung vom Mond zur Erde auszuhalten. Vakuum machte ihnen nichts aus.

Er entschloß sich, seinen Raumanzug anzubehalten. Der Gedanke an eine explosive Dekompression gefiel ihm gar nicht. Wenn er es sich überlegte, würde er am liebsten an Altersschwäche sterben.

Sie konnten aber auch ein Loch in die Tür bohren, die Luft herauslassen und die Tür öffnen, ohne die Schleuse zu beschädigen. Oder vielleicht ließ Towers sogar eine neue Schleuse vor der alten bauen. Nicht sehr wahrscheinlich, sagte Johnny sich; ein *coup d'état* hing von Schnelligkeit ab. Es war beinahe sicher, daß Towers die schnellste Methode wählen würde – das Sprengen. Und Lopez rief wahrscheinlich in diesem Augenblick die Basis an. Fünfzehn Minuten brauchte Towers, um einen Raumanzug anzulegen und herzukommen, dann eine kurze Verhandlung, ein Knall, und die Party war vorbei.

Fünfzehn Minuten ...

In fünfzehn Minuten konnten die Bomben in die Hände der Verschwörer fallen. Innerhalb von fünfzehn Minuten mußte er die Bomben unbrauchbar machen.

Eine Atombombe besteht aus nichts anderem als zwei oder mehr Stücken eines spaltbaren Metalls wie zum Beispiel Plutonium. Getrennt sind sie nicht explosiver als ein Pfund Butter. Werden sie aneinandergeschlagen, explodieren sie. Kompliziert sind daran nur die Instrumente und Schaltungen und Auslöser, die das Aneinanderschlagen auf die richtige Weise, zur richtigen Zeit und am richtigen Ort besorgen. Die Schaltung, das ›Gehirn‹ der Bombe, kann leicht zerstört werden, aber die Bombe selbst ist wegen ihrer Einfachheit schwer zu zerstören. Johnny entschied sich dafür, die ›Gehirne‹ zu zerschmettern – und zwar schnell!

Als Werkzeuge hatte er nur die einfachen Geräte zur Hand, die man zum Umgang mit den Bomben brauchte. Abgesehen von einem Geiger-Zähler, dem Lautsprecher der Walkie-Talkie-Verbindung und einer Fernsehleitung zur Basis war der Raum leer. Mußte an einer Bombe gearbeitet werden, wurde sie an einen anderen Ort gebracht, nicht aus Angst vor einer Explosion, sondern um die Strahlungsgefahr für das Personal zu reduzieren. Das radioaktive Material einer Bombe ist von einem ›Tamper‹ umhüllt. Bei diesen Bomben besteht er aus Gold. Gold hält Alpha-, Beta- und einen Großteil der tödlichen Gamma-Strahlen auf – aber keine Neutronen.

Die schlüpfrigen, giftigen Neutronen, die Plutonium abgibt, mußten entweichen können, oder es kam zu einer Kettenreaktion. Der Raum wurde in einem unsichtbaren, beinahe unbemerkbaren Neutronenregen gebadet. Es war ein ungesunder Ort. Die Vorschriften verlangten, sich darin so kurz wie möglich aufzuhalten.

Der Geiger-Zähler maß die ›Hintergrund‹-Strahlung, kosmische Strahlen, die Spuren von Radioaktivität in der Kruste des Mondes und die Sekundärstrahlung, die im ganzen Bombenraum durch die Neutronen entstand. Freie Neutronen haben die unangenehme Eigenschaft, alles, auf das sie treffen, zu infizieren und radioaktiv zu machen, sei es eine Betonwand oder ein menschlicher Körper. Dann würde der Raum aufgegeben werden müssen.

Dahlquist drehte einen Knopf an dem Geigerzähler, und das Klicken hörte auf. Er hatte einen Unterdrückungsschalter betätigt, um das Geräusch der ›Hintergrund‹-Strahlung auf dem augenblicklichen Niveau auszuschalten. Zu seinem Unbehagen erinnerte es ihn daran, wie gefährlich es war, sich hier aufzuhalten.

Er holte den Strahlungsdosisfilm hervor, den alle tragen mußten, die mit radioaktivem Material in Berührung kamen. Es war direkt reagierendes Material und war frisch gewesen, als er ankam. Das empfindlichste Ende war bereits schwach geschwärzt. Auf halber Strecke lief eine rote Linie quer über den Film. Wenn der Träger des Films sich im Verlauf einer Woche soviel Strahlung ausgesetzt hatte, daß der Film bis zu dieser Linie geschwärzt war, galt er theoretisch, wie Johnny einfiel, als toter Mann.

Er stieg aus dem hinderlichen Raumanzug; die Losung hieß Geschwindigkeit. Rasch die Arbeit tun und sich ergeben. Er wollte lieber ein Gefangener sein, als sich an einem so ›heißen‹ Ort wie diesem längere Zeit aufzuhalten.

Er schaltete die Fernsehkamera ab und nahm einen Ballhammer vom Werkzeugregal. Doch als er die Deckplatte des ›Gehirns‹ der ersten Bombe zerschmettern wollte, hielt er inne. Die Tat widerstrebte ihm. Sein ganzes Leben lang hatte er Achtung vor hochentwickelten Geräten gehabt.

Er überwand sich und schlug zu. Glas klirrte, Metall knirschte. Seine Stimmung schlug um. Jetzt empfand er ein schändliches Vergnügen an der Zerstörung. Er arbeitete mit Begeisterung, holte aus, ließ den Hammer niedersausen.

So eifrig war er bei der Sache, daß er es nicht gleich hörte, als sein Name gerufen wurde. »Dahlquist! Antworten Sie mir! Sind Sie da drin?«

Er wischte sich den Schweiß ab und blickte auf den Fernsehschirm. Towers bestürztes Gesicht starrte ihn daraus an.

Entsetzt stellte Johnny fest, daß er erst sechs Bomben zerstört hatte. Würde er festgenommen werden, bevor er fertig war? O nein! Er mußte fertig werden. Also galt es, Towers hinzuhalten. »Ja, Colonel? Sie haben mich gerufen?«

»Und ob! Was hat das zu bedeuten?«

»Es tut mir leid, Colonel.«

Towers Züge entspannten sich ein bißchen. »Schalten

Sie die Kamera ein, Johnny! Ich kann Sie nicht sehen. Was war das für ein Lärm?«

»Die Kamera ist eingeschaltet«, log Johnny. »Sie muß außer Betrieb sein. Der Lärm ... ah ... um Ihnen die Wahrheit zu sagen, Colonel, ich habe es so eingerichtet, daß hier niemand hereinkann.«

Towers zögerte. Dann erklärte er fest: »Ich will davon ausgehen, daß Sie krank sind, und Sie zum Sanitätsoffizier schicken. Aber Sie müssen sofort da herauskommen. Das ist ein Befehl, Johnny!«

Johnny antwortete langsam: »Das geht nicht sofort, Colonel. Ich bin hergekommen, um einen Entschluß zu fassen, und das ist mir noch nicht ganz gelungen. Sie sagten, ich solle nach dem Lunch zu Ihnen kommen.«

»Sie hätten in Ihrer Unterkunft bleiben sollen.«

»Jawohl, Sir. Aber ich dachte, ich solle bei den Bomben Wache halten für den Fall, daß ich zu dem Schluß käme, Sie hätten unrecht.«

»Es ist nicht Ihre Sache, darüber zu entscheiden, Johnny. Ich bin Ihr Vorgesetzter. Sie haben geschworen, mir zu gehorchen.«

»Jawohl, Sir.« Das war Zeitverschwendung; der alte Fuchs hatte vielleicht schon einen Stoßtrupp losgeschickt. »Aber ich habe auch geschworen, den Frieden zu bewahren. Könnten Sie herkommen und es mit mir besprechen? Ich möchte nicht das Falsche tun.«

Towers lächelte. »Eine gute Idee, Johnny. Warten Sie dort! Ich bin sicher, ich kann Sie zur Einsicht bringen.« Er schaltete ab.

»So«, sagte Johnny, »ich hoffe, ich habe dich überzeugt, daß ich ein Trottel bin, du schleimiger Schuft!« Entschlossen, die gewonnenen Minuten zu nützen, griff er wieder nach dem Hammer.

Gleich darauf hielt er inne. Ihm dämmerte, daß es nicht genügte, die ›Gehirne‹ zu zerschlagen. Es gab keine Ersatz-›Gehirne‹, aber eine gut ausgerüstete Elektronik-Werkstatt. Morgan konnte behelfsmäßige Kontrollschaltungen für die Bomben herstellen. Das hätte er selbst gekonnt, nicht meisterhaft, aber doch so, daß es funktionierte. Verdammt! Er mußte die Bomben selbst zerstören – und das in den nächsten zehn Minuten.

Aber eine Bombe ist ein solides Stück Metall, eingehüllt in einen schweren Tamper, das Ganze von einem starken Stahlmantel umgeben. Es war nicht zu schaffen – nicht in zehn Minuten.

Verdammt!

Natürlich gab es eine Möglichkeit. Er kannte die Kontrollschaltungen, und er wußte auch, wie sie zu überlisten waren. Wenn er den Sicherheitsstab entfernte, die Annäherungsschaltung löste, die Verzögerungsschaltung kurzschloß und die Auslöseschaltung mit der Hand wieder einschaltete, *das* losschraubte und *da* hineinlangte, konnte er die Bombe mit einem langen, steifen Draht zünden.

Das würde auch alle anderen Bomben und das Tal selbst hochgehen lassen.

Ebenso Johnny Dahlquist. Das war der Schönheitsfehler.

Noch während er darüber nachdachte, tat er es, bis auf das eigentliche Auslösen der Bombe. So vorbereitet, wirkte die Bombe bedrohlich, als ducke sie sich zum Sprung. Schwitzend stand er auf.

Ob er den Mut aufbringen würde? Er wollte sich nicht drücken – und hoffte, er werde sich drücken. Er griff in seine Jacke und holte das Foto von Edith und dem Baby hervor. »Mein Schatz«, sagte er, »wenn ich hier lebend herauskomme, werde ich nie mehr auch nur bei Rot über eine Kreuzung fahren.« Er küßte das Bild und steckte es wieder weg. Ihm blieb nichts zu tun übrig, als zu warten.

Was mochte Towers aufhalten? Johnny wollte sicher sein, daß Towers sich im Bereich der Explosion befand. Den Streich mußte er dem Schuft unbedingt spielen. Da saß er nun, bereit, seinen ehemaligen Vorgesetzten mit einer einzigen Handbewegung umzubringen. Der Gedanke amüsierte ihn und führte zu einem besseren: Warum sollte er sich selbst lebendig in die Luft jagen?

Es gab eine andere Methode – eine ›Totmann‹-Schaltung. Dazu mußte er eine Vorrichtung zusammenbasteln, bei der der letzte Schritt, die Auslösung der Bombe, solange nicht erfolgte, wie er die Hand auf einem Schalter oder Hebel oder dergleichen hielt. Wenn sie dann die Tür aufsprengten oder ihn erschossen, ging die Bombe hoch.

Noch besser: Wenn er sie mit dieser Drohung zurückhalten konnte, würde früher oder später Hilfe kommen. Johnny war überzeugt, daß die meisten Angehörigen der Patrouille nicht in diese stinkende Verschwörung verwickelt waren. Und dann: Johnny kehrt heim! Was für ein Wiedersehen! Er würde seinen Abschied nehmen und einen Lehrberuf ergreifen; er hatte seine Schuldigkeit getan.

Die ganze Zeit arbeitete er. Elektrisch? Nein, keine Zeit mehr. Eine einfache mechanische Verbindung genügte. Er hatte sie sich ausgeknobelt, aber gerade erst damit begonnen, sie zu bauen, als der Lautsprecher ihn rief. »Johnny?«

»Sind Sie das, Colonel?« Seine Hände arbeiteten weiter.

»Lassen Sie mich rein!«

»Tja, Colonel, das war nicht vereinbart.« Wo, zum Kuckuck, war etwas, das er als Hebel benutzen konnte?

»Ich werde allein kommen, Johnny, darauf gebe ich Ihnen mein Wort. Wir werden unter vier Augen miteinander reden.«

Sein Wort! »Wir können über Lautsprecher miteinander reden, Colonel.« Hallo, das war das Richtige – ein Zollstock, der an dem Werkzeugregal hing.

»Johnny, ich warne Sie. Lassen Sie mich ein, oder ich sprenge die Tür auf!«

Ein Draht – er brauchte einen Draht, ziemlich lang und steif. Er riß die Antenne von seinem Anzug. »Das werden Sie nicht tun, Colonel. Es würde die Bomben vernichten.«

»Vakuum schadet den Bomben nicht. Hören Sie auf, mich hinzuhalten!«

»Erkundigen Sie sich lieber bei Major Morgan. Vakuum schadet ihnen nicht, aber eine explosive

Dekompression zerstört die Schaltungen.« Der Colonel war kein Bombenspezialist; er verstummte für mehrere Minuten. Johnny arbeitete weiter.

»Dahlquist«, meldete Towers sich von neuem, »das war eine ungeschickte Lüge. Ich habe bei Morgan rückgefragt. Sie haben sechzig Sekunden, Ihren Anzug anzuziehen, falls Sie ihn nicht bereits tragen. Dann sprenge ich die Tür auf.«

»Nein, das werden Sie nicht tun!« entgegnete Johnny. »Haben Sie schon einmal von einer ›Totmann‹-Schaltung gehört?«

Jetzt noch ein Gegengewicht – und eine Schlinge.

»Wie? Was meinen Sie?«

»Ich habe Nummer siebzehn so umgebaut, daß sie von Hand ausgelöst werden kann. Aber es ist ein Trick dabei. Die Bombe wird nicht explodieren, solange ich einen Riemen, den ich in der Hand halte, nicht loslasse. Wenn mir irgend etwas zustößt, geht sie hoch. Sie sind ungefähr fünfzig Fuß vom Explosionszentrum entfernt. Denken Sie darüber nach!«

Eine kurze Pause trat ein. Dann: »Ich glaube Ihnen nicht.«

»Nein? Fragen Sie Morgan. Er wird mir glauben. Er kann es sich über die TV-Kamera ansehen.« Johnny band den Gürtel seines Raumanzugs an das Ende des Zollstocks.

»Sie haben gesagt, die Kamera sei außer Betrieb.«

»Da habe ich gelogen. Diesmal werde ich meine Behauptung beweisen. Sagen Sie Morgan, er soll mich anrufen.«

Bald darauf erschien Morgans Gesicht. »Lieutenant Dahlquist?«

»Heh, Stinky. Warten Sie eine Sekunde!« Mit großer Sorgfalt stellte Dahlquist eine letzte Verbindung her und hielt das Ende des Zollstocks dabei nach unten. Immer noch sehr behutsam verlagerte er seinen Griff auf den Gürtel, setzte sich auf den Fußboden, streckte den Arm aus und schaltete die Fernsehkamera an. »Können Sie mich sehen, Stinky?«

»Ich kann Sie sehen«, antwortete Morgan steif. »Was soll dieser Unsinn?«

»Ich habe eine kleine Überraschung vorbereitet.« Er erklärte es – welche Schaltungen er entfernt und welche er kurzgeschlossen hatte und wie die mechanische Vorrichtung funktionierte.

Morgan nickte. »Aber Sie bluffen, Dahlquist. Ich bin überzeugt, Sie haben die Verbindung zur ›K‹-Schaltung nicht unterbrochen. Den Mumm, sich selbst in die Luft zu jagen, haben Sie nicht.«

Johnny lachte vor sich hin. »Da haben Sie recht. Aber das ist ja das Schöne daran. Ich kann nicht in die Luft gehen, *solange ich lebe.* Wenn Ihr schmieriger Boß Ex-Colonel Towers die Tür aufsprengt, dann bin ich tot, und die Bombe explodiert. Mir wird das nichts mehr ausmachen, aber ihm. Sagen Sie ihm das lieber!« Er schaltete ab.

Towers meldete sich wieder. »Dahlquist?«

»Ich höre.«

»Es ist nicht notwendig, daß Sie Ihr Leben wegwerfen. Kommen Sie heraus, und Sie werden mit vollem Sold pensioniert! Sie können zu Ihrer Familie nach Hause zurückkehren. Das ist ein Versprechen!«

Johnny wurde wütend. »Halten Sie meine Familie heraus!«

»Denken Sie an sie, Mann!«

»Halten Sie die Schnauze! Kriechen Sie in Ihr Loch zurück! Ich muß mich kratzen, und da könnte Ihnen die ganze Chose ins Gesicht knallen!«

2

Johnny fuhr mit einem Ruck in die Höhe. Er war eingedöst. Seine Hand hatte die Schlinge nicht losgelassen, aber es schüttelte ihn, wenn er daran dachte.

Sollte er die Bombe entschärfen und sich darauf verlassen, daß sie es nicht wagen würden, ihn auszugraben? Aber Towers lag die Schlinge bereits wegen Landesverrat um den Hals, ihm war zuzutrauen, daß er es riskierte. Wenn er es tat und die Bombe entschärft war, wäre Johnny tot und Towers hätte die Bomben. Nein, er war soweit gegangen, und er wollte sein Töchterchen nicht in einer Diktatur aufwachsen lassen, nur um eine Mütze voll Schlaf zu erwischen.

Er hörte den Geigerzähler klicken, und ihm fiel ein, daß er den Unterdrückungsschalter betätigt hatte. Die Radioaktivität im Raum mußte steigen, weil er die ›Gehirn‹-Schaltungen zerschlagen hatte. Denn diese Schaltungen hatten zu lange zu nahe an Plutonium gelegen und waren infiziert. Johnny holte seinen Film hervor.

Die dunkle Zone wanderte auf die rote Linie zu.

Er steckte ihn wieder weg und sagte: »Junge, sieh nur zu, daß du aus dieser Sackgasse herauskommst, sonst wirst du leuchten wie ein Zifferblatt!« Das war nichts als eine Redensart; infiziertes tierisches Gewebe leuchtet nicht, es stirbt nur langsam.

Der Bildschirm wurde hell. Towers' Gesicht erschien. »Dahlquist? Ich möchte mit Ihnen reden.«

»Hauen Sie ab!«

»Ich gebe zu, daß Sie uns Unannehmlichkeiten bereiten.«

»Unannehmlichkeiten? Zum Teufel, ich habe Ihnen das Handwerk gelegt.«

»Ich habe soeben Maßnahmen getroffen, daß mir andere Bomben gebracht werden ...«

»Lügner.«

»... aber Sie verzögern unsere Aktionen. Ich mache Ihnen einen Vorschlag.«

»Kein Interesse.«

»Warten Sie! Wenn das vorbei ist, werde ich Chef der Weltregierung sein. Entschließen Sie sich jetzt noch zur Zusammenarbeit, dann ernenne ich Sie zu meinem ersten Administrator.«

Johnny sagte ihm, was er mit seinem Vorschlag

machen könne. Towers drängte: »Seien Sie nicht dumm! Was gewinnen Sie durch Ihren Tod?«

Johnny grunzte. »Towers, was sind Sie doch für ein Stinktier. Sie haben von meiner Familie gesprochen. Ich möchte sie lieber tot als unter einem zweitklassigen Napoleon wie Ihnen am Leben sehen. Jetzt gehen Sie weg! Ich muß nachdenken.«

Towers schaltete ab.

Johnny holte wieder seinen Film hervor. Er schien nicht dunkler geworden zu sein, aber er erinnerte ihn mit aller Macht daran, daß die Zeit ablief. Er hatte Hunger und Durst – und er konnte nicht für immer wachbleiben. Ein Schiff von der Erde bis hierher zu bringen, dauerte vier Tage. Und ihm blieben keine vier Tage mehr. Sobald die Schwärzung die rote Linie überschritt, war es um ihn geschehen.

Seine einzige Chance war, die Bomben so zu beschädigen, daß eine Reparatur in der Mondbasis nicht mehr möglich war, und aus dem Raum hinauszugelangen, bevor dieser Film noch viel dunkler wurde.

Er dachte über die Möglichkeiten nach und begann dann mit der Arbeit. Er hängte ein Gewicht an die Schlinge und band einen Strick daran.Er hoffte, falls Towers die Tür aufsprengte, konnte er den Aufbau noch einreißen, bevor er starb.

Sein Ziel ließ sich auf eine einfache, wenn auch mühselige Methode erreichen. Das Herz jeder Bombe bildeten die beiden Plutonium-Halbkugeln. Ihre ebenen Oberflächen waren glattpoliert, damit es beim Zusammenschlagen zu einem vollkommenen Kontakt kam. Ein geringeres Maß an Perfektion würde die Kettenreaktion verhindern, von der eine Atomexplosion abhängt.

Johnny begann, eine der Bomben auseinanderzunehmen.

Er mußte vier Klammern wegschlagen und dann den Glaskasten um das Kernstück zerbrechen. Abgesehen davon ließ sich die Bombe leicht in ihre Einzelteile zerlegen. Endlich hatte er zwei schimmernde, spiegelglatte Halbkugeln vor sich liegen.

Ein Schlag mit dem Hammer – und eine war nicht mehr spiegelglatt. Noch ein Schlag, und die zweite splitterte wie Glas. Er hatte die kristalline Struktur im genau richtigen Winkel getroffen.

Stunden später kehrte er todmüde zu der scharfen Bombe zurück. Er zwang sich, die Ruhe zu bewahren, und zerlegte mit extremer Vorsicht auch sie. Kurz darauf waren ihre silbernen Hemisphären ebenfalls zerschmettert. Im Raum befand sich keine einzige brauchbare Bombe mehr. Aber ein riesiges Vermögen an dem wertvollsten, giftigsten und tödlichsten Metall der bewohnten Welt lag auf dem Fußboden herum.

Johnny betrachtete das tödliche Zeug. »Rein in den Anzug und raus hier, Junge!« sagte er laut. »Was Towers wohl sagen wird?«

Er ging auf das Regal zu, um den Hammer aufzuhängen. Als er an dem Geigerzähler vorbeikam, begann dieser wie wild zu schnattern.

Auf Plutonium reagiert ein Geigerzähler kaum, wohl aber auf eine Sekundärinfektion von Plutonium. Johnny sah den Hammer an, hielt ihn dann nahe an den Geigerzähler. Der kreischte.

Johnny warf den Hammer hastig weg und ging zu seinem Anzug zurück.

Wieder schnatterte der Geigerzähler los. Johnny blieb abrupt stehen. Er hielt eine Hand an das Gerät. Sein Klicken ging in ein gleichmäßiges Brüllen über. Ohne sich von der Stelle zu rühren, faßte er in die Tasche und nahm seinen Strahlungsdosisfilm heraus.

Er war pechschwarz – vom einen Ende zum anderen.

3

In den Körper gelangtes Plutonium findet schnell ins Knochenmark. Nichts läßt sich dagegen unternehmen. Das Opfer ist erledigt. Neutronen schießen durch den

Körper, ionisieren Gewebe, wandeln Atome in radioaktive Isotope um, zerstören und töten. Die tödliche Dosis ist unglaublich klein. Eine Masse von einem Zehntel eines Körnchens Tafelsalz genügt vollauf, und so wenig kann durch den winzigsten Kratzer eindringen. Bei dem historischen ›Manhattan-Projekt‹ wurde sofortige, hoch angesetzte Amputation als die einzig mögliche Erste-Hilfe-Maßnahme betrachtet.

Johnny wußte das alles, doch es störte ihn nicht mehr. Er saß auf dem Fußboden, rauchte eine aufgesparte Zigarette und dachte nach. Die Ereignisse seiner langen Wache gingen ihm durch den Kopf.

Er blies ein Rauchwölkchen gegen den Geigerzähler und lächelte geistesabwesend, als er ihn lauter schnattern hörte. Inzwischen war sogar sein Atem ›heiß‹ – Karbon 14, nahm er an, aus seinem Blutkreislauf als Kohlendioxid ausgeatmet. Es spielte keine Rolle mehr.

Jetzt war es sinnlos geworden, sich zu ergeben, und er gönnte Towers auch die Genugtuung nicht. Nein, er würde seine Wache hier beenden. Außerdem konnte er, indem er seinen Bluff aufrechterhielt, Towers und seine Kumpane daran hindern, sich das Rohmaterial für die Bombenherstellung anzueignen. Auf lange Sicht mochte das wichtig sein.

Er wunderte sich gar nicht darüber, daß er nicht unglücklich war. Wie süß war es, überhaupt keine Sorgen mehr zu haben! Er hatte keine Schmerzen, er hatte es nicht unbequem, er hatte nicht einmal mehr Hunger. Körperlich fühlte er sich immer noch ausgezeichnet, und seine Seele hatte Frieden. Er war tot – er wußte, daß er tot war, und doch war er eine Zeitlang noch fähig umherzugehen und zu atmen und zu sehen und zu fühlen.

Er war nicht einmal einsam. Er war nicht allein, es waren Kameraden bei ihm: Der Junge mit dem Finger im Deich, Colonel Bowie, der zu krank zum Gehen war, aber darauf bestand, in die Schußlinie getragen zu werden, der sterbende Captain der *Chesapeake* mit dem unsterblichen Kampfruf auf den Lippen, Rodger Young, der in die Finsternis spähte. Sie versammelten sich um ihn in dem düsteren Bombenraum. Und natürlich war Edith da. Sie war die einzige, derer er sich bewußt war. Johnny wünschte, er könne ihr Gesicht deutlicher sehen. War sie böse? Oder stolz und glücklich?

Stolz, aber unglücklich – jetzt sah er sie besser, und er spürte sogar ihre Hand. Er hielt ganz still.

Dann war seine Zigarette bis zu den Fingern heruntergebrannt. Er zog ein letztes Mal daran, blies den Rauch gegen den Geigerzähler und drückte sie aus. Es war seine letzte gewesen. Er sammelte mehrere Kippen und drehte sich eine Selbstgemachte mit einem Stück Papier, das er in einer Tasche fand. Er zündete sie sorgfältig an, lehnte sich zurück und wartete darauf, daß Edith sich wieder zeigte. Er war sehr glücklich.

Er lehnte immer noch an der Bombenhülle, die letzte der selbstgedrehten Zigaretten kalt an seiner Seite, als der Lautsprecher wieder zum Leben erwachte. »Johnny? He, Johnny! Kannst du mich hören? Hier ist Kelly. Es ist alles vorbei. Die *Lafayette* ist gelandet, und Towers hat sich eine Kugel in den Kopf geschossen. Johnny? *Antworte mir!*«

Sie öffneten die äußere Tür, und der erste Mann, der eintrat, hielt einen Geigerzähler an einer langen Stange vor sich hin. Auf der Schwelle blieb er stehen und zog sich hastig zurück. »He, Chef!« rief er. »Wir brauchen die Spezialausrüstung – und einen Bleisarg.«

Vier Tage brauchten das kleine Schiff und seine Eskorte bis zur Erde. Vier Tage, in denen alle Menschen der Erde auf seine Ankunft warteten. Achtundneunzig Stunden lang gab es im Fernsehen keine von einem Sponsor finanzierte Sendung. Statt dessen erklang ununterbrochen Trauermusik – der Totenmarsch *aus dem* Walhalla-Thema, Going Home *und* das Landing Orbit *der Patrouille.*

Die neun Schiffe landeten auf dem Raumhafen von Chicago. Ein ferngesteuerter Traktor holte den Sarg aus dem kleinen Schiff. Dann wurde das Schiff aufgetankt und auf eine Bahn gebracht, die es aus dem Sonnensystem hinausschleuderte.

Niemals wieder würde es für einen profanen Zweck benutzt werden.

Die Trauermusik begleitete auch den Traktor auf seiner Fahrt nach der Stadt in Illinois, wo Lieutenant Dahlquist geboren worden war. Dort wurde der Sarg innerhalb einer Abgrenzung, die den sicheren Abstand markierte, auf ein Piedestal gestellt. Raumsoldaten hielten mit nach unten gerichteten Waffen und gesenkten Köpfen ringsherum Wache. Die Menschenmengen blieben außerhalb dieses Kreises. Und immer noch spielte die Trauermusik.

Als genug Zeit verstrichen war – und da waren die aufgehäuften Blumen lange, lange verwelkt –, wurde der Bleisarg in Marmor eingeschlossen, wie man ihn noch heute sehen kann.

Nehmen Sie Platz, meine Herren!

Um den Mond zu kolonisieren, braucht man Menschen, die sowohl an Agoraphobie als auch an Klaustrophobie leiden. Oder sagen wir, sie müssen sowohl agoraphil als auch klaustrophil sein, denn Männer, die in den Raum hinausziehen, sollten besser keine Phobien haben. Wenn irgend etwas auf einem Planeten, in einem Planeten oder in den leeren Bereichen um den Planeten einem Mann Angst einjagt, sollte er bei Mutter Erde bleiben. Ein Mann, der sich seinen Lebensunterhalt fern der *terra firma* verdient, muß bereit sein, sich in ein enges Raumschiff zwängen zu lassen, wohl wissend, daß es sein Sarg werden kann, und doch darf ihn die Leere des weit offenen Raums selbst nicht erschüttern. Raumfahrer – Männer, die im Raum arbeiten, Piloten und Raketenleute und Astrogatoren und solche – lieben ein paar Millionen Meilen Ellbogenfreiheit.

Andererseits müssen Mond-Kolonisten von der Art sein, die sich in unterirdischen Bauen so gemütlich fühlt wie die Maulwürfe.

Bei meinem zweiten Flug nach Luna City suchte ich das Richardson-Observatorium auf, um mir das Große Auge anzusehen und Material für eine Story zu sammeln, mit der ich meinen Urlaub finanzieren konnte. Ich zeigte meinen Presseausweis vor und raspelte ein bißchen Süßholz, und am Ende führte mich der Zahlmeister herum. Wir gingen zum Nordtunnel hinaus, der damals gerade bis zum Standort des geplanten Koronoskop vorgetrieben wurde.

Es war eine langweilige Fahrt. Wir bestiegen einen Scooter, fuhren einen jedes Merkmal entbehrenden Tunnel hinunter, stiegen ab, gingen durch eine Schleuse, bestiegen einen zweiten Scooter und begannen das Gleiche von vorn. Mr. Knowles vertrieb uns die Zeit mit Verkaufsgesprächen. »Das ist nur vorläufig«, erklärte er.

»Wenn der zweite Tunnel fertig ist, werden wir eine Querverbindung herstellen, die Luftschleusen herausnehmen, in diesem Tunnel hier einen nach Norden, in dem anderen einen nach Süden führenden Gleitbürgersteig einbauen, und dann können Sie die Strecke in weniger als drei Minuten zurücklegen. Genau wie in Luna City – oder auf Manhattan.«

»Warum nehmen Sie die Luftschleusen nicht jetzt schon heraus?« erkundigte ich mich, als wir wieder eine betraten. Es mochte die siebte sein. »Bis hierher ist der Druck doch der gleiche auf beiden Seiten jeder Schleuse.«

Knowles sah mich komisch an. »Sie würden eine Eigentümlichkeit dieses Planeten doch nicht zu einem Sensationsartikel ausschlachten?«

Das verdroß mich. »Hören Sie, ich bin so zuverlässig wie jeder andere Wortmechaniker. Aber wenn irgend etwas an diesem Projekt nicht koscher ist, lassen Sie uns auf der Stelle umkehren und die Sache vergessen. Eine Zensur würde ich mir nicht gefallen lassen.«

»Immer mit der Ruhe, Jack!« meinte er sanftmütig. Zum ersten Mal benutzte er meinen Vornamen. Ich nahm es unter Vorbehalt zur Kenntnis. »Niemand wird zensieren, was Sie schreiben. Wir freuen uns, wenn wir euch Journalisten gefällig sein können, aber der Mond hat schon zuviel schlechte Presse gehabt – und das unverdient.«

Ich schwieg.

»Jedes Bauvorhaben hat seine eigenen Risiken«, fuhr er fort, »und auch seine Vorteile. Unsere Leute bekommen keine Malaria, und sie brauchen nicht auf Klapperschlangen Obacht zu geben. Ich kann Ihnen Statistiken zeigen, die beweisen, daß es ungefährlicher ist, ein Tunnelbauer auf dem Mond als ein Registrator in Des Moines zu sein – alles in allem betrachtet. Zum Beispiel haben wir im Mond kaum Knochenbrüche, weil die Schwerkraft so gering ist. Dagegen setzt der Registrator aus Des Moines jedesmal sein Leben aufs Spiel, wenn er in seine Badewanne steigt oder sie verläßt.«

»Okay, okay«, unterbrach ich, »also der Arbeitsplatz ist sicher. Wo ist der Haken?«

»Er *ist* sicher. Übrigens, die Statistiken stammen nicht von unserer Firma und auch nicht von der Handelskammer Luna City, sondern von Lloyd in London.«

»Also behalten Sie überflüssige Luftschleusen bei. Warum?«

Er zögerte, bevor er antwortete: »Beben.«

Beben. Erdbeben – ich meine, Mondbeben. Mein Blick streifte die vorbeigleitenden gekurvten Wände, und ich wünschte mir, in Des Moines zu sein. Niemand möchte lebendig begraben werden, aber wenn das im Mond passiert – nun, dann hat man keine Chance mehr. Ganz gleich, wie schnell sie einen herausholen, die Lungen wären geplatzt. Keine Luft.

»Sie ereignen sich nicht sehr oft«, versicherte Knowles. »Aber wir müssen darauf vorbereitet sein. Denken Sie daran, die Erde hat die achtzigfache Masse des Mondes, so daß die Gezeiten hier achtzigmal so stark sind wie bei der Wirkung des Mondes auf die Erde.«

»Na, na!« sagte ich. »Es gibt kein Wasser auf dem Mond. Wie kann es da Gezeiten geben?«

»Gezeiten gibt es auch ohne Wasser. Zerbrechen Sie sich nicht den Kopf darüber, akzeptieren Sie es einfach! Die Folge sind unausgeglichene Drücke. Und die können Beben hervorrufen.«

Ich nickte. »Verstehe. Da alles im Mond luftdicht verschlossen zu sein hat, müssen Sie auf der Hut vor Beben sein. Diese Schleusen sollen Ihre Verluste in Grenzen halten.« Langsam sah ich mich schon als einen der Verluste.

»Ja und nein. Natürlich würden die Luftschleusen die Folgen eines Unfalls, sollte es einen geben, einschränken. Doch es wird keinen geben. Dieser Ort ist *sicher.* Erstens einmal erlauben die Schleusen uns, an einem nicht unter Druck gesetzten Abschnitt des Tunnels zu arbeiten, ohne daß es in den übrigen Abschnitten Störungen gibt. Aber sie sind mehr als das. Jede einzelne funktioniert zeitweilig als Dehnungsfuge. Man kann eine kompakte Struktur zusammenbinden und sie ein Beben abreiten lassen. Ein Bauwerk, das so lang wie dieser Tunnel ist, muß jedoch nachgeben, oder es wird ein Leck bekommen. Es ist schwierig, im Mond eine flexible Versiegelung herzustellen.«

»Was haben Sie gegen Gummi?« fragte ich. Ich war so nervös, daß ich Streit suchte. »Zu Hause habe ich einen Bodenwagen, der zweihunderttausend Meilen gefahren ist. Und doch habe ich die Reifen nicht berührt, seit sie in Detroit versiegelt worden sind.«

Knowles seufzte. »Ich hätte einen der Ingenieure mitnehmen sollen, Jack. Die flüchtigen Bestandteile, die Gummi weich halten, kochen im Vakuum aus, und das Gummi wird hart. Das Gleiche gilt für flexibles Plastikmaterial. Wenn man es niedrigen Temperaturen aussetzt, wird es so zerbrechlich wie Eierschalen.«

Währenddessen hielt der Scooter an, und wir stiegen gerade rechtzeitig aus, um ein halbes Dutzend Männer aus der nächsten Luftschleuse kommen zu sehen. Sie trugen Raumanzüge oder, richtiger gesagt, Druckanzüge, denn sie hatten Schlauchverbindungen statt Sauerstoffflaschen und keine Sonnenvisiere. Die Helme waren zurückgeklappt, und sie hatten den Kopf durch den geöffneten Reißverschluß an der Vorderseite des Anzugs gesteckt. Das sah ganz merkwürdig aus, als hätten sie zwei Köpfe. Knowles rief: »He, Konski!«

Einer der Männer drehte sich um. Er muß sechs Fuß zwei Zoll groß gewesen sein, und er war dick für seine Größe. Ich schätzte ihn auf dreihundert Pfund, Erdgewicht. »Das ist ja Mr. Knowles!« rief er glücklich. »Erzählen Sie mir bloß nicht, ich hätte Lohnerhöhung bekommen!«

»Sie verdienen jetzt schon zuviel Geld, Fatso. Schütteln Sie Jack Arnold die Hand. Jack, das ist Fatso Konski, der beste Tunnelbauer auf vier Planeten.«

»Nur vier?« fragte Konski. Er streckte den rechten Arm aus dem Anzug und legte seine bloße Hand in meine. Ich sagte, ich freute mich, ihn kennenzulernen, und versuchte, ihm meine Hand zu entziehen, bevor er sie zerquetscht hatte.

»Jack Arnold möchte gern sehen, wie ihr diese Tunnel versiegelt«, erklärte Knowles. »Kommen Sie mit!«

Konski richtete den Blick nach oben. »Da Sie gerade darauf zu sprechen kommen, Mr. Knowles, meine Schicht ist zu Ende.«

Knowles sagte: »Fatso, Sie sind geldgierig und dazu noch wenig gastfreundlich. Okay – hundertfünfzig Prozent.« Konski drehte sich um und begann, die Luftschleuse zu öffnen.

Der Tunnel dahinter sah fast ebenso aus wie der Abschnitt, den wir verlassen hatten, außer daß er keine Scooter-Gleise hatte und die Lampen provisorisch angebracht waren. Zweihundert Fuß weiter entfernt war der Tunnel durch ein Schott mit einer runden Tür blockiert. Der dicke Mann folgte meinem Blick. »Das ist die transportable Schleuse«, informierte er mich. »Gleich dahinter graben wir. Da ist keine Luft.«

»Kann ich die Stelle ansehen?«

»Nur wenn wir umkehren und einen Anzug für Sie holen.«

Ich schüttelte den Kopf. In dem Tunnel befanden sich vielleicht ein Dutzend blasenähnliche Gebilde, die in Größe und Form Kinderluftballons glichen. Sie schienen genau ihr eigenes Gewicht an Luft zu verdrängen, denn sie schwebten, ohne viel Neigung zum Steigen oder Niedersenken zu zeigen. Konski schlug einen aus dem Weg und beantwortete meine Frage, bevor ich sie stellen konnte. »Dieses Tunnelstück ist heute unter Druck gesetzt worden. Die Ballons suchen nach zufälligen Lecks. Ihre Innenseite ist klebrig. Sie werden von einem Leck angesaugt und platzen; der Kleister gefriert und versiegelt die Stelle.«

»Und das ist die ganze Reparatur?« wollte ich wissen.

»Sie machen wohl Witze! Das zeigt dem Ausputzer nur, wo er zu schweißen hat.«

»Zeigen Sie ihm eine flexible Verbindung!« befahl Knowles.

»Da haben wir eine.« Wir blieben auf halbem Weg den Tunnel hinunter stehen, und Konski wies auf ein Ringsegment, das den röhrenförmigen Tunnel völlig einschloß. »Wir bauen alle hundert Fuß so ein Ding ein. Es besteht aus Glasfasergewebe und ist an die beiden benachbarten Stahlsektionen angeflanscht. Das gibt dem Tunnel ein gewisses Maß an Elastizität.«

»Glasfasergewebe? Das soll luftdicht sein?« wunderte ich mich.

»Das Gewebe nicht, es verstärkt nur. Wir nehmen zehn Lagen Gewebe, zwischen denen Silikon-Fett verteilt wird. Es wird allmählich von außen nach innen schlecht, aber bevor man eine weitere Schicht anbringen muß, dauert es doch fünf Jahre oder länger.«

Ich fragte Konski, wie ihm seine Arbeit gefalle, und dachte dabei, es werde vielleicht eine Story herausspringen. Er hob die Schultern. »Nichts dagegen einzuwenden. Nur eine Atmosphäre Druck. Als ich dagegen Caisson-Arbeiter unter dem Hudson war . . .«

»Und ein Zehntel dessen, was Sie hier bekommen, verdienten«, warf Knowles ein.

»Mr. Knowles, Sie betrüben mich«, protestierte Konski. »Es geht nicht ums Geld, es geht um die Kunst. Nehmen Sie die Venus. Auf der Venus wird ebensogut bezahlt, und ein Mann muß auf Draht sein. Der Dreck ist so locker, daß er gefroren werden muß. Da braucht man echte Caisson-Männer. Die Hälfte der Punker hier sind nichts weiter als Bergarbeiter; ein Fall von Caisson-Krankheit würde sie vor Angst um den Verstand bringen.«

»Erzählen Sie ihm doch, warum Sie die Venus verlassen haben, Fatso.«

Konski hüllte sich in Würde. »Sollen wir uns den transportablen Schild ansehen, meine Herren?« fragte er.

Wir trödelten noch eine Weile herum, und ich wäre allmählich gern umgekehrt. Viel zu sehen gab es nicht, und je mehr ich von diesem Ort sah, desto weniger gefiel er mir. Konski öffnete die Tür der Schleuse, durch die wir gekommen waren, als etwas geschah.

Ich lag auf Händen und Knien, und es war stockfinster. Vielleicht habe ich geschrien – ich weiß es nicht. In meinen Ohren dröhnte es. Ich stand mühsam auf und blieb dann, wo ich war. Es war das dunkelste Dunkel, das ich je gesehen hatte, absolute Schwärze. Ich glaubte, ich sei blind geworden.

Der Strahl einer Taschenlampe durchschnitt die Dunkelheit, leuchtete mich an und wanderte weiter. »Was war das?« rief ich. »Was ist geschehen? War es ein Beben?«

»Hören Sie auf zu brüllen«, antwortete mir Konskis gleichmütige Stimme. »Das war kein Beben, es war irgendeine Explosion. Mr. Knowles, sind Sie in Ordnung?«

»Ich glaube, ja.« Er rang nach Atem. »Was ist passiert?«

»Weiß nicht. Sehen wir uns ein bißchen um.« Konski stocherte mit dem Lichtstrahl im Tunnel herum. Er pfiff leise. Die Taschenlampe war von der Sorte, die gepumpt werden muß. Sie flackerte.

»Sieht dicht aus, aber ich höre – oh, oh! Junge, Junge!« Der Strahl richtete sich auf einen Punkt der flexiblen Verbindung dicht über dem Fußboden.

Die Ballons sammelten sich an diesem Fleck. Drei waren bereits dort, und andere trieben langsam näher. Vor unseren Augen platzte einer und verwandelte sich in eine klebrige Masse, die das Leck markierte.

Das Loch saugte den geplatzten Ballon auf und begann zu zischen. Ein zweiter rollte sich darüber, wackelte ein bißchen herum und platzte dann auch. Diesmal dauerte es ein bißchen länger, bis das Leck die gummiartige Masse absorbiert und verschluckt hatte.

Konski reichte mir die Taschenlampe. »Immer feste pumpen, Junge.« Er wand seinen rechten Arm aus dem Anzug und legte die bloße Hand auf die Stelle, wo in diesem Augenblick ein dritter Ballon platzte.

»Wie steht's, Fats?« fragte Mr. Knowles.

»Ich weiß nicht recht. Fühlt sich an wie ein Loch von der Größe meines Daumens. Saugt wie der Teufel.«

»Wie konnte es zu einem solchen Loch kommen?«

»Keine Ahnung. Vielleicht hat sich etwas von außen durchgebohrt.«

»Ist das Leck jetzt zu?«

»Ich glaube schon. Gehen Sie zurück, und überprüfen Sie die Anzeige. Jack, geben Sie ihm die Lampe!«

Knowles trabte zur Luftschleuse zurück. Gleich darauf rief er: »Druck stabil!«

»Können Sie die Feineinstellung erkennen?« fragte Konski.

»Ja. Völlig stabil.«

»Wieviel haben wir verloren?«

»Nicht mehr als ein oder zwei Pfund. Wie war der Druck vorher?«

»Erdnormal.«

»Dann ist er um ein Pfund und vier Zehntel gesunken.«

»Nicht schlecht. Gehen Sie noch ein Stück weiter, Mr. Knowles. Im nächsten Abschnitt, gleich hinter der Schleuse, steht ein Werkzeugkasten. Bringen Sie mir einen Flicken Nummer drei oder größer mit!«

»Gut.« Wir hörten, wie die Tür geöffnet wurde und zufiel, und von neuem befanden wir uns in völliger Dunkelheit. Ich muß irgendeinen Laut von mir gegeben haben, denn Konski riet mir, die Ohren steifzuhalten.

Dann hörten wir die Tür, und das gesegnete Licht zeigte sich wieder. »Haben Sie's?« fragte Konski.

»Nein, Fatso. Nein ...« Knowles' Stimme bebte. »Es ist keine Luft auf der anderen Seite. Die zweite Tür ließ sich nicht öffnen.«

»Vielleicht verklemmt?«

»Nein, ich habe auf dem Manometer nachgesehen. Im nächsten Abschnitt ist kein Druck.«

Konski pfiff. »Sieht aus, als müßten wir warten, bis man uns holen kommt. In dem Fall – richten Sie das Licht auf mich, Mr. Knowles. Jack, helfen Sie mir aus dem Anzug!«

»Was haben Sie vor?«

»Wenn ich keinen Flicken bekommen kann, muß ich einen machen, Mr. Knowles. Dieser Anzug ist das einzige Material, das ich habe.« Ich half ihm dabei. Das war eine mühevolle Arbeit, weil er die Hand auf dem Leck liegenlassen mußte.

»Sie können mein Hemd in das Loch stopfen«, schlug Knowles vor.

»Lieber möchte ich Wasser mit einer Gabel schöpfen. Es muß der Anzug sein. Nichts anderes hält den Druck.« Als er aus dem Anzug heraus war, wies er mich an, einen Teil des Rückens glattzustreichen. Dann zog er die Hand weg, und ich klatschte den Anzug über das Leck. Sofort setzte Konski sich darauf. »So«, stellte er glücklich fest, »wir haben es verkorkt. Jetzt können wir nur noch warten.«

Ich wollte ihn schon fragen, warum er sich nicht gleich in dem Anzug auf das Leck gesetzt habe, doch dann fiel mir ein, daß der Hosenboden des Anzugs mit einem gerippten Material isoliert war. Er brauchte aber ein glattes Stück, um damit die von den Ballons übriggebliebene klebrige Masse abzudichten.

»Zeigen Sie mir Ihre Hand«, befahl Knowles.

»Es ist nichts.« Aber Knowles sah sie sich trotzdem an. Ich warf einen Blick darauf, und mir wurde übel. Er hatte auf der Handfläche einen Flecken wie ein Stigma, eine Wunde, aus der Blut tröpfelte. Knowles stellte aus seinem Taschentuch eine Kompresse her und benutzte meins, um sie festzubinden.

»Ich danke Ihnen, meine Herren«, erklärte Konski und setzte hinzu: »Wir müssen die Zeit totschlagen. Wie wäre es mit einem Pinochle-Spielchen?«

»Mit Ihren Karten?« fragte Knowles.

»Aber Mr. Knowles! Na, lassen wir das. Für Zahlmeister schickt es sich sowieso nicht, zu spielen. Da wir gerade von Zahlmeistern sprechen, es ist Ihnen doch klar, daß dies Arbeit unter vermindertem Druck ist, Mr. Knowles?«

»Bei einem Pfund und vier Zehnteln unter Erde – normal?«

»Ich bin sicher, die Gewerkschaft würde es als Arbeit unter vermindertem Druck ansehen – in anbetracht der Umstände.«

»Und wenn *ich* mich auf das Leck setze?«

»Der Tarif gilt auch für die Hilfskräfte.«

»Okay, Gierschlund – dreifache Bezahlung.«

»Das klingt schon eher nach Ihrer großzügigen Art, Mr. Knowles. Ich hoffe wirklich, wir müssen hübsch lange warten.«

»Wie lange wird es Ihrer Schätzung nach denn dauern, Fatso?«

»Nun, sie werden nicht mehr als eine Stunde brauchen, auch wenn sie bis von Richardson kommen müssen.«

»Hmmm ... Wie kommen Sie auf den Gedanken, daß man nach uns suchen wird?«

»Hä? Weiß Ihr Büro nicht, wo Sie sind?«

»Leider nicht. Ich habe gesagt, ich käme heute nicht mehr zurück.«

Konski dachte darüber nach. »Ich bin nicht an der Stechuhr gewesen. Man wird wissen, daß ich noch drin bin.«

»Klar – morgen früh, wenn Ihre Karte nicht in meinem Büro auftaucht.«

»Da ist dieser Knallkopf am Tor. Er wird wissen, daß er drei zusätzliche Leute eingelassen hat.«

»Hoffentlich denkt er daran, es seiner Ablösung zu erzählen. Und hoffentlich sitzt er nicht ebenfalls fest.«

»Ja«, meinte Konski nachdenklich. »Jack, hören Sie lieber auf, die Taschenlampe zu pumpen. Sie verbrauchen nur zusätzlichen Sauerstoff.«

Ziemlich lange Zeit saßen wir da in der Dunkelheit und rätselten, was passiert sein mochte. Konski war überzeugt, es sei eine Explosion gewesen. Knowles sagte, ihn erinnere es daran, wie er einmal eine Frachtrakete beim Start habe abstürzen sehen. Als die Unterhaltung langsam einschlief, erzählte Konski ein paar Geschichten. Ich versuchte, auch eine zu erzählen, aber ich war so nervös – so voller Angst, sollte ich sagen –, daß ich nicht mehr auf die Pointe kam. Ich hätte losschreien mögen.

Nach einer langen Pause sagte Konski: »Jack, machen Sie noch einmal Licht. Ich habe mir etwas überlegt.«

»Was denn?« fragte Knowles.

»Wenn wir einen Flicken hätten, könnten Sie meinen Anzug anziehen und Hilfe holen.«

»Wir haben keinen Sauerstoff für den Anzug.«

»Darum habe ich an Sie gedacht, Mr. Knowles. Sie sind der Kleinste, und es wird im Anzug selbst genug Sauerstoff sein, um Sie durch den nächsten Abschnitt zu bringen.«

»Nun – okay. Was wollen Sie als Flicken benutzen?«

»Ich setz' mich drauf.«

»Wie?«

»Dieses große, breite, runde Ding, auf dem ich sitze. Ich werde meine Hose ausziehen. Wenn ich einen meiner Schinken gegen das Loch drücke, garantiere ich dafür, daß es absolut luftdicht versiegelt ist.«

»Aber – nein, Fats, das geht nicht. Denken Sie daran, was mit Ihrer Hand passiert ist. Das Blut wird durch die Haut dringen, und Sie werden sich zu Tode bluten, bevor ich zurückkommen kann.«

»Ich wette mit Ihnen zwei zu eins, ich verblute nicht. Na, sagen wir, fünfzig zu fünfzig.«

»Und wenn ich gewinne, wie soll ich dann kassieren?«

»Sie sind mir ein Schlauberger, Mr. Knowles. Aber im Ernst, ich bin mit zwei oder drei Zoll Fett gepolstert. Ich würde nicht viel bluten. Das gibt einen Fleck wie ein rotes Muttermal, mehr nicht.«

Knowles schüttelte den Kopf. »Es ist nicht notwendig. Wenn wir uns ruhig verhalten, haben wir genug Luft für mehrere Tage.«

»Um die Luft geht es nicht, Mr. Knowles. Haben Sie nicht gemerkt, daß es kühl wird?«

Ich hatte es bemerkt, aber ich hatte mir weiter keine Gedanken darüber gemacht. In meinem Elend kam es mir ganz angemessen vor, zu frieren. Jetzt begriff ich. Wenn wir von der Stromversorgung abgeschnitten waren, hatten wir auch keine Heizung mehr. Es würde immer kälter und kälter ... und kälter werden.

Das sah auch Mr. Knowles ein. »Okay, Fats. Fangen wir an!«

Ich setzte mich auf den Anzug, während Konski sich fertigmachte. Er zog sich die Hose aus, schnappte sich einen der Ballons, ließ ihn platzen und schmierte sich den klebrigen Inhalt auf seine rechte Hinterbacke. Dann wandte er sich mir zu. »Okay, Junge – hoch von dem Nest!« Wir vollzogen den Wechsel schnell, ohne viel Luft zu verlieren, obwohl das Leck wütend zischte. »Bequem wie ein Lehnstuhl, Leute.« Konski grinste. Knowles beeilte sich, den Anzug anzulegen, und ging. Die Taschenlampe nahm er mit. Wir waren wieder im Dunkeln.

Nach einer Weile hörte ich Konskis Stimme. »Können Sie Schach spielen, Jack? Das geht auch im Dunkeln.«

»Ja – ich meine, ich kann Schach spielen.«

»Ein schönes Spiel. Ich habe es immer in der Dekompressionskammer gespielt, als ich unter dem Hudson arbeitete. Was sagen Sie zu einem Einsatz von zwanzig, nur um es spannend zu machen?«

»Wie? Ach so, gut.« Von mir aus hätte er um tausend wetten können, mir war es egal.

»Fein. Königsbauer nach E3.«

»Äh- Königsbauer nach E5.«

»Ziemlich konventionell, wie? Dabei fällt mir ein Mädchen ein, das ich in Hoboken kannte ...« Was er über sie berichtete, hatte nichts mit Schach zu tun, wenn es auch bewies, daß sie auf ihre Weise konventionell gewesen war. »Königsläufer nach C4. Erinnern Sie mich daran, Ihnen auch von ihrer Schwester zu erzählen. Anscheinend war sie nicht immer rothaarig gewesen, aber die Leute sollten es glauben. Deshalb – Entschuldigung. Machen Sie Ihren Zug.«

Ich versuchte zu denken, aber in meinem Kopf drehte sich alles. »Bauer D7 – D6.«

»Dame nach F3. Jedenfalls, sie ...« Er setzte es mir in allen Einzelheiten auseinander. Es war keine neue Geschichte, und ich bezweifele, ob sie ihm widerfahren war, aber sie heiterte mich auf. Ich lächelte tatsächlich da im Dunkeln. »Sie sind am Zug«, setzte er hinzu.

»Oh.« Ich konnte mir das Brett nicht mehr vorstellen. So beschloß ich, die Rochade vorzubereiten, früh im Spiel immer ein sicherer Zug. »Springer B8 nach C6.«

»Meine Dame zieht vor und schlägt Ihren Bauern auf F7 – schachmatt. Sie schulden mir zwanzig, Jack.«

»Hä? Wie kommt das denn?«

»Möchten Sie, daß wir die einzelnen Züge durchsprechen?« Er zählte sie auf.

Ich schaffte es, sie mir vorzustellen, und dann rief ich aus: »Da soll mich doch dieser und jener! Sie haben mich mit dem Schäferzug reingelegt!«

Er kicherte vor sich hin. »Sie hätten die Augen auf meine Dame statt auf die Rothaarige halten sollen.«

Ich lachte laut heraus. »Wissen Sie noch mehr Geschichten?«

»Klar.« Er erzählte eine weitere. Aber als ich ihn drängte weiterzumachen, sagte er: »Ich würde mich gern ein Weilchen ausruhen, Jack.«

Ich stand auf. »Sind Sie in Ordnung, Fats?« Er antwortete nicht. Ich tastete mich zu ihm hin. Sein Gesicht war kalt, und er sagte nichts, als ich ihn berührte. Als ich mein Ohr an seine Brust drückte, hörte ich sein Herz schwach schlagen, aber seine Hände und Füße waren wie Eis.

Ich mußte ihn losreißen; er war festgefroren. Ich konnte das Eis fühlen, und ich wußte, daß es Blut war. Dann versuchte ich, ihn durch Reiben ins Leben zurückzurufen, aber das Zischen des Lecks brachte mich schnell davon ab. Ich riß mir meine eigene Hose herunter, geriet beinahe in Panik, weil ich die genaue Stelle im Dunkeln nicht gleich fand, und setzte mich, den rechten Hinterbacken fest gegen die Öffnung gepreßt.

Sie packte mich wie ein Saugnapf, eisig kalt. Dann war es Feuer, das sich über mein Fleisch ausbreitete. Einige Zeit später fühlte ich überhaupt nichts mehr außer einem dumpfen Schmerz und der Kälte.

Irgendwo flackerte ein Licht, ging wieder aus. Ich hörte eine Tür knallen.

»Knowles!« schrie ich. »Mr. Knowles!«

Das Licht ging wieder an. »Ich komme, Jack ...«

Ich fing an zu heulen. »Oh, Sie haben es geschafft! Sie haben es geschafft!«

»Ich habe es nicht geschafft, Jack. Ich habe den nächsten Abschnitt nicht erreicht. Als ich wieder an der

Schleuse war, verlor ich das Bewußtsein.« Er rang nach Atem. »Da ist ein Krater ...« Die Taschenlampe ging aus und fiel klirrend zu Boden. »Helfen Sie mir, Jack!« verlangte Knowles weinerlich. »Sehen Sie denn nicht, daß ich Hilfe brauche? Ich habe versucht ...«

Ich hörte ihn stolpern und fallen. Ich rief ihn an, aber er antwortete nicht. Ich versuchte aufzustehen, aber ich saß fest wie ein Korken in der Flasche ...

Als ich wieder zu mir kam, lag ich mit dem Gesicht nach unten auf einem sauberen Laken. »Fühlen Sie sich besser?« fragte jemand. Es war Knowles, der an meinem Bett stand, in einen Bademantel gekleidet.

»Sie sind tot«, teilte ich ihm mit.

»Kein bißchen«, sagte er grinsend. »Man ist rechtzeitig zu uns gelangt.«

»Was ist geschehen?« Ich starrte ihn an und wollte meinen Augen immer noch nicht trauen.

»Ganz wie wir es uns gedacht hatten – eine abgestürzte Rakete. Eine unbemannte Postrakete geriet außer Kontrolle und traf den Tunnel.«

»Wo ist Fats?«

»Heh!«

Ich drehte den Kopf herum. Es war Konski. Wie ich lag er auf dem Bauch.

»Sie schulden mir zwanzig«, stellte er fröhlich fest.

»Ich schulde Ihnen ...« Ich merkte, daß ich ohne Grund Tränen vergoß. »Okay, ich schulde Ihnen zwanzig. Aber Sie müssen nach Des Moines kommen, um sie zu kassieren.«

Originaltitel: ›Gentlemen, Be Seated‹

Die schwarzen Klüfte Lunas

Am Morgen nach unserer Ankunft auf dem Mond flogen wir nach Rutherford hinüber. Dad und Mr. Latham – Mr. Latham ist der Mann von der Harriman Trust, und um mit ihm zu sprechen, ist Dad nach Luna City gereist – also, Dad und Mr. Latham mußten auf jeden Fall hin, geschäftlich. Ich luchste Dad das Versprechen ab, ich könne mitkommen, weil es ganz so aussah, als sei dies meine einzige Chance, auf die Oberfläche des Mondes hinauszugelangen. Nichts gegen Luna City, aber man kann einen Korridor in Luna City beim besten Willen nicht von den Untergeschossen in New York unterscheiden, außer natürlich, daß man leicht auf den Füßen ist.

Als Dad in unsere Hotelsuite kam und sagte, wir müßten gehen, saß ich auf dem Fußboden und spielte mit meinem kleinen Bruder Messerwerfen. Mutter hatte sich hingelegt und mich beauftragt, den Knirps ruhig zu halten. Sie war auf dem ganzen Flug von der Erde her raumkrank gewesen, und da fühlte sie sich wohl nicht sehr gut. Der Knirps hatte mit dem Licht herumgespielt, es von ›Dämmerung‹ auf ›Wüstensonnenbräune‹ und zurück geschaltet. Ich faßte ihn am Kragen und setzte mich mit ihm auf den Fußboden.

Natürlich spiele ich nicht mehr Messerwerfen, aber auf dem Mond ist es ein richtig feines Spiel. Das Messer schwebt praktisch, und man kann alles mögliche damit anstellen. Wir stellten eine Menge neue Regeln auf.

Dad sagte: »Plan geändert, meine Liebe, wir brechen jetzt gleich nach Rutherford auf, alle zusammen.«

»Ach du meine Güte«, meinte Mutter, »ich glaube nicht, daß ich dem gewachsen bin. Flieg du nur mit Dickie! Baby Darling und ich werden hier einen ruhigen Tag verbringen.«

Baby Darling ist der Knirps.

Ich hätte ihr sagen können, daß das die falsche Taktik war. Er hätte mir fast ein Auge mit dem Messer ausgestochen und erklärte: »Wer? Was? Ich gehe mit. Los!«

Mutter sagte: »O bitte, Baby Darling, mach deiner lieben Mutter keinen Kummer. Wir gehen ins Kino, nur du und ich.«

Der Knirps ist sieben Jahre jünger als ich, aber man darf ihn nicht ›Baby Darling‹ nennen, wenn man etwas von ihm will. Er verlegte sich aufs Brüllen. »Du hast es erlaubt!« schrie er.

»Nein, Baby Darling. Ich habe gar nicht mit dir darüber gesprochen. Ich ...«

»Daddy hat es erlaubt!«

»Richard, hast du Baby gesagt, er dürfe mitgehen?«

»Nein, wieso, meine Liebe, nicht daß ich wüßte. Vielleicht habe ich ...«

Der Kleine fiel schnell ein: »Du hast gesagt, ich darf überall hin, wo Dickie hindarf. Du hast es versprochen du hast es versprochen du hast es versprochen!« Manchmal muß es ihm der Neid lassen: Der Knirps hatte sie in Null Komma nichts dahin gebracht, daß sie darüber stritten, wer ihm was gesagt habe. Das Endergebnis, daß wir vier zwanzig Minuten später zusammen mit Mr. Latham oben am Raketenhafen waren und in die Fähre nach Rutherford einstiegen.

Der Flug dauert nur zehn Minuten, und man sieht nicht viel. Man kann gerade einen Blick auf die Erde werfen, solange die Rakete noch in der Nähe von Luna City ist, und schon ist es vorbei, denn die Atomwerke, wohin wir wollten, liegen natürlich alle auf der Rückseite des Mondes. Es flog vielleicht ein Dutzend Touristen mit, und die meisten wurden raumkrank, sobald wir in den Freien Fall übergingen. Mutter auch. Manche Leute gewöhnen sich nie an Raketen.

Aber Mutter ging es wieder gut, sobald wir gelandet und von neuem im Mondinnern waren. Rutherford ist nicht wie Luna City. Statt eine Röhre zum Schiff hinauszuschieben, schicken sie dort einen Wagen mit Druckkabine, der sich mit der Luftschleuse der Rakete verbindet, und dann fährt man ungefähr eine Meile weit bis zum Eingang in die Unterwelt. Das gefiel mir, und dem Knirps auch. Dad mußte geschäftlich mit Mr. Latham weg, und Mutter und ich und der Knirps schlossen uns der Touristengruppe an, die durch die Laboratorien geführt werden sollte.

Das war ganz nett, aber nichts Aufregendes. So weit ich es beurteilen kann, sieht ein Atomwerk aus wie das andere. Rutherford hätte ebensogut das Hauptwerk außerhalb von Chicago sein können. Damit meine ich, alles, was ein bißchen interessant ist, ist außer Sicht, zugedeckt, abgeschirmt. Man bekommt nichts anderes zu sehen als ein paar Anzeigen und Armaturen und Leute, die sie beobachten. Alles ferngesteuert wie Oak Ridge. Der Fremdenführer erzählt von den Experimenten, die im Gange sind, und man bekommt ein paar Filme gezeigt – das ist alles.

Mir gefiel unser Fremdenführer. Er sah wie Tom Jeremy in *The Space Troopers* aus. Ich fragte ihn, ob er Raumfahrer sei, und er sah mich ein bißchen komisch an und antwortete, nein, er sei nur Ranger im Kolonialdienst. Dann fragte er mich, wo ich zur Schule ging und ob ich zu den Pfadfindern gehöre. Er war, wie er sagte, Führer von Gruppe Eins, Rutherford City, Moonbat-Patrouille.

Ich fand heraus, daß es nur die eine Patrouille gab – vermutlich leben nicht viele Pfadfinder auf dem Mond.

Dad und Mr. Latham schlossen sich uns an, gerade als wir mit der Besichtigung fertig waren und Mr. Perrin – das ist unser Fremdenführer – den Rundgang draußen ankündigte. »Die Führung durch Rutherford ...« – er sprach, als sei er auf Aufnahme – »schließt ohne zusätzliche Gebühren einen Ausflug in Raumanzügen auf die Oberfläche des Mondes zum Teufelsfriedhof und zu dem Schauplatz der großen Katastrophe von 1984 ein. Die Teilnahme ist freiwillig. Es ist nichts daran besonders gefährlich, und es ist noch nie jemand dabei verletzt worden, aber die Kommission verlangt, daß Sie, wenn Sie sich zu diesem Ausflug entschließen, einen Revers unterschreiben. Der Ausflug dauert eine Stunde. Wer hierbleiben möchte, kann sich im Café Filme ansehen und eine Erfrischung zu sich nehmen.«

Dad rieb sich die Hände. »Das ist das Richtige für mich«, verkündete er. »Mr. Latham, ich bin froh, daß wir rechtzeitig zurückgekommen sind. Das hätte ich mir um nichts in der Welt entgehen lassen wollen.«

»Es wird Ihnen Spaß machen«, stimmte Mr. Latham zu, »und Ihnen auch, Mrs. Logan. Ich fühle mich versucht, selbst mitzugehen.«

»Und warum tun Sie's nicht?« fragte Dad.

»Nein, ich möchte die Verträge fertigmachen, damit Sie und der Direktor sie unterschreiben können, bevor Sie nach Luna City zurückkehren.«

»Warum wollen Sie sich so abhetzen?« redete Dad ihm zu. »Wenn das Wort eines Mannes nichts taugt, dann ist seine Unterschrift auf einem Vertrag auch nichts wert. Sie können mir den Kram per Post nach New York schicken.«

Mr. Latham schüttelte den Kopf. »Nein, wirklich – ich bin schon Dutzende von Malen draußen auf der Oberfläche gewesen. Aber ich werde Ihnen erst noch in Ihre Raumanzüge helfen.«

Mutter sagte: »Ach du meine Güte«, und sie gehe wohl besser nicht mit. Sie sei sich nicht sicher, ob sie es aushalte, in einem Raumanzug eingeschlossen zu sein, und außerdem mache grelles Sonnenlicht ihr Kopfschmerzen.

Dad redete ihr zu: »Sei nicht dumm, meine Liebe. Die Gelegenheit bekommst du im Leben nicht wieder«, und Mr. Latham versicherte ihr, die Helmfilter nähmen dem Licht das Grelle. Mutter erhebt immer anfangs Einwände und gibt dann nach. Ich vermute, Frauen haben einfach keine Charakterstärke. Zum Beispiel am Abend vorher – ich meine, Abend auf der Erde nach Luna-City-Zeit. Sie hatte sich einen modischen Mondanzug gekauft, den sie zum Dinner im Erdblick-Saal des Hotels tragen wollte, und dann bekam sie kalte Füße. Sie jammerte Dad vor, sie sei zu dick, als daß sie es wagen könne, sich so zu kleiden.

Tatsächlich zeigte sie eine schreckliche Menge Haut. Dad erklärte: »Unsinn, meine Liebe. Du siehst hinreißend aus.« Also trug sie den Anzug und amüsierte sich köstlich, vor allem, als ein Pilot sie anzumachen versuchte.

Diesmal war es wieder das Gleiche. Sie kam mit. Wir gingen in den Umkleideraum, und ich sah ihn mir an, während Mr. Perrin alle hineinführte und die Reverse unterschreiben ließ. Am anderen Ende war die Tür der Luftschleuse zur Oberfläche. Sie hatte ein Bullauge, und die Tür dahinter hatte auch eins. Man konnte hindurchsehen und die Mondoberfläche erkennen. Sie sah heiß und hell und irgendwie unwahrscheinlich aus, trotz des bernsteinfarbenen Glases in den Fenstern. Und da hing eine Doppelreihe von Raumanzügen wie leere Menschen. Ich schnüffelte herum, bis Mr. Perrin zu unserer Gruppe kam.

»Der Kleine könnte unter der Obhut der Hosteß im Café bleiben«, sagte er zu Mutter und fuhr dem Knirps durch das Haar. Der Knirps versuchte, ihn zu beißen, und Mr. Perrin riß seine Hand eilends zurück.

»Haben Sie vielen Dank, Mr. Perkins«, antwortete Mutter. »Das würde ich auch für das Beste halten – obwohl ich vielleicht bei ihm bleiben sollte.«

»›Perrin‹ ist mein Name«, berichtigte Mr. Perrin friedlich. »Das ist nicht nötig. Die Hosteß wird gut für ihn sorgen.«

Warum reden Erwachsene vor Kindern immer so, als verständen sie kein Englisch? Hätten sie den Knirps doch einfach ins Café geschubst! Jetzt wußte er, daß er abgeschoben werden sollte. Er sah kriegerisch von einem zum anderen. »Ich gehe mit«, erklärte er laut. »Du hast es mir versprochen.«

»Hör doch, Baby Darling«, versuchte Mutter, ihn zu bremsen, »deine liebe Mutter hat nichts davon gesagt, daß ...« Aber sie sprach nur noch mit sich selbst. Der Knirps hatte die Geräuscheffekte eingeschaltet.

»Du hast gesagt, ich darf hingehen, wo Dickie hingeht, du hast es mir versprochen, als ich krank war. Du hast es versprochen du hast es versprochen ...« und so weiter und so fort, und die ganze Zeit wurde seine Stimme höher und lauter.

Mr. Perrin blickte verlegen drein. Mutter sagte: »Richard, es ist deine Sache, dein Kind zur Vernunft zu bringen. Schließlich warst du derjenige, der es ihm versprochen hat.«

»Ich, meine Liebe?« fragte Dad überrascht. »Jedenfalls finde ich nicht, daß es sich hier um eine so komplizierte Sache handelt. Angenommen, wir haben ihm tatsächlich versprochen, er dürfe hingehen, wo Dickie hingeht, dann nehmen wir ihn einfach mit. Das ist alles.«

Mr. Perrin räusperte sich. »Ich fürchte, das geht nicht. Ich kann Ihrem älteren Sohn einen Damenanzug geben; er ist groß für sein Alter. Aber wir haben keine Ausrüstung für kleine Kinder.«

Kurz darauf war der schönste Krach im Gange. Der Knirps kann Mutter jederzeit dazu bringen, daß sie die Wände hochgeht. Mutter hat die gleiche Wirkung auf Dad. Er wird rot im Gesicht, und dann fängt er an, sich mir gegenüber als Autoritätsperson aufzuspielen. Das ist eine Art von Kettenreaktion, wobei ich am Ende der Kette stehe und niemand mehr da ist, den ich terrorisieren könnte. Schließlich kam eine sehr einfache Lösung dabei heraus: Ich sollte zurückbleiben und mich um Baby Darling, das Balg, kümmern!

»Aber, Dad, du hast gesagt ...«, begann ich.

»Das ist jetzt gleichgültig!« unterbrach er mich. »Diese Familie wird sich nicht in aller Öffentlichkeit streiten. Du hast gehört, was deine Mutter gesagt hat.«

Ich war verzweifelt. »Hör mal, Dad ...« – ich gab mir Mühe, ruhig zu sprechen – »wenn wir zur Erde zurückkehren, ohne daß ich einmal einen Raumanzug angezogen und einen Fuß auf die Oberfläche gesetzt habe, mußt du mich auf eine neue Schule schicken. Nach Lawrenceville gehe ich dann nicht mehr; ich wäre für alle zum Gespött geworden.«

»Das regeln wir, wenn wir wieder zu Hause sind.«

»Aber, Dad, du hast mir ausdrücklich versprochen ...«

»Das reicht, junger Mann! Die Sache ist erledigt!«

Mr. Latham hatte in der Nähe gestanden, zugehört, aber den Mund gehalten. An diesem Punkt sah er Dad mit hochgezogener Augenbraue an und fragte ganz ruhig: »Na, R. J. – ich dachte, Sie seien ein Mann von Wort?«

Ich durfte das nicht hören, und sonst hatte es niemand gehört. Und das war gut, denn es hat keinen Sinn, Dad unter die Nase zu reiben, daß er unrecht hat. Das reizt ihn nur noch mehr. Schnell wechselte ich das Thema. »Hör zu, Dad, vielleicht können wir alle hinausgehen. Wie ist es mit dem Anzug da drüben?« Ich zeigte auf ein Gestell, das innerhalb einer Umzäunung mit einem verschlossenen Törchen stand. Daran hingen zwei Dutzend Anzüge, und ganz hinten, beinahe außer Sicht, ein kleiner Anzug – die Stiefel reichten dem neben ihm hängenden kaum bis zur Taille.

»Wie?« Dads Gesicht erhellte sich. »Oh, genau das Richtige! Mr. Perrin! Oh, Mr. Perrin – einen Augenblick! Ich dachte, Sie hätten keine kleinen Anzüge, aber da hängt einer, und ich bin überzeugt, daß er passen wird.«

Dad hatte die Finger schon an der Klinke des Törchens. Mr. Perrin hielt ihn zurück. »Diesen Anzug können wir nicht nehmen, Sir.«

»Warum denn nicht?«

»Alle Anzüge innerhalb des Gitters sind Privateigentum und nicht zu verleihen.«

»Was? Unsinn! Rutherford ist Staatseigentum. Ich will diesen Anzug für mein Kind haben.«

»Sie können ihn aber nicht bekommen.«

»Dann werde ich mit dem Direktor reden.«

»Das werden Sie wohl müssen. Dieser Anzug ist eine Sonderanfertigung für seine Tochter.«

Also geschah es. Mr. Latham bekam den Direktor an den Apparat, Dad sprach mit ihm, der Direktor sprach mit Mr. Perrin und dann wieder mit Dad. Der Direktor war einverstanden, den Anzug zu verleihen, jedenfalls an Dad, aber er wollte Mr. Perrin nicht befehlen, ein kleines Kind mit nach draußen zu nehmen.

Mr. Perrin zeigte sich stur, und das nehme ich ihm nicht übel, aber Dad gab ihm viele gute Worte. Bald darauf stiegen wir alle in unsere Anzüge und überprüften unseren Sauerstoffvorrat und schalteten unsere Walkie-Talkies ein. Mr. Perrin rief jeden namentlich über Funk auf und vergatterte uns, wir seien alle auf der gleichen Welle, so daß wir am besten hauptsächlich ihn reden ließen und keine Randbemerkungen machten, weil sonst keiner von uns imstande sei, etwas zu hören. Dann waren wir in der Schleuse, und er schärfte uns ein, beisammen zu bleiben und nicht auszuprobieren, wie schnell wir laufen oder wie hoch wir springen könnten. Das Herz klopfte mir in der Brust.

Die Außentür der Schleuse öffnete sich, und wir marschierten einer nach dem anderen hinaus auf das Gesicht des Mondes. Bestimmt war es so herrlich, wie ich es mir im Traum vorgestellt hatte, aber ich war so aufgeregt, daß es mir im Augenblick gar nicht zu Bewußtsein kam. Der Sonnenschein war das hellste Licht, das ich je gesehen hatte, und die Schatten waren so tintenschwarz, daß man kaum hineinsehen konnte. Man hörte nichts als Stimmen im Funkgerät, und das ließ sich abschalten.

Der weiche Staub stieg um unsere Füße hoch wie Rauch und senkte sich dann wieder wie in Zeitlupe. Sonst bewegte sich nichts. Es war der *toteste* Ort, den man sich vorstellen kann.

Wir blieben auf einem Weg und hielten uns dicht beisammen, ausgenommen bei zwei Gelegenheiten, als der Knirps herausfand, daß er zwanzig Fuß weit springen konnte, und ich ihm hinterherrennen mußte. Ich hätte ihn gern geohrfeigt, aber habt ihr schon einmal versucht, jemanden zu ohrfeigen, der einen Raumanzug trägt? Das hat keinen Sinn.

Dann ließ uns Mr. Perrin haltmachen und hielt seine Ansprache. »Sie befinden sich jetzt auf dem Teufelsfriedhof. Die Zwillingsfelsen hinter Ihnen erheben sich fünftausend Fuß über dem Niveau der Ebene und sind noch nie bestiegen worden. Die Türme oder Monumente sind wegen der Ähnlichkeit dieses phantastischen

Schauplatzes mit einem Riesenfriedhof nach apokryphen oder mythologischen Gestalten benannt worden. Beelzebub, Thor, Schiwa, Kain, Set ...« Er zeigte auf einen nach dem anderen. »Die Lunologen sind sich nicht einig darüber, wie es zu den seltsamen Formen gekommen ist. Manche sehen darin das Wirken von Luft und Wasser wie von vulkanischen Aktivitäten. Wenn das stimmt, müssen diese Türme seit unvorstellbaren Zeiten stehen, denn auf dem Mond gibt es, wie Sie wissen ...« Es war das gleiche Zeug, das man jeden Monat im *Spaceways Magazine* liest, nur sahen wir, um was es ging, und ich kann Ihnen sagen, das ist ein Unterschied.

Die Felsen erinnerten mich ein bißchen an die Felsen unterhalb des Hotels im Garten der Götter in Colorado Springs, wo wir letzten Sommer waren. Nur sind diese Türme viel größer, und statt blauem Himmel hatten wir nichts als Schwärze und harte, scharfe Sterne über uns. Unheimlich.

Es war noch ein zweiter Ranger mitgekommen, der eine Kamera hatte. Mr. Perrin wollte noch etwas sagen, aber der Knirps fing an zu meckern, und ich mußte sein Funkgerät abschalten, bevor die anderen etwas mitbekamen. Ich ließ es ausgeschaltet, bis Mr. Perrin mit seinem Vortrag fertig war.

Er wollte, daß wir uns für ein Foto mit den Felstürmen und dem schwarzen Himmel als Hintergrund aufstellten. »Recken Sie den Kopf in Ihrem Helm nach vorn, damit man die Gesichter erkennen kann. Bitte recht freundlich! Fertig!« setzte er hinzu, denn der andere Mann hatte inzwischen die Aufnahme gemacht. »Die Abzüge werden bei Ihrer Rückkehr fertig sein – zehn Dollar das Stück.«

Ich dachte nach. Ein Bild brauchte ich unbedingt für mein Zimmer in der Schule, und eins – nun ja, das wollte ich verschenken. Jedenfalls brauchte ich zwei. Von meinem Geburtstagsgeld waren noch achtzehn Dollar übrig, und den Rest konnte ich Mutter abschwatzen. Also bestellte ich zwei.

Wir stiegen einen langen Hang hinauf, und plötzlich

lag der Krater vor uns, der alles darstellte, was nach der Katastrophe von dem ersten Laboratorium übriggeblieben war. Zwanzig Meilen im Durchmesser erstreckte er sich, und der Boden bestand aus blasigem grünen Glas statt aus Bimssteinstaub. Auf einem Gedenkstein stand:

HIER UM EUCH
SIND DIE STERBLICHEN ÜBERRESTE
VON
Kurt Schaeffer
Maurice Feinstein
Thomas Dooley
Hazel Hayakawa
G. Washington Slappey
Sam Houston Adams
SIE STARBEN FÜR DIE WAHRHEIT
DIE DIE MENSCHEN FREI MACHT
am 11. August 1984

Mir wurde irgendwie komisch zumute, und ich trat zurück und hörte Mr. Perrin zu. Dad und ein paar andere Männer stellten ihm Fragen. »Das weiß man nicht genau«, antwortete er gerade. »Nichts ist übriggeblieben. Heute übertragen wir sämtliche Daten, sowie die Instrumente sie melden, nach Luna City, aber damals waren die Sicht-Relais noch nicht in Betrieb.«

»Welche Folgen hätte es gehabt«, erkundigte sich ein Mann, »wenn die Explosion auf der Erde passiert wäre?«

»Es widerstrebt mir, Ihnen das auszumalen – aber das ist der Grund, warum das Laboratorium hier, auf der Rückseite des Mondes errichtet worden ist.« Mr. Perrin blickte auf seine Uhr. »Zeit zum Aufbruch.« Die Leute quirlten auf dem Abstieg zum Fußweg durcheinander, und dann schrie Mutter:

»Baby! Wo ist Baby Darling?«

Ich war überrascht, aber ich ängstigte mich nicht, noch nicht. Der Knirps läuft immer herum, erst hierhin und dann dahin, aber er geht nie weit weg, weil er ständig jemanden braucht, den er anmeckern kann.

Mein Vater hatte einen Arm um Mutter gelegt und signalisierte mir mit dem anderen. »Dick!« fuhr er mich an, und seine Stimme klang ganz scharf in meinen Kopfhörern, »was hast du mit deinem Bruder gemacht?«

»Ich?« fragte ich. »Seht mich nicht so an! Zuletzt habe ich ihn gesehen, als Mutter ihn an der Hand hatte und mit ihm diesen Berg hinaufstieg.«

»Keine Ausflüchte, Dick. Mutter setzte sich zum Ausruhen hin, als wir oben waren, und schickte ihn zu dir.«

»Das mag ja sein, aber er ist nicht aufgetaucht.« Jetzt fing Mutter erst richtig an zu schreien. Alle hatten natürlich zugehört, das mußten sie ja, weil es nur die eine Frequenz gab. Mr. Perrin kam hoch und schaltete Mutters Walkie-Talkie ab. Sofort herrschte Stille.

»Kümmern Sie sich um Ihre Frau, Mr. Logan!« befahl er. Dann setzte er hinzu: »Wann haben Sie Ihr Kind zuletzt gesehen?«

Dad konnte ihm überhaupt nicht helfen, und als sie versuchten, Mutter hinzuzuziehen, schalteten sie sie sofort wieder aus. Sie konnte nichts zur Aufklärung beitragen, und sie machte uns taub. Mr. Perrin sprach uns übrige an. »Hat irgendwer das kleine Kind gesehen, das wir bei uns hatten? Antworten Sie nur, wenn Sie etwas zu berichten haben. Hat irgendwer es wegwandern sehen?«

Das hatte niemand. Ich konnte mir gut vorstellen, daß er sich weggeduckt hatte, als alle ihre Blicke auf den Krater gerichtet hielten und ihm den Rücken zukehrten. Das sagte ich Mr. Perrin. »Wahrscheinlich«, stimmte er mir zu. »Alle aufgepaßt! Ich gehe das Kind suchen. Bleiben Sie, wo Sie sind! Rühren Sie sich nicht von der Stelle! Ich werde nicht länger als zehn Minuten weg sein.«

»Warum suchen wir nicht alle?« wollte jemand wissen.

»Weil ich«, gab Mr. Perrin zurück, »im Augenblick nur einen Vermißten habe. Ich möchte nicht, daß ein Dutzend daraus wird.« Dann verließ er uns mit großen, leichtfüßigen Sprüngen von jedes Mal fünfzig Fuß.

Dad wollte ihm nachsetzen, doch dann überlegte er es

sich anders, weil Mutter plötzlich umkippte. Die Knie knickten ihr ein, und sie schwebte sanft zu Boden. Alle fingen gleichzeitig an zu reden. Irgendein Idiot wollte ihr den Helm abnehmen, aber Dad ist nicht wahnsinnig. Ich schaltete mein Funkgerät aus, damit ich mich selbst denken hören konnte, und hielt Umschau. Dabei entfernte ich mich nicht von der Gruppe. Ich stellte mich nur oben auf den Kraterrand und versuchte, soviel wie möglich zu sehen.

Ich sah den Weg entlang, den wir gekommen waren. In den Krater hineinzublicken hatte keinen Sinn. Hätte der Knirps da drin gesteckt, wäre er uns aufgefallen wie eine Fliege auf einem Teller.

Außerhalb des Kraters war es etwas anderes. Im Umkreis eines Häuserblocks von uns hätte man ein Regiment verstecken können. In allen Richtungen erhoben sich Felsen, Brocken so groß wie Häuser, von Löchern durchbohrt, Türme, Rinnen in einem heillosen Durcheinander. Von Zeit zu Zeit sah ich Mr. Perrin, der herumjagte wie ein Hund nach einem Kaninchen und Geschwindigkeitsrekorde aufstellte. Praktisch flog er. Wenn er an einen großen Block kam, sprang er darüber hinweg und hielt seinen Körper am Scheitelpunkt waagerecht, damit er besser sehen konnte.

Dann kam er zu uns zurück, und ich schaltete mein Funkgerät wieder ein. Immer noch wurde viel geredet. Irgendwer sagte: »Wir müssen ihn vor Sonnenuntergang finden«, und jemand anders antwortete: »Reden Sie keinen Quatsch, die Sonne wird noch eine Woche nicht untergehen. Um seinen Luftvorrat handelt es sich, sage ich Ihnen. In diesen Anzügen reicht er nur für vier Stunden.« Die erste Stimme sagte: »Oh!« und setzte leise hinzu: »Wie ein Fisch auf dem Trockenen ...« Das war der Augenblick, wo ich es mit der Angst zu tun bekam.

Eine Frau stieß gequält hervor: »Das arme, arme Kind! Wir müssen es finden, bevor es erstickt.« Und mein Vater fuhr scharf dazwischen: »Unterlassen Sie solche Reden!« Ich hörte jemanden schluchzen. Es mochte Mutter sein.

Mr. Perrin hatte uns beinahe erreicht. »Ruhe!« rief er.

»Ich muß die Basis anrufen.« Sofort sprach er weiter: »Perrin ruft Luftschleusenkontrolle, Perrin ruft Luftschleusenkontrolle!«

Eine Frauenstimme meldete sich: »Kommen, Perrin!« Er berichtete ihr, was passiert war, und setzte hinzu: »Schicken Sie Smythe her, damit er diese Gruppe zurückbringt! Ich bleibe hier. Ich möchte, daß mir jeder verfügbare Ranger hilft, und fragen Sie außerdem nach Freiwilligen unter den erfahrenen Mondarbeitern. Geben Sie den ersten, die hinausgehen, einen Funk-Peilempfänger mit.«

Wir brauchten nicht lange zu warten. Wie Heuschrecken kamen sie angeschwärmt. Sie müssen vierzig oder fünfzig Meilen die Stunde gelaufen sein. Das wäre ein interessanter Anblick gewesen, hätte ich nicht diese Übelkeit im Magen gehabt.

Dad wurde böse, weil er nicht umkehren wollte, aber Mr. Perrin brachte ihn zum Schweigen. »Hätten Sie nicht unbedingt Ihren Willen durchsetzen wollen, wäre das nicht passiert. Hätten Sie Ihr Kind im Auge behalten, wäre es nicht verlorengegangen. Ich habe selbst auch Kinder, aber ich lasse sie nicht auf die Oberfläche des Mondes hinaus, solange sie noch zu klein sind, um auf sich selbst achtzugeben. Sie kehren um! Es hätte mir gerade noch gefehlt, daß ich mich auch noch um Sie kümmern muß.«

Ich glaube, Dad hätte eine Schlägerei mit ihm angefangen, wenn Mutter sich nicht wieder schwach gefühlt hätte. Wir gingen mit der Gruppe zurück.

Die nächsten zwei Stunden waren schrecklich. Man ließ uns direkt vor dem Kontrollraum Platz nehmen, wo wir über die Lautsprecher hören konnten, wie Mr. Perrin die Suche dirigierte. Anfangs glaubte ich, sie würden den Knirps schnappen, sobald sie den Funk-Peiler einsetzten – vielleicht ein statisches Summen auffangen, auch wenn er nichts sagte. Aber soviel Glück hatten wir nicht, sie bekamen nichts herein. Und auch die Sucher fanden nichts.

Noch schlimmer wurde es dadurch, daß Mutter und Dad nicht einmal versuchten, mir Vorwürfe zu machen. Mutter weinte leise, und Dad tröstete sie, und einmal sah er mit merkwürdigem Ausdruck zu mir herüber. Vermutlich sah er mich gar nicht wirklich, aber ich bildete mir ein, er denke, wenn ich nicht darauf bestanden hätte, auf die Oberfläche hinauszugehen, wäre das nicht passiert. Ich sagte: »Sieh mich nicht so an, Dad. Niemand hat mir gesagt, ich solle ein Auge auf ihn halten. Ich dachte, er sei bei Mutter.«

Dad schüttelte nur den Kopf, ohne zu antworten. Er sah müde aus und irgendwie eingeschrumpft. Aber Mutter hörte zu weinen auf, statt auf mich loszufahren, und es gelang ihr zu lächeln. »Komm her, Dickie!« sagte sie und legte ihren anderen Arm um mich. »Niemand macht dir einen Vorwurf, Dickie. Was auch geschieht, dich trifft keine Schuld. Vergiß das nie, Dickie!«

Da ließ ich mich von ihr küssen und blieb eine Weile bei den beiden sitzen, aber mir war elender zumute als vorher. Immerzu mußte ich an den Knirps denken, der irgendwo da draußen war, und sein Sauerstoff ging zu Ende. Vielleicht war es nicht meine Schuld, aber mir war klar, daß ich es hätte verhindern können. Ich hätte mich nicht darauf verlassen dürfen, daß Mutter auf ihn aufpaßte. Darin ist sie nämlich gar nicht gut. Sie würde ihren Kopf verlegen, wenn er nicht angewachsen wäre. Sie gehört eben zur ornamentalen Sorte. Mutter ist gut, versteht ihr, aber sie ist nicht praktisch.

Es würde sie schwer treffen, wenn der Knirps nicht zurückkäme. Und Dad auch – und mich auch. Der Knirps ist eine rechte Plage, aber es wäre schon komisch, wenn er einem nicht mehr vor den Füßen herumliefe. Ich mußte an die Bemerkung denken: »Wie ein Fisch auf dem Trockenen.« Einmal hatte ich unabsichtlich ein Aquarium umgeworfen, und ich wußte noch gut, wie die Fische ausgesehen hatten. Nicht schön. Wenn der Knirps auf diese Weise sterben sollte ...

Ich kapselte mich ab. Mir mußte unbedingt etwas einfallen, wie ich helfen konnte, ihn zu finden.

Nach einer Weile war ich zu der Überzeugung gelangt, daß ich ihn finden könnte, wenn sie mich suchen helfen ließen. Aber das würden sie natürlich nicht tun.

Dr. Evans, der Direktor, der uns bei der Ankunft begrüßt hatte, zeigte sich wieder und fragte, ob er etwas für uns tun könne und wie es Mrs. Logan gehe. »Glauben Sie mir, es ist mir schrecklich, daß so etwas passieren mußte. Wir tun alles, was wir können. Ich habe in Luna City ein paar Erzdetektoren angefordert. Vielleicht entdecken wir das Kind an dem Metall in seinem Anzug.«

Mutter fragte, wie es mit Bluthunden wäre, und Dr. Evans lachte sie nicht einmal aus. Dad schlug Hubschrauber vor, korrigierte sich und verlangte Raketen. Dr. Evans wies ihn darauf hin, daß es unmöglich sei, den Boden von einer Rakete aus genau zu überprüfen.

Dann nahm ich ihn beiseite und drängte ihn, mich bei der Suche mitmachen zu lassen. Er war höflich, aber wenig beeindruckt, deshalb bekniete ich ihn weiter. »Wie kommst du auf den Gedanken, daß du ihn finden kannst?« fragte er mich. »Da draußen sind jetzt die erfahrensten Mondleute, die wir zusammenbekommen haben. Ich fürchte, Sohn, du würdest dich verlaufen oder verletzen, wenn du versuchtest, es ihnen gleichzutun. Wenn man hier auf dem Mond einmal die Landmarken aus dem Augen verloren hat, ist man hoffnungslos in die Irre gegangen.«

»Aber sehen Sie, Doktor«, redete ich auf ihn ein, »ich kenne den Knirps – ich meine meinen kleinen Bruder – besser als sonstwer auf der Welt. Ich werde mich nicht verlaufen. Das heißt, ich werde mich verlaufen, aber genau auf die Art, wie er sich verlaufen hat. Sie können mir dann jemanden nachschicken.«

Er dachte darüber nach. »Einen Versuch ist es wert«, meinte er plötzlich. »Ich geh' mit dir. Steigen wir in die Anzüge!«

Wir liefen mit Dreißig-Fuß-Schritten – das war das Beste, was ich fertigbrachte, auch wenn Dr. Evans mich am Gürtel festhielt, damit ich nicht stolperte. Mr. Perrin wartete schon auf uns. Mein Vorhaben erschien ihm zweifelhaft. »Vielleicht funktioniert dieser alte Trick mit dem verlorenen Maultier ja«, räumte er ein, »aber trotzdem lasse ich die reguläre Suche fortsetzen. Hier, Kleiner, nimm diese Taschenlampe! Du wirst sie im Schatten brauchen.«

Ich stellte mich an den Rand des Kraters und versuchte mir vorzustellen, ich sei der Knirps. Ich langweilte mich, und vielleicht fuchste mich der Mangel an Aufmerksamkeit auch ein bißchen. Was würde ich als nächstes tun?

Ich hopste den Hang hinunter, ohne ein besonderes Ziel zu haben, ganz so, wie es der Knirps gemacht hätte. Dann blieb ich stehen und sah zurück, ob Mutter und Daddy und Dickie mich bemerkt hätten. Jawohl, ich wurde verfolgt; Dr. Evans und Mr. Perrin waren dicht hinter mir. Ich tat so, als habe niemand auf mich acht, und ging weiter. Jetzt war ich den Felsblöcken schon sehr nahe, und ich duckte mich hinter dem ersten. Er war nicht hoch genug, um mich zu verbergen, aber der Knirps wäre dahinter ganz verschwunden. Ich hatte das Gefühl, daß er sich so verhalten hatte; er liebte es, Verstecken zu spielen – das machte ihn zum Mittelpunkt der Aufmerksamkeit.

Ich dachte darüber nach. Wenn der Knirps Verstecken spielte, war seine Vorstellung von einem Versteck immer *unter* etwas, unter einem Bett, einem Sofa, einem Automobil oder sogar unter der Spüle. Ich sah mich um. Es waren eine Menge gute Stellen da, die Felsen waren voll von Löchern und Überhängen. Ich fing an, überall nachzusehen. Es schien hoffnungslos zu sein. In nächster Nähe mußte es sicher Hunderte von solchen Verstecken geben.

Mr. Perrin kam zu mir, als ich aus dem vierten Loch herauskroch. »Die Männer haben in jedes dieser Löcher mit Taschenlampen hineingeleuchtet«, sagte er zu mir. »Ich glaube nicht, daß es viel Sinn hat, Kleiner.«

»Okay«, antwortete ich, aber ich machte weiter. Schließlich gelangte ich an Stellen, die ein erwachsener

Mann nicht erreichte. Ich hoffte nur, daß der Knirps sich kein Versteck ausgesucht hatte, das auch für mich zu eng war.

Die Suche ging weiter und weiter. Ich fror und wurde steif und entsetzlich müde. Das direkte Sonnenlicht ist heiß auf dem Mond, aber in der Sekunde, die man in den Schatten eintritt, wird einem kalt. Im Innern dieser Felsen wird es überhaupt nie warm. Die Anzüge, die man uns Touristen gegeben hatte, waren sehr gut isoliert, aber die spezielle Isolierung sitzt in den Handschuhen und den Stiefeln und dem Hosenboden, und ich hatte die meiste Zeit damit verbracht, mich auf dem Bauch in enge Löcher hineinzuwinden.

Ich war so erstarrt, daß ich mich kaum noch bewegen konnte, und meine ganze Vorderseite fühlte sich eisig an. Das schuf mir eine weitere Sorge – wie ging es dem Knirps? Fror er auch?

Wenn ich nicht immerzu hätte daran denken müssen, wie diese Fische ausgesehen hatten und daß der Knirps vielleicht schon steifgefroren sein würde, ehe ich zu ihm gelangte, dann hätte ich aufgegeben. Ich war kurz davor. Außerdem ist es ziemlich unheimlich da unten in diesen Löchern. Man weiß ja nie, auf was man stoßen wird.

Dr. Evans faßte mich beim Arm und legte seinen Helm an meinen, so daß ich seine Stimme hören konnte. »Das bringt doch nichts, Sohn. Du machst dich fertig und hast nicht einmal einen Morgen an Fläche abgesucht.« Ich machte mich von ihm los.

Die nächste Stelle war ein kleiner Überhang, keinen Fuß vom Boden entfernt. Ich leuchtete mit der Taschenlampe in einen Spalt, der leer war und nirgendwohin zu führen schien. Dann sah ich, daß er einen Knick machte. Ich legte mich flach hin und kroch hinein. Hinter dem Knick wurde der Spalt ein bißchen breiter und fiel nach unten ab. Ich glaube nicht, daß es der Mühe wert sei, noch tiefer vorzudringen, weil der Knirps im Dunkeln nicht weit gegangen wäre, aber ich schob mich doch noch ein Stückchen vor und richtete den Lichtstrahl nach unten.

Dort ragte ein Stiefel heraus.

Mehr gibt es kaum noch zu berichten. Ich beulte mir beim Hinauskriechen fast den Helm ein, aber ich zerrte den Knirps hinter mir her. Er war schlaff wie eine Katze, und sein Gesicht war komisch. Mr. Perrin und Dr. Evans fielen über mich her, als ich zum Vorschein kam, klopften mir auf den Rücken und schrien. »Ist er tot, Mr. Perrin?« fragte ich, sobald ich wieder zu Atem gekommen war. »Er sieht schrecklich aus.«

Mr. Perrin sah ihn sich an. »Nein ... ich sehe einen Puls an seiner Kehle. Schock und Unterkühlung, aber sein Anzug ist eine Sonderanfertigung – wir werden ihn schnell zur Basis bringen.« Er nahm den Knirps auf die Arme, und ich lief hinterher. Zehn Minuten später war der Knirps in Decken gewickelt und trank warmen Kakao. Ich bekam auch welchen. Alle redeten auf einmal, und Mutter weinte wieder, aber sie sah normal aus, und Dad hatte ihr Bericht erstattet.

Dad versuchte, einen Scheck für Perrin auszustellen, doch der winkte ab. »Ich verdiene keine Belohnung; Ihr Sohn hat ihn gefunden. Aber Sie könnten mir einen einzigen Gefallen tun .. «

»Ja?« Dad war nichts als Freundlichkeit.

»Bleiben Sie weg vom Mond! Sie gehören nicht hierher, Sie sind nicht der Pionier-Typ.«

Dad steckte es ein. »Das habe ich meiner Frau bereits versprochen«, gab er zurück, ohne mit der Wimper zu zucken. »Keine Bange.«

Mr. Perrin ging. Ich folgte ihm und sagte zu ihm unter vier Augen: »Mr. Perrin, ich wollte Ihnen nur sagen, daß ich zurückkomme, wenn Sie nichts dagegen haben.«

Er schüttelte mir die Hand. »Ich weiß, du wirst zurückkommen, Kleiner.«

Originaltitel: ›The Black Pits of Luna‹

»Wie schön, wieder zu Hause zu sein!«

»Beeil dich, Allan!« – Es ging zur Erde zurück! Josephines Herz hämmerte.

»Eine Sekunde.« Ihr Mann überprüfte die leere Wohnung, sie verging vor Ungeduld. Wegen der hohen Frachtkosten vom Mond zur Erde wäre es töricht gewesen, ihren Besitz mitzunehmen. Außer der Tasche, die er trug, hatten sie alles zu Bargeld gemacht. Befriedigt stellte er sich am Aufzug neben seine Frau. Sie fuhren zur Verwaltungsebene hoch und gingen zu einer Tür, auf der zu lesen stand:

LUNA CITY
WOHNUNGSGENOSSENSCHAFT –
Anna Stone,
Leiterin des Wohnungsnachweises.

Grimmig nahm Miss Stone ihre Wohnungsschlüssel in Empfang. »Mr. und Mrs. MacRae. Sie wollen uns also tatsächlich verlassen?«

Josephine ärgerte sich. »Haben Sie geglaubt, wir würden unsere Meinung ändern?«

Die Amtsleiterin zuckte die Achseln. »Nein. Ich wußte schon vor beinahe drei Jahren, daß Sie zurückgehen würden – aus Ihren Beschwerden.«

»Aus meinen Be ... Miss Stone, ich habe nicht weniger Geduld mit den unglaublichen Mängeln dieses unter Druck gesetzten Kaninchenbaus gezeigt als sonstwer. Ich mache Ihnen persönlich keinen Vorwurf, aber ...«

»Immer mit der Ruhe, Jo!« warnte ihr Mann sie.

Josephine errötete.

»Entschuldigung, Miss Stone.«

»Schon gut. Wir sehen die Dinge eben anders. Ich war schon hier, als Luna City noch aus drei luftdichten Nissenhütten bestand, die durch Tunnel verbunden waren, durch die man auf Händen und Knien kriechen mußte.« Sie streckte ihr eine breite Hand entgegen. »Ich hoffe, es macht Ihnen Spaß, wieder Erdschweine zu sein, ehrlich. Heiße Düsen, viel Glück und eine sichere Landung.«

Wieder im Aufzug, sprudelte Josephine los: »›Erdschweine‹, also wirklich! Nur weil wir unsern Heimatplaneten vorziehen, wo der Mensch frische Luft atmen kann . . .«

»Du benutzt den Ausdruck doch auch«, meinte Allan.

»Aber ich bezeichne damit Leute, die Terra nie verlassen haben.«

»Wir haben uns beide öfter als einmal gewünscht, genug Verstand gehabt zu haben, um die Erde niemals zu verlassen. Im Herzen sind wir Erdschweine, Jo.«

»Ja, aber ... oh, Allan, du bist ein Ekel. Dies ist der glücklichste Tag meines Lebens. Freust du dich etwa nicht, nach Hause zu kommen?«

»Doch, natürlich. Es wird schön sein, wieder nach Hause zu kommen. Reiten. Skifahren.«

»Und die Oper. Die Große Oper in einem richtigen Theater. Allan, wir müssen einfach eine Woche oder zwei in Manhattan bleiben, bevor wir aufs Land ziehen.«

»Ich dachte, du wolltest den Regen auf deinem Gesicht spüren.«

»Das will ich auch. Ich will es alles gleichzeitig, und ich kann nicht warten. Oh, Darling, es ist, als ob man aus dem Gefängnis freikäme.« Sie klammerte sich an ihn.

Der Aufzug hielt, und Allan löste Josephines Hände. »Heul nicht!«

»Allan, du bist ein Biest«, erklärte sie verträumt. »Ich bin so glücklich.«

Den nächsten Halt machten sie in der Bankenstraße. Der Angestellte im Büro der National City Bank hatte ihre Geldüberweisung fertig. »Sie fliegen nach Hause, wie? Hier unterschreiben, und Ihren Fingerabdruck. Ich beneide Sie. Jagen, Fischen.«

»Ich bin mehr für Wellenreiten. Und Segeln.«

»Ich«, erklärte Jo, »möchte einfach grüne Bäume und blauen Himmel sehen.«

Der Angestellte nickte.

»Das verstehe ich. Es ist lange her und weit weg. Nun,

viel Vergnügen. Machen Sie drei oder sechs Monate Urlaub?«

»Wir kommen nicht wieder«, erklärte Allan geradeheraus. »Drei Jahre wie ein Fisch in seinem Aquarium leben reicht.«

»So?« Der Angestellte schob ihm die Papiere hin und setzte ausdruckslos hinzu: »Na denn – heiße Düsen.«

»Danke.«

Sie fuhren bis zur obersten Ebene hinauf und nahmen den quer durch die Stadt führenden Gleitsteig hinaus zum Raketenhafen. An einer Stelle durchbrach der Gleitsteig-Tunnel die Oberfläche und wurde zur unter Druck gesetzten Halle.

Durch ein Aussichtsfenster in der westlichen Wand sah man die Oberfläche des Mondes – und hinter den Bergen die Erde.

Groß und grün und schön schwebte sie vor dem schwarzen Mondhimmel und den harten, nicht funkelnden Sternen, und der Anblick trieb Jo Tränen in die Augen. Die Heimat – dieser wunderbare Planet war ihre Heimat! Allan, gleichmütiger, stellte die Greenwich-Zeit fest. Die Sonnenaufgangslinie berührte soeben Südamerika. Also war es ungefähr zwanzig nach acht, und da mußten sie sich beeilen.

Vom Gleitsteig liefen sie in die Arme einiger Freunde, die gekommen waren, ihnen Lebewohl zu sagen. »He – wo seid ihr Herumtreiber gewesen? Die *Gremlin* startet in sieben Minuten.«

»Aber wir fliegen nicht mit ihr«, antwortete MacRae. »Nein, Sir.«

»Was? Ihr fliegt nicht? Habt ihr eure Meinung geändert?«

Josephine lachte. »Achte nicht auf ihn, Jack! Wir fliegen statt dessen mit der Expreß-Rakete; wir haben die Reservierung auf sie übertragen lassen. Also haben wir noch zwanzig Minuten Zeit.«

»Da sieht man's! Ein reiches Touristen-Paar, wie?«

»Oh, der Aufschlag ist gar nicht so hoch, und ich wollte nicht zweimal umsteigen und eine Woche im

Raum verbringen, wenn wir in zwei Tagen zu Hause sein können.« Jo rieb bedeutungsvoll ihr bloßes Mittelstück.

»Sie verträgt den Freien Fall nicht, Jack«, erklärte ihr Mann.

»Nun, ich auch nicht. Ich war auf dem ganzen Flug hierher raumkrank. Trotzdem glaube ich nicht, daß du diesmal raumkrank werden wirst, Jo. Du hast dich inzwischen an die Mondschwerkraft gewöhnt.«

»Mag sein«, stimmte sie zu, »aber es ist ein großer Unterschied zwischen einem Sechstel Schwerkraft und gar keiner.«

Jack Crails Frau fragte: »Josephine MacRae, willst du dein Leben in einem atomgetriebenen Schiff aufs Spiel setzen?«

»Warum nicht, Liebling? Du arbeitest in einem Atom-Laboratorium.«

»Ha! Im Labor treffen wir Vorsichtsmaßnahmen. Die Handelskommission hätte die Expreß-Raketen nie genehmigen dürfen. Ich mag altmodisch sein, aber ich werde zurückfliegen, wie ich hergekommen bin, via Terminal und Supra-New-York und in den guten, alten, zuverlässigen Treibstoff-Raketen.«

»Mach ihr keine Angst, Emma«, wandte Crail ein. »Man hat diese Schiffe inzwischen ganz sicher gemacht.«

»Nicht zu meiner Zufriedenheit. Ich ...«

»Laß man!« unterbrach Allan sie. »Es ist einmal abgemacht, und wir müssen noch zum Startplatz der Expreß-Raketen hinüber. Lebt wohl, ihr alle! Danke, daß ihr gekommen seid. Ihr seid uns gute Freunde gewesen. Wenn ihr in Gottes eigenes Land zurückkehrt, besucht uns einmal.«

»Lebt wohl, Kinder!« – »Leb wohl, Jo, leb wohl, Allan.« – »Grüßt den Broadway von mir!« – »Vergeßt nicht zu schreiben!« – »Lebt wohl!« – »Aloha – heiße Düsen!« Sie zeigten ihre Flugkarten vor, betraten die Luftschleuse und kletterten in den Druckwagen, der zwischen dem eigentlichen Leyport und dem Startplatz der Expreß-Raketen verkehrte. »Festhalten, Leute!« rief der Fahrer der Fähre über die Schulter zurück. Schnell ließen sich Jo und Allan in die Polster nieder. Das Schleusentor öffnete sich; der vor ihnen liegende Tunnel war luftlos. Fünf Minuten später stiegen sie wieder aus, zwanzig Meilen weiter weg hinter den Bergen, die den Deckel Luna Citys vor den radioaktiven Emissionen der Expreß-Schiffe schützten.

In der *Sparrowhawk* teilten sie das Abteil mit einer Missionarsfamilie. Reverend Dr. Simmons fühlte sich verpflichtet, zu erklären, warum er in Luxus reise. »Es ist des Kindes wegen«, teilte er ihnen mit, während seine Frau das Mädchen auf einer kleinen Beschleunigungscouch anschnallte, die wie eine Tragbahre zwischen den Liegen ihrer Eltern befestigt war. »Sie ist nie im Raum gewesen, und wir wollen das Risiko nicht eingehen, daß sie tagelang ununterbrochen raumkrank ist.« Die Warnsirene heulte, und sie schlossen die Sicherheitsgurte. Jo fühlte ihr Herz klopfen. Endlich ... endlich!

Die Triebwerke feuerten und drückten sie in die Kissen. Jo hatte sich nicht vorgestellt, daß sie so schwer werden würde. Dies war schlimmer, viel schlimmer als der Hinflug. Das Kind schrie in wortlosem Entsetzen und Unbehagen so lange, wie die Beschleunigung andauerte.

Nach einer unbestimmbaren Zeit wurden sie plötzlich schwerelos. Das Schiff war in den Freien Fall übergegangen. Als sich der schreckliche Druck von ihrer Brust hob, wurde es Jo so leicht ums Herz, wie ihr Körper sich anfühlte. Allan löste den oberen Gurt und setzte sich auf. »Wie geht es dir, Mädchen?«

»Oh, gut.« Jo schnallte sich los und drehte sich ihm zu. Dann bekam sie den Schluckauf. »Das heißt, ich glaube es.«

Fünf Minuten später hatte sie keinen Zweifel mehr: Sie wollte nur noch sterben. Allan schwamm aus dem Abteil und trieb den Schiffsarzt auf, der ihr eine Spritze gab. Als das Medikament gewirkt hatte, begab Allan sich in den Salon, um sich seiner eigenen Kur zu unterziehen – Mothersills Heilmittel gegen Raumkrankheit, hinuntergespült mit Champagner. Bald darauf mußte er zugeben, daß diese beiden erstklassigen Mittel bei ihm nicht wirkten. Aber vielleicht hätte er sie nicht mischen sollen.

Die kleine Gloria Simmons war nicht raumkrank. Sie hatte ihren Spaß an der Schwerelosigkeit und sprang vom Fußboden an die Decke und gegen das Schott wie ein Ballon mit Grübchen. Jo zog müde in Erwägung, das Kind zu erwürgen, wenn es in Reichweite schwebte, aber die Anstrengung war zu groß.

Die negative Beschleunigung, so benommen sie sie machte, war eine willkommene Erleichterung nach der Übelkeit, nur für die kleine Gloria nicht. Sie schrie wieder vor Angst und Schmerz, während ihre Mutter Erklärungsversuche machte. Ihr Vater betete.

Nach langer, langer Zeit gab es einen leichten Ruck, und die Sirene begann zu heulen. Jo schaffte es, den Kopf zu heben. »Was ist los? Ist das ein Unfall?«

»Ich glaube nicht. Ich glaube, wir sind gelandet.«

»Unmöglich! Wir bremsen doch noch. Ich bin so schwer wie Blei.«

Allan grinste schwach. »Ich auch. Erdschwerkraft – hast du das vergessen?«

Das Kind schrie weiter.

Sie sagten der Missionarsfamilie auf Wiedersehen, da Mrs. Simmons sich entschieden hatte, auf eine Stewardeß vom Raketenhafen zu warten. Sich gegenseitig stützend, taumelten die MacRaes aus dem Schiff. »Es kann nicht nur an der Schwerkraft liegen!« protestierte Jo. Sie hatte das Gefühl, als seien ihre Füße in unsichtbarem Treibsand gefangen. »Zu Hause – ich meine in Luna City – habe ich die erdnormale Beschleunigung in der Zentrifuge ganz gut ausgehalten. Wir sind noch schwach von der Raumkrankheit.«

Allan bezwang das Schwindelgefühl. »So wird es sein. Wir haben seit zwei Tagen nichts mehr gegessen.«

»Du hast auch nichts gegessen, Allan?«

»Nein. Jedenfalls nicht auf Dauer. Hast du Hunger?«

»Ich bin halbtot vor Hunger.«

»Wie wäre es mit einem Dinner in Keans Steak-Haus?«

»Wundervoll. Oh, Allan, wir sind wieder da!« Von neuem flossen die Tränen.

Sie sahen die Simmons' noch einmal wieder, als sie das Hudson-Tal hinter sich gelassen und die Grand Central Station erreicht hatten. Dort warteten sie auf ihre Reisetasche, und Jo beobachtete den Reverend Dr. Simmons, wie er schwerfällig aus der nächsten Rohrkapsel kletterte, seine Tochter auf dem Arm, gefolgt von seiner Frau. Er setzte das Kind behutsam ab. Einen Augenblick blieb Gloria zitternd auf ihren drallen Beinchen stehen. Dann brach sie zusammen und blieb liegen. Man hörte ihr dünnes Weinen.

Ein Raumfahrer – nach seiner Uniform ein Pilot blieb stehen und sah voller Mitleid auf das Kind nieder. »Im Mond geboren?« erkundigte er sich.

»Ja, Sir, so ist es.« Simmons' Höflichkeit war stärker als seine Sorgen.

»Nehmen Sie sie auf den Arm, und tragen Sie sie! Sie wird ganz von neuem laufen lernen müssen.« Der Raumfahrer schüttelte traurig den Kopf und glitt davon. Simmons blickte noch sorgenvoller drein. Dann setzte er sich neben seinem Kind auf den Boden, ohne auf den Schmutz zu achten.

Jo fühlte sich zu schwach, um zu helfen. Sie sah sich nach Allan um, aber der hatte zu tun; ihre Tasche war angekommen. Sie war ihm vor die Füße gestellt worden, und er wollte sie hochheben. Aber plötzlich wurde ihm ganz komisch. Die Tasche schien auf dem Bahnsteig festgenagelt zu sein. Allan wußte, was darin war, Mikro- und Farbfilme, ein paar Andenken, Toilettenartikel, verschiedene unersetzliche Gegenstände, alles in allem fünfzig Pfund Masse. Das Ding *konnte* nicht soviel wiegen, wie es den Anschein hatte.

Aber es wog soviel.

Allan hatte vergessen, wie schwer fünfzig Pfund auf der Erde sind.

»Gepäckträger, Mister?« Der Sprecher war grauhaarig und dünn, aber er nahm die Tasche ganz mühelos hoch. Allan rief: »Komm, Jo!« und folgte ihm. Er kam sich albern vor. Der Gepäckträger verlangsamte sein Tempo und paßte sich Allans mühsamen Schritten an.

»Gerade vom Mond heruntergekommen?« erkundigte er sich.

»Ja.«

»Haben Sie schon ein Hotelzimmer?«

»Nein.«

»Dann halten Sie sich an mich. Ich habe einen Freund am Empfang im Commodore.« Er führte sie zu dem Gleitsteig und weiter ins Hotel.

Sie waren zu müde, um auswärts zu essen. Allan bestellte ein Essen aufs Zimmer. Danach schlief Jo in der Badewanne ein, und er hatte Mühe, sie herauszubekommen – es gefiel ihr, daß das Wasser ihr Auftrieb gab. Aber er redete ihr zu, eine Schaumgummi-Matratze sei fast ebenso gut. Sie gingen sehr früh schlafen.

Um vier Uhr morgens wachte Jo um sich schlagend auf. »Allan, Allan!«

»Was ist los?« Seine Hand tastete nach dem Lichtschalter.

»Oh ... nichts. Ich habe geträumt, ich sei wieder im Schiff, und die Triebwerke seien durchgegangen. Allan, wie kommt es, daß es hier drin so stickig ist? Ich habe gräßliche Kopfschmerzen.«

»Es kann gar nicht stickig sein. Das Zimmer hat eine Klimaanlage.« Er sog die Luft ein. »Ich habe auch Kopfschmerzen«, gestand er.

»Dann tu etwas! Mach ein Fenster auf!«

Er stolperte aus dem Bett, erschauerte, als die Außenluft ihn traf, und beeilte sich, wieder unter die Decke zu kommen. Der Lärm der Stadt drang durch das offene Fenster ein. Wie sollte er jetzt wieder einschlafen!

»Allan?« fragte seine Frau.

»Ja. Was ist denn?«

»Schatz, ich *friere.* Darf ich zu dir kommen?«

»Natürlich.«

Warm und mild schien die Sonne ins Zimmer. Als ein Strahl seine Augen berührte, erwachte Allan und fand seine Frau wach neben sich. Sie seufzte und schmiegte sich an ihn. »Oh, Darling, sieh doch! Blauer Himmel – wir sind zu *Hause.* Ich hatte vergessen, wie schön das ist.«

»Ja, es ist schön, wieder da zu sein. Wie fühlst du dich?«

»Viel besser. Und du?«

»Ich bin okay.« Er schlug die Decke zurück.

Jo quietschte und zog sie wieder über sich. »Laß das!«

»Wie?«

»Mamas großer Junge wird jetzt aus dem Bett steigen und dieses Fenster schließen, während Mama unter der Decke bleibt.«

»Na gut.« Das Gehen fiel ihm leichter als am Abend zuvor – aber er war froh, als er wieder im Bett war. Einmal dort, wandte er sich dem Telefon zu und rief: »Service!«

»Ihre Bestellung bitte«, antwortete es mit einer süßen Altstimme.

»Orangensaft und extrastarken Kaffee für zwei, halbweiches Rührei aus sechs Eiern und Weizenvollkorn-Toast. Und schicken Sie uns die *Times* und die *Saturday Evening Post* hinauf!«

»Zehn Minuten.«

»Danke.« Allan rasierte sich gerade, da summte der Lieferschrank. Er nahm die Lieferung heraus und brachte Jo das Frühstück ans Bett. Nach dem Frühstück legte er seine Zeitung hin und fragte: »Kannst du deine Nase aus dieser Zeitschrift ziehen?«

»Mit Freuden. Das verflixte Ding ist zu groß und zu schwer zum Halten.«

»Warum läßt du dir nicht die Mondausgabe von Luna City schicken? Das würde nur acht- oder neunmal soviel kosten.«

»Sei nicht albern. Was wolltest du mir sagen?«

»Wie wäre es, wenn du aus diesem vermieften kleinen Nest stiegest und mitkämst, Kleider zu kaufen?«

»Hu, nein. In meinem Mondanzug gehe ich nicht vor die Tür.«

»Fürchtest du dich, angestarrt zu werden? Du wirst wohl auf deine alten Tage prüde!«

»Nein, mein Herr, ich weigere mich einfach, mich in sechs Unzen Nylon und einem Paar Sandalen der Außenluft auszusetzen. Erst möchte ich ein paar warme Sachen haben.« Sie kroch tiefer unter die Decke.

»Die perfekte Pionierfrau. Willst du eine Schneiderin kommen lassen?«

»Das können wir uns nicht leisten. Hör zu – du gehst doch sowieso. Kaufe mir irgendeinen Fetzen, wenn er nur warm ist.«

McRae zeigte sich wiederspenstig.

»Ich habe schon früher versucht, für dich einzukaufen.«

»Nur dieses eine Mal – bitte. Lauf zu Saks hinüber und such mir ein Straßenkleid in blauem Wolljersey aus, Größe zehn. Und ein Paar Nylons.«

»Na gut.«

»Du bist auch der Beste. Und ich werde nicht faulenzen. Ich habe eine Liste, so lang wie dein Arm, von Leuten, die anzurufen, zu besuchen und zum Lunch einzuladen ich versprochen habe.«

Allan machte zuerst seine eigenen Einkäufe; seine vernünftige, aus Shorts und ärmellosem Hemd bestehende Kleidung kam ihm hier so warm vor wie ein Strohhut in einem Schneesturm. Es war eigentlich nicht kalt, und in der Sonne war es richtig mild, aber es kam einem Mann kalt vor, der an niemals schwankende zweiundsiebzig Grad Fahrenheit* gewöhnt war. Allan versuchte, unter der Erde oder dem überdachten Abschnitt der Fifth Avenue zu bleiben.

Er hatte den Verdacht, daß der Verkäufer ihn wie einen Onkel vom Lande ausstaffiert hatte. Aber die Sachen waren warm. Außerdem waren sie schwer. Sie verstärkten den Schmerz auf der Brust und machten sei-

* 22° C

nen Gang noch unsicherer. Wie lange würde es wohl dauern, bis er wieder Erdbeine hatte?

Eine mütterliche Verkäuferin suchte für ihn aus, was Jo bestellt hatte, und empfahl ihm auch noch einen warmen Umhang für sie. Stolpernd unter seinen Paketen, machte er sich auf den Rückweg und versuchte vergeblich, ein Bodentaxi anzuhalten. Jeder hier schien so in Eile zu sein! Einmal wäre er beinahe von einem Zehnjährigen umgerannt worden. »Paß auf, Opa!« sagte der Junge und war weggelaufen, bevor Allan antworten konnte.

Als er das Hotelzimmer erreichte, tat ihm alles weh, und er wünschte sich nichts weiter als ein heißes Bad. Aber er bekam es nicht. Jo hatte Besuch. »Mrs. Appleby, mein Mann – Allan, das ist Emma Crails Mutter.«

»Oh, wie geht es Ihnen, Doktor – oder muß ich ›Professor‹ sagen?«

»Mister.«

»Als ich hörte, Sie seien in der Stadt, konnte ich einfach nicht warten, alles über mein armes Schätzchen zu hören. Wie geht es ihr? Ist sie dünn geworden? Sieht sie gut aus? Diese modernen Mädchen – ich habe ihr immer wieder und wieder gesagt, sie muß ins Freie gehen – ich gehe jeden Tag im Park spazieren – und sehen Sie mich an. Sie hat mir ein Bild geschickt – ich habe es hier irgendwo, jedenfalls glaube ich, ich habe es –, und sie sieht gar nicht gesund aus, richtig unterernährt. Diese synthetischen Nahrungsmittel . . .«

»Sie ißt keine synthetischen Nahrungsmittel, Mrs. Appleby.«

». . . müssen schrecklich sein, da bin ich sicher, ganz zu schweigen von ihrem Geschmack. Was wollten Sie sagen?«

»Ihre Tochter lebt nicht von synthetischen Nahrungsmitteln«, wiederholte Allan. »Frisches Obst und Gemüse gehören zu den Dingen, von denen wir in Luna City beinahe zuviel haben. Die Klimaanlage, verstehen Sie.«

»Das sage ich ja! Ich gestehe, daß ich mir nicht vorstellen kann, wie Sie auf dem Mond Nahrungsmittel mit der Maschinerie der Klimaanlage erzeugen ...«

»Im Mond, Mrs. Appleby.«

»... aber gesund können sie nicht sein. Unsere Klimaanlage zu Hause versagt andauernd und gibt die scheußlichsten Gerüche von sich – einfach unerträglich, meine Lieben – man sollte meinen, daß es möglich wäre, ein einfaches kleines Gerät wie eine Klimaanlage so zu bauen, daß ... obwohl, natürlich, wenn Sie von ihm verlangen, daß es auch noch synthetische Nahrungsmittel herstellt ...«

»Mrs. Appleby ...«

»Ja, Doktor? Was wollten Sie sagen? Lassen Sie sich von mir ...«

»Mrs. Appleby«, erklärte MacRae verzweifelt, »die Klimaanlage in Luna City ist eine hydroponische Farm. Das sind Tanks mit Pflanzen. Die Pflanzen entziehen der Luft das Kohlendioxid und geben ihr Sauerstoff.«

»Aber – sind Sie ganz sicher, Doktor? Ich weiß doch, daß Emma sagte ...«

»Ganz sicher.«

»Nun ... ich will nicht so tun, als ob ich diese Sachen verstehe, ich bin eher ein künstlerischer Typ. Der arme Herbert sagte oft – Herbert war Emmas Vater; er hatte nichts anderes im Kopf als seine Technik, obwohl ich immer dafür sorgte, daß er gute Musik hörte und die Besprechungen der besten Bücher las. Emma ist nach ihrem Vater geraten, fürchte ich. Ach, wie wünsche ich mir, daß sie ihre dumme Arbeit aufgibt! Es ist doch wirklich nicht die richtige Aufgabe für eine Frau, was meinen Sie, Mrs. MacRae? All diese Atome und Neutrums und solche Dinge, die in der Luft herumschweben. Ich lese alles darüber in der Spalte *Wissenschaft einfach gemacht*, die in der Zeitschrift ...«

»Sie ist sehr gut darin, und es scheint ihr auch Freude zu machen.«

»Nun ja, das nehme ich an. Es ist ja so wichtig, glücklich bei seiner Arbeit zu sein, ganz gleich, wie stumpfsinnig sie ist. Aber ich mache mir Sorgen um das Kind –

weit entfernt von der Zivilisation begraben, niemanden von ihrer eigenen Art, mit dem sie reden könnte, kein Theater, kein kulturelles Leben, keine Gesellschaft ...«

»Luna City hat Stereo-Aufzeichnungen von jedem erfolgreichen Broadway-Stück.« Jos Stimme klang ein bißchen gereizt.

»Oh! Wirklich? Aber es handelt sich ja nicht nur darum, daß man ins Theater geht, meine Liebe, sondern ebenso um die Gesellschaft gebildeter Menschen. Als ich ein junges Mädchen war, haben meine Eltern ...«

Allan schnitt ihr mit lauter Stimme das Wort ab. »Ein Uhr. Hast du schon gegessen, meine Liebe?«

Mrs. Appleby setzte sich mit einem Ruck gerade. »Ach du meine Güte! Ich muß fliegen. Meine Modeschöpferin – eine solche Tyrannin, aber ein Genie! Ich werde Ihnen ihre Adresse geben. Es war ein entzückender Plausch, meine Lieben, und ich kann Ihnen gar nicht genug dafür danken, daß Sie mir alles über meinen armen Liebling erzählt haben. Ich wünschte nur, sie wäre so vernünftig wie Sie beide; sie weiß, daß sie bei mir immer ein Zuhause findet – und ihr Mann auch. Sie müssen mich oft besuchen. Ich unterhalte mich zu gern mit Leuten, die auf dem Mond gewesen sind ...«

»Im Mond.«

»Das gibt mir das Gefühl, meinem Liebling näher zu sein. Dann auf Wiedersehen.«

Als sich die Tür hinter ihr geschlossen hatte, sagte Jo: »Allan, ich brauche einen Drink.«

»Ich auch.«

Jo hörte mit dem Einkaufen bald wieder auf; es war zu ermüdend. Um vier Uhr fuhren sie mit einer Kutsche durch den Central Park und genossen es, zum trägen Klapp-klapp der Pferdehufe die Herbstlandschaft zu betrachten. Die Hubschrauber, die Tauben, der Streifen am Himmel, wo die Antipoden-Rakete geflogen war, fügten sich zu einer idyllischen Szene voller Schönheit und Heiterkeit zusammen. Jo schluckte den Klumpen in ihrer Kehle hinunter und flüsterte: »Allan, ist das nicht *wundervoll?«*

»Sicher. Wie schön, daß wir wieder zu Hause sind. Sag mal, hast du bemerkt, daß sie die 42. Straße schon wieder aufgerissen haben?«

In ihr Zimmer zurückgekehrt, ließ sich Jo aufs Bett fallen, während Allan sich die Schuhe auszog. Er saß da, rieb seine Füße und bemerkte: »Ich werde den ganzen Abend barfuß gehen. O Mann, tun mir die Füße weh!«

»Mir auch. Aber wir besuchen heute abend deinen Vater, mein Süßer.«

»Wie? Oh, verdammt, das hatte ich verschwitzt. Jo, von welchem bösen Geist warst du besessen? Ruf ihn an und verschiebe es! Wir sind immer noch halb tot von der Reise.«

»Aber, Allan, er hat einen Haufen deiner Freunde eingeladen.«

»Himmel, Donner, Arsch und Zwirn! Ich habe keine wirklichen Freunde in New York. Mach etwas für nächste Woche aus!«

»›Nächste Woche‹ – hmm – hör zu, Allan, laß uns auf der Stelle aufs Land hinausziehen!« Jos Eltern hatten ihr ein kleines Besitztum in Connecticut mit ausgelaugtem Farmland hinterlassen.

»Ich dachte, du wolltest zuerst zwei Wochen Theater und Musik. Warum die plötzliche Sinnesänderung?«

»Ich will es dir zeigen.« Jo trat ans Fenster, das seit dem Mittag offenstand. »Sieh dir den Fenstersims an.« Sie zeichnete ihre Anfangsbuchstaben in den Schmutz. »Allan, diese Stadt ist *dreckig!«*

»Du kannst nicht erwarten, daß zehn Millionen Menschen keinen Staub aufwirbeln.«

»Aber wir atmen das Zeug in unsere Lungen! Was ist eigentlich aus den Smog-Kontroll-Gesetzen geworden?«

»Das ist kein Smog, das ist normaler Stadtschmutz.«

»Das hat es in Luna City nie gegeben. Ich konnte einen weißen Anzug tragen, bis ich ihn satt hatte. Hier würde er nicht einen einzigen Tag sauber bleiben.«

»Manhattan hat kein Dach – und keine Ausfällapparate in jeder Luftleitung.«

»Sollte es aber. Entweder erfriere ich, oder ich ersticke.«

»Ich dachte, du freust dich darauf, Regen auf deinem Gesicht zu spüren?«

»Geh mir nicht auf die Nerven! Das möchte ich draußen auf dem sauberen, grünen Land.«

»Okay. Ich würde sowieso gern mit meinem Buch anfangen. Dann rufe ich gleich deinen Grundstücksmakler an.«

»Ich habe ihn heute morgen angerufen. Wir können jederzeit einziehen. Er hat sich gleich nach Erhalt meines Briefes darangemacht, das Haus in Ordnung zu bringen.«

Es war eine Stehparty im Haus seines Vaters, aber Jo setzte sich sofort hin und ließ sich Essen bringen. Allan hätte sich auch gern gesetzt, aber sein Status als Ehrengast zwang ihn, auf seinen schmerzenden Füßen zu bleiben. Sein Vater hielt ihn am Buffet fest. »Hier, Sohn, probier diese Gänseleber! Die müßte dir nach einer Diät aus grünem Käse schmecken.«

Allan stimmte zu, daß sie gut war.

»Hör zu, Sohn, du mußt den Leuten einfach von deiner Reise erzählen.«

»Keine Ansprachen, Dad. Sollen sie doch das *National Geographic* lesen.«

»Unsinn!« Er drehte sich um. »Alles mal ruhig sein, bitte! Allan wird uns erzählen, wie die Mondsüchtigen leben.«

Allan biß sich auf die Unterlippe. Sicher, die Bürger von Luna City benutzten den Ausdruck untereinander, aber hier klang er anders. »Also wirklich, ich habe nichts zu sagen. Essen Sie weiter!«

»Sie reden, und wir essen.« – »Erzählen Sie uns von der Mondsüchtigen-Stadt!« – »Haben Sie den Mann im Mond gesehen?« – »Mach schon, Allan, wie lebt es sich auf dem Mond?«

»Nicht ›auf dem Mond‹ – im Mond.«

»Ist da ein Unterschied?«

»Nun, eigentlich nicht.« Er zögerte. Es war unmöglich, ihnen zu erklären, warum die Mond-Kolonisten darauf bestanden, daß sie unter der Oberfläche des Satelliten lebten. Es ärgerte ihn nur auf die gleiche Weise, wie ›Frisco‹ einen Bewohner San Franciscos ärgert. »›Im Mond‹ ist bei uns die übliche Redewendung. Wir verbringen nicht viel Zeit auf der Oberfläche, ausgenommen das Personal des Richardson-Observatoriums, die Prospektoren und so weiter. Die Wohnquartiere liegen natürlich im Boden.«

»Wieso ›natürlich‹? Habt ihr Angst vor Meteoren?«

»Nicht mehr als ihr vor Blitzen. Unter der Oberfläche sind die Isolierung gegen Hitze und Kälte und die Druckfestigkeit leichter und billiger zu erreichen. Der Boden ist leicht zu bearbeiten, und die Zwischenräume wirken wie das Vakuum in einer Thermosflasche. Dort herrscht ja auch Vakuum.«

»Aber, Mr. MacRae«, erkundigte sich eine ernsthaft wirkende Dame, »schmerzen Ihre Ohren nicht, wenn Sie unter Druck leben?«

Allan fächelte die Luft. »Hier haben Sie denselben Druck – fünfzehn Pfund.«

Sie blickte verwirrt drein. Dann meinte sie: »Ja, so wird es sein, aber es ist ein bißchen schwer, sich das vorzustellen. Ich glaube, ich geriete in Panik, wenn ich in einer Höhle eingeschlossen wäre. Und wenn es einmal zu einer Explosion kommt?«

»Fünfzehn Pfund zu halten ist kein Problem; Ingenieure arbeiten mit Tausenden von Pfund pro Quadratzoll. Dazu ist Luna City noch in Abschnitte eingeteilt wie ein Schiff. Es ist dort wirklich sicher. Die Holländer leben hinter Deichen, unten in Mississippi hat man Flußdämme. Untergrundbahnen, Ozeanriesen, Flugzeuge – sie alle stellen künstliche Lebensbedingungen dar. Luna City kommt Ihnen nur merkwürdig vor, weil es weit entfernt ist.«

Sie erschauerte. »Mich ängstigt es.«

Ein wichtigtuerischer kleiner Mann drängte sich nach vorn. »Mr. MacRae – ich räume ein, daß es für die Wissenschaft und all das hübsch sein mag, aber warum muß das Geld der Steuerzahler für eine Kolonie auf dem Mond verschwendet werden?«

»Sie haben Ihre Frage schon selbst beantwortet«, gab Allan langsam zurück.

»Dann sagen Sie mir doch, Sir, wie Sie es rechtfertigen!«

»Es braucht nicht gerechtfertigt zu werden; die Mondkolonie hat sich schon mehrfach bezahlt gemacht. Die dort ansässigen Firmen arbeiten alle mit Gewinn. Artemis-Minen, Spaceways, Spaceways Provisioning Corporation, Diana-Freizeitbetriebe, Gesellschaft für elektronische Forschung, Lunare biologische Laboratorien, ganz zu schweigen von den Rutherford-Firmen – schlagen Sie sie nach. Nur das Kosmische Forschungsprojekt kostet den Steuerzahler ein bißchen, da es ein Gemeinschaftsunternehmen der Harriman-Stiftung unter der Regierung ist.«

»Dann geben Sie es also zu. Es geht um das Prinzip.«

Allan taten die Füße wirklich sehr weh. »Was für ein Prinzip? Historisch betrachtet, hat sich Forschung immer ausgezahlt.« Er drehte dem Frager den Rücken zu und hielt nach einer weiteren Portion Gänseleber Ausschau.

Ein Mann berührte ihn am Arm, und Allan erkannte einen früheren Schulkameraden. »Allan, alter Junge, ich gratuliere dir zu der Art, wie du den alten Beetle abgefertigt hast. Er hatte es mal nötig, ich glaube, er ist so ein Radikaler.«

Allan grinste. »Ich hätte die Beherrschung nicht verlieren dürfen.«

»Gut hast du das gemacht! Sag mal, Allan, ich führe morgen ein paar Kunden von auswärts durch die Lokale, wo wirklich was los ist. Komm doch mit.«

»Danke vielmals, aber wir ziehen aufs Land.«

»Oh, du kannst es dir nicht leisten, diese Party zu versäumen. Schließlich bist du auf dem Mond begraben gewesen. Du schuldest dir etwas Entspannung nach dieser tödlichen Monotonie.«

Allan spürte, wie ihm das Blut ins Gesicht stieg. »Trotzdem: danke, nein. Aber – hast du jemals den Erdblicksaal im Hotel Mondhafen gesehen?«

»Nein. Ich habe vor, den Ausflug zu machen, sobald ich mein Schäfchen ins Trockene gebracht habe.«

»Nun, dort gibt es ein Nachtlokal für dich. Hast du je einen Tänzer dreißig Fuß in die Höhe springen und auf dem Weg nach unten langsame Salti schlagen sehen? Hast du je einen Mondcocktail probiert? Oder erlebt, wie ein Jongleur bei niedriger Schwerkraft arbeitet?« Jo fing von der anderen Seite des Raums her seinen Blick ein. »Äh … entschuldige mich, alter Junge. Meine Frau braucht mich.« Er wandte sich zum Gehen, warf aber noch über die Schulter zurück: »Das ›Mondhafen‹ ist übrigens nicht einfach eine Absteige für Raumfahrer – es wird von der Duncan Hines Association empfohlen.«

Jo war sehr blaß. »Darling, du mußt mich von hier wegbringen. Ich ersticke. Ich bin wirklich krank.«

»Das paßt mir gut.« Sie entschuldigten sich.

Jo wachte mit einem Stockschnupfen auf, deshalb nahmen sie ein Flugtaxi direkt zu ihrem Landhaus. Unter ihnen hingen niedrige Wolken, aber oben war das Wetter schön. Der Sonnenschein und das einschläfernde Geräusch der Rotoren erweckten ihre Freude an der Heimkehr aufs neue.

Allan störte das faule Dahinträumen. »Etwas ist komisch, Jo. Nicht für viel Geld würde ich zum Mond zurückkehren – und doch habe ich gestern abend jedes Mal, wenn ich den Mund öffnete, die Mondsüchtigen verteidigt.«

Jo nickte. »Ich weiß. Ganz ehrlich, Allan, manche Leute benehmen sich, als sei die Erde flach. Die einen glauben einfach an gar nichts, und die anderen sind so prosaisch, daß man sofort merkt, sie verstehen es nicht. Und ich weiß nicht, welche Sorte mich mehr ärgert.«

Bei ihrer Ankunft war es neblig, aber das Haus war sauber, der Makler hatte Feuer angezündet und den

Kühlschrank gefüllt. Zehn Minuten, nachdem der Hubschrauber gelandet war, tranken sie heißen Punsch und ließen sich die Müdigkeit aus den Knochen backen. Allan reckte sich. »So gefällt es mir. Es ist wirklich schön, wieder zu Hause zu sein.«

»Hm, hm. Wenn bloß die Autostraße nicht wäre.« Eine neue Expreß-und-Fracht-Schnellstraße lief jetzt keine fünfzig Yards entfernt am Haus vorbei. Sie konnten die schweren Dieselmotoren brummen hören, wenn sie an die Steigung kamen.

»Vergiß die Autostraße! Drehe ihr den Rücken, und du siehst geradenwegs in den Wald.«

Sie gewannen ihre ›Erdbeine‹ soweit zurück, daß ihnen kurze Spaziergänge im Wald Freude machten. Ein langer, warmer Altweibersommer wurde ihnen geschenkt. Die Putzfrau war tüchtig und schweigsam. Allan arbeitete an den Ergebnissen von drei Jahren Forschungsarbeit, die er in Vorbereitung seines Buches geleistet hatte. Jo half ihm bei den statistischen Arbeiten, machte sich von neuem mit den Freuden des Kochens bekannt, träumte und ruhte sich aus.

Am ersten kalten Tag war die Toilette eingefroren.

Der Dorfklempner wurde überredet, am nächsten Tag in Erscheinung zu treten. In der Zwischenzeit nahmen sie ihre Zuflucht zu einem bescheidenen Häuschen, das aus einem anderen Zeitalter übriggeblieben war und immer noch draußen hinter dem Holzstapel stand. Es war mit Spinnweben ausgekleidet, und die Lüftung war allzu gut. Der Klempner machte ihnen nicht viel Hoffnung. »Neuer Faulbehälter. Neues Abflußrohr. Es wird sich für Sie auszahlen, wenn Sie gleichzeitig auch die Armaturen erneuern lassen. Fünfzehn-, sechzehnhundert Dollar. Ich muß das noch durchrechnen.«

»Das geht in Ordnung«, versicherte Allan ihm. »Können Sie heute noch anfangen?«

Der Mann lachte. »Ich sehe, Mister, daß Sie keine Ahnung haben, wie schwer es heutzutage ist, Material und Arbeitskräfte zu bekommen. Im kommenden Frühjahr – sobald der Frost aus dem Boden ist.«

»Das ist unmöglich, Mann. Sie brauchen keine Rücksicht auf die Kosten zu nehmen. Hauptsache, es wird gemacht.«

Der Eingeborene hob die Schultern. »Tut mir leid, daß ich Ihnen nicht gefällig sein kann. Guten Tag.«

Kaum war er fort, da explodierte Jo. »Allan, er will uns nicht helfen!«

»Nun – mag sein. Ich werde versuchen, jemanden von Norwalk zu bekommen oder sogar aus der City. Du kannst doch nicht den ganzen Winter durch den Schnee hinaus zu diesem gräßlichen Plumpsklo stapfen.«

»Das will ich nicht hoffen.«

»Du darfst es nicht. Einen Schnupfen hast du bereits gehabt.« Mißmutig starrte er ins Feuer. »Ich vermute, das habe ich durch meinen unangebrachten Sinn für Humor heraufbeschworen.«

»Wieso?«

»Du weißt doch, wie wir ständig aufgezogen worden sind, seit es sich herumgesprochen hat, daß wir Kolonisten waren. Mir hat es nicht viel ausgemacht, aber gelegentlich hat ein Pfeil getroffen.

Du erinnerst dich, daß ich letzten Samstag ins Dorf gegangen bin?«

»Ja. Was ist passiert?«

»Beim Friseur ging es wieder los. Ich ließ es mir anfangs gefallen, doch dann platzte mir der Kragen. Ich fing an, vom Mond zu erzählen, lauter Blödsinn, die bärtigen Geschichten über Vakuumwürmer und petrifizierte Luft. Es dauerte eine Weile, bis sie merkten, daß ich sie auf den Arm nahm – und als sie es merkten, lachte niemand. Unser Freund, der dörfliche Sanitäringenieur, gehörte mit zu der Gruppe. Es tut mir leid.«

»Das braucht es nicht.« Sie küßte ihn. »Wenn ich durch den Schnee stapfen muß, wird es mich aufheitern, daß du ihnen mit gleicher Münze heimgezahlt hast.«

Der Klempner aus Norwalk war hilfsbereiter, aber Regen und dann Schneeregen verzögerten die Arbeit. Allan und Jo erkälteten sich beide. Am neunten Tag ihres Elends saß Allan an seinem Schreibtisch, als er die Hintertür gehen hörte. Jo kehrte vom Einkaufen zurück. Er widmete sich wieder seinen Notizen. Plötzlich wurde ihm bewußt, daß sie nicht hereingekommen und »Hallo« gesagt hatte. Er ging nachsehen.

Jo war auf einem Küchenstuhl zusammengesunken und weinte leise. »Darling«, drängte er, »mein Schätzchen, was ist denn los?«

Sie blickte auf. »Ich wollte es dich nicht merken lassen.«

»Putz dir die Nase! Dann trockne dir die Augen. Was meinst du damit, du wolltest es mich nicht merken lassen? Was ist passiert?«

Von Schluchzen unterbrochen, kam die Geschichte heraus. Zuerst hatte der Lebensmittelhändler behauptet, keine Wischtücher zu haben, und als sie darauf zeigte, hatte er erklärt, sie seien ›verkauft‹. Dann hatte er ihr vorgeworfen, sie hätten fremde Arbeitskräfte in den Ort gebracht und anständigen Leuten das Brot vorm Mund weggenommen.

Jo war wütend geworden und hatte den Vorfall beim Friseur, als Allan die Witze erzählt hatte, zur Sprache gebracht. Der Lebensmittelhändler war nur noch steifer geworden. »›Lady‹, sagte er zu mir, ›ich weiß nicht, ob Sie und Ihr Mann auf dem Mond gewesen sind oder nicht, und es ist mir auch egal. Ich interessiere mich nicht besonders für solche Dinge. Jedenfalls brauche ich Sie nicht als Kunden.‹ Oh, Allan, ich bin so unglücklich!«

»Nicht so unglücklich wie er gleich sein wird! Wo ist mein Hut?«

»Allan! Du wirst dieses Haus nicht verlassen. Ich will nicht, daß du dich mit ihm schlägst.«

»Und ich will nicht, daß er dich beschimpft.«

»Er wird es nicht wieder tun. Ach, mein Lieber, ich habe mir so große Mühe gegeben, aber ich kann hier nicht länger bleiben. Nicht nur wegen der Dorfbewohner, auch wegen der Kälte und der Küchenschaben und der ständig laufenden Nase. Ich bin todmüde, und die ganze Zeit tun mir die Füße weh.« Sie fing von neuem an zu weinen.

»Nun, nun! Wir ziehen weg von hier, Schätzchen. Wir gehen nach Florida. Dort beende ich mein Buch, und du liegst solange in der Sonne.«

»Oh, ich möchte nicht nach Florida. *Ich möchte nach Hause!«*

»Hö? Du meinst – zurück nach Luna City?«

»Ja. Oh, Liebster, ich weiß, du willst es nicht, aber ich halte es nicht mehr aus. Es ist nicht nur der Schmutz und die Kälte und das Häuschen auf dem Hof. Es ist, daß man uns nicht versteht. In New York war es auch nicht besser. Diese Erdschweine wissen *überhaupt nichts.«*

Er grinste sie an. »Bleib auf Sendung, Mädchen! Ich bin auf deiner Frequenz.«

»Allan!«

Er nickte. »Ich habe schon vor einer ganzen Weile herausgefunden, daß ich im Herzen ein Mondsüchtiger bin, aber ich hatte Angst, es dir zu erzählen. Mir tun die Füße auch weh, und ich habe es verdammt satt, wie eine Mißgeburt behandelt zu werden. Ich habe versucht, tolerant zu sein, aber ich kann Erdschweine nicht ertragen. Mir fehlen die Leute in der lieben, alten Luna City. Sie sind zivilisiert.«

Jo nickte. »Das mag ein Vorurteil sein, aber ich empfinde genauso.«

»Es ist *kein* Vorurteil. Seien wir ehrlich. Was braucht man, um nach Luna City zu kommen?«

»Eine Flugkarte.«

»Schlaukopf. Ich meine nicht als Tourist, ich meine, um dort eine Stellung zu finden. Du kennst die Antwort: Intelligenz. Es kostet viel Geld, einen Menschen zum Mond zu schicken, und weiteres Geld, ihn dort am Leben zu erhalten. Damit sich das lohnt, muß er eine Menge wert sein. Ein hoher Intelligenzquotient, guter Verträglichkeitsindex, ausgezeichnete Kenntnisse – alles Eigenschaften, die den Umgang mit einem Menschen angenehm und interessant machen. Wir sind verwöhnt. Die normale menschliche Bosheit, die unter Erdschweinen als selbstverständlich gilt, finden wir jetzt unerträglich, weil Mondbewohner tatsächlich anders sind. Die

Tatsache, daß Luna City die bequemste Umgebung ist, die der Mensch jemals für sich gebaut hat, ist nebensächlich – zählen tun die Bewohner. Reisen wir nach Hause!«

Er ging ans Telefon – es war ein altmodisches ohne Bildschirm – und rief das New Yorker Büro der Stiftung an. Während er wartete, den knüppelförmigen ›Hörer‹ am Ohr, fragte Jo: »Und wenn sie uns nicht haben wollen?«

»Das ist es ja, was mir Sorgen macht.« Sie wußten, daß die Mondfirmen kaum einmal Personal, das gekündigt hatte, von neuem einstellten. Die ärztliche Untersuchung sollte beim zweiten Mal viel genauer sein.

»Hallo ... hallo. Stiftung? Kann ich mit dem Personalbüro sprechen? ... Hallo – ich *kann* meinen Bildschirm nicht einschalten, dieses Instrument hier ist ein Überbleibsel aus dem dunkelsten Mittelalter. Hier spricht Allan MacRae, Organchemiker, Kontaktnummer 1340729. Und meine Frau Josephine MacRae, 1340730. Wir möchten uns von neuem verpflichten. – Ich sagte, wir möchten uns von neuem verpflichten ... okay, ich warte.«

»Bete, Darling, bete!«

»Ich bete ... Wie ist das? Meine Stelle ist noch frei? Fein, fein! Und wie ist es mit meiner Frau?« Er hörte eine Weile mit besorgter Miene zu. Jo hielt den Atem an. Dann legte er die Hand über die Sprechmuschel. »He, Jo – deine Stelle ist besetzt. Sie wollen wissen, ob du bereit bist, für den Übergang als zweite Buchhalterin zu arbeiten.«

»Sag ihnen: ja!«

»Das geht in Ordnung. Wann können wir zu den Untersuchungen kommen? Gut, danke. Auf Wiederhören.« Er legte auf und drehte sich zu seiner Frau um. »Ärztliche und psychologische Untersuchung, wann es uns paßt. Die Prüfung der beruflichen Eignung entfällt.«

»Worauf warten wir noch?«

»Auf nichts.« Er wählte den Hubschrauber-Dienst in Norwalk. »Können Sie uns nach Manhattan fliegen? Du meine Güte, haben Sie kein Radar? Gut, gut, auf Wiederhören!« Er schnaubte. »Bei dem Wetter starten sie nicht. Ich rufe New York an und versuche, eine moderne

Maschine zu bekommen.« Neunzig Minuten später landeten sie auf dem Dach des Harriman-Turms.

Feldman, der Psychologe,war sehr freundlich. »Bringen wir es hinter uns, bevor Sie sich die Brust abklopfen lassen. Nehmen Sie Platz. Erzählen Sie mir von sich!« Er horchte sie aus, nickte von Zeit zu Zeit. »Ich verstehe. Ist denn die Toilette schließlich repariert worden?«

»Ja.«

»Ihre schmerzenden Füße haben mein Mitgefühl, Mrs. MacRae, ich habe hier auch immer mein Kreuz mit dem Fußgewölbe. Das ist Ihr Grund, nicht wahr?«

»O nein!«

»Nun, Mrs. MacRae ...«

»Ehrlich, das ist es nicht. Ich möchte gern mit Leuten sprechen, die wissen, was ich meine. Mir fehlt nichts weiter, als daß ich Heimweh nach meiner eigenen Sorte von Menschen habe. Dann werde ich wieder ganz vernünftig sein, bestimmt.«

Der Psychologe blickte ernst drein. »Wie ist es mit Ihnen, Mr. MacRae?«

»Bei mir ist es ungefähr die gleiche Geschichte. Ich habe versucht, ein Buch zu schreiben, aber ich kann nicht arbeiten. Ich habe Heimweh. Ich möchte zurück.«

Feldman lächelte plötzlich. »Das wird keine allzu großen Schwierigkeiten machen.«

»Sie meinen, man nimmt uns wieder? Wenn wir die ärztliche Untersuchung bestehen?«

»Machen Sie sich darüber keine Gedanken – Sie sind bei Ihrem Ausscheiden ja erst untersucht worden. Natürlich müssen Sie erst noch nach Arizona, der Rekonditionierung und Quarantäne wegen. Wahrscheinlich wundern Sie sich, warum das so leicht geht, während es angeblich so schwer sein soll. Das ist ganz einfach: Wir wollen keine Leute mit der hohen Bezahlung zurücklocken. Wir wollen Leute, die in Luna City bleiben und dort glücklich sind – kurz gesagt, die Luna City als ihr ›Zuhause‹ betrachten. Jetzt, da Sie Heimweh haben, möchten wir Sie zurückgewinnen.« Er stand auf und streckte ihnen die Hand hin.

An diesem Abend fiel Jo in ihrem Zimmer im Commodore plötzlich etwas ein. »Allan, glaubst du, wir könnten unsere alte Wohnung zurückbekommen?«

»Nun ... ah ... das weiß ich nicht. Sollen wir der guten alten Stone ein Funktelegramm schicken?«

»Ruf sie statt dessen an, Allan! Wir können es uns leisten.«

»Gut, das will ich tun!«

Es dauerte ungefähr zehn Minuten, bis die Verbindung hergestellt war. Miss Stones Gesicht verlor etwas von seiner Strenge, als sie die MacRaes erkannte.

»Miss Stone, wir kommen nach Hause!«

Nach der üblichen Verzögerung von drei Sekunden antwortete sie: »Ja, ich weiß. Es ist so vor zwanzig Minuten übers Band gekommen.«

»Oh. Sagen Sie, Miss Stone, ist unsere alte Wohnung frei?« Sie warteten.

»Ich habe sie freigehalten; ich wußte doch, Sie würden zurückkommen – nach einer Weile. Willkommen daheim, ihr Mondsüchtigen.«

Der Bildschirm war wieder leer. Jo sagte: »Was hat sie gemeint, Allan?«

»Sieht aus, als seien wir akzeptiert, Mädchen. Mitglieder der Loge.«

»Das glaube ich auch – oh, Allan, sieh doch!« Sie trat ans Fenster. Die jagenden Wolken hatten soeben den Mond freigegeben. Er war drei Tage alt, und das *Mare Fecunditatis* – die Haarrolle am Hinterkopf der Dame im Mond – lag im Sonnenlicht. Neben dem rechten Rand dieses großen, dunklen ›Meeres‹ war ein Pünktchen, sichtbar nur für ihr geistiges Auge – Luna City.

Friedlich und gelassen hing die Sichel über den hohen Gebäuden. »Darling, ist das nicht ein herrlicher Anblick?«

»Und ob! Es wird schön sein, nach Hause zu kommen. – Nun weine doch nicht!«

»General Services – Miss Cormet!« Sie sprach den Bildschirm mit genau der richtigen Mischung aus Herzlichkeit und unpersönlicher Tüchtigkeit an. Der Schirm flackerte kurz und baute dann das Stereo-Bild einer älteren Dame auf, dick und nervös, die zuviel für ihre Kleidung und zuwenig für ihre Figur tat.

»Oh, meine Liebe«, sagte das Bild, »ich bin völlig außer mir. Ob Sie mir wohl helfen können?«

»Davon bin ich überzeugt«, schnurrte Miss Cormet. Sie schätzte schnell ab, wie das Kleid und der Schmuck (falls echt, schränkte sie ein) der Anruferin gekostet hatten, und kam zu dem Schluß, ein Auftrag von ihr könne profitabel sein. »Nun erzählen Sie mir von Ihrem Problem. Zuerst Ihren Namen, bitte.« Sie berührte einen Knopf auf dem hufeisenförmigen Schreibtisch, der sie umschloß, einen Knopf mit der Bezeichnung KREDITABTEILUNG.

»Aber es ist alles so *verwickelt«*, stöhnte das Bild. »Muß Peter sich doch unbedingt die Hüfte brechen.« Miss Cormet drückte sofort den mit MEDIZINISCH bezeichneten Knopf. »Ich habe ihm immer wieder gesagt, daß Polo gefährlich ist. Sie haben keine Ahnung, meine Liebe, wie eine Mutter leidet. Und noch dazu ausgerechnet jetzt. Es paßt ausgesprochen schlecht . . .«

»Sie möchten, daß wir uns um ihn kümmern? Wo ist er im Augenblick?«

»Um ihn kümmern? Ist das eine dumme Frage! Das Memorial Hospital wird das besorgen. Wir haben ihm wahrlich genug gespendet. Ich mache mir um meine Dinner-Party Sorgen. Die Principessa wird so verärgert sein.«

Das Antwortlicht von der Kreditabteilung blinkte zornig. Miss Cormet stellte es ab. »Oh, ich verstehe. Wir werden die Party für Sie arrangieren. Und jetzt, bitte, Ihr Name, Ihre Anschrift und ihr gegenwärtiger Aufenthaltsort.«

»*Wissen* Sie denn meinen Namen nicht?«

»Man könnte Vermutungen anstellen«, wich Miss Cormet diplomatisch aus, »aber General Services respektiert stets die Privatsphäre seiner Kunden.«

»O ja, natürlich. Wie rücksichtsvoll. Ich bin Mrs. Peter van Hogbein Johnson.« Miss Cormet ließ sich nichts anmerken. Bei dieser Frau war es nicht notwendig, die Kreditabteilung zu Rate zu ziehen. Aber sofort leuchtete ein AAA auf – unbegrenzt. »Ich weiß nur immer noch nicht, was Sie *tun* können«, fuhr Mrs. Johnson fort. »Ich kann doch nicht an zwei Stellen zugleich sein.«

»General Services liebt schwierige Aufträge«, versicherte Miss Cormet ihr. »Wären Sie so freundlich, mir ein paar Einzelheiten zu nennen ...«

Nach und nach entlockte sie der Frau eine einigermaßen zusammenhängende Geschichte. Ihr Sohn Peter III., ein leicht angestaubter Peter Pan, den Grace Cormet seit Jahren auf Stereo-Zeitschriftenbildern in jedem vorstellbaren Kostüm gesehen hatte, das die Reichen tragen, wenn sie sich die Zeit vertreiben, war so gedankenlos gewesen, sich ausgerechnet an dem Nachmittag vor der für seine Mutter wichtigsten gesellschaftlichen Veranstaltung zu verletzen, und zwar ernsthaft. Zu allem Überfluß hatte er das einen halben Kontinent von seiner *mater* entfernt getan.

Wie Miss Cormet den Ausführungen entnahm, erforderte Mrs. Johnsons Technik, mit der sie ihren Sohn unter dem Daumen hielt, daß sie sofort an sein Krankenlager eilte und nebenbei seine Krankenschwestern aussuchte. Andererseits stellte ihre Dinner-Party an diesem Abend den Höhepunkt von Monaten sorgfältigen Manövrierens dar. Was sollte sie nur *tun?*

Miss Cormet dachte bei sich, daß das Gedeihen von General Services und ihr eigenes sehr beträchtliches Einkommen zum großen Teil auf der Dummheit, der Einfallslosigkeit und der Faulheit von Personen wie dieser törichten Parasitin beruhten. Laut sagte sie, General Services werde die Party zu einem vollen Erfolg machen. Man werde in ihrem Salon einen tragbaren, bis zum Boden reichenden Stereo-Schirm installieren lassen, damit sie ihre Gäste begrüßen und ihnen die Sache erklären könne, während sie zu ihrem Sohn eilte. Miss Cormet werde einen sehr geschickten Party-Manager engagieren, dessen eigene Stellung in der Gesellschaft unangreifbar und dessen Verbindung zu General Services niemandem bekannt sei. Richtig angefaßt, könne die Katastrophe in einen gesellschaftlichen Triumph verwandelt werden und Mrs. Johnsons Ruf sowohl als kluge Gastgeberin wie auch als hingebungsvolle Mutter bestätigen.

»Ein Himmelswagen wird in zwanzig Minuten vor Ihrer Tür sein«, schloß Miss Cormet das Gespräch ab und schaltete die Abteilung TRANSPORT zu, »und Sie zum Raketenhafen bringen. Einer unserer jungen Männer wird mitkommen, um unterwegs zum Hafen zusätzliche Einzelheiten von Ihnen zu erfahren. Ein Abteil für Sie und ein Schlafwagenbett für Ihre Zofe werden in der um 16 Uhr 45 nach Newark startenden Rakete reserviert sein. Jetzt sind Sie aller Sorgen ledig. General Services hat sie für Sie übernommen.«

»Oh, danke, meine Liebe. Sie sind mir eine solche Hilfe gewesen. Sie haben keine Ahnung, welche *Verpflichtungen* eine Frau in meiner Position hat.«

Miss Cormet schnalzte in professionellem Mitgefühl mit der Zunge, während sie überlegte, daß aus dieser Kundin noch mehr herauszuholen sei. »Sie sehen wirklich erschöpft aus, Madame«, meinte sie besorgt. »Soll ich Sie nicht auf der Reise von einer Masseuse begleiten lassen? Sind Sie nicht überhaupt von ziemlich zarter Konstitution? Vielleicht wäre ein Arzt noch besser.«

»Wie aufmerksam Sie sind!«

»Ich werde beide schicken«, entschied Miss Cormet und schaltete ab. Ein bißchen bedauerte sie, daß sie keine Charter-Rakete vorgeschlagen hatte. Sonderleistungen, die im Katalog nicht aufgeführt waren, wurden auf der Basis von Kosten plus Aufschlag erbracht. In Fällen wie diesem bedeutete ›plus‹, daß sich jedes benutzte Transportmittel auszahlte.

Sie wählte DURCHFÜHRUNG; ein junger Mann mit wachen Augen erschien auf dem Schirm. »Schalten Sie auf Aufnahme, Steve!« sagte sie. »Sonderleistung, drei A. Ich habe die Durchführung bereits eingeleitet.«

Er hob die Augenbrauen. »Drei A – Gratifikationen?«

»Zweifellos. Verwöhnen Sie diesen alten Drachen nach allen Regeln der Kunst. Und hören Sie – der Sohn der Kundin liegt in einem Krankenhaus. Überprüfen Sie die Schwestern. Wenn eine von ihnen auch nur einen Anhauch von Sex-Appeal hat, werfen Sie sie hinaus, und setzen Sie einen Zombie an ihre Stelle.«

»Verstanden, Mädchen. Überspielen Sie!«

Sie löschte ihren Schirm wieder. Automatisch schaltete sich in ihrer Kabine das grüne ›Frei‹-Zeichen ein und wurde beinahe sofort wieder rot. Eine neue Gestalt baute sich in ihrem Schirm auf.

Diesmal war es kein dummer Nichtstuer. Grace Cormet erblickte einen gepflegten Herrn Mitte Vierzig mit flachem Bauch und schlauen Augen, hart, aber kultiviert. Das Cape seines formellen Morgenanzugs war mit bewußter Lässigkeit zurückgeschlagen. »General Services«, meldete sie sich. »Miss Cormet.«

»Ah, Miss Cormet«, begann er, »ich möchte Ihren Chef sprechen.«

»Den Abteilungsleiter der Kommunikationszentrale?«

»Nein, den Präsidenten von General Services.«

»Wollen Sie mir sagen, um was es geht? Vielleicht kann ich Ihnen helfen.«

»Tut mir leid, aber ich kann keine Erklärungen geben. Ich muß ihn sprechen, sofort.«

»General Services tut es ebenfalls leid. Mr. Clare ist ein sehr beschäftigter Mann; ohne Terminabsprache und ohne Erklärung ihres Anliegens können Sie ihn nicht sprechen.«

»Schneiden Sie dieses Gespräch mit?«

»Gewiß.«

»Dann hören Sie bitte damit auf!«

Oberhalb der Konsole stellte sie im Blickfeld des Kunden den Rekorder ab. Unter dem Schreibtisch stellte sie ihn wieder an. Manchmal wurde General Services zu illegalen Handlungen aufgefordert; wer von den Angestellten eine Vertrauensposition innehatte, ging kein Risiko ein. Der Anrufer fischte etwas aus den Falten seines Hemds und hielt es ihr hin. Durch den Stereo-Effekt wirkte es, als strecke er die Hand aus dem Schirm.

Sie hatte gelernt, ihr Gesicht zu beherrschen, und zeigte ihre Überraschung nicht. Es war das Abzeichen eines planetaren Beamten, und die Farbe der Plakette war Grün.

»Ich werde es arrangieren«, sagte sie.

»Sehr gut. Können Sie mich im Wartezimmer abholen und hinbringen? In zehn Minuten?«

»Ich werde dort sein, Mister ... Mister ...« Aber er hatte die Verbindung schon unterbrochen.

Grace Cormet wählte den Abteilungsleiter der Kommunikationszentrale an und bat um Ablösung. Als ihr Kontrollpult tot war, hob sie die Spule mit der heimlichen Aufnahme der Unterredung ab, sah sie eine Weile unentschlossen an und hielt sie dann in eine Öffnung der Schreibtischplatte, wo ein starkes Magnetfeld die nicht gesicherten Spuren von dem weichen Metall löschte.

Ein Mädchen kam von hinten in die Kabine. Sie war blond und dekorativ, und sie sah aus, als sei sie langsam und ein bißchen dumm. Sie war weder das eine noch das andere. »Okay, Grace«, sagte sie. »Ist noch etwas unerledigt?«

»Nein. Sie haben freie Bahn.«

»Was ist los? Krank?«

»Nein.« Ohne eine weitere Erklärung verließ Grace die Kabine. Draußen ging sie an den anderen Kabinen entlang, in denen Kommunikatoren saßen, die über nicht im Katalog stehende Dienstleistungen verhandelten, und hinein in die große Halle, wo Hunderte von Kundenbetreuern Wünsche aus dem Katalog erfüllten. Ihnen stand keine so vollständige Ausrüstung zur Verfügung wie die Kabine, die Grace verlassen hatte. Ein dickes Exemplar der gültigen Liste aller Leistungen, die General Services zu festen Preisen erbrachte, und ein Standard-Bildsprechgerät ermöglichten es den Angestellten, fast alles zu besorgen, was der normale Kunde wünschen konnte. Verlangte ein Anrufer etwas, das nicht im Katalog stand, wurde er zu den Aristokraten des Einfallsreichtums wie Grace weiterverbunden.

Sie nahm eine Abkürzung durch das Archiv, durchschritt einen Gang zwischen Dutzenden von schnatternden Lochkartenmaschinen und betrat das Foyer dieser Etage. Ein pneumatischer Lift schleuderte sie in das Stockwerk des Präsidenten-Büros hinauf. Die Empfangsdame des Präsidenten hielt sie nicht auf und traf keine Anstalten, sie anzumelden. Aber Grace bemerkte, daß die Hände des Mädchens eifrig über die Tasten ihres Vocoders flogen.

Kommunikatorinnen marschieren für gewöhnlich nicht in das Büro des Präsidenten einer Milliarden-Credit-Gesellschaft. Aber die Organisation von General Services unterschied sich von der jeder anderen Firma auf dem Planeten. Es war ein Geschäft eigener Art, bei dessen Mitarbeitern eine Spezialausbildung gesucht und bezahlt wurde, aber Phantasie und Geistesgegenwart am wichtigsten waren. In der Hierarchie stand Jay Clare, der Präsident, an erster Stelle, Saunders Francis, seine rechte Hand, an zweiter, und die zwei Dutzend Kommunikatoren mit Sondervollmachten, zu denen Grace gehörte, kamen unmittelbar danach – sie und die Feldagenten, die die schwierigsten, nicht im Katalog stehenden Aufträge bearbeiteten. Eigentlich war es eine einzige Gruppe, weil die Kommunikatoren und die Feldagenten von Fall zu Fall die Plätze tauschten.

Nach ihnen kamen die Zehntausende von weiteren Angestellten, die über den ganzen Planeten verteilt waren, vom Hauptbuchhalter, dem Direktor der juristischen Abteilung und dem Leiter der Zentralkartei über die lokalen Geschäftsführer und die normalen Kommunikatoren bis hinunter zu den auf der untersten Gehaltsstufe stehenden Teilzeitkräften: Stenotypistinnen, die bereit zum Diktat waren, wann und wo es gewünscht wurde, Gigolos, die einen leeren Platz beim Dinner füllten, der Mann, der sowohl Gürteltiere als auch dressierte Flöhe vermietete.

Grace Cormet betrat Mr. Clares Büro. Es war der einzige Raum im ganzen Gebäude, der nicht mit elektromechanischen Aufzeichnungs- und Kommunikationsgeräten vollgestopft war. Er enthielt nichts als seinen Schreibtisch (leer), ein paar Sessel und einen Stereo-Schirm, der, wenn nicht in Gebrauch, Krantz' berühmtes Bild ›Der weinende Buddha‹, zu sein schien. Das Original befand sich tatsächlich tausend Fuß weiter unten in einem Tiefkeller.

»Hallo, Grace«, begrüßte er sie und schob ihr ein Blatt Papier zu. »Sagen Sie mir, was Sie davon halten. Sance findet es lausig.« Saunders Francis wandte seine freundlichen Knopfaugen von seinem Chef ab und Grace zu, ohne die Aussage zu bestätigen oder abzustreiten.

Miss Cormet las:

KÖNNEN SIE ES SICH LEISTEN?
Können Sie sich GENERAL SERVICES leisten?
Können Sie es sich leisten,
General Services NICHT zu beschäftigen?????
Können Sie es sich in diesem Zeitalter
der Raketengeschwindigkeit leisten,
weiterhin Zeit zu verschwenden, indem Sie
selbst einkaufen, Ihre Rechnungen bezahlen,
Ihre Wohnung in Ordnung halten?
Wir verhauen die Kinder und füttern die Katze.
Wir mieten Ihnen ein Haus und
kaufen Ihnen Schuhe.
Wir schreiben Ihrer Schwiegermutter
und addieren Ihre Scheckabschnitte.
Kein Auftrag zu groß, kein Auftrag zu klein –
und alles erstaunlich billig!
GENERAL SERVICES
Wählen Sie H-U-R-R-Y – U-P
P. S. WIR FÜHREN AUCH HUNDE SPAZIEREN

»Nun?« fragte Clare.

»Sance hat recht. Es ist Mist.«

»Warum?«

»Zu logisch. Zu langatmig. Kein Schwung drin.«

»Wie soll denn Ihrer Meinung nach eine Anzeige aussehen, um Kunden, die es sich gerade noch leisten können, zu gewinnen?«

Grace dachte einen Augenblick nach, dann borgte sie sich seinen Stift aus und schrieb:

WOLLEN SIE JEMANDEN ERMORDEN LASSEN?
(Dann rufen Sie GENERAL SERVICES *nicht* an)
Wählen Sie für *jede* andere Arbeit
getrost HURRY-UP – *Es wird sich für Sie lohnen!*
P. S. Wir führen auch Hunde spazieren.

»Hmm ... nun, vielleicht«, meinte Mr. Clare vorsichtig. »Wir werden es versuchen. Sance, lassen Sie das in Nordamerika zwei Wochen lang mit Streuungsdichte Typ B erscheinen, und berichten Sie mir über den Erfolg.« Francis steckte das Blatt in die Tasche, immer noch mit dem gleichen freundlichen Gesichtsausdruck. »Wie ich gerade sagte ...«

»Chef«, unterbrach ihn Grace Cormet, »ich habe für Sie einen Termin in ...« – sie blickte auf ihren Uhrfinger – »genau zwei Minuten und vierzig Sekunden ausgemacht. Ein Mann von der Regierung.«

»Machen Sie ihn glücklich, und schicken Sie ihn weg! Ich habe zu tun.«

»Grünes Abzeichen.«

Er hob ruckartig den Kopf. Sogar Francis blickte interessiert. »So?« bemerkte Clare. »Haben Sie die Aufzeichnung des Gesprächs mitgebracht?«

»Ich habe sie gelöscht.«

»Ach ja? Nun, vielleicht wissen Sie das am besten. Ich verlasse mich auf Ihre Eingebungen. Bringen Sie ihn herein!«

Grace nickte nachdenklich und ging.

Der Anrufer betrat gerade den öffentlichen Empfangsraum, und sie führte ihn an einem halben Dutzend Sperren vorbei, deren Bewacher ihn normalerweise nach Namen und Zweck des Besuchs gefragt hätten. So gelangten sie in Clares Büro. Der hohe Beamte sah im Kreis herum. »Kann ich Sie unter vier Augen sprechen, Mr. Clare?«

»Mr. Francis ist meine rechte Hand. Mit Miss Cormet haben Sie bereits gesprochen.«

»Nun gut.« Er förderte wiederum die grüne Plakette zu Tage und hielt sie ihnen hin. »Namen sind vorerst nicht notwendig. Ich verlasse mich auf Ihre Diskretion.«

Der Präsident von General Services richtete sich ungeduldig auf. »Kommen wir zur Sache! Sie sind Pierre Beaumont, Chef des Protokolls. Hat die Regierung einen Auftrag für uns?«

Beaumont ließ sich durch sein Drängen nicht aus der Fassung bringen. »Sie kennen mich also. Sehr gut. Zur Sache komme ich gleich. Die Regierung hat vielleicht einen Auftrag für Sie. Auf keinen Fall darf von unserer Unterredung etwas durchsickern ...«

»Unsere Firma behandelt jeden Kontakt vertraulich.«

»Dies ist nicht vertraulich; es ist geheim.« Er hielt inne.

»Ich verstehe.« Clare nickte. »Fahren Sie fort!«

»Sie haben hier eine interessante Organisation, Mr. Clare. Wenn ich mich nicht irre, rühmen Sie sich, jeden beliebigen Auftrag auszuführen – solange er angemessen bezahlt wird.«

»Falls er legal ist.«

»Ah ja, natürlich. Aber ›legal‹ ist ein Wort, das unterschiedlich ausgelegt werden kann. Ich habe damals die Leistung bewundert, die Sie bei der Ausstattung der Zweiten Pluto-Expedition erbrachten. Einige Ihrer Methoden waren ... ah ... genial.«

»Falls Sie Kritik an dem, was wir in dieser Angelegenheit getan haben, üben wollen, bringen Sie sie am besten durch die üblichen Kanäle bei unserer juristischen Abteilung vor.«

Beaumont wehrte mit erhobener Hand ab. »O nein,

Mr. Clare – bitte! Sie mißverstehen mich. Ich wollte nicht kritisieren; ich habe meine Bewunderung ausgedrückt. Welche Fülle von Ideen! Was für ein Diplomat Sie geworden wären!«

»Reden wir nicht länger herum. Was wollen Sie?«

Mr. Beaumont schürzte die Lippen. »Nehmen wir einmal an, Sie müßten ein Dutzend Vertreter von jeder intelligenten Rasse in diesem Planetensystem unterbringen und wollten es jedem von ihnen so angenehm wie zu Hause machen. Könnten Sie das?«

Clare dachte laut: »Luftdruck, Feuchtigkeit, Strahlungsdichte, Atmosphäre, chemische Eigenschaften, Temperatur, kulturelle Bedingungen – das alles macht keine Schwierigkeiten. Aber wie ist es mit der Schwerkraft? Wir könnten für die Jupiter-Wesen eine Zentrifuge benutzen, aber bei den Marsianern und Titaniern – das ist eine ganz andere Sache. Es gibt keine Möglichkeit, die erdnormale Schwerkraft zu vermindern. Nein, Sie würden sie draußen im Raum oder auf Luna unterbringen müssen. Und dafür sind wir nicht zuständig. Wir erbringen niemals Dienstleistungen jenseits der Stratosphäre.«

Beaumont schüttelte den Kopf. »Das wird nicht jenseits der Stratosphäre stattfinden. Setzen Sie als unabänderliche Bedingung voraus, daß Sie Ihre Ergebnisse auf der Oberfläche der Erde erzielen müssen.«

»Warum?«

»Ist es Brauch bei General Services, zu fragen, warum ein Kunde eine bestimmte Dienstleistung wünscht?«

»Nein. Entschuldigung.«

»Schon gut. Aber Sie brauchen weitere Informationen, um zu verstehen, was erreicht und warum es geheimgehalten werden muß. In naher Zukunft – in höchstens neunzig Tagen – wird auf diesem Planeten eine Konferenz abgehalten. Bis sie einberufen wird, darf nicht der geringste Verdacht entstehen, daß sie stattfinden wird. Wenn dieser Plan an bestimmten Stellen bekannt würde, wäre die Konferenz schon sinnlos geworden. Ich schlage vor, daß Sie sich eine Roundtable-Konferenz von führenden ... ah ... Wissenschaftlern des Systems vorstellen, in

Umfang und Rahmen etwa wie die Sitzung der Akademie, die letztes Frühjahr auf dem Mars stattfand. Sie sollen alle Vorbereitungen für die Unterbringung der Delegierten treffen, müssen aber diese Vorbereitungen in den Abteilungen Ihrer Organisation verbergen, bis der Tag gekommen ist. Was die Einzelheiten betrifft ...«

Clare unterbrach ihn. »Sie scheinen von der Voraussetzung auszugehen, daß wir den Auftrag annehmen werden. Wie Sie ihn dargestellt haben, würden wir uns damit bis auf die Knochen blamieren. General Services blamiert sich nicht gern. Sie wissen und ich weiß, daß Personen von Welten mit niedriger Schwerkraft sich nicht länger als einige Stunden in hoher Schwerkraft aufhalten können, ohne ernsthaften Schaden an ihrer Gesundheit zu nehmen. Man hat deshalb interplanetare Zusammenkünfte immer auf Planeten mit niedriger Schwerkraft abgehalten und wird sie dort auch in Zukunft abhalten.«

»Ja«, antwortete Beaumont geduldig, »bisher ist es so gewesen. Sind Sie sich klar über das furchtbare diplomatische Handicap, mit dem Erde und Venus demzufolge zu ringen haben?«

»Ich verstehe Sie nicht.«

»Das ist auch nicht notwendig. Politische Psychologie ist nicht Ihre Angelegenheit. Nehmen Sie als gegeben hin, daß es so ist und daß die Regierung den Entschluß gefaßt hat, *diese* Konferenz soll auf der Erde stattfinden.«

»Warum nicht auf Luna?«

»Das ist ganz und gar nicht dasselbe. Luna City ist ein Vertragshafen, auch wenn wir ihn verwalten. Psychologisch gesehen macht das einen großen Unterschied.«

Clare schüttelte den Kopf. »Mr. Beaumont, ich mag die Feinheiten der Diplomatie nicht verstehen, aber hier geht es darum, daß *Sie* anscheinend nicht verstehen, welche Aufgaben General Services übernimmt. Wir wirken keine Wunder, und wir versprechen auch keine. Wir sind nichts als der Dienstbote des vorigen Jahrhunderts, der Stromlinienform angenommen hat und zur Firma geworden ist. Wir sind das heutige Äquivalent der alten

Dienstbotenklasse, nicht der Geist aus Aladins Wunderlampe. Wir unterhalten nicht einmal Forschungslaboratorien im wissenschaftlichen Sinn. Wir machen nur den bestmöglichen Gebrauch von den modernen Errungenschaften auf dem Gebiet der Kommunikation und Organisation, um zu tun, was bereits getan werden *kann.*« Er wies auf die gegenüberliegende Wand, in die das traditionsreiche Markenzeichen des Geschäftes eingraviert war: Ein Scotchterrier, der an einer Leine zerrte und an einem Laternenpfahl schnüffelte. »*Da* ist der Geist der Arbeit, die wir tun. Für Leute, die dazu keine Zeit haben, führen wir Hunde spazieren. Mein Großvater hat sich mit dem Spazierenführen von Hunden sein College-Studium verdient. Ich führe sie immer noch spazieren. Ich verspreche keine Wunder, und ich pfusche nicht in der Politik herum.«

Bedachtsam legte Beaumont die Fingerspitzen aneinander. »Sie führen Hunde gegen Entgelt spazieren. Natürlich – meine beiden auch. Fünf Minim-Credits kommt mir ziemlich billig vor.«

»Es ist billig. Aber hunderttausend Hunde zweimal am Tag bringen eine Menge Moos.«

»Das ›Moos‹ für das Spazierenführen dieses ›Hundes‹ wäre beträchtlich.«

»Wieviel?« fragte Francis. Es war das erste Zeichen von Interesse bei ihm.

Beaumont richtete die Augen auf ihn. »Mein lieber Sir, das Ergebnis dieser Roundtable-Konferenz wird einen Unterschied von buchstäblich Hunderten von Milliarden Credits für diesen Planeten bedeuten. Wir werden dem Ochsen, der da drischt, nicht das Maul verbinden, wenn Sie mir diese Redewendung verzeihen wollen.«

»Wieviel?«

»Wären dreißig Prozent Aufschlag auf die Kosten annehmbar?«

»Daraus wird nichts«, lehnte Francis ab.

»Nun, ich will gewiß nicht feilschen. Überlassen wir es doch Ihnen, meine Herren – Verzeihung, Miss Cormet! –, zu entscheiden, was die Dienstleistung wert ist. Ich verlasse mich darauf, daß ihre Liebe zu Planet und Rasse zu einer vernünftigen Entscheidung führen wird.«

Francis lehnte sich zurück. Er sagte nichts, aber er blickte erfreut drein.

»Warten Sie einen Augenblick«, protestierte Clare. »Wir haben den Auftrag noch nicht angenommen.«

»Wir haben über das Honorar diskutiert«, bemerkte Beaumont.

Clare sah von Francis zu Grace Cormet und prüfte dann seine Fingernägel. Schließlich sagte er: »Lassen Sie mir vierundzwanzig Stunden Zeit, um festzustellen, ob es möglich ist oder nicht, und ich werde Ihnen Bescheid geben, ob wir Ihren Hund spazierenführen werden.«

»Ich bin sicher«, entgegnete Beaumont, »Sie werden es tun.« Er raffte sein Cape zusammen.

»Okay, ihr Meistergehirne«, erklärte Clare bitter, »da habt ihr euch etwas Schönes eingehandelt.«

»Ich wünsche mir schon lange, zur Feldarbeit zurückzukehren«, sagte Grace.

»Setzen Sie ein Team auf jede Einzelheit an, das Schwerkraft-Problem ausgeschlossen«, schlug Francis vor. »Das ist der einzige Haken. Der Rest ist Routine.«

»Sicher«, pflichtete Clare ihm bei, »aber Sie täten gut daran, es zu lösen. Gelingt es Ihnen nicht, haben wir ein paar sehr, sehr teure Vorbereitungen getroffen, die wir nie bezahlt bekommen werden. Wen wollen Sie? Grace?«

»Ich glaube schon«, antwortete Francis. »Sie kann bis zehn zählen.«

Grace Cormet maß ihn mit einem kalten Blick. »Manchmal, Sance Francis, bereue ich, dich geheiratet zu haben.«

»Wickelt eure häuslichen Streitigkeiten nicht im Büro ab«, mahnte Clare. »Wo fangen Sie an?«

»Finden wir heraus, wer am meisten über Schwerkraft weiß«, entschied Francis. »Grace, ich meine, wir sollten Dr. Krathwohl auf den Schirm holen.«

»Richtig«, stimmte sie zu und trat an die Stereo-Kontrollen. »Das ist das Schöne an diesem Geschäft. Man braucht gar nichts zu wissen, nur, wo man das Wissen finden kann.«

Dr. Krathwohl gehörte zum ständigen Stab von General Services. Er hatte keine festen Pflichten. Die Gesellschaft fand es der Mühe wert, ihn ein komfortables Leben führen zu lassen und ihm ein unbegrenztes Spesenkonto für wissenschaftliche Zeitschriften und die Teilnahme an den Kongressen, die die Studierten von Zeit zu Zeit abhalten, zur Verfügung zu stellen. Dr. Krathwohl mangelte es an der einseitigen Zielstrebigkeit des wissenschaftlichen Forschers; er war der geborene Dilettant.

Gelegentlich stellten sie ihm eine Frage. Es zahlte sich aus.

»Oh, hallo, meine Liebe!« Dr. Krathwohls freundliches Gesicht lächelte Grace aus dem Schirm an. »Wissen Sie was? Ich bin soeben auf die amüsanteste Tatsache in der letzten Ausgabe von *Nature* gestoßen. Sie wirft ein höchst interessantes Licht auf Brownlees Theorie der ...«

»Nur eine Sekunde, Doc«, unterbrach Grace ihn. »Ich habe es etwas eilig.«

»Ja, meine Liebe?«

»Wer weiß am meisten über Schwerkraft?«

»Wie meinen Sie das? Brauchen Sie einen Astrophysiker, oder wollen Sie sich vom Standpunkt der theoretischen Mechanik mit dem Thema beschäftigen? Im ersten Fall wäre Farquarson der richtige Mann, finde ich.«

»Ich möchte wissen, wie die Schwerkraft funktioniert.«

»Feldtheorie, wie? Dann ist Farquarson nicht geeignet. Er ist in erster Linie beschreibender Ballistiker. Dr. Julians Arbeit auf diesem Gebiet ist maßgebend und möglicherweise endgültig.«

»Wo können wir ihn zu fassen bekommen?«

»Oh, das können Sie nicht. Er ist letztes Jahr gestorben, der Arme. Ein großer Verlust.«

Grace verkniff es sich, ihm zu sagen, wie groß der Verlust sei, und fragte: »Wer ist in seine Schuhe getreten?«

»Wer ist *was?* – Oh, Sie haben gescherzt! Ich verstehe. Sie möchten den Namen des Mannes wissen, der gegenwärtig der führende Kopf in der Feldtheorie ist. Ich würde sagen, O'Neil.«

»Wo steckt er?«

»Das muß ich herausfinden. Ich kenne ihn nur flüchtig – ein schwieriger Mensch.«

»Bitte, tun Sie das! Wer könnte uns in der Zwischenzeit ein bißchen über die Schwerkraft beibringen?«

»Versuchen Sie es doch mit dem jungen Carson aus unserer technischen Abteilung. Er hat sich mit solchen Dingen beschäftigt, bevor er bei uns eintrat. Intelligenter Bursche – ich habe viele interessante Gespräche mit ihm geführt.«

»Ich werde mich mit ihm in Verbindung setzen. Danke, Doc. Rufen Sie das Chefbüro an, sobald Sie O'Neil aufgespürt haben! Viel Glück!«

Sie schaltete ab.

Carson stimmte mit Krathwohls Beurteilung überein, machte jedoch ein bedenkliches Gesicht. »O'Neil ist arrogant und jeder Zusammenarbeit abgeneigt. Ich habe unter ihm gearbeitet. Aber zweifellos weiß er mehr über Feldtheorie und Raumstruktur als jeder andere Mensch auf der Welt.«

Sie hatten Carson in den inneren Kreis aufgenommen und ihm das Problem dargelegt. Er hatte gestanden, er sehe keine Lösung. »Vielleicht bringt uns folgendes weiter«, schlug Clare vor. »Ich habe ein paar Ideen. Korrigieren Sie mich, wenn ich mich irre, Carson.«

»Legen Sie los, Chef!«

»Also, die durch die Schwerkraft hervorgerufene Fallbeschleunigung beruht auf der Nähe einer Masse – richtig? Die normale irdische Schwerkraft beruht auf der Nähe der Erde. Was wäre nun die Wirkung, wenn man eine große Masse genau über einem bestimmten Punkt auf der Erdoberfläche placierte? Würde das nicht dem Zug der Erde entgegenwirken?«

»Theoretisch ja. Aber es müßte eine verdammt große Masse sein.«

»Die Größe spielt keine Rolle.«

»Sie verstehen nicht, Chef. Um die Anziehungskraft der Erde an einem bestimmten Punkt aufzuheben, würde ein zweiter Planet von der Größe der Erde gebraucht, der an diesem Punkt mit der Erde Kontakt hat. Natürlich, da Sie die Anziehungskraft nicht ganz aufheben, sondern nur reduzieren wollen, gewinnen Sie einen gewissen Vorteil durch Benutzung einer kleineren Masse, deren Schwerkraftzentrum näher an dem in Rede stehenden Punkt liegen würde als das Schwerkraftzentrum der Erde. Doch das genügt nicht. Während die Anziehungskraft sich reziprok zum Quadrat der Entfernung verhält – in diesem Fall ist die Entfernung der Radius –, nimmt die Masse und die daraus resultierende Anziehungskraft mit *der dritten Potenz* des Radius ab.«

»Was bedeutet das für uns?«

Carson zog einen Rechenschieber hervor und beschäftigte sich kurze Zeit mit ihm. Dann blickte er auf. »Ich fürchte mich beinahe, Ihnen die Antwort zu geben. Sie würden einen ziemlich großen Asteroiden aus Blei brauchen, um überhaupt etwas zu erreichen.«

»Asteroiden sind früher schon bewegt worden.«

»Ja, aber wie wollen Sie ihn *festhalten?* Nein, Chef, es läßt sich keine Kraftquelle beziehungsweise ein Mittel, sie anzuwenden, denken, das es Ihnen erlauben würde, einen großen Planetoiden über einem bestimmten Punkt der Erdoberfläche aufzuhängen und ihn dort zu fixieren.«

»Nun, es war eine gute Idee, solange es gedauert hat«, meinte Clare tiefsinnig.

Während der Diskussion hatte sich Graces glatte Stirn gekräuselt. Jetzt ergriff sie das Wort. »Wenn ich Sie richtig verstanden habe, könnten Sie eine extrem schwere kleine Masse effektiver einsetzen. Irgendwo habe ich einmal gelesen, daß es Materie gibt, die *Tonnen* pro Kubikzoll wiegt.«

»Der Kern von Zwergsternen«, stimmte Carson zu.

»Wir würden nichts weiter brauchen als ein Schiff, das Lichtjahre in wenigen Tagen zurücklegt, eine Methode, das Innere eines Sterns abzubauen, und eine neue Raum-Zeit-Theorie.«

»Na schön, vergessen wir's!«

»Moment mal!« bemerkte Francis. »Magnetismus ist doch etwas ganz Ähnliches wie Schwerkraft, oder?«

»Nun – ja.«

»Kann man diese Wesen von den kleinen Planeten nicht *magnetisieren?* Vielleicht macht es etwas Seltsames in ihrer Körperchemie möglich.«

»Hübscher Gedanke.« Carson nickte. »Ihre innere Ökonomie ist zwar seltsam, aber so seltsam nun auch wieder nicht. Sie sind immer noch organisch.«

Der Stereo-Ankündiger blinkte. Dr. Krathwohl gab bekannt, O'Neil könne in einem Sommerhaus in Portage, Wisconsin, gefunden werden. Er hatte ihn nicht angerufen und würde das auch lieber sein lassen, falls der Chef nicht darauf bestehe.

Clare dankte ihm und wandte sich wieder den anderen zu. »Wir verschwenden Zeit«, stellte er fest. »Nach Jahren in diesem Geschäft sollten wir so vernünftig sein, daß wir gar nicht erst versuchen, technische Fragen zu lösen. Ich bin kein Physiker, und es ist mir schnurzegal, wie die Gravitation funktioniert. Das ist O'Neils Sache. Carson, fliegen Sie nach Wisconsin, und setzen Sie O'Neil darauf an!«

»Ich?«

»Sie. Sie sind Feldagent für diesen Job – und werden entsprechend bezahlt. Hopsen Sie zum Hafen hinüber! Dort werden eine Rakete und eine Geldüberweisung auf Sie warten. Sie müßten es schaffen, in sieben oder acht Minuten abzuheben.«

Carson blinzelte. »Und was ist mit meiner Arbeit hier?«

»Die technische Abteilung wird Bescheid erhalten, ebenso die Buchhaltung. Hauen Sie ab!«

Ohne zu antworten, wandte sich Carson zur Tür. Bis er sie erreichte, war er in Laufschritt gefallen.

Jetzt hatten sie nichts zu tun, als auf seine Meldung zu warten – ›nichts‹ mit der Einschränkung, daß sie die vielfachen Unternehmungen veranlassen mußten, mit denen die physikalischen und kulturellen Einzelheiten von drei anderen Planeten und vier größeren Satelliten reproduziert wurden. Die Frage der unterschiedlichen Gravitation wurde vorerst ausgeklammert. Auch wenn es ein Auftrag ganz neuer Art war, bot er General Services keine unüberwindlichen Schwierigkeiten. Irgendwo gab es immer jemanden, der die Antwort auf irgendeine Frage kannte. Die große lockere Organisation namens General Services wurde angekurbelt, diese Leute zu finden, zu engagieren und an die Arbeit zu setzen. Jeder der Sonder-Kommunikatoren und ein beträchtlicher Prozentsatz der Katalog-Kommunikatoren war fähig, eine solche Aufgabe zu übernehmen und sie ohne Aufregung oder Hast zu erledigen.

Francis rief einen der Sonder-Kommunikatoren herein. Er machte sich nicht einmal die Mühe, ihn auszuwählen, sondern nahm den ersten, der frei war. Alle waren sie fähige Leute. Er erklärte den Auftrag ausführlich und vergaß gleich darauf alles darüber. Es würde getan werden und rechtzeitig getan werden. Die Lochkartenmaschinen würden ein bißchen lauter schnattern, Stereo-Schirme würden flackern, und intelligente junge Leute in allen Teilen der Erde würden fallen lassen, was sie gerade taten, um die Spezialisten auszugraben, denen dann die eigentliche Arbeit übertragen wurde.

Er drehte sich wieder zu Clare um, der sagte: »Ich würde zu gern wissen, was Beaumont vorhat. Eine Konferenz von Wissenschaftlern ... *pah!*«

»Ich dachte, Sie seien nicht an Politik interessiert, Jay.«

»Bin ich auch nicht. Ich gebe keinen Deut um die Politik, die interplanetare oder eine andere, außer da, wo sie Auswirkungen auf dieses Geschäft hat. Wenn ich nun wüßte, was im Busch ist, könnte es uns gelingen, uns ein größeres Stück vom Kuchen abzuschneiden.«

»Ich glaube, Sie können davon ausgehen«, fiel Grace ein, »daß die wirklichen Schwergewichte von all den Planeten sich treffen wollen, um Gallien in drei Teile zu teilen.«

»Ja, aber wer geht leer aus?«

»Der Mars, nehme ich an.«

»Klingt wahrscheinlich. Und der Venus wird ein Knochen zugeworfen. In dem Fall könnten wir ein bißchen in Pan-Jovian Trading Corp. spekulieren.«

»Langsam, Chef, langsam«, warnte Francis. »Wenn Sie das tun, werden einige Leute aufhorchen. Dies ist ein Pst-pst-Job.«

»Da haben Sie wohl recht. Trotzdem, halten Sie die Augen offen. Es muß eine Möglichkeit geben, daß wir unser Schäfchen ins Trockene bringen, ehe das alles vorbei ist.«

Grace Cormets Telefon summte. Sie nahm es aus der Tasche und sagte: »Ja?«

»Eine Mrs. Hogbein Johnson möchte Sie sprechen.«

»Übernehmen Sie das! Ich bin nicht im Dienst.«

»Sie will mit niemandem außer Ihnen sprechen.«

»Na gut. Legen Sie sie auf den Stereo-Schirm des Chefs, aber bleiben Sie eingeschaltet! Sie werden weitermachen, nachdem ich mit ihr geredet habe.«

Der Schirm erwachte zum Leben und zeigte Mrs. Johnsons fleischiges Gesicht als zweidimensionales Bild. »Oh, Miss Cormet«, jammerte sie, »da ist ein schreckliches Versehen passiert. Auf diesem Schiff gibt es keinen Stereo-Schirm.«

»Er wird in Cincinnati installiert werden. Das wird in etwa zwanzig Minuten sein.«

»Sind Sie *sicher?*«

»Ganz sicher.«

»Oh, ich danke Ihnen! Es ist eine solche Erleichterung, mit Ihnen zu reden. Wissen Sie was? Ich denke daran, Sie zu meiner Gesellschaftssekretärin zu machen.«

»Danke«, sagte Grace gleichmütig, »aber ich stehe unter Vertrag.«

»Seien Sie doch nicht so umständlich! Sie können ihn brechen.«

»Nein, tut mir leid, Mrs. Johnson. Leben Sie wohl.«

Grace schaltete den Schirm ab und sprach wieder in ihr Telefon. »Sagen Sie der Buchhaltung, sie soll ihre Gebühren verdoppeln. Und ich werde auf keinen Fall noch einmal mit ihr sprechen.« Sie unterbrach die Verbindung und stopfte den kleinen Apparat heftig in ihre Tasche. »Gesellschaftssekretärin!«

Es war nach dem Dinner, und Clare hatte sich in seine Wohnung zurückgezogen, als Carson zurückrief. Francis nahm das Gespräch in seinem eigenen Büro entgegen.

»Glück gehabt?« fragte er, sobald Carsons Bild sich aufgebaut hatte.

»Teils. Ich habe mit O'Neil gesprochen.«

»Und? Wird er es tun?«

»Sie meinen: Kann er es tun, nicht wahr?«

»Nun – kann er?«

»Also, das ist eine komische Sache. Ich hatte es für theoretisch unmöglich gehalten. Aber nachdem ich mit ihm gesprochen habe, bin ich überzeugt, daß es doch geht. O'Neil hat einen neuen Gesichtspunkt bei der Feldtheorie entdeckt – Zeug, das er nie veröffentlicht hat. Der Mann ist ein Genie.«

»Mir ist es gleichgültig«, sagte Francis, »ob er ein Genie oder ein mongoloider Idiot ist. Kann er so eine Art von Schwerkraft-Verdünner bauen?«

»Ich glaube, er kann es. Wirklich, das glaube ich.«

»Schön. Haben Sie ihn engagiert?«

»Nein. Das ist ja das Problem, weswegen ich zurückrufe. Es spielte sich so ab: Ich erwischte ihn zufällig in menschenfreundlicher Stimmung, und da wir früher einmal zusammen gearbeitet haben und ich damals seinen Zorn nicht ganz so häufig erregt hatte wie seine anderen Assistenten, lud er mich zum Dinner ein. Wir sprachen über viele Dinge (drängen läßt er sich nicht), und ich erwähnte das Projekt. Es interessierte ihn ein wenig – die Idee, meine ich, nicht das Projekt. Er diskutierte die Theorie mit mir, oder vielmehr, er hielt mir eine Vorlesung darüber. Aber er ist nicht bereit, daran zu arbeiten.«

»Warum nicht? Sie haben ihm nicht genug Geld geboten. Vielleicht sollte ich selbst an ihn herantreten.«

»Nein, Mr. Francis, nein. Sie verstehen nicht. Er hat kein Interesse an Geld. Sein Vermögen macht ihn unabhängig; er hat für seine Forschungen und alles andere, was er haben will, mehr als genug. Aber im Augenblick beschäftigt er sich mit der Wellenmechanik-Theorie, und er will einfach nicht mit etwas anderem belästigt werden.«

»Haben Sie ihm klargemacht, daß es wichtig ist?«

»Ja und nein. Im wesentlichen nein. Ich habe es versucht, aber für ihn ist nichts wichtig außer dem, was er will. Das ist so eine Art intellektueller Snobismus. Andere Leute zählen nicht.«

»In Ordnung«, sagte Francis, »bis hierher haben Sie Ihre Sache gut gemacht. Jetzt hören Sie zu! Gleich nachdem ich abgeschaltet habe, rufen Sie DURCHFÜHRUNG an und sprechen alles auf Band, was Sie von seinen Erklärungen über die Gravitationstheorie im Gedächtnis haben. Wir werden die zweitbesten Leute engagieren, ihnen das Material geben und hoffen, daß ihnen dabei Ideen kommen, mit denen sie weiterarbeiten können. In der Zwischenzeit werde ich ein Team daransetzen, Dr. O'Neils Background zu durchleuchten. Er muß einen schwachen Punkt haben; es geht nur darum, ihn zu finden. Vielleicht hält er irgendwo eine Frau aus ...«

»Darüber ist er längst hinweg.«

»... oder vielleicht hat er irgendwo ein uneheliches Kind versteckt. Wir werden sehen. Ich möchte, daß Sie dort in Portage bleiben. Da Sie ihn nicht engagieren können, gelingt es Ihnen unter Umständen, ihn zu überreden, daß er Sie engagiert. Sie sind unsere Pipeline, und sie soll offen bleiben. Wir werden etwas finden, das er haben will, oder etwas, wovor er Angst hat.«

»Er hat vor *nichts* Angst. Da bin ich ganz sicher.«

»Dann will er etwas. Wenn er weder Geld noch Frauen will, ist es etwas anderes. Das ist ein Naturgesetz.«

»Das bezweifele ich«, erwiderte Carson langsam. »Halt! Habe ich Ihnen von seinem Hobby erzählt?«

»Nein. Was ist es?«

»Porzellan. Im besonderen: Ming-Porzellan. Er hat die

beste Sammlung der Welt, glaube ich. Aber ich weiß, was er sich wünscht.«

»Reden Sie, Mann, reden Sie! Machen Sie es nicht so spannend.«

»Es ist eine kleine Porzellanschale oder -schüssel, etwa vier Zoll im Durchmesser und zwei Zoll hoch. Sie hat einen chinesischen Namen, der ›Blume des Vergessens‹ bedeutet.«

»Hmmm – hört sich nach nichts Besonderem an. Und Sie meinen, er wünscht sie sich wirklich sehr?«

»Ich weiß es. Er hat eine dreidimensionale Farbfotografie davon in seinem Arbeitszimmer, wo er sie sich ansehen kann. Aber es schmerzt ihn, darüber zu reden.«

»Finden Sie heraus, wem sie gehört und wo sie ist.«

»Ich weiß es. Britisches Museum. Darum kann er sie ja nicht kaufen.«

»So?« überlegte Francis. »Nun, Sie können es vergessen. Machen Sie weiter!«

Clare kam in Francis' Büro hinunter, und sie besprachen es zu dritt. »Dafür werden wir Beaumont brauchen«, lautete sein Kommentar, als er den Bericht gehört hatte. »Nur die Regierung kann dem Britischen Museum irgend etwas entreißen. »Francis verzog schmerzlich das Gesicht. »Was haben Sie? Ist das etwa nicht der richtige Weg?«

An Francis' Stelle fragte Grace zurück: »Sie wissen doch über den Vertrag Bescheid, der Großbritanniens Eintritt in die planetare Konföderation besiegelte?«

»In Geschichte war ich nie sonderlich gut.«

»Es läuft darauf hinaus: Ich bezweifele, daß die planetare Regierung irgend etwas anfassen darf, das dem Museum gehört, ohne das britische Parlament zu fragen.«

»Wieso das denn? Vertrag hin oder her, die planetare Regierung ist souverän. Das ist bei dem brasilianischen Zwischenfall festgelegt worden.«

»Ja, sicher. Aber die Folge könnte sein, daß im Unterhaus Fragen gestellt werden, und dann hätten wir das, was Beaumont um jeden Preis vermeiden will: Publicity.«

»Okay. Was schlagen Sie vor?«

»Ich würde sagen, Sance und ich sollten nach England hinüberhüpfen und feststellen, wie fest sie die ›Blume des Vergessens‹ angenagelt haben – und wer das Annageln besorgt und welche Schwächen er hat.«

Clares Blick wanderte von ihr zu Francis, dessen ausdrucksloses Gesicht solchen, die ihn gut kannten, seine Zustimmung verriet. »Okay«, meinte Clare, »es ist Ihr Baby. Nehmen Sie eine Sonderrakete?«

»Nein, die Zeit reicht noch, daß wir die erwischen, die um Mitternacht von New York startet. Auf Wiedersehen.«

»Auf Wiedersehen. Rufen Sie mich morgen an!«

Als Grace den Chef am nächsten Tag anrief, warf er einen Blick auf sie und rief aus: »Du meine Güte, Mädchen! Was haben Sie mit Ihrem Haar angestellt?«

»Wir haben den Mann gefunden«, erklärte sie knapp. »Seine Schwäche sind Blondinen.«

»Die Haut haben Sie sich auch bleichen lassen.«

»Natürlich. Wie gefällt es Ihnen?«

»Sie sehen hinreißend aus – obwohl Sie mir so, wie Sie waren, besser gefallen haben. Was sagt denn Sance dazu?«

»Ihm macht es nichts aus – es ist geschäftlich. Aber um zur Sache zu kommen, Chef, es gibt nicht viel zu berichten. Wir müssen eine krumme Tour finden. Auf gewöhnlichem Weg wäre ein Erdbeben nötig, um irgend etwas aus diesem Gewölbe herauszuholen.«

»Tun Sie nichts, was nicht wieder in Ordnung gebracht werden kann!«

»Sie kennen mich, Chef. Ich werde Sie nicht in Schwierigkeiten bringen. Aber teuer wird es werden.«

»Natürlich.«

»Das ist im Augenblick alles. Ich rufe morgen wieder an.«

Am nächsten Tag war sie wieder brünett. »Was ist das?« fragte Clare. »Eine Maskerade?«

»Ich war nicht die Blondine, für die er eine Schwäche hat«, erklärte sie. »Aber ich habe die Richtige gefunden, für die er sich interessiert.«

»Hat es geklappt?«

»Ich glaube, es wird klappen. Sance läßt gerade ein Faksimile aufstellen. Mit etwas Glück sehen wir uns morgen wieder.«

Sie trafen am nächsten Tag ein, anscheinend mit leeren Händen. »Nun?« fragte Clare. »Nun?«

»Schirmen Sie das Zimmer ab, Jay«, bat Francis. »Dann können wir reden.«

Clare legte einen Schalter um, und ein Interferenzfeld machte sein Büro privater als einen Sarg. »Was ist?« drängte er. »Habt ihr sie?«

»Zeig sie ihm, Grace!«

Grace wandte ihm den Rücken zu, machte sich kurz an ihrer Kleidung zu schaffen, drehte sich wieder um und stellte sie ihrem Chef behutsam auf den Schreibtisch.

Man konnte nicht sagen, die Schale sei schön – sie war die Schönheit selbst. Ihre subtil einfache Wölbung trug keine Verzierung. Jede Dekoration wäre eine Beeinträchtigung gewesen. Man sprach leise in ihrer Gegenwart, aus Angst, ein plötzliches Geräusch könne sie sprengen.

Clare streckte die Hand aus, um sie zu berühren, überlegte es sich anders und zog sie wieder zurück. Aber er beugte den Kopf darüber und sah hinein. Merkwürdig, wie schwierig es war, den Boden der Schale zu erkennen. Clare hatte das Gefühl, tiefer und tiefer hineinzusinken, als ertrinke er in einem Teich aus Licht.

Mit einem Ruck hob er den Kopf und blinzelte. »Gott«, flüsterte er, »Gott – ich habe nicht gewußt, daß es so etwas gibt.«

Er sah Grace an, und er sah Francis an. Francis hatte Tränen in den Augen, oder vielleicht war seine eigene Sicht getrübt.

»Hören Sie, Chef«, flehte Francis. »Hören Sie – könnten wir sie nicht einfach behalten und die ganze Sache abblasen?«

»Es hat keinen Sinn, noch länger darüber zu reden«, sagte Francis müde. »Wir können sie nicht behalten, Chef. Ich hätte es nicht vorschlagen und Sie hätten nicht auf mich hören sollen. Rufen wir O'Neil an!«

»Wir könnten noch einen einzigen Tag warten, bevor wir die Sache in Gang bringen«, feilschte Clare. Seine Augen kehrten immer wieder zu der ›Blume des Vergessens‹ zurück.

Grace schüttelte den Kopf. »Besser nicht. Morgen wird es Ihnen nur noch schwerer werden, ich weiß es.« Entschlossen ging sie zur Stereo-Konsole hinüber und betätigte die Kontrollen.

O'Neil war ärgerlich über die Störung und doppelt ärgerlich, weil sie das Notsignal benutzt hatten, um ihn an seinen abgeschalteten Schirm zu rufen.

»Was soll das?« grollte er. »Was denken Sie sich dabei, wenn Sie einen Privatmann stören, der sich abgeschaltet hat? Reden Sie – und nennen Sie mir einen guten Grund, oder, bei Gott, ich werde Sie verklagen!«

»Wir möchten, daß Sie einen kleinen Auftrag für uns übernehmen, Doktor«, begann Clare gelassen.

»Was!« O'Neil war zu erstaunt, um zornig zu werden. »Sie entblöden sich nicht, Sir, mir zu sagen, daß Sie in die Privatsphäre meines Heims eingedrungen sind, um mich aufzufordern, *ich* solle für *Sie* arbeiten?«

»Die Bezahlung wird Sie zufriedenstellen.«

O'Neil zählte offenbar bis zehn, bevor er antwortete. »Sir«, erklärte er mit sorgfältiger Betonung, »manche Leute auf dieser Welt glauben, daß sie alles und jeden kaufen können. Ich räume ein, sie haben manchen Grund zu dieser Annahme. Aber ich bin nicht käuflich. Da Sie einer von jenen Leuten zu sein scheinen, will ich mein Bestes tun, damit dieses Gespräch teuer für Sie wird. Sie werden sicher von meinen Anwälten hören. Guten Abend!«

»Warten Sie einen Augenblick!« beschwor Clare ihn. »Wie ich hörte, interessieren Sie sich für Porzellan ...«

»Na und?«

»Zeigen Sie sie ihm, Grace!« Grace hielt die ›Blume

des Vergessens‹ nahe an den Schirm. Sie ging behutsam, ja, ehrfürchtig damit um.

O'Neil sagte nichts. Er beugte sich vor und starrte. Es sah aus, als wolle er aus dem Schirm klettern. »Woher haben Sie sie?« fragte er schließlich.

»Das spielt keine Rolle.«

»Ich werde sie Ihnen abkaufen – zu Ihrem Preis.«

»Sie ist nicht verkäuflich. Aber Sie können sie haben – wenn wir zu einer Übereinkunft gelangen.«

O'Neil musterte ihn. »Das ist gestohlenes Gut.«

»Sie irren sich. Auch werden Sie niemanden finden, der einer solchen Anklage sein Ohr leiht. Was nun diesen Auftrag angeht ...«

O'Neil riß seine Augen von der Schale los. »Was soll ich tun?«

Clare erklärte ihm das Problem. Als er fertig war, schüttelte O'Neil den Kopf.

»Das ist lächerlich«, sagte er.

»Wir haben Grund zu der Annahme, daß es theoretisch möglich ist.«

»Oh, gewiß! Es ist auch theoretisch möglich, ewig zu leben. Nur ist es bisher noch niemandem gelungen.«

»Wir glauben, daß Sie es schaffen werden.«

»Danke für nichts. Ha!« O'Neil stach mit dem Finger aus dem Schirm. »Sie haben diesen jungen Schnösel Carson auf mich angesetzt!«

»Er hat nach meinen Befehlen gehandelt.«

»Dann, Sir, gefallen mir Ihre Manieren nicht.«

»Wie ist es mit dem Auftrag? Und mit dem da?« Clare zeigte auf die Schale.

O'Neil beäugte sie und kaute auf seinem Schnurrbart. »Angenommen, ich gebe mir ehrlich Mühe, ich setze mein ganzes Können daran, um Ihnen zu liefern, was Sie wünschen – und versage.«

»Wir bezahlen nur für Ergebnisse«, informierte Clare ihn. »Oh, Ihr Honorar würden Sie natürlich bekommen, aber *das hier* nicht. Das ist eine Erfolgsprämie.«

O'Neil wollte schon zustimmen, doch plötzlich wandte er ein: »Vielleicht halten Sie mich mit einer Fotografie zum Narren. Das kann ich an diesem verdammten Schirm nicht entscheiden.«

Clare zuckte die Schultern. »Kommen Sie her, und sehen Sie nach!«

»Das werde ich auch! Bleiben Sie, wo Sie sind! Wo sind Sie? Verdammt noch mal, Sir, wie *heißen* Sie?«

Zwei Stunden später stürmte er herein. »Sie haben mich hereingelegt! Die ›Blume‹ ist immer noch in England. Ich habe nachgeforscht. Ich werde ... ich werde Sie *bestrafen,* Sir, mit meinen eigenen beiden Händen.«

»Sehen Sie selbst!« antwortete Clare. Er trat zur Seite, so daß sein Körper O'Neil nicht länger die Sicht auf die Schreibtischplatte verdeckte.

Sie ließen ihn schauen. Sie respektierten sein Bedürfnis nach Stille und ließen ihn schauen. Nach langer Zeit drehte er sich zu ihnen um, aber er sagte nichts.

»Nun?« fragte Clare.

»Ich werde Ihren verdammten Apparat bauen«, stieß er heiser hervor. »Auf dem Weg hierher habe ich mir ein Verfahren ausgedacht.«

Beaumont kam am Tag vor dem ersten Zusammentreffen der Konferenzteilnehmer höchstpersönlich. »Das ist nichts weiter als ein Freundschaftsbesuch, Mr. Clare«, behauptete er. »Ich wollte Ihnen nur meine Anerkennung für die geleistete Arbeit ausdrücken. Und Ihnen dies geben.« »Dies« erwies sich als ein Scheck der Zentralbank über die ausgemachten Gebühren. Clare nahm ihn, betrachtete ihn, nickte und legte ihn auf seinen Schreibtisch.

»Dann ist also die Regierung zufrieden mit den ihr geleisteten Diensten«, bemerkte er.

»Das ist sehr zurückhaltend ausgedrückt«, versicherte Beaumont ihm. »Um ganz ehrlich zu sein, ich hätte nicht geglaubt, daß Sie so viel tun könnten. Sie haben wirklich an alles gedacht. Die Delegierten von Callisto sind gerade unterwegs und besichtigen in einem der kleinen Tanks, die Sie ihnen zur Verfügung gestellt haben, die Sehenswürdigkeiten. Sie sind begeistert. Im Vertrauen gesagt, ich bin überzeugt, wir können bei der kommenden Sitzung auf ihre Stimmen zählen.«

»Die Schwerkraftabschirmung funktioniert also?«

»Perfekt. Ich bin in ihren Ausflugstank getreten, bevor wir ihn ihnen übergaben, und ich war so leicht wie die sprichwörtliche Feder. Zu leicht – ich wäre fast raumkrank geworden.« Er lächelte über sich selbst. »Auch in den Wohnungen der Jupiter-Leute bin ich gewesen. Das war eine ganz andere Erfahrung.«

»Ja, das glaube ich«, stimmte Clare ihm zu. »Das zweieinhalbfache Gewicht ist niederdrückend, um das Mindeste zu sagen.«

»Es ist das glückliche Ende einer schwierigen Aufgabe. Ich muß jetzt gehen. O ja, noch etwas – ich habe mit Dr. O'Neil darüber gesprochen, daß die Regierung sich möglicherweise für andere Anwendungsgebiete dieser neuen Entwicklung interessiert. Um die Sache zu vereinfachen, ist es wohl am besten, daß Sie mir im Namen von General Services eine Verzichterklärung auf den O'Neil-Effekt geben.«

Clare betrachtete gedankenverloren den ›Weinenden Buddha‹ und kaute an seinem Daumen. »Nein«, antwortete er langsam, »nein. Ich fürchte, das geht nicht.«

»Warum nicht?« fragte Beaumont. »Es würde uns eine richterliche Entscheidung und die damit verbundene Zeitverschwendung ersparen. Wir sind bereit, Ihre Arbeit anzuerkennen und Sie zu entschädigen.«

»Hmm. Ich glaube, Sie verstehen die Situation nicht ganz, Mr. Beaumont. Es liegt eine Strecke offenen Territoriums zwischen unserm Vertrag mit Dr. O'Neil und Ihrem Vertrag mit uns. Sie verlangten von uns bestimmte Leistungen und bestimmte Gegenstände, mit denen diese Leistungen vollbracht werden konnten. Wir lieferten sie – gegen Barzahlung. So weit, so gut. Aber unser Vertrag mit Dr. O'Neil machte ihn für die Zeit seiner Beschäftigung zu unserm Vollzeit-Angestellten. Seine

Forschungsergebnisse und die dafür erhaltenen Patente sind Eigentum von General Services.«

»Wirklich?« fragte Beaumont. »Dr. O'Neil hat einen anderen Eindruck gewonnen.«

»Dr. O'Neil irrt sich. Im Ernst, Mr. Beaumont – Sie haben uns, bildlich gesprochen, aufgefordert, eine Kanone zu bauen, um eine Mücke abzuschießen. Haben Sie von uns als Geschäftsleuten erwartet, daß wir die Kanone nach einem einzigen Schuß wegwerfen?«

»Nein, das wohl nicht. Was schlagen Sie vor?«

»Wir werden den Schwerkraft-Modulator kommerziell auswerten, und ich könnte mir vorstellen, daß wir auf dem Mars für bestimmte Anwendungen einen guten Preis erzielen werden.«

»Ja, ja, das läßt sich denken. Aber um brutal offen zu sein, Mr. Clare, das ist leider unmöglich. Die Politik der Regierung verlangt, daß diese Erfindung auf Erdbewohner beschränkt bleibt. Tatsächlich würde die Regierung es als notwendig erachten, einzuschreiten und sie als Monopol für sich zu beanspruchen.«

»Haben Sie sich schon überlegt, wie Sie O'Neil dazu bringen wollen, daß er den Mund hält?«

»In Anbetracht der veränderten Umstände, nein. Was ist Ihre Vorstellung?«

»Eine Aktiengesellschaft, bei der er Präsident und Eigentümer eines Aktienpakets wird. Einer unserer vielversprechenden jungen Männer würde Vorstandsvorsitzender.« Clare dachte an Carson. »Es gäbe genug Aktien zu verteilen«, setzte er hinzu und beobachtete Beaumonts Gesicht.

Beaumont ignorierte den Köder. »Und diese Aktiengesellschaft wäre vertraglich verpflichtet, die Regierung als einzigen Kunden zu beliefern?«

»So habe ich es mir vorgestellt.«

»Hmm ... ja, das scheint machbar zu sein. Vielleicht sollte ich besser mit Dr. O'Neil sprechen.«

»Bedienen Sie sich!«

Beaumont bekam O'Neil auf den Schirm und sprach leise mit ihm. Genauer gesagt, Beaumont sprach leise.

O'Neil zeigte Neigung, das Mikrophon zu zerbrüllen. Clare rief Francis und Grace zu sich ins Büro und berichtete ihnen, was sich ereignet hatte.

Beaumont wandte sich vom Schirm ab. »Der Doktor möchte mit Ihnen sprechen, Mr. Clare.«

O'Neil sah ihn eisig an. »Was soll dieser Unsinn, den ich mir anhören mußte, Sir? Der O'Neil-Effekt soll Ihr Eigentum sein?«

»So steht es in Ihrem Vertrag, Doktor. Erinnern Sie sich nicht?«

»Vertrag! Ich habe das verdammte Ding nie gelesen. Aber ich sage Ihnen eins: Ich bringe Sie vor Gericht. Ich werde Knoten in Ihre Arme und Beine binden, bevor ich mir gefallen lasse, daß Sie mich auf diese Weise zum Narren halten.«

»Langsam, Doktor, bitte!« beschwichtigte Clare ihn. »Wir haben nicht die Absicht, aus einer bloßen juristischen Formsache einen Vorteil zu ziehen, und niemand streitet Ihnen Ihre Rechte ab. Lassen Sie mich kurz umreißen, was ich im Sinn habe ...«

Rasch teilte er ihm seinen Plan mit. O'Neil hörte zu, aber am Schluß hatte sich sein Ausdruck immer noch nicht besänftigt.

»Ich bin nicht interessiert«, erklärte er ruppig. »Was mich angeht, kann die Regierung die ganze Chose haben. Und ich werde dafür sorgen, daß sie sie bekommt.«

»Eine weitere Bedingung hatte ich noch nicht erwähnt«, setzte Clare hinzu.

»Machen Sie sich keine Mühe!«

»Ich muß. Dies wird nichts weiter als ein Gentlemen-Agreement sein, aber es ist wesentlich. Sie haben die ›Blume des Vergessens‹ in Ihrer Obhut.«

Sofort wurde O'Neil vorsichtig. »Was meinen Sie mit ›Obhut‹? Sie gehört mir. Verstehen Sie mich? *Sie gehört mir!*«

»Sie gehört Ihnen«, bestätigte Clare. »Nichtsdestoweniger, im Ausgleich für die Zugeständnisse, die wir Ihnen bezüglich Ihres Vertrages machen, wollen wir etwas von Ihnen.«

»Was?« fragte O'Neil. Die Erwähnung der Schale hatte sein Selbstvertrauen erschüttert.

»Sie gehört Ihnen, und sie bleibt Ihr Eigentum. Aber ich möchte Ihr Wort darauf, daß ich und Mr. Francis und Miss Cormet von Zeit zu Zeit kommen und sie ansehen dürfen – und zwar oft.«

O'Neil blickte ihn ungläubig an. »Sie meinen, Sie wollen nichts als sie *ansehen?*«

»Das ist alles.«

»Nur um sich daran zu *erfreuen?*«

»Richtig.«

O'Neil betrachtete ihn mit neuem Respekt. »Ich hatte Sie nicht gleich richtig verstanden, Mr. Clare. Ich bitte um Entschuldigung. Was diesen Unsinn mit der Aktiengesellschaft betrifft – tun Sie, wie Sie Lust haben. Mir ist es gleichgültig. Sie und Mr. Francis und Miss Cormet können sich die ›Blume‹ ansehen kommen, so oft Sie wollen. Darauf gebe ich Ihnen mein Wort.«

»Ich danke Ihnen, Dr. O'Neil – im Namen von uns allen.« Er verabschiedete sich so schnell, wie es mit Anstand möglich war.

Neuer Respekt stand auch in Beaumonts Augen zu lesen, mit denen er Clare ansah. »Ich glaube«, sagte er, »das nächste Mal werde ich mich in Ihre Regelung der Einzelheiten nicht wieder einmischen. Ich empfehle mich. Adieu, meine Herren – und Miss Cormet.«

Als die Tür hinter ihm hinuntergerollt war, bemerkte Grace: »Dann wäre ja alles erledigt.«

»Ja«, sagte Clare. »Wir haben seinen Hund für ihn spazierengeführt. O'Neil hat, was er wollte, und Beaumont hat, was er wollte, und noch etwas dazu.«

»Hinter was ist er eigentlich her?«

»Ich weiß es nicht, aber ich habe den Verdacht, daß er gern der erste Präsident der Föderation des Sonnensystems werden möchte, falls so etwas zustandekommen sollte. Mit den Assen, die wir ihm in den Schoß geworfen haben, mag er es schaffen. Können Sie sich die Anwendungsmöglichkeiten des O'Neil-Effekts vorstellen?«

»Vage«, meinte Francis.

»Haben Sie schon daran gedacht, was er für die Navigation im Raum bedeuten wird? Oder an die neuen Planeten, die er für die Kolonisierung erschließt? Oder an den Einsatz in der Freizeit-Industrie? Allein damit ist ein Vermögen zu machen.«

»Und was haben wir davon?«

»Was wir davon haben? Geld, alter Junge. Haufen und Haufen von Geld. Es ist immer Geld damit zu verdienen, daß man den Leuten gibt, was sie wollen.« Er warf einen Blick zu dem Markenzeichen mit dem Scotchterrier.

»Geld«, wiederholte Francis. »Ja-a, das werden wir wohl bekommen.«

»Und auf jeden Fall«, setzte Grace hinzu, »können wir immer die ›Blume‹ ansehen gehen.«

Originaltitel: ›– We Also Walk Dogs‹

»Wird sie Sie hören?«

»Ja – wenn sie sich auf dieser Seite des Mondes befindet. Wenn es ihr gelungen ist, das Schiff zu verlassen. Wenn ihr Anzugfunkgerät nicht beschädigt ist. Wenn sie es angestellt hat. Wenn sie noch lebt. Da das Schiff stumm und kein Radarsignal zu entdecken ist, halte ich es für unwahrscheinlich, daß sie oder der Pilot mit dem Leben davongekommen ist.«

»Sie muß unbedingt gefunden werden! Bleiben Sie auf Empfang, Meridian-Raumstation! Tycho-Basis, melden Sie sich!«

Die Antwort verzögerte sich um drei Sekunden, Washington-Mond und zurück. »Mondbasis, kommandierender General.«

»General, schicken Sie jeden Mann auf dem Mond auf die Suche nach Betsy!«

Die durch die Lichtgeschwindigkeit hervorgerufene Verzögerung ließ die Antwort mißmutig klingen. »Sir, wissen Sie, wie groß der Mond ist?«

»Das spielt keine Rolle! Betsy Barnes ist dort irgendwo – und deshalb müssen alle nach ihr suchen, bis sie gefunden ist. Sollte sie tot sein, wäre auch ihr großartiger Pilot tot besser dran!«

»Sir, der Mond hat beinahe fünfzehn Millionen Quadratmeilen. Wenn ich jeden Mann einsetze, den ich habe, müßte jeder über tausend Quadratmeilen absuchen. Ich hatte Betsy meinen besten Piloten gegeben. Ich werde mir keine Drohungen gegen ihn anhören, solange er nicht darauf antworten kann. Von niemandem, Sir! Ich habe es satt, mir von Leuten, die die lunaren Bedingungen nicht kennen, sagen zu lassen, was ich tun soll. Mein Rat, Sir, der Rat, den ich Ihnen als kommandierender General gebe, ist, daß Sie es die Meridian-Raumstation versuchen lassen. Vielleicht können die Leute dort ein Wunder wirken.«

»Nun gut, General!« lautete die scharfe Antwort. »Mit

Ihnen spreche ich später. Meridian-Station! Erstatten Sie Bericht über Ihre Pläne!«

Elizabeth Barnes, das blinde Wunderkind am Klavier, war auf einer Konzerttournee über den Mond gewesen. Nachdem sie ihr Publikum in Tycho-Basis begeistert hatte, startete sie mit einer Jeep-Rakete nach Farside Hardbase, um unsere einsamen Raketenmänner hinter dem Mond zu unterhalten.

Sie hätte in einer Stunde dort sein sollen. Ihr Pilot war für seine Verläßlichkeit bekannt; Schiffe wie das ihre pendelten täglich ohne Piloten zwischen Tycho und Farside.

Nach dem Start wich ihr Schiff von dem programmierten Kurs ab. Es verschwand von Tychos Radarschirmen. Es war ... irgendwo. Nicht im Raum, denn dann würde es um Hilfe funken, und andere Schiffe, Raumstationen, Bodenstationen würden seinen Ruf auffangen. Es war irgendwo in der Leere Lunas abgestürzt – oder notgelandet.

»Hier der Direktor der Meridian-Raumstation.« Die Verzögerung war unmerklich; die Radiowellen brauchten von Washington zu der Raumstation in nicht mehr als zweiundzwanzigtausenddreihundert Meilen Höhe und zurück nur eine Viertelsekunde. »Wir haben die Sender auf der Erdoberfläche zugeschaltet, um den Mond mit unserm Ruf ganz abzudecken. Von Station Newton in der Lagrange-Position aus wird die hintere Seite erreicht. Schiffe von Tycho umkreisen den Rand des Mondes – die Zone, die im Funkschatten von uns und von Newton liegt. Falls wir etwas hören ...«

»Ja, ja! Warum suchen Sie nicht mit Radar?«

»Sir, eine Rakete auf der Oberfläche sieht für ein Radargerät genauso aus wie eine Million anderer Gegenstände von der gleichen Größe. Unsere einzige Chance ist, daß wir eine Antwort von ihnen erhalten – wenn sie imstande sind, zu antworten. Mit Ultrahochauflösungsradar könnten wir sie in ein paar Monaten finden – aber Anzüge, wie man sie in diesen kleinen Raketen trägt, haben nur für sechs Stunden Luft. Wir beten, daß sie uns hören und antworten.«

»Wenn sie antworten, werden Sie ihnen einen Funkpeilempfänger anhängen, nicht wahr?«

»Nein, Sir.«

»In Gottes Namen, *warum nicht?*«

»Sir, ein Funkpeilempfänger ist in diesem Fall sinnlos. Er würde uns nur verraten, daß das Signal vom Mond kommt – was uns nicht weiterhilft.«

»Doktor, Sie wollen sagen, selbst wenn Sie Betsy *hören*, können Sie nicht feststellen, wo sie ist?«

»Wir sind ebenso blind wie sie. Wir hoffen, es wird ihr gelingen, uns zu sich zu führen ... wenn sie uns hört.«

»Wie?«

»Mit einem Laser. Einem intensiven, sehr enggebündelten Lichtstrahl. Sie wird ihn hören ...«

»Einen Lichtstrahl *hören?*«

»Ja, Sir. Wir werden die Oberfläche wie mit einem Radargerät – das uns nichts zeigen würde – abtasten. Aber wir modulieren den Lichtstrahl, so daß er eine Trägerwelle auf einer Radiofrequenz abgibt, und die wiederum wird zu einer hörbaren Frequenz moduliert – zur Übertragung von Klaviertönen. Wenn Betsy uns hört, werden wir ihr sagen, daß sie die Töne bestimmen soll, während wir den Mond absuchen und sämtliche Tasten des Klaviers durchgehen ...«

»All das, während ein kleines Mädchen *stirbt?*«

Eine neue Stimme mischte sich ein. »Mr. President – *halten Sie den Mund!*«

»WER WAR DAS?«

»Ich bin Betsys Vater. Man hat mich von Omaha zugeschaltet. *Bitte,* Mr. President, seien Sie ruhig, und lassen Sie die Leute ihre Arbeit tun! Ich möchte meine Tochter wiederhaben.«

Der Präsident antwortete gepreßt: »Ja, Mr. Barnes.

Machen Sie weiter, Direktor! Ihnen steht zur Verfügung, was immer Sie brauchen.«

In der Meridian-Raumstation wischte sich der Direktor das Gesicht ab.

»Bekommen Sie etwas herein?«

»Nein. Chef, kann nicht etwas wegen dieses Rio-Senders geschehen? Er sitzt genau auf der Frequenz!«

»Wir werden ihnen einen Ziegelstein auf den Kopf werfen. Oder eine Bombe. Joe, geben Sie dem Präsidenten Bescheid.«

»Ich habe es gehört, Direktor. Der Sender wird zum Schweigen gebracht!«

»*Pst!* Ruhig! Betsy – hörst du mich?«

Der Funker nahm mit konzentriertem Gesichtsausdruck eine Feineinstellung vor.

Aus diesem Lautsprecher kam die helle, süße Stimme eines Mädchens: »... jemanden zu hören! Was bin ich froh! Kommt schnell – der Major ist verletzt.«

Der Direktor war mit einem Satz am Mikrophon. »Ja, Betsy, wir beeilen uns. Du mußt uns helfen. Weißt du, wo du bist?«

»Irgendwo auf dem Mond, nehme ich an. Es war eine harte Landung, und ich wollte ihn gerade deswegen aufziehen, als das Schiff umkippte. Ich öffnete meinen Gurt und fand Major Peters, und er bewegt sich nicht. Er ist nicht tot – glaube ich jedenfalls nicht; sein Anzug bläht sich auf wie meiner, und ich höre etwas, wenn ich meinen Helm an ihn halte. Eben ist es mir gelungen, die Tür zu öffnen.« Sie setzte hinzu: »Das kann nicht Farside sein, dort wäre es doch Nacht. Ich bin im Sonnenschein, ganz bestimmt. Dieser Anzug wird ziemlich warm.«

»Betsy, du mußt draußen bleiben. Du mußt dich da aufhalten, wo du uns sehen kannst.«

Sie lachte.

»Das ist gut! Ich sehe mit meinen Ohren.«

»Ja. Du wirst uns mit deinen Ohren sehen. Hör zu, Betsy! Wir werden den Mond mit einem Lichtstrahl absuchen. Du wirst ihn als Klavierton hören. Wir teilen den Mond in die achtundachtzig Töne eines Klaviers auf. Wenn du einen davon hörst, rufst du: ›Jetzt!‹ Dann sagst du uns, welche Note es war. Kannst du das?«

»Natürlich«, antwortete sie zuversichtlich, »wenn das Klavier richtig gestimmt ist.«

»Das ist es. Gut, wir fangen an ...«

»*Jetzt!*«

»Welcher Ton, Betsy?«

»Das Es in der ersten Oktave über dem mittleren C.«

»War es dieser Ton, Betsy?«

»Ja, wie ich es gesagt habe.«

Der Direktor rief: »Wo ist das auf der Karte? Im Mare Nubium? Benachrichtigen Sie den General!« Ins Mikrophon sagte er: »Wir finden dich, Betsy, Schätzchen! Jetzt suchen wir nur das Stück ab, wo du bist. Wir ändern die Einteilung. Möchtest du inzwischen mit deinem Daddy sprechen?«

»O ja! Geht denn das?«

»Sicher!«

Zwanzig Minuten später schaltete er sich ein und hörte: »... natürlich nicht, Daddy. Oh, ein winzig kleines bißchen Angst, als das Schiff umkippte. Aber es kümmern sich Leute um mich, das haben sie immer getan.«

»Betsy?«

»Ja, Sir?«

»Du mußt uns wieder sagen, ob du einen Klavierton hörst.«

»*Jetzt!*« Sie setzte hinzu: »Das ist das Kontra-G, drei Oktaven tiefer.«

»Dieser Ton?«

»Das ist richtig.«

»Tragen Sie das auf dem Netz ein, und sagen Sie dem General, er soll seine Schiffe starten lassen! Das beschränkt das Suchgebiet auf zehn Quadratmeilen! Höre, Betsy – wir wissen *beinahe, wo* du bist, und wir werden die Stelle noch genauer bestimmen. Möchtest du ins Schiff gehen und dich abkühlen?«

»Mir ist nicht zu heiß. Ich schwitze nur ein bißchen.«

Vierzig Minuten später erklang die Stimme des Generals: »Sie haben das Schiff entdeckt! *Sie sehen Betty winken!*«

Originaltitel: ›Searchlight‹

Vielleicht hätten wir uns nie in den Weltraum hinauswagen dürfen. Unserer Rasse sind zwei grundlegende Ängste angeboren, die vor Lärm und die vor dem Fallen. Jene schrecklichen Höhen – Warum sollte ein Mensch, der bei vollem Verstand ist, sich an einen Ort bringen lassen, wo er fallen ... und fallen ... und fallen konnte ... Aber alle Raumfahrer sind verrückt. Das weiß jeder.

Die Ärzte waren sehr freundlich gewesen. »Sie haben Glück gehabt; vergessen Sie das nicht, alter Junge. Sie sind noch jung, und Ihre Pension enthebt Sie aller Sorgen um Ihre Zukunft. Sie besitzen beide Arme und Beine und sind in ausgezeichneter Verfassung.«

»Ausgezeichneter Verfassung!« Ohne seine Absicht klang seine Stimme verächtlich.

»Das ist mein Ernst«, versicherte der Chef-Psychiater. »Die kleine Eigenheit, die Sie da haben, behindert Sie überhaupt nicht – nur insofern, daß Sie nicht wieder in den Raum können. Ich kann Akrophobie wirklich keine Neurose nennen; die Angst vor dem Fallen ist normal und gesund. Sie haben sie nur ein bißchen stärker als die meisten. Aber das ist nicht anomal in Anbetracht dessen, was Sie durchgemacht haben.«

So daran erinnert, begann er wieder zu zittern. Er schloß die Augen und sah die Sterne unter sich kreisen. Er fiel ... fiel endlos. Die Stimme des Psychiaters drang zu ihm durch und holte ihn zurück. »Ruhig, alter Junge! Sehen Sie Ihre Umgebung an!«

»Entschuldigung.«

»Keine Ursache. Jetzt erzählen Sie mir, was haben Sie vor?«

»Ich weiß es nicht. Ich werde mir wohl einen Job suchen.«

»Sie wissen, daß die Gesellschaft Ihnen einen Job geben wird.«

Er schüttelte den Kopf. »Ich will nicht auf einem Raumhafen arbeiten.« Ein Abzeichen am Hemd tragen, um zu zeigen, daß er einmal ein Mann gewesen war, mit dem Höflichkeitstitel ›Captain‹ angeredet werden, immer noch das Privileg in Anspruch nehmen, den Aufenthaltsraum der Piloten zu benutzen, die Gespräche verstummen hören, wenn er sich irgendeiner Gruppe näherte, sich Gedanken machen, was sie hinter seinem Rücken redeten – nein, danke!

»Ein weiser Entschluß. Am besten ist es, eine klare Trennung zu vollziehen, zumindest für eine Weile, bis Sie sich besser fühlen.«

»Sie denken, ich werde darüber hinwegkommen?«

Der Psychiater schürzte die Lippen. »Möglicherweise. Es ist funktionell, wissen Sie. Kein Trauma.«

»Aber Sie glauben nicht daran?«

»Das habe ich nicht gesagt. Ehrlich, ich weiß es nicht. Wir wissen immer noch sehr wenig darüber, was einen Menschen ticken läßt.«

»Ich verstehe. Nun, dann kann ich ja gehen.«

Der Psychiater stand auf und reichte ihm die Hand. »Melden Sie sich, wenn Sie etwas möchten. Und lassen Sie sich auf jeden Fall wieder bei uns sehen.«

»Danke.«

»Sie werden schon wieder in Ordnung kommen. Ich weiß es.«

Aber als der Patient hinausging, schüttelte der Psychiater den Kopf. Der Mann ging nicht wie ein Raumfahrer; dieses ungezwungene, animalische Selbstbewußtsein war verschwunden.

Zu jener Zeit war nur ein kleiner Teil von Groß-New-York überdacht. Er blieb unter der Erde, bis er sich in jenem Stadtteil befand, und dann suchte er sich eine Passage, an der links und rechts Junggesellenzimmer lagen. Bei dem ersten mit dem Leuchtzeichen ›Frei‹ steckte er eine Münze in den Schlitz. Er warf sein Gepäck hinein und ging. Der Monitor an der Kreuzung nannte ihm die Anschrift des nächsten Stellenvermittlungsbüros. Er suchte es auf, setzte sich an einen der Tische für Bewerber, gab seine Fingerabdrücke ab und begann, ein Formular auszufüllen. Es vermittelte ihm das seltsame Gefühl, an den Anfang zurückgekehrt zu sein. Seit er Kadett geworden war, hatte er sich nicht mehr um eine Stellung bemüht.

Den Namen ließ er bis zuletzt offen, und dann zögerte er immer noch. Er hatte die Nase voll davon, berühmt zu sein. Er wollte nicht erkannt werden, er wollte ganz bestimmt nicht, daß großes Theater um ihn gemacht wurde, und vor allem wollte er von niemandem zu hören bekommen, er sei ein Held. Schließlich trug er ›William Saunders‹ ein und schob das Formular in den Schlitz.

Er hatte seine dritte Zigarette fast aufgeraucht und machte sich daran, die vierte anzuzünden, als der Schirm vor ihm endlich hell wurde. Eine nett wirkende Brünette sah ihn an. »Mr. Saunders«, sagte das Bild, »würden Sie bitte hereinkommen? Tür siebzehn.«

Die Brünette in Person war dort, um ihm einen Stuhl und eine Zigarette anzubieten. »Machen Sie es sich bequem, Mr. Saunders. Ich bin Miss Joyce, und ich würde gern mit Ihnen über Ihre Bewerbung sprechen.«

Er setzte sich zurecht und wartete schweigend.

Als sie merkte, daß er nicht die Absicht hatte, den Anfang zu machen, fuhr sie fort: »Sie haben uns da den Namen ›William Saunders‹ angegeben. Wir wissen natürlich durch Ihre Fingerabdrücke, wer Sie sind.«

»Na sicher.«

»Natürlich weiß ich, was jeder über Sie weiß, aber Ihr Entschluß, sich ›William Saunders‹ zu nennen, Mr. ...«

»Saunders.«

»... Mr. Saunders, bewog mich, im Archiv nachzusehen.« Sie hielt eine Mikrofilmspule hoch und drehte sie so, daß er seinen richtigen Namen darauf lesen konnte. »Jetzt weiß ich eine ganze Menge über Sie, mehr, als der Öffentlichkeit bekannt ist, und mehr, als Sie für gut befanden, in Ihre Bewerbung einzutragen. Es ist ein für Sie vorteilhafter Bericht, Mr. Saunders.«

»Danke.«

»Aber ich kann ihn nicht benutzen, um Ihnen eine Stelle zu geben. Ich kann nicht einmal Bezug darauf nehmen, wenn Sie darauf bestehen, sich als ›Saunders‹ zu bezeichnen.«

»Mein Name ist Saunders«, erklärte er ausdruckslos.

»Übereilen Sie nichts, Mr. Saunders. Es gibt viele Positionen, bei denen wir den Prestige-Faktor legitim dazu benutzen können, für einen Klienten ein viel höheres Anfangsgehalt als ...«

»Ich bin nicht daran interessiert.«

Sie musterte ihn und entschloß sich, ihn nicht zu drängen. »Wie Sie wünschen. Wenn Sie bitte in Empfangsraum B gehen, können Sie mit Ihren Klassifikations- und Wissenstests beginnen.«

»Danke.«

»Sollten Sie Ihre Meinung später ändern, Mr. Saunders, werden wir den Fall gern noch einmal aufrollen. Durch diese Tür, bitte.«

Drei Tage später trat er in eine kleine Firma ein. Sie hatte sich auf Kommunikationssysteme spezialisiert, die auf die Bedürfnisse der Kunden zugeschnitten waren. Er bekam die Aufgabe, elektronische Ausrüstungen zu kalibrieren. Es war eine beruhigende Arbeit, anspruchsvoll genug, um seinen Verstand zu beschäftigen, und doch leicht für einen Mann mit seiner Ausbildung und Erfahrung. Am Ende der dreimonatigen Probezeit wurde er, bisher Hilfskraft, in eine höhere Kategorie befördert.

Er konzentrierte sich ganz auf den täglichen Trott mit arbeiten, schlafen und essen. Gelegentlich verbrachte er einen Abend in der öffentlichen Bibliothek oder trainierte im YMCA. Aber niemals, unter keinen Umständen, wagte er sich unter freien Himmel oder auf irgendeine Höhe hinauf, nicht einmal auf einen Theater-Balkon.

Er versuchte sein früheres Leben aus seinen Gedanken auszuschalten, doch die Erinnerung daran war noch frisch. Immer wieder ertappte er sich bei Tagträumen von dem sternenklaren, gefrorenen Himmel des Mars oder dem tosenden Nachtleben von Venusburg. Von neuem sah er Jupiter über dem Hafen von Ganymed hängen, und die rötliche, abgeflachte Kugel nahm in ihrer Riesenhaftigkeit einen unmöglich großen Teil des Himmels ein.

Dann wieder überkam ihn die süße Ruhe der langen Wachen in den einsamen Reichen zwischen den Planeten. Aber solche Träumereien waren gefährlich; sie brachten seinen neuerrungenen Seelenfrieden in Gefahr. Zu leicht konnte er die Grenze überschreiten und sich wiederfinden, wie er sich in Todesverzweiflung an den letzten Griff auf der Stahlflanke der *Walküre* klammerte, die Finger taub und kraftlos, und unter ihm nichts als der bodenlose Abgrund des Raums.

Dann fand er sich plötzlich auf der Erde wieder und hielt sich unkontrollierbar zitternd an seinem Stuhl oder der Werkbank fest.

Als es das erste Mal bei der Arbeit passiert war, merkte er, daß ihn sein Kollege Joe Tully neugierig anstarrte. »Was ist los, Bill?« fragte er. »Verkatert?«

»Nichts«, gelang es ihm zu antworten. »Nur eine Erkältung.«

»Nimm lieber eine Pille! Komm, gehen wir zum Lunch!«

Tully ging auf dem Weg zum Aufzug voran, und sie drängten sich hinein. Die meisten Angestellten – sogar die Frauen – zogen den Fallschacht vor, aber Tully benutzte immer den Aufzug. ›Saunders‹ mied den Fallschacht natürlich, und so war die Gewohnheit entstanden, daß sie zusammen zum Essen gingen. Er wußte, daß der Fallschacht sicher war. Selbst wenn der Strom ausfallen sollte, würden auf jedem Stockwerk Sicherheitsnetze vorschnellen. Trotzdem konnte er sich nicht dazu zwingen, über den Rand zu treten.

Tully erklärte vor den anderen, die Landung unten im Fallschacht schade seinen Fußgewölben. Unter vier Augen gestand er Saunders, er traue automatischen Maschinen nicht. Saunders nickte verständnisvoll, sagte aber nichts. Tully gewann dadurch seine Sympathie. Zum ersten Mal seit Beginn seines neuen Lebens entwickelte er freundschaftliche Gefühle für ein anderes menschliches Wesen, statt sich zu verschanzen. Gern hätte er Tully die Wahrheit über sich erzählt. Wenn er nur hätte sicher sein können, daß Joe nicht darauf bestehen würde, ihn als Helden zu behandeln – nicht etwa, daß er im Grunde etwas gegen die Rolle des Helden einzuwenden gehabt hätte. Als Junge hatte er sich in der Gegend der Raumhäfen herumgetrieben, auf Gelegenheiten gelauert, ins Innere der Schiffe zu gelangen, die Schule geschwänzt, um den Starts zuzusehen, und davon geträumt, eines Tages ein ›Held‹ zu sein, ein Held des Weltraums, der im Triumph von irgendeiner unglaublichen und gefährlichen Forschungsreise zurückkehrte. Aber es machte ihm zu schaffen, daß er immer noch dieselbe Vorstellung davon hatte, wie ein Held aussehen und wie er sich benehmen sollte, und dazu gehörte nicht, daß er vor offenen Fenstern zurückscheute, sich fürchtete, einen freien Platz zu überqueren, und bei dem bloßen Gedanken an die grenzenlosen Tiefen des Raums vor Aufregung die Sprache verlor.

Tully lud ihn zu sich zum Essen ein. Er wäre gern hingegangen, sagte aber nicht eher zu, bis er sich erkundigt hatte, wo Tully wohnte. Tully nannte ihm die Shelton Homes, eins dieser großen, schachtelartigen Kaninchengehege, die die Ebenen von Jersey verunstalten. »Da hätte ich einen weiten Weg zurück nach Hause«, meinte Saunders zweifelnd, während er sich im Geist zurechtlegte, wie er hinkommen sollte, ohne sich den Dingen, die er fürchtete, auszusetzen.

»Du brauchst nicht wieder nach Hause zu fahren«, versicherte Tully ihm. »Wir haben ein Gästezimmer. Komm doch! Meine Frau kocht selbst – der Grund, warum ich sie behalte.«

»Nun gut«, gab er nach. »Danke, Joe.« Die La-Guardia-Untergrundbahn würde ihn bis auf eine Viertelmeile ans Ziel bringen, und wenn er dann keinen überdachten Weg fand, konnte er sich ein Bodentaxi nehmen und die Blenden an den Fenstern schließen.

Tully kam ihm in der Diele entgegen und entschuldigte sich im Flüsterton. »Wir hatten vor, eine junge

Dame für dich einzuladen, Bill. Statt dessen ist mein Schwager gekommen. Er ist eine Laus. Tut mir leid.«

»Vergiß es, Joe! Ich freue mich, hier zu sein.« Das war er wirklich. Die Entdeckung, daß Joes Wohnung im fünfunddreißigsten Stockwerk lag, hatte ihn anfangs bestürzt, doch begeistert stellte er fest, daß er nicht das Gefühl von Höhe hatte. Die Lampen brannten, die Fenster waren verdunkelt, der Boden unter ihm war fest wie ein Felsen. Er fühlte sich warm und sicher. Zu seiner Überraschung erwies sich Mrs. Tully tatsächlich als gute Köchin – er hatte das übliche Mißtrauen des Junggesellen gegen die Hobby-Kocherei. Ganz dem Vergnügen hingegeben, sich zu Hause und sicher und erwünscht zu fühlen, gelang es ihm sogar, die meisten der aggressiven und von Vorurteilen gefärbten Bemerkungen zu überhören, die Joes Schwager von sich gab.

Nach dem Dinner machte er es sich in einem Lehnstuhl bequem, ein Glas Bier in der Hand, und betrachtete den Video-Schirm. Es war eine musikalische Komödie, und er lachte herzlicher, als er es seit Monaten getan hatte. Auf die Komödie folgte ein religiöses Programm; es sang der National Cathedral Choir. Er ließ den Apparat an, hörte mit einem Ohr zu und widmete mit dem anderen der Unterhaltung einige Aufmerksamkeit.

Der Chor war schon über die Hälfte mit *Gebet für Reisende* fertig, als ihm ganz bewußt wurde, was sie da sangen:

– Herr, sei mit denen immerdar,
Die auf dem Wasser in Gefahr.

O Gott, der Du das All regierst,
Die Sterne ihre Bahnen führst,
Bedeck mit Deines Mantels Saum
Die Reisenden im tiefen Raum.

Er hätte gern abgeschaltet, aber er mußte es zu Ende anhören, er konnte nicht anders, obwohl es seinem Herzen mit dem unerträglichen Heimweh der hoffnungslos

Verbannten weh tat. Schon als Kadett waren ihm bei dieser einen Hymne Tränen in die Augen getreten. Jetzt wandte er sein Gesicht von den anderen ab, um die Tropfen zu verbergen, die seine Wangen netzten.

Als das ›Amen‹ des Chors es ihm erlaubte, schaltete er schnell auf ein anderes – irgendein anderes – Programm um.

Er blieb über den Apparat gebeugt stehen, tat so, als stelle er etwas ein, während er seine Gesichtszüge wieder unter Kontrolle brachte. Dann drehte er sich zu der Gesellschaft um, äußerlich gelassen. Doch ihm war, als könne jeder den harten, schmerzenden Knoten in seinem Innern erkennen.

Der Schwager führte immer noch das große Wort.

»Wir sollten sie annektieren«, sagte er. »Genau das sollten wir tun. Der Drei-Planeten-Vertrag ist Scheiße. Mit welchem Recht schreiben uns die auf dem Mars vor, was wir zu tun und zu lassen haben?«

»Nun, Ed«, meinte Tully friedlich, »es ist ihr Planet, nicht wahr? Sie waren zuerst da.«

Ed wischte das beiseite. »Haben wir die Indianer gefragt, ob sie uns in Nordamerika haben wollten oder nicht? Niemand hat das Recht, sich an etwas zu klammern, das er nicht zu nutzen weiß. Bei der richtigen Ausbeutung ...«

»Hast du spekuliert, Ed?«

»Hö? Es wäre keine Spekulation, wenn die Regierung nicht aus rückgratlosen alten Weibern bestünde. ›Die Rechte der Eingeborenen‹ – also wirklich! Welche Rechte hat ein Haufen von Degenerierten?«

Im Geist verglich Saunders Ed Schultz mit Knath Sooth, dem einzigen Marsianer, den er gut kennengelernt hatte. Der sanftmütige Knath, der schon alt gewesen war, bevor Ed geboren wurde, und doch unter seinen eigenen Leuten noch als jung galt. Knath ... nun, Knath konnte stundenlang mit einem Freund oder vertrauenswürdigen Bekannten dasitzen, ohne zu sprechen, ohne das Bedürfnis zum Sprechen zu haben. ›Zusammenwachsen‹ nannten sie es. Seine ganze Rasse war so zusammengewachsen, daß sie keine Regierung gebraucht hatten, bis die Erdleute kamen.

Saunders hatte seinen Freund einmal gefragt, warum er sich so wenig anstrenge, sich mit so wenig zufriedengebe. Mehr als eine Stunde verging, und Saunders bereute schon längst seine aufdringliche Frage, als Knath antwortete: »Meine Väter haben gearbeitet, und ich bin müde.«

Saunders richtete sich auf und sah den Schwager an. »Sie sind nicht degeneriert.«

»Hö? Sind Sie vielleicht Fachmann?«

»Die Marsianer sind nicht degeneriert, sie sind nur müde«, betonte Saunders.

Tully grinste. Sein Schwager bemerkte es und wurde sauer. »Was gibt Ihnen das Recht, eine Meinung darüber zu haben? Sind Sie jemals auf dem Mars gewesen?«

Saunders kam plötzlich zu Bewußtsein, daß er nicht auf der Hut gewesen war. »Sie etwa?« gab er vorsichtig zurück.

»Das steht nicht zur Debatte. Die besten Köpfe stimmen alle darin überein . . .«

Saunders ließ ihn reden und widersprach ihm nicht mehr. Es war eine Erlösung, als Tully vorschlug, da sie alle früh aufstehen müßten, sei es vielleicht an der Zeit, ans Schlafengehen zu denken.

Saunders sagte Mrs. Tully gute Nacht und dankte ihr für das wunderbare Abendessen. Dann folgte er Tully ins Gästezimmer. »Es war die einzige Möglichkeit, diesen Fluch, mit dem unsere Familie belegt worden ist, loszuwerden, Bill«, entschuldigte er sich. »Bleib auf, solange du möchtest.« Tully trat ans Fenster und öffnete es. »Du wirst hier gut schlafen. Wir wohnen hoch genug oben, um richtige frische Luft zu bekommen.« Er streckte den Kopf hinaus und holte ein paarmal tief Atem. »Es geht doch nichts über die echte Ware«, fuhr er fort und zog sich vom Fenster zurück. »Im Herzen bin ich ein Junge vom Lande. Was ist los, Bill?«

»Nichts. Gar nichts.«

»Ich dachte, du habest ein bißchen blaß ausgesehen.

Dann schlaf gut. Ich habe dein Bett bereits auf sieben Uhr eingestellt, das läßt uns eine Menge Zeit.«

»Danke, Joe. Gute Nacht.« Sobald Tully aus dem Zimmer war, nahm er alle Kraft zusammen, ging hinüber und schloß das Fenster. Schwitzend wandte er sich ab und stellte die Ventilation wieder an. Als das geschafft war, ließ er sich auf die Bettkante niedersinken.

Lange Zeit saß er da und zündete sich eine Zigarette nach der anderen an. Er wußte sehr gut, daß er sich nur eingebildet hatte, er habe seinen seelischen Frieden zurückgewonnen. Ihm war nichts geblieben als Scham und ein langer, langer Schmerz. Wenn er so tief gesunken war, daß er gegenüber einem dummen Großmaul wie Ed Schultz klein beigeben mußte, dann wäre es besser gewesen, er hätte die Sache auf der *Walküre* nicht überlebt.

Schließlich nahm er fünf Körner ›Flugritus‹ aus seinem Beutel, schluckte sie und legte sich ins Bett. Fast sofort stand er wieder auf und zwang sich, das Fenster eine Winzigkeit zu öffnen. Dann schloß er einen Kompromiß, indem er die Einstellung des Bettes so veränderte, daß es das Licht nicht ausschalten würde, wenn er eingeschlafen war.

Eine Weile schlief und träumte er. Er war wieder im Raum – tatsächlich hatte er ihn nie verlassen. Ihn erfüllte das Glücksgefühl eines Menschen, der aufwacht und feststellt, daß alles nur ein böser Traum war.

Die Schreie störten seine Heiterkeit. Anfangs bereiteten sie ihm nur ein vages Unbehagen, dann fühlte er sich irgendwie verantwortlich – er mußte etwas dagegen unternehmen. Daß er dann auf einmal fiel, war nur im Traum ein logischer Übergang, aber für ihn war es echt. Er wollte sich festhalten, seine Hände rutschten ab – und unter ihm war nichts als die schwarze Leere des Raums ...

Er erwachte. Keuchend lag er auf Joe Tullys Gästebett. Ringsumher brannten die Lampen.

Aber die Schreie dauerten an.

Er schüttelte den Kopf, dann lauschte er. Die Schreie

waren Wirklichkeit. Jetzt hatte er sie identifiziert. Es war eine Katze, eine junge Katze, wie es sich anhörte.

Er setzte sich auf. Auch ohne die traditionelle Liebe des Raumfahrers zu Katzen hätte er nachgesehen. Er jedoch mochte Katzen um ihrer selbst willen, ganz abgesehen von ihrer Sauberkeit an Bord, ihrer Anpassungsfähigkeit an unterschiedliche Beschleunigungen und ihre Nützlichkeit, wenn es galt, das Schiff frei von jenen anderen Wesen zu halten, die überall mitkommen, wohin der Mensch geht. Deshalb stand er sofort auf und hielt nach der Katze Ausschau.

Ein schneller Rundblick zeigte ihm, daß das Kätzchen nicht im Zimmer war, und sein Gehör führte ihn an die richtige Stelle. Die Laute drangen durch das spaltbreit geöffnete Fenster ein. Er fuhr zurück, blieb stehen und versuchte, seine Gedanken zu sammeln.

Er redete sich zu, es sei unnötig, mehr zu tun, denn wenn die Schreie von draußen hereinschallten, mußten sie aus seinem nahegelegenen Fenster kommen. Aber ihm war klar, daß er sich selbst belog; die Katze befand sich ganz in der Nähe. Auf irgendeine unmögliche Weise war sie vor sein Fenster gelangt, fünfunddreißig Stockwerke über der Straße.

Er setzte sich hin und versuchte, eine Zigarette anzuzünden, aber sie zerbrach ihm zwischen den zitternden Fingern. Er ließ die Bruchstücke zu Boden fallen, stand auf und machte sechs nervöse Schritte auf das Fenster zu, als werde er vorwärtsgerissen. Er sank auf die Knie, faßte nach dem Fenster und warf es weit auf. Dann klammerte er sich an die Fensterbank, die Augen fest geschlossen.

Nach einer Weile schien sich die Fensterbank ein bißchen zu beruhigen. Er öffnete die Augen, keuchte und schloß sie wieder. Ein zweites Mal öffnete er sie und achtete sorgfältig darauf, nicht hinaus auf die Sterne, nicht hinunter auf die Straße zu blicken. Er hatte halb und halb erwartet, die Katze auf einem Balkon außerhalb seines Zimmers zu finden – das schien die einzige vernünftige Erklärung zu sein. Aber da war kein Balkon, da war überhaupt nichts, worauf eine Katze normalerweise hätte sitzen können.

Das Miauen klang jedoch lauter als zuvor. Es mußte von einer Stelle direkt unter ihm kommen. Mit all seiner Willenskraft streckte er den Kopf hinaus und sah hinunter. Etwa vier Fuß unter dem Fenster lief ein schmaler Sims diese Seite des Gebäudes entlang. Darauf hockte ein verwahrlostes, zerzaustes Kätzchen. Es starrte zu ihm hoch und miaute von neuem.

Es war kaum möglich, überlegte er, daß er, ohne aus dem Fenster zu steigen, das Kätzchen erreichte, wenn er sich mit einer Hand an der Fensterbank festhielt und den anderen Arm lang ausstreckte – vorausgesetzt, er brachte es über sich. Sollte er Tully rufen? Nein. Tully war kleiner als er und hatte eine geringere Reichweite. Und das Kätzchen mußte jetzt gerettet werden, bevor das dumme Ding sprang oder fiel.

Er versuchte es. Er schob seine Schultern hinaus, hielt sich mit der linken Hand fest und faßte mit der rechten nach unten. Dann öffnete er die Augen und sah, daß er immer noch einen Fuß oder zehn Zoll von dem Kätzchen entfernt war. Es schnüffelte neugierig in Richtung seiner Hand.

Er reckte den Arm, bis seine Knochen knackten. Prompt hopste die Katze vor seinen zufassenden Fingern weg und blieb gut sechs Fuß den Sims hinunter sitzen. Dort machte sie es sich bequem und begann, sich das Gesicht zu waschen.

Zoll für Zoll zog er sich ins Zimmer zurück und brach schluchzend auf dem Boden unter dem Fenster zusammen. »Ich kann nicht«, flüsterte er. »Ich kann nicht. Nicht noch einmal ...«

Das Raketenschiff *Walküre* war zweihundertundneunundvierzig Tage vom Erde-Mond-Raumterminal entfernt und näherte sich dem Mars-Terminal auf Deimos, dem äußeren marsianischen Satelliten. William Cole, Erster Kommunikationsoffizier und Ersatz-Pilot, schlief süß.

Sein Assistent schüttelte ihn. »He, Bill! Wach auf – wir sind in Schwierigkeiten!«

»Hö? Was?« Aber er langte bereits nach seinen Socken. »Was ist los, Tom?«

Fünfzehn Minuten später wußte er, daß sein Untergebener nicht übertrieben hatte. Er trug dem Alten die Tatsachen vor: Das primäre Pilotenradar war nicht in Ordnung. Tom Sandburg hatte es bei einer Routine-Überprüfung entdeckt, die er durchgeführt hatte, als der Mars in die äußerste Reichweite des Pilotenradars kam. Der Kapitän zuckte die Achseln. »Reparieren Sie es, Mister, und zwar schnell! Wir brauchen es.«

Bill Cole schüttelte den Kopf. »An dem Gerät zeigt sich kein Fehler – von innen. Es reagiert, als sei die Antenne vollständig verschwunden.«

»Das ist unmöglich. Wir haben keinen Meteor-Alarm gehabt.«

»Es kann alles Mögliche gewesen sein, Captain. Vielleicht war es Materialermüdung, und sie ist einfach abgefallen. Aber wir müssen die Antenne ersetzen. Stoppen Sie die Rotation des Schiffs, und ich werde hinausgehen und das Gerät reparieren. Solange das Schiff sich nicht dreht, kann ich einen Ersatz anbringen.«

Die *Walküre* war zu ihrer Zeit ein Luxusschiff gewesen. Sie war gebaut worden, lange bevor irgendwer eine Ahnung davon hatte, wie man ein künstliches Schwerkraftfeld produziert. Trotzdem war sie zur Bequemlichkeit ihrer Passagiere mit Pseudo-Schwerkraft ausgerüstet. Sie drehte sich unaufhörlich um ihre Hauptachse wie eine aus einem gezogenen Lauf abgeschossene Kugel. Die daraus resultierende Winkelbeschleunigung – fälschlich ›Zentrifugalkraft‹ genannt – hielt die Passagiere fest in den Betten oder auf den Füßen. Die Rotation wurde zu Beginn einer Reise eingeschaltet, sobald die Triebwerke aufgehört hatten zu feuern, und erst dann angehalten, wenn Landemanöver durchgeführt werden mußten. Bewerkstelligt wurde das nicht durch Magie, sondern durch die Reaktion auf die Gegenbewegung eines Schwungrads auf der Mittelschiffslinie.

Der Kapitän blickte verärgert drein. »Ich habe schon angefangen, die Rotation zu stoppen, aber ich kann nicht solange warten. Bauen Sie das Astrogationsradar zum Pilotenradar um!«

Cole wollte schon erklären, warum das Astrogationsradar nicht zum Funktionieren auf kurze Strecken umgestellt werden konnte, verzichtete dann aber lieber auf den Versuch. »Das geht nicht, Sir. Es ist technisch unmöglich.«

»Als ich in Ihrem Alter war, konnte ich alles umbauen! Gut, finden Sie eine Lösung, Mister! Ich kann dieses Schiff nicht blind hinunterbringen. Nicht einmal für die Harriman-Medaille.«

Bill Cole zögerte für einen Augenblick, dann antwortete er: »Ich muß hinausgehen, während das Schiff sich noch dreht, Captain, und eine neue Antenne anbringen. Eine andere Möglichkeit gibt es nicht.«

Der Kapitän wandte den Blick von ihm ab. Seine Kiefermuskeln spannten sich. »Holen Sie die Ersatz-Antenne! Beeilen Sie sich!«

Als Cole mit der Ausrüstung, die er für die Reparatur brauchte, an der Luftschleuse eintraf, wartete der Kapitän bereits auf ihn.

Zu seiner Überraschung steckte der Alte in einem Raumanzug. »Erklären Sie mir, was ich zu tun habe«, befahl er Bill.

»Sie wollen doch nicht hinaus, Sir?« Der Kapitän nickte einfach.

Bill warf einen Blick auf die Taille des Kapitäns beziehungsweise die Stelle, wo früher einmal die Taille gewesen war. Der Alte war keinen Tag jünger als fünfunddreißig! »Ich fürchte, ich kann es nicht allzu deutlich erklären. Ich hatte erwartet, die Reparatur selbst durchzuführen.«

»Ich habe noch nie einem Mann etwas befohlen, das ich nicht selbst tun würde. Erklären Sie es mir!«

»Entschuldigen Sie, Sir – aber können Sie einen Klimmzug mit einer Hand machen?«

»Was hat das damit zu tun?«

»Nun, wir haben achtundvierzig Passagiere, Sir, und ...«

»Halten Sie den Mund!«

Sandburg und er, beide in Raumanzügen, halfen dem Alten das Loch hinunter, nachdem die Innentür der Schleuse geschlossen und die Luft abgesaugt war. Außerhalb der Schleuse war weite, sternenfleckige Leere. Da das Schiff sich noch drehte, ging es in jeder Richtung nach außen ›hinunter‹, unzählige Millionen von Meilen *›hinunter‹*. Natürlich legten sie ihm eine Sicherheitsleine an, und trotzdem wurde es Bill ganz komisch, als er den Kopf des Kapitäns in dem bodenlosen schwarzen Loch verschwinden sah.

Die Leine wickelte sich ein paar Fuß stetig ab und blieb dann hängen. Als sich mehrere Minuten lang nichts gerührt hatte, lehnte Bill sich hinüber und legte seinen Helm an den Sandburgs.

»Halt meine Füße fest! Ich will einen Blick hinauswerfen.«

Mit dem Kopf nach unten hing er aus der Schleuse und sah sich um. Der Kapitän hielt sich mit beiden Händen an einer Stelle fest, die weit vom Ort der Reparatur entfernt war. Bill kletterte wieder nach oben und drehte sich um. »Ich gehe hinaus.«

Es war kein großes Kunststück, fand er, an den Händen zu hängen und dahin zu schwingen, wo der Kapitän festsaß. Die *Walküre* war ein Raum-Raum-Schiff, keins dieser glatten Fahrzeuge, die wir auf den Häfen der Erde zu sehen bekommen, sondern für die Reparaturmannschaften an den Terminals mit Handgriffen bedeckt. Als Bill den Kapitän erreicht hatte, konnte er die sichere Stahlsprosse fassen, an die der Kapitän sich klammerte, und ihm helfen, sich zu der letzten Sprosse zurückzuschwingen, von der er gekommen war. Fünf Minuten später zog Sandburg den Alten durch das Loch nach oben, und Bill kletterte ihm nach.

Er schnallte die Reparaturausrüstung vom Anzug des Kapitäns los und legte sie sich selbst an. Er ließ sich wieder durch das Loch hinunter und war unterwegs, bevor der Ältere sich genug erholt hatte, um Einspruch zu erheben, falls er diese Absicht überhaupt noch hegte.

Es war nicht besonders schwer, sich an die Stelle hinauszuschwingen, wo die Antenne ersetzt werden mußte, wenn er auch die ganze Ewigkeit unter den Zehen hatte. Der Anzug behinderte ihn ein wenig – die Handschuhe waren unförmig –, er war jedoch daran gewöhnt. Beim Hereinholen des Kapitäns war ihm der Atem ein bißchen knapp geworden, aber er hatte keine Zeit, darüber nachzudenken. Die schnellere Rotation machte ihm zu schaffen; die Luftschleuse befand sich näher an der Achse als die Antenne, und so wurde er auf dem Weg dorthin schwerer.

Die Ersatz-Antenne anzubringen, war auch so eine Sache. Sie war weder groß noch schwer, und doch war es ihm unmöglich, sie an der richtigen Stelle zu befestigen. Er brauchte eine Hand, um sich selbst und die zweite, um die Antenne festzuhalten, dazu eine dritte, um den Schraubenschlüssel zu drehen. Das war eine Hand zu wenig, ganz gleich, wie er sich bemühte.

Schließlich zog er an seiner Sicherheitsleine und signalisierte damit Sandburg, daß er mehr Spielraum brauche. Dann hakte er sie, nur eine Hand benutzend, von seinem Gürtel los, zog das Ende zweimal durch einen Handgriff und verknotete es. Etwa sechs Fuß ließ er frei hängen. Den Haken an dem freien Ende befestigte er an einem anderen Handgriff. So erhielt er eine Schlaufe, einen improvisierten Bootsmannssitz, der sein Gewicht tragen würde, während er die Antenne anbrachte. Nun ging die Arbeit ziemlich rasch vonstatten.

Er war beinahe fertig. Es war nur noch eine Schraube auf der anderen Seite festzuziehen. Die Antenne war an zwei Punkten gesichert, und die Verbindung war hergestellt. Bill sagte sich, er könne es mit einer Hand schaffen. Er verließ seinen Sitz und schwang sich auf Affenart hinüber.

Bei der letzten Umdrehung rutschte ihm der Schraubenschlüssel weg. Er fühlte, wie er ihm aus der Hand glitt und im Freien Fall entschwand. Er sah ihm nach, hinaus und hinaus und hinaus, hinunter und hinunter und hinunter, bis er so klein geworden war, daß er ihn nicht mehr erkennen konnte. Der Anblick des im Sonnenlicht glänzenden Werkzeugs vor dem tiefen Schwarz des Raums machte ihn schwindelig. Bis jetzt war er zu beschäftigt gewesen, um nach unten zu blicken.

Er erschauderte. »Nur gut, daß ich fertig war«, sagte er. »Das wäre ein langer Weg, wenn ich den Schraubenschlüssel holen müßte.« Damit wollte er sich auf den Rückweg machen.

Er erkannte, daß das unmöglich war.

Er hatte sich an der Antenne vorbeigeschwungen, um seine jetzige Position zu erreichen, und seine Schaukel gefaßt, damit er ein paar Zoll gewann. Jetzt hing die Schlinge der Sicherheitsleine ruhig, gerade außer Reichweite. Es gab keine Möglichkeit, den Prozeß umzukehren.

Er hing an beiden Händen und ermahnte sich, nicht in Panik zu geraten. Ihm mußte irgendein Ausweg einfallen. Herum auf die andere Seite? Nein, dort war die Stahlhaut der *Walküre* glatt, und auf einer Strecke von mehr als sechs Fuß gab es keinen Handgriff. Selbst wenn er nicht müde wäre – und er mußte zugeben, daß er müde war und ein bißchen fror –, selbst wenn er noch frisch gewesen wäre, war es für jemanden, der kein Schimpanse war, ein Ding der Unmöglichkeit.

Er blickte nach unten – und bereute es.

Da war nichts unter ihm als Sterne in einer endlosen Tiefe. Sterne, die vorbeizogen, während das Schiff sich mit ihm drehte, Leere und Schwärze und Kälte.

Er fand sich wieder, wie er versuchte, sich mit dem ganzen Körper auf die einzige schmale Sprosse, an der er hing, zu hieven, sie mit den Zehen zu erreichen. Das war eine sinnlose, Kräfte verzehrende Anstrengung. Er wurde seiner Panik soweit Herr, daß er damit aufhören konnte. Dann ließ er sich schlaff hängen.

Es war leichter, wenn er die Augen geschlossen hielt. Aber von Zeit zu Zeit mußte er sie wieder öffnen und hinsehen. Der Große Bär wanderte vorbei, dann der

Orion. Er versuchte, die Minuten nach der Zahl der Umdrehungen des Schiffes zu berechnen, aber sein Verstand wollte nicht klar funktionieren, und nach einer Weile schloß er die Augen von neuem.

Seine Hände wurden steif – und kalt. Er versuchte, sie auszuruhen, indem er sich abwechselnd nur mit einer Hand festhielt. Er löste die linke, spürte ein Prickeln wie von Nadeln hindurchlaufen und schlug sich damit gegen die Seite. Dann war es höchste Zeit, das mit der rechten zu tun.

Aber er kam mit der linken nicht mehr an die Sprosse heran. Ihm war keine Kraft für diese zusätzliche Bewegung übriggeblieben; er war lang ausgestreckt und konnte sich nicht genügend zusammenziehen, um die linke Hand hinaufzubekommen.

Seine rechte Hand spürte er überhaupt nicht mehr.

Er konnte sehen, wie sie abglitt. Sie glitt ab ...

Das plötzliche Aufhören der Spannung verriet ihm, daß er fiel ... fiel. Das Schiff fiel von ihm weg.

Er kam wieder zu sich, und der Kapitän beugte sich über ihn. »Halten Sie sich ruhig, Bill.«

»Wo ...«

»Kein Grund zur Aufregung. Die Patrouille von Deimos war bereits in der Nähe, als Sie losließen. Sie entdeckten Sie auf dem Radarsichtgerät, glichen ihre Bahn an und sammelten Sie auf. Das muß das erste Mal in der Geschichte der Menschheit gewesen sein. Jetzt bleiben Sie liegen. Sie sind ein kranker Mann – Sie haben länger als zwei Stunden dort gehangen, Bill.«

Das Miauen setzte von neuem ein, lauter als zuvor. Er erhob sich auf die Knie und spähte über die Fensterbank hinaus. Das Kätzchen saß immer noch ein Stück nach links auf dem Sims. Vorsichtig streckte er den Kopf ein bißchen weiter vor und achtete darauf, nichts anderes als das Kätzchen und den Sims anzusehen. »Hier, Miez!«

rief er. »Hier, Miez-miez-miez! Komm, Kätzchen, komm!«

Das Kätzchen hörte auf, sich zu waschen, und machte einen verwirrten Eindruck.

»Komm, Kätzchen!« wiederholte er leise. Seine rechte Hand ließ die Fensterbank los und wies einladend darauf. Das Kätzchen schob sich um etwa drei Zoll näher, dann setzte es sich wieder. »Hier, Kätzchen«, flehte er und streckte seinen Arm so weit wie möglich aus.

Prompt wich das Wollknäuel zurück.

Er zog den Arm zurück und dachte nach. Das führte zu nichts, sagte er sich. Wenn er über die Fensterbank stieg und sich auf den Sims stellte, konnte er sich mit einer Hand festhalten und war vollständig sicher. Das war ihm klar – und er brauchte nicht nach unten zu blicken!

Er drehte sich innerhalb des Zimmers um, faßte die Fensterbank mit beiden Händen und ließ seine Beine an der Fassade des Gebäudes entlanggleiten. Die Augen richtete er konzentriert auf die Ecke des Bettes.

Es war, als sei der Sims entfernt worden. Er konnte ihn nicht finden und glaubte schon, mit den Füßen über ihn hinausgelangt zu sein, als er ihn mit einem Zeh berührte. Dann standen beide Füße fest darauf. Er mochte sechs Zoll breit sein. Bill holte tief Atem.

Er löste die rechte Hand und drehte sich dem Kätzchen zu. Das schien an der Prozedur interessiert, aber nicht geneigt zu sein, sie näher zu erkunden. Wenn er, sich mit der linken Hand festhaltend, den Sims entlangging, würde er es von der Fensterecke aus gerade eben erreichen können ...

Wie ein Baby bewegte er immer nur einen Fuß, statt den einen an dem anderen vorbeizuziehen. Indem er eine Winzigkeit in die Knie ging und sich vorbeugte, konnte er seine Hand bis an das Kätzchen heranbringen. Es schnüffelte an den tastenden Fingern. Dann sprang es zurück. Ein Pfötchen verfehlte den Rand; es strampelte und gewann wieder Halt. »Du Dummchen!« sagte er entrüstet, »willst du dir das Gehirn einschlagen?«

»Falls du eins hast«, setzte er hinzu. Jetzt sah es aus, als sei nichts mehr zu machen. Das Kätzchen war zu weit von seiner Verankerung am Fenster entfernt, ganz gleich, wie er sich reckte. Er rief ohne viel Hoffnung »Miez, miez!« und dachte von neuem nach.

Er konnte aufgeben.

Er konnte die ganze Nacht warten und dabei hoffen, das Kätzchen werde sich entschließen, näher heranzukommen. Oder er konnte es holen.

Der Sims war breit genug, um ihn zu tragen. Wenn er sich dünn machte, sich flach an die Wand drückte, ruhte kein Gewicht auf seinem linken Arm. Zoll für Zoll schob er sich vorwärts, so daß er sich kaum zu bewegen schien, und solange es ging, hielt er sich am Fenster fest. Als der Fensterrahmen schließlich außer Reichweite war, als seine linke Hand flach an der glatten Wand lag, beging er den Fehler, nach unten zu sehen, an der Wand hinunter auf das glühende Pflaster weit unten.

Hastig wandte er den Blick ab und heftete ihn auf eine Stelle an der Wand, in gleicher Höhe mit seinen Augen und nur ein paar Fuß entfernt. Er war immer noch da!

Und das Kätzchen auch. Langsam trennte er die Füße, bewegte den rechten Fuß vorwärts, beugte die Knie. Er ließ seine rechte Hand an der Wand entlanggleiten, bis sie über und ein bißchen hinter dem Kätzchen war.

Plötzlich faßte er zu, als wolle er eine Fliege totschlagen, und fand sich mit einer Handvoll kratzenden, beißenden Fells wieder.

Nun hielt er sich vollkommen still und machte keinen Versuch, sich vor den kleinen Verletzungen, die das Kätzchen ihm zufügte, zu schützen. Die Arme immer noch ausgestreckt, den Körper flach an die Wand gedrückt, machte er sich auf den Rückweg. Er konnte nicht erkennen, wohin er ging, und konnte den Kopf nicht drehen, ohne sein Gleichgewicht zu gefährden. Es schien eine lange Strecke zu sein, länger als der Hinweg. Und dann schlüpften die Fingerspitzen seiner Linken endlich in die Fensteröffnung.

Den Rest hatte er in Sekunden bewältigt. Er legte

beide Arme über die Fensterbank und setzte das rechte Knie darauf. Oben angelangt, ruhte er sich aus und holte tief Atem. »Mann!« sagte er laut. »Das ist gerade noch einmal gutgegangen. Du bist eine Bedrohung des Straßenverkehrs, Kätzchen.«

Er warf einen Blick auf das Pflaster unten. Ganz bestimmt war es sehr weit weg – und hart sah es auch aus.

Er sah empor zu den Sternen. Sehr schön waren sie und sehr hell. Er stemmte sich in den Fensterrahmen, den Rücken auf der einen Seite, die Füße auf der anderen, und betrachtete sie. Das Kätzchen machte es sich auf seinem Magen bequem und begann zu schnurren. Gedankenverloren streichelte er es und faßte nach einer Zigarette. Morgen früh wollte er zum Raumhafen hinausgehen und sich zur körperlichen und psychischen Untersuchung anmelden. Er kraulte die Ohren des Kätzchens. »Na du, kleines Wollknäuel«, sagte er, »wie würde es dir gefallen, mit mir auf eine lange, lange Reise zu gehen?«

Originaltitel: ›Ordeal in Space‹

Die grünen Hügel der Erde

1

Dies ist die Geschichte von Rhysling, dem blinden Sänger des Raums – aber nicht die offizielle Version. Sie haben seine Verse in der Schule gesungen:

Um eine letzte Landung
Freunde, will ich beten,
Wo die Wolken ziehn, wo die Hügel sind grün
Auf meinem Heimatplaneten.

Oder vielleicht haben Sie sie auf Französisch oder Spanisch gesungen. Es mag auch Esperanto gewesen sein, während Terras Regenbogen-Banner über Ihrem Kopf flatterte.

Die Sprache tut nichts zur Sache, doch es war bestimmt eine *irdische* Sprache. Niemand hat die ›Grünen Hügel‹ jemals in die lispelnde Venus-Sprache übersetzt; kein Marsianer hat sie jemals in den trockenen Gängen gekrächzt und geflüstert. Sie gehören uns. Wir von der Erde haben alles von Hollywood-Gruselfilmen bis zu synthetischen radioaktiven Stoffen exportiert, aber die ›Grünen Hügel‹ gehören einzig und allein Terra und ihren Söhnen und Töchtern, wo immer sie weilen mögen.

Wir alle kennen viele Geschichten über Rhysling. Vielleicht gehören Sie sogar zu den vielen, die ihren Ruhm oder ihren akademischen Grad durch die wissenschaftliche Würdigung seiner veröffentlichten Arbeiten erworben haben: *Raumfahrer-Songs, Der Große Kanal und andere Gedichte, Hoch und fern und SCHIFF EMPOR!*

Nun mögen Sie in der Schule und während Ihres ganzen Lebens seine Lieder gesungen und seine Gedichte gelesen haben, und ich möchte trotzdem darauf wetten – falls Sie nicht selbst Raumfahrer sind –, daß sie von den meisten der unveröffentlichten Lieder Rhyslings nie auch nur gehört haben. Darunter sind Dinger wie *Weil der Antreiber meine Cousine kennt, Die Rothaarige aus Venusburg, Behalt die Hose an, Skipper* und *Ein Raumanzug für zwei.*

Auch können wir sie in einem Familienblatt nicht zitieren.

Rhyslings Ruf wurde von einem vorsichtigen literarischen Agenten und durch den glücklichen Zufall gerettet, daß er nie interviewt worden ist. Die *Raumfahrer-Songs* erschienen in der Woche seines Todes; als sie zum Bestseller geworden waren, stoppelte man seine Geschichte aus den Erinnerungen der Leute plus den höchst farbigen Handouts seiner Verleger zusammen.

Das daraus entstandene traditionelle Bild Rhyslings ist ebenso authentisch wie George Washingtons Beil oder König Alfreds Kuchen.

In Wahrheit hätten Sie ihn nicht gern in Ihrem Salon haben wollen; er war nicht gesellschaftsfähig. Er litt an chronischem Sonnenjucken, und daß er sich fortwährend kratzte, erhöhte seine kaum nennenswerte Schönheit nicht gerade.

Van der Voorts Porträt für die Harriman-Ausgabe seiner Werke, die zu seinem hundertsten Geburtstag erschien, zeigt eine hochtragische Gestalt, einen feierlichen Mund und Augen, die von einer schwarzen Seidenbinde verdeckt werden. Er war niemals feierlich! Sein Mund bewegte sich ständig, singend, grinsend, trinkend und essend. Die Binde bestand aus irgendeinem Lumpen und war für gewöhnlich schmutzig. Nachdem er sein Augenlicht verloren hatte, legte er immer weniger Wert auf persönliche Sauberkeit.

›Noisy‹ Rhysling war ein Raketentechniker zweiter Klasse mit Augen, die ebenso gut waren wie Ihre, als er für eine Rundreise zu den Jupiter-Asteroiden auf der RS *Goshawk* anheuerte. Damals unterzeichneten Crew-Mitglieder Verzichterklärungen auf alles mögliche; ein Mann von Lloyd's hätte Ihnen bei dem Gedanken, einen

Raumfahrer zu versichern, ins Gesicht gelacht. Von dem Raumsicherheitsgesetz hatte damals noch nie jemand etwas gehört, und die Company war nur für die Auszahlung der Heuer verantwortlich – falls es dazu kam. Die Hälfte der Schiffe, die weiter als Luna City flogen, kehrte nie zurück. Die Raumfahrer kümmerte es nicht. Mit Vorliebe heuerten sie auf Gewinnbeteiligung an, und jeder einzelne von ihnen hätte mit Ihnen darum gewettet, er könne aus dem 200. Stockwerk des Harriman-Turms springen und unbeschadet unten ankommen, wenn Sie ihm drei zu zwei geboten und Gummiabsätze für die Landung zugestanden hätten.

Die Raketentechniker waren die tollkühnsten von dem Haufen, und die wildesten. Verglichen mit ihnen waren die Handelskapitäne, die Radarleute und die Astrogatoren (Superkargos und Stewards gab es damals nicht) sanfte Vegetarier. Raketentechniker wußten zuviel. Die anderen vertrauten auf das Können des Kapitäns, sie heil nach unten zu bringen; die Raketentechniker wußten, daß sich mit Können nichts gegen die blinden, launenhaften Teufel ausrichten ließ, die sie in ihren Raketenmotoren angekettet hielten. Die *Goshawk* war das erste von Harrimans Schiffen, die von chemischem Treibstoff auf Atomtriebwerke umgerüstet wurden – oder vielmehr das erste, das nicht explodierte. Rhysling kannte sie gut. Sie war ein alter Eimer, der auf der Luna-City-Strecke von der Raumstation Supra-New-York nach Leyport und zurück gegurkt war, bevor sie für den tiefen Raum umgebaut wurde. Er hatte auf der Luna Strecke auf ihr gearbeitet und war bei der ersten Reise in den tiefen Raum dabeigewesen, nach Drywater auf dem Mars – und, zu jedermanns Überraschung, auch zurück.

Zu der Zeit, als er für die Jupiter-Rundreise anheuerte, hätte er längst Erster Ingenieur sein müssen. Aber nach der Drywater-Pionierreise war er gefeuert und auf die Schwarze Liste gesetzt worden, und er war in Luna City hängengeblieben. Der Grund war, daß er zu einer Zeit, wo er seine Anzeigen hätte im Auge behalten sollen, einen Chor und verschiedene Gedichte geschrieben hatte. Das Lied war das berüchtigte *Der Skipper ist der Vater seiner Crew* mit der zum Brüllen komischen, im Druck nicht wiederzugebenden Schlußstrophe.

Die Schwarze Liste machte ihm keinen Kummer. In Luna City gewann er von einem chinesischen Barmann ein Akkordeon, indem er beim Kümmelblättchen betrog. Von da an war er ständig unterwegs und sang vor den Bergleuten für Schnaps und Geld, bis die fortgesetzte Dezimierung der Raumfahrer den dortigen Company-Agenten zwang, ihm eine zweite Chance zu geben. Ein Jahr oder zwei führte er sich auf der Luna-Strecke untadelig. Dann kam er wieder in den tiefen Raum, half mit, Venusburg seinen guten schlechten Ruf zu verschaffen, trieb sich am Ufer des Großen Kanals herum, als am Standort der alten marsianischen Hauptstadt eine neue Kolonie errichtet wurde, und erfror sich auf der zweiten Reise nach Titan Zehen und Ohren.

Damals vollzogen sich Entwicklungen schnell. Als der Atomantrieb erst einmal akzeptiert war, wurde die Zahl der Schiffe, die aus dem Luna-Terra-System hinauszogen, nur von der Tatsache begrenzt, daß nicht genug Personal aufzutreiben war. Raketentechniker waren rar; die Abschirmung war auf ein Minimum reduziert worden, um Gewicht einzusparen, und wenige verheiratete Männer wollten es riskieren, daß sie eine Dosis Radioaktivität unter der Gürtellinie abbekamen. Rhysling lag nichts daran, Vater zu werden. Deshalb konnte er in der Goldenen Zeit des Raumfahrt-Booms immer Arbeit finden. Er durchquerte das System nach allen Richtungen, sang die Knittelverse, die ihm durch den Kopf schossen, und begleitete sich auf dem Akkordeon.

Der Alte der *Goshawk* kannte ihn; Captain Hicks war bei Rhyslings erster Reise ihr Astrogator gewesen. »Willkommen zu Hause, Noisy«, hatte Hicks ihn begrüßt. »Sind Sie nüchtern, oder soll ich für Sie unterschreiben?«

»Von dem Wanzensaft, den man hier verkauft, kann einer gar nicht betrunken werden, Skipper.« Er trug sich ins Buch ein und ging nach unten, sein Akkordeon mit sich schleppend.

Zehn Minuten später kam er zurück. »Captain«, stellte er düster fest, »dieses Triebwerk Nummer zwei ist nicht in Ordnung. Die Kadmium-Dämpfer sind verbogen.«

»Warum erzählen Sie mir das? Sagen Sie es dem Ersten Ingenieur.«

»Habe ich ja. Er sagt, sie tun es noch. Da irrt er sich.«

Der Kapitän wies auf das Buch. »Streichen Sie Ihren Namen aus, und hauen Sie ab! Wir starten in dreißig Minuten.«

Rhysling sah ihn an, zuckte die Achseln und ging wieder nach unten.

Es ist ein langer Anstieg bis zu den Monden Jupiters. Ein Raketenschiff der Hawk-Klasse mußte drei Wachen lang die Triebwerke feuern lassen, bevor es in den Freien Fall übergehen konnte. Rhysling hatte die zweite Wache. Damals geschah das Dämpfen noch von Hand mit einem Feineinsteller mit einer Gefahrenanzeige. Als diese Rot zeigte, versuchte Rhysling, sie zu korrigieren – ohne Erfolg.

Raketentechniker warten nicht ab, aus dem Grund sind sie Raketentechniker. Er öffnete die Notklappe und fischte mit den Zangen in dem teuflisch heißen Zeug herum. Das Licht ging aus, er machte weiter. Ein Raketentechniker muß seine Brennkammer kennen, wie Ihre Zunge das Innere Ihres Mundes kennt.

Er hatte einen schnellen Blick über den Rand des Bleimantels geworfen, als das Licht ausging. Das blaue radioaktive Glühen half ihm überhaupt nichts. Er riß den Kopf zurück und arbeitete nach Gefühl.

Dann war er fertig und rief durch das Sprachrohr: »Triebwerk Nummer zwei aus. Und um Christi willen, besorgt mir hier unten Licht!«

Es brannte Licht – das Notlicht –, aber nicht für ihn. Das blaue radioaktive Glühen war das Letzte gewesen, worauf sein Sehnerv reagiert hatte.

2

Wenn Zeit und Raum das nächste Mal zu diesem Ort sich biegen,
Wird immer noch ein Silberschein der Freude auf ihm liegen.
Der Wahrheit Türme am Kanal, aus Filigran ein Bild,
Für diesen hehren; keuschen Ort, da sind sie Schutz und Schild.
Die Rasse, die sie einst erbaut, lebt weiter nur in Sagen,
Fort sind die Götter, deren Tränen jetzt an diese Ufer schlagen.
Ganz langsam klopft das Herz des Mars, das abgenützt die Zeit,
Es flüstert in der dünnen Luft: Was lebt, ist todgeweiht ...

Und trotzdem singt ein jeder Turm der Schönheit Madrigal,
Und ewig wird die Schönheit wohnen entlang dem Großen Kanal.

– *Aus: Der Große Kanal,* mit Erlaubnis von
Lux Transcriptions, Ltd., London und Luna City

Auf dem Rückweg setzten sie Rhysling in Drywater auf dem Mars ab. Die Jungens ließen den Hut herumgehen, und der Skipper schoß ein halbes Monatsgehalt zu. Das war's dann: Ein weiterer Raumfahrer, der es nicht geschafft hatte, aufzuhören, bevor seine Glückssträhne endete. Er verkroch sich für einen Monat oder so bei den Prospektoren und Archäologen in How-Far?, und als Entgelt für seine Lieder und sein Akkordeonspiel hätte er wahrscheinlich für immer bleiben können. Aber Raumfahrer sterben, wenn sie sich ständig an einer Stelle aufhalten. Er fand einen Raupenfahrer, der ihn zurück nach Drywater und von da weiter nach Marsopolis mitnahm. Die Hauptstadt befand sich in ihren Gründerjahren; die Verarbeitungsbetriebe säumten den Großen Kanal zu beiden Seiten und wühlten die ehrwürdigen

Gewässer mit dem Dreck ihrer Abstiche auf. Das war, bevor der Drei-Planeten-Vertrag es verbot, kulturelle Relikte aus kommerziellen Gründen zu beschädigen.

Die Hälfte der schlanken, märchenhaften Türme war abgerissen worden, und andere hatte man verunstaltet, indem man sie zu Druckgebäuden für Erdmenschen umbaute. Nun hatte Rhysling nichts von diesen Veränderungen gesehen, und niemand beschrieb sie ihm. Als er Marsopolis wieder ›sah‹, stellte er es sich vor, wie es gewesen war. Sein Gedächtnis war gut. Er stand auf der Ufer-Esplanade, wo früher die Großen des Mars lustgewandelt waren, und vor seinen blinden Augen breitete sich die Schönheit der Landschaft aus – eine eisblaue Wasserfläche, unbewegt von Gezeiten, unberührt von Winden, die heiter die scharfen, hellen Sterne des marsianischen Himmels widerspiegelte, und jenseits des Wassers die spitzenklaren Strebepfeiler und fliegenden Türme einer Architektur, zu hart für unseren rumpelnden, schweren Planeten.

Das Ergebnis war sein Gedicht *Der Große Kanal.*

Die subtile Veränderung seiner Orientierung, die es ihm ermöglichte, in Marsopolis Schönheit zu sehen, wo es keine Schönheit mehr gab, begann jetzt, auf sein ganzes Leben einzuwirken. Alle Frauen wurden für ihn schön. Er erkannte sie an der Stimme und paßte Ihre Erscheinung dem Klang an. Es muß schon ein sehr schlechter Mensch sein, der zu einem Blinden anders als mild und freundlich spricht. Zankteufel, die ihren Ehemännern keinen Frieden ließen, sänftigten ihre Stimmen für Rhysling.

Es bevölkerte seine Welt mit schönen Frauen und würdevollen Männern. *Vorüber zieht ein dunkler Stern, Berenices Haar, Sterbegesang eines wilden Fohlens* und seine anderen Liebeslieder der Wanderer, der frauenlosen Männer des Raums, waren die unmittelbaren Resultate der Tatsache, daß seine Vorstellungen unbefleckt von geschmacklosen Wahrheiten waren. Es läuterte die Art, wie er ein Thema behandelte, veredelte seine Knittelverse zu Gedichten und manchmal sogar zu Poesie.

Er hatte jetzt viel Zeit zum Denken, Zeit, um all die schönen Wörter zusammenzufügen und sich den Kopf über eine Strophe zu zerbrechen, bis sie in seinem Kopf richtig klang. Das monotone Hämmern von *Raketenlied* –

Der Platz ist geräumt, und die Schleusen sind dicht,
Empfangen ist längst der letzte Bericht,
Alle Lichter sind grün, Zeit ist es, zu beten,
Der Captain nickt, und nun hör die Raketen …

Horch, sie fauchen dir in den Rücken,
Wenn dir die Rippen die Brust eindrücken.
Auf dem Streckbett hält es dich fest,
Der Nacken wird an die Stütze gepreßt.
Fühle dein Schiff vor Schmerzen beben,
Gemarterter Stuhl, erwache zum Leben!
Steig auf der Feuersäule hinan,
Steige und fliege und nimm deine Bahn
Auf den Raketen!

– kam ihm nicht, als er selbst noch Raketentechniker war, sondern später, als er sich vom Mars zur Venus durchschlug und einem alten Schiffskameraden bei der Wache Gesellschaft leistete.

In den Bars von Venusburg sang er seine neuen Lieder und ein paar von den alten. Irgendwer ließ dann immer einen Hut für ihn herumgehen, und der kam mit dem doppelten oder dreifachen Betrag zurück, der für einen Sänger üblich war. Das war die Anerkennung für den tapferen Geist hinter den verbundenen Augen.

Es war ein leichtes Leben. Jeder Raumhafen war seine Heimat und jedes Schiff sein privates Transportmittel. Kein Skipper lehnte es ab, die zusätzliche Masse des blinden Rhysling und seiner Quetschkommode zu befördern. So gondelte er von Venusburg nach Leyport und weiter nach Drywater und New Shanghai – oder umgekehrt, wie er gerade Lust hatte.

Der Erde näherte er sich nie weiter als zur Raumstation Supra-New-York. Sogar als er den Vertrag für

Raumfahrer-Songs unterschrieb, geschah das in einem Linienschiff der Kabinenklasse irgendwo zwischen Luna City und Ganymed. Horowitz, sein erster Verleger, war in zweiten Flitterwochen an Bord und hörte Rhysling bei einer Schiffsparty singen. Und Horowitz hatte einen Riecher für ein gutes Geschäft. Der gesamte Inhalt der *Songs* wurde im Kommunikationsraum dieses Schiffes direkt auf Band gesungen, bevor er Rhysling aus den Augen ließ. Die nächsten drei Bände wurden in Venusburg aus Rhysling herausgequetscht. Horowitz hatte einen Agenten hingeschickt, der ihn unter Alkohol hielt, bis er alles gesungen hatte, an was er sich erinnern konnte.

Bei *SCHIFF EMPOR!* steht nicht ganz fest, ob es von Anfang bis Ende authentischer Rhysling ist. Zweifellos stammt vieles von ihm, und *Raketenlied* ist ohne Frage sein Werk, aber die meisten Strophen wurden nach seinem Tod von Leuten gesammelt, die ihm auf seinen Wanderungen begegnet waren.

Die grünen Hügel der Erde wuchsen im Verlauf von zwanzig Jahren. Die früheste Form, von der wir wissen, dichtete Rhysling, bevor er erblindete, bei einer Sauftour mit einer Gruppe von Vertragsarbeitern auf der Venus. Die Verse befaßten sich hauptsächlich mit den Dingen, die die Männer auf der Erde zu tun beabsichtigten, wenn und falls es ihnen je gelingen sollte, ihr Handgeld zurückzuzahlen und dann nach Hause zurückkehren zu dürfen. Einige Strophen waren vulgär, andere nicht, aber der Kehrreim war schon der der *Grünen Hügel.*

Wir wissen genau, wo und wann es zu der endgültigen Form der *Grünen Hügel* kam.

Auf Ellis Isle, Venus, lag ein Schiff, das den direkten Sprung von dort nach Great Lakes, Illinois, machen sollte. Es war die alte *Falcon,* das jüngste Schiff der Hawk-Klasse und das erste, mit dem die Harriman-Stiftung, ihrer neuen Politik entsprechend, eine Schnellverbindung mit planmäßigen Landungen zwischen den Städten der Erde und den Kolonien einrichtete, für die eine zusätzliche Gebühr zu zahlen war.

Rhysling entschloß sich, mit der *Falcon* zur Erde

zurückzukehren. Vielleicht war ihm sein eigenes Lied unter die Haut geraten – oder vielleicht sehnte er sich nur danach, seine Heimat, das Ozark-Plateau, wiederzusehen.

Die Company nahm niemanden mehr umsonst mit. Rhysling wußte das, aber es war ihm überhaupt nicht in den Sinn gekommen, die neue Regel könne auch für ihn gelten. Für einen Raumfahrer war er schon ziemlich alt und ein Spürchen eigensinnig, was seine Privilegien anging. Nicht senil – er war sich einfach bewußt, daß er eine der Landmarken im Raum war, zusammen mit dem Halleyschen Kometen, den Ringen und Brewsters Dach. Er marschierte zur Mannschaftsluk hinein, ging nach unten und ließ sich auf der ersten freien Beschleunigungsliege häuslich nieder.

Beim letzten Rundgang durch das Schiff fand der Kapitän ihn dort.

»Was machen Sie hier?« fragte er.

»Ich reise zur Erde zurück, Captain.« Rhysling brauchte keine Augen, um die vier Streifen des Skippers zu sehen.

»Sie können nicht in diesem Schiff reisen; Sie kennen die Vorschriften. Machen Sie sich auf die Socken, und verschwinden Sie! Wir wollen gleich starten.« Der Kapitän war jung; er war nach Rhyslings aktiver Zeit groß geworden, aber Rhysling kannte den Typ – fünf Jahre Studium in Harriman Hall und ein paar Praktikumsreisen in der Kadettenzeit anstelle einer soliden, im tiefen Raum gewonnenen Erfahrung. Die beiden Männer hatten weder in ihrem Lebenslauf noch im Geist etwas gemeinsam. Der Raum war dabei, sich zu verändern.

»Aber, Captain, Sie werden doch einem alten Mann die Heimreise nicht mißgönnen.«

Der Offizier zögerte – mehrere Leute von der Crew waren stehengeblieben, um zuzuhören. »Ich kann das nicht machen. ›Raumsicherheitsgesetz, Absatz sechs: In den Raum begeben dürfen sich nur Personen, die lizensierte Mitglieder der Mannschaft eines Charterfahrzeugs oder zahlende Passagiere eines solchen Fahrzeugs sind.

Ergänzende Vorschriften sind zu beachten.‹ Sie stehen jetzt auf und gehen hinaus.«

Rhysling legte sich zurück, die Hände unter dem Kopf verschränkt. »Wenn ich das Schiff verlassen soll, will ich verdammt sein, wenn ich gehe. Tragen Sie mich!«

Der Kapitän biß sich auf die Unterlippe. »Schiffsprofos! Entfernen Sie diesen Mann!«

Der Polizist des Schiffes richtete den Blick auf die Streben über seinem Kopf. »Das kann ich nicht, Captain. Ich habe mir die Schulter verrenkt.« Die anderen Männer, die einen Augenblick vorher noch dagestanden hatten, waren im Farbanstrich des Schotts versickert.

»Dann holen Sie eine Arbeitsabteilung!«

»Aye, aye, Sir.« Nun war auch er verschwunden.

Von neuem ergriff Rhysling das Wort. »Hören Sie, Skipper – lassen Sie uns nicht gleich harte Gefühle entwickeln. Es gibt ein Schlupfloch für Sie, daß Sie mich mitnehmen können, wenn Sie wollen – die Klausel über den ›in Not geratenen Raumfahrer‹.«

»›In Not geratener Raumfahrer‹? – auch das noch! Sie sind kein in Not geratener Raumfahrer, Sie sind ein Raumadvokat. Ich weiß, wer Sie sind; Sie treiben sich schon seit Jahren im System herum. Aber in meinem Schiff werden Sie es nicht tun. Die Klausel wurde mit der Absicht eingefügt, Männern zu helfen, die ihr Schiff verpaßt haben, nicht, um einen Mann kostenlos den ganzen Raum bereisen zu lassen.«

»Ja, Captain, können Sie wirklich sagen, ich hätte mein Schiff *nicht* verpaßt? Ich bin seit meiner letzten Reise als ordentlich angeheuertes Crew-Mitglied nie mehr zu Hause gewesen. Das Gesetz sagt, mir steht die Heimreise zu.«

»Aber das ist Jahre her. Sie haben Ihre Chance vertan.«

»So? In der Klausel steht kein Wort darüber, wie schnell ein Mann die Heimreise antreten muß. Es heißt nur, daß sie ihm zusteht. Schlagen Sie's nach, Skipper! Wenn ich im Unrecht bin, werde ich nicht nur auf meinen zwei Beinen hinausspazieren, ich werde Sie auch vor der ganzen Crew demütig um Verzeihung bitten. Machen Sie schon – schlagen Sie's nach! Seien Sie kein Spielverderber!«

Rhysling fühlte, daß der Kapitän ihn böse ansah, doch dann drehte er sich um und stapfte aus dem Abteil. Es war Rhysling klar, daß er seine Blindheit benutzt hatte, um den Kapitän in eine unmögliche Position zu manövrieren, aber das setzte Rhysling nicht in Verlegenheit. Er genoß es vielmehr.

Zehn Minuten später heulte die Sirene, und er hörte die mit dem Megaphon gebrüllten Befehle, die die Männer auf ihre Posten schickten. Als das leise Seufzen der Luftschleusen und die leichte Druckveränderung in seinen Ohren ihm verrieten, daß der Start unmittelbar bevorstand, erhob er sich und schlurfte in den Antriebsraum, als wolle er den Triebwerken nahe sein, wenn sie feuerten. In keinem Schiff der Hawk-Klasse brauchte er jemanden, der ihn führte.

Der Ärger begann während der ersten Wache. Rhysling hatte sich im Sessel des Inspektors gelümmelt, mit den Tasten seines Akkordeons herumgespielt und eine neue Version der *Grünen Hügel* ausprobiert.

Luft ist nicht rationiert,
Man atmet ohne Beschwerde

Und ›hmta, hmta, hmta Erde‹ – es wollte nicht richtig herauskommen. Er versuchte es von neuem.

Noch einmal will ich laufen
Und atmen ohne Beschwerde
Auf dem weißen Strand und dem braunen Feld
Und den grünen Hügeln der Erde.

Das ist besser, dachte er. »Wie gefällt dir das, Archie?« fragte er in das gedämpfte Brüllen der Triebwerke hinein.

»Recht gut. Sing doch mal das Ganze!« Archie Macdougal, Erster Raketentechniker, war ein alter Freund aus dem Raum wie aus den Bars. Viele Jahre und Millionen von Meilen früher war er Lehrling unter Rhysling gewesen. Rhysling tat ihm den Gefallen. Dann sagte er: »Ihr jungen Leute habt es leicht. Alles automatisch. Als ich der *Falcon* noch den Schwanz verdrehte, mußte man wach bleiben.«

»Wach bleiben muß man immer noch.« Sie fingen an zu fachsimpeln, und Macdougal zeigte ihm die automatische Dämpfungsanlage. Sie hatte die manuelle Vernier-Kontrolle ersetzt, die Rhysling benutzt hatte. Rhysling tastete die Kontrollen ab und stellte Fragen, bis er mit der neuen Installation vertraut war. Er war der festen Meinung, er sei immer noch Raketentechniker, und seine augenblickliche Tätigkeit als Troubadour stelle nur eine Übergangslösung in der gespannten Situation mit der Company dar, in die jeder Mann geraten konnte.

»Wie ich sehe, sind die alten Handdämpfungsplatten immer noch da«, bemerkte er, während seine geschickten Finger über die Ausrüstung glitten.

»Alles da – bis auf die Verbindungen. Die habe ich abgemacht, weil sie die Anzeigen verdeckten.«

»Du hättest sie dranlassen sollen. Vielleicht brauchst du sie einmal.«

»Ach, ich weiß nicht. Ich glaube ...« Rhysling erfuhr nie mehr, was Macdougal glaubte, denn in diesem Augenblick brach die Hölle los. Macdougal wurde voll von einem radioaktiven Ausstoß erwischt, der ihn an Ort und Stelle verbrannte.

Rhysling spürte, was geschehen war. Die alten Reflexe übernahmen die Herrschaft. Gleichzeitig knallte er die Klappe der Brennkammer zu und gab dem Kontrollraum Alarm. Dann erinnerte er sich an die abmontierten Verbindungen. Er mußte umhertasten, bis er sie fand. Dabei gab er sich Mühe, so dicht wie möglich am Boden zu bleiben, um den höchstmöglichen Schutz von den Dämpfungsplatten zu bekommen. Ihm fehlte nichts als die Verbindungen, um arbeiten zu können. Der Raum war für ihn so hell, wie irgendein Raum nur sein kann. Er kannte jede Stelle, jede Kontrolle ebenso, wie er die Tasten seines Akkordeons kannte.

»Antriebsraum! Antriebsraum! Was soll der Alarm?«

»Draußen bleiben!« brüllte Rhysling. »Der Raum ist heiß.« Er fühlte es auf seinem Gesicht und in seinen Knochen wie Sonnenschein in der Wüste.

Es gelang ihm, die Verbindungen zu montieren, nachdem er alle Welt und besonders denjenigen verflucht hatte, der den benötigten Schraubenschlüssel nicht an seinen angestammten Platz geheftet hatte. Dann begann er, den Schaden von Hand zu beheben. Es war eine langwierige und knifflige Arbeit. Schließlich hatte er die Überzeugung gewonnen, daß der Raketenmotor mit Atomtriebwerk und allem ausgestoßen werden mußte.

Zuerst machte er Meldung. »Kontrolle!«

»Kontrolle aye aye!«

»Stoße Triebwerk drei ab – Notfall!«

»Ist das Macdougal?«

»Macdougal ist tot. Hier ist Rhysling, auf Wache. Schalten Sie auf Aufnahme!«

Es kam keine Antwort. Dem Skipper mochte es die Sprache verschlagen haben, aber er konnte sich bei einem Notfall im Antriebsraum nicht einmischen. Er mußte an das Schiff denken, an die Passagiere und die Mannschaft. Die Türen mußten geschlossen bleiben.

Noch überraschter wird der Kapitän über das gewesen sein, was Rhysling aufnehmen ließ. Es war:

Wir kotzen auf der Venus,
Weil dort der Sumpf so stank.
Im Dschungel es wibbelt, und wenn es dich kribbelt,
Dann bist du auch schon krank.

Rhysling fuhr bei seiner Arbeit fort, das Sonnensystem zu katalogisieren. »Der gleißende Boden Lunas ...« – »Das sind die Regenbogenringe des Saturn ...« – »Die eisige Nacht auf Titan ...«, und währenddessen montierte er das Triebwerk ab und stieß es hinaus. Er endete mit:

Wir haben jeden Klumpen
Aus Dreck im All betreten.
Laßt nach Hause uns ziehn, wo die Hügel grün
Auf unserm Heimatplaneten.

Dann kehrte er beinahe geistesabwesend zu seiner revidierten ersten Strophe zurück:

Um eine letzte Landung,
Freunde, laßt uns beten,
Wo die Wolken ziehn, wo die Hügel sind grün
Auf unserm Heimatplaneten.

Das Schiff war jetzt sicher und konnte auf einer Düse nach Hause hinken. Was ihn selbst betraf, hatte Rhysling seine Zweifel. Der ›Sonnenschein‹ brannte ziemlich heftig, dachte er. Es war ihm nicht möglich, den leuchtenden rosigen Nebel zu sehen, in dem er arbeitete, aber er wußte, daß er da war. Mehrmals ließ er die Luft durch das äußere Ventil abziehen, bis die Radioaktivität soweit abgesunken war, daß ein Mensch in entsprechender Schutzkleidung sie ertragen konnte. Während er damit beschäftigt war, sang er eine weitere Strophe, das letzte bißchen an authentischem Rhysling, das es geben sollte:

Das Himmelsgewölbe ruft
Die Männer zurück ins All.
Die Lichter unten verblassen,
Wir sind im Freien Fall.
Auf einem Feuerstrahl
Die Söhne Terras reiten
Hinauf, hinaus und fort
Zu immer ferneren Weiten.

Originaltitel ›The Green Hills of Earth‹

»Sei kein sentimentaler Idiot, Sam!«

»Ob ich nun sentimental bin oder nicht«, entgegnete Jones, »ich erkenne Sklaverei, wenn ich sie sehe. Und ihr habt sie auf der Venus.«

Humphrey Wingate schnaubte. »Das ist einfach lächerlich. Die Arbeitsklienten der Company sind Angestellte mit legalen Verträgen, die sie freiwillig unterschrieben haben.«

Jones hob leicht die Augenbrauen. »So? Was ist denn das für ein Vertrag, nach dem ein Mann ins Gefängnis kommt, wenn er seine Stellung aufgibt?«

»Das ist nicht der Fall. Jeder Klient kann mit der üblichen Frist von zwei Wochen kündigen. Ich muß es schließlich wissen; ich . . .«

»Ja, ich weiß«, stimmte Jones mit müder Stimme zu. »Du bist Rechtsanwalt. Du weißt alles über Verträge. Aber das Problem mit dir, du Dummkopf, ist, daß du nichts als die juristischen Phrasen verstehst. Freiwillig unterschriebener Vertrag – Blödsinn! Ich rede über *Tatsachen;* ich reite nicht auf Paragraphen herum. Mir ist es gleichgültig, was in den Verträgen steht. Diese Menschen sind Sklaven!«

Wingate leerte sein Glas und stellte es ab. »Also ich bin ein Dummkopf? Nun will ich dir einmal erzählen, was du bist, Sam Houston Jones. Du bist ein halbgarer Salon-Roter. Du hast noch nie für deinen Lebensunterhalt arbeiten müssen, und du meinst, es sei schrecklich, daß andere Leute dazu gezwungen sind. Nein, warte«, fuhr er fort, als Jones den Mund öffnete, »hör mir zu! Die Klienten der Company sind auf der Venus verdammt viel besser dran als die meisten Angehörigen ihrer Klasse hier auf der Erde. Sie haben einen sicheren Arbeitsplatz, Essen und einen Ort zum Schlafen. Wenn sie krank werden, steht ihnen ärztliche Behandlung zu. Die Schwierigkeit mit Leuten dieser Gesellschaftsschicht ist, daß sie nicht arbeiten wollen . . .«

»Wer will das schon?«

»Sei nicht albern! Nur die recht strengen Bedingungen des Vertrags verhindern, daß sie in der Minute, wo es ihnen langweilig wird, von einem guten Arbeitsplatz weglaufen und erwarten, daß die Company sie umsonst zur Erde zurückbefördert. Bei deiner feinsinnigen, nächstenliebenden Denkungsart magst du noch nicht auf die Idee gekommen sein, daß die Company Verpflichtungen gegenüber ihren Aktionären hat – dir zum Beispiel! –, und es sich nicht leisten kann, einen interplanetaren Fährdienst zugunsten einer Menschenklasse zu unterhalten, die meint, die Welt sei ihnen den Lebensunterhalt schuldig.«

»Jetzt hast du mich erwischt, mein Freund.« Jones verzog das Gesicht. »Ich bin tatsächlich Aktionär. Ich schäme mich dessen.«

»Warum verkaufst du dann nicht?«

Jones blickte angewidert drein. »Was wäre das für eine Lösung? Glaubst du, ich kann mein *Wissen* und damit meine Verantwortung abschütteln, indem ich mich von meinen Aktien trenne?«

»Ach, der Teufel hol's!« sagte Wingate. »Trink aus!«

»Du hast recht«, stimmte Jones zu. Er hatte eine Übungsfahrt als Reserveoffizier hinter sich, es war sein erster Abend nach der Landung, und er hatte im Trinken etwas nachzuholen. Zu schade, dachte Wingate, daß Jones' Schiff die Venus berührt hatte ...

»Alles aufstehen! Alles aufstehen! Hoch mit euch, ihr Faulenzer! Raus aus den Betten! Raus aus den Betten und rein in die Socken!« Die rauhe Stimme sägte sich durch Wingates schmerzenden Kopf. Er öffnete die Augen. Grelles weißes Licht blendete ihn, und er schloß sie hastig wieder. Aber die Stimme wollte ihn nicht in Frieden lassen. »Zehn Minuten bis zum Frühstück«, rasselte sie. »Kommt und holt es euch, oder wir werfen es hinaus!«

Von neuem öffnete er die Augen und zwang sie mit

zitternder Willenskraft zur Wahrnehmung. Beine bewegten sich an ihnen vorbei, die meisten mit Jeans bekleidet, doch einige zeigten widerwärtige, haarige Nacktheit. Ein Durcheinander von männlichen Stimmen, aus dem er Wörter, aber keine Sätze aufschnappte, wurde von einer Hintergrundmusik aus metallischen Geräuschen – gedämpft, aber durchdringend – begleitet: Schrrg, schrrg, bumm! Schrrg, schrrg, bumm! Das ›Bumm‹, mit dem sich der Zyklus vollendete, tat seinem Kopf weh, war aber nicht so nervenzerfetzend wie ein anderes Geräusch, ein tonloses, schwirrendes Zischen, das er nicht lokalisieren und dem er nicht entfliehen konnte.

Es roch nach menschlichen Wesen, von denen zu viele in einem zu kleinen Raum sind. Man konnte es mit gutem Gewissen nicht ›Gestank‹ nennen, und die Sauerstoffversorgung war auch nicht unzureichend. Aber die Luft war voll von dem warmen, etwas muffigen Geruch bettwarmer Körper, die nicht schmutzig, aber auch nicht frisch gewaschen waren. Er legte sich aufs Gemüt und nahm einem den Appetit. Bei Wingate in seinem Zustand rief er beinahe Erbrechen hervor.

Allmählich gewann er einige Einsicht in die Natur seiner Umgebung. Er war in irgendeiner Mannschaftsunterkunft. Sie war gedrängt voll mit Männern, die aufstanden, herumschlurften, sich anzogen. Er lag auf der untersten Koje eines vierstöckigen Etagenbettes. Zwischen den Beinen, die um ihn herumwimmelten und an seinem Gesicht vorüberzogen, konnte er an den Wänden und frei im Raum weitere solche Etagenbetten sehen. Sie reichten vom Fußboden bis zur Decke und wurden von Streben gestützt.

Jemand setzte sich auf das Fußende von Wingates Koje und drängte seinen breiten Hintern an Wingates Knöchel, während er sich die Socken überstreifte. Wingate zog seine Füße weg. Der Fremde wandte ihm das Gesicht zu. »Habe ich dich gequetscht, Kumpel? Entschuldige.« Nicht unfreundlich setzte er hinzu: »Mach lieber, daß du hier herauskommst, sonst vergattert dich der Profos dazu, die Kojen hochzuklappen.« Er gähnte gewaltig und wollte aufstehen. Ganz offensichtlich war er mit Wingate und Wingates Angelegenheiten fertig.

»Warte mal!« bat Wingate hastig.

»Hä?«

»Wo bin ich? Im Gefängnis?«

Der Fremde studierte Wingates blutdurchschossene Augen und das geschwollene, ungewaschene Gesicht mit objektivem Interesse, aber ohne Bosheit. »Junge, Junge, mußt du dich beim Vertrinken deines Handgelds drangehalten haben.«

»Handgeld? Zum Teufel, wovon redest du?«

»Sag mal ganz ehrlich, weißt du nicht, wo du bist?«

»Nein.«

»Nun ...« Der andere zögerte. Er schien es für albern zu halten, eine Wahrheit zu verkünden, die offensichtlich war. Doch Wingates Gesichtsausdruck überzeugte ihn, daß dieser es wirklich wissen wollte. »Nun, du bist auf der *Evening Star* und unterwegs zur Venus.«

Ein paar Minuten später berührte der Fremde Wingates Arm. »Nimm es nicht so tragisch, Kumpel! Es gibt nichts, worüber es sich aufzuregen lohnte.«

Wingate nahm die Hände vom Gesicht und preßte sie gegen die Schläfen. »Das ist nicht wirklich.« Er sprach mehr zu sich selbst als zu dem anderen. »Es kann nicht wirklich sein ...«

»Hör auf! Komm und hol dir dein Frühstück!«

»Ich könnte nichts essen.«

»Quatsch! Ich weiß, wie dir zumute ist ... hab das auch schon mitgemacht. Essen ist das einzige, was hilft.« Der Profos beendete die Diskussion, indem er zu ihnen trat und Wingate mit seinem Gummiknüppel in die Rippen stieß.

»Glauben Sie, das ist hier das Krankenrevier oder die Erste Klasse? Klappen Sie die Kojen hoch!«

»Langsam, Maat, langsam«, beschwichtigte Wingates neuer Bekannter ihn. »Unser Kollege ist heute morgen nicht ganz er selbst.« Dabei zog er Wingate mit einer seiner großen Pratzen auf die Füße und schob dann mit der anderen die Etagenbetten hoch und an die Wand. Haken rasteten in ihre Halterungen ein, und der Aufbau blieb flach an der Wand hängen.

»Er wird noch verdammt weit weniger er selbst sein, wenn er mich bei meinen Pflichten behindert«, prophezeite der kleine Funktionär. Aber er ging weiter. Wingate stand wie angewurzelt barfuß auf den Bodenplatten, überwältigt von einem Gefühl hilfloser Unentschlossenheit. Es wurde noch verstärkt von der Tatsache, daß er nichts als seine Unterwäsche trug. Sein Gefährte musterte ihn.

»Du hast dein Kissen vergessen. Hier ...« Er faßte zwischen die unterste Koje und die Wand und holte ein flaches, mit transparenter Folie umhülltes Päckchen hervor. Dann brach er das Siegel und schüttelte den Inhalt heraus, einen Overall aus schwerem Jeansstoff. Wingate zog ihn dankbar an. »Nach dem Frühstück kannst du dir ein Paar Latschen geben lassen«, setzte sein Freund hinzu. »Jetzt müssen wir zum Essen.«

Als sie die Durchreiche der Kombüse erreichten, hatte der letzte der Schlange sie bereits verlassen, und das Fenster war geschlossen. Wingates Gefährte klopfte dagegen. »Macht auf, ihr da drinnen!«

Das Fenster flog auf. »Es gibt keinen Nachschlag«, verkündete ein Gesicht.

Der große Mann hielt die Glasscheibe fest, so daß sie nicht heruntergelassen werden konnte. »Wir wollen keinen Nachschlag, wir haben noch gar nichts gehabt.«

»Warum, zum Teufel, könnt ihr nicht pünktlich kommen?« nörgelte der Kombüsen-Funktionär. Aber er knallte zwei Rationenkartons auf die breite Abstellfläche der Durchreiche. Der große Mann reichte Wingate eine davon und setzte sich auf die Bodenplatten, den Rücken an das Kombüsenschott gelehnt.

»Wie heißt du, Kumpel?« fragte er und öffnete die Verpackung seiner Ration. »Ich heiße Hartley – ›Satchel‹ Hartley.«

»Und ich Humphrey Wingate.«

»Okay, Hump. Freue mich, dich kennenzulernen. Und was sollte nun all der Unsinn, den du mir vorgefaselt hast?« Er löffelte sich einen riesigen Happen Rührei in den Mund und saugte Kaffee aus einem Ende seines Trinkkartons.

»Ich nehme an, ich bin schanghait worden.« Wingates Gesicht war zerfurcht vor Sorge. Er versuchte, ebenso wie Hartley zu trinken – und spritzte sich dabei die braune Füssigkeit ins Gesicht.

»Langsam – so macht man das nicht«, warnte Hartley ihn sofort. »Steck den Nippel in den Mund und drück nicht stärker, als du saugen kannst. Paß auf, so.« Er zeigte es ihm. »Deine Theorie leuchtet mir nicht sehr ein. Die Company ist nicht auf Menschenraub angewiesen, solange die Leute um die Chance, anheuern zu dürfen, Schlange stehen. Was ist passiert? Kannst du dich nicht erinnern?«

Wingate versuchte es. »Das letzte, an das ich mich erinnere, ist, daß ich mit dem Piloten eines Hubschrauber-Taxis über seine Gebühr gestritten habe.«

Hartley nickte. »Die versuchen immer zu bescheißen. Glaubst du, er hat dich niedergeschlagen?«

»Nein ... eigentlich nicht. Ich scheine ganz in Ordnung zu sein – abgesehen von dem fürchterlichsten Kater, den du dir vorstellen kannst.«

»Dir wird es bald wieder besser gehen. Sei froh, daß die *Evening Star* künstliche Schwerkraft hat, statt einer ballistischen Bahn zu folgen. Dann wärst du richtig krank, glaub mir.«

»Wie ist das mit der Schwerkraft?«

»Das Schiff beschleunigt oder bremst auf dem ganzen Weg. Das muß es, weil es Kabinen-Passagiere an Bord hat. Hätte man uns mit einem Frachter weggeschickt, wäre das ganz anders. Ein Frachter wird in die richtige Bahn eingeschossen, und dann herrscht für den Rest der Reise Schwerelosigkeit. Mann, was die Neuen da leiden!« Er kicherte.

Wingate war nicht in der Verfassung, sich bei den Qualen der Raumkrankheit aufzuhalten. »Ich kann mir einfach nicht zusammenreimen«, sagte er, »wie ich hier gelandet bin. Glaubst du, man hat mich irrtümlich an Bord gebracht, mich für jemand anders gehalten?«

»Kann ich nicht sagen. Hör mal, willst du dein Frühstück nicht aufessen?«

»Ich habe genug.« Hartley nahm diese Feststellung als Einladung und verleibte sich schnell den Rest von Wingates Ration ein. Dann stand er auf, knüllte die beiden Kartons zusammen, stopfte sie in einen Müllschlucker und fragte:

»Was wirst du nun tun?«

»Was ich tun werde?« Wingates Gesicht nahm einen entschlossenen Ausdruck an. »Ich werde geradewegs zum Kapitän marschieren und eine Erklärung verlangen, das werde ich tun!«

»Ich würde die Sache ein bißchen vorsichtiger anfassen, Hump«, bemerkte Hartley zweifelnd.

»Zum Teufel mit der Vorsicht!« Wingate stand schnell auf.

»Au! Mein Kopf!«

Der Profos schickte sie zum Chef-Profos weiter, um sie loszuwerden. Hartley leistete Wingate beim Warten vor der Staatskabine des Chef-Profos Gesellschaft. »Sieh zu, daß du deine Geschichte pronto verkaufst!« riet er.

»Warum?«

»In ein paar Stunden landen wir auf dem Mond. Der Aufenthalt dort, während das Schiff in Luna City für den tiefen Raum aufgetankt wird, ist deine letzte Chance zum Aussteigen, falls du es dir nicht anders überlegst.«

»Daran habe ich gar nicht gedacht«, sagte Wingate freudig überrascht. »Ich war der Meinung, auf jeden Fall die ganze Rundreise machen zu müssen.«

»Mich würde es nicht wundern, wenn du in einer oder zwei Wochen mit der *Morning Star* heimreisen könntest. Wenn es ein Fehler der Company ist, muß sie dich auch wieder nach Hause schaffen.«

»Ich kann schneller wieder zu Hause sein.« Wingate

wurde ganz aufgeregt. »Ich werde in Luna City gleich zur Bank gehen, mir dort von meiner Bank ein Akkreditiv eröffnen lassen und mir eine Karte für die Erde-Mond-Fähre kaufen.«

Hartleys Benehmen veränderte sich fast unmerklich. Er hatte noch nie in seinem Leben ›ein Akkreditiv eröffnet‹. Vielleicht konnte ein solcher Mann tatsächlich geradewegs zum Kapitän vordringen und sein Recht verlangen.

Der Chef-Profos hörte sich Wingates Geschichte mit offenkundiger Ungeduld an und unterbrach ihn mittendrin, um eine Namensliste der Auswanderer zu Rate zu ziehen. Er blätterte sie bis zum Buchstaben ›W‹ durch und zeigte auf eine Zeile. Wingate las, und ihm wurde ganz jämmerlich zumute. Dort stand sein eigener Name, richtig geschrieben. »Jetzt gehen Sie«, befahl der Chef-Profos, »und verschwenden Sie meine Zeit nicht länger!«

Aber Wingate ließ sich nicht einschüchtern. »Sie haben in dieser Angelegenheit nichts zu sagen – überhaupt nichts. Ich bestehe darauf, daß Sie mich zum Kapitän bringen.«

»Also, da soll doch ...« Wingate glaubte für einen Augenblick, der Mann werde ihn schlagen. Er fiel ihm ins Wort:

»Seien Sie vorsichtig mit dem, was Sie tun. Sie sind offenbar gutgläubig einem Versehen zum Opfer gefallen – aber Ihre juristische Position wird sehr wackelig sein, wenn Sie die Vorschriften des Raumrechts, nach dem dieses Fahrzeug zugelassen ist, nicht beachten. Ihr Kapitän wird bestimmt nicht erfreut sein, wenn er solche Handlungen Ihrerseits vor dem Bundesgerichtshof erklären muß.«

Es war deutlich zu sehen, daß er den Mann in Wut gebracht hatte. Ein Mann wird jedoch nicht der oberste Polizei-Offizier auf einem größeren Transporter, wenn er seine Vorgesetzten in Unannehmlichkeiten bringt. Seine Kiefermuskeln zuckten, aber er drückte schweigend einen Knopf. Einer seiner Untergebenen erschien. »Bringen Sie diesen Mann zum Zahlmeister!« Er kehrte seinen

Besuchern, sie so verabschiedend, den Rücken zu und wählte eine Nummer der Bordsprechanlage.

Nach nur kurzer Wartezeit wurde Wingate in das Büro des Zahlmeisters eingelassen, eines früheren Agenten der Company. »Was hat das alles zu bedeuten?« fragte der Offizier. »Wenn Sie eine Beschwerde haben, warum können Sie sie dann nicht ordnungsgemäß bei den morgendlichen Anhörungen vorbringen?«

Wingate erklärte seine peinliche Lage so klar, überzeugend und eindringlich, wie es ihm möglich war. »Und deshalb«, schloß er, »möchte ich in Luna City von Bord gehen. Ich habe nicht den Wunsch, die Company wegen eines zweifellos unbeabsichtigten Versehens in Verlegenheit zu bringen, zumal ich gezwungen bin, einzugestehen, daß ich ziemlich heftig gefeiert und vielleicht irgendwie zu dem Fehler beigetragen habe.«

Der Zahlmeister, der dem Vortrag ungerührt zugehört hatte, gab keine Antwort. Er kramte in einem hohen Stapel von Schnellheftern herum, die auf einer Ecke seines Schreibtischs lagen, suchte einen heraus und öffnete ihn. Er enthielt ein paar zusammengeklammerte Blätter in dem Format, wie es für juristische Dokumente verwendet wird. Diese studierte der Zahlmeister mehrere Minuten lang in aller Ruhe, während Wingate wartend dastand.

Beim Lesen atmete der Zahlmeister mit asthmatischen Geräuschen und trommelte von Zeit zu Zeit mit den Fingernägeln gegen die entblößten Zähne. Wingate in seinem nicht allzu stabilen Nervenzustand hatte gerade beschlossen, zu schreien und mit Gegenständen zu werfen, sollte der Mann noch ein einziges Mal die Hand zum Mund führen. Doch in diesem Augenblick schob der Zahlmeister den Schnellhefter über seinen Schreibtisch Wingate zu. »Sehen Sie sich das mal an!« sagte er.

Wingate tat es. Der Hauptbeweis, entdeckte er, war ein Vertrag, ordnungsgemäß abgeschlossen zwischen Humphrey Wingate und der Venus Development Company über sechs Jahre Arbeit auf dem Planeten Venus.

»Ist das Ihre Unterschrift?« fragte der Zahlmeister.

Wingate kam seine professionelle Vorsicht zustatten. Er prüfte die Unterschrift genau, um Zeit zu gewinnen, und versuchte währenddessen, sich etwas einfallen zu lassen. »Nun«, meinte er endlich, »ich will einräumen, daß sie meiner Unterschrift sehr ähnlich sieht, aber ich gebe nicht zu, daß es meine Unterschrift ist – ich bin kein Graphologe.«

Der Zahlmeister wischte den Einwand mit verärgertem Ausdruck beiseite. »Ich habe keine Zeit, mich mit Ihnen herumzustreiten. Überprüfen wir den Daumenabdruck.« Er schob ein Stempelkissen über seinen Schreibtisch. Wingate überlegte kurz, ob er auf seinem Recht der Verweigerung bestehen solle, aber nein, das würde ihm nur schaden. Er hatte nichts zu verlieren; es konnte nicht sein Daumenabdruck auf dem Vertrag sein. Außer . . .

Aber es war seiner. Sogar sein ungeübtes Auge erkannte, daß die beiden Abdrücke identisch waren. Er kämpfte gegen die aufsteigende Panik an. Wahrscheinlich war das ein Alptraum, der von dem gestrigen Streit mit Jones herrührte. Oder wenn es doch die Wirklichkeit sein sollte, so unwahrscheinlich es war, hatte man ihm einen Streich gespielt, den es aufzudecken galt. Mit Männern seiner Art trieb man keine solchen Possen; die ganze Sache war lächerlich. Sorgfältig wählte er seine Worte.

»Ich bestreite nicht, daß Sie Grund haben, sich im Recht zu wähnen, geehrter Herr. Sie und ich sind beide Opfer eines sehr üblen Scherzes geworden. Es ist kaum notwendig, darauf hinzuweisen, daß man einem Mann, der bewußtlos ist, wie ich es gestern abend gewesen sein muß, ohne sein Wissen den Daumenabdruck abnehmen kann. Auf den ersten Blick scheint dieser Vertrag gültig zu sein, und selbstverständlich setze ich Ihren guten Glauben in der Angelegenheit voraus. Aber zur Gültigkeit fehlt ihm ein notwendiges Element.«

»Welches?«

»Die Absicht beider Parteien, ein Vertragsverhältnis einzugehen. Ungeachtet der Unterschrift und des Daumenabdrucks hatte ich diese Absicht nicht, was durch andere Faktoren leicht bewiesen werden kann. Ich bin ein erfolgreicher Rechtsanwalt mit gutgehender Praxis, wie meine Steuererklärungen zeigen. Es ist unvernünftig zu glauben – und kein Gericht *wird* es glauben –, ich hätte mein gewohntes Leben freiwillig für sechs Jahre Vertragsarbeit bei viel geringerem Einkommen aufgegeben.«

»Also Sie sind Rechtsanwalt, was? Vielleicht hat wirklich jemand eine Täuschung durchgeführt – nämlich Sie. Wie kommt es, daß Sie sich hier als Funktechniker bezeichnen?«

Wieder mußte Wingate bei diesem Flankenangriff seine ganze Selbstbeherrschung aufbieten. Von Funktechnik verstand er etwas – das war sein geliebtes Hobby –, aber woher wußten sie das? Halt den Mund! riet er sich selbst. Gib nichts zu! »Die ganze Sache ist lächerlich«, protestierte er. »Ich bestehe darauf, den Kapitän zu sprechen – ich kann innerhalb von zehn Minuten beweisen, daß dieser Vertrag ungültig ist.«

Der Zahlmeister wartete eine Weile, bevor er antwortete: »Sind Sie jetzt fertig?«

»Ja.«

»Sehr gut. Sie haben gesagt, was Sie wollten, und jetzt rede ich. Hören Sie mir gut zu, Mister Raumjurist! Dieser Vertragstext wurde von einigen der schlauesten Juristen zweier Planeten aufgesetzt. Sie dachten dabei besonders daran, daß Taugenichtse ihn unterschreiben, ihr Handgeld versaufen und dann zu dem Schluß kommen könnten, die Arbeit lieber doch nicht anzutreten. Dieser Vertrag ist jedem möglichen Angriff ausgesetzt und entsprechend verbessert worden, so daß ihn jetzt nicht einmal der Teufel selbst mehr brechen kann.

Sie kramen hier Ihre Winkeladvokaten-Kenntnisse nicht vor einem anderen Wirrkopf aus, sondern Sie reden mit einem Mann, der genau weiß, wo er juristisch steht. Sie wollen den Kapitän sprechen? Ja, glauben Sie denn, der kommandierende Offizier eines großen Transporters hat nichts Besseres zu tun, als sich die *Rhira*-Träume eines selbsternannten Wortakrobaten anzuhören? Kehren Sie in Ihre Unterkunft zurück!«

Wingate wollte etwas sagen, überlegte es sich und wandte sich zum Gehen. Diese Situation erforderte einiges Nachdenken.

Der Zahlmeister hielt ihn auf. »Warten Sie! Hier ist Ihre Kopie des Vertrags.« Er warf ihn in Wingates Richtung, und die dünnen weißen Blätter verstreuten sich über den Schreibtisch. Wingate sammelte sie ein und ging schweigend.

Hartley wartete im Flur auf ihn. »Wie ist es gegangen, Hump?«

»Nicht besonders gut. Nein, ich möchte nicht darüber sprechen. Ich muß nachdenken.« Stumm gingen sie den Weg zurück, den sie gekommen waren, auf die Leiter zu, die auf die unteren Decks führte. Eine Gestalt stieg von der Leiter und kam ihnen entgegen. Wingate bemerkte es ohne Interesse.

Er sah noch einmal hin. Plötzlich fielen alle Puzzlestücke dieser unerklärlichen Ereignisse an ihre richtige Stelle. »Sam!« rief er wie erlöst aus. »Sam, du alter Halunke! Ich hätte merken müssen, daß das dein Werk war.« Nun war alles klar. Sam hatte ihn mit einer vorgetäuschten Entführung aufs Kreuz gelegt. Wahrscheinlich war der Skipper ein Freund Sams – vielleicht ein Reserveoffizier –, und sie hatten es gemeinsam ausgekocht. Das war ein rauher Spaß gewesen, aber er war zu erleichtert, um böse zu sein. Trotzdem, er würde es Jones auf der Rückreise von Luna City schon irgendwie heimzahlen.

Da fiel ihm auf, daß Jones nicht lachte.

Außerdem trug er – was ganz unglaublich war – die gleiche blaue Montur wie alle Vertragsarbeiter. »Hump«, sagte er, »bist du immer noch betrunken?«

»Ich? Nein. Was soll ...«

»Merkst du gar nicht, daß wir in der Scheiße sitzen?«

»Zum Teufel, Sam, du hast deinen Spaß gehabt, aber

treibe ihn jetzt nicht weiter! Ich habe kapiert, glaub mir. Und ich nehme es dir nicht übel – es war ein guter Gag.«

»Ein Gag, was?« fragte Jones bitter. »Das soll ein Gag gewesen sein, als du mich überredet hast anzuheuern?«

»*Ich* hätte *dich* überredet?«

»Und ob! Du warst so verdammt überzeugt, genauestens Bescheid zu wissen. Du hast behauptet, wir könnten unterschreiben, einen Monat oder so auf der Venus verbringen und wieder nach Hause kommen. Du wolltest darauf wetten. Also gingen wir zu den Docks und unterschrieben. In dem Augenblick schien das eine gute Idee zu sein – die einzige Möglichkeit, die Streitfrage zu regeln.«

Wingate pfiff leise. »Da will ich doch – Sam, ich habe nicht die leiseste Erinnerung daran. Ich muß einen Filmriß gehabt haben, bevor ich das Bewußtsein verlor.«

»Ja, ich glaube auch. Zu schade, daß du das Bewußtsein nicht eher verloren hast. Nicht, daß ich dir einen Vorwurf mache, du hast mich nicht hingezerrt. Jedenfalls bin ich unterwegs, um die Sache wieder ins Lot zu bringen.«

»Warte lieber eine Minute, bis du gehört hast, was mir passiert ist. Ach ja – Sam, das ist ... ah ... Satchel Hartley. Ein feiner Kumpel.« Hartley hatte unentschlossen in der Nähe gewartet; jetzt trat er vor und schüttelte Sam die Hand.

Wingate informierte Jones und setzte hinzu: »Du siehst, du wirst nicht allzu freundlich empfangen werden. Ich habe es vermasselt. Aber sobald wir eine Anhörung bekommen, können wir den Vertrag schon allein durch den Zeitfaktor für ungültig erklären lassen.«

»Wie meinst du das?«

»Wir sind weniger als zwölf Stunden vor dem Start des Schiffes angeheuert worden. Das widerspricht dem Raumsicherheitsgesetz.«

»Ja – ja, ich verstehe. Der Mond ist im letzten Viertel; das Schiff wird kurz nach Mitternacht gestartet sein, um die günstige Konstellation auszunutzen. Um wieviel Uhr wir wohl unterschrieben haben?«

Wingate holte seine Vertragskopie hervor. Der Stempel des Notars zeigte elf Uhr dreißig. »Ha!« rief er. »Ich wußte doch, irgendwo würde ein Fehler stecken. Schon auf den ersten Blick sieht man, daß dieser Vertrag ungültig ist. Das Schiffslog wird es beweisen.«

Jones studierte den Stempel.

»Sieh ihn dir noch einmal an«, sagte er. Wingate tat es. Der Stempel zeigte 11 Uhr 30, aber vormittags, nicht nachmittags.

»Das ist unmöglich!« protestierte er.

»Natürlich. Aber es ist offiziell. Wir werden wohl noch entdecken, daß wir am Vormittag angeheuert und unser Handgeld in Empfang genommen haben, worauf wir eine letzte große Sauferei veranstalteten, bis man uns an Bord trug. Ich meine mich zu erinnern, daß es einige Mühe gekostet hat, den Rekrutierungsoffizier zu überreden. Vielleicht haben wir ihn mit unserm Handgeld geschmiert, damit er uns nahm.«

»Aber wir *haben* nicht am Vormittag angeheuert. Es ist nicht wahr, und das kann ich beweisen.«

»Sicher kannst du es beweisen – *aber wie willst du es beweisen, ohne zuerst zur Erde zurückzukehren?«*

»Du siehst also«, stellte Jones nach einigen Minuten fruchtloser Diskussion fest, »daß es keinen Sinn hat, wenn wir hier und jetzt durchzudrücken versuchen, daß man unsere Verträge für ungültig erklärt; man würde uns nur auslachen. Wir müssen Geld sprechen lassen, und zwar laut. In meinen Augen ist der einzige Weg, daß man uns in Luna City laufen läßt, die Überweisung einer Kaution auf die dortige Bank der Company.«

»Wie hoch?«

»Zwanzigtausend Credits mindestens, meine ich.«

»Das ist nicht angemessen. Das ist übertrieben.«

»Hör auf, dir Gedanken über die Angemessenheit zu machen, ja? Begreifst du denn nicht, daß sie uns beim Wickel haben? Diese Kaution wird nicht von einem Gericht festgesetzt. Sie muß hoch genug sein, daß ein kleinerer Angestellter der Company es riskiert, etwas zu tun, das nicht den Vorschriften entspricht.«

»Eine so hohe Summe kann ich nicht aufbringen.«

»Keine Bange, dafür sorge ich.«

Wingate hätte gern widersprochen, unterließ es aber dann doch.

Manchmal kommt es einem sehr zupaß, einen reichen Freund zu haben.

»Ich muß ein Funktelegramm an meine Schwester schicken, um das erledigen zu lassen«, fuhr Jones fort.

»Warum an deine Schwester und nicht an euer Familienunternehmen?«

»Weil schnell gehandelt werden muß, darum. Die Anwälte, die das Vermögen unserer Familie verwalten, würden erst viel Staub aufwirbeln, um eine Bestätigung der Nachricht zu erhalten. Sie würden beim Kapitän rückfragen, ob Sam Houston Jones an Bord sei, und er würde ›Nein‹ antworten, da ich mich als Sam Jones eingetragen habe. Ich hatte dabei irgendeine törichte Vorstellung, der Familie wegen müsse ich vermeiden, daß man meinen Namen in den Nachrichtensendungen nennt.«

»Du kannst das euren Anwälten nicht zum Vorwurf machen«, protestierte Wingate in einem vagen Gefühl der Clan-Verbundenheit mit seinen Berufskollegen. »Sie verwalten anderer Leute Geld.«

»Ich mache es ihnen nicht zum Vorwurf. Aber es muß schnell gehandelt werden, und meine Schwester wird tun, um was ich sie bitte. Ich werde die Nachricht so formulieren, daß sie weiß, sie kommt von mir. Die einzige Hürde ist jetzt, den Zahlmeister zu überreden, daß er mich ein Funktelegramm auf Pump durchgeben läßt.«

Er war auf dieser Mission lange Zeit fort. Hartley wartete mit Wingate, sowohl, um ihm Gesellschaft zu leisten, als auch wegen eines starken menschlichen Interesses an ungewöhnlichen Ereignissen. Als Jones endlich wieder auftauchte, hatte er verärgert die Lippen zusammengepreßt. Wingate bemerkte seinen Gesichtsausdruck, und ihm wurde plötzlich kalt vor bösen Vorahnungen.

»Konntest du es nicht abschicken? Hat er dich nicht gelassen?«

»Oh, er hat mich gelassen – letzten Endes«, beruhigte Jones ihn. »Aber dieser Zahlmeister – Mann, ist der knickerig!«

Auch ohne die Alarmgongs wäre sich Wingate der Landung auf dem Luna-City-Hafen nur zu deutlich bewußt geworden. Der plötzliche Wechsel von der Bremskraft zur schwachen Oberflächenschwerkraft des Mondes – ein Sechstel Erde normal – forderte sofort seinen Zoll von seinem mißhandelten Magen. Nur gut, daß er nicht viel gegessen hatte. Hartley und Jones waren beide Raumfahrer und betrachteten eine Beschleunigung, die einem normales Schlucken erlaubte, als ausreichend für alle Zwecke. Es herrscht ein merkwürdiger Mangel an Mitgefühl zwischen solchen, die der Raumkrankheit erliegen, und solchen, die immun dagegen sind. Warum der Anblick eines erbrechenden, erstickenden Mannes, dem die Augen überfließen und dessen Magen sich vor Schmerz verknotet, manchen komisch vorkommt, ist schwer zu begreifen, aber es ist so. Es teilt die menschliche Rasse in zwei fest umrissene, sich entgegenstehende Gruppen – amüsierte Verachtung auf der einen, hilfloser, mörderischer Haß auf der anderen Seite.

Weder Hartley noch Jones besaßen die sadistische Veranlagung, die sich bei derlei Gelegenheiten nur zu häufig zeigt – zum Beispiel bei dem Witzbold, der gesalzenes Schweinefleisch als Heilmittel vorschlägt. Aber da sie selbst kein Unbehagen empfanden, verstanden sie einfach nicht, daß Wingate ein Schicksal ›schlimmer als der Tod‹ erlitt – schlimmer noch, denn es dehnte sich zu einer Ewigkeit aus, weil der Zeitsinn dabei auf eine Weise verzerrt wird, die nur Raumkranke, Seekranke und (wie wir gehört haben) Haschischraucher kennen. Die seelenzerreißende Heftigkeit ihrer eigenen Erfahrungen als Neulinge hatten sie längst vergessen.

Tatsächlich dauerte die Zwischenlandung auf dem Mond nicht einmal vier Stunden. Gegen Ende dieser Zeit hatte Wingate sich genügend beruhigt, um wieder Interesse an der erwarteten Antwort auf Jones' Funktelegramm zu nehmen, besonders nachdem Jones ihm versicherte, sie würden während ihres Aufenthalts in Luna City in einem Hotel wohnen, das mit einer Zentrifuge ausgestattet sei.

Aber die Antwort verzögerte sich. Jones hatte damit gerechnet, innerhalb einer Stunde von seiner Schwester zu hören, vielleicht noch bevor die *Evening Star* an den Docks von Luna City aufsetzte. Während die Stunden dahingingen, machte er sich in der Funkbude durch seine ständigen Nachfragen sehr unbeliebt. Ein überarbeiteter Techniker hatte ihn zum siebzehnten Mal brüsk weggeschickt, als er den Alarm hörte, der den Start des Schiffes ankündigte. Er kehrte zu Wingate zurück und gestand, sein Plan sei offenbar fehlgeschlagen.

»Natürlich haben wir noch zehn Minuten«, schloß er unglücklich. »Sollte die Nachricht eintreffen, bevor das Schiff abhebt, könnte uns der Kapitän immer noch in letzter Minute absetzen. Komm, solange machen wir den Funkern noch das Leben sauer! Aber es sieht aus, als stünden unsere Chancen schlecht.«

»Zehn Minuten ...«, überlegte Wingate. »Könnten wir uns nicht irgendwie nach draußen schleichen und weglaufen?«

Jones sah ihn entgeistert an. »Hast du schon einmal versucht, in einem totalen Vakuum zu laufen?«

Auf der Reise von Luna City zur Venus blieb Wingate wenig Zeit, sich aufzuregen. Er lernte eine Menge über die Pflege und Reinigung von Waschräumen und verbrachte zehn Stunden am Tag damit, sein neues Wissen zu perfektionieren. Profose haben ein gutes Gedächtnis.

Kurz nach dem Start von Luna City passierte die *Evening Star* die Grenze des Schiff-Erde-Funkverkehrs. Es ließ sich nichts mehr tun, als bis zur Ankunft auf Adonis, dem Hafen der Nordpol-Kolonie, zu warten. Die Company-Funkanlage dort war stark genug, um die Verbindung ständig aufrechtzuerhalten, die sechzig Tage des größten Abstandes und eine kürzere Periode mit Störungen durch die Sonne beim geringsten Abstand ausgenommen. »Wahrscheinlich wartet man bei der Landung schon auf uns mit dem Befehl, uns freizulassen«, versicherte Jones seinem Freund, »und wir reisen dann mit der *Evening Star* zurück – diesmal Erster Klasse. Und schlimmstenfalls müssen wir auf die *Morning Star* warten. Das wäre auszuhalten, sobald mir Geld überwiesen worden ist. Wir könnten es in Venusburg ausgeben.«

»Vermutlich warst du auf deiner Kreuzfahrt dort.« Wingates Ton verriet seine Neugier. Er war kein Sybarit, aber der unheimliche Ruf der berüchtigsten oder berühmtesten – das hing vom jeweiligen Standpunkt ab – Vergnügungsstadt dreier Planeten genügte, um die Phantasie auch des Nüchternsten anzuregen.

»Nein, ich hatte Pech«, wehrte Jones ab. »Die ganze Zeit war ich zur Hülleninspektion eingeteilt. Aber ein paar von meinen Messe-Kameraden waren dort ... Junge, Junge!« Er pfiff leise und schüttelte den Kopf.

Doch bei ihrer Ankunft wartete niemand auf sie, und eine Nachricht war auch nicht da. Wieder standen sie am Kommunikationsbüro herum, bis ihnen scharf und amtlich befohlen wurde, in ihre Unterkunft zurückzukehren und sich zur Ausschiffung bereitzumachen – »und zwar schnell!«

»Wir sehen uns im Auffanglager, Hump«, waren Jones letzte Worte, bevor er zu seinem Abteil davoneilte.

Der Profos, der für Hartleys und Wingates Abteil verantwortlich war, ließ seine Schäflein in einer unordentlichen Zweierreihe antreten, und als das metallische Brüllen des Lautsprechers es befahl, führte er sie durch den Mittelgang und vier Decks hinunter an die untere Passagierschleuse. Sie stand offen. Die Männer schlurften hindurch und aus dem Schiff – nicht in die frische Luft der Venus, sondern in einen Tunnel aus Stahlblechplatten, der nach etwa fünfzig Yards in ein Gebäude mündete.

Die Luft in dem Tunnel war immer noch beißend von

dem zerstäubten Antiseptikum, aber trotzdem fand Wingate sie nach der schalen, immer wieder umgewälzten Luft des Transporters frisch und stimulierend. Dazu kam die Oberflächenschwerkraft der Venus, fünf Sechstel von Erde-normal, hoch genug, daß einem nicht übel wurde, und doch niedrig genug, um ein Gefühl von Leichtigkeit und Kraft hervorzurufen. All das zusammen erzeugte in ihm Kampfgeist und einen irrationalen Optimismus.

Der Tunnel führte in einen ziemlich großen Raum, fensterlos, aber aus verborgenen Lichtquellen hell und blendfrei beleuchtet. Möbel enthielt er nicht.

»Abteilung – HALT!« rief der Profos. Er reichte einem schmächtigen, nach einem Schreibstubenhengst aussehenden Mann, der neben einer Innentür stand, irgendwelche Papiere. Der Mann warf einen Blick darauf, zählte die Anwesenden, unterschrieb ein Blatt und gab es dem Profos zurück. Dieser nahm es und machte kehrt in den Tunnel.

Der Schreibstubenhengst wandte sich den Einwanderern zu. Er trug nichts weiter als die allerkürzeste kurze Hose, die kaum mehr als ein Gurt war, und sein ganzer Körper, sogar die Füße, zeigte eine glatte Sonnenbräune. »Und nun, Männer«, sagte er mit milder Stimme, »zieht eure Sachen aus und werft sie in den Kasten dort.« Er zeigte auf einen Behälter an einer der Wände.

»Warum?« fragte Wingate. Seine Haltung war nicht streitsüchtig, aber er rührte kein Glied, um dem Befehl zu gehorchen.

»Meckern Sie nicht herum!« wurde ihm mit immer noch milder Stimme erwidert, in der jedoch ein bißchen Verärgerung mitschwang. »Es ist zu Ihrem eigenen Schutz. Wir können es uns nicht leisten, Krankheiten zu importieren.«

Wingate verkniff sich eine Antwort und öffnete den Reißverschluß seines Overalls. Mehrere Männer, die abgewartet hatten, welchen Erfolg er haben würde, folgten seinem Beispiel. Anzüge, Schuhe, Unterwäsche, Socken, alles kam in den Kasten. »Folgen Sie mir!« sagte ihr Führer.

Im nächsten Raum fand die nackte Herde vier ›Friseure‹, bewaffnet mit elektrischen Haarschneidemaschinen und Gummihandschuhen, die sie kahlschoren. Wieder hätte Wingate am liebsten Einwände erhoben, aber er sagte sich, die Sache sei es nicht wert. Er hätte nur gern gewußt, ob die Arbeiterinnen ebensolchen drastischen Quarantäne-Maßnahmen unterzogen wurden. Es wäre doch ein Jammer, fand er, eine herrliche Haarmähne zu opfern, die zwanzig Jahre zum Wachsen gebraucht hatte.

Als nächstes kam ein Duschraum. Ein Vorhang aus warmem Wasser blockierte den Durchgang. Wingate trat ohne Zögern, ja, sogar eifrig, darunter und wälzte sich förmlich in dem ersten anständigen Bad, das er seit dem Verlassen der Erde gehabt hatte. Sie bekamen einen reichlichen Vorrat an flüssiger grüner Seife, die stark roch, aber herrlich schäumte. Ein halbes Dutzend Aufseher, ebenso knapp bekleidet wie ihr Führer, stand auf der anderen Seite der Wasserwand und paßte auf, daß die Männer eine festgesetzte Zeit unter der Dusche blieben und sich wuschen. In einigen Fällen machten sie sehr persönliche Bemerkungen, um zur Gründlichkeit anzuspornen.

Jeder von ihnen trug ein rotes Kreuz auf weißem Feld am Gürtel, was ihrer Wichtigtuerei amtlichen Charakter verlieh.

Warme Luftströme im anschließenden Flur trockneten sie schnell und vollständig.

»Halten Sie still!« Wingate gehorchte. Der gelangweilte Lazarettgehilfe, der das sagte, tupfte mit einem Wattebausch etwas Kaltes auf Wingates Oberarm, dann kratzte er über die Stelle. »Das ist alles – weitergehen!« Wingate schloß sich der Schlange am nächsten Tisch an. Der Vorgang wurde am anderen Arm wiederholt. Bis er sich zum Ausgang des Raums durchgearbeitet hatte, waren die Außenseiten beider Arme mit kleinen roten Kratzern bedeckt. Es waren mehr als zwanzig.

»Wozu soll das alles gut sein?« fragte er den Lazarettschreiber am Ende der Tischreihe, der seine Kratzer gezählt und seinen Namen auf einer Liste abgehakt hatte.

»Hauttests … um festzustellen, gegen was Sie resistent und immun sind.«

»Resistent gegen was?«

»Gegen alles. Gegen Krankheiten der Erde wie der Venus. Auf der Venus sind es meistens Pilze. Gehen Sie weiter! Sie halten den ganzen Betrieb auf.« Später hörte Wingate mehr darüber. Es dauerte zwei bis drei Wochen, um den normalen Erdenbürger an die Bedingungen auf der Venus zu gewöhnen. Bis diese Konditionierung abgeschlossen und Immunität gegen die Gefahren eines neuen Planeten erreicht war, bedeutete es für einen Neuling buchstäblich den Tod, wenn er seine Haut und besonders die Schleimhäute den heißhungrigen unsichtbaren Parasiten auf der Oberfläche der Venus aussetzte.

Der unaufhörliche Kampf des Lebens gegen das Leben, der überall das wesentliche Merkmal des Lebens ist, wird unter den Bedingungen eines raschen Stoffwechsels in den dampfenden Dschungeln der Venus mit besonderer Heftigkeit geführt. Der Universal-Bakteriophage, der auf der Erde von pathogenischen Mikroorganismen hervorgerufene Krankheiten so ziemlich ausgerottet hat, konnte so modifiziert werden, daß er auch gegen die analogen, aber unterschiedlichen Krankheiten der Venus einzusetzen war. Mit den hungrigen Pilzen war es eine andere Sache.

Stellen Sie sich die schlimmsten von Pilzen erregten Hautkrankheiten vor, die Sie kennen – Kopfgrind, Dhobie-Krätze, Fußpilz, Geschwüre, Salzwasserentzündung, Siebenjahresjucken. Fügen Sie dazu noch Bilder von Schimmel, Fäulnis, Schuppen, von Giftpilzen, die auf Ruinen wuchern. Stellen Sie sich weiter vor, daß ihr Wachstum beschleunigt wird, daß sie sich vor Ihren Augen ausbreiten – malen Sie sich aus, wie sie Ihre Augäpfel, ihre Achselhöhlen, das weiche Gewebe innerhalb Ihres Mundes angreifen, sich in Ihre Lungen vorarbeiten.

Die erste Venus-Expedition wurde vollständig ausgelöscht. Bei der zweiten befand sich ein Chirurg, dessen Phantasie lebhaft genug war, um sich mit einem ausreichend erscheinenden Vorrat an Salizylsäure und Quecksilbersalizylat sowie einem kleinen ultravioletten Strahler auszurüsten. Drei Leute kehrten zurück.

Aber wer eine Kolonie auf Dauer gründen will, muß sich der Umgebung anpassen, statt sich vor ihr zu isolieren. Luna City mag als ein Fall angeführt werden, der dieser Forderung widerspricht, aber das scheint nur so. Sicher, es stimmt, daß die Mondbewohner völlig von ihrer stadtgroßen, hermetisch abgeschlossenen Luftblase abhängen. Doch Luna City ist keine sich selbst erhaltende Kolonie, sondern ein Vorposten, nützlich als Bergwerksstation, als Observatorium, als Möglichkeit, jenseits von Terras dichtestem Gravitationsfeld aufzutanken.

Die Venus ist eine Kolonie. Die Kolonisten atmen die Luft der Venus, essen ihre Nahrung und setzen ihre Haut ihrem Klima und den natürlichen Risiken aus. Nur die kalten Polarregionen– sie entsprechen, was das Wetter angeht, dem Amazonasdschungel an einem heißen Tag der Regenzeit – können von Erdmenschen bewohnt werden, aber hier platschen sie in einem echten ökologischen Gleichgewicht barfuß über sumpfigen Boden.

Wingate aß, was ihm vorgesetzt wurde. Das Essen war zufriedenstellend, aber lieblos serviert und langweilig, ausgenommen die süßsauren Venus-Melonen. Eine Familie des Mittelstandes hätte sich von dem Geld, das seine Portion in einem Chicagoer Feinschmecker-Restaurant gekostet hätte, eine Woche lang ernähren können. Dann machte er die ihm zugewiesene Schlafstelle ausfindig und versuchte, Sam Houston Jones aufzuspüren. Er fand keine Spur von ihm unter den anderen Vertragsarbeitern und keinen Menschen, der sich erinnerte, ihn gesehen zu haben. Jemand vom ständigen Personal der Konditionierungsstation riet ihm, beim Schreiber des Kommissionärs nachzufragen. Das tat er. Inzwischen hatte er gelernt, daß es klug war, sich im Umgang mit kleinen Funktionären eines liebedienerischen Tons zu befleißigen, und er hielt sich daran.

»Kommen Sie morgen wieder! Die Liste wird angeschlagen.«

»Ich danke Ihnen, Sir. Entschuldigen Sie, daß ich Sie belästigt habe, aber ich kann ihn nicht finden und fürchte, er ist krank geworden oder so etwas. Könnten Sie mir sagen, ob er auf der Krankenliste steht?«

»Na schön – warten Sie eine Minute!« Der Schreiber blätterte seine Meldungen durch. »Hmmm ... Sie sagen, er war an Bord der *Evening Star?*«

»Jawohl, Sir.«

»Nun, er ist gar nicht ... Hmmm, nein – o doch, da haben wir ihn. Er ist nicht hier ausgestiegen.«

»Was haben Sie gesagt?«

»Er ist mit der *Evening Star* nach New Auckland am Südpol weitergereist. Er hat als Maschinistenhelfer angeheuert. Wenn Sie mir das gesagt hätten, hätte ich es gleich gewußt. Alle Metallarbeiter dieses Transportes werden zu dem neuen Kraftwerk am Südpol geschickt.«

Nach einem Augenblick riß Wingate sich soweit zusammen, daß er murmeln konnte: »Danke, daß Sie sich soviel Mühe gemacht haben.«

»Schon gut, nicht der Rede wert.« Der Schreiber wandte sich ab.

Die Kolonie am Südpol! Wingate brummte es vor sich hin. Sein einziger Freund war am Südpol, zwölftausend Meilen weit weg. Jetzt erst fühlte Wingate sich wie in einer Falle, einsam, allein und im Stich gelassen. In der kurzen Spanne zwischen seinem Erwachen an Bord des Transporters und der Entdeckung, daß sich Jones ebenfalls dort befand, hatte er keine Zeit gehabt, seine Situation ganz zu begreifen, und seine Oberklassen-Arroganz, die angeborene Überzeugung, es könne nicht ernst sein, hatte er damals auch noch nicht eingebüßt. So etwas passiert Leuten, die man kennt, einfach nicht!

Aber in der Zwischenzeit war er solchen Angriffen auf seine Menschenwürde ausgesetzt gewesen (für einige davon hatte der Chef-Profos gesorgt), daß er sich gegen ungerechte oder willkürliche Behandlung nicht mehr für gefeit hielt. Ohne seine Zustimmung rasiert und gebadet, seiner Kleidung beraubt und mit einem gurtähnlichen Lendenschurz ausgestattet, Millionen Meilen von seinem gesellschaftlichen Milieu entfernt, der Befehlsgewalt von Leuten unterstellt, denen seine Gefühle gleichgültig waren und die sich im Recht glaubten, wenn sie seine Person und seine Handlungen kontrollierten, und nun auch noch, was am bittersten war, von dem einzigen menschlichen Kontakt abgeschnitten, der ihm Kraft und Mut und Hoffnung gegeben hatte – jetzt sah er endlich erschauernd ein, daß *ihm*, Humphrey Belmont Wingate, erfolgreicher Rechtsanwalt und Mitglied sämtlicher Nachtclubs, alles widerfahren konnte.

»Wingate!«

»Das bist du, Jack. Geh rein, laß sie nicht warten!« Wingate schob sich durch den Eingang und fand sich in einem ziemlich überfüllten Raum wieder. Mehr als dreißig Männer saßen entlang den Wänden. Neben der Tür stand ein Schreibtisch, an dem sich ein Schreiber mit irgendwelchen Papieren beschäftigte. Ein mit Energie geladenes Individuum stand auf dem freien Platz vor einer niedrigen Plattform, auf die sich die sämtliche Beleuchtung des Raums konzentrierte. Der Schreiber an der Tür blickte hoch, um zu sagen: »Steigen Sie da hinauf, wo man Sie sehen kann!« Er zeigte mit einem Schreibstift auf die Plattform.

Wingate ging hin, tat, wie ihm geheißen war, und blinzelte in das helle Licht. »Vertragsnummer 482-23-06«, las der Schreiber vor, »Arbeitsklient Humphrey Wingate, sechs Jahre, Radiotechniker, keine Zeugnisse, Lohnstufe sechs-D, Vertrag jetzt frei zur Übertragung.« Drei Wochen hatte es gedauert, ihn zu konditionieren, drei Wochen ohne ein Wort von Jones. Er hatte den probeweisen Aufenthalt im Freien ohne Infektion überstanden; nun sollte die aktive Periode seiner Vertragszeit beginnen. Der Energische begann gleich nach dem letzten Wort des Schreibers:

»Bitte, meine Herren, wenn es Ihnen beliebt – hier haben wir einen äußerst vielversprechenden Mann. Ich wage kaum, Ihnen die Punktezahl zu nennen, die er bei den Tests seiner Intelligenz, seiner Anpassungsfähigkeit und seiner Allgemeinbildung erzielt hat. Tatsächlich werde ich es auch nicht tun, außer um Ihnen mitzuteilen, daß die Verwaltung ein Schutzangebot von tausend Credits gemacht hat. Aber es wäre eine Schande, einen solchen Klienten für die Routine-Arbeit der Verwaltung zu verwenden, wo wir gute Männer so dringend brauchen, um der Wildnis Wohlstand abzuringen. Ich scheue mich nicht, vorauszusagen, daß der glückliche Bieter, der die Dienste dieses Klienten erwirbt, ihn innerhalb eines Monats als Vorarbeiter einsetzen wird. Doch sehen Sie sich ihn selbst an, sprechen Sie mit ihm, bilden Sie sich Ihr eigenes Urteil.«

Der Schreiber teilte dem Sprecher im Flüsterton etwas mit. Dieser nickte und setzte hinzu: »Ich werde aufgefordert, Ihnen, meine Herren und Gönner, mitzuteilen, daß der Klient die übliche, ihm gesetzlich zustehende Kündigung eingereicht hat und den Dienst in vierzehn Tagen quittieren wird, vorausgesetzt natürlich, er ist der Company dann nichts mehr schuldig.« Er lachte vergnügt und hob eine Augenbraue, als verberge sich hinter seiner Bemerkung, der niemand Aufmerksamkeit zollte, ein ungeheurer Witz. Wingate verstand ihn innerhalb gewisser Grenzen zu würdigen. Am Tag nach seiner Entdeckung, daß Jones zum Südpol geschickt worden war, hatte er gekündigt und wußte jetzt, daß es ihm zwar theoretisch freistand, zu gehen, er dann aber auf der Venus verhungern mußte, es sei denn, er hatte zuvor das Handgeld und eine Karte für den Hin- und Rückflug abgearbeitet.

Mehrere Patrone versammelten sich um die Plattform, betrachteten ihn und diskutierten dabei über ihn. »Nicht besonders muskulös.« – »Ich biete nicht gern auf diese klugen Jungen, das sind Unruhestifter.« – »Ja, aber ein dummer Klient ist seinen Unterhalt nicht wert.« – »Was *kann* er überhaupt? Ich werde mal einen Blick auf seine

Akte werfen.« Sie schlenderten zu dem Schreiber hinüber und informierten sich über die Ergebnisse der zahlreichen Tests und Prüfungen, denen Wingate während der Quarantäne unterzogen worden war. Nur ein knopfäugiges Individuum blieb zurück. Es stellte einen Fuß auf die Plattform, um sein Gesicht näher an das Wingates heranzubringen, und sprach in vertraulichem Ton.

»Mir liegt nichts an diesen Schwindelpapieren, Freund. Erzählen Sie mir von sich!«

»Da gibt es nicht viel zu erzählen.«

»Warum so zugeknöpft? Auf meinem Besitz wird es Ihnen gefallen. Wie ein Zuhause – ich stelle meinen Jungens ein Krok zur Verfügung, daß sie umsonst nach Venusberg fahren können. Haben Sie Erfahrung im Umgang mit Niggern?«

»Nein.«

»Die Eingeborenen sind auch keine, außer daß man sie so nennt. Sie sehen aus, als könnten Sie sich als Chef eines Arbeitstrupps durchsetzen. Haben Sie darin Erfahrung?«

»Nicht viel.«

»Nun ... vielleicht sind Sie bescheiden. Ich mag Männer, die den Mund halten. Und meine Jungens mögen mich. Ich erlaube meinen Antreibern nicht, Schutzgelder anzunehmen.«

»Nein«, fiel ein zweiter Patron ein, der zu der Plattform zurückgekehrt war, »das behalten Sie sich selbst vor, Rigsbee.«

»Halten Sie sich da raus, van Huysen!«

Der Neuankömmling, ein schwergebauter Mann mittleren Alters, ignorierte den anderen und wandte sich an Wingate.

»Sie haben gekündigt. Warum?«

»Das Ganze war ein Irrtum. Ich war betrunken.«

»Wollen Sie in der Zwischenzeit ehrliche Arbeit leisten?«

Wingate dachte darüber nach. »Ja«, sagte er schließlich. Der stämmige Mann nickte und kehrte mit schweren Schritten an seinen Platz zurück. Sorgfältig rückte er seinen breiten Gürtel zurecht und zog seinen Lendenschurz hoch.

Als auch die anderen wieder saßen, verkündete der Sprecher fröhlich: »Und nun, meine Herren, wenn Sie fertig sind ... Lassen Sie uns ein erstes Angebot auf diesen Vertrag hören. Bei Sankt Georg, ich wünschte, ich könnte es mir leisten, ihn selbst zu ersteigern und zu meinem Assistenten zu machen. Was ist ... höre ich ein Angebot?«

»Sechshundert.«

»Bitte, Patrone! Habe ich nicht das Schutzangebot von eintausend erwähnt?«

»Ich glaube nicht, daß Sie das ernst meinen. Er ist ein Ladenhüter.«

Der Agent der Company hob die Augenbrauen. »Es tut mir leid. Ich werde den Klienten bitten müssen, von der Plattform herunterzusteigen.«

Doch bevor Wingate das tun konnte, sagte eine andere Stimme: »Eintausend.«

»Das ist schon besser!« rief der Agent aus. »Ich hätte wissen müssen, daß die Herren sich eine echte Gelegenheit nicht entwischen lassen würden. Aber ein Schiff kann nicht mit einem Triebwerk fliegen? Höre ich elfhundert? Los, meine Herren, ohne Klienten können Sie kein Vermögen machen! Höre ich ...«

»Elfhundert.«

»Elfhundert von Patron Rigsbee! Und ein gutes Geschäft wäre es um diesen Preis. Aber ich zweifle, daß Sie es machen werden. Höre ich zwölf?«

Der schwergebaute Mann wies mit dem Daumen nach oben.

»Zwölfhundert von Patron van Huysen. Ich merke, ich habe einen Fehler gemacht und verschwende Ihre Zeit. Die Angebote sollten um nicht weniger als zweihundert gesteigert werden. Höre ich vierzehn? Höre ich vierzehn? Zwölfhundert zum ersten ... zum zwei- ...«

»Vierzehn«, sagte Rigsbee plötzlich.

»Siebzehn«, folgte ihm van Huysen sofort.

»Achtzehn«, rief Rigsbee schnell.

»Neinneinnein«, mahnte der Agent, »mindestens zweihundert, bitte.«

»Na gut, verdammt noch mal, neunzehn!«

»Ich höre neunzehn. Das ist eine Zahl, die schwierig zu schreiben ist. Wer macht zweitausendeinhundert daraus?« Wieder schnellte van Huysens Daumen hoch. »Also zwei-eins. Man braucht Geld, um Geld zu machen. Was höre ich? Was höre ich?« Der Agent hielt kurz inne. »Zwei-eins zum ersten ... zwei-eins zum zweiten. Geben Sie so schnell auf, Patron Rigsbee?«

»Van Huysen ist ein ...« Der Rest war ein unverständliches Gemurmel.

»Noch eine einzige Chance, meine Herren. Zum ersten, zum zweiten ... zum DRITTEN!« Er schlug die Handflächen scharf zusammen. »Verkauft an Patron van Huysen für zweitausendeinhundert Credits. Meinen Glückwunsch, Sir, zu einem klugen Entschluß.«

Wingate folgte seinem neuen Herrn aus der Hintertür. Auf dem Gang hielt Rigsbee sie an. »Schön, van Huysen, Sie haben Ihren Spaß gehabt. Ich kaufe ihn Ihnen für zweitausend ab.«

»Gehen Sie mir aus dem Weg!«

»Seien Sie nicht dumm! Sie haben kein gutes Geschäft gemacht. Sie wissen nicht, wie man einen Mann antreibt – ich wohl.« Van Huysen ignorierte ihn und drängte sich an ihm vorbei. Wingate folgte ihm hinaus in den warmen Winter-Nieselregen zum Parkplatz, wo Stahlkrokodile in parallelen Reihen standen. Van Huysen blieb neben einem dreißig Fuß langen Remington stehen. »Steig ein!«

Das lange, kastenförmige Krokodil war bis zur Ladelinie mit Vorräten gefüllt. Van Huysen hatte auf der Basis eingekauft. Auf der Plane, die die Ladung bedeckte, lag ein halbes Dutzend Männer. Einer von ihnen richtete sich auf, als Wingate über den Rand kletterte. »Hump! Oh, Hump!«

Es war Hartley. Wingate wunderte sich über seinen eigenen Gefühlsüberschwang. Er packte Hartleys Hand und tauschte freundschaftliche Beleidigungen mit ihm aus. »Freunde«, sagte Hartley, »das ist Hump Wingate.

Er ist ein feiner Kerl. Hump, jetzt stelle ich dir unsern Haufen vor. Gleich hinter dir, das ist Jimmie. Er fährt dieses Veloziped.«

Der bezeichnete Mann nickte Wingate grinsend zu und begab sich nach vorn auf den Fahrersitz. Auf ein Winken von van Huysen, der seinen umfangreichen Körper in der kleinen abgeschirmten Kabine achtern untergebracht hatte, zog er beide Kontrollhebel zurück. Das Krokodil kroch los. Seine Raupenketten klirrten und klatschten durch den Schlamm.

Drei der sechs Männer, einschließlich Jimmie, dem Fahrer, waren alte Hasen. Sie hatten sich um die Fracht kümmern sollen, um die Erzeugnisse der Ranch, die der Patron zum Markt gebracht hatte, und um die Vorräte, die auf dem Rückweg mitgenommen wurden. Van Huysen hatte außer den Verträgen von Wingate und Satchel Hartley noch zwei weitere gekauft. Wingate erkannte in ihnen Männer wieder, die er in der *Evening Star*, bei der Ankunft und in der Konditionierungsstation schon gesehen hatte. Sie blickten ziemlich kläglich drein, wofür Wingate volles Verständnis hatte, aber die Männer von der Ranch amüsierten sich. Anscheinend betrachteten sie die Gelegenheit, Fracht zur Stadt und zurück zu befördern, als vergnüglichen Ausflug. Sie hatten es sich auf der Plane bequem gemacht und vertrieben sich die Zeit mit Schwatzen und dem Kennenlernen der neuen Kollegen.

Doch sie stellten keine persönlichen Fragen. Kein Arbeitsklient auf der Venus fragte jemals einen anderen, was er gemacht hatte, bevor er bei der Company anheuerte, es sei denn, er hätte zuerst seine eigenen Verhältnisse offengelegt. So etwas tat man nicht. Gleich nachdem sie die Randbezirke von Adonis verlassen hatten, glitt der Wagen einen Hang hinunter, kippte über ein niedriges Ufer und platschte ins Wasser. Van Huysen riß ein Fenster in dem Schott auf, das die Kabine vom Frachtraum trennte, und brüllte: »Dummkopf! Wie oft habe ich dir schon gesagt, du sollst langsam ins Wasser gehen!«

»Verzeihung, Boß«, antwortete Jimmie. »Ich habe die Stelle verpaßt.«

»Halt die Augen auf, oder ich besorge mir einen neuen Krokfahrer!« Er knallte das Fenster zu. Jimmie blickte mit schlauem Zwinkern in die Runde. Er hatte alle Hände voll zu tun; der Sumpf, den sie durchquerten, sah wie fester Boden aus, so dick war er mit wuchernder Vegetation überwachsen. Das Krokodil schwamm jetzt wie ein Boot, und die breiten Flanschen der Raupenketten funktionierten als Schaufelräder. Der keilförmige Bug schob Büsche und Sumpfgras beiseite; kleine Bäume warf er um. Gelegentlich bissen sich die Kettenglieder in einer Sandbank fest, das Krokodil kletterte hinauf und verwandelte sich vorübergehend wieder in ein Landfahrzeug. Jimmies schlanke, nervige Hände bewegten sich unaufhörlich über die Kontrollen. Seine Aufmerksamkeit zwischen dem Terrain und dem Kompaß des Krokodils teilend, wich er großen Bäumen aus und suchte den leichtesten Weg, der am wenigsten von der direkten Route abwich.

Irgendwann verstummten die Gespräche, und einer der Ranchleute fing an zu singen. Er hatte eine passable Tenorstimme, und bald stimmten die anderen ein. Wingate fand sich wieder, wie er die Kehrreime mitsang, sobald er sie gelernt hatte. Sie sangen *Soldbuch* und *Weil der Antreiber meine Cousine kennt* und das traurige Lied *Man fand ihn im Busch.* Aber darauf folgte eine heitere Nummer, *In der Nacht, als der Regen aufgehört hatte,* mit endlosen Strophen über verschiedene unwahrscheinliche Ereignisse, die bei dieser Gelegenheit stattfanden. (»Der Zahlmeister schmiß eine Runde für alle . . .«)

Jimmie erhielt Applaus und begeisterte Mitwirkung beim Kehrreim mit dem Liedchen *Die Rothaarige aus Venusburg,* aber Wingate fand es unentschuldbar vulgär. Ihm blieb keine Zeit, darüber nachzudenken, denn ihm folgte ein Lied, das es ihn vergessen machte.

Der Tenor fing damit an, langsam und leise. Die anderen lösten ihn beim Kehrreim ab – alle außer Wingate, der still und ganz nachdenklich wurde. Beim dritten Vers der zweiten Strophe setzte der Tenor aus, und die anderen sangen weiter.

Du bekommst ein Handgeld für die Unterschrift,
(Komm mit mir! Komm mit mir!)
Dann vertrinkst du deine Schande, bis man dich verschifft.
(Wehe dir! Wehe dir!)
Man sperrt dich ein auf Ellis Isle, und dort wird dir berichtet,
Was aus den Männern wird, die sich sechs Jahre lang verpflichtet.
Sie sind verschuldet, und sie müssen noch einmal unterschreiben
(Hierzubleiben! Hierzubleiben!)
Doch ich, ich werde mir das Fahrgeld bestimmt zusammensparen
(Immer zu! Immer zu!)
Und werde mit dem nächsten Schiff zurück zur Erde fahren.
(Das sagst du! Das sagst du!)
Oh, die Geschichte haben wir schon tausendmal vernommen,
Nein, lügen tust du sicher nicht, doch wird es anders kommen.
Wir sehen uns in Venusburg, du zahlst für dein Vergnügen,
(Langsam gesprochen): *Und um dein Handgeld wird man*
dich auf jeden Fall betrügen!
(Komm mit mir!)

In Wingate hinterließ das Lied eine Niedergeschlagenheit, die sich nicht völlig auf den lauwarmen Nieselregen, die unappetitliche Landschaft und die blasse Nebeldecke, die auf der Venus den freien Himmel ersetzt, schieben ließ. Er zog sich in eine Ecke des Frachtraums zurück und hielt sich für sich, bis – viel später – Jimmie rief: »Lichter voraus!«

Wingate beugte sich hinaus und hielt eifrig nach seiner neuen Heimat Ausschau.

Vier Wochen, und noch kein Wort von Sam Houston Jones. Die Venus hatte sich einmal um ihre Achse gedreht, der vierzehntägige ›Winter‹ war dem ebenso kurzen ›Sommer‹ gewichen, der sich vom ›Winter‹ nur dadurch unterschied, daß der Regen ein bißchen heftiger und ein bißchen wärmer war. Und jetzt war es wieder ›Winter‹. Auf van Huysens nahe dem Pol gelegener Ranch herrschte wie in den meisten bewohnbaren Gebieten der Venus niemals Dunkelheit. Während des langen Tages milderte die meilendicke, stets vorhandene Wolkenschicht das Licht der niedrig stehenden Sonne, und in den zwei Wochen, die offiziell ›Nacht‹ oder ›Winter‹ waren, hielt sie die Hitze der nun gerade oberhalb des Horizonts stehenden Sonne ab und erzeugte ein ständiges Zwielicht.

Vier Wochen und kein Wort. Vier Wochen und keine Sonne, kein Mond, keine Sterne, keine Dämmerung. Kein Atemzug in sauberer, frischer Morgenluft, keine die Pulse beschleunigende Mittagshelle, kein angenehmer Abendschatten, nichts, überhaupt nichts, woran man eine der schwülen, klebrigen Stunden von der nächsten hätte unterscheiden können, nichts als die Tretmühle von Schlaf und Arbeit und Essen und wieder Schlaf – nichts als die wachsende Sehnsucht im Herzen nach dem kühlen blauen Himmel von Terra.

Wingate hatte sich dem unveränderlichen Brauch gefügt, daß ein neuer Mann eine Feier für die anderen Arbeitsklienten gab, und die Belege des Zahlmeisters abgezeichnet, um für diese Gelegenheit *Rhira* (Glückswasser) zu bekommen. Als er dann zum ersten Mal das Soldbuch unterschrieb, entdeckte er, daß seine kameradschaftliche Geste ihn weitere vier Monate Arbeit gekostet hatte, bevor er seine ›Stellung‹ wirksam kündigen konnte. Daraufhin hatte er den Entschluß gefaßt, niemals wieder einen Beleg abzuzeichnen, auf die kurzen Urlaubstage in Venusberg zu verzichten und mit jedem nur irgend entbehrlichen Credit sein Handgeld und die Flugkosten zusammenzusparen.

Doch bald entdeckte er weiter, daß das milde alkoholische Getränk weder ein Laster noch ein Luxus war, sondern eine Notwendigkeit, für das menschliche Leben auf der Venus so unentbehrlich wie der ultraviolette Faktor in allen Beleuchtungssystemen der Kolonien. Man wird davon nicht betrunken, es dämpft die Sorgen und macht einem das Herz leicht, und ohne es konnte er einfach nicht einschlafen. Drei Nächte, in denen er sich ruhelos umherwarf und sich Vorhaltungen machte, drei Tage unter den unfreundlichen Blicken des Antreibers, in denen er vor Müdigkeit so benommen war, daß er nicht arbeiten konnte, und er unterschrieb wie alle anderen für seine Flasche, auch wenn er sich vage bewußt war, daß der Preis dieser Flasche mehr als die Hälfte des mikroskopischen Fortschritts dieses Tages zur Freiheit verschlang.

Er war auch nicht als Funktechniker eingesetzt worden. Van Huysen hatte schon einen. Obwohl Wingate als Ersatzmann geführt wurde, mußte er mit den übrigen im Sumpf arbeiten. Als er seinen Vertrag noch einmal durchlas, stieß er auf einen Paragraphen, der seinem Patron dies erlaubte, und mit einer Hälfte seines Geistes – der objektiven und juristischen Hälfte – mußte er zugeben, daß der Paragraph vernünftig und angemessen und nicht unbillig war.

Er ging in den Sumpf. Er lernte es, die kleinen, sanften amphibischen Eingeborenen durch Schmeicheln und Einschüchtern dazu zu bringen, daß sie die Unterwasserknollen der Venus-Sumpfwurzel *(Hyazinthus veneris johnsoni)* ernteten, und sich die Kooperation ihrer Matriarchinnen mit dem Versprechen eines Bonus in Form von ›Thigarek‹ zu sichern. Der Ausdruck bedeutete nicht nur Zigaretten, sondern Tabak in jeder Form, und war das übliche Zahlungsmittel im Verkehr mit den Eingeborenen.

Er kam in den Enthülsungsschuppen an die Reihe und lernte langsam und mühselig, die schwammige äußere Hülle von dem erbsengroßen Kern zu schälen, der allein kommerziellen Wert hatte und unbeschädigt bleiben mußte, ohne einen Kratzer oder eine Delle. Der Saft der

Schoten machte seine Hände rauh, der Geruch brannte in den Augen und zwang ihn zum Husten, aber ihm gefiel diese Arbeit besser als die in den Sümpfen, weil er dabei mit Klientinnen zusammenkam. Frauen waren flinker bei der Arbeit als Männer, und ihre kleineren Finger waren geschickter im Entfernen der wertvollen, so leicht zu beschädigenden Kapsel. Männer wurden dabei nur eingesetzt, wenn große Vorräte zusätzliche Helfer erforderten.

Er lernte sein neues Handwerk von einer mütterlichen alten Frau, die von den anderen Frauen Hazel genannt wurde. Sie redete bei der Arbeit, und ihre knorrigen alten Hände bewegten sich unaufhörlich wie von selbst. Wingate konnte die Augen schließen und sich einbilden, er sei auf der Erde und wieder ein Junge in der Küche seiner Großmutter, die Erbsen aushülste und dabei plauderte. »Mach dich nicht nervös, Junge«, riet Hazel ihm. »Tu deine Arbeit und beschäme den Teufel! Der große Tag wird kommen.«

»Was für ein großer Tag, Hazel?«

»Der Tag, wenn die Engel des Herrn sich erheben und die Macht des Bösen zerschmettern werden. Der Tag, wenn der Fürst der Finsternis in seinen Abgrund geworfen und der Prophet über die Kinder des Himmels herrschen wird. Deshalb mach dir keine Sorgen; es spielt keine Rolle, ob du dich hier aufhältst oder zu Hause, wenn der große Tag kommt. Wichtig ist nur, ob du im Stand der Gnade bist.«

»Bist du sicher, daß wir noch am Leben sein werden, wenn dieser Tag kommt?«

Sie sah sich um. Dann beugte sie sich vertraulich vor. »Der Tag ist beinahe da. Schon jetzt zieht der Prophet landauf, landab und sammelt seine Streitkräfte. Aus dem sauberen Farmland des Mississippi-Tales kommt der Mann, der in dieser Welt ...« – sie senkte die Stimme noch mehr – »als *Nehemiah Scudder* bekannt ist!«

Wingate hoffte, ihm sei äußerlich nichts von seiner Überraschung und seiner Belustigung anzumerken. Er erinnerte sich an den Namen. Er gehörte einem Würstchen von hinterwäldlerischem Evangelisten, der auf der Erde ein unwichtiges Ärgernis darstellte. Gelegentlich wurde er zur Zielscheibe spöttischer Zeitungsartikel, doch sein Wirken konnte unmöglich irgendwelche Konsequenzen haben.

Der für den Enthülsungsschuppen zuständige Antreiber kam an ihre Bank. »Haltet die Augen auf die Arbeit gerichtet, ihr! Ihr seid schon gewaltig im Rückstand.« Wingate beeilte sich, ihm zu gehorchen, aber Hazel kam ihm zu Hilfe.

»Laß ihn in Ruhe, Joe Tompson! Es dauert seine Zeit, bis einer das Enthülsen lernt.«

»Okay, Mom«, antwortete der Antreiber mit einem Grinsen, »aber sorge dafür, daß er dran bleibt. Verstanden?«

»Das werde ich. Mach du dir Gedanken über die anderen hier im Schuppen. Diese Bank wird ihre Quote erfüllen.« Wingate waren zwei Tage Lohn abgezogen worden, weil er Kerne beschädigt hatte. Jetzt half Hazel ihm aus, und der Antreiber wußte es, aber alle mochten sie gern leiden, sogar die Antreiber, die in dem Ruf stehen, niemanden leiden zu können, nicht einmal sich selbst.

Wingate stand vor dem Tor des Junggesellen-Lagers. Bis zum Torschluß und dem Namensaufruf waren es noch fünfzehn Minuten; er war in dem unterbewußten Wunsch hinausspaziert, sich von dem überwältigenden Gefühl des Eingeschlossenseins zu befreien, das ihn quälte, seit er hier war. Der Versuch war vergeblich. Auf der Venus war ›in der frischen Luft‹ nichts frisch, der Busch belagerte die Lichtung, der bleierne neblige Himmel drückte dem Menschen auf den Kopf, und die dampfende Hitze saß auf seiner bloßen Brust. Trotzdem war es hier immer noch besser als in der Unterkunft mit ihren Entfeuchtern.

Wingate hatte seine abendliche Ration an *Rhira* noch nicht in Empfang genommen und war deshalb nervös und verzagt. Aber ein Rest von Selbstachtung zwang ihn, sich ein paar Minuten klaren Denkens zu bewahren, bevor er sich dem aufheiternden Schlafmittel hingab. Ich unterliege, dachte er. In ein paar Monaten werde ich jede Chance wahrnehmen, nach Venusburg zu gelangen, oder, noch schlimmer, einen Beleg für eine Unterkunft im Quartier der Verheirateten unterzeichnen und mich und meine Kinder zu Lebenslänglich verurteilen. Bei seiner Ankunft waren ihm die Arbeiterinnen mit ihrem durch die Bank stumpfen Geist und ihren unscheinbaren Gesichtern völlig reizlos vorgekommen. Jetzt stellte er zu seiner Bestürzung fest, daß er nicht mehr so wählerisch war. Ja, er begann sogar, ebenso wie die anderen Klienten in unbewußter Nachahmung der Amphibien zu lispeln.

Schon früh war ihm aufgefallen, daß man die Arbeitsklienten so ungefähr in zwei Kategorien einteilen konnte, in die Naiven und die Gebrochenen. Die ersten besaßen wenig Phantasie und hatten einfache Begriffe. Höchstwahrscheinlich hatten sie auf der Erde nichts Besseres gekannt als hier; sie sahen in der Kolonie-Kultur keine Sklaverei, sondern Freiheit von Verantwortung, Sicherheit und ein gelegentliches Über-die-Stränge-Schlagen. Die anderen waren die Ausgestoßenen, solche, die einmal jemand gewesen waren, doch ihren Platz in der Gesellschaft durch einen Charakterfehler oder ein Unglück verloren hatten. Vielleicht hatte der Richter gesagt: »Das Urteil wird ausgesetzt, wenn Sie sich nach den Kolonien einschiffen.«

In einem plötzlichen Anfall von Panik erkannte Wingate, daß sein eigener Status sich kristallisierte. Er wurde einer der Gebrochenen. Seine Vergangenheit auf der Erde verblaßte in seinem Gehirn. Seit drei Tagen hatte er die Mühe, einen weiteren Brief an Jones zu schreiben, hinausgeschoben; die ganze letzte Schicht hatten seine Gedanken darum gekreist, sich von der Notwendigkeit eines Zwei-Tage-Urlaubs in Venusburg zu überzeugen. Sieh den Tatsachen ins Auge! ermahnte er sich selbst. Du rutschst ab, du legst dir die Psyche eines Sklaven zu. Das Problem, aus dieser Scheiße herauszukommen, hast du auf Jones abgeladen – woher weißt du, daß er imstande ist, dir zu helfen? Soviel du weißt, kann er tot sein. Aus dem Dunkel seines Gedächtnisses fischte er einen Satz von einem Geschichtsphilosophen, den er irgendwo gelesen hatte: »Kein Sklave wird jemals befreit, *außer er befreit sich selbst.*«

Ist ja gut, ist ja gut – zieh die Socken hoch, alter Junge! Reiß dich zusammen! Kein *Rhira* mehr – nein, das ließ sich nicht durchführen, ein Mann mußte seinen Schlaf haben. Also dann kein *Rhira* mehr, bevor abends das Licht ausgeschaltet wurde. Halte deine Gedanken den Abend über klar und *plane!* Halte die Augen offen! Finde heraus, was du kannst, kultiviere Freundschaften und warte auf eine Chance!

Eine menschliche Gestalt kam durch die Dämmerung auf das Tor des Lagers zu. Wingate sah, daß es eine Frau war, und vermutete in ihr eine der Klientinnen. Sie näherte sich, und er merkte, daß er sich geirrt hatte. Es war Annek van Huysen; die Tochter des Patrons.

Sie war ein kräftiges, etwas zu groß geratenes blondes Mädchen mit unglücklichen Augen. Er hatte sie oft gesehen, wenn sie die von der Arbeit zurückkehrenden Klienten beobachtete oder allein auf der Ranch-Lichtung umherwanderte. Sie war weder häßlich noch in irgendeiner Weise attraktiv; ihr schwerer, jugendlicher Körper hätte eine schmeichelndere Bekleidung gebraucht als das bißchen Stoff, das alle Kolonisten als das Höchstmaß an Bedeckung trugen.

Sie blieb vor ihm stehen, öffnete den Reißverschluß des Beutels an ihrem Gürtel, der die Taschen ersetzte, und nahm ein Päckchen Zigaretten heraus. »Das habe ich dahinten gefunden. Haben Sie es verloren?«

Er wußte, daß sie log. Sie hatte nichts aufgehoben, seit sie in Sicht gekommen war. Und die Marke war eine, die auf der Erde und von Patronen geraucht wurde; kein Klient konnte sie sich leisten. Was hatte sie im Sinn?

Sie sah ihn beschwörend an, und ihr Atem ging schnell. Verwirrt sagte sich Wingate, daß dieses Mädchen versuchte, ihm auf indirekte Art ein Geschenk zu machen. Warum?

Wingate bildete sich nichts auf sein gutes Aussehen oder seinen Charme ein, und er hatte auch keinen Grund dazu. Aber ihm war nicht bewußt, daß er unter den üblichen Klienten auffiel wie ein Fasan in einem Hühnerhof. Daß er Annek gefiel, konnte er allerdings nicht übersehen, denn eine andere Erklärung für ihre aus den Fingern gesogene Geschichte und ihr rührendes kleines Geschenk gab es nicht.

Sein erster Impuls war, sie abzuweisen. Er wollte nichts von ihr, er nahm ihr das Eindringen in seine Privatsphäre übel, und es schwante ihm, daß die Situation für ihn peinlich und sogar gefährlich werden konnte, denn sie war eine Verletzung der Bräuche, die die soziale und ökonomische Struktur aufrechterhielten. Vom Gesichtspunkt der Patrone aus standen die Arbeitsklienten beinahe ebenso tief unter ihnen wie die Amphibien. Ein Techtelmechtel zwischen einem Klienten und der Tochter eines Patrons konnte leicht den alten Richter Lynch aus dem Schlaf wecken.

Aber er brachte es nicht übers Herz, sie brüsk zu behandeln. Er erkannte die einfältige Anbetung in ihren Augen; es hätte kalte Herzlosigkeit erfordert, sie von sich zu stoßen. Außerdem war nichts an ihrer Haltung affektiert oder provozierend. Sie benahm sich naiv, beinahe kindlich. Er erinnerte sich an seinen Entschluß, Freundschaften zu schließen. Hier wurde ihm eine Freundschaft angeboten, eine gefährliche Freundschaft, aber eine, die ihm bei der Erringung seiner Freiheit nützlich sein mochte.

Für einen Augenblick empfand er Scham darüber, daß er die potentielle Nützlichkeit dieses hilflosen Kindes abwog, aber er unterdrückte das Gefühl, indem er sich sagte, er werde ihr nichts tun, und außerdem war da das alte Sprichwort von der Rachsucht einer verschmähten Frau.

»Ja, vielleicht habe ich es verloren«, wich er aus und setzte hinzu: »Es ist meine Lieblingsmarke.«

»Wirklich?« fragte sie glücklich. »Dann nehmen Sie sie auf jeden Fall!«

»Ich danke Ihnen. Wollen Sie eine mit mir rauchen? Nein, das werden Sie wohl nicht tun. Ihrem Vater wäre es sicher nicht recht, wenn Sie so lange hier stehen.«

»Oh, er ist eifrig mit seinen Abrechnungen beschäftigt. Das habe ich gesehen, bevor ich hinausgegangen bin.« Sie merkte gar nicht, daß sie ihr mitleiderregendes kleines Täuschungsmanöver damit zugab. »Aber rauchen Sie ruhig! Ich ... ich rauche so gut wie nie.«

»Vielleicht ziehen Sie eine Meerschaumpfeife wie Ihr Vater vor.«

Sie lachte herzlicher, als das armselige Witzchen es verdiente. Danach plauderten sie ziellos. Beide stimmten darin überein, daß die Ernte gut ausfiel, daß das Wetter ein bißchen kühler zu sein schien als letzte Woche und daß es nichts Besseres gebe als ein bißchen frische Luft nach dem Abendessen.

»Gehen Sie zuweilen der körperlichen Betätigung wegen nach dem Abendessen spazieren?« erkundigte sie sich.

Er sagte nicht, daß ein langer Tag im Sumpf mehr als genug körperliche Betätigung bedeutete, sondern bejahte die Frage.

»Ich auch«, platzte sie heraus. »Oft in der Nähe des Wasserturms.«

Er sah sie an. »Ach ja? Das werde ich mir merken.« Das Signal für den Namensaufruf gab ihm eine willkommene Entschuldigung, sich zu entfernen. Noch drei Minuten, dachte er, und ich hätte nicht umhin gekonnt, mich mit ihr zu verabreden.

Wingate wurde am nächsten Tag zur Arbeit im Sumpf eingeteilt. In den Enthülsungsschuppen wurden keine zusätzlichen Helfer mehr gebraucht. Das Krok rumpelte und platschte den langen, sich schlängelnden Weg entlang und setzte an jeder Station einen oder mehrere Erdenmenschen ab. Im Wagen befanden sich nur noch vier Mann, Wingate, Satchel, der Aufseher und Jimmie, der Krokfahrer, als der Antreiber einen neuen Stop befahl. Die flachen Köpfe der amphibischen Eingeborenen mit ihren glänzenden Augen tauchten auf drei Seiten aus dem Wasser auf, sobald der Wagen hielt. »Los, Satchel«, sagte der Antreiber, »hier ist dein Posten. Steig aus!«

Satchel sah sich um. »Wo ist mein Skiff?« Die Rancher benutzten kleine, flache Skiffs aus Duraluminium, um die tägliche Ernte einzusammeln. Im Krok war keins mehr.

»Du wirst keins brauchen. Du wirst dieses Feld zum Pflanzen säubern.«

»Das geht in Ordnung. Trotzdem – ich sehe niemanden in der Nähe, und ich sehe auch keinen festen Boden.« Die Skiffs hatten einen doppelten Zweck. Wenn ein Mann ohne Kontakt mit anderen Erdenmenschen und in einiger Entfernung von sicherem trockenem Boden arbeitete, wurde das Skiff zu seinem Rettungsboot. Das Krokodil, das ihn abholen sollte, konnte eine Panne haben, und wenn er sich aus irgendeinem Grund auf seinem Posten hinsetzen oder -legen mußte, gab ihm das Skiff die Möglichkeit dazu. Die älteren Klienten erzählten schreckliche Geschichten von Leuten, die vierundzwanzig, achtundvierzig oder sogar zweiundsiebzig Stunden in achtzehn Zoll tiefem Wasser gestanden hatten und dann aus purer Erschöpfung jämmerlich ertrunken waren.

»Trockener Boden ist gleich da drüben.« Der Antreiber wies mit der Hand in die Richtung einer Baumgruppe, die vielleicht eine Viertelmeile entfernt lag.

»Das mag sein«, antwortete Satchel gleichmütig. »Fahren wir hin und sehen wir nach!« Er grinste Jimmie an, der sich, Instruktionen erwartend, zu dem Antreiber umwandte.

»Verdammt! Spar dir die Widerworte! Steig aus!«

»Nicht«, erklärte Satchel, »bevor ich etwas Besseres als zwei Fuß Schleim gesehen habe, auf die man sich notfalls setzen kann.«

Die kleinen Wasserbewohner waren der Auseinandersetzung mit großem Interesse gefolgt. Sie klickten und lispelten in ihrer Sprache. Diejenigen, die ein bißchen Pidgin-Englisch konnten, schienen ihren weniger gebildeten Brüdern die Ereignisse auf sensationelle und zweifellos verzerrte Art zu schildern. Das schürte die Wut des Antreibers, der sowieso schon schäumte.

»Zum letzten Mal – steig aus!«

»Nun«, sagte Satchel und brachte seinen massigen Körper in eine bequemere Position auf den Bodenplatten, »ich bin froh, daß wir das Thema erledigt haben.«

Wingate saß hinter dem Antreiber. Dieser Umstand ersparte Satchel Hartley wahrscheinlich zumindest eine Kopfschwartenwunde, denn Wingate fing den Arm des Antreibers ab, als dieser zuschlug. Hartley kam ihm sofort zu Hilfe. Die drei rangen ein paar Sekunden lang auf dem Boden des Fahrzeugs.

Hartley saß auf der Brust des Antreibers, während Wingate seiner fest zusammengeballten rechten Faust einen Totschläger entwand. »Ein Glück, daß du gesehen hast, wie er danach griff, Hump«, bedankte Satchel sich, »sonst würde ich jetzt ein Aspirin brauchen.«

»Ja, das glaube ich auch.« Wingate warf die Waffe so weit wie möglich hinaus in die sumpfige Öde. Mehrere Amphibien schwammen ihr nach und tauchten. »Ich glaube, du kannst ihn jetzt aufstehen lassen.«

Der Antreiber klopfte sich ab und sagte nichts zu ihnen, aber er wandte sich an den Krokfahrer, der die ganze Zeit ruhig auf seinem Sattel vor den Kontrollen geblieben war. »Warum, zum Teufel, hast du mir nicht geholfen?«

»Ich dachte, Sie könnten für sich selbst sorgen, Boß«, antwortete Jimmie unverbindlich.

Wingate und Hartley beendeten diese Arbeitsperiode als Helfer von Klienten, die bereits stationiert waren. Der Antreiber ignorierte sie vollständig, nur daß er die kurzen Anweisungen gab, die nötig waren, um sie an ihre Posten zu schicken. Aber als sie sich im Lager vor dem Abendessen wuschen, wurde ihnen gesagt, sie sollten sich im Großen Haus melden.

Sie wurden in van Huysens Büro geführt. Der Antreiber war schon da und trug ein selbstzufriedenes Grinsen zur Schau, während van Huysen grimmig dreinblickte.

»Was höre ich da über euch zwei?« bullerte er los. »Arbeitsverweigerung. Angriff auf meinen Vorarbeiter. Bei Gott, ich werde es euch zeigen!«

»Langsam, Patron van Huysen«, begann Wingate ruhig, der sich plötzlich in der Atmosphäre eines Gerichtssaals wie zu Hause fühlte. »Niemand hat sich seiner Pflicht entzogen. Hartley hat nur dagegen protestiert, gefährliche Arbeit ohne vernünftige Sicherheitsvorkehrungen zu tun. Was die Rauferei betrifft, so hat Ihr Vorarbeiter uns angegriffen. Wir haben uns nur verteidigt und ihn losgelassen, sobald wir ihn entwaffnet hatten.«

Der Antreiber beugte sich zu van Huysen vor und flüsterte ihm etwas ins Ohr. Der Patron blickte noch zorniger drein als zuvor. »Das habt ihr getan, während Eingeborene zusahen! Eingeborene! Ihr kennt das koloniale Gesetz? Dafür könnte ich euch in die Bergwerke schicken.«

»Nein«, widersprach Wingate ihm, »Ihr Vorarbeiter hat es in Anwesenheit von Eingeborenen getan. Unsere Rolle war nichts als passiv und defensiv ...«

»Ihr nennt es friedlich, wenn ihr über meinen Aufseher herfallt? Jetzt hört mir zu! Eure Aufgabe hier ist es, zu arbeiten. Die Aufgabe meines Vorarbeiters ist es, euch zu sagen, wo und was ihr arbeiten sollt. Er ist kein solcher Dummkopf, daß er mich um das in einen Mann investierte Geld bringen wird. Er beurteilt, ob eine Arbeit gefährlich ist, nicht ihr.« Wieder machte der Antreiber seinem Chef eine Mitteilung im Flüsterton. Van Huysen schüttelte den Kopf. Der andere drängte ihn, aber der Patron schnitt ihm mit einer Geste das Wort ab und wandte sich wieder den beiden Klienten zu.

»Hört zu! Ich lasse jeden Hund einmal beißen, aber nicht zweimal. Für euch gibt es heute abend kein Essen und keinen *Rhira*. Morgen werden wir sehen, wie ihr euch benehmt.«

»Aber, Patron van Huysen ...«

»Das ist alles. Geht in euer Quartier!«

Als Wingate im Dunkeln in seine Koje kroch, stellte er

fest, daß jemand darin einen Essensriegel versteckt hatte. Dankbar kaute er ihn und überlegte, wer sein Freund sein mochte. Das Essen beschwichtigte die Klagen seines Magens, genügte aber ohne *Rhira* nicht, ihn einschlafen zu lassen. Er lag da, starrte in die deprimierende Dunkelheit der Unterkunft, lauschte auf die verschiedenen irritierenden Geräusche, die Männer im Schlaf von sich geben, und überdachte seine Situation. Bisher war es schon schlimm genug, aber gerade noch erträglich gewesen. Von nun an, davon war er überzeugt, würde es der Hölle so nahe kommen, wie es ein rachsüchtiger Antreiber nur fertigbrachte. Und daß es sehr nahe sein würde, wollte er nach allem, was er gesehen und gehört hatte, gern glauben!

Er hatte sich etwa eine Stunde lang mit seinen Sorgen herumgeschlagen, als er die Berührung einer Hand spürte. »Hump! Hump!« flüsterte es. »Komm nach draußen! Irgend etwas geht da vor.« Es war Jimmie.

Er tastete sich vorsichtig durch die Kojenregale und schlüpfte hinter Jimmie zur Tür hinaus. Satchel war bereits draußen, und bei ihm war eine vierte Person.

Es war Annek van Huysen. Wie mochte sie es geschafft haben, in das verschlossene Lager zu kommen? Ihre Augen waren geschwollen, als habe sie geweint.

Jimmie begann sofort, mit vorsichtiger, leiser Stimme zu sprechen. »Die Kleine erzählt uns, daß ich morgen zwei Leute nach Adonis zurückbringen soll.«

»Warum?«

»Sie weiß es nicht. Aber sie fürchtet, ihr sollt nach Süden verkauft werden. Das klingt nicht wahrscheinlich. Der Alte hat noch nie jemanden nach Süden verkauft – andererseits hat auch noch nie jemand seinen Antreiber angegriffen. Ich kann es nicht sagen.«

Sie verschwendeten mehrere Minuten auf eine fruchtlose Diskussion. Dann, nach einem gedankenschweren Schweigen erkundigte sich Wingate bei Jimmie: »Weißt du, wo die Schlüssel für das Krok aufbewahrt werden?«

»Nein. Was hast du ...«

»Ich könnte sie für Sie holen«, erbot sich Annek eifrig.

»Du kannst kein Krok steuern«, sagte Jimmie zu Wingate.

»Ich habe dir wochenlang zugesehen.«

»Nehmen wir einmal an, du kannst es«, protestierte Jimmie weiter, »und nehmen wir einmal an, du machst dich mit dem Krok auf die Flucht. Nach zehn Meilen hättest du dich verfahren. Würdest du nicht wieder eingefangen, müßtest du verhungern.«

Wingate zuckte die Achseln. »Ich lasse es mir nicht gefallen, daß man mich nach Süden verkauft.«

»Ich auch nicht«, setzte Hartley hinzu.

»Wartet einen Augenblick!«

»Also, ich sehe keine bessere . . .«

»Wartet einen Augenblick!« wiederholte Jimmie gereizt. »Seht ihr nicht, daß ich nachdenke?«

Die anderen drei blieben eine ganze Zeit stumm, bis Jimmie erklärte: »Okay, Kleine, Sie gehen besser auf die Seite und lassen uns reden. Je weniger Sie über dies wissen, desto besser für Sie.« Annek blickte verletzt drein, gehorchte jedoch soweit, daß sie sich außer Hörweite zurückzog. Die drei Männer besprachen sich ein paar Minuten lang. Danach winkte Wingate dem Mädchen, sich ihnen wieder zuzugesellen.

»Das ist alles, Annek«, sagte er zu ihr. »Ich danke Ihnen sehr für alles, was Sie getan haben. Wir haben einen Weg gefunden.« Er hielt inne, fügte unbeholfen hinzu: »Also, dann gute Nacht.«

Sie sah zu ihm auf.

Wingate fragte sich, was er jetzt tun oder sagen sollte. Schließlich führte er sie um die Ecke der Unterkunft und wünschte ihr noch einmal gute Nacht. Er kehrte sehr schnell und mit verlegenem Gesicht zurück. Die drei Männer gingen wieder hinein.

Patron van Huysen hatte ebenfalls Schwierigkeiten mit dem Einschlafen. Er verabscheute es, seine Leute zu bestrafen. Verdammt noch mal, warum konnten sie nicht alle brave Jungen sein und ihn in Frieden lassen? Ein

Rancher hatte heutzutage sowieso nur wenig kostbaren Frieden. Es kostete mehr, die Ernte hereinzubringen, als der Verkauf in Adonis einbrachte – das hieß, nachdem die Zinsen bezahlt waren.

Er hatte an diesem Abend nach dem Dinner seine Aufmerksamkeit seinen Geschäftsbüchern gewidmet, um sich den unerfreulichen Vorfall aus den Gedanken zu schlagen, aber es fiel ihm schwer, sich auf die Zahlen zu konzentrieren. Dieser Wingate ... Er hatte ihn ebenso sehr aus dem Grund gekauft, um ihn vor diesem Sklaventreiber Rigsbee zu retten, als um eine neue Arbeitskraft zu gewinnen. Wie die Dinge lagen, hatte er zuviel Geld in Klienten investiert, auch wenn sein Vorarbeiter sich ständig beklagte, knapp an Leuten zu sein. Entweder mußte er welche verkaufen oder die Bank um eine neue Hypothek bitten.

Arbeitskräfte waren ihren Unterhalt nicht mehr wert. Man bekam keine Männer von der Sorte mehr, die auf der Venus einzutreffen pflegten, als er ein Junge gewesen war. Erneut beugte er sich über seine Bücher. Wenn die Preise nur ein klein wenig stiegen, müßte die Bank bereit sein, ihm für seine Unterschrift ein bißchen mehr als letztes Jahr zu geben. Vielleicht war es dann zu schaffen.

Er war durch einen Besuch seiner Tochter unterbrochen worden. Sonst freute er sich immer, Annek zu sehen, doch was sie diesmal zu sagen hatte, womit sie diesmal schließlich herausplatzte, hatte nur dazu gedient, ihn wütend zu machen. Sie, die sich nur mit ihren eigenen Überlegungen beschäftigte, konnte nicht wissen, daß sie dem Herzen ihres Vaters einen Schmerz zufügte, der körperlich spürbar war.

Doch das hatte die Angelegenheit insofern entschieden, als sie Wingate betraf. Er wollte diesen Unruhestifter loswerden. Van Huysen befahl seiner Tochter so rauh, wie er noch nie mit ihr gesprochen hatte, zu Bett zu gehen.

Natürlich war alles seine eigene Schuld, sagte er sich, als er im Bett lag. Eine Ranch auf der Venus war nicht der richtige Ort, um ein mutterloses Mädchen großzuziehen.

Sein Annekchen war jetzt fast eine erwachsene Frau; wie sollte sie hier in dieser Wildnis einen Ehemann finden? Was würde sie anfangen, sollte er sterben? Sie wußte es nicht, aber es würde nichts übrigbleiben, nichts, nicht einmal eine Flugkarte nach Terra. Nein, sie sollte nicht die Frau eines Klienten werden, nicht solange noch Atem in seinem alten, müden Körper war.

Ja, Wingate würde gehen müssen, und der Mann, den sie Satchel nannten, auch. Aber nach Süden verkaufen wollte er sie nicht. Nein, das hatte er noch keinem seiner Leute angetan. Mit Abscheu dachte er an die großen, fabrikartigen Pflanzungen ein paar hundert Meilen südlich vom Pol, wo die Temperatur immer zwanzig bis dreißig Grad höher lag als in seinen Sümpfen und die Sterblichkeit unter den Klienten ein fester Posten in der Kostenrechnung war. Nein, er würde sie mitnehmen und an die Station verkaufen; was dann mit ihnen bei der Auktion geschah, ging ihn nichts mehr an. Aber direkt nach Süden verkaufte er sie nicht.

Das brachte ihn auf eine Idee. Er betrieb ein wenig Kopfrechnen und kam zu dem Schluß, daß er für die beiden noch nicht abgelaufenen Arbeitsverträge genug Geld bekommen würde, um Annek eine Flugkarte zur Erde zu kaufen. Er war ganz sicher, daß seine Schwester sie aufnehmen würde, auf jeden Fall einigermaßen sicher, auch wenn sie sich mit ihm entzweit hatte, als er Anneks Mutter heiratete. Von Zeit zu Zeit konnte er ihr etwas Geld schicken. Und vielleicht konnte sie sich zur Sekretärin ausbilden oder einen anderen dieser feinen Berufe erlernen, die einem Mädchen auf der Erde offenstanden.

Aber was wäre die Ranch dann ohne Annekchen?

Seine Sorgen beschäftigten ihn so sehr, daß er nicht hörte, wie seine Tochter aus ihrem Zimmer schlich und nach draußen ging.

Wingate und Hartley versuchten, einen überraschten Eindruck zu machen, als sie bei der Arbeitseinteilung übergangen wurden. Jimmie erhielt den Befehl, sich im Großen Haus zu melden. Ein paar Minuten später sahen sie, daß er das große Remington-Krokodil aus dem Schuppen fuhr. Er ließ sie einsteigen, rumpelte zum Großen Haus zurück und wartete darauf, daß der Patron erschiene. Van Huysen kam bald darauf und kletterte ohne ein Wort oder einen Blick für irgendwen in seine Kabine.

Das Krokodil schlug die Richtung nach Adonis ein, bei stetigen zehn Meilen die Stunde. Wingate und Satchel unterhielten sich mit gedämpfter Stimme, warteten ab und machten sich ihre Gedanken. Nach einer endlos scheinenden Zeit hielt das Krok an. Das Kabinenfenster flog auf. »Was ist los?« fragte van Huysen. »Versagt der Motor?«

Jimmie grinste ihn an. »Nein, ich habe ihn abgeschaltet.«

»Warum?«

»Kommen Sie besser her, und stellen Sie es selber fest!«

»Verdammt, das werde ich auch!« Das Fenster knallte zu. Gleich darauf kam van Huysen zum Vorschein und quetschte seinen massigen Leib an der kleinen Kabine entlang. »Was soll das Affentheater?«

»Sie steigen besser aus und gehen zu Fuß, Patron. Hier ist Endstation.«

Van Huysen schien darauf keine passende Antwort zu finden, aber sein Gesichtsausdruck sagte genug.

»Es ist mein Ernst«, fuhr Jimmie fort. »Für Sie ist hier Endstation. Ich habe mich auf dem ganzen Weg an festen Boden gehalten, so daß Sie zu Fuß zurückgehen können. Sie werden imstande sein, der Fährte zu folgen, die ich gebrochen habe, und so fett Sie auch sind, in drei bis vier Stunden sollten Sie es geschafft haben.«

Der Patron sah von Jimmie zu den anderen. Wingate und Satchel rückten ein bißchen näher, und ihre Augen blickten unfreundlich. »Traben Sie besser los, Dicker«, sagte Satchel leise, »bevor wir Sie mit dem Kopf voran hinauswerfen.«

Van Huysen drückte sich an die Reling des Kroks und umklammerte sie. »Ich werde nicht aus meinem eigenen Krok aussteigen«, erklärte er mit gepreßter Stimme.

Satchel spuckte in die eine Handfläche und rieb dann beide gegeneinander. »Okay, Hump. Er will es nicht anders ...«

»Nur eine Sekunde.« Wingate wandte sich an van Huysen. »Hören Sie, Patron van Huysen, wir wollen Sie nicht grob anfassen, außer wenn wir müssen. Aber wir sind drei, und wir sind entschlossen. Steigen Sie lieber widerstandslos aus.«

Das Gesicht des älteren Mannes troff von Schweiß, der nicht völlig auf die schwüle Hitze zurückzuführen war. Seine Brust wogte, er sah aus, als wolle er sich zur Wehr setzen. Dann riß irgend etwas in ihm. Er sackte zusammen, der herausfordernde Zug seines Gesichts wich dem Ausdruck eines geschlagenen Mannes, und das war nicht schön anzusehen.

Einen Augenblick später kletterte er müde über den Rand in den knöcheltiefen Schlamm und stand da, gebückt, ein bißchen in den Knien einknickend.

Als sie außer Sicht der Stelle waren, wo sie ihren Patron abgesetzt hatten, lenkte Jimmie das Krok in eine neue Richtung. »Glaubst du, er wird es schaffen?« fragte Wingate.

»Wer?« fragte Jimmie. »Van Huysen? Oh, sicher, er wird es schaffen – wahrscheinlich.« Er hatte jetzt mit dem Fahren alle Hände voll zu tun. Das Krok kroch einen Hang hinunter und sprang in eine schiffbare Rinne. In wenigen Minuten wich das Sumpfgras offenem Wasser. Wingate sah, daß sie sich in einem breiten See befanden, dessen gegenüberliegendes Ufer im Nebel verschwand. Jimmie fuhr nach dem Kompaß.

Das andere Ufer war nicht mehr als ein Strand; es verbarg ein überwachsenes Bayou. Jimmie folgte ihm ein kurzes Stück, hielt das Krok an und sagte mit unsicherer Stimme: »Das muß ungefähr die Stelle sein.« Er suchte unter der Plane, die zusammengefaltet in einer Ecke des leeren Frachtraums lag, und zog ein breites, flaches Paddel hervor. Dieses trug er an die Reling, beugte sich vor und schlug mit lautem Klatschen auf das Wasser: Platsch! ... platsch, platsch ... Platsch!

Er wartete.

Der flache Kopf eines Amphibiums kam neben dem Krok aus dem Wasser. Es studierte Jimmie mit glänzenden, fröhlichen Augen. »Hallo«, sagte Jimmie.

Es antwortete in seiner eigenen Sprache. Jimmie bediente sich ihrer jetzt auch und verrenkte sich die Zunge, um die unheimlich klickenden Silben zu produzieren. Der Eingeborene lauschte und glitt wieder unter die Wasseroberfläche.

Er – oder wahrscheinlicher sie – war in ein paar Minuten zurück und brachte ein zweites Wesen mit. »Thigarek?« fragte es hoffnungsvoll.

»Thigarek, wenn wir dort sind, altes Mädchen«, hielt Jimmie sie hin. »Komm, steig ein!« Er streckte die Hand aus. Die Eingeborene faßte sie und wand sich anmutig an Bord. Dort placierte sie ihren nichtmenschlichen und doch merkwürdig hübschen kleinen Körper auf die Reling dicht neben dem Fahrersitz. Jimmie fuhr weiter.

Wie lange ihr kleiner Pilot sie führte, konnte Wingate nicht sagen, da die Uhr am Kontrollpaneel nicht funktionierte. Aber sein Magen teilte ihm mit, daß es zu lange war. Er stöberte in der Kabine herum und fand eine Eiserne Ration, die er mit Satchel und Jimmie teilte. Der Eingeborenen bot er auch davon an, aber sie roch daran und drehte den Kopf weg.

Kurz danach war ein scharfes Zischen zu hören, und zehn Yards vor ihnen stieg eine Dampfsäule auf. Jimmie stoppte das Krok sofort. »Hört auf zu schießen!« rief er. »Wir sind es!«

»Wer seid ihr?« erklang eine körperlose Stimme.

»Mitreisende.«

»Steigt aus, damit wir euch sehen können!«

»Okay.«

Die Eingeborene stupste Jimmie in die Rippen. »Thigarek«, verlangte sie bestimmt.

»Hö? Na klar.« Er gab ihr Portionen des Handelstabaks, bis sie mit der Menge zufrieden war, und fügte ein weiteres Päckchen hinzu, um den guten Willen zu zeigen. Sie zog ein Stück Bindfaden aus ihrer linken Wangentasche, band ihre Bezahlung zusammen und glitt über die Reling. Die Männer sahen sie wegschwimmen, ihre Beute hoch aus dem Wasser haltend.

»Macht schon und zeigt euch!«

»Sofort!« Sie kletterten ins Wasser, das ihnen kaum bis zum Gürtel ging, und hielten die Hände über den Kopf. Vier Mann verließen die Deckung und musterten sie, die Waffen gesenkt, aber schußbereit. Der Anführer durchsuchte ihre Gürteltaschen und schickte einen seiner Männer, sich das Krokodil anzusehen.

»Ihr haltet gut Wache«, bemerkte Wingate.

Der Anführer maß ihn mit einem Blick. »Ja«, antwortete er, »und nein. Die kleinen Leute sagten uns, ihr kämt. Sie sind besser als sämtliche Wachhunde, die je geworfen worden sind.«

Sie fuhren weiter, doch jetzt lenkte einer der Fremden das Krok. Die Männer waren nicht unfreundlich, aber auch nicht geneigt, sich zu unterhalten. »Wartet, bis wir beim Gouverneur sind«, sagten sie.

Ihr Ziel erwies sich als eine große Strecke einigermaßen hochgelegenen Bodens. Wingate staunte über die Zahl der Gebäude und die vielen Bewohner. »Wie in aller Welt kann man einen Ort wie diesen geheimhalten?« fragte er Jimmie.

»Wenn der Staat Texas von Nebel bedeckt wäre und nur die Einwohnerzahl von Waukegan, Illionois, hätte, könnte man eine Menge Dinge darin verstecken.«

»Aber ist er denn nicht auf den Landkarten verzeichnet?«

»Was meinst du, wie gut vermessen die Venus ist? Stell dich nicht dumm!«

Nach den wenigen Worten, die er vorher mit Jimmie darüber gewechselt hatte, war Wingate auf nicht mehr als ein Lager gefaßt gewesen, wo flüchtige Vertragsarbeiter sich im Busch verbargen und dem Land einen kärglichen Lebensunterhalt abrangen. Was er fand, war eine Kultur und eine Regierung. Sicher, es war eine rauhe

Grenzland-Kultur und eine einfache Regierung mit wenigen Gesetzen und einer ungeschriebenen Konstitution, aber ein Rahmenwerk von Richtlinien war in Vorbereitung, und wer grob dagegen verstieß, wurde bestraft – mit keinem höheren Maß an Ungerechtigkeit, als man überall findet.

Es überraschte Humphrey Wingate, daß flüchtige Sklaven, der Abschaum der Erde, imstande waren, eine integrierte Gesellschaft zu entwickeln. Es hatte auch seine Vorfahren überrascht, daß die deportierten Kriminellen der Botany Bay eine Hochzivilisation in Australien schufen. Nicht etwa, daß Wingate das Phänomen der Botany Bay überraschend fand. Das war Geschichte, und Geschichte überrascht nie jemanden.

Der Erfolg der Kolonie wurde Wingate plausibler, als er mehr über den Charakter des Gouverneurs erfuhr, der gleichzeitig Generalissimus und Administrator der niedrigen und mittleren Gerichtsbarkeit war. (Die hohe Gerichtsbarkeit wurde von der ganzen Gemeinschaft ausgeübt, eine Prozedur, die Wingate für eine fürchterliche Schlamperei hielt, mit der jedoch die Kommune allem Anschein nach zufrieden war.) Als Richter fällte der Gouverneur Entscheidungen mit lächelnder Verachtung für Beweismaterial und juristische Theorien. Es erinnerte Wingate an die Geschichten, die er über den sagenhaften alten Richter Bean gehört hatte. ›Das Recht westlich vom Pecos‹ – aber wieder schien es den Leuten zu gefallen.

Der große Mangel an Frauen in der Gemeinschaft (die Männer waren drei zu eins in der Überzahl) war Ursache von Vorfällen, die mehr als alles andere die Entscheidungen des Gouverneurs verlangten. Wingate mußte einräumen, daß hier eine Situation vorlag, in der traditionelle Bräuche nichts als eine Quelle des Unfriedens gewesen wären. Er bewunderte den gesunden Menschenverstand und die Kenntnis der menschlichen Natur, mit denen der Gouverneur im Streit miteinander liegende menschliche Leidenschaften auseinandersortierte und einen *modus operandi* vorschlug, wie man miteinander auskommen könne. Ein Mann, der in solchen Angelegenheiten eine funktionierende Lösung fand, brauchte kein Jurastudium.

Der Gouverneur war in sein Amt gewählt worden, und ihm stand ein Rat aus ebenfalls gewählten Mitgliedern zur Seite. Nach Wingates privater Meinung wäre der Gouverneur in jeder Gesellschaft an die Spitze gelangt. Der Mann besaß grenzenlose Energie, große Lebensfreude, ein donnerndes Lachen – und den Mut und die Fähigkeit, Entscheidungen zu fällen. Er war ein ›Naiver‹.

Man ließ den drei Flüchtlingen zwei Wochen Zeit, in denen sie sich zurechtfinden und nach einer Arbeit umsehen konnten, mit der sie sich nützlich machen und ihren Lebensunterhalt verdienen würden. Jimmie blieb bei seinem Krok. Es war für die Gemeinschaft beschlagnahmt, brauchte aber immer noch einen Fahrer. In der Siedlung befanden sich andere Krokfahrer, die den Job wahrscheinlich gern gehabt hätten, doch es herrschte stillschweigendes Einverständnis darüber, daß der Mann, der es hergebracht hatte, es auch steuern sollte, wenn das sein Wunsch war. Die Beschäftigung, die Satchel auf den Feldern fand, war ungefähr die gleiche wie bei van Huysen. Er berichtete Wingate, daß er sogar schwerer arbeiten müsse. Trotzdem gefiel es ihm besser, weil die Bedingungen ›lockerer‹ seien, wie er sich ausdrückte.

Wingate grauste vor dem Gedanken, zur Feldarbeit zurückzukehren. Er hatte keinen vernünftigen Grund, es war einfach so, daß er sie verabscheute. Endlich kam ihm seine Erfahrung als Funktechniker zustatten. Die Gemeinschaft besaß ein zusammengebasteltes Funkgerät mit niedriger Leistung. Es wurde ständig abgehört, aber zum Senden benutzte man es der Entdeckungsgefahr wegen nur selten, eigentlich nur in dringenden Notfällen. Frühere Lager von geflohenen Sklaven, die unvorsichtig mit einem Funkgerät gewesen waren, hatte die Company-Polizei ausgelöscht.

Aber sie brauchten es. Mit der etwas unzuverlässigen Hilfe der kleinen Leute hielten sie per ›Buschtelegraph‹ Kontakt zu den anderen Flüchtlingsgemeinschaften, mit denen ein lockeres Bündnis bestand, aber schnell ging das nicht, und alles außer den einfachsten Botschaften wurde bis zur Unkenntlichkeit verzerrt.

Wingate wurde für das Funkgerät der Gemeinschaft abkommandiert, als man entdeckte, daß er das entsprechende technische Wissen besaß. Der frühere Techniker war im Busch umgekommen. Sein Kollege war ein netter alter Kauz, als ›Doc‹ bekannt, der nach Signalen lauschen konnte, aber nichts von Wartung und Reparatur verstand.

Wingate machte sich mit Eifer daran, die veraltete Apparatur zu überholen. Die Probleme, die durch das Fehlen von Ausrüstung und die Notwendigkeit der Improvisation geschaffen wurden, machten ihn so glücklich, wie er sich seit seiner Kinderzeit nicht mehr gefühlt hatte, aber er war sich dessen nicht bewußt.

Er war besessen von der Frage, wie man die Funkkommunikation sicher machen könne. Eine Idee, die aus einem Bericht über die Pionierzeit des Radios stammte, gab ihm einen Hinweis. Sein Gerät arbeitete wie alle anderen mit Frequenz-Modulationen. Irgendwo hatte er ein Diagramm für einen völlig veralteten Sender, einen Amplituden-Modulator, gesehen. Ihm stand nicht viel an Material zur Verfügung, aber er arbeitete einen Schaltplan aus, von dem er glaubte, er werde auf diese Weise oszillieren, und der mit dem vorhandenen Material hergestellt werden konnte.

Er fragte den Gouverneur, ob er versuchen dürfe, das Gerät zu bauen. »Warum nicht? Warum nicht?« lärmte der Gouverneur. »Ich habe nicht die leiseste Ahnung, wovon du redest, Sohn, aber wenn du glaubst, du kannst einen Sender bauen, den die Company nicht entdecken wird, dann tu es! Du brauchst mich nicht zu fragen; das ist dein Baby.«

»Ich muß den Empfang abschalten, wenn ich senden will.«

»Warum nicht?«

Das Problem hatte mehr Haken und Ösen, als er vorausgesehen hatte. Doch er mühte sich mit der ungeschickten, aber willigen Hilfe Docs weiter ab. Sein erster Apparat versagte; sein dreiundvierzigster Versuch fünf Wochen später funktionierte. Doc, der ein paar Meilen entfernt draußen im Busch saß, meldete, er könne die Sendung über den kleinen Empfänger, der zu diesem Zweck gebaut worden war, hören, wohingegen Wingate in den konventionellen Empfänger, der im gleichen Raum mit dem Experimentiersender stand, gar nichts hereinbekam.

In der Zwischenzeit arbeitete er an seinem Buch.

Warum er ein Buch schrieb, hätte er niemandem erklären können. Auf der Erde hätte es ein politisches Pamphlet gegen das Kolonialsystem dargestellt. Hier war niemand, den er von seiner These hätte zu überzeugen brauchen, und er hatte keine Hoffnung darauf, sein Werk jemals einem Lesepublikum vorzulegen. Die Venus war sein Zuhause. Er wußte, daß er keine Chance hatte, jemals zurückzukehren. Der einzige Weg führte über Adonis, und dort warteten schon Steckbriefe für die Hälfte aller bekannten Verbrechen auf ihn: Vertragsbruch, Diebstahl, Entführung, kriminelle Aussetzung, Verschwörung zum Sturz der Regierung. Wenn die Company-Polizei ihn jemals in die Hände bekam, würde man ihn ins Gefängnis stecken und den Schlüssel wegwerfen.

Nein, das Buch entstand nicht aus der Hoffnung auf eine Veröffentlichung, sondern aus dem nur halb bewußten Bedürfnis, seine Gedanken zu ordnen. Alle Wertvorstellungen, nach denen er gelebt hatte, waren umgestürzt worden; seine geistige Gesundheit erforderte, daß er neue formulierte. Für seinen systematischen, wenn auch mit wenig Phantasie begabten Geist war es natürlich, daß er seine Überlegungen und Schlüsse schriftlich niederlegte.

Etwas schüchtern gab er das Manuskript Doc zum Lesen. Er hatte erfahren, daß der Spitzname von der früheren Beschäftigung des Mannes auf der Erde herrührte. Er war an einer der kleineren Universitäten Professor für Wirtschaftswissenschaften und Philosophie gewesen. Doc hatte ihm sogar eine Teilerklärung für seine Anwesenheit auf der Venus gegeben. »Ein läppischer Vorfall, an dem eine meiner Studentinnen beteiligt war«, vertraute er Wingate an. »Meine Frau nahm es tragisch, und ebenso der Verwaltungsrat. Dessen Mitglieder hielten meine Ansichten schon lange für ein bißchen zu radikal.«

»Waren sie es?«

»Himmel, nein! Ich war konservativ bis auf die Knochen. Aber unglücklicherweise neigte ich dazu, konservative Prinzipien in realistischer statt in allegorischer Sprache auszudrücken.«

»Vermutlich bist du jetzt ein Radikaler.«

Doc hob leicht die Augenbrauen. »Durchaus nicht. Radikal und konservativ sind Bezeichnungen emotionaler Haltungen, keine soziologischen Meinungen.«

Doc nahm das Manuskript, las es und gab es ohne Kommentar zurück. Aber Wingate drängte ihn, ihm seine Meinung zu sagen. »Nun, mein Junge, wenn du darauf bestehst ...«

»Ich bestehe darauf.«

»... dann möchte ich sagen, daß du dem verbreitetsten Trugschluß bei der Behandlung sozialer und ökonomischer Themen zum Opfer gefallen bist – der ›Teufelstheorie‹.«

»Hä?«

»Du hast Schurkerei da gesehen, wo nichts als Dummheit herrscht. Sklavenwirtschaft in den Kolonien ist nichts Neues. Sie ist das unvermeidbare Ergebnis der imperialen Expansion, das automatische Resultat einer antiquierten Finanzstruktur ...«

»Ich habe in meinem Buch darauf hingewiesen, welche Rolle dabei die Banken spielen.«

»Nein, nein, nein! Du hältst die Bankiers für Bösewichte. Das sind sie nicht. Ebensowenig die Funktionäre der Company, die Patrone und die herrschenden Klassen auf der Erde. Menschen werden von der Notwendigkeit zu bestimmten Handlungen gezwungen und rationalisieren sie hinterher. Es ist nicht einmal Habgier. Die Sklaverei ist wirtschaftlich ungesund und unproduktiv, aber die Menschen treiben hinein, wann immer die Umstände sie begünstigen. Ein anderes Finanzsystem ... Aber das gehört nicht hierher.«

»Ich glaube immer noch, daß die Wurzeln in der menschlichen Schlechtigkeit liegen.« Wingate blieb bei seiner Meinung.

»Nicht Schlechtigkeit – einfach Dummheit. Ich kann es dir nicht beweisen, aber du wirst es lernen.«

Der Erfolg des ›stillen Senders‹ veranlaßte den Gouverneur, Wingate auf eine lange Rundreise zu den anderen Lagern der freien Föderation zu schicken, damit er den Leuten dort half, Geräte zu bauen, und sie lehrte, sie zu benutzen. Es waren vier Wochen harter, ihn restlos befriedigender Arbeit, und am Ende konnte er sich glücklich sagen, daß er mehr getan hatte, um die Stellung der freien Menschen gegen ihre Feinde zu stärken, als wenn er eine Schlacht gewonnen hätte.

Als er in seine Heimat-Gemeinde zurückkehrte, wartete Sam Houston Jones dort auf ihn.

Wingate fiel in Laufschritt. »Sam!« rief er. »Sam! *Sam!*« er quetschte seine Hand, schlug ihm auf den Rücken und brüllte ihm die liebevollen Beleidigungen zu, mit denen sentimentale Männer versuchen, ihre Schwäche zu verdecken. »Sam, du alter Schuft! Wann bist du angekommen? Wie bist du entflohen? Und wie, zum Teufel, hast du den ganzen Weg vom Südpol hierher geschafft? Hatte man dich vor deiner Flucht an einen anderen Ort gebracht?«

»Guten Tag, Hump«, sagte Sam. »Nun mal schön eins nach dem anderen, und nicht so schnell.«

Aber aus Wingate sprudelte es weiter hervor. »Mann, tut das gut, dein häßliches Gesicht wiederzusehen! Und ich bin froh, daß du zu uns gekommen bist – das ist eine großartige Siedlung. Wir haben den meistversprechenden kleinen Staat in der ganzen Föderation. Er wird dir gefallen. Das ist ein wirklich feiner Haufen ...«

»Was bist du?« Jones sah ihn scharf an. »Präsident der hiesigen Handelskammer?«

Wingate verstummte, und dann lachte er. »Schon verstanden. Doch im Ernst, es wird dir gefallen. Natürlich ist vieles anders als das, was du auf der Erde gewöhnt warst – aber das liegt ja alles hinter uns. Es hat keinen Sinn, über verschüttete Milch zu weinen, stimmt's?«

»Langsam. Du gehst von falschen Voraussetzungen aus, Hump. Hör zu! Ich bin kein entflohener Sklave. *Ich bin hier, um dich nach Hause zu holen.*«

Wingate öffnete den Mund, schloß ihn und öffnete ihn von neuem. »Aber, Sam, das ist unmöglich. Du weißt ja nichts.«

»Ich denke doch.«

»Nein, nein. Ich kann nicht mehr zurückkehren. Wenn ich es täte, käme ich vor Gericht und würde todsicher verurteilt. Selbst wenn ich mich der Gnade des Gerichts überlieferte und mit einem milden Urteil davonkäme, würden zwanzig Jahre vergehen, bis ich wieder ein freier Mann wäre. Nein, Sam, es ist unmöglich. Du weißt nicht, was gegen mich vorliegt.«

»So, das weiß ich nicht? Es hat mich eine hübsche Stange Geld gekostet, um dir das alles vom Hals zu schaffen.«

»Hö?«

»Ich weiß, wie du entflohen bist. Ich weiß, du hast ein Krok gestohlen und deinen Patron entführt und zwei weitere Arbeiter überredet, mit dir wegzulaufen. Ich habe viele schöne Reden führen und so manches Scheinchen hinblättern müssen, um es in Ordnung zu bringen. Sag mir nur eins, Hump: Warum konntest du nicht ein kleineres Verbrechen begehen, zum Beispiel Mord oder Vergewaltigung oder Einbruch in ein Postamt?«

»Ja, nun, Sam, ich habe nichts davon getan, um dir Mühe zu machen. Mit dir hatte ich gar nicht mehr gerechnet. Ich war auf mich selbst angewiesen. Das mit dem Geld tut mir leid.«

»Vergiß es! Geld ist für mich nicht wichtig. Ich stinke nach dem Zeug. Du weißt es. Das kommt von großer Sorgfalt bei der Auswahl seiner Eltern. Ich wollte einen Spaß machen, und er ist mir mißglückt.«

»Okay. Entschuldige.« Wingate grinste ein bißchen gezwungen. Niemand mag Wohltätigkeit. »Aber erzähl mir doch, was passiert ist! Ich tappe immer noch im dunkeln.«

»Richtig.« Jones war ebenso überrascht und entsetzt gewesen wie Wingate, als sie nach der Landung getrennt wurden. Aber er hatte nichts dagegen unternehmen können, bevor er Unterstützung von der Erde erhielt. Viele Wochen hatte er am Südpol als Metallarbeiter verbracht, gewartet und sich den Kopf zerbrochen, warum seine Schwester auf seinen Hilferuf nicht antwortete. Zusätzlich zu seinem ersten Funktelegramm hatte er ihr Briefe geschrieben, die einzige Art von Kommunikation, die er sich leisten konnte, aber die Tage krochen dahin, und nichts geschah.

Als dann doch eine Nachricht von ihr kam, klärte sich das Geheimnis auf. Sie hatte sein zur Erde geschicktes Funktelegramm nicht pünktlich erhalten, weil auch sie sich an Bord der *Evening* Star befand, natürlich in der Ersten Klasse. Wie es ihre Gewohnheit war, reiste sie in einer Staatskabine, die auf den Namen ihrer Zofe gebucht worden war. »Die Familiengewohnheit, Publicity zu vermeiden, ließ uns nicht zusammenkommen«, erklärte Jones. »Hätte ich das Funktelegramm nicht an sie statt an die Familienanwälte geschickt oder wäre sie dem Zahlmeister unter ihrem eigenen Namen bekannt gewesen, hätten wir uns schon am ersten Tag gefunden.«

Das Telegramm war ihr auf der Venus nicht zugestellt worden, weil der weiße Planet inzwischen in Opposition zur Erde auf die andere Seite der Sonne gekrochen war. Sechzig Tage lang gab es keine Kommunikation zwischen Erde und Venus. Die Nachricht war, aufgezeichnet, aber immer noch zerhackt, in den Händen der Familienfirma geblieben, bis Sams Schwester erreicht werden konnte.

Als sie ihres Bruders Hilfeschrei erhielt, entfesselte sie einen kleinen Tornado. In weniger als vierundzwanzig Stunden war Jones ein freier Mann, seine Verpflichtungen aus dem Vertrag waren bezahlt, und es war reichlich Geld auf seinen Namen zur Venus überwiesen worden. »Das war es dann«, schloß Jones, »nur daß ich, wenn ich nach Hause komme, meiner großen Schwester noch erklären muß, wie ich in diese Patsche geraten konnte. Sie wird mir die Ohren langziehen.«

Jones hatte eine Rakete zum Nordpol gechartert und sich sofort auf Wingates Fährte gesetzt. »Wenn du noch einen einzigen Tag ausgehalten hättest, wärst du von mir abgeholt worden. Wir haben deinen ehemaligen Patron etwa eine Meile vor seinem Tor aufgesammelt.«

»Also hat der alte Schurke es geschafft. Da bin ich froh.«

»Es war dein Glück! Andernfalls wäre ich nie imstande gewesen, die Sache für dich in Ordnung zu bringen. Er war ziemlich erschöpft, und sein Herz machte Schwierigkeiten. Weißt du, daß Aussetzung auf diesem Planeten ein Kapitalverbrechen ist – und die Todesstrafe nach sich zieht, falls das Opfer stirbt?«

Wingate nickte. »Ja, ich weiß. Nicht etwa, daß ich je gehört hätte, ein Patron sei verurteilt worden, wenn der Tote ein Arbeiter war. Aber das gehört nicht zum Thema. Sprich weiter!«

»Nun, er war sehr sauer. Ich kann es ihm nicht verübeln, obwohl ich auch dir keinen Vorwurf machen möchte. Niemand will nach Süden verkauft werden, und ich nehme an, das war es, was du befürchtetest. Nun, ich habe ihm sein Krok bezahlt, und ich habe ihm deinen Vertrag bezahlt – sieh mich an, ich bin dein neuer Eigentümer! –, und ich habe ihm auch die Verträge deiner beiden Freunde bezahlt. Er war immer noch nicht zufrieden. Schließlich mußte ich noch eine Passage Erster Klasse zur Erde für seine Tochter zugeben und versprechen, ihr eine Stellung zu besorgen. Sie ist eine große dumme Kuh, aber die Familie kann es sich leisten, sie durchzuschleppen. Wie dem auch sei, alter Junge, du bist ein freier Mann. Die einzige noch offene Frage ist, ob der Gouverneur uns von hier abreisen lassen wird. Anscheinend tut man so etwas nicht.«

»Nein, und dabei fällt mir ein – wie hast du diesen Ort gefunden?«

»Mit einer Menge Detektivarbeit, mehr, als sich jetzt gleich erzählen läßt. Darum habe ich auch so lange gebraucht. Sklaven reden nicht gern. Jedenfalls sind wir morgen beim Gouverneur angemeldet.«

Wingate brauchte lange, bis er einschlief. Nach dem ersten Freudenrausch begann er zu grübeln. Wollte er zurück? Zurück in seine Rechtsanwaltspraxis, zurück zu den Formsachen, auf denen er im Interesse jeder Partei, die ihn engagierte, herumreiten würde, zurück zu den sinnlosen gesellschaftlichen Verpflichtungen, zu dem leeren, sterilen, von Nichtigkeiten erfüllten Leben der fetten, wohlhabenden Klasse, in der er sich bewegt, der er gedient hatte? Wollte er das, er, der Seite an Seite mit *Männern* gekämpft und gearbeitet hatte? Ihm war, als sei seine anachronistische kleine ›Erfindung‹ in der Funktechnik mehr wert als alles, was er je auf der Erde getan hatte.

Dann fiel ihm sein Buch ein.

Vielleicht konnte er es veröffentlichen lassen. Vielleicht konnte er dieses schändliche, unmenschliche System anprangern, das Menschen in legale Sklaverei verkaufte. Er wurde wieder hellwach. *Das* war eine echte Aufgabe für ihn! Er würde zur Erde zurückkehren und dort die Sache der Kolonisten vertreten. Vielleicht waltete im Leben der Menschen doch das Schicksal. Er war genau der Richtige dafür, er hatte den richtigen gesellschaftlichen Hintergrund, die angemessene Ausbildung. Er konnte dafür sorgen, daß man ihn anhörte.

Wingate schlief ein und träumte von kühlen, trockenen Winden, von einem klarblauen Himmel. Von Mondschein ...

Satchel und Jimmie entschlossen sich zu bleiben, obwohl Jones für sie beim Gouverneur die Erlaubnis zur Abreise bewirkt hatte. »Es ist so«, erklärte Satchel. »Das Leben auf der Erde ist nichts für uns, sonst hätten wir uns gar nicht erst eingeschifft. Und Sie können sich nicht verpflichten, zwei Blindgänger zu unterstützen. Und so schlimm ist es hier gar nicht. Eines Tages wird etwas Großes daraus geworden sein. Wir wollen bleiben und mitwachsen.«

Sie steuerten das Krok, das Jones und Wingate nach Adonis brachte. Dabei war kein Risiko, weil Jones offiziell jetzt ihr Patron war. Gegen das, wovon die Behörden nichts wußten, konnten sie auch nichts unternehmen. Das Krok kehrte mit einer Fracht in die Flüchtlingsgemeinde zurück, die Jones ihr Lösegeld nannte. Tatsächlich war die Gelegenheit, einen Mann in die Stadt zu schicken, der dringend benötigte Vorräte besorgte, ohne daß er bei den Agenten der Company Verdacht erregte, der Hauptgrund für die erstmalige Entscheidung des Gouverneurs gewesen, die Geheimnisse seiner Wählerschaft aufs Spiel zu setzen. Er hatte offen zugegeben, daß er kein Interesse an Wingates Plänen hatte, für die Abschaffung des Sklavenhandels zu kämpfen.

Der Abschied von Satchel und Jimmie wurde Wingate schwer. Er hätte nicht gedacht, daß er ihn so deprimieren würde.

In den ersten beiden Wochen nach der Landung auf der Erde waren Wingate und Jones beide zu beschäftigt, um sich oft zu sehen. Wingate hatte sein Manuskript auf der Rückreise in Form gebracht und verbrachte die Zeit in den Wartezimmern von Verlegern. Nur einer zeigte ein Interesse, das über einen vorgedruckten Ablehnungsbrief hinausging.

»Es tut mir leid, mein Bester«, sagte dieser eine. »Ich würde Ihr Buch trotz seiner kontroversen Natur gern herausbringen, wenn es die geringste Erfolgsaussicht hätte. Aber die hat es nicht. Offen gesagt, es hat nicht den geringsten literarischen Wert. Ich würde ebenso gern einen juristischen Schriftsatz lesen.«

»Schon verstanden«, gab Wingate verdrossen zurück. »Ein großer Verlag kann es sich nicht leisten, etwas zu drucken, das die an der Macht befindlichen Kräfte beleidigen könnte.«

Der Verleger nahm die Zigarre aus dem Mund und betrachtete ihn. Dann antwortete er ruhig: »Das müßte ich eigentlich übelnehmen, junger Mann, aber ich tue es nicht. Diese falsche Auffassung ist weit verbreitet. Die an der Macht befindlichen Kräfte, wie Sie sie nennen, schützen sich in diesem Land nicht durch Unterdrückung. Wir verlegen, was das Publikum kaufen wird. Das ist unser Geschäft.

Aber was ich Ihnen eben vorschlagen wollte, wenn Sie bereit sind zuzuhören, ist ein Mittel, Ihr Buch verkäuflich zu machen. Sie brauchen einen Mitarbeiter, der schreiben kann und etwas Pfeffer hineinbringt.«

Jones kam an dem Tag, als Wingate sein revidiertes Manuskript von seinem Ghostwriter zurückbekommen hatte. »Hör dir das an, Sam«, bat er. »Was hat der dreckige Sowieso aus meinem Buch gemacht! ... ›Wieder hörte ich die Peitsche des Aufsehers knallen. Der geschwächte Körper meines Kameraden erbebte unter dem Schlag. Er hustete ein einziges Mal und glitt langsam in das hüfttiefe Wasser, hinuntergezogen von seinen Ketten.‹ Ehrlich, Sam, hast du je einen solchen Kitsch gelesen? Und dieser neue Titel: *›Ich war Sklave auf der Venus.‹* Klingt das nicht nach einem Schundheft?«

Jones nickte wortlos. »Und das hier«, fuhr Wingate fort. »›... Die Sklavinnen, wie Vieh in ihrer Umzäunung zusammengepfercht, die nackten Körper glänzend vor Schweiß, wichen vor ...‹ Oh, zum Teufel, ich kann nicht weiterlesen!«

»Na, sie trugen ja auch nichts weiter als ihre Lendenschürzchen.«

»Ja, ja – aber das hat nichts mit dem Fall zu tun. Die Kleidung auf der Venus ist eine notwendige Folge des Klimas und kein Anlaß, lüstern zu grinsen. Er hat aus meinem Buch eine verdammte Sex-Show gemacht. Und dann hat er noch den Nerv, seine Änderungen zu verteidigen. Er behauptet, sozialkritische Schriften bedürften einer ›extravaganten Sprache‹.«

»Nun, damit könnte er recht haben. *Gullivers Reisen* enthält bestimmt ein paar pikante Passagen, und die Auspeitschungen in *Onkel Toms Hütte* würde ich einem Kind nicht zu lesen geben. Ganz zu schweigen von *Früchte des Zorns*.«

»Aber ich will verdammt sein, wenn ich Zuflucht zu dieser Art von billiger Sensationshascherei nehme! Ich habe einen vollkommen klaren Fall vorzutragen, den jeder verstehen kann.«

»Ist es dein Fall?« Jones nahm die Pfeife aus dem Mund. »Ich habe mich schon gefragt, wie lange es dauern würde, bis dir die Augen aufgehen. Was ist dein Fall? Es ist nichts Neues; es ist im alten Süden geschehen und von neuem in Kalifornien, in Mexiko, in Australien, in Südafrika. Warum? Weil bei jeder sich ausdehnenden Wettbewerbswirtschaft, deren Finanzstruktur ihren Bedürfnissen nicht entspricht, die Verwendung von Kapital des Heimatlandes zur Entwicklung der Kolonien unweigerlich zu hohen Löhnen zu Hause und Sklavenarbeit in den Kolonien führt. Die Reichen werden reicher, und die Armen werden ärmer, und aller guter Wille der Welt seitens der sogenannten herrschenden Klassen wird nichts daran ändern, weil das Grundproblem eine wissenschaftliche Analyse und einen mathematischen Verstand erfordert. Glaubst du, daß du diese Ideen einem großen Publikum erklären kannst?«

»Ich kann es versuchen.«

»Wie weit bin ich gekommen, als ich versuchte, sie dir zu erklären – bevor du die Folgen gesehen hattest? Und du bist ein Intellektueller. Nein, Hump, diese Dinge sind zu schwierig, um sie den Leuten zu erklären, und zu abstrakt, um sie dafür zu interessieren. Du hast neuerlich vor einem Frauenclub gesprochen, nicht wahr?«

»Ja.«

»Wie ist es gegangen?«

»Nun … die Vorsitzende rief mich vorher zu sich und bat mich, meinen Vortrag auf zehn Minuten zu beschränken, da ihre Landespräsidentin kommen wolle und sie knapp mit der Zeit seien.«

»Hmm … Du siehst, womit deine große soziale Botschaft konkurrieren muß. Trotzdem, zehn Minuten sind lang genug, um die Sache einem Menschen zu erklären, der Verstand genug hat, sie zu begreifen. Hast du jemanden überzeugt?«

»Also … ich bin mir nicht sicher.«

»Sei ehrlich, du bist dir sicher, daß du niemanden überzeugt hast. Vielleicht hat man dir applaudiert, aber wie viele sind hinterher zu dir gekommen und haben Schecks ausgestellt? Nein, Hump, vernünftige Argumente bringen dich in diesem Spiel nicht weiter. Damit du gehört wirst, mußt du ein Demagoge sein oder ein aufwieglerischer politischer Prediger wie dieser Nehemiah Scudder. Wir fahren lustig zur Hölle und werden nicht anhalten, bevor alles beim großen Knall in die Luft fliegt.«

»Aber … Ach, zum Teufel! Was können wir dagegen tun?«

»Nichts. Es muß noch viel schlimmer werden, bevor es besser werden kann. Trinken wir eins!«

Originaltitel: ›Logic of Empire‹

Das Ekel von der Erde

Mein Name ist Holly Jones, und ich bin fünfzehn. Ich bin sehr intelligent, aber das sieht man mir nicht an, weil ich wie ein halbgarer Engel wirke. Fade.

Ich bin hier in Luna City geboren, was Typen von der Erde immer wieder überrascht. Tatsächlich gehöre ich der dritten Generation an. Meine Großeltern waren Pioniere in Standort eins, wo das Denkmal steht. Ich wohne mit meinen Eltern in den Artemis-Apartments, der neuen Genossenschaft in Druckzone fünf, achthundert Fuß tief in der Nähe der Stadtverwaltung. Aber ich bin nicht viel zu Hause; ich habe zuviel zu tun.

Morgens besuche ich die Technische Oberschule, und nachmittags lerne ich oder gehe mit Jeff Hardesty – das ist mein Partner – zum Fliegen oder, wenn ein Touristenschiff gelandet ist, führe ich Erdschweine. Eines Mittags traf die *Gripsholm* ein, also ging ich gleich von der Schule zu American Express.

Die erste schnatternde Touristengruppe trudelte aus der Quarantäne ein, aber ich drängte mich nicht vor. Mr. Dorcas, der Leiter von American-Express, weiß schon, daß ich die Beste bin. Fremdenführungen mache ich nur vorübergehend (eigentlich bin ich Raumschiffkonstrukteurin), aber wenn man eine Aufgabe übernimmt, sollte man sie gut erfüllen.

Mr. Dorcas entdeckte mich. »Holly! Hier, bitte. Miss Brentwood, Holly Jones wird Ihre Führerin sein.«

»›Holly‹«, wiederholte sie. »Was für ein komischer Name. Bist du wirklich Fremdenführerin, Liebes?«

Ich bin tolerant gegen Erdschweine – einige meiner besten Freunde stammen von der Erde. Wie Daddy sagt, ist es Glück, nicht Verdienst, wenn man auf Luna geboren ist, und die meisten auf der Erde geborenen Leute können dort gar nicht weg. Schließlich sind Jesus und Gautama Buddha und Dr. Einstein alle Erdschweine gewesen.

Aber sie können einem auf die Nerven gehen. Wenn

die Oberschüler keine Fremdenführer wären, wen sollten sie sonst dafür anstellen? »So steht es in meiner Lizenz«, erklärte ich knapp und musterte sie ebenso, wie sie mich musterte.

Ihr Gesicht kam mir irgendwie bekannt vor. Vielleicht hatte ich ihr Bild in einer dieser Zeitschriften von der Erde gesehen, die Gesellschaftsnachrichten und dergleichen bringen – eins der reichen Playgirls, von denen zu viele herkommen. Sie war beinahe ekelhaft hübsch ... Nylonhaut, weiches, welliges, silberblondes Haar, Hauptmaße etwa 90-60-85, genug von dem und jenem, daß ich mir wie ein Strichmännchen vorkam, eine sinnliche Altstimme und alles, was nötig ist, um weniger schöne Frauen an einen Pakt mit dem Teufel denken zu lassen. Ich jedoch dachte nicht daran. Sie war ein Erdschwein, und Erdschweine zählen nicht.

»Alle Stadt-Fremdenführer sind Mädchen«, erläuterte Mr. Dorcas. »Holly ist sehr tüchtig.«

»Oh, davon bin ich überzeugt«, antwortete sie hastig und benahm sich nach Touristen-Schablone Nummer eins: Sie war überrascht, daß sie eine Führerin brauchte, nur um ihr Hotel zu finden, sie wunderte sich, daß es keine Taxis und auch keine Gepäckträger gab, und sie hob die Augenbrauen bei dem Gedanken, zwei Mädchen sollten allein durch ›eine Höhlenstadt‹ wandern.

Mr. Dorcas war geduldig und schloß mit: »Miss Brentwood, Luna City ist die einzige Metropole im Sonnensystem, in der eine Frau wirklich sicher ist – keine dunklen Gassen, keine menschenleere Nachbarschaft, keine kriminellen Elemente.«

Ich hörte nicht zu, ich hielt nur Mr. Dorcas meine Gebührenkarte zum Abstempeln hin und nahm ihre Koffer. Fremdenführer brauchen keine Koffer zu tragen, und die meisten Touristen probieren voller Entzücken aus, daß ihre zugelassenen dreißig Pfund nur fünf Pfund wiegen. Aber ich wollte sie auf Trab bringen.

Wir waren draußen im Tunnel, und ich hatte schon einen Fuß auf dem Gleitband, als sie stehenblieb. »Ich habe etwas vergessen! Ich möchte einen Stadtplan kaufen.«

»Geht nicht.«

»Warum denn nicht?«

»Es gibt nur einen, und das ist der Grund, warum Sie eine Fremdenführerin brauchen.«

»Warum werden denn keine hergestellt? Oder würde das euch Fremdenführer um die Arbeit bringen?«

Sehen Sie? »Sie glauben, die Fremdenführungen dienten der Arbeitsbeschaffung? – Miss Brentwood, Arbeitskräfte sind hier so knapp, daß man Affen einsetzen würde, wenn das möglich wäre.«

»Warum werden dann keine Stadtpläne gedruckt?«

»Weil Luna City nicht flach ist wie ...« – beinahe hätte ich ›Erdschweinstädte‹ gesagt, schluckte es aber noch rechtzeitig hinunter – »wie irdische Städte«, vollendete ich. »Was Sie aus dem Weltraum gesehen haben, war nichts als der Meteor-Schild. Darunter breitet sie sich aus und reicht in einem Dutzend Druckzonen in die Tiefe.«

»Ja, das weiß ich, aber warum nicht einen Plan für jede Ebene?«

Erdschweine sagen immer: »Ja, das weiß ich, aber ...«

»Ich kann Ihnen unseren einzigen Stadtplan zeigen. Es ist ein zwanzig Fuß hoher Stereo-Tank, und trotzdem können Sie nur große Dinge wie die Halle des Bergkönigs und die hydroponischen Farmen und die Fledermaushöhle deutlich sehen.«

»›Die Fledermaushöhle‹«, wiederholte sie. »Dort kann man fliegen, nicht wahr?«

»Ja, dort kann man fliegen.«

»Oh, das möchte ich sehen!«

»Okay. Zuerst die Höhle ... oder den Stadtplan?«

Sie entschied sich dafür, zuerst in ihr Hotel zu gehen. Die reguläre Route ins ›Zürich‹ ist, daß man mit dem Gleitband nach Westen durch Grays Tunnel fährt, vorbei an der marsianischen Botschaft, am Mormonentempel absteigt und einen Drucklift hinunter zum Diana-Boulevard nimmt. Aber ich kenne alle Abkürzungen; wir stiegen am oberen Eingang des Macy-Gimbel ab, um mit dem Hauslift nach unten zu fahren. Ich glaubte, es würde ihr Spaß machen.

Ein Griff fiel an ihr vorbei, und ich sagte ihr, sie solle ihn fassen. Sie jedoch spähte in den Schacht hinab und wich zurück. »Du machst wohl Witze.«

Ich wollte sie schon auf die reguläre Route zurückbringen, als eine Nachbarin von uns den Schacht herunterkam. Ich sagte: »Hallo, Mrs. Greenberg«, und sie rief zurück: »Heh, Holly. Wie geht's zu Hause?«

Susie Greenberg ist mehr als dick. Sie hing an der einen Hand, hatte den kleinen David auf dem freien Arm und hielt den *Daily Lunatic,* den sie im Fallen las. Miss Brentwood starrte ihr nach, biß sich auf die Unterlippe und fragte: »Wie soll ich das machen?«

Ich antwortete: »Oh, benutzen Sie beide Hände; ich werde die Koffer nehmen.« Ich band die Griffe mit meinem Taschentuch zusammen und ging als erste.

Unten angekommen, zitterte sie. »Ach du meine Güte, Holly, wie hältst du das aus? Bekommst du kein Heimweh?«

Touristenfrage Nummer sechs ... Ich antwortete: »Ich bin auf der Erde gewesen«, und ließ das Thema fallen. Vor zwei Jahren schickte Mutter mich zu Besuch zu meiner Tante in Omaha, und ich fühlte mich *scheußlich* – heiß und kalt und schmutzig und von Insekten befallen. Ich wog eine Tonne, und mir tat alles weh, und meine Tante drängte mich dauernd, ins Freie zu gehen und meine Muskeln zu üben, während ich nichts weiter wollte, als in eine Badewanne zu kriechen und mich in aller Stille meinem Elend zu überlassen. Außerdem hatte ich Heuschnupfen. Wahrscheinlich haben Sie noch nie von Heuschnupfen gehört – man stirbt nicht daran, aber man wünscht sich, man könnte daran sterben.

Ich sollte auf eine Mädchen-Internatsschule, doch ich rief Daddy an und sagte ihm, ich sei verzweifelt, und er ließ mich nach Hause kommen. Erdschweine begreifen einfach nicht, daß *sie* in Barbarei leben. Aber Erdschweine sind Erdschweine, und Mondsüchtige sind Mondsüchtige, und niemals können sie zusammenkommen.

Wie alle die besten Hotels liegt das ›Zürich‹ in Druckzone eins auf der Westseite, damit es einen Ausblick auf die Erde hat. Ich half Miss Brentwood mit der Eintragung beim Robot-Empfangschef und suchte ihr Zimmer; es hatte ein eigenes Bullauge. Sie ging sofort hinein, starrte die Erde an und erging sich in *Oohs!* und *Ahhs!*

Ich sah an ihr vorbei und stellte fest, daß es ein paar Minuten nach dreizehn Uhr war. Die Sonnenuntergangslinie verlief gerade durch die Spitze Indiens – noch früh genug, um mir einen weiteren Kunden zu schnappen. »Wäre das alles, Miss Brentwood?«

Statt mir zu antworten, fragte sie überwältigt: »Holly, ist das nicht der schönste Anblick, den du je gehabt hast?«

»Ja, er ist hübsch«, stimmte ich zu. Die Aussicht ist auf dieser Seite monoton, nur daß die Erde am Himmel hängt – aber die Touristen sehen sich immer die Erde an, obwohl sie sie gerade erst verlassen haben. Sicher, die Erde ist schön. Das wechselnde Wetter ist interessant, wenn man sich nicht darin aufzuhalten braucht. Haben Sie jemals einen Sommer in Omaha durchgestanden?

»Es wirft einen um«, hauchte sie.

»Na klar«, sagte ich. »Möchten Sie irgendwohin? Oder wollen Sie meine Karte abzeichnen?«

»Was? Entschuldige, ich habe geträumt. Nein, im Augenblick nicht – doch! Holly, ich möchte *da draußen* sein! Ich muß hinaus! Ist noch Zeit? Wie lange ist es noch hell?«

»Wie bitte? Es sind noch zwei Tage bis Sonnenuntergang.«

Sie sah mich verblüfft an. »Wie komisch. Holly, kannst du uns Raumanzüge besorgen? Ich möchte nach draußen.«

Ich zuckte zusammen – ich bin an Touristengerede gewöhnt. Vermutlich sieht ein Druckanzug für sie wie ein Raumanzug aus. Ich antwortete nur: »Wir Mädchen sind für draußen nicht zugelassen. Aber ich kann einen Freund anrufen.«

Jeff Hardesty ist mein Partner bei der Raumschiffkonstruktion, deshalb lasse ich ihm Aufträge zukommen.

Jeff ist achtzehn und bereits auf dem Goddard-Institut, aber ich gebe mir viel Mühe, um aufzuholen, damit wir die Büros für unsere Firma ›Jones & Hardesty, Raumschiffkonstrukteure‹ einrichten können. Ich bin sehr gut in Mathematik, was für Raum-Ingenieure das Wichtigste ist, und deshalb werde ich meinen Titel schnell bekommen. In der Zwischenzeit entwerfen wir sowieso Schiffe.

Das erzählte ich Miss Brentwood aber nicht, denn Touristen denken, ein Mädchen in meinem Alter könne unmöglich Raumschiffkonstrukteurin sein.

Jeff hat sich seine Vorlesungen so eingeteilt, daß er dienstags und donnerstags Fremdenführungen übernehmen kann. Er wartet an der westlichen Stadtschleuse und lernt, wenn er nichts zu tun hat. Ich erreichte ihn über das Telefon des Schleusenmeisters. Jeff grinste und sagte: »Heh, du maßstabgetreues Modell.«

»Heh, Übergewicht. Bist du frei, einen Kunden zu übernehmen?«

»Ich sollte eine ganze Familie führen, aber sie hat sich verspätet.«

»Gib den Auftrag zurück! Miss Brentwood ... treten Sie vor die Kamera, bitte. Das ist Mr. Hardesty.«

Jeff machte große Augen, und mir wurde unbehaglich zumute. Es kam mir jedoch nicht in den Sinn, Jeff könne sich von einem *Erdschwein* angezogen fühlen – auch wenn Männer zugestandenermaßen in solchen Dingen Robotsklaven ihrer Körperchemie sind. Ich wußte, daß sie außergewöhnlich dekorativ war, aber für mich war es unvorstellbar, ein Erdschwein, ganz gleich, wie gut konstruiert, werde Jeff umgarnen. Sie sprechen unsere Sprache nicht!

Ich hege keine romantischen Gefühle für Jeff: Wir sind nichts als Partner. Aber alles, was Jones & Hardesty berührt, berührt auch mich.

Wir trafen an der Westschleuse mit ihm zusammen, und er trat sich in einer abstoßenden Zurschaustellung von Halbstarken-Brunft beinahe auf die Zunge. Ich schämte mich für ihn, und zum ersten Mal kamen mir Bedenken. Warum sind Männer so kindisch?

Miss Brentwood schien sein Benehmen nichts auszumachen. Jeff ist ein Brocken; im Druckanzug sieht er wie ein Riese aus dem *Rheingold* aus. Sie lächelte zu ihm hoch und dankte ihm dafür, daß er seine Pläne geändert hatte. Er blickte noch belämmerter drein und versicherte ihr, es sei ihm ein Vergnügen.

Ich bewahre meinen Druckanzug an der Westschleuse auf, damit Jeff, wenn ich ihm einen Kunden übergebe, mich einladen kann, den Spaziergang mitzumachen. Diesmal sprach er kaum mit mir, nachdem diese platinblonde Nervensäge ihm vor die Pupillen gekommen war. Aber ich half ihr, einen Anzug auszusuchen, und brachte sie in den Umkleideraum und paßte ihn ihr an. Diese Mietanzüge müssen sorgfältig eingestellt werden, sonst kneifen sie einen an empfindlichen Stellen, sobald man draußen im Vakuum ist – und außerdem gibt es an ihnen einiges zu erklären, was einem Mädchen nur von einem Mädchen gesagt werden sollte.

Als ich mit ihr herauskam, ohne meinen eigenen Druckanzug zu tragen, fragte Jeff nicht einmal, warum ich ihn nicht angelegt hätte – er nahm ihren Arm und ging mit ihr auf die Schleuse zu. Ich mußte hinterherrennen, damit sie meine Gebührenkarte abzeichnete.

Die nun folgenden Tage waren die längsten meines Lebens. Ich sah Jeff nur einmal ... er fuhr auf dem Gleitband des Diana-Boulevards in die entgegengesetzte Richtung. Sie war bei ihm.

Obwohl ich ihn nur einmal sah, wußte ich, was vor sich ging. Er schwänzte die Vorlesungen, und drei Abende hintereinander führte er sie in den Erdblicksaal des Duncan-Hines-Hotels aus. Was ging es mich an! Ich hoffe, sie hatte mehr Glück damit, ihn tanzen zu lehren, als ich. Jeff ist ein freier Bürger, und wenn er sich zum Narren machen wollte, indem er wegen eines ausgepolsterten Erdschweins sein Studium vernachlässigte und auf Schlaf verzichtete, war das seine Sache.

Aber er hätte die Angelegenheiten der Firma nicht vernachlässigen dürfen!

Jones & Hardesty hatten einen schrecklichen Arbeitsrückstand, weil wir das Sternenschiff *Prometheus* entwarfen. An diesem Projekt hatten wir über ein Jahr geschuftet und ihm unsere ganze Zeit gewidmet. Seinetwegen waren wir nicht öfter als zweimal die Woche zum Fliegen gegangen – und das ist ein Opfer.

Natürlich kann man heute wegen des Antriebs noch kein Sternenschiff bauen. Aber Daddy meint, es wird bald einen technischen Durchbruch geben, und dann haben wir Massenkonverter – was Sternenschiffe bedeutet. Daddy muß es wissen – er ist auf Luna der Chef-Ingenieur für Space Lanes und Dozent für Kernphysik am Goddard-Institut. Also entwerfen Jeff und ich unter dieser Voraussetzung ein autarkes interstellares Schiff mit Unterkünften, Servomaschinen, Krankenstation, Laboratorien – einfach allem.

Daddy hält das nur für eine Übung, doch Mutter weiß es besser. Mutter arbeitete auf dem Gebiet der theoretischen Chemie für General Synthetics of Luna und ist beinahe so klug wie ich. Ihr ist klar, daß Jones & Hardesty planen, einen ausgearbeiteten Vorschlag auf den Tisch zu legen, wenn andere Konstrukteure immer noch herumprobieren.

Deshalb war ich so wütend, daß Jeff seine ganze Zeit auf dieses Geschöpf verschwendete. Wir hatten jede freie Minute ausgenutzt. Für gewöhnlich kam Jeff nach dem Dinner zu uns, wir beendeten unsere Hausaufgaben, und dann machten wir uns an die eigentliche Arbeit, an die *Prometheus*... Wir prüften gegenseitig unsere Berechnungen nach, stritten erbittert über Einzelheiten und waren mit Leib und Seele dabei. Aber an dem Tag, als ich ihn Ariel Brentwood vorgestellt hatte, blieb er fern. Ich war mit meinen Lektionen fertig und überlegte, ob ich anfangen oder auf ihn warten sollte – wir waren dabei, radikale Veränderungen an der Abschirmung des Antriebs vorzunehmen –, als seine Mutter mich anrief. »Jeff hat mich gebeten, dir etwas auszurichten, Liebes. Er geht mit einer Touristen-Kundin zum Dinner und kann nicht zu dir kommen.«

Mrs. Hardesty beobachtete mich. Deshalb setzte ich

ein verwirrtes Gesicht auf und sagte: »Jeff dachte, ich erwarte ihn? Er hat seine Verabredungen durcheinandergebracht.« Sie glaubte mir wahrscheinlich nicht; sie stimmte viel zu schnell zu.

Jene ganze Woche überzeugte ich mich gegen meinen Willen davon, daß Jones & Hardesty liquidiert werden würden. Jeff versetzte mich nicht mehr – wie kann man ein Mädchen versetzen, mit dem man sich gar nicht erst verabredet hat? –, aber wir gingen am Donnerstagnachmittag immer zum Fliegen, es sei denn, einer von uns hatte als Fremdenführer zu tun. Er rief nicht an. Oh, ich wußte, wo er war. Er lief mit ihr in Fingals Höhle Schlittschuh.

Ich blieb zu Hause und arbeitete an der *Prometheus.* Nachdem die Abschirmung verändert worden war, mußten Massen und Hebelkräfte für die Hydroponik-Anlagen und Lagerräume neu berechnet werden. Aber ich machte Fehler, und zweimal mußte ich Logarithmen, die ich doch sonst im Kopf habe, nachschlagen ... Ich war so daran gewöhnt, über alles mit Jeff zu diskutieren, daß ich einfach nicht funktionierte.

Dann fiel mein Blick auf das Firmenetikett. ›Jones & Hardesty‹ stand auf dem Blatt, an dem ich arbeitete, wie auf allen anderen auch. Ich sagte zu mir selbst: »Holly Jones, hör auf, dir etwas vorzumachen! Das ist das ENDE. Du wußtest, daß Jeff sich eines Tages in irgendwen verlieben würde.«

»Natürlich – aber nicht in ein *Erdschwein.*«

»Trotzdem hat er es getan. Was bist du für eine Ingenieurin, wenn du Tatsachen nicht ins Auge sehen kannst? Sie ist schön, und sie ist reich – und sie wird ihren Vater überreden, ihm einen Job auf der Erde zu geben. Hast du gehört? *Auf der Erde!* Also sieh dich nach einem anderen Partner um – oder mach die Sache allein!«

Ich radierte ›Jones & Hardesty‹ aus, malte ›Jones & Co.‹ hin und starrte es an. Dann wollte ich auch das ausradieren – aber es schmierte, ich hatte eine Träne darauffallen lassen. So etwas Lächerliches!

Am folgenden Dienstag waren Daddy und Mutter beide zum Lunch zu Hause, was ungewöhnlich ist, weil Daddy den Lunch sonst am Raumhafen einnimmt. Nun sieht Daddy einen nicht mal, es sei denn, man ist ein Raumschiff, aber an diesem Tag bemerkte er doch, daß ich nur die Tasten für einen Salat drückte und den nicht aufaß. »Auf diesem Teller sind ungefähr achthundert Kalorien zu wenig«, sagte er. »Ohne Treibstoff kannst du nicht starten – fühlst du dich nicht wohl?«

»Doch, danke«, antwortete ich mit Würde.

»Hmm ... wenn ich darüber nachdenke, läßt du schon ein paar Tage den Kopf hängen. Vielleicht mußt du einmal gründlich untersucht werden.« Er sah Mutter an.

»Ich muß nicht untersucht werden!« Ich hatte den Kopf *nicht* hängenlassen – hat eine Frau nicht das Recht, sich mal des Plapperns zu enthalten?

Ich hasse es, wenn Ärzte an mir herumstochern, deshalb setzte ich hinzu: »Zufällig esse ich leicht, weil ich heute nachmittag zum Fliegen gehen will. Wenn du jedoch darauf bestehst, werde ich Schmorfleisch und Kartoffeln wählen und statt dessen schlafen!«

»Immer mit der Ruhe, Mäuschen«, meinte er freundlich. »Ich wollte mich nicht einmischen. Laß dir einen Imbiß kommen, wenn du fertig bist ... und grüße Jeff von mir!«

Ich antwortete nur: »Okay« und bat, mich zu entschuldigen. Die Annahme, ich könne ohne Mr. Jefferson Hardesty nicht fliegen, stellte eine Demütigung für mich dar, aber ich wünschte nicht, darüber zu reden.

Daddy rief mir nach: »Komm nicht zu spät zum Dinner!«, und Mutter sagte: »Laß doch, Jacob ...« und zu mir: »Flieg, bis du müde bist, Liebes, du hast in letzter Zeit wenig Bewegung gehabt. Ich stelle dein Dinner in den Wärmkasten. Hast du einen besonderen Wunsch?«

»Nein, nimm nur das, was du für dich selbst wählst.« Essen interessierte mich einfach nicht, was mir gar nicht ähnlich sah. Unterwegs zur Fledermaushöhle überlegte ich, ob ich mich mit irgend etwas infiziert haben könnte. Aber meine Wangen fühlten sich nicht heiß an, und mein

Magen war nicht in Unordnung, auch wenn ich keinen Hunger hatte.

Dann kam mir ein gräßlicher Gedanke. Konnte es sein, daß ich eifersüchtig war? *Ich?*

Es war unvorstellbar. Ich bin nicht romantisch veranlagt; ich bin eine berufstätige Frau. Jeff war mein Partner und mein Kumpel gewesen, und unter meiner Anleitung hätte er ein großer Raumschiffkonstrukteur werden können, aber unsere Beziehung war unkompliziert – Respekt vor den gegenseitigen Fähigkeiten ohne irgendwelche blöde Verliebtheit. Eine berufstätige Frau kann sich so etwas nicht leisten – man denke nur an all die Zeit, die Mutter für ihren Beruf verlorengegangen ist, weil sie mich bekommen hat!

Nein, Eifersucht konnte es nicht sein. Ich war einfach krank vor Sorgen, weil mein Partner sich mit einem Erdschwein eingelassen hatte. Jeff ist nicht besonders klug, was Frauen angeht, und außerdem ist er nie auf der Erde gewesen und macht sich Illusionen darüber. Wenn sie ihn auf die Erde lockte, bedeutete es das Ende von Jones & Hardesty.

Und irgendwie war ›Jones & Co.‹ kein Ersatz. Vielleicht würde die *Prometheus* nie gebaut werden.

Als ich zu diesem trostlosen Schluß gekommen war, hatte ich die Fledermaushöhle erreicht. Mir war gar nicht nach Fliegen zumute, aber ich ging doch in das Schrankzimmer und holte meine Flügel.

Das meiste von dem Zeug, das über die Fledermaushöhle geschrieben worden ist, vermittelt einen falschen Eindruck. Die Höhle ist der Luftvorratstank für die Stadt, wie alle Kolonien einen haben – der Raum, in den die tief unten befindlichen Spülluftpumpen die Luft leiten, bis sie gebraucht wird. Wir haben nur zufällig das Glück, daß unser Tank groß genug ist, um darin zu fliegen. Aber er ist nicht von Menschenhand geschaffen worden, er ist nichts als eine große vulkanische Blase mit zwei Meilen Durchmesser, und wenn diese in grauer Vorzeit durchgebrochen wäre, hätte es einen weiteren Krater gegeben.

Touristen bemitleiden uns Mondbewohner manchmal, weil wir keine Möglichkeit zum Schwimmen haben. Nun, ich habe es in Omaha versucht und bekam Wasser in die Nase und wurde verrückt vor Angst. Wasser ist zum Trinken da, nicht, um darin zu spielen. Ich ziehe das Fliegen vor. Ich habe Erdschweine sagen hören, o ja, sie seien schon oft ›geflogen‹. Aber das ist kein *Fliegen.* Ich habe das, was sie meinen, zwischen White Sands und Omaha getan. Dabei wurde mir schlecht, und ich mußte mich übergeben. Diese Dinger sind nicht sicher.

Ich ließ meine Schuhe und meinen Rock im Schrankraum und zog Schwanzsteuerung über die Füße. Dann fuhr ich in meine Flügel und bat jemanden, mir die Schultergurte festzuziehen. Meine Flügel sind keine fertig gekauften Condors. Es sind eigens für meine Gewichtsverteilung und meine Abmessungen hergestellte Möwenschwingen. Ich habe Daddy schon eine hübsche Stange Geld für Flügel gekostet, weil ich so oft aus ihnen hinauswachse, aber diese letzten habe ich mir selbst von dem Geld gekauft, das ich als Fremdenführerin verdiene.

Sie sind wunderschön – die Streben aus einer Titanlegierung so leicht und stark wie Vogelknochen, spannungsausgeglichene Handgelenk-Schwungfedern und Schultergelenke, natürliche Beweglichkeit in den Daumenflügelschlitzen und automatische Klappentätigkeit beim Abschmieren. Das Flügelskelett ist mit Styrofolien bekleidet, und jede Schulterblatt- und Hauptfeder hat ihren eigenen Kiel. Diese Flügel fliegen beinahe von allein.

Ich legte meine Flügel an und ging in die Schleuse. Während des Druckausgleichs öffnete ich meinen linken Flügel und bewegte die Daumenschwinge – das letzte Mal hatte ich eine Tendenz zum seitlichen Abrutschen bemerkt. Aber der Daumen spreizte sich normal, und ich sagte mir, wahrscheinlich hätte ich übersteuert, was einem bei Möwenflügeln leicht passiert; sie sind extrem manövrierfähig. Dann zeigte die Tür grünes Licht, ich legte die Flügel an und eilte nach einem Blick auf das

Barometer hinaus. Siebzehn Pfund – zwei mehr als auf der Erde in Meereshöhe und beinahe zweimal soviel, wie wir in der Stadt benutzen. Darin könnte sogar ein Strauß fliegen. Ich reckte mich. Wie leid taten mir die Erdschweine, die von dem Sechsfachen des eigentlichen Gewichts niedergedrückt werden und niemals, niemals, *niemals* fliegen können!

Auf der Erde könnte nicht einmal ich es. Meine Flügellast beträgt weniger als ein Pfund pro Quadratfuß, da die Flügel und ich zusammen weniger als zwanzig Pfund wiegen. Auf der Erde wären das mehr als hundert Pfund, und ich könnte bis in alle Ewigkeit mit den Flügeln schlagen und käme doch nie vom Boden hoch.

Mir war so wohl, daß ich Jeff und seine Schwächen ganz vergaß. Ich breitete die Flügel aus, rannte ein paar Schritte, bot meinen Körper dem Auftrieb dar – hob die Füße und war in der Luft.

Ich ruderte sacht und ließ mich auf die Luft-Einlaßöffnung in der Mitte des Fußbodens zugleiten. Wir nennen sie die Babyleiter, weil man sich vom Aufwind bis unter die Decke, eine halbe Meile weiter oben, tragen lassen kann, ohne einen Flügel zu rühren. Als ich sie spürte, lehnte ich mich nach rechts, bremste mit den rechten Hauptfedern, korrigierte, überließ mich dem gegen den Uhrzeigersinn aufwärts führenden Gleitflug und schwebte der Decke zu.

Zweihundert Fuß weiter oben hielt ich Umschau. Die Höhle war beinahe leer, nicht mehr als zweihundert Personen in der Luft, und vielleicht hundert, die auf dem Boden oder irgendwo weiter oben saßen – Platz genug für Extratouren.

Deshalb schwang ich mich in fünfhundert Fuß Höhe aus dem Aufwind und begann, mit den Flügeln zu schlagen. Gleiten ist keine Anstrengung, aber beim Fliegen kann man sich anstrengen, soviel man Lust hat. Beim Gleiten trägt jeder Arm von mir nicht mehr als zehn Pfund. Also, da arbeitet man auf der Erde schon schwerer, wenn man im Bett liegt. Für den Auftrieb, der einen in der Luft hält, braucht man sich nicht anzustrengen.

Man bekommt ihn kostenlos durch die Form der Flügel, solange Luft an ihnen vorbeirauscht.

Sogar ohne Auftrieb erfordert ein horizontales Gleiten nicht mehr als ein sachtes Rudern mit den Fingerspitzen, um die Eigengeschwindigkeit zu erhalten; das würde eine schwache alte Dame schaffen. Der Auftrieb rührt von unterschiedlichen Luftdrücken her, aber das braucht man nicht zu verstehen. Man rudert nur ein bißchen, und die Luft trägt einen, als liege man in einem Bett von höchster Perfektion. Das Rudern bringt einen vorwärts wie in einem Boot ... jedenfalls hat man mir das gesagt, ich habe noch nie in einem Ruderboot gesessen. In Nebraska hätte ich Gelegenheit dazu gehabt, aber so tollkühn bin ich auch wieder nicht.

Aber wenn man richtig fliegt, rudert man mit den Unterarmen ebenso wie mit den Händen und verstärkt die Bewegung mit den Schultermuskeln. Jetzt verändern nicht nur die äußeren Kiele der Hauptfedern ihren Anstellwinkel, wie sie es beim Gleiten tun. Die Haupt- und Nebenfedern biegen sich bei jedem Flügelschlag scharf auf das gemeinsame Gelenk zurück. Sie tragen den Flieger nicht mehr, sie zwingen ihn vorwärts – während das Gewicht von den Muskeln getragen wird, die unter den Achselhöhlen her und über die Schultern laufen.

So fliegt man schneller oder steigt auf oder tut beides gleichzeitig, indem man den Angriffswinkel mit den Füßen kontrolliert – ich meine mit der Schwanzsteuerung, die man an den Füßen trägt.

Ach du meine Güte, hört sich das kompliziert an. Dabei ist es das gar nicht – man tut es einfach. Man fliegt genauso wie ein Vogel. Junge Vögel lernen es auch, und die sind nicht sonderlich klug. Jedenfalls ist es so leicht wie das Atmen, wenn man es einmal begriffen hat – und es macht mehr Spaß, als Sie sich vorstellen können!

Ich stieg mit kraftvollen Flügelschlägen zur Decke hoch, vergrößerte den Angriffswinkel und spreizte die Daumenschwingen, um mehr Auftrieb ohne Wirbel zu erhalten – stieg in einem Winkel, bei dem die meisten

Flieger abschmieren würden. Ich bin klein, aber ich bestehe nur aus Muskeln, und ich fliege seit meinem sechsten Lebensjahr. Oben angekommen, ging ich in den Gleitflug über und sah mich um. Unten auf dem Boden nahe der Südwand probierten Touristen Gleitflügel aus – falls man diese Dinger ›Flügel‹ nennen kann. An der Westwand war die Besucher-Galerie voll von gaffenden Touristen. Ich hätte gern gewußt, ob Jeff und seine Circe da waren, und entschloß mich nachzusehen.

Also machte ich einen steilen Abstieg bis auf die Höhe der Galerie und flog dann sehr schnell horizontal an ihr entlang. Jeff und seine Erdsau entdeckte ich nicht, aber ich paßte nicht auf, wohin ich flog, und stieß fast von hinten gegen einen anderen Flieger. Ich sah ihn gerade noch rechtzeitig, um mich fallen zu lassen, und erst fünfzig Fuß weiter unten gewann ich die Kontrolle zurück. Keiner von uns beiden war in Gefahr gewesen, weil die Galerie sich in zweihundert Fuß Höhe befindet, aber ich hatte mich blamiert, und es war meine eigene Schuld. Ich hatte eine Sicherheitsvorschrift verletzt.

Es gibt nicht viele Vorschriften, aber sie sind notwendig. Die erste lautet, daß orangefarbene Flügel immer Vorfahrt haben – das sind Anfänger. Dieser Flieger hatte keine orangefarbenen Flügel, aber ich war im Begriff gewesen, ihn zu überholen. Vorfahrt hat immer der Flieger, der weiter unten ist oder überholt werden soll oder näher an der Wand ist oder sich entgegen dem Uhrzeigersinn bewegt, in dieser Reihenfolge.

Ich kam mir dumm vor und fragte mich, wer mich wohl gesehen habe. Also stieg ich noch einmal bis zur Decke auf, vergewisserte mich, daß die Luft frei war, stieß wie ein Habicht auf die Galerie hinab, legte die Flügel an, hob den Schwanz und ließ mich fallen wie ein Stein.

Ich beendete meinen Sturzflug vor der Galerie, indem ich meinen Schwanz so abrupt senkte und spreizte, daß meine Beinmuskeln sich verknoteten, und beide Flügel mit angelegten Daumen ausbreitete. In einem extrem schnellen Gleitflug zischte ich an der Galerie vorbei. Ich sah die Augen der Zuschauer hervorquellen und dachte selbstgefällig: »Ha! Das wird es ihnen zeigen!«

Und da, verflixt noch mal, stieß doch jemand auf *mich* herab! Der Abwind von einem Flieger, der genau über mir bremste, raubte mir fast die Kontrolle. Ich flatterte und verhinderte gerade noch ein seitliches Abrutschen. Mit ein paar Ausdrücken von der Raumschiffswerft sah ich mich nach meinem Angreifer um. Das schwarz-goldene Flügelmuster kannte ich. Es war Mary Muhlenburg, meine beste Freundin. Sie schwang sich über eine Flügelspitze zu mir herum. »Heh, Holly! Jetzt habe ich dir Angst eingejagt, was?«

»Hast du nicht! Sei lieber vorsichtig, der Flugmeister wird dir für einen Monat Flugverbot geben.«

»Unwahrscheinlich. Er ist einen Kaffee trinken gegangen.«

Immer noch ärgerlich, flog ich davon und begann aufzusteigen. Mary rief mir nach, aber ich ignorierte sie und dachte: Mary, mein Mädchen, ich werde über dich steigen und dich aus der Luft schleudern.

Das war albern, weil Mary jeden Tag fliegt und Schultern und Brustmuskeln hat wie Mrs. Herkules. Als sie zu mir aufholte, hatte ich mich abgekühlt, und wir flogen Seite an Seite weiter, immer noch steigend. »Setzen wir uns?« rief sie zu mir herüber.

»Einverstanden«, antwortete ich. Mary weiß immer etwas Neues zu erzählen, und ich konnte eine Atempause brauchen. Wir wandten uns unserem üblichen Sitzplatz zu, einer Deckenstrebe für das Flutlicht – sie ist nicht als Sitzplatz gedacht, aber der Flugmeister kommt so gut wie nie hier herauf.

Mary flog sie vor mir an, bremste scharf und vollführte eine perfekte Landung. Ich rutschte ein bißchen, aber Mary streckte einen Flügel aus und hielt mich. Es ist nicht leicht, zum Sitzen zu kommen, vor allem dann nicht, wenn man sich dem Platz im Horizontalflug nähern muß. Vor zwei Jahren versuchte ein Junge es, der gerade erst über die orangefarbenen Flügel hinausgekommen war. Er schlug sich seine linken Daumen- und

Hauptfedern an einer Strebe ab, stürzte flatternd und kreiselnd zweitausend Fuß tief und zerschmetterte auf dem Boden. Er hätte sich retten können – man kann mit einem schwer beschädigten Flügel sicher nach unten gelangen, wenn man den anderen anlegt, es auf einen steileren Abstieg ankommen läßt und beim Landen bremst. Aber dieser arme Junge wußte nicht, wie man das macht. Er brach sich den Hals und war tot wie Ikarus. Ich habe mich seitdem nie mehr auf diese Strebe gesetzt.

Wir falteten unsere Flügel, und Mary rückte näher. »Jeff sucht nach dir«, erklärte sie mit wissendem Grinsen.

Mein Magen machte einen Hopser, aber ich antwortete kühl: »So? Ich wußte nicht, daß er hier ist.«

»Doch, da unten.« Sie zeigte mit ihrem linken Flügel. »Siehst du ihn?«

Jeff trägt Streifen in Rot und Silber, aber Mary zeigte auf den Touristenhügel, eine Meile von uns entfernt. »Nein.«

»Jedenfalls ist er da.« Sie sah mich von der Seite an. »Aber ich würde nicht zu ihm gehen, wenn ich du wäre.«

»Warum nicht? Ich meine, warum sollte ich?« Mary kann einem auf die Nerven gehen.

»Du springst immer, wenn er pfeift. Aber er hat heute wieder diese Erdsirene im Schlepptau, und das könntest du als peinlich empfinden.«

»Mary, wovon redest du eigentlich?«

»Wie bitte? Mach mir nichts vor, Holly Jones! Du weißt, was ich meine.«

»Ganz bestimmt nicht«, antwortete ich mit kalter Würde.

»Hmmm! Dann bist du der einzige Mensch in Luna City, der es nicht weiß. Jeder weiß, daß du verrückt bist nach Jeff, jeder weiß, daß sie dich ausgestochen hat – und daß du vor Eifersucht kochst.«

Mary ist meine liebste Freundin, aber eines Tages werde ich ihr die Haut abziehen und mir einen Teppich daraus machen.

»Mary, das ist geradezu grotesk! Wie kannst du so etwas auch nur denken?a

»Schätzchen, vor mir brauchst du dich doch nicht zu verstellen. Ich stehe auf deiner Seite.« Sie klopfte mir mit ihren Nebenfedern auf die Schulter.

Da stieß ich sie rückwärts von der Stange. Sie fiel hundert Fuß, fing sich ab, kreiste und stieg, und dann setzte sie sich, noch immer grinsend, wieder neben mich. Ich hatte mir inzwischen überlegt, was ich sagen sollte.

»Mary Muhlenburg, erstens einmal bin ich nach niemandem verrückt, und ganz bestimmt nicht nach Jeff Hardesty. Er und ich sind nichts weiter als Freunde. Deshalb ist es ein Blödsinn, mich als ›eifersüchtig‹ zu bezeichnen. Zweitens ist Miss Brentwood eine Dame. Sie läuft nicht herum und sticht andere Leute aus, und ganz bestimmt nicht mich. Drittens ist sie nur eine Touristin, die von Jeff geführt wird – eine rein geschäftliche Beziehung, das ist alles.«

»Sicher, sicher«, pflichtete Mary mir friedlich bei. »Dann habe ich mich geirrt. Immerhin ...« Sie zuckte die Flügel und verstummte.

»Immerhin was? Mary, sag mir die Wahrheit!«

»Hmm ... ich wunderte mich nur, woher du wußtest, daß ich von Ariel Brentwood sprach – wenn doch gar nichts daran ist.«

»Ja, du hast doch ihren Namen genannt!«

»Habe ich nicht.«

Ich dachte heftig nach. »Äh ... vielleicht nicht. Aber das ist ganz einfach zu erklären. Miss Brentwood ist eine Kundin, die ich selbst an Jeff weitergereicht habe. Deshalb nahm ich an, sie sei die Touristin, die du meintest.«

»So? Ich erinnere mich nicht einmal, gesagt zu haben, sie sei Touristin. Aber wenn sie nur eine Touristin ist, in die ihr euch teilt, warum führst du sie dann nicht in der Stadt und Jeff sie draußen? Ich dachte, ihr Fremdenführer hättet ein Abkommen?«

»Wie? Wenn er sie innerhalb der Stadt geführt hat, weiß ich nichts davon ...«

»Dann bist du die einzige.«

»... und es interessiert mich auch nicht. Das ist Sache des Schlichtungsausschusses. Aber Jeff würde auf keinen Fall ein Honorar für eine Führung innerhalb der Stadt nehmen.«

»Bestimmt keines, das er auf die Bank bringen kann. Ja, Holly, da ich mich geirrt habe, könntest du ihm doch helfen, nicht wahr? Sie möchte gleiten lernen.«

Mich diesem Paar aufzudrängen war das letzte, was ich mir einfallen lassen würde.

»Wenn Mr. Hardesty meine Hilfe wünscht, wird er mich darum bitten. Inzwischen kümmere ich mich um meine eigenen Angelegenheiten – ein Prinzip, das ich dir nur empfehlen kann!«

»Reg dich ab, Schiffskamerad!« erwiderte sie ungerührt. »Ich wollte dir einen Gefallen tun.«

»Danke, das ist nicht nötig.«

»Dann lasse ich dich jetzt allein – ich muß für die Gymkhana trainieren.« Sie beugte sich vor und ließ sich fallen. Aber sie trainierte keine Aerobatik, sie tauchte geradenwegs auf den Touristenhügel nieder.

Ich sah ihr nach, bis sie außer Sicht war. Dann wand ich meine linke Hand aus dem Handschlitz und zog mein Taschentuch hervor – mühsam, wenn man Flügel trägt, aber von dem Flutlicht tränten mir die Augen. Ich wischte sie mir und putzte mir die Nase und steckte mein Taschentuch wieder weg und schraubte meine Hand zurück. Dann überprüfte ich alles, Daumen, Zehen, Finger, weil ich mich fallenlassen wollte.

Aber das tat ich nicht. Ich blieb einfach sitzen, ließ die Flügel hängen und dachte nach. Ich mußte zugeben, daß Mary teilweise recht hatte. Jeff war völlig der Kopf verdreht worden – von einem *Erdschwein.* Deshalb würde er früher oder später zur Erde fliegen, und mit Jones & Hardesty war es zu Ende.

Schließlich fiel mir ein, daß ich mir vorgenommen hatte, Raumschiffkonstrukteur wie Daddy zu werden, lange bevor Jeff und ich uns zusammentaten. Ich war von niemandem abhängig. Ich konnte allein handeln wie Johanna von Orleans oder Lise Meitner.

Jetzt war mir wohler. Ich empfand einen kalten, ernsten Stolz wie Luzifer im *Verlorenen Paradies.*

Ich erkannte Jeffs rot-silberne Flügel schon von fern und überlegte, ob ich mich still davonstehlen solle.

Aber Jeff kann mich überholen, wenn er will, also sagte ich mir: »Holly, sei nicht dumm! Du hast keinen Grund davonzulaufen – bewahre einfach kühle Höflichkeit.«

Er landete an der Strebe, setzte sich aber nicht neben mich. »Heh, Komma.«

»Heh, Null. Hast du in letzter Zeit viel geklaut?«

»Nur das Geld der City Bank, aber sie haben mich gezwungen, es zurückzugeben.« Stirnrunzelnd setzte er hinzu. »Holly, bist du böse auf mich?«

»Wieso? Jeff? Wie kommst du denn auf den dummen Gedanken?«

»Äh ... wegen etwas, das Mary Großmaul gesagt hat.«

»Die? Auf das, was *die* sagt, darfst du gar nicht achten. Die Hälfte stimmt nicht, und die andere Hälfte meint sie nicht so.«

»Ja-a, sie hat einen Kurzschluß zwischen den Ohren. Du bist also nicht böse?«

»Natürlich nicht. Warum sollte ich?«

»Ja, *ich* weiß es nicht. Ich bin ein paar Tage nicht gekommen, um an dem Schiff zu arbeiten – aber ich hatte schrecklich viel zu tun.«

»Das macht nichts. Ich hatte selbst schrecklich viel zu tun.«

»Dann ist es ja gut. Hör mal, Untersuchungsprobe, tu mir einen Gefallen. Hilf mir bei einer Freundin aus – das heißt, einer Kundin – nun, eine Freundin ist sie außerdem. Sie möchte lernen, Gleitflügel zu benutzen.«

Ich tat, als überlegte ich. »Ist es jemand, den ich kenne?«

»O ja. Tatsache ist, daß du uns miteinander bekanntgemacht hast. Ariel Brentwood.«

»Brentwood? Jeff, es gibt so viele Touristen. Laß mich nachdenken! Ein großes Mädchen? Blond? Außergewöhnlich hübsch?«

Er grinste wie ein Idiot, und ich hätte ihn beinahe von der Strebe gefegt. »Das ist Ariel!«

»Ich erinnere mich an sie ... Sie mutete mir zu, ihre Koffer zu tragen. Aber du brauchst keine Hilfe, Jeff. Sie macht einen sehr klugen Eindruck. Hat einen guten Gleichgewichtssinn.«

»O ja, sicher, das stimmt alles. Eigentlich möchte ich ja nur, daß ihr beiden euch besser kennenlernt. Sie ist ... nun, sie ist einfach wunderbar, Holly. Eine richtige Persönlichkeit. Du wirst sie lieben lernen. Ah ... ich hielt das für eine gute Gelegenheit.«

Mir war schwindelig.

»Das ist *riesig* aufmerksam von dir, Jeff, aber ich bezweifele, ob *sie* mich besser kennenlernen möchte. Ich bin nur ein Dienstbote, den sie bezahlt hat – du kennst die Erdschweine.«

»Sie ist ganz anders als die gewöhnlichen Erdschweine. Und sie möchte dich wirklich besser kennenlernen – das hat sie mir *gesagt.*«

Nachdem du es ihr in den Mund gelegt hast! murmelte ich. Aber ich hatte mich ausmanövrieren lassen. Wäre ich nicht von meiner guten Erziehung behindert gewesen, hätte ich gesagt: »Hau ab, Vakuumschädel! Deine Erdschwein-Freunde interessieren mich nicht.« Statt dessen biß ich in den sauren Apfel und sagte: »Okay, Jeff.« Dann schwang ich mich in einen Gleitflug.

So kam es, daß ich Ariel Brentwood im ›Fliegen‹ unterrichtete. Diese sogenannten Flügel, die man den Touristen gibt, haben fünfzig Quadratfuß Flugfläche, keine Kontrollen außer einer Krümmung in den Schwungfedern, eine unveränderliche V-Stellung, damit sie so stabil wie ein Tisch sind, und ein paar bedeutungslose Gelenke, damit ihr Träger sich einbildet, er ›fliege‹, wenn er mit den Armen wedelt. Der Schwanz ist steif und abgeschrägt, damit man, wenn man abschmiert (was so gut wie unmöglich ist), auf den Füßen landet. Der Tourist tut weiter nichts, als daß er ein paar Yards rennt, die Füße hebt (was sich nicht vermeiden läßt) und eine Luftdecke hinuntergleitet. Dann kann er seinen

Enkeln erzählen, daß er geflogen, richtig *geflogen* sei, ›genau wie ein Vogel‹.

Ein Affe könnte lernen, so zu ›fliegen‹. Ich unterzog mich der Demütigung, ein Paar der dummen Dinger anzulegen, schwang mich in die Babyleiter und ließ mich hundert Fuß in die Höhe tragen, um Ariel zu zeigen, daß man mit ihnen wirklich und wahrhaftig ›fliegen‹ kann. Dann befreite ich mich dankbar von ihnen, schnallte ihr ein größeres Paar an und schlüpfte wieder in meine wunderschönen Möwenflügel. Ich hatte Jeff weggejagt (zwei Lehrer sind zuviel), aber als er Ariel die Flügel anlegen sah, schoß er herunter und landete bei uns.

Ich blickte auf. »Du schon wieder.«

»Hallo, Ariel. Hallo, Blip. Du hast ihre Schulterriemen zu fest angezogen.«

»Ach was«, sagte ich. »Nur ein Trainer auf einmal, hast du das vergessen? Wenn du helfen willst, wirf deine farbenprächtigen Schwingen ab und besorge dir Gleiter ... dann kann ich Ariel an dir demonstrieren, wie man es nicht machen darf. Sonst steige zweihundert Fuß hoch und bleibe dort. Wir brauchen keine Stammtisch-Piloten.«

Jeff zog einen Flunsch wie ein Kind, aber Ariel ergriff meine Partei. »Tu, was die Lehrerin sagt, Jeff. Sei ein braver Junge.«

Er wollte keine Gleiter anlegen, aber er blieb auch nicht weg. Er umkreiste und beobachtete uns und wurde von dem Flugmeister ausgeschimpft, weil er das Touristengebiet verstopfte.

Ich gebe zu, Ariel war eine gute Schülerin. Sie reagierte nicht einmal sauer, als ich andeutete, sie sei etwas zu füllig um die Hüften für ein ausgewogenes Gleichgewicht. Sie sagte nur, sie habe bemerkt, ich hätte den schlanksten Hintern in der ganzen Höhle, und sie beneide mich. Da hörte ich mit den Versuchen, sie zu reizen, auf und stellte fest, daß ich sie beinahe sympathisch fand, solange ich meine Gedanken auf den Unterricht konzentrierte. Sie gab sich große Mühe und lernte schnell – gute Reflexe und (trotz meines gemeinen Witzes) ein guter Gleichgewichtssinn. Als ich es erwähnte, gestand sie schüchtern, sie habe Ballettunterricht gehabt.

Im Laufe des Nachmittags fragte sie: »Könnte ich es vielleicht einmal mit richtigen Flügeln probieren?«

»Also, Ariel, das glaube ich nicht.«

»Warum nicht?«

Da hatte sie mich. Sie hatte bereits alles gemacht, was mit diesen scheußlichen Gleitern möglich ist. Um mehr zu lernen, mußte sie richtige Flügel haben. »Ariel, es ist gefährlich. Glaub mir, mit Flügeln ist es etwas ganz anderes als mit diesen Gleitern. Du könntest dich verletzen, sogar ums Leben kommen.«

»Würde man dich dafür verantwortlich machen?«

»Nein. Du hast eine Verzichtleistung unterschrieben, als du hereinkamst.«

»Dann möchte ich es probieren.«

Ich biß mir auf die Lippe. Wäre sie ohne meine Hilfe abgestürzt, hätte ich keine Tränen vergossen – aber sie etwas Gefährliches tun lassen, solange sie meine Schülerin war ... das schmeckte nach David und Uria. »Ariel, ich kann dich nicht daran hindern ... aber es wäre besser, ich hängte meine Flügel in den Schrank und hätte nichts damit zu tun.«

Jetzt war sie an der Reihe, sich auf die Lippe zu beißen. »Wenn das deine Meinung ist, kann ich dich nicht bitten, mich zu unterrichten. Aber ich möchte es immer noch. Vielleicht wird Jeff mir helfen.«

»Wahrscheinlich«, platzte ich heraus, »wenn er wirklich der Trottel ist, für den ich ihn halte!«

Sie verzog das Gesicht, sagte aber nichts, weil in diesem Augenblick Jeff neben uns landete. »Um was geht die Diskussion?«

Wir versuchten beide, es ihm zu erzählen, und verwirrten ihn, denn er gewann den Eindruck, ich hätte es vorgeschlagen, und schimpfte mich aus. War ich verrückt geworden? Wollte ich, daß Ariel sich verletzte? Hatte ich überhaupt keinen Verstand?

»Halt den Mund!« brüllte ich. Dann setzte ich ruhig, aber fest hinzu: »Jefferson Hardesty, du wolltest, daß ich

deine Freundin unterrichte, und ich habe mich dazu bereit erklärt. Misch dich jetzt nicht ein, und glaube nicht, daß ich mir diesen Ton von dir gefallen lasse! Jetzt heb ab! Starte! Schwing dich in die Lüfte!«

Er pustete sich auf und erklärte langsam: »Ich verbiete es ganz entschieden.«

Fünf lange Sekunden herrschte Schweigen. Dann sagte Ariel gleichmütig: »Komm, Holly. Besorgen wir ein Paar Flügel für mich.«

»Gut, Ariel.«

Aber richtige Flügel werden nicht ausgeliehen. Flieger haben ihre eigenen, das müssen sie. Es stehen jedoch gebrauchte Flügel zum Verkauf, weil Kinder aus ihnen herauswachsen oder Leute zu eigens für sie angefertigten überwechseln oder sonst etwas. Ich trieb Mr. Schultz auf, der den Schlüssel hat, und sagte ihm, Ariel denke daran, sich Flügel zu kaufen, aber ich bestünde darauf, daß sie sie erst ausprobiere. Nachdem ich mir an die vierzig Paare angesehen hatte, wählte ich eins aus, das ich in Ordnung fand. Johnny Queveras war daraus herausgewachsen. Trotzdem inspizierte ich es sorgfältig. Ich konnte die Fingerkontrollen kaum erreichen, aber für Ariel waren sie gerade richtig.

Während ich ihr in die Schwanzsteuerung half, sagte ich: »Ariel, ich halte es immer noch für keine gute Idee.«

»Ich weiß. Aber wir dürfen nicht zulassen, daß die Männer glauben, wir gehörten ihnen.«

»Da hast du recht.«

»Natürlich gehören wir ihnen. Aber wir sollten es sie nicht wissen lassen.« Sie probierte die Schwanzkontrollen aus. »Mit den großen Zehen spreizt man die Federn?«

»Ja. Aber tu es nicht. Halte die Füße beisammen und die Zehen nach unten gedrückt. Ariel, du bist wirklich noch nicht soweit. Heute wirst du nichts weiter tun als gleiten, genau wie vorhin. Versprochen?«

Sie sah mir in die Augen. »Ich werde genau das tun, was du sagst – und die Flügel nicht einmal anlegen, solange du dein Okay nicht gegeben hast.«

»Okay. Fertig?«

»Ich bin fertig.«

»Gut. Hoppla! Ich habe etwas vergessen. Sie sind nicht orange.«

»Spielt das eine Rolle?«

»Und ob!« Es folgte ein lästiger Streit, weil Mr. Schultz die Flügel nicht für einen Versuch orange sprühen wollte. Ariel regelte die Angelegenheit, indem sie die Flügel kaufte. Dann mußten wir eine Weile warten, bis der Lack trocken war.

Wir kehrten zu dem Touristenhügel zurück, und ich ließ sie gleiten, wobei ich ihr eintrichterte, die Handschwingen mit den Daumen offenzuhalten, damit sie bei geringer Geschwindigkeit mehr Auftrieb hatte, und nur ein klein wenig mit den Fingern zu rudern. Sie machte es gut und stolperte nur einmal beim Landen. Jeff hielt sich in unserer Nähe und schnitt über uns Achten in die Luft, aber wir ignorierten ihn. Dann brachte ich Ariel bei, weite Kurven zu fliegen – man kann mit den schrecklichen Gleitern wenden, aber dazu gehört große Geschicklichkeit; sie sind nur für den Geradeausflug gedacht.

Schließlich landete ich neben ihr und fragte: »Hast du genug?«

»Ich werde niemals genug haben! Aber ich werde aufhören, wenn du es sagst.«

»Müde?«

»Nein.« Sie spähte über ihren Flügel zu der Babyleiter hin. Ein Dutzend Flieger ließ sich mit bewegungslosen Flügeln faul hinauftragen. »Das würde ich zu gern ein einziges Mal tun. Es muß himmlisch sein.«

Ich dachte darüber nach. »Im Grunde bist du um so sicherer, je höher du bist.«

»Also warum nicht?«

»Hmm ... sicherer bist du nur dann, wenn du weißt, was du tust. Sich von dem Aufwind tragen lassen ist dasselbe wie das Gleiten. Du liegst still und schwebst eine halbe Meile in die Höhe. Auf dieselbe Weise schwebst du immer rundherum wieder nach unten. Aber du wirst in

Versuchung geraten, etwas zu tun, das du noch nicht verstehst – mit den Flügeln zu schlagen oder sonst irgendwelche Possen zu treiben.«

Ariel schüttelte feierlich den Kopf. »Ich werde nichts tun, was du mir nicht gezeigt hast.«

Ich war immer noch unruhig. »Es ist nur eine halbe Meile bis zur Decke, aber auf dem Weg dahin legst du fünf Meilen zurück und noch einmal fünf Meilen wieder nach unten. Das dauert mindestens eine halbe Stunde. Werden deine Arme das aushalten?«

»Ganz bestimmt.«

»Nun ... du kannst jederzeit umkehren, du brauchst nicht ganz bis zur Decke aufzusteigen. Biege deine Arme ab und zu ein bißchen, damit sie nicht verkrampfen. Nur schlage nicht mit den Flügeln.«

»Nein.«

»Okay.« Ich breitete die Flügel aus. »Folge mir!«

Ich führte sie in den Aufwind, beugte mich ein bißchen nach rechts und dann wieder nach links, um den Aufstieg entgegen dem Uhrzeigersinn einzuleiten, und die ganze Zeit ruderte ich ganz langsam, damit Ariel mitkommen konnte. Sobald wir sicher getragen wurden, rief ich: »Jetzt bleib so, wie du bist!«, scherte aus, stieg höher und bezog eine Position dreißig Fuß über und hinter ihr. »Ariel?«

»Ja, Holly?«

»Ich bleibe über dir. Verrenke dir nicht den Hals; du brauchst mich nicht zu beobachten, ich muß dich beobachten. Du machst das prima.«

»Es ist herrlich!«

»Wackle ein bißchen! Verkrampfe dich nicht! Es ist ein langer Weg bis zur Decke. Du kannst etwas stärker rudern, wenn du möchtest.«

»Aye, aye, Käpt'n!«

»Noch nicht müde?«

»Himmel, nein! Mädchen, ich lebe!« Sie kicherte. »Und Mama sagte immer, ich würde nie ein Engel werden!«

Ich antwortete nicht, weil rot-silberne Flügel auf mich

losrasten, plötzlich bremsten und sich in die Spirale zwischen mich und Ariel schoben. Jeffs Gesicht war beinahe so rot wie seine Flügel. »Zum Teufel, was hast du dir dabei gedacht?«

»Orangefarbene Flügel!« brüllte ich. »Halte Abstand!«

»Macht, daß ihr nach unten kommt! Alle beide!«

»Mach du, daß du von diesem Platz zwischen mir und meiner Schülerin wegkommst! Du kennst die Vorschriften.«

»Ariel!« rief Jeff. »Schwinge dich aus dem Kreis und gleite nach unten. Ich werde bei dir bleiben.«

»Jeff Hardesty«, sagte ich wild, »ich gebe dir drei Sekunden, um hier zu verschwinden – dann werde ich dich wegen Verletzung von Vorschrift eins melden. Zum dritten Mal: *Orangefarbene Flügel!*«

Jeff brummte etwas, kippte seinen rechten Flügel und fiel aus der Formation. Der Idiot rutschte keine fünf Fuß an Ariels Flügelspitze vorbei. Schon dafür hätte ich ihn melden sollen. Einem Anfänger kann man gar nicht genug Platz lassen.

Ich fragte: »Okay, Ariel?«

»Okay, Holly. Es tut mir leid, daß Jeff ärgerlich ist.«

»Er wird darüber hinwegkommen. Sag mir, wenn du müde wirst.«

»Ich bin nicht müde. Ich möchte bis ganz nach oben. Wie hoch sind wir?«

»Vierhundert Fuß vielleicht.«

Jeff flog eine Weile unter uns, dann stieg er höher und flog über uns – wahrscheinlich aus demselben Grund wie ich: Um besser zu sehen. Mir war es recht, daß wir beide auf sie aufpaßten, solange er sich nicht einmischte. Allmählich machte ich mir Sorgen, Ariel sei sich vielleicht nicht klar darüber, daß der Weg nach unten genauso lang und ermüdend sein würde wie der Weg nach oben. Ich hoffte, sie würde aufgeben. Ich konnte gleiten, bis mich der Hunger hinunterzwang. Aber ein Anfänger verkrampft sich.

Jeff blieb im allgemeinen über uns, aber er schoß hin und her – er ist zu aktiv, um sehr lange zu gleiten –, während Ariel und ich langsam der Decke entgegenschwebten. Auf halber Höhe fiel mir plötzlich ein, daß ich ja selbst aufgeben konnte. Ich brauchte nicht darauf zu warten, daß Ariel schlapp machte. Also rief ich: »Ariel? Bist du jetzt müde?«

»Nein.«

»Ich aber. Können wir bitte aussteigen?«

Sie widersprach nicht, sie sagte nur: »Gut. Was muß ich tun?«

»Beuge dich nach rechts und verlasse den Kreis!« Meine Absicht war, sie fünf- oder sechshundert Fuß hinausgleiten zu lassen und sie dann in die Spirale nach unten zu bugsieren. Ich sah nach oben und suchte nach Jeff. Schließlich entdeckte ich ihn in einiger Entfernung und viel höher, aber in unsere Richtung fliegend. »Jeff!« rief ich. »Wir sehen uns auf dem Boden.« Vielleicht hatte er mich nicht verstanden, aber er würde schon merken, was ich vorhatte. Ich sah mich nach Ariel um.

Ich konnte sie nicht finden.

Dann sah ich sie, hundert Fuß weiter unten. Sie schlug mit den Flügeln und fiel, außer Kontrolle.

Ich weiß nicht, wie es passiert ist. Vielleicht hat sie sich zu weit hinausgebeugt, ist abgerutscht und hat angefangen, um sich zu schlagen. Aber ich versuchte nicht, es herauszufinden. Ich empfand nichts außer Entsetzen. Eine Stunde lang schien ich erstarrt in der Luft zu hängen und sie zu beobachten.

Aber anscheinend habe ich *»Jeff!«* geschrien und zum Sturzflug angesetzt.

Nur fiel ich nicht, konnte sie nicht überholen. Ich legte meine Flügel ganz fest an und brachte es doch nicht fertig, zu fallen. Ariel war so weit von mit entfernt wie zuvor.

Natürlich fällt man zuerst langsam. Unsere niedrige Schwerkraft machte es ja erst möglich, daß Menschen fliegen. Sogar ein Stein fällt in der ersten Sekunde nur knapp drei Fuß tief. Aber diese erste Sekunde zog sich endlos in die Länge.

Dann merkte ich, daß ich fiel. Die Luft rauschte an mir

vorbei – und doch kam ich Ariel nicht näher. Ihr Gezappel muß ihren Fall etwas verlangsamt haben, während ich mich in einem beabsichtigten Sturzflug befand. Die Flügel über dem Kopf zusammengelegt, fiel ich so schnell wie möglich. Ich hatte die verrückte Vorstellung, ich könne auf gleiche Höhe mit ihr kommen und sie durch Zurufe zur Vernunft bringen, damit sie sich absacken ließ und dann zum horizontalen Gleitflug überging. Aber ich konnte sie nicht *erreichen.*

Dieser Alptraum dauerte Stunden.

Tatsächlich hatten wir gar nicht soviel Platz, um länger als zwanzig Sekunden zu fallen – mehr braucht man nicht für tausend Fuß. Aber zwanzig Sekunden können entsetzlich lang sein – lang genug, um jede Dummheit zu bereuen, die ich je getan oder gesagt hatte, lange genug, um ein Gebet für uns beide zu sprechen – und Jeff in meinem Herzen Lebewohl zu sagen. Lang genug, um den Boden auf uns zurasen zu sehen und zu wissen, daß wir beide zerschmettert würden, wenn ich Ariel nicht sehr bald überholte.

Ich warf einen Blick nach oben. Jeff kam im Sturzflug herunter, aber er war weit über uns. Ich sah sofort wieder nach unten – und ich überholte sie – ich fiel an ihr vorbei – *ich war unter ihr!*

Dann bremste ich mit allem, was ich hatte, und riß mir dabei fast die Flügel ab. Ich spürte den Auftrieb, hielt ihn und schlug mit den Flügeln, ohne in den Horizontalflug überzugehen. Ich schlug einmal, zweimal, dreimal – und traf sie von unten, was uns beide durchrüttelte.

Dann traf uns der Boden.

Ich fühlte mich schwach und träumerisch zufrieden. Ich lag auf dem Rücken in einem matt beleuchteten Raum. Ich glaube, Mutter war bei mir, und ich weiß, daß Daddy bei mir war. Meine Nase juckte, und ich versuchte sie zu kratzen, aber meine Arme gehorchten mir nicht. Ich schlief wieder ein.

Ich wachte hungrig und vollkommen klar auf. Ich lag

in einem Krankenhausbett, und meine Arme funktionierten immer noch nicht, was nicht verwunderlich war, weil sie beide in Gipsverbänden steckten. Eine Schwester kam mit einem Tablett. »Hunger?« fragte sie.

»Halbtot vor Hunger«, gestand ich.

»Dagegen können wir etwas unternehmen.« Sie fütterte mich wie ein Baby.

Ich wich dem dritten Löffel voll aus und erkundigte mich: »Was ist mit meinen Armen geschehen?«

»Still!« sagte sie und stopfte mir den Mund mit dem Löffel.

Später kam ein netter Arzt herein und beantwortete meine Frage. »Nicht viel. Drei einfache Frakturen. In deinem Alter heilt das in Null Komma nichts. Aber wir freuen uns, dich hier zu haben, und deshalb behalte ich dich zur Beobachtung von möglichen inneren Verletzungen.«

»Ich habe keine inneren Verletzungen«, versicherte ich ihm. »Jedenfalls tut mir nichts weh.«

»Ich habe ja gesagt, daß das nur ein Vorwand ist.«

»Herr Doktor?«

»Nun?«

»Werde ich wieder fliegen können?« Ich wartete ängstlich.

»Gewiß. Ich habe schon schlimmer verletzte Männer aufstehen und weitere drei Runden kämpfen sehen.«

»Oh. Danke. Herr Doktor? Was ist mit dem anderen Mädchen? Ist sie ... hat sie ...?«

»Brentwood? Die ist hier.«

»In nächster Nähe«, sagte Ariel von der Tür her. »Darf ich hereinkommen?«

Der Mund blieb mir offenstehen. Dann sagte ich. »Ja. Klar doch. Komm herein!«

Der Arzt ermahnte sie: »Bleiben Sie nicht zu lange«, und ging. »Setz dich!« forderte ich sie auf.

»Danke.« Sie hüpfte, statt zu gehen, und ich sah jetzt, daß ihr einer Fuß bandagiert war. Sie setzte sich ans Fußende des Bettes.

»Du hast dir den Fuß verletzt.«

Sie zuckte die Achseln. »Nichts Schlimmes. Eine Verstauchung und ein Bänderriß. Zwei gebrochene Rippen. Aber ich hätte tot sein können. Du weißt, warum ich es nicht bin?«

Ich antwortete nicht. Ariel berührte einen meiner Gipsverbände.

»Darum. Du hast meinen Sturz abgebremst, und ich bin auf dich gefallen. Du hast mir das Leben gerettet, und ich habe dir beide Arme gebrochen.«

»Du brauchst dich nicht bei mir zu bedanken. Das hätte ich für jeden getan.«

»Ich glaube dir, und ich wollte mich gar nicht bedanken. Man kann einem Menschen nicht dafür danken, daß er einem das Leben gerettet hat. Ich wollte nur sicher sein, daß du weißt, daß ich es weiß.«

Darauf wußte ich nichts zu antworten, deshalb erkundigte ich mich: »Wo ist Jeff? Ist er in Ordnung?«

»Er wird gleich hier sein. Jeff ist nicht verletzt ... obwohl ich mich wundere, daß er sich nicht beide Knöchel gebrochen hat, so hart landete er neben uns. Aber, Holly ... meine liebe, liebe Holly ... ich bin hereingeschlüpft, damit du und ich über ihn reden können, bevor er kommt.«

Schnell wechselte ich das Thema. Das Medikament, das sie mir gegeben hatten, erzeugte ein träumerisches Wohlbehagen, hinderte mich aber nicht daran, in Verlegenheit zu geraten. »Ariel, was ist passiert? Du hast es so gut gemacht – und dann plötzlich warst du in Schwierigkeiten.«

Es war ihr peinlich. »Meine eigene Schuld. Du sagtest, wir wollten wieder nach unten, und da guckte ich nach unten. Bis dahin waren meine Gedanken nur darauf konzentriert gewesen, zur Decke hochzusteigen. Ich hatte mir nicht klargemacht, wie weit unten der Boden war. Dann guckte ich nach unten – und da packten mich Schwindel und Panik, und aus war es mit mir.« Sie zuckte die Achseln. »Du hattest recht. Ich war noch nicht soweit.«

Ich dachte darüber nach und nickte. »Ich verstehe.

Aber sei nicht traurig – wenn meine Arme wieder gut sind, versuchen wir es von neuem.«

Sie berührte meinen Fuß. »Liebe Holly. Aber ich werde nicht noch einmal fliegen; ich kehre dahin zurück, wohin ich gehöre.«

»Zur Erde?«

»Ja. Am Mittwoch mit der *Billy Mitchell.*«

»Oh. Das tut mir leid.«

Ariel runzelte leicht die Stirn. »Wirklich? Holly, du magst mich nicht, stimmt's?«

Es verschlug mir die Sprache. Was kann man darauf antworten? Vor allem, wenn es wahr ist? »Nun«, sagte ich langsam, »es ist nicht so, daß ich dich nicht mag. Ich kenne dich einfach nicht sehr gut.«

Sie nickte. »Und ich kenne dich nicht sehr gut – obwohl ich dich in ein paar wenigen Sekunden sehr viel besser kennengelernt habe. Aber, Holly – bitte, hör zu und werde nicht böse! Es ist wegen Jeff. Er hat dich in diesen letzten Tagen nicht besonders gut behandelt – seit ich hier bin, meine ich. Sei ihm deswegen nicht böse. Ich reise ab, und alles wird wieder wie früher sein.«

Das riß die Wunde wieder auf, und ich konnte nicht so tun, als sei nichts, denn wenn ich das tat, würde sie alles mögliche vermuten, was gar nicht so war. Deshalb mußte ich ihr erklären, daß ich eine berufstätige Frau bin ... daß, sollte ich irgendwie verstört gewirkt haben, das nur auf meine Sorge zurückzuführen war, die Firma Jones & Hardesty könne eingehen, noch bevor sie ihr erstes Sternenschiff fertiggestellt hatte ... daß ich *nicht* in Jeff verliebt bin, sondern ihn nur als Freund und Geschäftspartner schätze ... aber wenn Jones & Hardesty nicht bestehen bleiben sollten, würden Jones & Co. weiterarbeiten. »Du siehst also, Ariel, es ist nicht notwendig, daß du auf Jeff verzichtest. Wenn du meinst, du seist mir etwas schuldig, vergiß es! Das darfst du nicht denken.«

Sie blinzelte, und ich sah erstaunt, daß sie die Tränen zurückdrängte. »Holly, Holly ... du verstehst überhaupt nichts.«

»Ich verstehe sehr gut. Ich bin kein Kind mehr.«

»Nein, du bist eine erwachsene Frau – aber dir ist einiges entgangen.« Sie hob einen Finger. »Erstens – Jeff liebt mich nicht.«

»Das glaube ich nicht.«

»Zweitens ... ich liebe ihn nicht.«

»Auch das glaube ich nicht.«

»Drittens ... du sagst, daß du ihn nicht liebst – aber darauf wollen wir später zurückkommen. Holly, bin ich schön?«

Das Thema zu wechseln ist ein weiblicher Charakterzug, aber ich werde nie lernen, es so schnell zu tun. »Wie bitte?«

»Ich habe dich gefragt, ob ich schön sei.«

»Das weißt du verflixt genau.«

»Ja. Ich kann ein bißchen singen und tanzen, aber ich würde nur wenige Rollen bekommen, wenn ich nicht schön wäre, weil ich nur eine drittklassige Schauspielerin bin. Deshalb muß ich schön sein. Wie alt bin ich?«

Ich brachte es fertig, nicht zusammenzufahren. »Du? Älter, als Jeff glaubt. Einundzwanzig, mindestens. Vielleicht zweiundzwanzig.«

Sie seufzte. »Holly, ich bin alt genug, um deine Mutter zu sein.«

»Hä? Auch das glaube ich nicht.«

»Ich freue mich, daß man es mir nicht ansieht. Aber aus diesem Grund könnte ich mich nie in Jeff verlieben, so nett er ist. Es kommt jedoch gar nicht darauf an, was ich für ihn empfinde. Wichtig ist, daß er *dich* liebt.«

»Was? Das ist das Dümmste, was du je gesagt hast! Oh, er mag – oder mochte mich leiden. Mehr nicht.« Ich schluckte. »Und mehr will ich auch nicht. Du solltest einmal hören, wie er mit mir redet.«

»Ich habe es gehört. Jungen in dem Alter können nie ausdrücken, was sie meinen; es macht sie verlegen.«

»Aber ...«

»Warte, Holly! Ich habe etwas gesehen, das du nicht sehen konntest, weil du das Bewußtsein verloren hattest. Als wir beide aufschlugen, weißt du, was da geschah?«

»Nein.«

»Jeff traf ein wie ein Racheengel, einen Sekundenbruchteil nach uns. Er riß sich die Flügel ab und befreite seine Arme. Für mich hatte er nicht einmal einen Blick. Er stieg einfach über mich weg und hob dich auf und nahm dich in seine Arme, und die ganze Zeit heulte er sich die Augen aus.«

»Wirklich?«

»Wirklich!«

Ich dachte darüber nach. Vielleicht hatte dieser große Dummkopf mich doch irgendwie gern.

Ariel fuhr fort: »Nicht wahr, Holly, du siehst jetzt ein, auch wenn du ihn nicht liebst, mußt du sehr behutsam mit ihm umgehen, weil er dich liebt und du ihm schrecklich weh tun könntest.«

Ich versuchte, es mir zurechtzulegen. Sicher, vor romantischer Liebe sollte eine berufstätige Frau sich hüten – aber wenn Jeff tatsächlich so empfand ... nun ... verriet ich meine Ideale, wenn ich ihn heiratete, nur um ihn glücklich zu machen? Um die Firma zusammenzuhalten?

Aber wenn ich das tat, würde sie nicht mehr Jones & Hardesty, sondern Hardesty & Hardesty heißen.

Ariel redete immer noch: »... und vielleicht verliebst du dich doch noch in ihn. So etwas kommt vor, Schätzchen, und falls ja, würde es dir leid tun, wenn du ihn verscheucht hättest. Ein anderes Mädchen könnte ihn sich schnappen; er ist schrecklich nett.«

»Aber ...« Ich verstummte, weil ich Jeffs Schritt hörte – den erkenne ich immer. Er blieb in der Tür stehen und sah stirnrunzelnd zu uns herüber.

»Heh, Ariel.«

»Heh, Jeff.«

»Heh, Bruchteil.« Er musterte mich. »Siehst du aber furchtbar aus.«

»Du bist selbst keine Schönheit. Wie ich hörte, hast du Plattfüße bekommen.«

»Die werden mir für immer bleiben. Wie putzt du dir mit den Gipsverbänden an den Armen die Zähne?«

»Ich lasse es sein.«

Ariel rutschte von der Bettkante und balancierte auf einem Fuß. »Ich muß laufen. Bis später, Kinder.«

»Auf Wiedersehen, Ariel.«

»Lebewohl, Ariel. Und ... danke.«

Sie hüpfte hinaus. Jeff schloß hinter ihr die Tür, kam ans Bett und verlangte brummig: »Halt still!«

Dann legte er seine Arme um mich und küßte mich.

Ich konnte ihn doch nicht daran hindern, oder? Mit zwei gebrochenen Armen? Außerdem entsprach es der neuen Firmenpolitik. Ich war sprachlos, weil Jeff mich niemals küßt, außer an meinem Geburtstag, was nicht zählt. Aber ich versuchte, seinen Kuß zu erwidern und ihm zu zeigen, daß ich ihn zu schätzen wußte.

Ich weiß nicht, was für ein Zeug man mir eingegeben hat, aber meine Ohren begannen zu klingen, und mir wurde von neuem schwindelig.

Dann beugte er sich über mich. »Knirps«, sagte er traurig, »du machst mir eine Menge Kummer.«

»Du bist auch kein Hauptgewinn, Schafskopf.«

»Das mag wohl sein.« Er betrachtete mich wehmütig. »Warum weinst du?«

Ich hatte nicht gewußt, daß ich weinte. Dann fiel mir ein, warum. »Oh, Jeff – ich habe meine schönen Flügel kaputtgemacht!«

»Wir kaufen dir neue. Und mach dich auf etwas gefaßt. Ich werde es noch einmal tun.«

»Na gut.« Er tat es.

Ich finde, Hardesty & Hardesty hat mehr Rhythmus als Jones & Hardesty.

Es klingt wirklich besser.

Originaltitel: ›The Menace from Earth‹

›Wenn das so weitergeht ...‹

1

Es war kalt auf dem Wall. Ich schlug meine erstarrten Hände zusammen und hörte aus Angst, den Propheten zu stören, gleich wieder damit auf. In dieser Nacht hatte ich meinen Posten genau vor seinen Privaträumen, und diesen Posten hatte ich mir errungen, indem ich bei der Vergatterung mehr als die übliche Sorgfalt auf vorschriftsmäßige Kleidung und zackiges Benehmen verwandt hatte ... Aber jetzt wünschte ich mir durchaus nicht, Aufmerksamkeit auf mich zu lenken.

Ich war damals jung und nicht allzu helle – ein frisch von West Point gekommener Legat und Gardist bei den Engeln des Herrn, der Leibgarde des inkarnierten Propheten. Bei meiner Geburt hatte meine Mutter mich der Kirche geweiht, und als ich achtzehn war, hatte mein Onkel Absolom, ein Senior-Laienzensor, vom Ältestenrat eine Berufung an die Militär-Akademie für mich erwirkt.

In West Point hatte es mir gefallen. Oh, ich hatte an dem üblichen Gemeckere unter den Kameraden teilgenommen, an den beinahe rituellen Beschwerden, die es bei allen militärischen Einrichtungen gibt, aber in Wahrheit sagte mir der klösterliche Tagesablauf zu: Aufstehen um fünf, zwei Stunden Gebet und Meditation, dann Unterricht in den zahlreichen Themen einer militärischen Ausbildung, Strategie und Taktik, Theologie, Mob-Psycholobie, Mirakel für Anfänger. Am Nachmittag übten wir mit Vakuum-Gewehren und Lasern, exerzierten mit Panzern und ertüchtigten unsere Körper.

Mein Abschlußzeugnis war keins von den besten, und ich hatte im Grunde nicht damit gerechnet, zu den Engeln des Herrn berufen zu werden, obwohl ich mich darum beworben hatte. Aber ich hatte immer erstklassige Noten in Frömmigkeit bekommen und war recht gut in den meisten praktischen Fächern. Ich wurde also erwählt. Es erfüllte mich mit einem beinahe sündhaften

Stolz – das heiligste Regiment unter den Heerscharen des Propheten, in dem noch der unterste Dienstgrad aus Offizieren bestand und dessen Chef des Propheten triumphierendes Schwert, der Marschall aller Heerscharen war. An dem Tag, als mir der glänzende Schild und der Speer verliehen wurden, Waffen, die nur die Engel trugen, gelobte ich, sobald die Beförderung zum Captain mir das Recht dazu gab, einen Antrag auf Zulassung zum Priesteramt zu stellen.

In dieser Nacht nun, Monate später, glänzte mein Schild immer noch hell, aber auf meinem Herzen war ein Fleck. Irgendwie war das Leben in New Jerusalem nicht so, wie ich es mir in West Point vorgestellt hatte. Palast und Tempel brodelten vor Intrigen und Politik; Priester und Diakone, Staatsminister und Palastfunktionäre beteiligten sich anscheinend alle an dem Gerangel um Macht und die Gunst des Propheten. Sogar die Offiziere meines eigenen Korps waren davon angesteckt. Unser stolzes Motto ›NON SIBI, SED DEI‹ hatte jetzt in meinem Mund einen üblen Beigeschmack bekommen.

Nicht etwa, daß ich selbst ohne Sünde gewesen wäre. Zwar hatte ich an dem Kampf um weltliche Vorteile nicht teilgenommen, aber ich hatte etwas getan, wovon ich in meinem Innern wußte, daß es schlimmer war: Ich hatte eine geweihte Schwester mit Verlangen angesehen.

Bitte, verstehen Sie mich besser, als ich mich damals selbst verstand. Ich war körperlich ein erwachsener Mann, an Erfahrung jedoch ein Kind. Meine Mutter war die einzige Frau, die ich jemals näher gekannt hatte. Als Junge, bevor ich nach West Point ging, hatte ich mich im Junioren-Seminar vor Mädchen beinahe gefürchtet. Meine Interessen verteilten sich auf die Schule, meine Mutter und den Cherubim-Trupp unserer Gemeinde, in dem ich Patrouillenführer und eifriger Gewinner von Medaillen auf allen Gebieten vom Holzschnitzen bis zum Auswendiglernen aus der Bibel war. Wenn es eine Medaille über das Thema Mädchen zu gewinnen gegeben hätte ... – aber das gab es natürlich nicht.

Auf der Militär-Akademie sah ich absolut keine weiblichen Wesen, auch hatte ich nicht viel an schlechten Gedanken zu beichten. Meine menschlichen Gefühle waren noch eingefroren, und meine gelegentlichen unruhigen Träume betrachtete ich als Versuchungen des Satans. Aber New Jerusalem ist nicht West Point, und den Engeln war es weder verboten zu heiraten, noch schickliche und gesetzte Beziehungen zu Frauen zu unterhalten. Sicher, die meisten meiner Kameraden kamen nicht um Heiratserlaubnis ein, da das die Versetzung zu einem der regulären Regimenter bedeutet hätte und viele von ihnen den Ehrgeiz hatten, Militärpriester zu werden. Doch verboten war es nicht.

Auch den Laien-Diakonissen, die in Tempel und Palast die hauswirtschaftlichen Arbeiten verrichteten, war eine Heirat nicht verboten. Die meisten waren alt und reizlos. Sie erinnerten mich an meine Tanten und kamen als Gegenstand romantischer Träume nicht in Frage. Ich plauderte gelegentlich mit ihnen auf den Fluren, daran war nichts Böses. Aber ich fühlte mich auch von keiner der wenigen jüngeren Schwestern besonders angezogen – bis ich Schwester Judith begegnete.

Vor mehr als einem Monat hatte ich auch an dieser Stelle Wache gestanden. Es war das erste Mal, daß mir der Platz vor den Privaträumen des Propheten zugewiesen worden war, und wenn mich das anfangs auch nervös gemacht hatte, beunruhigte mich in diesem Augenblick doch weiter nichts als die Möglichkeit, der Wachhabende könne auf seiner Runde vorbeikommen.

An diesem Abend hatte weit hinten im inneren Flur genau gegenüber meinem Posten ein helles Licht geleuchtet, und ich hatte gehört, daß Leute in Bewegung waren. Ein Blick auf mein Armband-Chronometer – ja, das mußten die Jungfrauen sein, die dem Propheten dienten. Das ging mich nichts an. Jeden Abend um zehn Uhr hatten sie Schichtwechsel – ich nannte es ihre ›Wachablösung‹, obwohl ich die Zeremonie nie gesehen hatte und nie zu sehen bekommen würde. Eigentlich wußte ich nicht mehr darüber, als daß diejenigen, die die nächsten vierundzwanzig Stunden Dienst hatten, zu dieser

Zeit Lose um das Vorrecht zogen, den inkarnierten Propheten zu bedienen.

Ich hatte kurz hingehört und mich abgewandt. Vielleicht eine Viertelstunde später schlüpfte eine zarte Gestalt, eingehüllt in einen dunklen Mantel, an mir vorbei, stellte sich an die Brüstung und sah zu den Sternen empor. Ich zog sofort meinen Laser und steckte ihn verlegen wieder weg, denn ich sah, daß es eine Diakonisse war.

Ich hielt sie für eine Laien-Diakonisse; ich schwöre, daß es mir nicht in den Sinn kam, sie könne eine heilige Diakonisse sein. Nirgendwo in meinem Parolebuch stand geschrieben, ich müsse Schwestern, die nach draußen kamen, wieder hineinschicken, aber ich hatte noch nie gehört, daß eine es getan habe.

Sie hatte mich wohl gar nicht gesehen, bevor ich sie ansprach. »Friede sei mit Ihnen, Schwester.«

Sie zuckte zusammen und unterdrückte einen Aufschrei. Dann raffte sie ihre Würde zusammen und antwortete: »Und mit Ihnen, kleiner Bruder.«

Erst da bemerkte ich auf ihrer Stirn das Siegel Salomons, das Zeichen der Familie des Propheten. »Verzeihung, ältere Schwester. Ich hatte es nicht gesehen.«

»Ich bin nicht gekränkt.« Mir kam es vor, als wolle sie sich gern unterhalten. Natürlich schickte es sich nicht für uns, ein Privatgespräch zu führen. Ihr sterbliches Sein war dem Propheten ebenso geweiht wie ihre Seele dem Herrn, aber ich war jung und einsam – und sie war jung und sehr hübsch.

»Bedienen Sie heute abend den Heiligen, ältere Schwester?«

Sie schüttelte den Kopf. »Nein, die Ehre ist an mir vorbeigegangen. Mein Los wurde nicht gezogen.«

»Es muß ein großes und wundervolles Vorrecht sein, ihm persönlich zu dienen.«

»Zweifellos, obwohl ich es nicht aus eigenem Wissen sagen kann. Mein Los ist bisher noch nie gezogen worden.« Impulsiv setzte sie hinzu: »Das macht mich ein bißchen nervös. Ich bin noch nicht lange hier, wissen Sie.«

Obwohl sie im Rang über mir stand, rührte es mich, daß sie ihre weibliche Schwachheit zugab. »Ich bin überzeugt, daß Sie sich lobenswert betragen werden.«

»Ich danke Ihnen.«

Wir plauderten weiter. Wie sich herausstellte, war sie noch nicht einmal so lange in New Jerusalem wie ich. Sie war auf einer Farm im oberen Staat New York aufgewachsen, und im Albany-Seminar war sie dem Propheten geweiht worden. Ich wiederum erzählte ihr, daß ich im mittleren Westen geboren bin, keine fünfzig Meilen vom Brunnen der Wahrheit entfernt, wo der Erste Prophet sich inkarnierte. Dann teilte ich ihr mit, mein Name sei John Lyle, und sie antwortete, sie werde Schwester Judith genannt.

Ich hatte den Wachhabenden und seine verflixten Runden völlig vergessen und hätte die ganze Nacht weiterplaudern können, als mein Chronometer die Viertelstunde läutete. »Ach du meine Güte!« rief Schwester Judith aus. »Ich hätte sofort in meine Zelle zurückkehren müssen.« Sie wollte forteilen, doch dann blieb sie noch einmal stehen. »Sie werden mich doch nicht verraten ... John Lyle?«

»Ich? Oh, niemals!«

Für den ganzen Rest der Wache hatte ich an sie gedacht. Als der Wachhabende tatsächlich vorbeikam, war ich eine Spur weniger zackig als sonst.

Das ist sehr wenig, um darüber den Kopf zu verlieren, nicht wahr? Doch ein einziges Glas ist sehr viel für einen Abstinenzler; ich war nicht imstande, Schwester Judith aus meinen Gedanken zu verbannen. In dem nun folgenden Monat sah ich sie ein halbes Dutzend Mal. Einmal fuhr ich auf einer Rolltreppe an ihr vorbei; sie fuhr nach unten und ich nach oben. Wir sprachen nicht einmal miteinander, aber sie erkannte mich und lächelte. In meinen Träumen stand ich diese ganze Nacht auf der Rolltreppe, aber es gelang mir nicht, sie zu verlassen und mit Schwester Judith zu sprechen. Die anderen Begegnungen waren ebenso nichtssagend. Einmal hörte ich ihre Stimme mir leise zurufen: »Hallo, John Lyle«, und ich drehte mich gerade noch rechtzeitig genug um, daß ich eine Gestalt in einem Kapuzenmantel an meinem Ellbogen vorbei durch eine Tür gehen sah. Einmal beobachtete ich sie, wie sie die Schwäne im Burggraben fütterte. Ich wagte es nicht, mich ihr zu nähern, aber ich glaube, sie hat mich gesehen.

Der *Tempel-Herold* druckte die Diensteinteilung der Schwestern ebenso wie unsere. Ich stand alle fünf Tage Wache; die Jungfrauen losten einmal die Woche. So fielen unsere Wachen etwas über einen Monat später wieder zusammen. Ich sah ihren Namen – ich schwor, ich würde an diesem Abend bei der Vergatterung wieder den Ehrenposten vor den Räumen des Propheten erringen. Ich hatte keinen Grund zu der Annahme, daß Judith zu mir auf den Wall hinauskommen würde – aber im Herzen war ich überzeugt, sie werde es tun. Niemals hatte ich in West Point mehr Spucke und Politur verbraucht; ich hätte meinen Schild als Rasierspiegel benutzen können.

Aber nun war es beinahe halb elf, und es gab noch kein Zeichen von Judith, obwohl sich die Jungfrauen pünktlich um zehn hinten im Flur versammelt hatten. Meine Anstrengungen hatten mir nichts anderes als das wenig beneidenswerte Privileg eingebracht, daß ich an der kältesten Ecke des Palastes Wache schieben durfte.

Wahrscheinlich, dachte ich düster, kommt sie jedes Mal, wenn sich ihr die Gelegenheit bietet, heraus und flirtet mit dem Posten, der gerade Dienst hat. Ich führte mir bitter vor Augen, daß alle Frauen Gefäße der Sünde sind, und das schon seit Adam und Eva. Wer war ich, daß ich mir einbildete, sie habe mich für eine besondere Freundschaft ausgewählt? Wahrscheinlich war es ihr heute abend einfach zu kalt.

Ich hörte Schritte, und mein Herz tat einen Satz vor Freude. Aber es war nur der Wachhabende, der die Runde machte. Ich hielt meine Pistole schußbereit und rief ihn an; seine Stimme schallte zurück: »Wache, was bringt die Nacht?«

Ich antwortete mechanisch: »Frieden auf Erden« und setzte hinzu: »Es ist kalt, älterer Bruder.«

»Der Herbst liegt in der Luft«, pflichtete er mir bei. »Sogar im Tempel ist es kühl.« Er ging vorbei. Seine Pistole und sein mit Lähmbomben gefüllter Patronengurt schlugen im Takt seiner Schritte an seine Rüstung. Er war ein netter alter Esel und blieb meistens für ein paar freundliche Worte stehen. Heute abend hatte er es wahrscheinlich eilig, in die Wärme des Bereitschaftsraums zurückzukommen. Ich versank wieder in meinen deprimierten Gedanken.

»Guten Abend, John Lyle.«

Fast wäre ich aus den Stiefeln gesprungen. In der Dunkelheit des Eingangs stand Schwester Judith. Ich brachte mühsam hervor: »Guten Abend, Schwester Judith«, und sie kam auf mich zu.

»Schsch!« warnte sie mich. »Es könnte uns jemand hören. John . . . John Lyle – endlich ist es geschehen. Mein Los ist gezogen worden!«

Ich fragte: »Hä?« und setzte lahm hinzu: »Meinen Glückwunsch, ältere Schwester. Möge Gott sein Angesicht über Ihrem heiligen Dienst leuchten lassen.«

»Ja, ja, danke«, antwortete sie rasch. »Aber, John . . . ich hatte die Absicht, mir ein paar Augenblicke Zeit zu stehlen, um mit Ihnen zu plaudern. Jetzt geht das nicht – ich muß gleich in den Ankleideraum zur Unterweisung und zum Gebet. Ich muß laufen.«

»Dann beeilen Sie sich besser«, stimmte ich zu. Ich war enttäuscht, daß sie nicht bleiben konnte, glücklich für sie, daß ihr die Ehre widerfahren war, und ich frohlockte, daß sie mich nicht vergessen hatte. »Gott sei mit Ihnen.«

»Ich mußte es Ihnen einfach erzählen.« Das Leuchten in ihren Augen verstand ich als heilige Freude. Deshalb überraschten mich ihre nächsten Worte. »Ich habe Angst, John Lyle.«

»Was? Angst?« Plötzlich fiel mir ein, wie mir zumute gewesen war und wie meine Stimme sich überschlagen hatte, als ich zum ersten Mal eine Kompanie drillte. »Fürchten Sie sich nicht, die Kraft wird Ihnen gegeben werden.«

»Oh, das hoffe ich! Beten Sie für mich, John.« Und

schon war sie verschwunden, unsichtbar geworden in dem dunklen Flur.

Ich betete tatsächlich für sie und versuchte mir auszumalen, wo sie sich befand, was sie tat. Aber da ich über das, was in den Privatgemächern des Propheten vorging, so wenig wußte wie eine Kuh über das Kriegsgericht, gab ich es bald auf und dachte einfach an Judith. Etwa eine Stunde später wurde meine Träumerei durch einen schrillen Schrei innerhalb des Palastes unterbrochen, dem Unruhe und Laufschritte folgten. Ich rannte den inneren Flur hinunter und fand eine Gruppe von Frauen, die sich um den Eingang zu den Räumen des Propheten zusammendrängten. Zwei oder drei andere trugen jemanden aus diesen Räumen heraus. Im Flur blieben sie stehen und legten ihre Bürde auf den Fußboden.

»Was ist los?« fragte ich und zog meine Pistole.

Eine ältere Schwester trat zu mir. »Es ist nichts. Kehren Sie an Ihren Posten zurück, Legat!«

»Ich habe einen Schrei gehört.«

»Das ist nicht Ihre Angelegenheit. Eine der Schwestern verlor das Bewußtsein, als der Heilige ihre Dienste verlangte.«

»Wer ist sie?«

»Sie sind ziemlich neugierig, kleiner Bruder.« Sie zuckte die Achseln. »Schwester Judith, wenn Sie es unbedingt wissen wollen.«

Ohne zu überlegen, platzte ich heraus: »Lassen Sie mich ihr helfen!« und machte einen Schritt vorwärts. Sie verstellte mir den Weg.

»Haben Sie den Verstand verloren? Ihre Schwestern werden sie in ihre Zelle zurückbringen. Seit wann kümmern sich die Engel um nervöse Jungfrauen?«

Ich hätte sie mit einem Finger zur Seite schieben können, aber sie hatte recht. Ich trat zurück, und so ungern ich es tat, begab ich mich wieder auf meinen Posten.

Die nächsten paar Tage ging mir Schwester Judith nicht aus dem Sinn. Wenn ich dienstfrei hatte, wanderte ich in der Hoffnung, einen Blick auf sie zu erhaschen, in den Teilen des Palastes umher, die ich betreten durfte. Sie mochte krank oder in ihre Zelle verbannt worden sein, denn was sie getan hatte, galt sicher als schwerer Verstoß gegen die Disziplin. Aber ich sah sie nicht.

Meinem Stubenkameraden Zebadiah Jones fiel meine Niedergeschlagenheit auf, und er versuchte, mich ihr zu entreißen. In West Point war er drei Klassen über mir und ich einer seiner Kadetten gewesen; jetzt war er mein bester Freund und einziger Vertrauter. »Johnnie, alter Junge, du siehst aus wie ein Toter bei seinem eigenen Leichenschmaus. Was bedrückt dich?«

»Mich? Gar nichts. Vielleicht ein bißchen Verdauungsbeschwerden.«

»So? Komm, machen wir einen Spaziergang! Die Luft wird dir gut tun.«

Ich ließ mich von ihm ins Freie locken. Er redete nur über Alltägliches, bis wir auf der breiten Terrasse anlangten, die den Südturm umgibt, und keine optischen oder akustischen Überwachungsgeräte mehr zu befürchten brauchten. »Komm schon, erzähl es mir!«

»Ach, Zeb, ich kann es niemand anderem aufbürden.«

»Warum nicht? Wozu ist ein Freund da?«

»Äh ... du wirst schockiert sein.«

»Das bezweifele ich. Das letzte Mal schockiert war ich, als ich vier Karten von einer Farbe zusätzlich zum As zog. Es stellte meinen Glauben an Wunder wieder her, und seitdem bin ich immer verhältnismäßig immun gewesen. Mach schon! Nennen wir es eine vertrauliche Mitteilung – der ältere Berater und all dieser Quatsch.«

Ich ließ mich von ihm überreden. Zu meiner Überraschung schockierte es Zeb wirklich nicht, daß ich mich für eine heilige Diakonisse interessierte. Also erzählte ich ihm die ganze Geschichte und ergänzte sie mit meinen Zweifeln und Problemen, all den schwarzen Gedanken, die ich seit dem Tag gehegt hatte, als ich mich in New Jerusalem zum Dienst meldete.

Er nickte gleichmütig. »Ich verstehe, welche Wirkung es auf dich hat, da ich dich kenne. Sag mal, du hast doch nichts davon bei der Beichte erwähnt?«

»Nein«, gestand ich verlegen.

»Dann laß es auch weiterhin bleiben! Major Bagby ist weitherzig, schockieren würdest du ihn nicht – aber er könnte sich verpflichtet fühlen, deine Geschichte an seine Vorgesetzten weiterzumelden. Du wirst dich der Inquisition nicht stellen wollen, auch wenn du ein alabasterweißes Unschuldslamm wärest. Vielmehr, gerade weil du unschuldig bist – ja, du bist es; jeder hat zuweilen unfromme Gedanken. Aber der Inquisitor erwartet, Sünde zu finden, und wenn er keine findet, gräbt er weiter.«

Bei der Vorstellung, daß ich der Befragung unterzogen werden könnte, hätte sich mir beinahe der Magen umgedreht. Ich versuchte, mir nichts anmerken zu lassen. Zeb fuhr ruhig fort: »Johnnie, mein Junge, ich bewundere deine Frömmigkeit und deine Unschuld, aber ich beneide dich darum nicht. Manchmal ist zuviel Frömmigkeit ein schlimmeres Handicap als zu wenig. Du entsetzt dich darüber, daß man die Politik ebenso braucht wie das Psalmensingen, um ein großes Land zu regieren. Nun sieh mich an! Mir sind die gleichen Dinge wie dir aufgefallen, als ich neu hier war. Aber ich hatte nichts anderes erwartet und war nicht schockiert.«

»Aber ...« Ich verstummte. Seine Bemerkungen klangen schmerzhaft nach Häresie; ich wechselte das Thema. »Zeb, was meinst du, worüber mag Judith an dem Abend, als sie dem Propheten diente, so erschrocken sein, daß sie in Ohnmacht fiel?«

»Woher soll ich das wissen?« Er streifte mich mit einem Blick und sah wieder weg.

»Ich dachte, du könntest eine Ahnung haben. Du hörst doch sonst immer allen Palastklatsch.«

»Nun ... ach, vergiß es, alter Junge! Es ist wirklich nicht wichtig.«

»Du weißt es also?«

»Das habe ich nicht gesagt. Meine Vermutungen könnten der Wahrheit ziemlich nahekommen, aber mit Vermutungen ist dir ja nicht gedient. Also vergiß es!«

Ich blieb stehen, trat vor ihn und sah ihn an. »Zeb, wenn du irgend etwas darüber weißt – oder vermutest –, will ich es hören. Es ist wichtig für mich.«

»Immer mit der Ruhe! Du hattest Angst, mich zu schockieren; vielleicht möchte ich jetzt dich nicht schockieren.«

»Was meinst du? Sag es mir!«

»Immer mit der Ruhe, habe ich gesagt. Denke daran, wir sind auf einem Spaziergang, uns drückt nicht eine einzige Sorge, wir reden über unsere Schmetterlingssammlungen und fragen uns, ob es heute abend wieder gekochtes Rindfleisch geben wird.«

Immer noch schäumend, ließ ich mich von ihm weiterziehen. Er fuhr friedlicher fort: »John, du bist offensichtlich nicht der Typ, der etwas erfährt, einfach indem er sein Ohr auf den Boden legt – und die Inneren Mysterien hast du noch nicht studiert, nicht wahr?«

»Das weißt du doch. Der Psycho-Offizier, der die Klassifizierung vornimmt, hat mich noch nicht zugelassen. Ich weiß nicht, warum.«

»Ich hätte dich einmal in meine Bücher hineinschauen lassen sollen, als ich dafür büffelte. Nein, das war, bevor du deine Abschlußprüfung machtest. Zu schade, denn sie erklären alles in viel zartfühlenderer Sprache, als ich es fertigbringe – und rechtfertigen jede Einzelheit gründlich, falls dir an der Dialektik der religiösen Theorie etwas liegt. John, was stellst du dir unter den Pflichten der Jungfrauen vor?«

»Nun, sie bedienen ihn, kochen sein Essen und so weiter.«

»Vor allem Letzteres: ›Und so weiter.‹ Diese Schwester Judith – ein unschuldiges kleines Mädchen vom Lande, wie du sie beschreibst. Voll frommen Eifers, meinst du nicht?«

Ich erwiderte etwas steif, daß mich gerade diese Eigenschaft zu ihr hingezogen habe. Vielleicht glaubte ich es selbst.

»Es könnte ja sein, daß sie erschrak, einfach weil sie eine ziemlich weltliche und zynische Diskussion zwischen dem Heiligen und – oh, sagen wir dem Finanzverwalter – mitanhörte, über Steuern und Zehnte und den besten Weg, sie aus den Bauern herauszuquetschen. Es könnte etwas in der Art gewesen sein, obwohl die Schriftführerin für eine solche Konferenz kaum eine grasgrüne Jungfrau sein würde, die zum ersten Mal Dienst tut. Nein, es ist beinahe sicher, daß es das ›Und so weiter‹ war.«

»Ich kann dir nicht folgen.«

Zeb seufzte. »Du bist wirklich einer von Gottes Unschuldigen! Heiliger Name, ich dachte, du wüßtest es, und wärst nur zu prüde, um es zuzugeben. Sogar die Engel treiben es zuweilen mit den Jungfrauen, wenn der Prophet mit ihnen fertig ist. Ganz zu schweigen von den Priestern und Diakonen. Ich weiß noch, wie ...« Er unterbrach sich plötzlich; sein Blick war auf mein Gesicht gefallen. »Wisch dir diesen Ausdruck ab! Willst du, daß wir jemandem auffallen?«

Ich versuchte, mich zusammenzunehmen, und schreckliche Gedanken jagten sich in meinem Kopf. Zeb fuhr gelassen fort: »Ich vermute – wenn es für dich von solcher Bedeutung ist –, daß deiner Freundin Judith der Titel ›Jungfrau‹ im rein körperlichen Sinn noch ebenso zusteht wie im spirituellen. Vielleicht bleibt sie sogar Jungfrau, wenn der Heilige so böse auf sie ist, wie er wahrscheinlich war. Sie ist sicher ebenso vernagelt wie du und verstand die symbolischen Erklärungen nicht, die man ihr gab. Und dann verlor sie die Fassung, als der Zeitpunkt gekommen war, zu dem es nichts mehr mißzuverstehen gab, woraufhin er sie hinauswarf. Kein Wunder!«

Wieder blieb ich stehen und murmelte Bibelworte vor mich hin, von denen ich gar nicht gewußt hatte, daß ich sie kannte. Zeb blieb ebenfalls stehen und betrachtete mich mit einem Lächeln zynischer Toleranz. »Zeb«, sagte ich, und ich flehte ihn beinahe an, »das ist ja schrecklich. Schrecklich! Sag mir – bloß nicht, daß du es billigst!«

»Ob ich es billige? – Mann, das ist alles Teil des Plans! Es tut mir leid, daß du nicht zum höheren Studium zugelassen worden bist. Gib acht, ich werde dir einen Schnellkurs verpassen. Gott verschwendet nichts. Richtig?«

»Das ist fundierte Doktrin.«

»Gott verlangt von einem Menschen nichts; was über seine Kraft geht. Richtig?«

»Ja, aber ...«

»Schnauze! Gott befiehlt dem Menschen, fruchtbar zu sein. Da der inkarnierte Prophet besonders heilig ist, wird von ihm auch verlangt, besonders fruchtbar zu sein. Das ist die Quintessenz; mit den Feinheiten kannst du dich befassen, wenn du das Thema studierst. In der Zwischenzeit sage ich dir: Wenn der Prophet sich im Fleisch demütigen kann, um seine Pflicht zu tun, wer bist du, daß du Krawall schlagen willst? Beantworte mir das!«

Natürlich konnte ich darauf nicht antworten, und wir setzten unsern Spaziergang schweigend fort. Ich mußte zugeben, daß Zebs Erklärungen logisch waren und daß sich seine Schlußfolgerungen auf offenbarten Grundsätzen aufbauten. Das Problem war, daß mir die Schlußfolgerungen nicht mundeten. Ich hätte sie sehr gern ausgespuckt wie etwas Giftiges, das ich geschluckt hatte.

Schließlich tröstete ich mich mit dem Gedanken, daß Zeb sicher war, Judith sei nichts passiert. Ich fühlte mich langsam besser, redete mir zu, Zeb habe recht und es sei nicht meines Amtes, entschieden nicht meines Amtes, über die Moral des heiligen inkarnierten Propheten zu richten.

Doch meine Gedanken liefen im Kreis. Meine Erleichterung über Judith rührte doch allein von der Tatsache her, daß ich sie mit sündigen Blicken betrachtet hatte, und es konnte unmöglich eine Vorschrift für die eine heilige Diakonisse und eine andere Vorschrift für alle übrigen geben. Schon fing ich wieder an, mich unglücklich zu fühlen, als Zeb plötzlich anhielt. »Was war das?«

Wir eilten an das Geländer der Terrasse und blickten nach unten. Der Südwall liegt nahe an der eigentlichen Stadt. Eine Menge von fünfzig oder sechzig Leuten stürmte den Hang herauf, der zu den Palastmauern führt. Vor ihnen rannte mit abgewandtem Kopf ein Mann in einem langen Kaftan. Offensichtlich war sein Ziel das Tor der Freistätte.

Zebadiah beantwortete seine eigene Frage. »Darum geht der Lärm – der Pöbel steinigt einen Paria. Wahrscheinlich war er so leichtsinnig, sich nach fünf außerhalb des Gettos erwischen zu lassen.« Er starrte hinab und schüttelte den Kopf. »Ich glaube nicht, daß er es schaffen wird.«

Zebs Voraussage bewahrheitete sich im gleichen Augenblick. Ein großer Stein traf den Mann zwischen den Schulterblättern, er stolperte und fiel. Sofort waren sie über ihm.

Er kämpfte sich auf die Knie hoch, wurde von einem Dutzend Steinen getroffen und brach zusammen. Er gab einen gebrochenen, hohen Klagelaut von sich, dann zog er einen Zipfel des Kaftans über seine dunklen Augen und die kräftige römische Nase.

Ein paar Minuten später gab es nichts mehr zu sehen als einen Haufen Steine und einen daraus hervorragenden Fuß in einem Pantoffel. Er zuckte und war still.

Mit einem Gefühl der Übelkeit wandte ich mich ab. Zebadiah bemerkte meinen Gesichtsausdruck.

»Warum«, fragte ich zu meiner Verteidigung, »halten diese Parias an ihrer Ketzerei fest? Sonst scheinen sie ganz harmlose Menschen zu sein.«

Zeb hob eine Braue. »Vielleicht halten sie es nicht für Ketzerei. Hast du nicht gesehen, daß der Mann sich seinem Gott anbefahl?«

»Aber das ist nicht der wahre Gott.«

»Er muß anderer Meinung gewesen sein.«

»Aber sie alle müssen es besser wissen; wir haben es ihnen oft genug gesagt.«

Zeb lächelte auf so aufreizende Art, daß es aus mir heraussprudelte: »Ich verstehe dich nicht, Zeb – hol mich dieser und jener, wenn ich es tue! Vor zehn Minuten hast du mich in den richtigen Glaubenssätzen befestigt, und jetzt scheinst du die Ketzerei zu verteidigen. Bring das mal auf einen Nenner.«

Er zuckte die Achseln. »Oh, ich kann den *advocatus diaboli* recht gut spielen. In West Point habe ich den Debattier-Club geleitet, weißt du noch? Irgendwann werde ich ein berühmter Theologe sein – wenn der Großinquisitor mich nicht vorher kassiert.«

»Nun ... hör mal ... Hältst du es für *richtig*, die Gottlosen zu steinigen? Oder nicht?«

Er wechselte abrupt das Thema. »Hast du bemerkt, wer den ersten Stein geworfen hat?« Das hatte ich nicht, und ich sagte es ihm. Ich erinnerte mich nur noch, daß es ein Mann in ländlicher Kleidung gewesen war, weder eine Frau noch ein Kind.

»Es war Snotty Fassett.« Zebs Oberlippe kräuselte sich.

An Fassett erinnerte ich mich nur zu gut. Er war zwei Klassen über mir gewesen und hatte aus meinem Kadettenjahr eine Zeit gemacht, die ich vergessen wollte. »So ist es also zugegangen«, antwortete ich langsam. »Zeb, ich glaube, Geheimdienstarbeit könnte ich nicht verkraften.«

»Sicher nicht als *agent provocateur«*, stimmte er zu. »Wie dem auch sei, ich glaube, daß der Rat solche gelegentlichen Vorfälle braucht. Diese Gerüchte über die Loge und all das ...«

Ich hakte bei seiner letzten Bemerkung ein. »Zeb, meinst du, daß an dieser Loge etwas dran ist? Ich kann nicht glauben, daß es irgendeinen organisierten Widerstand gegen den Propheten gibt.«

»Nun – draußen an der Westküste hat es nachweislich einige Unruhe gegeben. Ach, vergiß es! Unsere Aufgabe ist es, hier Wache zu halten.«

2

Aber es war uns nicht vergönnt, das zu vergessen. Zwei Tage später wurden die inneren Wachen verdoppelt. Ich konnte mir nicht vorstellen, daß wirklich Gefahr bestand, denn der Palast war so unangreifbar, wie nur je eine Festung erbaut worden ist, und die Tiefgeschosse hätten sogar Atombomben standgehalten. Außerdem wurde jeder, der den Palast betrat – auch dann, wenn er vom Tempelgrundstück kam –, angerufen und ein Dutzendmal überprüft, bevor er den wachehabenden Engel vor den Räumen des Propheten erreichte. Nichtsdestotrotz, in den oberen Rängen wurde man nervös; irgend etwas mußte vor sich gehen.

Es freute mich jedoch sehr, daß ich als Zebadiahs Partner eingeteilt wurde. Die doppelte Stundenzahl Wache stehen zu müssen, fiel nicht so schwer, wenn man ihn zur Unterhaltung dabei hatte. Zumindest traf das auf mich zu. Der arme Zeb mußte sich von mir während der langen Nachtstunden unaufhörlich nerven lassen. Ich redete von Judith und wie unglücklich ich mit den Zuständen in New Jerusalem sei. Schließlich fuhr er mich an:

»Hör mal zu, du Dummkopf! Liebst du sie?«

Ich versuchte auszuweichen. Bisher hatte ich nicht einmal mir selbst eingestanden, daß meine Gefühle für sie über ein Interesse an ihrem Wohlergehen hinausgingen. Er schnitt mir das Wort ab.

»Entweder du liebst sie, oder du liebst sie nicht. Entscheide dich! Falls ja, wollen wir uns praktischen Dingen zuwenden. Falls nein, hör auf, von ihr zu faseln!«

Ich holte tief Atem und wagte den Sprung. »Ich glaube, ja, Zeb. Man sollte es nicht für möglich halten, und ich weiß, daß es Sünde ist, aber so ist es nun einmal.«

»Und eine Dummheit ist es noch dazu. Aber zur Vernunft zu bringen bist du ja doch nicht. Okay, also du liebst sie. Und nun?«

»Wie bitte?«

»Was willst du tun? Sie heiraten?«

Darüber dachte ich mit solcher Verzweiflung nach, daß ich mein Gesicht mit den Händen bedeckte. »Natürlich möchte ich das«, gestand ich. »Aber wie kann ich?«

»Genau. Du kannst es nicht. Du kannst nicht heiraten, ohne von hier versetzt zu werden, und sie kann überhaupt nicht heiraten. Auch hat sie keine Möglichkeit, ihre Gelübde zu brechen, da sie bereits geweiht ist. Aber wenn du nackte Tatsachen vertragen kannst, ohne zu erröten, habt ihr eine ganze Menge Möglichkeiten. Ihr beiden könntet es sehr angenehm haben – falls du imstande bist, deine infernalische Sittenstrenge zu überwinden.«

Eine Woche zuvor hätte ich gar nicht verstanden, auf was er anspielte. Jetzt wußte ich es. Ich konnte nicht einmal echt wütend darüber werden, daß er mir einen so ehrlosen und sündhaften Vorschlag machte. Er meinte es gut – und etwas von der allgemeinen Verderbnis war schon in meine eigene Seele eingedrungen. Ich schüttelte den Kopf. »Das hättest du nicht sagen sollen, Zeb. So eine ist Judith nicht.«

»Okay. Dann vergiß es! Und sie! Und rede nicht mehr von ihr!«

Ich seufzte müde. »Sei nicht so streng mit mir, Zeb. Ich weiß einfach nicht, wie ich damit fertigwerden soll.« Ich sah nach rechts und nach links, dann riskierte ich es und setzte mich auf die Brüstung. Unser Posten war nicht in der Nähe der Wohnung des Heiligen, sondern auf dem Ostwall; Captain Peter van Eyck, unser Wachhabender, war zu fett, um öfter als einmal pro Wache so weit zu kommen, also durfte ich es wagen. Ich war todmüde, weil ich in letzter Zeit nicht viel geschlafen hatte.

»Entschuldige.«

»Sei nicht böse, Zeb. So etwas ist nichts für mich, und ganz bestimmt ist es nichts für Judith – für Schwester Judith.« Ich wußte, was ich mir für uns beide wünschte: Eine kleine Farm mit vielleicht hundertsechzig Morgen Land wie die, auf der ich geboren worden war. Schweine und Hühner und barfüßige Kinder mit glücklichen, schmutzigen Gesichtern, und Judith, deren Gesicht aufleuchtete, wenn ich vom Feld kam, und die sich dann mit der Schürze den Schweiß vom Gesicht wischte, damit ich sie küssen konnte ... keine andere Verbindung mit der Kirche und dem Propheten mehr als die sonntäglichen Versammlungen und der Zehnte.

Aber es konnte nicht sein, niemals. Ich schlug es mir

aus dem Sinn. »Zeb«, fuhr ich fort, »nur, um meine Neugier zu befriedigen – du hast angedeutet, daß so etwas immerfort vor sich geht. Wie? Wir leben hier in einem Goldfischglas. Ich kann es mir nicht vorstellen.«

Er grinste mich so zynisch an, daß ich ihn am liebsten geohrfeigt hätte, aber seine Stimme klang nicht höhnisch. »Nimm zum Beispiel deinen eigenen Fall ...«

»Kommt nicht in Frage!«

»Nur als Beispiel, habe ich gesagt. Schwester Judith ist im Augenblick nicht zu erreichen; sie muß in ihrer Zelle bleiben. Aber ...«

»Was? Sie ist *verhaftet* worden?« Ich dachte entsetzt an die Befragung und was Zeb über die Inquisitoren gesagt hatte.

»Nein, nein, nein! Sie ist nicht einmal eingesperrt. Man hat ihr gesagt, sie solle drinnen bleiben, das ist alles, mit Gebeten, Brot und Wasser zur Gesellschaft. Man reinigt ihr Herz und unterweist sie in ihren spirituellen Pflichten. Wenn sie die Dinge im wahren Licht sieht, wird ihr Los wieder gezogen werden – und diesmal wird sie nicht wieder ohnmächtig umfallen und sich blamieren.«

Ich unterdrückte meine erste Reaktion und versuchte, ruhig darüber nachzudenken. »Nein«, sagte ich. »Judith wird es niemals tun. Auch dann nicht, wenn sie für immer in ihrer Zelle bleiben muß.«

»So? Da wäre ich nicht so sicher. Die Schwestern können sehr überzeugend sein. Wie würde es dir gefallen, wenn man in Schichten für dich betete? Aber nimm einmal an, daß sie tatsächlich das Licht sieht, nur damit ich mit meiner Geschichte weitermachen kann.«

»Zeb, woher weißt du das alles?«

»O Mann, ich bin seit drei Jahren hier! Meinst du, in der Zeit lernt man nicht, sich hintenherum Informationen zu beschaffen? Du hast dir Sorgen um sie gemacht – und bist mir damit auf die Nerven gegangen, wenn ich so sagen darf. Also habe ich die Vögelchen gefragt. Aber weiter im Text. Sie sieht das Licht, ihr Los wird gezogen, sie erweist dem Propheten den heiligen Dienst. Danach versammelt sie sich mit allen anderen einmal in der

Woche, und ihr Los wird höchstens einmal im Monat gezogen. Innerhalb eines Jahres – es sei denn, der Prophet entdeckt an ihr einen ganz besonderen Seelenliebreiz – erscheint ihr Name nicht mehr auf der Liste der Teilnehmerinnen an der Auslosung. Es ist nicht einmal notwendig, solange zu warten, obwohl es diskreter wäre.«

»Das alles ist schändlich!«

»So? Ich könnte mir vorstellen, daß König Solomo ein ähnliches System hat benutzen müssen; er hatte noch mehr Frauen am Hals als der Heilige. Wenn du danach mit der betreffenden Jungfrau zu einem Einverständnis gelangen kannst, brauchst du nur noch allgemein bekannten Regeln zu folgen. Du hast der Ältesten Schwester ein Geschenk zu machen und diese Geste zu wiederholen, wie die Umstände es fordern. Ein paar Handflächen müssen gesalbt werden – ich kann dir sagen, welche. Und dieser große Haufen von Mauerwerk birgt viele dunkle Hintertreppen. Beachtest du getreulich alle Bräuche, gibt es keinen Grund, warum du nicht beinahe in jeder Nacht, in der ich Wache habe und du nicht, etwas Warmes und Kuscheliges in deinem Bett vorfinden solltest.«

Ich wollte gerade explodieren wegen der gefühllosen Art, in der er es darstellte, als meine Gedanken unvermittelt vom Thema abschweiften. »Zeb – jetzt weiß ich, daß du die Unwahrheit sprichst. Du willst mich nur aufziehen, gib es zu. Irgendwo in unserm Zimmer sind ein Auge und ein Ohr. Selbst wenn ich sie entdeckte und ausschaltete, würde ganz bestimmt innerhalb von drei Minuten die Sicherheitswache an die Tür ballern.«

»Na und? In jedem Zimmer des Palastes sind ein Auge und ein Ohr. Du ignorierst sie.«

Mir blieb der Mund offenstehen.

»Du ignorierst sie«, wiederholte er. »Hör zu, John, ein bißchen nebenbei betriebene Unzucht stellt keine Bedrohung für die Kirche dar – Verrat und Häresie wohl. Es wird einfach in dein Dossier eingetragen, und niemand verliert mehr ein Wort darüber – außer man erwischt dich später bei etwas wirklich Wichtigem. In dem Fall könnte man dich deswegen statt wegen der eigentlichen Anklage hängen. Alter Junge, die Bonzen lieben es, solche kleinen Sünden in den Akten zu haben, das erhöht die Sicherheit. Wahrscheinlich bereitest du ihnen Unbehagen. Du bist zu vollkommen, und solche Männer sind gefährlich. Das ist wahrscheinlich auch der Grund, warum du die Erlaubnis zum höheren Studium noch nicht erhalten hast.«

Ich versuchte mir im Geist die verschiedenen Widersprüche zurechtzulegen, die Räder in den Rädern, und gab es auf. »Ich verstehe das einfach nicht. Zeb, das alles hat doch gar nichts mit mir zu tun ... oder mit Judith. Aber ich weiß, was ich tun *muß*. Irgendwie muß ich sie hier hinausbringen.«

»Hmm ... das ist eine sehr enge Pforte, alter Junge.«

»Ich muß.«

»Nun ... ich würde dir gern helfen. Vielleicht könnte ich eine Botschaft zu ihr gelangen lassen«, setzte er zweifelnd hinzu.

Ich faßte seinen Arm. »Würdest du das tun, Zeb?«

Er seufzte. »Ich wünschte, du würdest warten. Nein, das geht wohl nicht, dazu ist dein Kopf zu voll von romantischen Ideen. Doch im Augenblick ist es riskant. Sehr riskant, da sie auf Befehl des Propheten diszipliniert wird. Du würdest sehr komisch vor dem Tisch eines Kriegsgerichts aussehen, von dem dein eigener Speer auf dich zeigt.«

»Sogar das würde ich riskieren. Und sogar die Befragung.«

Er erinnerte mich nicht daran, daß er selbst ein noch größeres Risiko einging als ich; er sagte nur: »Nun gut, wie lautet die Botschaft?«

Ich dachte ein paar Sekunden lang nach. Sie mußte kurz sein. »Sag ihr, daß der Legat, mit dem sie an dem Abend, als ihr Los gezogen wurde, gesprochen hat, sich Sorgen um sie macht.«

»Sonst noch etwas?«

»Ja! Sag ihr, daß ich ihr zur Verfügung stehe!«

Wenn ich heute daran zurückdenke, hört es sich bombastisch an. Zweifellos war es das auch – aber es drückte genau aus, was ich empfand.

Beim Lunch am nächsten Tag fand ich ein zusammengefaltetes Stück Papier in meiner Serviette. Ich beeilte mich beim Essen und schlüpfte hinaus, um es zu lesen.

Ich brauche Ihre Hilfe, stand da, *und ich bin Ihnen so dankbar. Wollen Sie sich heute abend mit mir treffen?* Es stand kein Name darunter, und die Schrift war die eines normalen Stimmschreibers, der irgendwo im Palast oder außerhalb des Palastes benutzt sein konnte. Als Zeb in unser Zimmer zurückkehrte, zeigte ich ihm den Brief. Er warf einen Blick darauf und meinte lässig:

»Gehen wir etwas an die Luft! Ich habe zuviel gegessen, und ich bin kurz davor einzuschlafen.«

Auf der offenen Terrasse angelangt, wo wir unbeobachtet von Augen und Ohren waren, verfluchte er mich, leidenschaftslos und mit leiser Stimme. »Aus dir würde nie ein Verschwörer werden. Die halbe Messe muß bemerkt haben, daß du etwas in deiner Serviette gefunden hast. Warum, in Gottes Namen, hast du dein Essen hinuntergeschlungen und bist hinausgestürmt? Und um allem die Krone aufzusetzen, hast du es mir oben auch noch gezeigt. Du kannst nicht wissen, ob das Auge es nicht gelesen und zum Beweis eine Fotokopie davon angefertigt hat. Wo in aller Welt hast du gesteckt, als die Gehirne verteilt wurden?«

Ich protestierte, aber er schnitt mir das Wort ab. »Vergiß es! Ich weiß, du wolltest uns nicht beide in Lebensgefahr bringen – nur nützen einem gute Absichten nichts, wenn der Kriegsgerichtsrat die Anklage verliest. Merke dir das oberste Prinzip einer Verschwörung: Man läßt sich nie dabei ertappen, daß man etwas Ungewöhnliches tut, ganz gleich, wie harmlos es scheinen mag. Du würdest nicht glauben, eine wie geringe Abweichung vom Normalen schon bedeutungsvoll für einen ausgebildeten Analytiker ist. Du hättest die übliche Zeit im Refektorium bleiben und nach dem Essen wie üblich noch herumstehen und dich unterhalten und abwarten sollen, bis du den Zettel ohne Gefahr lesen konntest. Wo ist er jetzt?«

»In der Tasche meines Harnischs«, antwortete ich eingeschüchtert. »Keine Bange, ich werde ihn zerkauen und verschlucken.«

»Nicht so schnell. Warte hier!« Zeb ging und kam in wenigen Minuten zurück. »Ich habe hier ein Stück Papier vom gleichen Format und werde es dir unauffällig geben. Vertausche die beiden, und dann kannst du den echten Brief verschlingen – aber laß dich beim Vertauschen nicht ertappen und verspeise nicht den falschen Brief.«

»Gut. Was steht denn auf dem zweiten Blatt Papier?«

»Notizen über ein Gewinnsystem beim Würfeln.«

»Hö? Das ist doch auch verboten!«

»Natürlich, du Knallkopf. Wenn man bei dir einen Beweis findet, daß du würfelst, wird man dich keiner ernsteren Sünde verdächtigen. Schlimmstenfalls wird der Captain dich zusammenstauchen und dir eine Geldstrafe von ein paar Tagen Sold und einige Stunden Buße aufbrummen. Merk es dir, John: Wenn du je irgendeines Vergehens verdächtigt wirst, versuche, das Beweismaterial so zu drehen, daß es auf ein geringeres Vergehen hinweist! Spiel nie die lilienweiße Unschuld! Wie die menschliche Natur nun einmal beschaffen ist, sind deine Chancen im ersten Fall besser.«

Zeb sollte recht behalten. Man muß meine Taschen gleich, nachdem ich mich für die Parade umgezogen hatte, durchsucht und das Beweisstück fotografiert haben, denn eine halbe Stunde später wurde ich ins Büro des stellvertretenden Kommandeurs gerufen. Er bat mich, die Augen nach Anzeichen von Glücksspielen unter den jüngeren Offizieren offenzuhalten. Es sei eine Sünde, sagte er, der seine jungen Offiziere nicht zum Opfer fallen sollten. Zum Schluß klopfte er mir auf die Schulter. »Sie sind ein guter Junge, John Lyle. Ein Wort zur rechten Zeit, nicht wahr?«

Zeb und ich hatten in dieser Nacht die Mittelwache am Südportal des Palastes. Die Hälfte der Zeit ging ohne ein Zeichen von Judith herum. Ich war so nervös wie eine Katze in einem fremden Haus, obwohl Zeb mich zu beruhigen versuchte, indem er mich zwang, mich strikt an die Routine zu halten. Endlich, endlich waren leise Schritte im inneren Flur zu hören, und eine Gestalt erschien im Eingang. Zebadiah bedeutete mir, auf meinem Posten zu bleiben, und ging nachsehen. Fast sofort kehrt er um, legte einen Finger an die Lippen und winkte mich zu sich. Zitternd betrat ich das Gebäude. Es war nicht Judith, sondern eine mir fremde Frau, die dort in der Dunkelheit wartete. Ich wollte etwas sagen, aber Zeb legte mir die Hand über den Mund.

Die Frau faßte meinen Arm und zog mich den Gang hinunter. Ich blickte zurück. Zebs Umrisse zeichneten sich im Eingang ab; er gab uns Rückendeckung. Meine Führerin blieb stehen und schob mich in einen fast stockfinsteren Alkoven. Dann zog sie aus den Falten ihrer Robe einen kleinen Gegenstand, den ich nach der schwach leuchtenden Anzeige für ein Taschenspürgerät hielt. Sie fuhr damit nach oben, nach unten und im Kreis herum, schaltete es aus und steckte es wieder ein. »Jetzt können Sie reden«, sagte sie leise. »Es besteht keine Gefahr.«

Sie glitt davon.

Ich fühlte eine leichte Berührung an meinem Ärmel. »Judith?« flüsterte ich.

»Ja«, hauchte es kaum hörbar.

Dann hielt ich sie in meinen Armen. Sie schrie vor Schreck leise auf, und dann legten sich ihre Arme um meinen Hals, und ich spürte ihren Atem an meinem Gesicht. Wir küßten uns unbeholfen, aber mit beinahe verzweifeltem Eifer.

Es geht niemanden etwas an, was wir dort sprachen, auch könnte ich, selbst wenn ich es versuchte, keinen zusammenhängenden Bericht darüber geben. Nennen Sie mein Verhalten romantischen Unsinn, nennen Sie es eine verspätete pubertäre Liebe, die durch Unwissenheit und ein unnatürliches Leben bis dahin unterdrückt worden war. Nennen Sie es, wie Sie wollen, und lachen Sie über uns! In diesem Augenblick waren wir dem herrlichen Wahnsinn verfallen, der kostbarer ist als Gold und Rubine und wünschenswerter als ein klarer Verstand. Wenn Sie es selbst nie erlebt haben und nicht wissen, wovon ich rede, tun Sie mir leid.

Schließlich wurden wir etwas ruhiger und sprachen vernünftiger. Sie wollte mir von der Nacht erzählen, als ihr Los gezogen worden war, und begann zu weinen. Ich schüttelte sie und sagte: »Hör auf damit, Liebling. Du brauchst es mir nicht zu sagen. Ich weiß Bescheid.«

Sie schluckte. »Aber du weißt es nicht. Du kannst es nicht wissen. Ich ... er ...«

Von neuem schüttelte ich sie. »Hör auf! Hör sofort damit auf! Keine Tränen mehr. Ich weiß es genau. Und ich weiß, was dir noch bevorsteht – falls wir dich hier nicht hinausbringen. Deshalb ist keine Zeit für Tränen und Nervenzusammenbrüche. Wir müssen Pläne schmieden.«

Lange Zeit blieb sie stumm. Dann sagte sie langsam: »Du meinst, ich soll ... desertieren? Ich habe auch schon daran gedacht. Gnädiger Gott, und wie ich daran gedacht habe! Aber wie kann das geschehen?«

»Ich weiß es nicht – noch nicht. Wir werden einen Weg finden. Wir *müssen* einen finden.« Wir diskutierten verschiedene Möglichkeiten. Kanada lag knappe dreihundert Meilen entfernt, und sie kannte die Gegend im oberen Staat New York; tatsächlich war es die einzige Gegend, die sie kannte. Allerdings war die Grenze dort fester geschlossen als irgendwo anders, im Wasser durch Patrouillenboote und Radarmauern, auf dem Land durch Stacheldraht und Wachtposten ... und Spürhunde. Ich hatte mit solchen Hunden trainiert, und ich würde meinem schlimmsten Feind nicht zureden, es mit ihnen aufzunehmen.

Aber Mexiko war einfach zu weit weg. Wenn sie sich nach Süden wandte, würde sie wahrscheinlich innerhalb von vierundzwanzig Stunden festgenommen werden.

Niemand gab wissentlich einer desertierten Jungfrau ein Obdach. Nach dem unerbittlichen Gesetz der Mitschuld war ein solcher guter Samariter ebenso wie sie des Verrats an dem Propheten schuldig und erlitt den gleichen Tod. Der Weg nordwärts war zumindest kürzer, obwohl er auch bedeutete, daß Judith bei Nacht wandern, sich am Tag verstecken und sich Essen stehlen oder hungern mußte. In der Nähe von Albany wohnte eine Tante Judiths; sie war überzeugt, daß die Tante es riskieren würde, sie zu verstecken, bis irgendein Weg gefunden war, die Grenze zu überqueren. »Sie wird uns helfen, ich weiß es.«

»Uns?« Es muß reichlich dumm geklungen haben. Bis sie es aussprach, hatte ich meine Nase zu dicht an dem einzigen Problem gehabt, wie sie fliehen sollte, um auf den Gedanken zu kommen, sie könne damit rechnen, daß wir beide gingen.

»Hast du vor, mich *allein* wegzuschicken?«

»Also ... ich habe es mir so vorgestellt.«

»Nein!«

»Aber – sieh es doch ein, Judith, am dringlichsten ist jetzt doch, daß wir dich hier wegschaffen. Zwei Personen, die sich durchschlagen und verstecken müssen, werden viel eher entdeckt als eine. Es ist einfach unvernünftig, wenn ich ...«

»Nein! Ich gehe nicht!«

In aller Eile dachte ich darüber nach. Bisher war mir nicht klar gewesen, daß, wer ›A‹ sagt, auch ›B‹ sagen muß und daß ich, wenn ich sie drängte zu desertieren, im Herzen ebenso ein Deserteur war wie sie. Ich sagte: »Wir schaffen zuerst dich hier weg, das ist das Wichtigste. Du sagst mir, wo deine Tante wohnt, und wartest dort auf mich.«

»Ich gehe nicht ohne dich.«

»Aber du *mußt*. Der Prophet ...«

»Besser das, als dich jetzt zu verlieren!«

Damals verstand ich die Frauen nicht – und daran hat sich bis heute nichts geändert. Zwei Minuten vorher hatte sie lieber den Tod durch Folter erleiden als ihren

Körper dem Heiligen ausliefern wollen. Jetzt willigte sie beinahe gleichmütig in dieses Schicksal, nur um eine vorübergehende Trennung von mir zu vermeiden. Ich verstehe die Frauen nicht; manchmal meine ich, sie besitzen überhaupt keine Logik.

Ich sagte: »Überleg doch, mein Liebes, wir haben nicht einmal eine Möglichkeit gefunden, wie wir dich aus dem Palast bringen. Es geht einfach nicht, daß wir gleichzeitig fliehen. Das siehst du doch ein, nicht wahr?«

Sie antwortete hartnäckig: »Vielleicht. Aber es gefällt mir nicht. Nun, wie komme ich hinaus? Und wann?«

Ich mußte eingestehen, daß ich es nicht wußte. Ich hatte die Absicht, Zeb so bald wie möglich darüber um Rat zu fragen – eine andere Idee hatte ich nicht.

Judith machte jedoch einen Vorschlag. »John, kennst du die Jungfrau, die dich hergeführt hat? Nein? Schwester Magdalene. Ich weiß, es ist ungefährlich, ihr alles zu erzählen, und vielleicht ist sie bereit, uns zu helfen. Sie ist sehr klug.«

Ich begann meine Zweifel zu äußern, doch wir wurden von Schwester Magdalene in Person unterbrochen. Sie schlüpfte zu uns in den Alkoven. »Schnell!« zischte sie mir zu. »Zurück auf den Wall!«

Ich eilte hinaus und kam gerade noch rechtzeitig, um von dem Wachhabenden, der die Runde machte, nicht erwischt zu werden. Er tauschte die Losungsworte mit Zeb und mir – und dann wollte der alte Trottel sich unterhalten. Er ließ sich auf den Stufen des Portals nieder und prahlte mit einem unbedeutenden Sieg, den er letzte Woche im Fechten errungen hatte. Ich gab mir verzweifelte Mühe, Zeb zu helfen, indem ich ganz wie ein Mann, der sich bei der Nachtwache langweilt, die eine und andere Äußerung beisteuerte.

Endlich stand der Captain auf. »Ich bin über Vierzig und vielleicht ein bißchen schwerer geworden. Da will ich gestehen, es freut mich, daß mein Handgelenk und mein Auge immer noch so schnell sind wie bei euch jungen Degen.« Er rückte sein Wehrgehenk zurecht und setzte hinzu: »Ich glaube, ich mache besser eine Runde durch den Palast. Man kann heutzutage nicht vorsichtig genug sein. Es heißt, die Loge sei wieder aktiv geworden.« Er nahm seine Taschenlampe und ließ sie in den Gang blitzen.

Ich erstarrte zu Eis. Wenn er den Gang inspizierte, konnten ihm zwei Frauen, die sich in einen Alkoven drückten, unmöglich entgehen.

Da hielt ihn Zebadiah auf. Harmlos bat er: »Einen Augenblick, älterer Bruder. Würden Sie mir diese Riposte zeigen, mit der Sie das letzte Turnier gewonnen haben? Es ging so schnell, daß ich es gar nicht verfolgen konnte.«

Er schluckte den Köder. »Ja, gern, Sohn!« Er stieg die Stufen herunter und kam nach draußen, wo Platz war. »Ziehen Sie Ihr Schwert. En garde! Klingen kreuzen in der Sixt. Lösen Sie sich, und greifen Sie mich an! Da! Bleiben Sie so, dann werde ich es Ihnen langsam zeigen. Indem sich die Spitze Ihrer Klinge meiner Brust nähert ...« – Brust? Also wirklich! Captain van Eyck hatte einen Spitzbauch wie ein Känguruh –, »fange ich sie mit der Stärke der meinigen auf und zwinge sie in Riposte Sekond über die Ihre. Bis dahin geht alles wie aus dem Lehrbuch. Aber ich vollende die Riposte nicht. So stark sie ist, Sie könnten parieren oder kontern. Statt dessen schlage ich Ihre Klinge, wenn meine Spitze nach unten kommt, zur Seite ...« – er demonstrierte es, und der Stahl sang – »und attackiere Sie überall, vom Kinn bis zu den Knöcheln. Kommen Sie, versuchen Sie es bei mir!«

Zeb versuchte es, und sie wiederholten den ganzen Satz; der Wachhabende trat einen Schritt zurück. Zeb bat, es noch einmal versuchen zu dürfen, um es ja richtig zu begreifen. Sie machten es noch mehrmals, jedes Mal schneller, und jedes Mal wich der Wachhabende zurück, Zebs scharfer Spitze um Haaresbreite entgehend. Es war eine klare Verletzung der Vorschriften, mit scharfen Waffen und ohne Maske und Plastron zu fechten, aber van Eyck war wirklich gut ... ein so präziser Schwertkämpfer, daß er sich darauf verließ, mit seiner Geschicklichkeit Zeb weder ein Auge auszustechen noch selbst von Zeb verletzt zu werden. Trotz der Heidenangst, die ich ausstand, sah ich wie gebannt zu. Es war eine herrliche Demonstration einer früher einmal nützlichen militärischen Kunst. Zeb bedrängte den Captain hart.

Sie hörten fünfzig Yards von dem Portal entfernt und um die gleiche Strecke näher am Bereitschaftsraum auf. Ich konnte den Wachhabenden vor Anstrengung keuchen hören. »Fein gemacht, Jones«, pustete er. »Sie haben es gut begriffen.« Er rang nach Atem. »Ein Glück für mich, daß ein echter Wettkampf nicht so lange dauert. Ich glaube, ich überlasse es Ihnen, den Gang zu inspizieren.« Er machte sich auf den Weg zum Bereitschaftsraum und verabschiedete sich fröhlich: »Gott schütze Sie.«

»Gott sei mit Ihnen, Sir«, erwiderte Zeb, wie es sich gehörte, und hob salutierend den Schwertgriff ans Kinn.

Sobald der Wachhabende um die Ecke gebogen war, stellte sich Zeb wieder in den Eingang, und ich eilte zu dem Alkoven. Die Frauen waren noch da und preßten sich flach an die Rückwand. »Er ist fort«, beruhigte ich sie. »Für eine Weile haben wir nichts zu fürchten.«

Judith hatte Schwester Magdalene von unserm Dilemma erzählt, und wir diskutierten im Flüsterton darüber. Sie riet uns dringend, keine sofortigen Entschlüsse zu fassen. »Ich bin beauftragt, Judiths Purifizierung zu überwachen. Das kann ich noch eine Woche in die Länge ziehen, bevor sie von neuem losen muß.«

Ich sagte: »Ehe es dazu kommt, müssen wir handeln!«

Judith schien ihre Angst überwunden zu haben, seit sie ihre Sorgen Schwester Magdalene in den Schoß geworfen hatte. »Mach dir keine Sorgen, John«, bat sie leise, »wahrscheinlich wird mein Los nicht so bald wieder gezogen werden. Wir müssen tun, was sie uns rät.«

Schwester Magdalene rümpfte verächtlich die Nase. »Darin irrst du dich, Judy. Sobald du wieder Dienst tust, wird dein Los gezogen, verlaß dich darauf! Nicht etwa«, setzte sie hinzu, »daß du es nicht überleben würdest – wir alle haben es auch überlebt. Wenn es sicherer zu sein scheint ...« Sie brach plötzlich ab und lauschte. »Pst! Seid ruhig!« Geräuschlos glitt sie von uns weg.

Ein bleistiftdünner Lichtstrahl zuckte auf und beleuchtete eine Gestalt, die sich vor dem Alkoven duckte. Ich sprang und schleuderte ihn zu Boden, bevor er sich aufrichten konnte. So schnell ich gewesen war, Schwester Magdalene war ebenso schnell. Sie landete auf seinen Schultern, als er zusammenbrach. Er zuckte und lag still.

Zebadiah kam gerannt und blieb bei uns stehen. »John! Magie!« hörten wir sein gepreßtes Flüstern. »Was ist?«

»Wir haben einen Spion gefangen, Zeb«, antwortete ich rasch. »Was tun wir jetzt mit ihm?«

Zeb schaltete seine Lampe an. »Hast du ihn niedergeschlagen?«

»Der wird nicht mehr aufwachen«, kam Magdalenes ruhige Stimme aus der Dunkelheit. »Ich habe ihm ein Vibromesser zwischen die Rippen gestoßen.«

»Teufel!«

»Zeb, ich mußte es tun. Sei froh, daß ich kein Stahlmesser benutzt habe, dann wäre der Boden voll Blut. Aber was tun wir jetzt?«

Zeb verfluchte sie leise, und sie steckte es weg. »Dreh ihn um, John! Sehen wir ihn uns an!« Ich tat es, und wieder blitzte das Licht auf. »He, Johnnie – das ist Snotty Fassett.« Zeb hielt inne, und ich konnte ihn beinahe denken hören. »Nun, auf den werden wir keine Tränen verschwenden. John!«

»Ja, Zeb?«

»Halt draußen Wache! Wenn jemand kommt, inspiziere ich den Gang. Ich muß diese Leiche irgendwo loswerden.«

Judith brach die Stille. »Auf dem Stockwerk über uns ist eine Öffnung zum Fallschacht des Müllverbrenners. Ich werde euch helfen.«

»Tapferes Mädchen. Hau ab, John!«

Ich wollte einwenden, das sei keine Arbeit für eine Frau, hielt jedoch den Mund und zog mich zurück. Zeb nahm die Schultern, die Frauen jede ein Bein, und so konnten sie ihn recht gut tragen. Minuten später waren sie zurück, wenn es mir auch wie eine Ewigkeit vorkam.

Zweifellos war Snottys Körper inzwischen schon zu Atomen reduziert worden – vielleicht kamen wir damit durch. Ich habe damals keinen Mord darin gesehen, und heute sehe ich immer noch keinen darin; wir taten, was wir tun mußten, gedrängt von den Ereignissen.

Zeb faßte sich kurz. »Damit ist es entschieden. Unsere Ablösung wird in zehn Minuten da sein. In noch kürzerer Zeit müssen wir einen Entschluß gefaßt haben. Nun?«

Unsere Vorschläge waren alle so undurchführbar, daß sie schon lächerlich waren, aber Zeb ließ uns ausreden. Dann kam er sofort zur Sache. »Hört zu, es geht nicht mehr allein darum, Judith und dir aus einer unangenehmen Situation herauszuhelfen. Sobald Snotty vermißt wird, sind wir – und zwar alle vier – reif für die Befragung. Richtig?«

»Richtig«, stimmte ich unwillig zu.

»Und niemand hat einen Plan?«

Keiner von uns antwortete. Zeb fuhr fort: »Dann brauchen wir Hilfe ... und die können wir nur an einer einzigen Stelle bekommen. Von der Loge.«

3

»Von der LOGE?« wiederholte ich wenig geistreich. Judith keuchte entsetzt auf.

»Aber ... aber ... das würde uns unsere unsterblichen Seelen kosten! Dort betet man Satan an!«

»Das glaube ich nicht«, sagte Zeb zu ihr.

Sie starrte ihn an. »Sind *Sie* Mitglied der Loge?«

»Nein.«

»Woher wollen Sie es dann wissen?«

»Und wie«, faßte ich sofort nach, »kannst du sie um Hilfe bitten?«

Magdalena antwortete uns. »Ich bin Mitglied – wie Zebadiah weiß.«

Judith wich vor ihr zurück. Magdalena redete ihr zu: »Ich weiß, was du empfindest, Judith – und früher einmal hat mir vor dem Gedanken, jemand könne gegen die Kirche sein, ebenso gegraust wie dir. Dann lernte ich – wie du es jetzt lernst –, welche Realität hinter dem Schwindel steckt, an den zu glauben man uns erzogen hat.« Sie legte den Arm um das Mädchen. »Wir sind keine Teufelsanbeter, Liebes, und wir kämpfen nicht gegen Gott. Wir kämpfen nur gegen diesen selbsternannten Propheten, der vorgibt, die Stimme Gottes zu sein. Komm mit uns, hilf uns, ihn zu bekämpfen – und wir werden dir helfen. Andernfalls können wir es nicht riskieren.«

Judith forschte bei dem schwachen Licht, das durch den Eingang fiel, in Magdalenes Zügen. »Du schwörst, daß das wahr ist? Die Loge kämpft nur gegen den Propheten und nicht gegen den Herrn selbst?«

»Ich schwöre es, Judith.«

Zitternd tat Judith einen tiefen Atemzug. »Gott führe mich«, flüsterte sie. »Ich schließ mich der Loge an.«

Magdalene gab ihr schnell einen Kuß, dann sah sie uns Männer an. »Nun?«

Ich antwortete sofort: »Ich bin dabei, wenn Judith es ist.« Doch ich flüsterte vor mich hin: »Lieber Gott, verzeih mir den gebrochenen Eid – ich muß!«

Magdalenes Blick war auf Zeb gerichtet. Er trat verlegen von einem Fuß auf den anderen und polterte: »Habe ich es nicht vorgeschlagen? Aber wir sind alle verdammte Narren, und der Inquisitor wird uns die Knochen brechen.«

Bis zum nächsten Tag hatten wir keine Gelegenheit mehr, miteinander zu reden. Ich erwachte aus schrecklichen Träumen über die Befragung und Schlimmeres und hörte Zebs Rasierapparat im Bad summen. Er kam herein und zog mir die Bettdecke weg, und die ganze Zeit quasselte er fröhlich. Ich lasse mir nicht gern die Decke wegziehen, nicht einmal dann, wenn ich mich gut fühle, und ich hasse Fröhlichkeit vor dem Frühstück. Deshalb riß ich die Decke wieder an mich und versuchte, ihn zu ignorieren, doch er faßte mein Handgelenk. »Steh auf, alter Knabe! Gottes Sonnenschein wird verschwendet. Es ist ein wunderschöner Tag. Wie wäre es mit zwei Runden Dauerlauf um den Palast und dann eine kalte Dusche?«

Ich versuchte, seine Hand abzuschütteln, und nannte ihn etwas, das meine Note in Frömmigkeit senken würde, wenn das Ohr es aufgenommen hatte. Er aber hielt fest, und sein Zeigefinger zuckte nervös gegen mein Handgelenk. Ich fragte mich allmählich, ob Zeb unter dem Druck zusammenbreche. Dann merkte ich, daß er Morsezeichen klopfte.

»B-E-N-I-M-M – D-I-C-H – N-A-T-Ü-R-L-I-C-H«, sagten die Punkte und Striche, »L-A-S-S – D-I-R – K-E-I-N-E – Ü-B-E-R-R-A-S-C-H-U-N-G – A-N-M-E-R-K-E-N – D-I-E – L-O-G-E – W-I-R-D – U-N-S- H-E-U-T-E – N-A-C-H-M-I-T-T-A-G – W-Ä-H-R-E-N-D – D-E-R– F-R-E-I-S-T-U-N-D-E – Z-U-R – Ü-B-E-R-P-R-Ü-F-U-N-G – R-U-F-E-N«

Ich hoffe, ich zeigte keine Überraschung. Ich gab verdrießliche Antworten auf den Strom von Geschwätz, das er die ganze Zeit von sich gab, stand auf und machte mich an die ungeliebte Aufgabe, meinen Körper für einen weiteren Tag in guten Zustand zu bringen. Nach einer Weile fand ich einen Vorwand, ihm die Hand auf die Schulter zu legen, und klopfte die Antwort: »O-K – V-E-R-S-T-A-N-D-E-N.«

Der Tag schleppte sich monoton hin, und mir war elend vor Nervosität. Ich machte Fehler beim Uniformappell, was mir seit meinem ersten Jahr in West Point nicht mehr passiert war. Als die Pflichten des Tages endlich hinter uns lagen, kehrte ich auf unser Zimmer zurück und fand Zeb dort mit den Füßen auf der Klimaanlage, wie er ein Kreuzworträtsel in der New York *Times* löste. »Johnnie, mein Lamm«, sagte er und blickte hoch, »weißt du ein Wort mit sechs Buchstaben, das ›rein im Herzen‹ bedeutet?«

»Das brauchst doch du nicht zu wissen«, grunzte ich und setzte mich hin, um meine Rüstung abzunehmen.

»Was, du glaubst nicht, daß ich in die himmlische Stadt eingehen werde, John?«

»Vielleicht – nach zehntausend Jahren Fegefeuer.«

Es klopfte kurz an unserer Tür, sie öffnete sich, und Timothy Klyce, ein Legat, der Refektoriumsältester war und den Titularrang eines Captains trug, steckte den Kopf herein. Er schnüffelte und fragte in seinem nasalen Cape-Cod-Dialekt: »Hallo, habt ihr Lust, auf einen Spaziergang mitzukommen?«

Ich dachte bei mir, daß er sich einen ungünstigeren Augenblick gar nicht hätte aussuchen können. Tim war durch nichts zu erschüttern, und niemand im Korps erfüllte seine Pflichten so genau. Ich versuchte immer noch, mir eine Ausrede einfallen zu lassen, als Zeb sagte: »Ich habe nichts dagegen, solange wir in Richtung Stadt gehen. Ich muß ein paar Einkäufe machen.«

Zebs Antwort verwirrte mich. Ich wollte nicht mitgehen und behauptete, Schreibarbeiten erledigen zu müssen. Aber Zeb unterbrach mich: »Laß sie liegen! Ich helfe dir heute abend dabei. Komm mit!« Also ging ich mit und fragte mich, ob er wegen der Loge kalte Füße bekommen habe.

Wir gingen durch den unteren Tunnel hinaus. Ich schritt schweigend dahin. Sollte Zeb vorhaben, Klyce in der Stadt abzuschütteln und schnell umzukehren? Wir waren gerade um eine Ecke im Gang gebogen, als Tim gestikulierend die Hand hob, um etwas, das er zu Zeb sagte, zu unterstreichen. Sie bewegte sich dicht an meinem Gesicht vorbei, ich fühlte, daß mir etwas in die Augen sprühte – und ich war blind.

Ehe ich schreien konnte, ja, noch ehe ich den Impuls zu schreien unterdrückt hatte, packte Tim meinen Oberarm und vollendete dabei seinen Satz ohne die geringste Pause. Er führte mich nach links, während meine Erinnerung an den Tunnel mir sagte, daß wir rechts hätten weitergehen müssen. Aber wir prallten nicht gegen die Mauer, und nach ein paar Augenblicken konnte ich wieder sehen. Wir schienen in dem gleichen Tunnel wie vorher zu sein, und Tim, der in der Mitte ging, hatte uns links und rechts am Arm gefaßt. Er sagte nichts, und wir sagten auch nichts. Schließlich blieb er vor einer Tür stehen. Er klopfte einmal, lauschte.

Ich hörte nichts, aber er antwortete: »Zwei Pilger, richtig geführt.«

Die Tür öffnete sich. Er schob uns hinein, die Tür schloß sich geräuschlos hinter uns, und wir standen einem Wachtposten mit Maske und Harnisch gegenüber, der seine Laserpistole auf uns richtete. Die freie Hand nach hinten streckend, klopfte er einmal an eine innere Tür. Sofort kam ein anderer Mann heraus, bewaffnet und maskiert wie der erste, und betrachtete uns. Er fragte Zeb und mich einzeln:

»Erklären Sie bei Ihrer Ehre, daß Sie unbeeinflußt von Freunden und weltlichen Motiven aus eigenem freien Willen in den Dienst dieses Ordens treten wollen?«

Beide antworteten wir: »Ja.«

»Bereiten Sie sie vor!«

Lederhelme, die nur Mund und Nase freiließen, wurden uns über den Kopf gestülpt und unter dem Kinn festgebunden. Man befahl uns, alle unsere Sachen auszuziehen. Ich gehorchte und bekam eine Gänsehaut. Meine Begeisterung verflog schnell – nie fühlt sich ein Mann hilfloser, als wenn man ihm die Hose wegnimmt. Ich spürte den scharfen Stich einer Spritze in meinem Unterarm. Kurz darauf wurde alles traumartig, obwohl ich wachblieb, und meine Nervosität war weg. Etwas Kaltes drückte sich links hinten an meine Rippen, und ich konnte mir denken, daß es das Heft eines Vibromessers war. Nur ein Druck auf den Knopf, und ich war so tot wie Snotty Fassett. Aber es regte mich nicht auf. Dann wurden mir Fragen gestellt, viele Fragen, die ich automatisch beantwortete, unfähig zu lügen oder auszuweichen, wenn ich gewollt hätte. Ich erinnere mich an Bruchstücke:

»... aus eigenem freien Willen?« – »... übereinstimmend mit dem altehrwürdigen Brauch ...« – »ein Mann, frei geboren, von gutem Ruf und uns empfohlen.«

Lange Zeit stand ich bibbernd auf dem kalten Fliesenboden, während rings um mich eine lebhafte Diskussion geführt wurde. Es ging um die Motive, aus denen ich mich um Aufnahme beworben hatte. Ich verstand alles und wußte, daß mein Leben davon abhing. Nur ein Wort war nötig, und eine Klinge aus kalter Energie würde mir ins Herz fahren. Und ich merkte, daß man dabei war, gegen mich zu entscheiden.

Da griff eine Altstimme in die Debatte ein. Ich erkannte Schwester Magdalene. Sie verwendete sich für mich, aber betäubt, wie ich war, schien mir das nicht wichtig zu sein. Mir tat nur ihre Stimme als freundliches Geräusch wohl. Aber schließlich wurde das Heft von meinen Rippen zurückgezogen, und noch einmal stach mich eine Nadel. Die Spritze holte mich schnell aus meiner Benommenheit zurück. Eine kräftige Baßstimme intonierte ein Gebet:

»Gewähre uns Deinen Beistand, allmächtiger Vater des Universums ... Liebe, Trost und Wahrheit zu Ehren Deines Heiligen Namens. Amen.«

Der Chor antwortete: »So sei es.«

Immer noch mit dem Helm, der meine Augen bedeckte, wurde ich im Raum herumgeführt, und wieder wurden mir Fragen gestellt. Sie waren symbolisch, und mein Führer beantwortete sie für mich. Zum Schluß fragte man mich, ob ich bereit sei, in diesem Sinne einen feierlichen Eid abzulegen, wobei ich sicher sein könne, daß er auf keine Weise meinen Pflichten gegenüber Gott, mir selbst, meiner Familie, meinem Vaterland und meinem Nächsten widersprechen würde.

Ich antwortete: »Ich bin bereit.«

Ich mußte mich auf das linke Knie niederlassen, mit der linken Hand die Bibel halten und mit der rechten bestimmte Gegenstände darauflegen.

Der Eid und die darin enthaltenen Verwünschungen hätten jedem das Blut in den Adern gerinnen lassen, der töricht genug war, ihn unter falschen Voraussetzungen abzulegen. Dann wurde ich gefragt, was ich mir in meiner augenblicklichen Situation am meisten wünschte. Ich antwortete, wie man mich vorher belehrt hatte: »Licht!«

Und der Helm wurde mir vom Kopf genommen.

Es ist nicht notwendig, daß ich über den Rest der Anweisungen berichte, die ich als neu aufgenommener Bruder erhielt, und es würde sich auch nicht schicken. Die Zeremonie war lang und von feierlicher Schönheit, und nirgendwo fand sich darin eine Spur von Gotteslästerung oder Teufelsanbetung, die uns die Verleumdung zuschreibt; ganz im Gegenteil war sie voller Verehrung für Gott, die brüderliche Liebe und die Redlichkeit. Sie enthielt auch Informationen über einen alten und ehrenwerten Beruf und über die symbolische Bedeutung seiner Werkzeuge.

Aber eine Einzelheit muß ich erwähnen, die mich so überraschte, daß ich fast aus den Schuhen, die ich nicht trug, gekippt wäre. Als mir der Helm abgenommen wurde, stand als der erste Mensch, den ich erblickte, bekleidet mit den Symbolen seines Amtes und einen Ausdruck fast übermenschlicher Würde im Gesicht, Captain Peter van Eyck vor mir, der dicke, allgegenwärtige Wachhabende – *Meister* dieser Loge!

Das Ritual war lang, und die Zeit war knapp. Als es vorüber war, versammelten wir uns zum Kriegsrat. Mir wurde mitgeteilt, daß die Brüder bereits entschieden hätten, Judith nicht in den Schwesternorden unserer Loge aufzunehmen, doch werde die Loge etwas unternehmen, um sie zu schützen. Sie sollte heimlich nach Mexiko gebracht werden, und unter diesen Umständen war es besser für sie, wenn sie keine Geheimnisse kannte, die sie nicht zu kennen brauchte. Aber Zeb und ich, die wir zur Palastwache gehörten, konnten von echtem Nutzen sein. Deshalb wurden wir zugelassen.

Judith hatte bereits unter Hypnose Anweisungen erhalten, die es ihr – so hoffte man – ermöglichen würden, über das bißchen, was sie wußte, zu schweigen, falls man sie der Befragung unterzog. Mir wurde gesagt, ich solle abwarten und mir keine Gedanken machen; die Brüder würden dafür sorgen, daß Judith in Sicherheit gebracht wurde, bevor sie das nächste Mal losen mußte. Damit hatte ich mich zufriedenzugeben.

Drei Tage hintereinander meldeten Zebadiah und ich uns während der nachmittäglichen Freistunde zur Instruktion. Jedes Mal wurden wir auf einem anderen Weg und unter anderen Vorsichtsmaßnahmen hingebracht. Ganz klar, daß der Architekt, der diesen Palast entworfen hat, einer von uns gewesen ist. Das gewaltige Gebäude besaß versteckte Fallen und Gänge und Türen, die bestimmt auf keinem offiziellen Plan erschienen.

Am Ende des dritten Tages wurden wir als Vollmitglieder anerkannt. Die Geschwindigkeit, mit der wir uns qualifiziert hatten, ist nur in Krisenzeiten möglich. Die Anstrengung verrenkte mir beinahe das Gehirn; ich mußte angestrengter büffeln als jemals in der Schule. Äußerste buchstabengetreue Perfektion wurde verlangt, und es gab eine erstaunliche Menge auswendig zu lernen – was vielleicht ganz gut war, denn es hinderte mich daran, mir Sorgen zu machen. Wir hatten nichts, nicht einmal ein Gerücht über die Folgen des Verschwindens von Snotty Fassett gehört, was beängstigender war, als es eine offizielle Untersuchung gewesen wäre.

Ein Sicherheitsoffizier kann nicht einfach verschwinden, ohne daß es bemerkt wird. Es war gerade eben noch möglich, daß Snotty auf einem Einsatz gewesen war, bei dem er sich sowieso nicht täglich bei seinem Vorgesetzten melden konnte. Eine größere Wahrscheinlichkeit sprach jedoch dafür, daß er sich an der Stelle, wo wir ihn entdeckten und töteten, befunden hatte, weil einer von uns unter Verdacht stand und er den Befehl hatte, ihn zu beschatten. War das der Fall, dann konnte die Ruhe nur bedeuten, daß der Chef-Sicherheitsoffizier uns mehr Seil ließ, während seine Psychotechniker unser Verhalten analysierten – und dann war die Tatsache, daß Zeb und ich mehrere Tage hintereinander während unserer Freizeit nirgendwo zu sehen gewesen waren, bereits eine Eintragung auf einer Karte. Angenommen, daß zu Beginn jeder Mann im Regiment gleichermaßen verdächtig gewesen war, mußte unser Index jeden dieser Tage um ein paar Punkte gestiegen sein.

Ich wäre nie auf solche Gedanken gekommen und

hätte mich zweifellos nur erleichtert gefühlt, als die Tage vergingen, ohne daß etwas geschah, wäre im Logenraum nicht über die Angelegenheit sorgenvoll diskutiert worden. Ich kannte nicht einmal den Namen des Moralhüters und wußte nicht, wo sein Sicherheitsbüro lag – das sollten wir auch gar nicht wissen. Ich wußte, daß es ihn gab und daß er dem Großinquisitor und vielleicht dem Propheten selbst Bericht erstattete, aber das war alles. Wie ich feststellte, wußten meine Logenbrüder kaum mehr als ich, und das trotz der unglaublichen Infiltrierung von Tempel und Palast. Wir besaßen nicht einen einzigen Bruder im Stab des Moralhüters. Der Grund war einfach der, daß die Loge ebenso vorsichtig im Abwägen des Charakters, der Persönlichkeit und der psychischen Möglichkeiten eines zukünftigen Bruders war, wie der Geheimdienst beim Auswählen eines zukünftigen Offiziers – und die beiden Typen unterschieden sich so stark voneinander wie Gänse und Ziegen. Der Hüter würde niemals den Menschentyp akzeptieren, der von den Idealen der Loge angezogen wurde, und meine Brüder würden niemals unter sich einen Mann – nun, einen Mann wie Fassett aufnehmen.

Ich weiß, daß ein Spionageapparat in der Zeit, als psychologische Messungen noch keine mathematische Wissenschaft geworden waren, durch den Gesinnungswechsel einer Schlüsselfigur zusammenbrechen konnte. Solche Sorgen brauchte sich der Moralhüter nicht zu machen; bei seinen Männern kam es *niemals* zu einem Gesinnungswechsel. Ich weiß auch, daß es in unserer Bruderschaft in der ersten Zeit, als sie für die kommenden Prüfungen gereinigt und gestählt wurde, viele Male Blut auf dem Fußboden des Logenraums gegeben hat. Aber die Berichte darüber sind vernichtet worden.

Am vierten Tag sollten wir nicht in den Logenraum kommen, sondern unsere Gesichter da zeigen, wo sie bemerkt werden würden, um unsere ungewohnte Abwesenheit auszugleichen. Ich verbrachte meine Freizeit im Aufenthaltsraum neben der Messe und blätterte in Zeitschriften, als Timothy Klyce hereinkam. Er warf mir einen Blick zu, nickte und begann ebenfalls, einen Stapel Zeitschriften durchzusehen. »Diese Antiquitäten gehören in das Wartezimmer eines Zahnarztes«, schimpfte er. »Hat einer von euch die *Time* dieser Woche gesehen?«

Er richtete seine Frage an alle Anwesenden; keiner antwortete. Dann wandte er sich mir zu. »Jack, ich glaube, du sitzt darauf. Steh doch bitte mal auf!«

Ich grunzte und tat es. Als er nach der Zeitschrift faßte, kam sein Kopf nahe an meinen heran, und er flüsterte: »Melde dich beim Meister!«

Ich hatte wenigstens soviel gelernt, daß ich weiterlas. Nach einer Weile legte ich meine Zeitschrift beiseite, streckte mich, gähnte, stand auf und schlenderte in Richtung Waschraum davon. Aber ich ging daran vorbei, und ein paar Minuten später betrat ich den Logenraum. Zeb fand ich bereits dort vor, ebenso verschiedene andere Brüder. Sie scharten sich um Meister Peter und Magdalene. Ich spürte die Spannung im Raum.

Ich fragte: »Sie haben nach mir geschickt, hochwohllöblicher Meister?«

Er sah mich an, sah zu Magdalene zurück. Sie sagte langsam: »Judith ist verhaftet worden.«

Meine Knie wurden weich, und ich hatte Mühe stehenzubleiben. Ich bin nicht übermäßig ängstlich, und körperliche Tapferkeit ist nichts Besonderes, aber wenn man einen Mann durch seine Familie oder geliebte Personen trifft, erwischt man ihn fast immer an einer ungeschützten Stelle.

»Die Inquisition?« stieß ich hervor.

Magdalenes Augen waren voller Mitleid. »Wir nehmen es an. Sie wurde heute morgen abgeholt und ist seitdem von der Außenwelt isoliert.«

»Ist irgendeine Anklage erhoben worden?« wollte Zeb wissen.

»Nicht öffentlich.«

»Hm-m-m ... Das sieht böse aus.«

»Und auch gut«, widersprach Meister Peter ihm. »Es ist ja anzunehmen, daß es um Fassett geht. Hätten sie nun irgendwelche Beweise, die euch übrige belasten, wäret ihr alle vier gleichzeitig verhaftet worden. Wenigstens ist das ihre übliche Methode.«

»Aber was können wir *tun*?« fragte ich.

Van Eyck antwortete nicht. Magdalene meinte beruhigend: »Es gibt nichts, was Sie tun könnten, John. So weit Sie auch kämen, es würden immer noch mehrere bewachte Türen zwischen ihr und Ihnen liegen.«

»Aber wir können doch nicht einfach gar nichts tun!«

Der Logenmeister mahnte: »Ruhig, Sohn! Maggie ist die einzige von uns, die Zugang zu jenem Teil des inneren Palastes hat. Wir müssen es ihr überlassen.«

Ich drehte mich wieder zu ihr um. Sie seufzte. »Ja, aber wahrscheinlich werde ich nur wenig erreichen.« Damit ging sie.

Wir warteten. Zeb schlug vor, er und ich sollten den Logenraum verlassen und damit fortfahren, uns an unsern früheren Lieblingsplätzen zu zeigen. Zu meiner Erleichterung war van Eyck dagegen. »Nein. Wir können nicht sicher sein, daß Schwester Judiths hypnotischer Schutz für die Folter ausreicht. Glücklicherweise seid ihr beiden und Schwester Magdalene die einzigen, die sie verraten kann. Aber ich möchte euch hier in Sicherheit haben, bis Magdalene herausgefunden hat, was ihr möglich ist – oder nicht zurückkehrt«, seufzte er gedankenverloren hinzu.

Ich rief: »Oh, Judith wird uns niemals verraten!«

Er schüttelte traurig den Kopf. »Sohn, unter der Befragung wird *jeder alles* verraten – falls er nicht unter einem ebenso starken hypnotischen Zwang steht. Wir werden sehen.«

Ganz mit meinen eigenen Gedanken beschäftigt, hatte ich keine Aufmerksamkeit für Zeb gehabt. Jetzt überraschte er mich, indem er zornig erklärte: »Meister, Sie behalten uns wie Hätscheltiere hier – aber gerade haben Sie Maggie losgeschickt, den Kopf in die Falle zu stecken. Angenommen, Judith ist schon zusammengebrochen? Dann schnappen sie sich Maggie sofort.«

Van Eyck nickte. »Natürlich. Das Risiko mußten wir eingehen, da sie die einzige Spionin ist, die wir haben.

Aber machen Sie sich keine Sorgen um sie. Man wird sie niemals verhaften – sie wird vorher Selbstmord begehen.«

Diese Erklärung schockierte mich nicht: Ich war zu betäubt von dem Gedanken an die Gefahr, in der Judith sich befand. Zeb dagegen explodierte: »Die Schweine! Meister, Sie hätten sie nicht schicken sollen.«

Van Eyck antwortete milde: »Disziplin, Sohn. Beherrschen Sie sich! Wir haben Krieg, und sie ist Soldat.« Er wandte sich ab.

So warteten wir ... und warteten ... und warteten. Jemand, der nicht im Schatten der Inquisition gelebt hat, kann kaum nachempfinden, wie uns zumute war. Wir wußten keine Einzelheiten, aber manchmal sahen wir solche, die die Befragung zu ihrem Unglück überlebt hatten. Auch wenn die Inquisitoren kein Autodafé verlangten, war der Verstand des Opfers für gewöhnlich beschädigt, oft zerrüttet.

Meister Peter erbarmte sich und befahl dem Zweiten Wächter, unsere Fortschritte im Auswendiglernen des Rituals zu prüfen. Zeb und ich gehorchten verdrossen und wurden mit erbarmungsloser Freundlichkeit gezwungen, uns auf die verwickelte Rhetorik zu konzentrieren. Irgendwie vergingen beinahe zwei Stunden.

Endlich wurde dreimal an die Tür geklopft, und der Wächter ließ Magdalene ein. Ich sprang aus meinem Sessel und eilte ihr entgegen. »Nun?« fragte ich. »Nun?«

»Frieden, John«, antwortete sie müde. »Ich habe sie gesehen.«

»Wie geht es ihr?«

»Besser, als wir von Rechts wegen erwarten konnten. Ihr Verstand ist noch intakt, und offenbar hat sie uns nicht verraten. Und ansonsten – sie mag eine oder zwei Narben zurückbehalten, aber sie ist jung und gesund; sie wird sich davon erholen.«

Ich hätte noch vieles von ihr wissen wollen, doch der Meister kam mir zuvor. »Man hat sie also bereits der Befragung unterzogen. Wie haben Sie es in dem Fall geschafft, sie zu sehen?«

»Ach, das!« Magdalene zuckte die Achseln, als sei es kaum der Rede wert. »Wie sich herausstellte, ist der Inquisitor, der ihren Fall bearbeitet, ein alter Bekannter von mir. Wir haben einen Austausch von Gefälligkeiten arrangiert.«

Zeb wollte dazwischenfahren. »Ruhig!« befahl der Meister und setzte scharf hinzu: »Der Großinquisitor kümmert sich nicht selbst darum? Dann hat man keinen Verdacht, daß die Loge damit zu tun haben könnte?«

Maggie runzelte die Stirn. »Ich weiß es nicht. Anscheinend hat Judith ziemlich früh in der Prozedur das Bewußtsein verloren. Vielleicht haben sie nur keine Zeit gehabt, dieser Möglichkeit nachzugehen. Und bis morgen bekommt sie auf meine Bitten eine Ruhepause. Der Vorwand ist natürlich, daß sie Kräfte sammeln soll, um die weitere Befragung auszuhalten. Morgen in aller Frühe werden sie weitermachen.«

Van Eyck schlug sich mit der Faust in die Handfläche. »Sie dürfen nicht weitermachen – wir können es nicht riskieren! Erster Wächter, bleiben Sie bei mir! Ihr anderen geht alle hinaus! Sie nicht, Maggie.«

Ich ging, ohne ausgesprochen zu haben, was ich auf dem Herzen hatte. Ich hatte Maggie sagen wollen, daß sie meine Haut jederzeit als Türmatte haben könne, sie brauche nur den Finger zu heben.

Das Dinner an diesem Abend war eine Qual. Nachdem der Kaplan das Tischgebet gesprochen hatte, versuchte ich zu essen und mich am Gespräch zu beteiligen, aber in meiner Kehle schien ein harter Reifen zu sitzen, der mich nicht schlucken ließ. Neben mir saß Grace-of-God Bärentatze, halb Schotte, halb Cherokee. Grace war ein früherer Klassenkamerad, aber kein Freund von mir; wir hatten kaum einmal miteinander gesprochen, und heute abend war er so schweigsam wie immer.

Während der Mahlzeit stellte er seinen Fuß auf meinen. Ungeduldig zog ich meinen Fuß weg. Aber kurz darauf berührte sein Fuß den meinen wieder, und er fing an, gegen meinen Stiefel zu klopfen:

»... halt still, du Idiot ...«, buchstabierte er. »Du bist

ausgewählt worden – es wird heute nacht während deiner Wache geschehen – Einzelheiten später – iß und unterhalte dich – nimm einen Streifen Klebeband mit – sechs Zoll breit, einen Fuß lang – wiederhole die Botschaft.«

Irgendwie gelang es mir, die Bestätigung zu klopfen, während ich weiter so tat, als äße ich.

4

Wir lösten die Wache um Mitternacht ab. Kaum war der Trupp wegmarschiert, als ich Zeb erzählte, was mir Grace beim Essen übermittelt hatte, und ihn fragte, ob er den Rest der Anweisungen habe. Er hatte sie nicht. Ich wollte reden, aber er verbot mir den Mund. Er schien noch nervöser zu sein als ich.

So ging ich auf und ab und versuchte, wachsam zu wirken. In dieser Nacht waren wir am Nordende des westlichen Walles postiert und kamen auf der abzuschreitenden Strecke an einem der Palasteingänge vorbei. Etwa eine Stunde war verstrichen, als ich ein Zischen aus dem dunklen Eingang hörte. Ich näherte mich ihm vorsichtig und erkannte eine weibliche Gestalt. Für Magdalene war sie zu klein, und ich habe nie erfahren, wer sie war. Sie schob mir ein Blatt Papier in die Hand und verschwand in dem finsteren Gang.

Ich ging wieder zu Zeb. »Was soll ich tun? Den Zettel mit der Taschenlampe lesen? Das kommt mir riskant vor.«

»Falte ihn auseinander!«

Ich tat es und stellte fest, daß er mit einer feinen Schrift bedeckt war, die im Dunkeln glühte. Ich konnte sie lesen, aber sie war nicht hell genug, um von einem elektronischen Auge erkannt zu werden. Da stand:

Betreten Sie mit dem Glockenschlag zur Halbzeit Ihrer Wache den Palast durch den Eingang, wo Sie dies empfangen haben. Nach vierzig Schritten finden Sie zu Ihrer Linken eine Treppe. Steigen Sie zwei Stockwerke hoch. Gehen Sie fünfzig Schritte nach Norden. Der erleuchtete Eingang zu Ihrer Rechten führt zu den Zellen der Jungfrauen; an dieser Tür wird ein Wachtposten stehen. Er wird Ihnen keinen Widerstand leisten, aber Sie müssen ihn mit einer Lähmbombe betäuben, um ihm ein Alibi zu geben. Die Zelle, die Sie suchen, liegt am hinteren Ende des zentralen Ost-West-Korridors. Über der Tür brennt ein Licht. Eine Jungfrau hält davor Wache. Sie ist keine von uns. Sie müssen sie unschädlich machen, aber es ist Ihnen verboten, sie zu verletzen oder zu töten. Benutzen Sie den Klebestreifen als Knebel, verbinden Sie ihr die Augen, und fesseln Sie sie mit ihren Kleidern. Nehmen Sie ihre Schlüssel, betreten Sie die Zelle, und holen Sie Schwester Judith heraus. Sie wird wahrscheinlich bewußtlos sein. Nehmen Sie sie mit an Ihren Posten, und übergeben Sie sie dem Wachhabenden.

Von dem Augenblick an, wo Sie den Wachtposten betäubt haben, müssen Sie sich sehr beeilen, weil ein Auge Sie vielleicht sieht, wenn Sie die Zelle mit der Lampe über der Tür betreten. Dann kann jederzeit der Alarm losgehen.

Verschlucken Sie diesen Brief nicht, die Tinte ist giftig. Werfen Sie ihn in den Müllverbrenner am Kopf der Treppe.

Gehen Sie mit Gott.

Zeb las über meine Schulter mit. »Alles, was du brauchst«, bemerkte er grimmig, »ist die Fähigkeit, Wunder zu wirken. Angst?«

»Ja.«

»Möchtest du, daß ich mitkomme?«

»Nein. Ich glaube, wir sollten uns genau an die Anweisungen halten.«

»Ja, das ist das Beste – so wie ich den Logenmeister kenne. Außerdem könnte es passieren, daß ich, während du weg bist, jemanden ganz plötzlich töten muß. Ich gebe dir Rückendeckung.«

»Tu das!«

»Nun wollen wir ruhig sein und uns diensteifrig geben.« Wir schritten wieder unsere Strecke ab.

Als zwei gedämpfte Glockenschläge die Mitte der Wache verkündeten, lehnte ich meinen Speer gegen die

Mauer und legte Schwert, Harnisch, Helm und den Rest des zeremoniellen Plunders ab. Wir mußten ihn tragen, aber bei dieser Aufgabe würde er mich nur behindern. Zeb schob seine behandschuhte Hand in meine und drückte sie. Dann ging ich.

Zwei – vier – sechs – vierzig Schritte. Ich tastete in der Dunkelheit an der linken Wand entlang und fand die Öffnung, fühlte mit meinem Fuß. Ah, da waren die Stufen! Ich war in einem Teil des Palastes angelangt, den ich noch nie betreten hatte, ich orientierte mich in der Finsternis durch das Abzählen von Schritten und hoffte, die Person, von der die Anweisungen stammten, hatte das alles berücksichtigt. Eine Treppe, zwei Treppen – ich fiel beinahe auf die Nase, als ich auf eine oberste Stufe trat, die gar nicht da war.

Wo war der Müllverbrenner? Er mußte sich in Handhöhe befinden, und in dem Brief hatte gestanden ›am Kopf der Treppe‹. Ich stritt mich heftig mit mir selbst, ob ich die Taschenlampe anschalten oder den Brief bei mir behalten sollte, als meine linke Hand den Riegel berührte. Mit einem Seufzer der Erleichterung warf ich den Beweis, der so viele andere ins Verderben hätte reißen können, in die Tiefe. Schon wollte ich mich abwenden, als mich plötzlich Panik erfaßte. War das wirklich der Fallschacht von einem Müllverbrenner? Konnte es nicht die Klappe eines Speiseaufzugs sein? Von neuem tastete ich im Dunkeln danach, öffnete die Klappe und schob meine Hand hinein.

Meine Hand wurde noch durch den Handschuh versengt. Ich riß sie beruhigt zurück und entschied mich, von nun an meinen Instruktionen zu vertrauen und keine Zweifel mehr zu haben. Aber vierzig Schritte weiter nördlich ging es um die Ecke, und das war in meinen Befehlen nicht erwähnt. Ich blieb stehen und erkundete die Gegend sehr vorsichtig, indem ich auf Fußbodenniveau um die Ecke spähte.

Fünfundzwanzig Fuß von mir entfernt sah ich den Wachtposten und den Eingang. Angeblich war er einer von uns, aber ich ging kein Risiko ein. Ich löste eine

Bombe von meinem Gürtel, stellte sie nach dem Gefühl auf minimale Wirkung ein, zog den Stift und zählte fünf Sekunden ab, damit sie erst in Kernschußweite explodierte. Dann warf ich sie und sprang hinter die Ecke zurück, um mich von den Strahlen zu schützen.

Ich wartete weitere fünf Sekunden, dann sah ich von neuem nach. Der Wachtposten lag auf dem Fußboden. Seine Stirn blutete leicht, wo ein Splitter der Bombenhülle ihn getroffen hatte. Ich eilte weiter und stieg über ihn hinweg, bemühte mich, gleichzeitig zu rennen und kein Geräusch zu machen. Der Mittelgang im Quartier der Jungfrauen war trübe beleuchtet, weil nur die blauen Nachtlichter brannten, aber ich konnte sehen und hatte bald das Ende des Gangs erreicht. Dort zog ich die Bremse. Die Jungfrau, die vor der Zelle Wache halten sollte, ging nicht auf und ab, sondern saß mit dem Rücken an der Tür auf dem Boden.

Wahrscheinlich war sie eingeschlafen, denn sie blickte nicht sofort auf. Dann tat sie es, sah mich, und ich konnte keine Pläne mehr machen: Ich sprang sie an. Meine linke Hand erstickte ihren Schrei. Mit der Kante der rechten hackte ich gegen ihren Hals. Es war kein tödlicher Schlag, aber ich hatte keine Zeit, behutsam zu sein. Sie erschlaffte.

Zuerst die eine Hälfte des Klebestreifens auf ihren Mund, dann die andere Hälfte über die Augen, dann die Kleider zerreißen, um sie zu fesseln – und die ganze Zeit schnell, schnell, schnell, denn ein Sicherheitsmann mochte bereits das Auge überprüft haben, das bestimmt am Haupteingang angebracht war, und dann hatte er den bewußtlosen Wachtposten gesehen. Die Schlüssel hingen an einer Kette um ihre Taille. Ich richtete mich mit einer stummen Entschuldigung für das, was ich ihr angetan hatte, auf. Ihr kleiner Körper wirkte beinahe kindlich; sie kam mir noch hilfloser als Judith vor.

Aber ich konnte mir keine Schwäche leisten. Ich fand den richtigen Schlüssel, bekam die Tür auf – und dann lag mein Liebling in meinen Armen.

Sie lag in einem tiefen, aber unruhigen Schlaf und

stand wahrscheinlich unter Drogen. Sie stöhnte, als ich sie hochhob, wachte aber nicht auf. Ihr Gewand verrutschte, und ich sah etwas von dem, was man mit ihr gemacht hatte – und ich legte noch im Laufen das Gelübde ab, es dem Schuldigen siebenfach zurückzuzahlen, falls er solange am Leben blieb.

Der Wachtposten lag noch da, wo ich ihn zurückgelassen hatte. Ich bildete mir schon ein, davonzukommen, ohne entdeckt zu werden oder irgendwen aufzuwecken, und trat gerade über ihn weg, als ich aus dem Gang hinter mir ein Keuchen hörte. Warum sind Frauen des Nachts so unruhig? Wenn diese Frau nicht aus dem Bett aufgestanden wäre, zweifellos um etwas zu tun, das sie vor dem Schlafengehen hätte erledigen können, hätte mich niemand gesehen.

Zum Schweigen bringen konnte ich sie nicht mehr, also rannte ich einfach los. Sobald ich die Ecke hinter mir hatte, befand ich mich in willkommener Dunkelheit, aber ich lief an der Treppe vorbei, mußte umkehren und danach suchen – und dann mußte ich mich Stufe für Stufe hinuntertasten. Von irgendwo hinter mir hörte ich hohe Stimmen rufen.

Ich kam unten an und sah die Umrisse des Portals vor dem Nachthimmel, da gingen alle Lichter an, und die Alarmgongs dröhnten los. Die letzten paar Schritte raste ich Hals über Kopf und fiel beinahe in die Arme von Captain van Eyck. Er nahm mir Judith wortlos ab und trabte auf die Ecke des Gebäudes zu.

Ich starrte ihm halb von Sinnen nach, doch Zeb brachte mich schnell wieder zu Verstand, indem er meinen Harnisch nahm und ihn mir hinhielt, damit ich die Arme hindurchstecken konnte. »Wach auf, Mann!« zischte er. »Dieser Großalarm gilt *uns*! Du stehst Wache!«

Während ich den Harnisch zuschnallte, gürtete er mich mit dem Schwert, knallte mir den Helm auf den Kopf und schob mir den Speer in die linke Hand. Dann stellten wir uns vorschriftsmäßig Rücken an Rücken vor das Portal, die entsicherten Pistolen schußbereit. Solange wir keine anderweitigen Befehle erhielten, sollten und durften wir nichts weiter tun, da der Alarm nicht auf unserem Posten gegeben worden war.

Mehrere Minuten lang standen wir da wie Statuen. Wir hörten Laufschritte und Anrufe. Der Offizier vom Dienst wollte an uns vorbei in den Palast stürmen und schloß im Laufen seinen Harnisch über seinem Nachtzeug. Ich hätte ihn beinahe erschossen, bevor er auf meinen Anruf das Losungswort nannte. Dann marschierte die Wachablösung mit ihrem Offizier an der Spitze heran. Nach und nach legte sich die Aufregung. Die Lampen brannten weiter, aber irgend jemand dachte endlich daran, den Alarm abzustellen. Zeb flüsterte: »Was, zum Henker, ist passiert? Hast du es versaut?«

»Ja und nein.« Ich erzählte ihm von der schlaflosen Schwester.

»Hmmmpf! Nun, Sohn, das wird dich lehren, nicht mit Frauen anzubändeln, wenn du im Dienst bist.«

»Verflucht, ich habe nicht mit ihr angebändelt. Sie ist ganz plötzlich aus ihrer Zelle gekommen.«

»Ich habe nicht heute nacht gemeint«, erklärte er düster.

Ich hielt den Mund.

Etwa eine halbe Stunde später, lange vor dem Ende der Wache, kam die Wachablösung zurückgetrampelt. Der Offizier ließ halten, unsere beiden Ablöser traten aus dem Glied, und wir nahmen ihre leeren Plätze ein. Dann marschierten wir zurück zum Bereitschaftsraum. Unterwegs setzten wir noch zweimal Ablösungen ab und nahmen Männer aus unserem eigenen Abschnitt auf.

5

Wir mußten auf dem inneren Exerzierplatz vor der Tür des Bereitschaftsraums geschlagene fünfzig Minuten lang in Habacht-Stellung stehenbleiben. Der Offizier vom Dienst schlenderte umher und hielt uns unter Beobachtung. Einmal verlagerte ein Mann im hinteren Glied sein Gewicht. Beim Uniformappell wäre das, selbst in Anwesenheit des Propheten, unbemerkt geblieben, aber heute machte der Offizier vom Dienst ihn sofort zur Schnecke, und Captain van Eyck notierte seinen Namen.

Meister Peter sah genauso wütend aus, wie sein Vorgesetzter zweifellos war. Er verteilte noch ein paar Anschnauzer. Vor mir blieb er stehen und befahl der Ordonnanz des Bereitschaftsraums, mich wegen ›nicht ordentlich geputzter Stiefel‹ – was eine Verleumdung war, falls ich sie nicht bei meinem Ausflug abgestoßen hatte – aufzuschreiben. Ich traute mich nicht, auf die Stiefel hinunterzublicken, sondern starrte ihm in die Augen und schwieg. Er starrte kalt zurück.

Aber sein Benehmen erinnerte mich an Zebs Vorlesung über Verschwörungen. Van Eyck machte völlig den Eindruck eines subalternen Offiziers, den seine eigenen Leute im Stich gelassen haben. Was würde ich sein, wenn ich tatsächlich unschuldig wie ein neugeborenes Kind wäre?

Zornig, sagte ich mir – zornig und selbstgerecht. Anfangs interessiert und angeregt, weil einmal etwas passierte, dann zornig, weil man uns wie Rekruten eine Ewigkeit strammstehen ließ. Sie wollten uns durch das lange Warten weichkochen; was hätte ich mir vor, sagen wir, zwei Monaten dabei gedacht? Sicher im Besitz meiner eigenen Tugend, hätte es mich beleidigt und gedemütigt, daß man mich warten ließ wie einen Paria, der um eine Lebensmittelkarte winselt, und daß man mich aufschrieb wie einen Kadetten, der Suppe auf der Jacke hatte.

Als beinahe zwei Stunden später der Kommandeur der Garde eintraf, waren meine Lippen weiß vor Zorn. Ich hatte das Gefühl künstlich erzeugt, aber es war echt. Unseren Kommandeur hatte ich sowieso nie richtig leiden mögen. Er war ein kleiner, hochnäsiger Mann mit kalten Augen und der Gewohnheit, die ihm unterstellten Offiziere nicht an-, sondern durch sie hindurchzusehen. Jetzt stand er vor uns, die Priesterrobe über die Schultern zurückgeworfen, die Daumen in den Schwertgurt gehakt.

Er maß uns mit finsteren Blicken. »Der Himmel helfe mir, es sind tatsächlich die Engel des Herrn«, sagte er leise in das tödliche Schweigen hinein. Dann brüllte er: »Nun?«

Niemand antwortete.

»Sprechen Sie!« rief er. »Einer von Ihnen weiß darüber Bescheid. Antworten Sie mir! Oder möchten Sie lieber alle der Befragung unterzogen werden?«

Ein Gemurmel lief durch unsere Reihen – aber keiner sagte etwas.

Von neuem ließ er seine Augen über uns hinwandern. Sein Blick traf den meinen, und ich starrte aufsässig zurück. »Lyle!«

»Ja, ehrwürdiger Sir?«

»Was wissen Sie davon?«

»Ich weiß, daß ich mich gern hinsetzen würde, ehrwürdiger Sir!«

Er sah mich finster an. Dann schimmerte in seinen Augen kalte Belustigung. »Besser, Sie stehen vor mir, mein Sohn, als daß Sie vor dem Inquisitor sitzen.« Aber er ging weiter und attackierte den Mann neben mir.

Er schikanierte uns endlos. Zeb und ich erhielten jedoch weder mehr noch weniger Aufmerksamkeit als die anderen. Schließlich schien er aufzugeben und wies den Offizier vom Dienst an, uns zu entlassen. Ich ließ mich davon nicht täuschen; ganz bestimmt war jedes gesprochene Wort aufgezeichnet, jeder Gesichtsausdruck gefilmt worden, und noch ehe wir unser Quartier erreichten, würden Analytiker die Daten mit unseren früheren Verhaltensmustern verglichen haben.

Aber Zeb ist ein Wunder. Er redete auf dem Weg in unser Zimmer über die Ereignisse dieser Nacht und stellte unschuldige Spekulationen darüber an, was den Aufruhr hervorgerufen haben mochte. Ich versuchte, auf eine Weise zu antworten, die ich für meine eigene ›richtige‹ Reaktion hielt, und schimpfte über die Behandlung, die uns widerfahren war. »Wir sind Offiziere und Gentlernen«, beschwerte ich mich. »Wenn er meint, wir hätten uns irgendeines Vergehens schuldig gemacht, soll er doch offiziell Anklage erheben!«

Immer noch meckernd, legte ich mich ins Bett, und dann lag ich wach da und machte mir Sorgen. Ich versuchte mir einzureden, Judith habe einen sicheren Ort erreicht, denn andernfalls hätten die hohen Tiere wegen dieser Sache nicht im dunkeln getappt. Dabei schlief ich schließlich ein.

Ich spürte, daß mich jemand berührte, und wachte sofort auf. Dann entspannte ich mich; meine Hand wurde im Erkennungsgriff der Loge gefaßt. »Still«, flüsterte mir eine Stimme, die ich nicht erkannte, ins Ohr. »Ich muß dir eine bestimmte Behandlung geben, um dich zu schützen.« Eine Nadel stach in meinen Arm. In wenigen Sekunden war ich in einem träumerischen Zustand. Die Stimme hauchte: »Du hast heute nacht während deiner Wache nichts Ungewöhnliches gesehen. Bis Alarm gegeben wurde, verlief deine Wache ohne besonderen Vorfall ...« Ich weiß nicht, wie lange die Stimme weitersummte.

Das zweite Mal wurde ich durch grobes Schütteln geweckt. Ich vergrub das Gesicht ins Kissen und murmelte: »Geh weg! Ich lasse das Frühstück ausfallen.«

Jemand schlug mir zwischen die Schulterblätter. Ich drehte mich um und setzte mich blinzelnd auf. Vier bewaffnete Männer waren im Zimmer. Ihre Laser zeigten auf mich. »Mitkommen!« befahl der am nächsten Stehende.

Sie trugen die Uniform der Engel, aber ohne Abzeichen einer Einheit. Die Köpfe waren von einer schwarzen Maske bedeckt, die nur die Augen freiließ – und an diesen Masken erkannte ich sie: Proktoren des Großinquisitors. Ich hatte nie richtig geglaubt, daß es mir passieren könnte. Nicht *mir* ... nicht Johnnie Lyle, der sich immer gut betragen hatte und eine Zierde seiner Gemeinde und der Stolz seiner Mutter gewesen war. Nein! Die Inquisition war ein Schreckgespenst, aber ein Schreckgespenst für Sünder – nicht für John Lyle.

Doch jetzt, als ich diese Masken sah, wurde mir vor Entsetzen übel. Ich erkannte, daß der Tod auf mich wartete, daß meine Zeit gekommen war und ich mich in einem Alptraum befand, aus dem ich nicht mehr aufwachen würde.

Aber noch war ich nicht tot. Von irgendwoher wurde mir der Mut zuteil, mich wütend zu stellen. »Was tun Sie hier?«

»Mitkommen!« wiederholte die gesichtslose Stimme.

»Zeigen Sie mir Ihren Befehl! Sie können einen Offizier nicht aus dem Bett zerren, wann immer es Ihnen paßt ...«

Der Anführer winkte mit seiner Pistole. Zwei von ihnen faßten mich an den Armen und zogen mich zur Tür. Der vierte kam hinterher. Aber ich bin ziemlich stark, ich machte es ihnen schwer und protestierte: »Sie müssen mir wenigstens Zeit lassen, mich anzuziehen! Sie sind nicht befugt, mich halbnackt wegzuschleppen, ganz gleich, um welche dringende Angelegenheit es sich handelt! Ich habe das Recht, in der Uniform meines Ranges zu erscheinen!«

Zu meiner Überraschung wirkte der Appell. Der Anführer blieb stehen. »Okay. Aber beeilen Sie sich!«

Ich zog es hinaus, solange ich es wagte, während ich jede einzelne Bewegung schnell vollführte – verklemmte den Reißverschluß am Stiefel, fummelte ungeschickt mit sämtlichen Kleidungsstücken herum. Wie konnte ich in irgendeiner Form eine Botschaft für Zeb hinterlassen? Ein Zeichen, das meinen Brüdern zeigte, was mit mir geschehen war?

Endlich kam mir eine Idee, keine gute, aber wenigstens überhaupt eine. Ich zog Sachen aus meinem Schrank, solche, die ich brauchte, und solche, die ich nicht brauchte, darunter einen Pullover. Während ich aussortierte, was ich anziehen wollte, gelang es mir, die Ärmel von dem Pullover in der Haltung zu drapieren, mit der ein Logenbruder das Zeichen gibt, daß er in großer Not ist. Dann sammelte ich herumliegende Kleidungsstücke ein und fing an, sie wieder in den Schrank zu räumen. Sofort stieß mir der Anführer seinen Laser in die Rippen. »Lassen Sie das! Angezogen sind Sie.«

Ich gab nach und ließ die bedeutungslosen Sachen auf den Boden fallen. Der Pullover blieb als Symbol für jeden, der es verstand, ausgebreitet liegen. Als sie mich wegführten, betete ich, unsere Zimmerordonnanz werde nicht kommen und ›aufräumen‹, bevor Zeb ihn gesehen hatte.

Sie verbanden mir die Augen, sobald wir den inneren Palast erreichten. Wir stiegen sechs Treppen hinunter, vier unter Bodenniveau, wie ich mir ausrechnete, und kamen in einen Raum, in dem die Stille eines Gewölbes herrschte. Die Binde wurde mir von den Augen genommen. Ich blinzelte.

»Setz dich, mein Junge, setz dich und mach es dir bequem!« Ich sah in das Gesicht des Großinquisitors persönlich, sah sein warmherziges Lächeln und seine Hundeaugen.

Seine sanfte Stimme fuhr fort: »Es tut mir leid, daß ich dich so unhöflich aus dem warmen Bett holen mußte, aber unsere Heilige Kirche braucht eine bestimmte Information. Sag mir, mein Sohn, fürchtest du den Herrn? Oh, natürlich tust du das; deine Frömmigkeit ist wohlbekannt. Da wird es dir sicher nichts ausmachen, mir in dieser kleinen Angelegenheit zu helfen, auch wenn du dadurch zu spät zum Frühstück kommst. Es ist zur höheren Ehre Gottes.« Er drehte sich zu seinem maskierten, schwarz gekleideten Assistenten um, der hinter ihm stand. »Bereitet ihn vor – und bitte, seid behutsam.«

Ich wurde schnell und grob, aber nicht schmerzhaft behandelt. Sie faßten mich an, als sähen sie in mir leblose Materie, mit der sie so unpersönlich umgingen wie mit ihren Geräten. Sie zogen mich bis zum Gürtel aus und befestigten verschiedene Dinge an mir, legten eine Gummibandage dicht um meinen rechten Arm, gaben mir Elektroden in die Hände, die sie zu Fäusten schlossen und mit Klebestreifen umwickelten, ein weiteres Paar Elektroden kam an meine Handgelenke, ein drittes an meine Schläfen, ein winziger Spiegel an die Schlagader an meiner Kehle. Einer von ihnen nahm an einem Kontrollpaneel an der linken Wand ein paar Einstellungen vor. Dann legte er einen Schalter um, und auf der gegenüberliegenden Wand ging ein Schattenspiel meiner inneren Funktionen los.

Ein kleines Licht tanzte zu meinem Herzschlag, eine sich schlängelnde Linie auf dem Monitor eines Ionoskops zeigte, wie mein Blutdruck stieg und fiel, eine andere Linie bewegte sich mit meinem Atem, und dann waren noch verschiedene Anzeigen da, die ich nicht verstand. Ich drehte den Kopf weg und konzentrierte mich darauf, im Geist die natürlichen Logarithmen von eins bis zehn herzusagen.

»Du siehst unsere Methoden, Sohn. Wirksamkeit und Barmherzigkeit, das ist unsere Losung. Nun sag mir – *Wohin hast du sie gebracht?*«

Ich brach mit dem Logarithmus von acht ab. »Wen?«

»Warum hast du es getan?«

»Ich bitte um Entschuldigung, hochwohllöblicher Sir. Ich weiß nicht, was ich getan haben soll.«

Jemand ohrfeigte mich heftig von hinten. Die Lichter an der Wand wackelten. Der Inquisitor studierte sie nachdenklich. Dann sagte er zu einem Assistenten: »Gib ihm die Injektion!«

Wieder stach eine Nadel in meine Haut. Sie ließen mich ausruhen, bis die Droge gewirkt hatte. Ich verbrachte die Zeit damit, daß ich mir Mühe gab, mich wieder auf die Logarithmen zu besinnen. Aber bald fiel es mir zu schwer. Ich wurde schläfrig und matt, und nichts schien mehr wichtig zu sein. Meine Umgebung weckte eine leichte und kindische Neugier in mir, aber keine Angst. Dann unterbrach die sanfte Stimme des Inquisitors meine Träumereien mit einer Frage. Ich erinnere mich nicht, wie sie lautete, aber ich bin sicher, daß ich sie mit dem ersten beantwortete, was mir in den Sinn kam.

Ich kann nicht sagen, wie lange es weiterging. Schließlich holten sie mich durch eine zweite Spritze in die harte Wirklichkeit zurück. Der Inquisitor untersuchte einen kleinen blauen Fleck und ein purpurnes Pünktchen an meinem rechten Unterarm. Er blickte hoch. »Woher hast du das, mein Junge?«

»Ich weiß es nicht, hochwohllöblicher Sir.« In diesem Augenblick war das die Wahrheit.

Er schüttelte bedauernd den Kopf. »Stell dich nicht naiv, mein Sohn – und gehe nicht davon aus, ich sei es. Laß dir von mir etwas erklären. Was ihr Sünder nie begreift, ist, daß der Herr immer siegt. Immer! Unsere Methoden beruhen auf Barmherzigkeit, aber sie wickeln sich mit der Unaufhaltsamkeit eines fallenden Steins ab, und das Ergebnis ist ebenso vorherbestimmt.

Zuerst bitten wir den Sünder, sich dem Herrn zu ergeben und aus dem Guten, das in seinem Herzen noch vorhanden ist, zu antworten. Wenn dieser liebevolle Appell nichts fruchtet – wie bei dir –, dann benutzen wir das Wissen, das Gott uns gegeben hat, um das Unterbewußtsein zu erschließen. Weiter braucht die Befragung für gewöhnlich nicht zu gehen – es sei denn, ein Agent Satans ist vor uns dagewesen und hat an dem heiligen Tabernakel des Geistes herumgepfuscht.

Soeben bin ich von einem Spaziergang durch deinen Geist zurückgekehrt, mein Sohn. Ich habe dort vieles gefunden, was lobenswert ist. Ich fand jedoch auch in trüber Finsternis eine Mauer, die von einem anderen Sünder errichtet worden ist, und was ich brauche – was die Kirche braucht –, befindet sich hinter dieser Mauer.«

Vielleicht zeigte ich eine Spur von Befriedigung, oder vielleicht verrieten mich die Blinklichter, denn er lächelte traurig und fuhr fort: »Keine Mauer Satans kann den Herrn aufhalten. Wenn wir ein solches Hindernis finden, läßt sich zweierlei tun: Hätte ich Zeit genug, dann könnte ich diese Mauer vorsichtig abtragen, Stein um Stein, ohne Gefahr für deinen Verstand. Ich wünschte, ich hätte Zeit, wirklich, denn du bist im Herzen ein guter Junge, John Lyle, und du gehörst nicht zu den Sündern.

Wohl ist die Ewigkeit lang, aber die Zeit ist kurz. Da ist der zweite Weg. Wir können die Barriere im Unterbewußtsein außer acht lassen und, geführt von den Bannern des Herrn, einen direkten Angriff auf das Bewußtsein machen.« Er wandte den Blick von mir ab. »Bereitet ihn vor!«

Seine gesichtslosen Helfer befestigten einen Metallhelm auf meinem Kopf, und an dem Kontrollpaneel wurden neue Einstellungen vorgenommen. »Jetzt sieh her, John Lyle!« Er zeigte auf ein Diagramm an der Wand. »Du weißt doch, daß das menschliche Nervensystem teilweise elektrischer Natur ist. Das ist eine schematische Darstellung eines Gehirns. Der untere Teil ist der Thalamus. Ihn bedeckt der Kortex. Jedes Sinneszentrum ist gekennzeichnet, wie du siehst. Deine elektrodynamischen Charakteristika sind analysiert worden. Es betrübt mich, dir sagen zu müssen, daß es jetzt notwendig ist, deine normalen Sinne zu überlagern.«

Er wollte sich umdrehen, wandte sich mir aber noch einmal zu. »Übrigens, John Lyle, ich mache mir die Mühe, mich selbst um dich zu kümmern, weil meine Assistenten, die weniger Erfahrung in der Arbeit des Herrn haben als meine demütige Person, in diesem Stadium manchmal mehr Eifer als Können zeigen und den Sünder vorzeitig seiner Bestrafung zuführen. Ich möchte nicht, daß dir das widerfährt. Du bist nur ein verirrtes Lamm, und mein Ziel ist es, dich zu retten.«

Ich sagte: »Ich danke Ihnen, hochwohllöblicher Sir.«

»Danke nicht mir, danke dem Herrn, dem ich diene.« Er runzelte leicht die Stirn. »Dieser Frontalangriff auf den Geist ist zwar notwendig, aber es läßt sich nicht vermeiden, daß er schmerzhaft ist. Wirst du mir verzeihen?«

Ich zögerte nur einen Augenblick. »Ich verzeihe Euch, heiliger Sir.«

Er warf einen Blick auf die Lichter und stellte fest: »Eine Lüge. Aber diese Lüge wird dir vergeben; sie war gut gemeint.« Er nickte seinen stummen Helfern zu. »Fangt an!«

Ein Licht blendete mich, eine Explosion krachte in meinen Ohren. Mein rechtes Bein zuckte vor Schmerz und verknotete sich dann zu einem endlosen Krampf. Meine Kehle zog sich zusammen; ich würgte und versuchte zu erbrechen. Irgend etwas traf mich in den Solarplexus. Ich krümmte mich zusammen und bekam keine Luft mehr. »Wohin hast du sie gebracht?« Ein Geräusch fing tief und leise an, nahm an Höhe und Stärke zu, bis es wie tausend stumpfe Sägen klang, wie eine Million über Schiefertafeln kratzende Griffel. Es ging in ein kreischendes Geheul über, das an der dünnen Mauer des Verstandes riß. »Wer hat dir geholfen?« Qualvolle Hitze versengte meine Lenden; ich konnte ihr nicht entkommen. »Warum hast du es getan?« Überall juckte es mich unerträglich, ich versuchte mich zu kratzen, konnte aber meine Arme nicht bewegen. Das Jucken war schlimmer als ein Schmerz, ich hätte gern Schmerz als Ersatz für ein Kratzen hingenommen. »Wo ist sie?«

Licht ... Lärm ... Schmerz ... Hitze ... Krämpfe ... Kälte ... Fallen ... Licht und Schmerz ... Kälte und Fallen ... Übelkeit und Lärm. »Liebst du den Herrn?« Sengende Hitze und betäubende Kälte ... Schmerz und ein Hämmern in meinem Kopf, das mich schreien ließ ... »Wohin hast du sie gebracht? Wer war sonst noch dabei? Gib auf und rette deine unsterbliche Seele!« Schmerz und endlose Nacktheit vor der äußeren Dunkelheit.

Ich glaube, ich verlor das Bewußtsein.

Jemand schlug mir über den Mund. »Wach auf, John Lyle, und gestehe! Zebadiah Jones hat dich verraten.«

Ich blinzelte und schwieg. Es war nicht nötig, Benommenheit vorzutäuschen, das hätte ich auch gar nicht fertiggebracht. Aber die Worte waren ein furchtbarer Schock für mich gewesen; mein Gehirn raste und versuchte, wieder Tritt zu fassen. Zeb? Der alte Zeb? Der arme alte Zeb! Hatten die Brüder Zeit gehabt, auch ihm die hypnotische Behandlung zu geben? Nicht einmal in diesem Augenblick kam mir der Verdacht, Zeb könne allein durch die Folter zusammengebrochen sein. Ich nahm einfach an, es sei ihnen gelungen, sein Unterbewußtsein anzuzapfen. Ich fragte mich, ob er bereits tot sei, und erinnerte mich, daß er durch mich in diese Sache hineingezogen worden war, obwohl sein gesunder Menschenverstand ihm abgeraten hatte. Ich betete für seine Seele und darum, daß er mir verzeihen möge.

Ein neuer heftiger Schlag schleuderte meinen Kopf zur Seite. »Wach auf! Du kannst mich hören – Jones hat deine Sünden enthüllt.«

»Was enthüllt?« murmelte ich.

Der Großinquisitor winkte seine Assistenten beiseite und beugte sich über mich. Kummer stand in seinem freundlichen Gesicht geschrieben. »Bitte, mein Sohn, tu das für den Herrn – und für mich. Du hast tapfer versucht, deine Mitsünder vor den Folgen ihrer Torheit zu beschützen, aber sie haben dich verraten, und dein hartnäckiges Leugnen hat nichts mehr zu bedeuten. Nur trete nicht mit so schwer beladener Seele vor deinen Richter. Beichte und laß den Tod zu dir kommen, wenn dir deine Sünden vergeben sind!«

»Sie wollen mich also töten?«

Er wirkte etwas verärgert. »Das habe ich nicht gesagt. Ich weiß, daß du den Tod nicht fürchtest. Was du fürchten solltest, ist, daß du mit all deinen Sünden vor deinen Schöpfer gerufen werden könntest. Öffne dein Herz und beichte!«

»Hochwohllöblicher Sir, ich habe nichts zu beichten.«

Er wandte sich von mir ab und gab mit leiser, sanfter Stimme Befehle. »Macht weiter! Die mechanischen Geräte diesmal; ich möchte sein Gehirn nicht ausbrennen.«

Es hat keinen Sinn, zu beschreiben, was er mit den ›mechanischen Geräten‹ meinte, und diesen Bericht übermäßig grausig zu gestalten. Seine Methoden unterschieden sich nicht wesentlich von den Foltertechniken des Mittelalters und auch jüngerer Zeiten – außer daß seine Kenntnisse über das menschliche Nervensystem unvergleichlich größer waren und die Verhaltenspsychologie seine Operationen geschickter machte. Dazu benahmen er und seine Assistenten sich, als verspürten sie absolut keine sadistische Freude an ihrer Arbeit. Das gab ihnen eine kühle Tüchtigkeit.

Aber übergehen wir die Einzelheiten.

Ich habe keine Vorstellung davon, wie lange es dauerte. Ich muß verschiedentlich das Bewußtsein verloren haben, denn meine klarste Erinnerung ist, daß ich einen Eimer eiskalten Wassers ins Gesicht bekam, nicht einmal, sondern immer von neuem wie bei einem sich wiederholenden Alptraum, und jedes Mal folgte ihm die unvermeidliche Spritze. Ich glaube nicht, daß ich ihnen in wachem Zustand irgend etwas Wichtiges erzählte, und die hypnotischen Weisungen an mein Unterbewußtsein mögen mich geschützt haben, wenn ich nicht bei mir war. Ich weiß, daß ich versucht habe, Lügen über Sünden zu erfinden, die ich nie begangen hatte, aber ich weiß nicht, was dabei herauskam.

Ich erinnere mich vage daran, daß ich einmal halb wach wurde und eine Stimme sagen hörte: »Der hält noch mehr aus. Sein Herz ist stark.«

Lange Zeit war ich angenehm tot, doch schließlich erwachte ich wie von einem langen Schlaf. Ich war ganz steif, und als ich versuchte, mich umzudrehen, tat es mir weh. Ich öffnete die Augen und sah mich um. Ich lag im Bett in einem kleinen, fensterlosen, aber hübschen Raum. Eine junge Frau mit einem süßen Gesicht, die die Tracht einer Krankenschwester trug, trat schnell zu mir und fühlte meinen Puls.

»Hallo.«

»Hallo«, antwortete sie. »Wie geht es uns jetzt? Besser?«

»Was ist geschehen?« fragte ich. »Ist es vorbei? Oder ist das nur eine Pause?«

»Ruhig«, ermahnte sie mich. »Sie sind noch zu schwach zum Sprechen. Aber es ist vorbei – Sie sind bei den Brüdern in Sicherheit.«

»Man hat mich gerettet?«

»Ja. Nun seien Sie ruhig!« Sie hob den Kopf an und gab mir etwas zu trinken. Ich schlief wieder ein.

Es dauerte Tage, bis ich mich erholt hatte und wieder auf dem laufenden war. Die Krankenstation, in der ich aufwachte, war Teil einer Reihe von Tiefkellern unter dem eigentlichen Keller eines Warenhauses in New Jerusalem. Es gab eine unterirdische Verbindung von dort zum Logenraum unter dem Palast. Wo und wie genau, könnte ich nicht sagen, ich bin nie darin gewesen. Bei Bewußtsein, meine ich.

Zeb kam, sobald mir Besuch erlaubt wurde. Ich versuchte, mich im Bett aufzusetzen. »Zeb! Zeb, alter Junge – ich habe dich für tot gehalten!«

»Wen? Mich?« Er kam näher und schüttelte meine linke Hand. »Was hat dich auf den Gedanken gebracht?«

Ich berichtete ihm von der List, mit der der Inquisitor mich hatte hereinlegen wollen. Er schüttelte den Kopf. »Ich bin nicht einmal verhaftet worden. Dafür habe ich dir zu danken, mein Freund. Johnnie, ich werde dich nie wieder dumm nennen. Wenn du diesen genialen Einfall nicht gehabt hättest, deinen Pullover so hinzulegen, daß er mir ein Zeichen gab, dann hätte man uns vielleicht beide erwischt, und keiner von uns wäre mit dem Leben davongekommen. So aber ging ich geradenwegs zu Captain van Eyck. Er befahl mir, im Logenraum unterzutauchen, und plante dann deine Rettung.«

Ich wollte fragen, wie sie bewerkstelligt worden war, aber meine Gedanken sprangen auf ein wichtigeres Thema über. »Zeb, wo ist Judith? Kannst du sie finden und zu mir bringen? Meine Krankenschwester lächelt nur und sagt, ich soll weiterschlafen.«

Er sah mich überrascht an. »Hat man es dir nicht mitgeteilt?«

»Was denn? Nein, ich habe niemanden zu Gesicht bekommen außer der Krankenschwester und dem Arzt, und sie behandeln mich wie einen Schwachsinnigen. Halte mich nicht hin, Zeb! Ist irgend etwas schiefgegangen? Es geht ihr doch gut – *oder?*«

»Oh, sicher! Aber sie ist inzwischen in Mexiko – wir haben vor zwei Tagen eine Meldung über eine telepathische Verbindung bekommen.«

Körperlich schwach, wie ich war, hätte ich beinahe losgeheult. »Sie ist fort! Was für ein gemeiner, schäbiger Trick! Warum konnten sie nicht warten, bis es mir gut genug ging, um ihr auf Wiedersehen zu sagen?«

Zeb fiel schnell ein: »Hör mal, du Dummkopf – nein, vergiß den ›Dummkopf‹, du bist keiner. Hör mal, mein Alter, dein Kalender ist durcheinandergekommen. Sie war schon unterwegs, bevor du gerettet wurdest, bevor wir noch sicher waren, ob du gerettet werden konntest. Du denkst doch nicht, die Brüder hätten sie zurückbringen sollen, nur um euch beide miteinander turteln zu lassen?«

Ich dachte darüber nach und beruhigte mich. Natürlich wäre das nicht gegangen, aber bitter enttäuscht war ich doch. Zeb wechselte das Thema. »Wie geht es dir?«

»Oh, recht gut.«

»Ich habe gehört, morgen würde der Gips von deinem Bein abgenommen.«

»So? Mir hat man nichts davon gesagt.« Ich versuchte, mich in eine bequeme Lage zu winden. »Noch mehr sehne ich mich danach, dieses Korsett loszuwerden, aber der Arzt meint, ich müsse es noch mehrere Wochen lang tragen.«

»Und wie ist es mit deiner Hand? Kannst du die Finger krümmen?«

Ich probierte es. »So ziemlich. Vielleicht muß ich eine Weile mit der linken Hand schreiben.«

»Alles in allem sieht es aus, als hätte der Tod dich verschmäht, alter Junge. Übrigens, falls es dir ein Trost ist, der Kerl, der Judith gefoltert hat, ist ums Leben gekommen, als wir dich retteten.«

»Wirklich? Das bedaure ich. Mir wäre es lieber gewesen, ihr hättet ihn für mich aufgehoben.«

»Sicher, aber du hättest darum Schlange stehen müssen. Eine Menge Leute war hinter ihm her. Ich zum Beispiel auch.«

»Aber ich hatte mir etwas ganz Besonderes für ihn ausgedacht – ich wollte ihn zwingen, seine Fingernägel abzukauen.«

»Seine Fingernägel abzukauen?« wiederholte Zeb verblüfft.

»Bis an die Ellbogen. Kannst du mir folgen?«

»Oh.« Zeb grinste säuerlich. »Längst nicht phantasievoll genug, Junge. Aber er ist tot, wir können ihm nichts mehr anhaben.«

»Da hat er höllisches Glück gehabt. Zeb, warum hast du nicht dafür gesorgt, daß du ihn in die Hände bekamst? Oder hast du ihn getötet, und es mußte alles so schnell gehen, daß du es ihm nicht richtig besorgen konntest?«

»Ich? Ich war bei der Rettungsaktion ja gar nicht dabei. Ich bin gar nicht wieder in den Palast zurückgekehrt.«

»Hä?«

»Du hast doch wohl nicht geglaubt, daß ich weiterhin Dienst getan hätte?«

»Ich habe keine Zeit gehabt, darüber nachzudenken.«

»Nun, selbstverständlich konnte ich nicht wieder zurück, nachdem ich mich der Verhaftung durch die Flucht entzogen hatte; ich war erledigt. Du und ich sind beide aus der Armee der Vereinigten Staaten desertiert – und jeder Polizist und jeder Posthalter im Land brennt darauf, sich eine Belohnung zu verdienen, indem er uns einfängt.«

Ich pfiff leise und ließ mir durch den Kopf gehen, was sich alles daraus ergab.

6

Ich war der Loge auf einen Impuls hin beigetreten. Erst war ich Judith begegnet und hatte mich in sie verliebt, und dann waren die Ereignisse so über mich hereingestürzt, daß ich gar keine Zeit für ruhige Überlegungen gehabt hatte. Mein Bruch mit der Kirche war nicht das Ergebnis einer philosophischen Entscheidung.

Natürlich hatte ich mit dem Verstand gewußt, daß ich alle meine Verbindungen mit dem Palast zerschnitt, wenn ich der Loge beitrat, aber bisher war das bei mir noch nicht bis auf die Gefühlsebene durchgedrungen.

Wie würde es sein, niemals wieder die Uniform eines Offiziers und Gentlemen zu tragen? Ich war stolz gewesen, wenn ich die Straße hinunterging oder ein öffentliches Lokal betrat, daß sich alle Blicke auf mich richteten.

Ich schlug es mir aus dem Sinn. Meine Hand lag auf dem Pflug, ich durfte nicht mehr zurückblicken. Jetzt gehörte ich dazu, bis wir siegten oder bis wir als Verräter verbrannt waren.

Ich merkte, daß Zeb mich spöttisch ansah. »Kalte Füße bekommen, Johnnie?«

»Nein. Aber ich muß mich erst an die Umstellung gewöhnen. Es hat sich alles so schnell entwickelt.«

»Ich weiß. Nun, wir können unsere Pension vergessen, und unsere Zeugnisnoten von West Point spielen keine Rolle mehr.« Er nahm seinen Akademie-Ring ab, warf ihn in die Luft, fing ihn auf und steckte ihn in die Tasche. »Aber es gibt Arbeit zu tun, alter Junge, und du wirst feststellen, daß auch dies eine militärische Organisation ist – eine echte. Ich persönlich habe genug von Spucke und Politur, und es wäre mir egal, wenn ich all den Scheiß mit ›Augen rechts‹ und ›Abzählen‹ und ›Wache, was bringt die Nacht?‹ nie mehr zu hören bekommen würde. Die Brüder werden unsere Fähigkeiten voll nutzen – und hier geht es um einen notwendigen Kampf.«

Meister Peter van Eyck besuchte mich zwei Tage später. Er setzte sich auf meine Bettkante, faltete die Hände über dem Bauch und sah mich an. »Fühlen Sie sich besser, Sohn?«

»Ich könnte aufstehen, wenn der Arzt es erlaubte.«

»Gut. Wir sind knapp an Personal; je weniger Zeit ein Berufsoffizier auf der Krankenliste steht, um so besser.« Er hielt inne und kaute auf der Unterlippe. »Aber, Sohn, ich weiß einfach nicht, was ich mit Ihnen anfangen soll.«

»Sir?«

»Offen gestanden, Sie hätten gar nicht erst in den Orden aufgenommen werden dürfen – ein Militärkommando sollte sich nicht in Herzensangelegenheiten einmischen. Es bringt die Motivationen durcheinander, ruft falsche Entscheidungen hervor. Weil wir Sie aufgenommen haben, mußten wir zweimal unsere Stärke bei Überfällen zeigen, die – vom streng militärischen Standpunkt aus – nicht hätten stattfinden dürfen.«

Ich antwortete nicht. Darauf gab es keine Antwort – er hatte recht. Mein Gesicht glühte vor Verlegenheit.

»Sie brauchen deswegen nicht rot zu werden«, setzte er freundlich hinzu. »Andererseits ist es gut für die Moral der Brüder, wenn sie gelegentlich zuschlagen können. Die Frage ist nur: Was fangen wir mit Ihnen an? Sie sind ein wackerer Bursche, Sie haben sich gut gehalten – aber verstehen Sie eigentlich die Ideale der Freiheit und der menschlichen Würde, für die wir kämpfen?«

Ich zögerte nur einen Sekundenbruchteil.

»Meister – ich mag nicht viel Verstand haben, und der Herr weiß, es stimmt, daß ich nie viel über Politik nachgedacht habe. Aber ich weiß, auf welcher Seite ich stehe!«

Er nickte. »Das ist genug. Wir können nicht von jedem Mann erwarten, daß er sein eigener Tom Paine ist.«

»Sein eigener was?«

»Thomas Paine. Doch natürlich haben Sie nie von ihm gehört. Schlagen Sie über ihn in unserer Bibliothek nach, wenn Sie die Gelegenheit bekommen. Sehr inspirierender Stoff. Jetzt zu Ihrer künftigen Tätigkeit. Es wäre leicht, Sie hier an einen Schreibtisch zu setzen – Ihr Freund Zebadiah hat sechzehn Stunden am Tag geschuftet, um unser Ablagesystem in Ordnung zu bringen. Aber ich kann euch nicht beide auf Büroarbeiten verschwenden. Was tun Sie am liebsten, was ist Ihr Spezialgebiet?«

»Ich habe noch gar keine wissenschaftliche Arbeit geleistet, Sir.«

»Ich weiß. Aber worin hatten Sie die besten Noten? Wie waren Sie in angewendeten Mirakeln und in Mob-Psychologie?«

»In Mirakeln war ich ziemlich gut, aber ich glaube, für die Psychodynamik bin ich zu hölzern. Mein liebstes Fach war Ballistik.«

»Nun, man kann nicht alles haben. Ich könnte einen Techniker in Moral und Propaganda brauchen, aber was nicht geht, geht nicht.«

»Zeb war in Mob-Psychologie der Beste seiner Klasse, Meister. Der Kommandeur drängte ihn, sich um das Priesteramt zu bewerben.«

»Ich weiß, und wir werden ihn einsetzen, aber nicht hier. Er interessiert sich zu stark für Schwester Magdalene; ich halte nichts davon, Paare zusammen arbeiten zu lassen. Es könnte ihr Urteilsvermögen in einer schwierigen Situation schwächen. Jetzt zu Ihnen. Ich frage mich, ob Sie ein guter Attentäter wären.«

Er bemerkte es beinahe beiläufig, und ich konnte kaum glauben, daß es sein Ernst war. Ich hatte gelernt – ich hatte es immer als selbstverständlich vorausgesetzt, daß Mord eine der unaussprechlichen Sünden sei, wie Inzest oder Blasphemie. »Die Brüder sind – *Mörder?«* entfuhr es mir.

»Wie? Warum nicht?« Van Eyck forschte in meinem Gesicht. »Ich vergesse es immerzu. John, würden Sie den Großinquisitor töten, wenn Sie die Chance bekämen?«

»Hm – ja, natürlich. Aber ich würde es in einem fairen Kampf tun wollen.«

»Meinen Sie, das würde man Ihnen gestatten? Lassen Sie uns in Gedanken zu dem Tag zurückkehren, als Schwester Judith von ihm verhaftet wurde. Nehmen Sie an, Sie könnten ihm Einhalt gebieten, indem Sie ihn töten – aber nur durch Gift oder ein Messer in den Rücken. Was würden Sie tun?«

Ich antwortete heftig: »Ich würde ihn töten!«

»Würden Sie Scham oder Schuld dabei empfinden?«

»Nein!«

»So. Aber er ist nur ein einziger von vielen in diesem Sumpf. Wer Fleisch ißt, darf nicht über den Metzger die Nase rümpfen – und jeder Bischof, jeder Staatsminister, jeder Mensch, der von dieser Tyrannei profitiert, bis hinauf zum Propheten selbst, ist bei jedem Mord, den die Inquisitoren begehen, ein Komplize vor der Tat. Der Mann, der eine Sünde zuläßt, weil er die Folgen der

Sünde genießt, ist ebenso schuldig, als wenn er sie selbst begangen hätte. Sehen Sie das ein?«

Merkwürdig, ich sah es ein, denn es war orthodoxe Lehre, wie man sie mir beigebracht hatte. An der neuen Anwendung wäre ich jedoch fast erstickt. Meister Peter sprach immer noch: »Aber wir geben uns keinen Rachegelüsten hin. Mein ist die Rache, spricht der Herr. Niemals würde ich *Sie* ausschicken, den Inquisitor zu töten, weil Sie versucht sein könnten, es als persönlichen Triumph zu empfinden. Wir halten einem Mann keine Sünde als Köder vor die Nase. Statt dessen arbeiten wir an einer kalkulierten militärischen Operation in einem Krieg, der bereits begonnen hat. Eine einzige Schlüsselgestalt ist oft ebensoviel wert wie ein ganzes Regiment. Wir wählen diesen Mann aus und töten ihn. Der Bischof in der einen Diözese mag ein solcher Mann sein, der Bischof im nächsten Staat eine Null, die nur durch das System im Amt gehalten wird. Wir töten den ersten und lassen den zweiten dort, wo er ist. Nach und nach eliminieren wir ihre besten Köpfe.« Er beugte sich zu mir vor. »Möchten Sie eine dieser Schlüsselgestalten beseitigen? Es ist sehr wichtige Arbeit.«

In diesem Geschäft zwang mich doch immer irgendwer, mich mit Tatsachen abzufinden! Nie konnte ich unangenehmen Tatsachen ausweichen, wie es die meisten Leute ihr ganzes Leben lang tun. Würde ich es verkraften, einen Mord zu begehen? Konnte ich mich weigern – Meister Peter hatte zumindest angedeutet, Attentäter seien Freiwillige – und dabei im Herzen doch wissen, daß der Mord begangen wurde und ich ihn zuließ?

Meister Peter hatte recht; der Mann, der Fleisch kauft, ist der Bruder des Metzgers. Bei mir war es Zimperlichkeit, nicht Moral ... wie bei dem Mann, der für die Todesstrafe eintritt, aber selbst zu ›gut‹ ist, um die Schlinge zu knüpfen oder das Beil zu schwingen. Wie bei dem Mann, der den Krieg als unvermeidlich und in manchen Fällen als gerechtfertigt betrachtet, aber sich vor dem Militärdienst drückt, weil er nicht töten will.

Emotionale Kinder, ethische Schwachsinnige – die linke Hand muß wissen, was die rechte tut, und das Herz ist verantwortlich für beide. Ich antwortete beinahe sofort: »Meister Peter, ich bin bereit zu dienen ... auf diesem Weg oder jedem anderen, von dem die Brüder meinen, daß ich das Geschick dazu habe.«

»Gut gesprochen!« Er entspannte sich ein bißchen und fuhr fort: »Unter uns gesagt, diesen Job biete ich jedem neuen Rekruten an, wenn ich mir nicht sicher bin, ob er verstanden hat, daß das hier kein Ballspiel ist, sondern eine Sache, für die er ohne Vorbehalt alles hingeben muß – sein Leben, seinen Besitz, seine geheiligte Ehre. Wir haben keinen Platz für einen Mann, der Befehle geben möchte, aber die Toiletten nicht säubern will.«

Ich empfand Erleichterung. »Dann haben Sie mich nicht im Ernst als Attentäter ausgewählt?«

»Wie? Für gewöhnlich meine ich es nicht ernst; nur wenige Männer sind dafür geeignet. Aber in Ihrem Fall meine ich es ernst, weil wir bereits wissen, daß Sie eine unerläßliche und nicht sehr häufige Qualifikation besitzen.«

Ich überlegte, was an mir so Besonderes sein könne, und kam nicht darauf. »Sir?«

»Nun, letzten Endes wird man Sie natürlich erwischen. Drei Komma sieben durchgeführte Missionen pro Attentäter ist unser augenblicklicher Durchschnitt – ein hoher Wert, auch wenn wir einen besseren erreichen müssen, weil geeignete Männer so selten sind. Aber bei Ihnen wissen wir bereits, daß Sie, wenn man Sie fängt, unter der Befragung nicht zusammenbrechen werden.«

Mein Gesicht muß meine Gefühle widergespiegelt haben. Die Befragung? Noch einmal? Ich war noch halb tot von der ersten! Meister Peter sagte freundlich: »Natürlich werden Sie nicht wieder allein alles bis zum Schluß durchstehen müssen. Wir schützen unsere Attentäter. Sie können immer leicht Selbstmord begehen. Sie brauchen sich keine Sorgen zu machen.«

Glauben Sie mir, für mich, der ich schon Opfer der

Befragung gewesen war, klang seine Versicherung nicht zynisch, sondern wie ein echter Trost. »Wie, Sir?«

»Auf ein Dutzend verschiedene Arten. Unsere Chirurgen richten Sie so her, daß Sie in den engsten Fesseln sterben können, wann immer Sie wollen. Da gibt es natürlich den altbekannten hohlen Zahn mit Zyanid oder so etwas – aber den kennen die Proktoren längst. Manchmal knebeln sie einen Mann so, daß er den Mund nicht schließen kann. Andere Dinge sind wirksamer. Zum Beispiel ...« Er streckte die Arme aus und führte sie nach hinten, aber nicht zu weit. »Wenn ich meine Arme so in eine Haltung bringe, die man niemals ohne bewußte Anstrengung einnimmt, wird eine kleine Kapsel zwischen meinen Schulterblättern platzen, und ich werde meine letzte Meldung abgeben. Trotzdem kann man mich den ganzen Tag auf den Rücken schlagen, ohne die Kapsel zu zerbrechen.«

»Äh ... sind Sie ein Attentäter gewesen, Sir?«

»Ich? Wie hätte ich das in meiner Stellung sein können? Aber alle unsere Leute in stark exponierten Stellungen sind geladen, das ist das mindeste, was wir für sie tun können. Außerdem habe ich eine Bombe in meinem Bauch ...« – er tätschelte die beträchtliche Wölbung – »die ein Zimmer voll Menschen mit mir nehmen wird, wenn das wünschenswert erscheint.«

»So eine hätte ich letzte Woche brauchen können«, meinte ich emphatisch.

»Sie sind hier, oder nicht? Schätzen Sie Ihr Glück nicht gering. Wenn Sie eine brauchen, werden Sie eine bekommen.« Er stand auf und rüstete sich zum Gehen. »Denken Sie inzwischen nicht darüber nach, ob man Sie als Vollstrecker auswählen wird. Die Psychologen müssen Sie erst noch einstufen, und sie sind schwer zu überzeugen.«

Natürlich dachte ich trotzdem darüber nach, aber die Vorstellung beunruhigte mich nicht mehr. Kurz darauf wurde ich zu leichtem Dienst eingeteilt und verbrachte mehrere Tage damit, Korrektur beim *Bilderstürmer* zu lesen, einem selbstgefälligen, milde kritischen Reformvon-innen-Blättchen, mit dem die Loge den Weg für ihre Feldmissionare bahnte. Es verfolgte eine »Ja, aber ...« – Politik, demonstrierte Loyalität gegenüber dem Propheten, berichtete jedoch auf eine Weise, die Zweifel im Geist der Eigensinnigen und Intoleranten wecken mußte. Das Gift lag darin, wie etwas gesagt wurde, nicht was gesagt wurde. Ich hatte Exemplare im Palast herumliegen sehen.

Ich lernte auch einige Verästelungen des erstaunlichen Untergrund-Hauptquartiers in New Jerusalem kennen. Das Kaufhaus über uns gehörte einem früheren Großmeister und stellte ein äußerst wichtiges Mittel zur Verbindung mit der Außenwelt dar. Die Regale des Geschäftes speisten und kleideten uns; durch Anzapfen seiner Visifon-Leitungen hatten wir Verbindung mit der Außenwelt. Wir konnten sogar transkontinentale Ferngespräche führen, wenn es möglich war, die Botschaft so auszudrücken oder zu kodieren, daß es nichts schadete, wenn sie abgehört wurde. Die Lastwagen des Eigentümers brachten Flüchtlinge in unsere Geheimräume oder von dort weg. Ich erfuhr, daß Judith ihre Flucht auch so begonnen hatte, mit einem Frachtbrief, der sie als Gummistiefel beschrieb. Die vielfachen kommerziellen Operationen des Unternehmens waren eine vollkommene Tarnung für die unsrigen.

Eine gut geplante Revolution ist Big Business – machen Sie sich da nichts vor. In einem modernen, komplexen und hochindustrialisierten Staat läßt sich eine Revolution nicht von einer Handvoll Verschwörer anzetteln, die flüsternd in einer verlassenen Ruine um eine tropfende Kerze sitzen. Man braucht dazu zahlloses Personal, Vorräte, moderne Maschinen und moderne Waffen. Und um diese Faktoren erfolgreich einzusetzen, sind Loyalität, Geheimhaltung und erstklassige Stabsarbeit vonnöten.

Ich hatte ständig zu tun, aber meine Arbeit war eine Übergangslösung, da ich noch auf eine Aufgabe wartete. Mir blieb Zeit für die Bibliothek, und ich schlug Tom Paine nach, was mich zu Patrick Henry und Thomas Jefferson und anderen führte. Eine ganze neue Welt öffnete sich mir. Anfangs fiel es mir schwer, zuzugeben, daß das, was ich las, möglich sei. Von allem, was ein Polizeistaat seinen Bürgern antut, ist die Verzerrung der Geschichte vielleicht am gemeinsten. Zum Beispiel erfuhr ich zum ersten Mal, daß die Vereinigten Staaten nicht von einem blutdurstigen Sendling Satans regiert worden waren, bevor der Erste Prophet in seinem Zorn aufstand und ihn verjagte, sondern daß sie als eine Gemeinschaft freier Menschen ihre Angelegenheiten durch friedliche Abstimmung regelten. Ich bilde mir nicht ein, die erste Republik sei das Paradies der Bibel gewesen, aber sie hatte auch keine Ähnlichkeit mit dem, was ich in der Schule gelernt hatte.

Zum ersten Mal in meinem Leben las ich Dinge, die nicht von den Zensoren des Propheten gebilligt worden waren, und die Wirkung auf meinen Verstand war verheerend. Ich blickte zuweilen über die Schulter, ob ich beobachtet würde, und hatte grundlos Angst. Langsam erkannte ich, daß die Geheimhaltung der Grundpfeiler aller Tyrannei ist. Nicht die Gewalt, sondern die Geheimhaltung ... die Zensur. Wenn eine Regierung oder auch eine Kirche zu ihren Leuten sagt: »Dies darfst du nicht lesen, dies darfst du nicht sehen, dies ist dir verboten zu wissen«, ist das Endergebnis Tyrannei und Unterdrückung, ganz gleich, wie heilig die Motive sind. Sehr wenig Kraft ist notwendig, einen Menschen zu kontrollieren, dessen Geist Scheuklappen angelegt worden sind. Umgekehrt kann keine Macht der Welt einen freien Menschen kontrollieren, einen Menschen, dessen Geist frei ist. Nicht die Folter, nicht die Atombombe oder sonst etwas – man kann einen freien Menschen nicht besiegen, man kann ihn höchstens töten.

Damals zog ich noch keine logischen Schlüsse, in meinem Kopf brodelte ein Chaos neuer Ideen, jede aufregender als die vorige. Ich entdeckte, daß die Flüge zwischen den Planeten – in meiner Welt beinahe ein Mythos – nicht eingestellt worden waren, weil der Erste Prophet sie als Sünde gegen die Allmacht Gottes verboten hatte.

Vielmehr war die Raumfahrt in die roten Zahlen gekommen, und die Regierung des Propheten wollte sie nicht subventionieren. In den Zeitungen wurde sogar vorausgesetzt, daß die ›Ungläubigen‹ (dieses Wort konnte ich mir nicht so schnell abgewöhnen) auch heute noch von Zeit zu Zeit ein Forschungsschiff aussandten und daß Menschen auf dem Mars und auf der Venus lebten.

Diese Vorstellung erregte mich dermaßen, daß ich beinahe vergaß, in welcher Lage wir uns alle befanden. Wenn ich nicht als Engel des Herrn auserwählt worden wäre, hätte ich mich wahrscheinlich der Raumfahrt zugewandt. Ich war gut in diesen Dingen, die schnelle Reflexe kombiniert mit Kenntnissen der mathematischen und mechanischen Wissenschaften verlangten. Vielleicht würden die Vereinigten Staaten eines Tages wieder Raumschiffe besitzen. Vielleicht würde ich ...

Aber der Gedanke wurde von einem Dutzend neuer verdrängt. Ausländische Zeitungen – und ich war mir nicht einmal sicher gewesen, ob die Ungläubigen lesen und schreiben konnten. Die Londoner *Times* war ein unglaublicher und fesselnder Lesestoff. Langsam bekam ich es in den Kopf, daß die Britannier heute kein Menschenfleisch mehr aßen, wenn sie es überhaupt jemals getan hatten. Sie schienen uns bemerkenswert ähnlich zu sein, außer daß sie erschreckend versessen darauf waren, zu leben, wie es ihnen gefiel – in der *Times* wurden sogar Briefe abgedruckt, die die Regierung kritisierten. Und da war noch ein anderer Brief, unterschrieben von einem Bischof ihrer Ungläubigen-Kirche, der sich beklagte, daß die Leute nicht regelmäßig zur Kirche gingen. Ich weiß nicht, was mich mehr verwirrte. Beide Arten von Briefen schienen auf offene Anarchie hinzudeuten.

Meister Peter informierte mich, daß die Psychologen-Gruppe mich als Attentäter abgelehnt hätte. Ich war sowohl erleichtert als auch entrüstet. Was stimmte mit mir nicht, daß sie mir diese Arbeit nicht anvertrauen wollten? Damals war mir, als habe man mir einen Charakterfehler zum Vorwurf gemacht.

»Nehmen Sie's leicht«, riet van Eyck mir trocken. »Die

Psychologen haben einen Einsatz mit Ihrem Persönlichkeitsprofil im Computer simuliert, und dabei ist herausgekommen, daß Sie höchstwahrscheinlich schon beim ersten Mal geschnappt werden würden. Wir lieben es nicht, Männer so schnell zu verbraten.«

»Aber ...«

»Friede, Junge. Ich schicke Sie ins Generalhauptquartier, und dort wird man Ihnen eine Aufgabe geben.«

»Generalhauptquartier? Wo ist denn das?«

»Sie werden es erfahren, sobald Sie dort ankommen. Melden Sie sich beim Stabsmetamorphisten.«

Dr. Mueller war der Gesichtsveränderer. Ich fragte ihn, was er für mich im Sinn habe. »Wie soll ich das wissen, bevor ich festgestellt habe, was Sie sind?« Er ließ mich messen und fotografieren, nahm meine Stimme auf und analysierte meinen Gang. Dann wurde eine Lochkarte mit meinen körperlichen Merkmalen angelegt. »Jetzt suchen wir Ihren Zwillingsbruder.« Ich sah zu, wie der Sortierer mehrere tausend Karten durchging. Langsam hielt ich mich für ein einzigartiges Individuum, das niemandem genügend ähnelte, um erfolgreich verkleidet zu werden, als zwei Karten fast gleichzeitig heraussprangen. Bis die Maschine schwirrend stehenblieb, lagen fünf Karten im Korb.

»Ein hübsches Sortiment.« Dr. Mueller sah sie sich an. »Eine synthetische Person, zwei Lebende, ein Toter und eine Frau. Die Frau können wir für diesen Job nicht brauchen, aber wir wollen es uns vormerken. Irgendwann mag es uns zupaß kommen, daß Sie eine bestimmte Bürgerin verkörpern könnten.«

»Was ist eine synthetische Person?« erkundigte ich mich.

»Oh, das ist eine, die wir sehr sorgfältig aus gefälschten Dokumenten und einem erdachten Lebenslauf zusammengesetzt haben. Ein riskantes Geschäft – man muß dabei an den Unterlagen des Staatsarchivs herumpfuschen. Ich benutze synthetische Personen ungern, weil es einfach keine Möglichkeit gibt, einen vollständigen Lebenslauf für einen Menschen zu erfinden, der gar nicht existiert. Viel lieber flicke ich meinen Kandidaten in den echten Lebenslauf einer echten Person ein.«

»Warum werden dann überhaupt synthetische Personen benutzt?«

»Manchmal bleibt uns nichts anderes übrig. Zum Beispiel, wenn wir einen Flüchtling in aller Eile an einen anderen Ort schaffen müssen und es keine echte Person gibt, der wir ihn anpassen können. Deshalb achten wir darauf, ständig ein ziemlich breites Sortiment von synthetischen Personen zur Verfügung zu haben. Nun wollen wir mal sehen.« Er blätterte die Karten durch. »Wir haben die Wahl zwischen diesen beiden ...«

»Noch einen Augenblick, Doktor«, unterbrach ich ihn. »Warum bleiben die Toten in der Kartei?«

»Oh, gesetzlich sind sie nicht tot. Wenn einer der Brüder stirbt und es uns möglich ist, die Tatsache geheimzuhalten, bewahren wir seine amtliche Persönlichkeit für eine mögliche zukünftige Verwendung auf. Können Sie singen?«

»Nicht besonders gut.«

»Dann fällt der hier aus. Er ist Konzertsänger, ein Bariton. Ich kann eine Menge Veränderungen an Ihnen vornehmen, aber einen ausgebildeten Sänger kann ich nicht aus Ihnen machen. Wie würde es Ihnen gefallen, Adam Reeves, Handelsreisender in Textilien, zu sein?« Er hielt eine Karte hoch.

»Meinen Sie, ich könnte damit durchkommen?«

»Bestimmt – wenn ich mit Ihnen fertig bin.«

Vierzehn Tage später hätte meine eigene Mutter mich nicht wiedererkannt. Und Reeves' Mutter, so glaube ich, hätte mich von ihrem Sohn nicht unterscheiden können. Während der zweiten Woche stand Reeves selbst uns zur Verfügung und arbeitete mit mir. Er war ein freundlicher, ruhiger Mann mit zurückhaltendem Benehmen, das mich immer dazu verführte, ihn für klein zu halten, obwohl er natürlich meine Größe, mein Gewicht und meine Knochenstruktur hatte. Im Gesicht ähnelten wir uns nur oberflächlich.

Das heißt, anfangs. Eine einfache Operation ließ meine

Ohren ein bißchen mehr abstehen, als es in der Absicht der Natur gelegen hatte. Gleichzeitig wurden meine Ohrläppchen neu gestaltet. Reeves hatte ein bißchen Adlerprofil; Wachs unter der Haut meines Nasenrückens glich das aus. Mehrere meiner Zähne mußten überkront werden, damit sie seinen zahnärztlichen Reparaturen entsprachen; das war das einzige, was mir leid tat. Meine Gesichtsfarbe wurde um eine oder zwei Schattierungen gebleicht; Reeves' Arbeit führte ihn nicht oft in die Sonne.

Der schwierigste Teil der körperlichen Anpassung war jedoch die Herstellung von künstlichen Fingerabdrücken.

Eine undurchsichtige, flexible fleischfarbene Plastikmasse wurde auf meine Fingerkuppen aufgetragen, und dann wurden meine Finger in Formen gedrückt, die nach Reeves' Fingerspitzen angefertigt worden waren. Es war eine knifflige Arbeit. Ein einziger Finger wurde siebenmal behandelt, bis Dr. Mueller sich damit zufriedengab.

Das war erst der Anfang. Jetzt mußte ich lernen, mich wie Reeves zu verhalten – seinen Gang, seine Gesten, die Art, wie er lachte, seine Tischmanieren. Ich bezweifele, daß ich mir meinen Lebensunterhalt jemals als Schauspieler verdienen könnte. Mein Lehrer war jedenfalls ganz dieser Meinung und sagte es mir auch.

»Verdammt, Lyle, werden Sie das nie begreifen? Ihr Leben wird davon abhängen. Sie *müssen* es lernen!«

»Ich dachte, ich hätte Reeves schon ganz gut nachgemacht«, protestierte ich schwach.

»Nachgemacht! Das ist ja das Problem – Sie *machen ihn nach.* Und das wirkt so natürlich wie ein Holzbein. Sie müssen Reeves *sein.* Versuchen Sie es! Machen Sie sich Sorgen über Ihre Verkaufszahlen, denken Sie über Ihre letzte Reise nach, über Provisionen und Rabatte und Quoten! Los! Versuchen Sie es!«

Jede freie Minute studierte ich die Einzelheiten von Reeves' geschäftlicher Tätigkeit, denn ich würde wirklich an seiner Stelle Textilien verkaufen. Ich hatte einen ganz neuen Beruf zu erlernen, und ich entdeckte, daß mehr dahintersteckte, als Muster herumzuschleppen und den Einzelhändler seine Wahl treffen zu lassen – und dabei konnte ich Denier nicht von Langfaser unterscheiden. Bevor ich fertig war, betrachtete ich Geschäftsleute mit ganz neuem Respekt. Ich hatte immer gedacht, Kaufen und Verkaufen sei einfach; auch darin hatte ich mich geirrt. Ich mußte zu dem alten Einpauk-Trick greifen und im Bett Kopfhörer tragen. Auf diese Weise schlief ich immer schlecht. Wenn ich morgens aufwachte, hatte ich gräßliche Kopfschmerzen, und meine Ohren, noch empfindlich von der Operation, waren wie zwei Brandblasen.

Aber es funktionierte. Nur zwei Wochen später war ich Adam Reeves, Handelsreisender, bis hinein in meine Gedanken.

7

»Lyle«, sagte Meister Peter van Eyck zu mir, »nach seinem Arbeitsplan soll Reeves heute nachmittag den Comet nach Cincinnati nehmen. Sind Sie bereit?«

»Jawohl, Sir.«

»Gut. Wiederholen Sie Ihre Befehle!«

»Sir, ich werde von hier bis zur Küste meiner ... – das heißt, seiner – Verkaufsroute folgen. Ich melde mich in der San Francisco-Niederlassung von United Textiles und gehe anschließend in Urlaub. In Phoenix, Arizona, nehme ich am Gottesdienst im South Side Tabernacle teil. Danach warte ich und danke dem Priester für die inspirierte Predigt. Im Laufe des Gesprächs entdecke ich mich ihm durch die gewohnten Zeichen unseres Ordens. Er wird mir den Weg zeigen, wie ich das Generalhauptquartier erreichen kann.«

»Alles richtig. Abgesehen davon, daß ich Sie zum Dienstantritt versetze, möchte ich Sie als Boten verwenden. Melden Sie sich sofort im psychodynamischen Labor! Der Cheftechniker wird Sie instruieren.«

»Jawohl, Sir.«

Der Logenmeister stand auf und kam um seinen Schreibtisch herum zu mir. »Leben Sie wohl, John. Passen Sie auf sich auf, und möge der Große Baumeister Ihnen beistehen!«

»Ich danke Ihnen, Sir. Äh ... ist diese Botschaft, die ich überbringen soll, wichtig?«

»Sehr wichtig.«

Dabei ließ er es bewenden, und das verdroß mich ein bißchen. Es kam mir dumm vor, daß er ein Geheimnis daraus machte, wenn ich es in ein paar Minuten doch erfahren würde. Aber ich irrte mich. Im Labor sagte man mir, ich solle mich setzen, mich entspannen und mich darauf vorbereiten, hypnotisiert zu werden.

Ich erwachte mit dem angenehmen Wärmegefühl, das einer Hypnose für gewöhnlich folgt. »Das ist alles«, wurde mir gesagt. »Führen Sie Ihre Befehle aus!«

»Aber was ist mit der Botschaft, die ich überbringen soll?«

»Die haben Sie.«

»Hypnotisch? Und wenn ich verhaftet werde, bin ich jedem Psycho-Ermittler, der mich befragt, auf Gnade und Ungnade ausgeliefert!«

»Nein, die Botschaft kann man nur mit zwei Schlüsselwörtern abrufen. Ehe diese ausgesprochen werden, können Sie sich nicht daran erinnern. Die Wahrscheinlichkeit, daß ein Ermittler beide Wörter und noch dazu in der richtigen Reihenfolge trifft, ist verschwindend gering. Sie können die Botschaft nicht verraten, weder wachend noch schlafend.«

Ich hatte so ziemlich damit gerechnet, für Selbstmord ›geladen‹ zu werden, wenn ich Träger einer wichtigen Botschaft war. Allerdings hatte ich mir nicht vorstellen können, wie sie das in letzter Minute machen wollten, es sei denn, sie versorgten mich mit einer Tablette, eine fast nutzlose Methode, wenn der Polizist sein Handwerk versteht. Doch wenn ich die Botschaft auf keinen Fall verraten konnte, zog ich es vor, das Risiko einzugehen. Ich bat nicht um Gift; ich bin sowieso kein Selbstmordtyp. Wenn Satan mich haben will, muß er mich wegschleppen …

In New Jerusalem erreicht man den Raketenhafen leichter als in den meisten älteren Städten. Gleich gegenüber dem Kaufhaus, in dem sich unser Hauptquartier versteckte, war eine Station der Röhrenbahn. Ich marschierte einfach hinaus, nahm die Brücke über die Straße, fand den mit ›Raketenhafen‹ markierten Bahnsteig, wartete auf eine leere Kabine und schnallte mich und mein Gepäck an. Ein Röhrenbahner schloß mich ein, und im Handumdrehen war ich am Ziel.

Ich löste eine Karte und stellte mich ans Ende der Schlange vor der Polizeiwache des Hafens. Ich gebe zu, daß ich nervös war. Zwar rechnete ich damit, daß mein Reisepaß ohne Komplikationen bestätigt werden würde, aber die Polizisten, die die Pässe abstempelten, hielten zweifellos Ausschau nach John Lyle, dem desertierten Offizier. Nun, nach irgendwem hielten sie immer Ausschau, und ich hoffte, die Liste der steckbrieflich gesuchten Gesichter war so lang, daß sie die Suche nach mir als bloße Routine betreiben würden.

Die Schlange rückte nur langsam weiter, und das schien mir ein schlechtes Zeichen zu sein. Meine Befürchtungen verstärkten sich, als mehrere Leute aus der Schlange herausgeholt und zum Warten hinter die Absperrung geschickt wurden. Ich bekam richtig das Zittern. Aber das Warten selbst gab mir die Zeit, mich wieder unter Kontrolle zu bekommen. Ich schob dem Sergeanten meine Papiere zu, sah auf mein Chronometer, hoch zur Uhr der Polizeiwache und wieder auf mein Handgelenk.

Der Sergeant hatte angefangen, meine Dokumente langsam und gründlich durchzusehen. Er blickte auf. »Sie brauchen sich keine Sorgen zu machen, daß Sie Ihr Schiff nicht erwischen«, sagte er nicht unfreundlich. »Es kann nicht starten, bis wir die Passagierliste abgestempelt haben.« Er schob ein Stempelkissen über den Schaltertisch. »Ihre Fingerabdrücke bitte.«

Ich gab sie ihm ohne Kommentar. Er verglich sie mit den Abdrücken auf meinem Reisepaß und dann mit den Abdrücken, die Reeves bei seiner Ankunft vor einer Woche hier hinterlassen hatte. »Das ist alles, Mr. Reeves. Angenehme Reise.«

Ich dankte ihm und ging.

Der *Comet* war nicht allzu voll besetzt. Ich suchte mir einen Fensterplatz ziemlich weit vorn. Gerade hatte ich mich hingesetzt und entfaltete eine Spätnachmittagsausgabe der *Heiligen Stadt,* als mich jemand am Arm berührte.

Es war ein Polizist.

»Wollen Sie bitte aussteigen?«

Mit vier anderen männlichen Passagieren wurde ich hinausgeführt. Der Sergeant benahm sich recht anständig. »Tut mir leid, ich muß Sie vier bitten, noch einmal zu einer genaueren Identifizierung zur Wache zurückzukommen. Ich werde veranlassen, daß Ihr Gepäck ausgeladen und die Passagierliste geändert wird. Ihre Karten behalten Gültigkeit für den nächsten Flug.«

Ich schrie auf. »Aber ich muß heute abend in Cincinnati sein!«

»Es tut mir leid.« Er wandte sich mir zu. »Sie sind Reeves, nicht wahr? Hmm ... Sie haben die gleiche Größe und den richtigen Körperbau. Trotzdem ... zeigen Sie mir noch einmal Ihren Paß. Sind Sie nicht erst letzte Woche in der Stadt eingetroffen?«

»Das ist richtig.«

Wieder sah er meine Papiere durch. »Ah jetzt, jetzt erinnere ich mich. Sie sind am Dienstagmorgen mit der *Pilgrim* gekommen. Nun, Sie können nicht an zwei Stellen zugleich sein, also befreit Sie das vom Verdacht.« Er gab mir die Dokumente zurück. »Gehen Sie wieder an Bord. Entschuldigen Sie, daß wir Sie belästigt haben. Die anderen kommen mit.«

Ich nahm meinen Platz von neuem ein und griff nach

meiner Zeitung. Ein paar Minuten später schleuderte uns der Feuerstrahl der Raketen nach Westen. Ich fuhr fort, die Zeitung zu studieren, um meine Aufregung und Erleichterung zu verbergen, aber bald fesselte mich der Inhalt. Erst heute morgen hatte ich im Untergrund eine Zeitung aus Toronto gelesen; der Gegensatz war verblüffend. Ich war in eine Welt zurückgekehrt, für die andere Staaten kaum existierten. Die ›Nachrichten aus dem Ausland‹, falls sie die Bezeichnung verdienten, bestanden aus feurigen Berichten unserer Missionen und einigen Meldungen über Greuel unter den Ungläubigen. Ich machte mir Gedanken darüber, wohin all das Geld verschwand, das jedes Jahr für Missionsarbeit gespendet wurde. Die Ungläubigen schienen sich, falls man *ihren* Zeitungen glauben durfte, unserer Missionen nicht einmal bewußt zu sein.

Dann suchte ich mir aus der Zeitung Einzelheiten heraus, von denen ich wußte, daß sie falsch waren. Als ich damit fertig war, hatten wir die Ionosphäre verlassen und glitten nach Cincinnati hinein. Wir hatten die Sonne überholt und erlebten den Sonnenuntergang ein zweites Mal.

An meinem Stammbaum muß der Packen eines Hausierers hängen. Ich bearbeitete nicht nur Reeves' ganzes Gebiet in Cincinnati, ich verbesserte sogar seine Quote. Dabei machte ich die Erfahrung, daß mir das Überreden eines ausgekochten Einzelhändlers, seine Schnittwarenabteilung zu vergrößern, ebensoviel Freude bereitete wie meine frühere militärische Tätigkeit. Nun sorgte ich mich nicht mehr um meine Verkleidung, weil ich ausschließlich an Textilien dachte. Das Verkaufen ist nicht nur eine Art, sich den Lebensunterhalt zu verdienen; es ist ein Spiel, es macht Spaß.

Programmgemäß reiste ich nach Kansas City ab. Bei der Polizei erhielt ich das Visum für meinen Reisepaß ohne Schwierigkeiten. Ich kam zu dem Schluß, daß der einzige gefährliche Kontrollpunkt der in New Jerusalem gewesen sei. Weiter westlich erwartete sicher niemand, John Lyle, dem früheren Offizier und Gentlemen, zu begegnen. John Lyle würde nur noch einer der Tausende von gesuchten Männern sein, unter Akten begraben.

Die Rakete nach Kansas City war ziemlich voll. Ich mußte den Platz neben einem anderen Passagier nehmen, einem gutgebauten Burschen Mitte Dreißig. Wir musterten uns, als ich mich setzte, dann beschäftigte sich jeder mit seinen eigenen Angelegenheiten. Ich ließ mir einen Klapptisch geben und begann, die Bestellformulare und anderen Papiere zu sortieren, die sich während der geschäftigen, nützlichen Tage in Cincinnati bei mir angesammelt hatten. Er lehnte sich zurück und sah sich die Nachrichten in dem Fernsehtank am vorderen Ende des Abteils an.

Etwa zehn Minuten später spürte ich einen Knuff und blickte auf. Mein Nachbar wies mit dem Daumen auf den Fernsehtank. Darin war ein großer Platz zu sehen. Eine wütende Menschenmenge wogte auf die Stufen eines großen Tempels zu, über dem das Banner des Propheten in Gold und Scharlachrot und der Wimpel eines Bistums flatterten. Gerade brach sich die erste Welle des Mobs an den Tempelstufen.

Eine Schwadron Tempelwachen marschierte aus einer Seitentür neben dem riesigen Frontportal und stellte ihre Dreifüße auf der Terrasse am Kopf der breiten Treppen auf. Schnitt, und wir blickten von oben genau in die Gesichter des auf uns zustürmenden Mobs – offenbar durch eine Kamera, die auf dem Tempeldach stand.

Was folgte, erfüllte mich mit Scham über die Uniform, die ich einmal getragen hatte. Statt sie schnell zu töten, zielten die Wachen tief und brannten ihnen die Beine ab. In einem Augenblick rannten die vordersten Empörer auf mich zu und die Stufen hinauf – und dann fielen sie, und die verbrannten Stümpfe ihrer Beine zuckten krampfhaft. Ich hatte ein junges Paar in der Mitte des Bildes beobachtet; sie waren Hand in Hand gelaufen. Der Strahl fegte über sie hin, und sie gingen gemeinsam zu Boden.

Das Mädchen blieb liegen. Der junge Mann schaffte es, sich auf das aufzurichten, was einmal seine Knie gewesen waren. Sterbend machte er zwei mühselige Schritte auf sie zu und fiel über sie. Er zog ihren Kopf an seinen, und dann wurde das Bild von einer Totale des ganzen Platzes abgelöst.

Ich griff nach den Kopfhörern, die an der Rückenlehne des Sitzes vor mir hingen, und hörte: »... apolis, Minnesota. Die Situation ist unter Kontrolle, und es werden keine zusätzlichen Truppen benötigt. Bischof Jennings hat das Kriegsrecht verhängt, während man die Agenten Satans zusammentreibt und die Ordnung wiederherstellt. Eine Zeit des Gebets und des Fastens wird sofort beginnen.

Die Gettos von Minnesota wurden geschlossen. Alle Parias dieser Stadt werden in den Reservationen Wyomings und Montanas neu angesiedelt werden, um künftige Ausbrüche zu verhindern. Dies sei eine Warnung an die Gottlosen allerorten, die es sich einfallen lassen könnten, die göttliche Herrschaft des inkarnierten Propheten anzuzweifeln.

Diese Live-Sendung des Nachrichtendienstes ›Kein Sperling fällt‹ wird gesponsort von den Vereinigten Kaufleuten des Königreichs, Händler in Devotionalien. Besitzen Sie als erste in Ihrer Gemeinde eine Statuette des Propheten, die im Dunkeln *geheimnisvoll leuchtet!* Schicken Sie einen Dollar per Adresse dieses Senders ...«

Ich schaltete die Kopfhörer aus und hängte sie weg. Warum wurden die Parias beschuldigt? Dieser Mob hatte nicht aus Parias bestanden.

Aber ich hielt den Mund und ließ meinen Nachbarn als ersten sprechen – was er mit Vehemenz tat. »Geschieht ihnen recht, den Vollidioten! Ist es denn zu glauben, da greifen sie eine befestigte Stellung mit bloßen Händen an!« Er hatte die Stimme gedämpft und tutete mir beinahe ins Ohr.

»Warum mögen Sie das getan haben?« war alles, was ich antwortete.

»Ketzer sind eben unberechenbar. Sie sind geisteskrank.«

»Das können Sie in der Kirche singen«, bestätigte ich

in überzeugtem Ton. »Außerdem müßte selbst ein geistig gesunder Ketzer – wenn es so etwas geben könnte, meine ich – erkennen, daß die Regierung bei der Verwaltung des Landes gute Arbeit leistet. Die Geschäfte gehen ausgezeichnet.« Ich tätschelte glücklich meinen Aktenkoffer. »Zumindest für mich, gepriesen sei der Herr.«

Eine Weile sprachen wir über geschäftliche Dinge. Dabei betrachtete ich ihn. Er schien der Typ des führenden Bürgers zu sein, konventionell und konservativ, und doch bereitete mir irgend etwas an ihm Unbehagen. War das nur mein Schuldbewußtsein? Oder der sechste Sinn des Gejagten?

Mein Blick kehrte zu seinen Händen zurück. Ich hatte das undeutliche Gefühl, mir müsse an ihnen etwas auffallen, und konnte doch nichts Ungewöhnliches entdecken. Dann bemerkte ich schließlich eine Kleinigkeit, eine schwielige Stelle am unteren Glied des Ringfingers seiner linken Hand. Das kommt davon, wenn man jahrelang einen schweren Ring trägt wie zum Beispiel ich meinen West-Point-Ring. Es brauchte nichts dahinterzustecken, denn viele Männer tragen an diesem Finger einen schweren Siegelring. Ich trug selbst einen – natürlich nicht meinen West-Point-Ring, sondern einen, der Reeves gehörte.

Aber warum sollte dieser konventionell denkende Spießer gewohnheitsmäßig einen Ring tragen und dann damit aufhören? So unwichtig das schien, es beunruhigte mich. Ein gejagtes Tier überlebt, indem es unwichtige Dinge beachtet. In West Point hatte ich in Psychologie nicht geglänzt; allein wegen dieses Fachs war mir der Winkel am Ärmel entgangen. Jetzt schien jedoch der Augenblick gekommen zu sein, das bißchen, was ich gelernt hatte, anzuwenden ... Ich ging also im Geist alles durch, was mir an meinem Nachbarn aufgefallen war.

Seine erste Bemerkung hatte der Torheit eines Angriffs auf eine befestigte Stellung gegolten. Das roch nach militärischer Orientierung im Denken. Es bewies nicht, daß er in West Point gewesen war. Im Gegenteil, ein Akademie-Mann trägt seinen Ring bis ins Grab ständig, auch im Urlaub und in Zivil ... außer er will aus irgendeinem triftigen Grund nicht erkannt werden.

Wir unterhielten uns immer noch freundschaftlich, und ich zerbrach mir den Kopf, wie ich ungenügende Daten auswerten solle, als die Stewardeß Tee servierte. Das Schiff verließ den Rand des Weltraums, tauchte in die Atmosphäre ein und begann mit dem langen Abstieg nach Kansas City. Der Flug war etwas unruhig, und die Stewardeß verschüttete ein bißchen heißen Tee auf den Oberschenkel meines Nachbarn. Er schrie auf und murmelte eine Verwünschung vor sich hin. Ich glaube nicht, daß sie ihn verstand.

Aber ich bekam es mit – und ich dachte verzweifelt darüber nach, während ich ihn mit einem Taschentuch abtupfte. Der Ausdruck, den er benutzt hatte, lautete: »B. J. Idiot!«, und das war einwandfrei West-Point-Slang.

Ergo war die Ringschwiele kein Zufall. Er war ein West-Pointer, ein Offizier der Army, der den Zivilisten spielte. Daraus folgte: Er war fast sicher auf einer Geheimmission. War er auf mich angesetzt?

Na, na, John! Sein Ring konnte zur Reparatur beim Juwelier sein; er mochte auf Urlaub nach Hause reisen. Aber im Verlauf einer langen Unterhaltung hatte er sich bemüht, bei mir den Eindruck zu erwecken, er sei Geschäftsmann. Nein, er war ein Undercover-Agent.

Aber selbst wenn er nicht hinter *mir* her war, hatte er in meiner Gegenwart zwei böse Fehler gemacht. Und zwei solche Schnitzer leistet sich auch der ungeschickteste Anfänger (so einer wie ich) nicht, wenn er eine angenommene Identität verkörpert. Der Geheimdienst der Army bestand aber nicht aus ungeschickten Anfängern. Er wurde von einigen der brillantesten Köpfe im Land geleitet. Ja, dann – dann waren es keine zufälligen Ausrutscher, sondern aus Berechnung fallengelassene Bemerkungen. Ich sollte darauf aufmerksam werden und *glauben,* sie seien ihm unabsichtlich entschlüpft. Warum?

Der Grund konnte nicht sein, daß er sich nicht sicher war, ob er in mir den Gesuchten gefunden hatte. In dem

Fall hätte er mich nach dem alten und erprobten Prinzip, daß ein Mann als sündig gilt, bis seine Unschuld bewiesen ist, einfach verhaftet, und ich wäre der Befragung unterzogen worden.

Also *warum?*

Ich konnte mir nichts anderes denken, als daß sie mich noch eine Weile frei herumlaufen lassen, aber so ängstigen wollten, daß ich in Deckung rannte – und sie auf diese Weise zu meinen Mitverschwörern führte. Es war eine weithergeholte Hypothese, aber die einzige, bei der alle Tatsachen in Rechnung gestellt waren.

Als ich zu dem Schluß kam, daß mein Nachbar ein Agent auf meiner Fährte sein mußte, erfüllte mich diese kalte, den Magen umstülpende Angst, die sich nur mit der Seekrankheit vergleichen läßt. Aber als ich meinte, hinter die Motive des Geheimdienstes gekommen zu ein, beruhigte ich mich wieder. Was würde Zebadiah tun? ›Das erste Prinzip der Verschwörung ist, daß man sich nicht zu einer ungewöhnlichen Handlung treiben läßt ...‹ Ich entschloß mich, ruhig sitzenzubleiben und den Dummen zu spielen. Folgte dieser Bulle mir, würde ich ihn in jedes Kaufhaus in K. C. führen – und ihn zusehen lassen, wie ich Schnittwaren verhökerte.

Trotzdem verkrampfte sich mein Magen, als wir das Schiff in Kansas City verließen. Ich wartete auf diese leichte Berührung der Schulter, die einem mehr Angst einjagt als ein Faustschlag ins Gesicht. Doch nichts geschah. Er warf mir ein flüchtiges »Gott schütze Sie« zu, schob sich vor mich und steuerte dem Lift für die Taxi-Plattform zu, während ich noch darauf wartete, daß mein Paß gestempelt wurde. Es erleichterte mich gar nicht, denn er mochte mich seiner Ablösung auf ein halbes Dutzend verschiedene Arten gezeigt haben. So gleichmütig, wie ich es fertigbrachte, fuhr ich mit der Röhrenbahn zum New Muehlbach hinüber.

Ich hatte eine gute Woche in K. C., erfüllte meine Quoten und gewann einen ziemlich großen neuen Kunden. Ich versuchte den Schatten zu entdecken, der mir möglicherweise angehängt worden war, aber ich weiß bis zum heutigen Tag nicht, ob ich verfolgt worden bin oder nicht. Wenn ja, hat jemand eine schrecklich langweilige Woche erlebt. Meine Phantasie und meine strapazierten Nerven mochten mir einen Streich gespielt haben. Trotzdem war ich glücklich, als ich endlich an Bord des Schiffes nach Denver war und feststellte, daß mein Gefährte von der vorigen Woche nicht mitflog.

Wir landeten auf dem neuen Feld östlich von Aurora, viele Meilen vom Stadtzentrum entfernt. Die Polizei überprüfte meine Papiere und nahm mir wie üblich die Fingerabdrücke ab. Gerade wollte ich meine Brieftasche wieder einstecken, als der Sergeant sagte: »Bitte, machen Sie Ihren linken Arm frei, Mr. Reeves.«

Ich krempelte den Ärmel hoch und versuchte, das richtige Maß an zappeliger Verärgerung zu zeigen. Eine Ordonnanz in einem weißen Kittel entnahm mir eine Blutprobe. »Nur eine normale Vorsichtsmaßnahme des Gesundheitsministeriums«, erklärte der Sergeant, »im Kampf gegen das Fleckfieber.«

Es war eine dünne Ausrede, wie ich von meiner eigenen Ausbildung im Gesundheitswesen wußte – aber Reeves, Textilverkäufer, brauchte das nicht zu durchschauen. Nur wurde die Ausrede noch dünner, als man mich aufforderte, in einem Nebenraum der Wache zu warten, solange die Blutprobe untersucht werde. Ich saß da, regte mich auf und grübelte, welchen Schaden sie mir mit zehn Kubikzentimetern meines Blutes zufügen konnten – und was ich dagegen hätte tun können, selbst wenn ich es gewußt hätte.

Ich hatte viel Zeit zum Nachdenken. Die Situation sah alles andere als rosig aus. Wahrscheinlich wurde es für mich immer gefährlicher, je länger ich da hockte – aber der Vorwand, unter dem sie mich festhielten, war gerade plausibel genug, daß ich es nicht wagen konnte, wegzulaufen. Das mochte genau das sein, was sie sich wünschten. So blieb ich und schwitzte.

Die Wache befand sich in einem Behelfsbau, und die Wand zwischen mir und dem Büro des Sergeanten war eine dünne Platte. Ich hörte Stimmen von nebenan, ohne einzelne Wörter unterscheiden zu können. Mein Ohr wollte ich nicht an die Wand legen, weil ich fürchtete, dabei erwischt zu werden. Andererseits mußte ich unbedingt lauschen. Also rückte ich meinen Stuhl hinüber an die Wand, setzte mich wieder und kippte auf zwei Stuhlbeinen zurück, so daß meine Schultern und mein Nacken an der Wand lagen. Dann hielt ich eine Zeitung, die ich dort gefunden hatte, vor mein Gesicht und drückte mein Ohr an die Wand.

Nun konnte ich jedes Wort verstehen. Der Sergeant erzählte seinem Schreiber eine Geschichte, für die er mit vier Wochen Buße bestraft worden wäre, wenn ein Moral-Proktor zugehört hätte. Allerdings hatte ich die gleiche Geschichte, nur oberflächlich gereinigt, im Palast gehört, so daß ich eigentlich nicht schockiert war. Ich war auch nicht in der Stimmung, mir Gedanken über die Moral anderer Leute zu machen. Ich hörte mehrere Routine-Meldungen und die Frage eines Trottels mit, der die Herrentoilette nicht finden konnte, aber kein Wort über mich. Von meiner Haltung bekam ich einen steifen Hals.

Mir gegenüber war ein offenes Fenster, das auf das Landefeld der Raketen hinausging. Ein kleines Schiff erschien am Himmel, bremste mit den Bugdüsen und vollführte in etwa einer Meile Entfernung eine Bilderbuchlandung. Der Pilot rollte auf das Verwaltungsgebäude zu und parkte vor dem Fenster, keine fünfundzwanzig Yards von mir entfernt.

Es war eine *Sparrow-Hawk,* Kurier-Modell, Staustrahltriebwerk mit Raketenstart und Hilfsmotor, das süßeste Schiffchen, das je gebaut worden ist. Ich kannte es gut, ich hatte so eins selbst geflogen, als ich auf Position Nr. 2 für die Army Himmelspolo spielte – in dem Jahr, als wir sowohl die Navy als auch Princeton schlugen.

Der Pilot stieg aus und ging weg. Ich maß die Entfernung zu dem Schiff mit meinen Blicken. Wenn der Zündschlüssel steckte ... – und was, wenn er nicht steckte? Vielleicht konnte ich die Zündung kurzschließen? Ich sah mir das offene Fenster genauer an. Vielleicht war es mit Vibrobolzen gespickt. In dem Fall würde ich nicht mehr merken, daß ich getroffen worden war. Aber ich entdeckte keine Leitungen oder Auslöser, und in einem so windigen Bauwerk ließen sie sich schlecht verstecken. Wahrscheinlich war da nichts weiter als eine Alarmvorrichtung, die durch Kontakt ausgelöst wurde, nicht durch eine Fotozelle.

Während ich darüber nachdachte, hörte ich wieder Stimmen von nebenan. Ich hielt mein Ohr an die Wand und lauschte angestrengt.

»Welche Blutgruppe?«

»Eins, Sergeant.«

»Stimmt das?«

»Nein, Reeves hat Blutgruppe drei.«

»Oho! Rufen Sie das Hauptlabor an! Wir werden ihn zu einer Retina-Aufnahme in die Stadt bringen.«

Jetzt gab es kein Trödeln mehr; sie hatten mich. Sie wußten, daß ich nicht Reeves war. Und war erst einmal das Muster der Blutgefäße in der Retina beider Augen fotografiert, dauerte es nur noch so lange, bis sie das Bild an das Büro für Moral und Ermittlung gefunkt hatten, und sie wußten außerdem, wer ich wirklich war. Noch eher, falls man zusammen mit meinem Steckbrief Kopien nach Denver und sonstwohin geschickt hatte.

Ich sprang kopfüber aus dem Fenster.

Ich landete auf den Händen, machte eine Rolle und kam auf die Füße. Ich mochte einen Alarm ausgelöst haben, aber ich war zu beschäftigt, um ihn zu hören. Die Tür des Schiffes stand offen, und der Zündschlüssel steckte – in der Tat, dem Sohn der Witwe wurde Hilfe zuteil! Ich machte mir nicht die Mühe, auf das Landefeld hinauszurollen, sondern zündete die Raketen sofort, ohne Rücksicht darauf, ob der Feuerstrahl meine Verfolger verbrannte. Wir sprangen über den Boden, der kleine Liebling und ich, und dann hob ich mit den Kreiseln seine Nase und zischte nach Westen davon.

8

Zunächst suchte ich Höhe und eine Geschwindigkeit zu gewinnen, bei der die Staustrahltriebwerke funktionieren würden. Es war ein herrliches Gefühl, ein gutes Schiff unter mir und diese Polizisten weit hinter mir zu haben. Aber dieser blödsinnige Optimismus verging mir schnell, als ich zum horizontalen Düsenflug überging.

Wenn eine Katze auf einen Baum flieht, muß sie obenbleiben, bis der Hund weggeht. In dieser unangenehmen Situation befand auch ich mich, und in meinem Fall würde weder der Hund weggehen, noch konnte ich unbegrenzt lange obenbleiben. Inzwischen war längst Alarm gegeben worden, in Minuten, nein, in Sekunden würden Polizei-Piloten hinter mir und rings um mich ihre Schiffe starten. Sie hatten mich auf den Radarschirmen, das stand fest, und von mehreren Stellen aus wurden die Blips meines Schiffes als Daten in einen Computer eingespeist, der die Verfolger zu mir lenken würde, ganz gleich, wohin ich mich wandte. Danach – nun, dann gehorchte ich dem Befehl zu landen oder wurde abgeschossen.

Jetzt kam mir das Wunder meiner Flucht etwas weniger wunderbar vor. Oder vielleicht *zu* wunderbar? Seit wann war man bei der Polizei so nachlässig, daß man einen Gefangenen in einen Raum mit einem unbewachten offenen Fenster setzte? Konnte es wirklich noch Zufall sein, daß vor diesem Fenster ein startbereites Schiff abgestellt wurde, mit dem ich mich auskannte, gerade als der Sergeant mit lauter Stimme etwas bemerkte, das mich todsicher verleiten würde, mit diesem Schiff zu fliehen?

Dies mochte ein zweiter – und erfolgreicher – Versuch sein, mich zur Panik zu treiben. Vielleicht wußte jemand von meiner Vorliebe für den *Sparrow-Hawk*-Kurier, wußte es, weil mein Dossier aufgeschlagen vor ihm auf dem Tisch lag und er meine Leistungen im Himmelspolo ebensogut kannte wie ich selbst. Unter Umständen schossen sie mich nicht gleich ab, sondern verließen sich darauf, daß ich sie geradenwegs zu meinen Kameraden führte.

Trotzdem hatte ich eine ganz kleine Chance, die getroffenen Vorbereitungen zu meinen Gunsten auszunützen und tatsächlich zu fliehen. Aber ob mir das gelang oder nicht, ich war weder bereit, mich wieder einfangen zu lassen, noch, sie zu meinen Brüdern zu führen – und sterben wollte ich auch nicht. Ich hatte eine wichtige Botschaft zu überbringen (so sprach ich zu mir selbst); ich hatte zu viel zu tun, um ihnen den Gefallen zu tun, ausgerechnet jetzt aus dem Leben zu scheiden.

Ich schaltete das Kommunikationsgerät des Schiffes auf die Frequenz der Verkehrspolizei und hörte zu. Zwischen dem Hafen von Denver und einem Transporter in der Luft fand eine erregte Diskussion statt, aber bis jetzt brüllte niemand, ich solle landen, oder man werde mir die Hose vom Hintern schießen. Später vielleicht – ich ließ den Apparat eingeschaltet und dachte nach.

Die Instrumente zeigten mir, daß ich mich fünfundsiebzig Meilen von Denver entfernt hatte und in nordwestlicher Richtung weiterflog. Es überraschte mich, daß ich noch nicht einmal zehn Minuten in der Luft war. Zweifellos war ich so vollgepumpt mit Adrenalin, daß sich mein Zeitsinn verzerrte. Die Tanks der Staustrahltriebwerke waren fast voll; das bedeutete knapp zehn Stunden und sechstausend Meilen bei Reisegeschwindigkeit – aber natürlich hätte man, wenn ich so langsam war, beinahe Steine nach mir werfen können.

Langsam bildete sich in meinem Gehirn ein Plan aus, verrückt und vielleicht unmöglich und ganz bestimmt aus Verzweiflung geboren, aber immer noch besser als gar kein Plan. Ich zog den Großkreisanzeiger zu Rate und stellte einen Kurs auf die Republik Hawaii ein. Ganz von selbst richtete mein Baby die Nase nach Südwesten. Ich dagegen beschäftigte mich mit dem Treibstoff-Geschwindigkeit-Entfernungsprojektor und suchte eine Annäherungslösung für ein Problem – rund dreitausendeinhundert Meilen bei rund achthundert Meilen die

Stunde ergaben zum Schluß leere Tanks und nichts als den Raketensaft und die Bugdüsen, um eine kalte Landung abzufangen. Riskant.

Nicht daß es mir etwas ausgemacht hätte. Irgendwo da unten hatten – kurze Zeit nachdem ich den Autopiloten auf Kurs und Geschwindigkeit eingestellt hatte – die Analysierer im Kyber-Netzwerk ihren menschlichen Operatoren mitgeteilt, ich versuchte, in den Freistaat Hawaii zu fliehen, und zwar auf dem und dem Kurs, in der und der Höhe und mit der maximalen Geschwindigkeit für diese Reichweite ... und in sechzig und einigen Minuten würde ich die Pazifik-Küste zwischen San Francisco und Monterey überfliegen, falls ich nicht vorher abgefangen würde. Aber daß ich abgefangen werden würde, stand fest. Selbst wenn sie immer noch Katze und Maus mit mir spielten, würden Boden-Luft-Raketen vom Sacramento-Tal aufsteigen. Und verfehlten sie mich (höchst unwahrscheinlich!), warteten an der Küste bemannte Schiffe auf mich, ebenso schnell oder schneller als mein Baby, mit vollen Tanks und unbeschränktem Aktionsradius. Ich hatte keine Hoffnung, dieses Spießrutenlaufen zu überstehen.

Doch ich hatte auch gar nicht die Absicht. Ich *wollte*, daß sie mein Schätzchen zerstörten, vollständig und in der Luft – und wenn es geschah, wollte ich nicht mehr an Bord sein.

Operation Knallkopf, Phase zwei: Wie sollte ich aus dem verflixten Ding hinauskommen? Wie man ein Düsenflugzeug bei laufenden Triebwerken verläßt, ist von sorgfältigen Ingenieuren genau ausgerechnet worden. Man haut auf den Nothebel und betet; den Rest erledigt die Automatik. Die Überlebenskapsel schließt sich über einem und rastet ein, und dann wird die Kapsel mit einem drin vom Schiff weggeschossen. Sind der richtige Druck und die richtige Eigengeschwindigkeit erreicht, wird die Schleppscheibe abgesprengt, die den Bremsfallschirm öffnet. Dann schwebt man in aller Bequemlichkeit Gottes guter Erde entgegen und hat eine Sauerstoffflasche zur Gesellschaft.

Dabei ist nur ein Haken: Sowohl die Kapsel als auch das verlassene Schiff senden Funksignale aus, Pünktchen für die Kapsel, Striche für das Schiff, und damit ja nichts versäumt wird, hat die Kapsel eine eingebaute Radarbake.

Das Ganze ist so unauffällig wie eine Kuh in einer Kirche.

Ich saß da, kaute am Daumen und starrte nach draußen. Es kam mir vor, als sehe es dort wilder und blauer aus als sonst. Das mußte an meiner Stimmung liegen, denn mir war klar, daß jede Minute dreizehn Meilen Boden unter mir wegrutschten. Es war höchste Zeit, meinen Hut zu nehmen und nach Hause zu gehen. Natürlich befand sich zu meiner Rechten eine Tür. Ich hätte einen Fallschirm anschnallen und springen können. Aber man öffnet in einem Düsenflugzeug bei laufenden Staustrahltriebwerken keine Tür, und man sprengt sie auch nicht weg – oder wenn man es doch tut, wird sich das Flugzeug wie ein getretener Hund aufführen. Und eine Brise von achthundert Meilen die Stunde ist auch bei sechzigtausend Fuß nicht zu ignorieren. Der Türrahmen würde mich zerschneiden wie Butter.

Die Antwort hing davon ab, wie gut der Autopilot des Schiffchens war. Die besseren Roboter dieser Art können alles bis auf Kirchenlieder singen. Von den billigeren halten manche Kurs, Geschwindigkeit und Höhe, das sind dann aber auch schon alle ihre Talente. Im besonderen wollte ich wissen, ob dieser Autopilot eine Notschaltung hatte, um mit einem Fall von ›Ofen aus‹ fertig zu werden, denn ich hatte die Absicht, das Schiff anzuhalten, auszusteigen und das Schiff allein in Richtung Hawaii weiterfliegen zu lassen – wenn es das konnte.

Ein Staustrahltriebwerk arbeitet nur bei hoher Geschwindigkeit. Darum haben die Schiffe außerdem Hilfsraketen, sonst könnten sie gar nicht starten. Sinkt die Geschwindigkeit unter einen kritischen Wert, geht der Ofen aus, und dann muß man neu zünden, entweder mit Raketen oder durch einen Sturzflug, um Geschwindigkeit zu gewinnen. Das ist eine riskante Sache, und eine ganze Anzahl von Düsenpiloten hat durch einen unerwarteten Fall von ›Ofen aus‹ ihre himmlische Belohnung gefunden.

Meine früheren Erfahrungen mit dem *Sparrow-Hawk*-Kurierboot ließen mich hier im Stich, weil man beim Himmelspolo keine Autopiloten benutzt. Wirklich nicht, glauben Sie mir. Also suchte ich im Handschuhfach nach dem Bedienungshandbuch, fand es nicht und sah mir statt dessen den Autopiloten selbst an. Aus der Datenplatte war nichts zu entnehmen. Sicher, mit einem Schraubenzieher und einer Menge Zeit hätte ich ihn öffnen, die Schaltungen enträtseln und mir über die Tatsachen klarwerden können – sagen wir, in ungefähr anderthalb Tagen. Diese Autopiloten bestehen aus einer Masse von Transistoren und Spaghetti. Also zog ich den Fallschirm aus seinen Halteklammern und wand mich hinein. »Mein Freund, ich hoffe, man hat dir die notwendigen Feinheiten eingebaut«, seufzte ich. Der Autopilot antwortete nicht, obwohl ich nicht überrascht gewesen wäre, wenn er es getan hätte. Dann quetschte ich mich wieder an meinen Platz und machte mich daran, von Hand neue Anweisungen einzugeben. Ich hatte nicht mehr allzu viel Zeit; ich war bereits über dem Deseret-Becken. Vor mir und rechts sah ich die untergehende Sonne auf dem Wasser des Großen Salzsees glitzern.

Zuerst brachte ich die Maschine etwas weiter nach unten, weil die Luft in sechzigtausend Fuß Höhe dünn und eisig und der Teildruck des Sauerstoffs für die menschliche Lunge zu gering ist. Dann zog ich sie wieder nach oben, sanft, damit weder ihr die Flügel abgerissen wurden noch ich das Bewußtsein verlor. Ich mußte eine ziemliche Höhe gewinnen, weil ich beabsichtigte, vertikal zu überziehen, was ›Ofen aus‹ hervorrufen mußte. Mein bestes Mädchen war dann gezwungen, in den Sturzflug überzugehen, um wieder Feuer in die Ofenrohre zu bekommen. An diesem Punkt wollte ich in aller Eile aussteigen, denn ich mußte vermeiden, daß die Raketenmotoren in dem Augenblick ansprangen, wenn ich mich verabschiedete.

Ich kurvte aufwärts, bis ich auf dem Rücken lag und die Erde hinter mir, den Himmel vor mir hatte. Ganz vorsichtig drosselte ich. Meine Absicht war, das Feuer bei dreißigtausend Fuß ausgehen zu lassen – dann hatte ich atembare Luft in erreichbarer Nähe und war doch immer noch hoch genug, daß meine Lady in den Sturzflug gehen konnte, ohne auf dem Utah-Plateau zu zerschellen. Bei ungefähr achtundzwanzigtausend Fuß bekam ich dieses dumme, hilflose Gefühl, das man immer hat, wenn die Kontrollen versagen. Plötzlich flammte ein rotes Licht am Instrumentenpaneel auf, und beide Triebwerke verstummten. Es war Zeit, zu gehen.

Fast hätte ich die Sitzflasche vergessen. Ich stopfte noch das Mundstück zwischen die Zähne und schob mir die Atemmaske über die Nase, während ich mit der anderen Hand versuchte, die Tür zu öffnen – alles das sehr behindert durch die Tatsache, daß das Schiff und ich praktisch im Freien Fall waren; der geringe Luftwiderstand am Scheitelpunkt der Bahn gab mir ein Gewicht von ein paar Unzen, mehr nicht.

Die Tür ging nicht auf. Schließlich erinnerte ich mich, daß ich auf das Überlaufventil hauen mußte. Ich tat es, die Tür öffnete sich, und ich wurde beinahe nach draußen gerissen. Eine oder zwei Sekunden lang hing ich da, während die Erde sich über mir wie verrückt drehte. Dann knallte die Tür zu und verriegelte sich, und ich schob mich von dem Flugzeug weg. Ich sprang nicht – wir fielen zusammen, ich stieß mich ab.

Vielleicht habe ich mir den Kopf an einer Tragfläche gestoßen. Jedenfalls ist da eine leere Stelle in meinem Gedächtnis, bis ich mich etwa fünfundzwanzig Yards vom Schiff entfernt auf leerer Luft sitzend wiederfand. Es drehte sich langsam, und Erde und Himmel umkreisten mich träge. Im Fallen traf mich ein dünner kalter Wind, aber ich war mir der Kälte noch nicht bewußt. Wir blieben für ein paar Augenblicke hübsch beisammen. Es können auch Stunden gewesen sein, denn die Zeit war angehalten worden. Und dann setzte das Schiff zum Sturzflug an und zog von mir weg.

Ich versuchte, ihm mit den Blicken nach unten zu folgen, und jetzt merkte ich erst, wie eisig der Wind war. Meine Augen schmerzten, und mir fiel etwas ein, das ich über gefrorene Augäpfel gelesen hatte. Schnell bedeckte ich sie mit den Händen. Das half sehr.

Plötzlich bekam ich es mit der Angst zu tun. Panik erfaßte mich bei dem Gedanken, ich hätte den Sprung zu lange hinausgezögert und würde auf dem Wüstenboden aufprallen. Ich nahm die Hände von den Augen und wagte einen Blick.

Nein, der Boden war noch weit weg, zwei oder drei Meilen vielleicht. Meine Schätzung war nicht viel wert, weil es da unten bereits dunkel war. Ich suchte nach dem Schiff, entdeckte es aber erst dann, als die Triebwerke zündeten. Gefrorene Augenbälle riskierend, beobachtete ich es, Jubel im Herzen. Der Autopilot hatte tatsächlich die Notschaltung für ›Ofen aus‹ eingebaut, und alles wickelte sich nach Plan ab. Das kleine Schätzchen ging in den Horizontalflug über, schlug den Kurs nach Westen ein und begann, zu der Höhe aufzusteigen, die ihm befohlen worden war. Ich schickte ihm ein Gebet nach, es möge durchhalten und ein Ende im sauberen Pazifik finden, statt abgeschossen zu werden.

Dann gerieten die glühenden Ausstoßrohre außer Sicht, und ich fiel immer weiter.

Über dem Triumph meines Schiffchens hatte ich meine Angst vergessen. Ich hatte von Anfang an gewußt, daß es ein verzögerter Sprung sein mußte. Sobald ich das Schiff verlassen hatte, würde mein Körper auf jedem Monitor, der das Schiff verfolgte, einen zweiten Blip erzeugen. Meine einzige Hoffnung, die Beobachter davon zu überzeugen, daß sie Zeuge eines echten ›Ofen aus‹-Notfalls geworden waren, lag darin, daß ich mich schnell vom Schiff entfernte und dann auf dem Weg nach unten nicht entdeckt wurde. Das bedeutete, ich mußte sofort aus dem Bild fallen und durfte die Reißleine nicht eher ziehen, bis ich dicht über dem Boden war, im Radarschatten und für menschliche Augen im Dunkeln.

Aber ich hatte noch nie einen verzögerten Sprung ausgeführt. Tatsächlich war ich überhaupt erst zweimal gesprungen. Das waren die zwei leichten Übungssprünge gewesen, die von jedem Kadetten für die Abschlußprüfung verlangt werden. Ich hatte es nicht besonders unangenehm, solange ich die Augen geschlossen hielt, aber der Drang, diese Reißleine zu ziehen, wurde wahrhaft überwältigend. Meine Hand wanderte an den Griff und umschloß ihn. Ich befahl mir, ihn loszulassen, und konnte mich doch nicht dazu zwingen. Ich war immer noch viel zu hoch, und ich würde todsicher entdeckt werden, wenn ich diesen verdächtigen großen Schirm öffnete und daran für den Rest des Weges nach unten schwebte.

Ich hatte vorgehabt, es irgendwo zwischen eintausend und fünfhundert Fuß über dem Boden zu tun, aber meine Nerven ließen mich im Stich, und ich wartete nicht so lange. Fast genau unter mir lag eine große Stadt – Provo, Utah, wenn ich das von weiter oben gesehene Bild korrekt im Gedächtnis hatte. Ich redete mir ein, ich müsse die Reißleine ziehen, um nicht mitten in der Stadt zu landen.

Gerade noch rechtzeitig erinnerte ich mich, das Sauerstoff-Mundstück zu entfernen. Höchstwahrscheinlich wären mir sonst sämtliche Zähne ausgeschlagen worden. Denn ich war nicht mehr dazu gekommen, die Flasche an mir festzuschnallen; ich hatte sie den ganzen Weg nach unten mit der linken Hand festgehalten. Vermutlich hätte ich mir auch jetzt noch die Zeit nehmen können, sie zu sichern, aber ich warf sie in Richtung einer Farm und hoffte, sie landete auf einem Feld statt auf dem Kopf eines ehrbaren Bürgers. Dann zog ich an dem Griff.

Einen entsetzlichen Sekundenbruchteil lang glaubte ich, ich hätte einen fehlerhaft verpackten Fallschirm erwischt. Dann öffnete er sich und schlug mich k.o. – oder ich verlor vor Angst das Bewußtsein. Ich kam wieder zu mir, hing in den Gurten, und der Boden unter mir schaukelte und kreiselte langsam. Ich war immer noch zu hoch oben, und ich schwebte auf die Lichter von Provo zu. Also holte ich tief Atem – die echte Luft schmeckte gut nach dem konservierten Zeug –, packte zwei Handvoll Tragleinen und killte den Wind.

Jetzt kam ich schnell nach unten, und ich brachte es fertig, gerade noch so rechtzeitig loszulassen, daß ich die volle Unterstützung des Fallschirms bei der Landung hatte. In der abendlichen Dunkelheit konnte ich den Boden nicht gut sehen, aber ich wußte, er war nahe. Ich zog die Knie an, genau wie es im Lehrbuch beschrieben wird, und dann überraschte mich der Aufprall doch. Ich stolperte, fiel und verwickelte mich in den Fallschirm. Angeblich soll so etwas einem freien Sprung aus vierzehn Fuß Höhe entsprechen. Ich kann nur sagen, daß es mir wie mehr vorkam.

Dann saß ich in einem Zuckerrübenfeld und rieb mir den linken Knöchel.

Spione vergraben ihre Fallschirme immer, deshalb hätte ich meinen wohl auch vergraben sollen. Aber ich fühlte mich dem nicht gewachsen, und ich hatte kein Werkzeug. Deshalb stopfte ich ihn in einen Abzugskanal, der unter dem Weg neben dem Feld herlief, und wanderte auf diesem Weg in Richtung der Lichter von Provo los. Meine Nase und mein rechtes Ohr hatten geblutet, das Blut war auf meinem Gesicht getrocknet, und dazu war ich voller Dreck. Ich hatte mir die Hose aufgerissen, mein Hut war Gott weiß wo – vielleicht in Denver oder über Nevada –, mein linker Knöchel schien leicht verstaucht zu sein, meine rechte Hand war böse abgeschürft, und mir war ein Malheur wie einem Kind passiert. Ich fühlte mich großartig.

Am liebsten hätte ich unterwegs gepfiffen, so vergnügt war ich. Sicher, ich wurde immer noch gejagt, aber die Proktoren des Propheten wähnten mich hoch am Himmel und nach Hawaii unterwegs. Zumindest hoffte ich, daß sie das glaubten, und auf jeden Fall war ich immer noch frei, am Leben und relativ unbeschädigt. Wenn man nun einmal gejagt wurde, war Utah ein besserer Ort als andere Gegenden. Es war ein Zentrum der Häresie und des Schismas, seit zur Zeit des ersten Propheten die Mormonen-Kirche unterdrückt worden war.

Solange ich mich außer Sicht der Polizei des Propheten hielt, war es unwahrscheinlich, daß die Einheimischen mich verrieten.

Trotzdem legte ich mich jedes Mal, wenn ein Laster oder ein Bodenwagen kam, im Graben auf den Bauch, und kurz vor der Stadt verließ ich den Weg und lief über die Felder. Ich machte einen weiten Bogen und zog über eine schlecht beleuchtete Nebenstraße in Provo ein. Bis zum Abendläuten blieben mir noch zwei Stunden; ich mußte den ersten Teil meines Plans ausführen, bevor die Nachtpatrouillen begannen, die Straßen zu kontrollieren.

Ich wanderte durch dunkle Wohngegenden und ging fast eine Stunde lang Leuten aus dem Weg, bis ich fand, was ich suchte – einen Flieger, den ich stehlen konnte. Er stellte sich als ein Familien-Himmelswagen der Marke Ford heraus und stand auf einem sonst leeren Parkplatz. Das Haus daneben war dunkel.

Immer im Schatten schlich ich mich heran und brach mein Federmesser in der Tür ab – aber ich bekam sie auf. Der Zündschlüssel war abgezogen. Nun, zweimal hintereinander hatte ich auf ein solches Glück auch nicht rechnen dürfen. Ich hatte auf Kosten des Steuerzahlers eine ungemein praktische Ausbildung erhalten, die auch Einzelheiten über I.C.-Motoren umfaßte, und diesmal hatte ich keine Eile. Ich brauchte, im Dunkeln arbeitend, zwanzig Minuten, um die Zündung kurzzuschließen.

Nach einer schnellen Erkundung der Straße stieg ich ein und startete den elektrischen Hilfsmotor. Hier schaltete ich die Scheinwerfer ein und fuhr so offen davon wie ein Farmer, der von einer Bibelstunde in der Stadt heimkehrt. Trotzdem hatte ich Angst, an der Stadtgrenze in eine Straßensperre der Polizei zu laufen. Deshalb fuhr ich den Wagen, als die Häuserreihen sich lichteten, auf das erste freie Feld und steuerte ihn ein gutes Stück von der Straße weg – und dann rutschte ein Vorderrad in einen Entwässerungsgraben. Das bestimmte den Ort, wo ich abheben mußte.

Der Hauptmotor hustete und sprang an, die Rotorblätter entfalteten sich mit lautem Quietschen. Der Wagen startete mühsam, da er durch den Graben verkantet war, aber er schaffte es. Der Boden fiel unter mir weg.

9

Der Wagen, den ich gestohlen hatte, war eine alte, lieblos behandelte Mühle. Der Motor klopfte, und das Vibrieren des Rotors gefiel mir überhaupt nicht. Aber sie flog, und sie hatte den Treibstofftank halb voll, was genug war, um mich nach Phoenix zu bringen. Ich konnte mich nicht beklagen.

Am schlimmsten war, daß an Navigationshilfen nichts weiter vorhanden war als ein veralteter, nicht kompensierter Sperry-Roboter und ein Bündel Streifenkarten des letzten Jahres, wie sie die größeren Ölfirmen an ihre Kunden verteilen. Dazu kam ein kaputtes Funkgerät.

Nun, Kolumbus mußte mit weniger auskommen. Phoenix lag fast genau südlich in knapp fünfhundert Meilen Entfernung. Ich schätzte den Abtrieb, indem ich über den Daumen peilte und betete, gab dem Roboter den Kurs und den Befehl ein, eine echte Höhe von fünfhundert Fuß zu halten. Mehr konnte mich in das Kyber-Netzwerk hineinbringen, weniger einen örtlichen Polizisten ärgern. Ich sagte mir, es sei sicherer, mit als ohne Lichter zu fliegen. Denn dies war nicht der richtige Zeitpunkt, mir einen Strafzettel einzuhandeln. Deshalb schaltete ich sie auf schwach. Danach hielt ich erst einmal Umschau.

Kein Zeichen von Verfolgern im Norden – offenbar war mein letzter Diebstahl noch nicht entdeckt worden. Was meinen ersten betraf – nun, das süße Ding war inzwischen entweder abgeschossen worden oder weit draußen über dem Pazifik. Mir kam der Gedanke, daß ich für ein Muttersöhnchen eine ganz schöne Liste von

Straftaten zusammengebracht hatte – Komplize vo nach der Tat bei einem Mord, Meineid vor dem G quisitor, Verrat, betrügerisches Auftreten unter fal Namen und zweimal schwerer Diebstahl. Es noch Brandstiftung, Baratterie (was das auch sein mochte) und Vergewaltigung. Eine Vergewaltigung wollte ich nicht auf mich laden, aber ich glaubte, Baratterie fertigzubringen, wenn ich herausfand, was es bedeutete. Ich fühlte mich immer noch großartig, auch wenn meine Nase von neuem zu bluten begann.

Mir kam der Gedanke, daß das Gesetz die Heirat mit einer heiligen Diakonisse als Vergewaltigung ansehen mochte, und das gab mir richtig Auftrieb. Jetzt wollte ich gar nichts mehr auslassen.

Ich blieb an den Kontrollen, schaltete den Autopiloten aus und umflog Städte, bis wir uns mehr als hundert Meilen südlich von Provo befanden. Von da an nach Süden, über den Grand Cañon hinweg und beinahe bis zu den Ruinen der alten ›66‹-Straßenstadt ist das Land nur sehr spärlich bevölkert; ich meinte, mir etwas Schlaf gönnen zu dürfen. Also stellte ich den Autopiloten auf achthundert Fuß Bodenhöhe ein, befahl ihm streng, auf Bäume und Felsklippen aufzupassen, legte mich auf die Passagierbank achtern und schlief sofort ein.

Ich träumte, der Großinquisitor versuche, mich weichzumachen, indem er vor meinen Augen saftiges Roastbeef aß. »Gestehe!« sagte er, spießte einen Bissen auf die Gabel und kaute. »Mach es dir leicht! Möchtest du ein blutiges Stück oder die Scheibe vom Ende?« Ich war schon so weit, daß ich gestehen wollte, als ich aufwachte.

Der Mond schien hell, und wir näherten uns dem Grand Cañon. Ich setzte mich schnell an die Kontrollen und löschte den Befehl über die Höhe. Denn ich fürchtete, der simple kleine Roboter könne einen Nervenzusammenbruch bekommen und Kondensatoren statt Tränen weinen, wenn er versuchte, das Schiff genau achthundert Fuß von dem gewaltigen Auf und Ab und den Felsnadeln zu halten.

Die Aussicht überwältigte mich so, daß ich meinen

Hunger vergaß. Wenn jemand den Cañon nicht kennt, ist es sinnlos, ihn zu beschreiben – aber ich empfehle dringend, ihn sich bei Mondschein aus der Luft anzusehen.

Wir überquerten ihn in etwa zwanzig Minuten, ich schaltete wieder auf Automatik und machte mich ans Fouragieren. Ich durchsuchte das Instrumentenpaneel-Fach und die übrigen Fächer und fand einen Riegel Mandelschokolade und ein paar Erdnüsse. Das war ein Festschmaus für mich, da ich vor lauter Hunger auch rohen Skunk gegessen hätte ... Die letzte Mahlzeit hatte ich in Kansas City zu mir genommen. Ich verputzte alles und legte mich wieder schlafen.

Ich erinnerte mich nicht, daß ich den Wecker des Autopiloten eingestellt hätte, muß es aber getan haben, weil er mich kurz vor dem Morgengrauen aus dem Schlaf riß. Der Sonnenaufgang über der Wüste ist ein weiterer Anblick, den Touristen sich viel kosten lassen, ich mußte jedoch navigieren und konnte nicht mehr als einen Blick erübrigen. Für ein paar Minuten stellte ich die Kiste quer, um Abtrieb und Geschwindigkeit zu schätzen, und machte dann auf dem Rand einer Streifenkarte ein paar Berechnungen. Mit etwas Glück und unter der Voraussetzung, daß ich den Wind in etwa richtig eingeschätzt hatte, mußte Phoenix so in einer halben Stunde in Sicht kommen.

Meine Glückssträhne hielt an. Ich flog über sehr rauhes Terrain, und dann plötzlich dehnte sich rechts ein breites, flaches Wüstental aus. Grüne Felder zeigten, wo es bewässert wurde, und mitten darin lag eine große Stadt – das Tal der Sonne und Phoenix. Ich vollführte eine stümperhafte Landung in einem eingeschachtelten, kleinen, trockenen Arroyo, der in den Salt River Cañon führte, riß ein Rad ab und zerschmetterte den Rotor, aber das kümmerte mich nicht. Allein wichtig war, daß man den Wagen hier nicht so schnell finden würde, ihn und meine Fingerabdrücke ... ich meine, Reeves' Fingerabdrücke. Eine halbe Stunde später hatte ich mir durch riesenhafte Kakteen und noch größere rote Felsblöcke einen

Weg auf die Landstraße gebahnt, die den Cañon hinunter- und nach Phoenix hineinführte.

Der Marsch bis Phoenix würde noch lang werden, besonders mit einem verstauchten Knöchel, aber ich wollte auf den Versuch, einen Wagen anzuhalten, lieber verzichten. Es herrschte nur geringer Verkehr, und in der ersten Stunde schaffte ich es jedes Mal, von der Straße zu springen und mich zu verstecken. Dann überraschte mich ein Frachter auf einer besonders hügeligen Strecke. Mir blieb nichts weiter übrig, als dem Fahrer lässig zuzuwinken, während ich mich an die Felswand drückte und unbekümmert tat. Er brachte sein schweres Fahrzeug zu einem schnellen, glatten Halt. »Möchtest du mitfahren, Kumpel?«

Ich faßte einen schnellen Entschluß. »Ja, danke!«

Er schwang eine Duraluminium-Leiter über die breite Raupe, und ich kletterte in die Kabine. Er musterte mich. »Junge!« rief er bewundernd. »War das ein Berglöwe oder ein Bär?«

Ich hatte vergessen, wie ich aussah. Jetzt sah ich an mir hinunter. »Beides«, antwortete ich ernst. »Habe mit jeder Hand einen erwürgt.«

»Das glaube ich gern.«

»In Wirklichkeit«, korrigierte ich mich, »bin ich mit einem Einrad gefahren und von der Straße abgekommen. Glücklicherweise auf der hohen Seite, aber das Rad ist ruiniert.«

»Mit einem Einrad? *Auf dieser Straße?* Doch nicht den ganzen Weg von Globe her?«

»Nun, manchmal mußte ich absteigen und schieben. Erwischt hat es mich allerdings, als ich bergab fuhr.«

Er schüttelte den Kopf. »Bleiben wir lieber bei der Bär-und-Löwe-Theorie. Sie gefällt mir besser.« Er stellte mir keine weiteren Fragen, was mir nur recht war. Jetzt sah ich ein, daß improvisierte Märchen zu unerwarteten Weiterungen führen; ich kannte die von Globe herführende Straße nicht.

Ich war auch noch nie in einem großen Frachter gewesen und stellte interessiert fest, wie sehr die Fahrerkabine dem Kontrollraum eines Oberflächenkreuzers der Army glich. Hier wie dort kontrollierten Universal-Öl-Geschwindigkeitsgetriebe auf beiden Seiten die Raupen, und das Instrumentenpaneel zeigte ebenso Motordrehzahl, Fahrzeuggeschwindigkeit auf Backbord und Steuerbord, Drehmoment-Werte und so weiter. Ich hätte den Frachter selbst steuern können.

Doch ich stellte mich dumm und ermutigte den Fahrer zum Sprechen. »Ich habe noch nie in einem von diesen großen Brummern gesessen. Kannst du mir erklären, wie alles funktioniert?«

Damit hatte ich ihm das richtige Stichwort gegeben. Ich hörte mit halbem Ohr zu, während ich über das beste Vorgehen in Phoenix nachdachte. Er zeigte mir, wie er die Raupen kontrollierte, einfach indem er die beiden Knüppel, einen für jede Faust, kippte, und erläuterte, daß es wirtschaftlich sei, wenn er den Dieselmotor mit konstanter Geschwindigkeit weiterlaufen lasse und die linke oder die rechte Seite je nach Bedarf antreibe. Ich ließ ihn reden – was ich am nötigsten brauchte, war ein Bad und eine Rasur und frische Kleider, das stand fest. Sonst würde man mich sofort unter dem Verdacht der Landstreicherei festnehmen.

Dann merkte ich, daß er mir eine Frage gestellt hatte. »Ja, ich glaube, ich habe es verstanden«, antwortete ich. »Die Waterburys treiben die Raupen an.«

»Ja und nein«, fuhr er fort. »Es ist ein dieselelektrisches Schaltschema. Die Waterburys wirken nur als Getriebe, obwohl gar keine Getriebe drin sind; sie funktionieren hydraulisch. Kapiert?«

Ich sagte, ich glaubte wohl (ich hätte sie zeichnen können), und merkte mir vor, daß, sollte die Loge jemals schnell Kreuzer-Piloten brauchen, Frachterfahrer in Kürze dafür ausgebildet werden könnten.

Auch nachdem wir den Cañon verlassen hatten, ging es immer noch leicht bergab. Wir legten Meile um Meile zurück. Mein Gastgeber verließ die Straße und hielt vor einem Restaurant mit Tankstelle. »Alles aussteigen«, brummte er. »Frühstück für uns und Saft für den Wagen.

»Hört sich gut an.« Wir verzehrten jeder einen gehäuften Teller mit Eiern und Speck und eine große, süße Arizona-Grapefruit. Er wollte mich sein Essen nicht bezahlen lassen und versuchte, meins zu bezahlen. Als wir zu dem Frachter zurückgingen, blieb er an der Leiter stehen und betrachtete mich.

»Eine dreiviertel Meile weiter ist eine Polizeisperre«, sagte er leise. »Ich halte diese Stelle für ebensogut geeignet, in Phoenix einzuziehen, wie eine andere.« Er sah mich an und wandte den Blick gleich wieder ab.

»Hmmm ...«, entgegnete ich. »Ich würde den Rest des Weges ganz gern zu Fuß gehen, damit mein Frühstück sich setzt. Vielen Dank fürs Mitnehmen.«

»Nichts zu danken. Äh ... etwa zweihundert Meter zurück zweigt ein Weg ab. Er führt erst nach Süden und dann wieder nach Westen in die Stadt. Ist für den Fußgänger besser geeignet. Weniger Verkehr.«

»Oh, danke.«

Ich ging bis zu dem Weg zurück und machte mir Gedanken, ob meine Verbrecherlaufbahn für jeden so deutlich zu erkennen sei. Eins stand fest, ich mußte mein Äußeres verschönern, bevor ich mich in der Stadt zeigte. Der Weg führte durch Ranches, und ich kam an mehreren Ranch-Häusern vorbei, ohne den Mut zu finden, dort vorzusprechen. Aber dann sah ich ein Häuschen, das von einer spanisch-indianischen Familie mit dem üblichen Sortiment von Kindern und Hunden bewohnt war. Da wagte ich es; viele dieser Leute waren heimliche Katholiken, wie ich wußte, und haßten die Proktoren wahrscheinlich ebenso wie ich.

Die Señora war zu Hause. Sie war dick und freundlich und dem Aussehen nach zum größten Teil Indianerin. Wir konnten nicht viel miteinander reden, da ich nur soviel Spanisch spreche, wie ich in der Schule gelernt habe, aber ich konnte um *agua* bitten, und ich bekam *agua,* sowohl zum Trinken als auch, um mich zu waschen. Sie nähte den Riß in meiner Hose, ich stand verlegen in Unterhosen da, und die Kinder machten Bemerkungen. Sie bürstete mich ab und ließ mich sogar den Rasierapparat ihres Mannes benutzen. Sie wollte kein Geld annehmen, aber ich blieb fest. Als ich ging, sah ich passabel aus.

Der Weg führte in die Stadt zurück, wie der Frachterfahrer es gesagt hatte, und auf Polizei stieß ich nicht. Am Stadtrand fand ich ein Einkaufszentrum und darin einen kleinen Schneiderladen. Dort wartete ich, während meine Umwandlung in einen respektablen Menschen vollendet wurde. Mit frischgebügelten Kleidern, aus denen die Flecken entfernt waren, einem brandneuen Hemd und ebensolchem Hut war ich in der Lage, die Straße entlangzugehen, jedem Proktor, der mir begegnen mochte, ruhig in die Augen zu blicken und einen Segenswunsch mit ihm auszutauschen. Einem Telefonbuch entnahm ich die Adresse des South Side Tabernacle; eine Karte an der Wand des Schneiderladens ermöglichte es mir, mich zu orientieren, ohne Fragen zu stellen. Es war in der Nähe. Ich eilte die Straße hinunter und erreichte die Kirche, gerade als der Elf-Uhr-Gottesdienst begann. Mit einem Seufzer der Erleichterung glitt ich in eine Bank ganz hinten. Kaum zu glauben, aber ich genoß den Gottesdienst wie früher als Junge, als ich noch nicht wußte, was dahintersteckte. Ich fühlte mich friedlich und sicher; allem zum Trotz hatte ich es geschafft. Ich ließ die vertraute Musik in meine Seele eindringen und freute mich schon darauf, mich nachher dem Priester zu entdecken und für eine Weile ihm zu überlassen, sich Sorgen zu machen.

Um die Wahrheit zu gestehen, ich schlief während der Predigt ein. Aber ich wachte rechtzeitig auf, und ich glaube nicht, daß irgendwer etwas gemerkt hat. Danach wartete ich, bis sich mir eine Gelegenheit bot, mit dem Priester zu sprechen. Ich sagte ihm, wie sehr mir seine Predigt gefallen habe. Er bot mir die Hand, und ich drückte sie im Erkennungsgriff der Brüder.

Aber er erwiderte ihn nicht. Das erschreckte mich so sehr, daß mir fast entgangen wäre, was er sagte! »Ich danke Ihnen, mein Sohn. Ein neuer Pastor hört immer gern, daß seine Tätigkeit als Hirte anerkannt wird.«

Mein Gesicht muß mich verraten haben. »Stimmt etwas nicht?« fragte er.

Ich stotterte: »O nein, verehrungswürdiger Sir. Sehen Sie, ich bin selbst fremd hier. Dann sind Sie gar nicht Reverend Baird?« Der kalte Angstschweiß brach mir aus. Baird war mein einziger Kontakt zu den Brüdern, New Jerusalem ausgenommen; ohne jemanden, der mich versteckte, würde ich in ein paar Stunden festgenommen sein. Schon während ich antwortete, machte ich wilde Pläne, diesen Abend wieder ein Schiff zu stehlen, der Grenzpatrouille zu entgehen und nach Mexiko zu fliehen.

Seine Stimme, die wie aus weiter Ferne kam, unterbrach meine Gedanken. »Nein, leider nicht, mein Sohn. Hätten Sie Reverend Baird gern gesprochen?«

»Nun, so sehr wichtig ist es nicht, Sir. Er ist ein alter Freund meines Onkels. Ich sollte ihn aufsuchen, solange ich hier bin, und ihm Grüße ausrichten.« Ob die nette Indianerin mich bis zum Dunkelwerden verstecken würde?

»Das macht keine Schwierigkeiten. Er ist hier in der Stadt. Ich vertrete ihn nur, solange er bettlägerig ist.«

Mein Herz drehte sich bei zwölf g einmal um sich selbst; ich gab mir Mühe, mir davon im Gesicht nichts anmerken zu lassen. »Wenn er krank ist, sollte ich ihn vielleicht nicht stören.«

»Oh, Sie stören ihn durchaus nicht. Er hat sich den Fuß gebrochen und wird sich über ein bißchen Gesellschaft freuen. Hier.« Der Priester suchte unter seiner Robe, fand ein Stück Papier und einen Bleistift und schrieb die Adresse auf. »Zwei Straßen da hinunter und dann einen halben Block so entlang. Sie können es nicht verfehlen.«

Natürlich verfehlte ich es, aber ich kehrte um und fand es, ein altes, mit Wein überwachsenes Haus, das an New England erinnerte. Es lag ein gutes Stück in einem großen, unordentlichen Garten zurück – Eukalyptus, Palmen, Büsche und Blumen, alles in herzerfreuendem Durcheinander. Ich drückte den Anmeldeknopf und hörte das Jaulen eines veralteten Scanners. Eine Stimme fragte: »Ja?«

»Ein Besucher, der Reverend Baird sprechen möchte, wenn es ihm gefällig ist.«

Eine kurze Pause trat ein, in der er mich betrachtete. Dann: »Sie müssen sich selbst einlassen. Meine Haushälterin ist auf den Markt gegangen. Geradeaus durch und hinaus in den Hintergarten.« Die Tür klickte und sprang auf.

Ich blinzelte in der Dunkelheit. Dann ging ich einen Mittelgang hinunter und durch die Hintertür hinaus. Ein alter Mann lag dort auf einer Gartenschaukel, einen Fuß auf Kissen gestützt. Er ließ sein Buch sinken und betrachtete mich über den Rand seiner Brillengläser.

»Was wünschen Sie von mir, mein Sohn?«

»Licht.«

Eine Stunde später spülte ich den letzten Rest der ausgezeichneten Enchiladas mit kalter, süßer Milch hinunter. Während ich nach einem Büschel Muskateller-Trauben langte, beendete Father Baird seine Instruktionen für mich. »Bis zum Dunkelwerden gibt es also nichts zu tun. Irgendwelche Fragen?«

»Ich glaube nicht, Sir. Sanchez bringt mich aus der Stadt und liefert mich bei anderen Brüdern ab, die dafür sorgen werden, daß ich ins Generalhauptquartier gelange. Ich selbst spiele nur eine passive Rolle.«

»Das stimmt. Aber Sie werden es unbequem haben.«

Ich verließ Phoenix im falschen Boden eines kleinen Gemüse-Lastwagens versteckt. Ich war wie Frachtgut verstaut worden, und meine Nase preßte sich an die Bodenbretter. Eine Polizeikontrolle am Stadtrand hielt uns an. Ich hörte brüske Stimmen mit diesem Klang nach Autorität und Sanchez' gleichmütige spanische Antworten. Jemand stocherte oberhalb meines Kopfes herum. Durch die Ritzen des falschen Bodens schimmerte Licht.

Schließlich sagte eine Stimme: »Das geht in Ordnung, Ezra. Der Mann ist das Faktotum von Father Baird. Er fährt fast jeden Abend zur Ranch des Fathers hinaus.«

»Warum hat er das nicht gleich gesagt?«

»Er regt sich auf und vergißt dann sein Englisch. Okay. Fahr weiter, Chico! Vaya usted con Dios!«

»Gracias, señores, Buenas noches.«

Auf der Reverend Baird gehörenden Farm wurde ich in einen Hubschrauber umgeladen. Diesmal war es keine klapprige alte Kiste, sondern ein neues Modell, geräuschlos und gut ausgestattet. Die Crew bestand aus zwei Mann, die den Erkennungsgriff mit mir wechselten, aber weiter nichts sprachen, als daß sie mich aufforderten, ins Passagierabteil zu gehen und dort zu bleiben. Wir hoben sofort ab.

Die Fenster des Passagierabteils waren überstrichen; ich wußte nicht, in welche Richtung oder wie weit wir flogen. Es war ein stürmischer Flug, da der Pilot wild entschlossen zu sein schien, auf dem ganzen Weg die Gänseblümchen abzumähen. Natürlich tat er es, um nicht vom Radar erfaßt zu werden, aber ich hoffte, er wisse, was er tue – ich würde einen Hubschrauber nicht einmal bei hellem Tageslicht so steuern wollen. Er muß einer Menge Kojoten Angst eingejagt haben, und ganz bestimmt jagte er mir Angst ein.

Endlich hörte ich das Piepsen eines Landestrahls. Wir glitten an ihm entlang, schwebten und setzten weich auf. Ich stieg aus und sah genau in das Maul einer Laserkanone, die auf einen Dreifuß montiert war und zwei wachsame und argwöhnische Männer hinter sich hatte.

Aber meine Eskorte nannte das Losungswort, jeder der beiden Wachtposten befragte mich einzeln, und wir tauschten Erkennungssignale aus. Ich gewann den Eindruck, sie waren ein bißchen enttäuscht, daß sie mich nicht erschießen durften; sie gebärdeten sich ein bißchen gar zu eifrig. Als sie zufrieden waren, wurde mir ein die Augen verdeckender Lederhelm über den Kopf gestülpt, und man führte mich weg. Wir passierten eine Tür, gingen vielleicht fünfzig Schritte und drängten uns in ein Kämmerchen. Der Fußboden fiel unter uns weg.

Mein Magen hob sich. Im Geist beschimpfte ich meine Begleiter, die mir nicht gesagt hatten, daß es ein Aufzug war. Aber ich hielt den Mund. Wir verließen den Aufzug, gingen ein Stück, und ich wurde auf irgendeine Plattform geschoben. Man forderte mich auf, mich hinzusetzen und festzuhalten – und schon rasten wir mit halsbrecherischer Geschwindigkeit davon. Es war ein Gefühl wie auf der Achterbahn, und das ist mit verbundenen Augen gar nicht schön. Bis dahin hatte ich eigentlich keine Angst gehabt. Jetzt stieg allmählich in mir der Verdacht auf, daß ich absichtlich schikaniert wurde, denn sie hätten mich ja warnen können.

Wir fuhren mit einem zweiten Aufzug noch weiter nach unten, gingen mehrere hundert Schritte, und mein Helm wurde entfernt. Ich warf den ersten Blick auf das Generalhauptquartier.

Ich erkannte es nicht als solches; ich keuchte nur. Einer meiner Wächter lächelte. »Das tun sie alle«, stellte er trocken fest.

Es war eine Tropfsteinhöhle, so riesig, daß man meinte, im Freien zu sein, und von einer so großartigen Vielfalt der Formationen, daß man sich im Feenland oder im Palast des Gnomenkönigs wähnte. Nachdem wir zweimal mit dem Aufzug gefahren waren, hatte ich mir denken können, daß wir uns unter der Erde befanden, aber nichts hatte mich auf das vorbereitet, was ich erblickte.

Ich wußte von Fotos, wie die Carlsbader Höhlen ausgesehen hatten, bevor das Erdbeben von 1996 sie zerstörte. Das Generalhauptquartier war ähnlich, obwohl ich nicht glauben kann, daß die Carlsbader Höhlen ebenso groß oder auch nur halb so großartig waren. Anfangs erfaßte ich die Ausdehnung des Raums, in dem ich mich befand, gar nicht; unter der Erde ist nichts, wonach man die Größe abschätzen könnte, und der im zweiäugigen Sehen des Menschen eingebaute Entfernungsmesser ist nach fünfzig Fuß nichts mehr wert, wenn ihm kein Gegenstand in der Ferne einen Maßstab zur Verfügung stellt – ein Haus, ein Mensch, ein Baum oder auch nur der Horizont. Da eine natürliche Höhle nichts enthält, was wohlbekannt ist, läßt sie sich mit dem bloßen Auge nicht abschätzen.

Deshalb war mir zwar klar, daß der Raum, in dem ich stand, groß war, aber ich wußte nicht, wie groß. Mein Gehirn verkleinerte ihn meinen Vorurteilen entsprechend. Wir standen höher als der Boden und an dem einen Ende des Raums, der ganz von weichem Flutlicht erfüllt war. Ich hörte auf, den Hals zu recken und *oh* und *ah zu* schreien, blickte nach unten und entdeckte ein Stück tiefer ein Spielzeugdorf. Seine Häuschen schienen etwa einen Fuß hoch zu sein.

Dann sah ich winzige Menschlein zwischen den Gebäuden umhergehen – und mit einem Ruck nahm das ganze Ding seine richtigen Abmessungen an. Das Spielzeugdorf war mindestens eine Viertelmeile entfernt; der ganze Raum war nicht weniger als eine Meile lang und viele hundert Fuß hoch. Statt der Angst vor den Eingeschlossensein, die Leute manchmal in Höhlen packt, erfüllte mich plötzlich das Gegenteil, die Angst vor offenen Räumen, die Agoraphobie. Am liebsten hätte ich mich dicht an den Wänden entlanggeschlichen wie eine furchtsame Maus.

Der Führer, der gesprochen hatte, berührte meinen Arm. »Sie werden später noch massenhaft Zeit haben, um sich den Hals zu verrenken. Gehen wir!« Sie führten mich einen Pfad hinunter, der sich zwischen Stalagmiten von Babyfingergröße bis zu den Ausmaßen ägyptischer Pyramiden hindurchschlängelte, um schwarze Wassertümpel, auf denen Seerosen aus gewachsenem Fels ruhten, an dunklen feuchten Kuppeln vorbei, die schon alt waren, als die menschliche Rasse jung war, unter cremigen, durchscheinenden Vorhängen aus Onyx und scharfen rosaroten und dunkelgrünen Stalaktiten hindurch. Meine Aufnahmefähigkeit für Wunder wurde allmählich überladen, und schließlich hörte ich auf, mich zu wundern.

Wir kamen auf einen ziemlich ebenen Teppich aus Fledermauskot hinaus und konnten bis zum Dorf tüchtig ausschreiten. Die Häuser, das sah ich beim Näherkommen, waren gar keine Häuser, wie man sie draußen versteht, sondern bloße Verschläge aus Wabenplastik, wie man sie zur Schalldämpfung benutzt – Trennwände, die nur der Bequemlichkeit dienten. Die meisten Gebäude hatten kein Dach. Vor dem größten dieser Gehege, über dessen Tür VERWALTUNG stand, blieben wir stehen. Wir traten ein, und ich wurde ins Personalbüro gebracht. Dieser Raum rief in mir beinahe Heimweh hervor, so sachlich, so professionell militärisch war er mit seiner häßlichen, zweckdienlichen Einrichtung. Da war sogar der ältere Stabsschreiber mit dem nervösen Schnüffeln, der seit Cäsars Zeiten der für diesen Posten prädestinierte Typ zu sein scheint. Das Schild auf seinem Schreibtisch wies ihn als Stabsfeldwebel R. E. Giles aus, und ganz offensichtlich war er nach der Dienstzeit ins Büro zurückgekehrt, um meine Personalien aufzunehmen.

»Freut mich, Sie kennenzulernen, Mr. Lyle.« Wir reichten uns die Hand und tauschten das Erkennungszeichen aus. Dann kratzte er sich die Nase und schnüffelte. »Sie kommen eine Woche zu früh, und Ihre Unterkunft ist noch nicht fertig. Ich schlage vor, wir quartieren Sie für heute nacht mit einem Schlafsack im Aufenthaltsraum des Junggesellenheims ein und sehen morgen weiter.«

Ich antwortete, das stelle mich vollauf zufrieden, und er schien erleichtert zu sein.

10

Im Unterbewußtsein muß ich erwartet haben, daß man mich bei meiner Ankunft wie ein heldenhafter Forschungsreisender behandeln würde – Sie wissen schon, daß meine neuen Kameraden atemlos jedes meiner Worte verschlungen hätten, wenn ich bescheiden von meinen Abenteuern berichtete, bei denen ich um Haaresbreite mit dem Leben davongekommen sei, und dem Großen Baumeister dankte, daß er mich mit meiner furchtbar wichtigen Botschaft das Ziel hatte erreichen lassen.

Da hatte ich mich geirrt. Der Personal-Adjutant schickte nach mir, noch ehe ich ganz mit dem Frühstück fertig war, und dann bekam ich ihn nicht einmal zu Gesicht. Mr. Giles empfing mich. Das verstimmte mich ein bißchen. Ich unterbrach ihn und fragte, wann ich dem kommandierenden Offizier am besten meinen Antrittsbesuch machen solle.

Er schnüffelte. »Ach ja. Nun, Mr. Lyle, der Chef läßt sich Ihnen empfehlen und bittet Sie, Höflichkeitsbesuche als abgestattet zu betrachten, nicht nur bei ihm, sondern bei allen Abteilungsleitern. Wir sind gerade jetzt sehr knapp an Zeit. Er wird Sie rufen lassen, sobald er den ersten freien Augenblick hat.«

Ich wußte genau, daß der General mir keine derartige Botschaft übermitteln ließ und der Personalschreiber einfach vorher festgelegten Richtlinien folgte. Das besserte meine Stimmung nicht.

Aber ich konnte nichts dagegen tun. Das System vereinnahmte mich. Mittags hatte ich eine feste Unterkunft, hatte mir die Brust abhören lassen und so weiter und hatte Bericht erstattet. Ja, ich erhielt Gelegenheit, meine Geschichte zu erzählen – einem Recorder. Meine wichtige Botschaft erhielten zwar Menschen aus Fleisch und Blut, aber für mich war das kein Lustgewinn. Ich war in Hypnose wie zu der Zeit, als man sie mir gegeben hatte.

Das war zuviel für mich. Ich fragte den Psychotechniker, der sie mir abgefragt hatte, um was es darin gegangen sei. Er antwortete steif: »Es ist uns nicht erlaubt, Kurieren mitzuteilen, was sie tragen.« Sein Benehmen machte klar, daß meine Frage äußerst unschicklich gewesen war.

Ich verlor ein bißchen die Beherrschung. Ich wußte nicht, ob er im Rang über mir stand, da er nicht in Uniform war, und es war mir auch gleichgültig. »Was soll denn das, um Himmels willen! *Vertrauen* die Brüder mir nicht? Da setze ich mein Leben aufs Spiel . . .«

Er unterbrach mich auf viel verbindlichere Weise. »Nein, nein, so ist es nicht. Es dient Ihrem Schutz.«

»Hä?«

»Vorschrift. Je weniger Sie wissen, was Sie nicht zu wissen brauchen, desto weniger können Sie verraten, sollten Sie festgenommen werden – und um so sicherer ist es für Sie und alle anderen auch. Wissen Sie zum Beispiel, wo Sie jetzt sind? Könnten Sie es jemandem auf einer Landkarte zeigen?«

»Nein.«

»Ich auch nicht. Wir brauchen es nicht zu wissen, deshalb hat man es uns auch nicht gesagt. Ich kann Ihnen jedoch in großen Zügen mitteilen, was Sie mitgebracht haben: Nichts als Routine-Berichte, Bestätigungen von Daten, die wir meistens schon durch telepathische Verbindungen erhalten hatten. Sie waren hierher unterwegs, also hat man sie mit einer Menge von diesem Zeug vollgestopft. Ich habe drei Spulen aufgenommen.«

»Nur Routinekram? Der Logenmeister hat mir doch gesagt, ich trüge eine Botschaft von lebenswichtiger Bedeutung! Dieser fette alte Witzbold!«

Der Techniker hätte beinahe gelächelt. »Ich fürchte, er hat Sie auf den Arm ... Oh!«

»Wie bitte?«

»Ich weiß, was er gemeint hat. Sie hatten tatsächlich eine Botschaft bei sich, die von lebenswichtiger Bedeutung war – für Sie selbst. Man hat Ihnen in der Hypnose Ihre eigene Beglaubigung eingegeben. Ohne sie wäre Ihnen nicht erlaubt worden, wieder aufzuwachen.«

Ich hatte nichts zu sagen und ging schweigend.

Meine Runde beim Arzt, beim Psychologen, beim Quartiermeister und so weiter hatte mir eine ungefähre Vorstellung von der Größe des Ortes vermittelt. Das ›Spielzeugdorf‹, das ich von oben gesehen hatte, war nur die Verwaltung. Der Atomwerkblock stand in einer eigenen Höhle mit vielen Yards von Felsgestein als zweite Abschirmung. Verheiratete Paare wohnten, wo es ihnen gefiel – etwa ein Drittel von uns waren Frauen – und entschieden sich im allgemeinen dafür, ihre Häuser (oder Verschläge) ein gutes Stück entfernt vom Zentrum aufzustellen. Waffen und Munition lagerten in einem Seitengang in sicherer Entfernung von Büros und Wohnquartieren. Frisches Wasser gab es im Überfluß, wenn es auch ziemlich hart war, und die gleichen Tunnel, durch die die unterirdischen Ströme flossen, schienen für die Ventilation zu sorgen – wenigstens roch die Luft nie verbraucht. Sie blieb bei einer Temperatur von 69,9 Grad Fahrenheit* und einer relativen Feuchtigkeit von 32 Prozent, im Winter und im Sommer, bei Nacht und bei Tag.

Mittags war ich bereits in die Organisation eingebaut, und gleich nach dem Lunch fand ich mich emsig arbeitend in der Waffenkammer wieder. Mir war die vorläufige Aufgabe zugeteilt worden, die Laser, Pistolen, Karabiner und Sturmgewehre zu reparieren und neu einzustellen. Ich hätte mich mit Recht ärgern können, daß man mich bat, beziehungsweise mir befahl, etwas zu tun, das Aufgabe eines Waffensergeanten war. Aber der ganze Laden wurde mit einem Minimum an Protokoll geführt. Zum Beispiel räumten wir in der Messe unser Geschirr selbst ab. Und ehrlich, es war ein gutes Gefühl, auf einer Bank in der Waffenkammer zu sitzen, sicher und gemütlich, und wieder mit Lochtastern, Lehren und Dornen umzugehen. Das war sinnvolle, nützliche Arbeit.

Kurz vor dem Dinner dieses ersten Tages schlenderte ich in den Aufenthaltsraum des Junggesellenheims und sah mich nach einem freien Stuhl um. Da hörte ich eine mir bekannte Baritonstimme hinter mir: »Jonnie! John Lyle!« Ich fuhr herum und wer auf mich zueilte, war Zebadiah Jones, der gute alte Zeb, überlebensgroß, das häßliche Gesicht zu einem Grinsen verzogen.

Wir schlugen uns gegenseitig auf den Rücken und tauschten Beleidigungen aus. »Wann bist du angekommen?« fragte ich ihn schließlich.

»Oh, so vor zwei Wochen.«

»Tatsächlich? Du warst doch noch in New Jerusalem, als ich abreiste. Wie hast du das gemacht?«

»Nichts dabei. Ich bin als Leiche transportiert worden – in tiefer Trance. Eingesiegelt in einen Sarg mit der Aufschrift ›Ansteckungsgefahr‹.«

* 20,9° C

Ich berichtete ihm von meiner eigenen, an Hindernissen reichen Reise, und Zeb war beeindruckt. Das stärkte meine Moral. Dann erkundigte ich mich nach seinem Arbeitsgebiet.

»Ich bin im Büro für Psychologie und Propaganda«, antwortete er, »unter Colonel Novak. Im Augenblick schreibe ich eine Serie von ach-so-ehrerbietigen Artikeln über das Privatleben des Propheten, seiner Akoluthen und der Priester seines Gefolges, wie viele Diener sie haben, was es kostet, den Palast zu unterhalten, über die prunkvollen Zeremonien und Rituale und so weiter. Alles ist natürlich die reine Wahrheit und wird mit salbungsvoller Zustimmung berichtet. Aber ich trage eine Spur zu dick auf. Die Betonung liegt auf den Edelsteinen und den Verzierungen aus massivem Gold und wie teuer sie sind. Dazu präge ich den guten Leuten immer wieder von neuem ein, welches Privileg es für sie ist, daß man ihnen erlaubt, für den ganzen Firlefanz zu bezahlen, und wie geschmeichelt sie sich fühlen sollten, daß Gottes Stellvertreter auf Erden ihnen gestattet, für ihn zu sorgen.«

Ich runzelte die Stirn. »Das verstehe ich nicht. So ein Zirkus-Aufputz gefällt dem Volk doch. Sieh dir an, wie die Touristen sich in New Jerusalem um Eintrittskarten für eine Tempelzeremonie drängen.«

»Sicher, sicher – aber wir verkaufen dieses Zeug ja nicht Leuten, die an einem Feiertag New Jerusalem besichtigen. Die Artikel erscheinen in den Lokalblättchen armer Farmer-Gemeinden im Mississippi-Tal, im tiefen Süden und im Hinterland von New England. Wir verbreiten unsere Nachrichten also unter den ärmsten und puritanischsten Elementen der Bevölkerung, unter Menschen, die emotional überzeugt sind, daß Armut und Tugend das Gleiche sind. Es zerrt an ihren Nerven; mit der Zeit wird es Zweifler aus ihnen machen.«

»Meinst du im Ernst, man kann eine Rebellion mit derartigem Blech ins Werk setzen?«

»Das ist kein Blech, weil es unmittelbar auf die Gefühle der Menschen einwirkt, unterhalb der Ebene des

Verstandes. Man kann tausend Leute schneller umdrehen, indem man an ihre Vorurteile appelliert, als einen Mann durch Logik. Und es braucht nicht einmal ein Vorurteil über etwas Wichtiges zu sein. Johnnie, du weißt doch, wie man Wortbedeutungsindices anwendet, nicht wahr?«

»Ja und nein. Ich weiß, was das ist. Man will damit die emotionale Wirkung von Wörtern messen.«

»Das ist soweit richtig. Aber der Index eines Wortes ist nicht festgelegt wie die zwölf Zoll von einem Fuß. Er ist eine komplexe variable Funktion, die von Kontext, Alter, Geschlecht, Beruf, Ort und einem Dutzend anderer Dinge abhängt. Ein Index ist die Teillösung einer Variablen, die einem sagt, ob ein bestimmtes Wort, in einer bestimmten Art einem bestimmten Leser beziehungsweise Typ von Leser dargeboten, diese Person positiv oder negativ beeinflussen oder einfach kaltlassen wird. Hat man genaue Daten über die angesprochene Gruppe, kann er mathematisch ebenso exakt sein wie ein technischer Wert. Wir besitzen nie alle Daten, die wir brauchen, und deshalb bleibt es eine Kunst – aber eine sehr präzise Kunst, besonders, da wir ein Feedback durch Stichproben unter der Bevölkerung machen. Jeder Artikel, den ich schreibe, ist ein bißchen irritierender als der letzte – und der Leser erkennt nicht, warum.«

»Das hört sich gut an, aber mir ist nicht ganz klar, wie man das macht.«

»Ich will dir ein einfaches Beispiel nennen. Was möchtest du lieber haben? Ein schönes, dickes, saftiges, zartes Steak – oder ein Stück Muskelgewebe von der Leiche eines noch nicht ausgewachsenen kastrierten Bullen?«

Ich grinste ihn an. »Mich kannst du nicht aus der Fassung bringen. Ich würde es unter beiden Beschreibungen nehmen ... nicht zu stark durchgebraten. Ich wünschte, es würde bekanntgemacht, daß das Essen fertig ist; ich bin am Verhungern.«

»Du glaubst, so etwas hat auf dich keine Wirkung, weil du dich vorher darauf gefaßt gemacht hast. Aber wie lange würde ein Restaurant geöffnet bleiben, wenn es diese Terminologie gebrauchte? Nimm ein anderes Beispiel: die einsilbigen angelsächsischen Wörter, die ungezogene kleine Jungen auf Zäune schreiben. Du kannst sie in einer wohlerzogenen Gesellschaft nicht benutzen, ohne beleidigend zu werden, aber für jedes einzelne von ihnen gibt es Umschreibungen oder Synonyme, die salonfähig sind.«

Ich nickte zustimmend. »So ist es. Ich kann mir vorstellen, wie es bei anderen Leuten funktioniert. Aber ich persönlich bin wohl immun dagegen. Diese Tabu-Wörter bedeuten mir überhaupt nichts, abgesehen davon, daß ich darauf achte, meine Mitmenschen nicht zu beleidigen. Ich bin ein gebildeter Mensch, Zeb. ›Nur Stöcke und Steine brechen meine Beine‹ und so weiter. Natürlich ist es etwas anderes, wenn du die Unwissenden auf diese Weise bearbeitest.«

Nun hätte ich wissen müssen, daß ich bei Zeb auf der Hut sein mußte. Gott weiß, daß er mich oft genug hereingelegt hatte. Er lächelte mich friedlich an und gab eine kurze Äußerung von sich, in der einige dieser Tabu-Wörter vorkamen.

»Du läßt meine Mutter aus dem Spiel!«

Ich war derjenige, der brüllte, und ich schoß aus meinem Sessel hoch wie ein Hund, der sich in eine Beißerei stürzt. Zeb muß das vorausgesehen und sein Gewicht verlagert haben, ehe er sprach, denn statt daß meine Faust auf seinem Kinn landete, lag plötzlich mein Handgelenk in seiner Faust und sein anderer Arm hielt mich in einem Clinch fest, der den Kampf beendete, bevor er begonnen hatte. »Langsam, Johnnie«, sagte er mir ins Ohr. »Ich entschuldige mich. Ich bitte dich um Verzeihung. Glaub mir, ich wollte dich nicht beleidigen!«

»Das sagst du!«

»Das sage ich ganz demütig. Verzeihst du mir?«

Als mein Zorn sich legte, wurde mir klar, daß mein Ausbruch sehr verdächtig gewesen war. Obwohl wir uns eine ruhige Ecke ausgesucht hatten, um uns zu unterhalten, warteten schon ein Dutzend oder mehr Leute im Aufenthaltsraum darauf, daß das Essen angekündigt wurde. Ich spürte die Totenstille und die in den Köpfen der anderen aufsteigende Frage, ob es notwendig sei, einzugreifen oder nicht. Eher vor Verlegenheit als vor Ärger wurde ich rot. »Okay. Laß mich los!«

Er tat es, und wir setzten uns wieder. Ich war immer noch eingeschnappt und gar nicht geneigt, Zebs unverzeihliche Verletzung des guten Tons zu vergessen, aber die Krise war vorbei. »Johnnie, glaub mir, ich wollte weder dich noch ein Mitglied deiner Familie beleidigen«, sagte er ruhig. »Das war eine wissenschaftliche Demonstration der Dynamik von Wortbedeutungsindices, mehr nicht.«

»Du hättest nicht so persönlich zu werden brauchen.«

»Das mußte ich doch! Wir sprachen von der Psychodynamik der Emotion ... und Emotionen sind persönliche, subjektive Dinge, die erlebt werden müssen, um verstanden zu werden. Du glaubtest, daß du als gebildeter Mann immun gegen diese Form des Angriff wärst – deshalb machte ich einen Laboratoriumstest, um dir zu zeigen, daß niemand immun ist. Also, was habe ich zu dir gesagt?«

»Du sagtest ... Laß mal. Okay, dann war es ein Test. Aber mir liegt nichts daran, ihn zu wiederholen. Du hast deinen Standpunkt bewiesen. Gefallen tut er mir nicht.«

»Aber was habe ich gesagt? Eigentlich war doch alles, was ich gesagt habe, du seist das legitime Resultat einer legalen Ehe. Richtig? Was ist daran beleidigend?«

»Aber ...« Ich brach ab und ging im Geist noch einmal die aufreizenden, beleidigenden und herabsetzenden Dinge durch, die er gesagt hatte – und wissen Sie was? Das war wirklich alles, worauf sie hinausliefen. Ich grinste verlegen. »Es war die *Art*, wie du es gesagt hast.«

»Genau, genau! Um es fachlich auszudrücken, ich wählte Wörter, die für diese Situation und diesen Zuhörer stark negative Indices besaßen. Und ebenso machen wir es bei unserer Propaganda, außer daß die Indices niedriger sind, damit wir keinen Argwohn erwecken und der Zensor nicht auf uns aufmerksam wird – langsam wirkendes Gift statt eines Tritts in den Bauch. Wir schreiben nun über den Propheten, loben ihn in den höchsten Himmel – und der Ärger, den der Leser empfindet, wird auf den Heiligen übertragen. Die Methode umgeht die bewußten Gedanken des Lesers und wirkt auf die Tabus und Fetische, die sein Unterbewußtsein bevölkern.«

Geknickt dachte ich an meinen eigenen sinnlosen Zorn. »Du hast mich überzeugt. Es klingt nach mächtig großer Medizin.«

»Das ist es auch, mein Freund. Es liegt Magie in den Wörtern, Schwarze Magie – wenn man weiß, wie man sie beschwören muß.«

Nach dem Abendessen diskutierten Zeb und ich in seinem Zimmer weiter. Es war warm und gemütlich, und ich fühlte mich sehr, sehr zufrieden. Beide waren wir an den Vorbereitungen zu einer Revolution beteiligt, einem fast sicher zum Scheitern verurteilten Projekt, und die meisten von uns würden dabei in der Schlacht fallen oder als Verräter verbrannt werden. Aber diese Tatsache beunruhigte mich nicht im geringsten. Der gute alte Zeb! Was machte es schon, daß er meine Deckung durchbrochen und da zugeschlagen hatte, wo es weh tat? Er war meine ›Familie‹ – alles an Familie, was ich hatte. Als ich bei ihm saß, überkam mich das gleiche Gefühl wie früher, wenn meine Mutter mir in der Küche Kekse und Milch gab.

Wir sprachen über dies und das, und im Verlauf unserer Unterhaltung lernte ich mehr über die Organisation. So entdeckte ich zu meiner Überraschung, daß nicht alle Kameraden Brüder waren. Logenbrüder, meine ich. »Ist das denn nicht gefährlich?«

»Was ist *nicht* gefährlich? Und was hast du erwartet, alter Junge? Einige unserer wertvollsten Kameraden können der Loge nicht beitreten, weil ihr Glaube es ihnen verbietet. Aber wir haben kein Monopol darauf, die Tyrannei zu hassen und die Freiheit zu lieben, und wir brauchen alle Hilfe, die wir bekommen können. Jeder, der in unserer Richtung geht, ist ein Mitreisender. Jeder.«

Ich dachte darüber nach. Die Idee war logisch, wenn

auch etwas widerlich. Ich entschloß mich, den Brocken schnell hinunterzuschlucken. »Das sehe ich ein. Ich könnte mir vorstellen, daß sogar die Parias einigen Nutzen für uns haben werden, wenn es zum Kampf kommt, auch wenn sie keine Mitglieder werden können.«

Zeb betrachtete mich mit einem Blick, den ich nur zu gut kannte. »Oh, um Himmels willen, John! Wann wirst du die Windeln ablegen?«

»Hä?«

»Hast du es immer noch nicht in den Kopf bekommen, daß die ganze ›Paria‹-Idee der Sündenbock-Mechanismus dieser Tyrannei ist, wie jede Tyrannei einen braucht?«

»Ja, aber ...«

»Halt den Mund! Nimm den Leuten den Sex. Mach ihn zu etwas Verbotenem, Schlechtem, beschränke ihn auf den rituellen Fortpflanzungsakt. Wandele ihn in unterdrückten Sadismus um. Dann gib den Leuten einen Sündenbock, den sie hassen können. Laß sie gelegentlich der Katharsis wegen einen Sündenbock töten. Das ist ein uralter Trick. Tyrannen haben ihn benutzt, Jahrhunderte bevor auch nur das Wort ›Psychologie‹ erfunden war. Und er funktioniert. Sieh dich selbst an!«

»Hör mal, Zeb, ich habe ja gar nichts gegen die Parias.«

»Das will ich dir auch geraten haben. Du wirst ein paar Dutzend von ihnen hier in der Großloge finden. Und, übrigens, vergiß das Wort ›Paria‹. Es hat – sollen wir sagen – einen sehr hohen negativen Index.«

Er verstummte, und ich auch. Wieder brauchte ich Zeit, um meine Gedanken zu ordnen. Bitte, verstehen Sie mich – es ist leicht, frei zu sein, wenn man in Freiheit aufgewachsen ist. Andernfalls ist es *nicht* leicht. Ein aus dem Zoo entflohener Tiger schleicht oft in den Frieden und die Sicherheit seines Käfigs zurück. Ich habe gehört, daß er, wenn er nicht zurückfindet, auf und ab läuft zwischen Gittern, die nicht mehr da sind. Ich glaube, ich lief immer noch im Käfig meiner Konditionierung auf und ab.

Das menschliche Gehirn ist schrecklich komplex; es

hat Abteile, von denen nicht einmal sein Besitzer etwas ahnt. Ich hatte geglaubt, in meinem Gehirn schon einen gründlichen Hausputz veranstaltet und allen schmutzigen Aberglauben weggefegt zu haben, den man mich gelehrt hatte. Jetzt merkte ich, daß der ›Hausputz‹ nur darin bestanden hatte, den Dreck unter den Teppich zu kehren. Es würde Jahre dauern, bis die Säuberung abgeschlossen sein und die reine Luft der Vernunft durch alle Räume blasen würde.

Nun gut, redete ich mir zu, wenn ich einem dieser Par ... nein, ›Kameraden‹ begegne, werde ich das Erkennungszeichen mit ihm austauschen und höflich zu ihm sein – solange er höflich zu mir ist! Damals sah ich in diesem Vorbehalt keine Heuchelei.

Zeb legte sich zurück, rauchte und ließ mich nachdenken. Ich wußte, daß er rauchte, und er wußte, daß ich es mißbilligte. Aber es war eine kleinere Sünde, und als wir ein Zimmer im Palast geteilt hatten, wäre es mir nie in den Sinn gekommen, ihn zu melden. Ich wußte sogar, welche Ordonnanz ihn versorgte. »Wer schmuggelt dir eigentlich jetzt die Zigaretten herein?« fragte ich in dem Wunsch, das Thema zu wechseln.

»Wie bitte? Man kauft sie sich im P.X.« Er streckte die Hand mit dem Dreckzeug aus und betrachtete es. »Diese mexikanischen Zigaretten sind zu stark für meinen Geschmack. Ich vermute, es ist echter Tabak darin statt des Abfalls, an den ich gewöhnt bin. Möchtest du eine?«

»O nein, danke!«

Er grinste schief. »Mach schon, halte mir deine übliche Predigt! Du wirst dich danach besser fühlen.«

»Ich wollte dich doch nicht kritisieren, Zeb. Vermutlich ist das eins der vielen Dinge, über die ich eine falsche Vorstellung hatte.«

»Deine Vorstellung war ganz richtig. Es ist eine schmutzige, scheußliche Angewohnheit, die meine Lungen ruiniert und meine Zähne fleckig macht und mich eines Tages vielleicht an Lungenkrebs sterben lassen wird.« Er inhalierte tief, ließ den Rauch aus den Mundwinkeln entweichen und blickte äußerst zufrieden drein.

»Zufällig *liebe* ich schmutzige, scheußliche Angewohnheiten.«

Er nahm einen neuen Zug. »Aber es ist keine Sünde, und meine Strafe bekomme ich hier und jetzt dadurch, daß ich jeden Morgen einen schlechten Geschmack im Mund habe. Der Große Baumeister kümmert sich nicht darum. Hast du das begriffen, alter Junge? Er sieht nicht einmal hin.«

»Es besteht kein Grund, blasphemisch zu werden.«

»Das war ich nicht.«

»So? Du hast eine der wichtigsten, vielleicht die wichtigste Grundlage der Religion angegriffen: Die Tatsache, daß Gott alles sieht!«

»Wer hat dir das gesagt?«

Erst war ich zu nichts als unartikulierten Lauten imstande. »Das brauchte mir niemand zu sagen!« rief ich dann. »Es ist ein Axiom. Es ist ...«

»Ich wiederhole: Wer hat dir das gesagt? Sieh her, ich nehme meine Behauptung zurück. Vielleicht sieht der Allmächtige, daß ich rauche. Vielleicht ist es eine Todsünde, und ich werde äonenlang dafür brennen. Vielleicht. Aber wer hat es dir gesagt? Johnnie, du hast einen Punkt erreicht, wo du bereit bist, den Propheten vom Thron zu stoßen und an einen hohen, hohen Baum zu hängen. Und doch bestehst du auf deinen eigenen religiösen Überzeugungen und benutzt sie als Prüfstein, um mein Betragen zu beurteilen. Also wiederhole ich: Wer hat es dir gesagt? Auf welchem Berg hast du gestanden, als der Blitz vom Himmel niederfuhr und dich erleuchtete? Welcher Erzengel hat dir die Botschaft überbracht?«

Ich antwortete nicht gleich. Als ich es tat, geschah es mit dem entsetzten Gefühl, in kalte Einsamkeit verstoßen worden zu sein.

»Zeb ... ich glaube, jetzt habe ich dich endlich verstanden. Du bist – Atheist. Nicht wahr?«

Zeb sah mich düster an. »Nenne mich nicht einen Atheisten«, erklärte er langsam, »wenn du nicht darauf aus bist, dir wirklichen Ärger einzuhandeln.«

»Dann bist du keiner?«

Eine Welle der Erleichterung ging über mich hin, obwohl ich immer noch nicht begriff.

»Nein, ich bin keiner. Nicht etwa, daß es dich etwas anginge. Meine religiöse Überzeugung ist eine Privatangelegenheit zwischen mir und meinem Gott. Was ich im Inneren glaube, wirst du nach meinen Handlungen beurteilen müssen – denn du hast kein Recht, mich darüber zu befragen. Ich werde meinen Glauben nicht rechtfertigen oder erklären. Dir nicht und auch sonst niemandem ... nicht dem Logenmeister und, sollte es dahin kommen, nicht dem Großinquisitor.«

»Aber du glaubst an Gott?«

»Das habe ich dir doch gesagt, oder? Obwohl es dir nicht zustand, mich danach zu fragen.«

»Dann mußt du doch auch an andere Dinge glauben.«

»Natürlich tue ich das! Ich glaube, daß ein Mann die Pflicht hat, Erbarmen mit den Schwachen zu zeigen ... Geduld mit den Dummen ... Freigebigkeit gegenüber den Armen. Ich glaube, daß er sein Leben für seine Brüder geben soll, wenn das von ihm gefordert wird. Aber ich erbiete mich nicht, eins dieser Dinge zu beweisen; sie sind nicht beweisbar. Und ich verlange von dir nicht, daß du glauben sollst, was ich glaube.«

Ich stieß den angehaltenen Atem aus. »Damit bin ich zufrieden, Zeb.«

Anstatt erfreut dreinzublicken, antwortete er: »Das ist aber sehr nett von dir, Bruder, sehr nett! Entschuldige, ich sollte nicht sarkastisch werden. Aber es war nicht meine Absicht, dich um deine Billigung zu bitten. Du hast mich – zufällig, davon bin ich überzeugt – dazu verleitet, ein Thema zu diskutieren, über das ich gar nicht zu sprechen wünschte.« Er unterbrach sich, um wieder eine dieser stinkenden Zigaretten anzuzünden, und fuhr ruhiger fort: »John, vermutlich bin ich auf meine eigene streitsüchtige Art selbst ein sehr engstirniger Mann. Ich glaube fest an die Religionsfreiheit, aber ich finde, diese Freiheit läßt sich am besten als die Freiheit zu schweigen beschreiben. Von meinem Gesichtspunkt aus ist ein großer Teil der öffentlich zur Schau gestellten Frömmigkeit unerträglicher Dünkel.«

»Hä?«

»Nicht in jedem Fall. Ich kenne auch gute und demütige und fromme Menschen. Aber was ist mit dem Mann, der zu wissen behauptet, was der Große Baumeister denkt? Der tut, als sei er in Seine geheimsten Pläne eingeweiht? Das halte ich für blasphemischen Dünkel der schlimmsten Sorte. Der Kerl ist wahrscheinlich Seinem Reißbrett auch nicht näher gekommen als du oder ich. Aber er fühlt sich wichtig, wenn er tut, als stehe er mit dem Allmächtigen auf Du und Du, es stützt sein Ego und befähigt ihn, dir und mir Vorschriften zu machen. Pfui! Da kommt so ein Holzkopf mit einer lauten Stimme, einem I.Q. von allenfalls neunzig, Haaren in den Ohren, schmutziger Unterwäsche und sehr viel Ehrgeiz. Er ist zu faul zum Farmer, zu dumm zum Techniker, zu unzuverlässig für einen Bankangestellten – aber, Mann, kann der *beten!* Nach einer Weile hat er andere Holzköpfe um sich versammelt, die nicht seine Selbstsicherheit und lebhafte Phantasie besitzen, denen aber die Vorstellung von einer direkten Leitung zur Allmacht gefällt. Dann ist der Kerl nicht mehr Nehemiah Scudder, sondern der erste Prophet.«

Mit einem nicht unangenehmen Gefühl des Entsetzens hatte ich ihm im Geist zugestimmt, bis er den ersten Propheten nannte. Vielleicht hätte man meinen eigenen spirituellen Zustand jener Zeit als den eines ›primitiven‹ Anhängers des ersten Propheten beschreiben können. Das heißt, ich war zu dem Schluß gekommen, der inkarnierte Prophet sei der Teufel in Person und alle seine Werke seien böse, daß das aber nicht an den Grundfesten des Glaubens rüttelte, den ich von meiner Mutter gelernt hatte.

Jetzt galt es, die Kirche zu säubern und zu reformieren, nicht, sie zu zerstören. Das erwähne ich, weil mein eigener Fall eine Parallele zu einem sehr ernsten militärischen Problem darstellt, das sich später entwickeln sollte.

Zeb forschte in meinem Gesicht. »Habe ich dich schon wieder verletzt, alter Freund? Das wollte ich nicht.«

»Durchaus nicht«, gab ich steif zurück und stürzte mich in eine Erklärung, daß meiner Meinung nach die Sündhaftigkeit der gegenwärtigen Teufelsbande, die die Kirche übernommen hatte, dem wahren Glauben in keiner Weise Abbruch tat. »Schließlich sind die Glaubenssätze von zwingender Logik, ganz gleich, was du denkst oder wie sehr du deinen Zynismus strapazierst. Der inkarnierte Prophet und seine Kohorten können die Lehre verdrehen, aber nicht zerstören – und es spielt gar keine Rolle, ob der echte Prophet schmutzige Unterwäsche anhatte oder nicht.«

Zeb seufzte, als sei er sehr müde. »Johnnie, es war wirklich nicht meine Absicht, mit dir in einen Streit über die Religion zu geraten. Ich bin kein aggressiver Typ, das weißt du. Ich mußte in die Loge gestoßen werden.« Er hielt inne. »Du hältst die Lehre für eine Sache der Logik?«

»Du hast mir ihren logischen Aufbau selbst erklärt. Es ist ein perfektes, folgerichtiges Bauwerk.«

»So ist es. Johnnie, wenn du Gott als Autorität zitierst, ist das Schöne daran, daß du alles beweisen kannst, was du beweisen willst. Du brauchst nur die passenden Postulate auszuwählen und dann zu behaupten, sie seien ›inspiriert‹ worden. Dann kann dir niemand beweisen, daß du unrecht hast.«

»Du unterstellst, der erste Prophet sei *nicht* inspiriert gewesen?«

»Ich unterstelle gar nichts. Nach allem, was du weißt, bin *ich* der erste Prophet und gekommen, die Schänder meines Tempels zu vertreiben.«

»Sei nicht …« Ich war gerade in der richtigen Stimmung, mich weiter mit ihm herumzuzanken, als es an Zebs Tür klopfte. Da unterbrach ich mich, und Zeb rief: »Herein!«

Es war Schwester Magdalene.

Sie nickte Zeb zu, lächelte reizend, weil mir vor Überraschung der Mund offenstand, und sagte: »Hallo, John Lyle. Willkommen.« Zum ersten Mal sah ich sie in anderer Kleidung als der Robe einer heiligen Diakonisse. Sie wirkte sehr hübsch und viel jünger.

»Schwester Magdalene!«

»Nein. Stabssergeant Andrews. Maggie für meine Freunde.«

»Also dann Maggie. Aber was ist geschehen? Warum bist du hier?«

»In diesem Augenblick bin ich hier, weil ich beim Abendessen gehört habe, daß du angekommen bist. Als ich dich in deiner Unterkunft nicht fand, schloß ich, du seist sicher bei Zeb. Was das Übrige angeht: Ich konnte ebensowenig in den Palast zurückkehren wie du oder Zeb – und unser Versteck in New Jerusalem war überfüllt. Deshalb hat man mich versetzt.«

»Wie schön, daß du da bist!«

»Ich freue mich auch, dich wiederzusehen, John.« Sie tätschelte mir die Wange und lächelte noch einmal. Dann stieg sie auf Zebs Bett, wobei sie ein ziemlich unbescheidenes Stück von ihren Beinen zeigte, und nahm im Schneidersitz Platz. Zeb zündete eine neue Zigarette an und reichte sie ihr; sie nahm sie, zog den Rauch tief in ihre Lungen und stieß ihn aus, als habe sie ihr ganzes Leben lang geraucht.

Ich hatte noch nie eine Frau rauchen sehen – niemals. Ich merkte, daß Zeb mich beobachtete – zum Henker mit ihm! –, und ich achtete sehr darauf, das zu ignorieren. Statt dessen grinste ich und erklärte: »Ist das eine *wundervolle* Wiedervereinigung! Wenn nur ...«

»Ich weiß«, sagte Maggie. »Wenn nur Judith hier wäre. Hast du schon von ihr gehört, John?«

»Von ihr gehört? Wie wäre das möglich?«

»Richtig, bisher ging es noch nicht. Aber jetzt kannst du ihr schreiben.«

»Wie denn?«

»Ich weiß die Codenummer nicht auswendig, aber du kannst sie dir bei mir holen – ich bin in Büro G-2. Mach dir nicht die Mühe, den Brief zuzukleben; alle Privatpost wird zensiert und umformuliert. Ich habe Judith letzte Woche geschrieben, aber noch keine Antwort erhalten.«

Ich dachte daran, mich zu entschuldigen und sofort einen Brief zu schreiben, aber ich tat es nicht. Das Zusammensein mit den beiden war so schön, und ich wollte es nicht vorzeitig abbrechen. Ich konnte ja schreiben, bevor ich zu Bett ging. Erstaunt stellte ich fest, daß ich in den letzten Tagen bei all den vielen Ereignissen gar keine Zeit gehabt hatte, an Judith zu denken. Das letzte Mal mußte ich ... nun, vielleicht in Denver an sie gedacht haben.

Aber auch später an diesem Abend kam ich nicht dazu, ihr zu schreiben. Es war nach elf Uhr, und Maggie sagte etwas von früh aufstehen müssen, als eine Ordonnanz auftauchte: »Empfehlungen des Herrn Kommandierenden Generals und ob Legat Lyle sofort zu ihm kommen würde, Sir.«

Ich fuhr mir schnell mit Zebs Bürste über das Haar und eilte davon. Wie wünschte ich mir, mich in Uniform melden zu können! Statt dessen steckte ich in einem Zivilanzug, der auch noch abgetragen war.

Das innere Sanktum war verlassen und dunkel bis auf ein Licht, das aus dem hintersten Büro schimmerte. Nicht einmal Mr. Giles saß an seinem Schreibtisch. Ich fand ihn, klopfte an den Türrahmen, trat ein, schlug die Hacken zusammen und salutierte. »Legat Lyle meldet sich wie befohlen beim Kommandierenden General, Sir.«

Ein älterer Mann, der mit dem Rücken zu mir an einem großen Schreibtisch saß, drehte sich um und blickte auf, und ich erlebte eine weitere Überraschung. »Ach ja, John Lyle«, sagte er freundlich. Er stand auf und kam mit ausgestreckter Hand auf mich zu. »Es ist lange her, nicht wahr?«

Es war Colonel Huxley, Leiter der Abteilung für angewandte Mirakel, als ich Kadett gewesen war – und damals beinahe mein einziger Freund unter den Offizieren. Viele Sonntagnachmittage hatte ich mich in seinem Zimmer erholt, von der Leine gelassen, im Augenblick frei vom Druck der Disziplin.

Ich ergriff seine Hand. »Colonel – ich meine ›General‹, Sir ... ich dachte, Sie seien tot!«

»Vom toten Colonel zum lebenden General, wie? Nein, Lyle, ich werde nur als tot geführt, seit ich in den Untergrund gegangen bin. Das ist die übliche Maßnahme, wenn ein Offizier verschwindet; es sieht besser aus. Sie sind ebenfalls tot – wußten Sie das?«

»Nein, das wußte ich nicht, Sir. Nicht, daß es darauf ankäme. Wie freue ich mich, Sir!«

»Gut.«

»Aber – ich meine, wie sind Sie ... äh ...« Ich verstummte.

»Wie ich hier gelandet bin und noch dazu als Kommandierender? Ich bin schon in Ihrem Alter der Loge beigetreten, Lyle. Aber ich bin nicht in den Untergrund gegangen, bis ich mußte – das tut keiner von uns. In meinem Fall wurde der Druck, Priester zu werden, ein bißchen zu stark; es machte den Superintendenten richtig nervös, ein Laienoffizier könne zuviel über die abstruseren Nebengebiete der Physik und Chemie lernen. Da nahm ich einen kurzen Urlaub und starb. Sehr traurig.« Er lächelte. »Setzen Sie sich doch! Ich wollte schon den ganzen Tag nach Ihnen schicken, aber es gab zuviel zu tun. So ist es immer. Erst jetzt konnte ich mir die Aufnahme Ihres Berichts anhören.«

Wir setzten uns und plauderten, und ich konnte mich vor Begeisterung kaum fassen. Keinen Offizier, unter dem ich je gedient hatte, achtete ich so wie Huxley. Seine Anwesenheit allein löschte jeden letzten Zweifel aus, den ich gehabt haben mochte. Wenn die Loge das Richtige für ihn war, dann war sie auch das Richtige für mich, und um die Feinheiten der Lehre wollte ich mich nicht kümmern.

Endlich sagte er: »Ich habe Sie nicht so spät noch rufen lassen, nur damit wir uns unterhalten können, Lyle. Ich habe eine Aufgabe für Sie.«

»Ja, Sir?«

»Zweifellos haben Sie bereits bemerkt, was für einen Sauhaufen wir hier haben. Das ist unter uns gesprochen, und ich will unsere Kameraden nicht kritisieren. Jeder einzelne von ihnen hat sein Leben unserer Sache geweiht, was für sie ein größerer Entschluß war als für Sie und mich, und sie haben sich alle unter militärische Disziplin gestellt, was sie noch härter angekommen sein muß. Sie meinen es gut, aber überhäuft mit Büroarbeiten, wie ich bin, schaffe ich es nicht, sie in eine leistungsfähige Kampforganisation umzuwandeln. An ausgebildeten Soldaten mangelt es. Wollen Sie mir helfen?«

Ich stand auf. »Es wird mir eine Ehre sein, dem Herrn General mit allen meinen Fähigkeiten zu dienen.«

»Fein! Wir wollen Sie für den Augenblick meinen persönlichen Assistenten nennen. Das ist für heute abend alles, Captain. Wir sehen uns morgen früh.«

Ich war schon halb aus der Tür, bevor die mir zum Abschied zuteil gewordene Beförderung den Weg in mein Gehirn fand – und dann glaubte ich, er habe sich versprochen.

Aber so war es nicht. Am nächsten Morgen fand ich mein Büro anhand der Tatsache, daß an der Tür ein Schild hing: »CAPTAIN JOHN LYLE«. Vom Standpunkt eines Berufssoldaten aus haben Revolutionen ihr Gutes: Die Chancen für eine schnelle Beförderung sind ausgezeichnet – auch wenn die Bezahlung manchmal unregelmäßig ist.

Mein Büro lag neben dem von General Huxley, und von nun an lebte ich beinahe darin. Schließlich ließ ich sogar ein Notbett hinter meinem Schreibtisch aufschlagen. Um zehn Uhr abends an diesem ersten Tag kämpfte ich immer noch gegen den Papierstapel in meinem Eingangskorb an. Ich hatte mir gelobt, bis auf den Grund zu kommen und dann einen langen Brief an Judith zu schreiben. Aber dann wurde es ein ganz kurzer, weil unten ein Memorandum lag, das für mich persönlich statt für den General bestimmt war.

Es war adressiert an »Legat John Lyle«, und jemand hatte ›Legat‹ ausgestrichen und ›Captain‹ hingeschrieben. Der Text lautete:

MEMORANDUM AN ALLE, DIE SICH IN LETZTER ZEIT ZUM DIENST GEMELDET HABEN
Betr.: Schilderung Ihres Übertritts

1. Sie werden angewiesen, alle Ereignisse, Gedanken, Überlegungen und Vorfälle zu beschreiben, die zu Ihrem Entschluß geführt haben, sich unserm Kampf um die Freiheit anzuschließen. Schreiben Sie so ausführlich und so subjektiv wie möglich. Ein hastiger, zu kurzer oder zu oberflächlicher Bericht wird zur Ergänzung und Korrektur zurückgegeben und kann durch eine Befragung unter Hypnose vervollständigt werden.
2. Dieser Bericht wird im Ganzen als vertraulich behandelt werden, und der Schreiber kann jeden Teil davon als geheim klassifizieren. Sie dürfen Buchstaben oder Zahlen anstelle von Eigennamen benutzen, wenn dies Ihnen hilft, sich offen auszusprechen, aber der Bericht muß vollständig sein.
3. Sie dürfen den Bericht nicht in Ihrer Dienstzeit schreiben, sondern haben ihn als zusätzliche Aufgabe von höchster Priorität anzusehen. Ein Konzept Ihres Berichts ist abzugeben bis *(hier hatte jemand Tag und Uhrzeit eingesetzt. Bis dahin blieben mir keine achtundvierzig Stunden mehr. Ich murmelte Verwünschungen vor mich hin.)*
IM AUFTRAG DES KOMMANDIERENDEN GENERALS
(gez.) M. Novak, Col., Streitkräfte der USA
Leiter der Abteilung für Psychologie

Diese Zumutung ärgerte mich schon sehr. Auf jeden Fall würde ich zuerst an Judith schreiben! Doch dann kam ich mit dem Brief nicht recht voran – wie kann man aber auch einen Liebesbrief verfassen, wenn man weiß, daß einer oder mehrere Fremde ihn lesen und daß einer von ihnen die zärtlichsten Worte umformulieren wird? Außerdem wanderten meine Gedanken beim Schreiben immer wieder zu jenem Abend auf dem Wall des Palastes zurück, als ich ihr zum ersten Mal begegnet war. Anscheinend hatte mein Übertritt, wie der neugierige Colonel Novak es nannte, damals begonnen ... obwohl mir vorher schon einige Zweifel gekommen waren. Als ich den Brief fertig hatte, entschloß ich mich, noch nicht zu Bett zu gehen, sondern mich sofort an diesen verflixten Bericht zu machen.

Eine Weile später merkte ich, daß es ein Uhr morgens und ich immer noch nicht bei meiner Aufnahme in die Loge angelangt war. Widerstrebend machte ich Schluß (inzwischen hatte ich mich für meine Aufgabe erwärmt) und verschloß die Seiten in meinem Schreibtisch.

Beim Frühstück am nächsten Morgen nahm ich Zebadiah auf die Seite und zeigte ihm das Memorandum. »Was soll dabei herauskommen?« fragte ich ihn. »Du arbeitest doch für diese Abteilung. Stehen wir immer noch in Verdacht, obwohl man uns hier hereingelassen hat?«

Zeb warf kaum einen Blick auf den Schrieb. »Ach das – natürlich nicht. Obwohl ich ergänzen möchte, daß ein Spion, angenommen, er käme so weit, bei der semantischen Analyse seiner persönlichen Geschichte sofort entdeckt würde. Niemand kann eine so lange und so komplizierte Lüge erzählen.«

»Aber wozu ist das gut?«

»Was interessiert dich das? Schreibe den Bericht und gib dir ja Mühe dabei! Dann reichst du ihn ein.«

Ich wurde wütend. »Ich weiß noch nicht, ob ich das tun werde. Vielleicht frage ich zuerst einmal den General danach.«

»Tu das, wenn du dich unbedingt lächerlich machen willst. Aber glaube mir, John, die Psychomathematiker, die deinen Käse lesen werden, interessieren sich für dich als Individuum nicht im geringsten. Sie wollen nicht einmal wissen, wer du bist – ein Mädchen geht den Bericht durch, streicht alle Namen einschließlich deines eigenen, falls du es nicht schon selbst getan hast, und ersetzt sie durch Zahlen – und erst dann kommt er einem Analytiker vor Augen. Du bist nichts als Datenmaterial, das ist alles. Der Chef hat ein ungeheuer wichtiges Projekt am Kochen – ich weiß selbst nicht, um was es geht –, und er möchte ein ausreichend großes statistisches Universum zusammenbekommen, um signifikante Werte zu erhalten.«

Das besänftigte mich. »Warum kriegt unsereiner das nicht gesagt? Dieses Memorandum ist nichts als ein barscher Befehl – und das verdrießt einen.«

Zeb zuckte die Achseln. »Das kommt daher, daß die semantische Abteilung es aufgesetzt hat. Wenn die Propaganda-Abteilung es geschrieben hätte, wärest du früh aufgestanden und hättest die Arbeit noch vor dem Frühstück erledigt.« Er setzte hinzu: »Übrigens, ich habe gehört, du bist befördert worden. Ich gratuliere.«

»Danke.« Ich grinste ihn listig an. »Wie fühlst du dich als mein Untergebener, Zeb?«

»Wie? Einen so hohen Rang hast du? Ich dachte, du wärst Captain.«

»Bin ich auch.«

»Oh, dann entschuldige, daß ich atme – aber ich bin Major.«

»Oh. Meinen Glückwunsch.«

»Nimm es nicht so wichtig! Wer hier nicht mindestens Colonel ist, muß sein Bett selbst bauen.«

Ich war zu beschäftigt, um mein Bett sehr oft zu bauen. Mehr als die Hälfte der Zeit schlief ich auf der Liege in meinem Büro, und einmal badete ich eine ganze Woche lang nicht. Mir wurde sofort klar, daß die Loge größer war und kompliziertere Verästelungen hatte, als ich mir je hätte träumen lassen, und daß sich etwas Gewaltiges vorbereitete. Ich war zu nahe an den Bäumen, um den Wald zu sehen, obwohl alles bis auf die mit ›Streng geheim‹ und ›Nach dem Lesen verbrennen‹ gekennzeichneten Papiere über meinen Schreibtisch gingen.

Ich gab mir nur Mühe, General Huxley davor zu bewahren, daß er unter Papierbergen erstickt wurde – und wurde statt seiner selbst erstickt. Mein Prinzip war, mir vorzustellen, was er tun würde, wenn er Zeit hätte, und es dann für ihn zu tun. Das kann jeder, der an militärische oder kirchliche Stabsarbeit gewöhnt ist. Der Trick dabei ist, sein Gehirn bei allen Routine-Angelegenheiten so wie das des Chefs funktionieren zu lassen und zu erkennen, was keine Routine ist und ihm persönlich vorgelegt werden muß. Ich machte natürlich Fehler, aber offenbar nicht zu viele, denn er warf mich nicht hinaus, und drei Monate später war ich Major mit dem wohlklingenden Titel ›Erster Assistent des Stabes‹. Schreiben Sie das meiste davon dem West-Point-Ring zu – es hat einen großen Vorteil, wenn man Profi ist.

Ich muß noch erwähnen, daß Zeb inzwischen Lieutenant Colonel und amtierender Leiter der Propaganda-Abteilung geworden war, da man seinen Sektionschef in ein regionales Hauptquartier versetzt hatte. Ich kannte es nur unter dem Code-Namen JERICHO.

Aber ich greife vor. Etwa zwei Wochen später erhielt ich Nachricht von Judith. Es war ein lieber Brief, aber durch das Umformulieren war der Saft herausgepreßt. Ich wollte ihr sofort antworten und schob es dann doch eine Woche vor mir her. Was sollte ich ihr schreiben? Es war unmöglich, ihr irgendwelche Neuigkeiten mitzuteilen, außer daß es mir gut gehe und ich viel zu tun habe. Wenn ich ihr in ein und demselben Brief dreimal versicherte, daß ich sie liebe, würde irgendein Idiot von Kryptographen nach einem ›Schema‹ suchen und, wenn er keins fand, den Brief zurückweisen.

Die Post wurde nach Mexiko durch einen langen Tunnel, teils künstlich, aber zum größten Teil natürlich, befördert, der unter der internationalen Grenze durchlief. Eine kleine elektrische Eisenbahn, wie man sie in Bergwerken benutzt, verkehrte in diesem Gang und trug nicht nur meine täglichen Kopfschmerzen in Form der dienstlichen Post davon, sondern brachte auch eine Menge Fracht, mit der unsere ziemlich große Stadt versorgt wurde. Es gab ein Dutzend weiterer Eingänge zum GHQ auf der Arizona-Seite der Grenze, aber ich habe nie erfahren, wo auch nur einer davon lag – das war nicht mein Bier. Das ganze Gebiet lag über einer tiefen Schicht aus palöozoischem Kalkstein, und diese mag durchaus von Kalifornien bis Texas durchlöchert gewesen sein. Das als GHQ bekannte Höhlengebiet wurde seit mehr als zwanzig Jahren als Versteck für geflohene Brüder benutzt. Niemand kannte die Ausmaße der Höhlen, in denen wir uns befanden. Wir beleuchteten und benutzten einfach, was wir brauchten. Bei uns Troglodyten war es ein beliebter Sport – ständig hier wohnende Personen waren ›Trogs‹, Durchreisende ›Fledermäuse‹, weil sie bei Nacht fliegen –, zu einem Picknick hinauszuziehen und dabei ein bißchen Amateur-Speläologie in dem unerforschten Teil zu betreiben.

Das war nicht gerade verboten, aber es mußten strenge Vorsichtsmaßnahmen beachtet werden, weil man sich in diesen Löchern sehr leicht ein Bein brechen konnte. Der General ließ es zu, weil es notwendig war. Wir hatten nur solche Erholungen, die wir uns selbst schufen, und manche von uns hatten jahrelang kein Tageslicht mehr gesehen.

Zeb und Maggie und ich machten mehrere solche Ausflüge, wenn ich abkommen konnte. Maggie brachte immer eine zweite Frau mit. Anfangs protestierte ich, aber sie erklärte mir, das sei notwendig, um Klatsch zu vermeiden – gegenseitige Tugendwache. Ganz bestimmt würde Judith unter diesen Umständen nichts dagegen haben, versicherte sie mir. Jedes Mal war es ein anderes Mädchen, und immer ergab es sich wie von selbst, daß Zeb der Fremden viel Aufmerksamkeit widmete, während ich mich mit Maggie unterhielt. Anfangs hatte ich geglaubt, Maggie und Zeb wollten heiraten, aber jetzt fing ich an, mir Gedanken zu machen. Sie schienen zueinander zu passen wie Schinken und Eier, aber Maggie zeigte keinerlei Eifersucht, und Zeb kann ich, wenn ich ehrlich sein will, nur als schamlos beschreiben – das heißt, wenn er glaubte, es mache Maggie etwas aus.

Eines Sonntagmorgens steckte Zeb den Kopf in meinen Schwitzkasten und sagte: »Picknick. Zwei Uhr. Nimm ein Handtuch mit!«

Ich blickte von einem Papierberg hoch. »Ich glaube kaum, daß ich es schaffen werde«, antwortete ich. »Und warum ein Handtuch?«

Doch er war schon fort. Später kam Maggie durch mein Büro, um dem Alten die wöchentliche Zusammenfassung der Agentenberichte zu bringen, aber ich machte keinen Versuch, sie auszufragen, da Maggie während der Arbeitsstunden nichts als dienstlich war – der perfekte Schreibstuben-Sergeant. Ich aß an meinem Schreibtisch zu Mittag und hoffte, bis zwei fertig zu werden, aber das war unmöglich. Um Viertel nach zwei ging ich ins Chefzimmer. Ich wollte General Huxleys Unterschrift für eine Sache erbitten, die sofort zur Psycho-Abteilung mußte, weil sie noch an diesem Abend durch hypnotisierten Kurier abgehen sollte. Er warf einen Blick darauf, unterschrieb und sagte: »Sergeant Andy sagte mir, daß Sie eine Verabredung haben.«

»Sergeant Andrews irrt sich«, gab ich steif zurück. »Da sind immer noch die wöchentlichen Berichte aus Jericho, Nod und Ägypten, die ich durchsehen muß.«

»Legen Sie sie auf meinen Schreibtisch, und verschwinden Sie! Das ist ein Befehl. Ich will nicht, daß Sie sich vor lauter Arbeit kaputtmachen.«

Ich hielt ihm nicht vor, daß er selbst länger als einen Monat nicht einmal mehr in der Loge gewesen war; ich ging.

Ich gab die Botschaft bei Colonel Novak ab und eilte zu der Stelle in der Nähe der Frauenkantine, wo wir uns immer trafen. Maggie war dort mit einem anderen Mädchen, einer Blondine namens Miriam Booth, die im Büro des Quartiermeisters arbeitete. Ich kannte sie vom Sehen, hatte aber noch nie mit ihr gesprochen. Sie hatten unser Picknick dabei. Während ich vorgestellt wurde, kam auch Zeb. Er brachte den tragbaren Scheinwerfer mit, den wir aufzustellen pflegten, wenn wir eine geeignete Stelle gefunden hatten, und eine Decke als Sitzgelegenheit und Tischtuch. »Wo ist dein Handtuch?« fragte er mich.

»War das im Ernst gemeint? Ich habe es vergessen.«

»Lauf und hol es! Wir gehen über den Appischen Weg vor. Du kannst nachkommen. Los, Kinder!«

Sie gingen, und mir blieb nichts weiter übrig, als zu tun, wie mir geheißen worden war. Ich holte ein Handtuch aus meinem Zimmer und trabte, bis ich sie in Sicht hatte. Dann fiel ich schnaufend in Schrittempo. Die Schreibtischarbeit hatte meine Kondition ruiniert. Sie hörten mich und blieben stehen.

Wir waren alle gleich gekleidet, auch die Frauen trugen Hosen, und jeder hatte eine Sicherheitsleine um die Taille gewickelt und eine Taschenlampe am Gürtel hängen. Ich hatte mich an Frauen in Männerkleidung gewöhnt, so sehr sie mir mißfiel. Schließlich ist es ja auch unpraktisch und ziemlich unanständig, in Höhlen herumzuklettern, wenn man Röcke trägt.

Wir verließen das beleuchtete Gebiet über eine Abzweigung, die vor einer Wand zu enden schien. Doch statt dessen führte sie in einen völlig verborgenen, aber leicht zu begehenden Tunnel. Zeb band unsern Ariadne-Faden fest und wickelte ihn ab, sobald wir die ständig begangenen und markierten Pfade verließen. Das war Befehl. Zeb war immer sorgfältig bei wichtigen Dingen.

Auf vielleicht tausend Schritten sahen wir an Markierungen und anderen Zeichen, daß Leute vor uns dagewesen waren. Zum Beispiel hatte jemand einen engen Durchgang mit einem Schlägel erweitert. Dann verließen wir den zu erkennenden Weg und blieben vor einer blinden Wand stehen. Zeb stellte den Scheinwerfer hin und schaltete ihn ein. »Hängt eure Taschenlampen an. Wir klettern hier hinauf.«

»Wohin gehen wir denn?«

»An eine Stelle, die Miriam kennt. Stemm mich mal hoch, Johnnie!«

Der Aufstieg war nicht schwer. Ich bekam Zeb gut in die Höhe, und die beiden Mädchen hätten sich gegenseitig helfen können, aber der Sicherheit wegen seilten wir sie an. Wir sammelten unsere Ausrüstung ein, und Miriam führte uns weiter. Jeder von uns benutzte seine Taschenlampe.

Auf der anderen Seite ging es wieder hinunter, und dort war ein so gut versteckter Gang, daß er hätte zehntausend Jahre unentdeckt bleiben können. Einmal blieben wir stehen, weil Zeb ein neues Fadenknäuel anbinden mußte. Bald darauf sagte Miriam: »Langsam jetzt! Ich glaube, wir sind da.«

Zeb ließ den Strahl seiner Taschenlampe umherwandern. Dann stellte er den Scheinwerfer auf und schaltete ihn an. Er pfiff. »Wau! Hier sind wir richtig.«

Maggie sagte leise: »Es ist schön.« Miriam grinste nur triumphierend.

Ich stimmte mit ihnen allen überein. Es war eine perfekte, kleine, überkuppelte Höhle, vielleicht achtzig Fuß breit und viel länger. Wie lang, konnte ich nicht sagen, weil sie im Dunkeln abbog. Aber das Überwältigende an diesem Ort war ein ruhiger, tintenschwarzer Teich, der den Boden fast ganz ausfüllte. Vor uns war ein schmaler Strand mit richtigen Sandkörnern, die, soviel ich weiß, schon eine Million Jahre dort gelegen haben mochten.

Unsere Stimmen hallten aufregend und ein bißchen unheimlich in der Kammer wider, verzerrt von den Stalaktiten und Vorhängen. Zeb trat an den Rand des Wassers, hockte sich hin und prüfte es mit der Hand. »Nicht zu kalt«, verkündete er. »Der letzte ist ein Proktorenspitzel.«

So hatten wir als Kinder beim Schwimmen in der kleinen Bucht auch immer gerufen, nur hatte es damals geheißen: »Der letzte ist ein Paria.« Aber hier konnte ich es nicht glauben.

Zeb knöpfte bereits sein Hemd auf. Ich trat schnell zu ihm und sagte leise: »Zeb! Mit den Mädchen? Du scherzt wohl!«

»Durchaus nicht.« Er forschte in meinem Gesicht. »Warum nicht? Was ist los mit dir, Junge? Hast du Angst, jemand wird dich zwingen, Buße zu tun? Das tut hier keiner, weiß du. Das ist alles vorbei.«

»Aber ...«

»Aber *was?*«

Ich war nicht fähig zu antworten. Ich hätte mich nur in den Ausdrücken verständlich machen können, die wir in der Kirche gelernt hatten, und ich wußte, Zeb würde über mich lachen – und das vor den Frauen. Und die würden wahrscheinlich auch lachen, da sie vorher Bescheid gewußt hatten und ich nicht. »Aber, Zeb«, beschwor ich ihn, »ich *kann nicht. Du* hast mir nichts gesagt ... und ich habe nicht einmal einen Badeanzug dabei.«

»Ich auch nicht. Bist du als Kind niemals ohne alles ins Wasser gegangen – und dafür verhauen worden?« Er wandte sich ab, ohne mir Gelegenheit zu einer Entgegnung auf diese Ungeheuerlichkeit zu geben, und rief: »Wartet ihr schwachen Gefäße noch auf etwas?«

»Nur darauf, daß ihr beiden eure Diskussion beendet.« Maggie kam näher. »Zeb, ich schlage vor, daß Mimi und ich die andere Seite dieses Felsblocks benutzen. In Ordnung?«

»Okay. Aber warte eine Sekunde. Es wird nicht getaucht, merkt euch das beide. Und immer steht ein Sicherheitsmann am Ufer – John und ich werden uns abwechseln.«

»Pah!« sagte Miriam. »Als ich das letzte Mal hier war, habe ich auch getaucht.«

»Du warst nicht mit mir hier, das steht fest. Heute tauchst du nicht – oder ich wärme deine Hosen da, wo sie am engsten sitzen.«

Sie zuckte die Achseln. »Schon gut, Colonel Brummbär. Komm, Mag!« Sie gingen an uns vorbei und um einen Felsblock, der halb so groß wie ein Haus war. Miriam blieb stehen, sah mich an und hob warnend den Zeigefinger. »Aber nicht luchsen!« Ich errötete bis an die Ohren.

Sie verschwanden, und wir hörten nur noch ihr Kichern. Ich sagte schnell: »Zeb, tu, was du willst – du mußt wissen, was du verantworten kannst. Aber ich gehe nicht ins Wasser. Ich werde hier am Ufer sitzenbleiben und den Sicherheitsmann machen.«

»Von mir aus. Ich wollte die erste Wache übernehmen, aber niemand verrenkt dir den Arm. Wickele ein Tau ab und lege es wurfbereit hin. Nicht, daß wir es brauchen werden; beide Mädchen sind gute Schwimmerinnen.«

Ich sagte verzweifelt: »Zeb, ich bin sicher, der General würde das Schwimmen in diesen unterirdischen Seen verbieten.«

»Darum haben wir ja nichts davon gesagt. ›Mache dem Kommandierenden niemals unnötige Kopfschmerzen‹ – Dauerbefehl in Josuas Armee, zirka 1400 vor Christus.« Er begann sich auszuziehen.

Ich weiß nicht, warum Miriam mich gewarnt hatte, ich dürfe nicht ›luchsen‹ – nicht etwa, daß ich es getan hätte –, denn als sie sich ausgezogen hatte, kam sie ohne Scheu hinter dem Felsblock hervor. Sie ging nicht in unsere Richtung, sondern zum Wasser. Aber der Scheinwerfer strahlte sie voll an, und sie drehte sich sogar für einen Augenblick zu uns um. Dann rief sie: »Komm, Maggie! Wenn du dich beeilst, ist Zeb der letzte.«

Ich wollte nicht hinsehen – und konnte die Augen nicht von ihr wenden. In meinem ganzen Leben hatte ich einen solchen Anblick, wie sie ihn bot, noch nie gehabt – nur einmal auf einem Bild. Es hatte einem Jungen aus meiner Gemeindeschule gehört, und bei dieser Gelegenheit hatte ich nur einen Blick darauf erhascht. Dann hatte ich ihn prompt gemeldet.

Ich brannte vor Scham, und doch starrte ich sie an.

Zeb war doch eher im Wasser als Maggie. Ich glaube nicht, daß es ihr etwas ausmachte. Wie er hineinsprang, war fast eine Verletzung seines eigenen Befehls gegen das Tauchen. Ich möchte es eine Art von Oberflächentauchen nennen. Er rannte ins Wasser und machte einen fliegenden Start. Mit kraftvollen Kraulschlägen hatte er Miriam, die schon auf das andere Ende zuschwamm, bald überholt.

Dann kam Maggie hinter dem Felsblock hervor. Sie zog keine große Show ab, wie Miriam es getan hatte, sondern ging schnell und mit stiller Anmut ins Wasser. Als es ihr bis zur Taille reichte, ließ sie sich nach vorn sinken und machte ein paar Brustzüge. Dann wechselte sie zum Kraulen über und folgte den anderen, die ich in der Ferne kaum noch sehen, wohl aber hören konnte.

Wieder brachte ich es nicht fertig, den Blick loszureißen, und wenn meine ewige Seligkeit davon abgehangen hätte. Was ist an dem Körper einer Menschenfrau, das ihn zum schönsten Anblick der Erde macht? Ist es, wie manche behaupten, nur ein Instinkt, damit wir auch ja Gottes Willen erfüllen und uns vermehren? Oder ist es etwas weniger Primitives, etwas Wundervolleres?

Ich hörte meine eigene Stimme zitieren: »Siehe, meine Freundin, du bist schön! Siehe, schön bist du!

Dein Wuchs ist hoch wie ein Palmbaum und deine Brüste gleich den Weintrauben.«

Beschämt brach ich ab und ermahnte mich, daß das Hohelied Salomons eine keusche und heilige Allegorie ist, die nichts mit solchen Dingen zu tun hat.

Ich setzte mich in den Sand und versuchte mich zu beruhigen. Nach einer Weile fühlte ich mich besser, und mein Herz hörte auf, so laut zu hämmern. Als sie alle zurückgeschwommen kamen, Zeb an der Spitze, der sich mit Miriam ein Wettrennen lieferte, gelang es mir sogar, ihnen ein Lächeln zuzuwerfen. Es kam mir nicht mehr ganz so schrecklich vor, und solange sie im Wasser blieben, waren die Frauen nicht auf schockierende Weise entblößt. Vielleicht liegt das Böse wirklich im Auge des Betrachters – und in dem Fall brauchte ich das Böse bloß aus meinem Auge herauszuhalten.

Zeb rief: »Soll ich dich ablösen?«

Ich antwortete fest: »Nein. Vergnügt ihr euch nur!«

»Okay.« Er machte kehrt wie ein Delphin und schwamm wieder zurück. Miriam folgte ihm. Maggie kam vor bis dahin, wo es seicht war, stützte die Fingerspitzen auf den Boden und sah mich an. Nur ihr Gesicht und ihre elfenbeinernen Schultern sahen aus dem tintigen Wasser, und ihre bis zur Taille reichende Haarmähne trieb auf der Oberfläche.

»Armer John«, sagte sie leise. »Ich werde rauskommen und dich ablösen.«

»O nein, wirklich nicht!«

»Bist du sicher?«

»Ganz sicher.«

»Gut.« Sie schnellte herum und schwamm den anderen nach. Einen geisterhaften, verzauberten Augenblick lang hatte sie sich teilweise außerhalb des Wassers befunden.

Etwa zehn Minuten später kam Maggie an mein Ende der Höhle zurück. »Mir ist kalt«, erklärte sie kurz, stieg aus dem Wasser und verschwand schnell im Schutz des Felsblocks. Irgendwie war sie nicht nackt, sondern nur unbekleidet wie Mutter Eva. Das ist ein Unterschied – Miriam war nackt gewesen.

Jetzt, wo Maggie aus dem Wasser war und keiner von uns beiden sprach, fiel mir zum ersten Mal auf, daß kein Laut zu hören war. Nirgendwo ist es so still wie in einer Höhle; an jedem anderen Ort gibt es Geräusche, aber wenn man unter der Erde ist und sich still verhält und nichts sagt, hat man absolut null Dezibel.

Ich sage das deswegen, weil ich Zeb und Miriam hätte schwimmen hören müssen. Schwimmen braucht nicht viel Lärm zu machen, aber ganz geräuschlos geht es eben nicht vor sich. Ich sprang plötzlich auf und machte ein paar Schritte vorwärts. Doch ebenso plötzlich blieb ich wieder stehen. Ich wollte nicht in Maggies Ankleidezimmer eindringen, in das mich das nächste Dutzend Schritte geführt hätte.

Aber ich machte mir wirklich Sorgen, und ich wußte nicht, was ich tun sollte. Ein Tau werfen? Wohin? Mich ausziehen und nach ihnen suchen? Wenn das notwendig war. Ich rief leise: »Maggie!«

»Was ist, John?«

»Maggie, ich bin beunruhigt.«

Sofort kam sie hinter dem Felsen hervor. Die Hose hatte sie bereits an, und sie hielt ihr Handtuch so, daß es sie von der Taille an aufwärts bedeckte. Ich hatte den Eindruck, daß sie dabei gewesen war, sich die Haare abzutrocknen. »Warum, John?«

»Sei mal ganz ruhig und lausche!«

Das tat sie. »Ich höre nichts.«

»Das ist es ja gerade. Wir müßten etwas hören. Ich habe euch noch schwimmen hören, als ihr ganz außer Sicht wart. Jetzt ist da kein Laut, kein Spritzer. Meinst du, sie könnten sich beide gleichzeitig den Kopf auf dem Grund angeschlagen haben?«

»Oh. Mach dir keine Gedanken, John. Denen geht es gut.«

»Ich *mache* mir aber Gedanken.«

»Bestimmt ruhen sie sich nur aus. Am anderen Ende ist auch ein kleiner Strand, halb so groß wie dieser hier. Da sind sie. Ich bin mit ihnen hinaufgestiegen und dann umgekehrt. Mir war kalt.«

Ich kam zu dem Schluß, daß ich meiner Sittsamkeit erlaubt hatte, mich am Erfüllen meiner Pflicht zu hindern. »Dreh dich um! Nein, geh hinter den Felsblock – ich möchte mich ausziehen.«

»Was? Ich sage dir doch, es ist unnötig.« Sie rührte sich nicht von der Stelle.

Ich öffnete den Mund, um sie anzuschreien. Bevor ich einen Ton herausbrachte, verschloß ihn mir Maggies Hand. Dadurch verrutschte ihr Handtuch, was uns beide in Verlegenheit brachte. »Oh, Himmel!« sagte sie scharf. »Sei ruhig!« Sie drehte sich schnell um und nahm das Handtuch ab. Als sie sich mir wieder zuwandte, hatte sie es sich wie eine Stola umgelegt, wodurch ihre vordere Partie ausreichend bedeckt war. Und wie ich glaube, bestand auch keine Notwendigkeit, es festzuhalten.

»John Lyle, komm her und setz dich! Hier zu mir!« Sie ließ sich auf dem Sand nieder und klopfte auf die Stelle neben sich – und sie verlangte es mit solcher Festigkeit, daß ich gehorchte.

»Zu mir!« widerholte sie. »Komm näher! Ich möchte nicht brüllen.« Vorsichtig schob ich mich heran, bis mein Ärmel ihren bloßen Arm streifte. »So ist es besser.« Sie dämpfte ihre Stimme, damit sie nicht in der ganzen Höhle widerhallte. »Jetzt hör mir zu! Die beiden haben den Strand da hinten aus eigenem freien Willen aufgesucht. Sie sind dort völlig sicher – ich habe sie gesehen.

Und beide sind ausgezeichnete Schwimmer. Du, John Lyle, solltest dich um deine eigenen Angelegenheiten kümmern und diesen scheußlichen Drang, dich einzumischen, unterdrücken.«

»Ich fürchte, ich verstehe dich nicht.« Um die Wahrheit zu gestehen, ich fürchtete, daß ich sie verstand.

»Ach, du meine Güte! Sag mal, bedeutet dir Miriam irgend etwas?«

»Wieso? Nein, nichts Besonderes.«

»Das habe ich mir gedacht, da du auf dem ganzen Weg keine sechs Worte an sie gerichtet hast. Nun gut – da du keinen Grund zur Eifersucht hast, warum willst du deine Nase hineinstecken, wenn zwei Menschen gern allein sein möchten? Hast du jetzt kapiert?«

»Hm, ich glaube schon.«

»Dann sei still!«

Ich war still. Sie bewegte sich nicht. Ich war mir ihrer Nacktheit peinlich bewußt – denn jetzt war sie nackt, obwohl sie sich bedeckt hatte –, und ich hoffte, sie merkte nichts von meinen Gefühlen. Außerdem quälte es mich, daß ich sozusagen ein Teilnehmer an – ich wußte nicht, was – war. Ärgerlich auf mich selbst, schalt ich mich, daß ich kein Recht hatte, das Schlimmste anzunehmen, ganz wie ein Moral-Proktor.

Schließlich sagte ich: »Maggie ...«

»Ja, John?«

»Ich verstehe dich nicht.«

»Warum nicht, John? Nicht etwa, daß es unbedingt notwendig wäre.«

»Äh ... du scheinst keinen Pfifferling darum zu geben, daß Zeb da hinten mit Miriam ist – allein.«

»Sollte ich denn einen Pfifferling darum geben?«

Dieses Biest! Sie mißverstand mich mit Absicht. »Nun ... irgendwie hatte ich den Eindruck gewonnen, daß du und Zeb – ich meine ... also, ich hatte mir eingebildet, ihr beiden würdet heiraten, wenn ihr könntet.«

Ihr leises Lachen klang nicht fröhlich. »Ich glaube schon, daß du diesen Eindruck gewinnen konntest. Aber glaube mir, es ist aus, und das ist ganz gut so.«

»Wieso?«

»Mißversteh mich nicht. Ich mag Zebadiah sehr gern, und ich weiß, daß er mich ebenso gern mag. Aber psychologisch gesehen sind wir beide dominierende Typen – du müßtest meine Profilkarte sehen, die sieht aus wie die Rocky Mountains! Zwei solche Menschen sollten nicht heiraten. Ihre Ehe wird *nicht* im Himmel geschlossen, glaub mir! Glücklicherweise haben wir es noch rechtzeitig entdeckt.«

»Oh.«

»›Oh‹ ist genau richtig.«

Ich weiß nicht, wie es kam. Mir schoß es durch den Kopf, daß sie ganz verloren wirkte – und auf einmal küßte ich sie. Sie schmiegte sich in meine Arme und erwiderte den Kuß mit einer Glut, die ich nicht für möglich gehalten hätte. Was mich betraf, so brummte mir der Kopf, und meine Augäpfel schlugen zusammen, und ich hätte nicht sagen können, ob ich mich tausend Fuß unter der Erde befand oder beim Uniformappell.

Es war vorbei. Sie sah mir kurz in die Augen und flüsterte: »Lieber John ...« Dann sprang sie auf, beugte sich über mich, ohne auf das Handtuch zu achten, und streichelte meine Wange. »Judith ist ein sehr glückliches Mädchen. Ich frage mich, ob sie es weiß.«

»Maggie!« sagte ich.

Sie wandte sich ab und meinte, ohne sich umzusehen: »Ich muß mich wirklich fertig anziehen. Mir ist kalt.«

Sie hatte sich gar nicht kalt angefühlt.

Kurz darauf kam sie wieder zum Vorschein. Sie war vollständig angezogen und frottierte sich heftig das Haar. Ich nahm mein trockenes Handtuch und half ihr. Ich glaube nicht, daß ich es ihr vorschlug; der Gedanke verwirklichte sich irgendwie von selbst. Ihr Haar war dicht und schön, und ich genoß meine Tätigkeit, die mir Schauer über den Körper jagte.

Währenddessen kamen Zeb und Miriam zurück. Diesmal schwammen sie gemächlich, nicht um die Wette. Wir hörten sie lachen, lange bevor sie in Sicht waren. Miriam stieg ebenso schamlos wie eine Hure Sodoms und Gomorrhas aus dem Wasser, aber ich bemerkte sie kaum. Zeb sah mir in die Augen und fragte aggressiv: »Willst jetzt du schwimmen gehen?«

Ich wollte sagen, ich hätte keine rechte Lust und außerdem sei mein Handtuch bereits naß, als ich merkte, daß Maggie mich beobachtete. Sie sagte nichts, sie beobachtete mich nur. Ich antwortete: »Klar! Ihr beide habt lange genug gebraucht.« Dann rief ich: »Miriam! Komm hinter dem Felsen vor! Ich brauche ihn.«

Sie quietschte und kicherte und kam hervor, immer noch an ihren Sachen herumzupfend. Ich begab mich mit ruhiger Würde hinter den Stein.

Ich hoffe, die ruhige Würde besaß ich immer noch, als ich herauskam. Auf jeden Fall biß ich die Zähne zusammen und marschierte geradewegs ins Wasser. Zuerst war es beißend kalt, aber nur für einen Augenblick. Zwar hatte ich während meiner Ausbildung West Point nicht bei Schwimmwettkämpfen vertreten, aber ich hatte zum Klassen-Team gehört und war sogar am Neujahrstag in den Hudson gesprungen. Mir gefiel dieser schwarze Teich, sobald ich einmal drin war.

Ich mußte einfach bis zum anderen Ende hinunterschwimmen. Tatsächlich war dort ein kleiner Strand. Ich betrat ihn nicht.

Auf dem Rückweg versuchte ich, bis auf den Grund zu tauchen. Ich konnte ihn nicht finden; der Teich muß mehr als zwanzig Fuß tief gewesen sein. Es war schön da unten, schwarz und vollkommen still. Hätte ich genug Luft oder Kiemen gehabt, so kam es mir in meiner Stimmung vor, wäre es ein guter Ort gewesen, um dazubleiben, weit weg von Propheten und Logen und Papierkram und Sorgen und Problemen, die zu verwickelt für mich waren.

Keuchend kam ich wieder hoch und schwamm mit kräftigen Zügen zu unserm Picknick-Strand. Die Mädchen hatten bereits das Essen ausgepackt, und Zeb rief mir zu, ich solle mich beeilen. Zeb und Maggie blickten nicht auf, als ich aus dem Wasser stieg, aber ich ertappte Miriam dabei, daß sie mich beäugte. Ich glaube nicht, daß ich errötete. Ich habe sowieso nie etwas für Blondinen übrig gehabt. Lilith stelle ich mir als Blondine vor.

11

Der Oberste Rat, bestehend aus den Abteilungsleitern, General Huxley und ein paar anderen, trat wöchentlich oder öfter zusammen, um den General zu beraten, Ansichten auszutauschen und die Agentenberichte durchzusprechen. Etwa einen Monat nach unserem törichten Ausflug zu dem unterirdischen Teich war ich bei einer Sitzung dabei, nicht als Mitglied des Rates, sondern als Protokollführer. Meine Sekretärin war krank, und ich hatte mir Maggie von G-2 zur Bedienung des Stimmschreibers ausgeliehen, da sie für die höchste Geheimhaltungsstufe zugelassen war. Wir waren immer schrecklich knapp an fähigem Personal. Zum Beispiel war mein nomineller Vorgesetzter Wing General Penoyer, der den Titel eines Stabschefs trug. Aber ich sah ihn fast nie, weil er außerdem Chef des Feldzeugwesens war. Huxley war sein eigener Stabschef, und ich war eine Art besserer Adjutant – man könnte auch Mädchen für alles sagen. Ich paßte sogar auf, daß Huxley seine Magentropfen regelmäßig nahm.

An dieser Sitzung nahmen mehr Personen teil als gewöhnlich. Die regionalen Kommandeure von Gath, Kanaan, Jericho, Babylon und Ägypten waren persönlich anwesend; Nod und Damaskus hatten die Stellvertreter gesandt. Das waren alle Logen-Bezirke der Vereinigten Staaten bis auf Eden. Mit Louisville hatten wir eine telepathische Verbindung hergestellt und benutzten einen Ideen-Code, den die Sensitiven selbst nicht verstehen würden. Ich spürte an der Spannung, daß irgend etwas

Wichtiges im Anzug war, obwohl Huxley mich nicht ins Vertrauen gezogen hatte. Der Raum war so abgesichert, daß nicht einmal eine Maus hätte eindringen können.

Die üblichen Routineberichte wurden verlesen. Es wurde ordnungsgemäß festgehalten, daß wir jetzt achttausendsiebenhundertneun Vollmitglieder hatten, entweder Logenbrüder oder überprüfte und vereidigte Angehörige paralleler militärischer Organisationen. Als angeworben und instruiert wurde die zehnfache Zahl von ›Mitreisenden‹ geführt, Leute, auf die wir bei einem Aufstand gegen den Propheten zählen konnten, die jedoch nicht in die Verschwörung als solche eingeweiht waren.

Die Zahlen an sich waren nicht ermutigend. Unser Dilemma war, daß hunderttausend Mann zu wenig sind, um einen Kontinent zu erobern, während die weniger als neuntausend Teilnehmer an der Verschwörung vom Standpunkt der Geheimhaltung aus weitaus zu viele waren. Uns blieb nichts übrig, als auf das alte Zellensystem zurückzugreifen, bei dem niemand mehr weiß, als er wissen muß, und nicht allzu viel verraten kann, ganz gleich, was man ihm bei der Befragung antut – und nicht einmal dann, wenn er ein Spion sein sollte. Aber schon in diesem passiven Stadium hatten wir unsere wöchentlichen Verluste.

Vor vier Tagen war in Seattle eine ganze Loge während der Sitzung überrascht und verhaftet worden. Das war ein schwerer Schlag, aber nur drei Mitglieder hatten gefährliches Wissen besessen, und alle drei hatten rechtzeitig Selbstmord begangen. Für sie alle würden heute abend bei einer Großen Sitzung Gebete gesprochen werden, aber hier war das nur ein Routinebericht. Wir hatten in dieser Woche vier Attentäter verloren, aber dreiundzwanzig Attentate mit Erfolg ausgeführt – eins darunter auf den Chef-Inquisitor für das gesamte untere Mississippi-Tal.

Der Leiter der Kommunikation meldete, die Brüder seien darauf vorbereitet, einundneunzig Prozent (berechnet nach der erfaßten Personenzahl) der Radio- und

Fernsehstationen des Landes außer Betrieb zu setzen und daß wir fast sicher damit rechnen könnten, mit Hilfe von Sturmtrupps auch den Rest zu erledigen – ausgenommen die Station ›Stimme Gottes‹ in New Jerusalem, die ein spezielles Problem darstellte.

Der Leiter der technischen Truppe gab bekannt, sie könnten die Energieversorgung der sechsundvierzig größten Städte sabotieren, wieder mit der Ausnahme von New Jerusalem, das durch ein Atomkraftwerk unter dem Tempel unabhängig war. Doch selbst dort konnten größere Störungen an den Verteilerstationen erreicht werden, wenn die Operation es rechtfertigte, eine entsprechende Zahl von Menschenleben zu opfern. Es war möglich, die wichtigeren Oberflächenrouten des Personen- und Frachtverkehrs so lahmzulegen, daß das Verkehrsaufkommen auf zwölf Prozent des Normalen fiel.

Immer weitere Berichte wurden vorgelegt – Zeitungen, studentische Aktionsgruppen, Besetzungen oder Sabotage von Raketenhäfen, Mirakel, Gerüchteverbreitung, Wasserversorgung, Aufwiegelung, Gegenspionage, langfristige Wettervorhersage, Waffenverteilung. Krieg ist eine einfache Sache, verglichen mit einer Revolution. Krieg ist angewandte Wissenschaft mit genau definierten, von der Geschichte geprüften Prinzipien; von der Steinschleuder bis zur H-Bombe findet man immer analoge Lösungen. Aber jede Revolution ist eine Mißgeburt, ein Mutant, eine Monstrosität, deren Bedingungen sich niemals wiederholen und deren Operationen von Amateuren und Individualisten ausgeführt werden.

Während Maggie die Daten aufzeichnete, bereitete ich sie für den Rechenraum zur Analyse vor. Ich war viel zu beschäftigt, um auch nur zu versuchen, im Kopf einen Überschlag zu machen. Wir mußten kurze Zeit warten, bis die Analytiker mit dem Programmieren fertig waren und das Material dem ›Gehirn‹ eingegeben hatten. Dann schnatterte der vor mir stehende Drucker kurz und blieb wieder stehen. Huxley faßte an mir vorbei und riß den Streifen ab, bevor ich ihn erreichen konnte.

Er sah ihn an, räusperte sich und wartete. Totenstille

trat ein. »Brüder«, begann er, »Kameraden – schon vor langer Zeit haben wir uns auf die Art des Vorgehens geeinigt. Sobald jeder vorausberechenbare Faktor, reduziert um einen Sicherheitsspielraum für mögliche Irrtümer, gewichtet und korreliert mit allen anderen signifikanten Daten, ein kalkuliertes Risiko von zwei zu eins zu unseren Gunsten ergäbe, wollten wir zuschlagen. Die heutige Lösung der Wahrscheinlichkeitsgleichung, in der die Werte dieser Woche als Variable eingesetzt wurden, ergibt den Wert zwei Komma eins drei. Ich schlage vor, die Stunde X festzusetzen. Was sagen Sie?«

Es war ein verzögerter Schock; niemand sagte irgend etwas. Wer zu lange gehofft hat, dem fällt es schwer, an die Realität zu glauben – und alle diese Männer hatten Jahre gewartet, einige den größten Teil ihres Lebens. Dann sprangen sie auf, schrieen, schluchzten, fluchten, schlugen sich gegenseitig auf den Rücken.

Huxley saß still da, bis sie sich beruhigt hatten, ein seltsames kleines Lächeln auf dem Gesicht. Dann stand er auf und sagte ruhig: »Ich glaube nicht, daß wir erst lange abstimmen müssen. Ich werde die Stunde festsetzen, nachdem ich ...«

»General! Gestatten Sie! Ich bin nicht einverstanden.« Das war Zebs Chef, Sektorengeneral Novak, Leiter der psychologischen Abteilung. Huxley hörte auf zu sprechen, und die Stille tat richtig weh. Ich war so sprachlos wie alle anderen.

Dann sagte Huxley: »Dieser Rat handelt für gewöhnlich auf einstimmigen Beschluß. Über die Methode, wie das Datum bestimmt werden soll, waren wir uns seit langem einig ... aber ich weiß, daß Sie nicht ohne guten Grund widersprechen würden. Wir werden jetzt Bruder Novak anhören.«

Novak schritt langsam nach vorn und wandte sich den Anwesenden zu. »Brüder«, begann er und ließ seinen Blick über bestürzte und feindselige Gesichter wandern, »Sie kennen mich, und Sie wissen, daß ich mir ebenso wünsche wie Sie, endlich loszuschlagen. Ich habe unserer Sache die letzten siebzehn Jahre gewidmet, und das hat mich meine Familie und mein Heim gekostet. Aber ich kann Sie nicht vorstürmen lassen, ohne Sie zu warnen, wenn ich überzeugt bin, daß die Zeit noch nicht gekommen ist. Ich glaube – nein, ich *weiß* mit mathematischer Sicherheit, daß wir für die Revolution noch nicht bereit sind.« Er mußte innehalten und durch Aufheben beider Hände um Ruhe bitten. Sie wollten ihn nicht anhören. »Lassen Sie mich ausreden! Ich räume ein, daß alle militärischen Pläne fertig sind. Ich gebe zu, daß wir, wenn wir jetzt zuschlagen, das Land mit großer Wahrscheinlichkeit erobern könnten. Trotzdem sind wir nicht bereit ...«

»Warum nicht?«

»... weil eine Mehrheit des Volkes immer noch an die etablierte Religion, an die göttliche Autorität des Propheten glaubt. Wir können die Macht ergreifen, aber wir können sie nicht halten.«

»Zum Teufel, und ob!«

»Hören Sie mir zu! Noch nie ist ein Volk lange Zeit in Knechtschaft gehalten worden, wenn es nicht einverstanden war. Drei Generationen lang sind die Amerikaner von der Wiege bis zur Bahre von den klügsten und gründlichsten Psychotechnikern der Welt konditioniert worden. Sie *glauben!* Wenn Sie sie jetzt ohne entsprechende psychologische Vorbereitung befreien, werden sie zu ihren Ketten zurückkehren – wie Pferde, die in ihren brennenden Stall zurücklaufen. Wir können die Revolution gewinnen, aber es wird ihr ein langer und blutiger Bürgerkrieg folgen – den wir verlieren werden.«

Er brach ab, fuhr sich mit zitternder Hand über die Augen und sagte zu Huxley: »Das ist alles.«

Sofort sprangen mehrere Leute auf. Huxley rief zur Ordnung und erteilte Wing General Penoyer das Wort.

Penoyer sagte: »Ich würde Bruder Novak gern ein paar Fragen stellen.«

»Fragen Sie!«

»Kann seine Abteilung uns sagen, welcher Prozentsatz der Bevölkerung aufrichtig der Lehre des Propheten anhängt?«

Zebadiah, der dabei war, um seinem Chef zu assistieren, blickte auf. Novak nickte, und er antwortete: »Zweiundsechzig Prozent plus oder minus drei Prozent.«

»Und der Prozentsatz derjenigen, die im geheimen gegen die Regierung sind, ob wir sie auf unseren Listen haben oder nicht?«

»Einundzwanzig Prozent mit proportionaler Fehlerquote. Die übrigen können als Mitläufer klassifiziert werden, nicht fromm, aber im großen und ganzen zufrieden.«

»Auf welche Weise wurden die Daten ermittelt?«

»Überraschungshypnose einer repräsentativen Stichprobe.«

»Kennen Sie den Trend?«

»Ja, Sir. Die Zustimmung der Bevölkerung zur Regierung ging während der ersten Jahre der gegenwärtigen Depression rapide zurück, dann flachte sich die Kurve ab. Das neue Gesetz über den Zehnten und in gewissem Umfang die Beschneidung der Freizügigkeit waren unpopulär, und wieder sank die Kurve, bis sie sich ein zweites Mal auf niederigerem Niveau abflachte. Etwa um diese Zeit belebten sich die Geschäfte etwas, aber gleichzeitig begannen wir mit unserm intensivierten Propagandafeldzug. Die Regierung hat in den letzten fünfzehn Monaten langsam, aber stetig an Boden verloren.«

»Und was zeigt die erste Ableitung?«

Zeb zögerte, und Novak übernahm die Antwort. »Sie müssen sich die zweite Ableitung ansehen«, erklärte er mit gepreßter Stimme. »Die Rate beschleunigt sich.«

»Und?«

Der Leiter der psychologischen Abteilung antwortete widerstrebend, aber fest: »Nach der Extrapolation wird es drei Jahre und acht Monate dauern, bevor wir es wagen können, zuzuschlagen.«

Penoyer wandte sich wieder an Huxley. »Ich habe meine Antwort, Sir. Bei allem Respekt vor General Novak und seiner sorgfältigen wissenschaftlichen Arbeit sage ich: Siegen wir, solange wir es können! Wir bekommen vielleicht nie wieder eine Chance.«

Die Menge war auf seiner Seite. »Penoyer hat recht! Wenn wir warten, sind wir verraten und verkauft!« – »Man kann eine Organisation wie diese nicht für immer zusammenhalten.« – »Ich bin seit zehn Jahren im Untergrund; ich will hier nicht begraben werden.« – »Siegen wir erst einmal – dann, wenn wir die Medien kontrollieren, können wir uns Sorgen machen, wie wir die Leute bekehren.« – »Wir müssen jetzt zuschlagen! Jetzt zuschlagen!«

Huxley ließ sie sich austoben. Sein Gesicht war ausdruckslos. Ich verhielt mich still, weil ich im Rang zu niedrig stand, um hier eine Stimme zu haben, aber innerlich war ich auf Penoyers Seite. Ich mochte mir gar nicht erst ausmalen, wie es sein würde, beinahe vier Jahre zu warten.

Ich sah Zeb in einem ernsten Gespräch mit Novak. Sie schienen über irgend etwas verschiedener Meinung zu sein und beachteten den Aufruhr nicht. Aber als Huxley schließlich Ruhe gebietend die Hand hob, verließ Novak seinen Platz und eilte zu ihm. Der General hörte ihm einen Augenblick zu. Anfangs schien er fast verärgert, dann unentschlossen zu sein. Novak winkte mit gekrümmten Zeigefinger Zeb herbei, der gelaufen kam. Alle drei flüsterten eine Weile miteinander, während der Rat wartete.

Dann wandte sich Huxley wieder an die Versammelten. »General Novak hat einen Plan vorgeschlagen, der unter Umständen die ganze Situation ändert. Die Sitzung ist auf morgen vertagt.«

Novaks Plan (oder vielmehr Zebs Plan, obwohl er die Urheberschaft nie zugegeben hat) erforderte einen Aufschub von beinahe zwei Monaten, bis zum Tag des alljährlichen Wunders der Inkarnation. Geplant war nichts Geringeres als ein Eingreifen in das Wunder selbst. Im Rückblick war es eine auf der Hand liegende und wesentlich zum Erfolg beitragende Maßnahme; der Psycho-Boß hatte recht. Die Stärke eines Diktators hängt im Grunde nicht von Gewehren, sondern von dem Vertrauen ab, das sein Volk in ihn setzt. So war es bei Caesar, bei Napoleon, bei Hitler, bei Stalin. Die Macht des Propheten beruhte auf dem volkstümlichen Glauben, er sei unmittelbar von Gott zur Herrschaft berufen worden, und diesen Glauben mußten wir zerstören.

Zukünftige Generationen werden sich die Wichtigkeit, die außerordentliche Wichtigkeit des Wunders der Inkarnation sowohl für die Religion als auch für die Politik gar nicht vorstellen können. Um es auch nur verstandsmäßig zu begreifen, muß man sich vor Augen halten, daß die Leute buchstäblich glaubten, der erste Prophet kehre einmal im Jahr im Fleisch aus dem Himmel zurück, um über die Tätigkeit seines von Gott ernannten Nachfolgers zu richten und ihn in seinem Amt zu bestätigen. Die Leute *glaubten* das – die Minderheit an Zweiflern wagte nicht, es öffentlich zu bestreiten, weil man sie dann in Stücke gerissen hätte – und das gebrauche ich nicht als Redensart, sondern ich meine damit ein Zerreißen, das Blut auf dem Straßenpflaster zurückläßt. Es wäre ungefährlicher gewesen, die Fahne anzuspucken.

Ich hatte es mein ganzes Leben lang selbst geglaubt; mir wäre nie in den Sinn gekommen, einen so grundlegenden Glaubensartikel anzuzweifeln – und ich war, was man einen Gebildeten nennt, einer, den man in die Geheimnisse der kleineren Mirakel eingeweiht und in ihrer Erzeugung ausgebildet hatte. Ich glaubte es.

Die folgenden zwei Monate hatten die ganze endlos scheinende Spannung der Wartezeit, wenn man in Schußweite gekommen und der Befehl »Feuer!« noch nicht gegeben ist. Andererseits hatten wir soviel zu tun, daß jeder Tag und jede Stunde zu kurz war. Abgesehen davon, daß das noch größere Wunder eines Eingreifens in das Wunder vorbereitet werden mußte, nutzten wir die Zeit, unsere üblichen Waffen zu schärfen. Zeb und Sektorgeneral Novak, sein Chef, wurden sofort abkommandiert. Novaks Befehl lautete: »... Begeben Sie sich nach BEULAHLAND, und übernehmen Sie den Befehl der OPERATION GRUNDGESTEIN.« Ich vertraute das Schneiden der Befehle keiner Bürokraft an, sondern tat es selbst, aber niemand verriet mir, wo Beulahland auf einer Landkarte gefunden werden könne.

Huxley reiste mit ihnen ab und blieb länger als eine Woche weg. In der Zwischenzeit führte Penoyer den Befehl. Huxley sagte mir natürlich nicht, warum und wohin er ging, aber ich konnte es mir zusammenreimen. Operation Grundgestein war ein psychologisches Manöver, es mußte jedoch mit physischen Mitteln bewirkt werden – und mein Chef war einmal in West Point Leiter der Abteilung für angewandte Mirakel gewesen. Er mag der beste Physiker in der ganzen Loge gewesen sein; jedenfalls stand für mich fest, daß er sich zumindest persönlich überzeugen wollte, daß die Mittel dem Zweck entsprachen und technisch narrensicher waren. Soviel ich weiß, mag er in dieser Woche sogar zu Lötkolben und Schraubenzieher und elektronischer Mikrometerschraube gegriffen haben – dem General machte es nichts aus, schmutzige Hände zu bekommen.

Mir fehlte er. Penoyer neigte dazu, meine in kleinen Dingen getroffenen Entscheidungen umzuwerfen und meine wie seine Zeit auf Einzelheiten zu verschwenden, mit denen sich der Kommandierende gar nicht befassen sollte. Aber auch er war eine Weile verreist. Es gab überhaupt viel Kommen und Gehen, und mehr als einmal mußte ich den gegenwärtig ranghöchsten Offizier aufstöbern, ihm mitteilen, daß er den Befehl habe, und ihn überreden, da zu unterschreiben, wo ich meine Anfangsbuchstaben hingesetzt hatte. Ich gewöhnte mir an, auf alle internen Routinesachen so unleserlich wie möglich »I. M. Dumbjohn, Wing General, stellvertr. Komm.« zu kritzeln, und ich glaube nicht, daß jemals irgendwer etwas gemerkt hat.

Bevor Zeb abreiste, geschah noch etwas, das mit dem Volk der Vereinigten Staaten von Amerika und dem Kampf um die Wiedergewinnung seiner Freiheit absolut nichts zu tun hat. Aber meine Privatangelegenheiten sind mit diesem Bericht so verknüpft, daß ich es erwähne. Vielleicht ist der persönliche Blickwinkel doch wichtig; der Befehl, der für mich Anlaß zu diesem Tagebuch wurde, verlangte sogar, ›persönlich‹ und ›subjektiv‹ zu schreiben. Ich hatte eine Kopie zurückbehalten und fortgesetzt, weil ich fand, es half mir, meine verworrenen Gedanken zu ordnen, während ich eine Metamorphose durchmachte, die ebenso drastisch war wie die einer Raupe zum Schmetterling. Ich mag ein typisches Beispiel für die große Mehrheit sein, ein Mensch, den man mit der Nase auf eine Sache stoßen muß, damit er sie erkennt, während Zeb und Maggie und General Huxley einer elitären Minderheit angehörten – den von Natur aus freien Seelen, den eigenständigen Denkern, den Führern.

Ich saß an meinem Schreibtisch und kämpfte mit den üblichen Papierbergen, als mir ausgerichtet wurde, ich solle sobald wie möglich zu Zebs Chef kommen. Da er seinen Marschbefehl bereits erhalten hatte, sagte ich Huxleys Ordonnanz Bescheid und eilte hinüber.

Er verzichtete auf alle Förmlichkeiten. »Major, mir ist von der Kommunikationsabteilung ein Brief für Sie hergeschickt worden, bei dem entschieden werden müßte, ob er umgeschrieben oder einfach vernichtet werden soll. Auf dringende Empfehlung eines meiner Abteilungsleiter will ich jedoch die Verantwortung übernehmen, ihn Ihnen zum Lesen zu geben, ohne daß er umgeschrieben worden ist. Sie müssen ihn hier lesen.«

»Jawohl, Sir.« Ich war ganz verwirrt.

Er gab mir den Brief. Er war ziemlich lang, und sicher hätte er ein halbes Dutzend codierter Botschaften enthalten können, sogar Ideencodes, die das Umschreiben überstehen würden. Ich erinnere mich nicht mehr an viel davon – nur an die Wirkung, die dieser Brief auf mich hatte. Er war von Judith.

Mein lieber John ... ich werde immer mit Zärtlichkeit an Dich denken und nie vergessen, was Du für mich getan hast ... waren nie füreinander bestimmt ... Mr. Mendoza war sehr aufwerksam ... Ich weiß, Du wirst mir verzeihen ... Er braucht mich; das Schicksal selbst muß uns zusammengeführt haben ... Wenn du jemals Mexico City besuchst, betrachte unser Haus als das Deine ... Ich werde immer an Dich als meinen starken und klugen älteren Bruder denken, und ich werde Dir immer eine Schwester sein ... Da war noch mehr, viel mehr, alles von der gleichen Sorte – man nennt das wohl: ›Einem die Sache vorsichtig beibringen.‹

Novak nahm mir den Brief weg. »Es lag nicht in meiner Absicht, Ihnen soviel Zeit zu lassen, daß Sie ihn auswendig lernen können«, sagte er trocken und warf ihn sofort in seinen Tischverbrenner. Sein Blick wanderte zu mir zurück. »Vielleicht sollten Sie sich lieber setzen, Major. Rauchen Sie?«

Ich setzte mich nicht, aber ich war so durchgedreht, daß ich die Zigarette nahm und mir von ihm Feuer geben ließ. Dann mußte ich von dem Rauch husten, und das körperliche Unbehagen half, mich in die Realität zurückzubringen. Ich dankte ihm und ging – geradenwegs auf mein Zimmer. Dort rief ich mein Büro an und sagte Bescheid, wo man mich finden könne, falls der General mich wirklich brauche. Aber ich sagte meiner Sekretärin, ich sei plötzlich ziemlich krank geworden, und sie solle mich nur stören, wenn es gar nicht anders ginge.

Ich mag eine Stunde – genau weiß ich es nicht – mit dem Gesicht nach unten dagelegen haben, ohne etwas zu tun, ohne auch nur zu denken. Es klopfte leise an die Tür, dann öffnete sie sich. Es war Zeb. »Wie fühlst du dich?« fragte er.

»Benommen«, antwortete ich. Mir kam es gar nicht in den Sinn, mich zu wundern, woher er Bescheid wußte, und den ›Abteilungsleiter‹, der Novak gedrängt hatte, mir den Originalbrief zu zeigen, hatte ich inzwischen längst vergessen.

Zeb kam ganz herein, machte es sich in einem Sessel bequem und sah mich an. Ich rollte mich herum und setzte mich auf die Bettkante. »Laß dich davon nicht umwerfen, Johnnie«, sagte er ruhig. »Menschen sind gestorben, und die Würmer haben sie gefressen – aber nicht aus Liebe.«

»Du verstehst das nicht!«

»Nein«, stimmte er mir zu. »Jeder Mensch ist sein eigener Gefangener in lebenslänglicher Einzelhaft.

Nichtsdestoweniger ist die Statistik in diesem bestimmten Punkt ziemlich zuverlässig. Tu mir einen Gefallen! Versuche, dir Judith vorzustellen. Sieh ihr Gesicht! Höre ihre Stimme!«

»Was?«

»Tu es!«

Ich versuchte es. Ich gab mir ehrlich Mühe – und wissen Sie was? Es gelang mir nicht! Ich hatte nie ein Bild von ihr besessen; jetzt entschlüpfte ihr Gesicht mir.

Zeb beobachtete mich. »Du wirst darüber hinwegkommen«, sagte er überzeugt. »Nun hör mal, Johnnie ... Ich hätte dir das gleich sagen können. Judith ist eine sehr weibliche Frau, lauter Gefühl und kein Verstand. Und sie ist sehr attraktiv. Einmal losgelassen, mußte sie einen Mann finden, ebenso sicher, wie sich freiwerdender Sauerstoff von neuem bindet. Aber es hat keinen Zweck, mit einem verliebten Mann zu reden.«

Er stand auf. »Johnnie, ich muß weiter. Es ist mir gar nicht recht, daß ich dich in diesem Zustand im Stich lassen muß, aber ich habe mich bereits abgemeldet, und Großvater Novak ist marschbereit. Er wird mich sowieso schon fressen, weil ich ihn solange aufgehalten habe. Nur noch ein guter Rat, bevor ich gehe ...«

Ich wartete. »Ich schlage vor«, sagte Zeb, »daß du dich oft mit Maggie triffst, während ich fort bin. Sie ist eine gute Medizin.«

Er wandte sich zum Gehen. Ich fragte scharf: »Zeb, was ist mit dir und Maggie geschehen? So etwas wie dies?«

Zeb drehte sich wieder nach mir um. »Wie? Nein. Durchaus nicht. Es war ... nun, es war nicht das Gleiche.«

»Ich verstehe dich nicht – ich glaube, ich verstehe die Menschen überhaupt nicht. Du forderst mich auf, ich solle mich oft mit Maggie treffen – und ich dachte, sie sei dein Mädchen. Wärest du ... ah ... nicht eifersüchtig?«

Er starrte mich an, lachte und schlug mir auf die Schulter. »Sie ist eine freie Bürgerin, Johnnie, glaub mir! Solltest du Maggie jemals weh tun, würde ich dir den

Kopf abreißen und dich damit totschlagen. Natürlich traue ich dir das gar nicht zu. Aber eifersüchtig auf sie sein? Nein. Das paßt nicht ins Bild. Ich halte sie für das großartigste Mädchen, das jemals Schuhleder verrissen hat – doch heiraten würde ich lieber eine Berglöwin.«

Damit ging er und ließ mich wieder mit offenem Mund zurück. Aber ich folgte seinem Rat, oder Maggie folgte ihm für mich. Maggie wußte Bescheid – über Judith, meine ich –, und ich nahm an, daß Zeb es ihr erzählt hatte. Das hatte er jedoch nicht; Judith hatte ihr als erster geschrieben. Jedenfalls brauchte ich nicht zu ihr zu gehen. Sie kam an diesem Abend gleich nach dem Essen zu mir. Ich unterhielt mich eine Weile mit ihr und fühlte mich besser, so viel besser, daß ich ins Büro zurückkehrte und die am Nachmittag verlorene Zeit aufholte.

Danach machten Maggie und ich es uns zur Gewohnheit, nach dem Abendessen spazierenzugehen. Höhlenklettereien unternahmen wir keine mehr. Nicht nur war dazu in diesen letzten Tagen keine Zeit, uns war jetzt, wo Zeb fehlte, auch nicht danach zumute, eine neue Vierergruppe zusammenzustellen. Manchmal konnte ich mir nur zwanzig Minuten oder noch weniger abknapsen, bevor ich zurück an meinen Schreibtisch mußte – aber es war der Höhepunkt des Tages, auf den ich mich freute.

Auch ohne die vom Flutlicht erhellte Haupthöhle und die markierten Pfade zu verlassen, standen uns verschiedene wunderschöne Spazierwege zur Verfügung. Wenn ich es mir leisten konnte, eine ganze Stunde wegzubleiben, gab es eine Stelle, die wir besonders gern aufsuchten – im Norden des großen Raums, eine gute halbe Meile von den Gebäuden entfernt. Der Pfad schlängelte sich um starre Kalkstein-Pilze, große Säulen, Dome und phantastische Formen, die keinen Namen haben und alle wie gequälte Seelen oder große exotische Blumen aussahen, je nach der Stimmung, in der man war. Fast hundert Fuß oberhalb der Talsohle hatten wir dicht neben dem erlaubten Weg ein Fleckchen gefunden, wo die Natur für eine Steinbank gesorgt hatte. Dort setzten wir uns hin, sahen auf das Spielzeugdorf hinab, unterhielten uns, und Maggie rauchte. Ich hatte mir angewöhnt, die Zigaretten für sie anzuzünden, wie ich es Zeb hatte tun sehen. Es war eine kleine Aufmerksamkeit, die ihr gefiel, und ich hatte gelernt, es zu tun, ohne Rauch in den Hals zu bekommen.

Etwa sechs Wochen nach Zebs Abreise und nur wenige Tage vor der Stunde X saßen wir wieder einmal da und sprachen darüber, wie es wohl nach der Revolution sein würde und was wir dann mit uns anfangen wollten. Ich sagte, ich bliebe vermutlich in der regulären Armee, vorausgesetzt, es gab eine solche und man wollte mich dort haben. »Was wirst du anfangen, Maggie?«

Langsam stieß sie den Rauch aus. »So weit habe ich noch gar nicht gedacht, John. Ich habe keinen Beruf – das heißt, wir tun unser Bestes, um den Beruf, den ich hatte, abzuschaffen.« Sie verzog einen Mundwinkel. »Ich habe nichts Nützliches gelernt. Ich kann kochen, und ich kann nähen, und ich kann einen Haushalt führen. Da sollte ich wohl versuchen, eine gute Stellung als Haushälterin zu finden – fähige Dienstboten sind immer knapp, heißt es.«

Die Vorstellung, daß die couragierte und einfallsreiche Schwester Magdalene, die notfalls so schnell mit dem Vibromesser war, auf der Suche nach einer untergeordneten Tätigkeit von einem Arbeitsvermittlungsbüro zum anderen zog, um sich ihr Essen zu verdienen, entsetzte mich ... »Allgemeine Hausarbeiten und Kochen, eigenes Zimmer, Donnerstag abends und jeden zweiten Sonntag frei; Zeugnisse erbeten.« Maggie? Maggie, die mindestens zweimal mein wahrscheinlich wertloses Leben gerettet hatte und niemals zögerte oder an den Preis, den sie zu zahlen hatte, dachte. Nicht Maggie!

Ich platzte heraus: »Das brauchst du nicht zu tun.«

»Es ist das, was ich am besten kann.«

»Ja, aber ... also, warum kannst du nicht für *mich* den Haushalt führen und kochen? Ich werde genug für uns beide verdienen, auch wenn ich auf meinen früheren Rang zurückgestuft werde. Das mag kein großartiges Angebot sein, aber – ich würde mich freuen.«

Sie blickte hoch. »Das ist großzügig von dir, John.« Sie drückte die Zigarette aus und warf den Stummel beiseite. »Ich weiß es wirklich zu würdigen – aber es geht nicht. Nach unserm Sieg wird ebenso geklatscht werden wie vorher. Deinem Colonel würde es gar nicht gefallen.«

Ich wurde rot. Beinahe brüllte ich: »So habe ich es doch nicht gemeint!«

»Wie dann?«

Es war mir im Grunde nicht klar gewesen, bis die Worte aus mir heraussprudelten. Jetzt wußte ich es, aber ich wußte nicht, wie ich es ausdrücken sollte. »Ich meinte ... Hör mal, Maggie, anscheinend magst du mich doch recht gern ... und wir kommen gut miteinander aus. Warum sollen wir dann nicht ...« Hier blieb ich stecken.

Sie stand auf und sah mich an. »John, machst du mir einen Heiratsantrag – *mir?*«

Barsch erklärte ich: »Das war so die Grundidee.« Es störte mich, daß sie vor mir stand, deshalb stand ich auch auf.

Ihr Gesicht war sehr ernst. Demütig sagte sie: »Es ist mir eine Ehre ... und ich bin dir dankbar ... und tief gerührt. Aber – *o nein, John!*« Die Tränen kullerten ihr aus den Augen, und sie fing an zu weinen. Ganz schnell hörte sie wieder damit auf, wischte sich das Gesicht mit dem Ärmel ab und stieß mit gebrochener Stimme hervor: »Jetzt hast du mich zum Weinen gebracht. Das ist seit Jahren nicht mehr vorgekommen.«

Ich wollte sie in die Arme nehmen. Sie schob mich zurück. »Nein, John! Erst muß ich dir etwas sagen. Ich nehme die Stellung als deine Haushälterin an, aber heiraten werde ich dich nicht.«

»Warum nicht?«

»Warum nicht? Oh, mein Lieber, du Lieber – weil ich eine alte, müde Frau bin, darum.«

»Alt? Du kannst nicht mehr als ein oder zwei Jahre älter sein als ich – höchstens drei. Das spielt keine Rolle.«

»Ich bin tausend Jahre älter als du. Denk daran, wer ich bin – wo ich gewesen bin – was ich mitgemacht habe.

Erst war ich ›Braut‹ – wenn man es so nennen darf – des Propheten.«

»Das war nicht deine Schuld.«

»Vielleicht. Dann war ich die Geliebte deines Freundes Zebadiah. Wußtest du das?«

»Nun ... ich war so ziemlich überzeugt davon.«

»Und das ist nicht alles. Es hat andere Männer gegeben. Einige, weil es nicht anders ging und eine Frau wenig hat, womit sie einen Mann bestechen kann. Einige aus Einsamkeit oder sogar Langeweile. Wenn der Prophet eine Frau satt hat, hält sie sich nicht mehr für sehr wertvoll.«

»Das kümmert mich nicht. Es ist mir egal! Es kommt nicht darauf an!«

»Das sagst du jetzt. Später würde es dich dann schon kümmern, und es wäre schrecklich. Ich glaube, ich kenne dich, mein Lieber.«

»Du kennst mich eben nicht. Wir werden ganz von neuem anfangen.«

Sie seufzte tief. »Du glaubst, daß du mich liebst, John?«

»Hä? Ja, das wird es wohl sein.«

»Du hast Judith geliebt. Jetzt bist du verletzt – und da meinst du, mich zu lieben.«

»Aber ... ach, ich weiß nicht, was Liebe ist! Ich weiß, daß ich dich heiraten und mit dir leben will.«

»Ich weiß auch nicht, was Liebe ist«, sagte sie so leise, daß es mir fast entgangen wäre. Dann kam sie in meine Arme, so leicht und natürlich, als habe sie immer da gelebt.

Als wir damit fertig waren, uns zu küssen, fragte ich: »Dann wirst du mich heiraten?«

Sie warf den Kopf zurück und starrte mich an, als habe sie Angst. »O nein!«

»Aber ich dachte ...«

»Nein, Lieber, nein! Ich werde deinen Haushalt führen und dein Essen kochen und dein Bett machen – und darin schlafen, wenn du das möchtest. Aber zu heiraten brauchst du mich nicht.«

»Aber ... zum Teufel! Maggie, so will ich es nicht.«

»Nein? Wir werden sehen.« Sie war frei, obwohl ich sie nicht losgelassen hatte. »Ich komme heute nacht zu dir. Um eins, wenn alles schläft. Laß deine Tür unverschlossen.«

»Maggie!« brüllte ich.

Sie rannte den Pfad hinunter, und es war, als fliege sie. Ich versuchte, sie einzuholen, stolperte über einen Stalagmiten und fiel. Als ich mich aufgerappelt hatte, war sie außer Sicht.

Hier ist etwas Seltsames – ich hatte Maggie immer für ziemlich groß gehalten, für stattlich, für beinahe ebenso groß wie ich bin. Aber als ich sie in meinen Armen hielt, war sie klein. Ich mußte mich bücken, um sie zu küssen.

12

Am Abend des Wunders versammelten sich alle von uns, die noch da waren, im Hauptkommunikationsraum – mein Chef und ich, der Leiter der Abteilung Kommunikation und seine Techniker, ein paar Stabsoffiziere. Eine Handvoll Männer und ein paar Dutzend Frauen, zu viele, als daß sie sich mit hätten hineindrängen können, waren im Hauptsaal der Messe, wo ein Relais-Schirm für sie aufgestellt worden war. Unsere unterirdische Siedlung war jetzt eine Geisterstadt, bewohnt nur noch von einer Rumpfmannschaft, die die Kommunikationsanlagen für den kommandierenden General in Betrieb hielt. Alle anderen hatten Gefechtsstationen bezogen. Wir, die wir zurückgeblieben waren, hatten in dieser Phase keine Aufgabe. Die Strategie stand fest; die Stunde der Durchführung war uns durch das Wunder vorgeschrieben. Taktische Entscheidungen für einen ganzen Kontinent konnten nicht vom Hauptquartier aus getroffen werden, und Huxley war ein zu guter General, als daß er es versucht hätte. Er hatte seine Truppen ins Feld geschickt, und jetzt mußten die ihm unterstellten Offiziere selbständig handeln. Er konnte nichts anderes mehr tun als warten und beten.

Mehr konnten auch wir nicht tun.

Ich hatte schon keine Fingernägel mehr, die ich hätte abkauen können.

Der Hauptschirm vor uns zeigte in brillanten Farben und perfekter Perspektive das Innere des Tempels. Den ganzen Tag hatten Gottesdienste stattgefunden – Prozessionen, Hymnen, Gebete und noch mehr Gebete, Meßopfer, Kniebeugen, Gesang, die endlose Monotonie eines farbenprächtigen Rituals. Mein altes Regiment war in zwei Reihen angetreten. Die Helme glänzten, die Speere starrten wie die Zähne eines Kamms. Ich entdeckte Peter van Eyck, den Meister meiner Heimatloge. Mit weggeschnürtem Bauch stand er regungslos vor seinem Zug.

Ich wußte, da die Lieferung über meinen Schreibtisch gegangen war, daß Meister Peter eine Kopie des Films gestohlen hatte, den wir brauchten. Seine Anwesenheit bei der Zeremonie war tröstlich. Wäre der Diebstahl auch nur vermutet worden, hätten wir unsern Plan nicht durchführen können. Aber da stand er.

Entlang den drei anderen Wänden des Kommunikationsraums waren ein Dutzend kleinerer Schirme angebracht, die Szenen aus ebenso vielen größeren Städten zeigten – Menschenmengen auf dem Rittenhaus Square, Menschen, die dicht bei dicht in der Hollywood Bowl standen, überfüllte regionale Tempel. In jedem Fall hingen die Augen aller an einem riesigen Fernsehschirm mit dem gleichen Bild vom Großen Tempel, das wir sahen. In ganz Amerika würde es dasselbe sein – jede lebende Seele, die nur irgend Gelegenheit dazu fand, beobachtete irgendwo einen Fernsehschirm – wartete, wartete, wartete auf das Wunder der Inkarnation.

Hinter uns kümmerte sich ein Psychooperator um eine Telepathin, die in Hypnose arbeitete. Es war ein vielleicht neunzehnjähriges Mädchen. Sie bewegte sich und murmelte etwas. Der Operator beugte sich über sie.

Dann wandte er sich an Huxley und den Kommunikationsleiter. »Die Stimme-Gottes-Station ist in unserer Hand, Sir.«

Huxley nickte bloß. Ich hätte einen Handstand mit Überschlag machen mögen, wenn meine Knie nicht so weich gewesen wären. Dies war der alles entscheidende Zug und einer, der erst Minuten vor dem Wunder ausgeführt werden konnte. Da sich Fernsehwellen geradlinig oder in ihren eigenen Spezialkabeln fortpflanzen, war der einzige Punkt, wo wir diese den ganzen Kontinent erfassende Sendung verfälschen konnten, der Ursprungssender. Mich packte wilder Triumph beim Gedanken an den Erfolg unserer Kameraden – gefolgt von einem ebenso plötzlichen Gefühl der Trauer, denn nicht einer von ihnen würde die Nacht überleben.

Trotzdem – wenn sie die Stellung nur noch ein paar Minuten lang halten konnten, hatte sich ihr Opfer gelohnt. Ich empfahl ihre Seelen dem Großen Baumeister. Die Brüder, die solche Aufgaben, wenn notwendig, übernahmen, waren meistens Männer, deren Frauen von einem Inquisitor befragt worden waren.

Der Komm-Boß berührte Huxleys Ärmel. »Jetzt, Sir.« Langsam rückte das hintere Ende des Tempels ins Bild. Die Kamera glitt über den Altar weg. Auf dem Schirm blieb eine Nahaufnahme des elfenbeinernen Torbogens über und hinter dem Altar stehen. Das war der Eingang zum Sanctum Sanctorum. Er war mit schweren Vorhängen aus Goldtuch geschlossen.

Huxley wandte den Kopf dem Psychooperator zu. »Ist das schon unser Film? Sehen Sie zu, ob Sie eine Meldung von der Stimme Gottes bekommen können.«

»Nichts, Sir. Ich gebe Ihnen Bescheid.«

Ich konnte meine Augen nicht von dem Schirm losreißen. Nach endloser Wartezeit regten sich die Vorhänge, teilten sich langsam und wurden zu beiden Seiten weg- und hochgezogen – und da stand vor uns fast in Lebensgröße und so wirklich, als könne er aus dem Schirm steigen, der inkarnierte Prophet!

Er drehte den Kopf, ließ seinen Blick von einer Seite zur anderen wandern, und dann sah er mich an. Seine

Augen starrten genau in meine. Am liebsten hätte ich mich versteckt. Ich keuchte: »Sie meinen, wir können *das* duplizieren?«

Der Komm-Boß nickte. »Bis auf den Millimeter, oder ich will den Unterschied fressen. Unser bester Imitator, vorbereitet von unsern besten Gesichtschirurgen. Das könnte schon unser Film sein.«

»Aber es ist wirklich.«

Huxley sah zu mir hin. »Ein bißchen weniger Gerede, Lyle, bitte!« Damit war er während unserer ganzen Zusammenarbeit am nächsten an eine Rüge herangekommen. Ich verstummte und studierte den Schirm. Dieses wuchtige, von keinen Skrupeln gezeichnete Gesicht, dieser brennende Blick – ein Schauspieler? Nein! Ich kannte das Gesicht, ich hatte es zu oft bei zu vielen Zeremonien gesehen. Irgend etwas war schiefgegangen, und dies war der inkarnierte Prophet selbst. Mir brach stinkender Angstschweiß aus. Ich glaube, hätte er mich aus diesem Schirm beim Namen gerufen, dann hätte ich meinen Verrat gestanden und mich seiner Gnade überliefert.

Huxley fragte gereizt: »Können Sie New Jerusalem nicht erreichen?«

»Nein, Sir«, antwortete der Psychooperator. »Tut mir leid, Sir.«

Der Prophet begann mit seiner Anrufung.

Seine zwingende, orgelnde Stimme rollte durch herrlich formulierte Sätze. Dann bat er um den Segen des Ewigen Gottes für das Volk im kommenden Jahr. Er hielt inne, sah wieder mich an, richtete seine Augen zum Himmel, hob die Hände und begann mit seiner Bitte an den ersten Propheten. Er möge seinem Volk die unschätzbare Gnade erweisen, sich ihm im Fleisch zu offenbaren, und zu diesem Zweck biete er ihm das Fleisch des gegenwärtigen Propheten als Mittel an. Er wartete.

Die Umwandlung setzte ein – und mir standen die Haare zu Berge. Ich wußte jetzt, daß wir verloren hatten; etwas war schiefgegangen ... und Gott allein wußte, wie viele Männer durch diesen Irrtum hatten sterben müssen.

Die Gesichtszüge des Propheten wandelten sich. Er wuchs einen oder zwei Zoll in die Höhe. Seine kostbare Robe verdunkelte sich – und da stand an seiner Stelle, gekleidet in den Gehrock einer vergangenen Epoche, Reverend Nehemiah Scudder, erster Prophet und Begründer des Neuen Kreuzzugs. Mein Magen verkrampfte sich vor Angst, und ich war wieder ein kleiner Junge, der das in seiner Gemeindekirche zum ersten Mal sah.

Zuerst richtete er an uns die üblichen Worte der Liebe und Besorgnis um sein Volk. Allmählich erregte er sich, sein Gesicht schwitzte, und seine Hände schlossen sich in der Art zu Fäusten, die den Geist bei tausend Freiluftveranstaltungen im Mississippi-Tal herabgerufen hatte. Mein Herz schlug schneller. Er predigte gegen die Sünde in allen ihren Formen – die Hure, deren Mund wie Honig ist, die Sünden des Fleisches, die Sünden des Geistes, die Geldwechsler.

Auf dem Höhepunkt seiner Leidenschaft schnitt er zu meiner Überraschung ein neues Thema an: »Aber ich bin heute nicht zu euch zurückgekehrt, um von den kleinen Sünden kleiner Leute zu sprechen. Nein! Ich bin gekommen, euch von schrecklichem Teufelswerk zu berichten, und ich rufe euch auf, rüstet euch und kämpft! Harmageddon ist nahe! Erhebt euch, meine Heerscharen, und zieht in die Schlacht des Herrn! Denn Satan ist über euch! Er ist hier! Hier unter euch! Heute abend hier im Fleisch! Mit der List der Schlange hat er sich bei euch eingeschlichen, indem er die Gestalt des Stellvertreters Gottes annahm! Ja! Er hat sich verkleidet als *der inkarnierte Prophet!*

Erschlagt ihn! Erschlagt seine Mietlinge! Im Namen Gottes, vernichtet sie alle!«

13

»Bruehler von der Stimme Gottes«, sagte der Psychooperator leise. »Sie senden nicht mehr, und die Explosion wird sich in ungefähr dreißig Sekunden ereignen. Sie werden versuchen, sich zurückzuziehen, bevor das Gebäude in die Luft geht. Viel Glück! Ende.«

Huxley murmelte etwas und verließ den jetzt dunklen großen Schirm. Die kleineren Schirme, die Schauplätze überall im Land zeigten, waren verwirrend, aber ermutigend. An allen Orten kam es zu Aufständen. Ich sah mir das an, immer noch sprachlos, und versuchte zu erkennen, wer Freund und wer Feind war. In der Hollywood Bowl brandete die Menge die Bühne hinauf und überrannte durch ihre bloße Masse die dort sitzenden Funktionäre und Kirchenleute, die zu Tode getrampelt wurden. Am Rand der Bowl waren zahlreiche Wachen stationiert, und so etwas hätte einfach nicht passieren dürfen. Aber statt des mörderischen Flankenfeuers, das man erwartet hätte, gab es nur einen kurzen Strahl aus dem Dreibein, das auf dem Hang nordöstlich der Bühne montiert war. Dann wurde der Kanonier erschossen – offensichtlich von einem Kameraden.

Unser riskanter Angriff auf den Propheten hatte einen Erfolg, der alle Erwartungen übertraf. Wenn die Regierungsstreitkräfte sich überall so auflösten wie in der Hollywood Bowl, ging es für uns nicht mehr darum zu kämpfen, sondern eine vollzogene Tatsache zum Dauerzustand zu machen.

Der Bildschirm, der Hollywood zeigte, ging aus, und ich wechselte zu einem anderen über. Auch in Portland, Oregon, wurde gekämpft. Ich sah Männer mit weißen Armbinden, der einzigen Uniform, die wir uns für die Stunde X zugestanden hatten – aber nicht alle Gewalttätigkeit ging von unsern Brüdern mit den Armbinden aus. Ein bewaffneter Proktor fiel unter bloßen Fäusten und stand nicht wieder auf.

Botschaften und erste Berichte gingen ein, jetzt, wo

wir unser eigenes Funkgerät benutzen konnten – jetzt, wo wir uns endlich, endlich gezeigt hatten. Ich sah nicht länger die Bildschirme an, sondern ging zu meinem Chef, um ihm bei der Verarbeitung der Nachrichten zu helfen. Ich war ganz benommen und sah im Geist immer noch das unglaubliche Gesicht des Propheten – beider Propheten. Wenn es mich emotional aufgewühlt hatte, was mochte das Volk denken? Die Frommen, die Gläubigen?

Der erste deutliche Bericht nach den Kontaktbotschaften kam von Lucas in New Orleans:

WIR KONTROLLIEREN DAS STADTZENTRUM, DAS KRAFTWERK UND DEN SENDER, AUFRÄUMUNGSTRUPPS BESETZEN POLIZEISTATIONEN, BUNDESTRUPPEN HIER DURCH ANSPRACHE DES PROPHETEN DEMORALISIERT. SPORADISCHE KÄMPFE UNTER DEN WACHEN SELBST AUSGEBROCHEN. WENIG ORGANISIERTER WIDERSTAND. STELLEN ORDNUNG UNTER KRIEGSRECHT WIEDER HER. SO SEI ES! – LUCAS.

Dann strömten die Meldungen herein: aus Kansas City, Detroit, Philadelphia, Denver, Boston, Minneapolis – allen größeren Städten. In Variationen erzählten sie dieselbe Geschichte: Der Aufruf unseres synthetischen Propheten, gefolgt von der Stillegung aller regulären Kommunikationswege, hatte aus den Regierungsstreitkräften einen Körper ohne Kopf gemacht, der um sich schlug und gegen sich selbst wütete. Die Macht des Propheten hatte sich auf Aberglauben und Täuschung gegründet; wir hatten den Aberglauben gegen ihn gekehrt, um ihn zu vernichten.

Die Logensitzung jener Nacht war die aufregendste, der ich jemals beigewohnt habe. Wir tagten im Kommunikationsraum, und der Komm-Boß spielte den Sekretär und gab die einlaufenden Botschaften immer sofort an General Huxley weiter, der als Meister im Osten saß. Ich wurde aufgerufen, als Zweiter Wächter Platz zu nehmen, eine Ehre, die mir nie zuvor widerfahren war. Der General mußte sich einen Hut ausleihen, und er war ihm auf lächerliche Weise zu klein. Aber das machte nichts – weder vorher noch nachher habe ich ein so eindrucksvolles Ritual miterlebt. Uns allen kamen die altehrwürdigen Worte aus dem Herzen, als sprächen wir sie zum ersten Mal. Und konnte es eine schönere Unterbrechung geben als die Meldung, daß Louisville unser war? Jetzt kam der Wiederaufbau; nach einer endlosen Zeit der Planung konnten wir endlich ans Werk gehen.

14

Zur vorläufigen Hauptstadt wurde seiner zentralen Lage wegen St. Louis ernannt. Ich flog Huxley selbst hin. Wir übernahmen die dortige Proktoren-Basis des Propheten, die von nun an wieder Jefferson-Kaserne heißen sollte. Ebenso übernahmen wir die Gebäude der Universität und gaben ihr den Namen Washington zurück. Wenn die Einwohner die Bedeutung dieser Namen vergessen hatten, würden sie sich bald wieder daran erinnern, und hier war ein geeigneter Ort, um einen Anfang zu machen. (Erst jetzt erfuhr ich, daß Washington einer von uns gewesen war.)

Eine von Huxleys ersten Handlungen als Militärgouverneur – er wollte sich nicht einmal ›Übergangspräsident‹ nennen lassen – war es jedoch, alle offiziellen Verbindungen zwischen der Loge und der Armee der Freien Vereinigten Staaten zu beenden. Die Bruderschaft hatte ihren Zweck erfüllt, hatte die Hoffnungen der freien Menschen am Leben erhalten; jetzt war es Zeit, zu den alten Bräuchen zurückzukehren und Angelegenheiten der Allgemeinheit öffentlich zu behandeln. Der Befehl wurde nicht bekanntgegeben, da die Bevölkerung von uns, die wir immer eine Geheimgesellschaft gewesen waren und uns seit drei Generationen vollständig abgeschlossen hatten, eigentlich gar nicht wußte. Aber er wurde in allen Logen verlesen und aufgezeichnet und, soviel ich weiß, beachtet. Eine notwendige Ausnahme gab es: Meine Heimatloge in New Jerusalem und der mit ihr zusammenarbeitende Schwesternorden, in dem Maggie Mitglied gewesen war. Denn wir hatten New Jerusalem noch nicht erobert, obwohl das ganze Land uns gehörte.

Das war ernster, als es sich anhört. Wir hatten das Land unter militärischer Kontrolle, und alle Kommunikationszentren befanden sich in unserer Hand. Die Bundestruppen waren demoralisiert, vertrieben und zum größten Teil zerstreut oder entwaffnet und gefangengenommen. Doch das Herz des Landes hatten wir nicht. Mehr als die Hälfte der Bevölkerung stand nicht auf unserer Seite. Die Menschen waren einfach verblüfft, verwirrt und unorganisiert. Solange der Prophet am Leben war, solange der Tempel einen Sammelpunkt darstellte, war es immer noch denkbar, daß er uns den Sieg wieder entriß.

Die Wirkung eines Betruges, wie wir ihn angewandt hatten, ist zeitlich befristet. Dann kehren die Menschen zu ihren alten Denkgewohnheiten zurück. Der Prophet und seine Kohorten waren keine Dummköpfe. Zu ihnen gehörten die größten Könner auf dem Gebiet der angewandten Psychologie, die dieser müde Planet je gesehen hat. Unsere Gegenspionage mußte bald erfahren, daß sie in aller Eile ihren eigenen Untergrund perfektionierten, wobei sie sich auf die immer noch Gläubigen und jene bedeutende Minderheit stützten, die, ob gläubig oder nicht, unter dem alten Regime fett geworden war und damit rechnen mußte, unter dem neuen magerer zu werden. Wir konnten diese Gegenrevolution nicht aufhalten – der Prophet war ja auch nicht imstande gewesen, *uns* aufzuhalten, und wir hatten unter viel größeren Schwierigkeiten gearbeitet. In den kleineren Städten und auf dem Land konnten die Spione des Propheten so gut wie offen wirken. Wir hatten kaum genug Leute, um die Fernsehsender zu bewachen – ausgeschlossen, daß wir einen Schnüffler unter jeden Tisch setzten.

Bald war es kein Geheimnis mehr, daß wir den Aufruf

zur Schlacht von Harmageddon gefälscht hatten. Man sollte meinen, diese Tatsache an sich hätte jedem bewiesen, daß *alle* Wunder der Inkarnation Betrug gewesen waren – Fernsehtricks und nichts anderes. Das erwähnte ich Zebadiah gegenüber, und er lachte mich als naiv aus. Die Menschen glauben, was sie glauben wollen, und die Logik hat damit nichts zu tun, versicherte er mir. In diesem Fall wollten sie an ihre alte Religion glauben, die sie auf ihrer Mutter Schoß gelernt hatten; das gab ihren Herzen neue Sicherheit. Ich empfand Teilnahme für diese Leute; das verstand ich.

Auf jeden Fall mußte New Jerusalem fallen – und die Zeit arbeitete gegen uns.

Während wir uns darüber Sorgen machten, wurde im Auditorium maximum der Universität die erste konstitutionelle Versammlung abgehalten. Huxley eröffnete sie, lehnte wiederum den ihm durch Akklamation angebotenen Titel eines Präsidenten ab und erklärte kurz, alle seit der Amtseinsetzung von Präsident Nehemiah Scudder erlassenen Gesetze seien außer Kraft und nichtig. Von neuem gälten die alte Verfassung und die Bill of Rights, abgesehen von einer vorübergehend notwendigen militärischen Kontrolle. Der einzige Zweck dieser Versammlung, so sagte er, sei es, vernünftige Methoden zur Wiederherstellung der alten freien demokratischen Prozesse auszuarbeiten. Verfassungsänderungen, falls erforderlich, müßten warten, bis freie Wahlen abgehalten seien.

Dann reichte er Novak den Hammer und ging.

Ich hatte keine Zeit für die Politik, aber einmal drückte ich mich vor der Arbeit und hörte mir von einem der hinteren Plätze den größten Teil einer Nachmittagssitzung an, weil Zebadiah mir den Tip gegeben hatte, es sei ein bedeutendes Feuerwerk zu erwarten. Einer von Novaks brillanten jungen Männern führte einen Film vor. Ich sah davon nur den Schluß, aber es schien mir mehr oder weniger ein Standard-Instruktionsfilm zu sein, der die Geschichte der Vereinigten Staaten zusammenfaßte, die bürgerliche Freiheit diskutierte, die Pflichten eines Bürgers in einer freien

Demokratie erklärte – inhaltlich das Gegenteil von dem, was ständig in den Ausbildungsstätten des Propheten gezeigt worden war, aber unter Verwendung der gleichen Techniken, die seit langem in jeder Schule des Landes bekannt waren. Der Film endete, und der brillante junge Mann – ich kann mich nicht an seinen Namen erinnern, vielleicht, weil er mir unsympathisch war. Stokes? Nennen wir ihn also Stokes. Stokes begann zu sprechen.

»Dieser Reorientierungsfilm«, begann er, »ist natürlich völlig nutzlos, um einen Erwachsenen zu konditionieren. Seine Denkgewohnheiten sind viel zu eingefahren, als daß etwas so Simples wie dies sie beeinflussen könnte.«

»Warum haben Sie dann unsere Zeit damit verschwendet?« rief jemand.

»Bitte! Trotzdem ist dieser Film für Erwachsene gedacht – vorausgesetzt, der Erwachsene ist vorher in einen empfänglichen Geisteszustand versetzt worden. Hier ist der Prolog ...« Der Schirm wurde wieder hell. Er zeigte eine einfache und schöne ländliche Szene mit sehr erholsamer Musik. Ich konnte mir nicht denken, worauf Stokes hinauswollte, aber es war beruhigend. Mit fiel ein, daß ich in den letzten vier Nächten nicht viel Schlaf bekommen hatte – ja, eigentlich erinnerte ich mich nicht, wann mir das letzte Mal eine richtige Nachtruhe vergönnt gewesen war. Ich ließ mich zurücksinken und entspannte mich.

Den Wechsel von der ländlichen Szene zu abstrakten Mustern bemerkte ich nicht. Ich glaube, die Musik ging weiter, aber zu ihr kam eine Stimme, warm, beruhigend, monoton. Die Muster umkreisten mich, und langsam versank ... ich ... in ... dem ... Schirm ...

Dann sprang Novak auf und stellte den Projektor mit einem Fluch ab. Ich erwachte und erschrak furchtbar; es war dieses entsetzliche Gefühl, das einen zum Weinen bringt. Novk sprach scharf, aber gedämpft mit Stokes – und dann wandte Novak sich uns allen zu. »Aufstehen!« befahl er. »Arme heben! Tief einatmen. Schütteln Sie Ihrem Nebenmann die Hand! Schlagen Sie ihm auf den Rücken! Kräftig!«

Wir taten es, und ich kam mir albern vor. Dazu ärgerte ich mich. Noch vor einem Augenblick war mir so wohl zumute gewesen, und jetzt wurde ich an den Berg von Arbeit erinnert, den ich abtragen mußte, sollten mir heute abend auch nur zehn Minuten für Maggie bleiben. Ich wollte mich verdrücken, aber der b.j.M. hatte von neuem das Wort ergriffen.

»Wie Dr. Novak betont hat ...« – es klang jetzt etwas weniger selbstsicher – »ist es nötig, den Prolog bei diesem Auditorium zu benutzen, da Sie keine Reorientierung brauchen. Aber bei diesem Film kann man sich darauf verlassen, daß er, eingesetzt mit der vorbereiteten Technik und in einigen Fällen vielleicht mit einer leichten Dosis einer hypnotischen Droge, bei dreiundachtzig Prozent der Bevölkerung eine optimale politische Empfangsbereitschaft erzeugt. Das ist an einer genügend großen Testgruppe demonstriert worden. Der Film selbst repräsentiert die Arbeit mehrerer Jahre, in denen die persönlichen Schilderungen des Übertritts fast eines jeden – und bestimmt eines jeden in diesem Raum! – analysiert wurden, der sich unserer Organisation anschloß, solange sie noch im Untergrund war. Das Irrelevante ist eliminiert, das Wesentliche ist abstrahiert worden. Was bleibt, wird einen gläubigen Jünger des Propheten in einen freien Menschen umwandeln – vorausgesetzt, er sieht den Film, wenn er empfänglich für Suggestionen gemacht worden ist.«

Darum also war jeder von uns aufgefordert worden, seine Seele zu entblößen! Es kam mir ganz vernünftig vor. Gott wußte, daß wir auf einer Zeitbombe saßen, und wir konnten nicht darauf warten, daß jeder Trottel sich in eine heilige Diakonisse verliebte und dadurch aus seinem altgewohnten Trott gerissen wurde; soviel Zeit war nicht. Aber ein älterer Mann, den ich nicht kannte, war auf der anderen Seite des Hörsaals aufgesprungen. Er sah wie Mark Twain aus, ein zorniger Mark Twain. »Herr Vorsitzender!«

»Ja, Kamerad? Nennen Sie Ihren Namen und Distrikt!«

»Sie wissen, wer ich bin, Novak – Winters aus Vermont. Haben Sie diesen Plan genehmigt?«

»Nein.« Das war eine eindeutige Erklärung.

»Er ist einer von Ihren Jungen.«

»Er ist ein freier Bürger. Ich habe die Vorbereitung des Films und die Forschungsarbeit, die ihm vorausging, überwacht. Die Suggestionstechniken hat die von ihm geleitete Forschungsgruppe entwickelt. Ich bin gegen seine Idee, stellte ihm aber die Zeit zur Verfügung, sie vorzutragen. Ich wiederhole, er ist ein freier Bürger und kann frei sprechen, ebenso wie Sie.«

»Darf ich jetzt sprechen?«

»Sie haben das Wort.«

Der alte Mann richtete sich auf und schien anzuschwellen. »Also werde ich sprechen! Meine Herren ... meine Damen ... Kameraden! Ich bin seit mehr als vierzig Jahren dabei – mehr Jahre, als dieser junge Spund auf der Welt ist. Ich habe einen Bruder, der als Mensch ebensoviel wert ist wie ich, aber wir haben viele Jahre nicht mehr miteinander gesprochen – weil er ehrlich an die etablierte Religion glaubt und mich der Ketzerei verdächtigt. Nun will dieser Bubi mit seiner vorspringenden Stirn und seinen wirbelnden Lichtern meinen Bruder ›konditionieren‹, um ihn ›politisch zuverlässig‹ zu machen.«

Er schnaufte asthmatisch und fuhr fort: »Freie Menschen werden nicht ›konditioniert‹! Freie Menschen sind frei, weil sie störrisch und bockbeinig sind und es vorziehen, auf ihre eigene Art zu ihren eigenen Vorurteilen zu gelangen – und sie sich nicht löffelweise von einem selbsternannten Geistesklempner eingeben lassen wollen! Sollen wir gekämpft, sollen unsere Brüder ihr Blut vergossen und ihr Leben verloren haben, nur um die Bosse zu wechseln? Ich sage euch, an unserm ganzen Unglück sind nur die Werke eben dieser Geistesklempner schuld. Sie haben jahrelang studiert, wie man einen Menschen satteln und reiten kann. Mit Werbung und Propaganda und solchen Dingen begannen sie, und sie haben es bis zu dem Punkt perfektioniert, wo das, was früher einmal ein einfacher, ehrlicher Schwindel war, wie ihn zum Beispiel ein Verkäufer benutzte, zu einer mathematischen Wissenschaft wurde, der ein einfacher Mensch hilflos ausgeliefert ist.« Er wies mit dem Finger auf Stokes. »Ich sage Ihnen, der amerikanische Bürger braucht keinen Schutz vor irgend etwas – ausgenommen vor Leuten wie ihm.«

»Das ist lächerlich!« fuhr Stokes auf, und seine Stimme klang ziemlich schrill. »Sie würden auch Kindern keinen Sprengstoff in die Hand geben. Und im Augenblick ist das Stimmrecht Sprengstoff.«

»Die Amerikaner sind keine Kinder.«

»Sie könnten ebensogut Kinder sein – die meisten von ihnen.«

Winters sah sich im Saal um. »Verstehen Sie, was ich meine, Freunde? Er ist ebenso bereit, Gott zu spielen, wie der Prophet es war. Ich sage, gebt ihnen ihre Freiheit, gebt ihnen ihre Rechte als freie Menschen und Kinder Gottes. Wenn sie eine neue Katastrophe herbeiführen, sind sie selbst schuld – aber uns steht es nicht zu, an ihren Gehirnen herumzupfuschen.« Von neuem rang er nach Atem; Stokes blickte verächtlich drein. »Wir können die Welt für unsere Kinder nicht sicher machen, und für Erwachsene auch nicht – und Gott hat uns nicht beauftragt, es zu tun.«

Novak fragte freundlich: »Sind Sie fertig, Mr. Winters?«

»Jawohl.«

»Und Sie haben auch Gelegenheit gehabt, Ihre Meinung zu sagen, Stokes. Setzen Sie sich!«

Ich mußte gehen und schlüpfte zur Tür hinaus. So verpaßte ich, was eine wirklich dramatische Szene gewesen sein muß, wenn man Sinn für so etwas hat. Ich habe keinen Sinn dafür. Der alte Mr. Winters fiel tot um, ungefähr als ich die Außentreppe erreicht hatte.

Novak ließ trotzdem keine Vertagung zu. Es wurden zwei Resolutionen verabschiedet: Kein Bürger dürfe ohne seine schriftliche Zustimmung einer Hypnose oder psychomanipulativen Techniken unterzogen werden, und bei den ersten Wahlen dürfe das Stimmrecht nicht von religiösen oder politischen Tests abhängig gemacht werden.

Ich weiß nicht, wer recht hatte. Bestimmt hätte es uns das Leben in den nächsten paar Wochen leichter gemacht, wenn wir uns darauf hätten verlassen können, daß das Volk geschlossen hinter uns stand. Wir mochten im Augenblick die Herrscher sein, aber wir trauten uns bei Nacht kaum, in Gruppen von weniger als sechs Mann in Uniform eine Straße hinunterzugehen.

O ja, wir hatten jetzt Uniformen – beinahe genug, daß jeder von uns eine bekommen konnte, aus dem billigstmöglichen Material und in den Standardgrößen der Army, entweder zu groß oder zu klein. Meine war zu eng. Sie waren jenseits der kanadischen Grenze eingelagert gewesen, und wir steckten unsere eigenen so schnell wie möglich hinein. Ein um den Arm gebundenes Taschentuch genügt nicht.

Außer unseren einfachen pulverblauen Arbeitsanzügen gab es verschiedene andere Uniformen zu sehen, zum Beispiel von den Freiwilligen-Brigaden aus dem Ausland und ein paar indianischen Einheiten. Die Mormonen-Bataillone hatten ihre eigene Kluft, und außerdem trugen sie alle Bärte. Wenn sie in den Kampf zogen, sangen sie das lange verbotene »Come, Come, Ye Saints!« Utah war der eine Staat, um den wir uns keine Sorgen zu machen brauchten, jetzt, wo die Heiligen der letzten Tage ihren geliebten Tempel zurückbekommen hatten.

Die Uniform der Katholischen Legion war besonders gut von den anderen zu unterscheiden, was ganz praktisch war, da kaum einer von ihnen Englisch sprach. Die Soldaten der Heilsarmee kleideten sich anders als wir, da sie eine rivalisierende Untergrundbewegung gewesen waren und unseren coup d'état übelnahmen – wir hätten warten sollen. Josuas Armee aus den Paria-Reservationen im Nordwesten (einschließlich Freiwilliger aus aller Welt) kam in einem Aufzug daher, den man nur als exotisch bezeichnen kann.

Huxley hatte das taktische Kommando über alle. Aber es war keine Armee; es war ein Sauhaufen.

Hoffnung gab uns nur die Tatsache, daß die Armee des Propheten nicht groß gewesen war, nicht einmal zweihunderttausend Mann, eher eine Polizeitruppe als eine Armee, und von dieser Zahl war es nur wenigen gelungen, sich nach New Jerusalem durchzuschlagen und die Palast-Garnison zu verstärken. Sonst gab es keine Leute, die der Prophet hätte rekrutieren können, denn da die Vereinigten Staaten seit mehr als einem Jahrhundert keinen Krieg mit anderen Nationen mehr geführt hatten, befanden sich unter den immer noch Gläubigen keine Veteranen.

Aber uns ging es ebenso. Die meisten unserer Soldaten taugten gerade noch dazu, Fernsehsender und andere Schlüsselinstitutionen im Land zu bewachen, und schon dafür waren es zu wenige. New Jerusalem anzugreifen hieß, den Boden des Fasses abzukratzen.

Genau das taten wir, und dabei erstickten wir unter Ladungen von Papier, die die Zeit im alten Generalhauptquartier rückblickend ruhig und friedlich erscheinen ließ. Ich hatte jetzt dreißig Büroangestellte unter mir, und ich wußte nicht, was die Hälfte von ihnen tat. Eine Menge Zeit verbrachte ich damit, sehr bedeutende Bürger, die helfen wollten, daran zu hindern, in Huxleys Zimmer vorzudringen.

Ich erinnere mich an einen Vorfall, der keine Routine, aber allein für mich wichtig war. Meine Chefsekretärin kam mit einem sehr merkwürdigen Gesichtsausdruck herein. »Colonel«, sagte sie, »Ihr Zwillingsbruder ist draußen.«

»Wie bitte? Ich habe keine Brüder.«

»Ein Sergeant Reeves«, ergänzte sie ihre Mitteilung.

Er kam herein, wir schüttelten uns die Hände und tauschten Albernheiten aus. Ich freute mich wirklich sehr, ihn zu sehen, und erzählte ihm von all den Aufträgen, die ich für ihn hereingeholt und wieder verloren hatte. Ich entschuldigte mich mit den Wechselfällen des Krieges und setzte hinzu: »In Kansas City habe ich einen neuen Kunden gewonnen – Emery, Bird & Thayer. Bei Gelegenheit sollten Sie sich dort melden.«

»Das werde ich tun. Danke.«

»Ich wußte gar nicht, daß Sie Soldat sind.«

»Bin ich eigentlich auch nicht. Aber ich übe mich in dieser Tätigkeit, seit meine Reiseerlaubnis ... ah ... verlorenging.«

»Das tut mir leid.«

»Es braucht Ihnen nicht leid zu tun. Ich habe gelernt, mit einem Laser umzugehen, und inzwischen bin ich auch ziemlich gut im Handgranatenwerfen. Ich bin der Operation Grundgestein zugeteilt worden.«

»Das Codewort ist streng geheim!«

»Ach ja? Das sollten Sie den Jungen sagen; sie scheinen es nicht zu wissen. Jedenfalls bin ich dabei. Sie auch? Oder dürfte ich das nicht fragen?«

Ich wechselte das Thema. »Wie gefällt Ihnen das Soldatenspielen? Wollen Sie Berufssoldat werden?«

»Oh, es gefällt mir gut – aber *so* gut nun auch wieder nicht. Das bringt mich auf den Grund meines Kommens, Colonel. Wollen Sie es?«

»Wie bitte?«

»Wollen Sie später in der Army bleiben? Sie könnten es sicher zu etwas bringen, mit Ihrem Background – während man mich nicht einmal Messing polieren lassen würde, wenn der Spaß einmal vorbei ist. Sollten Sie jedoch aus irgendeinem Grund keine Lust dazu haben, würde es mich interessieren, was Sie vom Textilgeschäft halten.«

Das überraschte mich, aber ich antwortete: »Nun, um die Wahrheit zu sagen, es hat mir großen Spaß gemacht – zumindest das Verkaufen.«

»Gut. Meine alte Stellung habe ich natürlich verloren, und da habe ich mir ernsthaft überlegt, ob ich mich nicht als Vertreter für Textilwaren selbständig machen soll. Ich werde einen Partner brauchen. Wie wär's?«

Ich dachte nach. »Ich weiß nicht«, sagte ich langsam. »Bisher habe ich über die Operation Grundgestein noch nicht hinausgedacht. Vielleicht bleibe ich wirklich bei der

Army – obwohl die Offizierslaufbahn für mich nicht mehr die Anziehungskraft hat wie ehedem ... Es sind zu viele Kopien anzufertigen und zu beglaubigen. Aber ich weiß wirklich nicht. Ich glaube, im Grunde möchte ich einfach unter meinem eigenen Weinstock und meinem eigenen Feigenbaum sitzen.«

»›... und niemand soll dich ängstigen‹«, ergänzte er. »Ein guter Gedanke. Es gibt jedoch keinen Grund, warum Sie nicht ein paar Stoffballen aufrollen können, während Sie dort sitzen. Die Feigenernte mag mißraten. Überlegen Sie es sich!«

»Das werde ich tun. Ganz gewiß.«

15

Maggie und ich heirateten an dem Tag vor dem Angriff auf New Jerusalem. Unsere Flitterwochen dauerten zwanzig Minuten, in denen wir auf der Feuertreppe vor meinem Büro Händchen hielten. Dann flog ich Huxley zur Sammelstelle. Ich würde beim Angriff mit im Flaggschiff sein. Zwar hatte ich um Erlaubnis gebeten, als Pilot einer Düsenmaschine eingesetzt zu werden, aber das war abgelehnt worden.

»Warum, John?« hatte Huxley gefragt. »Dieser Kampf wird nicht in der Luft entschieden. Auf dem Boden müssen wir siegen.«

Wie üblich hatte er recht. Wir hatten wenige Flugzeuge und noch weniger Piloten, denen man vertrauen konnte. Ein Teil der Maschinen des Propheten war am Boden sabotiert worden; eine nicht unbeträchtliche Anzahl war nach Kanada und sonstwo entkommen und jetzt dort interniert. Mit dem, was wir besaßen, hatten wir den Palast und den Tempel regelmäßig bombardiert, nur damit die Leute dort die Köpfe unten behielten.

Aber ernstlich schaden konnten wir ihnen auf diese Weise nicht, und beide Seiten wußten es. Der Palast, so dekorativ er über der Erde war, stellte wahrscheinlich die stärkste bombensichere Festung dar, die je gebaut worden ist. Er war so angelegt, daß sogar beim Volltreffer einer Atombombe die Menschen in den tiefsten Tunneln nicht gefährdet sein würden – und man konnte sicher sein, daß das der Ort war, wo der Prophet sich aufhielt. Sogar die oberirdischen Bauteile waren verhältnismäßig immun gegen gewöhnliche Sprengbomben, wie wir sie verwendeten.

Atombomben benutzten wir aus drei Gründen nicht: Erstens besaßen wir keine, zweitens hatte es, soviel bekannt war, in den Vereinigten Staaten seit dem Johannesburger Frieden nach dem Dritten Weltkrieg keine mehr gegeben, und drittens war es uns nicht möglich, welche zu besorgen. An die Föderation konnten wir uns nicht wenden, solange wir nicht als legale Regierung der Vereinigten Staaten galten. Nun hatte uns zwar Kanada anerkannt, Großbritannien aber nicht, und ebensowenig der Nordafrikanische Staatenbund. Brasilien schwankte noch; man hatte einen Chargé d'affaires nach St. Louis geschickt. Aber auch wenn wir schon in die Föderation aufgenommen gewesen wären, ist es höchst unwahrscheinlich, daß man uns eine Massenvernichtungswaffe zur Beseitigung eines internen Konflikts zur Verfügung gestellt hätte.

Letztlich hätten wir eine Atombombe aber auch dann nicht benutzt, wenn sie uns in den Schoß gelegt worden wäre. Nein, wir waren keine Memmen. Aber eine Atombombe, direkt über dem Palast abgeworfen, hätte bestimmt hunderttausend oder mehr unserer Mitbürger in der Stadt rings um den Palast getötet – und fast ebenso bestimmt dem Propheten kein Haar gekrümmt.

Wir mußten hingehen und ihn ausgraben wie einen Hamster in seinem Bau.

Das Rendezvous fand am Ostufer des Delaware-Flusses statt. Eine Minute nach Mitternacht zogen wir ostwärts, vierunddreißig Landkreuzer, dreizehn davon moderne Kampfwagen, die übrigen leichte Kreuzer und veraltete Einheiten – alles, was von der mächtigen Ost-

Mississippi-Flotte des Propheten übriggeblieben war. Der Rest war von den früheren Kommandanten in die Luft gejagt worden. Die schweren Schiffe sollten eine Bresche in die Wälle schlagen; die leichteren Fahrzeuge eskortierten zehn gepanzerte Transporter mit den Sturmtrupps – fünftausend handverlesene Männer aus dem ganzen Land. Einige von ihnen hatten eine militärische Ausbildung zusätzlich zu dem, was wir ihnen in den letzten paar Wochen hatten beibringen können. Alle hatten an den Straßenkämpfen teilgenommen.

Seit sechsunddreißig Stunden war New Jerusalem ununterbrochen bombardiert worden. Wir hörten unterwegs das dumpfe *Wummm!*, und dazu kam das Baßgrollen der Bodenschallwellen. Wir hofften, daß in letzter Zeit niemand im Palast geschlafen hatte, während unsere Truppen gerade aus einem zwölfstündigen induzierten Tiefschlaf aufgewacht waren.

Keiner der Kampfwagen war als Flaggschiff ausgestattet, deshalb hatten wir gleich hinter dem Geschützturm eine provisorische Kommandozentrale eingebaut, indem wir die Telekamera herausrissen, um Platz für das Spürgerät und die Bildschirme zu schaffen. Ich schwitzte hinter meinen Instrumenten und hoffte zum Himmel, daß die behelfsmäßigen Schockabsorber sich bewähren würden, wenn es losging. Hinter mir eingeklemmt waren ein Psychoperator und seine Telepathen-Gruppe, acht Frauen und ein neurotischer vierzehnjähriger Junge. Im Notfall konnte jeder von ihnen vier Verbindungen halten. Ich fragte mich, ob sie es überstehen würden. Ein dünnes blondes Mädchen hatte einen trockenen chronischen Husten und auch einen dicken Kropf am Hals.

Wir rumpelten im Zickzack dahin. Huxley wanderte von der Kommunikations- zur Kommandozentrale und wieder zurück, ruhig wie eine Schnecke, sah mir gelegentlich über die Schulter, las eine Meldung, beobachtete den Fortschritt der Annäherung auf den Schirmen.

Der Stapel von Meldungen neben meinem Ellbogen wuchs. Die *Cherub* hatte einen Schaden an der Steuerbord-Gleiskette; sie war aus der Formation ausgeschert, würde sich aber in dreißig Minuten wieder einordnen. Penoyer meldete, seine Kolonnen seien bereit, Gefechtsformation einzunehmen. Wegen des akuten Mangels an Führungstalenten befehligte Penoyer den linken Flügel und seinen eigenen Kampfwagen, während Huxley Truppenkommandeur, Kommandeur des rechten Flügels und Skipper seines eigenen Flaggschiffs war.

Um 12 Uhr 32 erloschen die Fernsehschirme. Der Feind hatte unsere Frequenzhubmuster analysiert, sich uns angeglichen und jede Röhre in den Schaltkreisen platzen lassen. Theoretisch ist das unmöglich, doch sie hatten es geschafft. Um 12 Uhr 37 verstummten die Funkgeräte.

Huxley ließ sich nicht aus der Ruhe bringen. »Stellen Sie auf Lichtton um«, war alles, was er sagte.

Der Kommunikationsoffizier war ihm zuvorgekommen. Jetzt stellten Infrarotstrahlen die akustische Verbindung von Schiff zu Schiff her. Für den größten Teil der nächsten Stunde hing Huxley über meiner Schulter und beobachtete das Wachsen der Linien, von denen jede einen sich fortbewegenden Kreuzer darstellte. Schließlich sagte er: »Ich glaube, jetzt können wir die Gefechtsformation einnehmen, John. Einige der Piloten sind nicht allzu sicher. Wir wollen ihnen Zeit lassen, sich auf ihre Positionen zu begeben, bevor noch mehr passiert.«

Ich gab den Befehl weiter und schaltete mein Spürgerät für die nächsten fünfzehn Minuten aus. Für so viele Variable bei so hohen Geschwindigkeiten war es nicht konstruiert, und ich wollte es nicht überladen. Neunzehn Minuten später hatte sich der letzte Transporter gemeldet, ich machte eine vorläufige Aufstellung, kippte den Startschalter und gab die Korrekturdaten ein. Zwei Minuten lang stimmte ich eifrig Daten ab; meine Hände flitzten über Knöpfe und Tasten. Dann war die Maschine mit ihrer eigenen Voraussage zufrieden, und ich meldete: »Gefechtsformation eingenommen, Sir.«

Huxley beugte sich über meine Schulter. Die Reihe war ein bißchen krumm, aber ich war stolz auf die Piloten – einige von ihnen hatten noch vor vier Wochen Frachter gefahren.

Um drei Uhr morgens gaben wir das Warnsignal: »Kommen in Schußweite.« Auch unsere eigene Kanone wurde geladen, und der Geschützturm rumpelte.

Um 3 Uhr 31 gab Huxley den Befehl: »Konzentrationsplan III. Gebt Feuer!«

Unsere eigene Kanone brüllte los. Der erste Schuß wirbelte eine Staubwolke auf, die mir die Tränen in die Augen trieb. Der Rückstoß ließ den Kreuzer ein Stück auf seinen Gleisketten zurückrollen, und ich wäre fast aus dem Sattel gefallen. Ich hatte noch nie eine so große Kanone bedient, und mit soviel Wucht hatte ich nicht gerechnet. Sie hatte zusätzliche Zündkammern im Lauf, die mit dem Lauf des Geschosses elektronisch synchronisiert war. Dadurch wurde auf dem ganzen Weg nach oben der maximale Druck aufrechterhalten, und Mündungsgeschwindigkeit und Wirkung wurden sehr erhöht. Ein Nebeneffekt war der knochenerschütternde Rückstoß. Aber beim zweiten Mal war ich darauf vorbereitet. Huxley versuchte zwischen den Schüssen mit Hilfe des Periskops festzustellen, welchen Erfolg wir erzielten. New Jerusalem erwiderte das Feuer, hatte sich aber noch nicht auf uns eingeschossen. Wir hatten den Vorteil, daß unser Ziel stationär und uns die Entfernung bis auf den Meter genau bekannt war. Andererseits konnte auch der schwerste Landkreuzer nicht so stark gepanzert werden, wie es der Palast unterhalb seiner Zuckerbäcker-Aufbauten war.

Huxley wandte sich vom Periskop ab und bemerkte: »Nebel, John.«

Ich drehte mich zu dem Kommunikationsoffizier um. »Telepathen in allen Fahrzeugen: Achtung!«

Der Befehl wurde niemals weitergegeben. Noch während ich ihn aussprach, meldete der Komm-Offizier, der Kontakt sei abgerissen. Aber der Psychoperator war bereits eifrig bei der Arbeit, und ich wußte, das Gleiche geschah in allen unseren Schiffen. Es war die übliche Maßnahme bei einem Notfall.

Von unseren neun Telepathen arbeiteten drei – der Junge und zwei Frauen – in wachem Zustand; die anderen sechs waren Hypnos. Der Techniker verband den Jungen zuerst mit einem Telepathen in Penoyers Kreuzer. Der Rapport kam beinahe sofort zustande, und Penoyer gab durch:

»VOR UNS TARNNEBEL. HABEN LINKEN FLÜGEL AUF PSYCHO UMGESTELLT. WELCHES VERBINDUNGSSCHEMA? – PENOYER.«

Ich antwortete: »Relais.« Die Wissenschaft hat zwei Arten einer telepathischen Verbindung entwickelt: Das Relais, bei dem eine Botschaft weitergegeben wurde, bis sie ihr Ziel erreichte, und das Kommandonetz, bei dem es eine direkte Verbindung vom Flaggschiff zu jedem Schiff unter dieser Flagge und zusätzlich eine Schiff-zu-Schiff-Verbindung zwischen benachbarten Einheiten gab. Im ersten Fall hält jeder Telepath nur eine einzige Verbindung, das heißt, er steht in Rapport mit einem einzigen anderen Telepathen. Im zweiten Fall konnte von ihnen verlangt werden, vier Verbindungen gleichzeitig zu halten. Ich wollte so lange wie möglich vermeiden, daß ihre Gehirne überladen wurden.

Der Techniker verband die beiden anderen Wachtelepathen mit den Schiffen, die links und rechts von uns fuhren, und kümmerte sich dann um die Hypnos. Vier von ihnen brauchten Injektionen, die anderen reagierten auf Suggestion. In kurzer Zeit hatten wir Kontakt mit den Transportern und den Kreuzern der zweiten Welle sowie mit den Bombern und der Düsenmaschine, die den Beschuß beobachten sollte. Ihr Pilot meldete Sicht Null und beschwerte sich, er bekomme nichts Vernünftiges auf den Radarschirm. Ich riet ihm abzuwarten. Der Morgenwind mochte den Nebel bald wegfegen.

Aber wir waren nicht auf seine Meldungen angewiesen; wir kannten unsere Positionen beinahe auf den Zoll genau. Wir waren von einem Fixpunkt abgefahren, und jedesmal, wenn ein Skipper eine auf der Karte verzeichnete Landmarke identifizierte, wurde für die gesamte Formation der Standort überprüft. Außerdem arbeiten die Ortungsgeräte eines Gleisketten-Kreuzers überraschend genau; die Raupen messen buchstäblich jeden Zoll des Bodens, über dem sie sich abwickeln, und ein kleines Differentialgerät vergleicht die Werte von Steuerbord und Backbord und hält ebenso gewissenhaft die Richtung fest. Der Nebel störte uns im Grunde nicht, und wir konnten zielsicher schießen, auch wenn das Radar ausfiel. Andererseits war es so, daß der Palast-Kommandant selbst auf Radar angewiesen war, wenn er den Tarnnebel beibehielt.

Offensichtlich funktionierte sein Radar; rings um uns schlugen Geschosse ein. Bisher waren wir nicht getroffen worden, aber wir spürten die Druckwellen, und einige der Meldungen klangen nicht fröhlich. Penoyer berichtete, die *Martyr* sei getroffen worden; das Geschoß hatte den Maschinenraum auf Steuerbord durchschlagen. Der Skipper hatte versucht, eine Kreuzverbindung herzustellen und mit halber Geschwindigkeit weiterzufahren, aber das Getriebe war verklemmt. Damit war der Kreuzer außer Gefecht gesetzt. Die *Archangel* hatte ihre Kanone überhitzt. Sie fuhr noch in der Formation, konnte aber nicht schießen, bis der Turm-Captain den Schaden behoben hatte.

Huxley gab Befehl, auf Formation E überzugehen. Das bedeutete wechselnde Geschwindigkeit und scheinbar zufällige Kurse, die sorgfältig geplant waren, um Kollisionen zwischen den Schiffen zu vermeiden. Damit sollte die Feuerkontrolle des Feindes verwirrt werden.

Um 4 Uhr 11 schickte Huxley die Bomber zur Basis zurück. Wir befanden uns jetzt innerhalb der Stadt, und die Wälle des Palastes erhoben sich gleich dahinter – so nahe, daß die Bomben unsere eigenen Schiffe hätten treffen können.

Um 4 Uhr 17 wurden wir getroffen. Das obere Gleiskettengehäuse an Backbord platzte, die Geschützbank wurde beschädigt so daß die Kanone nicht mehr gerichtet werden konnte, und der Drehturm riß auf der Rückseite von oben bis unten auf. Der Pilot starb an seinen Kontrollen.

Ich half dem Psychoperator, den Hpynos Rauchmasken über die Köpfe zu ziehen. Huxley rappelte sich von den Bodenplatten hoch, setzte seine Rauchmaske auf und studierte die Positionen der Kreuzer auf meinem Spürgerät, eingefroren in dem Augenblick, als das Geschoß uns traf.

»Die *Benison* müßte diesen Punkt in drei Minuten passieren, John. Sagen Sie ihnen, sie sollen ganz langsam fahren, an Steuerbord längsseits kommen und uns aufnehmen. Benachrichtigen Sie Penoyer, daß ich das Flaggschiff wechsele.«

Das Umsteigen erfolgte ohne Mißgeschick. Huxley, ich, der Psychoperator und seine Gruppe. Eine Telepathin war tot, von einem fliegenden Splitter getroffen. Eine fiel in tiefe Trance, aus der wir sie nicht wecken konnten. Wir ließen sie in dem aufgegebenen Kampfwagen. Dort war sie so sicher, wie sie überhaupt irgendwo sein konnte.

Ich hatte die letzte graphische Darstellung von meinem Spürgerät abgerissen und mitgenommen. Darauf waren die zeitlich fixierten Daten für Formation E angegeben. Damit mußten wir uns behelfen, da das Spürgerät selbst nicht abmontiert und jedenfalls mit unsern Mitteln sowieso nicht mehr repariert werden konnte. Huxley studierte das Diagramm.

»Wechseln Sie auf vollständiges Kommunikationsnetz über, John. Ich beabsichtige, in Kürze anzugreifen.«

Ich half dem Psychoperator, die Verbindung herzustellen. Indem wir die *Martyr* unberücksichtigt ließen und bei Penoyers Hilfstruppen die Relais-Schaltung benutzten, machten wir den Ausfall von zwei Telepathen wett. Jetzt hielt jeder von ihnen vier Verbindungen, ausgenommen der Junge, der fünf, und das Mädchen mit dem Husten, das sechs bewältigte. Der Psychoperator machte sich Sorgen, aber das ließ sich nicht ändern.

Ich drehte mich wieder zu General Huxley um. Er hatte sich gesetzt, und zuerst glaubte ich, er sei tief in Gedanken versunken. Dann sah ich, daß er bewußtlos war. Erst als ich ihn wecken wollte und mir das nicht gelang, bemerkte ich das Blut, das an der Stützsäule seines Sitzes hinunterlief und die Bodenplatten näßte. Ich bewegte ihn behutsam und fand einen Stahlsplitter, der nahe dem Rückgrat zwischen seinen Rippen hervorsah.

Jemand berührte mich am Ellenbogen; es war der Psychoperator. »Penoyer meldet, daß er in vier Minuten innerhalb der Angriffsdistanz sein wird. Er bittet um Erlaubnis, die Formation zu ändern, und möchte den genauen Zeitpunkt der Durchführung wissen.«

Huxley war außer Gefecht. Tot oder verwundet, in dieser Schlacht würde er nicht mehr mitkämpfen. Nach allen Regeln ging der Befehl jetzt auf Penoyer über, und das hätte ich ihm sofort sagen sollen. Aber wir standen unter Zeitdruck, die Formationspläne hätten drastisch geändert werden müssen, und wir wären gezwungen gewesen, Penoyer mit nur drei Telepathen in den Kampf zu schicken. Es war praktisch unmöglich.

Was sollte ich tun? Dem Skipper der *Benison* den Befehl übertragen? Ich kannte den Mann. Er war unerschütterlich und phantasielos, der geborene Artillerist. Er hielt sich nicht einmal in seinem Kommandantenturm auf, sondern oben an den Feuerkontrollen. Wenn ich ihn herunterrief, würde er viele Minuten brauchen, um die Situation zu begreifen – und dann die falschen Befehle geben.

Ohne Huxley hatte ich keine Unze an echter Autorität. Ich trug den leeren Titel eines Colonels, vor ein paar Tagen war ich noch Major, und von Rechts wegen wäre ich immer noch Legat gewesen. Alles, was ich war, war ich als Huxleys Lakai. Sollte ich Penoyer den Befehl übergeben, damit die Schlacht unter genauer Beachtung des militärischen Protokolls verlorenging? *Was hätte Huxley mir befohlen, wenn er zu einer Entscheidung fähig gewesen wäre?*

Mir kam es vor, als hätte ich eine Stunde über das Problem nachgedacht. Der Chronograph zeigte dreizehn Sekunden zwischen dem Empfang von Penoyers Meldung und meiner Antwort:

»Formation nach eigenem Ermessen ändern. Signal

zum Angriff ist in sechs Minuten zu erwarten.« Sobald ich den Befehl erteilt hatte, gab ich der Verbandsstation vorn Bescheid, damit man sich um den General kümmerte.

Ich stellte den rechten Flügel zum Angriff um und rief dann die *Sweet Chariot:* »Unterplan D; verlassen Sie die Formation, und begeben Sie sich auf die angewiesenen Plätze!« Der Psychoperator beäugte mich, gab meine Befehle aber weiter. Unterplan D sah vor, daß fünfhundert Mann leichter Infanterie durch den Keller des Kaufhauses, der mit dem Logenraum verbunden war, in den Palast eindrangen. Vom Logenraum aus sollten sie sich in einzelne Trupps aufteilen und vorher festgelegte Aufgaben erfüllen. Jeder Mann unserer Sturmtruppen trug sämtliche Pläne des Palastes im Gehirn eingraviert; diese fünfhundert waren zusätzlich darauf gedrillt worden, wohin sie gehen und was sie tun sollten.

Die meisten würden fallen, aber es sollte ihnen gelingen, während des Angriffs für Verwirrung zu sorgen. Zeb hatte sie ausgebildet und befehligte sie jetzt.

Wir waren bereit. »Alle Einheiten, fertig zum Angriff! Rechter Flügel, äußere Flanke der rechten Bastion, linker Flügel, äußere Flanke der linken Bastion! Zickzackkurs bei Höchstgeschwindigkeit bis zur Angriffsdistanz! Aufstellung für volle Feuerkonzentration! Eine Salve, dann Angriff! Bestätigen!«

Die Bestätigungen liefen ein. Ich hielt den Blick auf mein Chronometer gerichtet, um im richtigen Augenblick den Durchführungsbefehl zu geben, als der kleine Telepath mitten in einer Meldung abbrach und sich schüttelte. Der Techniker faßte das Handgelenk des Jungen und fühlte nach dem Puls; der Junge wehrte ihn ab.

»Ein Neuer«, sagte er. »Ich empfange ihn nicht sehr gut.« Dann legte er in singendem Tonfall los: »An kommandierenden General von Logenmeister Peter van Eyck. Greifen Sie mittlere Bastion mit voller Kraft an! Ich werde für Ablenkung sorgen.«

»Warum die mittlere?« fragte ich.

»Sie ist viel stärker beschädigt.«

Wenn das authentisch war, hatte es entscheidende Bedeutung. Aber ich war mißtrauisch. War Meister Peter entdeckt worden, handelte es sich um eine Falle. Und ich konnte mir nicht vorstellen, wie er als Captain sich mitten in einer Schlacht einen Telepathen hatte besorgen können.

»Nennen Sie die Losung!« verlangte ich.

»Nein, nennen Sie sie mir.«

»Das werde ich nicht tun.«

»Ich werde sie buchstabieren oder halbieren.«

»Gut, buchstabieren Sie sie!«

Er tat es, und ich war zufrieden. »Befehl zurück! Schwere Kreuzer greifen mittlere Bastion an, linker Flügel zur linken Flanke, rechter Flügel zur rechten Flanke! Hilfstruppen mit geraden Zahlen machen Ablenkungsangriff auf die rechte und die linke Bastion, die mit geraden Zahlen bleiben bei den Transportern. Bestätigen!«

Neunzehn Sekunden später gab ich den Befehl zur Durchführung, dann brausten wir los. Es war, als fliege man ein Raketenschiff mit schmutziger, überhitzter Brennkammer. Wir krachten durch Mauerwerk, schwankten immer wieder, überschlugen uns beinahe, als wir in den Keller eines großen zerstörten Gebäudes einbrachen und arbeiteten uns wieder hinaus. Jetzt war mir die Entscheidung aus den Händen genommen, und jeder einzelne Skipper mußte selbständig handeln.

Als wir in die Feuerposition einschwenkten, sah ich, daß der Psychoperator die Augenlider des Jungen zurückzog. »Ich fürchte, er ist tot«, sagte er tonlos. »Ich mußte ihn bei dieser letzten Schaltung zu stark überladen.« Zwei weitere Frauen waren zusammengebrochen.

Unsere große Kanone stimmte in die letzte Salve mit ein. Dann warteten wir eine unendliche Zeit – ganze zehn Sekunden lang – und rollten weiter. Die *Benison* prallte mit solcher Wucht gegen den Palastwall, daß ich glaubte, sie werde zerbrechen. Aber das geschah nicht. Der Pilot hatte sofort die vorderen hydraulischen Heber ausgefahren. Langsam richtete sich der Bug auf. Wir nahmen einen so steilen Winkel ein, daß es aussah, als müsse der Kreuzer sich überschlagen. Dann faßten die Raupen, wir knirschten vorwärts und rutschten durch die Bresche im Wall.

Von neuem brüllte unsere Kanone los, jetzt in Kernschußweite, hinein in den inneren Palast. Mir fiel ein: Dies war genau die Stelle, wo ich Judith zum ersten Mal gesehen hatte. Der Kreis hatte sich geschlossen.

Die *Benison* wütete in den Mauern, zerstörte durch ihr bloßes Gewicht. Ich wartete, bis der letzte Kreuzer Zeit gehabt hatte, in den Palast einzudringen. Dann gab ich den Befehl: »Transporter, angreifen!« Das erledigt, rief ich Penoyer an und informierte ihn, Huxley sei verwundet, und er habe das Kommando.

Mir blieb nichts mehr zu tun. Ich hatte keine Aufgabe, keine Gefechtsstation. Die Schlacht tobte rings um mich, aber ich war kein Teil davon – ich, der ich mir noch vor zwei Minuten angemaßt hatte, den Befehl zu führen.

Ich zündete mir eine Zigarette an und fragte mich, was ich mit mir anfangen solle. Nach einem seelentröstenden Zug drückte ich sie wieder aus, kletterte zur Feuerkontrolle hoch und lugte durch die Sehschlitze nach achtern. Ein frischer Wind hatte sich erhoben und blies den Nebel weg. Der Transporter *Jakob's Ladder* kam soeben durch die Bresche herein. Die Seiten klappten auf, und Reihen von Infanteristen mit schußbereiten Lasern sprangen heraus. Sporadisches Feuer empfing sie; einige fielen, aber die meisten schossen zurück und drangen in den inneren Palast ein. Die *Jakob's Ladder* gab die Bresche frei, und die *Ark* rückte nach.

Der Truppenkommandeur in der *Ark* hatte Befehl, den Propheten lebend gefangenzunehmen. Ich eilte die Leiter im Turm hinunter, rannte durch den engen Gang zwischen den Maschinenräumen und fand ganz am Stern der *Benison* die Notluke zwischen den Bodenplatten. Irgendwie brachte ich sie auf. Ich schlug den Deckel zurück und steckte den Kopf nach unten. Männer rannten an den Gleisketten vorbei. Ich zog meinen Laser, ließ mich zu Boden fallen, lief zwischen den großen Raupen hinaus und versuchte, die Infanteristen einzuholen. Ja, das waren Männer aus der *Ark.* Ich schloß mich einem Zug an und betrat mit den anderen den inneren Palast.

Aber der Kampf war vorbei. Wir stießen auf keinen organisierten Widerstand mehr. Dann stiegen wir hinunter und hinunter und hinunter und fanden den bombensicheren Keller des Propheten. Die Tür war offen, und er war dort.

Aber wir nahmen ihn nicht gefangen. Die Jungfrauen hatten ihn zuerst erwischt. Er sah nicht mehr wie ein Herrscher aus. Sie hatten kaum genug übriggelassen, um ihn bei einer Leichenschau zu identifizieren.

Originaltitel: ›If This Goes On ...‹

»Haben Sie noch etwas zu sagen, bevor das Urteil über Sie verkündet wird?« Forschend betrachteten die milden Augen des Oberrichters das Gesicht des Angeklagten. Seine Frage wurde mit mürrischem Schweigen beantwortet.

»Nun gut – die Jury ist zu dem Schluß gekommen, daß Sie ein im Vertrag garantiertes Grundrecht verletzt und mit dieser Handlung einen anderen freien Bürger geschädigt haben. Es ist die Meinung der Jury und des Gerichts, daß Sie sich der Wahrscheinlichkeit, einem freien Bürger werde dadurch Schaden zugefügt werden, bewußt waren. Deshalb werden Sie zur Wahl zwischen den beiden Alternativen verurteilt.«

Ein geschulter Beobachter hätte vielleicht eine Spur von Bestürzung die Maske der Gleichgültigkeit durchbrechen sehen, mit der der junge Mann der Gerichtsverhandlung beigewohnt hatte. Die Bestürzung war unvernünftig; in Anbetracht seines Verbrechens war der Spruch unvermeidlich – aber vernünftige Menschen werden auch nicht verurteilt.

Der Richter ließ anstandshalber ein paar Sekunden verstreichen. Dann wandte er sich dem Justizwachtmeister zu. »Führen Sie ihn ab!«

Der Gefangene sprang auf und warf dabei seinen Stuhl um. Er schleuderte wilde Blicke auf die Versammelten und fand plötzlich Worte.

»Halt!« brüllte er. »Ich habe erst noch etwas zu sagen!« Trotz seines ungehobelten Benehmens war etwas von dem Adel eines gestellten wilden Tieres in ihm. Er starrte die Anwesenden an, atmete schwer, als seien sie Hunde, die darauf warteten, ihn zu Boden zu reißen.

»Nun?« fragte er. »Nun? Werden Sie mich reden lassen oder nicht? Es wäre wirklich der beste Witz in dieser ganzen Posse, wenn ein Verurteilter nicht endlich seine Meinung aussprechen dürfte!«

»Sie dürfen sprechen«, versicherte der Oberrichter

ihm in dem gleichen gemessenen Ton, mit dem er das Urteil verkündet hatte. »David MacKinnon, Sie dürfen sprechen, solange Sie mögen, und ganz wie es Ihnen gefällt. Für diese Freiheit gibt es keine Beschränkungen, auch bei solchen nicht, die den Vertrag gebrochen haben. Bitte sprechen Sie in den Rekorder.«

MacKinnon betrachtete angewidert das Mikrophon vor seinem Gesicht. Es hemmte ihn, daß jedes seiner Worte aufgezeichnet und analysiert werden würden. »Ich brauche keine Aufnahme«, fauchte er.

»Aber wir müssen sie haben«, erwiderte der Richter geduldig, »damit andere beurteilen können, ob wir mit Ihnen gerecht und dem Vertrag entsprechend verfahren sind. Tun Sie uns den Gefallen, bitte.«

»Oh – schon gut.« Ungnädig gestand er es ihnen zu und richtete seine Worte an das Gerät. »Es hat keinen Sinn, daß ich überhaupt etwas sage – aber trotzdem werde ich sprechen, und Sie werden zuhören ... Sie reden von Ihrem kostbaren ›Vertrag‹, als sei er etwas Heiliges. Der Meinung bin ich nicht; ich akzeptiere ihn nicht. Sie benehmen sich, als sei er umflossen von Licht vom Himmel heruntergesandt worden. Meine Großväter haben in der Zweiten Revolution gekämpft – aber sie haben gekämpft, um den Aberglauben auszurotten ... nicht damit Dummköpfe einen neuen begründen.

Damals hat es noch Männer gegeben!« Er blickte verächtlich um sich. »Was ist heute davon übrig? Vorsichtige, Kompromisse schließende, stets auf Sicherheit bedachte Schwächlinge mit Wasser in den Adern. Sie haben Ihre ganze Welt so sorgfältig geplant, daß Sie den Spaß und den Schwung hinausgeplant haben. Niemand hat Hunger, niemand wird verletzt. Ihre Schiffe können nicht zerschellen, und Ihre Ernten können nicht mißraten. Sie haben sogar das Wetter gezähmt, so daß es höflich regnet – nach Mitternacht. Warum Sie bis Mitternacht warten, weiß ich nicht – Sie gehen ja alle um neun zu Bett!

Sollte sich bei einem von euch vorgeplanten Menschlein doch einmal ein unerfreuliches Gefühl regen – pfui über den Gedanken! –, würden Sie sofort zur nächsten psychodynamischen Klinik rennen und Ihr weiches Gehirn neu einstellen lassen. Gott sei Dank habe ich diese schwachsinnige Gewohnheit niemals angenommen. Ich will meine eigenen Gefühle behalten, vielen Dank, ganz gleich, wie schlecht sie schmecken.

Sie können nicht einmal lieben, ohne einen Psychotechniker zu konsultieren! – Ist ihr Geist ebenso flach und schal wie meiner? Hat es jemals emotionale Instabilität in ihrer Familie gegeben? Das ist doch zum Kotzen! Und ein Kampf um eine Frau – falls einer von Ihnen den Mumm dazu hätte, fände er innerhalb von zwei Minuten einen Proktor neben sich, der schon nach einer Stelle späht, wo er ihn paralysieren kann, und mit Übelkeit erregender Demut fragt: ›Kann ich Ihnen zu Diensten sein, Sir?‹«

Der Justizwachtmeister schob sich näher an MacKinnon heran. Der Verurteilte drehte sich zu ihm um. »Treten Sie zurück! Ich bin noch nicht fertig.« Er fuhr fort: »Sie haben mir gesagt, ich müsse zwischen den beiden Alternativen wählen. Nun, das ist für mich keine schwere Wahl. Bevor ich mich einer Behandlung unterziehe, bevor ich mich in eins von euren hübschen kleinen Reorientierungsheimen begebe und mir von einem Haufen weichfingriger Ärzte in meinem Verstand herumstöbern lasse – da würde ich lieber einen sauberen Tod wählen. O nein, für mich gibt es nur eine Möglichkeit, keine zwei. Ich entscheide mich dafür, nach Coventry zu gehen – und ich gehe gern ... Ich hoffe, daß ich nie wieder von den Vereinigten Staaten hören werde!

Nur noch eins möchte ich Sie fragen, bevor ich gehe. Warum machen Sie sich überhaupt die Mühe zu leben? Man sollte meinen, jeder von Ihnen müßte aus schierer Langeweile das Ende seines dummen, sinnlosen Lebens herbeisehnen. Das ist alles. – Los, Sie!« sagte er zu dem Justizwachtmeister.

»Einen Augenblick. David MacKinnon.« Der Oberrichter hielt ihn mit einer Handbewegung zurück. »Wir haben Ihnen zugehört. Obwohl der Brauch es nicht von mir fordert, bin ich bereit, Ihnen auf einige Ihrer Behauptungen eine Antwort zu geben. Wollen Sie zuhören?«

Der junge Mann wollte nicht zuhören, aber noch weniger wollte er angesichts einer durchaus zumutbaren Bitte flegelhaft erscheinen. Deshalb willigte er ein.

Der sanfte Ton und die gelehrte Ausdrucksweise des Richters hätten in einen Hörsaal gepaßt. »David MacKinnon, Sie halten das, was Sie gesagt haben, zweifellos für klug. Trotzdem haben Sie in der Aufregung übereilt gesprochen. Das bewegt mich, Ihre offensichtlichen Verdrehungen von Tatsachen zu berichtigen. Der Vertrag ist kein Aberglaube, sondern eine einfache zeitgebundene Vereinbarung, die eben jene Revolutionäre aus praktischen Gründen eingegangen sind. Sie strebten stets danach, für jeden Menschen das höchstmögliche Maß an Freiheit zu sichern.

Sie selbst haben sich dieser Freiheit erfreut. Keine Handlung, keine Form des Verhaltens war Ihnen verboten, solange Sie damit niemanden schädigten. Nicht einmal eine eigens vom Gesetz verbotene Tat durfte Ihnen vorgehalten werden, falls der Staat nicht beweisen konnte, daß diese spezielle Tat einen bestimmten Menschen geschädigt hatte oder die offensichtliche Gefahr bestand, daß er geschädigt werden würde.

Selbst wenn jemand mit Wissen und Absicht einen anderen schädigt – wie Sie es getan haben –, versucht der Staat nicht, diese Tat vom moralischen Standpunkt aus zu beurteilen oder den Täter zu bestrafen. Das zu tun, fehlt es uns an Weisheit, und die Kette von Ungerechtigkeiten, die immer solchen moralistischen Zwängen gefolgt sind, gefährden die Freiheit aller. Statt dessen kann der überführte Täter wählen, ob er sich einer psychologischen Behandlung unterziehen will, die seine Neigung, andere zu schädigen, korrigieren wird, oder ob der Staat sich von ihm lossagen – also ihn nach Coventry schicken soll.

Sie beschweren sich, unsere Art zu leben sei langweilig und unromantisch, und unterstellen, wir hätten Sie der Aufregungen beraubt, auf die Sie ein Recht zu haben glauben. Es steht Ihnen frei, bei Ihrem ästhetischen Urteil über unsern Lebensstil zu bleiben und ihm auch Ausdruck zu geben, aber Sie dürfen nicht erwarten, daß wir so leben, wie es *Ihrem* Geschmack entspricht. Es steht Ihnen frei, Gefahr und Abenteuer zu suchen, wenn Sie es wünschen – immer noch gibt es Gefahren in den Versuchslaboratorien, Strapazen auf den Bergen des Mondes und Tod in den Dschungeln der Venus –, aber es steht Ihnen nicht frei, uns Ihrer gewalttätigen Veranlagung auszusetzen.«

»Warum bauschen Sie die Sache so auf?« protestierte MacKinnon verächtlich. »Sie reden, als hätte ich einen Mord begangen. Dabei habe ich nur einem Mann eins auf die Nase gegeben, weil er mich auf empörende Weise beleidigt hatte!«

»Ich stimme mit Ihrer ästhetischen Beurteilung jenes Individuums überein«, entgegnete der Richter ruhig, »und ich persönlich empfinde einige Genugtuung darüber, daß Sie ihn geschlagen haben – aber Ihre psychometrischen Tests zeigen, daß Sie sich für fähig halten, moralische Urteile über Ihre Mitbürger zu fällen, und sich berechtigt fühlen, deren Irrungen in eigener Person zu korrigieren und zu bestrafen. Sie sind ein gefährlicher Mann, David MacKinnon, eine Gefahr für uns alle, denn wir können nicht vorhersehen, welchen Schaden Sie als nächstes anrichten werden. Vom sozialen Standpunkt aus macht Ihre Verblendung Sie so verrückt wie den Märzhasen.

Sie lehnen eine Behandlung ab – deshalb zieht sich unsere Gesellschaft von Ihnen zurück. Wir stoßen Sie aus, wir trennen uns von Ihnen. Fort mit Ihnen nach Coventry!« Er wandte sich dem Justizwachtmeister zu. »Führen Sie ihn ab!«

MacKinnon sah aus einem vorderen Bullauge des großen Transport-Hubschraubers, das Herz voll von unterdrückter Aufregung. Da! Das mußte es sein – das schwarze Band in der Ferne. Der Hubschrauber flog näher heran, und bald war MacKinnon sicher, daß es die Barriere war – die geheimnisvolle, undurchdringliche Mauer, die die Vereinigten Staaten von der als Coventry bekannten Reservation trennten.

Sein Wächter blickte von der Zeitschrift auf, die er las, und folgte seinem Blick. »Beinahe da, wie ich sehe«, meinte er gemütlich. »Nun dauert es nicht mehr lange.«

»Für mich kann es gar nicht schnell genug gehen!«

Der Wächter betrachtete ihn spöttisch, aber mit Toleranz. »Sie brennen darauf, es hinter sich zu bringen, wie?«

MacKinnon hielt den Kopf hoch erhoben. »Noch nie hat ein Mann, den Sie ans Tor gebracht haben, sich sehnlicher gewünscht, es zu passieren.«

»Hm – schon möglich. Das sagen sie alle, wissen Sie. Niemand geht gegen seinen Willen durch das Tor.«

»Ich meine es ernst!«

»Sie meinen es alle ernst. Trotzdem kommen einige von ihnen zurück.«

»Sagen Sie – können Sie mir einen Tip über die Verhältnisse drinnen geben?«

»Tut mir leid.« Der Wächter schüttelte den Kopf. »Das geht die Vereinigten Staaten nichts an, und ihre Beamten auch nichts. Sie werden es bald genug erfahren.«

MacKinnon runzelte leicht die Stirn. »Merkwürdig – ich habe herumgefragt, aber niemanden gefunden, der zugeben wollte, auch nur eine Ahnung über die Zustände drinnen zu haben. Und doch sagen Sie, daß einige zurückkommen. Sie erzählen doch sicher ...«

»Das ist einfach«, lächelte der Wächter. »Zu ihrer Reorientierung gehört, daß ihrem Unterbewußtsein der Befehl eingegeben wird, niemals über ihre Erfahrungen zu sprechen.«

»Ein ziemlich schäbiger Trick! Warum heckt die Regierung Maßnahmen aus, um vor mir und Leuten wie mir zu verbergen, was wir zu erwarten haben?«

»Hören Sie zu, Freundchen!« Langsam wurde es dem Wärter zuviel. »Sie haben uns allen erklärt, wir sollten zum Teufel gehen. Sie haben behauptet, Sie kämen ohne uns aus. Man gibt Ihnen eine Menge Lebensraum auf Land, das zum besten des Kontinents gehört, und erlaubt Ihnen, alles mitzunehmen, was Sie besitzen oder mit Ihrem Geld kaufen können. Was, zum Henker, wollen Sie mehr?«

MacKinnons Gesicht nahm einen störrischen Ausdruck an. »Welche Sicherheit habe ich, daß noch Land für mich übrig ist?«

»Das ist Ihr Problem. Die Regierung sorgt dafür, daß reichlich Land für die Einwohnerzahl vorhanden ist. Die Aufteilung ist etwas, das ihr kauzigen Individualisten unter euch regeln müßt. Sie haben unsere Art sozialer Kooperation abgelehnt. Wie kommen Sie darauf, daß die Sicherungsvorkehrungen unserer Organisation Sie auch weiterhin schützen müßten?« Der Wächter widmete sich von neuem seiner Lektüre und ignorierte MacKinnon.

Sie landeten auf einem kleinen Feld, das dicht an der glatten schwarzen Mauer lag. Kein Tor war zu sehen, aber am Rand des Feldes stand ein Wachhaus. MacKinnon war der einzige Fluggast. Während seine Eskorte zum Wachhaus hinüberging, stieg er aus dem Passagierabteil und ging zum Laderaum herum. Zwei Mitglieder der Crew ließen von der Frachtschleuse eine Rampe hinab. Als MacKinnon auftauchte, musterte einer der Männer ihn und sagte: »Okay, da ist Ihr Zeug. Bedienen Sie sich!«

MacKinnon schätzte den Umfang der Arbeit ab. »Das ist eine Menge, finden Sie nicht? Ich werde Hilfe brauchen. Wollen Sie mir zur Hand gehen?«

Das angesprochene Besatzungsmitglied zündete sich erst eine Zigarette an. Dann antwortete es: »Es ist Ihr Zeug. Wenn Sie es haben wollen, laden Sie es aus. In zehn Minuten heben wir ab.« Die beiden gingen um ihn herum und stiegen wieder ins Schiff.

»Also, da soll doch ...« MacKinnon brach ab und behielt den Rest eines Wutausbruchs für sich. Diese groben Lümmel! Verschwunden war die leiseste Spur von Bedauern, daß er die Zivilisation jetzt verließ. Er würde es ihnen zeigen! Er schaffte es auch ohne sie.

Aber es dauerte mehr als zwanzig Minuten, bis er neben seinen aufgestapelten Besitztümern stand und das Schiff aufsteigen sah. Glücklicherweise war der Skipper wegen des Starttermins nicht unerbittlich gewesen. MacKinnon wandte sich ab und begann, seine stählerne Schildkröte zu beladen. Unter dem romantischen Einfluß der klassischen Literatur einer vergangenen Zeit hatte er in Erwägung gezogen, mit einer Koppel Esel zu reisen. Er hatte jedoch keinen Zoo gefunden, der bereit gewesen wäre, sie ihm zu verkaufen. Vielleicht war das sein Glück. Er hatte keine Ahnung von den Grenzen, Schwächen, Gewohnheiten, Lastern, Krankheiten und Bedürfnissen dieser nützlichen kleinen Tiere und war sich seiner Unwissenheit nicht bewußt. Herr und Diener hätten darin gewetteifert, sich gegenseitig unglücklich zu machen.

Das Fahrzeug, für das er sich entschlossen hatte, war ein recht guter Ersatz für die Esel. Es war extrem strapazierfähig, leicht zu bedienen und beinahe narrensicher. Sechs Quadratyards an Sonnenenergieschirmen auf seinem niedrigen, geschwungenen Dach luden den Motor auf, während er lief, und die für Fahrten bei bedecktem Himmel oder bei Nacht vorhandene Vorratsbatterie, wenn er abgeschaltet war. Die Lager waren ›unbegrenzt haltbar‹, und alle beweglichen Teile außer den Gleisketten und den Kontrollen waren versiegelt und sicher vor unberufenen Eingriffen.

Die stählerne Schildkröte vermittelte MacKinnon das Gefühl, unabhängig wie Robinson Crusoe zu sein. Es kam ihm nicht in den Sinn, daß sein Sklave das Endprodukt der fortgesetzten Bemühungen und der intelligenten Zusammenarbeit Hunderttausender von Menschen, lebender und toter, darstellte. Sein ganzes Leben lang war er an den nie versagenden Dienst viel komplizierterer Maschinen gewöhnt gewesen, und er sah in der Schildkröte mit ehrlicher Überzeugung ein Ausrüstungsstück auf dem gleichen primitiven Niveau wie die Axt eines Holzfällers oder ein Jagdmesser. Seine Talente hatte er in der Vergangenheit mehr der Literaturkritik als der

Technik gewidmet, aber das hinderte ihn nicht daran, zu glauben, er brauche nichts als seine angeborene Intelligenz und die Hilfe von ein paar Nachschlagewerken, um, wenn nötig, die Schildkröte nachzubauen.

Wie er wußte, waren dazu Metallerze erforderlich. Darin sah er keine Probleme, denn sein Wissen über die Schwierigkeiten des Findens, des Abbaus und der Verarbeitung waren so lückenhaft wie das über Esel.

Seine Habseligkeiten füllten jedes Fach des kompakten kleinen Frachters. Er hakte den letzten Posten auf seiner Checkliste ab und überflog sie noch einmal voller Befriedigung. Jeder Forscher oder Abenteurer der Vergangenheit hätte sich über eine solche Ausrüstung freuen können, dachte er. Er stellte sich vor, wie er Jack London seine zerlegbare Hütte zeigte. Sieh her, Jack, würde er sagen, sie ist vollkommen wetterfest; Wände und Boden sind isoliert. Sie ist so leicht, daß sie sich von einer Person in fünf Minuten aufstellen läßt, und doch so fest, daß man ruhig darin schlafen kann, während der größte Grizzlybär der Welt draußen an der Tür schnüffelt.

Und London würde sich den Kopf kratzen und sagen: Dave, du bist ein Wunder. Wenn ich so etwas im Yukon gehabt hätte, das wäre eine Wucht gewesen!

Noch einmal sah er sich die Liste an. Genug konzentrierte und getrocknete Lebensmittel und Vitamintabletten für sechs Monate. Das ließ ihm Zeit, Gewächshäuser für hydroponische Kulturen zu bauen und sein Saatgut in die Erde zu bringen. Medikamente – er rechnete nicht damit, daß er sie brauchte, aber Vorsicht war immer gut. Nachschlagewerke aller Arten. Eine leichte Sportflinte, im vorigen Jahrhundert hergestellt. Sein Gesicht bewölkte sich ein wenig. Das Kriegsministerium hatte sich entschieden geweigert, ihm einen tragbaren Laser zu verkaufen. Er hatte auf das Recht des gemeinsamen sozialen Erbes gepocht. Daraufhin hatte man ihm, wenn auch ungern, die Pläne und Spezifikationen zur Verfügung gestellt und ihm gesagt, er solle sich selbst einen bauen. Und das würde er auch tun, sobald er Zeit dazu fand.

Alles andere war in Ordnung. MacKinnon kletterte auf den Fahrersitz, faßte die beiden Handkontrollen und schwenkte die Nase der Schildkröte in Richtung des Wachhauses. Seit der Landung des Schiffes war er ignoriert worden. Jetzt sollten sie endlich das Tor öffnen, damit er die Vereinigten Staaten verlassen konnte.

Mehrere Soldaten standen um das Wachhaus. MacKinnon suchte sich nach den Silberstreifen an den Seitennähten des Kilts einen Legaten heraus und sprach ihn an. »Ich bin soweit. Würden Sie freundlicherweise das Tor öffnen?«

»Okay«, antwortete ihm der Offizier und befahl einem Gemeinen, der den einfachen grauen Kilt der Felduniform trug: »Jenkins, sagen Sie im Kraftwerk Bescheid, sie sollen eine Öffnung schaffen.« Er schätzte den Umfang der Schildkröte ab. »Größe Nummer drei.«

Dann wandte er sich an MacKinnon. »Es ist meine Pflicht, Ihnen zu sagen, daß Sie auch jetzt noch in die Zivilisation zurückkehren können, wenn Sie einer Behandlung Ihrer Neurose zustimmen.«

»Ich habe keine Neurose!«

»Auch gut. Sollten Sie irgendwann in der Zukunft Ihre Meinung ändern, kehren Sie an die Stelle zurück, wo Sie eingetreten sind. Dort ist eine Alarmanlage, mit der sie dem Wachtposten signalisieren können, daß Sie das Tor geöffnet haben möchten.«

»Ich kann mir nicht vorstellen, wozu ich das wissen muß.«

Der Legat zuckte die Achseln. »Vielleicht brauchen Sie es nicht zu wissen – aber wir schicken immerzu Flüchtlinge in Quarantäne. Wenn ich die Vorschriften machen würde, wäre es schwerer, wieder ins Draußen zu gelangen.« Der Alarm schnitt ihm das Wort ab. Die Soldaten in ihrer Nähe entfernten sich eilends und zogen im Laufen ihre Laser. Die häßliche Schnauze eines fest montierten Lasers reckte sich über das Dach des Wachhauses und zeigte auf die Barriere.

Der Legat beantwortete die Frage, die MacKinnon vom Gesicht abzulesen war. »Das Kraftwerk wird gleich öffnen.« Er gab ein Handzeichen. »Fahren Sie genau durch die Mitte des Tores! Es erfordert eine Menge Energie, um die Stasis außer Kraft zu setzen. Wenn Sie den Rand streifen, werden wir die Stücke aufsammeln müssen.«

Ein helles Pünktchen erschien ihnen gegenüber am Fuß der Barriere. Es erweiterte sich zu einem Halbkreis auf dem schwarzen Nichts. Jetzt war es groß genug, daß MacKinnon hinter dem Bogen, den es gebildet hatte, die Landschaft sehen konnte. Aufgeregt spähte er hindurch.

Die Öffnung wuchs weiter, bis sie zwanzig Fuß breit war. So blieb sie stehen. Sie umrahmte einen Ausblick auf rauhe, kahle Hügel. MacKinnon sah sie sich an und fuhr wütend auf den Legaten los: »Ich bin getäuscht worden! Das Land da ist nicht geeignet, einen Menschen zu ernähren!«

»Seien Sie nicht voreilig«, entgegnete der Offizier. »Dahinter liegt gutes Land. Außerdem – Sie brauchen nicht hineinzufahren. Wenn Sie aber fahren wollen, dann machen Sie voran!«

MacKinnon wurde rot und zog mit beiden Händen die Kontrollen zurück. Die Gleisketten bewegten sich, und die Schildkröte rumpelte auf das Tor nach Coventry zu.

Ein paar Yards hinter dem Tor angelangt, blickte MacKinnon zurück. Die Barriere ragte hinter ihm auf, und nichts zeigte, daß sich in ihr eine Öffnung befunden hatte. Neben der Stelle, wo er durchgekommen war, stand ein kleiner Wellblechschuppen. MacKinnon nahm an, daß er die von dem Legaten erwähnte Alarmanlage enthielt. Aber das interessierte ihn nicht. Er richtete seine Augen wieder auf den Weg, den er befuhr.

Durch die felsigen Hügel wand sich eine Art Straße. Sie war nicht gepflastert, und die Oberfläche war in letzter Zeit nicht repariert worden. Aber sie führte im allgemeinen bergab, und die Schildkröte konnte eine respektable Geschwindigkeit beibehalten. MacKinnon folgte der Straße, nicht weil sie ihm gefiel, sondern weil sie aus einer Umgebung hinausführte, die offensichtlich für sein Vorhaben nicht geeignet war.

Kein Mensch war zu sehen. Das war ihm gerade recht; er wünschte keine Begegnungen, bis er an einer zum Siedeln geeigneten Stelle seinen Claim abgesteckt hatte. Aber die Hügel waren nicht bar jeden Lebens. Gelegentlich erhaschte er einen Blick auf kleine, dunkle Gestalten, die zwischen den Felsen umherhuschten, und manchmal starrten ihn glänzende Knopfaugen an.

Zuerst dachte er gar nicht daran, daß diese scheuen Tierchen, die bei seiner Annäherung in Deckung verschwanden, seine Speisekammer auffüllen könnten. Er freute sich einfach über ihr Vorhandensein. Als es ihm dann doch durch den Kopf schoß, man könne sie als Nahrungsmittel verwenden, stieß ihn die Idee ab. Der Brauch, zum ›Sport‹ zu töten, war lange vor seiner Zeit in Vergessenheit geraten, und die Herstellung von billigen synthetischen Proteinen, die in der zweiten Hälfte des vergangenen Jahrhunderts erfunden worden war, hatte den wirtschaftlichen Ruin der Schlachtviehhaltung bedeutet. Wahrscheinlich hatte MacKinnon noch nie in seinem Leben tierisches Gewebe gegessen.

Aber dem Nachdenken über die Sache folgte logischerweise die Tat. Er beabsichtigte, vom Land zu leben, und obwohl er für die nächste Zukunft reichlich mit Nahrungsmittel versehen war, wäre es klug, sie zu sparen, indem er nahm, was das Land ihm bot. Seinen ästhetischen Abscheu und seine ethischen Bedenken unterdrückend, entschloß er sich, bei der nächsten Gelegenheit eins der Tierchen zu schießen.

Also packte er seine Flinte aus, lud sie und legte sie griffbereit zurecht. Wie nicht anders zu erwarten war, ließ sich für die nächste halbe Stunde kein Wild blicken. Dann kurvte er um einen vorspringenden Felsen und erblickte seine Beute. Sie lugte hinter einem Stein hervor, und die klugen Augen blickten wachsam, aber nicht beunruhigt. MacKinnon hielt die Schildkröte an, stützte den Lauf des Gewehrs auf das Gehäuse seines Cockpits und zielte sorgfältig. Sein Opfer machte es ihm leicht, indem es in volle Sicht hervorhüpfte.

Er drückte den Abzug, und unwillkürlich spannte er die Muskeln und kniff die Augen zu. Natürlich ging der Schuß zu hoch und zu weit nach rechts.

Aber in diesem Augenblick war er viel zu beschäftigt, um es zu merken. Ihm war, als sei die ganze Welt explodiert. Seine rechte Schulter war betäubt, sein Mund brannte, als habe er einen Tritt dagegen bekommen, und seine Ohren klangen auf merkwürdige und unangenehme Art. Zu seiner Überraschung war das Gewehr noch heil.

Er legte es hin, kletterte aus dem Wagen und rannte den Hang hinauf zu der Stelle, wo das kleine Wesen gesessen hatte. Nirgendwo war eine Spur von ihm. Er durchsuchte die unmittelbare Nachbarschaft, fand es aber nicht. Verwirrt kehrte er zu seinem Transportmittel zurück. Das Gewehr mußte in irgendeiner Weise defekt sein, sagte er sich. Besser, er untersuchte es genau, bevor er von neuem versuchte zu schießen.

Sein ihm entkommenes Ziel beobachtete ihn vorsichtig von einem Aussichtspunkt in einigen Yards Entfernung, zu dem es, erschrocken über den Knall, gerannt war. Die seltsamen Ereignisse hatten es auch verwirrt, denn an Feuerwaffen war es ebensowenig gewöhnt wie MacKinnon.

Bevor MacKinnon die Schildkröte wieder startete, mußte er sich um seine Oberlippe kümmern, die geschwollen und empfindlich war und aus einem tiefen Riß blutete. Das verstärkte seine Überzeugung, das Gewehr sei defekt. Nirgendwo in der romantischen Literatur des 19. und 20. Jahrhunderts, nach der er süchtig war, hatte eine Warnung gestanden, man solle, wenn man ein Gewehr abfeuert, die rechte Hand nicht so halten, daß der Rückstoß einem den rechten Daumen und den Daumennagel über den Mund schlägt.

MacKinnon trug ein Antiseptikum auf und machte eine Art von Verband. In etwas gedämpfter Stimmung fuhr er weiter. Der Arroyo, der ihn in die Hügellandschaft hineingeführt hatte, verbreitete sich, und die Hügel wurden grüner. Hinter einer scharfen Kurve der

Straße sah er ein weites, fruchtbares Tal vor sich liegen. Es erstreckte sich bis dahin, wo es im Dunst des warmen Tages verschwamm.

Ein großer Teil des Bodens war kultiviert, und MacKinnon konnte menschliche Behausungen erkennen. Mit gemischten Gefühlen fuhr er weiter darauf zu. Menschen bedeuteten weniger Mühsal, aber allmählich fürchtete er, es sei nicht so einfach, sich einen Claim abzustecken, wie er gehofft hatte. Doch ganz gleich – Coventry war groß.

An der Stelle, wo die Straße die Talsohle erreichte, stellten sich ihm zwei Männer in den Weg. Sie hielten irgendwelche Waffen schußbereit. Einer von ihnen rief ihn an:

»Halt!«

MacKinnon hielt an. Die Männer traten an sein Cockpit, und er fragte: »Was wünschen Sie?«

»Zollinspektion. Fahren Sie dort beim Büro vor!« Der Mann wies auf ein kleines Gebäude, das ein paar Fuß von der Straße zurückgesetzt war. MacKinnon hatte es bisher nicht bemerkt. Er sah von dem Gebäude zu dem Sprecher und spürte, wie sich langsam eine unvernünftige Hitze von seinen Eingeweiden aus verbreitete. Das beeinträchtigte sein nicht allzu zuverlässiges Urteilsvermögen noch mehr.

»Zum Henker, was soll das?« fuhr er auf. »Gehen Sie zur Seite, und lassen Sie mich vorüberfahren!«

Der Mann, der bisher stumm geblieben war, hob seine Waffe und zielte damit auf MacKinnons Brust. Der andere faßte seinen Arm und zog die Waffe aus der Ziellinie. »Erschieße den Dummkopf nicht, Joe!« sagte er unwirsch. »Du bist immer übereifrig.« Er warnte MacKinnon: »Sie leisten Widerstand gegen die Staatsgewalt. Nun los – aber ein bißchen plötzlich!«

»Staatsgewalt?« MacKinnon lachte bitter auf und riß seine Flinte vom Sitz noch. Er brachte sie nicht bis an die Schulter – der Mann, der die ganze Zeit das Sprechen besorgt hatte, feuerte lässig und anscheinend, ohne gezielt zu haben. MacKinnon wurde die Flinte aus der

Hand geprellt. Sie flog in die Luft und landete im Straßengraben hinter der Schildkröte.

Der zweite Mann folgte dem Flug des Gewehrs mit sachlichem Interesse und bemerkte: »Guter Schuß, Blackie. Er hat keinen Kratzer abbekommen.«

»Oh, das war nichts als Glück«, wehrte Blackie bescheiden, grinste aber vor Freude über das Kompliment. »Ich bin jedoch froh, daß ich ihn nicht verletzt habe – das erspart es uns, einen Bericht zu schreiben.« Er wurde wieder offiziell und schnauzte MacKinnon an, der völlig verblüfft dasaß und sich die schmerzenden Hände rieb: »Na, Sie zäher Brocken? Wollen Sie sich benehmen, oder sollen wir raufkommen und Sie holen?«

MacKinnon gab nach. Er fuhr die Schildkröte an die bezeichnete Stelle und wartete mißmutig auf Befehle. »Steigen Sie ab, und laden Sie aus!« wurde ihm gesagt.

Er beugte sich dem Zwang. Während er seine kostbaren Besitztümer auf den Boden legte, sortierte der Blackie genannte Mann sie in zwei Haufen, und Joe trug sie in ein gedrucktes Formular ein. Schließlich merkte MacKinnon, daß Joe nur die Gegenstände aufführte, die auf den ersten Haufen wanderten. Der Sinn dieser Maßnahme ging ihm auf, als Blackie ihm befahl, den ersten Haufen wieder auf die Schildkröte zu laden, und sich selbst daranmachte, Sachen von dem zweiten Haufen in das Gebäude zu tragen. MacKinnon protestierte ...

Joe schlug ihm über den Mund, kühl und ohne Zorn. MacKinnon ging zu Boden, kam aber wieder hoch und wehrte sich. Er war in einer so blinden Wut, daß er es mit einem angreifenden Nashorn aufgenommen hätte. Joe ließ ihn herankommen und schlug von neuem zu. Diesmal konnte MacKinnon nicht sofort aufstehen.

Blackie trat an einen Waschständer in einer Ecke des Büros. Er kehrte mit einem nassen Handtuch zurück und warf es MacKinnon zu. »Wisch dir das Gesicht ab, Freundchen, und steig wieder ein! Wir müssen los!«

MacKinnon hatte Zeit, sehr viel und sehr gründlich nachzudenken, als er Blackie in die Stadt fuhr. Abgesehen von der gereizten Antwort ›Prisengericht‹ auf

MacKinnons Frage nach ihrem Ziel unterhielt Blackie sich nicht mit ihm, und MacKinnon, so dringend er Informationen gebraucht hätte, drängte ihn nicht. Sein Mund schmerzte von den verschiedenen Verletzungen, sein Kopf dröhnte, und die Versuchung, durch übereilte Bemerkungen Handlungen zu provozieren, trat nicht mehr an ihn heran.

Offensichtlich war Coventry nicht ganz die Wildwest-Anarchie, für die er es gehalten hatte. Es gab eine Art von Regierung, aber sie hatte mit nichts Ähnlichkeit, was er kannte. Vorgestellt hatte er sich ein Land mit selbständig denkenden Menschen von edler Gesinnung, die einer dem anderen weiten Spielraum ließen und gegenseitige Achtung praktizierten. Natürlich würde es auch Schurken geben, aber die unterzog man einem summarischen Gerichtsverfahren mit für sie wahrscheinlich tödlichem Ausgang, sobald sie ihren häßlichen Charakter zeigten. MacKinnon war von der starken, wenn auch unterbewußten Überzeugung beseelt, daß Tugend am Ende immer triumphiert.

Aber da es nun einmal eine Regierung gab, erwartete er, sie werde sich an die allgemeinen Regeln halten, die er sein Leben lang gewöhnt war, ehrlich, gewissenhaft und halbwegs leistungsfähig sein und unentwegt die Rechte und Freiheiten des Bürgers hüten. Er wußte, daß die Regierungen nicht immer so gewesen waren, doch Erfahrungen mit anderen Regierungen besaß er nicht – die Idee lag so fern und war so unvorstellbar wie Kannibalismus oder Sklaverei.

Hätte er sich die Mühe gemacht, darüber nachzudenken, wäre er vielleicht auf den Gedanken gekommen, daß die Staatsdiener in Coventry niemals durch eine psychologische Untersuchung daraufhin geprüft worden waren, ob sie vom Temperament her für ihr Amt geeignet seien, und da jeder Bewohner Coventrys ebenso wie er dort war, weil er ein Grundrecht verletzt und danach eine Behandlung abgelehnt hatte, lag es auf der Hand, daß die meisten unberechenbar und unvernünftig sein würden.

Im Gegenteil, er setzte seine Hoffnung auf das Wissen, daß sie unterwegs zu einem Gericht waren. Alles, was er verlangte, war eine Chance, dem Richter seine Geschichte zu erzählen.

Sein Vertrauen in die Justiz mag inkonsequent erscheinen, nachdem er kurz vorher seine Verachtung für eine organisierte Regierung ausgesprochen hatte. Doch er konnte sich wohl mit Worten von der Regierung lossagen; die lebenslängliche Konditionierung durch seine Umgebung ließ sich nicht abschütteln. Er hatte das Gericht verflucht, das ihn gedemütigt hatte, aber er zweifelte nicht daran, daß ein Gericht Recht sprach. Seine eigene rücksichtslose Unabhängigkeit galt ihm als das höchste Gut, und doch verließ er sich darauf, daß die Menschen, denen er begegnete, sich benahmen, als seien sie durch den Vertrag gebunden – andere Menschen hatte er überhaupt noch nicht kennengelernt. Er war ebenso unfähig, seine Vergangenheit abzuwerfen, wie er seinen Körper hätte abwerfen können.

Aber das wußte er noch nicht.

MacKinnon versäumte aufzustehen, als der Richter den Gerichtssaal betrat. Ihm wurde schnell auf die Beine geholfen, aber schon hatte ihn ein finsterer Blick von der Richterbank getroffen. Aussehen und Benehmen des Richters flößten kein Zutrauen ein. Er war ein wohlgenährter Mann mit rötlichem Teint, dessen sadistische Neigung sich in Gesicht und Haltung zeigte. In einem drastischen Verfahren fertigte er mehrere kleine Übeltäter ab. MacKinnon mußte solange warten und gewann beim Zuhören den Eindruck, daß so gut wie alles vom Gesetz verboten war.

Trotzdem war er erleichtert, als sein Name aufgerufen wurde. Er trat vor und begann sofort, seine Geschichte zu erzählen. Der Hammer des Richters unterbrach ihn.

»Was ist das für ein Fall?« fragte der Richter, das Gesicht in grimmige Falten gelegt. »Offenbar Trunkenheit und ordnungswidriges Verhalten. Ich werde dieser Verlotterung der Jugend ein Ende bereiten, und wenn es mich die letzte Unze Kraft kostet!« Er fragte den Schreiber: »Irgendwelche Vorstrafen?«

Der Schreiber flüsterte ihm etwas ins Ohr. Der Richter warf MacKinnon einen Blick zu, in dem sich Verärgerung und Argwohn mischten, und forderte dann die Zollwächter auf vorzutreten. Blackie machte mit der Lässigkeit eines Mannes, der oft als Zeuge auftreten mußte, eine klare, eindeutige Aussage. MacKinnons Zustand rührte angeblich von seinem Widerstand gegen einen Beamten bei der Ausübung seiner Pflicht her. Er legte das Verzeichnis vor, das sein Kollege angefertigt hatte, erwähnte aber die zahlreichen Gegenstände nicht, die vorher beiseitegeschafft worden waren.

Der Richter fragte MacKinnon: »Haben Sie irgend etwas dazu zu sagen?«

»Und ob, Doktor«, begann er eifrig. »Davon ist kein Wort ...«

Peng! unterbrach der Hammer ihn. Ein Gerichtsdiener eilte herbei und bemühte sich, MacKinnon die richtige Form der Anrede zu erklären. Seine Erläuterungen verwirrten MacKinnon nur. Für ihn war ein Richter selbstverständlich ein Mediziner – ein auf soziale Probleme spezialisierter Psychiater. Auch hatte er noch nie gehört, daß man in einem Gerichtssaal bestimmte Titel benutzen müsse. Aber er verbesserte seine Sprache nun nach den erhaltenen Instruktionen.

»Wenn es dem ehrenwerten Gerichtshof gefällig ist, dieser Mann lügt. Er und sein Gefährte haben mich überfallen und ausgeraubt. Ich wollte nur ...«

»Schmuggler meinen immer, sie würden beraubt, wenn Zollbeamte sie erwischen«, höhnte der Richter. »Leugnen Sie, daß Sie sich der Inspektion widersetzt haben?«

»Nein, Euer Ehren, aber ...«

»Das genügt. Die üblichen Zollgebühren werden zur Strafe um fünfzig Prozent erhöht. Bezahlen Sie beim Schreiber!«

»Aber. Euer Ehren, ich kann nicht ...«

»Sie können nicht bezahlen?«

»Ich besitze kein Geld. Ich habe nur Sachwerte.«

»So?« Der Richter befahl dem Schreiber: »Die Sachwerte werden beschlagnahmt. Sorgen Sie für die Sicherstellung! Zehn Tage wegen Landstreicherei. Der Staat kann nicht dulden, daß diese einwandernden Habenichtse überall herumstreunen und gesetzestreue Bürger berauben. Der nächste Fall!«

Sie führten ihn ab. Erst als MacKinnon einen Schlüssel im Schloß einer Gittertür knirschen hörte, erfaßte er seine Situation.

»He, Kumpel, wie ist das Wetter draußen?« Die Zelle hatte bereits einen Insassen, einen kleinen, drahtigen Mann, der von einem Solitärspiel aufblickte. Er saß rittlings auf einer Bank, auf der er seine Karten ausgebreitet hatte, und sah den Neuankömmling mit heiter glänzenden Augen forschend an.

»Das Wetter draußen ist schön – aber im Gerichtssaal ist es stürmisch«, antwortete MacKinnon. Er versuchte, auf den scherzenden Ton einzugehen, was ihm nicht sehr gut gelang. Sein schmerzender Mund verdarb sein Grinsen.

Der andere schwang ein Bein über die Bank und trat mit leichten, geräuschlosen Schritten auf ihn zu. »Sag mal, Kumpel, das mußt du dir in einem Getriebegehäuse geholt haben«, bemerkte er, MacKinnons Mund betrachtend. »Tut es weh?«

»Höllisch«, gestand MacKinnon.

»Dagegen müssen wir etwas tun.« Er ging an die Zellentür und ratterte damit. »He! Lefty! Das Haus brennt! Komm schnell!«

Der Wachtposten schlenderte herbei und blieb vor der Zellentür stehen. »Was willst du, Schatten?« fragte er unverbindlich.

»Mein alter Schulkamerad ist mit einem Schraubenschlüssel ins Gesicht geschlagen worden, und der Schmerz ist nicht zum Aushalten. Du bekommst jetzt eine Chance, dich mit dem Himmel auszusöhnen, wenn du zur Apotheke hinunterschleichst und dir Verbandzeug und fünf Gran Neoanodyn geben läßt.«

Der Gesichtsausdruck des Wachtpostens war nicht geeignet, Hoffnung zu erwecken. Der Gefangene sah ihn bekümmert an. »Ich hätte gedacht, du würdest ein kleines Werk der Nächstenliebe mit großem Eifer vollbringen, Lefty.« Er wartete einen Augenblick und fügte dann hinzu: »Ich will dir was sagen. Du holst das Zeug, und ich zeige dir, wie das Schreibspiel ›Wie alt ist Ann‹ funktioniert. Abgemacht?«

»Zeig es mir zuerst!«

»Das würde zu lange dauern. Ich schreibe alles auf und gebe es dir.«

Als der Wachtposten zurückkehrte, verband MacKinnons Zellengefährte die Wunden mit sanften, geschickten Händen, und dabei redete er. »Mich nennt man Schatten Magee. Wie heißt du, Kumpel?«

»David MacKinnon. Entschuldige, aber ich habe deinen Vornamen nicht verstanden.«

»Schatten. Das ist nicht der Name, den meine Mutter mir gegeben hat«, erklärte er mit einem Grinsen. »Es ist mehr ein beruflicher Tribut an mein scheues und unaufdringliches Wesen.«

Das verwirrte MacKinnon. »Beruflicher Tribut? Was für einen Beruf hast du denn?«

Magee verzog schmerzlich das Gesicht. »Also, Dave, ich habe dich auch nicht nach deinem gefragt. Aber wahrscheinlich«, fuhr er fort, »ist es sowieso der gleiche – Selbsterhaltung.«

Magee war ein teilnahmsvoller Zuhörer, und MacKinnon war froh über die Gelegenheit, jemandem von seinen Sorgen zu erzählen. Er berichtete, wie er sich entschlossen hatte, nach Coventry zu gehen, statt sich behandeln zu lassen, und wie er, kaum angekommen, überfallen und vor Gericht gezerrt worden war. Magee nickte. »Das überrascht mich gar nicht«, bemerkte er. »Ein Mann muß im Herzen ein Dieb sein, wenn er Zollwächter wird.«

»Was geschieht denn jetzt mit meinen Sachen?«

»Die werden versteigert, um die Gebühren zu bezahlen.«

»Wieviel wohl für mich übrigbleiben wird?«

Magee starrte ihn an. »Übrigbleiben wird? Gar nichts wird übrigbleiben. Wahrscheinlich wird man dich zur Zahlung des Fehlbetrages verurteilen.«

»Was ist denn das?«

»Das ist eine Erfindung, den Verurteilten für die Vollstreckung bezahlen zu lassen«, erklärte Magee lakonisch, wenn auch etwas dunkel. »Für dich bedeutet es, daß du, wenn deine zehn Tage vorbei sind, immer noch Schulden beim Gericht hast. Dann wird man dich in Ketten zur Arbeit schicken, mein Junge, und du wirst den Betrag für einen Dollar pro Tag abarbeiten.«

»Schatten, du willst mich aufziehen.«

»Warte es ab! Du hast noch eine Menge zu lernen, Dave.«

In Coventry war alles noch komplizierter, als MacKinnon bis dahin mitbekommen hatte. Magee setzte ihm auseinander, daß es drei souveräne, unabhängige Staaten gab. Das Gefängnis, in dem sie saßen, lag im sogenannten Neu-Amerika. Theoretisch war dieser Staat eine Demokratie, aber die Behandlung, die MacKinnon erfahren hatte, war ein gutes Beispiel für die Art, wie die Praxis aussah.

»Das ist hier der Himmel im Vergleich mit dem Freistaat«, erzählte Magee weiter. »Ich bin dort gewesen ...« Der Freistaat war eine absolute Diktatur; der oberste Mann der herrschenden Clique wurde ›Befreier‹ genannt. Ihre Parolen waren Pflicht und Gehorsam. Mit einer Strenge, die keinen Platz für irgendwelche eigenen Meinungen ließ, wurde eine eiserne Disziplin erzwungen. Die Regierung stützte sich auf eine freie Auslegung der alten funktionalistischen Lehren. Man stellte sich den Staat als einen einzigen Organismus mit einem einzigen Kopf, einem einzigen Gehirn und einem einzigen Daseinszweck vor. Alles, was nicht vorgeschrieben war, war verboten. »Wirklich und wahrhaftig«, behauptete Magee, »man kann an jenem Ort nicht zu Bett gehen, ohne einen verdammten Geheimpolizisten zwischen den Laken zu finden.

Immerhin«, fuhr er fort, »läßt sich dort noch leichter leben als bei den Engeln.«

»Den Engeln?«

»Genau. Es gibt immer noch welche. Es müssen zwei- oder dreitausend Unentwegte gewesen sein, die sich nach der Revolution entschlossen, nach Coventry zu ziehen – das weißt du. Oben in den nördlichen Bergen haben sie immer noch eine Niederlassung, komplett mit inkarniertem Propheten und so weiter. Sie sind keine schlechten Menschen, aber sie werden dich in den Himmel beten, und wenn es dich umbringt.«

Alle drei Staaten hatten eine merkwürdige Eigenschaft gemeinsam: Jeder behauptete, die einzige legale Regierung der gesamten Vereinigten Staaten zu sein, und jeder sehnte den Tag herbei, wo sie den ›unbefreiten‹ Teil, das heißt, alles, was außerhalb von Coventry lag, annektieren würden. Die Engel meinten, das werde geschehen, wenn der erste Prophet auf die Erde zurückkehre, um von neuem die Führung zu übernehmen. In Neu-Amerika war es kaum mehr als ein zündendes Motto, das nach jeder Wahl wieder vergessen wurde. Aber im Freistaat arbeitete man ernsthaft darauf hin.

In der Verfolgung dieses Ziels hatte es eine ganze Reihe von Kriegen zwischen dem Freistaat und Neu-Amerika gegeben. Der Befreier sah in Neu-Amerika logischerweise einen unbefreiten Abschnitt, der unter die Herrschaft des Freistaats gebracht werden mußte, bevor die Segnungen seiner Kultur ins ›Draußen‹ getragen werden konnten.

Magees Worte zerstörten MacKinnons Traum, hinter der Barriere ein anarchistisches Utopia zu finden, aber er konnte die ihm teure Illusion nicht ohne einen Protest sterben lassen. »Sag doch, Schatten«, flehte er, »gibt es denn keinen Ort, wo ein Mann ohne all diese unerträglichen Einmischungen still für sich leben kann?«

»Nein ...« Schatten überlegte. »Nein ... es sei denn, du versteckst dich in den Bergen. Dann kann dir gar nichts passieren, solange du dich von den Engeln fernhältst. Aber satt wirst du nicht, wenn du vom Land lebst. Hast du es je versucht?«

»Nein ... eigentlich nicht – aber ich habe all die Klassiker gelesen: Zane Grey und Emerson Hough und so weiter.«

»Nun ... vielleicht würdest du es schaffen. Nur solltest du, wenn du wirklich in die Einsamkeit ziehen und als Eremit leben willst, das im Draußen tun, wo man nicht so viele Einwände dagegen hat.«

Sofort stellte MacKinnon sich auf die Hinterbeine. »Nein, niemals! Niemals werde ich mich einer psychologischen Reorientierung unterziehen, nur um eine Chance zu bekommen, daß man mich in Ruhe läßt. Wenn ich zu dem Zeitpunkt vor zwei Monaten zurückkehren könnte, als ich noch nicht festgenommen worden war, würde ich gern in die Rocky Mountains gehen oder mich irgendwo auf einer verlassenen Farm niederlassen ... Aber da diese Diagnose mir ins Gesicht starrt ... nachdem man mir gesagt hat, ich eigne mich nicht für menschliche Gesellschaft, solange meine Gefühle nicht einem Schema kleinlicher Vorsicht angepaßt worden seien, könnte ich es nicht ertragen. Nicht, wenn es bedeutet, daß ich in ein Sanatorium muß ...«

»Ich verstehe.« Schatten nickte. »Du möchtest in Coventry leben, aber du möchtest nicht, daß die Barriere dich vom Rest der Welt abschließt.«

»Das ist nicht ganz fair ... Doch, in gewisser Weise magst du recht haben. Sag, du glaubst doch nicht auch, daß kein Mensch mit mir auskommen kann?«

»Auf mich machst du den Eindruck, ganz in Ordnung zu sein«, versicherte Magee ihm grinsend, »aber vergiß nicht, daß ich ebenfalls in Coventry lebe. Vielleicht kann ich es nicht richtig beurteilen.«

»Deinen Reden nach gefällt es dir hier nicht. Warum bist du hier?«

Magee hob mahnend den Zeigefinger. »Na, na! Das ist die eine Frage, die du in Coventry niemals stellen darfst. Du mußt bei jedem voraussetzen, daß er hergekommen ist, weil er wußte, wie herrlich hier alles ist.«

»Trotzdem ... du scheinst es nicht herrlich zu finden.«

»Ich habe nicht gesagt, daß mir Coventry nicht gefällt. Es gefällt mir, denn es hat Würze. Die kleinen Ungereimtheiten sind eine Quelle unschuldiger Erheiterung. Und jedes Mal, wenn man hier die Hitze andreht, kann ich immer durch das Tor zurückkehren und mich eine Weile in einem netten, ruhigen Krankenhaus erholen, bis sich alles beruhigt hat.«

Wieder wußte MacKinnon nicht, wie er das verstehen sollte. »Die Hitze andrehen? Wird hier zu heißes Wetter gemacht?«

»Hä? – Oh, ich habe nicht die Wetterkontrolle gemeint – es gibt hier keine, abgesehen von dem, was aus dem Draußen einsickert. Das war nur so eine Redensart.«

»Was bedeutet sie?«

Magee lächelte vor sich hin. »Du wirst es schon herausfinden.«

Nach dem Abendessen – Brot, Eintopf in einem Blechnapf, ein kleiner Apfel – weihte Magee seinen Zellengefährten in die Geheimnisse des Cribbage ein. Glücklicherweise hatte MacKinnon kein Geld zu verlieren. Plötzlich legte Magee die Karten hin, ohne sie zusammenzuschieben. »Dave,« sagte er, »genießt du die Gastfreundschaft dieser Institution gern?«

»Das wohl kaum – warum?«

»Ich schlage vor, daß wir abhauen.«

»Eine gute Idee, aber wie?«

»Darüber habe ich schon nachgedacht. Meinst du, daß du noch einen weiteren Schlag in deine verunzierte Visage aushältst, wenn es einem guten Zweck dient?«

Vorsichtig betastete MacKinnon sein Gesicht. »Ich glaube wohl – wenn es sein muß. Jedenfalls könnte es nicht mehr viel Schaden anrichten.«

»Das ist Mutters tapferer kleiner Mann! Jetzt hör zu! Lefty, der Wärter, ist nicht nur ein bißchen dämlich, sondern auch noch sehr empfindlich, was seine äußere Erscheinung angeht. Wenn das Licht ausgeschaltet wird, mußt du ...«

»Laßt mich raus! Laßt mich raus!« schrie MacKinnon und schlug gegen die Gitterstäbe. Nichts rührte sich. Er lärmte von neuem los, und seine Stimme stieg in einem hysterischen Falsett an. Lefty kam nachsehen.

»Was, zum Teufel, plagt dich?« brummte er und lugte in die Zelle.

MacKinnon verlegte sich auf weinerliches Flehen. »Oh, Lefty, bitte, laß mich hier raus! Bitte! Ich ertrage die Dunkelheit nicht. Es ist dunkel hier drinnen – bitte, laß mich nicht allein.« Er warf sich schluchzend gegen die Gitterstäbe.

Der Wärter fluchte vor sich hin. »Schon wieder so ein Verrückter. Hör zu, du! Sei still und leg dich schlafen, sonst komme ich rein und gebe dir Grund zum Schreien!« Er wandte sich zum Gehen.

Sofort wechselte MacKinnon zu dem rachsüchtigen, unvorhersehbaren Zorn des Unzurechnungsfähigen über. »Du großer häßlicher Pavian! Du rattengesichtiger Idiot! Woher hast du diese Nase da?«

Lefty drehte sich wütend wieder um und wollte etwas sagen. MacKinnon schnitt ihm das Wort ab. »Bäh, bäh, bäh«, höhnte er wie ein ungezogener kleiner Junge. »Leftys Mutter ist über ein Warzenschwein erschrocken ...«

Der Wachtposten boxte nach der Stelle, wo MacKinnons Gesicht sich zwischen die Gitterstäbe der Tür drückte. MacKinnon duckte sich und faßte gleichzeitig zu. Da er keinen Widerstand fand, verlor der Wärter das Gleichgewicht, kippte vornüber und streckte den Unterarm durch die Stangen. MacKinnons Finger glitten an Leftys Arm entlang und umschlossen sein Handgelenk.

Sofort warf er sich zurück, den Wärter mit sich ziehend, bis Lefty an die Außenseite der Tür gequetscht war, einen Arm, an dessen Handgelenk MacKinnon wie festgeschweißt hing, drinnen.

Das Gebrüll, das Lefty ausstoßen wollte, erstarb ihm in der Kehle; Magee hatte bereits gehandelt. Aus der Dunkelheit heraus hatten sich seine schlanken Hände geräuschlos durch die Stäbe gestohlen und in den fleischigen Hals des Wärters gegraben. Lefty zuckte und hätte sich beinahe losgerissen, aber MacKinnon warf sich mit dem ganzen Gewicht nach rechts und verrenkte den Arm, den er gefaßt hielt, in einem schmerzhaften, knochenbrechenden Hebelgriff.

MacKinnon schien es, sie hätten wie drei groteske Statuen eine endlose Zeit in dieser Stellung verharrt. Das Blut hämmerte ihm in den Ohren, bis er fürchtete, andere müßten es hören und zu Leftys Rettung herbeieilen. Endlich flüsterte Magee:

»Das reicht. Durchsuch seine Taschen!«

MacKinnon tat es ungeschickt, denn seine Hände waren gefühllos und zitterten von der Anstrengung, und die Gitterstäbe behinderten ihn. Aber in der letzten Tasche fand er die Schlüssel. Er hielt sie Magee hin, der den Wärter auf den Boden gleiten ließ und sie nahm.

Schnell öffnete Magee die Tür, die mit nervenzerfetzendem Quietschen aufschwang. Dave trat über Leftys Körper, aber Magee kniete sich hin, hakte den Gummiknüppel vom Gürtel des Mannes los und gab ihm damit einen Schlag hinters Ohr. MacKinnon blieb stehen.

»Hast du ihn getötet?« fragte er.

»Himmel, nein«, antwortete Magee leise. »Lefty ist ein Freund von mir. Gehen wir!«

Sie eilten über den schwach beleuchteten Gang zwischen den Zellen auf die Tür zu, die zu den Büros führte – das war der einzige Weg nach draußen. Lefty hatte sie leichtsinnig einen Spalt offengelassen, und Licht schimmerte durch die Ritze. Als sie sich leise näherten, hörten sie schwere Schritte von der anderen Seite kommen. Dave sah sich hastig nach einem Versteck um, brachte aber nichts Besseres zustande, als sich in die Ecke zu drücken, die der Zellenblock mit der Wand bildete. Er spähte nach Magee, aber der war verschwunden.

Die Tür schwang auf. Ein Mann kam hindurch, blieb stehen und blickte sich nach allen Seiten um. MacKinnon sah, daß er eine ultraviolette Taschenlampe trug und die dazugehörige Brille aufhatte. Also gab ihm die Dunkelheit keinen Schutz. Die Lampe schwenkte in seine Richtung, er spannte die Muskeln zum Sprung an …

MacKinnon hörte einen dumpfen Schlag. Der Posten seufzte, schwankte leicht und brach zusammen. Magee stand vor ihm, auf den Fußballen balancierend, und begutachtete sein Werk, während er das Schlagende des Gummiknüppels mit der hohlen linken Hand streichelte.

»Das genügt«, entschied er. »Gehen wir, Dave?«

Er schlängelte sich durch die Tür, ohne auf eine Antwort zu warten. MacKinnon folgte ihm dichtauf. Der erleuchtete Korridor führte nach rechts und endete vor der großen zweiflügligen Bürotür.

Magee zog MacKinnon näher zu sich heran. »Das ist ein Kinderspiel«, flüsterte er. »In der Anmeldung wird niemand sein als ein Sergeant. Wir schleichen uns an ihm vorbei, und dann nichts wie hinaus aus dieser Tür und hinein in den Ozon ...« Er winkte Dave, hinter ihm zu bleiben und kroch eise bis an die Bürotür. Er zog einen kleinen Spiegel aus der Gürteltasche, legte sich auf den Fußboden, hielt seinen Kopf dicht an den Türrahmen und schob den Spiegel vorsichtig einen oder zwei Zoll über die Kante hinaus.

Offenbar stellten ihn die Ergebnisse, die das improvisierte Periskop ihm lieferte, zufrieden, denn er richtete sich auf die Knie hoch und drehte den Kopf so, daß MacKinnon die Wörter von seinen sich lautlos bewegenden Lippen ablesen konnte. »Alles in Ordnung«, grimassierte er, »da ist nur ...«

Zweihundert Pfund uniformierter Nemesis landeten auf seinen Schultern. Alarmgongs dröhnten durch den Flur. Magee wehrte sich heftig, aber er war dem Angreifer nicht gewachsen und außerdem überrascht worden. Mit einem Ruck machte er seinen Kopf frei und rief: »Lauf, Junge!«

MacKinnon hörte irgendwo rennende Füße, sah aber nichts als die miteinander ringenden Gestalten vor ihm. Er schüttelte Kopf und Schulter wie ein betäubtes Tier und trat dann dem größeren der beiden Kämpfer ins Gesicht. Der Mann schrie und ließ seinen Gegner los. MacKinnon packte seinen kleinen Gefährten beim Kragen und riß ihn grob auf die Füße.

Magees Augen blickten immer noch fröhlich. »Gut gespielt, mein Junge«, stieß er in abgehackten Silben hervor. Sie rasten aus der Eingangstür. »Auch wenn es kein Cricket war! Wo hast du *La Savate* gelernt?«

MacKinnon hatte keine Zeit zu antworten, da es ihn voll auslastete, mit dem im Zickzack laufenden Magee Schritt zu halten. Gebückt überquerten sie die Straße, flitzten eine Gasse hinunter und verschwanden zwischen zwei Gebäuden.

Die folgenden Minuten – oder Stunden – waren später in MacKinnons Gedächtnis ein einziges Chaos. Er erinnerte sich, über ein Dach gekrochen und sich in die Finsternis eines Innenhofs hinabgelassen zu haben, aber er wußte nicht mehr, wie sie auf dieses Dach hinaufgekommen waren. Deutlich eingeprägt hatte sich ihm außerdem die entsetzlich lange Zeitspanne, in der er allein gewesen war, eingezwängt in einer höchst unappetitlichen Mülltonne, und sein Entsetzen, als sich Schritte näherten und Licht durch eine Ritze fiel.

Da er kurz darauf einen Krach und Schritte in eiliger Flucht hörte, vermutete er, Schatten habe den Verfolger von ihm abgelenkt. Aber als Schatten zurückkam und den Deckel der Mülltonne hob, hätte er ihn beinahe erwürgt, bevor er ihn erkannte.

Dann waren die ursprünglichen Verfolger abgeschüttelt. Magee führte ihn durch die Stadt und verriet ein profundes Wissen über Hintergassen und Abkürzungen und eine geniale Begabung für das Ausnützen von Deckungen. Sie erreichten ein baufälliges Viertel, das weit vom Zentrum entfernt war. Magee blieb stehen. »Hier wäre dann Endstation, Junge«, sagte er zu Dave. »Wenn du dieser Straße folgst, kommst du bald auf offenes Land. Dahin wolltest du doch, nicht wahr?«

»Ich glaube schon«, erwiderte MacKinnon unsicher und spähte die Straße hinunter. Dann drehte er sich wieder zu Magee um.

Aber Magee war fort. Er war mit den Schatten verschmolzen. Nichts war mehr von ihm zu sehen oder zu hören.

Mit schwerem Herzen ging MacKinnon in der ihm gewiesenen Richtung weiter. Er hatte keinen Grund zu der Annahme gehabt, Magee werde mit ihm zusammenbleiben; der Dienst, den Dave ihm mit einem glücklichen Tritt geleistet hatte, war mit Zinsen zurückgezahlt worden. Aber jetzt hatte er den einzigen freundlichen Gefährten verloren, den er an einem fremden Ort gehabt hatte. Er fühlte sich einsam und deprimiert.

Auf seinem Weg hielt er sich ständig im Dunkeln und gab genau Obacht auf Gestalten, die Streifenpolizisten hätten sein können. Er war ein paar hundert Yards gegangen und machte sich allmählich Sorgen, wie weit es noch bis aufs offene Land sein mochte, als aus einem finsteren Eingang ein Zischen ertönte. Vor Schreck bekam er eine Gänsehaut.

MacKinnon tat sein Bestes, die in ihm aufsteigende Panik zu unterdrücken, und sagte sich, daß Polizisten niemals zischen, als sich ein Schatten aus der Schwärze löste und seinen Arm berührte.

»Dave«, sagte der Schatten leise.

MacKinnon war zumute wie einem Kind, dem eine große Last vom Herzen fällt. »Schatten!«

»Ich habe mich anders entschlossen, Dave. Die Gendarmen würden dich bis morgen früh wieder einfangen. Du kennst die Fallstricke nicht ... Deshalb bin ich zurückgekommen.«

Dave war gleichzeitig erfreut und geknickt. »Ach was, Schatten«, protestierte er, »du brauchst dir um mich doch keine Sorgen zu machen. Ich komme schon zurecht.«

Magee schüttelte grob seinen Arm. »Sei nicht dumm. Grün, wie du bist, würdest du anfangen, lauthals auf deinen Rechten als Bürger zu bestehen oder so etwas, und prompt wieder auf den Mund geschlagen werden.

Nun paß auf!« fuhr er fort. »Ich werde dich zu Freunden von mir bringen, die dich verstecken, bis du so einigermaßen gelernt hast, wie es hier zugeht. Aber sie stehen auf der falschen Seite des Gesetzes, verstehst du? Du mußt es wie alle drei heiligen Affen machen – nichts

Böses sehen, nichts Böses hören, nichts Böses sprechen. Meinst du, das bringst du fertig?«

»Ja, aber ...«

»Ein ›Aber‹ gibt es nicht dabei. Komm mit!«

Der Eingang war auf der Rückseite eines alten Lagerhauses. Sie stiegen über Stufen in eine abgesunkene Grube hinunter. Von diesem offenen Vorhof, der nach aufgehäuftem Abfall stank, führte eine Tür in die Rückwand des Gebäudes. Magee klopfte leicht, aber systematisch, wartete und lauschte. Dann flüsterte er: »Pssst! Hier ist der Schatten.«

Die Tür öffnete sich schnell, und Magee wurde von zwei großen, fetten Armen umfaßt. Er schwebte in die Höhe, während die Eigentümerin der Arme ihm einen schallenden Kuß auf die Wange drückte. »Schatten!« rief sie aus. »Geht es dir gut, Junge? Du hast uns gefehlt!«

»Das nenne ich ein Willkommen, wie es sich gehört, Mutter«, antwortete er, sobald er wieder auf den Füßen stand. »Ich habe einen Freund mitgebracht. Mutter Johnston, das ist David MacKinnon.«

»Kann ich Ihnen zu Diensten sein?« reagierte David mit automatischer Förmlichkeit. Mutter Johnston jedoch kniff mißtrauisch die Augen zusammen.

»Ist er zünftig?« fragte sie scharf.

»Nein, Mutter, er ist ein neuer Einwanderer, aber ich bürge für ihn. Er ist auf der Flucht, und ich habe ihn mitgebracht, damit er hier abkühlen kann.«

Seine Überredungskünste erweichten sie ein bißchen. »Nun ...«

Magee kniff ihr in die Wange. »Braves Mädchen! Wann heiratest du mich?«

Sie schlug seine Hand zur Seite. »Selbst wenn ich vierzig Jahre jünger wäre, würde ich einen Spitzbuben wie dich nicht heiraten! Dann komm schon herein«, sagte sie zu MacKinnon, »wenn du ein Freund des Schattens bist – obwohl dir das keine Ehre macht!« Sie watschelte schnell vor ihnen her eine Treppe hinab, und dabei rief sie jemandem zu, er solle die Tür unten öffnen.

Der Raum war schlecht beleuchtet und fast nur mit

einem langen Tisch und ein paar Stühlen möbliert, an dem vielleicht ein Dutzend Leute saßen, tranken und sich unterhielten. MacKinnon fühlte sich an Drucke von alten englischen Pubs in den Tagen vor dem Zusammenbruch erinnert.

Magee wurde mit einem Durcheinander von freudigen Ausrufen begrüßt. »Schatten!« – »Er ist es in Person!« – »Wie hast du es diesmal geschafft, Schatten? Bist du an der Regenrinne hinuntergeklettert?« – »Gieß ein, Mutter – der Schatten ist zurück!«

Er nahm die Ovation mit einem Winken der Hand und einem grüßenden Zuruf an alle entgegen. Dann wies er auf MacKinnon. »Leute«, sagte er, und seine Stimme durchdrang den Tumult, »ich stelle euch Dave vor – den besten Kumpel, der jemals einen Gefängniswärter im richtigen Augenblick getreten hat. Ohne Dave wäre ich nicht hier.«

Dave fand sich auf einem Stuhl zwischen zwei anderen wieder, und eine nicht unattraktive junge Frau drückte ihm einen Bierkrug in die Hand. Er wollte ihr danken, aber sie war schon wieder fort, um Mutter Johnston bei der plötzlichen Flut von Bestellungen zu helfen. Ihm gegenüber saß ein ziemlich verdrießlicher junger Mann, der sich an der Begrüßung Magees nur wenig beteiligt hatte. Er musterte MacKinnon. Sein Gesicht wäre bewegungslos gewesen, hätte ein Tick ihn nicht gezwungen, alle paar Minuten krampfhaft mit dem rechten Auge zu blinzeln.

»In welcher Branche arbeitest du?« fragte er.

»Laß ihn in Ruhe, Alec!« mischte sich Magee schnell, aber in freundlichem Ton ein. »Er ist gerade erst drinnen angekommen; das habe ich doch gesagt. Aber er ist in Ordnung.« Magee hob die Stimme, damit ihn auch die anderen Anwesenden verstanden. »Er ist noch keine vierundzwanzig Stunden hier, und doch ist er schon aus dem Gefängnis ausgebrochen, hat zwei Zollwächter zusammengeschlagen und dem alten Richter Fleishacker freche Antworten ins Gesicht gegeben. Ist das keine Leistung für einen einzigen Tag?«

Dave war der Mittelpunkt anerkennenden Interesses, nur der junge Mann mit dem Tick bohrte weiter: »Das ist ja alles schön und gut, aber ich habe ihm eine faire Frage gestellt. In welcher Branche arbeitet er? Wenn es dieselbe ist wie meine, werde ich mir das nicht gefallen lassen – wir sind jetzt schon zu viele.«

»Bei dieser billigen Gaunerei, die dein Geschäft ist, sind es immer zu viele, aber sein Geschäft ist es nicht. Hör auf damit!«

»Warum antwortet er nicht selbst?« gab Alec mißtrauisch zurück. Er stand halb auf. »Ich glaube nicht, daß er zünftig ist.«

Magee säuberte sich die Nägel mit der Spitze eines schlanken Messers. »Steck deine Nase wieder ins Glas, Alec«, bemerkte er im Gesprächston, ohne aufzublicken, »oder muß ich sie abschneiden und hineinstecken?«

Der andere befingerte nervös etwas, das er in der Hand hielt. Magee schien es nicht zu bemerken, und trotzdem versicherte er ihm: »Wenn du meinst, daß du mich schneller mit einem Vitromesser erwischen kannst als ich dich mit Stahl, dann mach voran – es wird ein interessantes Experiment sein.«

Alec blieb noch einen Augenblick länger unentschlossen stehen, und sein Auge zuckte unaufhörlich. Mutter Johnston trat hinter ihn, faßte ihn bei den Schultern und drückte ihn auf seinen Stuhl nieder. »Jungens! Jungens! Ist das eine Art, sich zu benehmen? Und noch dazu vor einem Gast! Schatten, steck diesen Zahnstocher weg – ich schäme mich für dich.«

Das Messer war aus Magees Händen verschwunden. »Du hast recht wie immer, Mutter«, sagte er grinsend. »Sag Molly, sie soll mir noch einmal eingießen!«

Ein alter Mann, der rechts von MacKinnon saß, war dem Geschehen gefolgt, soweit es der Alkoholnebel zuließ, aber das Wesentliche schien er mitbekommen zu haben. Denn jetzt fixierte er Dave mit tränenden Augen und erkundigte sich: »Junge, gehörst du zur Gaunerzunft?« Der alte Mann beugte sich vor und unterstrich seine Frage mit einem zitternden Finger, dessen Gelenke geschwollen waren, und MacKinnon roch seinen süßsauren Atem.

Dave sah Magee ratsuchend an, und der Schatten antwortete für ihn. »Nein, er gehört nicht dazu. Mutter Johnston hat es gewußt, als sie ihn einließ. Er sucht hier Asyl – das wir ihm nach unserm Brauch gewähren müssen!«

Unbehagen machte sich breit. Molly hörte auf zu bedienen und lauschte unverhohlen. Doch der alte Mann schien zufriedengestellt. »Richtig ... das ist richtig«, stimmte er zu und nahm einen neuen Schluck. »Asyl muß gewährt werden, wenn ...« Seine Stimme verlor sich in Gebrabbel.

Die nervöse Spannung ließ nach. Die meisten Anwesenden waren unterbewußt froh, daß der alte Mann ihnen ein Beispiel gegeben hatte und sie das Eindringen des Fremden mit der Notwendigkeit entschuldigen konnten. Magee wandte sich wieder Dave zu. »Ich dachte, es sei besser für dich, nicht alles zu wissen, weil es dann dir – und uns – nicht schaden könne, aber jetzt ist die Sache einmal zur Sprache gekommen.«

»Was hat er denn nur gemeint?«

»Gramps wollte wissen, ob du zur Gaunerzunft gehörst – also ob du ein Mitglied der alten und ehrenwerten Bruderschaft der Räuber, Halsabschneider und Taschendiebe bist.«

Magee betrachtete Dave mit dem Ausdruck ironischer Belustigung. Dave sah unsicher von Magee zu den anderen, sah sie Blicke tauschen und überlegte, welche Antwort von ihm erwartet werde. Alec brach das Schweigen. »Nun«, höhnte er, »auf was wartet ihr noch? Legt ihm die Frage vor – oder steht es den Freunden des großen Schatten frei, diesen Club zu benutzen, ohne auch nur bitte zu sagen?«

»Habe ich dir nicht gesagt, du sollst still sein, Alec?« erwiderte der Schatten gelassen. »Außerdem überspringst du eine Stufe. Alle anwesenden Kameraden müssen erst entscheiden, ob ihm die Frage überhaupt gestellt werden soll.«

Ein ruhiger kleiner Mann mit dem Ausdruck chronischer Sorge in den Augen antwortete ihm. »Das trifft nicht ganz zu, Schatten. Wenn er von selbst gekommen oder uns in die Hände gefallen wäre – in dem Fall, ja. Aber du hast ihn hergebracht. Ich glaube, ich spreche für alle, wenn ich sage, er soll die Frage beantworten. Falls niemand etwas dagegen hat, werde ich selbst sie ihm stellen.« Er ließ ein paar Sekunden verstreichen. Niemand ergriff das Wort. »Also, dann gut ... Dave, du hast zuviel gesehen und gehört. Willst du uns augenblicklich verlassen – oder willst du bleiben und den Eid unserer Gilde leisten? Ich muß dich warnen, wenn du einmal Mitglied bist, bleibst du es fürs Leben – und für Verrat gibt es nur eine Strafe.«

Er zog den Daumen in der jahrhundertealten tödlichen Geste über seine Kehle. Gramps sorgte für einen entsprechenden Geräuscheffekt, indem er Spucke durch die Zähne saugte, und kicherte.

Dave blickte ringsum. Magees Gesicht gab ihm keine Hilfe. Er versuchte, Zeit zu gewinnen. »Was muß ich denn beschwören?«

Ein Hämmern draußen an der Tür unterbrach die Verhandlung abrupt. Ein Ruf erklang, gedämpft durch zwei geschlossene Türen und eine Treppe: »Macht auf da unten!« Magee erhob sich geschmeidig und winkte Dave.

»Das gilt uns, Junge«, sagte er. »Komm mit!«

Er ging zu einem umfangreichen, altmodischen Radiophonographen an der Wand, faßte darunter und suchte kurz. Dann öffnete sich ein Seitenpaneel des Geräts. Dave sah, daß der Mechanismus äußerst geschickt so umgebaut worden war, daß ein Mann daneben knapp Platz fand. Magee drängte ihn, hineinzusteigen, knallte das Paneel zu und ging.

Daves Gesicht war dicht an das Gitter gedrückt, das dazu gedacht war, den Lautsprecher abzudecken. Molly hatte die beiden Extra-Gläser vom Tisch geräumt und goß ein Glas so aus, daß sein Inhalt sich auf der Tischplatte verteilte und die Ringe auslöschte, die ihre Gläser hinterlassen hatten.

MacKinnon sah, daß der Schatten unter den Tisch glitt und nach oben faßte. Dann war er verschwunden. Offenbar hatte er sich auf irgendeine Art an der Unterseite der Tischplatte befestigt.

Mutter Johnston machte eine große Show aus dem Öffnen der Türen. Die untere öffnete sie mit viel Lärm sofort. Dann stampfte sie langsam die Treppe hinauf, blieb immer wieder stehen, schnaufte und beklagte sich laut. MacKinnon hörte sie die Außentür aufschließen.

»Eine schöne Zeit, um anständige Leute aufzuwecken!« protestierte sie. »Es ist schon schwer genug, die Arbeit zu schaffen und mit dem Geld über die Runden zu kommen, ohne alle fünf Minuten das, was ich gerade tue, aus der Hand fallen lassen zu müssen ...«

»Genug davon, altes Mädchen«, antwortete eine Männerstimme. »Mach, daß du nach unten kommst! Wir haben ein Geschäft mit dir zu erledigen.«

»Was für ein Geschäft?« verlangte sie zu wissen.

»Es könnte um den Verkauf von Alkohol ohne Lizenz gehen – aber das ist es diesmal nicht.«

»Ich verkaufe keinen Alkohol! Das hier ist ein privater Club. Der Alkohol gehört den Mitgliedern; ich serviere ihn ihnen nur.«

»Dem mag sein, wie ihm wolle. Diese Mitglieder sind es, mit denen ich sprechen möchte. Geh mir aus dem Weg, und zwar ein bißchen plötzlich!«

Sie drängten sich in den Raum und schoben Mutter Johnston, die immer weiter redete, vor sich her. Der Sprecher war ein Sergeant der Polizei; ihn begleitete ein Streifenpolizist. Ihnen folgten zwei weitere Männer in Uniform, aber das waren Soldaten. MacKinnon schloß aus den Markierungen ihrer Kilts, daß es sich um einen Corporal und einen Gemeinen handelte – vorausgesetzt, die Abzeichen hatten in New America die gleiche Bedeutung wie in der Army der Vereinigten Staaten.

Der Sergeant achtete nicht auf Mutter Johnston. »Alle Männer, antreten!« rief er.

Sie taten es, widerwillig, aber prompt. Molly und Mutter Johnston rückten näher zusammen. Der Polizei-Sergeant sagte: »Corporal – übernehmen Sie!«

Der Junge, der in der Küche abspülte, hatte mit runden Augen zugesehen. Er ließ ein Glas fallen. Es hüpfte auf dem harten Fußboden herum und füllte die Stille mit glockenähnlichen Tönen.

Der Mann, der Dave ›die Frage‹ hatte stellen wollen, beschwerte sich: »Was hat das alles zu bedeuten?«

Der Sergeant antwortete mit einem selbstzufriedenen Grinsen. »Das bedeutet eine Rekrutierung. Für die Dauer des Krieges gehören Sie alle der Army an.«

»Ein Preßkommando!« Es war ein unwillkürlicher Aufschrei, dessen Quelle nicht festgestellt werden konnte.

Der Corporal trat schneidig vor. »In Zweierreihen aufrücken!« befahl er. Aber der kleine Mann mit den besorgten Augen ließ sich nicht so schnell abspeisen.

»Das verstehe ich nicht«, wandte er ein. »Wir haben mit dem Freistaat doch erst vor drei Wochen einen Friedensvertrag unterzeichnet.«

»Das geht Sie nichts an«, gab der Sergeant zurück, »und mich auch nichts. Wir ziehen jeden gesunden Mann ein, der nicht in einer lebenswichtigen Industrie arbeitet. Mitkommen!«

»Dann können Sie mich nicht brauchen.«

»Warum nicht?«

Er hob einen Armstumpf, an dem die Hand fehlte. Der Sergeant blickte von dem Stumpf zu dem Corporal, der mürrisch nickte, und sagte: »Okay – aber melden Sie sich morgen früh im Büro, und lassen Sie sich registrieren.«

Er wollte die Männer hinausmarschieren lassen, als Alec aus dem Glied sprang, bis an die Wand zurückwich und schrie: »Das könnt ihr mir nicht antun! Ich will nicht!« Er hielt sein tödliches kleines Vibromesser in der Hand, und die rechte Seite seines Gesichts war so krampfhaft verzerrt, daß die Zähne entblößt wurden.

»Holen Sie ihn, Steeves!« befahl der Corporal. Der Gemeine trat vor, blieb jedoch stehen, als Alec das Vibromesser gegen ihn schwang. Er hatte keine Lust, es zwischen die Rippen zu bekommen, und an der Gefährlichkeit seines hysterischen Gegners gab es keinen Zweifel.

Mit phlegmatischem, beinahe gelangweiltem Gesicht richtete der Corporal ein Röhrchen auf die Wand über Alecs Kopf. Dave hörte ein leises *Plop!* und ein dünnes Klirren. Alec stand ein paar Sekunden bewegungslos da. Sein Gesicht war noch heftiger verzerrt, als setze er seinen ganzen Willen gegen eine unbekannte Kraft ein. Dann glitt er ohne einen Laut auf den Boden. Der Krampf in seinem Gesicht löste sich, und nun sah er wie ein müder und schmollender und sehr bestürzter kleiner Junge aus.

»Zwei Mann tragen ihn«, befahl der Corporal. »Vorwärts, marsch!«

Der Sergeant ging als letzter. An der Tür drehte er sich noch einmal zu Mutter Johnston zu. »Hast du kürzlich den Schatten gesehen?«

»Den Schatten?« Sie schien verwirrt zu sein. »Der ist doch im Gefängnis!«

»Ach ja ... das stimmt.« Er ging hinaus.

Magee lehnte den Drink ab, den Mutter Johnston ihm anbot.

Zum ersten Mal schien er sich Sorgen zu machen, was Dave überraschte. »Ich verstehe das nicht«, murmelte Magee vor sich hin und bat dann den Einhändigen: »Ed, würdest du mein Wissen auf den neuesten Stand bringen?«

»Es ist nicht viel Neues passiert, seit man dich eingebuchtet hat, Schatten. Der Friedensvertrag wurde vorher abgeschlossen. Nach den Zeitungen hätte ich gedacht, daß endlich einmal Ruhe herrschte.«

»Ich auch. Aber die Regierung muß mit einem Krieg rechnen, wenn sie eine allgemeine Mobilmachung befohlen hat.« Er stand auf. »Ich brauche weitere Informationen. – Al!« Der Küchenjunge steckte seinen Kopf ins Zimmer.

»Was willst du, Schatten?«

»Geh auf die Straße und halte ein Palaver mit fünf oder sechs Bettlern! Geh zu ihrem König! Du weißt doch, wo er sein Lager aufgeschlagen hat?«

»Klar – drüben beim Auditorium.«

»Finde heraus, was los ist, aber laß niemanden wissen, daß ich dich geschickt habe!«

»Wird gemacht, Schatten.« Der Junge verschwand.

»Molly.«

»Ja, Schatten?«

»Willst du gehen und mit einigen von den Gewerblichen reden? Ich möchte wissen, was sie von ihren Kunden hören.« Molly nickte zustimmend. Magee fuhr fort: »Am besten wendest du dich an diese kleine Rothaarige, die auf dem Union Square tippelt. Sie kann noch einem Toten Geheimnisse entlocken. Hier ...« Er zog ein Bündel Geldscheine aus der Tasche und gab ihr ein paar. »Nimm das als Schmiermittel mit ... Unter Umständen mußt du einen Bullen bezahlen, damit er dich aus dem Distrikt wieder hinausläßt.«

Magee war nicht in der Stimmung, sich zu unterhalten, und bestand darauf, Dave müsse etwas Schlaf bekommen. Der ließ sich leicht überreden, da er überhaupt noch nicht geschlafen hatte, seit er in Coventry angekommen war. Es schien ihm ein Menschenalter her zu sein. Er fühlte sich erschöpft. Mutter Johnston machte ihm in einem dunklen, stickigen Zimmer in dem gleichen unterirdischen Stockwerk ein Lager zurecht. Es besaß nichts von dem hygienischen Komfort, an den er gewöhnt war – Klimaanlage, einschläfernde Musik und hydraulische Matratzen, und schallisoliert war es auch nicht. Auf sein übliches entspannendes Bad und die automatische Massage mußte er verzichten, aber er war zu müde, als daß es ihm etwas ausgemacht hätte. Zum ersten Mal in seinem Leben schlief er in seinen Kleidern und unter einer Decke.

Er wachte mit Kopfschmerzen, einem Geschmack wie erschöpfte Sünde im Mund und der unbestimmten Angst vor einer nahenden Katastrophe auf. Zuerst konnte er sich nicht erinnern, wo er war – er meinte, immer noch im Draußen in Untersuchungshaft zu sein. Seine Umgebung war unbeschreiblich verkommen. Gerade wollte er nach dem Wärter läuten und sich beschweren, als sein Gehirn die Ereignisse des Vortages zusammensetzte. Er stand auf und stellte fest, daß ihm alle seine Knochen und Muskeln weh taten und daß er – noch schlimmer – furchtbar schmutzig war. Es juckte ihn.

Er betrat das Schenkzimmer, wo Magee schon am Tisch saß. »Heh, Junge. Ich wollte dich gerade aufwecken. Du hast beinahe den ganzen Tag geschlafen. Wir haben eine Menge zu besprechen.«

»Okay – gleich. Wo ist der Erfrischer?«

»Da drüben.«

Dave hatte bisher eine andere Vorstellung von einer Erfrischungskammer gehabt, aber es gelang ihm, sich trotz des schleimigen Fußbodens zu duschen. Dann entdeckte er, daß kein Heißluftgebläse installiert war. So war er gezwungen, sich mit seinem unzureichenden Taschentuch selbst abzutrocknen. Kleidung zum Wechseln hatte er nicht. Er mußte die wieder anziehen, die er ausgezogen hatte, oder nackt gehen. Aber nirgendwo in Coventry hatte er nackte Menschen gesehen, nicht einmal Sportler. Zweifellos herrschten hier andere Sitten.

Also zog er seine Sachen wieder an, obwohl seine Haut bei der Berührung durch schon benutztes Leinen kribbelte.

Dafür hatte Mutter Johnston ein appetitliches Frühstück für ihn bereitgestellt. Der Kaffee weckte seine Lebensgeister. Währenddessen redete Magee. Die Lage war, wie der Schatten meinte, ernst. Neu-Amerika und der Freistaat hatten ihre Differenzen beigelegt und ein Bündnis geschlossen. Sie hatten im Ernst vor, aus Coventry auszubrechen und die Vereinigten Staaten anzugreifen.

MacKinnon hob den Blick. »Das ist doch lächerlich! Ihnen stünde eine gewaltige Überzahl entgegen. Außerdem, was ist mit der Barriere?«

»Das weiß ich nicht – noch nicht. Aber sie haben einigen Grund zu der Annahme, daß sie die Barriere überwinden können. Es gehen Gerüchte, daß die Barriere, was sie auch sein mag, ebenso als Waffe zu verwenden ist, so daß eine kleine Armee fähig sein könnte, die ganzen Vereinigten Staaten auszulöschen.«

MacKinnon fand das unbegreiflich. »Über eine Waffe, die ich nicht kenne, kann ich schlecht etwas sagen«, meinte er, »aber was die Barriere betrifft ... Ich bin kein Theoretischer Physiker, ich habe nur immer gehört, es sei theoretisch unmöglich, die Barriere zu durchbrechen – da sei einfach ein Nichts, das man nicht berühren könne. Natürlich kann man sie überfliegen, doch auch das soll lebensgefährlich sein.«

»Und wenn sie nun einen Weg gefunden hätten, sich vor den Wirkungen des Barrierefeldes abzuschirmen?« fragte Magee. »Wie dem auch sei, uns soll das nicht weiter kümmern. Wichtig für uns ist folgendes: Da haben sie dieses Bündnis geschlossen. Der Freistaat liefert die Technik und die meisten Offiziere, Neu-Amerika mit seiner größeren Einwohnerzahl hauptsächlich Soldaten. Und das bedeutet für uns, daß wir unsere Gesichter nirgendwo zeigen dürfen, sonst sind wir im Handumdrehen in der Armee.

Das bringt mich auf das, was ich vorschlagen wollte. Ich werde hier verschwinden, sobald es dunkel wird, und zum Tor rasen, bevor man jemanden nach mir ausschickt, der intelligent genug ist, unter einen Tisch zu gucken. Ich dachte, vielleicht hättest du Lust mitzukommen.«

»Zurück zu den Psychologen?« MacKinnon war ehrlich entsetzt.

»Sicher – warum nicht? Was hast du zu verlieren? Dieser ganze verdammte Ort wird in ein paar Tagen genau wie der Freistaat sein – und ein Mann von deinem Temperament wäre dann ständig in heißem Wasser. Was ist schlecht an einem hübschen, ruhigen Krankenzimmer als Versteck, bis sich die Lage beruhigt hat? Du brauchst auf die Psych-Jungs doch gar nicht zu achten – empfange sie einfach jedes Mal, wenn einer die Nase in dein Zimmer steckt, mit tierischen Lauten, bis sie aufgeben.«

Dave schüttelte den Kopf. »Nein«, sagte er langsam, »das kann ich nicht.«

»Was willst du dann machen?«

»Das weiß ich noch nicht. In die Berge gehen, wahrscheinlich. Bei den Engeln leben, wenn es zum Schlimmsten kommt. Mir würde es nichts ausmachen, wenn sie für meine Seele beten, solange sie mein Gehirn in Ruhe lassen.«

Eine Weile schwiegen alle beide. Magee ärgerte sich ein bißchen, daß MacKinnon stur ein Angebot ablehnte, das ihm nichts als vernünftig vorkam. David stopfte weiter eifrig gegrillten Schinken in sich hinein, während er seine Lage überdachte. Er nahm noch einen Bissen. »Hm, das schmeckt gut«, bemerkte er, um das peinliche Schweigen zu brechen. »Ich erinnere mich nicht, jemals etwas so Leckeres gegessen zu haben. Sag mal!«

»Was?« Magee bemerkte MacKinnons bedenkliches Gesicht.

»Dieser Schinken – ist er synthetisch, oder ist das *richtiges Fleisch?«*

»Richtiges Fleisch natürlich. Wieso?«

Dave antwortete nicht. Es gelang ihm, die Erfrischungskammer zu erreichen, bevor ihn das, was er gegessen hatte, wieder verließ.

Magee gab Dave zum Abschied etwas Geld, womit er sich Dinge kaufen konnte, die er brauchte, wenn er in die Berge zog. MacKinnon protestierte, aber der Schatten schnitt ihm das Wort ab. »Sei nicht so dumm, Dave! Ich kann im Draußen kein neuamerikanisches Geld verwenden, und du wirst ohne entsprechende Ausrüstung in den Bergen nicht überleben. Bleib ein paar Tage hier im Versteck! Al oder Molly können einkaufen, was du brauchst. Dann hast du wenigstens eine Chance – oder wirst du deine Meinung ändern und doch mit mir kommen?«

Darauf schüttelte Dave den Kopf und nahm das Geld an.

Es war einsam, nachdem Magee gegangen war. Mutter Johnston und Dave waren im Club allein, und die leeren Stühle erinnerten ihn in deprimierender Weise an die Männer, die zum Militärdienst gezwungen worden waren. Er wünschte, Gramps oder der einhändige Mann würden sich zeigen. Sogar Alec mit seinem bösartigen Temperament wäre Gesellschaft gewesen. Er fragte sich, ob Alec dafür bestraft worden war, daß er sich der Rekrutierung widersetzt hatte.

Mutter Johnston überredete ihn zu einem Dame-Spiel, um ihn aus seiner niedergeschlagenen Stimmung zu reißen. Er fühlte sich verpflichtet, auf ihren gut gemeinten Vorschlag einzugehen, aber seine Gedanken schweiften ständig ab. Es war schön und gut für den Oberrichter, ihm zu raten, Abenteuer bei interplanetaren Forschungsreisen zu suchen, aber dazu nahm man nur Ingenieure und Techniker. Vielleicht hätte er sich der Wissenschaft oder der Technik statt der Literatur widmen sollen. Dann könnte er jetzt auf der Venus sein und sein Abenteuer im Kampf mit den Naturgewalten erleben, statt sich vor uniformierten Schlägern zu verstecken. Es war nicht fair. Nein, er durfte sich nichts vormachen. Auf den ungezähmten Planeten war kein Platz für einen Experten in Literaturgeschichte. Das war keine menschliche Ungerechtigkeit, das war eine harte Tatsache der Natur, und am besten fand er sich damit ab.

Voll Bitterkeit dachte er an den Mann, dem er die Nase gebrochen hatte – wodurch er sich selbst nach Coventry beförderte. Vielleicht war er wirklich ein ›ausgestopfter Parasit‹ – aber bei der Erinnerung packte ihn der gleiche unvernünftige Zorn, der Ursache seiner Schwierigkeiten war. Er war *froh,* diesen Sowieso verprügelt zu haben! Welches Recht hatte der Kerl, Leute zu verhöhnen und solche Sachen zu heißen?

Auf die gleiche rachsüchtige Art pflegte er an seinen Vater zu denken, obwohl er die Verbindung nicht hätte erklären können. Oberflächlich betrachtet gab es gar keine, denn sein Vater hätte sich nie dazu herabgelassen, Schimpfwörter zu benutzen. Statt dessen hätte er das liebenswürdigste aller Lächeln gezeigt und ein Übelkeit erregendes Zitat über ›Freundlichkeit und Licht‹ vorgetragen. Daves Vater war einer der unangenehmsten kleinen Tyrannen, die je unter der Maske der Liebe und Güte einen Haushalt unterdrückt hatten. Er gehörte zu der Schule ›Das macht mir mehr Kummer als Ärger‹ und ›Das tut mir weher als dir‹, und sein ganzes Leben lang hatte er jedesmal seinen eigenen Willen durchgesetzt, indem er eine Begründung der Nächstenliebe dafür fand. Von seiner eigenen Unfehlbarkeit überzeugt, hatte er den Standpunkt seines Sohnes niemals zur Kenntnis genommen, sondern ihn in jeder Beziehung beherrscht – immer aus den edelsten moralischen Motiven.

Auf David hatte das vor allem zwei Wirkungen gehabt: Das natürliche Unabhängigkeitsstreben des Jungen, zu Hause zermalmt, hatte blindlings gegen jede Form von Disziplin, Autorität oder Kritik anderswo rebelliert, weil er sie unterbewußt mit der nicht zu kritisierenden väterlichen Autorität identifizierte. Zweitens hatte die jahrelange Assoziation Dave dazu gebracht, seines Vaters gefährlichstes soziales Laster zu übernehmen, nämlich ohne Hemmungen moralische Urteile über die Handlungen anderer zu fällen.

Als Dave wegen Verletzung eines Grundrechts, das heißt, wegen atavistischer Gewalttätigkeit, festgenommen wurde, hatte sein Vater mit der Erklärung, er habe sein Bestes getan, um ›einen Mann aus ihm zu machen‹, seine Hände in Unschuld gewaschen. Man konnte es ihm doch nicht anlasten, wenn sein Sohn von seinen Lehren nicht profitiert hatte!

Es klopfte leise, und er stellte das Damebrett schnell weg. Mutter Johnston ließ sich Zeit mit dem Aufmachen. »Das ist nicht unser Zeichen«, überlegte sie, »aber es ist nicht laut genug, als daß es die Bullen sein könnten. Halte dich bereit, dich zu verstecken!«

MacKinnon wartete vor dem Fuchsloch, wo er sich gestern abend verborgen hatte, während Mutter Johnston nachsehen ging. Er hörte, wie sie an der oberen Tür den Riegel zurückzog und den Schlüssel im Schloß drehte, und dann rief sie ihm mit leiser, aber dringlicher Stimme zu: »Dave! Komm her, Dave – beeil dich!«

Es war der Schatten, bewußtlos, eine Spur seines eigenen Blutes hinter sich.

Mutter Johnston bemühte sich, die schlaffe Gestalt aufzuheben. MacKinnon faßte mit an, und zu zweit gelang es ihnen, ihn die Treppe hinunterzuschaffen und auf den langen Tisch zu legen. Als sie seine Glieder streckten, kam er für einen Augenblick zu sich. »Heh, Dave«, flüsterte er, und ein Abglanz seines heiteren Lächelns umspielte seine Lippen. »Jemand hat mein As übertrumpft.«

»Du bist ruhig!« fuhr Mutter Johnston ihn an. Mit leiserer Stimme sagte sie zu Dave: »Oh, der arme Liebling – Dave, wir müssen ihn zum Doktor schaffen.«

»Keine ... Zeit«, murmelte der Schatten. »Muß zum ... Tor ...« Ihm versagte die Stimme. Mutter Johnstons Hände waren währenddessen geschäftig gewesen, als besäßen sie eine eigene Intelligenz. Eine kleine Schere, aus einem Versteck an ihrer umfangreichen Person hervorgeholt, schnitt Magees Kleidung auf und legte das äußere Ausmaß des Schadens bloß. Sie untersuchte die Wunde kritisch.

»Das ist keine Arbeit für mich«, entschied sie, »und er muß schlafen, wenn wir ihn transportieren. Dave, bring mir die Spritze aus dem Medizinschränkchen im Erfrischer!«

»Nein, Mutter!« widersprach Magee, und seine Stimme klang kräftig. »Gib mir eine Aufputschpille. Ich muß ...«

»Aber, Schatten ...«

Er schnitt ihr das Wort ab. »Ja, ich gehe zum Doktor, aber wie, zum Teufel, soll ich hingelangen, wenn nicht auf meinen Füßen?«

»Wir könnten dich tragen.«

»Danke, Mutter.« Seine Stimme nahm einen weicheren Ton an. »Ich weiß, das würdest du tun – aber dann würde die Polizei neugierig. Gib mir die Pille!«

Dave folgte ihr in den Erfrischer, wo sie im Medizinschränkchen herumstöberte. »Warum lassen wir nicht einfach einen Arzt kommen?« fragte er sie.

»Es gibt nur einen einzigen, dem wir trauen können, und das ist *der* Doktor. Außerdem sind die anderen alle keinen Schuß Pulver wert.«

Sie kehrten in das Schenkzimmer zurück. Magee hatte wieder das Bewußtsein verloren. Mutter Johnston ohrfeigte ihn, bis er blinzelnd und fluchend zu sich kam. Dann steckte sie ihm die Pille in den Mund.

Das starke Stimulanz, ein unwahrscheinlicher Abkömmling gewöhnlichen Steinkohlenteers, wirkte beinahe sofort. Für einen nichtsahnenden Beobachter war Magee ein gesunder Mann. Er setzte sich auf und fühlte sich mit sicheren, empfindsamen Fingern den Puls am linken Handgelenk. »Regelmäßig wie ein Metronom«, verkündete er. »Die alte Pumpe hält eine solche Dosis gut aus.«

Er wartete, bis Mutter Johnston seine Wunde mit sterilen Verbänden bedeckt hatte, dann sagte er Lebewohl. MacKinnon sah Mutter Johnston an. Sie nickte.

»Ich gehe mit dir«, sagte er zu dem Schatten.

»Weshalb? Es wird das Risiko nur verdoppeln.«

»Du kannst in deinem Zustand nicht allein reisen – ob du ein Stimulanz bekommen hast oder nicht.«

»Blödsinn. *Ich* würde mich um *dich* kümmern müssen.«

»Ich gehe mit dir.«

Magee zuckte die Achseln und kapitulierte.

Mutter Johnston wischte sich das schwitzende Gesicht ab und küßte sie beide.

Bis sie die Stadt ein gutes Stück hinter sich gelassen hatten, erinnerte ihr Weg MacKinnon an die alptraumhafte Flucht am Abend zuvor. Danach wanderten sie eine Straße entlang, die in nord-nordwestlicher Richtung auf die Ausläufer des Gebirges zuführte, und sie verließen sie nur, um dem spärlichen Verkehr auszuweichen. Einmal wären sie beinahe von einem Streifenwagen überrascht worden, der mit ultraviolettem Licht ausgerüstet und beinahe unsichtbar war, aber der Schatten nahm ihn noch rechtzeitig wahr, und sie duckten sich hinter ein Mäuerchen, das die Straße von dem anstoßenden Feld trennte.

Dave fragte, woran der Schatten erkannt habe, daß der Streifenwagen nahe war. Magee lachte vor sich hin. »Ich will verdammt sein, wenn ich es weiß«, antwortete er, »aber ich glaube, ich könnte einen Polizisten herausriechen, der sich in einer Ziegenherde versteckt hat.«

Je weiter die Nacht voranschritt und je mehr die Wirkung der Droge nachließ, desto weniger redete der Schatten. Sein sonst so heiteres Gesicht wurde alt und faltig. Dieser ungewohnte Ausdruck gab Dave eine klarere Einsicht in den Charakter des Mannes. Er fand, die Maske des Schmerzes sei eher sein wahres Gesicht als die Unbekümmertheit, die Magee der Welt zu zeigen pflegte. Zum neunten Mal fragte er sich, was der Schatten getan haben mochte, daß ein Gericht ihn als in sozialer Hinsicht geisteskrank eingestuft hatte.

Diese Frage stellte sich ihm bei jedem Menschen, dem er in Coventry begegnete. In den meisten Fällen lag die Antwort auf der Hand; die Labilität war auffallend. Mutter Johnston war ihm ein Rätsel gewesen, das sie ihm selbst erklärt hatte. Sie war ihrem Mann nach Coventry gefolgt. Jetzt, wo sie Witwe war, zog sie es vor, bei den Freunden, die sie kannte, und den Sitten und Gebräuchen, an die sie sich gewöhnt hatte, zu bleiben, als sie mit einer anderen und möglicherweise weniger angenehmen Umgebung zu vertauschen.

Magee setzte sich an den Straßenrand. »Es hat keinen Zweck, Junge«, gestand er. »Ich schaffe es nicht.«

»Wir schaffen es, verdammt noch mal. Ich werde dich tragen.«

Magee grinste schwach.

»Es ist mein Ernst«, beteuerte Dave. »Wie weit ist es noch?«

»Vielleicht zwei oder drei Meilen.«

»Komm an Bord!« Er nahm Magee huckepack und ging weiter. Die ersten paar hundert Yards fielen ihm nicht allzu schwer; Magee war vierzig Pfund leichter als Dave. Danach machte sich die zusätzliche Anstrengung durch die Bürde bemerkbar. Seine Arme, die Magees Knie stützten, verkrampften sich, seine Fußgewölbe beschwerten sich über das Gewicht und seine unnatürliche Verteilung, und Magees Arme um seinem Hals behinderten seine Atmung.

Noch zwei Meilen – vielleicht mehr. Laß dein Gewicht nach vorn fallen, und dein Fuß muß ihm folgen, sonst kippst du um! Das geht automatisch – so automatisch wie das Zähneziehen. Wie lang ist eine Meile? Ein Nichts in einem Raketenschiff, dreißig Sekunden in einem Ausflugswagen, zehn Minuten in einer Schildkröte, fünfzehn Minuten für eine trainierte Truppe in guter Kondition. Wie lang ist sie mit einem Mann auf deinem Rücken auf einer unebenen Straße, wenn du schon müde bist?

Fünftausend und zweihundert und achtzig Fuß – eine bedeutungslose Zahl. Aber mit jedem Schritt werden vierundzwanzig Zoll von der Gesamtsumme abgezogen. Der Rest ist immer noch unvorstellbar – eine Unendlichkeit. Zähle die Schritte. Zähle sie, bis du verrückt wirst – bis die Zahlen außerhalb deines Kopfes erklingen und das Wumm! ... Wumm! ... Wumm! deiner riesigen, gefühllosen Füße in deinem Kopf dröhnt. Zähle sie rückwärts, ziehe jedes Mal zwei ab – nein, das macht es schlimmer; jeder Rest ist immer noch ein unfaßlicher, unvorstellbarer Wert. Seine Welt schrumpfte, verlor ihre Vergangenheit und sah keine Zukunft mehr vor sich. Es gab nichts, gar nichts mehr als die quälende Notwendigkeit, den Fuß von neuem zu heben und vorzusetzen. Kein Gefühl als die herzzerreißende Willensanstrengung, die notwendig war, um diese sinnlose Handlung zu vollziehen.

Plötzlich kam Dave wieder zu sich, weil Magees Arme sich von seinem Hals lösten. Er beugte sich vor und ließ sich auf ein Knie nieder, um seine Last nicht fallenzulassen. Dann ließ er sie langsam zu Boden sinken. Einen Augenblick lang glaubte er, der Schatten sei tot – er konnte keinen Puls finden, und das ausgemergelte Gesicht und der schlaffe Körper waren einem Leichnam sehr ähnlich. Dann hielt er das Ohr an Magees Brust und hörte erleichtert das stetige Pochen des Herzens.

Er band Magees Handgelenke mit seinem Taschentuch zusammen und steckte den Kopf durch den Ring der Arme. Aber in seinem erschöpften Zustand gelang es ihm nicht, das tote Gewicht in die richtige Position auf seinem Rücken zu bringen. Während er sich darum bemühte, kam der Schatten wieder zu sich. Seine ersten Worte waren: »Nimm's leicht, Dave. Was gibt es für ein Problem?«

Dave erklärte es ihm. »Du bindest meine Handgelenke besser los«, riet der Schatten ihm. »Ich glaube, ich kann eine Weile gehen.«

Er ging tatsächlich beinahe dreihundert Yards, und dann mußte er wieder aufgeben. »Sag mal, Dave«, fragte er, nachdem er sich ein bißchen erholt hatte, »hast du etwas von diesen Aufputschpillen mitgenommen?«

»Ja – aber du verträgst keine zweite mehr. Sie würde dich umbringen.«

»Ich weiß – so sagt man. Daran hatte ich auch gar nicht gedacht. Ich wollte vorschlagen, daß du eine nimmst.«

»Natürlich! Großer Gott, Schatten, was bin ich dumm!«

Magee kam ihm nicht schwerer vor als ein leichter Mantel, der Morgenstern leuchtete heller, und seine Kräfte waren unerschöpflich. Selbst als sie die Straße verließen und den Karrenweg hinaufstiegen, der zum Haus des Doktors im Vorgebirge führte, war das Gehen erträglich und die Bürde nicht zu schwer. MacKinnon wußte, daß die Droge sein Körpergewebe abbaute, nachdem die eigentlichen Reserven längst verbraucht waren, und daß es Tage dauern würde, bis er sich von dieser rücksichtslosen Ausbeutung erholt hatte, aber es machte ihm nichts aus. Kein Preis war zu hoch für den Augenblick, als er endlich vor der Tür des Doktorhauses stand – auf seinen eigenen beiden Füßen, und sein Schutzbefohlener am Leben und bei Bewußtsein.

MacKinnon durfte Magee vier Tage lang nicht sehen. In der Zwischenzeit führte er selbst das Leben eines Halbinvaliden, damit er die fünfundzwanzig Pfund aufholte, die er in zwei Tagen und zwei Nächten verloren hatte, und damit sein Herz, das er in der letzten Nacht schwer überanstrengt hatte, die notwendige Ruhepause bekam. Kalorienreiche Kost, Sonnenbäder, viel Schlaf, eine friedliche Umgebung und seine von Natur aus gute Gesundheit gaben ihm Gewicht und Kraft schnell zurück, aber er genoß das ›Krankfeiern‹ sehr, weil es die Gesellschaft des Doktors – und Persephones bedeutete.

Nach dem Kalender war Persephone fünfzehn Jahre alt. Dave kam nie mit sich ins reine, ob sie auf ihn viel älter oder viel jünger wirkte. Sie war in Coventry geboren und hatte ihr kurzes Leben im Haus des Doktors verbracht, nachdem ihre Mutter in eben diesem Haus bei ihrer Geburt gestorben war. In vielen Dingen war sie ganz Kind, da sie die zivilisierte Welt im Draußen überhaupt nicht kannte und auch mit den Einwohnern von Coventry wenig Kontakt hatte, außer wenn sie sie als Patienten des Doktors sah. Aber sie hatte unbegrenzten Zutritt zur Bibliothek eines weltweisen Wissenschaftlers mit proteischem Geist gehabt. MacKinnon kam aus dem Staunen über den Umfang ihres akademischen Wissens nicht heraus; es war viel größer als sein eigenes. Er meinte dann, sich mit einer bejahrten, alleswissenden Matriarchin zu unterhalten, bis sie plötzlich mit irgendeiner naiven Vorstellung über die Außenwelt daherkam und er mit einem Schock erkannte, daß sie in Wirklichkeit ein unerfahrenes Kind war.

Er hegte ein bißchen romantische Gefühle für sie. In Anbetracht ihres noch kaum heiratsfähigen Alters natürlich nicht im Ernst, aber sie war ein erfreulicher Anblick, und er war nach weiblicher Gesellschaft ausgehungert. Selbst war er noch jung genug, um fortgesetzt Interesse an den köstlichen Unterschieden, geistiger und körperlicher Art, zwischen Mann und Frau zu haben.

Infolgedessen war es ein ebenso harter Schlag für seinen Stolz wie seine Verurteilung, als er entdeckte, daß sie ihn zusammen mit den anderen Bewohnern Coventrys als armen Unglücklichen einstufte, der Hilfe und Mitgefühl brauchte, weil er nicht ganz richtig im Kopf war.

Er war wütend, und einen ganzen Tag lang blieb er für sich und nahm übel. Aber das menschliche Bedürfnis nach Selbstrechtfertigung und Zustimmung zwang ihn, zu ihr zu gehen und den Versuch zu machen, sie zu überzeugen. Er erklärte sorgfältig und in aller Ehrlichkeit die Umstände, die zu seinem Gerichtsverfahren und der Verurteilung geführt hatten, und ergänzte den Bericht mit seinen eigenen philosophischen Wertungen. Dann wartete er vertrauensvoll auf ihre Zustimmung.

Er bekam sie nicht. »Ich verstehe deinen Standpunkt nicht«, sagte Persephone. »Du hast ihm die Nase gebrochen, obwohl er dir überhaupt keinen Schaden zugefügt hatte. Und das soll ich billigen?«

»Aber Persephone«, protestierte er, »du ignorierst die Tatsache, daß er mich mit einem sehr beleidigenden Ausdruck bezeichnet hatte.«

»Da sehe ich keinen Zusammenhang«, sagte sie. »Er hat ein Geräusch mit seinem Mund gemacht – ein verbales Etikett. Wenn das Etikett nicht auf dich paßt, ist das Geräusch bedeutungslos. Wenn es auf dich paßt, wenn du wirklich das bist, was es heißt, bist du es weder mehr noch weniger dadurch, daß jemand es ausspricht. Kurz, er hat dir keinen Schaden zugefügt.

Was du ihm dagegen angetan hast, war etwas ganz anderes. Du hast ihm die Nase gebrochen. Das ist ein Schaden. Zu ihrer Selbstverteidigung mußte die übrige Gesellschaft dich einsperren und feststellen, ob du so labil bist, daß du in Zukunft womöglich einem weiteren Menschen Schaden zufügen wirst. Falls ja, mußtest du behandelt werden oder die Gesellschaft verlassen – was von beidem dir lieber war.«

»Du hältst mich für verrückt, wie?« beschuldigte er sie.

»Verrückt? Nicht auf die Weise, wie du meinst. Du hast keine Paralyse und keinen Gehirntumor oder sonst eine Läsion, die ein Arzt feststellen könnte. Aber vom Gesichtspunkt deiner semantischen Reaktionen aus bist du in sozialer Hinsicht ebenso geisteskrank wie ein fanatischer Hexenverbrenner.«

»Komm, komm – das ist nicht gerecht!«

»Was ist gerecht?« Sie hob das Kätzchen auf, mit dem sie gespielt hatte. »Ich gehe hinein – es wird kühl.« Sie ging ins Haus, und ihre bloßen Füße schritten geräuschlos über das Gras.

Hätte sich die Wissenschaft der Semantik ebenso rapide entwickelt wie die Psychodynamik und die daraus folgende Kunst der Propaganda und der Mob-Psychologie, wären die Vereinigten Staaten vielleicht nie unter eine Diktatur geraten und dann zur Zweiten Revolution gezwungen gewesen. Alle im Vertrag enthaltenen wissenschaftlichen Prinzipien, die das Ende der Revolution kennzeichnen, waren schon im ersten Viertel des 20. Jahrhunderts formuliert worden.

Aber die Pionierarbeit der Semantiker C. K. Ogden, Alfred Korzybski und anderer war nur einer Handvoll von Studenten bekannt, wohingegen sich die Psychodynamik unter dem Impetus mehrerer Kriege und dem Hochdruck des Merchandising in großen Sprüngen entwickelte.

Die Semantik, ›die Bedeutung der Bedeutung‹, wandte zum ersten Mal wissenschaftliche Methoden auf jeden Akt des täglichen Lebens an. Da sich die Semantik mit gesprochenen und geschriebenen Worten als bestimmendem Aspekt menschlichen Verhaltens beschäftigt, meinten anfangs viele fälschlicherweise, sie befasse sich *nur* mit Worten und sei nur für professionelle Wort-Manipulatoren von Interesse, wie zum Beispiel Werbetexter und Professoren der Etymologie. Eine Handvoll unorthodoxer Psychiater versuchte, sie auf die Probleme von Einzelpersonen anzuwenden, aber ihre Arbeit wurde von den epidemischen Massenpsychosen hinweggefegt, die Europa zerstörten und die Vereinigten Staaten in das Dunkle Zeitalter zurückschleuderten.

Der Vertrag ist das erste auf wissenschaftlicher Grundlage entstandene gesellschaftliche Bündnis, das jemals von Menschen geschlossen worden ist, und Ruhm gebührt seinem hauptsächlichen Autor Dr. Micah Novak, demselben Novak, der in der Revolution Dienst als Stabspsychologe tat. Die Revolutionäre wollten ein Maximum an persönlicher Freiheit sichern. Wie konnten sie das mit hoher mathematischer Wahrscheinlichkeit erreichen?

Zuerst warfen sie das Konzept der ›Gerechtigkeit‹ über Bord. Semantisch untersucht, hat ›Gerechtigkeit‹ keinen Bezugswert – es gibt kein beobachtbares Phänomen im Raum-Zeit-Materie-Kontinuum, auf das man zeigen und sagen kann: ›Das ist Gerechtigkeit.‹ Wissenschaft kann sich nur mit dem beschäftigen, was sich beobachten und messen läßt. Gerechtigkeit gehört nicht dazu. Daher hat das Wort niemals für zwei Menschen die gleiche Bedeutung, und ›Geräusche‹, die man darüber von sich gibt, werden die Verwirrung nur vergrößern.

Aber Schaden, körperlicher oder wirtschaftlicher Art, läßt sich messen, und man kann auf ihn zeigen. Der Vertrag verbot den Bürgern, einander Schaden zuzufügen. Alle Handlungen, die niemandem körperlichen oder wirtschaftlichen Schaden zufügten, wurden für legal erklärt.

Nachdem die Revolutionäre das Konzept der ›Gerechtigkeit‹ aufgegeben hatten, gab es keinen Wertmaßstab mehr für die Bestrafung. Die Kriminalstrafkunde bekam einen Platz neben der Lykanthropie und anderen vergessenen Hexenkünsten. Da man jedoch nicht gut gestatten konnte, daß eine Gefahrenquelle in der Gemeinschaft verblieb, wurden Vergehen gegen die Gesellschaft geprüft und ein Wiederholungstäter vor die Wahl gestellt, sich einer psychologischen Behandlung zu unterziehen oder sich aus der Gesellschaft zu entfernen – nach Coventry.

Die ersten Entwürfe des Vertrages sahen vor, daß jeder in sozialer Beziehung Geisteskranke hospitalisiert und reorientiert werden würde, besonders weil die moderne Psychiatrie durchaus fähig war, alle nicht auf Läsionen zurückführenden Psychosen zu heilen und die anderen zumindest zu bessern. Dagegen erhob Novak entschieden Einspruch.

»Nein!« protestierte er. »Der Regierung darf niemals wieder erlaubt werden, den Geist eines Bürgers ohne dessen Zustimmung zu beeinflussen, sonst erzeugen wir eine größere Tyrannei, als wir sie hatten. Jeder Mensch muß frei sein, den Vertrag zu akzeptieren oder abzulehnen, auch wenn wir ihn für geisteskrank halten!«

Als David MacKinnon Persephone das nächste Mal wiedersah, war sie in heller Aufregung. Sofort war sein eigener verwundeter Stolz vergessen. »Was in aller Welt ist los, Liebes?« fragte er.

Nach und nach bekam er heraus, daß sie ein Gespräch zwischen Magee und dem Doktor miterlebt und dabei zum ersten Mal von der bevorstehenden militärischen Operation gegen die Vereinigten Staaten gehört hatte. Er streichelte ihre Hand. »Das ist alles?« meinte er erleichtert. »Ich dachte schon, du hättest einen persönlichen Kummer.«

»›Das ist alles ...‹ David MacKinnon, willst du damit vielleicht sagen, daß du es gewußt und für nicht wichtig genug gehalten hast, um dir Sorgen darüber zu machen?«

»Ich? Warum sollte ich mir Sorgen darüber machen? Und davon abgesehen, was könnte ausgerechnet ich denn tun?«

»Was du tun könntest? Du könntest nach draußen gehen und die Leute warnen – das könntest du tun ... Und was deine Frage angeht, warum du dir Sorgen machen solltest – Dave, du bist unmöglich!« Sie brach in Tränen aus und rannte aus dem Zimmer.

MacKinnon sah ihr mit offenem Mund nach. Dann machte er bei seinem entferntesten Vorfahren eine Anleihe, indem er zu sich selbst bemerkte, Frauen seien schwer zu verstehen.

Persephone erschien nicht zum Lunch. MacKinnon fragte den Doktor, wo sie stecke.

»Hat schon gegessen«, teilte der Doktor ihm zwischen zwei Bissen mit. »Ist unterwegs zum Tor.«

»Was! Warum haben Sie das zugelassen?«

»Sie ist ihr eigener Herr. Gehorcht hätte sie mir sowieso nicht. Ihr passiert schon nichts.«

Das Letzte hörte Dave nicht mehr, da er bereits hinausgestürzt war. Er kam gerade noch zurecht, um zu sehen, wie Persephone ihr kleines Einrad aus dem Schuppen zog, »Persephone!«

»Was willst du?« fragte sie mit einer eisigen Würde, die weit über ihre Jahre hinausging.

»Das darfst du nicht tun! Dort ist doch der Schatten verletzt worden!«

»Ich gehe. Tritt bitte zur Seite!«

»Dann gehe ich mit dir.«

»Warum?«

»Um dich zu beschützen.«

Sie rümpfte die Nase. »Als ob irgendwer wagen würde, mich anzurühren.«

Darin lag eine gewisse Wahrheit. Der Doktor und jedes Mitglied seines Haushaltes erfreuten sich einer Immunität wie sonst niemand in Coventry. Es war eine natürliche Folge des ganzen Plans, daß es in Coventry so gut wie keine kompetenten Mediziner gab. Die Zahl der Ärzte, die sich gegen die Gesellschaft vergingen, war gering. Der Anteil derjenigen, die eine psychiatrische Behandlung ablehnten, war verschwindend gering, und fast immer waren sie in ihrem Beruf unzuverlässige Pfuscher. Der Doktor war Heiler aus Berufung und freiwillig im Exil, um seine Kunst auf dem ertragreichen Feld zu praktizieren. Ihm lag nichts an trockener Forschungsarbeit; er wünschte sich Patienten, je kränker, desto besser, damit er sie wieder gesund machen konnte.

Er stand über dem Brauch und über dem Gesetz. Im Freistaat war der Befreier darauf angewiesen, daß der Doktor ihn mit Insulin versorgte. Nur so konnte er den Tod durch Diabetes auf Armeslänge von sich abhalten. In Neu-Amerika hatte er ebenso mächtige Patienten. Sogar bei den Engeln des Herrn befolgte der Prophet die Vorschriften des Doktors ohne Widerrede.

Aber MacKinnon gab sich mit diesen Überlegungen

nicht zufrieden. Irgendein Tropf, fürchtete er, mochte dem Kind etwas zuleide tun, ohne von ihrem geschützten Status zu wissen. Er bekam keine weitere Gelegenheit zu protestieren. Persephone startete ihr Rad und zwang ihn, aus dem Weg zu springen. Als er das Gleichgewicht wiedergefunden hatte, war sie schon weit unten auf dem Weg. Er konnte sie nicht mehr einholen.

In nicht einmal vier Stunden war sie wieder da. Damit hatte MacKinnon gerechnet. Wenn ein so schwer faßbarer Mensch wie der Schatten nicht imstande gewesen war, das Tor bei Nacht zu erreichen, war es unwahrscheinlich, daß ein junges Mädchen es bei Tageslicht schaffte.

Zunächst empfand er nichts als Erleichterung, dann paßte er eine Gelegenheit ab, mit ihr zu sprechen. Während ihrer Abwesenheit hatte er unaufhörlich über die Situation nachgedacht. Es stand von vornherein fest, daß sie versagen würde; sein Wunsch war es, sich in ihren Augen zu rehabilitieren; daher wollte er ihr bei dem Vorhaben helfen, an dem ihr ganzes Herz hing: Er selbst würde die Warnung ins Draußen bringen!

Vielleicht würde sie ihn um diese Hilfe bitten. Das lag doch nahe. Und als sie wiederkam, hatte er sich selbst schon überzeugt, sie werde ihn bestimmt um Hilfe bitten. Er würde mit schlichter Würde zustimmen und losmarschieren, um vielleicht verwundet oder getötet zu werden, aber eine heroische Gestalt, selbst wenn er versagte.

Im Unterbewußtsein sah er sich als eine Mischung aus Sydney Carton, dem Weißen Ritter, dem Mann, der Garcia die Botschaft brachte, und dazu einem Spritzer d'Artagnan.

Aber sie fragte ihn nicht – sie gab ihm nicht einmal eine Chance, mit ihr zu reden.

Sie kam nicht zum Dinner. Nach dem Dinner schlossen der Doktor und sie sich in seinem Studio ein. Als sie wieder auftauchte, ging sie geradewegs auf ihr Zimmer. Schließlich sagte sich Dave, er könne ebensogut auch zu Bett gehen.

Zu Bett gehen und schlafen und das Problem am Morgen frisch in Angriff nehmen ... Aber so einfach geht das nicht. Die unfreundlichen Wände starrten ihn an, und die kritische Hälfte seines Geistes wollte unbedingt wachbleiben. Dummkopf! Sie will deine Hilfe nicht. Warum sollte sie sie auch wollen? Was hast du, das der Schatten nicht hat – und besser hat? Für sie bist du nur einer der vielen Menschen hierzulande, bei denen eine Schraube locker ist.

Aber ich bin *nicht* verrückt! Nur weil ich mich dem Diktat der Mehrheit nicht unterwerfen wollte, bin ich noch lange nicht verrückt. Oder doch? Alle anderen hier haben einen Dachschaden, was hast du ihnen denn voraus? Nein, nicht alle – was ist mit dem Doktor und ... Mach dir nichts vor, Junge. Der Doktor und Mutter Johnston haben ihre Gründe, hier zu leben; sie sind nicht verurteilt worden. Und Persephone ist hier geboren.

Und Magee? Er war bestimmt vernünftig oder machte zumindest den Eindruck. Mit unlogischer Bitterkeit grollte Dave dem Schatten wegen seiner offenkundigen Stabilität. Warum soll er sich von uns übrigen unterscheiden?

Von uns übrigen? Er hatte sich zu den anderen Einwohnern Coventrys gerechnet! Gut, gut, gib es zu, du Idiot – du bist genau wie sie, hinausgeworfen, weil anständige Leute dich nicht haben wollen – und zu stur, um einzusehen, daß du Behandlung brauchst.

Aber bei dem Gedanken an eine Behandlung wurde ihm eiskalt, und er mußte wieder an seinen Vater denken. Warum eigentlich? Er erinnerte sich an etwas, das der Doktor vor zwei Tagen zu ihm gesagt hatte: »Was du nötig hast, Junge, ist, daß du deinem Vater gegenübertrittst und ihm Bescheid stößt. Ein Jammer, daß nicht mehr Kinder ihren Eltern sagen, sie sollen zum Teufel gehen!«

Er knipste das Licht an und versuchte zu lesen. Aber es hatte keinen Sinn. Was kümmerten Persephone die Leute draußen? Sie kannte sie nicht, sie hatte dort keine Freunde. Wenn *er* ihnen gegenüber keine Verpflichtungen hatte, warum machte *sie* sich Sorgen um sie? Keine Verpflichtungen? Du hast viele Jahre lang ein leichtes, angenehmes Leben gehabt – und alles, was sie dafür von dir verlangten, war ein anständiges Benehmen. Und abgesehen davon, wo wärst du jetzt, wenn der Doktor sich erst lange überlegt hätte, ob er dir etwas schuldig sei?

Todmüde kaute er immer noch auf dem harten Brocken der Selbsterkenntnis herum, als das erste kalte, farblose Licht des Morgens ins Fenster drang. Er stand auf, warf sich einen Bademantel um und schlich auf Zehenspitzen den Flur hinunter zu Magees Zimmer. Die Tür war angelehnt. Er steckte den Kopf hinein und flüsterte: »Schatten – bist du wach?«

»Komm herein, Junge!« antwortete Magee leise. »Was ist los? Kannst du nicht schlafen?«

»Nein . . .«

»Ich auch nicht. Setz dich, dann können wir uns gegenseitig Gesellschaft leisten.«

»Schatten, ich will fort. Ich gehe nach draußen.«

»Hä? Wann?«

»Sofort.«

»Riskante Sache, Junge. Warte ein paar Tage, und ich gehe mit.«

»Nein, ich kann nicht warten, bis du wieder gesund bist. Ich gehe, um die Vereinigten Staaten zu warnen.«

Magees Augen weiteten sich ein bißchen, aber seine Stimme klang unverändert. »Du hast dich von der Kleinen doch nicht einseifen lassen, Dave?«

»Nein. So ist es nicht. Ich tue es für mich selbst – es ist etwas, das ich tun muß. Sag mir, Schatten, was ist mit dieser Waffe? Haben sie wirklich etwas, womit sie die Vereinigten Staaten bedrohen können?«

»Ich fürchte, ja«, gestand Magee. »Ich weiß nicht viel darüber, aber Laser sehen daneben armselig aus. Größere Reichweite – ich weiß nicht, was sie mit der Barriere machen wollen, ich habe, bevor es mich erwischte, nur gesehen, daß sie schwere Kabel verlegten. Hör zu, wenn du nach draußen gehst, könntest du diesen Mann aufsuchen – nein, suche ihn unbedingt auf! Er hat Einfluß.« Magee schrieb etwas auf einen Zettel, faltete ihn und reichte ihn MacKinnon, der ihn geistesabwesend einsteckte und fragte:

»Wie gut ist das Tor bewacht, Schatten?«

»Durch das Tor kommst du nicht hinaus, das steht fest. Du mußt folgendes tun ...« Er riß ein weiteres Stück Papier ab und fing an, zu zeichnen und zu erklären.

Ehe er ging, schüttelte Dave dem Schatten noch die Hand. »Du wirst ihnen für mich Lebewohl sagen, nicht wahr? Und dem Doktor danken? Ich möchte mich lieber verdrücken, solange noch alles schläft.«

»Natürlich, Junge«, versicherte Magee ihm.

MacKinnon duckte sich hinter Gebüsch und lugte vorsichtig nach der kleinen Schar von Engeln, die einer nach dem anderen in die düstere, häßliche Kirche marschierten. Die Angst ebenso wie die eisige Morgenluft ließ ihn erschauern. Aber sein Hunger war größer als seine Furcht. Diese Zeloten hatten Essen – und er mußte es haben.

Die ersten zwei Tage, nachdem er das Haus des Doktors verlassen hatte, waren leicht gewesen. Sicher, er hatte sich eine Erkältung zugezogen, weil er auf der Erde geschlafen hatte, und sie hatte sich ihm auf die Lungen geschlagen und sein Tempo verlangsamt. Aber das war ihm jetzt gleichgültig, wenn er es nur fertigbrachte, nicht zu niesen oder zu husten, bis das Grüppchen der Gläubigen sicher innerhalb des Tempels war. Er sah sie vorübergehen – strengblickende Männer, Frauen in langen Röcken, die über den Boden schleiften, die besorgten Gesichter von Kopftüchern umrahmt, blasse Arbeitstiere mit zu vielen Kindern. Das Licht war in ihren Gesichtern erloschen. Sogar die Kinder waren ernst.

Der letzte Engel verschwand im Innern, und jetzt war nur noch der Küster auf dem Kirchhof, mit irgendeiner nicht zu erkennenden Pflicht beschäftigt. Nach unendlicher Zeit, in der MacKinnon in dem verzweifelten Versuch, ein Niesen zu verhindern, den Zeigefinger auf die

Oberlippe preßte, betrat der Küster das finstere Gebäude und schloß die Türen.

MacKinnon kroch aus seinem Versteck und eilte zu dem Haus, das er sich vorher schon ausgesucht hatte. Es stand am Rand der Lichtung und war am weitesten von der Kirche entfernt.

Der Hund war argwöhnisch, aber er beruhigte ihn. Die Vordertür war verschlossen. Es gelang ihm, die Hintertür gewaltsam zu öffnen. Als er das Essen gefunden hatte, wurde ihm bei dem Anblick schwindelig – hartes Brot und kräftige, ungesalzene Butter aus Ziegenmilch. Vor zwei Tagen war er fehlgetreten und in einen Bergbach gefallen. Das schien ihm ein unbedeutendes Mißgeschick zu sein, bis er entdeckte, daß seine Nahrungstabletten eine breiige Masse waren. Er hatte den ganzen Tag davon gegessen. Dann wurden sie schimmelig, und er hatte den Rest weggeworfen.

Das Brot reichte für drei Tage, aber die Butter schmolz, und er konnte sie nicht tragen. Er ließ so viel wie möglich in das Brot einziehen und leckte das übrige auf. Danach bekam er großen Durst.

Einige Stunden nachdem er das letzte Brot gegessen hatte, erreichte er sein erstes Ziel – den Fluß, in den alle anderen Wasserläufe Coventrys mündeten. Irgendwo weiter stromabwärts tauchte er unter dem schwarzen Vorhang der Barriere weg und floß weiter dem Meer zu. Da das Tor geschlossen und bewacht war, stellte der Fluß für einen Mann, der keine Hilfe hatte, den einzig möglichen Ausweg dar.

Doch zunächst einmal war da Wasser, und er war durstig, und seine Erkältung hatte sich verschlimmert. Mit dem Trinken mußte er jedoch bis zum Dunkelwerden warten. Da unten am Ufer standen ein paar Gestalten, und einige davon, glaubte er, trugen Uniform. Ein Mann machte ein kleines Boot an einem Landesteg fest. MacKinnon nahm sich vor, es zu stehlen, und bewachte es mit eifersüchtigen Augen. Als die Sonne unterging, war es immer noch da.

Die Morgensonne kitzelte seine Nase, und er nieste. Dann wurde er ganz wach, hob den Kopf und hielt Umschau. Das kleine Boot, das er sich angeeignet hatte, trieb mitten im Fluß. Ruder waren keine da. Er konnte sich nicht erinnern, ob jemals welche dagewesen waren. Die Strömung war ziemlich stark; er hätte während der Nacht, ohne es zu merken, bis an die Barriere herantreiben können. Vielleicht war er bereits unten durch – nein, das war albern.

Dann sah er sie, weniger als eine Meile entfernt, schwarz und unheilvoll – und doch der herrlichste Anblick, den er seit Tagen gehabt hatte. Er war zu schwach und sein Fieber war zu hoch, als daß er sich hätte freuen können, aber es erneuerte die Entschlossenheit, die ihn auf den Beinen gehalten hatte.

Das kleine Boot scharrte über den Grund. MacKinnon sah, daß die Strömung ihn an einer Biegung ans Ufer getragen hatte. Mit steifen Gelenken stieg er aus und zog den Bug des Bootes auf den Sand. Dann überlegte er es sich, schob es mit aller Kraft wieder ins Wasser und sah es um die nächste Biegung verschwinden. Nicht notwendig, ein Zeichen zu hinterlassen, wo er gelandet war!

Den größten Teil des Tages schlief er, und er stand nur einmal auf, um aus der Sonne zu gehen, als ihm zu heiß geworden war. Aber die Sonne hatte ihm die Erkältung zum größten Teil aus den Knochen gekocht, und gegen Abend fühlte er sich viel besser.

Obwohl die Barriere nur etwa eine Meile entfernt war, brauchte er, am Flußufer entlanggehend, fast die ganze Nacht, um sie zu erreichen. Die Dampfwolken, die sich aus dem Wasser erhoben, sagten ihm, daß er da war. Die Sonne ging auf, und er bedachte die Situation. Die Barriere erstreckte sich quer über das Wasser, aber die dicken Wolken verbargen, wie tief sie ins Wasser hineinreichte. Irgendwo unter der Oberfläche – wie weit unten, wußte er nicht – hörte die Barriere auf, und ihr Rand verwandelte das Wasser in Dampf.

Langsam, widerwillig und höchst unheldenhaft begann er, sich auszuziehen. Die Zeit war da, und er freute sich gar nicht darüber. Er fand den Zettel, den Magee ihm gegeben hatte, und versuchte, ihn zu lesen. Aber bei seinem unfreiwilligen Sprung in den Bergbach war er aufgeweicht und jetzt nicht mehr zu entziffern. MacKinnon warf ihn weg. Was kam es darauf an?

Zögernd stand er am Ufer und erschauerte, obwohl die Sonne warm schien. Dann wurde der Entschluß für ihn getroffen; er entdeckte am anderen Ufer eine Patrouille.

Vielleicht hatte man ihn gesehen, vielleicht nicht. Er sprang und tauchte.

Hinunter, hinunter, so weit seine Kraft ihn trug. Hinunter in dem Versuch, den Grund zu erreichen, um nicht an jene sengende, tödliche Kante zu stoßen. Er spürte Schlamm an den Händen. Jetzt untendurchschwimmen. Vielleicht bedeutete es ebenso den Tod, unter der Barriere wegzutauchen, wie sie zu überfliegen. Bald würde er es wissen. Aber in welcher Richtung mußte er schwimmen? Das ließ sich nicht erkennen.

Er blieb unten, bis seine Lungen zu platzen drohten. Dann stieg er ein Stück nach oben und spürte kochendes Wasser auf dem Gesicht. In einem zeitlosen Intervall aus unaussprechlichem Kummer und schrecklicher Einsamkeit erkannte er, daß er zwischen Hitze und Wasser gefangen war – gefangen unter der Barriere.

Zwei Soldaten unterhielten sich müßig an einer kleinen Landestelle vor der Barriere. Der Fluß, der unter ihr hervorströmte, war für sie uninteressant; sie hatten ihn während vieler langweiliger Wachen beobachtet. Ein Alarmgong dröhnte hinter ihnen und schreckte sie auf. »Welcher Sektor, Jack?«

»Dieses Ufer. Da ist er – sieh doch!«

Sie fischten ihn heraus und hatten ihn schon auf die Bretter gelegt, als der Wachsergeant eintraf. »Lebendig oder tot?« fragte er.

»Tot, glaube ich«, antwortete der Soldat, der nicht damit beschäftigt war, Wiederbelebungsversuche zu machen.

Der Sergeant schnalzte auf eine Weise mit der Zunge,

die nicht zu seinem verwitterten Gesicht paßte, und sagte: »Traurig. Ich habe einen Krankenwagen bestellt; schickt ihn auf jeden Fall ins Krankenhaus!«

Die Krankenschwester versuchte, ihn zu beruhigen, aber MacKinnon machte einen solchen Aufstand, daß sie gezwungen war, den Stationsarzt zu holen. »Na, na, was soll der Unsinn?« schalt der Arzt ihn und faßte nach seinem Puls. Dave gelang es, ihn zu überzeugen, daß er sich weder beruhigen noch ein Schlafmittel nehmen werde, bevor er seine Geschichte erzählt habe. Sie trafen die Vereinbarung, daß MacKinnon erlaubt wurde zu sprechen – »Aber fassen Sie sich bitte kurz!« –, und der Arzt die Aussage an seinen nächsten Vorgesetzten weiterreichen wollte. Dafür würde Dave sich eine Spritze geben lassen. Am nächsten Morgen brachte der Stationsarzt zwei Fremde, die sich nicht vorstellten, zu MacKinnon. Sie hörten sich die ganze Geschichte an und befragten ihn ausführlich. Am Nachmittag wurde er mit einem Krankenwagen ins Hauptquartier des Kommandobereichs gebracht. Dort vernahm man ihn abermals. Er gewann seine Kraft schnell zurück, aber er wurde des dauernden Gequatsches müde und wollte eine Bestätigung, daß man seine Warnung ernstnahm. Der letzte Befrager versicherte ihm: »Sie können ganz ruhig sein, heute nachmittag wird der Kommandierende Offizier mit Ihnen sprechen.«

Der Kommandant, ein netter kleiner Bursche mit raschen, vogelartigen Bewegungen und von höchst unmilitärischem Aussehen, hörte ernst zu, als MacKinnon seine Geschichte zum, wie es ihm vorkam, fünfzigsten Mal erzählte. Zum Schluß nickte er zustimmend. »Sie können versichert sein, David MacKinnon, daß alle notwendigen Schritte unternommen werden.«

»Aber was ist mit ihrer Waffe?«

»Darum kümmern wir uns schon – und die Barriere zu durchbrechen mag nicht so leicht sein, wie unsere Nachbarn es sich vorstellen. Für Ihre Bemühungen sind wir Ihnen jedoch dankbar. Kann ich etwas für Sie tun?«

»Nein – nicht für mich selbst. Aber zwei meiner Freunde sind drinnen ...« Er bat, etwas zur Rettung Magees zu unternehmen und Persephone herauszuholen, wenn sie das wollte.

»Ich weiß von dem Mädchen«, entgegnete der General. »Wir werden uns mit ihr in Verbindung setzen. Wenn sie irgendwann Bürgerin werden möchte, kann das arrangiert werden. Mit Magee ist es etwas anderes ...« Er drückte den Knopf seines Schreibtisch-Visifons. »Schicken Sie Captain Randall herein!«

Ein schneidiger Captain der Army trat mit leichten Schritten ins Zimmer. MacKinnon sah ihn mit höflichem Interesse an, und dann brach sein Gesichtsausdruck in Stücke. »Schatten!« brüllte er.

Ihre Begrüßung schickte sich eigentlich nicht für das Privatbüro eines kommandierenden Generals, aber dem General schien es nichts auszumachen. Als die erste Aufregung sich gelegt hatte, stellte MacKinnon die Frage, die alle seine Gedanken beherrschte. »Hör mal, Schatten, das geht doch gar nicht ...« Er unterbrach sich, starrte ihn an und zeigte anklagend mit dem Finger auf ihn. »Ich weiß! Du bist beim Geheimdienst!«

Der Schatten grinste fröhlich. »Hast du gemeint«, fragte er, »die Army der Vereinigten Staaten würde einen Seuchenherd wie den unbeobachtet lassen?«

Der General räusperte sich. »Was haben Sie jetzt vor, David MacKinnon?«

»Ich? Ja, also, ich habe keine Pläne gemacht ...« Nach kurzer Überlegung wandte er sich an seinen Freund. »Weißt du was, Schatten? Ich glaube, ich werde mich jetzt doch psychologisch behandeln lassen. Du bist hier im Draußen ...«

»Das wird nicht mehr notwendig sein«, unterbrach der General freundlich.

»Nicht? Warum nicht, Sir?«

»Sie haben sich selbst geheilt. Vielleicht haben Sie es gar nicht gemerkt, aber Sie sind von vier Psychotechnikern befragt worden. Ihre Berichte stimmen überein. Ich bin beauftragt, Ihnen mitzuteilen, daß Ihr Status als freier Bürger wiederhergestellt ist, wenn Sie es wünschen.«

Der General und Captain ›Schatten‹ Randall verständigten sich ohne Worte und beendeten die Befragung taktvoll. Randall begleitete seinen Freund ins Krankenhaus zurück. Dave hätte am liebsten tausend Fragen auf einmal gestellt. »Aber, Schatten«, sagte er, »du mußt doch vor mir hinausgekommen sein.«

»Einen oder zwei Tage.«

»Dann war das, was ich getan habe, unnötig.«

»Das würde ich nicht sagen«, widersprach Randall ihm. »Wenn ich nun nicht durchgekommen wäre? Tatsächlich waren alle Einzelheiten schon bekannt, bevor ich mich meldete. Es gibt andere ...« Er wechselte das Thema. »Wie dem auch sei, was willst du tun, jetzt, wo du hier bist?«

»Ich? Es ist noch zu früh, das zu entscheiden ... Zur klassischen Literatur kehre ich nicht zurück, das steht fest. Wenn ich nicht so schlecht in Mathe wäre, würde ich mich immer noch für interplanetare Flüge interessieren.«

»Nun, darüber können wir heute abend sprechen.« Der Schatten warf einen Blick auf sein Chronometer. »Ich muß laufen, aber ich hole dich später ab, dann können wir zum Dinner in die Messe gehen.«

Die Geschwindigkeit, mit der er aus der Tür war, erinnerte an die Diebesküche. Dave sah ihm nach und rief plötzlich: »He! Schatten! Warum kann ich nicht auch in den Geheim- ...«

Aber der Schatten war verschwunden – er mußte sich selbst fragen.

Originaltitel: ›Coventry‹

Außenseiter

›... mit dem Ziel, unsere interplanetaren Naturreichtümer zu erhalten und zu verbessern und nützliche, gesunde Beschäftigungen für die Jugend dieses Planeten zu schaffen.‹

Auszug aus dem Ermächtigungsgesetz, H.R. 7118, mit dem das Kosmische Pionierkorps gegründet wurde

»Achtung!« Die Exerzierplatz-Stimme eines First Sergeant der Space Marines schnitt durch den Nieselregen eines scheußlichen New-Jersey-Morgens. »Wenn Ihr Name aufgerufen wird, antworten Sie ›Hier‹, treten mit Ihrem Gepäck vor und gehen an Bord. Atkins!«

»Hier!«

»Austin!«

»Hier!«

»Ayres!«

»Hier!«

Einer nach dem anderen trat aus dem Glied, schulterte die hundertdreißig Pfund persönlicher Besitztümer, die ihnen zugestanden waren, und stieg die Gangway hinauf. Sie waren jung – keiner älter als zweiundzwanzig. In manchen Fällen wog das Gepäck mehr als sein Eigentümer.

»Kaplan!«

»Hier!«

»Keith!«

»Hier!«

»Libby!«

»Hier!« Ein schlaksiger blonder Junge löste sich aus der Reihe, wischte sich hastig die Nase ab und griff nach seinen Habseligkeiten. Er warf sich eine dicke Segeltuchtasche über die Schulter, rückte sie zurecht und ergriff mit der freien Hand seinen Koffer. In einem ungleichmäßigen Zuckeltrab näherte er sich der Gangway. Als er den Fuß darauf setzte, schlug ihm der Koffer gegen die Knie. Er fiel gegen einen kleinen, drahtigen Mann, der die pulverblaue Uniform der Space Navy trug. Kräftige Hände faßten seinen Arm und bewahrten ihn vor einem Sturz.

»Immer mit der Ruhe, Sohn!« Die zweite Hand hielt die Segeltuchtasche fest.

»Oh, entschuldigen Sie ... ah ...« – der verlegene Junge zählte automatisch die vier Silberstreifen unter der Sternschnuppe – »Captain. Ich habe nicht ...«

»Nun gehen Sie an Bord, Sohn!«

»Jawohl, Sir.«

Der Weg in die Eingeweide des Transporters war düster. Als die Augen des Jungen sich angepaßt hatten, sah er einen Obermaat, der die Armbinde eines Profos trug und mit dem Daumen auf eine offenstehende luftdichte Tür wies.

»Da hinein! Suchen Sie Ihren Spind, und warten Sie dort!« Libby beeilte sich zu gehorchen. Hinter der Tür fand er in einem großen Abteil mit niedriger Decke ein Durcheinander von Gepäck und Männern. Leuchtröhren liefen zwischen Schott und Decke entlang und teilten die Decke in drei Abschnitte. Zu den Stimmen seiner Schiffskameraden kam als Hintergrundgeräusch das leise Summen von Gebläsen. Libby suchte sich einen Weg durch aufgestapelte Gegenstände und fand seinen Spind – sieben-zehn – an der gegenüberliegenden Außenwand. Er brach das Siegel des Kombinationsschlosses, warf einen Blick auf die Kombination und öffnete. Der Spind, der mittlere einer Dreierreihe, war sehr klein. Libby überlegte, was er hineintun solle. Ein Lautsprecher übertönte die ihn umgebenden Stimmen und verlangte seine Aufmerksamkeit:

»Achtung! Alle Stationen besetzen, erster Abschnitt! Start in zwölf Minuten. Luftdichte Türen schließen! Sämtliche Gebläse bei minus zwei Minuten abstellen! Passagiere: Stellen Sie Ihr gesamtes Gepäck aufs Deck, und legen Sie sich hin, wenn das rote Licht aufleuchtet!

Bleiben Sie liegen, bis Entwarnung gegeben wird! Die Profose überprüfen, ob diesen Anordnungen Folge geleistet ist.«

Der Obermaat steckte den Kopf durch die Tür, sah sich um und beaufsichtigte das Umräumen des Gepäcks. Schwere Gegenstände wurden festgezurrt. Spindtüren wurden geschlossen. Kaum hatte jeder Junge einen Platz auf dem Deck gefunden und der Profos sein Okay zu dem Kissen unter seinem Kopf gegeben, da wurden die Leuchtröhren rot, und der Lautsprecher plärrte los.

»Start! Fertigmachen zur Beschleunigung!« Der Profos lehnte sich eilends zwischen zwei Reisetaschen zurück und beobachtete den Raum. Seufzend blieben die Gebläse stehen. Es folgten zwei Minuten Totenstille. Libbys Herz hämmerte. Die zwei Minuten zogen sich in die Länge. Dann erzitterte das Deck, und ein Brüllen wie von entweichendem Hochdruckdampf traf seine Trommelfelle. Er wurde plötzlich sehr schwer, und ein Gewicht legte sich auf seine Brust und sein Herz. Eine unendliche Zeit später wurden die Leuchtröhren weiß, und der Lautsprecher verkündete: »Alle Gegenstände sichern, die sich gelöst haben! Normaler Wachdienst, erste Sektion.« Die Gebläse erwachten zu neuem Leben. Der Profos stand auf, rieb sich die Hinterbacken und schlug sich auf die Arme. Dann sagte er:

»Okay, Jungs.« Er trat an die luftdichte Tür zum Gang und öffnete sie. Libby stand auf und stolperte gegen ein Schott. Beinahe wäre er gefallen. Seine Arme und Beine waren eingeschlafen, und außerdem kam er sich beunruhigend leicht vor, als habe er mindestens die Hälfte seiner unbeträchtlichen Masse verloren.

Die nächsten zwei Stunden hatte er zuviel zu tun, um nachzudenken oder Heimweh zu bekommen. Koffer, Schachteln und Taschen mußten in den unteren Frachtraum gebracht und gegen Beschleunigungen festgezurrt werden. Er fand ein wasserloses Wasserklosett und lernte, es zu benutzen. Er erfuhr, daß ihm die ihm zugewiesene Koje nur acht von vierundzwanzig Stunden gehörte; zwei andere Jungen schliefen ebenfalls dort. Die drei Sektionen aßen in drei Schichten, was insgesamt neun Schichten waren – vierundzwanzig Jungen und ein Profos an einem langen Tisch, der ein enges Abteil der Kombüse völlig ausfüllte.

Nach dem Lunch räumte Libby seinen Spind ein. Er stand davor und betrachtete eine Fotografie, die er an der Innenseite der Tür befestigen wollte, als ein Befehl durch das Abteil schallte:

»Achtung!«

Der Kapitän war vom Gang hereingekommen, begleitet von dem Profos. »Rühren, Männer!« sagte der Kapitän. »Setzt euch! McCoy, sagen Sie der Kontrolle, sie soll dieses Abteil auf Rauchfilter umstellen.« Der Obermaat eilte zu dem am Schott hängenden Kommunikator und sprach mit leiser Stimme hinein. Fast sofort stieg das Summen der Gebläse um eine halbe Oktave und blieb auf dieser Höhe. »Jetzt steckt euch eine an, wenn ihr wollt. Ich möchte mit euch reden.

Ihr seid unterwegs zu dem bisher größten Ereignis eures Lebens. Von nun an seid ihr Männer, keine Jungen mehr, und vor euch liegt eine der schwersten Aufgaben, die die Menschheit jemals in Angriff genommen hat. Was wir zu tun haben, ist Teil eines größeren Plans. Ihr – und es gibt Hunderttausende wie euch – zieht als Pioniere hinaus, um das Sonnensystem so einzurichten, daß menschliche Wesen einen besseren Gebrauch davon machen können.

Ebenso wichtig ist, daß ihr eine Chance bekommt, euch zu nützlichen und glücklichen Bürgern der Föderation zu entwickeln. Aus dem einen oder anderen Grund habt ihr auf der Erde Anpassungsschwierigkeiten gehabt. Einige von euch mußten erleben, daß der Beruf, den sie erlernt hatten, durch neue Erfindungen überflüssig wurde. Andere sind in Schwierigkeiten geraten, weil sie nicht wußten, was sie mit ihrer Freizeit anfangen sollten. In jedem Fall wart ihr Außenseiter. Vielleicht hat man euch böse Jungen genannt und euch alle möglichen Minuspunkte angekreidet.

Aber jeder von euch fängt heute neu an. In der Personalakte, die es in diesem Schiff über euch gibt, steht nichts weiter als ein Name am Kopf einer leeren Seite. An euch liegt es, was einmal auf dieser Seite zu lesen sein wird.

Nun zu eurer Aufgabe. Wir haben keinen von den leichten Reparatur-Jobs auf dem Mond bekommen mit Wochenenden in Luna City und allem heimatlichen Komfort. Auch haben wir keinen Schwerkraftplaneten erwischt, wo ein Mann eine ganze Mahlzeit zu sich nehmen und sich darauf verlassen kann, daß sie unten bleibt. Statt dessen werden wir zu dem Asteroiden HS-5388 hinausfliegen und ihn in die Raumstation E-M3 umwandeln. Er hat keine Spur von Atmosphäre und nur zwei Prozent der Erdschwerkraft. Wenigstens sechs Monate lang müssen wir dort menschliche Fliegen spielen. Dort gibt es keine Mädchen, kein Fernsehen, keine Vergnügungen, die ihr euch nicht selbst schafft, aber jeden Tag schwere Arbeit. Ihr werdet raumkrank werden, ihr werdet ein solches Heimweh bekommen, daß ihr es auf der Zunge schmecken könnt, und ihr werdet an Agoraphobie leiden. Wenn ihr nicht vorsichtig seid, zieht ihr euch Strahlenverbrennungen zu. Euer Magen wird protestieren, und ihr werdet zu Gott wünschen, daß ihr euch nie gemeldet hättet. Aber wenn ihr euch anständig benehmt und auf den Rat der alten Raumfahrer hört, werdet ihr stark und gesund, mit einem kleinen Guthaben auf der Bank und mit mehr Wissen und Erfahrung, als ihr euch in vierzig Jahren auf der Erde aneignen könntet, daraus hervorgehen. Ihr werdet Männer sein und das wissen.

Noch ein letztes Wort. Für diejenigen, die es nicht gewohnt sind, wird es ganz schön ungemütlich werden. Nehmt ein bißchen Rücksicht auf diese Kameraden, und alles wird gut gehen. Wenn ihr euch über irgend etwas beschweren wollt und keinen anderen Weg findet, kommt zu mir! Das wäre alles. Noch Fragen?«

Einer der Jungen hob die Hand. »Captain?« fragte er schüchtern.

»Sprechen Sie, Junge, und nennen Sie Ihren Namen!«

»Rogers, Sir. Werden wir Briefe von zu Hause bekommen können?«

»Ja, aber nicht oft. Vielleicht einmal im Monat. Der Geistliche und jedes Inspektions- und Versorgungsschiff bringen Post mit.«

Der Schiffslautsprecher röhrte: »Achtung! Freier Fall in zehn Minuten. Vorbereitungen für die Schwerelosigkeit treffen!« Der Profos überwachte das Anbringen von Halteleinen. Alle losen Gegenstände wurden festgemacht und kleine Zellulose-Tüten für jeden Mann ausgegeben. Das war kaum geschehen, als Libby merkte, wie er auf seinen Füßen leicht wurde. Es war genau das Gefühl, das man hat, wenn ein Schnellaufzug auf der Fahrt nach oben plötzlich anhält, nur daß das Gefühl andauerte und intensiver wurde. Anfangs war es eine angenehme Neuheit, dann wurde es rasch zur Qual. Das Blut hämmerte in seinen Ohren, und seine Füße waren klamm. Der Speichel bildete sich stärker als normal. Libby versuchte ihn hinunterzuschlucken, bekam ihn in die falsche Kehle und hustete. Dann erbebte sein Magen und zog sich in einem heftigen, schmerzhaften Krampf zusammen. Er mußte sich fürchterlich erbrechen. Nach dem ersten qualvollen Anfall hörte er McCoys Stimme rufen:

»He! Benutzt eure Tüten, wie ich es euch gesagt habe! Paßt auf, daß das Zeug nicht in die Lüftungsschächte kommt!« Libby kam es verschwommen zu Bewußtsein, daß die Ermahnung auch ihm galt. Er tastete nach seiner Zellulose-Tüte, gerade als sein Magen das zweite Mal aufbegehrte. Es gelang ihm gerade noch, die Tüte über den Mund zu ziehen, bevor die Explosion stattfand. Schließlich ließen die Krämpfe nach, und er merkte, daß er mit dem Gesicht zur Tür dicht unter der Decke schwebte. Der Chef-Profos glitt durch die Tür und erkundigte sich bei McCoy:

»Wie steht es hier?«

»Recht gut. Einige der Jungs haben Ihre Tüte verfehlt.«

»Okay. Machen Sie sauber! Sie können die Steuerbord-Schleuse benutzen.« Er schwamm hinaus.

McCoy berührte Libbys Arm. »Hier, Pinkie, mach dich

dran, diese Schmetterlinge einzufangen!« Er reichte ihm eine Handvoll Putzwolle, nahm sich selbst ebenfalls eine und fing geschickt einen Tropfen des schleimigen Zeugs ein, das im Abteil umhertrieb. »Achte darauf, daß deine Tüte verschlossen ist! Wenn du dich übergeben mußt, hörst du auf und wartest, bis es vorbei ist!« Libby ahmte ihn nach, so gut er konnte. In ein paar Minuten war der Raum vom Schlimmsten des ekligen Auswurfs frei. McCoy sah ihn sich an und sagte:

»Jetzt zieht ihr eure dreckigen Klamotten aus und wechselt die Tüten! Drei oder vier von euch tragen alles zur Steuerbord-Schleuse.«

Zuerst brachten sie die Tüten in die Steuerbord-Schleuse. Die innere Tür wurde geschlossen, die äußere geöffnet. Als sie die innere Tür wieder öffneten, waren die Tüten verschwunden – von der entweichenden Luft in den Raum hinausgerissen. Libby fragte McCoy:

»Müssen wir unsere schmutzigen Sachen auch wegwerfen?«

»Nein, die bekommen nur eine Dosis Vakuum. Bringt sie in die Schleuse und hängt sie an die Haken der Schotts! Bindet sie fest!«

Diesmal blieb die Schleuse für rund fünf Minuten geschlossen. Dann wurden die Kleider knochentrocken – die ganze Feuchtigkeit war vom Vakuum des Raums hinausgekocht. Alles, was von dem Erbrochenen übrigblieb, war ein steriler pulveriger Niederschlag. McCoy war zufrieden. »Das genügt. Bringt die Sachen ins Abteil zurück! Dann bürstet ihr sie kräftig vor den Absaugern aus!«

Die nächsten paar Tage waren ein Elend ohne Ende. Das Heimweh war vergessen über der alles beherrschenden Raumkrankheit. Der Kapitän gewährte fünfzehn Minuten leichte Beschleunigung für jede der neun Mahlzeiten, aber hinterher war die Qual um so größer. Libby ging schwach und mit rasendem Hunger zu Tisch. Das Essen blieb unten, bis wieder Schwerelosigkeit eintrat und die Raumkrankheit mit voller Wucht von neuem zuschlug.

Am vierten Tag saß er an ein Schott gelehnt und genoß, solange die letzte Schicht aß, den Luxus der wenigen noch verbleibenden Beschleunigungsminuten, als McCoy hereinkam und sich neben ihn setzte. Der Obermaat zog sich ein Rauchfilter über das Gesicht und zündete sich eine Zigarette an. Nach einem tiefen Zug begann er eine Unterhaltung.

»Wie kommst du zurecht, Kumpel?«

»Ach, ganz gut. Diese Raumkrankheit – sag mal, McCoy, kann man sich je daran gewöhnen?«

»Mit der Zeit kommt man darüber hinweg. Der Körper erwirbt neue Reflexe, so hat man es mir erklärt. Sobald du gelernt hast zu schlucken, ohne zu würgen, hast du es geschafft. Später gefällt es dir sogar. Es ist erholsam und entspannend. Vier Stunden Schlaf sind ebensogut wie zehn.«

Libby schüttelte traurig den Kopf. »Ich glaube, ich gewöhne mich nie daran.«

»Doch, doch. Es bleibt dir auch gar nichts anderes übrig. Unser Asteroid hat keine nennenswerte Oberflächenschwerkraft. Der Chef-Navigationsmaat sagt, mehr als zwei Prozent der erdnormalen ist es nicht. Das ist nicht genug, um die Raumkrankheit zu heilen. Und eine Möglichkeit, während der Mahlzeiten zu beschleunigen, gibt es auch nicht.«

Libby erschauerte und vergrub den Kopf in den Händen.

Einen bestimmten Asteroiden unter ein paar tausend herauszusuchen ist nicht so leicht, wie den Trafalgar Square in London zu finden – besonders gegen den dicht bei dicht mit Sternen besetzten Hintergrund der Galaxis. Man startet von der Erde mit ihrer Orbitalgeschwindigkeit von rund neunzehn Meilen die Sekunde. Man versucht, einer zusammengesetzten Kegelschnitt-Kurve zu folgen, die die Bahn des kleinen, sich schnell bewegenden Himmelskörpers nicht nur kreuzen, sondern auch ein exaktes Rendezvous ergeben wird. Asteroid HS-5388, kurz ›Achtundachtzig‹, war etwa 2,2 astronomische Einheiten von der Sonne entfernt, also etwas mehr als zweihundert Millionen Meilen. Als der Transporter seine Reise begann, befand er sich hinter der Sonne. Kapitän Doyle wies den Navigator an, das Basis-Ellipsoid so zu berechnen, daß ihr Kurs sie im freien Fall um die Sonne an einen Punkt führte, den der Asteroid während der inzwischen verstrichenen Zeit erreichen würde. Das Prinzip ist das gleiche, wie es ein Jäger befolgt, der, um eine fliegende Ente zu treffen, einen Punkt vor der Ente anvisiert. Aber nun stellen Sie sich vor, daß Sie beim Schießen direkt in die Sonne sehen, daß der Vogel von Ihrem Standort aus unsichtbar ist und daß Sie sich beim Zielen auf ein paar alte Berichte verlassen müssen, wie er geflogen ist, als er das letzte Mal gesehen wurde.

Am neunten Tag der Reise begab sich Kapitän Doyle in den Kartenraum und begann die Tasten des gewichtigen Integralrechners zu drücken. Dann schickte er seine Ordonnanz mit den besten Empfehlungen zum Navigator und ließ ihn bitten, in den Kartenraum zu kommen. Ein paar Minuten später schwamm eine große, schwergebaute Gestalt durch die Tür, faßte eine Halteleine und grüßte den Kapitän.

»Guten Morgen, Skipper.«

»Hallo, Blackie.« Der Alte blickte vom Sattel des Rechners auf, wo er sich angeschnallt hatte. »Ich habe mir Ihre Korrekturen angesehen, die die Beschleunigungen während der Mahlzeiten ausgleichen.«

»Es ist lästig, einen Haufen Landratten an Bord zu haben, Sir.«

»Ja, das ist es, aber wir müssen den Jungs eine Chance geben zu essen, sonst können sie nicht arbeiten, wenn wir ankommen. Ich möchte um zehn Uhr Schiffszeit mit dem Abbremsen beginnen. Wie sind Geschwindigkeit und Koordinaten um acht Uhr?«

Der Navigator zog ein Notizbuch aus seiner Jacke. »Die Geschwindigkeit beträgt dann dreihundertachtundfünfzig Meilen pro Sekunde; Rektaszension fünfzehn Stunden, acht Minuten, siebenundzwanzig Sekunden, Deklination minus sieben Grad, drei Minuten; Sonnenabstand 192480000 Meilen. Unsere radiale Position ist zwölf Grad über Kurs und fast haargenau auf Kurs in Rektaszension. Brauchen Sie die Sonnen-Koordinaten auch?«

»Nein, jetzt nicht.« Der Kapitän beugte sich über den Rechner. Bei der Arbeit runzelte er die Stirn und kaute auf der Zungenspitze. »Ich möchte, daß Sie etwa eine Million Meilen innerhalb von Achtundachtzigs Bahn mit der negativen Beschleunigung beginnen. Ich verschwende den Treibstoff ungern, aber der Gürtel ist voll von Geröll, und dieser verdammte Felsbrocken ist so klein, daß wir wahrscheinlich eine Suchkurve werden fliegen müssen. Bremsen Sie zwanzig Stunden lang ab, und wechseln Sie nach acht Stunden den Kurs nach Backbord! Machen Sie die normale asymptotische Annäherung! Ich möchte um drei Uhr gerufen werden.«

»Aye, aye, Sir.«

»Zeigen Sie mir die Zahlen, sobald Sie sie haben! Ich schicke das Parolebuch später hoch.«

Der Transporter bremste nach Plan. Kurz nach drei betrat der Kapitän den Kontrollraum und blinzelte in die Dunkelheit. Die Sonne versteckte sich noch hinter der Hülle des Schiffes, und die mitternächtliche Schwärze wurde nur von dem gedämpften blauen Glühen der Instrumentenanzeigen und dem Licht erhellt, das unter der Ritze der Kartenhaube hervordrang. Der Navigator hörte den ihm bekannten Schritt und drehte sich um.

»Guten Morgen, Captain.«

»Morgen, Blackie. Achtundachtzig schon in Sicht?«

»Noch nicht. Wir haben uns ein halbes Dutzend Felsbrocken angesehen, aber keiner war der richtige.«

»Ist uns einer davon nahe?«

»Nicht zu nahe. Von Zeit zu Zeit haben wir ein bißchen Sand abbekommen.«

»Das schadet uns nichts – nicht solange wir mit dem Heck voraus fliegen. Wenn die Piloten sich nur klarmachten, daß die Asteroiden sich auf festen Bahnen mit berechenbaren Geschwindigkeiten bewegen, würde hier draußen niemand zu Schaden kommen.« Er unterbrach sich, um sich eine Zigarette anzuzünden. »Es wird immer davon geredet, der Raum sei gefährlich. Sicher, das war er einmal. Aber mir ist aus den letzten zwanzig Jahren kein Fall bekannt, der nicht auf die Unachtsamkeit irgendeines Idioten zurückzuführen wäre.«

»Da haben Sie recht, Skipper. Übrigens, unter der Kartenhaube steht Kaffee.«

»Danke; ich habe unten schon eine Tasse getrunken.« Er trat zu den Beobachtern an den Stereoskopen und den Radar-Tanks und spähte in die sternenbesetzte Schwärze hinaus. Drei Zigaretten später rief einer der Beobachter:

»Licht ho!«

»Wo genau?«

Sein Kollege las die Außenanzeigen des Stereoskops ab. »Plus Null Komma zwei, achteraus eins Komma drei, leichte Abdrift nach achtern.« Er wechselte zum Radar über und ergänzte: »Entfernung sieben neun null vier drei.«

»Paßt das?«

»Das könnte er sein, Captain. Wie groß ist die Scheibe?« fragte die gedämpfte Stimme des Navigators unter der Haube hervor. Der erste Beobachter drehte eilends die Knöpfe seines Instruments, aber der Kapitän schob ihn beiseite.

»Das mache ich, Sohn.« Er drückte sein Gesicht an die Doppeloptik und sah eine silbrige Kugel, einen kleinen Mond. Vorsichtig ließ er zwei beleuchtete Fadenkreuze hochwandern, bis sie als exakte Tangenten am oberen und am unteren Rand der Scheibe lagen. »Notieren!«

Die Ablesung wurde aufgeschrieben und an den Navigator weitergereicht, der kurz unter der Haube hervortauchte.

»Das ist unser Baby, Captain.«

»Gut.«

»Soll ich eine visuelle Triangulation durchführen?«

»Lassen Sie den Wachoffizier das tun! Gehen Sie nach unten, und schlafen Sie! Ich bringe das Schiff heran, bis wir den optischen Entfernungsmesser benutzen können.«

»Danke, das werde ich tun.«

Innerhalb weniger Minuten war die Nachricht im Schiff herum, Achtundachtzig sei gesichtet worden. Mit einer Masse aufgeregter Kameraden drängte sich Libby in das Mannschaftsdeck auf Steuerbord und versuchte, ihre zukünftige Heimat durch das Bullauge zu erkennen. McCoy goß kaltes Wasser auf ihre Begeisterung.

»Bis dieser Felsbrocken groß genug ist, daß man irgend etwas mit unbewaffneten Augen erkennen kann, werden wir alle auf unseren Landestationen sein. Ihr wißt doch, er ist nur etwa hundert Meilen dick.«

Und so war es. Viele Stunden später wurde über Lautsprecher ausgerufen:

»An alle! Begeben Sie sich auf ihre Landestationen! Alle luftdichten Türen schließen! Auf Signal hin sämtliche Gebläse abschalten!«

McCoy zwang sie, sich während der nun folgenden zwei Stunden hinzulegen. Kurze Feuerstöße der Raketen wechselten mit Übelkeit erregender Schwerelosigkeit. Dann blieben die Gebläse stehen, und Sperrventile rasteten ein. Das Schiff fiel – ein letztes schnelles Feuern – fünf Sekunden freier Fall und ein kurzer, leichter, knirschender Ruck. Ein einzelner Signalton kam durch den Lautsprecher, und die Gebläse fingen wieder an zu summen.

McCoy schwebte auf die Füße und hob sich schwankend auf die Zehenspitzen. »Alles hinaus, Männer – hier ist Endstation!«

Ein kleines, stämmiges Kerlchen, ein bißchen jünger als die meisten anderen, machte es ihm ungeschickt nach, sprang auf die Tür zu und rief dabei: »Los, Leute! Nichts wie raus und die Gegend angesehen!«

Der Profos packte ihn. »Nicht so schnell, Junge! Abgesehen von der Tatsache, daß es draußen keine Luft gibt, lauf nur zu! Du wirst erfrieren, verbrennen und wie eine reife Tomate platzen. Gruppenführer, teilen Sie sechs Mann dazu ein, Raumanzüge zu holen! Die übrigen bleiben hier und warten!«

Das Arbeitskommando kehrte bald zurück, beladen mit ein paar Dutzend umfangreichen Paketen. Libby ließ die vier, die er trug, los und sah zu, wie sie langsam auf das Deck niedersanken. McCoy öffnete den Reißverschluß an der Umhüllung eines Anzugs und begann seinen Vortrag.

»Dies ist ein Standardmodell Mark IV, Ausführung zwei.« Er faßte den Anzug bei den Schultern und schüttelte ihn so aus, daß er wie eine Garnitur langer Winter-Unterwäsche herunterhing. Der Helm pendelte haltlos zwischen den Schultern. »Acht Stunden lang ist man darin wohlversorgt, denn für diese Zeit hat er Sauerstoff. Außerdem ist er mit einem Stickstofftank und einem Kohlenstoffdioxid-Wasserdampf-Patronenfilter ausgestattet.«

Er dozierte weiter. Eigentlich wiederholte er nur die Beschreibungen und Instruktionen, die sie immer wieder bei der Schulung erhalten hatten. McCoy kannte diese Anzüge, wie seine Zunge seinen Gaumen kannte; bei mehr als einer Gelegenheit hatte dies Wissen ihm das Leben gerettet.

»Der Anzug ist aus einer Glasfaser gewebt, die mit nichtvergasbarem Asbest-Zellutit beschichtet ist. Der so entstandene Stoff ist flexibel und sehr widerstandsfähig, und er weist alle Strahlen ab, die im solaren Raum außerhalb der Merkurbahn zu erwarten sind. Ihr tragt ihn über eurer normalen Kleidung. Beachtet die drahtverstärkten Ziehharmonikafalten an den wichtigen Gelenken. Sie dienen dem Zweck, das innere Volumen des Anzugs konstant zu halten, wenn Arme oder Beine gebeugt werden. Andernfalls würde der innere Gasdruck den Anzug ständig in aufrechter Position halten, und dann wäre jede Bewegung eine Anstrengung.

Die Helme sind aus transparentem Silikon gegossen und gegen zu hohe Strahlendurchdringung verbleit und polarisiert. Außen können zusätzlich Visiere jeder erforderlichen Art angebracht werden. Zu diesem Anzug darf nie weniger als das bernsteinfarbene Visier Nummer zwei getragen werden. Eine Bleiplatte schützt zusätzlich das Schädeldach. Sie setzt sich auf der Rückseite des Anzugs fort und bedeckt die gesamte Wirbelsäule.

Der Anzug ist mit Sender und Empfänger ausgerüstet. Wenn das Funkgerät versagt, wie es so die Gewohnheit von Funkgeräten ist, könnt ihr miteinander sprechen, indem ihr die Helme aneinanderlegt. Noch Fragen?«

»Wie ißt und trinkt man während der acht Stunden?«

»Ihr bleibt keine acht Stunden in dem Anzug. Ihr könnt mittels eines Spenders im Helm Traubenzuckerkugeln zu euch nehmen, aber essen werdet ihr immer in der Basis. Was das Wasser betrifft, so befindet sich im Helm in der Nähe des Mundes ein Nippel, den man erreichen kann, indem man den Kopf nach links dreht. Er ist mit einem eingebauten Wasserbehälter verbunden. Aber trinkt, wenn ihr den Anzug tragt, nicht mehr Wasser als unbedingt notwendig. Sanitäre Anlagen hat er nicht.«

Jeder Junge erhielt einen Anzug, und McCoy zeigte ihnen, wie man ihn anlegte. Ein Anzug wurde mit weit offenem Reißverschluß, der vom Hals bis zum Schritt reichte, auf dem Deck ausgebreitet. Man setzte sich in diese Öffnung und zog den unteren Teil wie lange Strümpfe über. Dann wand man sich in die Ärmel, und die schweren flexiblen Handschuhe wurden glattgestrichen und in die richtige Form geklopft. Schließlich mußte man den Hals bei gekrümmten Schultern zurückbiegen, um den Helm über den Kopf zu stülpen.

Libby machte die Bewegungen McCoys nach und stand in seinem Anzug auf. Er sah sich den Reißverschluß an, der die einzige Öffnung des Anzugs kontrollierte. Dieser Reißverschluß war mit zwei weichen Dichtungsmanschetten unterlegt, die, wenn sie zusammengedrückt waren, sich durch den inneren Luftdruck versiegelten. Innerhalb des Helms führte ein zum Ausatmen bestimmtes Mundstück zu einem Filter.

McCoy lief von einem zum anderen, kontrollierte, zog hier und da einen Gürtel enger, unterrichtete sie im

Gebrauch der externen Kontrollen. Als er zufriedengestellt war, meldete er der Brücke, sein Abschnitt habe die Grundinstruktionen erhalten und sei bereit zum Aussteigen. Er erhielt die Erlaubnis, seine Leute dreißig Minuten lang zur Akklimatisierung hinauszuführen.

Immer sechs auf einmal eskortierte er durch die Luftschleuse und hinaus auf die Oberfläche des Planetoiden. Libby blinzelte in den ungewohnten Glanz der Sonnenstrahlen auf dem Fels. Obwohl die Sonne mehr als zweihundert Millionen Meilen entfernt war und den kleinen Planeten nur in einem Fünftel der Strahlung badete, die Mutter Erde empfängt, war das Licht wegen der fehlenden Atmosphäre so gleißend, daß man die Augen zusammenkneifen mußte. Libby war froh, durch das bernsteinfarbene Visier geschützt zu sein. Die Sonne über ihm, auf Penny-Größe zusammengeschrumpft, leuchtete von einem totenschwarzen Himmel, an dem Sterne, die nicht funkelten, sich gegenseitig und der Sonne den Platz streitig machten.

Die Stimme eines Kameraden erklang in Libbys Kopfhörern: »Mann, sieht der Horizont nah aus! Ich wette, er ist nicht mehr als eine Meile weit weg.«

Libby blickte über die nackte Ebene, und sein Unterbewußtsein befaßte sich mit der Sache. »Er ist nicht einmal eine Drittelmeile weit weg«, bemerkte er.

»Was, zum Teufel, verstehst du davon, Pinkie? Und wer hat dich überhaupt gefragt?«

Libby verteidigte sich: »Genau sind es eintausendsechshundertundsiebzig Fuß, wenn man berücksichtigt, daß sich meine Augen fünf Fuß und drei Zoll über dem Boden befinden.«

»Blödsinn, Pinkie, du willst uns immer nur vormachen, daß du wer weiß wie klug bist.«

»Das tue ich nicht«, protestierte Libby. »Wenn dieser Planetoid hundert Meilen dick und so rund ist, wie er aussieht, dann *muß* der Horizont einfach so weit entfernt sein.«

»Wer sagt das?«

McCoy unterbrach.

»Ruhe! Libby ist viel näher an den tatsächlichen Wert herangekommen als du.«

»Er hat ihn genau getroffen«, fiel eine fremde Stimme ein. »Ich mußte ihn für den Navigator nachschlagen, bevor ich den Kontrollraum verließ.«

»Wirklich?« Das war wieder McCoys Stimme. »Wenn der Chefnavigationsmaat sagt, du hast recht, Libby, dann hast du recht. Woher hast du das gewußt?«

Libby errötete verlegen. »Ich ... ich weiß nicht. Es ist doch die einzige Möglichkeit.«

Der Obermaat und der Navigationsmaat starrten ihn an, ließen das Thema jedoch fallen.

Am Ende des Tages (Schiffszeit, denn Achtundachtzig drehte sich in acht Stunden und dreizehn Minuten um sich selbst) war man schon fleißig an der Arbeit. Der Transporter lag nahe an einer niedrigen Hügelkette. Der Kapitän suchte eine kleine schüsselförmige Vertiefung in den Hügeln aus, einige tausend Fuß lang und halb so breit, in der das ständige Lager aufgeschlagen werden sollte. Es sollte überdacht und hermetisch abgeschlossen und mit Luft versehen werden.

In dem Hügel zwischen dem Schiff und dem Tal wurden Quartiere ausgeschachtet, Schlafsäle, Kantine, Offiziersunterkünfte, Krankenstation, Aufenthaltsraum, Büros, Lagerräume und so weiter. Ein Tunnel zwischen diesen Anlagen mußte gebohrt und durch ein zehn Fuß langes, luftdichtes Metallrohr mit der Backbord-Luftschleuse des Schiffes verbunden werden. Rohr und Tunnel sollten ein ständig laufendes Förderband für Passagiere und Fracht erhalten.

Libby wurde für die Arbeit an der Überdachung eingeteilt. Er half einem Techniker, einen tragbaren Atomofen über den Hügel zu schaffen. Das Gerät war wegen seiner Masse von achthundert Pfund unhandlich, wog hier aber nur sechzehn Pfund. Der Rest der Arbeit bestand darin, das gewaltige durchscheinende Zelt, das den ›Himmel‹ des kleinen Tals abgeben sollte, auszubreiten und so herzurichten, daß es von Hand bewegt werden konnte.

Der Techniker suchte nach einer Landmarke auf dem inneren Hang des Tals, stellte seinen Ofen auf und begann eine tiefe waagrechte Stufe in den Fels zu schneiden. Er folgte dabei einer Kreidemarkierung auf der Felswand und hielt auf diese Weise immer die gleiche Höhe ein. Libby erkundigte sich, wie es möglich sei, daß die Arbeit so schnell vorbereitet worden war.

»Ganz einfach«, bekam er zur Antwort. »Zwei der Navigationsmaate sind mit einem Beiboot gekommen. Der eine hat es genau fünfzig Fuß über der Talsohle schweben lassen und einen Suchscheinwerfer daran angebracht. Der andere ist wie der Blitz um den Rand gerast und hat die Stellen, wo der Strahl auftraf, mit Kreide markiert.«

»Soll das Dach nur fünfzig Fuß hoch werden?«

»Nein, im Durchschnitt vielleicht hundert. In der Mitte baucht es sich von dem Luftdruck aus.«

»Erdnormaler Druck?«

»Die Hälfte.«

Libby konzentrierte sich für einen Augenblick, dann machte er ein verwirrtes Gesicht. »Hören Sie, dieses Tal ist tausend Fuß lang und mehr als fünfhundert breit. Bei der Hälfte von fünfzehn Pfund pro Quadratzoll und unter Berücksichtigung der Kuppelform ist das ein Druck von einer und einem Achtel Milliarde Pfund. Was für ein Material kann denn einen solchen Druck aushalten?«

»Spinnweben.«

»Spinnweben?«

»Ja, Spinnweben. Das stärkste Material der Welt, stärker als der beste Stahl. Synthetische Spinnenseide. Die Dicke, die wir hier verwenden, hat eine Zugfestigkeit von viertausend Pfund pro laufendem Zoll.«

Libby zögerte eine Sekunde lang, dann antwortete er: »Ich verstehe. Da es ringsherum zirka 1800000 Zoll sind, ist der maximale Zug am Punkt der Verankerung rund sechshundertfünfundzwanzig Pfund pro Zoll. Ein reichlicher Sicherheitsspielraum.«

Der Techniker lehnte sich auf sein Werkzeug und

nickte. »So ungefähr. Du bist sehr schnell im Kopfrechnen, was, Junge?«

Libby sah ihn erschrocken an. »Ich lege mir die Dinge nur gern zurecht.«

Sie arbeiteten sich schnell um das Tal und schnitten eine saubere, glatte Stufe in den Fels, an der die ›Spinnweben‹ verankert und versiegelt werden konnten. Die weißglühende Lava schoß aus der Abzugsöffnung und rann langsam den Hang hinunter. Brauner Dampf stieg ein paar Fuß von der Oberfläche des geschmolzenen Felsens in die Höhe und schlug sich im Vakuum augenblicklich als ein weißes Pulver nieder, das auf dem Boden liegenblieb. Der Techniker wies auf das Pulver.

»Das Zeug würde Staublunge hervorrufen, wenn wir es liegenließen und später einatmeten.«

»Was kann man dagegen tun?«

»Es wird einfach mit dem Gebläse der Klimaanlage nach draußen befördert.«

Libby benutzte diese Eröffnung, um eine weitere Frage zu stellen. »Mister ...?«

»Johnson ist mein Name. Der Mister ist überflüssig.«

»Also, Johnson, woher bekommen wir denn die Luft für dieses ganze Tal, von den Tunneln ganz zu schweigen? Dazu brauchen wir doch fünfundzwanzig Millionen Kubikfuß oder mehr. Stellen wir sie her?«

»Nein, das wäre zuviel Mühe. Wir haben sie mitgebracht.«

»Auf dem Transporter?«

»Ganz recht, unter einem Druck von fünfzig Atmosphären.«

Libby überlegte. »Ich verstehe. Auf diese Weise hat sie nur einen Raum von achtzig Fuß Kantenlänge gebraucht.«

»Tatsächlich ist sie in drei speziell konstruierten Behältern, riesigen Flaschen. Dieser Transporter hat auch schon Luft nach Ganymed gebracht. Ich war dabei, als Rekrut, aber schon damals bei der Luftversorgungstruppe.«

Drei Wochen später konnte das Dauerlager bewohnt werden, und der Transporter war seiner Fracht beraubt. Die Lagerräume waren gestopft voll mit Werkzeugen und Vorräten. Kapitän Doyle hatte seine Verwaltungsbüros in den Untergrund verlegt, das Kommando dem Ersten Offizier übertragen und ihm die Erlaubnis erteilt, mit einer Rumpfmannschaft zur Erde zurückzukehren.

Libby beobachtete den Start von einem Aussichtspunkt auf dem Hang. Überwältigendes Heimweh erfüllte ihn. Ob er je wieder nach Hause kam? In diesem Augenblick glaubte er ehrlich, er würde den Rest seines Lebens gern für jeweils dreißig Minuten mit seiner Mutter und mit Betty hingeben.

Er stieg zur Tunnelschleuse hinunter. Wenigstens brachte der Transporter ihnen Briefe von ihm, und mit ein bißchen Glück war bald der Geistliche mit Briefen von der Erde da. Aber der morgige und die darauffolgenden Tage würden kein Zuckerlecken sein. Er war gern bei der Luftversorgungstruppe gewesen, und morgen mußte er zu seiner Einheit zurück. Darauf freute er sich gar nicht – die Jungs dort waren sicher in Ordnung, nur paßte er irgendwie nicht zu ihnen.

Diese Kompanie des Kosmischen Pionierkorps begann mit der umfangreichen Arbeit, Achtundachtzig mit Raketenrohren zu spicken, damit Kapitän Doyle diese Hundert-Meilen-Murmel aus ihrer Bahn schubsen und in einen neuen Orbit zwischen Erde und Mars bugsieren konnte, wo sie als Raumstation verwendet werden sollte – ein Zufluchtsort für Schiffe in Not, ein Hafen für Rettungsboote, eine Auftankstation, ein Vorposten der Marine.

Libby wurde einem Ofen in Grube H-16 zugeteilt. Seine Aufgabe war es, sorgfältig berechnete Bettungen aus dem Stein zu schneiden, in denen die Sprengleute die winzigen Ladungen unterbrachten, die den größeren Teil der Aushöhlung besorgten. Zu H-16 gehörten zwei Korporalschaften unter der Oberaufsicht eines älteren Geschützoffiziers. Dieser saß am Rand der Grube, die

Pläne vor sich, und führte gelegentlich Berechnungen mit einem runden Rechenschieber aus, den er an einer Kordel um den Hals trug.

Libby war gerade mit der komplizierten Vorbereitung einer dreiphasigen Explosion fertig und wartete auf die Sprengleute, als seine Kopfhörer die Anweisungen des Geschützoffiziers über die Größe der Ladung auffingen. Er drückte den Sendeknopf.

»Mr. Larsen! Sie haben einen Fehler gemacht!«

»Wer war das?«

»Libby. Sie haben die Ladung falsch berechnet. Wenn Sie die zur Explosion bringen, fliegt die ganze Grube aus dem Gestein, und wir mit.«

Geschützoffizier Larsen drehte erst die Scheiben seines Rechenschiebers, bevor er antwortete: »Sie regen sich unnötig auf, Sohn. Die Ladung ist richtig.«

»Nein, Sir.« Libby blieb bei seiner Meinung. »Sie haben multipliziert, wo Sie hätten dividieren sollen.«

»Haben Sie Erfahrung mit Arbeiten dieser Art?«

»Nein, Sir.«

Larsen richtete seine nächste Bemerkung an die Sprengleute. »Bringen Sie die Ladung an!«

Sie würden gehorchen. Libby schluckte und fuhr sich mit der Zunge über die Lippen. Er wußte, was er zu tun hatte, aber er fürchtete sich. Zwei steifbeinige Sprünge brachten ihn neben die Sprengleute. Er drängte sich zwischen sie und riß die Elektroden des Sprengzünders ab. Ein Schatten zog währenddessen über ihn dahin, und Larsen schwebte zu ihm herunter. Eine Hand faßte seinen Arm.

»Das hätten Sie nicht tun dürfen, Sohn. Das ist offene Befehlsverweigerung. Jetzt muß ich Sie melden.« Er machte sich daran, die Zündleitung wieder anzuschließen.

Libbys Ohren brannten vor Verlegenheit, aber er antwortete mit dem Mut der Verzweiflung. »Ich muß es tun, Sir. Sie haben immer noch unrecht.«

Larsen musterte eine Weile schweigend das entschlossene Gesicht des Jungen. Dann sagte er: »Es ist Zeitverschwendung, aber ich will nicht, daß Sie neben einer Ladung stehenbleiben, vor der Sie sich fürchten. Gehen wir die Berechnung noch einmal zusammen durch!«

Kapitän Doyle saß gemütlich in seinem Quartier, die Füße auf dem Schreibtisch. Er betrachtete ein fast leeres Trinkglas.

»Das ist gutes Bier, Blackie. Glauben Sie, wir können mehr davon brauen, wenn es alle ist?«

»Ich weiß nicht, Captain. Haben wir Hefe mitgenommen?«

»Stellen Sie das bitte fest!« Er wandte sich dem massigen Mann zu, der in dem dritten Sessel saß. »Nun, Larsen, ich bin froh, daß es nicht schlimmer gekommen ist.«

»Ich kann einfach nicht verstehen, Captain, wie mir ein solcher Fehler passieren konnte. Zweimal habe ich nachgerechnet. Wenn es ein Salpetersprengstoff gewesen wäre, hätte ich den Irrtum gleich erkannt. Ohne die Eingebung des Jungen hätte ich die Ladung hochgehen lassen.«

Kapitän Doyle schlug dem alten Geschützoffizier auf die Schulter. »Vergessen Sie's, Larsen! Es wäre niemand dabei verletzt worden; deshalb verlange ich ja, daß die Gruben auch bei kleinen Ladungen geräumt werden. Diese Isotopen-Sprengstoffe sind immer gefährlich. Sehen Sie sich an, was in Grube A-9 passiert ist. Zehn Tage Arbeit zum Teufel, und der Geschützoffizier hatte sein Okay gegeben. Aber ich möchte diesen Jungen sprechen. Wie, sagten Sie, ist sein Name?«

»Libby, A. J.«

Doyle berührte einen Knopf auf seinem Schreibtisch. Es klopfte an der Tür. Ein lautes »Herein!« brachte einen Jungen ins Zimmer, der die Armbinde eines Maats trug.

»Korpsmann Libby soll sich bei mir melden.«

»Aye, aye, Sir.«

Ein paar Minuten später wurde Libby in das Quartier des Kapitäns geführt. Er blickte nervös ringsum und bemerkte Larsens Anwesenheit, was nicht zu seinem

Seelenfrieden beitrug. Mit kaum hörbarer Stimme meldete er sich: »Korpsmann Libby, Sir.«

Der Kapitän sah ihn sich an. »Wie ich hörte, Libby, hatten Sie und Mr. Larsen heute vormittag eine Meinungsverschiedenheit. Erzählen Sie mir die Geschichte!«

»Ich ... ich habe es nicht böse gemeint, Sir.«

»Natürlich nicht. Niemand macht Ihnen Vorwürfe; Sie haben uns allen einen Gefallen getan. Sagen Sie mir, woher wußten Sie, daß die Berechnung falsch war? Haben Sie Erfahrung im Bergbau?«

»Nein, Sir. Ich habe nur gesehen, daß Mr. Larsen zu einem falschen Ergebnis gekommen war.«

»Aber wie?«

Libby scharrte verlegen mit den Füßen. »Es kam mir eben falsch vor, Sir. Es paßte nicht.«

Commander ›Blackie‹ Rhodes mischte sich ein: »Einen Augenblick, Captain. Darf ich diesem jungen Mann ein paar Fragen stellen?«

»Natürlich. Schießen Sie los!«

»Sind Sie der Junge, den man ›Pinkie‹ nennt?«

Libby errötete. »Ja, Sir.«

»Ich habe Gerüchte über diesen Jungen gehört.« Rhodes wuchtete seinen massigen Körper aus dem Sessel, trat an ein Bücherregal und entnahm ihm einen dicken Wälzer. Er blätterte darin und begann dann, das offene Buch vor sich, Libby Fragen zu stellen.

»Was ist die Quadratwurzel von fünfundneunzig?«

»Neun und siebenhundertsiebenundvierzig Tausendstel.«

»Und die Kubikwurzel?«

»Vier und fünfhundertdreiundsechzig Tausendstel.«

»Der Logarithmus?«

»Was ist das, Sir?«

»Großer Gott, kann ein Junge heutzutage die Schule durchlaufen, ohne das zu lernen?«

Das Unbehagen des Jungen verstärkte sich. »Ich bin nicht viel zur Schule gegangen, Sir. Meine Familie hat den Vertrag nicht akzeptiert, bis Papa starb und uns nichts anderes übrigblieb.«

»Ich verstehe. Logarithmus ist die Bezeichnung für die Potenz, zu der man eine bestimmte Zahl, Basis genannt, erhebt, um die Zahl zu erhalten, deren Logarithmus sie ist. Ist das klar?«

Libby dachte stirnrunzelnd nach. »Ich habe es nicht ganz verstanden, Sir.«

»Dann will ich es noch einmal versuchen. Wenn man zehn zur zweiten Potenz erhebt – also zum Quadrat –, dann ergibt das einhundert. Daher ist der Logarithmus von hundert zur Basis zehn gleich zwei. Entsprechend ist der Logarithmus von tausend zur Basis zehn gleich drei. Und was ist jetzt der Logarithmus von fünfundneunzig?«

Libby überlegte einen Augenblick lang. »Ich bekomme keine gerade Zahl heraus. Es ist ein Bruch.«

»Das geht in Ordnung.«

»Dann ist es eins und neunhundertachtundsiebzig Tausendstel – so ungefähr.«

Rhodes wandte sich dem Kapitän zu. »Ich glaube, das beweist es, Sir.«

Doyle nickte nachdenklich. »Ja, der Junge scheint mathematische Beziehungen intuitiv zu erfassen. Welche anderen Fähigkeiten mag er haben?«

»Ich fürchte, um das richtig festzustellen, müssen wir ihn zur Erde zurückschicken.«

Die Bedeutung dieser letzten Bemerkung fuhr Libby in die Knochen. »Bitte, Sir, Sie werden mich doch nicht nach Hause schicken? Meine Mutter wäre furchtbar enttäuscht von mir.«

»Nein, nein, nichts dergleichen. Wenn Sie Ihren Dienst abgeleistet haben, möchte ich, daß Sie in den psychometrischen Laboratorien untersucht werden. In der Zwischenzeit würde ich mich nicht um ein Vierteljahresgehalt von Ihnen trennen. Eher würde ich das Rauchen aufgeben. Aber sehen wir doch mal, was Sie sonst noch können.«

In der nun folgenden Stunde hörten der Kapitän und der Navigator von Libby: Erstens, wie er den Pythagoreischen Lehrsatz entwickelte, zweitens, wie er Newtons

Gravitationsgesetz und Keplers himmelsmechanische Gesetze anhand einer Erklärung ableitete, die man ihm über die Bedingungen gab, unter denen sie zutreffen, drittens, wie er Länge, Fläche und Umfang mit bloßem Auge ohne meßbaren Fehler feststellte. Er hatte sich den Gedanken der Relativität und der nichteuklidischen Raum-Zeit-Kontinua zu eigen gemacht und sprudelte Ideen schneller hervor, als er sprechen konnte. Doyle hob die Hand.

»Das ist genug, Sohn. Sie bekommen noch Fieber. Gehen Sie jetzt zu Bett, und melden Sie sich morgen früh wieder bei mir! Ich befreie Sie von der Feldarbeit.«

»Jawohl, Sir.«

»Übrigens, wie lauter Ihr voller Name?«

»Andrew Jackson Libby, Sir.«

»Dann ist es verständlich, daß Ihre Familie den Vertrag nicht unterzeichnet hat. Gute Nacht.«

»Gute Nacht, Sir.«

Nachdem er gegangen war, besprachen die beiden älteren Männer ihre Entdeckung.

»Wie erklären Sie sich das, Captain?«

»Nun, er ist natürlich ein Genie – eins von diesen wilden Talenten, die alle Jubeljahre einmal auftauchen. Ich werde ihn unter meinen Büchern loslassen und abwarten, was daraus wird. Sollte mich nicht wundern, wenn er zu denen gehört, die eine Seite mit einem Blick lesen können.«

»Es verblüfft mich, welche Begabungen wir unter diesen Jungen entdecken – und nicht einer von ihnen hatte es auf der Erde zu etwas gebracht.«

Doyle nickte. »Das war ihr Problem. Sie hatten nicht das Gefühl, gebraucht zu werden.«

Achtundachtzig schwang sich ein paar Millionen Meilen weiter um die Sonne herum. Die Pockenmarken der Gruben auf seinem Gesicht wurden tiefer. Sie waren mit Durit ausgekleidet, diesem seltsamen Laboratoriumsprodukt, das (normalerweise) sogar Atomexplosionen aushält. Dann erhielt Achtundachtzig eine Reihe von sanften Klapsen, immer auf der Seite, die ihn auf Kurs brachte. In wenigen Wochen hatten die Feuerstöße der Raketen ihre Wirkung getan, und Achtundachtzig schwenkte auf die Sonne ein.

Sobald er seine Position erreicht haben würde – nämlich einen Sonnenabstand von eins Komma drei Astronomische Einheiten (das heißt: ein und drei Zehntel der Entfernung von der Sonne zur Umlaufbahn der Erde) –, sollte er durch erneutes gutes Zureden in einen kreisförmigen Orbit gebracht werden. Danach würde er E-M 3, Erde-Mars-Station 3, heißen. Hunderte von Millionen Meilen entfernt bewogen zwei weitere Kompanien des Kosmischen Pionierkorps zwei andere Planetoiden, ihre altgewohnten Bahnen zu verlassen und sich auf dem gleichen Orbit wie Achtundachtzig zwischen Erde und Mars einzufädeln. Der erste sollte hundertzwanzig Grad vor Achtundachtzig, der zweite hundertzwanzig Grad hinter ihm kreisen. Wenn E-M 1, E-M 2, und E-M 3 alle ihre Positionen bezogen hatten, würde sich kein bedrängter Reisender auf der Erde-Mars-Route mehr weit von Land – oder Rettung – befinden.

Während der Monate, die Achtundachtzig auf die Sonne zufiel, reduzierte Kapitän Doyle die Dienststunden seiner Mannschaft und übertrug ihnen die verhältnismäßig leichten Arbeiten, ein Hotel zu bauen und das kleine überdachte Tal in einen Garten zu verwandeln. Der Felsen wurde gemahlen und mit Düngemitteln gemischt. Man impfte ihn mit Kulturen nicht auf Luftsauerstoff angewiesener Bakterien. Danach wurden Pflanzen eingesetzt und liebevoll betreut, die dreißig Generationen lang in Luna City an geringe Schwerkraft gewöhnt worden waren. Von der geringen Schwerkraft abgesehen, kam man sich auf Achtundachtzig allmählich wie zu Hause vor.

Aber als Achtundachtzig sich einer Tangente an dem hypothetischen zukünftigen Orbit von E-M 3 näherte, gab es für die ganze Kompanie wieder strengen Dienst mit Wacheinteilungen. Der Kapitän lebte von schwarzem

Kaffee und schlief gelegentlich ein paar Augenblicke im Auswertungsraum.

Libby tat Dienst am ballistischen Rechner, drei Tonnen denkenden Metalls, das den Auswertungsraum beherrschte. Er liebte die große Maschine. Der Chef der Feuerleitung ließ ihn helfen, sie einzustellen, und übertrug ihm die Wartung. Im Unterbewußtsein stellte Libby sich die Maschine als Person vor – eine Person seiner Art.

Am letzten Tag der Annäherung feuerten die Raketen häufiger. Libby saß im rechten Sattel des Rechners und las mit lauter Stimme die Vorausberechnungen für die nächste Salve ab, während er sich über die Genauigkeit freute, mit der die Maschine die Bahn verfolgte. Kapitän Doyle lief nervös umher und blieb gelegentlich stehen, um dem Navigator über die Schulter zu lugen. Natürlich waren die Zahlen richtig, aber was, wenn es nicht funktionierte? Noch nie zuvor war eine so große Masse bewegt worden. Angenommen, sie fiel weiter und weiter – und weiter. Unsinn! Das war unmöglich. Trotzdem würde er froh sein, wenn sie den kritischen Punkt hinter sich hatten.

Eine Ordonnanz berührte seinen Ellenbogen. »Heliogramm vom Flaggschiff, Sir.«

»Lesen Sie es mir vor!«

»Flaggschiff an Achtundachtzig; private Botschaft, Kapitän Doyle. Bin in der Nähe und will sehen, wie Sie ihn hereinbringen. – Kearney.«

Doyle lächelte. Nett von dem alten Knaben. Sobald sie ihre Position erreicht hatten, würde er den Admiral zum Dinner einladen und ihm den Park zeigen.

Eine neue Salve donnerte los, heftiger als die früheren. Der Auswertungsraum erbebte. Gleich darauf kamen die Meldungen der Oberflächenbeobachter: »Rohr neun, klar!« – »Rohr zehn, klar!«

Aber Libby war verstummt.

Kapitän Doyle drehte sich zu ihm um. »Was ist los, Libby? Eingeschlafen? Rufen Sie die Polstationen an! Ich brauche eine Parallaxe.«

»Captain ...« Die leise Stimme des Jungen bebte.

»Reden Sie schon, Mann!«

»Captain – die Maschine verfolgt die Bahn nicht mehr.«

»Spiers!« Der graue Kopf des Feuerleitschefs tauchte hinter dem Rechner auf.

»Bin schon dabei, Sir. Gebe Ihnen gleich Bescheid.«

Er zog sich zurück. Nach zwei langen Minuten kam er wieder zum Vorschein. »Gyroskope völlig durcheinander. Die Kalibrierung wird mindestens zwölf Stunden dauern.«

Der Kapitän wandte sich schweigend ab und ging ans andere Ende des Raums. Der Navigator folgte ihm mit den Augen. Doyle kehrte zurück, warf einen Blick auf das Chronometer und sagte zu dem Navigator:

»Ja, Blackie, wenn ich diese Daten nicht in sieben Minuten habe, sind wir weg vom Fenster. Irgendwelche Vorschläge?« Rhodes schüttelte nur den Kopf.

Schüchtern meldete sich Libby zu Wort: »Captain ...«

Doyle fuhr herum. »Ja?«

»Die Daten sind: Für Rohr dreizehn sieben Komma sechs drei, für Rohr zwölf sechs Komma neun null, für Rohr vierzehn sechs Komma acht neun.«

Doyle sah ihm forschend ins Gesicht. »Sind Sie sich ganz sicher, Sohn?«

»Es *muß* so sein, Captain.«

Doyle stand ganz still. Diesmal sah er Rhodes nicht an, sondern starrte geradeaus. Dann machte er einen tiefen Zug an seiner Zigarette, betrachtete die Asche und sagte mit fester Stimme:

»Verwenden Sie die Daten! Zünden auf Signal!«

Vier Stunden später leierte Libby immer noch Daten herunter. Sein Gesicht war grau, die Augen hielt er geschlossen. Einmal hatte er das Bewußtsein verloren, aber als sie ihn wieder zu sich gebracht hatten, murmelte er immer noch Zahlen vor sich hin. Der Kapitän und der Navigator lösten sich von Zeit zu Zeit ab, aber für Libby gab es keinen Ersatzmann.

Die Salven folgten dichter aufeinander, wurden jedoch

weniger heftig. Nach einer schwachen Salve blickte Libby auf, sah an die Decke und erklärte:

»Das war's, Captain.«

»Polstationen rufen!«

Die Meldungen kamen prompt: »Parallaxe konstant, siderisch-solare Rate konstant.«

Der Kapitän ließ sich in einen Sessel sinken. »Blackie, wir haben es geschafft – dank Libby!« Er sah, wie sich ein grübelnder Ausdruck über Libbys Gesicht breitete. »Was ist los, Mann? Sind wir doch nicht auf der richtigen Bahn?«

»Captain, Sie sagten doch neulich, am liebsten hätten Sie im Park erdnormale Schwerkraft?«

»Ja. Was ist damit?«

»Wenn das Buch über Gravitation, das Sie mir geliehen haben, die Wahrheit sagt, glaube ich, einen Weg zu wissen, wie man das machen kann.«

Der Kapitän musterte ihn, als sähe er ihn zum ersten Mal. »Libby, über Sie kann ich schon nicht mehr staunen. Könnten Sie mit diesen Dingen lange genug aufhören, um mit dem Admiral zu dinieren?«

»Oh, Captain, das wäre herrlich!«

Die Kommunikation meldete sich über die Sprechanlage.

»Heliogramm vom Flaggschiff: ›Gut gemacht, Achtundachtzig.‹«

Doyle lächelte in die Runde. »Das ist eine erfreuliche Bestätigung.«

Die Sprechanlage plärrte von neuem.

»Heliogramm vom Flaggschiff: ›Letzten Funkspruch annullieren; auf Berichtigung warten.‹«

Doyles Gesicht nahm einen überraschten und besorgten Ausdruck an. Dann fuhr der Sprecher fort:

»Heliogramm vom Flaggschiff: ›Gut gemacht, E-M 3.‹«

Originaltitel: ›Misfit‹

Methusalems Kinder

ERSTER TEIL

1

»Mary Sperling, du bist verrückt, wenn du ihn nicht heiratest!«

Mary Sperling addierte erst ihre Verluste und schrieb einen Scheck aus. Dann antwortete sie: »Der Altersunterschied ist zu groß.« Sie schob den Scheck über den Tisch. »Ich sollte nicht mit dir spielen – manchmal glaube ich, du bist Telepathin.«

»Unsinn! Du versuchst nur, das Thema zu wechseln. Du bist sicher bald dreißig ... und du wirst nicht immer hübsch bleiben.«

Mary lächelte schief. »Als ob ich das nicht wüßte!«

»Bork Vanning kann nicht viel über Vierzig sein, und er ist ein prominenter Bürger. Du müßtest mit beiden Händen zugreifen.«

»Greif du zu! Ich muß laufen. Zu Diensten, Ven.«

»Zu Diensten«, antwortete Ven. Stirnrunzelnd betrachtete sie die Tür, die sich hinter Mary Sperling zusammenzog. Die Neugier plagte sie, warum Mary sich einen solchen Fang wie den Ehrenwerten Bork Vanning entgehen ließ, und beinahe ebenso gern hätte sie gewußt, warum und wohin Mary ging. Aber die Gewohnheit, das Privatleben anderer zu respektieren, war stärker.

Mary hatte nicht die Absicht, irgendwen wissen zu lassen, wohin sie ging. Vor der Wohnungstür ihrer Freundin sprang sie in den Fallschacht zum Keller, holte ihren Wagen aus der Robotgarage, lenkte ihn die Rampe hinauf und stellte die Kontrollen auf das Nordufer ein. Der Wagen wartete eine Verkehrslücke ab, stürzte sich in den Hochgeschwindigkeitsstrom und raste nordwärts. Mary lehnte sich zurück und schlief ein.

Gegen Ende seines Programms verlangte der Wagen

mit einem Pfeifton Anweisungen. Mary wachte auf und sah hinaus. Der Michigan-See hob sich von der Dunkelheit zu ihrer Rechten als noch dunkleres Band ab. Sie signalisierte der Verkehrskontrolle, daß sie auf den Weg für den Ortsverkehr einbiegen wollte. Die Verkehrskontrolle sortierte ihren Wagen aus, lenkte ihn hin und überließ ihn der manuellen Steuerung. Mary steckte die Hand ins Handschuhfach.

Das Nummernschild, das die Verkehrskontrolle automatisch fotografierte, als sie die Fernlenkstraße verließ, war nicht das Nummernschild, das der Wagen vorher getragen hatte.

Sie folgte mehrere Meilen einem dem Fernlenksystem nicht angeschlossenen Seitenweg, bog in einen schmalen Fußpfad ein, der zum Ufer hinunterführte, und hielt an. Dann wartete sie mit abgeschalteten Scheinwerfern und lauschte. Südlich von ihr schimmerten die Lichter Chicagos, ein paar hundert Yards landeinwärts brauste der Verkehr der Fernlenkstraße, aber hier war nichts zu hören als die leisen Geräusche scheuer Nachttiere. Mary faßte ins Handschuhfach und legte einen Schalter um. Das Armaturenbrett glühte auf und ließ andere Anzeigen hinter dem Paneel erkennen. Sie überprüfte sie und nahm ein paar Einstellungen vor. Nachdem sie sich überzeugt hatte, daß sie von keinem Radargerät erfaßt wurde und sich nichts in ihre Richtung bewegte, schaltete sie die Instrumente ab, schloß das Fenster auf ihrer Seite und startete von neuem.

Was ein normaler Camden-Flitzer zu sein schien, stieg geräuschlos in die Höhe, schwebte auf den See hinaus, ließ sich auf das Wasser nieder und sank. Mary wartete, bis sie eine Viertelmeile vom Ufer entfernt in fünfzig Fuß tiefem Wasser war. Dann rief sie eine Station.

»Antworte«, sagte eine Stimme.

»›Das Leben ist kurz . . .‹«

»›. . . aber die Jahre sind lang.‹«

»›Nicht‹«, respondierte Mary, »›solange die schlechten Tage fern sind.‹«

»Das frage ich mich manchmal«, bemerkte die Stimme

im Plauderton. »Okay, Mary. Ich weiß jetzt, daß du es bist.«

»Tommy?«

»Nein – Cecil Hedrick. Hast du die manuellen Kontrollen abgeschaltet?«

»Ja. Du kannst übernehmen.«

Siebzehn Minuten später tauchte der Wagen in einem Teich auf, der den Großteil einer künstlichen Höhle einnahm. Als der Wagen auf trockenem Boden stand, stieg Mary aus, grüßte den Wachtposten und ging durch einen Tunnel in einen großen unterirdischen Raum, in dem fünfzig oder sechzig Männer und Frauen saßen. Sie unterhielt sich, bis eine Uhr Mitternacht anzeigte. Dann stieg sie auf ein Podest und wandte sich an die Versammelten.

»Ich bin«, verkündete sie, »einhundertunddreiundachtzig Jahre alt. Ist jemand anwesend, der älter ist?«

Niemand meldete sich. Nach einer Anstandspause fuhr Mary fort: »Dann erkläre ich dieses Treffen in Übereinstimmung mit unserem Brauch für eröffnet. Wollt ihr einen Vorsitzenden wählen?«

Jemand rief: »Mach du das, Mary!« Als sonst niemand etwas sagte, meinte sie: »Na gut.« Sie nahm die Ehre gleichmütig an, und die anderen Anwesenden benahmen sich ebenso lässig. Es herrschte eine Atmosphäre, als gebe es hier keine Hetze und nichts von den Spannungen des modernen Lebens.

»Wir sind wie üblich zusammengekommen«, sagte Mary, »um über unser Wohlergehen und das unserer Schwestern und Brüder zu diskutieren. Hat ein Familiensprecher eine Nachricht von seiner Familie erhalten? Oder möchte jemand für sich selbst sprechen?«

Ein Mann fing ihren Blick ein und ergriff das Wort. »Ira Weatheral, Sprecher der Johnson-Familie. Wir treffen uns fast zwei Monate zu früh. Die Treuhänder müssen einen Grund dafür haben. Laß ihn uns hören!«

Mary nickte und forderte einen steifen kleinen Mann in der ersten Reihe auf: »Justin ... willst du so freundlich sein?«

Der steife kleine Mann erhob sich und machte eine förmliche Verbeugung. Dünne Beine sahen unter einem schlechtgeschnittenen Kilt hervor. Er sah aus und benahm sich wie ein ältlicher, verstaubter Büroangestellter, aber sein schwarzes Haar und die straffe, gesunde Haut verrieten, daß er ein Mann in der Blüte seiner Jahre war. »Justin Foote, Sprecher für die Treuhänder.« Er hatte eine präzise Aussprache. »Vor elf Jahren entschieden sich die Familien für das Experiment, die Öffentlichkeit wissen zu lassen, daß es unter der normalen Bevölkerung Menschen gibt, deren Lebenserwartung die des Durchschnitts weit übertrifft, und andere, die den wissenschaftlichen Beweis für diese Erwartung repräsentieren, indem sie bereits mehr als das doppelte Alter eines normalen menschlichen Wesens erreicht haben.«

Obwohl er ohne Notizen sprach, hörte es sich an, als lese er einen vorbereiteten Bericht ab. Was er sagte, war allen bekannt, aber niemand drängte ihn. Seine Zuhörer hatten nichts von der fieberhaften Ungeduld, die anderswo allgemein üblich war. »Zu dem Entschluß«, dozierte er weiter, »die bisherige langjährige Politik des Schweigens und Verheimlichens eines bestimmten Aspektes aufzugeben, in dem wir uns von der übrigen menschlichen Rasse unterscheiden, kamen die Familien durch verschiedene Erwägungen. Der Grund, warum man es ursprünglich für angebracht hielt, diese Besonderheit geheimzuhalten, sollte beachtet werden:

Die ersten Abkömmlinge von Verbindungen, die durch die Howard-Stiftung zusammengekommen waren, wurden 1875 geboren. Sie erweckten keine Aufmerksamkeit, da sie auf keine Weise bemerkenswert waren. Die Stiftung war eine ordnungsgemäß eingetragene, nicht nach Gewinn strebende Gesellschaft . . .«

Am 17. März 1874 saß Ira Johnson, Medizinstudent, in der Kanzlei der Rechtsanwälte Deems, Wingate, Alden & Deems und hörte sich einen ungewöhnlichen Vorschlag an. Schließlich unterbrach er den Senior-Partner. »Einen

Augenblick! Habe ich richtig verstanden, daß Sie mich dafür *bezahlen* wollen, eine dieser Frauen zu heiraten?«

Der Rechtsanwalt war schockiert. »Bitte, Mr. Johnson. Ganz und gar nicht.«

»Es hörte sich aber so an.«

»Nein, nein, ein solcher Vertrag wäre nichtig und gegen die guten Sitten. Als Verwalter einer Stiftung teilen wir Ihnen lediglich mit: Sollte der Fall eintreten, *daß* Sie eine der jungen Damen auf dieser Liste heiraten, würde es unsere angenehme Pflicht sein, jedem dieser Vereinigung entspringenden Kind entsprechend der hier festgelegten Staffelung einen Geldbetrag auszuzahlen. Aber es würde zwischen uns weder einen Vertrag geben, noch machen wir Ihnen ein ›Angebot‹ – und ganz gewiß drängen wir Sie nicht, irgendeinen bestimmten Kurs einzuschlagen. Wir informieren Sie lediglich über gewisse Tatsachen.«

Ira Johnson machte ein finsteres Gesicht und scharrte mit den Füßen. »Was soll das alles? Warum?«

»Das ist Sache der Stiftung. Man könnte es so ausdrücken, daß Ihre Großeltern unsere Billigung finden.«

»Haben Sie mit ihnen über mich gesprochen?« fragte Johnson scharf. Er empfand keine Zuneigung für seine Großeltern. Ein puritanisches Vierergespann – wenn einer von ihnen den Anstand gehabt hätte, in einem vernünftigen Alter zu sterben, hätte er jetzt keine Sorgen, woher er das Geld nehmen sollte, um sein Medizinstudium zu beenden.

»Wir haben mit ihnen gesprochen, ja. Aber nicht über Sie.«

Der Rechtsanwalt ließ sich nicht auf eine weitere Diskussion ein, und der junge Johnson nahm mürrisch eine Liste junger Frauen in Empfang. Sie waren ihm alle fremd, und er hatte die Absicht, das Blatt zu zerreißen, sobald er das Büro verlassen hatte. Statt dessen schrieb er an diesem Abend sieben Entwürfe zu einem Brief, bis er die richtigen Worte fand, um die Beziehung zwischen ihm und seinem Mädchen zu Hause langsam abkühlen zu lassen. Er war froh, daß er ihr niemals einen richtigen

Heiratsantrag gemacht hatte – das wäre jetzt verflixt peinlich gewesen.

Als er tatsächlich heiratete (eine Dame von der Liste), sah er einen lustigen, aber nicht weiter bemerkenswerten Zufall in der Tatsache, daß seine Frau ebenso wie er vier lebende, gesunde, aktive Großeltern hatte.

»... eine ordnungsgemäß eingetragene, nicht nach Gewinn strebende Gesellschaft«, fuhr Foote fort, »und ihr erklärtes Ziel, Heiraten zwischen Personen von gesunder amerikanischer Rasse zu fördern, stand in Einklang mit den Sitten jenes Jahrhunderts. Durch das einfache Mittel, über den wahren Zweck der Stiftung zu schweigen, erübrigten sich besondere Maßnahmen zur Verheimlichung. Doch dann begann die Periode zwischen den Weltkriegen, die manchmal ungenau ›Die verrückten Jahre‹ genannt wird ...«

Ausgewählte Schlagzeilen von April bis Juni 1969:

BABY BILL SPRENGT DIE BANK
Zweijähriger jüngster Gewinner von
Ein-Million-Dollar-Jackpot
Telefonische Glückwünsche vom Weißen Haus

GERICHT BEFIEHLT VERKAUF DES KAPITOLS
Oberster Gerichtshof in Colorado ordnet Altersrente an
Besitzt Pfandrecht an allem Staatseigentum

JUGEND VON N.Y. VERLANGT
OBERE ALTERSGRENZE FÜR DAS WAHLRECHT

GEBURTENRATE DER USA ›STRENG GEHEIM‹
Verschlußsache des Verteidigungsministeriums

KONGRESSABGEORDNETE VON CAROLINA
WIRD SCHÖNHEITSKÖNIGIN
›Stehe als Präsidentschaftskandidatin zur Verfügung‹,
verkündet sie.
Auf einer Tournee will sie ihre Qualifikation beweisen

IOWA ERHÖHT ALTER FÜR DAS WAHLRECHT AUF EINUNDVIERZIG
Aufstand auf dem Campus von Des Moines

ERDFRESS-WELLE BREITETE SICH NACH WESTEN AUS:
CHICAGOER PFARRER ISST AUF DER KANZEL LEHM-SANDWICH
›Zurück zu den einfachen Dingen‹, rät er seiner Gemeinde

SCHÜLER-MOB VON LOS ANGELES WIDERSETZT SICH SCHULLEITUNG
›Höhere Bezahlung, weniger Schulstunden, keine Hausaufgaben – Wir verlangen das Recht, unsere Lehrer zu wählen‹

SELBSTMORDRATE DAS NEUNTE JAHR IN FOLGE GESTIEGEN
Atom-Energie-Kommission macht radioaktiven Niederschlag verantwortlich

»... ›Die verrückten Jahre‹, genannt wird. Die damaligen Treuhänder waren der – wie wir heute wissen, richtigen – Meinung, in einer Zeit der semantischen Desorientierung und der Massenhysterie sei jede Minderheit das wahrscheinliche Ziel von Verfolgung, diskriminierender Gesetzgebung und sogar Gewalttätigkeit des Mobs. Außerdem wurde die Solvenz der Stiftung durch die gestörte Finanzstruktur des Landes und im besonderen durch den erzwungenen Eintausch von mündelsicheren Papieren gegen Zahlungsanweisungen der Regierung bedroht.

Die Treuhänder beschlossen zwei Maßnahmen: Erstens wurden die Aktivposten der Stiftung in Sachwerte umgewandelt und unter den Mitgliedern der Familie, die offiziell als Eigentümer auftraten, breit gestreut. Zweitens führten sie die sogenannte Maskerade ein. Man fand Wege, den Tod eines Mitglieds der Familien vorzutäuschen, wenn sein Alter Anlaß zu Gerede gab, und es in einem anderen Teil des Landes mit einer neuen Identität auszustatten.

Wie weise dieser letzte Entschluß war, auch wenn er für den einen oder anderen Unannehmlichkeiten mit sich brachte, zeigte sich während des Interregnums der Propheten. Zu Beginn der Herrschaft des ersten Propheten hatten siebenundneunzig Prozent unserer Mitglieder ein öffentlich zugegebenes Alter von weniger als fünfzig Jahren. Die strenge Registrierung aller Bürger, wie sie die Geheimpolizei der Propheten erzwang, machte einen Wechsel der öffentlichen Identität schwierig, obwohl es ein paarmal mit Hilfe der revolutionären Brüderschaft gelang.

So hat eine Kombination von Glück und Voraussicht unser Geheimnis vor einer Entdeckung bewahrt. Das war gut – in jener Zeit wäre jede Gruppe im Besitz eines Schatzes, den zu konfiszieren nicht in der Macht des Propheten lag, hart bedrängt worden.

Die Familien als solche beteiligten sich nicht an den Unternehmungen, die zu der Zweiten amerikanischen Revolution führten, aber viele Mitglieder bewährten sich ruhmreich in der Brüderschaft und bei den Kämpfen, die dem Fall von New Jerusalem vorausgingen. Wir machten uns die darauffolgende Unordnung zunutze, um Verwandten, die verdächtig alt geworden waren, ein neues Geburtsdatum zu geben. Dabei halfen uns Mitglieder der Familien, die als Logenbrüder Schlüsselposten beim Wiederaufbau innehatten.

Beim Familientreffen von 2075, dem Jahr des Vertrages, vertraten viele die Meinung, wir sollten uns entdecken, da die bürgerliche Freiheit wieder fest etabliert sei. Damals stimmte die Mehrheit nicht zu ... vielleicht der eingewurzelten Gewohnheit wegen, das Geheimnis zu wahren und vorsichtig zu sein. Aber das Wiederaufblühen der Kultur in den nun folgenden fünfzig Jahren, das stetige Erstarken von Toleranz und guten Manieren, die semantisch gesunde Orientierung des Unterrichts, die wachsende Achtung vor dem Privatleben des anderen und der Würde des Individuums – all das machte uns glauben, endlich sei die Zeit gekommen, da wir uns ohne Gefahr entdecken und unsern rechtmäßigen Platz als eine merkwürdige, aber nichtsdestoweniger respektierte Minderheit in der Gesellschaft einnehmen könnten.

Es gab zwingende Gründe dafür. Immer mehr von uns fanden die Maskerade in einer neuen und besseren Gesellschaft unerträglich. Es war nicht nur schmerzlich, alle paar Jahre entwurzelt zu werden und sich eine neue Umgebung suchen zu müssen, sondern auch, in einer Gesellschaft, deren meiste Mitglieder sich gewohnheitsgemäß ehrlich und anständig benahmen, mit einer Lüge leben zu müssen. Außerdem hatten die Familien als Gruppe durch unsere Forschungsarbeit in den Bio-Wissenschaften vieles gelernt, was für unsere armen, kurzlebigen Brüder von großem Nutzen hätte sein können. Wir brauchten Freiheit, um ihnen zu helfen.

Über diese und ähnliche Argumente ließ sich diskutieren. Doch die Wiederaufnahme des Brauchs einer eindeutigen physischen Identifizierung machte es beinahe unmöglich, die Maskerade aufrechtzuerhalten. Unter den neuen Verhältnissen begrüßt ein geistig gesunder und friedlicher Bürger diese Regelung, auch wenn er sonst eifersüchtig über sein Recht auf Privatleben wacht. Deshalb wagten wir nicht, dagegen zu protestieren. Das hätte Neugier erweckt, uns als exzentrische Gruppe abgestempelt, uns ausgesondert, und die ganze Maskerade wäre dadurch sinnlos geworden.

Der Not gehorchend, beugten wir uns der persönlichen Identifizierung. Zur Zeit des Treffens von 2125, also vor elf Jahren, war es schon außerordentlich schwierig geworden, neue Identitäten für die wachsende Zahl unserer Verwandten zu fälschen, deren Alter nicht mehr mit ihrem Aussehen übereinstimmte. Wir entschlossen uns zu einem Experiment: Freiwillige aus dieser Gruppe, aber höchstens zehn Prozent aller Mitglieder der Familien, sollten sich als das, was sie waren, entdecken. Wir wollten die Folgen abwarten und währenddessen alle anderen Geheimnisse der Familien-Organisation weiterhin bewahren.

Die Ergebnisse unterschieden sich in bedauerlicher Weise von unsern Erwartungen.«

Justin Foote sprach nicht weiter. Eine Weile herrschte Schweigen, dann ergriff ein kräftig gebauter Mann von mittlerer Größe das Wort. Sein Haar war leicht ergraut – ungewöhnlich in dieser Gruppe –, und sein Gesicht war raumgebräunt. Mary Sperling hatte ihn bemerkt, und sie hätte gern gewußt, wer er war – sein lebendiges Gesicht und sein herzhaftes Lachen hatten ihr Interesse geweckt. Aber es stand jedem Mitglied frei, an den Sitzungen des Familienrates teilzunehmen. Sie hatte dann nicht weiter darüber nachgedacht.

Der Mann sagte: »Nun mach schon! Wie lautet der Bericht?«

Foote richtete seine Antwort an die Vorsitzende. »Eine Zusammenfassung des Berichts sollte unser Chef-Psychometriker vortragen. Meine Bemerkungen stellen nur eine Einleitung dar.«

»Da soll doch gleich . . .«, rief der angegraute Fremde aus. »Kumpel, willst du dich wirklich hinstellen und zugeben, daß du nichts zu sagen hattest als Dinge, die wir bereits wußten?«

»Meine Ausführungen sollten die Grundlage schaffen. Und mein Name ist Justin Foote, nicht ›Kumpel‹.«

Entschlossen trennte Mary Sperling die beiden. »Bruder«, sagte sie zu dem Fremden, »da du die Familien ansprichst, willst du bitte deinen Namen nennen? Leider muß ich sagen, daß ich dich nicht erkenne.«

»Verzeihung, Schwester. Ich heiße Lazarus Long, und ich spreche für mich selbst.«

Mary schüttelte den Kopf. »Ich weiß immer noch nicht, wo ich dich hintun soll.«

»Noch einmal Verzeihung – das ist ein Maskerade-Name, den ich zur Zeit des ersten Propheten annahm . . . er machte mir Spaß. Mein Familienname ist Smith . . . Woodrow Wilson Smith.«

»›Woodrow Wilson Sm . . .‹ *Wie alt bist du?*«

»Nun, das habe ich längere Zeit nicht mehr nachgerechnet. Einhundert ... nein, zweihundertund ... dreizehn Jahre. Ja, das ist richtig, zweihundertunddreizehn.«

Plötzlich herrschte vollkommene Stille. Dann fragte Mary ruhig: »Hast du nicht gehört, daß ich fragte, ob jemand älter als ich sei?«

»Ja. Aber, Schwester, du machtest es doch sehr gut. Ich habe seit über einem Jahrhundert an keinem Familientreffen mehr teilgenommen. Seitdem hat sich manches verändert.«

»Ich bitte dich, von hier an zu übernehmen.« Sie verließ die Plattform.

»O nein!« protestierte er. Aber sie achtete nicht darauf und suchte sich einen Platz. Lazarus sah hierhin und dahin, zuckte die Achseln und ergab sich. Ein Bein über die Ecke des Sprecher-Tisches hängend, meinte er: »Na gut, fahren wir fort. Wer ist der Nächste?«

Ralph Schultz von der Schultz-Familie sah eher wie ein Bankier als wie ein Psychometriker aus. Er war weder schüchtern noch zerstreut, und er sprach auf eine nüchterne, sachliche Art, die ihm Autorität verlieh. »Ich gehöre zu der Gruppe, die vorschlug, die Maskerade zu beenden. Ich hatte unrecht. Ich glaubte, die große Mehrheit unserer Mitbürger, die alle nach modernen Unterrichtsmethoden erzogen sind, sei fähig, Daten aller Art ohne emotionalen Aufruhr auszuwerten. Natürlich rechnete ich damit, daß ein paar abartige Menschen Abscheu, vielleicht sogar Haß für uns empfinden würden; ich sagte sogar voraus, wir würden bei den meisten Neid erwecken – jeder, der das Leben genießt, möchte gern lange leben. Aber ich rechnete nicht mit ernsthaften Schwierigkeiten. Die moderne Einstellung hat mit den Reibungen zwischen den Rassen Schluß gemacht. Wer heute immer noch Rassenvorurteile hat, schämt sich, sie auszusprechen. Ich glaubte, unsere Gesellschaft sei so tolerant, daß wir friedlich und ohne Geheimniskrämerei unter den Kurzlebigen leben könnten.

Ich hatte unrecht.

Der Neger haßte und beneidete den weißen Mann so

lange, wie der weiße Mann Privilegien genoß, die dem Neger aufgrund seiner Farbe vorenthalten wurden. Das war eine gesunde, normale Reaktion. Als es keine Diskriminierung mehr gab, erledigte sich das Problem von selbst, und es fand eine kulturelle Assimilation statt. Eine ähnliche Tendenz liegt bei den Kurzlebigen vor, wenn sie die Langlebigen beneiden. Wir gingen davon aus, diese zu erwartende Reaktion werde in den meisten Fällen ohne soziale Bedeutung sein, sobald wir klargemacht hatten, daß wir unsere Besonderheit unsern Genen verdanken – daß es kein Fehler und keine Tugend unsererseits ist, sondern nichts als Glück in der Zusammensetzung unserer Vorfahren.

Das war reines Wunschdenken. Im Rückblick ist leicht zu erkennen, daß wir, wären die Daten richtig analysiert worden, eine andere Antwort erhalten hätten. Dann hätten wir entdeckt, daß die Analogie mit dem Neger falsch ist. Ich verteidige die Fehleinschätzung nicht, denn das ist nicht möglich. Wir wurden von unsern Hoffnungen in die Irre geführt.

Tatsächlich geschah folgendes: Wir zeigten unsern kurzlebigen Vettern den größten Schatz, den ein Mensch sich vorstellen kann – und sagten ihnen dann, er werde ihnen nie gehören. Das stellte sie vor ein unlösbares Dilemma. Sie haben die unerträglichen Tatsachen zurückgewiesen, sie weigern sich, uns zu glauben. Ihr Neid verwandelt sich jetzt in Haß. Sie sind gefühlsmäßig überzeugt, daß wir sie Ihrer Rechte berauben ... absichtlich, aus Bosheit.

Dieser steigende Haß ist nun zu einer Flut angeschwollen, die das Wohlergehen und sogar das Leben aller unserer der Öffentlichkeit bekannten Brüder bedroht ... und eine Gefahr für uns alle darstellt. Die Gefahr ist sehr groß und uns sehr nahe.« Er setzte sich abrupt hin.

Aus jahrelanger Gewohnheit nahmen sie es ruhig auf. Dann erhob sich eine Delegierte. »Eva Barstow für die Cooper-Familie. Ralph Schultz, ich bin hundertundneunzehn Jahre alt, und damit, wie ich glaube, älter als du. Ich weiß nicht soviel wie du über Mathematik und menschliche Verhaltensweisen, aber ich habe eine Menge Menschen kennengelernt. Menschliche Wesen sind von Natur aus gut und sanft und freundlich. Oh, sie haben ihre Schwächen, aber die meisten von ihnen sind anständig, wenn man ihnen nur eine halbe Chance gibt. Ich kann nicht glauben, daß sie mich hassen und mich töten würden, nur weil ich lange Zeit gelebt habe. Welche Beweise hast du? Du hast eingestanden, einen Fehler gemacht zu haben – warum können es nicht zwei sein?«

Schultz sah sie ernst an und strich seinen Kilt glatt. »Du hast recht, Eve. Ich könnte mich leicht wieder irren. Das ist das Problem bei der Psychologie: Sie ist ein so schrecklich komplexes Thema, es gibt so viele Unbekannte, es sind so viele Beziehungen zu beachten, daß unsere größten Anstrengungen manchmal im nüchternen Licht späterer Tatsachen töricht wirken.« Er stand wieder auf, drehte sich zu den Versammelten um und sprach mit der Sachlichkeit des Fachmanns. »Aber diesmal mache ich keine langfristige Vorhersage. Ich spreche von Tatsachen. Und auf diese Tatsachen baue ich eine Prognose auf, die so kurzfristig ist, als sage man, ein Ei werde zerbrechen, wenn man es schon unterwegs zum Fußboden sieht. Trotzdem hat Eve in gewissem Umfang recht. Individuen sind freundlich und anständig – als Individuen und zu andern Individuen. Eve droht keine Gefahr von ihren Nachbarn und Freunden, und mir droht keine Gefahr von meinen. Aber ihr droht Gefahr von *meinen* Nachbarn und Freunden – und mir von ihren. Wer das Verhalten einer Masse untersuchen will, darf nicht einfach psychologische Erkenntnisse über Individuen summieren. Das sage nicht ich, das ist ein Grundtheorem der sozialen Psychodynamik, und bisher ist noch nie eine Ausnahme von der Regel festgestellt worden. Es ist die Regel der Massenaktion, das Gesetz der Mob-Hysterie, bekannt und angewendet von militärischen, politischen und religiösen Führern, von Werbeleuten und Propheten und Propagandisten, von Unruhestiftern und Schauspielern und Gangsterbossen,

Generationen bevor es in mathematischen Symbolen formuliert wurde. Es funktioniert. Und es funktioniert jetzt.

Meinen Kollegen und mir kam vor mehreren Jahren der Verdacht, es baue sich ein Mob-Hysterie-Trend gegen uns auf. Wir baten den Rat nicht, etwas dagegen zu unternehmen, weil wir nichts beweisen konnten. Was wir damals beobachteten, hätte auch das Murren einer Minderheit von Spinnern sein können, die es in der gesündesten Gesellschaft gibt. Der Trend war anfangs so undeutlich, daß wir nicht sicher sein konnten, ob es ihn überhaupt gab, denn alle sozialen Trends sind mit anderen sozialen Trends verflochten wie ein Teller voller Spaghetti – und schlimmer, denn man braucht einen abstrakten vieldimensionalen Raum (zehn oder zwölf Dimensionen sind nicht ungewöhnlich und reichen kaum aus), um das Zusammenspiel sozialer Kräfte mathematisch zu beschreiben. Ich kann die Vielschichtigkeit des Problems gar nicht genug betonen.

Also warteten wir voller Sorge und machten Stichproben, nachdem wir unser statistisches Universum mit größter Sorgfalt aufgestellt hatten.

Als wir uns sicher waren, war es beinahe zu spät. Die Entwicklung soziopsychologischer Trends folgt dem komplizierten ›Hefewachstum-Gesetz‹. Wir hofften, andere, uns günstige Faktoren würden den Trend umkehren – Nelsons Arbeit mit Symbiotika, unsere eigenen Beiträge zur Geriatrie, das große Interesse an der Erschließung der Jupiter-Satelliten für die Einwanderung. Jeder Durchbruch, der den Kurzlebigen längeres Leben und größere Hoffnung gab, konnte den schwelenden Groll gegen uns auslöschen.

Statt dessen ist das Schwelen in Flammen aufgelodert und zu einem unkontrollierten Waldbrand geworden. Nach unsern Messungen hat sich die Rate in den letzten siebenunddreißig Tagen verdoppelt, und die Rate selbst beschleunigt sich. Ich kann nicht abschätzen, wie weit oder wie schnell sie sich entwickeln wird – und darum haben wir um diese außerordentliche Sitzung gebeten. Denn wir müssen jeden Augenblick mit Schwierigkeiten rechnen.« Er ließ sich auf seinen Stuhl fallen. Sein Gesicht wirkte müde.

Eve widersprach ihm nicht länger, und auch sonst brachte niemand einen Einwand vor. Ralph Schultz galt nicht nur als Experte auf seinem Wissensgebiet, es hatte auch jeder einzelne der Anwesenden von seinem eigenen Gesichtspunkt aus die deutlicheren Anzeichen bemerkt. Doch während man einstimmig akzeptierte, daß die Stimmung gegen ihre der Öffentlichkeit bekannten Vettern war, gab es ebenso viele Meinungen wie Anwesende, was zu unternehmen sei. Lazarus hörte sich die sinnlose Diskussion zwei Stunden lang an. Dann hob er die Hand. »Das führt zu nichts«, erklärte er, »und es sieht ganz so aus, als ob es auch die ganze Nacht zu nichts führen wird. Laßt uns einmal die wesentlichen Punkte zusammenfassen!

Wir können ...« – er zählte an den Fingern ab – »nichts tun, stillhalten und abwarten, was geschieht.

Wir können die Maskerade vollständig aufgeben, unsere Gesamtzahl enthüllen und auf politischem Weg unsere Rechte verlangen.

Wir können unsere Organisation und unser Geld unter Wahrung der Geheimhaltung dazu benutzen, unsere exponierten Brüder zu schützen, sie vielleicht in die Maskerade zurückzuholen.

Wir können an die Öffentlichkeit treten und um ein Reservat bitten, wo wir uns ansiedeln und unter uns leben werden.

Oder wir können irgend etwas anderes tun. Ich schlage vor, daß ihr euch nach diesen vier hauptsächlichen Gesichtspunkten in vier Gruppen aufteilt und euch in die vier Ecken dieses Raums begebt, von der hinteren rechten Ecke angefangen im Uhrzeigersinn weiter. Jede Gruppe arbeitet einen Plan aus, den sie den Familien vorlegen kann. Und diejenigen von euch, die für keinen der vier Punkte sind, versammeln sich in der Mitte und legen ihren Standpunkt klar. Wenn ich nun keinen Einwand höre, werde ich die Sitzung bis morgen um Mitternacht vertagen. Wie ist es?«

Keiner sagte ein Wort. Lazarus Longs stromlinienförmige Version eines parlamentarischen Prozedere hatte sie einigermaßen überrollt. Sie waren an lange, gemächliche Diskussionen gewöhnt, bis sich alle einer bestimmten Meinung angeschlossen hatten. Etwas hastig tun zu sollen, erschreckte sie ein bißchen.

Aber der Mann hatte eine machtvolle Persönlichkeit, seine Jahre gaben ihm Prestige, und seine etwas archaische Sprache trug zu einer patriarchalischen Autorität bei. Nicht ein Protest wurde laut.

»Okay.« Lazarus klatschte einmal in die Hände. »Die Kirche ist aus bis morgen abend.« Er stieg von der Plattform.

Mary Sperling trat zu ihm. »Ich würde dich gern besser kennenlernen«, sagte sie und sah ihm in die Augen.

»Klar doch, Schwester. Warum nicht?«

»Bleibst du zur Diskussion hier?«

»Nein.«

»Könntest du mit zu mir nach Hause kommen?«

»Gern. Ich habe keine dringenden Geschäfte anderswo.«

»Dann komm!« Sie führte ihn durch den Tunnel zu dem unterirdischen Teich, der mit dem Michigan-See in Verbindung stand. Er machte große Augen, als er den Pseudo-Camden sah, sagte aber nichts, bis sie getaucht waren.

»Einen hübschen kleinen Wagen hast du da.«

»Ja.«

»Er hat ein paar ungewöhnliche Eigenschaften.«

Sie lächelte. »Ja. Unter anderem explodiert er – sehr gründlich –, wenn irgend jemand versucht, ihn zu untersuchen.«

»Gut.« Er erkundigte sich: »Bist du Konstrukteurin, Mary?«

»Ich? Himmel, nein! Wenigstens nicht mehr in diesem Jahrhundert, und ich versuche nicht länger, darin auf dem laufenden zu bleiben. Aber du kannst dir einen so umgebauten Wagen über die Familien bestellen, wenn du einen möchtest. Sprich mit ...«

»Laß nur, ich brauche keinen. Ich liebe einfach Maschinen, die tun, wozu sie gebaut worden sind, und es ruhig und kompetent tun. In dem da steckt einiges Gehirnschmalz.«

»Ja.« Sie war jetzt beschäftigt, mußte auftauchen, eine Radarkontrolle durchführen und sie ans Ufer zurückbringen, ohne Aufmerksamkeit zu erregen.

In ihrer Wohnung stellte sie ihm Tabak und etwas zu trinken hin, ging in ihr Schlafzimmer, zog ihre Straßenkleidung aus und hüllte sich in ein weiches, lockeres Gewand, in dem sie noch kleiner und jünger als vorher aussah. Als sie zu Lazarus zurückkehrte, stand er auf, zündete eine Zigarette für sie an und pfiff ebenso galant wie unfein.

Mary lächelte kurz, nahm die Zigarette, setzte sich in einen großen Sessel und zog die Füße unter sich. »Lazarus, du gibst mir neuen Mut.«

»Hast du keinen Spiegel, Mädchen?«

»Nicht das«, wehrte sie ungeduldig ab. »Deine Person. Du weißt, daß ich über das Alter hinaus bin, das wir vernünftigerweise erwarten können, und in den letzten zehn Jahren bin ich ständig darauf gefaßt gewesen zu sterben. Aber da sitzt du – Jahre und *Jahre* älter als ich. Das läßt mich hoffen.«

Er setzte sich gerade. »*Du* sprichst vom Sterben? Himmel, Mädchen, du siehst aus, als hättest du noch ein Jahrhundert vor dir.«

Sie machte eine müde Geste. »Zieh mich nicht auf! Du weißt genau, daß das Aussehen nichts damit zu tun hat. Lazarus, ich *will nicht* sterben!«

Lazarus antwortete ernst: »Ich wollte dich nicht aufziehen, Schwester. Du wirkst einfach nicht wie eine Todeskandidatin.«

Sie zuckte anmutig die Achseln. »Das verdanke ich der Biotechnik. Ich halte meine äußere Erscheinung bei Anfang Dreißig.«

»Oder weniger, würde ich sagen. Ich kenne die neuesten Tricks nicht. Du hast gehört, wie ich sagte, daß ich seit über einem Jahrhundert nicht mehr an Zusammenkünften teilgenommen habe. Tatsächlich bin ich die ganze Zeit ohne jede Berührung mit den Familien gewesen.«

»Wirklich? Darf ich fragen, warum?«

»Das ist eine lange und langweilige Geschichte. Im Grunde läuft sie darauf hinaus, daß mir die Familien langweilig wurden. Ich kam regelmäßig als Delegierter zu den Jahrestreffen. Allmählich verknöcherten die Leute, oder zumindest kam es mir so vor. Deshalb wanderte ich aus. Das Interregnum habe ich hauptsächlich auf der Venus verbracht. Nachdem der Vertrag unterzeichnet war, kam ich für eine Weile zurück, aber ich habe alles in allem seitdem wohl keine zwei Jahre auf der Erde verbracht. Ich reise gern herum.«

Ihre Augen leuchteten auf. »Oh, erzähle mir davon! Ich bin noch nie im tiefen Raum gewesen. Nur einmal in Luna City.«

»Gern«, stimmte er zu, »irgendwann. Jetzt möchte ich Genaueres über diese Sache mit deinem Aussehen wissen. Mädchen, man sieht dir dein Alter gewiß nicht an.«

»Das will ich hoffen! Aber darüber, wie man es macht, kann ich dir nicht viel sagen. Hormone und Symbiotika und Drüsentherapie und ein bißchen Psychotherapie – lauter solche Sachen. Alles zusammen wirkt darauf hin, daß die Senilität für Mitglieder der Familien hinausgeschoben und das Altern zumindest kosmetisch verhindert wird.« Sie grübelte eine Weile. »Einmal glaubten sie, dem Geheimnis der Unsterblichkeit auf der Spur zu sein, den echten Jungbrunnen gefunden zu haben. Aber es war ein Irrtum. Die Senilität wird nur hinausgeschoben – und verkürzt. Etwa neunzig Tage nach der ersten deutlichen Warnung stirbt man an Altersschwäche.« Sie erschauerte. »Natürlich warten die meisten unserer Vettern das nicht ab – zwei Wochen, um sicher zu sein, daß die Diagnose stimmt, dann Euthanasie.«

»Was du nicht sagst! Also, *ich* würde diesen Weg nicht wählen. Wenn der Sensenmann kommt, mich zu holen, muß er mich wegzerren – und ich werde jeden Schritt des Weges heftig mit den Füßen um mich treten und meine Finger in Augen stechen!«

Mary lächelte schief. »Es tut mir gut, dich so reden zu hören. Lazarus, zu niemandem, der jünger ist als ich, würde ich so offen sein. Aber dein Beispiel macht mir Mut.«

»Wir werden sie alle überleben, Mary, hab keine Bange! Was jedoch die heutige Sitzung angeht: Ich habe kein Interesse an Nachrichtensendungen gehabt, und ich bin erst vor kurzem auf die Erde zurückgekehrt – weiß dieser Ralph Schultz, wovon er spricht?«

»Davon bin ich überzeugt. Sein Großvater war ein brillanter Mann, und sein Vater ist auch einer.«

»Dann kennst du Ralph.«

»Flüchtig. Er ist eins meiner Enkelkinder.«

»Das ist lustig. Er sieht älter aus als du.«

»Ralph paßte es, sein Aussehen bei etwa Vierzig festzuhalten, das ist alles. Sein Vater war mein siebenundzwanzigstes Kind. Ralph muß – laß mich nachdenken – oh, mindestens achtzig oder neunzig Jahre jünger sein als ich. Aber er ist älter als einige meiner Kinder.«

»Du hast viel für die Familie getan, Mary.«

»Das finde ich auch. Andererseits haben sie auch viel für mich getan. Ich habe gern Kinder bekommen, und die Zulagen der Stiftung für meine mehr als dreißig ergaben ein ganz hübsches Sümmchen. Ich habe jeden Luxus, den man sich wünschen kann.« Wieder erschauerte sie. »Sicher bin ich darum so deprimiert – ich genieße das Leben.«

»Hör auf! Ich dachte, mein edles Beispiel und mein jungenhaftes Grinsen hätten dich von diesem Unsinn geheilt.«

»Nun – du hast mir geholfen.«

»Hmm ... hör mal, Mary, warum heiratest du nicht wieder und bekommst noch ein paar wilde Rangen? Dann hättest du zuviel zu tun, um dich trüben Gedanken hinzugeben.«

»Was? In meinem Alter? Nein, wirklich, Lazarus!«

»Mit deinem Alter ist alles in bester Ordnung. Du bist jünger als ich.«

Sie musterte ihn. »Lazarus, machst du mir einen

Antrag? Wenn ja, wünschte ich, du würdest dich deutlicher ausdrücken.«

Er öffnete den Mund und schluckte. »He, einen Augenblick! Immer mit der Ruhe! Ich habe ganz allgemein gesprochen ... ich bin kein häuslicher Typ. Jedes Mal, das ich geheiratet habe, hat meine Frau innerhalb weniger Jahre meinen Anblick satt bekommen. Nicht etwa, daß ich ... nun, ich meine, du bist ein sehr hübsches Mädchen, und ein Mann sollte ...«

Sie beugte sich vor und legte ihm die Hand auf den Mund, wobei sie koboldhaft grinste. »Ich wollte dich nicht in Panik versetzen, Vetter. Oder vielleicht doch – Männer sind so komisch, wenn sie glauben, man will sie einfangen.«

»Also ...«, sagte er düster.

»Vergiß es, Lieber! Sag mir, auf welchen Plan werden sie sich deiner Meinung nach einigen?«

»Der Haufen, der heute abend da war?«

»Ja.«

»Natürlich auf keinen. Sie werden zu keinem Schluß kommen. Mary, ein Komitee ist die einzige bekannte Lebensform, die hundert Bäuche und kein Gehirn hat. Aber schließlich wird jemand mit einer eigenen Meinung sie zwingen, seinen Plan zu akzeptieren. Ich weiß nicht, was für einer das sein wird.«

»Nun ... für welchen Weg bist denn du?«

»Ich? Für keinen. Mary, wenn ich in den letzten zwei Jahrhunderten irgend etwas gelernt habe, dann dieses: So etwas geht vorüber. Kriege und Depressionen und Propheten und Verträge – sie gehen vorüber. Der Trick ist, daß man währenddessen am Leben bleibt.«

Sie nickte nachdenklich. »Ich glaube, du hast recht.«

»Sicher habe ich recht. Man braucht so etwa hundert Jahre, um zu begreifen, wie schön das Leben ist.« Er stand auf und reckte sich. »Aber gerade jetzt könnte dieser heranwachsende Junge etwas Schlaf gebrauchen.«

»Ich auch.«

Marys Wohnung lag im obersten Stockwerk und hatte Aussicht auf den Himmel. Als sie vorher aus dem Schlafzimmer gekommen war, hatte sie die Innenbeleuchtung ausgeschaltet und die Decken-Rolläden zurückgezogen. Sie hatten, von einer unsichtbaren Plastikfolie abgesehen, unter den Sternen gesessen. Lazarus reckte sich und hob dabei den Kopf, und sein Blick fiel auf sein Lieblingssternbild. »Seltsam«, bemerkte er. »Der Orion scheint seinem Gürtel einen vierten Stern hinzugefügt zu haben.«

Mary sah nach oben. »Das muß das große Schiff für die zweite Centauri-Expedition sein. Paß einmal auf, ob du erkennen kannst, daß es sich bewegt.«

»Ohne Instrumente kann ich das nicht sagen.«

»Nein, das geht wohl nicht«, stimmte sie zu. »Klug von den Leuten, daß sie es draußen im Raum bauen, nicht wahr?«

»Es gibt keine andere Möglichkeit. Das Schiff ist zu groß, als daß es auf der Erde zusammengesetzt werden könnte. Ich kann gleich hier schlafen, Mary. Oder hast du ein Gästezimmer?«

»Dein Zimmer liegt hinter der zweiten Tür rechts. Rufe, wenn du etwas, das du brauchst, nicht finden kannst.« Sie hob den Kopf und gab ihm einen schnellen Gute-Nacht-Kuß.

Lazarus folgte ihr hinaus und ging in sein Zimmer.

Am nächsten Tag erwachte Mary Sperling zur gewohnten Stunde. Sie stand leise auf, um Lazarus nicht zu wecken, nahm in ihrem Erfrischer eine Dusche und eine Massage, schluckte ein Körnchen Schlaf-Surrogat, um die kurze Nacht auszugleichen, und ließ ihm beinahe ebenso schnell alles an Frühstück folgen, was sie ihrer Taille erlaubte. Dann spielte sie die Anrufe ab, um die sie sich am Abend zuvor nicht mehr gekümmert hatte. Einige vergaß sie gleich wieder. Dann erkannte sie die Stimme Bork Vannings. »Hallo«, sagte das Gerät, »Mary, hier ist Bork. Es ist einundzwanzig Uhr. Morgen um zehn komme ich Sie abholen. Wir können kurz in den See springen und irgendwo essen. Falls ich nichts von

Ihnen höre, ist es abgemacht. Bis dann, meine Liebe. Zu Diensten.«

»Zu Diensten«, wiederholte Mary automatisch. Zum Teufel mit dem Mann! Akzeptierte er ein Nein als Antwort nicht? Mary Sperling, du läßt nach! Er ist ein Viertel so alt wie du, und doch wirst du anscheinend nicht mit ihm fertig.

Ruf ihn an und sage ihm – nein, zu spät. Er muß jede Minute hier sein. Ach du meine Güte!

2

Als Lazarus zu Bett ging, stieg er aus seinem Kilt und warf ihn in Richtung des Schrankes – der ihn auffing, ausschüttelte und ordentlich aufhängte. »Gut gefangen«, kommentierte Lazarus. Dann blickte er auf seine haarigen Oberschenkel nieder und lächelte schief. Der Kilt hatte einen Laser verborgen, der an das eine Bein geschnallt war, und ein Messer am anderen. Er wußte, daß man in diesen gesitteten Zeiten nicht mit Waffen herumlief, aber er fühlte sich ohne sie nackt. Und dann war es sowieso ein Alt-Weiber-Blödsinn, es gebe gefährliche Waffen. Nein, es gab nur gefährliche Menschen.

Er ging in den Erfrischer, und bevor er sich zum Schlafen zusammenrollte, legte er seine Waffen so hin, daß er sie erreichen konnte.

Voll wach, beide Waffen in den Händen fuhr er in die Höhe ... Er erinnerte sich, wo er war, entspannte sich und sah sich um, was ihn geweckt haben mochte.

Es war das Gemurmel von Stimmen, das durch den Luftschacht kam. Schlecht isoliert, dachte er. Mary mußte Besuch haben. Da wollte er keine Schlafmütze sein. Er stand auf, erfrischte sich, schnallte sich seine besten

Freunde wieder an die Beine und ging, um nach seiner Gastgeberin Ausschau zu halten.

Die Tür zum Wohnzimmer öffnete sich geräuschlos vor ihm, und die Stimmen wurden laut und sehr interessant. Das Wohnzimmer war L-förmig, und er war außer Sicht. Er blieb stehen und lauschte schamlos. Das Lauschen hatte ihm schon bei verschiedenen Gelegenheiten das Leben gerettet. Es war ihm gar nicht peinlich – er hatte Spaß daran.

Ein Mann sagte: »Mary, Sie sind unvernünftig! Sie haben mich gern, Sie räumen ein, daß eine Heirat mit mir zu Ihrem Vorteil wäre. Also warum wollen Sie nicht?«

»Das habe ich Ihnen doch gesagt, Bork. Der Altersunterschied.«

»Das ist töricht. Was erwarten Sie? Jugendliche Romantik? Oh, ich gebe zu, daß ich nicht so jung bin wie Sie ... Aber eine Frau braucht einen älteren Mann, zu dem sie aufblicken kann und der ihr Halt gibt. Ich bin nicht zu alt für Sie; ich bin in den besten Jahren.«

Lazarus meinte, diesen Kerl bereits gut genug zu kennen, um ihn nicht leiden zu mögen. Dieser eingeschnappte Ton ...

Mary antwortete nicht. Der Mann fuhr fort: »Wie dem auch sei, zu diesem Punkt habe ich eine Überraschung für Sie. Ich wünschte, ich könnte es Ihnen gleich sagen, aber ... nun, es ist ein Staatsgeheimnis.«

»Dann sagen Sie es mir nicht. Meine Meinung würde es sowieso nicht ändern, Bork.«

»O doch! Hmm ... ich werde es Ihnen verraten – ich weiß ja, daß ich *Ihnen* vertrauen kann.«

»Nein, Bork, Sie sollten nicht davon ausgehen, daß ...«

»Es spielt keine Rolle; in wenigen Tagen wird es doch allgemein bekannt sein. Mary ... *Ich werde niemals mehr älter werden!*«

»Wie meinen Sie das?« Lazarus nahm das Mißtrauen in Marys Stimme wahr.

»Genauso, wie ich es gesagt habe. Mary, man hat das Geheimnis der ewigen Jugend gefunden!«

»*Was?* Wer? Wie? Wann?«

»Das interessiert Sie also doch, he? Nun, ich will Sie nicht auf die Folter spannen. Sie wissen von diesen alten Knackern, die sich die Howard-Familien nennen?«

»Ja . . . ich habe von ihnen gehört«, antwortete sie langsam. »Aber was ist mit ihnen? Das sind doch Schwindler.«

»Durchaus nicht. Ich *weiß* es. Die Regierung hat ihre Behauptungen in aller Stille überprüft. Einige von ihnen sind zweifellos über hundert Jahre alt – und *immer noch jung!*«

»Das ist kaum zu glauben.«

»Und trotzdem wahr.«

»Wie machen sie das denn?«

»Ah! Das ist es ja. Sie behaupten, es liege nur an der Vererbung, daß sie lange leben, weil sie von langlebigen Vorfahren abstammen. Aber das ist unsinnig und wissenschaftlich nicht mit den festgestellten Tatsachen zu vereinen. Die Regierung hat sehr sorgfältig nachgeforscht, und die Antwort ist eindeutig: Sie besitzen das Geheimnis, jung zu bleiben.«

»Dessen können Sie doch gar nicht sicher sein.«

»Kommen Sie, Mary! Sie sind ein liebes Mädchen, aber jetzt bezweifeln Sie das Urteil der besten wissenschaftlichen Gehirne auf der Welt. Macht nichts. Hier ist der geheime Teil: Wir haben ihr Geheimnis noch nicht – aber wir werden es in Kürze haben. Ohne jede Aufregung und ohne daß die Öffentlichkeit etwas merkt, sollen sie verhaftet und befragt werden. Wir bekommen das Geheimnis – und Sie und ich werden niemals alt werden! Was halten Sie *davon?* He?«

Mary antwortete sehr langsam und fast unhörbar: »Es wäre schön, wenn jeder lange leben könnte.«

»Wie? Ja, sicher. Aber auf jeden Fall werden Sie und ich die Behandlung erhalten, worin sie auch bestehen mag. Denken Sie zunächst einmal an uns, meine Liebe. Jahr auf Jahr einer glücklichen, jugendlichen Ehe. Nicht weniger als ein Jahrhundert. Vielleicht sogar . . .«

»Einen Augenblick, Bork. Sie sagten, das sei geheim. Es wäre also nicht für jeden?«

»Nun … das ist eine Sache der hohen Politik. Die Überbevölkerung ist schon jetzt ein schwieriges Problem. In der Praxis könnte es sich als notwendig erweisen, die Behandlung auf wichtige Leute – und ihre Ehefrauen – zu beschränken. Aber zerbrechen Sie sich darüber nicht Ihr hübsches Köpfchen. Sie und ich werden sie bekommen.«

»Sie meinen wohl, ich werde sie bekommen; falls ich Sie heirate.«

»Hmm … das ist eine häßliche Art, es auszudrücken, Mary. Ich würde alles in der Welt für Sie tun – weil ich Sie liebe. Ganz einfach wäre es jedoch, wenn Sie mit mir verheiratet wären. Sagen Sie ja.«

»Lassen wir das für einen Augenblick. Wie wollen Sie dieses ›Geheimnis‹ aus den Langlebigen herausbekommen?«

Lazarus konnte Vannings weises Nicken beinahe hören. »Oh, die werden schon reden!«

»Soll das heißen, daß man sie nach Coventry schicken wird, wenn sie es nicht tun?«

»Coventry? Hm! Sie verstehen die Situation absolut nicht, Mary. Hier handelt es sich nicht um ein geringfügiges Vergehen gegen die Gesellschaft. Dies ist *Landesverrat* – ja, Verrat an der ganzen menschlichen Rasse! Wir werden die geeigneten Mittel einsetzen! Mittel, die die Propheten benutzt haben … wenn diese Langlebigen nicht freiwillig kooperieren.«

»Ist das Ihr Ernst? Das wäre doch gegen den Vertrag!«

»Zur Hölle mit dem Vertrag! Hier geht es um Leben und Tod! Glauben Sie, da werden wir uns von einem Stück Papier aufhalten lassen? Bei einer so großen Sache, für die Menschen bis zum Tod kämpfen werden, kann man sich nicht um dumme kleine Gesetze kümmern. Diese … diese gewissenlosen Egoisten wollen uns das Leben selbst vorenthalten. Und Sie glauben, wir werden uns in einem Notfall wie diesem dem ›Brauch‹ beugen?«

Marys Entsetzen war aus ihrer erstickten Stimme herauszuhören. »Sie meinen wirklich, der Rat werde den Vertrag brechen?«

»Ob ich es *meine?* – Wir haben dem Administrator gestern abend Generalvollmacht gegeben. Er ist ermächtigt, ›zweckdienlich‹ vorzugehen.«

Lazarus strengte seine Ohren an, doch es herrschte lange Schweigen. Schließlich sagte Mary: »Bork ...«

»Ja, meine Liebe?«

»Sie müssen etwas dagegen unternehmen! Sie müssen es verhindern!«

»Verhindern? Sie wissen nicht, was Sie reden! Das kann ich nicht ... und wenn ich es könnte, würde ich nicht wollen.«

»Aber Sie *müssen!* Überzeugen Sie den Rat! Die Ratsmitglieder machen einen Fehler, einen tragischen Fehler. Es ist nichts dabei zu gewinnen, wenn man Zwang auf diese armen Leute ausübt. *Es gibt kein Geheimnis!*«

»Was? Sie erregen sich, meine Liebe. Sie glauben, es besser zu wissen als einige der besten und klügsten Männer der Welt. Glauben Sie mir, wir wissen, was wir tun. Uns gefällt es ebensowenig wie Ihnen, scharf vorgehen zu müssen, aber es ist zum Wohl der Allgemeinheit. Hören Sie, es tut mir leid, daß ich das Thema zur Sprache gebracht habe. Natürlich sind Sie sanft und gut und warmherzig, und dafür liebe ich Sie. Warum wollen Sie mich nicht heiraten und aufhören, sich den Kopf über Politik zu zerbrechen?«

»*Sie* heiraten? Niemals!«

»Ach, Mary – Sie sind nicht ganz bei sich. Nennen Sie mir nur einen guten Grund, warum Sie nicht wollen!«

»Das werde ich! Weil *ich* einer dieser Menschen bin, die Sie verfolgen wollen!«

Wieder entstand eine Pause. »Mary ... Sie fühlen sich nicht wohl.«

»So? Mir geht es so gut, wie es einer Frau in meinem Alter nur gehen kann. Hören Sie mir zu, Sie Trottel! Ich habe Enkel, die doppelt so alt sind wie Sie. Ich war schon da, als der erste Prophet in diesem Land die Macht übernahm. Ich war da, als Harriman die erste Mondrakete startete. Sie waren noch nicht einmal ein brüllender Säugling – Ihre *Großeltern* hatten sich noch gar nicht kennengelernt, als ich schon eine erwachsene Frau und verheiratet war. Und Sie stellen sich vor mich hin und sprechen ungehemmt davon, daß Sie mich und meine Verwandten herumstoßen und sogar foltern wollen! Ich soll *Sie* heiraten? Lieber würde ich einen meiner eigenen Enkel heiraten!«

Lazarus verlagerte das Gewicht und schob die rechte Hand in den Überschlag seines Kilts. Jetzt mußte es Ärger geben. Man kann sich bei einer Frau immer darauf verlassen, dachte er, daß sie im falschen Augenblick die Beherrschung verliert.

Er wartete. Borks Antwort klang kühl. Der Mann mit der unerwiderten Leidenschaft hatte sich in einen Mann mit Erfahrung und Autorität verwandelt. »Regen Sie sich nicht auf, Mary. Setzen Sie sich, ich werde mich um Sie kümmern. Zuerst möchte ich, daß Sie ein Beruhigungsmittel nehmen. Dann werde ich den besten Psychotherapeuten der Stadt – des ganzen Landes holen. Sie kommen schon wieder in Ordnung.«

»Nehmen Sie Ihre Hände weg!«

»Aber, Mary . . .«

Lazarus trat um die Ecke und richtete seinen Laser auf Vanning. »Belästigt dieser Affe dich, Schwester?« Seine Stimme klang drohend.

Vannings Kopf fuhr herum. »Wer sind Sie?« fragte er entrüstet. »Was tun Sie hier?«

Lazarus sprach weiter mit Mary. »Sag ein Wort, Schwester, und ich schneide ihn in Stücke, die klein genug zum Verstecken sind.«

»Nein, Lazarus.« Sie hatte ihre Stimme jetzt wieder in der Gewalt. »Trotzdem vielen Dank. Bitte, steck deine Waffe weg! Mir wäre es gar nicht recht, wenn etwas in der Art passierte.«

»Okay.« Lazarus steckte den Laser ins Holster, ließ jedoch die Hand am Griff.

»Wer sind Sie?« wiederholte Vanning. »Was hat dieses Eindringen zu bedeuten?«

»Das wollte ich gerade Sie fragen, Freundchen«, gab Lazarus ruhig zurück. »Aber lassen wir das! Ich bin noch einer von diesen alten Knackern, nach denen Sie suchen – ebenso wie Mary hier.«

Vanning sah ihn scharf an. »Ich frage mich ...« Sein Blick wanderte zu Mary zurück. »Es kann nicht sein, das ist Unsinn. Immerhin ... eine Nachprüfung ihrer Geschichte kann nicht schaden. Jedenfalls habe ich eine Menge Gründe, Sie festzunehmen. Nie habe ich einen klareren Fall von antisozialem Atavismus gesehen.« Er machte einen Schritt aufs Videophon zu.

»Sie lassen besser die Finger vom Apparat, Freundchen«, warnte Lazarus schnell. Zu Mary gewandt, setzte er hinzu: »Ich werde den Laser nicht benutzen, Schwester. Ich nehme das Messer.«

Vanning blieb stehen. »Nun gut«, sagte er mit verärgerter Stimme, »stecken Sie diese Vibroklinge weg! Ich werde nicht von hier aus anrufen.«

»Sehen Sie noch mal hin. Das ist keine Vibroklinge, sondern Stahl. Dabei fließt viel Blut.«

Vanning drehte sich zu Mary Sperling um. »Ich gehe. Wenn Sie klug sind, kommen Sie mit.« Sie schüttelte den Kopf. Er machte ein böses Gesicht, zuckte die Achseln und sah Lazarus Long an. »Was Sie betrifft, Sir, so hat Ihr primitives Verhalten Sie in ernsthafte Schwierigkeiten gebracht. Man wird Sie in Kürze verhaften.«

Lazarus richtete den Blick auf die Deckenrolläden. »Das erinnert mich an einen Patron in Venusburg, der mich verhaften lassen wollte.«

»Und?«

»Ich habe ihn um eine beträchtliche Zeitspanne überlebt.«

Vanning öffnete den Mund zum Antworten – machte dann plötzlich kehrt und verließ die Wohnung so schnell, daß die Eingangstür kaum Zeit fand, sich vor seiner Nase zu öffnen. Als sie sich wieder geschlossen hatte, bemerkte Lazarus nachdenklich: »Seit Jahren habe ich keinen Menschen kennengelernt, der so schwer zur Vernunft zu bringen war. Ich wette, er hat in seinem ganzen Leben noch nie einen nicht sterilisierten Löffel benutzt.«

Mary sah ihn verblüfft an, dann kicherte sie. Er sagte: »Freut mich, daß du so vergnügt bist, Mary. Ich dachte schon, du hättest die Fassung verloren.«

»Hatte ich auch. Ich wußte nicht, daß du zuhörtest. Ich war gezwungen zu improvisieren.«

»Habe ich es dir verdorben?«

»Nein. Ich bin froh, daß du hereingekommen bist – danke. Aber jetzt müssen wir uns beeilen.«

»Das glaube ich auch. Er hat es bestimmt ernst gemeint. Bald wird ein Proktor nach mir fragen. Vielleicht auch nach dir.«

»Genau. Also laß uns hier verschwinden!«

Mary war darauf vorbereitet, die Wohnung innerhalb von Minuten zu verlassen. Doch als sie in den Hausflur hinaustraten, begegnete ihnen ein Mann, den Armbinde und Spritzentasche als Proktor auswiesen. »Zu Diensten«, grüßte er. »Ich suche einen Bürger, der sich bei Bürgerin Mary Sperling aufhält. Können Sie mir sagen, wo das ist?«

»Sicher«, antwortete Lazarus. »Sie wohnt gleich da hinten.« Er zeigte auf das andere Ende des Korridors. Als der Friedensoffizier in diese Richtung blickte, klopfte Lazarus ihm mit dem Kolben seines Lasers vorsichtig auf den Hinterkopf, ein Stückchen links von der Mitte, und fing ihn auf, als er zusammenbrach.

Mary half Lazarus, die unhandliche Masse in ihre Wohnung zu befördern. Er kniete sich über den Polizisten, sah die Spritzentasche durch, zog eine Spritze auf und injizierte ihm eine Dosis. »Jetzt wird er ein paar Stunden schlafen«, stellte er fest. Nachdenklich betrachtete er die Spritzentasche und löste sie vom Gürtel des Proktors. »Vielleicht kann ich sie noch einmal brauchen. Jedenfalls schadet es nichts, wenn ich sie mitnehme.« Ihm fiel noch etwas ein. Er streifte dem Proktor die Armbinde ab und verstaute auch sie in seiner Tasche.

Zum zweiten Mal verließen sie die Wohnung und sprangen in die Tiefgarage hinunter. Als sie die Rampe hochrollten, bemerkte Lazarus, daß Mary die Kombination für das Nordufer eingestellt hatte.

»Wohin fahren wir?« fragte er.

»Zum Sitz der Familien. Sonst gibt es keinen Ort, wo wir nicht überprüft würden. Aber wir müssen uns bis zum Dunkelwerden irgendwo auf dem Land verstecken.«

Sobald der Wagen vom Leitstrahl der Verkehrskontrolle nach Norden gelenkt wurde, bat Mary, sie zu entschuldigen, und schlief ein paar Minuten. Lazarus sah sich einige Meilen der Landschaft an, und dann nickte auch er ein.

Das Schrillen des Alarms weckte sie. Der Wagen wurde langsamer und hielt. Mary faßte nach oben und stellte den Alarm ab. »Alle Wagen auf manuelle Steuerung umstellen«, erklang eine Stimme. »Fahren Sie mit einer Geschwindigkeit von zwanzig zur Inspektion am nächsten Verkehrskontrollturm! Alle Wagen auf manuelle Steuerung umstellen. Fahren Sie mit ...«

Auch das schaltete Mary aus. »Sie sind hinter uns her«, stellte Lazarus fröhlich fest. »Hast du irgendeine Idee?«

Mary antwortete nicht. Sie spähte aus dem Fenster und studierte ihre Umgebung. Der Stahlzaun, der die ferngesteuerte Hochgeschwindigkeitsstraße, auf der sie sich befanden, von der nicht angeschlossenen Spur für den Nahverkehr trennte, lag etwa fünfzig Yards rechts von ihnen, aber für mindestens eine Meile wurde er von keiner überführenden Rampe unterbrochen. Und da, wo es eine Rampe gab, stand natürlich der Kontrollturm, an dem sie sich zur Inspektion melden sollten. Mary startete den Wagen von neuem. Die manuellen Kontrollen benutzend, schlängelte sie sich zwischen stehenden oder langsam fahrenden Fahrzeugen hindurch. Sie wurde schneller und näherte sich der Begrenzung. Plötzlich spürte Lazarus, wie er in die Polster gedrückt wurde. Der Wagen hob ab und sprang mit nur wenigen Zoll Spielraum über den Zaun. Auf der anderen Seite rollte er weiter.

Von Norden kam ihnen ein Wagen entgegen, über dessen Bahn sie schlitterten. Er fuhr nicht mehr als neunzig, aber der Fahrer war überrascht worden. Er hatte schließlich nicht damit rechnen können, daß auf einer freien Straße plötzlich ein Wagen aus dem Nichts auftauchen und auf ihn zukommen würde. Mary war gezwungen, erst links, dann rechts und wieder links auszuweichen. Der Wagen drehte sich und richtete sich auf seinem Hinterrad auf. Er wehrte sich gegen den stählernen Griff seiner Kreisel. Mit dem zähnelockernden Knirschen von Herkulen gegen Glas kämpfte das Hinterrad um Bodenhaftung. Dann hatte Mary das Trimobil wieder unter Kontrolle.

Lazarus entspannte seine Kiefermuskeln und stieß den angehaltenen Atem aus. »Puh!« seufzte er. »Ich hoffe, *das* brauchen wir nicht noch einmal zu tun.«

Mary sah ihn grinsend an. »Macht eine Frau am Steuer dich nervös?«

»O nein, nein, durchaus nicht! Ich wünschte nur, du würdest mich warnen, wenn so etwas zu erwarten ist.«

»Ich wußte es ja selbst nicht«, gestand sie. Dann fuhr sie besorgt fort: »Jetzt weiß ich nicht mehr recht weiter. Ich dachte, wir könnten bis zum Dunkelwerden irgendwo außerhalb der Stadt parken ... aber durch das Überspringen des Zauns habe ich die Polizei auf uns aufmerksam gemacht. Inzwischen hat es bestimmt jemand dem Turm gemeldet. Hmm ...«

»Warum müssen wir bis zum Dunkelwerden warten?« fragte er. »Warum rasen wir nicht in deinem Wunderauto zum See hinüber und schwimmen nach Hause?«

Mary zögerte. »Das möchte ich nicht. Ich habe schon zuviel Aufmerksamkeit auf uns gelenkt. Ein als Bodenwagen getarntes Trimobil ist praktisch, aber ... Nun, wenn irgend jemand sieht, wie wir im Wasser verschwinden, und die Proktoren davon hören, wird sich irgendeiner einen Reim darauf machen. Dann fangen sie an zu fischen – mit allen von seismographischen bis zu sonaren Geräten und der Himmel weiß, was sonst noch.«

»Ist denn der Sitz nicht abgeschirmt?«

»Natürlich. Aber was so groß ist, kann gefunden werden – wenn sie wissen, wonach sie suchen, und mit dem Suchen nicht aufhören.«

»Du hast natürlich recht«, gab Lazarus zögernd zu. »Wir wollen schließlich keine neugierigen Proktoren zum Familiensitz führen. Mary, ich glaube, wir sollten deinen Wagen aufgeben und uns in die Büsche schlagen.« Er runzelte die Stirn. »Irgendwohin gehen, nur nicht zum Sitz.«

»Nein, wir müssen zum Sitz«, antwortete sie scharf.

»Warum? Wenn ein Fuchs gejagt wird, läuft er ...«

»Sei mal ruhig! Ich möchte etwas probieren.« Lazarus hielt den Mund.

Mary fuhr mit einer Hand, und mit der anderen tastete sie im Handschuhfach herum.

»Antworte«, sagte eine Stimme.

»Das Leben ist kurz ...«, erwiderte Mary.

Sie vervollständigten die Formel. »Hör zu«, fuhr Mary hastig fort, »ich bin in Schwierigkeiten. Hängt mir einen Strahl an.«

»Okay.«

»Ist ein U-Boot im Teich?«

»Ja.«

»Gut! Dirigiert es zu mir.« Schnell erläuterte sie, was sie wollte, und unterbrach sich nur einmal, um Lazarus zu fragen, ob er schwimmen könne. »Das ist alles«, schloß sie. »Macht schnell! Es geht um Minuten.«

»Langsam, Mary!« protestierte die Stimme. »Du weißt, daß ich bei Tag kein U-Boot hinausschicken kann, und bestimmt nicht an einem ruhigen Tag. Es ist zu leicht zu ...«

»Willst du, oder willst du nicht?«

Eine dritte Stimme mischte sich ein. »Ich habe zugehört, Mary – Ira Barstow. Wir kommen und nehmen euch auf.«

»Aber ...«, wandte die erste Stimme ein.

»Hör auf, Tommy! Paß du auf deine Brenner auf und hol mich herein! Bis dann, Mary.«

»In Ordnung, Ira.«

Während ihres Gesprächs mit dem Sitz war Mary von der Nahverkehrsstraße auf den ungepflasterten Weg abgebogen, dem sie am Abend zuvor gefolgt war, ohne langsamer zu werden und anscheinend ohne hinzusehen. Lazarus biß die Zähne zusammen und hielt sich fest. Sie kamen an einem verwitterten Wegweiser vorüber, auf dem stand:

VERSEUCHTES GEBIET –
BETRETEN AUF EIGENE GEFAHR.

Das übliche purpurne Kleeblatt schmückte ihn. Lazarus sah es und zuckte die Achseln. In diesem Augenblick, fand er, konnte die Gefahr durch ein paar Neutronen auch nicht mehr erhöht werden.

Mary brachte den Wagen in einem Dickicht aus verkrüppelten Bäumen neben dem verlassenen Weg abrupt zum Halten.

Der See lag gleich hinter einer niedrigen Klippe zu ihren Füßen. Sie löste den Sicherheitsgurt, zündete sich eine Zigarette an und entspannte sich. »Jetzt warten wir. Unsere Leute werden mindestens eine halbe Stunde brauchen, ganz gleich, wie sehr Ira sie antreibt. Lazarus, glaubst du, wir sind gesehen worden, als wir nach hier abbogen?«

»Um dir die Wahrheit zu gestehen, Mary, ich war zu beschäftigt, um aufzupassen.«

»Nun ... hierher kommt nie jemand, ausgenommen ein paar Jungen, denen vor gar nichts graust.«

(›... und Mädchen‹, setzte Lazarus im Geist hinzu.) Laut sagte er: »Ich habe da hinten ein Zeichen gesehen, daß die Gegend heiß ist. Wie hoch sind die Werte?«

»Ach das – pah! Darüber braucht man sich keine Sorgen zu machen, solange man am Ufer nicht gerade ein Haus bauen will. Was hier heiß ist, das sind wir. Wenn wir nicht in der Nähe des Kommunikators bleiben müßten, würde ich ...«

Der Kommunikator sprach. »Okay, Mary. Jetzt gleich vor dir.«

»Ira?« fragte sie verblüfft.

»Hier spricht Ira, aber ich bin noch im Sitz. Pete Hardy stand im U-Boot-Bunker von Evanston zur Verfügung, deshalb haben wir ihn auf dich eingewiesen. Das ging schneller.«

»Okay – danke!« Sie wollte Lazarus etwas sagen, als er ihren Arm berührte.

»Sieh dich mal um!«

Ein Hubschrauber landete weniger als hundert Yards von ihnen entfernt. Drei Männer sprangen heraus. Sie waren als Proktoren gekleidet.

In einer einzigen, fließenden Bewegung riß Mary die Wagentür auf und streifte ihr Kleid ab. »Komm!« rief sie, steckte die Hand noch einmal ins Innere und riß vom Armaturenbrett einen Knopf ab. Dann rannte sie.

Lazarus öffnete den Gürtel seines Kilts und stieg hinaus, während er ihr zu der Klippe folgte. Sie tanzte geradezu hinunter. Er ließ etwas mehr Vorsicht walten und fluchte über die scharfen Steine. Sie spürten die Erschütterung, als der Wagen explodierte, aber die Klippe rettete sie.

Gemeinsam sprangen sie ins Wasser.

Die Schleuse des kleinen U-Boots war kaum groß genug für einen auf einmal. Lazarus schob Mary zuerst hinein, versuchte, sie zu schlagen, als sie sich widersetzte, und entdeckte, daß das unter Wasser nicht funktioniert. Eine endlose Zeit, so kam es ihm jedenfalls vor, verbrachte er mit Überlegungen, ob er Wasser atmen könne oder nicht. »Was hat denn ein Fisch, das ich nicht habe?« redete er sich zu. Da bewegte sich die äußere Klappe unter seiner Hand, und er wand sich hinein.

Elf sich hinschleppende Sekunden dauerte es, bis das Wasser aus der Schleuse entfernt war. So hatte er Gelegenheit, nachzusehen, ob sein Laser im Wasser Schaden genommen habe.

Mary redete drängend auf den Skipper ein. »Hör zu, Pete – da oben sind drei Proktoren mit einem Hubschrauber. Mein Wagen ist ihnen genau in dem Augenblick ins Gesicht explodiert, als wir ins Wasser sprangen. Aber falls sie nicht alle tot oder verletzt sind, wird sich ein Schlaukopf unter ihnen ausrechnen, daß wir nur einen Ort hatten, an den wir gehen konnten – unter Wasser. Wir müssen weg sein, bevor sie aus der Luft nach uns suchen.«

»Das ist ein aussichtloses Rennen«, beschwerte Pete Hardy sich und schlug dabei auf seine Kontrollen. »Auch wenn es nur eine visuelle Suche ist, müßte ich den Kreis totaler Reflektion schneller verlassen, als der Hubschrauber Höhe gewinnen kann – und das ist unmöglich.« Aber das kleine U-Boot raste mit tröstlicher Geschwindigkeit davon.

Mary überlegte, ob sie den Sitz vom U-Boot aus anrufen solle. Sie entschied sich dagegen; es würde das Risiko sowohl für das Boot als auch für den Sitz selbst nur vergrößern. Deshalb zwang sie sich zur Ruhe. Sie machte sich in dem Passagiersitz, der für zwei zu eng war, ganz klein und wartete. Pete Hardy brachte das Boot in tieferes Wasser, sank bis fast auf den Grund, fing den Muskegon-Gary-Leitstrahl auf und fädelte sich blind ein.

Zu der Zeit, als sie in dem Teich innerhalb des Sitzes auftauchten, hatte Mary sich gegen jede physische Kommunikation entschieden. Auch die sorgfältig abgeschirmte Anlage des Sitzes wollte sie nicht benutzen. Sie hoffte, statt dessen unter den Pflegebefohlenen der Familien, die im Sitz versorgt wurden, einen Telepathen zu finden und einspannen zu können. Unter den gesunden Mitgliedern der Howard-Familien waren Telepathen ebenso selten wie in der übrigen Bevölkerung, aber durch die Inzucht, die ihre anomale Langlebigkeit erhalten und verstärkt hatte, waren schlechte Gene ebenso erhalten und verstärkt worden wie gute. Deshalb hatten sie einen ungewöhnlich hohen Prozentsatz von körperlich und geistig Behinderten. Eine Forschungsgruppe beschäftigte sich mit dem Problem, die schlechten Ketten loszuwerden, ohne die Langlebigkeitskette zu verlieren, aber noch viele Generationen lang würden sie für ihr langes Leben mit einem Überschuß an Krüppeln bezahlen müssen.

Doch beinahe fünf Prozent dieser Behinderten waren Telepathen.

Mary begab sich geradewegs in das Asyl des Sitzes,

wo einige dieser Pflegebefohlenen untergebracht waren. Lazarus Long folgte ihr auf den Fersen. Sie stellte die Oberschwester. »Wo ist Klein-Stephen? Ich brauche ihn.«

»Sprich leise!« schimpfte die Oberschwester. »Es ist Ruhestunde – und du kannst ihn nicht bekommen.«

»Janice, ich muß zu ihm«, flehte Mary. »Diese Sache kann nicht warten. Ich muß eine Botschaft an alle Familien senden – sofort.«

Die Oberschwester stemmte die Hände in die Hüften. »Bring sie ins Kommunikationsbüro! Du kannst hier nicht jederzeit hereinplatzen und meine Kinder stören. Das werde ich nicht dulden.«

»Janice, bitte! Ich wage es nicht, etwas anderes als Telepathie zu benutzen. Du weißt, ohne Not würde ich das nicht tun. Jetzt bring mich zu Stephen!«

»Und wenn ich das täte, würde es dir nichts nützen. Klein-Stephen hat heute einen seiner bösen Anfälle gehabt.«

»Dann bring mich zu dem besten Telepathen, der fähig ist zu arbeiten. Schnell, Janice! Die Sicherheit jedes einzelnen Mitglieds mag davon abhängen.«

»Haben die Treuhänder dich geschickt?«

»Nein, nein! Dazu war keine Zeit!«

Die Oberschwester zögerte. Doch während Lazarus sich noch zu erinnern versuchte, wie lange es her war, daß er eine Dame niedergeschlagen hatte, gab sie nach. »Na gut – du kannst mit Billy sprechen, obwohl ich das nicht zulassen dürfte. Paß nur auf, daß du ihn nicht übermüdest.« Ohne ihre Entrüstung zu verbergen, führte sie sie über einen Gang an fröhlich ausgestatteten Zimmern vorbei in eins von ihnen. Lazarus warf einen Blick auf das Ding, das auf dem Bett lag, und drehte den Kopf weg.

Die Oberschwester trat an einen Schrank und kam mit einer Spritze wieder. »Arbeitet er in Hypnose?« fragte Lazarus.

»Nein«, antwortete die Oberschwester kalt, »er braucht ein Stimulanz, um uns überhaupt wahrzunehmen.« Sie reinigte ein Stück Haut am Arm des abstoßenden Körpers und injizierte ihm das Mittel. »Fang an!« sagte sie zu Mary und verfiel in grimmiges Schweigen.

Die Gestalt auf dem Bett regte sich, die Augäpfel rollten ziellos herum, dann schien der Blick auf etwas haften zu bleiben. Das Wesen grinste. »Tante Mary!« sagte es. »Ooooh! Hast du Billy-Boy etwas mitgebracht?«

»Nein«, antwortete sie sanft. »Diesmal nicht, Schätzchen. Tante Mary war zu sehr in Eile. Das nächste Mal? Eine Überraschung? Wäre das schön?«

»O ja«, sagte Billy fügsam.

»Braver Junge.« Sie fuhr ihm mit der Hand durchs Haar, und Lazarus mußte von neuem das Gesicht abwenden. »Will Billy-Boy jetzt etwas für Tante Mary tun? Ihr einen Gefallen tun, einen *großen* Gefallen?«

»Klar.«

»Kannst du deine Freunde hören?«

»Klar doch.«

»Alle?«

»Hm, ja. Meistens sagen sie nichts«, setzte das Wesen hinzu.

»Rufe sie!«

Nach einer sehr kurzen Pause berichtete es: »Sie haben mich gehört.«

»Fein! Jetzt hör genau zu, Billy-Boy: An alle Familien – dringende Warnung! Hier spricht Mitglied des Ältestenrats Mary Sperling. Der Administrator ist durch Gesetz ermächtigt worden, jede als Mitglied identifizierte Person zu verhaften. Der Rat hat ihn angewiesen, ›die erforderlichen Maßnahmen‹ zu ergreifen – und meiner Meinung nach sind sie entschlossen, ohne Rücksicht auf den Vertrag alle Mittel einzusetzen, um uns das sogenannte Geheimnis der Langlebigkeit zu entreißen. Sie wollen sogar zu den Foltermethoden zurückkehren, die die Inquisitoren der Propheten entwickelt haben!« Ihre Stimme brach. Sie hielt inne und riß sich zusammen. »Macht euch an die Arbeit! Findet die der Öffentlichkeit bekannten Mitglieder, warnt sie, versteckt sie! Vielleicht bleiben euch nur noch Minuten, um sie zu retten!«

Lazarus berührte Marys Arm und flüsterte ihr etwas zu. Sie nickte und fuhr fort:

»Wenn ein Vetter verhaftet wird, rettet ihn *unter allen Umständen!* Versucht nicht, euch auf den Vertrag zu berufen, verschwendet keine Zeit mit Gerede über Gerechtigkeit ... rettet ihn! Fangt an!«

Nach einer Pause fragte sie mit müder, leiser Stimme: »Haben sie uns gehört, Billy-Boy?«

»Klar.«

»Sagen sie es ihren Leuten?«

»Hm, ja. Alle außer Jimmie dem Pferd. Er ist böse auf mich«, vertraute er ihr an.

»›Jimmie das Pferd‹? Wo ist er?«

»Oh, da, wo er wohnt.«

»In Montreal«, warf die Oberschwester ein. »Dort gibt es zwei weitere Telepathen – deine Botschaft ist durchgekommen. Bist du fertig?«

»Ja ...«, meinte Mary zweifelnd. »Aber vielleicht sollten wir es uns von einem anderen Sitz auf dem gleichen Weg bestätigen lassen.«

»Nein!«

»Aber, Janice ...«

»Ich erlaube es nicht. Ich sehe ein, daß du die Botschaft senden mußtest, aber jetzt gebe ich Billy das Gegenmittel. Also geh jetzt hinaus!«

Lazarus nahm ihren Arm. »Komm, Mädchen! Die Botschaft ist entweder durchgekommen oder nicht; du hast jedenfalls dein Bestes getan. Das war gute Arbeit, Mary.«

Mary ging, um dem Sekretär des Sitzes einen vollständigen Bericht abzuliefern, und Lazarus hatte auch etwas vor. Er kehrte den Weg zurück, den sie gekommen waren, und hielt nach einem Mann Ausschau, der nicht zu beschäftigt war, um ihm zu helfen. Die Wachtposten am Eingang zum Teich waren die ersten, die er fand. »Zu Diensten ...«, begann er.

»Ebenfalls zu Diensten«, antwortete einer von ihnen. »Suchst du jemanden?« Er warf einen neugierigen Blick auf Longs beinahe vollständige Nacktheit und sah wieder weg – wie sich jemand anzog oder nicht anzog, war seine Privatangelegenheit.

»Sozusagen«, gestand Lazarus. »Sag mal, Kumpel, kennst du hier irgendwen, der mir einen Kilt leihen würde?«

»Es steht einer vor dir«, antwortete der Posten freundlich. »Übernimm du, Dick – bin in einer Minute zurück.« Er nahm Lazarus in das Junggesellen-Quartier mit, stattete ihn aus, half ihm, seine Tasche und deren Inhalt zu trocknen, und machte eine Bemerkung zu dem Arsenal, das an die haarigen Beine geschnallt war. Wie sich ein Ältester benahm, ging ihn nichts an, und viele von ihnen reagierten besonders empfindlich auf eine Verletzung ihrer Privatsphäre. Er hatte Tante Mary Sperling gesehen, als sie eintraf, und sie war zum Schwimmen ausgezogen gewesen. Das hatte ihn nicht überrascht, da er gehört hatte, welche Anweisungen Pete von Ira Barstow für die Aufnahme unter Wasser erhalten hatte. Er wunderte sich nur darüber, daß der Älteste mit soviel Eisen am Körper ins Wasser gegangen war, aber nicht so sehr, daß er seine guten Manieren vergessen hätte.

»Brauchst du sonst noch etwas?« fragte er. »Passen die Schuhe?«

»Recht gut. Hab vielen Dank, Kumpel.« Lazarus strich den geborgten Kilt glatt. Er war ein bißchen zu lang für ihn, aber jetzt fühlte er sich doch wohler. Ein Lendenschurz war okay, fand er – wenn man auf der Venus war. Die Venus-Sitten hatten ihm jedoch nie besonders zugesagt. Verdammt, ein Mann wollte *angezogen* sein! Noch einmal bedankte er sich. »Wie heißt du übrigens?« fragte er.

»Edmund Hardy von der Foote-Familie.«

»Ach ja? Und deine Abstammung?«

»Charles Hardy und Evelyn Foote. Edward Hardy – Alice Johnson und Terence Birggs – Eleanor Weatheral. Oliver ...«

»Das reicht. Ich habe es mir fast gedacht. Du bist einer meiner Ururenkel.«

»Das ist ja interessant«, meinte Hardy angenehm überrascht. »Also sind wir zu einem Sechzehntel verwandt – wenn man Überschneidungen nicht rechnet. Darf ich deinen Namen erfahren?«

»Lazarus Long.«

Hardy schüttelte den Kopf. »Dann war es ein Irrtum. Der gehört nicht zu meinen Vorfahren.«

»Versuch es mal statt dessen mit Woodrow Wilson Smith. Das ist der Name, mit dem ich angefangen habe.«

»Oh, der! Ja, sicher. Aber ich dachte, du seist ... äh ...«

»Tot? Nun, das bin ich nicht.«

»Oh, das habe ich nicht gemeint.« Hardy errötete über das ungeschminkte einsilbige Wort. Hastig setzte er hinzu: »Ich freue mich, dir über den Weg gelaufen zu sein, Großvater. Ich habe mir schon immer gewünscht, die Wahrheit über das Familientreffen im Jahr 2012 zu hören.«

»Das war vor deiner Geburt, Ed«, stellte Lazarus brummig fest. »Und nenn mich nicht ›Großvater‹!«

»Entschuldige, Großva- ... ich meine, entschuldige, Lazarus. Kann ich sonst noch etwas für dich tun?«

»Ich hätte nicht so sauer reagieren sollen. Nein – doch. Wo kann ich ein bißchen Frühstück abstauben? Heute morgen war ich etwas in Eile.«

»Komm nur mit!« Hardy brachte ihn in die Teeküche der Junggesellen, stellte den Speiseautomaten für ihn ein, zog für sich und seinen Wachkameraden Kaffee und ging. Lazarus verdrückte sein ›bißchen Frühstück‹ – etwa dreitausend Kalorien brutzelnder Würstchen, Eier, Marmelade, frischer Brötchen, Kaffee mit Sahne und was sonst noch so dazugehörte, denn sein Prinzip war es, den Reservetank immer nachzufüllen, da man nie wissen konnte, wie lange es bis zum nächsten Auftanken dauern würde. Zum Schluß lehnte er sich zurück, rülpste, sammelte das Geschirr ein, schob es in den Verbrenner und hielt dann Ausschau nach einer Nachrichten-Box.

Er fand eine in der Bibliothek der Junggesellen, gleich neben dem Aufenthaltsraum. Es war nur ein Mann darin, ungefähr so alt, wie Lazarus aussah. Damit endete die Ähnlichkeit. Der Fremde war schlanker, sein Gesicht war sanft und von feinem, karottenrotem Haar gekrönt, das sich sehr von Lazarus' ergrauender, drahtiger Mähne unterschied. Die Augen an die Optik gedrückt, beugte er sich über den Nachrichtenempfänger.

Lazarus räusperte sich laut und sagte: »Guten Tag.«

Der Kopf des Mannes fuhr in die Höhe. »Oh!« rief er. »Verzeihung – hast du mich erschreckt. Kann ich dir zu Diensten sein?«

»Ich war auf der Suche nach der Nachrichten-Box. Würde es dir etwas ausmachen, wenn wir das Bild auf den Schirm werfen?«

»Durchaus nicht.« Er stand auf, drückte den Rückspulknopf und stellte die Kontrollen auf Projektion ein. »Irgendein bestimmtes Thema?«

»Ich möchte sehen«, antwortete Lazarus, »ob es Neuigkeiten über uns – über die Familien gibt.«

»Danach habe ich selbst gesucht. Vielleicht sollten wir besser auf der Tonspur das Suchwort eingeben und uns die Stellen heraussuchen lassen.«

»Okay«, stimmte Lazarus zu, trat zurück und schaltete auf Ton um. »Wie heißt das Suchwort?«

»Methusalem.«

Lazarus tippte es ein. Schnatternd und winselnd ließ die Maschine das Band vorbeirasen, suchte und wies zurück. Dann verlangsamte sie den Bandablauf mit triumphierendem Klicken. »Die TÄGLICHEN DATEN«, verkündete sie. »Der einzige Nachrichtendienst des Mittelwestens, der an jedes größere Netz angeschlossen ist. Videokanal nach Luna City. Tri-S-Korrespondenten im ganzen System. Immer die Ersten, die Schnellsten und die Ausführlichsten! Lincoln, Nebraska – Gelehrter brandmarkt Langlebige! Dr. Witwell Oscarsen, Präsident emeritus des Bryan-Lyceums, verlangt offizielle Überprüfung des Status der Gruppe von Verwandten, die sich selbst die ›Howard-Familien‹ nennen. ›Es liegen Beweise vor‹ sagt er, ›daß diese Leute die uralte Frage gelöst haben, wie das menschliche Leben verlängert werden kann, vielleicht sogar bis in alle Ewigkeit. Dafür muß man sie loben; es ist eine wertvolle und potentiell fruchtbare Forschungsarbeit. Aber ihre Behauptung, ihre Langlebigkeit beruhe auf nichts als Vererbung, beleidigt sowohl die Wissenschaft als auch den gesunden Menschenverstand. Unser heutiges Wissen von den Gesetzen der Genetik läßt den sicheren Schluß zu, daß sie der Öffentlichkeit eine geheime Technik vorenthalten, mit der sie ihre Ergebnisse erzielen.

Es widerspricht unserem Brauch, wissenschaftliche Entdeckungen als Monopol für wenige geheimzuhalten. Ist die Geheimhaltung des Wissens ein Schlag gegen das Leben selbst, wird die Handlung zum Verrat an der menschlichen Rasse. Als Bürger rufe ich die Regierung auf, in dieser Angelegenheit Gewalt anzuwenden, und ich erinnere sie daran, daß diese Situation von den weisen Männern, die den Vertrag entwarfen und unsere grundlegenden Regeln kodifizierten, unmöglich vorausgesehen werden konnte. Jede Regel ist von Menschen gemacht und deshalb ein zeitlich begrenzter Versuch, eine Unendlichkeit von Beziehungen zu beschreiben. So selbstverständlich, wie auf den Tag die Nacht folgt, ist es, daß jede Regel notwendigerweise ihre Ausnahmen hat. Man kann sich von ihnen nicht fesseln lassen, wenn neue ...«

Lazarus drückte den *Halt*-Knopf. »Hast du genug von dem Kerl?«

»Ja, das hatte ich bereits gehört.« Der Mann seufzte. »Mir ist selten ein solcher Mangel an semantischer Exaktheit vorgekommen. Es überrascht mich – Dr. Oscarsen hat in der Vergangenheit gute Arbeit geleistet.«

»Senil geworden«, stellte Lazarus fest und befahl der Maschine, es von neuem zu versuchen. »Er will, was er will, sofort haben und glaubt, das sei ein Naturgesetz.«

Die Maschine summte und klickte und begann zum zweiten Mal: »Die TÄGLICHEN DATEN, die einzige Nachrichtenagentur des Mittel ...«

»Können wir die Werbung nicht weglassen?« erkundigte sich Lazarus.

Sein Gefährte sah sich die Kontrollen an. »Dafür scheint das Gerät nicht ausgerüstet zu sein.«

»Ensenada, Baja California. Jeffers und Lucy Weatheral baten heute um besonderen Proktorenschutz und gaben an, eine Gruppe von Bürgern sei in ihre Wohnung eingebrochen, habe sie unwürdig behandelt und andere asoziale Taten begangen. Die Weatherals gehören, wie sie selbst zugeben, zu den berüchtigten Howard-Familien und behaupten, der angebliche Vorfall sei auf diese Tatsache zurückzuführen. Der Distrikt-Profos betont, daß sie keine Beweise vorgelegt haben. Er werde sich die Angelegenheit durch den Kopf gehen lassen. Für heute abend ist eine Massenversammlung in der Stadt angekündigt. Dabei soll darüber diskutiert werden ...«

Der Mann drehte sich zu Lazarus um. »Vetter, haben wir wirklich gehört, was ich gehört zu haben meine? Das ist der erste Fall von asozialer Gruppengewalttätigkeit in mehr als zwanzig Jahren ... aber es wird darüber berichtet, als handele es sich um nichts Schlimmeres als eine Panne bei einem Wetter-Integrator.«

»Nicht ganz«, antwortete Lazarus grimmig. »Die Begriffsinhalte der Wörter, mit denen wir beschrieben wurden, waren geladen.«

»Ja, sicher, aber klug geladen. Ich bezweifle, ob in dieser Nachricht ein Wort vorgekommen ist, das, für sich betrachtet, einen höheren emotionalen Index als eins Komma fünf hatte. Den Nachrichtenredakteuren ist zwei Komma null erlaubt, weißt du.«

»Bist du Psychometriker?«

»O nein. Ich hätte mich vorstellen sollen. Ich bin Andrew Jackson Libby.«

»Lazarus Long.«

»Ich weiß. Ich war gestern abend bei dem Treffen.«

»Libby ... Libby ...«, überlegte Lazarus. »Ich kann den Namen bei den Familien nicht unterbringen. Und doch kommt er mir bekannt vor.«

»Mein Fall liegt ein bißchen ähnlich wie deiner ...«

»Du hast den Namen während des Interregnums gewechselt, wie?«

»Ja und nein. Ich bin nach der Zweiten Revolution geboren. Aber meine Verwandten hatten sich zum

Neuen Kreuzzug bekehrt, mit den Familien gebrochen und ihren Namen geändert. Ich war ein erwachsener Mann, als ich erfuhr, daß ich dazugehöre.«

»Was du nicht sagst! Das ist interessant – wie hat man dich gefunden ... wenn dir meine Fragen nicht unangenehm sind?«

»Ja, siehst du, ich war bei der Navy, und einer meiner Vorgesetzten ...«

»Ich hab's! Ich hab's! Ich habe dir den Raumfahrer doch gleich angesehen. Du bist Andy Libby, das Rechenschieber-Gehirn.«

Libby grinste verlegen. »So hat man mich zuweilen genannt.«

»Ich weiß Bescheid. Der letzte Eimer, den ich gesteuert habe, war mit deinem paragravitischen Gleichrichter ausgestattet. Und die Kontrollbank benutzte dein Teildifferential für die Lagertriebwerke. Aber die hatte ich selbst installiert – habe mir dein Patent sozusagen ausgeborgt.«

Der Diebstahl brachte Libby nicht aus der Ruhe. Sein Gesicht erhellte sich. »Du interessierst dich für symbolische Logik?«

»Nur als Praktiker. Aber hör mal, ich habe nach den zurückgewiesenen Alternativen in deiner 13. Gleichung eine Veränderung an deinem Gerät vorgenommen. Sie ist in folgendem Fall von Nutzen: Stell dir vor, du kreuzt in einem Feld von der Dichte x mit einem Gradienten n-ten Grades senkrecht zu deinem Kurs, und du möchtest den optimalen Kurs zu einem projizierten Rendezvous Punkt A bei Anpassung an Vektor rho berechnen und für den ganzen Sprung die Wahl-Automatik benutzen, dann ...«

Sie entfernten sich völlig von der Sprache, die erdgebundene Laien benutzen. Die Nachrichten-Box neben ihnen suchte weiter. Dreimal begann sie zu sprechen, und dreimal berührte Libby den Ablehnungsknopf, ohne bewußt hinzuhören.

»Ich verstehe deinen Standpunkt«, meinte er schließlich. »Ich hatte eine ähnliche Modifikation in Erwägung gezogen, kam dann aber zu dem Schluß, sie sei kommerziell nicht auswertbar, zu teuer für alle, die keine solchen Enthusiasten sind wie du. Aber deine Lösung ist billiger als meine.«

»Wie berechnest du das?«

»Oh, es ist nach den Daten offensichtlich. Dein Gerät enthält zweiundsechzig bewegliche Teile, die, wenn wir eine standardisierte Herstellung voraussetzen, ein wahrscheinliches –« Libby zögerte kurz, als programmiere er das Problem – »ein wahrscheinliches Optimax von 5211 Schritten erfordern, während meines ...«

Lazarus unterbrach ihn. »Andy«, fragte er besorgt, »hast du nie Kopfschmerzen?«

Wieder blickte Libby verlegen drein. »An meinem Talent ist gar nichts Anomales«, protestierte er. »Theoretisch kann es jeder normale Mensch entwickeln.«

»Sicher«, stimmte Lazarus zu, »und man kann einer Schlange den Steptanz beibringen, wenn es einem gelingt, ihr Schuhe anzuziehen. Laß nur, ich freue mich, daß ich dir begegnet bin. Schon als du noch ein Junge warst, habe ich Geschichten über dich gehört. Du warst im Kosmischen Konstruktionskorps, nicht wahr?«

Libby nickte. »Erde-Mars drei.«

»Ja, das war es – ein Mann auf dem Mars hat es mir erzählt. Deinen Großvater mütterlicherseits habe ich auch gekannt. Ein halsstarriger alter Trottel.«

»Das muß er wohl gewesen sein.«

»Und ob! Bei dem Treffen von 2012 hatte ich einen heftigen Zusammenstoß mit ihm. Er verfügte über ein kraftvolles Vokabular.« Lazarus runzelte leicht die Stirn. »Etwas ist komisch, Andy ... Ich erinnere mich lebhaft daran, ich habe immer ein gutes Gedächtnis gehabt – und doch fällt es mir immer schwerer, die Dinge auseinanderzuhalten. Besonders in diesem letzten Jahrhundert.«

»Das ist eine unvermeidliche mathematische Notwendigkeit«, sagte Libby.

»Warum?«

»Die Lebenserfahrungen bilden eine lineare Reihe,

aber die Korrelationen zwischen den Erinnerungen sind unbegrenzt, wenn die Menschen eine Lebensspanne von tausend Jahren hätten, müßte man eine völlig neue Methode der Assoziierung von gespeicherten Daten erfinden. Andernfalls würde ein Mensch hilflos im Reichtum seines eigenen Wissens herumzappeln, unfähig, es zu werten. Die Folge wäre Wahnsinn oder Schwachsinn.«

»Wirklich?« Für Lazarus war das ein beunruhigender Gedanke. »Dann sollten wir uns mit dem Erfinden beeilen.«

»Oh, das Problem ist durchaus lösbar.«

»Aber wir müssen daran arbeiten, damit es uns nicht vorher erwischt.«

Wieder verlangte die Nachrichten-Box ihre Aufmerksamkeit, diesmal mit dem Summton und dem flackernden Licht einer Sondermeldung: »Hier sind die DATEN. Blitznachricht! Hoher Rat hebt Vertrag auf! Unter Berufung auf die Notsituationsklausel des Vertrages wurde dem Administrator heute eine noch nie dagewesene Vollmacht erteilt. Er kann alle Mitglieder der sogenannten Howard-Familien verhaften und *mit allen zweckmäßig erscheinenden Methoden* befragen! Der Administrator gab Anweisung, daß die folgende Erklärung von allen lizensierten Nachrichtenmedien bekanntgemacht werde. (Ich zitiere:) ›Die Aufhebung der im Vertrag garantierten Rechte bezieht sich nur auf die als Howard-Familien bekannte Gruppe. Agenten der Regierung sind jedoch berechtigt, so zu handeln, wie es die Umstände erfordern, um diese Personen unverzüglich festzunehmen. Die Bürger werden gebeten, kleine Unannehmlichkeiten, die ihnen daraus erwachsen mögen, gelassen hinzunehmen. Ihr Recht auf Privatleben wird so weit wie irgend möglich geschont werden; Ihr Recht auf Freizügigkeit kann kurzfristig eingeschränkt werden, aber dann werden Sie eine volle Entschädigung für jeden wirtschaftlichen Schaden erhalten.‹

Was bedeutet das nun, Freunde und Bürger? Was bedeutet es für Sie und Sie und auch für Sie? Die TÄG-

LICHEN DATEN bringen Ihnen jetzt den beliebten Kommentator Albert Reifsnider.«

»Hier spricht Reifsnider. Zu Ihren Diensten, Bürger! Es gibt keinen Grund zur Aufregung. Dem normalen freien Bürger wird dieser Notfall weniger Unruhe bringen als ein Tiefdruckgebiet, das zu groß für die Wettermaschinen ist. Nehmen Sie es leicht! Entspannen Sie sich! Helfen Sie den Proktoren, wenn Sie dazu aufgefordert werden, und kümmern Sie sich ansonsten um Ihre eigenen Angelegenheiten. Entstehen Ihnen Unannehmlichkeiten, pochen Sie nicht auf Ihr Recht – kooperieren Sie!

Das bedeutet es heute. Was wird es morgen und übermorgen, was im nächsten Jahr bedeuten? Es bedeutet, daß die Diener Ihres Staates einen entschlossenen Schritt getan haben, um für Sie ein längeres und glücklicheres Leben zu gewinnen! Schrauben Sie Ihre Hoffnungen nicht zu hoch ... aber es sieht wie die Morgenröte eines neuen Tages aus. Ah, und welche Morgenröte! Das eifersüchtig gehütete Geheimnis einer egoistischen Minderheit wird bald ...«

Long sah Libby an und hob eine Augenbraue. Dann schaltete er ab.

»Ich vermute«, sagte Libby bitter, »daß das ein Beispiel für eine objektive Berichterstattung ist.«

Lazarus öffnete seine Tasche und zündete sich eine Zigarette an, bevor er antwortete. »So ist das Leben, Andy. Es gibt schlechte Zeiten, und es gibt gute Zeiten. Wir sind überfällig für schlechte Zeiten. Es wird wieder marschiert – diesmal gegen uns.«

3

Der als Familiensitz bekannte Bau wurde im Laufe des Tages überfüllt. Immerzu trafen Mitglieder ein, durch Tunnel aus der Provinz und aus Indiana. Kaum war es dunkel geworden, da kam es zu einem Stau am Eingang des unterirdischen Teichs. Hier drängten sich Sport-U-Boote, frisierte Bodenwagen wie der Marys und Oberflächenkreuzer, die zum Tauchen umgebaut waren. Jedes dieser Fahrzeuge war vollgestopft mit Flüchtlingen. Sie waren halb erstickt, weil sie den größten Teil des Tages auf dem Grund gelegen und auf eine Chance gewartet hatten, sich hineinzuschleichen.

Der Versammlungsraum war viel zu klein für diese Menschenmenge. Deshalb räumte das Personal des Sitzes den größten Raum, den Speisesaal, und entfernte die Trennwände zum Hauptaufenthaltsraum. Dort stieg Lazarus um Mitternacht auf eine improvisierte Rednerbühne. »Okay«, begann er, »seid mal ruhig! Ihr da vorn setzt euch auf den Fußboden, damit die übrigen etwas sehen können. Ich bin 1912 geboren. Ist irgend jemand älter?«

Er machte eine Pause, dann bat er: »Vorschläge für das Amt des Vorsitzenden.«

Drei Namen fielen. Bevor ein vierter genannt werden konnte, stand der zuletzt nominierte Mann auf. »Axel Johnson von der Johnson-Familie. Ich möchte, daß mein Name zurückgezogen wird, und ich bitte die beiden anderen Kandidaten, das Gleiche zu tun. Lazarus hat gestern abend den Nebel zerteilt; laßt ihn die Sache in die Hand nehmen. Jetzt ist nicht die Zeit für Familienpolitik.«

Die anderen Namen wurden zurückgezogen und keine neuen mehr vorgeschlagen. Lazarus sagte: »Okay, wenn ihr es so haben wollt. Bevor wir in die Diskussion eintreten, bitte ich den Chef-Treuhänder um seinen Bericht. Wie steht es, Zack? Ist irgend jemand von unseren Verwandten geschnappt worden?«

Zaccur Barstow hatte es nicht nötig, sich vorzustellen. Er sagte einfach: »Ich spreche für die Treuhänder. Unser Bericht ist nicht vollständig, aber bisher haben wir nichts davon erfahren, daß irgendein Mitglied verhaftet worden sei. Von den neuntausendzweihundertfünfundachtzig der Öffentlichkeit bekannten Mitgliedern hatten vor zehn Minuten, als ich das Kommunikationsbüro verließ, neuntausendeinhundertsechs gemeldet, sie hätten ein sicheres Versteck in einer anderen Festung der Familien, in den Wohnungen unbekannter Mitglieder oder sonstwo erreicht. Mary Sperlings Warnung hat einen erstaunlichen Erfolg gehabt, wenn man bedenkt, wie kurz die Zeit vom Alarm bis zur Durchführung der von der Regierung beschlossenen Maßnahmen war. Aber es sind immer noch hundertneunundsiebzig Vettern, von denen wir nichts gehört haben. Wahrscheinlich werden die meisten in den nächsten paar Tagen einer nach dem anderen hier eintreffen. Andere sind vielleicht sicher, aber nicht in der Lage, sich mit uns in Verbindung zu setzen.«

»Komm zur Sache, Zack!« drängte Lazarus. »Wie groß ist die Chance, daß alle sicher nach Hause kommen werden?«

»Null.«

»Warum?«

»Wir wissen zum Beispiel von dreien, daß sie sich in öffentlichen Verkehrsmitteln zwischen hier und dem Mond befinden und unter ihrem bekannten Namen reisen. Andere, von denen wir nicht wissen, werden in einer ähnlichen Falle sitzen.«

»Eine Frage!« Ein wichtigtuerischer kleiner Mann ziemlich weit vorn stand auf und wies mit dem Finger auf den Chef-Treuhänder. »Sind alle diese Mitglieder, die jetzt in Gefahr sind, durch ein hypnotisches Schweigegebot geschützt worden?«

»Nein. Es bestand keine ...«

»Ich will wissen, warum nicht!«

»Setz dich hin!« rief Lazarus. »Du hältst dich nicht an die Regeln. Niemand steht hier vor Gericht, und wir können keine Zeit auf verschüttete Milch verschwenden. Sprich weiter, Zack!«

»In Ordnung. Aber ich will die Frage insoweit beantworten: Ein Vorschlag, unsere Geheimnisse durch hypnotische Behandlung zu schützen, wurde bei dem Treffen, auf dem wir die Maskerade teilweise aufhoben, abgelehnt, wie ihr alle wißt. Ich glaube mich zu erinnern, daß der Vetter, der jetzt Einwände erhebt, damals auch dagegen gestimmt hat.«

»Das ist nicht wahr! Und ich bestehe darauf, daß ...«

»HALT DEN MUND!« Lazarus schoß dem Zwischenrufer einen finsteren Blick zu. Dann sah er ihn sich genau an. »Kumpel, in dir sehe ich den besten Beweis dafür, daß die Stiftung lieber Verstand als langes Leben heranzüchten sollte.« Er wandte sich an die Menge. »Jeder wird zu Wort kommen, aber erst, wenn der Vorsitzende es ihm erteilt. Wenn noch einmal jemand dazwischenquatscht, werde ich ihn mit seinen eigenen Zähnen knebeln – seid ihr mit meiner Regelung der Sache einverstanden?«

In dem aufsteigenden Gemurmel mischten sich Schock und Zustimmung. Es wurde kein Einwand erhoben. Zaccur Barstow fuhr fort: »Auf den Rat von Ralph Schultz haben die Treuhänder in den letzten drei Monaten die der Öffentlichkeit bekannten Mitglieder in aller Stille zu überreden versucht, daß sie sich einer hypnotischen Behandlung unterziehen. Wir haben mit diesem Appell großen Erfolg gehabt.« Er hielt inne.

»Vorwärts, Zack!« drängte Lazarus. »Sind wir geschützt? Oder nicht?«

»Wir sind *nicht* geschützt. Mindestens zwei unserer Vettern, die man bestimmt verhaften wird, sind nicht hypnotisch behandelt worden.«

Lazarus zuckte die Achseln. »Das reicht. Verwandte, das Spiel ist aus. Ein Schuß Quasselsaft in den Arm, und wir sind verraten. Es ist eine neue Situation – oder wird es in ein paar Stunden sein. Ich bitte um Vorschläge, was wir tun sollen.«

Im Kontrollraum der Antipoden-Rakete *Wallaby,* die nach Süden flog, summte das Telekom, machte *peng!* und streckte einen Zettel wie eine unverschämte Zunge heraus. Der Kopilot schaukelte sich vorwärts, zog die Botschaft heraus und riß sie ab.

Er las sie einmal und zweimal. »Skipper, machen Sie sich auf etwas gefaßt.«

»Gibt's Ärger?«

»Lesen Sie!«

Der Kapitän tat es und pfiff. »Teufel! Ich habe noch nie jemanden verhaftet. Ich kann mich nicht einmal erinnern, *gesehen* zu haben, wie jemand verhaftet wurde. Wie fangen wir das an?«

»Ich beuge mich Ihrer größeren Autorität.«

»Ach, so ist das?« fragte der Kapitän gereizt. »Wenn Sie mit Beugen fertig sind, können Sie ja eben mal nach achtern sausen und die Verhaftung vornehmen.«

»Wie? So habe ich es doch nicht gemeint! Sie sind der große Mann mit der Autorität. Ich werde Sie an den Kontrollen ablösen.«

»Sie haben mich nicht verstanden. Ich habe die Verantwortung *delegiert.* Führen Sie Ihren Befehl aus!«

»Einen Augenblick, Al, ich bin nicht verpflichtet ...«

»Führen Sie Ihren Befehl aus!«

»Aye, aye, Sir.«

Der Kopilot ging nach achtern. Das Schiff hatte den Wiedereintritt vollendet und war in die lange, flache, kreischende Annäherungskurve übergegangen. Er war imstande zu gehen – aber wie nahm man eine Verhaftung im freien Fall vor? Fing man da sein Opfer mit einem Schmetterlingsnetz ein? Er machte den Passagier anhand der Sitznummer ausfindig und berührte seinen Arm. »Zu Ihren Diensten, Sir. Das Büro hat da einen Fehler gemacht. Darf ich Ihren Flugschein sehen?«

»Natürlich.«

»Würde es Ihnen etwas ausmachen, in die Reservekabine mitzukommen? Dort ist es ruhiger, und wir könnten uns beide setzen.«

»Mir soll es recht sein.«

Sobald sie in dem Privatabteil waren, bat der Kopilot den Passagier, Platz zu nehmen. Dann sagte er ärgerlich: »Wie dumm von mir! Ich habe meine Listen im Kontrollraum liegenlassen.« Er drehte sich um und ging. Die Tür glitt hinter ihm zu, und der Passagier hörte ein unerwartetes Klicken. Plötzlich mißtrauisch geworden, versuchte er, die Tür zu öffnen. Sie war abgeschlossen.

In Melbourne holten ihn zwei Proktoren. Als sie ihn durch den Raketenhafen eskortierten, hörte er Bemerkungen aus der neugierigen und überraschend unfreundlichen Menge: »Das ist einer von denen!« – »Der? Auf mein Wort, *alt* sieht er nicht aus.« – »Was kosten Affendrüsen?« – »Glotz nicht so, Herbert!« – »Warum nicht? Der hat Schlimmeres verdient.«

Sie brachten ihn in das Büro des Chef-Profos, der ihn mit steifer Höflichkeit aufforderte, sich zu setzen. »Nun denn, Sir«, sagte der Profos mit leichtem lokalen Akzent, »wenn Sie uns helfen wollten, indem Sie dem Sanitäter erlauben, Ihnen eine kleine Injektion in den Arm ...«

»Zu welchem Zweck?«

»Ich bin überzeugt, Sie wollen sich kooperativ verhalten. Es wird nicht weh tun.«

»Darum geht es nicht. Ich bestehe auf einer Erklärung. Ich bin Bürger der Vereinigten Staaten.«

»Das sind Sie, aber die Rechtsprechung der Föderation stimmt in allen Mitgliedstaaten überein – und ich handele im Auftrag der Föderation. Jetzt machen Sie den Arm frei, bitte!«

»Ich weigere mich. Ich bestehe auf meinen Rechten.«

»Greift ihn euch, Jungs!«

Es waren vier Männer dazu nötig. Noch bevor die Nadel seine Haut berührte, spannte sich sein Kiefer, und sein Gesicht verzerrte sich vor Qual. Dann saß er ruhig und matt da, während die Friedensoffiziere darauf warteten, daß die Droge wirkte. Der Profos hob behutsam ein Augenlid des Gefangenen und sagte: »Ich glaube, er ist soweit. Er wiegt nicht mehr als hundertvierzig Pfund; es hat ihn ziemlich schnell umgeworfen. Wo ist diese Liste mit den Fragen?«

Ein Deputy reichte sie ihm. Er begann: »Horace Foote, hören Sie mich?«

Die Lippen des Mannes zuckten, es sah aus, als wolle er sprechen. Sein Mund öffnete sich, und Blut strömte ihm über die Brust.

Der Profos schrie auf, umspannte den Kopf des Gefangenen mit den Händen, untersuchte ihn rasch. *»Einen Arzt!* Er hat sich die Zunge halb abgebissen!«

Mit finsterem Gesicht betrachtete der Kapitän der Luna-City-Fähre *Moonbeam* die Nachricht in seiner Hand. »Was ist das für ein Affentheater?« fragte er seinen Dritten Offizier. »Erzählen Sie mir das, Mister!«

Der Dritte Offizier sah nach oben und studierte die Decke. Schäumend vor Zorn hielt der Kapitän die Nachricht auf Armeslänge von sich, schielte darauf nieder und las laut: »... selbst zu verletzen. Sie sind angewiesen, sie bewußtlos zu machen, ohne sie vorher zu warnen.« Er schob die Folie von sich. »Für was halten die mein Schiff? Für Coventry? Was bilden die sich ein, wer sie sind? Wollen *mir* in *meinem* Schiff vorschreiben, was ich mit *meinen* Passagieren tun soll! Das lasse ich mir nicht gefallen! Es gibt kein Gesetz, das so etwas von mir verlangt ... nicht wahr, Mister?«

Der Dritte Offizier fuhr fort, schweigend die Struktur des Schiffes zu studieren.

Der Kapitän stellte sein Hinundherlaufen ein. »Zahlmeister! *Zahlmeister!* Warum ist der Mann nie da, wenn ich ihn brauche?«

»Hier bin ich, Captain.«

»Wurde auch Zeit!«

»Ich bin die ganze Zeit hier gewesen, Sir.«

»Widersprechen Sie mir nicht! Da – kümmern Sie sich darum!« Er gab dem Zahlmeister die Depesche und ging.

Ein Schiffschlosser, der von dem Zahlmeister, dem Verantwortlichen für die Hülle und dem Schiffsarzt beaufsichtigt wurde, nahm eine kleine Veränderung an der Zuführung der Klimaanlage einer Kabine vor. Zwei bekümmerte Passagiere vergaßen all ihre Sorgen unter dem Einfluß einer nicht tödlichen Dosis Schlafgas.

»Noch ein Bericht, Sir.«

»Legen Sie ihn hin!« sagte der Administrator mit müder Stimme.

»Und Rat Bork Vanning läßt sich empfehlen und bittet um eine Unterredung.«

»Sagen Sie ihm, ich bedauere, aber ich habe zuviel zu tun!«

»Er besteht darauf, Sie zu sprechen, Sir.«

Administrator Ford antwortete gereizt: »Dann können Sie dem Ehrenwerten Mr. Vanning ausrichten, daß er in diesem Büro keine Befehle gibt!« Der Assistent schwieg. Administrator Ford drückte erschöpft die Fingerspitzen gegen die Stirn und berichtigte sich langsam: »Nein, Gerry, sagen Sie ihm das nicht! Seien Sie diplomatisch ... aber lassen Sie ihn nicht herein!«

»Jawohl, Sir.«

Als er allein war, griff der Administrator nach dem Bericht. Er überflog den amtlichen Briefkopf, das Datum und die Aktennummer. »Zusammenfassung des Verhörs von Bürger Arthur Sperling, dessen Rechte bedingt aufgehoben sind. Ungekürzte Niederschrift in der Anlage. Bedingungen des Verhörs: Der Gefangene erhielt eine normale Dosis Neosco., nachdem er vorher eine nicht gemessene Dosis Hypnotal in gasförmigem Zustand eingeatmet hatte. Gegenmittel ...« Wie, zum Teufel, konnte man Untergebenen die Weitschweifigkeit abgewöhnen? Verehrte jeder Zilvidienstangestellte im innersten Herzen den Amtsschimmel? Er las weiter unten:

»... sein Name sei Arthur Sperling von der Foote-Familie und gab sein Alter mit hundertsiebenunddreißig Jahren an. (Nach seinem Äußeren ist er fünfundvierzig, plus oder minus vier Jahre; s. Bio-Report in der Anlage.) Er sagte aus, die Familien hätten etwas mehr als einhunderttausend Mitglieder. Er wurde aufgefordert, dies zu korrigieren, und man legte ihm nahe, die richtige Zahl werde näher an zehntausend liegen. Er bestand auf seiner ursprünglichen Aussage.«

Der Administrator las diesen Teil noch einmal.

Die wichtigste Stelle lautete: »... bestand darauf, sein langes Leben sei Folge seines Erbgutes und habe keine andere Ursache. Gab zu, daß künstliche Mittel benutzt worden waren, um sein jugendliches Aussehen zu erhalten, blieb aber unerschütterlich dabei, seine Lebenserwartung sei angeboren, nicht erworben. Man gab ihm zu bedenken, daß seine älteren Verwandten ihn in früher Jugend ohne sein Wissen einer Behandlung unterzogen haben könnten, um seine Lebenszeit zu verlängern. Der Gefangene gestand die Möglichkeit zu. Gedrängt, Namen von Personen zu nennen, die eine solche Behandlung durchgeführt hätten beziehungsweise durchführten, kehrte er zu seiner ersten Behauptung zurück, es gebe keine solche Behandlung.

Er nannte die Namen (aufgrund von Überraschungsassoziation) und in einigen Fällen die Anschriften von beinahe zweihundert Mitgliedern seiner Verwandtengruppe, die in unsern Akten bisher nicht als solche identifiziert waren (Liste in der Anlage). Unter dieser anstrengenden Technik verließen ihn die Kräfte, und er versank in Apathie, aus der er durch kein Stimulanz, das innerhalb der Toleranzen seiner geschätzten Widerstandsfähigkeit liegt, geweckt werden konnte (s. Bio-Report).

Schlußfolgerungen der Schnell-Analyse nach der Kelly-Holmes-Annäherungsmethode: Der Gefangene ist nicht im Besitz des Forschungsobjekts und glaubt nicht daran. Erinnert sich nicht, Forschungsobjekt erlebt zu haben, irrt sich hier jedoch. Von dem Forschungsobjekt hat nur eine kleine Gruppe von etwa zwanzig Personen Kenntnis. Ein Mitglied dieser Star-Gruppe wird durch eine nicht öfter als dreifach verkettete Eliminierungssuche gefunden werden. (Die Gewißheit hängt von zwei Annahmen ab: Erstens, daß der topologische Sozialraum kontinuierlich ist und zum physikalischen Raum der Westlichen Föderation gehört, und zweitens, daß mindestens ein Verkettungspfad zwischen den festgenommenen Personen und der Star-Gruppe besteht. Zu diesem Zeitpunkt kann keine von beiden Annahmen verifiziert werden, aber die erste wird durch die statistische Analyse der Liste von bisher unverdächtigen Mitgliedern der Howard-Gruppe gestützt, die wir von dem Verhörten erhielten. Diese Analyse stützt gleichermaßen die Schätzung des Verhörten bezüglich der Gesamtzahl der Mitglieder. Die Richtigkeit der zweiten Annahme geht daraus hervor, daß bei ihrem Nichtzutreffen diese Star-Gruppe, die im Besitz des Forschungsobjekts ist, imstande gewesen sein muß, es ohne Sozialkontaktraum anzuwenden, was eine Absurdität ist.)

Ford knallte den Bericht auf einen Stapel, der sich auf seinem altmodischen Kontrollpult auftürmte. Diese Idioten! Unfähig, einen negativen Bericht zu erkennen, und doch nannten sie sich *Psychographen!*

Müde und frustriert bis zum äußersten begrub er das Gesicht in den Händen.

Lazarus klopfte in Ermangelung eines Hammers mit dem Kolben seines Lasers auf den Tisch. »Unterbrich den Sprecher nicht!« rief er und forderte den Sprecher auf: »Mach weiter, aber fasse dich kurz!«

Bertram Hardy nickte knapp. »Ich wiederhole, diese Eintagsfliegen, die wir um uns sehen, besitzen keine Rechte, die wir Mitglieder der Familien zu respektieren haben. Wir sollten heimlich, mit List und ohne Erbarmen gegen sie vorgehen und, wenn wir schließlich unsere Position gefestigt haben, mit *Gewalt!* Wir sind ebensowenig verpflichtet, auf ihr Wohlergehen Rücksicht zu nehmen, wie ein Jäger verpflichtet ist, seiner Beute eine Warnung zuzurufen. Die ...«

Von hinten kamen Buhrufe. Lazarus rief wiederum durch Hämmern zur Ordnung und versuchte, die Quelle auszumachen. Hardy sprach unverdrossen weiter. »Die sogenannte menschliche Rasse hat sich in zwei Teile aufgespalten. Es ist Zeit, daß wir das zugeben. Auf der einen Seite der *Homo vivens,* nämlich wir ... auf der anderen – der *Homo moriturus!* Seine Zeit ist vorüber wie die der Riesenechsen, des Säbelzahntigers und des Bisons. Wir würden unser Blut mit ihm ebenso wenig mischen wie mit dem von Affen. Ich sage, halten wir sie hin, erzählen wir ihnen irgendein Märchen, versichern wir ihnen, daß wir sie im Jungbrunnen baden werden. Damit gewinnen wir *Zeit* – und wenn dann diese beiden sich von Natur aus feindlich gegenüberstehenden Rassen zum Kampf antreten, wozu *es unweigerlich kommen* muß, wird der Sieg unser sein!«

Es gab keinen Applaus, aber Lazarus bemerkte in vielen Gesichtern eine flüchtige Unsicherheit. Bertram Hardys Ideen standen im Widerspruch zu dem Gedankengut vieler Jahre friedlichen Lebens, und doch klangen seine Worte schicksalsträchtig. Lazarus glaubte nicht an das Schicksal, er glaubte an ... nun, das stand nicht zur Debatte – aber er fragte sich, wie Bruder Bertram mit zwei gebrochenen Armen aussehen würde.

Eve Barstow stand auf. »Wenn Bertram das mit dem Überleben des Tüchtigsten meint«, erklärte sie bitter, »will ich lieber bei den Asozialen in Coventry leben. Doch er hat einen Plan. Wenn ich seinem nicht zustimmen will, muß ich einen anderen vorschlagen. Ich werde keinem Plan zustimmen, nach dem wir auf Kosten unserer armen kurzlebigen Nachbarn leben würden. Außerdem ist mir jetzt klar, daß unsere bloße Anwesenheit, die einfache Tatsache unserer ererbten Langlebigkeit der Seele unseres armen Nachbarn schadet. Neben unserer längeren Lebensspanne und unseren vielfältigeren Möglichkeiten kommen ihm seine größten Anstrengungen nichtig vor, als ein hoffnungsloser Kampf gegen einen baldigen Tod. Schon unsere Existenz nimmt ihm die Kraft, verzerrt sein Urteilsvermögen, erfüllt ihn mit panischer Angst vor dem Tod.

Ich schlage deshalb folgendes vor: Laßt uns an die Öffentlichkeit treten und *allen* die Wahrheit sagen. Dann wollen wir um unsern Anteil an der Erde bitten, irgendein Winkelchen, wo wir für uns leben können. Wenn unsere armen Freunde es mit einer gewaltigen Barriere umgeben wollen wie Coventry, sollen sie es tun – es ist besser, daß wir uns niemals von Angesicht zu Angesicht gegenübertreten.«

Der zweifelnde Ausdruck einiger Gesichter wechselte zu Zustimmung über. Ralph Schultz stand auf. »Nichts gegen die Grundzüge von Eves Plan, aber ich muß euch als Fachmann sagen, daß die psychologische Isolierung, die sie vorschlägt, so schnell nicht erreicht werden kann. Solange wir auf diesem Planeten leben, wird es den anderen nicht gelingen, uns aus dem Kopf zu bekommen. Die modernen Kommunikationsmittel ...«

»Dann müssen wir auf einen anderen Planeten auswandern!« rief Eve.

»Wohin?« fragte Bertram Hardy. »Auf die Venus? Lieber möchte ich in einem Dampfbad leben. Auf den Mars? Ausgelaugt und wertlos.«

»Wir könnten ihn wieder fruchtbar machen.«

»Nicht in deiner Lebenszeit oder meiner. Nein, meine liebe Eve, dein weichherziger Vorschlag hört sich gut an, aber er ist undurchführbar. Es gibt nur einen Planeten im Sonnensystem, der geeignet ist, darauf zu leben – wir stehen auf ihm.«

Etwas in Bertram Hardys Worten löste eine Reaktion in Lazarus Longs Gehirn aus. Dann entschlüpfte der Gedanke ihm wieder. Etwas ... etwas, wovon er erst vor einem oder zwei Tagen sprechen gehört hatte – oder war es länger her? Irgendwie schien es auch mit seiner ersten Reise hinaus in den Raum zusammenzuhängen, die über ein Jahrhundert her war. Zum Donnerwetter! Es machte ihn verrückt, daß ihm sein Gedächtnis Streiche wie diesen spielte ...

Dann hatte er es – das Sternenschiff! Das interstellare Schiff, an dem da draußen zwischen Erde und Luna die letzten Arbeiten erledigt wurden. »Leute«, rief er, »bevor wir diese Idee, auf einen anderen Planeten auszuwandern, fallenlassen, wollen wir doch alle Möglichkeiten in Erwägung ziehen.« Er wartete, bis er ihre volle Aufmerksamkeit hatte. »Habt ihr nie daran gedacht, daß nicht alle Planeten um diese eine Sonne kreisen?«

Zaccur Barstow brach das Schweigen. »Lazarus ... ist es dein Ernst, was du da vorschlägst?«

»Mein voller Ernst.«

»Es hört sich nicht so an. Vielleicht solltest du es uns erklären.«

»Das will ich.« Lazarus richtete das Wort an die Menschenmenge. »Da draußen am Himmel hängt ein Raumschiff, ein riesiges Ding, für die langen Sprünge zwischen den Sternen gebaut. Warum nehmen wir es nicht und gehen auf die Suche nach unserm eigenen Grund und Boden?«

Bertram Hardy erholte sich als erster. »Ich weiß nicht, ob unser Vorsitzender die trübe Stimmung mit einem weiteren seiner Witze aufhellen möchte, aber ich will davon ausgehen, daß er es ernst meint, und ihm antworten. Mein Einwand gegen den Mars gilt für diesen wilden Plan in zehnfacher Stärke. Soviel ich weiß, rechnen die verantwortungslosen Narren, die mit diesem Schiff fliegen wollen, damit, den Sprung in etwa einem Jahrhundert zu schaffen. Vielleicht werden ihre Enkel einen Planeten finden, vielleicht auch nicht. So oder so, ich habe kein Interesse daran. Es lockt mich nicht, ein Jahrhundert eingesperrt in einem stählernen Tank zu verbringen, und ich erwarte nicht einmal, so lange zu leben. Diesem Vorschlag werde ich niemals zustimmen.«

»Langsam«, riet Lazarus ihm. »Wo ist Andy Libby?«

»Hier.« Libby stand auf.

»Komm nach vorn! Andy, hast du mit der Entwicklung des neuen Centaurus-Schiffs etwas zu tun gehabt?«

»Nein. Weder mit diesem noch mit dem ersten.«

»Na also. Wenn der Antrieb dieses Schiffes ohne Libby zustandegekommen ist«, sagte Lazarus zu der Versammlung, »dann ist es längst nicht so schnell, wie es sein könnte. Andy, am besten machst du dich gleich über das Problem her, Sohn! Wir werden eine Lösung brauchen.«

»Aber, Lazarus, du darfst nicht voraussetzen, daß ...«

»Gibt es keine theoretischen Möglichkeiten?«

»Du weißt selbst, daß es die gibt, aber ...«

»Dann mach dich mit deinem Karottenkopf an die Arbeit!«

»Na schön ... ist gut.« Libbys Gesicht nahm die Farbe seines Haares an.

»Einen Augenblick, Lazarus!« Das war Zaccur Barstow. »Dieser Vorschlag gefällt mir. Ich finde, wir sollten ausführlich darüber diskutieren – und uns nicht durch Bruder Bertrams negative Einstellung abschrecken lassen. Selbst wenn Bruder Libby keinen besseren Antrieb erfindet – und ehrlich gesagt, ich glaube nicht, daß es ihm gelingen wird; ich verstehe selbst ein bißchen von Feldmechanik – selbst dann würde mich ein Jahrhundert nicht schrecken. Wir könnten Kälteschlaf benutzen und das Schiff in Schichten bemannen, und so sollten die meisten von uns das Ende des ersten Sprungs erleben. Es gibt ...«

»Wie kommst du auf den Gedanken«, fragte Bertram Hardy, »daß man uns das Schiff geben wird?«

»Bert«, sagte Lazarus kalt, »wende dich an den Vorsitzenden, wenn du den Mund aufreißen willst! Du bist nicht einmal Familien-Delegierter. Letzte Warnung.«

»Wie ich sagte«, fuhr Barstow fort, »es kommt mir passend vor, daß die Langlebigen die Sterne erkunden. Ein Mystiker könnte es unsere wahre Berufung nennen.« Er überlegte. »Das Schiff, von dem Lazarus sprach, wird man uns vielleicht nicht geben – aber die Familien sind reich. Wenn wir ein Sternenschiff – oder Schiffe – brauchen – wir können sie bauen, wir können sie bezahlen. Hoffen wir, daß man es uns erlaubt ... denn es mag sein, daß es keinen anderen Weg aus unserm Dilemma gibt, der nicht auf unsere Vernichtung hinausläuft.«

Diese letzten Worte sprach Barstow leise und langsam und mit großer Traurigkeit. Es fuhr den Versammelten in die Knochen wie feuchte Kälte. Für die meisten von ihnen war das Problem so neu, daß es ihnen gar nicht ganz wirklich vorkam. Nicht einer hatte davon gesprochen, was passieren würde, wenn man keine Lösung fand, die die kurzlebige Mehrheit befriedigte. Daß jetzt der Chef-Treuhänder nüchtern von seiner Angst sprach, die Familien könnten ausgelöscht – gejagt und getötet – werden, störte in jedem von ihnen das Gespenst auf, das sie niemals erwähnten.

Das Schweigen wurde schmerzhaft. Lazarus erklärte in forschem Ton: »Bevor wir diese Idee ausarbeiten, wollen wir hören, welche anderen Pläne vorgeschlagen werden. Wer meldet sich?«

Ein Bote kam hereingeeilt und sagte etwas zu Zaccur Barstow. Dieser blickte ihn ungläubig an und bat anscheinend, die Nachricht zu wiederholen. Dann lief er über die Plattform zu Lazarus und teilte ihm im Flüsterton etwas mit, das ihn offensichtlich verblüffte. Barstow hastete hinaus.

»Wir machen eine Pause«, verkündete Lazarus. »Das gibt euch Zeit, über andere Pläne nachzudenken ... und euch zu strecken und eine Zigarette zu rauchen.« Er faßte nach seiner Tasche.

»Was ist los?« rief jemand.

Lazarus zündete sich eine Zigarette an, nahm einen langen Zug und stieß den Rauch aus. »Wir müssen abwarten. Ich weiß es nicht. Aber bei mindestens einem halben Dutzend der heute abend vorgeschlagenen Pläne brauchen wir uns nicht mehr die Mühe zu machen, darüber abzustimmen. Die Situation hat sich von neuem verändert – wie sehr, kann ich nicht sagen.«

»Wie meinst du das?«

»Nun«, antwortete Lazarus gedehnt, »anscheinend wollte der Administrator der Föderation auf der Stelle mit Zack Barstow sprechen. Er verlangte ihn namentlich ... *und er rief über unsere geheime Familienleitung an.*«

»Was? Das ist unmöglich!«

»Ja. Das ist ein Baby auch, Sohn.«

4

Auf dem Weg zur Telefonzelle versuchte Zaccur Barstow, sich zu fassen.

Am anderen Ende der Videophon-Verbindung tat der Ehrenwerte Slayton Ford dasselbe. Er unterschätzte sich nicht. Nach einer langen und brillanten Karriere, gekrönt durch die Jahre als Administrator, war sich Ford seines überlegenen Könnens und seiner unübertroffenen Erfahrung bewußt. Kein normaler Mann hätte ihm bei einer Verhandlung das Gefühl vermittelt, sich im Nachteil zu befinden.

Dies war anders.

Wie würde ein Mann sein, der mehr als zwei Lebensspannen hinter sich hatte? Schlimmer noch, ein Mann, dessen Erfahrung als Erwachsener vier- oder fünfmal so groß wie die Fords war? Slayton Ford wußte, daß seine eigene Meinung sich seit seiner Knabenzeit immer wieder und wieder geändert hatte, – er wußte, daß der Junge oder sogar der fähige junge Mann, der er gewesen war, dem reifen Mann, seinem heutigen Ich, nicht gewachsen gewesen wäre. Also wie würde dieser Barstow sein? Wahrscheinlich war er der Fähigste und Klügste einer Gruppe, in der jeder einzelne viel mehr Erfahrung besaß, als Ford haben konnte. Wie sollte er die Einstellung, die Absichten, die Denkart, den Einfallsreichtum eines solchen Mannes erraten?

Über eins war Ford sich im klaren: Er hatte nicht die Absicht, Manhattan für vierundzwanzig Dollar und eine Kiste Whisky oder das Erstgeburtsrecht der Menschheit für ein Linsengericht zu verkaufen.

Er studierte Barstows Gesicht, das auf seinem Schirm erschien. Ein gutes Gesicht und stark – jeder Versuch, diesen Mann einzuschüchtern, wäre sinnlos. Und der Mann wirkte jung – also, er wirkte jünger als Ford selbst! Das Bild seines strengen und unerbittlichen Großvaters verblaßte im Geist des Administrators, und seine Anspannung ließ nach. Er fragte ruhig: »Sind Sie Bürger Zaccur Barstow?«

»Ja, Mister Administrator.«

»Sie sind Chef der Howard-Familien?«

»Ich bin der gegenwärtige Sprecher der Treuhänder unserer Stiftung. Es ist jedoch eher so, daß ich meinen Vettern gegenüber verantwortlich bin, als daß ich Autorität über sie hätte.«

Ford wischte das beiseite. »Ich gehe davon aus, daß Ihre Position Führerschaft mit sich bringt. Mit hunderttausend Leuten kann ich nicht verhandeln.«

Barstow zuckte nicht mit der Wimper. Er erkannte das Powerplay in dem plötzlichen Eingeständnis, daß die Regierung die wahre Anzahl der Mitglieder kannte, und ließ es unberücksichtigt. Er hatte den Schock bereits verarbeitet, daß das geheime Hauptquartier der Familien nicht länger geheim war, und die noch beunruhigendere Tatsache, daß der Administrator wußte, wie er sich in ihr privates Kommunikationssystem einschalten konnte. Es bewies nur, daß ein oder mehrere Mitglieder gefangen und zum Sprechen gezwungen worden waren.

Also stand es jetzt so gut wie fest, daß die Behörden bereits jede wichtige Tatsache über die Familien kannten.

Deshalb hatte es keinen Zweck, zu bluffen. Trotzdem würde er keine Information preisgeben; vielleicht hatten sie so schnell doch noch nicht alles herausgebracht.

Barstow antwortete ohne merkliche Pause. »Was möchten Sie mit mir besprechen, Sir?«

»Die Politik der Regierung gegenüber Ihrer Gruppe. Ihr und Ihrer Verwandten Wohlergehen.«

Barstow zuckte die Achseln. »Was gibt es da zu besprechen? Der Vertrag ist beiseitegeworfen worden, und Sie haben Vollmacht erhalten, mit uns zu tun, was Sie wollen – uns ein Geheimnis zu entreißen, das wir gar nicht besitzen. Was können wir anderes tun als um Gnade flehen?«

»Bitte!« Die Geste des Administrators drückte Verärgerung aus. »Warum streiten Sie mit mir? Wir haben ein Problem, Sie und ich. Lassen Sie uns offen darüber diskutieren und versuchen, zu einer Lösung zu kommen. Ja?«

Barstow antwortete langsam: »Das würde ich gern tun ... und ich glaube, daß auch Sie es gern tun würden. Aber das Problem beruht auf der falschen Annahme, daß wir, die Howard-Familien, wissen, wie das menschliche Leben verlängert werden kann. Wir wissen es nicht.«

»Und wenn ich Ihnen nun sage, daß ich weiß, es gibt kein solches Geheimnis?«

»Hmm ... Ich möchte Ihnen glauben. Aber wie paßt das zu der Verfolgung meiner Verwandten? Ihr habt uns gejagt wie Ratten.«

Ford verzog das Gesicht. »Es gibt eine alte, alte Geschichte über einen Theologen, der aufgefordert wurde, die Lehre von der göttlichen Gnade mit der Lehre von der Verdammnis eines Kindes in Einklang zu bringen. ›Der Allmächtige‹, erklärte er, ›hält es für notwendig, in Seiner offiziellen und öffentlichen Eigenschaft Dinge zu tun, die Er in Seiner privaten und persönlichen Eigenschaft bedauert.«

Barstow mußte unwillkürlich lächeln. »Ich erkenne die Analogie. Trifft sie auf die aktuelle Situation zu?«

»Das glaube ich wohl.«

»So. Sie haben mich doch nicht angerufen, nur weil Sie mich im Stile eines Scharfrichters um Verzeihung bitten wollten?«

»Nein. Ich hoffe nicht. Sie sind in der Politik auf dem laufenden? Ich bin sicher, das müssen Sie sein; ihre Position erfordert es.« Barstow nickte. Ford gab ihm eine ausführliche Erklärung.

Fords Amtszeit war die bisher längste seit Inkrafttreten des Vertrages; er hatte vier Räte überdauert. Trotzdem wackelte sein Stuhl jetzt so sehr, daß er es nicht riskieren konnte, die Vertrauensfrage zu stellen – vor allem nicht in Zusammenhang mit den Howard-Familien. Zu dieser Frage war seine nominelle Mehrheit bereits eine Minderheit. Falls Ford sich gegen die letzte Entscheidung des Rates stellte, verlor er sein Amt, und der augenblickliche Führer der Minderheit wurde Administrator. »Verstehen Sie? Ich kann entweder im Amt bleiben und versuchen, mit diesem Problem fertigzuwerden, obwohl mich eine Weisung des Rates, mit der ich nicht übereinstimme, hindert – oder ich kann gehen und es meinem Nachfolger überlassen!«

»Sie bitten mich doch bestimmt nicht um einen Rat?«

»Nein, nein! Nicht dazu. Mein Entschluß steht fest. Die Ratsdirektive wäre auf jeden Fall durchgeführt worden, entweder von mir oder von Mr. Vanning – deshalb werde ich es tun. Die Frage ist: Werde ich Ihre Unterstützung haben?«

Barstow zögerte. Er rekapitulierte im Geist schnell

Fords politische Karriere. Der erste Teil seiner langen Amtszeit war so etwas wie ein goldenes Zeitalter der Staatsmannskunst gewesen. Als kluger und praktischer Mann hatte Ford die Prinzipien menschlicher Freiheit, wie sie Novak in der Sprache des Vertrages formuliert hatte, in durchführbare Regeln umgesetzt. Es waren Jahre des guten Willens, der wirtschaftlichen Expansion und der Zivilisierung gewesen, und man hätte meinen sollen, dieser Prozeß sei nicht umkehrbar.

Trotzdem hatte es einen Rückschlag gegeben, und Barstow verstand die Gründe dafür mindestens ebensogut wie Ford selbst. Immer, wenn die Bürger ihre Aufmerksamkeit auf eine einzige Sache konzentrieren und alles andere darüber vergessen, ist die Situation reif für Lumpen, Demagogen, Ehrgeizlinge zu Pferde. Die Howard-Familien hatten die Krise in der öffentlichen Moral, unter der sie jetzt zu leiden hatten, in aller Unschuld durch den vor Jahren gefaßten Entschluß hervorgerufen, die Kurzlebigen von ihrem Vorhandensein zu unterrichten. Es spielte gar keine Rolle, daß das ›Geheimnis‹ nicht existierte; die korrumpierende Wirkung war die gleiche.

Ford blickte wenigstens klar durch ...

»Wir werden Ihnen helfen«, antwortete Barstow plötzlich.

»Gut. Was schlagen Sie vor?«

Barstow kaute auf der Unterlippe. »Gibt es keinen Weg, auf dem Sie diese drastischen Maßnahmen, die eine Verletzung des Vertrages darstellen, unterbinden können?«

Ford schüttelte den Kopf. »Dazu ist es zu spät.«

»Auch dann, wenn Sie den Bürgern sagen würden, Sie wüßten, daß ...«

Ford schnitt ihm das Wort ab. »Ich würde nicht bis zum Ende der Ansprache im Amt bleiben. Und glauben würde man mir sowieso nicht. Außerdem – daß hier kein Mißverständnis entsteht, Zaccur Barstow – täte ich es nicht einmal dann, wenn ich es könnte, ganz gleich, welche Sympathie ich persönlich für Sie und Ihre Leute hegen mag. Diese ganze Sache ist ein Krebsgeschwür an den lebenswichtigen Organen unserer Gesellschaft und muß herausgeschnitten werden. Ich bin gezwungen worden, das ist wahr – aber ein Zurück gibt es nicht mehr. Wir müssen eine Lösung finden.«

Barstow war zumindest in einer Hinsicht weise. Er wußte, daß ein anderer Mann sein Gegner sein konnte, ohne ein Schurke zu sein. Trotzdem protestierte er. »Meine Leute werden verfolgt.«

»Ihre Leute«, stellte Ford mit Nachdruck fest, »stellen nicht einmal ein Tausendstel der Bevölkerung dar – und ich muß eine Lösung für alle finden! Ich habe Sie angerufen, um herauszufinden, ob Sie irgendwelche Vorschläge zu machen haben, die alle zufriedenstellen. Haben Sie Vorschläge?«

»Ich bin mir nicht sicher«, antwortete Barstow langsam. »Angenommen, ich gestehe Ihnen zu, daß Sie mit diesem häßlichen Geschäft, meine Leute zu verhaften und mit ungesetzlichen Methoden zu befragen, weitermachen müssen – und da habe ich wohl gar keine Wahl ...«

»Sie haben keine Wahl. Ich auch nicht.« Ford runzelte die Stirn. »Die Aktion wird so human durchgeführt werden, wie ich es fertigbringe – ich bin nicht frei.«

»Ich danke Ihnen. Aber auch wenn Sie mir versichern, es habe keinen Zweck, daß Sie selbst mit den Bürgern sprechen, steht Ihnen doch ein ungeheurer Propaganda-Apparat zur Verfügung. Wäre es möglich, während wir Zeit gewinnen, eine Kampagne vorzubereiten, um die Menschen von der Wahrheit zu überzeugen? Um Ihnen zu beweisen, daß es kein Geheimnis gibt?«

Ford antwortete: »Sagen Sie selbst: Würde das funktionieren?«

Barstow seufzte: »Wahrscheinlich nicht.«

»Und ich würde auch dann keine Lösung darin sehen. Die Bürger – sogar meine zuverlässigen Assistenten – klammern sich an ihren Glauben vom Jungbrunnen, weil die einzige Alternative zu bitter ist, um darüber nachzudenken. Haben Sie eine Ahnung, was es für sie bedeuten würde, die nackte Wahrheit akzeptieren zu müssen?«

»Sprechen Sie weiter!«

»Der Gedanke an den Tod war für mich nur deshalb erträglich, weil der Tod der große Demokrat gewesen ist, der alle gleich behandelte. Jetzt hat der Tod Günstlinge. Zaccur Barstow, können Sie den glühenden Neid eines normalen Menschen von – oh, sagen wir fünfzig – verstehen, der einen von Ihrer Sorte sieht? Fünfzig Jahre ... zwanzig davon ist er ein Kind, er hat die Dreißig ein gutes Stück hinter sich, bis er ein Könner in seinem Beruf ist. Bis er anerkannt und geachtet wird, ist er vierzig. Irgend etwas dagestellt hat er nicht länger als in den letzten zehn Jahren von seinen fünfzig.«

Ford beugte sich im Schirm vor und sprach mit ernstem Nachdruck: »Und jetzt, wo er sein Ziel erreicht hat, was ist sein Lohn? Seine Augen lassen ihn im Stich, die Kraft seiner Jugend ist dahin, Herz und Lungen sind auch nicht mehr, was sie einmal waren. Er ist noch nicht senil – doch er spürt den Anhauch des ersten Frostes. Er weiß, was auf ihn wartet. Er weiß es!

Aber es war unvermeidlich, und jeder Mensch lernte, sich damit abzufinden.

Und jetzt kommt *ihr* daher«, fuhr Ford bitter fort. »Ihr beschämt ihn in seiner Schwäche, ihr demütigt ihn vor seinen Kindern. Er wagt es nicht, Pläne für die Zukunft zu machen. Ihr stürzt euch munter in Unternehmungen, die noch fünfzig – noch hundert Jahre lang keine Früchte tragen werden. Ganz gleich, welche Erfolge er erzielt, wie er sich ausgezeichnet hat, ihr zieht mit ihm gleich, übertrefft ihn – überlebt ihn. In seiner Schwäche seid ihr *freundlich zu* ihm.

Ist es ein Wunder, daß er euch haßt?«

Barstow hob müde den Blick. »Hassen *Sie* mich, Slayton Ford?«

»Nein. Ich kann es mir nicht leisten, irgendwen zu hassen. Doch eines will ich Ihnen sagen«, setzte Ford plötzlich hinzu. »Gäbe es ein Geheimnis, würde ich es euch herausquetschen, und wenn ich euch in Stücke reißen müßte!«

»Ja, das verstehe ich.« Barstow dachte nach. »Es gibt

wenig, was wir von den Howard-Familien tun können. Wir haben es nicht so geplant; es ist für uns geplant worden. Immerhin, eins können wir anbieten.«

»Ja?«

Barstow erklärte es ihm.

Ford schüttelte den Kopf. »Medizinisch ist Ihr Vorschlag durchführbar, und ich zweifle nicht daran, daß ein Anteil an Ihrem Erbe die Spanne des menschlichen Lebens verlängern würde. Aber selbst wenn Frauen bereit wären, das Keimplasma eurer Männer zu akzeptieren – ich sage nicht, daß sie es tun würden –, wäre das der psychische Tod für alle anderen Menschen. Ein Ausbruch von Frustration und Haß würde die menschliche Rasse vernichten. Nein, ganz gleich, was wir uns wünschen, unsere Sitten sind, was sie sind. Wir können Menschen nicht wie Tiere züchten. Das macht die Bevölkerung nicht mit.«

»Ich weiß«, pflichtete Barstow ihm bei, »nur ist es alles, was wir anzubieten haben – ein Anteil an unserem Reichtum durch künstliche Befruchtung.«

»Ja. Ich sollte Ihnen wohl danken, aber ich empfinde keine Dankbarkeit, und ich werde es nicht tun. Jetzt lassen Sie uns praktisch sein. Als Einzelpersonen seid ihr Alten sicher ehrenwerte, liebenswerte Menschen. Als Gruppe seid ihr so gefährlich wie die Träger einer Seuche. Deshalb müßt ihr in Quarantäne.«

Barstow nickte. »Meine Vettern und ich waren bereits zu diesem Schluß gekommen.«

Ford war anzusehen, wie erleichtert er war. »Ich bin froh, daß sie so vernünftig sind.«

»Wir können nicht umhin. Nun? Eine isolierte Kolonie? Ein entlegener Ort, der unser Coventry werden wird? Vielleicht Madagaskar? Wir könnten auch die britischen Inseln übernehmen, sie wiederaufbauen und uns von da aus über Europa verteilen, wenn die Radioaktivität nachläßt.«

Ford schüttelte den Kopf. »Unmöglich. Damit würden wir das Problem nur an unsere Enkel weitergeben. In der Zwischenzeit wären Sie stark geworden und könnten uns besiegen. Nein, Zaccur Barstow, Sie und Ihre Verwandten müssen diesen Planeten verlassen.«

»Ich wußte, es würde dazu kommen«, sagte Barstow mit trübem Blick. »Und wohin sollen wir gehen?«

»Suchen Sie sich etwas aus im Sonnensystem. Gehen Sie, wohin Sie wollen.«

»*Wohin* denn? Die Venus ist nicht ideal, und man würde uns dort nicht einmal aufnehmen. Die Venus-Bewohner lassen sich von der Erde keine Vorschriften machen; das ist 2020 geregelt worden. Ja, im Augenblick akzeptieren sie Einwanderer, die unter dem Schutz der Vier-Planeten-Konvention kommen ... Was würden sie zu hunderttausend sagen, die die Erde zu gefährlich fand, um sie zu behalten?«

»Ich glaube auch, Sie sollten sich einen anderen Planeten aussuchen.«

»Welchen Planeten? Im ganzen Sonnensystem gibt es keinen anderen Himmelskörper, der menschliches Leben so, wie es ist, erhält. Auch mit unbegrenzten Geldmitteln und dem besten an moderner Technik müßte man sich beinahe übermenschlich anstrengen, um den geeignetsten bewohnbar zu machen.«

»Strengen Sie sich an! Wir werden großzügig mit unserer Hilfe sein.«

Ford richtete sich mit einem Ruck auf. »Oh! Ich verstehe, worauf Sie hinauswollen. Ich hatte den Gedanken nicht zu Ende gedacht. Ja, warum sollen wir die Raumfahrt nicht einstellen? Wäre das nicht besser, als wenn die gegenwärtige Situation zu einem offenen Krieg ausartet? Sie ist schon einmal aufgegeben worden.«

»Ja, als die Venus-Bewohner das Land der nicht dort lebenden Grundbesitzer enteigneten. Dann begann sie von neuem, und Luna City ist wieder aufgebaut, und zehnmal mehr Tonnage wird durch den Raum befördert als vorher. Können Sie das stoppen? Und wenn Sie es können, wird es gestoppt bleiben?«

Ford beleuchtete das Problem im Geist von allen Seiten. Er konnte die Raumfahrt nicht verbieten, das konnte kein Administrator. Ließ sich der Planet, auf den diese

Alten auswanderten, vielleicht zur Sperrzone erklären? Würde das helfen? Eine Generation lang, zwei, drei ... welchen Unterschied machte das? Das alte Japan hatte etwas Ähnliches versucht, und die fremden Teufel waren doch ins Land eingedrungen. Kulturen ließen sich nicht für immer voneinander trennen, und wenn es dann schließlich zu einem Kontakt kam, verdrängte die widerstandsfähigere die schwächere; das war ein Naturgesetz.

Eine dauerhafte und wirksame Quarantäne war unmöglich. Somit blieb nur eine Antwort übrig – eine häßliche. Aber Ford war stark; er konnte akzeptieren, was notwendig war. Schon bildeten sich in seinem Kopf Pläne. Barstows Anwesenheit auf dem Bildschirm war vergessen. Wenn er dem Chef-Profos mitteilte, wo das Hauptquartier der Howard-Familien lag, würde es in einer, höchstens in zwei Stunden vernichtet sein – es sei denn, sie hatten außergewöhnliche Verteidigungsanlagen – in jedem Fall war es nur eine Sache der Zeit. Die Aussagen der Gefangenen machten es möglich, jedes einzelne noch freie Mitglied aufzuspüren und zu verhaften. Mit etwas Glück hätte er sie in vierundzwanzig bis achtundvierzig Stunden alle.

Über einen einzelnen Punkt war er sich noch nicht schlüssig: Sollten sie alle liquidiert oder nur sterilisiert werden? Das eine wie das andere stellte eine endgültige Lösung dar, und eine dritte gab es nicht. Welche war humaner?

Ford war klar, daß dies das Ende seiner Karriere bedeutete. Er würde mit Schande bedeckt aus dem Amt scheiden, vielleicht nach Coventry geschickt werden, aber darüber dachte er nicht weiter nach. Bei seiner Veranlagung war es ihm unmöglich, sein Wohlergehen gegen seine Pflicht abzuwägen.

Barstow konnte Fords Gedanken nicht lesen. Trotzdem spürte er, daß Ford zu einer Entscheidung gelangt war, und er vermutete richtig, wie diese Entscheidung für ihn und seine Verwandten aussah. Jetzt war der Zeitpunkt gekommen, sagte er sich, seinen einzigen Trumpf auszuspielen.

»Mister Administrator ...«

»Hä? Oh, Verzeihung! Ich war in Gedanken.« Das war eine gewaltige Untertreibung. Es war ihm entsetzlich peinlich, immer noch das Gesicht des Mannes vor sich zu haben, den er soeben zum Tode verurteilt hatte. Er raffte Förmlichkeit um sich wie eine Robe. »Ich danke Ihnen, Zaccur Barstow, daß Sie mit mir gesprochen haben. Ich bedaure, daß ...«

»Mister Administrator!«

»Ja?«

»Ich schlage vor, daß Sie uns aus dem Sonnensystem hinausschicken.«

»*Was?*« Ford blinzelte. »Meinen Sie das im Ernst?«

Barstow sprach schnell, überredend. Er erklärte Lazarus Longs halbfertigen Plan, improvisierte während seines Vortrags Einzelheiten, ging über Schwierigkeiten hinweg und unterstrich Vorteile.

»Es könnte klappen«, meinte Ford zum Schluß langsam. »Da sind Schwierigkeiten, die Sie nicht erwähnt haben, politische Schwierigkeiten und ein schreckliches zeitliches Risiko. Trotzdem, es könnte klappen.« Er stand auf. »Gehen Sie zu Ihren Leuten zurück! Sagen Sie ihnen vorerst noch nichts! Ich werde später wieder mit Ihnen reden.«

Und was soll ich den Mitgliedern jetzt sagen? dachte Barstow auf dem Rückweg. Sie würden einen ausführlichen Bericht verlangen; er hatte im Grunde kein Recht, ihn ihnen zu verweigern. Aber er war durchaus geneigt, mit dem Administrator zusammenzuarbeiten, solange noch eine Chance für einen Ausweg bestand. Plötzlich faßte er einen Entschluß, machte kehrt, ging in sein Büro und schickte nach Lazarus.

»Wie ist das Palaver ausgegangen?« wollte Long sofort wissen.

»Gut und schlecht«, erwiderte Barstow. »Hör zu ...« Er gab ihm eine kurze, genaue Zusammenfassung. »Kannst du da hineingehen und ihnen etwas erzählen, das sie hinhält?«

»Hmmm ... glaube schon.«

»Dann tu es und komm sofort wieder her!«

Was Lazarus ihnen sagte, paßte ihnen gar nicht. Sie wollten nicht stillhalten, und sie wollten die Sitzung nicht vertagen. »Wo ist Zaccur?« – »Wir verlangen einen Bericht!« – »Warum all die Geheimnistuerei?«

Lazarus brachte sie mit Gebrüll zum Schweigen. »Hört mir zu, ihr verdammten Idioten! Zack wird sprechen, wenn er bereit dazu ist – drängt ihn nicht. Er weiß, was er tut.«

Ein Mann ziemlich weit hinten stand auf. »Ich gehe nach Hause!«

»Tu das!« Lazarus nickte grinsend. »Herzliche Grüße an die Proktoren.«

Der Mann setzte sich verdutzt wieder hin.

»Möchte sonst noch jemand nach Hause gehen?« fragte Lazarus. »Laßt euch von mir nicht aufhalten! Aber ihr Vogelgehirne müßt allmählich einsehen, daß ihr zu Ausgestoßenen gemacht worden seid. Das einzige, was zwischen euch und den Proktoren steht, ist Zack Barstows Geschick, mit dem Administrator umzugehen. Also tut, was ihr wollt ... die Sitzung ist vertagt.«

»Hör mal, Zack!« sagte Lazarus ein paar Minuten später, »ich möchte das ganz genau wissen. Ford will seine Sondervollmacht benutzen, um uns zur Flucht mit dem großen Schiff zu verhelfen. Ist das richtig?«

»Es bleibt ihm gar nichts anderes übrig.«

»Hmm ... Und inzwischen muß er dem Rat vormachen, alles, was er tut, sei ein notwendiger Schritt, um uns das ›Geheimnis‹ zu entreißen – also ein doppeltes Spiel treiben. Ist das richtig?«

»So weit voraus hatte ich noch nicht gedacht. Ich ...«

»Aber es ist richtig, nicht wahr?«

»Nun ... ja, es muß so sein.«

»Okay. Ist unser Knabe Ford jetzt helle genug, um sich bewußt zu sein, in was er sich da eingelassen hat, und zäh genug, um es durchzuhalten?«

Barstow rief sich ins Gedächtnis zurück, was er von Ford wußte, und fügte seine Eindrücke von ihrem Gespräch hinzu. »Ja«, entschied er, »er weiß es, und er ist stark genug, damit fertigzuwerden.«

»Gut. Jetzt zu dir, mein Freund! Wirst auch du damit fertig?« Lazarus' Stimme klang anklagend.

»Ich? Wie meinst du das?«

»Auch du planst, deine Leute hinters Licht zu führen, stimmt's? Hast du Mumm genug, bei der Stange zu bleiben, wenn der Weg holprig wird?«

»Ich verstehe dich nicht, Lazarus«, erwiderte Barstow bekümmert. »Ich habe nicht vor, irgend jemand zu täuschen – und ganz bestimmt kein Mitglied der Familien.«

»Du siehst dir dein Blatt besser noch einmal an«, fuhr Lazarus erbarmungslos fort. »Deine Aufgabe bei dem Handel besteht darin, dafür zu sorgen, daß jeder Mann, jede Frau und jedes Kind an dem Exodus teilnimmt. Meinst du, du kannst die Idee jedem einzeln verkaufen und hunderttausend Leute unter einen Hut bekommen? *Alle* Quatsch! So viele bringst du nicht einmal dazu, daß sie gemeinsam den ›Yankee Doodle‹ pfeifen.«

»Aber sie *müssen* zustimmen«, protestierte Barstow. »Sie haben keine andere Wahl. Entweder wir wandern aus, oder wir werden gejagt und getötet. Ich bin sicher, daß Ford diese Absicht hat. Und er wird sie ausführen.«

»Warum bist du dann nicht vor die Versammelten hingetreten und hast ihnen das gesagt? Warum hast du mich geschickt, damit ich sie vertröste?«

Barstow rieb sich die Augen. »Ich weiß es nicht.«

»Ich will dir den Grund sagen«, fuhr Lazarus fort. »Bei deinen Eingebungen kommt mehr heraus als bei der schweren Geistesarbeit der meisten Menschen. Du hast mich geschickt, ihnen etwas zu erzählen, weil du verdammt genau wußtest, mit der Wahrheit würdest du nicht weit kommen. Wenn du ihnen gesagt hättest, daß wir entweder auswandern müssen oder umgebracht werden, wären einige in Panik geraten und andere hätten mit Sturheit reagiert. Und irgendein altes Weib im Kilt hätte sich entschlossen, nach Hause zurückzukehren und auf seine im Vertrag garantierten Rechte zu pochen. Er hätte den Plan auf diese Weise verraten, bevor ihm ein Licht darüber aufgegangen wäre, daß es der Regierung blutiger Ernst ist. Das ist richtig, nicht wahr?«

Barstow zuckte die Achseln und lachte unglücklich auf. »Du hast recht. Ich hatte es mir nicht im einzelnen ausgemalt, aber du hast absolut recht.«

»Doch, du hattest es dir ausgemalt«, versicherte Lazarus ihm. »Du hattest die richtigen Antworten. Zack, ich verlasse mich auf deine Eingebungen; deshalb spiele ich mit. Also gut, du und Ford, ihr wollt jeden einzelnen Menschen auf diesem Globus an der Nase herumführen, und da frage ich dich noch einmal: *Hast du den Mumm, es durchzuhalten?«*

5

Die Mitglieder standen in nervösen Grüppchen herum. »Ich begreife das nicht«, sagte die Archivarin des Sitzes zu dem besorgten Kreis um sie. »Der Chef-Treuhänder hat sich bisher noch nie in meine Arbeit eingemischt. Heute platzt er in mein Büro, diesen Lazarus Long auf den Fersen, und befiehlt mir hinauszugehen.«

»Was hat er gesagt?« fragte einer der Zuhörer.

»*Ich* habe gesagt: ›Kann ich dir zu Diensten sein, Zaccur Barstow?‹, und er antwortete: ›Ja, das kannst du. Geh hinaus und nimm deine Mädchen mit!‹ Ohne ein einziges höfliches Wort!«

»Das ist noch gar nichts«, fiel eine andere Stimme düster ein. Sie gehörte Cecil Hedrick von der Johnson-Familie, dem Chef der Kommunikationstechnik. »Mich hat Lazarus Long besucht, und er war verdammt viel weniger höflich.«

»Was hat er getan?«

»Er kommt in meine Kommunikationszelle marschiert und sagt mir, er werde meine Kontrollen übernehmen –

Befehl von Zaccur. Ich antworte, niemand rühre meine Brenner an außer mir und meinen Mitarbeitern, und überhaupt, wo sei seine Vollmacht? Wißt ihr, was er getan hat? Ihr werdet es nicht glauben, aber er hat mich mit einem Laser bedroht.«

»Das kann nicht dein Ernst sein!«

»Und ob! Ich sage euch, dieser Mann ist gefährlich. Er sollte sich psychisch reorientieren lassen. Er ist ein Atavismus, wenn ich je einen gesehen habe.«

Aus dem Schirm blickte Lazarus Longs Gesicht in das des Administrators. »Alles im Kasten?« erkundigte er sich.

Ford stellte den Faksimulator auf seinem Pult ab. »Alles«, bestätigte er.

»Okay«, sagte das Bild Lazarus Longs. »Ich verschwinde.« Der Schirm war leer, und Ford sagte in seine Gegensprechanlage:

»Der Chef-Profos soll sofort in mein Büro kommen.«

Bald darauf erschien der Sicherheitschef, auf dessen gefurchtem Gesicht Verärgerung mit Disziplin kämpfte. Es war die arbeitsreichste Nacht seiner ganzen Laufbahn, und doch ließ der Alte ihn zu sich kommen. Zum Teufel, wozu gab es denn Videophone? dachte er wütend – und fragte sich, wie er darauf gekommen sei, zur Polizei zu gehen. Er strafte seinen Vorgesetzten, indem er sich mit kalter Förmlichkeit benahm und unnötigerweise salutierte. »Sie haben nach mir geschickt, Sir.«

Ford ignorierte den Ton. »Ja, ich danke Ihnen. Hier.« Er drückte einen Knopf; eine Filmspule sprang aus dem Faksimulator. »Dies ist eine komplette Liste der Howard-Familien. Verhaften Sie sie!«

»Jawohl, Sir.« Der Sicherheitschef starrte die Spule an und rang mit sich, ob er fragen solle, wie Ford sie in seinen Besitz gebracht habe – durch *sein* Büro war sie nicht gegangen. Hatte der Alte einen Geheimdienst, von dem nicht einmal er wußte?

»Die Liste ist alphabetisch, aber mit geographischen

Hinweisen«, sagte der Administrator. »Nachdem Sie sie durch die Sortiermaschine haben laufen lassen, schicken Sie mir – nein, *brin*gen Sie mir das Original zurück. Mit den Psycho-Verhören können Sie Schluß machen«, setzte er hinzu. »Einfach verhaften und festhalten. Ich gebe Ihnen später weitere Instruktionen.«

Der Chef-Profos hielt dies nicht für den geeigneten Augenblick, Neugier zu zeigen. »Jawohl, Sir.« Er salutierte steif und ging.

Ford beschäftigte sich wieder mit seinem Kontrollpult und gab Bescheid, daß er sowohl den Leiter des Amtes für Landreserven als auch den für Transportkontrolle zu sprechen wünsche. Dann bestellte er auch noch den Leiter des Amtes für Verbrauchslogistik zu sich.

Im Sitz der Familien fand eine Rumpfsitzung der Treuhänder statt; Barstow fehlte. »Mir gefällt das nicht«, sagte Andrew Weatheral. »Ich hatte Verständnis dafür, daß Zaccur den Bericht zuerst mit uns sprechen wollte. Ich habe fest damit gerechnet, daß er sich mit uns beraten würde. Wie siehst du die Sache, Philip?«

Philip Hardy biß sich auf die Lippe. »Ich weiß nicht. Zaccur ist ein kluger Kopf – aber ich meine auch, er hätte uns zusammenrufen und sich mit uns besprechen sollen. Hat er dir etwas gesagt, Justin?«

»Nein, hat er nicht«, antwortete Justin Foote eisig.

»Ja, was sollen wir tun? Wir können ihn nicht gut herzitieren und einen Bericht verlangen, solange wir nicht bereit sind, ihn im Falle einer Weigerung abzusetzen. Was mich betrifft, so widerstrebt mir das.«

Sie diskutierten immer noch, als die Proktoren eintrafen.

Lazarus hörte den Lärm und deutete ihn richtig – was kein Kunststück war, da er die Information besaß, die seinen Brüdern fehlte. Natürlich hätte er ein gutes Beispiel geben und sich so, daß alle es sahen, ohne Widerstand festnehmen lassen müssen. Aber alte Gewohnheiten sind schwer auszurotten. Er entging dem Unvermeidlichen, indem er sich in den nächsten Erfrischer für Herren verzog.

Das war eine Sackgasse. Er betrachtete die Luftzuführung – nein, zu eng. Beim Nachdenken fummelte er in seiner Tasche nach einer Zigarette, und seine Hand geriet an einen merkwürdigen Gegenstand. Er zog ihn heraus. Es war die Armbinde, die er sich von dem Proktor in Chicago ›ausgeliehen‹ hatte.

Als ein Proktor der Gruppe, die diesen Flügel des Sitzes durchkämmte, den Kopf in den Erfrischer steckte, sah er, daß bereits ein anderer Proktor darin war. »Niemand hier«, verkündete Lazarus. »Ich habe nachgesehen.«

»Wie, zum Teufel, bist du mir vorausgekommen?«

»Von der Flanke her. Stoney-Island-Tunnel und durch die Luftschächte hier.« Lazarus verließ sich darauf, der echte Polizist wisse nicht, daß es gar keinen Stoney-Island-Tunnel gab. »Hast du eine Zigarette für mich?«

»Wie bitte? Wir können doch jetzt nicht rauchen!«

»Quatsch«, sagte Lazarus, »mein Legat ist eine gute Meile weit weg.«

»Das mag sein«, erwiderte der Proktor, »aber meiner ist direkt hinter mir.«

»So? Na, vergiß es – ich muß ihm sowieso etwas melden.« Lazarus wollte an dem Proktor vorbei, aber der ging ihm nicht aus dem Weg. Neugierig musterte er Lazarus' Kilt. Lazarus hatte ihn auf links gedreht, und das blaue Futter war eine recht gute Imitation der Proktor-Uniform – solange man nicht genau hinsah.

»Was hast du gesagt, von welchem Revier du kommst?« forschte der Proktor.

»Von diesem.« Lazarus schlug ihm einen kurzen Jab unter das Brustbein. Sein Trainer im waffenlosen Kampf hatte ihm erklärt, einem Schlag in den Solarplexus könne man schwerer ausweichen als einem an den Unterkiefer. Der Trainer war seit dem Straßenstreik von 1966 tot; sein Wissen lebte weiter.

Mit einem richtigen Uniformkilt und einem Patronengurt voller Lähmbomben, der unter dem linken Arm durchgeschlungen war, fühlte sich Lazarus ganz wie ein Polizist. Außerdem paßte ihm der Kilt des Proktors besser. Der Flur draußen führte rechts zum Asyl, von wo es nicht weiterging. Also wandte er sich notgedrungen nach links, obwohl er wußte, daß er dort mit dem Legaten seines bewußtlosen Wohltäters zusammenstoßen würde. Der Gang mündete in eine Halle. Proktoren trieben Mitglieder der Familien zusammen. Lazarus ignorierte seine Verwandten und wandte sich an den überforderten Befehlshaber. »Sir«, meldete er, zackig salutierend, »da hinten ist eine Art von Krankenstation. Sie werden fünfzig oder sechzig Tragbahren brauchen.«

»Was belästigen Sie *mich* damit? Sagen Sie es Ihrem Legaten. Wir haben alle Hände voll zu tun.«

Beinahe hätte Lazarus vergessen zu antworten; er hatte Mary Sperlings Blick in der Menge aufgefangen – sie starrte ihn an und sah schnell wieder weg. Er nahm sich zusammen. »Kann es ihm nicht sagen, Sir. Nicht zu erreichen.«

»Dann gehen Sie nach draußen und benachrichtigen den Erste-Hilfe-Trupp.«

»Jawohl, Sir.« Großspurig, die Daumen in den Gurt seines Kilts gehakt, ging er davon. Er war ganz unten in der Passage, die zu dem Gleitweg-Tunnel und dem Waukegan-Ausgang führte, da hörte er Rufe hinter sich. Zwei Proktoren rannten ihm nach.

Lazarus blieb in der Passage stehen und wartete auf sie. »Was ist los?« fragte er gleichmütig, als sie herangekommen waren.

»Der Legat ...«, begann der eine. Weiter kam er nicht. Eine Lähmbombe sprang ihm klirrend vor die Füße. Ihre Wirkung wischte jeden Ausdruck von seinem Gesicht. Sein Gefährte fiel über ihn.

Lazarus wartete hinter einer Ecke und zählte fünfzehn Sekunden ab. »Düse eins: Feuer! Düse zwei: Feuer! Düse drei: Feuer!« Zwei Sekunden gab er zu, um sicher zu sein, daß die Wirkung der Bombe abgeklungen war. Er hatte knapper kalkuliert, als ihm lieb war. Er war nicht schnell genug zurückgesprungen, und jetzt prickelte sein linker Fuß, der etwas abbekommen hatte.

Die beiden Proktoren waren bewußtlos, kein weiterer war in Sicht. Lazarus stieg auf den Gleitsteig. Vielleicht hatte man nicht nach ihm als Lazarus Long gesucht, vielleicht hatte ihn niemand verraten. Aber er hielt sich nicht auf, um das herauszufinden. Felsenfest überzeugt war er, falls jemand mit dem Finger auf ihn gezeigt hatte, war es nicht Mary Sperling gewesen.

Er brauchte zwei weitere Lähmbomben und ein paar hundert Wörter an Ausreden, um ins Freie zu gelangen. Sobald er dort und sicher vor Beobachtung war, steckte er die Armbinde und die noch übrigen Bomben in seine Tasche. Den Patronengurt warf er ins Gebüsch. Dann betrat er einen Laden für Oberbekleidung in Waukegan.

In einer Kundenzelle wählte er den Kode für Kilts. Er ließ Muster über den Schirm flackern, wobei er die überredende Stimme des Katalogs überhörte, bis eines erschien, das entschieden unmilitärisch und nicht blau war. Darauf drückte er die Stop-Taste und tippte eine Bestellung für seine Größe ein. Der Preis leuchtete auf, er riß einen Scheck ab, schob ihn in die Maschine und kippte den Schalter. Während der Kilt angefertigt wurde, genehmigte er sich eine Zigarette:

Zehn Minuten später stopfte er den Proktorenkilt in den Müllschlucker der Kundenzelle und verließ sie, piekfein und auffällig gekleidet. In diesem Jahrhundert war er nicht mehr in Waukegan gewesen, aber er fand ein Autel der Mittelklasse, ohne durch Fragen Aufmerksamkeit zu erwecken, wählte am Empfang eine Standard-Suite und legte sich für sieben Stunden Schlaf hin.

Er frühstückte in seiner Suite und hörte mit halbem Ohr zu, was die Nachrichten-Box über die Razzia bei den Familien berichtete. Sein Interesse war jedoch objektiv; im Geist hatte er sich bereits davon gelöst. Jetzt sah er ein, daß es ein Fehler gewesen war, wieder Kontakt mit den Familien aufzunehmen. Er war verdammt froh, in Freiheit zu sein. Nichts brachte seine augenblickliche offizielle Identität mit dem ganzen Aufruhr in Zusammenhang.

Ein Name ließ ihn aufhorchen: »... einschließlich Zaccur Barstow, der ihr Stammeshäuptling sein soll.

Die Gefangenen werden nach Oklahoma in ein Reservat abtransportiert. Es liegt bei den Ruinen der Okla-Orleans-Straßenstadt, etwa fünfundzwanzig Meilen östlich des Harriman-Memorial-Parks. Der Chef-Profos bezeichnet sie als ›Klein-Coventry‹ und hat dem Luftverkehr Anweisung gegeben, sich dem Gebiet nicht weiter als auf zehn Meilen zu nähern. Der Administrator stand für eine Erklärung nicht zur Verfügung, aber wir wurden von einer für gewöhnlich zuverlässigen Quelle innerhalb der Regierung informiert, daß die Massenverhaftung die Aufdeckung des Geheimnisses der Howard-Familien beschleunigen soll – ihre Techniken zur unbegrenzten Verlängerung des Lebens. Man erwartet, daß die Festnahme und der Abtransport jedes einzelnen Mitglieds der Gruppe von Gesetzlosen eine heilsame Wirkung auf ihre Anführer haben und ihren Widerstand brechen wird, den legitimen Forderungen der Gesellschaft nachzukommen. Es wird ihnen mit Nachdruck beibringen, daß die Rechte, deren sich anständige Bürger erfreuen, nicht als eine Abschirmung benutzt werden dürfen, hinter der die Gesellschaft als Ganzes geschädigt wird.

Das Eigentum der Mitglieder dieser kriminellen Vereinigung wird in Treuhandverwaltung gegeben, solange ...«

Lazarus schaltete ab. Zum Teufel! dachte er. Reg dich nicht auf über Dinge, die du nicht ändern kannst! Natürlich, er hatte damit gerechnet, selbst auch verhaftet zu werden ... aber er war entkommen. Jetzt würde es den Familien gar nichts nützen, wenn er sich stellte – und außerdem schuldete er den Familien nichts, absolut nichts.

Jedenfalls war es besser für sie, daß man sie alle gleichzeitig festgenommen und schnell unter Aufsicht gestellt hatte. Wären sie einer nach dem anderen ausgeschnüffelt worden, hätte alles passieren können –

Lynchmorde, sogar Pogrome. Lazarus wußte aus bitterer Erfahrung, wie dicht unter der Oberfläche auch bei den zivilisiertesten Menschen die Gewalttätigkeit liegt. Das war der Grund, warum er Zack geraten hatte, auf Fords Vorschlag einzugehen – und außerdem die Tatsache, daß Zack und der Administrator die Familien in einer kompakten Gruppe beisammen haben mußten, wenn ihr Plan eine Chance haben sollte. Die Familien waren nicht mehr in Gefahr – und ihn ging es nichts an.

Trotzdem machte er sich Gedanken, wie Zack zurechtkam und was er über Lazarus' Verschwinden denken mochte. Und was Mary Sperling dachte – es mußte ein Schock für sie gewesen sein, als er in der Uniform eines Proktors auftauchte. Er wünschte, er könnte es ihr erklären.

Nicht etwa, daß es darauf ankam, was einer von ihnen dachte. Sie alle würden schon sehr bald entweder Lichtjahre entfernt sein – oder tot. Ein geschlossenes Buch.

Er rief das Postamt an. »Captain Aaron Sheffield«, meldete er sich und nannte seine Zustellungsnummer. »Zuletzt beim Postamt Goddard Field registriert. Würden Sie mir bitte meine Post an die Nummer ...« – er beugte sich vor und las sie vom Posteingangskasten seiner Suite ab – »nachschicken?«

»Zu Ihren Diensten«, bestätigte die Stimme des Beamten. »Wird sofort erledigt, Captain.«

»Ich danke Ihnen.«

Es würde zwei Stunden dauern, überlegte er, bis seine Post ihn eingeholt hatte – eine halbe Stunde in einer Raketenkapsel, dreimal solange zur Erledigung der Formalitäten. Am besten wartete er hier – zweifellos war die Suche nach ihm aufgegeben worden, aber Waukegan hatte ihm nichts zu bieten. Sobald er die Post hatte, konnte er sich ein Flugzeug mieten und abhauen ...

Ja, wohin? Was sollte er jetzt tun?

Er erwog mehrere Möglichkeiten und erkannte endlich, daß es vom einen Ende des Sonnensystems zum anderen nichts gab, was er wirklich gern getan hätte.

Es ängstigte ihn ein bißchen. Er hatte einmal gehört –

und war geneigt, es zu glauben –, daß der Wendepunkt im Kampf zwischen Anabolismus und Katabolismus erreicht ist, wenn man das Interesse am Leben verliert. Dann war man alt. Plötzlich beneidete er normale, kurzlebige Leute – sie konnten wenigstens ihren Kindern lästig fallen. Anhänglichkeit an die Eltern war unter den Mitgliedern der Familien nicht üblich. Ein Jahrhundert oder länger ließ sich so etwas nicht praktizieren. Und Freundschaft, außer der zwischen Mitgliedern, betrachtete man als eine vorübergehende und seichte Angelegenheit. Es gab niemanden, den Lazarus gern gesehen hätte.

Halt mal ... wer war dieser Pflanzer auf der Venus gewesen? Der so viele Volkslieder kannte und so komisch war, wenn er getrunken hatte? Ihn wollte er besuchen. Das war ein netter kleiner Ausflug und würde ihn aufmuntern, auch wenn ihm die Venus nicht gefiel.

Mit kaltem Entsetzen erinnerte er sich, daß er den Mann – wie lange? – nicht mehr gesehen hatte. Auf jeden Fall war er inzwischen tot.

Libby hatte recht gehabt, überlegte er finster, als er von der Notwendigkeit sprach, eine neue Assoziationsmethode für die Langlebigen zu entwickeln. Hoffentlich beeilte sich der Junge mit der Forschungsarbeit und kam zu einer Antwort, bevor Lazarus so senil war, daß er nur noch seine Finger zählte. Eine oder zwei Minuten verweilte er bei diesen Gedanken, bis ihm einfiel, daß er Libby höchstwahrscheinlich nie wiedersehen würde.

Die Post traf ein und enthielt nichts Wichtiges. Das überraschte ihn nicht; er erwartete keine Privatbriefe. Die Werbespulen wanderten in den Müllschlucker. Er las nur einen Brief. Er kam von der Pan-Terra Docking Corp. und teilte ihm mit, sein Verwandlungskreuzer *I Spy* sei fertig überholt und in ein Parkdock gebracht worden, für das ab diesem Tag Miete zu zahlen sei. Wie vereinbart, habe man die Astrogationskontrollen des Schiffes nicht angerührt – oder habe der Captain doch noch einen Wunsch?

Er nahm sich vor, den Kreuzer später am Tag abzuholen und in den Raum zu verschwinden. Alles war besser, als auf der Erde herumzusitzen und sich einzugestehen, daß er Langeweile hatte.

In weniger als zwanzig Minuten hatte er seine Rechnung bezahlt und eine Düsenmaschine gemietet. Er startete und flog in Richtung Goddard Field, wobei er sich auf der niedrigen Ebene für den Nahverkehr hielt. So brauchte er der Verkehrskontrolle keinen Kurs anzugeben. Da er keinen Grund zu der Annahme hatte, ›Captain Sheffield‹ werde gesucht, wich er der Polizei nicht bewußt aus. Es war einfach Gewohnheit, und er kam immer noch früh genug nach Goddard Field.

Aber lange vorher, als er noch über dem östlichen Kansas war, entschloß er sich zu landen und tat es.

Er suchte sich das Landefeld einer Stadt aus, die so klein war, daß es dort wahrscheinlich keinen hauptberuflichen Proktor gab. In einiger Entfernung von dem Feld suchte er sich eine Telefonzelle. Einmal drinnen, zögerte er. Wie machte man es, wenn man den ersten Mann der gesamten Föderation anrufen wollte – und wie bekam man ihn an den Apparat? Wenn er den Novak-Turm anrief und Administrator Ford verlangte, würde man ihn nicht nur schlicht abweisen, sondern auch zur Abteilung für öffentliche Sicherheit umschalten, die dann todsicher ein paar sehr unnötige Nachforschungen anstellte.

Das ließ sich nur auf eine Weise umgehen, indem er die Sicherheitsabteilung gleich anrief und es irgendwie fertigbrachte, den Chef-Profos auf den Schirm zu bekommen – und danach mußte er improvisieren.

»Abteilung für öffentliche Sicherheit«, meldete sich eine Stimme. »Was steht zu Diensten, Bürger?«

»Zu Ihren Diensten«, begann er mit seiner besten Kontrollraum-Stimme. »Ich bin Captain Sheffield. Geben Sie mir den Chef.« Er sprach nicht herrisch; seine Haltung verlangte einfach Gehorsam.

Kurzes Schweigen ... »Um was handelt es sich, bitte?«

»Ich sagte, daß ich *Captain Sheffield* bin.« Diesmal verriet Lazarus' Stimme unterdrückten Ärger.

Noch eine kurze Pause ... »Ich werde Sie mit dem

Büro seines Stellvertreters verbinden«, meinte die Stimme zweifelnd.

Endlich erwachte der Schirm zum Leben. »Ja?« fragte der Stellvertreter und musterte ihn.

»Geben Sie mir den Chef – schnell!«

»Um was handelt es sich?«

»Großer Gott, Mann – geben Sie mir den Chef! Ich bin *Captain Sheffield!«*

Man muß es dem Stellvertreter des Chef-Profos nachsehen, daß er ihn weiterverband. Er hatte in den letzten vierundzwanzig Stunden keinen Schlaf bekommen, und es waren in dieser Zeit mehr verwirrende Dinge geschehen, als er hatte verarbeiten können. Der Chef-Profos erschien auf dem Schirm, und Lazarus sprach als erster. »Oh, da sind Sie ja! Ich habe verdammt lange mit Ihrem Amtsschimmel kämpfen müssen. Geben Sie mir den Alten, und zwar *dalli!* Benutzen Sie die Amtsleitung.«

»Was zum Teufel, wollen Sie? Wer sind Sie?«

»Hören Sie zu, Bruder«, sagte Lazarus in einem Ton, als sei er kurz davor zu platzen, »ich hätte mich nicht durch Ihre verdammte bornierte Abteilung gekämpft, wenn ich nicht in einer Notlage wäre. Verbinden Sie mich mit dem Alten. Es *handelt sich um die Howard-Familien.«*

Sofort war der Polizeichef hellwach. »Erstatten Sie Bericht.«

»O ja, ich weiß«, erwiderte Lazarus müde, »Sie würden dem Alten gern über die Schulter sehen. Leider ist dies keine günstige Gelegenheit, es zu versuchen. Wenn Sie mich behindern und dadurch zwingen, zwei Stunden zu verschwenden, weil ich persönlich kommen muß, werde ich persönlich kommen. Aber der Alte wird wissen wollen, warum, und Sie können Ihren hübschen Parade-Kilt darauf wetten, daß ich es ihm sagen werde.«

Der Chef-Profos entschied sich, es darauf ankommen zu lassen und diesen Hanswurst in einer Dreifachschaltung zu verbinden. Wenn der Alte den Anrufer dann nicht innerhalb von drei Sekunden vom Schirm jagte, hatte er auf Nummer Sicher gesetzt und glücklich geraten. Wenn er es tat – nun, dann konnte er es immer noch auf eine Fehlverbindung schieben. Er drückte die entsprechenden Knöpfe.

Administrator Ford erkannte Lazarus auf dem Schirm und sah ihn entgeistert an. »Sie?« rief er aus. »Wie in aller Welt ... Hat Zaccur Barstow ...«

»Schirmen Sie Ihre Leitung ab!« unterbrach Lazarus ihn.

Der Chef-Profos blinzelte seinen leeren, stummen Schirm an. Also hatte der Alte tatsächlich Geheimagenten außerhalb der Abteilung ... Interessant – er würde es sich merken.

Lazarus berichtete Ford schnell und ziemlich ehrlich, wie es kam, daß er in Freiheit war, und setzte hinzu: »Sie sehen, ich hätte in Deckung gehen und entkommen können. Tatsächlich kann ich das immer noch. Aber ich möchte eins wissen: Gilt die Abmachung mit Zaccur Barstow noch, daß Sie uns alle auswandern lassen wollen?«

»Ja, sie gilt.«

»Haben Sie sich überlegt, wie Sie hunderttausend Personen an Bord der *New Frontiers* schaffen wollen, ohne zu verraten, daß Sie die Hand im Spiel haben? Sie können Ihren eigenen Leuten nicht vertrauen, das wissen Sie.«

»Ich weiß es. Die gegenwärtige Situation ist eine Übergangslösung für die Zeit, während der wir es ausarbeiten.«

»Und ich bin der Mann für diese Aufgabe. Es gibt keinen anderen, denn ich bin der einzige Mensch auf freiem Fuß, dem zu trauen sich beide Parteien leisten können. Jetzt hören Sie zu ...«

Acht Minuten später nickte Ford langsam und sagte: »So könnte es gehen. Vielleicht. Fangen Sie auf jeden Fall mit Ihren Vorbereitungen an! Ich lasse für Sie in Goddard einen Kreditbrief hinterlegen.«

»Einen, der sich nicht zu Ihnen zurückverfolgen läßt? Ich kann nicht mit einem Kreditbrief des Administrators herumwedeln, sonst würden die Leute sich wundern.«

»Billigen Sie mir einige Intelligenz zu. Bis er sie erreicht, wird er wie eine normale Banküberweisung aussehen.«

»Verzeihung. Und wie kann ich Sie erreichen, wenn es sein muß?«

»Ach ja – merken Sie sich diese Code-Kombination.« Ford sprach sie langsam. »Dann kommt der Anruf ohne Verzögerung auf meinen Schreibtisch. Nein, nicht aufschreiben! Lernen Sie sie auswendig!«

»Und wie kann ich mit Zack Barstow sprechen?«

»Rufen Sie mich an, dann verbinde ich Sie. Direkt zu erreichen wäre er nur über eine telepathische Verbindung.«

»Nun, ich kann nicht gut einen Telepathen mit mir herumschleppen. Bis dann – ich trenne.«

»Viel Glück!«

Lazarus verließ die Telefonzelle in unterdrückter Hast und eilte zu seinem gemieteten Schiff zurück. Er wußte nicht genug über die gegenwärtige Polizei-Praxis, um sagen zu können, ob der Chef-Profos festgestellt hatte, von wo der Anruf gekommen war. Er jedenfalls hätte es getan, wenn er in den Schuhen des Profos gestanden hätte. Deshalb saß ihm der nächste erreichbare Proktor wahrscheinlich schon auf den Fersen. Es war Zeit, zu verschwinden und die Fährte ein bißchen zu verwischen.

Er startete wieder und flog auf der unkontrollierten niedrigen Nahverkehrsebene nach Westen, bis er eine Wolkenbank erreichte, die den westlichen Horizont verdeckt. Dort machte er kehrt nach Kansas City. Er blieb immer unter der Geschwindigkeitsgrenze und flog so niedrig, wie die lokalen Vorschriften es erlaubten. In Kansas City lieferte er sein gemietetes Schiff bei der dortigen Agentur ab und winkte ein Bodentaxi herbei, das ihn die Fernlenkstraße hinunter nach Joplin brachte. Dort bestieg er einen aus St. Loius kommenden Düsen-Bus, ohne sich vorher eine Karte zu kaufen. Jetzt wurde sein Flug erst verbucht, wenn man die Bord-Aufzeichnungen nach der Ankunft an der Westküste auswertete.

Statt sich Sorgen zu machen, verbrachte er die Zeit mit Pläneschmieden.

Einhunderttausend Personen mit einer durchschnittlichen Masse von hundertundfünfzig – nein, machen wir besser hundertundsechzig Pfund daraus, überlegte Lazarus, ergaben eine Ladung von sechzehn Millionen Pfund oder achttausend Tonnen. Die *I Spy* würde sie bei einer Schwerkraft von einem g hochbekommen, dann aber fliegen wie ein nasser Sack. Es ließ sich sowieso nicht durchführen. Menschen konnte man nicht wie Frachtgut verstauen.

Er brauchte ein Transportmittel.

Es war nicht schwierig, ein Passagierschiff zu kaufen, das groß genug war, um die Familien von der Erde zu der Stelle zu bringen, wo die *New Frontiers* in ihrem Montageorbit hing. Der Vier-Planeten-Passagierdienst würde ihm ein solches Schiff zu einem guten Preis gern abtreten. Bei der scharfen Konkurrenz im Reisegeschäft achtete man darauf, ältere Schiffe, die bei den Touristen nicht mehr beliebt waren, abzustoßen, ehe sie zu Verlusten führten. Aber ihm nützte ein Passagierschiff nichts. Abgesehen davon, daß sich ungesunde Neugier damit beschäftigen würde, was er mit solch einem Schiff vorhatte, konnte er es auch nicht allein steuern, und das entschied die Frage. Nach dem Revidierten Raumsicherheitsgesetz wurden Passagierschiffe so gebaut, daß die Kontrollen von Menschen bedient werden mußten. Grundlage war die Theorie, daß in einem Notfall keine automatische Sicherheitsschaltung imstande war, das menschliche Urteilsvermögen zu ersetzen.

Also mußte es ein Frachter sein.

Lazarus kannte den besten Ort, um nach einem Ausschau zu halten. Trotz aller Bemühungen, die Mondkolonie autark zu machen, importierte Luna City immer noch weit mehr Tonnage, als es exportierte. Zwischen zwei Punkten auf der Erde hätte man in einem solchen Fall eine Leerfahrt gemacht. Aber im Raum war es manchmal billiger, die leeren Frachter sich ansammeln zu lassen, vor allem auf Luna, wo ihr Metallwert höher lag, als ein Schiff auf der Erde kostete.

In Goddard City verließ er den Bus, ging zum Raumhafen, bezahlte seine Rechnungen, nahm die *I Spy* in Besitz und stellte einen Antrag auf frühestmögliche

Abreise nach Luna. Das Startfenster, das man ihm zuteilte, lag zwei Tage in der Zukunft, aber Lazarus machte sich darüber keine Sorgen. Er ging einfach zur Verwaltung zurück und erklärte, daß er großzügig für einen Austausch des Fensters mit dem eines anderen Schiffes bezahlen werde. In zwanzig Minuten hatte er die mündliche Zusicherung, er könne noch an diesem Abend nach Luna fliegen.

Die Stunden bis dahin verbrachte er im bürokratischen Dschungel der interplanetaren Ausklarierung. Zuerst holte er den Kreditbrief ab, den Ford ihm versprochen hatte, und wandelte ihn in Bargeld um. Lazarus wäre gern bereit gewesen, einen Teil dieses Geldes für eine schnellere Abfertigung auszugeben, ebenso wie er (ganz legal) für den Austausch des Startfensters bezahlt hatte. Aber es gelang ihm nicht. Zwei Jahrhunderte des Überlebens hatten ihn gelehrt, daß eine Bestechung so zart und so indirekt angeboten werden muß, wie man einer stolzen Frau einen verwegenen Vorschlag macht; in ganz wenigen Minuten gelangte er zu dem düsteren Schluß, auch wenn Tugend und Wahrhaftigkeit aller anderer Bürger untergingen, die Funktionäre vom Raumhafen Goddard immer noch nicht wissen würden, was ein inhaltsreicher Händedruck ist und daß man Geld als Schmiermittel benutzen kann. Er bewunderte ihre Unbestechlichkeit, aber deswegen brauchte er sich nicht darüber zu freuen – besonders dann nicht, wenn ihn das Ausfüllen sinnloser Formulare die Zeit kostete, die er auf eine Feinschmeckermahlzeit im Skygate Room hatte verwenden wollen.

Er ließ sich sogar lieber noch einmal impfen, als daß er zur *I Spy* zurückgekehrt wäre und das Stück Papier ausgegraben hätte, nach dem er erst vor ein paar Wochen bei seiner Ankunft auf der Erde geimpft worden war.

Trotzdem lag er zwanzig Minuten vor Beginn seines neuen Startfensters vor den Kontrollen der *I Spy.* Seine Tasche war voll von gestempelten Papieren, und sein Magen war leer, weil er nichts als ein Sandwich zu essen bekommen hatte. Er hatte die Hohmann-S-Flugbahn ausgearbeitet, die er benutzen wollte, und die Ergebnisse in den Autopiloten eingespeist. Alle Lichter seines Armaturbretts waren grün, bis auf das eine, das grün werden würde, sobald die Hafenkontrolle mit seinem Countdown begann. Wie immer vor einem Start erfüllte ihn ein warmes Glücksgefühl.

Da schoß ihm etwas durch den Kopf, und er wollte trotz der Sicherheitsgurte in die Höhe fahren. Dann löste er den Brustgurt, setzte sich auf und langte nach seinem Exemplar der letzten Ergänzung des Pilotenhandbuchs. Hmm ...

Die *New Frontiers* hing in einer Kreisbahn von genau vierundzwanzig Stunden ständig über dem 106. westlichen Längengrad mit einer Deklination von Null bei einer Entfernung von rund sechsundzwanzigtausend Meilen vom Erdmittelpunkt.

Warum sollte er ihr nicht einen Besuch abstatten und die Lage auskundschaften?

Die *I Spy* hatte mit ihren vollen Tanks und ihren leeren Ladebuchten viele Meilen-Sekunden Reserve. Sicher, er war nach Luna City ausklariert worden, nicht für einen Flug zu dem interstellaren Schiff – aber bei der gegenwärtigen Mondphase war die Abweichung von seinem genehmigten Kurs auf einem Schirm kaum zu entdecken und würde wahrscheinlich erst bemerkt werden, wenn die Aufzeichnung irgendwann einmal analysiert wurde – und dann bekam Lazarus ein Strafmandat, und vielleicht wurde ihm vorübergehend sogar die Lizenz entzogen. Aber wegen eines Mandats hatte er sich nie graue Haare wachsen lassen ... – und eine Erkundung war bestimmt der Mühe wert.

Schon formulierte er das Problem für seinen Ballistikrechner. Abgesehen davon, daß er die Kreisbahn-Elemente der *New Frontiers* im Handbuch nachschlagen mußte, hätte Lazarus es im Schlaf tun können. Rendezvous-Manöver mit Satelliten waren für jeden Piloten ein alter Hut, und eine Tangentialbahn für einen vierundzwanzigstündigen Orbit wußte jeder angehende Pilot auswendig.

Während des Countdowns gab er die Anweisungen in

den Autopiloten ein, war drei Minuten früher fertig, schnallte sich wieder an und entspannte sich für die Startbeschleunigung. Als das Schiff in den freien Fall überging, überprüfte er Position und Vektor via den Antwortsender des Raumhafens. Zufrieden sperrte er die Kontrollen, stellte den Wecker auf das Rendezvous ein und legte sich schlafen.

6

Der Wecker schrillte rund vier Stunden später. Lazarus schaltete ihn ab, aber er klingelte weiter. Ein Blick auf seinen Schirm zeigte ihm, warum. Der ungeheuerliche zylindrische Körper der *New Frontiers* lag dicht vor ihm. Nun schaltete er auch den Radar-Alarm ab und glich seinen Kurs nach dem Sitz seiner Hose an, ohne sich mit dem Ballistikrechner aufzuhalten. Bevor er das Manöver vollendet hatte, fing der Kommunikationsalarm an zu piepsen. Lazarus hieb auf einen Schalter; das Gerät suchte unter den Frequenzen, und der Bildschirm erwachte zum Leben. Ein Mann sah ihn an. »Hier *New Frontiers;* welches Schiff sind Sie?«

»Privatfahrzeug *I Spy,* Captain Sheffield. Meine Empfehlungen Ihrem kommandierenden Offizier. Darf ich für einen Besuch an Bord kommen?«

Sie freuten sich über den Besuch. Das Schiff war fertig bis auf Inspektion, Probeflug und Abnahme; die große Zahl der Techniker, die es gebaut hatten, war zur Erde zurückgekehrt, und nun war niemand mehr an Bord als die Vertreter der Jordan-Stiftung und ein halbes Dutzend Angestellte der Firmen, die gegründet worden waren, um das Schiff für die Stiftung zu bauen. Diese paar Leute waren gelangweilt vom Nichtstun und voneinander, und sie sehnten sich danach, die Erde und ihre Freuden wiederzusehen. Ein Besucher war eine willkommene Abwechslung.

Als die Luftschleuse der *I Spy* mit der des großen Schiffes verbunden war, wurde Lazarus von dem leitenden Techniker abgeholt. Praktisch war dieser Mann der Kapitän, da die *New Frontiers* ein Schiff im Raum, wenn auch noch nicht unter Antrieb, war. Er stellte sich vor und führte Lazarus im Schiff herum. Sie schwebten durch Meilen von Korridoren, besichtigten Laboratorien, Lagerräume, Bibliotheken mit Hunderttausenden von Spulen, ganze Morgen hydroponischer Tanks, die Pflanzennahrung und Sauerstoff erzeugten, und bequeme, geräumige, sogar luxuriöse Quartiere für eine Kolonistenmannschaft von zehntausend Leuten. »Wir glauben, daß die *Vanguard*-Expedition aus einer nicht ausreichenden Anzahl von Menschen bestand«, erklärte der Skipper-Techniker. »Die Soziodynamiker haben ausgerechnet, diese Kolonie werde fähig sein, unser gegenwärtiges kulturelles Niveau zu halten.«

»Mir kommt es vor, als sei die Zahl immer noch nicht groß genug«, bemerkte Lazarus. »Gibt es nicht mehr als zehntausend Arten der Spezialisierung?«

»Oh, gewiß! Aber zu Anfang brauchen es nur Experten in den grundlegenden Künsten und unverzichtbaren Wissensgebieten zu sein. Dann, wenn sich die Kolonie ausbreitet, können zusätzliche Berufe mit Hilfe der Nachschlage-Bibliotheken erlernt werden – alles vom Steptanz bis zum Gobelin-Weben. Das ist allerdings nicht mein Fach, wenn auch zweifellos ein interessantes Thema für Fachleute.«

»Sehnen Sie den Start schon herbei?« fragte Lazarus.

Der Mann sah ihn beinahe entsetzt an. »Ich? Meinen Sie wirklich, *ich* würde in diesem Ding mitfliegen? Mein lieber Mann, ich bin Techniker, kein Schwachsinniger.«

»Entschuldigung.«

»Oh, ein bißchen Raumfahrt macht mir nichts aus, wenn es einen Grund dafür gibt. Ich bin schon öfter in Luna City gewesen, als ich zählen kann, und sogar auf der Venus. Aber Sie glauben doch nicht, daß der Mann, der die *Mayflower* gebaut hat, mit ihr abgesegelt ist, stimmt's? In meinen Augen werden die Menschen, die sich auf dieses Abenteuer einlassen, nur deswegen nicht vor der Ankunft verrückt werden, weil man sich darauf verlassen kann, daß sie schon vor dem Start verrückt sind.«

Lazarus wechselte das Thema. Sie hielten sich weder mit den Hauptantriebswerken noch in der gepanzerten Zelle auf, die den gigantischen atomaren Konverter enthielt. Lazarus erfuhr nur, daß es unbemannte, vollautomatische Typen waren. Das vollständige Fehlen beweglicher Teile in jeder dieser Abteilungen, ermöglicht durch die jüngsten Entwicklungen auf dem Gebiet der Parastatik, machte ihr inneres Funktionieren zu einer Frage von rein akademischem Interesse, und das konnte warten. Was Lazarus wirklich gern sehen wollte, war der Kontrollraum, und dort war er nicht mehr wegzubekommen. Er erkundigte sich so ausführlich, daß sein Gastgeber sich schließlich langweilte und nur aus Höflichkeit blieb.

Endlich verstummte Lazarus, nicht weil es ihm peinlich war, daß er dem Skipper-Techniker auf die Nerven ging, sondern weil er sicher war, genug über die Kontrollen gelernt zu haben, daß er es wagen konnte, das Schiff zu steuern.

Bevor er ging, ergatterte er noch zwei wichtige Informationen: In den neun Tagen plante die Rumpfmannschaft ein Wochenende auf der Erde, und danach war der Probeflug geplant. Drei Tage lang würde das große Schiff leer sein, vielleicht bis auf einen Funker – Lazarus war zu vorsichtig, um in diesem Punkt bohrende Fragen zu stellen. Aber es blieb keine Wache zurück, weil man sich die Notwendigkeit für eine Wache nicht vorstellen konnte. Ebenso hätte man den Mississippi bewachen können.

Die zweite Tatsache, die er erfuhr, war, wie man das Schiff von außen betreten konnte, ohne Hilfe von innen zu haben. Das stellte er fest, als die Postrakete eintraf, während er das Schiff gerade verlassen wollte.

In Luna City hieß Joseph McFee, Kommissionär für Diana Terminal Corp., eine Tochterfirma von Diana Freight Lines, Lazarus herzlich willkommen. »Treten Sie näher, Captain, und ziehen Sie sich einen Stuhl heran! Was möchten Sie trinken?« Dabei goß er bereits ein – zollfreien Farbentferner aus seiner eigenen Amateur-Vakuumdestille. »Habe Sie schon ... nun, zu lange nicht mehr gesehen. Woher kommen Sie, und was spricht man da so? Haben Sie neue Witze gehört?«

»Ich komme von Goddard«, antwortete Lazarus und erzählte ihm, was der Skipper zu der VIP gesagt hatte. McFee revanchierte sich mit dem über die alte Jungfer im freien Fall, und Lazarus tat, als kenne er ihn noch nicht. Von den Witzen kam man auf die Politik, und McFee verbreitete sich über seine Vorstellung von der ›einzig möglichen Lösung‹ der europäischen Frage, die auf einer komplizierten Theorie McFees beruhte, warum der Vertrag nicht auf eine Kultur unterhalb eines gewissen Standes der Industrialisierung ausgedehnt werden könne. Lazarus war es so oder so egal, aber er war klug genug, McFee nicht zu drängen. Also nickte er an den richtigen Stellen, ließ sich noch einmal von dem verdammten Raketensaft eingießen und wartete auf den richtigen Augenblick, um zur Sache zu kommen.

»Stehen irgendwelche Schiffe der Company zum Verkauf, Joe?«

»Das will ich meinen! In zehn Jahren habe ich da draußen auf der Ebene nicht mehr soviel Stahl stehen gehabt, der nur Arbeit bei der Inventur macht. Suchen Sie eins? Ich kann Ihnen einen sehr günstigen Preis machen.«

»Vielleicht. Vielleicht auch nicht. Es hängt davon ab, ob Sie haben, was ich will.«

»Sagen Sie, was Sie wollen, und ich habe es. Der Markt ist noch nie so flau gewesen. Es gibt Tage, da nehme ich nicht einen einzigen ehrlichen Credit ein.« McFee runzelte die Stirn. »Wissen Sie, was der Grund ist? Nun, dann will ich es Ihnen sagen – es ist dieser Aufruhr wegen der Howard-Familien. Niemand will Geld riskieren, solange er nicht weiß, wo er steht. Wie kann ein Mann Pläne machen, wenn er sich nicht sicher ist, ob er für zehn oder für hundert Jahre planen soll? Merken Sie sich meine Worte: Gelingt es der Regierung, diesen Babies das Geheimnis auszuquetschen, wird es zum größten Boom aller Zeiten in langfristigen Investitionen kommen. Aber gelingt es ihr nicht – dann werden Aktien für langfristige Investitionen keinen Peso das Dutzend mehr wert sein, und neben dem Wahnsinn, den die Menschen unter dem Motto ›Laßt uns essen, trinken und fröhlich sein‹ anstellen werden, wird der Wiederaufbau wie eine Teegesellschaft aussehen.«

Wieder runzelte er die Stirn. »Nach welchem Metall suchen Sie?«

»Ich will kein Metall, ich will ein Schiff.«

Die Falten auf McFees Stirn verschwanden, die Augenbrauen schossen in die Höhe. »So? Was für eins?«

»Kann ich nicht genau sagen. Haben Sie Zeit, sie mit mir anzusehen?«

Sie stiegen in Anzüge und verließen die Kuppel durch den Nordtunnel, dann schlenderten sie mit den langen, mühelosen Schritten einer niedrigen Schwerkraft um die geparkten Schiffe herum. Lazarus hatte schnell entdeckt, daß nur zwei Schiffe sowohl die Tragfähigkeit als auch die Kapazität besaßen, die er brauchte. Das eine war ein Tanker und der günstigere Kauf, aber nachdem er im Geist einen Überschlag gemacht hatte, wußte er, daß das Schiff zu wenig Deckraum hatte, selbst wenn man die Bodenplatten der Tanks mitrechnete, um achttausend Tonnen Passagiere unterzubringen. Das andere war ein älteres Schiff mit empfindlichen Kolbeneinspritzmeßgeräten, aber es war für Waren aller Art eingerichtet und hatte genug Deckraum. Die Nutzlast war höher als für den Zweck notwendig, da Passagiere für den Kubikraum, den sie füllen, wenig wiegen – aber das würde das Schiff handig machen, was von lebenswichtiger Bedeutung sein mochte.

Und was die Kolben-Injektoren anging, die konnte er päppeln – er hatte schon schlimmeren Schrott betreut.

Lazarus feilschte mit McFee über die Bedingungen, nicht weil er Geld sparen wollte, sondern weil es nicht zu ihm gepaßt hätte, darauf zu verzichten. Schließlich kamen sie zu einem komplizierten Dreieckshandel, bei dem McFee die *I Spy* für sich selbst kaufte, Lazarus sie ihm unbelastet überschrieb und als Zahlung McFees ungedeckten Scheck akzeptierte, dann den Frachter erwarb, indem er McFees Scheck auf ihn indossierte und Bargeld hinzufügte. McFee wiederum würde sich bei der Commerce Clearance Bank in Luna City auf die *I Spy* Geld leihen und damit plus eigenem Geld oder Kredit seinen Scheck einlösen – möglichst bevor seine Bücher geprüft wurden, was Lazarus aber nicht zur Sprache brachte.

Es war nicht ganz eine Bestechung. Lazarus hatte nur sein Wissen ausgenützt, daß McFee sich schon lange ein eigenes Schiff wünschte und in der *I Spy* ein ideales Junggesellenboot für Geschäft und Vergnügen sah. Er hatte einfach den Preis so niedrig gehalten, daß das Schiff für McFee erschwinglich blieb. Aber ihre Vereinbarung sorgte dafür, daß McFee über das Geschäft nichts weitererzählte, oder doch erst dann, wenn er Zeit gehabt hatte, seinen Scheck einzulösen. Was er im Grunde vorhatte, verschleierte Lazarus noch weiter durch seine Bitte, McFee möge die Augen nach einem guten Angebot in Handelstabak offenhalten ... Jetzt war McFee überzeugt, Captain Sheffields geheimnisvolles neues Unternehmen habe mit der Venus zu tun, dem einzigen größeren Markt dafür.

Mit Hilfe üppiger Prämien und Überstundenbezahlungen schaffte Lazarus es, daß der Frachter in nur vier Tagen raumtüchtig gemacht wurde. Dann ließ er Luna City hinter sich, Eigentümer und Kapitän der *City of Chillicothe.* In Gedanken kürzte er den Namen auf *Chili* ab, zu Ehren eines Lieblingsgerichts, das er lange nicht mehr gegessen hatte – dicke rote Bohnen, viel Chili-Pulver, Fleischstücke ... richtiges Fleisch, nicht der synthetische Papp, den die jungen Leute ›Fleisch‹ nannten. Bei der Vorstellung lief ihm das Wasser im Mund zusammen.

Ihn drückte keine einzige Sorge.

Als er sich der Erde näherte, rief er die Verkehrskontrolle und bat um eine Parkbahn, da er die *Chili* nicht nach unten bringen wollte. Das würde nur Treibstoff vergeuden und Aufmerksamkeit erregen. Er hatte keine Skrupel, ohne Erlaubnis in einen Orbit zu gehen, aber es war immerhin möglich, daß die *Chili* entdeckt, auf einer Karte eingezeichnet und während seiner Abwesenheit als herrenloses Schiff untersucht wurde. Sicherer war es, sich an die Vorschriften zu halten.

Man gab ihm eine Parkbahn, er brachte die *Chili* hinein, prüfte, ob das Radargerät des Beibootes auf den Identifizierungsstrahl der *Chili* ansprach, und landete mit dem Beiboot in Goddard auf dem Nebenfeld für kleine Fahrzeuge. Diesmal achtete er darauf, daß er alle notwendigen Papiere bei sich trug. Da er das Beiboot unter Zollverschluß ließ, wurde er schnell abgefertigt. Er hatte nichts anderes im Sinn, als eine öffentliche Telefonzelle zu finden und sich mit Zack und Ford abzustimmen – und sich dann, wenn ihm die Zeit blieb, ein echtes Chili zu genehmigen. Er hatte den Administrator vom Raum aus nicht angerufen, weil eine Schiff-Boden-Verbindung ein Relais benötigte, und der Brauch, die Privatsphäre nicht zu verletzen, würde sie bestimmt nicht schützen, wenn ein Techniker das Stichwort ›Howard-Familien‹ auffing.

Der Administrator meldete sich sofort, obwohl es auf dem Längengrad des Novak-Turms spät in der Nacht war. Die geschwollenen Ringe unter Fords Augen verrieten Lazarus, daß der Administrator in letzter Zeit an seinem Schreibtisch gelebt hatte. »Hallo«, sagte Lazarus, »es wird gut sein, wenn Sie Zack Barstow in einer Dreier-Schaltung hinzuziehen. Ich habe Verschiedenes zu berichten.«

»Ach, Sie sind es«, antwortete Ford grimmig. »Ich dachte, Sie hätten uns im Stich gelassen. Wo sind Sie gewesen?«

»Habe ein Schiff gekauft«, antwortete Lazarus. »Wie Sie wissen. Holen Sie Barstow ran!«

Ford runzelte die Stirn, wandte sich aber seinem Kontrollpult zu. Auf der einen Hälfte des Bildschirms gesellte sich Barstow zu ihnen. Er schien überrascht, Lazarus zu sehen, und gar nicht besonders erleichtert. Lazarus fragte schnell:

»Was ist los, Freund? Hat Ford dir nicht gesagt, was ich vorhatte?«

»Doch, das hat er«, räumte Barstow ein, »aber wir wußten nicht, wo du warst und was du tatest. Die Zeit schleppte sich hin, und du meldetest dich nicht ... Wir fürchteten, dich nie mehr wiederzusehen.«

»Blödsinn!« beschwerte sich Lazarus. »Du weißt, so etwas würde ich nie tun. Jedenfalls, hier bin ich, und das habe ich bisher getan ...« Er erzählte ihnen von der *Chili* und seiner Erkundung der *New Frontiers.* »Also, ich sehe die Sache so: An diesem Wochenende, wenn niemand an Bord der *New Frontiers* ist, werde ich die *Chili* in dem Gefängnis-Reservat landen. Wir schiffen die Leute in größter Eile ein, fliegen zur *New Frontiers,* übernehmen sie und hauen ab. Mr. Administrator, dazu brauchen wir eine Menge Hilfe von Ihnen. Ihre Proktoren werden nach der anderen Seite sehen müssen, während ich lande und die Familien an Bord gehen. Dann müssen wir an der Verkehrspatrouille vorbeischlüpfen. Ein großer Vorteil wäre es, wenn sich kein Fahrzeug der Marine auf einer Position befände, wo es etwas Drastisches wegen der *New Frontiers* unternehmen könnte – sonst ruft ein eventuell zurückgelassener Funker noch um Hilfe, ehe wir imstande sind, ihn zum Schweigen zu bringen.«

»Billigen Sie mir ein bißchen Weitsicht zu«, antwortete Ford säuerlich. »Ich weiß, wir müssen für Ablenkung sorgen, wenn Sie eine Chance bekommen sollen. Der Plan ist bestenfalls phantastisch.«

»Nicht zu phantastisch«, widersprach Lazarus, »wenn Sie bereit sind, in der letzten Minute Ihre Sondervollmachten für den Notfall bis an ihre Grenzen auszunutzen.«

»Möglich. Aber wir können keine vier Tage warten.«

»Warum nicht?«

»Solange kann ich die Situation nicht stabil halten.«

»Ich auch nicht«, warf Barstow ein.

Lazarus sah vom einen zum anderen. »Wie bitte? Was ist los? Wie ist das zu verstehen?«

Sie erklärten es ihm.

Ford und Barstow hatten sich eine wahrhaft unmögliche Aufgabe gestellt, indem sie in einem komplizierten dreifachen Betrug den Familien, der Öffentlichkeit und dem Rat der Föderation jeweils ein anderes Bild zeigten. Jeder Aspekt stellte sie vor einzigartige und anscheinend unüberwindliche Schwierigkeiten.

Ford hatte niemanden, den er ins Vertrauen zu ziehen wagte, denn selbst die zuverlässigsten Mitglieder seines persönlichen Stabes mochten von dem Wahnsinn des illusorischen Jungbrunnens angesteckt sein – oder auch nicht, aber es gab keine Möglichkeit, das herauszufinden, ohne die Verschwörung zu kompromittieren. Dessen ungeachtet mußte er dem Rat vormachen, seine Maßnahmen seien geeignet, das gesteckte Ziel zu erreichen.

Außerdem gab er täglich Nachrichten heraus, um die Bürger zu überzeugen, daß ihre Regierung kurz davorstand, für sie das ›Geheimnis‹ des ewigen Lebens zu entdecken. Tag für Tag mußten die Erklärungen detaillierter, die Lügen raffinierter werden. Die Verzögerung machte das Volk unruhig; es warf den Mantel der Zivilisation ab und wurde zum Mob.

Der Rat spürte den Druck von seiten des Volkes. Zweimal war Ford gezwungen worden, die Vertrauensfrage zu stellen, und beim zweiten Mal hatte er nur eine Mehrheit von zwei Stimmen gehabt. »Die nächste Abstimmung gewinne ich nicht mehr – wir müssen handeln.«

Barstow hatte andere, aber ebenso widerwärtige Probleme. Er brauchte unbedingt Helfer, weil es seine Aufgabe war, alle hunderttausend Mitglieder auf den Exodus vorzubereiten. Sie mußten informiert werden, bevor es Zeit war, an Bord zu gehen, wenn das ruhig und schnell geschehen sollte. Trotzdem wagte er nicht, ihnen die Wahrheit zu früh mitzuteilen, denn unter so vielen Menschen gibt es immer welche, die dumm und hartnäckig sind – und es genügt ein einziger Trottel, um den

Plan bei den Proktoren, die sie bewachten, auszuplaudern.

So war Barstow gezwungen, Anführer zu finden, denen er vertrauen konnte, sie zu überzeugen und sich darauf zu verlassen, daß sie andere überzeugen würden. Er brauchte fast tausend zuverlässige Helfer, wenn er sicher sein wollte, daß seine Leute ihm zur gegebenen Zeit folgten. Aber die Zahl der erforderlichen Helfer war so groß, daß es ganz bestimmt irgendwo eine schwache Stelle geben würde.

Schlimmer als das, er brauchte weitere Helfer für eine noch kniffligere Aufgabe. Ford und er hatten sich auf einen Plan geeinigt, der bestenfalls mäßig war, um Zeit zu gewinnen. Sie gaben bröckchenweise die Techniken bekannt, mit denen die Familien die äußeren Anzeichen des Alterns hinausschoben, und taten, als ob die Summe dieser Techniken das ›Geheimnis‹ sei. Die Täuschung hatte nur mit Hilfe der Biochemiker, Drüsentherapeuten, Symbiotik- und Metabolismus-Spezialisten und anderer Experten unter den Familien durchgeführt werden können, und die besten Psychotechniker der Familien hatten sie auf die polizeiliche Befragung vorbereiten müssen. Denn die Lügen mußten auch unter dem Einfluß von Wahrheitsdrogen aufrechterhalten werden. Die entsprechende hypnotische Indoktrinierung war ungleich komplexer als ein einfacher Block gegen das Ausplaudern. Bisher hatte der Schwindel funktioniert – im großen und ganzen. Aber Tag für Tag wurde es schwieriger, die Widersprüche zu erklären.

Barstow schaffte es nicht, alle diese Dinge noch viel länger in der Schwebe zu halten. Die große Masse der Familien, die man notgedrungen in Unwissenheit hielt, geriet noch schneller als die Menschen draußen außer Kontrolle. Sie waren mit Recht zornig über das, was man ihnen angetan hatte; sie erwarteten von jedem, der Autorität besaß, daß er etwas dagegen unternahm – und zwar sofort!

Barstows Einfluß auf seine Verwandten schmolz so schnell dahin wie der Fords auf den Rat.

»Vier Tage können wir nicht warten«, wiederholte Ford. »Vielleicht zwölf Stunden – höchstens vierundzwanzig. Der Rat tritt morgen nachmittag wieder zusammen.«

Barstow machte ein besorgtes Gesicht. »Ich weiß nicht, ob ich sie in so kurzer Zeit vorbereiten kann. Vielleicht bekomme ich Schwierigkeiten, wenn sie an Bord gehen sollen.«

»Machen Sie sich darüber keine Gedanken«, erklärte Ford knapp.

»Warum nicht?«

»Weil«, erklärte Ford unverblümt, »alle, die zurückbleiben, tot sein werden – wenn sie Glück haben.«

Barstow wandte schweigend den Blick ab. Zum ersten Mal hatte einer von ihnen ausgesprochen, daß das hier kein relativ harmloses politisches Täuschungsmanöver war, sondern der verzweifelte und nahezu hoffnungslose Versuch, ein Massaker zu vermeiden – und daß Ford auf beiden Seiten des Zauns stand.

Lazarus brach in seiner saloppen Art das Schweigen. »Jetzt, wo ihr beiden das geregelt habt, können wir ja weitermachen. Ich kann die *Chili* um ...« – er schätzte schnell ab, wo auf ihrer Bahn sie sich befinden würde und wie lange er für das Rendezvous brauchte – »nun, um zweiundzwanzig Uhr Greenwich-Zeit landen. Lassen wir eine Stunde als Sicherheitsspielraum. Wie wäre es mit siebzehn Uhr Oklahoma-Zeit morgen nachmittag? Das heißt, eigentlich heute.«

Offensichtlich waren die beiden anderen erleichtert. »Das reicht«, meinte Barstow. »Ich werde mein Bestes tun, um sie vorzubereiten.«

»Gut«, stimmte Ford zu, »wenn das der frühestmögliche Zeitpunkt ist.« Er dachte kurz nach. »Barstow, ich werde sofort an Proktoren und Regierungspersonal zurückziehen, was sich jetzt innerhalb der Reservatsbarriere befindet, und die Gefangenen einschließen lassen. In dem Augenblick, wo das Tor sich zusammenzieht, können Sie es Ihren Leuten sagen.«

»Das werde ich tun.«

»Sonst noch etwas, bevor wir die Verbindung trennen?« fragte Lazarus. »Ach ja – Zack, wir sollten uns auf einen Platz einigen, wo ich landen kann, sonst könnten meine Triebwerke das Leben einer Menge Leute verkürzen.«

»Äh – sicher. Flieg von Westen heran. Ich lasse die Standard-Markierung anbringen, okay?«

»Okay.«

»Nicht okay«, widersprach Ford. »Wir müssen ihm einen Leitstrahl geben.«

»Unsinn!« lehnte Lazarus ab. »Ich könnte das Schiff oben auf dem Washington-Monument absetzen.«

»Heute nicht. Sie werden staunen über das Wetter.«

Kurz vor dem Rendezvous gab Lazarus vom Beiboot aus das Signal, und zu seiner Erleichterung reagierte der Antwortsender der *Chili.* Er hatte wenig Vertrauen zu Geräten, die er nicht persönlich überholt hatte, und eine lange Suche nach dem Schiff hätte zu diesem Zeitpunkt katastrophale Folgen gehabt.

Er berechnete den relativen Vektor, brachte das Beiboot auf Kurs und begann zu bremsen. Mit drei Minuten Abweichung von der geschätzten Zeit erreichte er sein Ziel. Das war ein schönes Gefühl. Er vertäute das Beiboot in seinem Hangar, eilte in den Kontrollraum und brachte die *Chili* nach unten.

Der Eintritt in die Stratosphäre und die Umkreisung von zwei Dritteln des Erdballs dauerte nicht länger, als er geschätzt hatte. Einen Teil der einen Stunde Sicherheitsspielraum, die er sich zugestanden hatte, benutzte er dazu, bei seinen Manövern sehr geizig mit dem Treibstoff umzugehen, um die abgenutzten, veralteten Kolbeninjektoren zu schonen. Dann hatte er die Troposphäre erreicht und begann mit dem Anflug. Die Hüllentemperatur war hoch, aber nicht gefährlich hoch. Plötzlich merkte er, was Ford mit seiner Bemerkung über das Wetter gemeint hatte. Oklahoma und halb Texas waren von dicken Wolken bedeckt. Lazarus war nicht nur verblüfft, er hatte auch seinen Spaß daran – es erinnerte ihn an die alten Zeiten, als man das Wetter nicht kontrollierte, sondern erlebte. In seinen Augen hatte das Leben an Würze verloren, als die Wettertechniker lernten, die Elemente zu beherrschen. Er hoffte, ihr neuer Planet – falls sie einen fanden! – besaß Wetter mit einigem Temperament.

Dann war er mitten drin und hatte zu viel zu tun, um zu meditieren. Trotz seiner Größe bockte der Frachter und beschwerte sich. Puh! Ford mußte dieses Wetterchen in dem Augenblick bestellt haben, als sie sich über die Zeit einig geworden waren – und es war bestimmt nichts als Glück gewesen, daß die Integratoren ein großes Tiefdruckgebiet an der Hand gehabt hatten.

Irgendwo beschimpfte ihn jemand von der Verkehrskontrolle. Lazarus schaltete ihn ab und widmete all seine Aufmerksamkeit seinem Radargerät und den geisterhaften Bildern des Infrarot-Entzerrers, während er das, was sie ihm mitteilten, mit seinem Trägheitsspürgerät verglich. Das Schiff überflog eine meilenbreite Narbe in der Landschaft. Das waren die Ruinen der Okla-Orleans-Straßenstadt. Als Lazarus sie zuletzt gesehen hatte, war sie von brausendem Leben erfüllt gewesen. Von allen mechanischen Monstrositäten, die die menschliche Rasse sich aufgeladen hatte, dachte er, gebührte diesen Dinosauriern mit Abstand der erste Preis.

Ein Kreischen vom Armaturenbrett zerriß den Gedankengang. Das Schiff hatte den Leitstrahl aufgefangen.

Er ging nach unten, schaltete das letzte Triebwerk ab, als das Schiff über den Boden scharrte, und kippte eine Reihe von Schaltern. Die großen Türen der Ladebuchten rumpelten auf, und der Regen trommelte herein.

Eleanor Johnson duckte sich vor dem Gewitter und machte sich ganz klein, und dabei zog sie ihren Mantel dichter um das Baby, das sie auf dem linken Arm trug. Als das Unwetter losbrach, hatte das Kind unaufhörlich geschrieen, bis sie kurz vor einem Nervenzusammenbruch war. Jetzt war es still, und das war ein neuer Grund zur Beunruhigung.

Sie hatte selbst geweint, obwohl sie versuchte, es sich nicht anmerken zu lassen. In ihren ganzen siebenundzwanzig Jahren war sie noch nie einem solchen Wetter ausgesetzt gewesen. Sie sah in ihm ein Symbol für das Unwetter, das in ihr Leben eingebrochen war. Er hatte sie aus ihrem geliebten ersten eigenen Heim mit seinem gemütlichen altmodischen Kamin, der schimmernden Service-Zelle, dem Thermostaten gerissen, den sie auf die Temperatur einstellen konnte, die ihr gefiel, ohne andere fragen zu müssen. Zwei grimmige Proktoren hatten sie wie irgendeinen armen Psychotiker weggeschleppt, und nach schrecklichen Unwürdigkeiten war sie hier im kalten, klebrigen Lehm dieses Oklahoma-Feldes gelandet.

War es wirklich? *Konnte* es überhaupt wirklich sein? Oder hatte sie ihr Kindchen noch gar nicht geboren, und dies war einer dieser seltsamen Träume der Schwangerschaft?

Aber der Regen war zu naß und zu kalt, der Donner zu laut. Bei einem solchen Traum wäre sie aufgewacht. Dann mußte ebenfalls wahr sein, was der Chef-Treuhänder ihnen erzählt hatte. Ja, sie hatte mit eigenen Augen das Schiff landen sehen, und der Feuerstrahl seiner Triebwerke hatte hell in der Schwärze des Unwetters geleuchtet. Sehen konnte sie es nicht mehr, aber die Menschen um sie bewegten sich langsam vorwärts; es mußte vor ihr sein. Sie befand sich am Rand der Menge und würde als eine der letzten an Bord gehen.

Es war unbedingt notwendig, daß sie das Schiff bestieg – Ältester Zaccur Barstow hatte ihnen mit tiefem Ernst gesagt, was sie erwartete, wenn sie es nicht taten. Sie hatte ihm geglaubt, und trotzdem machte sie sich Gedanken, ob es denn wahr sein könne – gab es denn so böse, so furchtbar böse Menschen, die so harmlose und hilflose Wesen wie sie und ihr Baby töten wollten?

Panisches Entsetzen packte sie – wenn nun kein Platz mehr war, bis sie das Schiff erreichte? Sie zog ihr Kind enger an sich, und es reagierte auf den Druck mit erneutem Schreien.

Eine Frau trat zu ihr und sprach sie an. »Du mußt müde sein. Kann ich das Baby eine Weile tragen?«

»Nein. Nein, danke. Mir fehlt nichts.« Ein Blitz zeigte das Gesicht der Frau. Eleanor Johnson erkannte es – Älteste Mary Sperling.

Aber das freundliche Angebot gab ihr neuen Mut. Sie wußte jetzt, was sie zu tun hatte. Wenn das Schiff voll war und niemand mehr hineindurfte, mußte sie ihr Baby von Hand zu Hand über die Köpfe der Menge nach vorn weitergeben. Man konnte doch einem so kleinen Wesen wie ihrem Baby den Platz nicht verweigern.

Etwas streifte sie im Dunkeln. Die Menge rückte wieder ein Stück vor.

Als Barstow sah, daß sie mit dem Einschiffen in wenigen Minuten fertig sein würden, verließ er seinen Posten an einer der Frachttüren und rannte, so schnell er konnte, durch den platschenden, klebrigen Schlamm zur Funkbude. Ford hatte ihm eingeschärft, für seinen Ablenkungsplan brauchte er den genauen Zeitpunkt des Starts. Barstow kämpfte mit einer nicht elektrisch betriebenen Tür, riß sie auf und stürzte ins Innere. Er stellte die private Kombination ein, die ihn direkt mit Fords Kontrollpult verbinden sollte, und drückte die Taste.

Es meldete sich sofort jemand, aber das war nicht Fords Gesicht auf dem Schirm. Barstow platzte heraus: »Wo ist der Administrator? Ich möchte mit ihm sprechen!« Und erst jetzt erkannte er das Gesicht vor ihm.

Dieses Gesicht war in der Öffentlichkeit wohlbekannt – es gehörte Bork Vanning, dem Führer der Minderheit im Rat. »Sie sprechen mit dem Administrator«, sagte Vanning und lächelte kalt. »Mit dem neuen Administrator. Und wer, zum Teufel, sind Sie, und warum rufen Sie an?«

Barstow dankte allen Göttern der Vergangenheit und der Gegenwart, daß das Erkennen einseitig war. Er trennte die Verbindung mit einem ungezielten Fausthieb und raste hinaus.

Zwei Frachtschleusen wurden bereits geschlossen; Nachzügler bewegten sich auf die anderen beiden zu. Barstow lief dem letzten von ihnen fluchend nach und drängte sich zum Kontrollraum durch. »Starten!« brüllte er Lazarus zu. »Schnell!«

»Was soll die Aufregung?« fragte Lazarus, aber er war schon dabei, die Schleusen zu schließen und zu versiegeln. Er schaltete auf Schnellstart, wartete magere zehn Sekunden – und gab Saft.

»Nun«, meinte er sechs Minuten später im Gesprächston, »ich hoffe, alle haben gelegen. Falls nicht, haben wir jetzt ein paar gebrochene Knochen zu versorgen. Was hast du vorhin gesagt?«

Barstow berichtete von seinem Versuch, Ford zu informieren.

Lazarus blinzelte und pfiff ein paar Takte aus *Truthahn im Stroh.* »Sieht aus, als würde die Zeit knapp.« Dann verstummte er und widmete sich seinen Instrumenten, ein Auge auf die Darstellung seiner ballistischen Bahn, das andere auf das Radargerät gerichtet.

7

Lazarus hatte alle Hände voll zu tun, um die *Chili* in die genau richtige Position längsseits der *New Frontiers* zu bringen. Die überanstrengten Kolbeninjektoren ließen das kleinere Fahrzeug bocken wie ein Fohlen. Aber er schaffte es. Die magnetischen Anker faßten klirrend, die gasdichten Verschlüsse legten sich klatschend an ihre Plätze, und die Trommelfelle der Menschen drohten zu platzen, als sich der Druck in der *Chili* dem in dem Riesenschiff anglich. Lazarus tauchte in den Fallschacht im Deck des Kontrollraums, zog sich Hand über Hand rasch zur Kontaktschleuse und sah sich in der Passagierschleuse der *New Frontiers* plötzlich dem Skipper-Techniker gegenüber.

Der Mann erkannte ihn und schnaubte: »Also Sie sind das wieder! Warum, zum Teufel, haben Sie auf unsern Anruf nicht geantwortet? Sie dürfen bei uns nicht ohne Erlaubnis anlegen; das ist hier Privateigentum. Was soll denn das bedeuten?«

»Es bedeutet«, sagte Lazarus, »daß Sie und Ihre Jungs ein paar Tage früher zur Erde zurückkehren – in diesem Schiff.«

»Das ist doch lächerlich!«

»Bruder«, sagte Lazarus freundlich, und plötzlich wuchs ein Laser aus seiner linken Faust, »ich würde Sie wirklich ungern verletzen, nachdem Sie so nett zu mir waren – aber ich werde es tun, wenn Sie nicht ganz schnell gehorchen.«

Der Mann starrte ihn nur ungläubig an. Mehrere seiner Leute hatten sich hinter ihm versammelt, und einer von ihnen wollte sich auf Lazarus stürzen. Lazarus schoß ihm mit niedriger Energie ins Bein; er zuckte zusammen und griff in die leere Luft. »Jetzt müssen Sie sich um ihn kümmern«, bemerkte Lazarus.

Das gab den Ausschlag. Der Skipper rief seine Leute über das Mikrophon in der Passagierschleuse zusammen. Lazarus zählte sie. Es waren neunundzwanzig, eine Zahl, die er bei seinem ersten Besuch in Erfahrung gebracht hatte. Er kommandierte jeweils zwei Männer ab, einen von ihnen festzuhalten. Dann sah er sich den Mann an, auf den er geschossen hatte.

»Sie sind nicht ernsthaft verletzt«, stellte er kurz fest und wandte sich dem Skipper-Techniker zu. »Tun Sie Strahlensalbe auf die Brandwunde, sobald wir Sie hinübergebracht haben. Die Rotkreuz-Tasche hängt am hinteren Schott des Kontrollraums.«

»Das ist Piraterie! Sie werden nicht damit durchkommen.«

»Wahrscheinlich nicht«, gab Lazarus ihm nachdenklich recht. »Aber irgendwie hoffe ich, daß wir es doch schaffen.« Er richtete seine Aufmerksamkeit wieder auf seine Arbeit. »Vorwärts da drüben! Wenn ihr so weitermacht, werdet ihr den ganzen Tag brauchen!«

Langsam leerte sich die *Chili.* Sie konnten nur den einen einzigen Ausgang benutzen, aber der Druck der halb hysterischen Menschenmassen hinter ihnen drängte diejenigen vorwärts, die sich im Flaschenhals der Verbindung zwischen den beiden Schiffen befanden. Sie kamen herausgeflogen wie Bienen aus einem aufgestörten Stock.

Die meisten waren vor diesem Flug noch nie im freien Fall gewesen. Sie wurden in den größeren Raum des Riesenschiffes geschleudert und trieben hilflos, völlig desorientiert dahin. Lazarus versuchte, Ordnung hineinzubringen, indem er sich jeden schnappte, der aussah, als könne er sich bei Null-Schwerkraft zurechtfinden, und ihnen befahl, die Neulinge weiterzuschieben – irgendwohin, hinein in das große Schiff, hinaus aus dem Weg, um Platz zu schaffen für die weiteren Tausende, die noch kamen. Als er etwa ein Dutzend solcher Helfer rekrutiert hatte, entdeckte er Barstow in einer Menschentraube, die aus der Schleuse quoll, faßte ihn und übertrug ihm die Leitung. »Sorge dafür, daß sie irgendwie in Bewegung bleiben. Ich muß nach vorn in den Kontrollraum. Wenn du Andy Libby siehst, schick ihn mir nach!«

Ein Mann löste sich aus dem Strom und näherte sich Barstow. »Ein Schiff versucht, an die *Chili* anzulegen. Ich habe es durch ein Bullauge gesehen.«

»Wo?« fragte Lazarus.

Der Mann wurde durch seine geringe Kenntnis von Schiffen und nautischen Ausdrücken behindert, aber es gelang ihm, sich verständlich zu machen. »Ich komme zurück«, sagte Lazarus zu Barstow. »Halte sie in Bewegung – und paß auf, daß keiner unserer Gäste verlorengeht!« Er steckte seinen Laser weg und arbeitete sich gegen den Strom durch die quirlende Menschenmenge im Flaschenhals.

Die Schleuse Nummer drei schien die zu sein, die der Mann gemeint hatte. Ja, da war etwas. In der Schleusentür war ein Bullauge aus Panzerglas, aber statt der

Sterne sah Lazarus dahinter einen erleuchteten Raum. Dort lag irgendein Schiff.

Seine Insassen hatten entweder nicht versucht, die Schleuse der *Chili zu* öffnen, oder sie wußten nicht, wie sie es machen sollten. Die Schleusentür war von innen nicht verschlossen; es hatte kein Grund vorgelegen, sich die Mühe zu machen. Sie mußte von jeder Seite aus leicht zu öffnen sein, sobald der Druck angeglichen war – und das war er, wie das grüne Licht neben dem Riegel zeigte.

Lazarus war es ein Rätsel.

Ob das nun ein Schiff der Verkehrskontrolle, der Marine oder sonst einer Stelle war, seine Anwesenheit bedeutete eine schlechte Nachricht. Aber warum öffneten sie nicht einfach die Tür und kamen hereinspaziert? Er war versucht, diese Schleuse und dann alle anderen von innen zu verschließen, sich mit dem Einschiffen zu beeilen und schleunigst davonzumachen.

Aber das Erbe seiner äffischen Vorfahren siegte. Er brachte es nicht über sich, eine Sache unangerührt zu lassen, die er nicht verstand. So schloß er einen Kompromiß, indem er den Riegel vorschob, der die Fremden hinderte, die Schleuse von außen zu öffnen. Vorsichtig glitt er an das Bullauge und schielte mit einem Auge hinaus.

Er sah in das Gesicht von Slayton Ford.

Lazarus zog sich auf die eine Seite, trat den Riegel auf und drückte den Schalter, der die Schleuse öffnete. Dort wartete er, einen Zeh in einem Haltegriff, den Laser in der einen Hand, das Messer in der anderen.

Eine einzelne Gestalt tauchte auf. Lazarus sah, daß es Ford war, drückte den Schalter erneut, um die Schleuse zu schließen, und trat nach dem Riegel. Die ganze Zeit hielt er den Laser auf seinen Besucher gerichtet. »Was, zum Teufel, tun Sie hier?« fragte er. »Und wen haben Sie sonst noch dabei? Die Patrouille?«

»Ich bin allein.«

»Wie bitte?«

»Ich möchte mitkommen – wenn Sie mich haben wollen.«

Lazarus sah ihn an, ohne zu antworten. Dann kehrte

er an das Bullauge zurück und inspizierte alles, was in seinem Blickfeld lag. Ford schien die Wahrheit zu sagen, denn kein Mensch war zu entdecken. Aber nicht das war es, was Lazarus' Blicke so sehr fesselte.

Das Schiff war nicht einmal raumtüchtig. Es besaß keine Luftschleuse, sondern bloß ein Siegel, das sich an einem größeren Schiff befestigen ließ. Lazarus sah ungehindert in den Innenraum. Das sah ganz wie – ja, es war ein ›Vergnügungstoot Junior‹, eine kleine private Stratosphären-Jacht, geeignet nur für eine Bahn von Punkt zu Punkt oder höchstens für ein Rendezvous mit einem Satelliten, vorausgesetzt, sie konnte an dem Satelliten für den Rückflug auftanken.

Hier gab es keinen Treibstoff für das Boot. Vielleicht hätte ein Klassepilot das Blechspielzeug ohne Antrieb landen und mit dem Leben davonkommen können – wenn er geschickt genug war, in die Atmosphäre hinein- und wieder herauszuhüpfen, damit die Hüllentemperatur nicht zu hoch wurde – aber Lazarus hätte nie den Wunsch verspürt, es zu probieren. Nein, Sir! Er wandte sich Ford zu. »Angenommen, wir nehmen Sie nicht auf. Wie haben Sie sich vorgestellt zurückzukommen?«

»Ich habe es mir nicht vorgestellt«, antwortete Ford schlicht.

»Hmm ... Erzählen Sie mir davon, aber fassen Sie sich kurz! Wir haben nur noch Minuten bis zum Start.«

Ford hatte die Brücken hinter sich verbrannt. Erst vor Stunden seines Amtes enthoben, war ihm klar geworden, daß ihm, wenn die Tatsachen bekannt wurden, bestenfalls eine lebenslängliche Verbannung nach Coventry bevorstand – sofern er nicht vom Mob in Stücke gerissen wurde oder bei einem Verhör den Verstand verlor.

Letzten Endes den Hals gebrochen hatte ihm die ›Ablenkung‹. Die Erklärungen, die er für seine Anordnungen vorbrachte, überzeugten den Rat nicht. Er hatte das Unwetter und den Abzug der Proktoren aus dem Reservat als drastischen Versuch dargestellt, die Widerstandskraft der Familien zu brechen – eine nicht ganz unglaubwürdige, aber auch nicht besonders einleuchtende Ausrede. Seine Befehle an die Marine, mit denen er ihre Raumschiffe von der *New Frontiers* hatte fernhalten wollen, waren offenbar von niemandem mit den Howard-Familien in Zusammenhang gebracht worden. Dessen ungeachtet hatte die Opposition die Gelegenheit ergriffen, ihm Mangel an gesundem Menschenverstand vorzuwerfen. Sie bedienten sich jeder Waffe, um ihn zu stürzen – eine im Rat gestellte Frage bezog sich auf eine bestimmte Summe, die einem gewissen Captain Sheffield aus dem freien Fonds des Administrators überwiesen worden war. War das Geld wirklich im öffentlichen Interesse ausgegeben worden?

Lazarus riß die Augen auf. »Sie meinen, sie waren schon hinter mir her?«

»Noch nicht ganz. Sonst wären Sie nicht hier. Aber viel fehlte nicht mehr. Bork Vanning muß Hilfe von meinen Leuten gehabt haben.«

»Wahrscheinlich. Aber wir haben es geschafft, deshalb brauchen wir uns darüber nicht mehr aufzuregen. Kommen Sie! Wir starten in der Minute, wo der letzte Passagier an Bord des großen Schiffes ist.« Lazarus schoß davon.

»Also nehmen Sie mich mit?«

Lazarus stoppte sich ab und drehte sich zu Ford um. »Was sonst?« Anfangs hatte er vorgehabt, Ford in der *Chili* zur Erde zurückzuschicken. Nicht aus Dankbarkeit nahm er davon Abstand, sondern aus Respekt. Nach seiner Amtsenthebung war Ford geradenwegs zum Huxley-Feld nördlich des Novak-Turms gegangen, hatte sich zum Feriensatelliten *Monte Carlo* ausklarieren lassen und war statt dessen zur *New Frontiers* gesprungen. Das gefiel Lazarus. Ein solcher Entschluß erforderte Mut und Charaktereigenschaften, die die meisten Menschen nicht besaßen. Hol nicht erst die Zahnbürste, rufe nicht erst die Katze, tu es sofort! »Natürlich kommst du mit«, sagte er freundlich. »Du bist ein Mann nach meinem Herzen, Slayton.«

Die *Chili* war jetzt schon mehr als zur Hälfte leer, aber immer noch verstopften aufgeregte Menschenmassen den Raum vor und hinter dem Übergang. Lazarus knuffte und drängelte sich hindurch. Er gab sich Mühe, Frauen und Kindern nicht unnötig weh zu tun, aber er verlangsamte seinen Weg dieser Eventualität wegen nicht. Sobald er sich, Ford an seinem Gürtel hängend, hindurchgezwängt hatte, schwenkte er zur Seite ab und machte vor Barstow halt.

Barstow starrte an ihm vorbei. »Ja, er ist es«, bestätigte Lazarus. »Glotze nicht – das ist unhöflich! Er kommt mit uns. Hast du Libby gesehen?«

»Hier bin ich, Lazarus.« Libby trennte sich von der Menge und näherte sich mit der Leichtigkeit eines Veteranen, der den freien Fall gewöhnt ist. An ein Handgelenk hatte er eine kleine Tasche geschnallt.

»Gut. Bleib hier! Zack, wie lange wird es dauern, bis alle drin sind?«

»Das weiß Gott allein. Ich kann sie nicht zählen. Vielleicht noch eine Stunde.«

»Sorge dafür, daß es nicht so lange dauert! Wenn du ein paar kräftige Männer zu beiden Seiten des Loches aufstellst, können sie die Leute schneller durchziehen, als sie ankommen. Wir müssen hier etwas früher abhauen, als menschenmöglich ist. Ich gehe in den Kontrollraum. Rufe mich in der Sekunde an, wo unsere Leute alle drin sind, unsere Gäste draußen sind und die *Chili* sich von uns gelöst hat. Andy! Slayton! Kommt!«

»Lazarus . . .«

»Später, Andy. Wir können miteinander reden, sobald wir dort sind.«

Lazarus nahm Slayton Ford mit in den Kontrollraum, weil er nicht wußte, was er sonst mit ihm anfangen sollte, und es besser fand, ihn außer Sicht zu halten, bis er sich einen guten Vorwand für seine Anwesenheit an Bord ausgedacht hatte. Bisher schien ihm niemand einen zweiten Blick gegönnt zu haben, aber sobald die Leute sich beruhigt hatten, würde Fords wohlbekanntes Gesicht eine Erklärung erfordern.

Der Kontrollraum lag etwa eine halbe Meile weiter vorn als die Stelle, wo sie das Schiff betreten hatten.

Lazarus wußte, daß es ein Personen-Förderband gab, aber er hatte keine Zeit, danach zu suchen. Er nahm einfach den ersten Gang, der zum Bug führte. Sobald sie sich von der Menge gelöst hatten, kamen sie schnell voran, obwohl Ford in den fischartigen Manövern des freien Falls nicht so geübt war wie die anderen beiden.

Angekommen, verwandte Lazarus die erzwungene Wartezeit darauf, Libby die außerordentlich genialen, aber unorthodoxen Kontrollen des Sternenschiffs zu erklären. Libby war fasziniert und machte ein paar Probeläufe. »Und was ist mit dir, Slayton?« fragte Lazarus. »Ein zweiter Ersatzpilot könnte nicht schaden.«

Ford schüttelte den Kopf. »Ich habe zugehört, aber das lerne ich nie. Ich bin kein Pilot.«

»*Wie bitte?* Wie bist du dann hergekommen?«

»Oh. Sicher, ich habe eine Lizenz, aber ich habe keine Zeit gehabt, in Übung zu bleiben. Mein Chauffeur hat mich immer geflogen. Ich habe seit vielen Jahren keine Flugbahn mehr berechnet.«

Lazarus betrachtete ihn von oben bis unten. »Und dann hast du ein Orbit-Rendezvous vorbereitet? Ohne Reserve-Treibstoff?«

»Ach, das. Ich mußte ja.«

»Ich verstehe. Das ist die Art, wie die Katze schwimmen lernte. So geht es natürlich auch.« Er wollte Libby etwas sagen, wurde aber von Barstows Stimme unterbrochen, die durch den Lautsprecher kam:

»Fünf Minuten, Lazarus! Bestätige!«

Lazarus griff nach dem Mikrophon, bedeckte das Licht darunter mit der Hand und antwortete: »Okay, Zack! Fünf Minuten!« Dann sagte er: »Verdammt, ich hatte keine Gelegenheit, einen Kurs festzulegen. Was meinst du, Andy? Erst einmal weg von der Erde, um die Verfolger abzuschütteln? Dann ein Ziel auswählen? Und du, Slayton? Paßt das zu den Befehlen, die du den Fahrzeugen der Marine gegeben hast?«

»Nein, Lazarus, nein!« protestierte Libby.

»Warum denn nicht?«

»Du mußt geradenwegs zur Sonne hinunterfliegen.«

»Zur Sonne? Um Himmels willen, warum?«

»Ich habe versucht, es dir gleich zu sagen. Es ist wegen des Raumantriebs, den ich entwickeln sollte.«

»Aber, Andy, den haben wir doch nicht.«

»Doch. Hier.« Libby schob Lazarus die Tasche zu, die er getragen hatte.

Lazarus öffnete sie.

Ein aus alten Zubehörteilen zusammengebasteltes Gerät, das eher der Werkstatt eines Schuljungen als dem Laboratorium eines Wissenschaftlers zu entstammen schien und von Libby als ›Raumantrieb‹ bezeichnet worden war, mußte sich von Lazarus eine kritische Prüfung gefallen lassen. Im Vergleich zu der glänzenden, ausgefeilten Perfektion des Kontrollraums wirkte es plump, kläglich und lächerlich unzureichend.

Lazarus berührte es mit dem Finger. »Was ist das?« fragte er. »Dein Modell?«

»Nein, nein. Das ist der Raumantrieb.«

Nicht ohne Mitleid betrachtete Lazarus den jungen Mann. »Sohn«, fragte er langsam, »hast du den Verstand verloren?«

»Nein, nein, nein!« sprudelte Libby hervor. »Ich bin so vernünftig wie du. Dies ist eine radikal neue Idee. Darum möchte ich ja, daß du uns zur Sonne hinunterbringst. Wenn der Antrieb überhaupt funktioniert, wird er am besten da funktionieren, wo der Lichtdruck am stärksten ist.«

»Und wenn er nicht funktioniert«, erkundigte Lazarus sich, »was wird dann aus uns? Sonnenflecken?«

»Du sollst doch nicht *in* die Sonne fliegen. Aber fliege jetzt in ihre Richtung, und sobald ich die Daten ausarbeiten kann, gebe ich dir die Korrekturen für die richtige Bahn. Ich möchte in einer sehr flachen Hyperbel, die ein gutes Stück innerhalb der Merkur-Bahn und so dicht an der Photosphäre liegt, wie dieses Schiff es aushält, an der Sonne vorbei. Ich weiß nicht, was es aushält, deshalb konnte ich den Kurs nicht im voraus berechnen. Aber ich werde die notwendigen Informationen hier im Schiff finden, und wir haben unterwegs immer noch Zeit, sie einzubauen.«

Noch einmal betrachtete Lazarus den windigen kleinen Apparat. »Andy ... wenn du ganz sicher bist, daß die Zahnräder in deinem Kopf noch ineinandergreifen, will ich das Risiko eingehen. Schnallt euch an, alle beide!« Er legte sich auf die Pilotencouch und rief Barstow an. »Wie steht's, Zack?«

»*Jetzt!*«

»Festhalten!« Mit einer Hand bedeckte Lazarus ein Licht auf dem linken Kontrollpaneel. Der Beschleunigungsalarm kreischte durch das Schiff. Mit der anderen Hand bedeckte Lazarus ein anderes Licht; die Hemisphäre vor ihnen verwandelte sich plötzlich in das Abbild des sternenbesetzten Firmaments. Ford keuchte auf.

Lazarus studierte es. Volle zwanzig Grad löschte der dunkle Kreis der nächtlichen Erde aus. »Wir müssen uns um die Ecke schleichen, Andy.« Er begann vorsichtig mit einem Viertel Schwerkraft, gerade genug, um die Passagiere aufzuschrecken und vorsichtig zu machen, und drehte das gewaltige Schiff langsam in die Richtung, die es aus dem Erdschatten hinausführen würde. Dann steigerte er die Beschleunigung auf ein halbes und schließlich auf ein ganzes g.

Hinter der Erde kam ein halbes Grad der weißen Sonnenscheibe hervor und machte aus einem schwarzen Umriß eine schlanke silberne Sichel. »Ich möchte einen Spurt von vielleicht tausend Meilen hinaus machen, Andy«, sagte Lazarus mit angespannter Stimme. »Mit zwei g. Gib mir einen vorläufigen Vektor!«

Libby zögerte nur einen Augenblick lang und nannte ihn ihm. Wieder ließ Lazarus den Beschleunigungsalarm aufheulen und ging auf die doppelte Erdschwerkraft hinauf. Er war versucht, bis zur Sicherheitsgrenze zu beschleunigen, wagte das aber nicht mit einer Schiffslast von Landratten. Bei einigen von ihnen würde die Kraft nicht einmal für diese zwei g ausreichen, wenn sie sie längere Zeit ertragen mußten. Jedes Fahrzeug der Marine, das den Befehl hatte, sie abzufangen, konnte stärker beschleunigen, und die Besatzung war darauf trainiert. Aber sie mußten das Risiko eben eingehen – und ein Schiff der Marine, beschwichtigte er sich selbst, war auf keinen Fall in der Lage, eine so hohe Beschleunigung durchzuhalten, weil seine Belastbarkeit durch die Reaktionsmassen-Tanks begrenzt war.

Die *New Frontiers* hatte keine solchen altmodischen Tanks und kannte keine Begrenzung. Ihr Konverter akzeptierte jede Masse und wandelte sie in reine Strahlungsenergie um. Alles war verwendbar – Meteore, kosmischer Staub, verirrte Atome, die ihr Kraftfeld einfing, oder Dinge, die aus dem Schiff stammten, Abfall, Leichen, Kehricht, was sich nur denken läßt. Masse war Energie. Sterbend lieferte jedes gefolterte Gramm neunhundert Millionen Billionen Ergs Schub.

Die Erdsichel wuchs und schwoll und glitt zum linken Rand des hemisphärischen Schirms ab, während die Sonne genau voraus blieb. Etwas mehr als zwanzig Minuten später, als sie die größte Annäherung erreicht hatten und die Sichel, jetzt zur halben Scheibe geworden, aus dem Schirm rutschte, erwachte der Schiff-Schiff-Kommunikator zum Leben. »*New Frontiers!*« erklang eine autoritäre Stimme. »Kehren Sie in den Erdorbit zurück! Dies ist ein offizieller Befehl der Verkehrskontrolle.«

Lazarus schaltete ab. »Wenn sie versuchen sollten, uns einzufangen«, meinte er fröhlich, »werden sie uns doch nicht in die Sonne nachjagen wollen. Andy, jetzt haben wir freie Bahn und vielleicht Zeit für die Korrekturen. Möchtest du sie in den Rechner füttern oder mir die Daten angeben?«

»Ich werde sie eingeben«, antwortete Libby. Er hatte bereits entdeckt, daß die Astrogationsindices des Schiffes, einschließlich seines Black-box-Verhaltens, an beiden Pilotenplätzen zur Verfügung standen. Damit und mit den Daten, die die Instrumente fortlaufend lieferten, begann er mit der Berechnung der hyperbolischen Bahn, auf der er die Sonne umkreisen wollte. Er machte einen halbherzigen Versuch, den Ballistik-Rechner des Schiffes zu benutzen, aber der verwirrte ihn nur. Dieses neue Modell, an das er nicht gewöhnt war, besaß keinerlei bewegliche Teile, nicht mal an den äußeren Kontrollen. Deshalb gab Andy es als Zeitverschwendung auf und griff auf die seltsame Begabung für Zahlen zurück, die in seinem Gehirn saß. Sein Gehirn hatte auch keine beweglichen Teile, aber daran war er gewöhnt.

Lazarus entschloß sich, ihre Popularitätsquote zu überprüfen. Er schaltete das Schiff-Schiff-Gerät wieder ein. Es quakte immer noch zornig, wenn auch etwas schwächer. Die Verfolger kannten jetzt seinen Namen – einen seiner Namen –, was darauf schließen ließ, daß die Jungs auf der *Chili* augenblicklich die Verkehrskontrolle angerufen hatten. Lazarus schnalzte bekümmert mit der Zunge, als er vernahm, »Captain Sheffield« sei die Pilotenlizenz entzogen worden. Er schaltete ab und probierte die Frequenzen der Navy aus. Doch dort war nichts zu hören als kodierte und zerhackte Sendungen, nur einmal kam der Name *New Frontiers* klar durch.

Lazarus murmelte vor sich hin: »Nur Stöcke und Steine brechen meine Beine . . .« und verlagerte die Suche auf andere Geräte. Sowohl das Langstrecken-Radar als auch der paragravische Detektor verrieten ihm, daß Schiffe in ihrer Nachbarschaft waren, aber das besagte wenig. So nahe an der Erde waren ständig Schiffe unterwegs, und für ihn gab es allein nach diesen Daten keinen einfachen Weg, ein unbewaffnetes Linienschiff oder einen Frachter, die ihren legalen Geschäften nachgingen, von einem so wütend verfolgenden Kreuzer der Marine zu unterscheiden.

Aber die *New Frontiers* hatte mehr Hilfsmittel zur Analyse ihrer Umgebung als ein gewöhnliches Schiff. Vor allem war sie ausgerüstet worden, ohne Hilfe mit sämtlichen vorstellbaren fremdartigen Bedingungen fertigzuwerden. Der hemisphärische Kontrollraum, in dem sie lagen, war ein enormer Multischirm-Fernsehempfänger, der nach Wahl des Piloten den bestirnten Himmel vor ihnen oder hinter ihnen abbildete. Aber er konnte noch mehr. Er ließ sich entweder gleichzeitig oder nur in dieser Eigenschaft als riesiger Radarschirm verwenden, auf dem die Blips jedes Körpers in Reichweite erschienen.

Und das war erst der Anfang. Seine nichtmenschlichen Sinne konnten die Differentialanalyse auf Doppler-Daten anwenden und das Ergebnis in einem visuellen Analogon darstellen. Lazarus studierte die Kontrollen zu seiner Linken, versuchte sich alles ins Gedächtnis zurückzurufen, was ihm darüber erzählt worden war, und veränderte die Einstellung.

Die meisten simulierten Sterne und sogar die Sonne verblaßten; etwa ein Dutzend leuchtete hell.

Er befahl den Instrumenten, die Radialgeschwindigkeit dieser Sterne zu messen. Die hellen Lichter wurden kirschrot und verwandelten sich in kleine Kometen mit rosa Schwänzen – bis auf einen, der weiß blieb und keinen Schwanz bekam. Lazarus studierte die anderen kurz, entschied, daß sie ihren Vektoren nach für immer Fremde bleiben würden, und richtete den Sichtlinien-Doppler auf den einen unveränderten Stern aus.

Der Stern verblaßte zu Violett, lief halbwegs durch das Spektrum und blieb bei Blaugrün stehen. Lazarus dachte nach und zog von der Eingabe ihre eigenen zwei g Beschleunigung ab. Da wurde der Stern wieder weiß. Befriedigt führte er die gleichen Tests mit dem Sternenhimmel achtern durch.

»Lazarus ...«

»Ja, Lib?«

»Stört es dich bei dem, was du tust, wenn ich dir jetzt die Korrekturen gebe?«

»Durchaus nicht. Ich habe mich nur mal umgesehen. Wenn diese Laterna magica weiß, wovon sie redet, ist es ihnen nicht gelungen, uns rechtzeitig Verfolger an den Schwanz zu hängen.«

»Gut. Dies sind die Zahlen ...«

»Gib sie selbst ein, willst du? Bitte, übernimm den Kontrollraum eine Weile! Ich möchte mich nach Kaffee und Sandwiches umsehen. Ist dir auch nach Frühstück zumute?«

Libby nickte geistesabwesend und begann schon, die

Bahn des Schiffes zu korrigieren. Ford meldete sich eifrig und sprach damit zum ersten Mal seit langer Zeit. »Laßt mich das Frühstück holen! Ich täte es gern.« Er war auf rührende Weise darauf bedacht, sich nützlich zu machen.

»Hmm ... du könntest Ärger kriegen, Slayton. Ganz gleich, wie Zack euer Manöver verkauft haben mag, für die meisten Mitglieder wird dein Name ›Dreck‹ lauten. Ich werde achtern anrufen und jemanden herkommen lassen.«

»Wahrscheinlich würde mich unter diesen Umständen niemand erkennen«, wandte Ford ein. »Jedenfalls ist es ein legitimer Botengang – das kann ich erklären.«

Lazarus las ihm vom Gesicht ab, daß es für die Moral des Mannes notwendig war, ihn gehen zu lassen. »Okay ... wenn du es fertigbringst, dich bei zwei g zu bewegen.«

Ford kämpfte sich schwerfällig von seiner Beschleunigungscouch hoch. »Ich habe bereits Raumbeine. Was für Sandwiches?«

»Ich hätte gern Corned beef, aber wahrscheinlich wird es nur irgendein verdammtes Ersatzzeug geben. Da nimm für mich lieber Käse, auf Roggenbrot, wenn welches da ist, mit viel Senf. Und eine Gallone Kaffee. Was möchtest du, Andy?«

»Ich? Oh ... irgend etwas.«

Ford spannte seine Muskeln an, um sein doppeltes Gewicht hinauszubewegen, meinte aber noch: »Ah ... es könnte Zeit sparen, wenn du mir sagen würdest, wohin ich gehen soll.«

»Bruder«, erwiderte Lazarus, »falls dieses Schiff nicht mit Essen vollgestopft ist, haben wir alle einen schrecklichen Fehler gemacht. Sieh dich um! Du wirst schon etwas finden.«

Hinunter, hinunter, hinunter zur Sonne, und die Geschwindigkeit nahm in jeder Sekunde um vierundsechzig Fuß pro Sekunde zu. Hinunter und weiter hinunter, fünfzehn endlose Stunden lang bei doppeltem

Gewicht. Während dieser Zeit legten sie siebzehn Millionen Meilen zurück und erreichten die unvorstellbare Geschwindigkeit von sechshundertvierzig Meilen pro Sekunde. Die Zahlen bedeuten wenig – stellen Sie sich statt dessen die Reise von New York nach Chicago, die mit einem Stratosphärenflugzeug immer noch eine halbe Stunde dauert, in einem einzigen Herzschlag zurückgelegt vor.

Für Barstow war es eine schwere Zeit. Alle anderen legten sich hin, versuchten vergeblich, zu schlafen, atmeten mühsam und wälzten sich in neue Positionen, in denen sie sich von der Last ihrer eigenen Körper erholen konnten. Aber Zaccur Barstow wurde von seinem Verantwortungsgefühl angetrieben. Er hielt sich auf den Beinen, obwohl der Alte Mann aus dem Meer ihm im Nacken saß und sein Gewicht auf dreihundertundfünfzig Pfund hinauftrieb.

Nicht, daß er für die anderen irgend etwas hätte tun können, außer daß er erschöpft von einem Abteil zum anderen kroch und nach ihrem Wohlergehen fragte. Nichts konnte ihre Qual lindern, solange beschleunigt wurde. Sie lagen, wo sie Platz fanden, Männer, Frauen und Kinder wie bei einem Viehtransport, und konnten sich nicht einmal richtig ausstrecken. Für eine solche extreme Überfüllung waren die Decks nicht gedacht gewesen.

Das einzig Gute daran war, wie Barstow erschöpft überlegte, daß sich alle viel zu elend fühlten, um sich Sorgen über etwas anderes als die sich dahinschleppenden Minuten zu machen. So niedergeschlagen, wie sie waren, konnten sie nicht aufbegehren. Später, da war er sicher, würden Zweifel laut werden, ob es klug gewesen war, zu fliehen, man würde peinliche Fragen über die Anwesenheit Fords im Schiff stellen, über Lazarus' eigenartige und manchmal etwas obskure Tätigkeit, über seine eigene widersprüchliche Rolle. Aber nicht jetzt.

Widerstrebend entschloß er sich, einen Propaganda-Feldzug zu organisieren, bevor Schwierigkeiten entstanden. Wenn es dazu kam – und es würde bestimmt dazu kommen, wenn er es nicht abbiegen konnte ... nun, das wäre dann das Ende.

Er erblickte eine Leiter vor sich, biß die Zähne zusammen und quälte sich auf das nächste Deck hinauf. Sich einen Weg durch die liegenden Körper bahnend, trat er beinahe auf eine Frau, die ein Baby zu fest an sich drückte. Barstow bemerkte, daß das Kleine naß und schmutzig war, und er wollte der Mutter, die wach zu sein schien, schon befehlen, sich darum zu kümmern. Aber er ließ es bleiben – soviel er wußte, gab es im Umkreis von Millionen Meilen keine einzige saubere Windel. Es konnten aber auch zehntausend Stück auf dem Deck über ihm sein. Die Entfernung war für ihn beinahe dieselbe.

Er ging weiter, ohne mit der jungen Frau zu sprechen.

Eleanor Johnson hatte nicht gemerkt, daß er sich um sie und ihr Kind Sorgen gemacht hatte. Nach der ersten großen Erleichterung, als sie sich sicher innerhalb des Schiffes wiederfand, hatte sie alle Sorgen auf die Schultern der Ältesten gelegt und empfand jetzt nichts mehr als Apathie, die eine Reaktion auf alle Aufregungen war, und das unerbittliche Gewicht. Baby hatte geschrieen, als sie so schrecklich schwer wurden, und war dann still geworden, zu still. Sie hatte sich so weit in die Höhe gestemmt, daß sie auf seinen Herzschlag lauschen konnte, und sich überzeugt, daß es noch lebte. Dann war sie in ihre Erstarrung zurückgesunken.

Nach fünfzehn Stunden, als die Umlaufbahn der Venus nur noch vier Stunden entfernt war, stellte Libby die Beschleunigung ab. Das Schiff bewegte sich im freien Fall fort, und seine schreckliche Geschwindigkeit erhöhte sich immer noch unter der stetig stärker werdenden Anziehungskraft der Sonne. Die Schwerelosigkeit weckte Lazarus auf. Er blickte zur Couch des Copiloten hinüber und fragte: »Auf richtigem Kurs?«

»Wie geplant.«

Lazarus sah Libby genauer an. »Okay, ich bin wieder

da. Jetzt verschwinde und leg dich schlafen! Junge, du siehst aus wie ein gebrauchtes Handtuch.«

»Ich kann doch hier schlafen.«

»Zum Teufel, das wirst du nicht tun! Du hast nicht einmal dann geschlafen, als ich die Kontrolle hatte. Du würdest nur die Instrumente beobachten und rechnen. Also hau ab! Slayton, wirf ihn hinaus!«

Libby lächelte schüchtern und ging. Die Abteile hinter dem Kontrollraum waren voll von schwebenden Körpern, aber er fand eine freie Ecke, zog den Gürtel seines Kilts durch eine Halteschlaufe und schlief sofort ein.

Der Übergang zum freien Fall war leider für die anderen keine ebensolche Erleichterung, ausgenommen das eine Prozent mit allen Wassern gewaschener Raumfahrer. Die der Seekrankheit gleichende Übelkeit ist nur für die ulkig, die nicht davon befallen werden; es bedürfte eines Dante, um hunderttausend Fälle zu beschreiben. Das Schiff hatte Medikamente gegen die Raumkrankheit an Bord, aber sie wurden nicht sogleich gefunden; es gab Ärzte unter den Familien, aber auch sie waren krank. Das Elend dauerte an.

Barstow, seit langem an den freien Fall gewöhnt, schwebte nach vorn in den Kontrollraum, wo er um Hilfe für die weniger Glücklichen bitten wollte. »Sie sind in einem schlimmen Zustand«, sagte er zu Lazarus. »Kannst du das Schiff nicht rotieren lassen, damit sie ein bißchen Erleichterung finden?« fragte er. »Es wäre eine große Hilfe.«

»Und würde das Manövrieren erschweren. Tut mir leid. Hör zu, Zack! Auch für die Kranken ist es besser, das Schiff bleibt lenkbar, als daß sie ihr Abendbrot unten behalten. An der Raumkrankheit stirbt niemand – man wünscht sich nur, man könnte sterben.«

Das Schiff fiel weiter und wurde immer schneller, je näher es der Sonne kam. Die wenigen, die dazu imstande waren, kümmerten sich um die gewaltige Überzahl an Leidenden.

Libby schlief immer noch den wundervollen Zurück-in-den-Mutterschoß-Schlaf derer, die gelernt haben, den freien Fall zu genießen. Seit dem Tag, als die Familien verhaftet worden waren, hatte er fast überhaupt keinen Schlaf mehr bekommen; sein übermäßig aktives Gehirn hatte die ganze Zeit das Problem eines neuen Raumantriebs gewälzt.

Das große Schiff drehte sich um ihn; er regte sich, wachte aber nicht auf. Es wurde in einer neuen Lage stabilisiert, und der Beschleunigungsalarm weckte ihn sofort. Er orientierte sich, drückte sich flach gegen das hintere Schott und wartete. Fast sofort wurde er schwer – drei g waren es diesmal, und er erkannte, daß irgend etwas entsetzlich schiefgegangen war. Er war fast eine Viertelmeile nach achtern gegangen, bis er seine Schlafstelle gefunden hatte, und doch kämpfte er sich auf die Füße und nahm die unlösbare Aufgabe in Angriff, diese Viertelmeile – jetzt senkrecht nach oben – mit dem Dreifachen seines normalen Gewichts hinaufzuklettern. Er machte sich Vorwürfe, daß er auf Lazarus gehört und den Kontrollraum verlassen hatte.

Er schaffte nur einen Bruchteil der Reise – aber einen heroischen Teil, der ungefähr dem Ersteigen von zehn Stockwerken Treppen mit je einem Mann auf den Schultern entsprach – als das Schiff wieder in den freien Fall überging und er erlöst war. Den Rest des Weges schoß er wie ein heimkehrender Lachs dahin und hatte bald den Kontrollraum erreicht. »Was ist passiert?«

Lazarus antwortete bedauernd: »Mußte den Kurs ändern, Andy.« Slayton Ford schwieg und blickte besorgt drein.

»Ja, ich weiß, aber warum?« Libby schnallte sich bereits auf der Couch des Copiloten fest, während er die Astrogationsinstrumente studierte.

»Rotes Licht auf dem Schirm.« Lazarus beschrieb das Bild, nannte Koordinaten und relative Vektoren.

Libby nickte nachdenklich. »Marine-Fahrzeuge. Auf einer derartigen Bahn können es keine Handelsschiffe sein. Ein Minenlege-Kommando.«

»Das war auch mein erster Gedanke. Ich hatte keine Zeit, mich mit dir zu beraten, ich mußte genug Meilen-

Sekunden verwenden, um sicher zu sein, daß sie uns nicht wiederfinden würden.«

»Ja, du konntest nicht anders.« Libby war beunruhigt. »Ich dachte, wir brauchten nicht mehr mit Störungen durch die Marine zu rechnen.«

»Sie sind nicht von uns«, warf Slayton Ford ein. »Sie können nicht von uns sein, ganz gleich, welche Befehle erteilt worden sind, seit ich ... ah ... seit ich gegangen bin. Das Schiff muß von der Venus kommen.«

»Ja«, stimmte Lazarus zu, »so wird es sein. Dein Busenfreund, der neue Administrator, hat die Venus um Hilfe gebeten, und man hat sie ihm gewährt – nichts als eine freundliche Geste interplanetaren Goodwills.«

Libby hörte kaum zu. Er prüfte Daten und schickte sie durch den Rechner innerhalb seines Schädels. »Lazarus ... dieser neue Orbit ist nicht besonders gut.«

»Ich weiß«, gestand Lazarus traurig. »Ich mußte ausweichen – also wich ich in die einzige Richtung aus, die sie mir offen gelassen hatten – näher heran an die Sonne.«

»Vielleicht zu nahe.«

Die Sonne ist kein großer Stern, und sie ist nicht sehr heiß. Aber sie ist heiß in bezug auf Menschen, heiß genug, um sie tot umfallen zu lassen, wenn sie zweiundneunzig Millionen Meilen von ihr entfernt in der tropischen Mittagsglut unvorsichtig sind, heiß genug, daß wir, die wir unter ihren Strahlen aufgewachsen sind, es nicht wagen, sie direkt anzusehen.

In einer Entfernung von zweieinhalb Millionen Meilen schlägt die Sonne mit einer vierzehnhundertmal so starken Kraft zu wie in Death Valley, in der Sahara oder in Aden. Eine solche Strahlung wird nicht als Hitze oder Licht wahrgenommen; sie bringt einen schnelleren Tod als ein auf volle Energie gestellter Laser. Die Sonne ist eine natürliche Wasserstoffbombe, und die *New Frontiers* bewegte sich am Rand der völligen Zerstörung entlang.

Es wurde heiß innerhalb des Schiffes. Die gepanzerten Wände schützten die Familien vor dem sofortigen Strahlungstod, aber die Lufttemperatur stieg ständig an. Von der Qual des freien Falls waren sie erlöst, aber jetzt fühlten sie sich doppelt unbehaglich, einmal durch die Hitze und außerdem durch die Tatsache, daß die Schotts in verrückten Winkeln zueinander standen. Nirgendwo gab es eine ebene Stelle, wo man stehen oder liegen konnte. Das Schiff drehte sich um seine Achse und beschleunigte gleichzeitig, was nicht in der Absicht seiner Erbauer gelegen hatte. Die Summe der Winkel – und der linearen Beschleunigung machte die Stelle, wo die äußeren und hinteren Schotts aufeinandertrafen, zu ›unten‹. Das Rotieren war notwendig, damit die Strahlungsenergie gleichmäßig auf die Oberfläche verteilt wurde. Die Vorwärtsbeschleunigung war ebenfalls notwendig, ein verzweifeltes Manöver, um so weit draußen wie möglich und so schnell wie möglich an der Sonne vorbeizukommen und so wenig Zeit wie möglich im Perihel, dem Punkt der größten Annäherung, zu verbringen.

Es war heiß im Kontrollraum. Sogar Lazarus hatte freiwillig seinen Kilt abgelegt und war nach Venus-Mode gekleidet. Metallteile glühten. Auf dem großen Stellarium-Schirm markierte ein riesiger schwarzer Kreis die Stelle, wo die Sonnenscheibe hätte stehen sollen. Die Rezeptoren hatten sich bei einer so lächerlichen Forderung automatisch ausgeschaltet.

Lazarus wiederholte Libbys letzte Bemerkung. »Siebenunddreißig Minuten bis zum Perihel. Das halten wir nicht aus, Andy. Das Schiff hält es nicht aus.«

»Ich weiß. Ich hatte nie vor, uns so nahe herankommen zu lassen.«

»Natürlich nicht. Vielleicht hätte ich nicht ausweichen sollen. Vielleicht hätten wir die Minen sowieso verfehlt. Nun ja ...« Lazarus straffte die Schultern und machte Schluß mit den ›Vielleichts‹. »Ich glaube, Sohn, die Zeit ist gekommen, daß wir deine Erfindung ausprobieren.« Er wies mit dem Daumen auf Libbys ungeschlachten ›Raumantrieb‹. »Du sagst, du brauchst nichts weiter zu tun, als diese eine Verbindung herzustellen?«

»So ist es. Bring diese Leitung hier an der Masse an,

auf die das Gerät einwirken soll. Natürlich weiß ich nicht sicher, daß es funktionieren wird«, gestand Libby. »Testen kann man es nicht.«

»Und wenn es nicht funktioniert?«

»Dann gibt es drei Möglichkeiten«, antwortete Libby methodisch. »Erstens passiert vielleicht gar nichts.«

»In welchem Fall wir gebraten werden.«

»Zweitens könnten wir und das Schiff als Materie, wie wir sie kennen, zu existieren aufhören.«

»Tot sein, meinst du. Das wäre wahrscheinlich die angenehmere Möglichkeit.«

»Das glaube ich auch. Ich weiß nicht, was Tod ist. Im dritten Fall werden wir uns, wenn meine Hypothesen zutreffen, mit einer Geschwindigkeit von der Sonne entfernen, die knapp unter der des Lichts liegt.«

Lazarus beäugte das Gerät und wischte sich Schweiß von den Schultern. »Es wird heißer, Andy. Verbinde das Ding – und hoffen wir, daß es klappt!«

Andy verband es.

»Mach schon!« drängte Lazarus. »Drück auf den Knopf, lege den Schalter um, unterbrich den Strahl! Setze es in Gang!«

»Das habe ich«, behauptete Libby. »Sieh dir die Sonne an.«

»Wie? *Oh!*«

Der große schwarze Kreis auf dem von Sternen gesprenkelten Stellarium schrumpfte in rasender Eile. In einem Dutzend Herzschlägen hatte er den halben Durchmesser verloren; zwanzig Sekunden später hatte er nur noch ein Viertel seiner ursprünglichen Breite.

»Es hat funktioniert«, sagte Lazarus leise. »Sieh dir das an, Slayton! Da will ich gleich ein purpurner Pavian sein – es *hat funktioniert!*«

»Das habe ich mir gedacht«, sagte Libby ernst. »Es mußte, weißt du.«

»Hmm ... Für dich mag das offensichtlich sein, Andy. Für mich nicht. Wie schnell fliegen wir?«

»Relativ zu was?«

»Oh – relativ zur Sonne.«

»Ich hatte noch keine Gelegenheit, es zu messen, aber unsere Geschwindigkeit scheint dicht unter der des Lichts zu liegen. Höher kann sie nicht sein.«

»Warum nicht? Abgesehen von theoretischen Überlegungen.«

»Wir sehen immer noch.« Libby wies auf das halbrunde Stellarium.

»Ja, das stimmt«, antwortete Lazarus versonnen. »He! Das dürfte nicht sein. Es müßte ausdopplern.«

Libby sah ihn verständnislos an, dann lächelte er. »Aber es dopplert sofort wieder ein. Da drüben auf der Seite, in Richtung der Sonne, sehen wir durch kurze Strahlen, die auf Sichtbarkeit gestreckt werden. Auf der gegenüberliegenden Seite fangen wir etwas ungefähr in der Länge von Radiowellen auf, das zu Licht heruntergedopplert wird.«

»Und dazwischen?«

»Hör auf, mich auf den Arm zu nehmen, Lazarus! Ich bin sicher, du kannst relative Vektoren ebensogut addieren wie ich.«

»*Du* addierst sie«, bestimmte Lazarus energisch. »Ich werde mich einfach hinsetzen und den Anblick bewundern. Wie, Slayton?«

»Ja. Ja, das tun wir.«

Libby lächelte höflich. »Wir könnten aufhören, Masse auf den Hauptantrieb zu verschwenden.« Er gab Alarm und stellte dann den Antrieb ab. »Jetzt können wir zu normalen Bedingungen zurückkehren.« Er fing an, seinen Apparat abzumontieren.

Hastig fiel Lazarus ein: »Langsam, Andy! Wir haben noch nicht einmal die Umlaufbahn des Merkur hinter uns. Warum auf die Bremse treten?«

»Aber das bremst uns doch nicht. Wir werden die augenblickliche Geschwindigkeit beibehalten.«

Lazarus zerrte an seiner Wange und starrte Libby an. »Unter normalen Umständen würde ich dir beipflichten. Das erste Newton'sche Gesetz. Aber bei dieser Pseudo-Geschwindigkeit bin ich mir nicht ganz sicher. Wir haben sie umsonst bekommen, wir haben nicht dafür bezahlt –

mit Energie, meine ich. Du scheinst einen freien Tag von der Trägheit erklärt zu haben. Wenn der freie Tag vorbei ist, wird dann all die kostenlose Geschwindigkeit nicht dahin verschwinden, woher sie gekommen ist?«

»Ich glaube nicht«, antwortete Libby. »Das ist keine ›Pseudo‹-Geschwindigkeit, sondern eine ganz echte. Du versuchst, verbale anthropomorphe Logik auf einem Gebiet anzuwenden, wo sie nicht gilt. Glaubst du, wir könnten augenblicklich an den Punkt zurückgeschleudert werden, von dem wir ausgegangen sind?«

»Du meinst dahin, wo du deinen Raumantrieb angeschlossen hast? Nein, wir haben uns bewegt.«

»Und wir werden uns weiterbewegen. Unser neu erworbenes Gravitationspotential einer größeren Höhe über der Sonne ist ebenso real wie unsere gegenwärtige kinetische Energie an Geschwindigkeit. Beide existieren.«

Lazarus sah ihn unsicher an. Der Ausdruck stand ihm nicht. »Da komme ich nicht mehr mit, Andy. Ganz gleich, wie ich es mir zurechtlege, wir scheinen von irgendwoher Energie aufgenommen zu haben. Aber *von wo?* Mich hat man in der Schule gelehrt, die Fahne zu ehren, die richtige Partei zu wählen und an das Gesetz der Erhaltung der Energie zu glauben. Ich habe den Eindruck, du hast es gebrochen. Wie geht das zu?«

»Mach dir darüber keine Gedanken«, riet Libby ihm. »Das sogenannte Gesetz der Erhaltung der Energie war eine Arbeitshypothese, unbewiesen und unbeweisbar, um augenfällige Phänomene zu beschreiben. Seine Bedingungen sind nur auf das ältere, dynamische Konzept der Welt anzuwenden. In einem Raum, den man sich als statisches Netz von Beziehungen vorstellt, überrascht eine ›Verletzung‹ dieses ›Gesetzes‹ nicht mehr als eine diskontinuierliche Funktion, die festgestellt und beschrieben wird. Das ist es, was ich getan habe. Ich habe eine Diskontinuität in dem mathematischen Modell des Masse-Energie-Aspektes gesehen, den man Trägheit nennt, und sie angewendet. Es stellte sich heraus, daß das mathematische Modell der realen Welt ähnlich ist.

Das war im Grunde das einzige Risiko – man weiß nie, ob ein mathematisches Modell der realen Welt ähnlich ist, bis man es ausprobiert hat.«

»Ja, ja, sicher, man weiß nicht, wie etwas schmeckt, bis man hineingebissen hat – aber, Andy, ich begreife immer noch nicht, was es *verursacht* hat!« Er wandte sich an Ford. »Du vielleicht, Slayton?«

Ford schüttelte den Kopf. »Nein. Ich würde gern ... aber ich bezweifle, ob ich es verstehen würde.«

»Du nicht und ich nicht. Nun, Andy?«

Jetzt war Libby verblüfft. »Aber, Lazarus, Kausalität hat nichts mit dem *wirklichen* Raum zu tun. Eine Tatsache *ist* einfach. Kausalität ist nichts als ein altmodisches Postulat einer vorwissenschaftlichen Philosophie.«

»Ich vermute«, sagte Lazarus langsam, »daß ich altmodisch bin.«

Libby sagte nichts. Er montierte seinen Apparat ab.

Die schwarze Scheibe schrumpfte weiter. Als sie nur noch ein Sechstel ihres größten Durchmessers hatte, verwandelte sie sich plötzlich von Schwarz in ein leuchtendes Weiß. Das Schiff war jetzt weit genug von der Sonne entfernt, daß die Rezeptoren wieder mit der Strahlenbelastung fertigwurden.

Lazarus versuchte, im Kopf die kinetische Energie des Schiffes auszurechnen – die Hälfte des Quadrats der Lichtgeschwindigkeit (minus einer Prise, korrigierte er sich) mal der gewaltigen Tonnage der *New Frontiers*. Die Lösung gefiel ihm nicht, ob er sie nun Ergs oder Äpfel nannte.

8

»Eins nach dem anderen«, unterbrach Barstow. »Ich bin von den erstaunlichen wissenschaftlichen Aspekten unserer Situation ebenso fasziniert wie ihr, aber wir haben Arbeit zu tun. Wir müssen sofort einen Plan für den Tagesablauf aufstellen. Deshalb laßt uns die theoretische Physik zurückstellen und über die Organisation sprechen.«

Er sprach nicht zu den Treuhändern, sondern zu seinen persönlichen Leutnants, den Schlüsselleuten, die ihm bei den komplizierten Manövern zur Bewerkstelligung ihrer Flucht geholfen hatten – Ralph Schultz, Eve Barstow, Mary Sperling, Justin Foote, Clive Johnson und noch ein Dutzend weitere.

Lazarus und Libby waren beide anwesend. Lazarus hatte den Kontrollraum in der Obhut von Slayton Ford gelassen und ihm eingeschärft, Besucher abzuweisen, vor allem aber aufzupassen, daß niemand die Kontrollen berührte. Das war nichts weiter als Lazarus' Vorstellung von Beschäftigungstherapie. Der psychische Zustand Fords gefiel ihm nicht. Ford hatte sich ganz in sich selbst zurückgezogen. Er antwortete, wenn man ihn ansprach, aber das war alles. Lazarus machte sich Sorgen um ihn.

»Wir brauchen einen Leiter«, fuhr Barstow fort. »Er wird in der augenblicklichen Situation weitgehende Vollmachten erhalten, Befehle zu geben und dafür zu sorgen, daß sie ausgeführt werden. Er muß Entscheidungen treffen, organisieren, Pflichten und Verantwortung verteilen, die innere Ökonomie des Schiffes zum Funktionieren bringen. Das ist eine gewaltige Aufgabe, und ich wünschte, wir könnten es auf demokratische Art tun und unsere Brüder wählen lassen. Aber das muß warten. Irgend jemand muß sofort Befehle geben. Wir verschwenden Lebensmittel, und das Schiff ist – nun, seht euch den Erfrischer an, den ich heute benutzen wollte.«

»Zaccur ...«

»Ja, Eve?«

»Ich finde, wir sollten das den Treuhändern überlassen. Wir haben keine Autorität, wir waren eine Einsatzgruppe für eine bestimmte Aufgabe, die jetzt beendet ist.«

»Ahrrumph ...« Das war Justin Foote, und sein Ton war ebenso trocken und formell wie sein Gesichtsausdruck. »Ich bin darüber etwas anderer Meinung als unsere Schwester. Die Treuhänder sind über den Sachverhalt nicht eingehend informiert; sie ins Bild zu setzen, damit sie sich ein Urteil erlauben können, würde Zeit kosten, die wir nicht haben. Außerdem darf ich, da ich selbst einer bin, darauf hinweisen, ohne für befangen gehalten zu werden, daß die Treuhänder als organisierte Gruppe keine Vollmacht übertragen bekommen können, weil sie im juristischen Sinn nicht mehr existieren.«

Lazarus sah ihn interessiert an. »Wie begründest du das, Justin?«

»Folgendermaßen: Die Treuhänder waren die Verwalter einer Stiftung, die als Teil einer und in Beziehung zu einer Gesellschaft existierte. Die Treuhänder haben niemals eine Regierung dargestellt. Ihre einzigen Pflichten hatten mit den Beziehungen zwischen den Familien und dem Rest dieser Gesellschaft zu tun. Da es keine Beziehungen zwischen den Familien und der Gesellschaft der Erdbewohner mehr gibt, hat der Rat der Treuhänder *ipso facto* aufgehört zu existieren. Er ist Geschichte geworden. Jetzt sind wir in diesem Schiff noch keine Gesellschaft; wir sind eine anarchistische Menschenmasse. Die hier Versammelten haben ebensoviel – oder so wenig – Autorität, eine Gesellschaft zu initiieren, wie jede andere Untergruppe.«

Lazarus applaudierte. »Justin«, rief er, »das ist das hübscheste Kunststück im Jonglieren mit Worten, das ich in einem Jahrhundert gesehen habe. Wir müssen uns einmal zusammensetzen und uns im Solipsismus versuchen.«

Justin Foote verzog schmerzlich das Gesicht. »Offensichtlich ...«, begann er.

»Nein! Kein Wort mehr. Du hast mich überzeugt. Verdirb es jetzt nicht! Dann wollen wir uns mal eifrig dranmachen, einen Leitbullen zu wählen. Wie ist es mit dir, Zack? Du siehst wie der logische Kandidat aus.«

Barstow schüttelte den Kopf. »Ich kenne meine Grenzen. Ich bin Techniker, kein Verwaltungsmann. Die Familien waren einfach ein Hobby von mir. Wir brauchen einen Experten in sozialer Administration.«

Als Barstow sie überzeugt hatte, daß es ihm ernst war, wurden andere Namen vorgeschlagen und die Qualifikation ihrer Träger des langen und breiten diskutiert. In einer so großen Gruppe, wie sie die Familien darstellten, gab es viele, die auf politische Wissenschaften spezialisiert waren, viele, die sich in einem öffentlichen Amt ausgezeichnet hatten.

Lazarus hörte zu; vier der Kandidaten kannte er. Endlich nahm er Eve Barstow beiseite und flüsterte mit ihr. Sie blickte erst überrascht, dann nachdenklich drein, und zum Schluß nickte sie.

Sie bat ums Wort. »Ich habe einen Kandidaten vorzuschlagen«, begann sie auf ihre stets freundliche Weise, »der euch zwar nicht gleich eingefallen ist und sich doch aufgrund seines Temperaments, seiner Ausbildung und Erfahrung für diese Aufgabe unvergleichlich viel besser eignet als jede andere bisher genannte Person. Als zivilen Administrator dieses Schiffes nominiere ich Slayton Ford.«

Zuerst waren sie sprachlos. Dann redeten alle gleichzeitig. »Hat Eve den Verstand verloren? Ford ist doch auf der Erde!« – »Nein, nein, ist er nicht. Ich habe ihn gesehen – *hier* im Schiff!« – »Das kommt doch überhaupt nicht in Frage!« – »*Der?* Die Familien würden ihn nie akzeptieren!« – »Und auch wenn, er ist keiner von uns.«

Eve wartete geduldig, bis sie sich beruhigt hatten. »Ich weiß, meine Nominierung klingt lächerlich, und ich räume ein, daß es Probleme geben wird. Aber denkt an die Vorteile. Wir alle kennen Slayton Ford nach seinem Ruf und seiner Amtsführung. Ihr wißt, jedes Mitglied der Familien weiß, daß Ford auf seinem Gebiet ein Genie ist. Es wird schwierig genug werden, Pläne für das Zusammenleben in diesem schrecklich überfüllten Schiff auszuarbeiten. Das größte Talent, das wir damit beauftragen können, wird vielleicht gerade ausreichend sein.«

Ihre Worte beeindruckten sie, denn Ford war diese in der Geschichte seltene Erscheinung, ein Staatsmann, dessen Wert zu seiner eigenen Lebenszeit beinahe allgemein anerkannt wird. Zeitgenössische Chronisten rühmten ihm nach, er habe die Westliche Föderation in wenigstens zwei größeren Entwicklungskrisen gerettet. Es war sein Unglück und kein persönliches Versagen, daß er an einer Krise scheiterte, die mit gewöhnlichen Mitteln nicht zu bewältigen war.

»Eve«, antwortete Zaccur Barstow, »ich stimme mit deiner Beurteilung Fords überein und sähe ihn gern in diesem Amt. Aber was werden die anderen dazu sagen? Für die Familien – für jeden einzelnen, die hier Anwesenden ausgenommen – symbolisiert Mr. Administrator Ford die Verfolgungen, die sie erlitten haben. Ich finde, das macht seine Kandidatur unmöglich.«

Eve zeigte eine sanfte Hartnäckigkeit. »Der Meinung bin ich nicht. Wir haben uns bereits darüber geeinigt, daß wir einen Propagandafeldzug ausarbeiten müssen, um eine Menge peinlicher Tatsachen der letzten paar Tage wegzuerklären. Warum machen wir es nicht gründlich und überzeugen die anderen, daß Ford ein Märtyrer ist, der sich geopfert hat, um sie zu retten? Das ist er doch auch!«

»Hmm ... ja, das ist er. Er hat sich nicht eigentlich für uns geopfert, aber ich zweifle nicht daran, daß sein persönliches Opfer uns gerettet hat. Ob wir jedoch die anderen überzeugen können, so überzeugen können, daß sie ihn akzeptieren und Befehle von ihm entgegennehmen werden ... während er im Augenblick in ihren Augen der Teufel in Person ist – nun, ich weiß es einfach nicht. Wir brauchen den Rat eines Fachmanns. Wie ist es, Ralph? Könnte es klappen?«

Ralph Schultz zögerte. »Die Wahrheit einer Behauptung hat wenig oder nichts mit ihrer psychodynamischen Wirkung zu tun. Wenn man sagt: ›Die Wahrheit wird siegen‹, ist das nichts als ein frommer Wunsch; in der Geschichte findet sich kein Beweis dafür. Die Tatsache, daß Ford wirklich ein Märtyrer ist, dem wir Dankbarkeit schulden, ist für die mir vorgelegte rein technische Frage nicht von Bedeutung.« Er hielt inne und dachte nach. »Aber die Behauptung *per se* hat bestimmte dramatische Aspekte, die sie für die Propaganda wertvoll machen, trotz der augenblicklich vorherrschenden gegenteiligen Auffassung. Ja ... ja, ich glaube, man könnte es verkaufen.«

»Wie lange würdest du dazu brauchen?«

»Hmm ... der in Rede stehende Sozialraum ist sowohl ›dicht‹ als auch ›heiß‹, wie wir es in unserem Fachjargon ausdrücken. Es müßte mir gelingen, mit einer Kettenreaktion einen hohen positiven ›k‹-Faktor zu erzielen – wenn es überhaupt funktioniert. Aber es handelt sich bei den im Schiff Anwesenden nicht um ein beobachtetes Feld, und ich weiß nicht, welche spontanen Gerüchte unter ihnen kursieren. Nun, ich könnte ein paar Gerüchte vorbereiten, bevor wir uns vertagen, Gerüchte, die Fords guten Ruf wiederherstellen – und in etwa zwölf Stunden kann ich ein anderes in die Welt setzen, Ford sei tatsächlich an Bord – weil er von Anfang an beabsichtigt habe, sein Schicksal mit dem unsrigen zu vereinen.«

»Oh, das glaube ich kaum, Ralph.«

»Bist du *sicher,* Zaccur?«

»Nein, aber ... Nun ...«

»Siehst du wohl? Die Wahrheit über seine ursprünglichen Absichten ist ein Geheimnis zwischen ihm und seinem Gott. Du weißt es nicht, und ich weiß es nicht. Aber die Dynamik der Behauptung ist eine ganz andere Sache. Zaccur, wenn mein Gerücht drei- oder viermal zu dir zurückgekommen ist, wirst selbst du anfangen, dir Fragen zu stellen.« Der Psychometriker hielt inne und blickte ins Leere. Fast ein Jahrhundert mathematischer Analyse des menschlichen Verhaltens verlieh ihm eine intuitive Einsicht. »Ja, es wird funktionieren. Wenn ihr es alle wollt, werdet ihr innerhalb von vierundzwanzig Stunden eine öffentliche Bekanntmachung herausgeben können.«

»Ich stelle den Antrag abzustimmen!« rief jemand.

Ein paar Minuten später wurde Ford von Lazarus, den Barstow darum gebeten hatte, in den Versammlungsraum geführt. Lazarus hatte dem ehemaligen Administrator nicht erklärt, warum seine Anwesenheit gewünscht werde. So betrat Ford das Abteil wie ein Mann, über den das Urteil gesprochen werden soll und der die bittere Überzeugung hegt, es werde gegen ihn ausfallen. Seine Haltung sprach von Kraft, aber nicht von Hoffnung. Seine Augen blickten unglücklich.

Lazarus hatte diese Augen in den vielen Stunden studiert, die sie zusammen im Kontrollraum eingeschlossen gewesen waren. Sie trugen einen Ausdruck, den er in seinem langen Leben schon oft gesehen hatte. Der Verurteilte, der das letzte Berufungsverfahren verloren hat, der fest entschlossene Selbstmörder, die kleinen Pelztiere, die erschöpft von dem Kampf gegen den erbarmungslosen Stahl der Falle waren – sie alle hatten den gleichen Ausdruck in den Augen gehabt, die aus Hoffnungslosigkeit geborene Überzeugung, daß ihre Zeit zu Ende war.

Fords Augen sahen genauso aus.

Lazarus hatte miterlebt, wie dieser Ausdruck entstand, und sich darüber gewundert. Sicher, sie waren alle in einer gefährlichen Lage, aber Ford in keiner gefährlicheren als die anderen. Außerdem erzeugt das Bewußtsein von Gefahr einen *lebendigen* Ausdruck. Warum stand in Fords Augen das Zeichen des Todes?

Lazarus sagte sich, Ford müsse einen geistigen Zustand erreicht haben, wo der Selbstmord zur Notwendigkeit wird. Aber warum? Lazarus grübelte darüber nach während der langen Wachen im Kontrollraum und kam zu einem ihn logisch befriedigenden Schluß. Auf der Erde war Ford unter seiner eigenen Art, den Kurzlebigen, ein wichtiger Mann gewesen. Sein hohes Amt hatte ihn damals fast immun gegen das Gefühl der Minderwertigkeit gemacht, das die Langlebigen in den normalen Menschen erweckten. Aber jetzt war er der *einzige* Kurzlebige unter einer Rasse von Methusalems.

Ford hatte weder die Erfahrung der Älteren noch die Erwartungen der Jungen; er fühlte sich ihnen beiden unterlegen, hoffnungslos deklassiert. Ob das richtig war oder nicht, er kam sich als nutzloser Pensionär vor, als ein ohnmächtiges Objekt der Mildtätigkeit.

Für einen Menschen wie Ford, der ein aktives und nützliches Leben hinter sich hatte, war die Situation unerträglich. Sein Stolz und seine Charakterstärke trieben ihn zum Selbstmord.

Beim Betreten des Konferenzraums richtete Ford den Blick auf Barstow. »Sie haben nach mir geschickt, Sir?«

»Ja, Mr. Administrator.« Barstow erklärte kurz die Situation und welche Verantwortung sie ihm übertragen wollten. »Wir üben keinen Druck auf Sie aus«, schloß er, »aber wir brauchen Ihre Dienste, wenn Sie sie uns leisten wollen. Wollen Sie?«

Lazarus' wurde leicht ums Herz, als er sah, wie Fords Gesichtsausdruck sich verwandelte. »Ist das wirklich Ihr Ernst?« fragte er hingerissen. »Sie treiben keinen Scherz mit mir?«

»Es ist uns sehr ernst.«

Ford antwortete nicht sofort, und als er sprach, hatte es nichts mit der Sache zu tun. »Darf ich mich setzen?«

Man schob ihm einen Sessel zurecht. Er ließ sich schwer darin niedersinken und bedeckte das Gesicht mit den Händen. Niemand sagte ein Wort. Dann hob Ford den Kopf und erklärte mit fester Stimme: »Wenn es Ihr Wille ist, werde ich mein Bestes tun, um Ihre Wünsche auszuführen.«

Das Schiff brauchte einen Kapitän ebenso wie einen Administrator. Bis jetzt war Lazarus in einem sehr praktischen, piratenhaften Sinn der Kapitän gewesen, aber er wehrte sich, als Barstow vorschlug, ihm den Titel offiziell zu verleihen. »O nein! Ich nicht. Ich könnte auf dieser Reise ebensogut nur noch Dame spielen. Libby ist der Richtige. Ernsthaft, verantwortungsbewußt, früherer Marineoffizier – genau der Typ für den Job.«

Aller Augen richteten sich auf Libby, der errötete. »Nein, wirklich!« protestierte er. »Auch wenn ich während meiner Dienstzeit Schiffe habe befehligen müssen, hat mir das doch nie zugesagt. Ich bin vom Temperament her Stabsoffizier. Ich *fühle* mich nicht als Kapitän.«

»Ich wüßte nicht, wie du dich noch drücken könntest«, meinte Lazarus. »Du hast den Lichtdruck-Antrieb erfunden, und du bist der einzige, der versteht, wie er funktioniert. Jetzt hast du den Job am Hals, Junge.«

»Das eine folgt doch nicht aus dem anderen«, flehte Libby. »Ich bin gern bereit, als Astrogator zu arbeiten, weil das meinen Fähigkeiten entspricht. Aber ich würde es vorziehen, unter einem kommandierenden Offizier zu dienen.«

Es tat Lazarus richtig wohl, wie Slayton Ford unverzüglich eingriff. Der kranke Mann war verschwunden, hier stand wieder der Administrator. »Es geht nicht darum, was Sie vorziehen würden, Commander Libby; jeder von uns muß tun, was er kann. Ich habe mich bereiterklärt, die soziale und zivile Organisation zu übernehmen; das entspricht *meinen* Fähigkeiten. Das Schiff als Schiff kann ich nicht befehligen; dafür bin ich nicht ausgebildet. Sie sind es. Sie müssen es tun.«

Libby errötete noch heftiger und stammelte: »Ich würde es ja tun, wenn ich der einzige wäre. Aber unter den Familien gibt es Hunderte von Raumfahrern, und von ihnen haben bestimmt Dutzende mehr Erfahrung im Kommandieren als ich. Wenn Sie nach dem richtigen Mann suchen, werden Sie ihn auch finden.«

Ford fragte: »Was meinst du, Lazarus?«

»Hm. Andy hat nicht unrecht. Der Kapitän gibt dem Schiff Rückgrat – oder gegebenenfalls auch nicht. Wenn Libby durchaus nicht Kapitän werden will, sollten wir vielleicht besser nach einem anderen Ausschau halten.«

Justin Foote hatte eine Namensliste auf Mikrofilm dabei, aber kein Lesegerät. Das Gedächtnis der Anwesenden produzierte jedoch die Namen vieler Kandidaten. Schließlich einigten sie sich auf Captain Rufus King.

Libby erklärte seinem neuen Vorgesetzten die Anwendung seines Lichtdruck-Antriebs. »Die *loci* der für uns erreichbaren Zielorte liegen auf einem Bündel von Paraboloiden, und unser Kurs ist eine Tangente an ihren Scheitelpunkten. Eine Beschleunigung mittels des normalen Schiffsantriebs wird immer so erfolgen, daß der absolute Wert unseres Vektors konstant bleibt. Das bedeutet, daß das Schiff während der Beschleunigung langsam manövriert werden muß. Aber das ist wegen des enormen Unterschieds zwischen unserem augenblicklichen Vektor und den Manöver-Vektoren, die ihm aufgedrückt werden, keine allzu knifflige Arbeit. Man kann es sich in groben Zügen als eine Beschleunigung im rechten Winkel zu unserem Kurs vorstellen.«

»Ja, das verstehe ich«, fiel Kapitän King ein, »aber wie kommen Sie darauf, der resultierende Vektor müsse immer gleich unserem augenblicklichen Vektor sein?«

»Er muß nicht, wenn der Kapitän eine andere Entscheidung trifft«, antwortete Libby mit verblüfftem Gesicht, »aber eine Komponente, die den resultierenden Vektor unter unsere augenblickliche Geschwindigkeit reduziert, würde uns einfach ein bißchen verlangsamen, ohne die Zahl der *loci* möglicher Zielorte zu vergrößern. Das Ergebnis wäre eine Verlängerung unserer Flugzeit um Generationen, sogar um Jahrhunderte, wenn die resultierende ...«

»Gewiß, gewiß! Ich bin über die Grundlagen der Ballistik informiert, Mister. Aber warum erwähnen Sie die Alternative nicht? Warum sollen wir unsere Geschwindigkeit nicht erhöhen? Warum kann ich nicht entlang meinem gegenwärtigen Kurs beschleunigen, wenn ich will?«

Libby wirkte bekümmert. »Das kann der Kapitän natürlich befehlen. Aber es wäre ein Versuch, die Lichtgeschwindigkeit zu überschreiten. Man geht von der Annahme aus, daß das unmöglich ist ...«

»Genau darauf will ich hinaus. Eine Annahme! Ich habe mich immer gefragt, ob diese Annahme gerechtfertigt ist. Jetzt scheinen wir eine günstige Gelegenheit zu haben, es herauszufinden.«

Libby zögerte. Sein Pflichtgefühl kämpfte gegen die

Versuchung an, sich der Ekstase wissenschaftlicher Neugier hinzugeben. »Wenn dies ein Forschungsschiff wäre, Captain, würde ich darauf brennen, es zu versuchen. Ich kann mir nicht vorstellen, welche Bedingungen wir anträfen, wenn wir die Lichtgeschwindigkeit tatsächlich überschritten, aber ich halte es für möglich, daß wir völlig vom elektromagnetischen Spektrum abgeschnitten würden. Wie könnten wir andere Körper sehen, wie navigieren?« Libbys Bedenken stützten sich nicht nur auf die Theorie. Schon jetzt ›sahen‹ sie ausschließlich mit elektronischen Hilfsmitteln. Für das bloße Auge war die Hemisphäre hinter ihnen schwarz und leer; die kürzesten Strahlen hatten sich zu Wellenlängen gedopplert, die für menschliche Sinne zu lang waren. Die Sterne vor ihnen waren noch sichtbar, aber ihr ›Licht‹ bestand aus den längsten Hertzschen Wellen, die von der unvorstellbaren Geschwindigkeit des Schiffes zusammengedrückt wurden. Dunkle ›Radiosterne‹ leuchteten wie Sterne erster Größe, an Radiowellen arme Sterne waren ausgelöscht. Vertraute Konstellationen waren so verändert, daß man sie kaum wiedererkannte. Die Spektralanalyse bestätigte, daß der Doppler-Effekt das Bild verzerrte, denn die Fraunhoferschen Linien hatten sich nicht nur zum violetten Ende hin verschoben, sie waren darüber hinausgewandert. Vorher unbekannte Muster ersetzten sie.

»Hmm ...«, erwiderte King. »Ich verstehe, was Sie meinen. Verdammt noch mal, wie gern würde ich es versuchen! Aber ich gebe zu, mit Passagieren an Bord kommt es nicht in Frage. Na gut, bereiten Sie mir vorläufige Kurse zu Sternen vom ›G‹-Typ vor, die innerhalb Ihres trompetenblumenförmigen *locus* und nicht zu weit entfernt liegen. Sagen wir zehn Lichtjahre für unsere erste Suche.«

»Jawohl, Sir. Das habe ich bereits gemacht. Ich habe in dieser Reichweite keine ›G‹-Typen anzubieten.«

»So? Einsam hier draußen, wie? Und?«

»Wir haben Tau Geti innerhalb des *locus* bei einer Entfernung von elf Lichtjahren.«

»Ein G-5, wie? Nicht besonders gut.«

»Nein, Sir. Aber wir haben einen echten Sol-Typ, einen G-2 – Katalognummer ZD 9817. Leider ist er mehr als doppelt so weit entfernt.«

Kapitän King kaute an einem Fingerknöchel. »Das werde ich den Ältesten vorlegen müssen. Wie groß ist unser subjektiver Zeitvorteil?«

»Das weiß ich nicht, Sir.«

»Wie? Nun, arbeiten Sie es aus! Oder geben Sie mir die Daten, dann werde ich es tun. Ich behaupte nicht, ein Mathematiker wie Sie zu sein, aber die Aufgabe könnte jeder Kadett lösen, so einfach sind die Gleichungen.«

»Das sind sie, Sir. Aber ich habe die Daten nicht, die in die Zeitkontraktionsgleichung eingesetzt werden müßten ... weil ich im Augenblick keine Möglichkeit habe, die Geschwindigkeit des Schiffes exakt zu messen. Die Violett-Verschiebung ist nutzlos; wir wissen nicht, was die Linien bedeuten. Ich fürchte, wir müssen warten, bis wir eine viel längere Standlinie gewonnen haben.«

King seufzte. »Mister, manchmal frage ich mich, warum ich mich habe verleiten lassen, diesen Posten anzunehmen. Haben Sie Lust auf eine Wette? Lange Zeit? Kurze Zeit?«

»Ah ... eine lange Zeit, Sir. Jahre.«

»So? Nun, ich habe es in schlechteren Schiffen ausgeschwitzt. Jahre, wie? Spielen Sie Schach?«

»Ich habe früher einmal gespielt, Sir.« Libby erwähnte nicht, daß er es aus Mangel an ebenbürtigen Gegnern schon lange aufgegeben hatte.

»Sieht aus, als würden wir viel Zeit zum Spielen finden. Königsbauer nach E4.«

»Königsspringer nach F6.«

»Ein unorthodoxer Spieler, wie? Nun, ich werde den nächsten Zug später machen. Jetzt sollte ich lieber versuchen, den Passagieren den G-2 zu verkaufen, auch wenn die Reise länger dauert ... und Ford werde ich vorschlagen, Wettbewerbe und dergleichen zu veranstalten. Kann nicht zulassen, daß sie das Sargfieber bekommen.«

»Ja, Sir. Habe ich schon erwähnt, wie lange das

Abbremsen dauern wird? Etwa ein Jahr subjektiver Zeit bei einem negativen g, um uns auf eine stellare Geschwindigkeit hinunterzubringen.«

»Wie bitte? Wir werden genauso bremsen, wie wir beschleunigt haben – mit Ihrem Lichtdruck-Antrieb.«

Libby schüttelte den Kopf. »Tut mir leid, Sir. Der Lichtdruck-Antrieb hat den Nachteil, daß es ganz gleichgültig ist, welchen Kurs und welche Geschwindigkeit man vorher hatte. Wenn man in der Nähe eines Sterns trägheitslos wird, schleudert einen der Lichtdruck von dem Stern weg wie einen Korken, den ein Wasserstrahl trifft. Mit der Trägheit verliert man auch das bisherige Bewegungsmoment.«

»Also gehen wir davon aus, daß wir Ihrem Plan folgen werden«, gab King nach. »Ich kann mit Ihnen jetzt nicht streiten; es gibt immer noch Dinge an Ihrer Erfindung, die ich nicht verstehe.«

»Es gibt daran eine Menge Dinge«, antwortete Libby ernst, »die auch ich nicht verstehe.«

Zehn Minuten nachdem Libby seinen Lichtdruck-Antrieb angeschlossen hatte, ließ das Schiff die Umlaufbahn der Erde hinter sich. Er und Lazarus diskutierten die esoterischen physikalischen Aspekte auf dem ganzen Weg zur Mars-Bahn – für den sie nicht einmal eine Viertelstunde brauchten. Jupiter war noch fern, als Barstow die Konferenz zur Ernennung eines Administrators einberief. Aber es dauerte eine Stunde, bis er alle seine Leutnants in dem überfüllten Schiff gefunden hatte. Als er um Ruhe bat, waren sie bereits eine Milliarde Meilen weit draußen, jenseits der Saturn-Bahn. Insgesamt waren anderthalb Stunden verstrichen.

Nach dem Saturn wurden die Abschnitte länger. Der Uranus fand sie noch in heftiger Diskussion begriffen. Dennoch hatte man sich auf Ford als Administrator geeinigt, und er hatte das Amt angenommen, bevor das Schiff den Neptun erreichte. King war zum Kapitän gewählt worden, hatte sich von Lazarus einweisen lassen und besprach sich mit seinem Astrogator, als das Schiff beinahe vier Milliarden Meilen tief im Raum die Pluto-Bahn passierte, aber trotzdem waren nicht einmal sechs Stunden vergangen, seit das Licht der Sonne sie weggeblasen hatte.

Auch dann hatten sie das Sonnensystem noch nicht verlassen. Zwischen ihnen und den Sternen lag nichts mehr als die Winterhäuser von Sols Kometen und die Verstecke hypothetischer transplutonischer Planeten – ein Raum, auf den die Sonne das Vorkaufsrecht hat, den man aber kaum als ihr unbeschränkt veräußerliches Grundeigentum bezeichnen kann. Aber auch die nächsten Sterne waren immer noch Lichtjahre entfernt. Die *New Frontiers* eilte ihnen mit einer Geschwindigkeit entgegen, die dem Licht beinahe auf die Fersen trat – Wetter kalt, Bahn schnell.

Hinaus, hinaus und noch weiter hinaus ... hinaus zu den einsamen Tiefen, wo die Weltlinien beinahe gerade sind, unverzerrt von der Gravitation. Jeden Tag, jeden Monat ... jedes Jahr ... führte ihre hastige Flucht sie weiter weg von der Menschheit.

ZWEITER TEIL

1

Allein in der Wüste der Nacht, raste das Schiff dahin, und jedes Lichtjahr war so leer wie das vorige. Die Familien fanden zu einem neuen Lebensstil.

Die *New Frontiers* war ungefähr zylindrisch. Wenn sie nicht beschleunigt wurde, drehte sie sich um ihre Achse, um den Passagieren in der Nähe der Außenhaut ein Pseudogewicht zu geben; die äußeren oder ›unteren‹ Abteile waren die Wohnquartiere, während die inneren oder ›oberen‹ Abteile als Lagerräume und so weiter benutzt wurden. Zwischen ihnen lagen Läden, hydroponische Farmen und dergleichen. An der Achse entlang zogen sich von vorn bis achtern der Kontrollraum, der Konverter und der Hauptantrieb.

Man sieht, daß die Konstruktion Ähnlichkeit mit den interplanetaren Schiffen hat, die heute in Gebrauch sind, aber man muß sich die ungeheure Größe vor Augen halten. Die *New Frontiers* war eine Stadt mit reichlich Lebensraum für eine Kolonie von zwanzigtausend Menschen, was der geplanten Stammbesatzung von zehntausend erlaubt hätte, ihre Zahl während des langen Fluges nach Proxima Centauri zu verdoppeln.

Doch so groß sie war, mit den mehr als hunderttausend Mitgliedern der Familien war sie fünffach überbelegt.

Sie fanden sich damit nur so lange ab, bis sie Anlagen für den Kälteschlaf geschaffen hatten. Den Platz dafür quetschte man aus dem Schiff heraus, indem man Freizeiträume auf den unteren Ebenen in Lagerhallen umwandelte. Kaltschläfer brauchen nur ungefähr ein Prozent von dem Lebensraum, den aktive, funktionierende menschliche Wesen in Anspruch nehmen; nach einiger Zeit war das Schiff für diejenigen, die noch wach waren, geräumig genug. Anfangs meldeten sich nicht viele Freiwillige für den Kälteschlaf. Wegen ihres einmaligen Erbgutes waren sich diese Menschen des Todes stärker als normal bewußt, und der Kälteschlaf glich in ihren Augen zu sehr dem Letzten Schlaf. Aber die von der Überfüllung hervorgerufene große Unbequemlichkeit zusammen mit der ebenfalls extremen Monotonie einer endlosen Reise brachten sie dazu, ihre Meinung schnell genug zu ändern, daß für den kleinen Tod immer gerade soviel Nachschub kam, wie versorgt werden konnte.

Diejenigen, die wach blieben, wurden von all der Arbeit, die es zu tun gab, auf Trab gehalten. Da waren die Haushaltsführung, die hydroponischen Farmen, die Hilfsmaschinen des Schiffes und vor allem die Pflege der Schläfer. Biomechaniker hatten komplexe empirische Formeln ausgearbeitet, die den körperlichen Abbau und die Maßnahmen zu seiner Verhinderung unter verschiedenen Bedingungen der Beschleunigung, der Raumtemperatur, der verwendeten Medikamente und anderer Faktoren wie metabolisches Alter, Körpermasse und Geschlecht beschrieben. Durch die Benutzung der oberen Abteilungen, in denen wenig Schwere herrschte, konnten die Schäden, die durch die Beschleunigung entstanden (das heißt, durch den Druck des Körpergewebes auf sich selbst, die Ursache von Plattfüßen und Wundliegen), auf ein Minimum beschränkt werden. Aber alle Dienstleistungen für die Schläfer mußten von Hand ausgeführt werden – das Umdrehen und Massieren, das Überprüfen des Blutzuckers und des verlangsamten Herzschlags und die sonstigen Tests, die nötig waren, damit der extrem reduzierte Metabolismus nicht in den Tod überging. Abgesehen von einem Dutzend Kammern in der Krankenstation des Schiffes war die *New Frontiers* nicht mit Einrichtungen für den Kälteschlaf ausgestattet gewesen, und so gab es keine automatischen Maschinen.

Eleanor Johnson entdeckte ihre Freundin Nancy Weatheral im Speisesaal 9-D, der von seinen ständigen Besuchern ›Der Club‹ und von denen, die ihn mieden, mit weniger schmeichelhaften Namen genannt wurde. Hauptsächlich bevorzugten ihn solche, die jung und laut waren. Lazarus war der einzige ältere Mann, der oft dort aß. Ihn störte der Lärm nicht, er hatte Spaß daran.

Eleanor stürzte sich auf ihre Freundin und küßte sie auf den Nacken. »Nancy! Also bist du wieder wach! Bin ich froh, dich zu sehen!«

Nancy machte sich los. »Hallo, Baby. Verschütte meinen Kaffee nicht!«

»Was! Freust du dich denn nicht, *mich zu* sehen?«

»Natürlich. Nur vergißt du, daß zwar für dich ein Jahr vergangen ist, wir uns aber zuletzt gestern gesehen haben, was mich betrifft. Und außerdem bin ich noch schläfrig.«

»Wie lange bist du wach, Nancy?«

»Zwei Stunden. Wie geht es deinem Kleinen?«

»Oh, dem geht es gut!« Eleanor Johnsons Gesicht leuchtete auf. »Du wirst ihn nicht wiedererkennen – er ist letztes Jahr in die Höhe geschossen. Er reicht mir fast bis zur Schulter und wird seinem Vater von Tag zu Tag ähnlicher.«

Nancy wechselte das Thema. Eleanors Freunde achteten darauf, Eleanors toten Ehemann aus dem Gespräch herauszuhalten. »Was hast du getan, während ich gepennt habe? Unterrichtest du immer noch die Erstkläßler?«

»Ja. Oder vielmehr nein. Ich bleibe bei der Altersgruppe, in der mein Hubert ist. Er ist jetzt im zweiten Schuljahr.«

»Warum legst du dich nicht ein paar Monate schlafen und überspringst einen Teil der stumpfsinnigen Plackerei, Eleanor? Wenn du so weitermachst, wirst du noch zur alten Frau.«

»Nein«, wehrte Eleanor ab, »erst wenn mein Hubert alt genug ist, daß er mich nicht mehr braucht.«

»Sei nicht sentimental. Die Hälfte der weiblichen Freiwilligen sind Frauen mit kleinen Kindern. Das kann ich ihnen nicht verübeln. Sieh mich an – für mich dauert die Reise erst sieben Monate. Ich könnte den Rest im Kopfstand überstehen.«

Eleanor ließ sich nicht überzeugen. »Nein, vielen Dank. Das mag für dich in Ordnung sein, aber mir ist es so lieber.«

Lazarus saß an der gleichen Theke wie sie und vertilgte ein Lendensteak-Surrogat. »Sie hat Angst, etwas zu verpassen«, erklärte er. »Das kann ich verstehen. Mir geht es ebenso.«

Nancy änderte den Angriffswinkel. »Dann schaff dir ein zweites Kind an, Eleanor, und du wirst von den Routine-Pflichten befreit.«

»Dafür sind zwei Personen erforderlich«, betonte Eleanor.

»Das ist kein Hindernis. Hier ist zum Beispiel Lazarus. Er wäre ein ausgezeichneter Vater.«

In Eleanors Wangen zeigten sich Grübchen. Lazarus wurde unter seiner Dauerbräune rot. »Tatsache ist«, stellte Eleanor ruhig fest, »daß ich ihm einen Antrag gemacht und einen Korb erhalten habe.«

Nancy verschluckte sich an ihrem Kaffee und sah schnell von Lazarus zu Eleanor. »Verzeihung, das wußte ich nicht.«

»Macht nichts«, antwortete Eleanor. »Der Grund ist einfach, daß ich eine seiner Enkelinnen bin, mit viermal ›Ur‹.«

»Aber ...« Nancy kämpfte mit sich, ob sie dem Brauch folgend Diskretion walten lassen solle, und verlor. »Ach du meine Güte, das liegt doch innerhalb der erlaubten Verwandtschaftsgrade. Wo steckt der Haken? Oder sollte ich den Mund halten?«

»Du solltest«, stimmte Eleanor zu.

Lazarus rückte verlegen herum. »Ich weiß, ich bin altmodisch«, gestand er, »aber ich habe von altersher bestimmte Prinzipien. Genetik hin oder her, ich finde es einfach nicht richtig, eine meiner eigenen Enkelinnen zu heiraten.«

Nancy konnte es nicht fassen. »Das kann man wohl sagen, daß du altmodisch bist!« Sie setzte hinzu: »Oder vielleicht bist du nur schüchtern. Das könnte mich reizen, dir auch einen Antrag zu machen und es herauszufinden.«

Lazarus funkelte sie an. »Dann tu es und sieh zu, welch eine Überraschung du erleben wirst!«

Nancy musterte ihn nüchtern. »Hmmm ...«, meinte sie überlegend.

Lazarus versuchte, sie dazu zu zwingen, daß sie den Blick abwandte, und schlug schließlich selbst die Augen nieder. »Ich bitte die Damen, mich zu entschuldigen«, sagte er nervös. »Habe zu tun.«

Eleanor legte ihm sanft die Hand auf den Arm. »Geh nicht, Lazarus. Nancy ist eine Katze und kann nicht anders. Erzähle ihr von den Plänen für die Landung.«

»Was ist das? Werden wir landen? Wann? Wo?«

Lazarus, der sich gern versöhnen ließ, berichtete es ihr.

Der Stern vom Typ G-2, oder vom Sol-Typ, auf den sie vor Jahren den Kurs ausgerichtet hatten, war jetzt nicht einmal mehr ein Lichtjahr – ein bißchen mehr als sieben Lichtmonate – entfernt, und man hatte durch parainterferometrische Methoden festgestellt, daß ZD 9817 (oder einfach ›unser‹ Stern) von Planeten umkreist wurde.

Im nächsten Monat, wenn der Stern noch ein halbes Lichtjahr entfernt war, wollte man mit dem Bremsen beginnen. Das Schiff würde nicht mehr rotieren, ein ganzes Jahr lang mit arbeitenden Triebwerken bei einem g mit dem Heck voraus fliegen und mit eher interplanetarer als stellarer Geschwindigkeit in der Nähe des Sterns ankommen. Dann mußte nach einem Planeten gesucht werden, auf dem Menschen leben konnten. Das war schnell und leicht zu bewerkstelligen, denn die einzigen Planeten, die für sie von Interesse waren, würden bis dahin so deutlich zu erkennen sein wie die Venus von der Erde aus. Weit draußen lauernde kalte Planeten von der Art des Neptun oder des Pluto kamen ebensowenig in Frage wie dem Merkur ähnliche verbrannte Schlackenhaufen, die sich in den flammenden Röcken des Muttergestirns versteckten.

Gab es keinen erdähnlichen Planeten, dann mußten sie dicht an die fremde Sonne heransteuern und sich wieder vom Lichtdruck abstoßen lassen, um die Jagd nach einer Heimat anderswo weiterzuführen – diesmal mit dem Unterschied, daß sie nicht von der Polizei verfolgt wurden und einen neuen Kurs mit Sorgfalt planen konnten.

Lazarus erläuterte, daß eine Landung der *New Frontiers* in keinem von beiden Fällen vorgesehen war; dazu war sie zu groß, ihr Gewicht würde sie erdrücken. Fanden sie einen Planeten, würde sie ihn in einer Parkbahn umkreisen, und dann schließlich konnten Forschungstrupps in Beibooten nach unten geschickt werden.

Sobald Lazarus die beiden jungen Frauen verlassen konnte, ohne an Gesicht zu verlieren, ging er ins Laboratorium, wo die Familien ihre Forschungen auf den Gebieten des Metabolismus und der Gerontologie fortsetzten. Er erwartete, Mary Sperling dort zu finden; nach der Hakelei mit Nancy hatte er Bedürfnis nach ihrer Gesellschaft. Wenn er jemals wieder heiraten sollte, dachte er, wäre Mary eher sein Stil. Doch er zog es nicht ernstlich in Betracht; eine Verbindung zwischen Mary und ihm hätte seiner Meinung nach einen lächerlichen Beigeschmack von Lavendel und vergilbten Spitzen.

Mary Sperling, die den symbolischen Tod des Kälteschlafs scheute, hatte ihre Angst vor dem Tod in konstruktive Bahnen gelenkt, indem sie sich freiwillig als Laborassistentin für die ständige Forschungsarbeit zum Thema Langlebigkeit meldete. Sie war keine ausgebildete Biologin, aber sie hatte geschickte Finger und einen behenden Geist. In den Jahren der Reise war aus ihr eine tüchtige Assistentin Dr. Gordon Hardys, des Leiters der Forschungsabteilung, geworden.

Lazarus fand sie bei der Arbeit an dem unsterblichen Hühnerherz-Gewebe, das der Laboratoriumsmannschaft als ›Mrs. 'Awkins‹ bekannt war. Mrs. 'Awkins war älter als jedes einzelne Mitglied der Familien, Lazarus möglicherweise ausgenommen. Sie war ein wachsendes Stück des Originalgewebes, das die Familien im 20. Jahrhundert vom Rockefeller-Institut erhalten hatten, und damals hatte es schon seit Beginn des Jahrhunderts gelebt. Dr. Hardy und seine Vorgänger hielten ihr Stück mit Hilfe der Carrel-Lindbergh-O'Shaug-Techniken jetzt seit mehr als zweihundert Jahren am Leben – und Mrs.'Awkins gedieh immer noch.

Gordon Hardy hatte bei seiner Verhaftung darauf bestanden, das Gewebe und den es erhaltenden Apparat ins Reservat mitzunehmen, und ebenso stur war er in diesem Punkt bei ihrer Flucht in der *Chili* gewesen. Jetzt lebte und wuchs Mrs. 'Awkins in der *New Frontiers*, fünfzig oder sechzig Pfund von ihr – blind, taub und gehirnlos, aber am Leben.

Mary Sperling reduzierte Mrs. 'Awkins Umfang. »Hallo, Lazarus«, grüßte sie ihn. »Tritt zurück! Ich habe den Tank offen.«

Er sah zu, wie sie überschüssiges Gewebe abschnitt.

»Mary«, fragte er, »was hält das dumme Ding am Leben?«

»Du stellst die Frage verkehrt herum«, antwortete sie, ohne aufzublicken. »Richtig muß es heißen: Warum sollte es sterben? Warum sollte es nicht für immer so weitermachen?«

»Zum Teufel, ich wünschte, es würde sterben!« erklang die Stimme Dr. Hardys hinter ihnen. »Wir könnten zusehen und den Grund herausfinden.«

»Du wirst über Mrs. 'Awkins nie etwas herausfinden, Boß«, meinte Mary, mit Händen und Augen immer noch fleißig. »Der Schlüssel zu dieser Sache liegt in den Gonaden – sie hat keine.«

»Hummph! Was weißt du denn davon?«

»Weibliche Intuition. Und du?«

»Ich weiß nichts, absolut nichts! Und das gibt mir einen Vorteil über dich und deine Intuition.«

»Mag sein. Aber«, setzte Mary verschmitzt hinzu, »ich habe dich schon gekannt, bevor du stubenrein warst.«

»Ein typisch weibliches Argument. Mary, dieser Muskelklumpen hat gegackert und Eier gelegt, bevor einer von uns beiden geboren war, und doch weiß er überhaupt nichts.« Er sah ihn finster an. »Lazarus, ich würde ihn gern für ein Karpfenpärchen eintauschen.«

»Warum Karpfen?« fragte Lazarus.

»Weil Karpfen anscheinend nicht sterben. Sie werden getötet oder gegessen oder verhungern oder erliegen einer Infektion, aber soviel wir wissen, sterben sie nicht.«

»Warum nicht?«

»Ich war gerade dabei, es herauszufinden, als wir auf diese verdammte Safari geschleppt wurden. Sie haben eine ungewöhnliche Darmflora, und vielleicht hat es damit etwas zu tun. Aber ich glaube, es liegt daran, daß sie niemals aufhören zu wachsen.«

Mary sagte etwas Unhörbares. Hardy verlangte zu wissen: »Was murmelst du da? Noch eine Intuition?«

»Ich habe gesagt: ›Amöben sterben nicht.‹ Du hast selbst gesagt, daß jede Amöbe, die es heute gibt, schon seit, oh, fünfzig Millionen Jahren oder so lebt. Aber sie wachsen nicht unaufhörlich, und eine Darmflora haben sie bestimmt nicht.«

»Nun, es stimmt, was ich gesagt habe. Sie teilen sich einfach und leben weiter. Und wenn sie keine Darmflora haben, mag es eine strukturelle Parallele geben. Aber mich frustriert es, daß ich keine Versuchstiere habe. Dabei fällt mir etwas ein: Lazarus, ich bin froh, daß du hereingeschaut hast. Ich möchte dich um einen Gefallen bitten.«

»Sag's schon. Ich könnte in großzügiger Stimmung sein.«

»Du bist selbst ein interessanter Fall, weißt du. Du bist unserer genetischen Planung nicht gefolgt, du hast sie vorweggenommen. Deine Leiche soll nicht in den Konverter kommen; ich will sie untersuchen.«

Lazarus schnaubte. »Das geht von mir aus in Ordnung, Kumpel. Aber du solltest deinem Nachfolger Bescheid sagen – denn vielleicht lebst du nicht mehr solange. Und ich wette mit dir um alles, was du willst, daß man durch Herumstochern in meinem Kadaver gar nichts finden wird!«

Der Planet, auf den sie gehofft hatten, war vorhanden, grün, saftig und jung, und er sah der Erde so ähnlich, wie es ein anderer Planet nur fertigbrachte. Davon abgesehen war das ganze System in groben Zügen ein Gegenstück des Sonnensystems – kleine Planeten wie die Erde in der Nähe der Sonne, große wie der Jupiter weiter draußen. Den Kosmologen war es nie gelungen, das Sonnensystem zu erklären; sie hatten abgewechselt zwischen Ursprungstheorien, die sich nicht beweisen ließen, und mathematisch-physikalischen Beweisen, daß ein solches System gar nicht habe entstehen können. Und doch gab es hier ein zweites, was vermuten ließ, daß die Paradoxa nicht einzigartig und vielleicht sogar weitverbreitet waren.

Als sie näher herankamen, brachte die teleskopische Beobachtung jedoch eine Tatsache zu Tage, die noch überraschender, noch stimulierender und bestimmt störender war. Auf dem Planeten gab es Leben – intelligentes Leben ... zivilisiertes Leben.

Man konnte ihre Städte erkennen. Ihre technischen Anlagen, fremdartig in Form und Zweck, waren groß genug, um vom Raum aus gesehen zu werden, genau wie man unsere sehen kann.

Vielleicht bedeutete es, daß sie sich müde weiterschleppen mußten. Aber anscheinend hatte die dominierende Rasse den zur Verfügung stehenden Lebensraum nicht überfüllt. Auf diesen großen Kontinenten mochte Platz für ihre kleine Kolonie sein. Falls eine Kolonie willkommen war ...

»Um die Wahrheit zu gestehen«, meinte Kapitän King nervös, »ich hatte mit nichts dergleichen gerechnet. Höchstens mit primitiven Eingeborenen und natürlich mit gefährlichen Tieren, aber im Unterbewußtsein bin ich wohl davon ausgegangen, der Mensch stelle die einzige wirklich zivilisierte Rasse dar. Wir werden sehr vorsichtig sein müssen.«

King stellte eine Forschungsgruppe unter der Leitung von Lazarus zusammen. Er hatte Vertrauen zu Lazarus' gesundem Menschenverstand und Überlebenswillen gewonnen. Der Kapitän hätte die Gruppe gern selbst angeführt, aber sein Pflichtbewußtsein zwang ihn, darauf zu verzichten. Slayton Ford jedoch durfte gehen; Lazarus wählte ihn und Ralph Schultz und seine Leutnants. Die übrigen Teilnehmer waren Spezialisten: Biochemiker, Geologen, Ökologen, Stereographen und mehrere Sorten von Psychologen und Soziologen, die die Eingeborenen studieren sollten, einschließlich einer Autorität in der Person von McKelvy, dem Urheber der strukturellen Theorie der Kommunikation. Er sollte eine Methode finden, mit den Eingeborenen zu reden.

Keine Waffen ...

King weigerte sich glattweg, ihnen welche zu geben. »Ihre Forschergruppe ist entbehrlich«, teilte er Lazarus geradeheraus mit, »und wir können es nicht riskieren, die Eingeborenen durch eine tätliche Auseinandersetzung zu beleidigen, ganz gleich, aus welchem Grund, und wenn es in Selbstverteidigung wäre. Sie sind Gesandte, keine Soldaten. Vergessen Sie das nicht!«

Lazarus kehrte in seine Kabine zurück, und als er wieder zum Vorschein kam, lieferte er King todernst einen Laser aus. Von dem, den er unter seinem Kilt immer noch am Bein festgeschnallt trug, sagte er nichts.

King wollte ihnen gerade befehlen, das Boot zu bemannen, als sie von Janice Schmidt unterbrochen wurden, der Oberschwester, die die Behinderten der Familien betreute. Sie drängte sich bis zum Kapitän durch.

Nur eine Krankenschwester konnte es in diesem Augenblick schaffen, seine Aufmerksamkeit auf sich zu lenken. An beruflicher Hartnäckigkeit war sie ihm gewachsen, und sie hatte ein halbes Jahrhundert mehr Praxis darin, störrisch zu sein. King sah sie böse an. »Was hat diese Störung zu bedeuten?«

»Captain, ich muß mit Ihnen über eins meiner Kinder sprechen.«

»Schwester, bei Ihnen stimmt es wohl nicht ganz. Gehen Sie! Kommen Sie in mein Büro – nachdem Sie die Sache mit dem Chefarzt besprochen haben.«

Sie stemmte die Hände in die Hüften. »Sie werden mich jetzt anhören! Das ist die Landegruppe, nicht wahr? Ich muß Ihnen etwas mitteilen, bevor das Boot ablegt.«

King öffnete den Mund zum Sprechen, überlegte es sich anders und sagte nur: »Fassen Sie sich kurz!«

Das tat sie. Hans Weatheral, über neunzig Jahre alt, aber einer hyperaktiven Thymusdrüse wegen äußerlich immer noch ein Junge, gehörte zu ihren Pflegebefohlenen. Er war geistig behindert, aber nicht schwachsinnig, er litt an chronischer Apathie und einer Nerven-Muskel-Schwäche, die es ihm unmöglich machte, selbst zu essen – und er war ein hochgradiger Telepath.

Er hatte Janice erzählt, er wisse alles über den Planeten, den sie umkreisten. Seine Freunde dort unten hätten es ihm mitgeteilt ... und sie erwarteten ihn.

Der Start des Landeboots wurde aufgeschoben, während King und Lazarus der Sache nachgingen. Hans äußerte sich ganz sachlich über seine Informationen, und das bißchen davon, das sie nachprüfen konnten, erwies sich als richtig. Aber besonders was seine ›Freunde‹ anging, war er keine große Hilfe. »Oh, das sind einfach Leute«, sagte er und zuckte über soviel Verständnislosigkeit die Achseln. »Ganz ähnlich wie zu Hause. Nette Leute. Gehen zur Arbeit, gehen zur Schule, gehen zur Kirche. Haben Kinder und vergnügen sich. Sie werden euch gefallen.«

In einem Punkt war er ganz sicher: Seine Freunde erwarteten ihn, und deshalb mußte er mitkommen.

Also wurde die Landegruppe, obwohl Lazarus, der es für falsch hielt, sich dagegen aussprach, um Hans Weatheral, Janice Schmidt und eine Tragbahre für Hans erweitert.

Drei Tage später kehrte die Gesellschaft zurück. Lazarus hatte unter vier Augen eine lange Besprechung mit King, während die Berichte der Spezialisten analysiert und kombiniert wurden. »Der Planet ist der Erde erstaunlich ähnlich, Skipper. Man bekommt direkt Heimweh. Aber er hat auch Unterschiede aufzuweisen, bei denen mir die Haare zu Berge stehen. Es ist, als betrachte man sein eigenes Gesicht im Spiegel und es hat drei Augen und keine Nase. Beunruhigend.«

»Was ist mit den Eingeborenen?«

»Darauf wollte ich gerade kommen. Wir überflogen rasch die Tagseite, um sie uns mit bloßem Auge anzusehen. Da war nichts, das Sie nicht schon durchs Teleskop entdeckt haben. Dann landete ich das Boot an der Stelle, die Hans mir angab – auf einem freien Platz nahe dem Zentrum einer der Städte. Ich für meine Person hätte ihn mir nicht ausgesucht; ich hätte es vorgezogen, im Busch zu landen und auf Erkundung auszugehen. Aber Sie hatten mir gesagt, ich solle auf Hans hören.«

»Es stand Ihnen frei, nach eigenem Ermessen zu urteilen«, erinnerte King ihn.

»Ja, ja. Jedenfalls landeten wir dort. Bis die Techniker

die Luft analysiert und auf Risiken untersucht hatten, war ein richtiger Auflauf entstanden. Die Eingeborenen – nun, Sie haben die Stereographien gesehen.«

»Ja. Unglaublich android.«

»Android, Teufel! Das sind *Menschen*. Keine Terraner, aber trotzdem Menschen.« Lazarus war sich offenbar nicht schlüssig, was er davon halten sollte. »Mir gefällt das nicht.«

King erhob keinen Widerspruch. Die Bilder hatten Zweifüßler gezeigt, sieben bis acht Fuß groß und bilateral symmetrisch. Sie besaßen ein Innenskelett, deutlich unterscheidbare Köpfe, Linse-und-Kamera-Augen. Diese Augen waren ihr menschlichster und einnehmendster Zug. Sie waren groß, friedlich und tragisch wie die eines Bernhardinerhundes.

Man tat gut daran, sich auf die Augen zu konzentrieren, denn die anderen Merkmale waren nicht so einfach zu ertragen. King wandte den Blick von den schlaffen, zahnlosen Mündern und den gespaltenen Oberlippen ab. Seiner Meinung nach mochte es lange, lange Zeit dauern, bis man es fertigbrachte, diese Wesen gern zu haben. »Weiter«, forderte er Lazarus auf.

»Wir öffneten die Tür, und ich ging allein, mit leeren Händen hinaus. Ich bemühte mich, friedlich und freundlich dreinzublicken. Drei von ihnen traten vor – eifrig, möchte ich sagen. Aber sofort verloren sie das Interesse an mir. Sie schienen auf jemand anderes zu warten. Also gab ich Befehl, Hans hinauszutragen.

Skipper, man sollte es nicht glauben. Sie machten um Hans ein Theater wie um einen lange verloren geglaubten Bruder. Nein, das beschreibt es nicht richtig. Es war eher so, als kehre ein König im Triumph heim. Zu uns anderen waren sie auf oberflächliche Art höflich, aber Hans beteten sie an.« Lazarus zögerte. »Skipper, glauben Sie an Reinkarnation?«

»Nicht unbedingt. Ich bin der Frage gegenüber aufgeschlossen. Natürlich habe ich den Bericht des Frawling-Komitees gelesen.«

»Ich habe mit der Idee nie etwas anfangen können.

Aber wie soll man sich sonst den Empfang erklären, den sie Hans bereitet haben?«

»Ich erkläre es mir nicht. Fahren Sie in Ihrem Bericht fort! Halten Sie es für möglich, daß wir uns hier ansiedeln?«

»Oh«, sagte Lazarus, »in dem Punkt haben sie keinen Zweifel gelassen. Wissen Sie, Hans kann mit ihnen richtig reden, auf telepathischem Weg. Er sagte uns, ihre Götter hätten uns erlaubt, hier zu leben, und die Eingeborenen treffen bereits Vorbereitungen für unsere Ankunft.«

»Wie bitte?«

»Das ist richtig. Sie wollen uns.«

»Na, ist das eine Erleichterung!«

»Wirklich?«

King betrachtete Lazarus' düstere Miene. »Sie haben einen Bericht abgegeben, der Punkt für Punkt günstig ist. Warum dieser säuerliche Blick?«

»Ich weiß es nicht. Mir wäre es einfach lieber, wir würden uns einen eigenen Planeten suchen. Skipper, wenn etwas so leicht geht, ist ein Haken dabei.«

2

Die Jockaira (manche zogen die Schreibweise Zhacheira vor) übergaben den Kolonisten eine vollständige Stadt.

Eine solche erstaunliche Hilfsbereitschaft und dazu die Tatsache, daß fast jedes Mitglied der Howard-Familien plötzlich an sich ein brennendes Verlangen nach Erde unter den Füßen und frischer Luft in den Lungen entdeckte, beschleunigte den Umzug vom Schiff zur Planetenoberfläche sehr. Die wachen Passagiere hatten sich darauf eingestellt gehabt, daß sie mindestens ein Erdenjahr brauchen und immer nur soviel Schläfer aufwecken würden, wie untergebracht werden konnten. Aber jetzt wurde die Zahl der Siedler nur von der geringen Leistungsfähigkeit der Beiboote begrenzt.

Die Jockaira-Stadt war nicht nach den Gesichtspunkten von Menschen erbaut worden. Die Jockaira waren keine Menschen. Ihre körperlichen Bedürfnisse waren etwas anders, und ihre kulturellen Bedürfnisse, wie sie sich in der Technik ausdrückten, waren völlig anders. Aber eine Stadt, jede Stadt, ist eine Maschine, die bestimmten praktischen Zwecken dient: Obdach, Lebensmittelversorgung, sanitäre Anlagen, Kommunikation. Die diesen Grunderfordernissen innewohnende Logik wird, von unterschiedlichen Wesen in unterschiedlichen Umgebungen angewandt, eine unbegrenzte Zahl von Lösungen hervorbringen. Aber bei jeder Rasse von warmblütigen, Sauerstoff atmenden Androiden in einer bestimmten Umgebung ist das Ergebnis, wenn auch fremdartig, notwendigerweise so beschaffen, daß Terraner die Baulichkeiten benutzen können. In mancher Beziehung sah die Jockaira-Stadt so wild wie ein surrealistisches Gemälde aus, doch Menschen hatten schon in Iglus, in Grashütten und sogar in dem kyberautomatischen Bau unter dem Eis der Antarktis gelebt. Diese Menschen konnten die Jockaira-Stadt beziehen und taten es – und fingen natürlich sofort damit an, sie so umzubauen, daß sie ihren Wünschen besser entsprach.

Es war nicht schwer, obwohl es viel Arbeit machte. Gebäude standen schon – Zufluchtsorte mit Dächern darauf, künstliche Höhlen, die das Grundbedürfnis aller menschlichen Wesen sind. Ganz gleich, wozu die Jockaira sie benutzt hatten, die Menschen konnten sie für beinahe alles brauchen: Zum Schlafen, Erholen, Essen, Unterbringen von Vorräten, Herstellen von Gegenständen. Auch waren die Häuser tatsächlich ›Höhlen‹, weil die Jockaira stärker dazu neigen als wir, sich einzugraben. Aber wenn die Gelegenheit es erfordert, werden Menschen leicht zu Troglodyten, in New York ebenso wie in der Antarktis.

Leitungen führten trinkbares Wasser in die Häuser, das innerhalb bestimmter Grenzen auch zum Waschen ausreichte. Ein größeres Problem stellten die sanitären Anlagen dar; die Stadt verfügte nur über eine unzureichende Abwasserbeseitigung. Die ›Jocks‹ pflegten nicht zu baden, und ansonsten unterschieden sie sich von den Menschen und benutzten andere Einrichtungen. Große Anstrengungen erforderte es, etwas Ähnliches wie die im Schiff befindlichen Erfrischer zu bauen und an die Abflußrohre der Jockaira anzuschließen. Man mußte sich eben bescheiden; Bäder würden ein Luxus bleiben, bis die Wasserver- und -entsorgung mindestens verzehnfacht worden war. Aber Bäder sind nicht lebensnotwendig.

Solche Umbauten waren jedoch eine Kleinigkeit verglichen mit dem Dringlichkeitsprogramm, hydroponische Farmen anzulegen, da der Großteil der Schläfer erst geweckt werden konnte, wenn die Lebensmittelversorgung gesichert war. Die Partei der Optimisten wollte die gesamte hydroponische Ausrüstung der *New Frontiers* auf der Stelle herausreißen, nach unten bringen, neu aufstellen und in Betrieb nehmen, und in der Zwischenzeit, meinten sie, könne man von Vorräten leben. Eine vorsichtigere Minderheit wollte auf dem Planeten nur eine Versuchsanlage betreiben und die Nahrung weiterhin im Schiff erzeugen. Sie wiesen darauf hin, überraschend auftretende Pilze oder Viren der fremden Welt könnten eine Katastrophe herbeiführen – eine Hungersnot.

Die Minderheit, geführt von so starken Persönlichkeiten wie Ford und Barstow und unterstützt von Kapitän King, setzte sich durch. Eine der hydroponischen Farmen des Schiffes wurde abmontiert und ihre Maschinerie so zerlegt, daß sie in die Beiboote verladen werden konnte.

Doch dann kam es gar nicht dazu. Wie sich herausstellte, waren die landwirtschaftlichen Erzeugnisse des Planeten für Menschen bekömmlich, und die Jockaira überschlugen sich in dem Bemühen, sie zu verschenken. Man machte sich nun statt dessen daran, den Boden mit irdischem Saatgut zu bestellen, um die Jockaira-Nahrung mit Sorten zu ergänzen, an die die Menschen gewöhnt waren. Die Jockaira rückten an und übernahmen diese Arbeit fast ganz; sie waren ausgezeichnete ›Natur‹-Farmer (auf synthetische Nahrungsmittel konnten sie auf ihrem noch nicht erschöpften Planeten verzichten) und versuchten mit Begeisterung, alles heranzuziehen, was ihre Gäste wünschten.

Ford verlegte das Hauptquartier der zivilen Verwaltung auf den Planeten, sobald mehr als eine Pionier-Gruppe mit Lebensmitteln versorgt werden konnte, während King im Schiff blieb. Schläfer wurden geweckt und nach unten gebracht, so schnell man sie unterbringen und einsetzen konnte. Auch wenn die Menschen jetzt mit Essen, einem Dach über dem Kopf und Trinkwasser versorgt waren, gab es noch viel zu tun, um ein Minimum an Bequemlichkeit und Zivilisation zu schaffen. Die beiden Kulturen unterschieden sich grundlegend. Die Jockaira waren unentwegt darauf bedacht, den Menschen zu helfen, aber oft verblüffte es sie, was die Menschen zu tun versuchten. Der Begriff ›Privatleben‹ hatte in der Jockaira-Kultur keinen Platz; die Gebäude der Stadt besaßen nur die tragenden Wände, und auch das waren wenige, weil sie Säulen oder Pfosten bevorzugten. Sie verstanden nicht, warum die Menschen diese schönen offenen Räume verschandelten, indem sie sie in Zellen und Gänge unterteilten, denn sie konnten sich nicht vorstellen, daß ein Individuum sich – aus welchem Grund auch immer – wünschte, allein zu sein.

Wahrscheinlich (sicher ist es nicht, denn die abstrakte Kommunikation mit ihnen gelangte nie über ein gewisses Stadium hinaus) kamen sie dann zu dem Schluß, das Alleinsein habe für die Erdenleute eine religiöse Bedeutung. Jedenfalls halfen sie auch jetzt wieder. Sie lieferten dünne Platten für Zwischenwände aus einem Material, das mit ihren Werkzeugen und nur mit ihren Werkzeugen bearbeitet werden konnte. Das Zeug brachte die menschlichen Techniker fast zum Verzweifeln. Kein unserer Technik bekanntes Mittel griff es an; nicht einmal die Reaktionen, die das widerstandsfähige Fluor-Plastik-Material zur Aufbewahrung von Uranpräparaten auflösten. Diamantsägen zerbrachen, Hitze schmolz es nicht, Kälte machte es nicht spröde. Es hielt Licht, Schall und alle Strahlen auf, die man gegen es richtete. Seine Dehnfestigkeit konnte nicht festgestellt werden, weil es nicht zerbrach. Und doch konnten Jockaira-Werkzeuge, auch wenn Menschen sie führten, es schneiden, formen und schweißen.

Den menschlichen Technikern blieb nichts anderes übrig, als sich an diese Frustration zu gewöhnen. Nahm man die technische Beherrschung der Umwelt als Kriterium, waren die Jockaira ebenso zivilisiert wie die Menschen. Aber ihre Entwicklungen hatten sich entlang anderer Linien vollzogen.

Die wirklich wichtigen Unterschiede zwischen den beiden Kulturen lagen viel tiefer als bloße technische Fragen. Obwohl unentwegt freundlich und hilfsbereit, waren die Jockaira *keine* Menschen. Sie dachten anders, sie werteten anders; die Struktur ihrer Gesellschaft und ihre Sprache spiegelte ihre nichtmenschlichen Eigenschaften wider, die für menschliche Wesen unverständlich waren.

Oliver Johnson, der Semantiker, der eine gemeinsame Sprache entwickeln sollte, fand seine Aufgabe anfangs lächerlich einfach, weil ihm Hans Weatheral als Kommunikationskanal zur Verfügung stand. »Natürlich ist Hans nicht gerade ein Genie«, erklärte er Slayton Ford und Lazarus, »er rutscht gerade noch daran vorbei, ein Schwachsinniger zu sein. Das beschränkt die Wörter, die ich durch ihn übersetzen lassen kann, auf Ideen, die er versteht. Aber ich erhalte dadurch ein Grundvokabular, auf dem ich aufbauen kann.«

»Ist das nicht genug?« fragte Ford. »Ich meine, einmal gehört zu haben, mit achthundert Wörtern lasse sich jede Idee ausdrücken.«

»Darin liegt etwas Wahres«, gab Johnson zu. »Weniger als tausend Wörter genügen für alle normalen Situationen. Ich habe nicht ganz siebenhundert Wörter der Jockaira ausgewählt, Verben und Substantive, um uns eine funktionierende *lingua franca* zu geben. Subtile Unterscheidungen werden warten müssen, bis wir sie besser kennen- und verstehen gelernt haben. Mit einem kleinen

Vokabular lassen sich keine schwierigen Abstraktionen durchführen.«

»Quatsch«, sagte Lazarus, »siebenhundert Wörter müßten genug sein. Was mich betrifft, so habe ich nicht die Absicht, sie zu lieben oder mit ihnen über Poesie zu reden.«

Er schien damit richtig zu liegen. Die meisten Mitglieder hatten zwei bis vier Wochen nach ihrer Ankunft auf dem Planeten Basic-Jockaira gelernt und plauderten mit ihren Gastgebern, als hätten sie es ihr Leben lang gesprochen. Alle Erdenmenschen hatten die übliche gründliche Ausbildung in Mnemonik und Semantik gehabt; eine Hilfssprache mit einem kleinen Vokabular lernten sie unter dem Stimulus der Notwendigkeit und mit der Möglichkeit, sie ständig zu praktizieren, schnell – ausgenommen natürlich der übliche Prozentsatz von unerschütterlich Provinziellen, die meinten, es sei Sache der ›Eingeborenen‹, Englisch zu lernen.

Die Jockaira lernten kein Englisch. Zunächst einmal zeigte nicht einer von ihnen das geringste Interesse. Dann wäre es unvernünftig gewesen, zu erwarten, daß Millionen die Sprache von Tausenden lernten. Jedenfalls brachte die gespaltene Oberlippe der Jockaira kein ›M‹, ›P‹ und ›B‹ fertig, während die Guttural-, Zisch-, Dental- und Klicklaute, die sie benutzten, von einer menschlichen Kehle nachgeahmt werden konnten.

Lazarus war gezwungen, seinen ersten schlechten Eindruck von den Jockaira zu revidieren. Es war unmöglich, sie nicht zu mögen, sobald einem ihr Aussehen nicht mehr fremdartig vorkam. Sie waren so gastfreundlich, so großzügig, so nett, so sehr darauf bedacht zu gefallen. Er hatte vor allem mit Kreel Sarloo Kontakt, der eine Art Verbindungsmann zwischen den Familien und den Jockaira war. Sarloo hatte bei seinem Volk eine Stellung, die man ungefähr mit ›Chef‹, ›Vater‹, ›Priester‹ oder ›Führer‹ der Familie beziehungsweise des Stammes der Kreel übersetzen konnte. Er lud Lazarus ein, ihn in der Jockaira-Stadt zu besuchen, die der Kolonie am nächsten lag. »Meine Leute werden sich freuen, dich zu sehen und deine Haut zu riechen«, sagte er. »Es wird eine glücklichmachende Sache sein. Die Götter werden sich freuen.«

Anscheinend war Sarloo nicht fähig, einen Satz zu bilden, ohne die Götter zu erwähnen. Lazarus machte das nichts aus; die Religion eines anderen war ihm absolut gleichgültig. »Ich werde kommen, Sarloo, altes Haus. Auch für mich wird es eine glücklichmachende Sache sein.«

Sarloo fuhr ihn in dem üblichen Transportmittel der Jockaira hin, einem räderlosen Wagen von der Form einer Suppenschüssel, der sich schnell und leise in Kontakt mit der Oberfläche bewegte. Lazarus hockte sich auf den Boden des Fahrzeugs, während Sarloo es mit einer Geschwindigkeit dahinrasen ließ, die Lazarus das Wasser in die Augen trieb.

»Sarloo«, brüllte Lazarus, um sich gegen den Wind verständlich zu machen, »wie funktioniert dieses Ding? Was bewegt es?«

»Die Götter atmen auf den ***« – er benutzte ein Wort, das nicht in ihrer gemeinsamen Sprache enthalten war – »und veranlassen es, seinen Platz zu wechseln.«

Lazarus wollte schon um eine ausführlichere Erläuterung bitten, doch dann ließ er es sein. An der Antwort war ihm irgend etwas vertraut vorgekommen, und nun erkannte er es: Er hatte einmal einem Wasserwesen der Venus eine ganz ähnliche gegeben, als es ihn bat, den Dieselmotor eines Sumpftraktors zu erklären. Lazarus hatte kein Geheimnis daraus machen wollen, ihm war einfach die Zunge wegen einer unzureichenden gemeinsamen Sprache gebunden gewesen.

Doch es gab einen Weg, diese Klippe zu umschiffen ...

»Sarloo, ich würde gern Bilder davon sehen, was innen drin geschieht.« Lazarus zeigte mit dem Finger. »Ihr habt Bilder?«

»Bilder sind im Tempel«, erwiderte Sarloo. »Du darfst den Tempel nicht betreten.« Er sah Lazarus mit seinen großen Augen traurig an, und Lazarus hatte den deutlichen Eindruck, der Jockaira-Häuptling sei bekümmert über den Mangel an Anstand bei seinem Freund. Deshalb ließ er das Thema sofort fallen.

Der Gedanke an die Venus rief ihm ein anderes Problem ins Gedächtnis zurück. Für die Wasserwesen, die von der Außenwelt durch die ewigen Wolken der Venus abgeschnitten waren, existierte die Astronomie einfach nicht. Die Ankunft der Erdenmenschen hatte sie gezwungen, ihre Vorstellung des Kosmos völlig zu revidieren, aber es lag kein Grund zu der Annahme vor, daß die neue Erklärung der Wahrheit näherkam. Lazarus fragte sich, was die Jockaira über Besucher aus dem Weltall denken mochten. Sie hatten keine Überraschung gezeigt – oder doch?

»Sarloo«, fragte er, »weißt du, wo meine Brüder und ich hergekommen sind?«

»Ich weiß es«, antwortete Sarloo. »Ihr kommt von einer fernen Sonne – so fern, daß viele Jahre kommen und gehen, bis ihr Licht die lange Reise zurückgelegt hat.«

Lazarus staunte. »Wer hat dir das erzählt?«

»Die Götter sagen es uns. Dein Bruder Libby hat darüber gesprochen.«

Lazarus hätte darauf gewettet, daß die Götter nichts davon erwähnt hatten, bis Kreel Sarloo von Libby aufgeklärt worden war. Aber er hielt den Mund. Er wollte von Sarloo unbedingt wissen, ob er überrascht gewesen sei, als Besucher vom Himmel kamen, aber ihm fiel kein Jockaira-Wort für Überraschung oder Staunen ein. Während er noch versuchte, die Frage zu formulieren, sagte Sarloo:

»Die Väter meines Volkes sind durch den Himmel geflogen wie ihr, aber das war vor der Ankunft der Götter. Die Götter befahlen uns in ihrer Weisheit, damit aufzuhören.«

Und das, dachte Lazarus, ist eine verdammt große Lüge und nichts als Angeberei. Es gab nicht den leisesten Hinweis, daß die Jockaira die Oberfläche ihres Planeten jemals verlassen hatten.

An diesem Abend wurde Lazarus in Sarloos Heim mit etwas strapaziert, das, wie er vermutete, als Unterhaltung für den Gast, also ihn, gedacht war. Er hockte neben Sarloo auf einem erhöhten Teil des Fußbodens in dem großen Gemeinschaftsraum des Kreel-Clans und hörte zwei Stunden lang einem Geheul zu, das offenbar Gesang darstellen sollte. Lazarus fand, schönere Musik lasse sich erzeugen, wenn man fünfzig verschiedenen Hunden auf die Schwänze treten würde, aber er versuchte, die Ehrung in dem Geist aufzunehmen, wie sie angeboten wurde.

Libby, erinnerte Lazarus sich, bestand darauf, dieses Massengeheul, dem die Jockaira sich so gern hingaben, sei tatsächlich Musik und Menschen könnten lernen, sie zu genießen, wenn sie die Intervall-Beziehungen studierten.

Lazarus hatte seine Zweifel daran.

Er mußte jedoch zugeben, daß Libby die Jockaira in mancher Beziehung besser verstand als er. Zu seiner Begeisterung hatte Libby entdeckt, daß die Jockaira ausgezeichnete und feinsinnige Mathematiker waren. Insbesondere hatten sie ein Gefühl für Zahlen, das seinem ausgeprägten Talent ähnelte. Ihre Arithmetik war für normale Menschen unglaublich verwickelt. Eine Zahl, jede Zahl, ob groß oder klein, bildete für sie eine eindeutige Einheit, die für sich selbst begriffen werden mußte und nicht etwa eine Zusammenfassung kleinerer Zahlen darstellte. Daher benutzten sie jede ihnen gerade gelegen kommende positionale und exponentiale Schreibweise zu jeder Basis, einer rationalen, irrationalen oder variablen – oder gar keiner.

Es war ein großes Glück, überlegte Lazarus, daß ihnen Libby als mathematischer Übersetzer zwischen den Jockaira und den Familien zur Verfügung stand. Andernfalls wäre es den Menschen unmöglich gewesen, die neuen Technologien zu begreifen, die die Jockaira ihnen zeigten.

Warum nur hatten die Jockaira gar kein Interesse an den menschlichen Technologien, die man ihnen zum Dank anbot?

Das mißtönende Geheul erstarb, und Lazarus richtete seine Aufmerksamkeit wieder auf das Geschehen ringsum. Essen wurde hereingebracht; die Kreel-Familie machte sich mit der gleichen lauten Begeisterung darüber her, wie die Jockaira alles taten. Der Begriff Würde, dachte Lazarus, hat sich hier nie entwickelt. Eine große Schüssel, mehr als zwei Fuß im Durchmesser und bis zum Rand voll von einer amorphen Masse, wurde vor Kreel Sarloo hingestellt. Ein Dutzend Kreels drängten sich um sie und langten hinein, ohne ihrem Anführer den Vortritt zu lassen. Aber Sarloo schubste gleichmütig ein paar zur Seite, fuhr mit der Hand in die Schüssel, holte einen Klumpen heraus und knetete ihn in der Fläche seiner mit zwei Daumen versehenen Hand schnell zu einer Kugel. Damit fertig, wollte er sie Lazarus in den Mund stecken.

Lazarus war nicht heikel, aber er mußte sich ermahnen, daß erstens das Essen der Jockaira auch für Menschen geeignet war und zweitens er sich auf keinen Fall etwas von ihnen einfangen konnte, bevor er sich überwand und den angebotenen Bissen nahm.

Hmmm ... nicht allzu schlecht – ziemlich fade und klebrig, ohne bestimmten Geschmack. Auch nicht gut, aber er brachte das Zeug hinunter. Grimmig entschlossen, die Ehre seiner Rasse zu wahren, aß er weiter und tröstete sich dabei mit der Aussicht auf eine richtige Mahlzeit, die er sich zu Hause genehmigen wollte. Als er das Gefühl hatte, ein weiterer Mundvoll werde zu einer körperlichen und gesellschaftlichen Katastrophe führen, sann er auf einen Ausweg. Er griff ebenfalls in die gemeinschaftliche Schüssel, knetete eine Kugel zurecht und bot sie Sarloo an.

Das war ein glänzender diplomatischer Einfall gewesen. Den Rest der Mahlzeit über fütterte Lazarus den Jockaira, bis ihm die Arme weh taten und er nur noch staunte, wieviel sein Gastgeber verdrücken konnte.

Nach dem Essen schliefen sie, und Lazarus schlief mit der Familie. Sie legten sich so zwanglos wie fallende Blätter oder junge Hunde hin, wo sie gegessen hatten, ohne Betten. Zu seiner Überraschung schlief Lazarus gut und erwachte erst, als falsche Sonnen im Höhlendach in geheimnisvoller Sympathie mit einem neuen Morgen aufglühten. Sarloo neben ihm schnarchte auf höchst menschliche Weise. Lazarus entdeckte, daß sich ein Jockaira-Kind im Löffelchen-Stil an seinen Magen gekuschelt hatte.

Er spürte eine Bewegung hinter seinem Rücken, ein Rascheln an seinem Bein, drehte sich vorsichtig um und sah, daß ein zweites Kind – nach menschlichen Begriffen sechs Jahre alt – den Laser aus dem Holster gezogen hatte und jetzt neugierig in die Mündung blickte.

So schnell es bei aller Behutsamkeit ging, nahm Lazarus das tödliche Spielzeug aus den unwilligen Fingern des Kindes, stellte erleichtert fest, daß die Waffe noch gesichert war, und steckte sie wieder weg. Ein vorwurfsvoller Blick traf ihn. Das Kind machte Miene zu weinen. »Still«, flüsterte Lazarus, »du wirst euren Alten wecken. Komm ...« Er zog das Kind mit dem linken Arm an sich. Der kleine Jockaira legte einen weichen feuchten Mund an seine Haut und schlief prompt wieder ein.

Lazarus blickte auf ihn nieder. »Du bist ein süßer kleiner Teufel«, sagte er leise. »Ich könnte dich richtig liebgewinnen, wenn es mir nur möglich wäre, mich an deinen Geruch zu gewöhnen.« Manche Vorfälle zwischen den beiden Rassen wären komisch gewesen, hätte nicht bei jedem die Gefahr bestanden, daß er zu Ärger führen würde: Zum Beispiel der Fall von Eleanor Johnsons Sohn Hubert. Der Bengel kannte nichts Schöneres, als Erwachsenen kritisch bei der Arbeit zuzusehen. Eines Tages beobachtete er, wie zwei Techniker, ein Mensch und ein Jockaira, eine Energiequelle der Jockaira zum Anschluß an Maschinen von der Erde umbauten. Offenbar amüsierte der Jockaira sich über den Jungen und hob ihn als freundliche Geste in die Höhe.

Hubert brüllte los.

Seine Mutter, die nie weit von ihm entfernt war, stürzte sich in den Kampf. Es fehlte ihr an Kraft und

Geschicklichkeit, um die absolute Vernichtung zu erzielen, die ihr Ziel war. Der große Nichtmensch blieb unverletzt, aber es schuf eine unangenehme Situation.

Administrator Ford und Oliver Johnson gaben sich große Mühe, den fassungslosen Jockaira den Vorfall zu erklären. Glücklicherweise schienen sie eher bekümmert zu sein, als auf Rache zu sinnen.

Dann rief der Administrator Eleanor Johnson zu sich. »Sie haben die ganze Kolonie mit Ihrer Dummheit in Gefahr gebracht . . .«

»Aber ich . . .«

»*Ruhe!* Wenn Sie den Jungen nicht so verzogen hätten, wäre er brav gewesen. Wenn Sie keine sentimentale Närrin wären, hätten Sie Ihre Hände unter Kontrolle behalten. Von jetzt an besucht der Junge den normalen Unterricht, und Sie lassen ihn in Frieden. Bei dem geringsten Zeichen von Feindseligkeit gegen einen Eingeborenen stecke ich Sie ein paar Jahre in den Kälteschlaf. Und jetzt verschwinden Sie!«

Beinahe ebenso streng mußte Ford mit Janice Schmidt verfahren. Das Interesse, das die Jockaira für Hans Weatheral gezeigt hatten, dehnte sich auf alle telepathischen Behinderten aus. Die bloße Tatsache, daß diese direkt mit ihnen kommunizieren konnten, versetzte die Eingeborenen in einen Zustand zitternder Anbetung. Kreel Sarloo informierte Ford über seinen Wunsch, die Telepathen von den anderen Behinderten getrennt in dem geräumten Tempel der Menschenstadt unterzubringen und von den Jockaira versorgen zu lassen. Es war eher ein Befehl als eine Bitte.

Ford machte Janice Schmidt Vorhaltungen, für alles, was die Jockaira ihnen Gutes getan hatten, müßten sie ihnen entgegenkommen, und Janice gab murrend nach. Jockaira-Frauen übernahmen unter ihren eifersüchtigen Augen die Pflege.

Jeder Telepath, dessen Intelligenzquotient höher lag als der des halb schwachsinnigen Hans Weatheral, entwickelte prompt spontane und extreme Psychosen, wenn er von Jockaira versorgt wurde.

So hatte Ford einen neuen Grund zu Kopfschmerzen. Janice Schmidt war energischer und auf intelligentere Art rachsüchtig als Eleanor Johnson. Schließlich mußte Ford ihr drohen, ihr die Pflege ihrer geliebten ›Kinder‹ ganz wegzunehmen, damit sie Frieden hielt. Kreel Sarloo, der traurig und offensichtlich bis ins Mark erschüttert war, ging auf einen Kompromiß ein, nach dem Janice und die menschlichen Pflegerinnen die armen Psychotiker weiterhin in ihrer Obhut behielten, während den Jockaira die Telepathen auf dem Niveau von Schwachsinnigen und darunter anvertraut wurden.

Aber die größte Schwierigkeit erwuchs aus – Zunamen.

Die Jockaira hatten jeder einen individuellen Namen und einen Zunamen. Die Zahl der Zunamen war begrenzt und entsprach der Zahl der Familien. Der Zuname eines Eingeborenen kennzeichnete ebenso seinen Stamm und auch den Tempel, in dem er betete.

Kreel Sarloo kam, die Sache mit Ford zu besprechen. »Hoher Vater der fremden Brüder«, sagte er, »die Zeit ist gekommen, für dich und deine Kinder Zunamen auszuwählen.« (Die Übersetzung von Sarloos Rede enthält inhärente Irrtümer.)

Ford war an Verständigungsschwierigkeiten mit den Jockaira gewöhnt. »Sarloo, Bruder und Freund«, antwortete er, »ich höre deine Worte, aber ich verstehe sie nicht. Sprich bitte ausführlicher!«

Sarloo begann von neuem. »Fremder Bruder, die Jahre kommen, und die Jahre gehen, und es gibt eine Zeit des Reifens. Die Götter sagen uns, daß ihr, die fremden Brüder, in eurer Ausbildung (?) die Zeit erreicht habt, wo ihr euren Stamm und euren Tempel wählen müßt. Ich bin gekommen, mit euch die Vorbereitungen zu treffen (Zeremonien zu veranstalten?), durch die jeder einen Zunamen erhält. Hierin spreche ich für die Götter. Aber laß mich für mich selbst hinzufügen, daß es mich glücklich machen würde, wenn du, mein Bruder Ford, den Tempel Kreel wähltest.«

Ford versuchte Zeit zu gewinnen, bis er genauer

wußte, auf was er sich da einließ. »Ich bin glücklich über deinen Wunsch, ich möge deinen Zunamen tragen. Aber meine Leute haben bereits ihre eigenen Zunamen.«

Sarloo tat das mit einem Schnalzen der Lippen ab. »Ihre augenblicklichen Zunamen sind Wörter, sonst nichts. Jetzt müssen sie ihre *wirklichen* Zunamen wählen, jeder den Namen seines Tempels und des Gottes, den er anbeten will. Kinder wachsen auf und sind nicht länger Kinder.«

Ford sagte sich, daß er Rat brauchte. »Muß das sofort geschehen?«

»Nicht heute, aber in naher Zukunft. Die Götter sind geduldig.«

Ford rief Zaccur Barstow, Oliver Johnson, Lazarus Long und Ralph Schultz zu sich und berichtete ihnen von der Unterredung. Johnson spielte die Aufnahme des Gesprächs ab und gab sich alle Mühe, den Sinn der Worte zu erfassen. Er machte mehrere mögliche Übersetzungen, doch es gelang ihm nicht, ein neues Licht auf die Sache zu werfen.

»Es sieht so aus«, meinte Lazarus, »als müßten wir ihrer Kirche beitreten, wenn wir nicht hinausgeworfen werden wollen.«

»Ja«, stimmte Zaccur Barstow zu, »soviel kommt deutlich durch. Nun, ich glaube, wir können es uns leisten, die Zeremonie mitzumachen. Nur bei sehr wenigen von unseren Leuten sind die religiösen Vorurteile so stark, daß sie im Interesse des allgemeinen Wohlergehens den hiesigen Göttern keine Lippendienste leisten würden.«

»Ich glaube, Sie haben recht«, sagte Ford. »Was mich betrifft, so habe ich nichts dagegen, meinem Namen ein ›Kreel‹ hinzuzufügen und an ihren Gottesdiensten teilzunehmen, wenn uns das dazu verhilft, in Frieden zu leben.« Er runzelte die Stirn. »Aber ich möchte nicht, daß unsere Kultur von der ihren aufgesogen wird.«

»Das können Sie vergessen«, versicherte ihm Ralph Schultz. »Ganz gleich, was wir tun müssen, um sie zu erfreuen, es besteht absolut keine Chance für eine wirkliche kulturelle Assimilierung. Unsere Gehirne funktionieren anders – wie anders, fange ich gerade erst an zu erraten.«

»Ja-a-a«, brummte Lazarus, »aber auf welche Weise anders?«

»Was meinst du damit?« fragte Ford. »Was beunruhigt dich?«

»Nichts«, wehrte Lazarus ab. »Nur habe ich die allgemeine Begeisterung für diesen Ort nie geteilt.«

Sie einigten sich darauf, daß zuerst ein einzelner Mann den Sprung wagen und dann Bericht erstatten sollte. Lazarus meinte, die Ehre stehe ihm als dem Ältesten zu, und Schultz sah darin ein Recht, das ihm von Berufs wegen zukam. Aber Ford ernannte sich selbst mit der Begründung, es sei seine Pflicht als Administrator.

Lazarus begleitete ihn an die Tore des Tempels, in dem die Initiierung stattfinden sollte. Ford ging ebenso ohne Kleider wie die Jockaira, während Lazarus, der den Tempel nicht betreten würde, seinen Kilt tragen durfte. Viele Kolonisten, die nach den Jahren im Schiff sonnenhungrig waren, gingen nackt, wenn es ihnen paßte, genau wie die Jockaira. Lazarus tat es nie. Es war nicht nur gegen seine Gewohnheit, er dachte auch daran, daß ein Laser an einem nackten Oberschenkel sehr auffällig wirkt.

Kreel Sarloo begrüßte sie und führte Ford ins Innere. Lazarus rief ihnen nach: »Halt die Ohren steif, Kumpel!«

Er wartete. Er zündete sich eine Zigarette an und rauchte sie. Er ging auf und ab. Er hatte keinen Anhaltspunkt, wie lange es dauern würde, und als Folge davon kam es ihm viel länger vor, als es wirklich dauerte.

Endlich glitten die Tore zurück, und ein Haufen von Eingeborenen drängte heraus. Sie machten einen merkwürdig aufgeregten Eindruck, und keiner von ihnen kam Lazarus in die Nähe. Dann wich die Menge links und rechts zur Seite. Durch den so entstehenden Gang stürmte eine Gestalt Hals über Kopf ins Freie.

Lazarus erkannte Ford.

Ford blieb nicht bei Lazarus stehen, sondern rannte blindlings an ihm vorbei. Er stolperte und fiel. Lazarus eilte zu ihm.

Ford machte keine Anstalten aufzustehen. Er lag mit dem Gesicht nach unten, seine Schultern zuckten krampfhaft, sein ganzer Körper bebte vor Schluchzen.

Lazarus kniete sich zu ihm und schüttelte ihn. »Slayton«, fragte er, »was ist passiert? Was fehlt dir?« Ford wandte ihm die nassen Augen zu, in denen Entsetzen geschrieben stand, und bezwang ein paar Sekunden lang sein Weinen. Er warf sich Lazarus an die Brust, umklammerte ihn und schluchzte heftiger als zuvor.

Lazarus machte sich frei und schlug Ford hart ins Gesicht. »Hör auf!« befahl er. »Sag mir, was los ist!«

Ford riß den Kopf zurück und hörte auf zu schreien, sagte jedoch nichts. Er wirkte benommen. Ein Schatten fiel über den Weg. Lazarus fuhr herum, den Laser in der Hand. Kreel Sarloo stand ein paar Fuß von ihnen entfernt und kam nicht näher – und das nicht wegen der Waffe; er hatte noch nie eine gesehen.

»Du!« sagte Lazarus. »Zum ... Was habt ihr ihm angetan?«

Er riß sich zusammen und wechselte auf die Sprache über, die Sarloo verstand. »Was ist meinem Bruder Ford zugestoßen?«

»Bring ihn weg!« antwortete Sarloo mit zuckenden Lippen. »Das ist eine böse Sache. Das ist eine sehr böse Sache.«

»Wem sagst du das?« brummte Lazarus. Er machte sich nicht die Mühe, es zu übersetzen.

3

So schnell wie möglich versammelten sich die Konferenzteilnehmer, diesmal ohne ihren Vorsitzenden, von neuem. Lazarus erzählte seine Geschichte, Schultz berichtete über Fords Zustand. »Der medizinische Stab kann keinen körperlichen Schaden an ihm feststellen. Mit Sicherheit kann ich nur sagen, daß der Administrator an einer undiagnostizierten extremen Psychose leidet. Wir können nicht mit ihm kommunizieren.«

»Redet er überhaupt nicht?« fragte Barstow.

»Ein Wort oder zwei über so einfache Dinge wie Essen oder Wasser. Jeder Versuch, zu der Ursache seiner Störung vorzudringen, treibt ihn in unzusammenhängende Hysterie.«

»Keine Diagnose?«

»Nun, wenn du das Urteil eines Laien in salopper Ausdrucksweise hören willst, möchte ich sagen, er hat vor Angst den Verstand verloren. Aber«, setzte Schultz hinzu, »ich habe in meinem Leben schon Angstsyndrome gesehen. Etwas Ähnliches wie das niemals.«

»Ich schon«, sagte Lazarus plötzlich.

»Du? Wo? Unter welchen Umständen?«

»Vor zweihundert Jahren, als ich ein Kind war«, antwortete Lazarus, »fing ich einmal einen erwachsenen Kojoten und sperrte ihn ein. Ich glaubte, ich könne ihn zum Jagdhund ausbilden. Das funktionierte nicht.

Ford verhält sich genauso wie damals der Kojote.«

Ein unbehagliches Schweigen folgte. Schultz brach es mit der Frage: »Ich verstehe nicht ganz, was du meinst. Wo liegt die Parallele?«

»Es ist ja nur eine Vermutung von mir«, sagte Lazarus zögernd. »Slayton ist der einzige, der die Wahrheit kennt, und er kann nicht reden. Aber meine Meinung ist die: Wir haben diese Jockaira von Anfang an falsch eingeschätzt. Wir haben den Fehler gemacht, sie für *Leute* zu halten, weil sie ungefähr so aussehen und so zivilisiert sind wie wir. Sie sind jedoch keine Leute. Sie sind ... *Haustiere.*

Einen Augenblick noch!« bat er. »Immer mit der Ruhe! Klar, es gibt Leute auf diesem Planeten. Wirkliche Leute. Sie leben in den Tempeln, und die Jockaira nennen sie Götter. Sie *sind* Götter!«

Ehe jemand unterbrechen konnte, fuhr Lazarus fort: »Ich weiß, was ihr jetzt denkt. Vergeßt es! Ich will euch nicht mit Metaphysik kommen; ich drücke es nur so gut aus, wie ich kann. Ich meine, daß etwas in diesen Tempeln lebt, und was es auch sein mag, es ist eine so mächtig große Medizin, wie die Indianer das einst nannten, daß es sich getrost als Gottheit ausgeben kann. Also können wir die Wesen getrost Götter nennen. Was sie auch sein mögen, sie sind die wahre dominierende Rasse auf diesem Planeten – seine *Bewohner.* Für sie sind wir übrigen – Jocks *und* Menschen – nichts als Tiere, wild oder zahm. Wir haben irrtümlich angenommen, die hiesige Religion sei nichts als ein Aberglaube. Das ist sie nicht.«

Barstow fragte: »Und du meinst, da liegt die Ursache zu dem, was Ford zugestoßen ist?«

»Ja. Er ist einem von ihnen begegnet, dem, den sie Kreel nennen, und es hat ihn in den Wahnsinn getrieben.«

»Dann gehst du von der Theorie aus«, erkundigte sich Schultz, »daß jeder Mensch, der dieser ... dieser *Präsenz* ausgesetzt wird, psychotisch wird?«

»Nicht ganz«, antwortete Lazarus. »Was mich viel mehr ängstigt, ist die Möglichkeit, daß ich vielleicht *nicht* wahnsinnig werden würde!«

Noch am gleichen Tag brachen die Jockaira jeden Kontakt mit den Erdenmenschen ab. Es war gut, daß sie es taten, sonst wäre es zu Gewalttätigkeiten gekommen. Furcht hing über der Stadt, Furcht vor einem Schrecken, der schlimmer war als der Tod, Furcht vor einem grauenhaften namenlosen Ding, das einem Menschen nur gegenüberzutreten brauchte, um ihn in ein gebrochenes, unvernünftiges Tier zu verwandeln. Die Jockaira waren keine Freunde mehr, keine harmlosen Clowns, trotz ihrer wissenschaftlichen Errungenschaften, sondern Marionetten, Lockvögel, Köder für die unsichtbaren mächtigen Wesen, die in den ›Tempeln‹ lauerten.

Es war nicht nötig, darüber abzustimmen. Mit der Einmütigkeit einer Menschenmenge, die aus einem brennenden Gebäude flieht, wollten die Erdenmenschen diesen schrecklichen Ort verlassen. Zaccur Barstow übernahm das Kommando. »Holt King auf den Schirm! Sagt ihm, er soll sofort sämtliche Boote schicken! Wir werden hier verschwinden, so schnell wir können.« Besorgt fuhr er sich mit den Fingern durchs Haar. »Wie viele Personen können wir mit jedem Schub nach oben transportieren, Lazarus? Wie lange wird die Evakuierung dauern?«

Lazarus brummte etwas vor sich hin.

»Was hast du gesagt?«

»Ich habe gesagt: ›Die Frage ist nicht, wie lange es dauern wird, die Frage ist, ob man uns lassen wird.‹ Vielleicht wollen die Wesen in den Tempeln zusätzliche Haustiere – uns!«

Lazarus hätte eins der Boote steuern können, aber seine Fähigkeit, Menschenmassen zu organisieren, wurde dringender gebraucht. Zaccur Barstow bat ihn gerade, eine Notpolizei aufzustellen, als Lazarus über Zaccurs Schulter sah und ausrief: »Oh, oh! Sei mal ruhig, Zack – die Schule ist aus.«

Zaccur wandte mit einem Ruck den Kopf und sah erstaunt, daß Kreel Sarloo sich gemessenen Schrittes durch die Ratshalle näherte. Niemand hielt ihn auf.

Sie entdeckten bald, warum nicht. Zaccur wollte vortreten, um ihn zu begrüßen, und wurde zehn Fuß von dem Jockaira entfernt festgehalten. Es gab keinen Hinweis, wie – er konnte einfach nicht weitergehen.

»Ich grüße dich, unglücklicher Bruder«, begann Sarloo.

»Ich grüße dich, Kreel Sarloo.«

»Die Götter haben gesprochen. Eure Rasse kann niemals zivilisiert (?) werden. Du und deine Brüder, ihr müßt diese Welt verlassen.«

Lazarus stieß einen tiefen Seufzer der Erleichterung aus.

»Wir sind schon dabei, sie zu verlassen, Kreel Sarloo«, antwortete Zaccur ernst.

»Die Götter verlangen, daß ihr geht. Schick deinen Bruder Libby zu mir.«

Zaccur ließ Libby holen und wandte sich dann wieder Sarloo zu. Aber der Jockaira hatte ihnen nichts mehr zu sagen; ihre Anwesenheit schien ihm gleichgültig zu sein. Sie warteten.

Libby traf ein. Sarloo führte ein langes Gespräch mit

ihm. Barstow und Lazarus befanden sich beide in Hörweite und konnten sehen, daß sich ihre Lippen bewegten, verstanden aber nichts. Lazarus fand die Umstände sehr beunruhigend. Verdammt seien meine Augen, dachte er, diesen Trick brächte ich mit der richtigen Ausrüstung auf verschiedenen Wegen fertig, aber ich wette, keiner von ihnen ist die richtige Antwort – und Ausrüstung sehe ich auch keine.

Die lautlose Diskussion endete. Sarloo stolzierte davon, ohne sich zu verabschieden. Libby drehte sich zu den anderen um, und jetzt konnten sie seine Stimme hören. »Sarloo hat gesagt«, begann er mit vor Verwirrung gerunzelter Stirn, »wir sollen einen Planeten aufsuchen, der ... ah ... über zweiunddreißig Lichtjahre von hier entfernt ist. Die Götter haben es so bestimmt.« Er brach ab und biß sich auf die Lippe.

»Reg dich nicht darüber auf«, riet Lazarus ihm. »Sei froh, daß sie uns ziehen lassen. Ich glaube, sie hätten uns ebenso gut plattdrücken können. Sobald wir draußen im Raum sind, werden wir unser Ziel selbst bestimmen.«

»Ja, sicher. Aber mir gibt zu denken, daß er voraussetzte, wir würden dieses System innerhalb von drei Stunden verlassen.«

»Welch ein Unsinn!« protestierte Barstow. »Das ist einfach unmöglich. Wir besitzen gar nicht die Boote dazu.«

Lazarus schwieg. Er hatte aufgehört, Meinungen zu haben. Zaccur änderte seine Meinung bald. Lazarus bekam eine, die aus der Erfahrung geboren wurde. Während er seine Vettern drängte, in Richtung des Feldes weiterzugehen, wo die Einschiffung erfolgte, wurde er plötzlich in die Luft gehoben. Er schlug um sich, seine Arme und Beine trafen auf keinen Widerstand, aber der Boden fiel unter ihm weg. Er schloß die Augen, zählte bis zehn, öffnete sie wieder. Er schwebte in einer Höhe von mindestens zwei Meilen.

Unter ihm brodelten von der Stadt unzählige Punkte und Gestalten hoch wie aufgescheuchte Fledermäuse aus einer Höhle. Sie hoben sich dunkel gegen den sonnenbeschienenen Boden ab. Einige waren ihm nahe genug, daß er in ihnen Menschen, Erdenmenschen, Mitglieder der Familien erkennen konnte.

Der Horizont sank nach unten, der Planet wurde zur Kugel, der Himmel wurde schwarz. Trotzdem atmete er normal, und seine Blutgefäße platzten nicht.

Sie wurden in Klumpen von den offenen Schleusen der *New Frontiers* eingesaugt, wie sich Bienen um eine Königin sammeln. Sobald er innerhalb des Schiffes war, überließ sich Lazarus dem großen Zittern. Puh! sagte er zu sich selbst, das war für den Anfang recht nett.

Libby suchte Kapitän King auf, sobald seine Nerven sich beruhigt hatten. Er richtete ihm Sarloons Botschaft aus.

King fiel es schwer, sich zu entscheiden. »Ich weiß nicht«, meinte er. »Sie wissen über die Eingeborenen mehr als ich, denn ich habe ja kaum einmal einen Fuß auf den Boden gesetzt. Aber zwischen uns beiden, Mister, die Art, wie sie meine Passagiere zurückschickten, hat mich dazu gebracht, mit mir selbst zu reden. Das war das bemerkenswerteste Manöver, das ich je gesehen habe.«

»Ich möchte hinzufügen, daß es auch eine bemerkenswerte Erfahrung war, Sir«, antwortete Libby freudlos. »Ich persönlich würde vorziehen, mit dem Skispringen anzufangen. Nur gut, daß Sie die Schleusen des Schiffes geöffnet hatten.«

»Hatte ich nicht«, antwortete King nervös. »Sie sind irgendwie geöffnet worden.«

Sie gingen in den Kontrollraum und hatten vor, zu starten und erst einmal eine große Entfernung zwischen das Schiff und den Planeten, von dem sie vertrieben worden waren, zu legen. Danach konnten sie Ziel und Kurs festlegen. »Dieser Planet, den Sarloon Ihnen beschrieb«, fragte King, »gehört er zu einem Stern vom G-Typ?«

»Ja«, bestätigte Libby, »es soll ein erdähnlicher Planet sein, der einen sonnenähnlichen Stern umkreist. Ich habe die Koordinaten und könnte ihn aus den Katalogen heraussuchen. Aber wir können ihn vergessen; er ist zu weit entfernt.«

»So ...« King aktivierte das Stellarium. Dann sagte eine ganze Weile keiner von beiden mehr ein Wort. Die Bilder der Himmelskörper erzählten ihre eigene Geschichte.

Ohne Befehl von King, ohne daß eine Hand die Kontrollen berührt hätte, machte sich die *New Frontiers* von neuem auf ihren langen Weg, als habe sie einen eigenen Willen.

»Ich kann euch nicht viel erzählen«, gestand Libby ein paar Stunden später einer Gruppe, die aus King, Zaccur Barstow und Lazarus Long bestand. »Bevor wir die Lichtgeschwindigkeit überschritten – oder scheinbar überschritten –, habe ich noch festgestellt, daß unser Kurs uns zu dem Stern hinführen könnte, vom dem Kreel Sarloo sagte, seine Götter hätten ihn zu unserem Ziel bestimmt. Doch wir beschleunigten weiter, und die Sterne verschwanden. Ich habe keine Bezugspunkte für die Astrogation mehr, und ich kann nicht sagen, wo wir sind und wohin wir fliegen.«

»Sei nicht so pingelig, Andy«, bat Lazarus. »Was schätzt du?«

»Nun ... wenn unsere Weltlinie eine glatte Funktion ist – *falls* sie das ist, denn Daten habe ich nicht – könnten wir in der Nachbarschaft von PK 3722 ankommen, dem Stern, den Kreel Sarloo mir nannte.«

»Hrummph!« Lazarus wandte sich an King. »Haben Sie versucht zu bremsen?«

»Ja«, antwortete King kurz. »Die Kontrollen sind tot.«

»Hmmm ... Andy, wann werden wir dort sein?«

Libby hob hilflos die Schultern. »Ich habe keinen Bezugsrahmen. Was ist Zeit ohne Raum?«

Zeit und Raum, untrennbar und eins ...

Libby dachte, wieder allein, lange darüber nach. Sicher, das Schiff selbst war auch ein räumlicher Bezugsrahmen, und deshalb gab es die Schiffszeit. Die Uhren im Schiff tickten oder summten oder gingen einfach, die Menschen bekamen Hunger, aßen, wurden müde, schliefen. Radioaktive Stoffe zerfielen, physio-chemische Prozesse bewegten sich auf den Zustand größerer Entropie zu, sein eigenes Bewußtsein nahm Dauer wahr.

Aber den Hintergrund der Sterne, an dem jeder Zeitablauf in der Geschichte des Menschen gemessen worden war, gab es nicht mehr. Nach dem, was seine Augen oder die Instrumente des Schiffes ihm sagen konnten, standen die Passagiere der *New Frontiers* nicht mehr in irgendeinem Bezug zum Rest des Universums.

Welches Universums?

Es gab kein Universum. Es war verschwunden.

Bewegten sie sich? Kann es Bewegung geben, wenn nichts da ist, woran man sich vorbeibewegt?

Und doch spürten sie die künstliche Schwerkraft, die die Rotation des Schiffes erzeugte. Rotation in bezug auf *was?* fragte sich Libby. Konnte es sein, daß der Raum eine echte, absolute, zu nichts relative eigene Textur besaß wie die längst fallengelassene Vorstellung vom ›Äther‹, den die klassischen Michelson-Morley-Experimente nicht entdeckt oder, besser gesagt, dessen Nichtvorhandensein sie bewiesen hatten?

Sie hatten außerdem bewiesen, es könne keine größere Geschwindigkeit als die des Lichts geben. Hatte das Schiff die Lichtgeschwindigkeit tatsächlich überschritten? War es nicht wahrscheinlicher, daß dies ein Sarg war mit Geistern als Passagieren, die in keiner Zeit nirgendwohin flogen?

Aber es juckte Libby zwischen den Schulterblättern, und er mußte sich kratzen. Sein linkes Bein war eingeschlafen. Sein Magen schrie nach Essen – wenn dies der Tod war, schloß er, unterschied er sich in materieller Hinsicht nicht vom Leben.

Mit zurückgewonnener Gemütsruhe verließ Libby den Kontrollraum und machte sich auf den Weg zu seinem Lieblingsspeisesaal. Unterwegs nahm er bereits das Problem in Angriff, eine Mathematik zu erfinden, die all die neuen Phänomene einschloß. Das Geheimnis, wie die hypothetischen Götter der Jockaira die Familien von der Planetenoberfläche zum Schiff teleportiert hatten, klammerte er aus. Er hatte keine Gelegenheit gehabt, signifikante Daten, *Meßwerte* zu sammeln. Ein auf der Erkenntnistheorie fußender ehrlicher Wissenschaftler konnte nur eine Anmerkung einfügen, die die Tatsache berichtete und feststellte, sie sei nicht erklärt worden. Es *war* eine Tatsache; noch jetzt waren Schultz' Assistenten überarbeitet davon, daß sie den Tausenden, die das Erlebnis nicht hatten verkraften können, Beruhigungsmittel verabreicht hatten.

Aber Libby konnte es nicht erklären, und da er keine Daten besaß, fühlte er auch keinen Drang, es zu tun. Was er sich wirklich wünschte, war die Beschäftigung mit Weltlinien in einem Plenum, dem Grundproblem der Feldphysik.

Abgesehen von der Leidenschaft für die Mathematik war Libby ein sehr einfacher Mensch. Er bevorzugte die geräuschvolle Atmosphäre des ›Club‹ genannten Speisesaals 9-D, aber aus anderen Gründen als Lazarus. Die Gesellschaft von Leuten, die jünger waren als er, hob seine Lebensgeister. Lazarus war der einzige ältere Mann, mit dem er gern beisammen war.

Essen, erfuhr er, gab es im Club noch nicht gleich; die Verpflegungsausgabestelle mußte sich erst an die plötzliche Veränderung anpassen. Aber Lazarus war anwesend und andere, die Libby kannte. Nancy Weatheral rutschte auf die Seite und machte Platz für ihn. »Du bist genau der Mann, den ich sprechen möchte«, sagte sie. »Aus Lazarus ist nichts herauszubekommen. Wohin fliegen wir diesmal, und wann werden wir dort ankommen?«

Libby erklärte das Dilemma, so gut er konnte. Nancy zog die Nase kraus. »Das sind ja schöne Aussichten, muß ich sagen! Und für die kleine Nancy wird es heißen: Zurück in die Tretmühle.«

»Was meinst du damit?«

»Hast du schon einmal für Schläfer gesorgt? Nein, natürlich nicht. Es geht einem auf die Nerven. Umdrehen, Arme beugen, mit den Zehen wackeln, den Kopf bewegen, den Tank schließen und zum nächsten weitergehen. Ich bekomme menschliche Körper so satt, daß ich versucht bin, ein Keuschheitsgelübde abzulegen.«

»Geh nicht zu weit!« riet Lazarus.

»Was interessiert dich das, du alter blinder Alarm?«

Eleanor Johnson warf ein: »Ich bin *froh,* daß wir wieder im Schiff sind. Diese schleimigen Jockaira – *iih!«*

Nancy zuckte die Achseln. »Du hast ein Vorurteil gegen sie, Eleanor. Die Jocks sind auf ihre Weise okay. Sicher, sie sind nicht genau wie wir, aber das sind Hunde auch nicht. Du magst doch Hunde, oder?«

»Genau das sind sie«, stellte Lazarus ernst fest. »Hunde.«

»Wie bitte?«

»Ich meine damit nicht, daß sie hundeähnlich sind. Sie stehen gewiß mit uns auf einer Stufe, und in manchen Dingen sind sie uns überlegen – aber trotzdem sind sie Hunde. Diese Wesen, die sie ihre ›Götter‹ nennen, sind ihre Herren, ihre Eigentümer. Wir konnten nicht domestiziert werden, deshalb jagten ihre Herren uns davon.«

Libby dachte an die unerklärliche Telekinese, die die Jockaira – oder ihre Herren – benutzt hatten. »Was hätten wir wohl alles von ihnen lernen können«, meinte er nachdenklich, »wenn es ihnen gelungen wäre, uns zu domestizieren?«

»Vergiß es!« sagte Lazarus scharf. »Es ist nicht Bestimmung des Menschen, Eigentum zu sein.«

»Und was ist seine Bestimmung?«

»Er soll sein, was er ist ... und das mit Stil!« Lazarus stand auf. »Muß gehen.«

Libby wollte den Speisesaal ebenfalls verlassen, aber Nancy hielt ihn zurück. »Geh noch nicht! Ich hätte ein paar Fragen an dich. Welches Jahr ist jetzt auf der Erde?«

Libby öffnete den Mund zum Sprechen und schloß ihn wieder. Er versuchte es ein zweites Mal. Schließlich sagte er: »Ich weiß nicht, wie ich darauf antworten soll. Es ist, als würdest du fragen: »Wie hoch ist oben?«

»Wahrscheinlich habe ich es falsch formuliert«, räumte Nancy ein. »Ich war nie besonders gut in Physik, aber ich weiß, daß die Zeit relativ und Gleichzeitigkeit ein Konzept ist, das sich nur auf zwei Punkte anwenden läßt, die nahe beieinander im gleichen Bezugssystem liegen. Aber trotzdem möchte ich etwas wissen. Wir sind viel schneller und weiter geflogen als je ein Schiff vor uns, nicht wahr? Gehen da unsere Uhren nicht langsamer oder so etwas?«

Libbys Gesicht nahm den vollständig perplexen Ausdruck an, den Adepten der theoretischen Physik bekommen, wenn Laien versuchen, in nichtmathematischer Sprache mit ihnen über Physik zu reden. »Du hast die Lorentz-FitzGeraldsche Kontraktion im Sinn. Aber, entschuldige bitte, alles, was einer darüber in Worten sagt, kann nichts anderes sein als Unsinn.«

»Warum?« drängte sie.

»Weil ... nun, weil die Sprache unzureichend ist. Die Formeln, die man benutzt, um den ungenau ›Kontraktion‹ genannten Effekt zu beschreiben, gehen davon aus, daß der Beobachter Teil des Phänomens ist. Aber die verbale Sprache enthält die stillschweigende Annahme, wir könnten außerhalb der ganzen Sache stehen und beobachten, was da vor sich geht. Die mathematische Sprache zieht nicht einmal die Möglichkeit eines solchen außerhalb befindlichen Standpunktes in Erwägung. Jeder Beobachter hat seine eigene Weltlinie, die er nicht verlassen kann.«

»Aber angenommen, er kann es doch? Angenommen, wir könnten die Erde in diesem Augenblick sehen?«

»Da haben wir es«, sagte Libby kläglich. »Ich habe versucht, in Worten darüber zu reden, und nichts erreicht, als die Verwirrung zu vergrößern. Es gibt keine Möglichkeit, Zeit im absoluten Sinn zu messen, wenn zwei Ereignisse in einem Kontinuum getrennt voneinander stattfinden. Alles, was man messen kann, ist das Intervall.«

»Na ja, und das Intervall ist so und soviel Raum und so und soviel Zeit.«

»Nein, nein, nein! Das ist es ganz und gar nicht! Ein Intervall ist ... eben ein Intervall. Ich kann Formeln darüber niederschreiben und dir zeigen, wie wir sie benutzen, aber es kann nicht in Worten formuliert werden. Paß auf, Nancy! Kann man eine Orchester-Partitur für eine Symphonie in Worten beschreiben?«

»Nein. Das heißt, vielleicht doch, aber dann würde sie tausendmal so lang.«

»Und die Musiker könnten immer noch nicht danach spielen, solange man die Beschreibung nicht in Noten zurückübertragen würde. Das habe ich gemeint«, fuhr Libby fort, »als ich sagte, die Sprache sei unzureichend. Ich habe schon einmal vor einer solchen Schwierigkeit gestanden, als ich versuchte, den Lichtdruck-Antrieb zu erklären. Ich wurde gefragt, wenn der Antrieb auf dem Verlust der Trägheit beruhe, warum wir Menschen innerhalb des Schiffes dann keinen Verlust der Trägheit spürten. Darauf gibt es in Worten keine Antwort. Trägheit ist kein Wort, sondern ein mathematisches Konzept, das bei ganz bestimmten *mathematischen* Aspekten des Raums benutzt wird. Ich saß fest.«

Nancy sah ihn verblüfft an, ließ sich aber nicht so leicht abspeisen. »Meine Frage hat trotzdem Sinn, auch wenn ich sie nicht richtig formuliert habe. Du kannst mir nicht einfach sagen, ich soll spielen gehen. Angenommen, wir würden umdrehen und den Weg, den wir gekommen sind, bis zur Erde zurückfliegen, genau die gleiche Reise machen, nur umgekehrt – einfach die Schiffszeit, die wir jetzt haben, verdoppeln. So. Und wenn wir dann auf der Erde ankämen, welches Jahr wäre es?«

»Es wäre ... laß mich überlegen ...« In Libbys Gehirn begannen die beinahe automatischen Prozesse abzulaufen, mit denen das unglaublich umfangreiche und komplexe Problem in Beschleunigungen, Intervalle und verzerrte Bewegung zerlegt wurde. Schon näherte er sich der Lösung in dem warmen Glühen mathematischer Entdeckerfreude, als das Problem plötzlich rings um ihn in Stücke zerbrach und unbestimmt wurde. Er erkannte plötzlich, daß es eine unbegrenzte Zahl von gleichermaßen gültigen Antworten gab.

Aber das war unmöglich. In der realen Welt, nicht der

Phantasiewelt der Mathematik, war eine solche Situation absurd. Auf Nancys Frage mußte es eine einzige reale Antwort geben.

Konnte die ganze schöne Struktur der Relativität eine Absurdität sein? Oder bedeutete es, daß es physisch unmöglich war, eine interstellare Strecke zurückzufliegen?

»Darüber muß ich erst nachdenken«, sagte Libby hastig und ging, bevor Nancy protestieren konnte.

Aber Einsamkeit und Kontemplation brachten ihm keine Erleuchtung. Nicht etwa, daß ihn seine mathematische Begabung im Stich ließ. Er war immer noch imstande, eine Gruppe von Tatsachen, ganz gleich, welchen, mathematisch zu beschreiben. Die Schwierigkeit lag darin, daß er zu wenig Tatsachen hatte. Bis ein Beobachter interstellare Entfernungen mit einer Geschwindigkeit zurücklegte, die an die des Lichts heranreichte, *und zu dem Planeten zurückkehrte, von dem er gestartet war,* konnte es keine Antwort geben. Die Mathematik allein hat keinen Inhalt, gibt keine Antworten.

Libby ertappte sich dabei, daß er überlegte, ob seine heimatlichen Ozark-Berge noch grün seien, ob im Herbst immer noch der Geruch von Holzfeuern in den Bäumen hänge. Dann erinnerte er sich, daß die Frage nach allen Gesetzen, die er kannte, ohne Bedeutung war. Er gab sich einem Anfall von Heimweh hin, wie er ihn nicht mehr erlebt hatte, seit er als junger Mann im Kosmischen Pionierkorps den ersten Sprung in den tiefen Raum machte.

Dieses Gefühl von Zweifel und Unsicherheit, von Verlorenheit und Heimweh breitete sich im ganzen Schiff aus. Auf der ersten Etappe ihrer Reise waren die Familien von der gleichen Begeisterung angetrieben worden, die die Planwagen hatte über die Prärien kriechen lassen. Aber jetzt flogen sie nirgendwohin, und ein Tag führte zu nichts als zu einem nächsten Tag. Ihre lange Lebensspanne wurde zu einer sinnlosen Bürde.

Ira Howard, dessen Reichtum die Howard-Stiftung ins Leben rief, wurde 1825 geboren und starb 1873 – an Altersschwäche. Er verkaufte in San Franzisco Lebensmittel an die Goldgräber, die 1840 während des Goldrausches nach Kalifornien kamen, wurde im Bürgerkrieg Armeelieferant und vervielfachte sein Vermögen während des tragischen Wiederaufbaus.

Howard hatte buchstäblich Todesangst vor dem Sterben. Er bezahlte die besten Ärzte seiner Zeit, damit sie sein Leben verlängerten. Trotzdem starb er in einem Alter, in dem die meisten Menschen noch jung sind. Aber er verfügte in seinem Testament, daß sein Geld dazu verwendet werden soll, ›das menschliche Leben zu verlängern‹. Die Treuhänder der Stiftung fanden keinen anderen Weg, als nach Personen zu suchen, deren Stammbäume eine ererbte Disposition zur Langlebigkeit zeigten, und sie dann dazu zu bringen, daß sie miteinander Kinder zeugten. Ihre Methode nahm die Arbeit Burbanks voraus; sie mögen von den wegweisenden Forschungen des Mönchs Gregor Mendel gewußt haben oder auch nicht.

Mary Sperling legte das Buch hin, in dem sie gelesen hatte, als Lazarus ihre Kabine betrat. Er griff danach. »Was liest du, Schwester? ›Der Prediger Salomo.‹ Hmm ... ich wußte gar nicht, daß du religiös bist.« Er las laut:

»›Ob er auch zweitausend Jahre lebte und genösse keines Guten: kommt's nicht alles an einen Ort?‹

Ziemlich grimmiges Zeug, Mary. Hast du nichts Fröhlicheres gefunden? Sogar im Prediger?« Er überflog den Text. »Wie wäre es damit: ›Denn bei allen Lebendigen ist, was man wünscht: Hoffnung ...‹ oder ... Hmmm, allzu viele fröhliche Stellen gibt es nicht. Versuche es damit: ›Laß die Traurigkeit aus deinem Herzen und tue das Übel von deinem Leibe: denn Kindheit und Jugend sind eitel.‹ Das ist eher mein Stil: ich würde auch gegen Überstundenbezahlung nicht wieder jung sein wollen.«

»Ich schon.«

»Mary, was plagt dich? Da sitzt du und liest das deprimierendste Kapitel der Bibel, das von nichts handelt als von Tod und Begräbnis. Warum?«

Müde fuhr sie sich mit der Hand über die Augen. »Lazarus, ich werde alt. An was sollte ich sonst denken?«

»Du? Unsinn, du bist frisch wie ein Gänseblümchen.«

Sie sah ihn an. Sie wußte, daß er log; ihr Spiegel zeigte ihr die ergrauenden Haare, die schlaffe Haut; sie spürte es in den Knochen. Und doch war Lazarus älter als sie ... Sie war viele Jahre Assistentin in der Langlebigkeitsforschung gewesen und hatte sich einige biologische Kenntnisse erworben, und danach hätte Lazarus überhaupt nicht so alt werden dürfen. Bei seiner Geburt hatte das Programm erst die dritte Generation erreicht, und das war zu wenig, um die weniger dauerhaften Ketten auszumerzen – es sei denn durch einen außerordentlich unwahrscheinlichen Zufall der Gen-Umplacierung.

Aber da stand er. »Lazarus«, fragte sie, »wie lange erwartest du zu leben?«

»Ich? – Also – das ist eine seltsame Frage. Ich erinnere mich, daß auch ich sie einmal einem Mann gestellt habe – über mich, meine ich, nicht über ihn. Hast du je von Dr. Hugo Pinero gehört?«

»Pinero ... Pinero ... ach ja, ›Pinero der Scharlatan‹.«

»Mary, er war kein Scharlatan. Er war fähig, genau vorauszusagen, wann ein Mensch sterben mußte, da gibt es kein Vertun.«

»Aber ... Sprich weiter! Was hat er dir gesagt?«

»Nicht so schnell! Erst mußt du dir klarmachen, daß er kein Betrüger war. Seine Vorhersagen trafen haargenau zu – und wenn er nicht gestorben wäre, hätte das die Lebensversicherungen ruiniert. Das war vor deiner Geburt, aber ich war da, und ich weiß Bescheid. Jedenfalls nahm Pinero an mir seine Messungen vor, und sie schienen ihn zu beunruhigen. Also wiederholte er sie. Dann gab er mir mein Geld zurück.«

»Was hat er gesagt?«

»Ich konnte kein Wort aus ihm herausbringen. Er sah mich an, und er sah seine Maschine an, und er runzelte die Stirn und verstummte. Deshalb kann ich deine Frage nicht beantworten.«

»Aber was denkst *du* darüber, Lazarus? Du erwartest doch nicht, daß du ewig leben wirst?«

»Mary«, sagte er leise, »ich stelle keine Spekulationen über meinen Tod an. Ich denke überhaupt nicht darüber nach.«

Sie schwiegen. Schließlich sagte Mary: »Lazarus, ich will nicht sterben. Aber was ist der Sinn unseres langen Lebens? Anscheinend werden wir doch nicht ebenso klüger, wie wir älter werden. Bleiben wir einfach weiter da, nachdem unsere Zeit vorüber ist? Trödeln wir im Kindergarten herum, obwohl wir weiterziehen müßten? Müssen wir sterben und wiedergeboren werden?«

»Ich weiß es nicht«, sagte Lazarus, »und ich habe keine Möglichkeit, es festzustellen ... und verdammt will ich sein, wenn ich im Grübeln darüber irgendeinen Sinn sehe. Ebensowenig solltest du darüber grübeln. Ich werde mich an dieses Leben klammern, solange ich kann, und lernen, soviel ich kann. Vielleicht sind Weisheit und Verständnis für eine spätere Existenz reserviert, und vielleicht bleiben sie uns für immer vorenthalten. Wie dem auch sei, ich bin es zufrieden, zu leben und das Leben zu genießen. Mary, meine Süße, carpe den alten diem – etwas anderes zahlt sich nicht aus.«

Im Schiff fand man zu dem gleichen monotonen Tagesablauf zurück wie in den langweiligen Jahren der ersten Etappe. Die meisten Mitglieder gingen in den Kälteschlaf; die anderen pflegten die Schläfer, das Schiff und die Hydrofarmen. Unter den Schläfern war Slayton Ford; der Kälteschlaf stellte bei funktionalen Psychosen, die auf keine Therapie ansprachen, üblicherweise die letzte Zuflucht dar.

Der Flug zum Stern PK 3722 dauerte siebzehn Monate und drei Tage Schiffszeit.

Den Offizieren des Schiffes blieb bei der Beendigung der Reise ebenso wenig eine Wahl wie bei ihrem Beginn. Ein paar Stunden vor ihrer Ankunft tauchten auf den

Stellarium-Schirmen wieder die Abbilder von Sternen auf, und das Schiff bremste schnell auf eine interplanetare Geschwindigkeit ab. Die Verlangsamung war nicht zu spüren; die geheimnisvollen Kräfte wirkten auf alle Massen gleichermaßen ein. Die *New Frontiers* glitt in einen Orbit um einen schönen grünen Planeten, der einige hundert Millionen Meilen von seiner Sonne entfernt war. Libby meldete bald darauf Kapitän King, daß sie sich in einer stabilen Parkbahn befanden.

Vorsichtig probierte King die Kontrollen aus, die seit ihrem Start tot gewesen waren. Das Schiff machte einen Satz. Ihr geisterhafter Pilot hatte sie verlassen.

Doch das war ein falsches Bild, sagte Libby sich. Dieser Flug war zweifellos für sie geplant worden, aber daraus ließ sich nicht ohne weiteres schließen, daß jemand oder etwas sie hergeführt hatte. Libby hatte den Verdacht, daß die ›Götter‹ der Hunde-Leute den Raum als statisch ansahen; die Deportation der Erdenmenschen war für sie eine vollendete Tatsache, bevor sie sich ereignete – ein Konzept, das bedauerlicherweise gespickt war mit Unbekannten –, aber geeignete Wörter dafür gab es nicht. Sein unzureichend und ungenau ausgedrücktes Konzept war das einer kosmischen Kurvenscheibe, einer für sie gezogenen Weltlinie, die aus dem normalen Raum hinaus- und wieder in ihn hineinlief, und als das Schiff das Ende seiner Kurvenscheibe erreicht hatte, funktionierte es wieder wie gewohnt.

Er versuchte, Lazarus und dem Kapitän sein Konzept zu erklären, aber großen Erfolg hatte er nicht damit. Es mangelte ihm an Daten, und er hatte auch keine Zeit gehabt, seine mathematische Beschreitung elegant auszuarbeiten; sie befriedigte weder ihn noch sie.

King und Lazarus kamen auch nicht mehr dazu, über die Sache nachzudenken. Barstows Gesicht erschien auf einem Bildschirm der Bordanlage. »Captain!« rief er. »Können Sie nach achtern an Schleuse sieben kommen? Wir haben Besucher!«

Barstow hatte übertrieben; es war nur einer. Das Wesen erinnerte Lazarus an ein Kind, das sich als Kaninchen verkleidet hatte. Das kleine Ding war androider als die Jockaira, wenn auch möglicherweise kein Säugetier. Es war unbekleidet, aber nicht nackt, denn sein kindlicher Körper war mit einem wunderschönen, kurzen, glatten, goldenen Pelz bedeckt. Seine leuchtenden Augen blickten fröhlich und intelligent.

King war zu verblüfft, um solche Einzelheiten wahrzunehmen. Eine Stimme erklang in seinem Kopf: »... Also du bist der Anführer der Gruppe«, sagte sie. »... Willkommen auf unserer Welt ... wir haben euch erwartet ... die *(unverständlich)* berichteten uns, daß ihr kommen würdet ...«

Kontrollierte Telepathie ...

Ein Wesen, eine Rasse, die so edel, so zivilisiert, so ganz ohne Feinde war, die Gefahr und Mühsal so wenig kannte, daß sie es sich erlauben konnte, ihre Gedanken mit anderen zu teilen – mehr als die Gedanken zu teilen. Diese Wesen waren so sanft und so großmütig, daß sie den Menschen eine Heimstatt auf ihrem Planeten anboten. Das Wesen war gekommen, um dieses Angebot zu überbringen.

In Kings Augen ähnelte es sehr dem Geschenk, das ihnen die Jockaira gemacht hatten. Er fragte sich, wo hier der Haken sitzen mochte.

Der Bote schien seine Gedanken zu lesen. »... Sieh in unsere Herzen ... wir wollen euch nichts Böses ... wir teilen eure Liebe zum Leben, und wir lieben das Leben in euch ...«

»Wir danken euch«, antwortete King förmlich und laut. »Wir müssen uns erst beraten.« Er drehte sich zu Barstow um und warf einen Blick zurück. Der Bote war verschwunden.

»Wohin ist er gegangen?« erkundigte sich der Kapitän bei Lazarus.

»Oh! – Das dürfen Sie mich nicht fragen.«

»Aber Sie haben vorn an der Schleuse gestanden.«

»Ich habe auf die Anzeigen geschaut. Draußen vor dieser Schleuse hängt kein Boot – so sagen die Anzeigen. Ich habe mich gefragt, ob sie einwandfrei funktionieren.

Sie funktionieren einwandfrei. Wie ist er ins Schiff gekommen? Wo ist sein Transportmittel?«

»Wie hat er das Schiff *wieder verlassen?«*

»Nicht an mir vorbei!«

»Zaccur, er ist doch durch diese Schleuse hereingekommen, nicht wahr?«

»Das weiß ich nicht.«

»Aber er ist doch bestimmt durch die Schleuse hinausgegangen.«

»Nein«, widersprach Lazarus. »Diese Schleuse ist nicht geöffnet worden. Die Siegel für den tiefen Raum sind noch an Ort und Stelle. Sehen Sie selbst nach!«

King sah nach. »Sie meinen doch nicht«, sagte er langsam, »daß er fähig ist, durch ...«

»Sehen Sie mich nicht an!« wehrte Lazarus ab. »Ich habe darüber ebensowenig eine Meinung wie die Rote Königin. Wohin geht ein Bild, wenn man den Schirm abschaltet?« Er ging und pfiff dabei leise vor sich hin. King kannte die Melodie nicht. Der Text, den Lazarus nicht sang, begann:

»Im Dunkeln auf der Treppe sah
Ein Männchen ich, das war nicht da ...«

4

Das Angebot hatte keinen Haken. Die Bewohner des Planeten – sie hatten keinen Namen, da sie keine gesprochene Sprache besaßen, und die Erdenmenschen nannten sie einfach ›Die Kleinen Leute‹ – hießen sie ehrlich willkommen und halfen ihnen. Davon überzeugten sie die Familien ohne Schwierigkeit, denn anders als mit den Jockaira machte die Verständigung keine Mühe. Die Kleinen Leute waren fähig, den Erdenmenschen sogar subtile Gedanken auf direktem Weg darzulegen und umgekehrt auf sie gerichtete Gedanken korrekt zu interpretieren. Gedanken, die nicht auf sie gerichtet waren, konnten sie entweder nicht lesen, oder sie ignorierten sie. Die Kommunikation mit ihnen war ebenso kontrolliert wie eine Sprache. Unter sich entwickelten die Erdenmenschen jedoch keine telepathischen Kräfte.

Der Planet war der Erde noch ähnlicher als der Planet der Jockaira. Er war ein bißchen größer als die Erde, hatte aber eine etwas geringere Schwerkraft, was auf eine niedrigere durchschnittliche Dichte schließen ließ. Die Kleinen Leute machten in ihrer Zivilisation wenig Gebrauch von Metall, was ein Hinweis sein mochte.

Der Planet umkreiste seine Sonne aufrechtstehend; er stand nicht schief wie die Achse der Erde. Seine Umlaufbahn war fast rund; der Unterschied zwischen Aphel und Perihel betrug nicht einmal ein Prozent. Jahreszeiten gab es also nicht.

Auch keinen großen schweren Mond gab es, wie ihn die Erde hat, der die Ozeane aufwühlen und das isostatische Gleichgewicht der Planetenkruste stören konnte. Die Berge waren niedrig, die Winde sanft, die Meere friedlich. Zu Lazarus' Enttäuschung hatte das Wetter ihrer neuen Heimat kein lebhaftes Temperament. Eigentlich konnte man gar nicht von Wetter reden, nur von einem Klima – und das war so, wie kalifornische Patrioten den Rest der Welt glauben machen möchten, daß es auf ihrem Teil des Globus herrsche.

Aber auf dem Planeten der Kleinen Leute gab es dieses Klima wirklich.

Sie zeigten den Erdenmenschen, wo sie landen sollten. Es war ein breiter, sandiger Strand, der zum Meer hinunterführte. Hinter den Dünen erstreckte sich Meile auf Meile üppigen Graslandes, unregelmäßig unterbrochen von Büschen und Bäumen. Die Landschaft hatte die ungezwungene Ordentlichkeit eines geplanten Parks, obwohl man keinen Hinweis auf eine Kultivierung fand.

Hier durften sie sich ansiedeln, teilte ein Bote der ersten auf Erkundung ausgezogenen Gruppe mit.

Immer schien einer der Kleinen Leute anwesend zu sein, wenn Rat vonnöten war – nicht mit der geschäftigen, aufdringlichen Hilfsbereitschaft der Jockaira, sondern so unauffällig zur Hand wie ein Videophon oder ein Taschenmesser. Der eine, der die erste ins Land hinausziehende Gruppe begleitete, verblüffte Lazarus und Barstow durch die beiläufige Bemerkung, sie hätten sich bei seinem Besuch im Schiff kennengelernt. Da sein Fell mahagonifarben statt golden war, glaubte Barstow an ein Mißverständnis, wobei er immerhin die Möglichkeit einräumte, diese Leute könnten fähig sein, ihre Farbe wie Chamäleons zu wechseln. Lazarus behielt sich sein Urteil vor.

Barstow fragte ihren Führer, was die Erdenmenschen bezüglich des Standortes und der Bauweise ihrer Häuser zu beachten hätten. Die Frage lag ihm schon lange auf dem Herzen, denn ein erster Überblick vom Schiff aus hatte keine Städte gezeigt. Vielleicht lebten die Eingeborenen unter der Oberfläche – und in dem Fall wollte er vermeiden, gleich zu Anfang mit dem falschen Fuß loszugehen, indem er etwas bauen ließ, das die hiesige Regierung als Slum betrachten mochte.

Er sprach seine an ihren Führer gerichtete Frage laut aus, denn sie hatten bereits gelernt, daß die Eingeborenen den Gedanken auf diese Weise am besten empfingen.

In der Antwort, die das kleine Wesen zurücksandte, nahm Barstow Überraschung wahr. »... Müßt ihr die schöne Landschaft mit Unterbrechungen verschandeln? ... Zu welchem Zweck wollt ihr Gebäude errichten? ...«

»Wir brauchen Gebäude für viele Zwecke«, erklärte Barstow. »Wir brauchen sie bei Tag als Obdach, bei Nacht zum Schlafen. Wir brauchen sie, um darin unsere Nahrung wachsen zu lassen und zum Essen vorzubereiten.« Er überlegte, ob er dem Wesen auseinandersetzen sollte, was eine hydroponische Farm, was die Verarbeitung von Lebensmitteln und was Kochen sei. Dann ließ er es jedoch bleiben und vertraute auf das telepathische Verständnis seines ›Zuhörers‹. »Wir benutzen Gebäude noch für viele andere Zwecke, für Werkstätten und Laboratorien, zur Unterbringung der Maschinen, durch die wir miteinander kommunizieren, für beinahe alles, was wir in unserm täglichen Leben tun.«

»... Habt Geduld mit mir ...«, lautete der Gedanke, »... denn ich weiß so wenig von eurer Lebensweise ... Aber sagt mir doch ... zieht ihr es vor, in *so etwas* zu schlafen? ...« Er wies auf die Beiboote, mit denen sie gelandet waren. Der Gedanke, den er für die Boote benutzte, war zu stark, um in ein Wort gekleidet zu werden. Lazarus mußte dabei an einen toten, beschränkten Raum denken – ein Gefängnis, in dem er einmal gesessen hatte, eine miefige öffentliche Telefonzelle.

»Das ist unser Brauch.«

Das Wesen bückte sich und klopfte auf den Boden. »... Ist das kein schöner Platz zum Schlafen? ...«

Lazarus dachte bei sich, daß es wirklich ein schöner Platz sei. Der Boden war mit einem elastischen Pflanzenwuchs bedeckt, ähnlich wie Gras, aber feiner, weicher, gleichmäßiger, und die Halme standen dichter beieinander. Lazarus zog die Sandalen aus und genoß das Gefühl an den bloßen Füßen, den gespreizten, arbeitenden Zehen. Das war eher ein dicker Fellteppich als ein Rasen.

»... und die Nahrung ...«, fuhr ihr Führer fort, »... warum sich um etwas mühen, das der gute Boden freiwillig hergibt? ... Kommt mit! ...«

Er führte sie an eine Stelle, wo die Zweige niedriger, buschiger Bäume über einem sich schlängelnden Bach hingen. Die ›Blätter‹ waren Gewächse von der Größe einer Männerhand, von unregelmäßiger Form und einen Zoll oder mehr dick. Das kleine Wesen brach eins ab und knabberte zierlich daran.

Lazarus pflückte sich auch ein Blatt und untersuchte es. Es war leicht zu brechen, wie ein gut gebackener Kuchen. Das Innere war von einem cremigen Gelb, schwammig, aber knusprig, und hatte einen starken, angenehmen Geruch, der an Mangos erinnerte.

»Lazarus, iß das nicht!« warnte Barstow. »Es ist nicht analysiert worden.«

»... Es harmoniert mit deinem Körper ...«

Noch einmal roch Lazarus daran. »Ich bin bereit, das Versuchskaninchen zu machen, Zack.«

»Na gut ...« Barstow zuckte die Achseln. »Ich habe dich gewarnt. Du würdest es ja auf jeden Fall essen.«

Lazarus aß es. Das Zeug war merkwürdig angenehm, fest genug, um den Zähnen etwas zu bieten, und von pikantem, wenn auch flüchtigem Geschmack. Es ließ sich glücklich in seinem Magen nieder und fühlte sich zu Hause.

Barstow ließ nicht zu, daß noch jemand eine Frucht versuchte, bevor die Wirkung auf Lazarus feststand. Lazarus nutzte seine exponierte und priviligierte Stellung aus, indem er sich satt aß – und er meinte, das sei die beste Mahlzeit seit Jahren gewesen.

»... Wollt ihr mir mitteilen, welches Essen ihr gewöhnt seid? ...«, fragte ihr kleiner Freund. Barstow setzte zu einer Antwort an, doch der Gedanke des Wesens hielt ihn zurück: »... denkt alle daran ...« Eine Weile kam keine Botschaft mehr, dann sandte es: »... Das reicht ... meine Frauen werden sich darum kümmern ...«

Lazarus war sich nicht sicher, ob der Gedanke ›Frauen‹ oder eine ähnliche enge Beziehung bedeutete. Bis jetzt hatte man noch nicht in Erfahrung gebracht, ob die Kleinen Leute bisexuell – oder sonst etwas – waren.

Lazarus schlief in dieser Nacht draußen unter den Sternen und ließ sich von ihrem reinen, unpersönlichen Licht die Klaustrophobie des Schiffes abwaschen. Die Konstellationen waren hier so verzerrt, daß sie sich nicht leicht erkennen ließen, doch er fand, wie er meinte, das kühle Blau der Wega und das orangefarbene Glühen des Antares. Sicher war nur, daß die Milchstraße sich im Bogen über den Himmel ergoß wie zu Hause. Die Sonne war für das bloße Auge natürlich nicht zu erkennen, auch wenn er gewußt hätte, in welcher Richtung er sie zu suchen hatte. Ihre geringe absolute Größe konnte die vielen Lichtjahre nicht durchdringen. Ich werde Andy darum bitten, daß er mir die Koordinaten ausrechnet, dachte er schläfrig, und dann werde ich sie mit den

Instrumenten schon finden. Er schlief ein, bevor ihm der Gedanke kam, warum er sich die Mühe machen wollte.

Da sie für die Nacht kein Obdach brauchten, holten sie alle Passagiere so schnell herunter, wie die Boote sie bringen konnten. Sie wurden auf dem freundlichen Boden abgesetzt und konnten ein geruhsames Picknick veranstalten, bis man darangehen würde, die Kolonie zu organisieren. Anfangs aßen sie Vorräte, die aus dem Schiff mitgebracht wurden, aber da Lazarus sich weiterhin bester Gesundheit erfreute, wurde das Verbot, die natürlich gewachsene Nahrung des Planeten zu sich zu nehmen, bald gelockert. Danach ernährten sie sich hauptsächlich vom dem Reichtum des Landes und benutzten die Lebensmittel aus dem Schiff nur, um Abwechslung in den Speisezettel zu bringen.

Ein paar Tage, nachdem die letzten unten eingetroffen waren, hatte Lazarus sich auf einem Erkundungsgang allein vom Lager entfernt. Einer der Kleinen Leute begegnete ihm, begrüßte ihn und setzte wiederum voraus, daß sie sich bereits kannten. Er führte Lazarus zu einem Hain von niedrigen Bäumen, die noch weiter entfernt von der Basis waren, und gab ihm zu verstehen, er solle essen.

Lazarus hatte eigentlich keinen Hunger, wollte das freundliche Wesen aber nicht enttäuschen. So pflückte er eine Frucht und aß sie.

Vor Staunen hätte er sich beinahe verschluckt. Kartoffelpüree mit Bratensoße!

»... Haben wir das nicht richtig hinbekommen? ...«, kam ein ängstlicher Gedanke.

»Junge«, erklärte Lazarus feierlich, »ich weiß nicht, was ihr geplant hattet, aber das ist einfach wunderbar!«

Ein Ausbruch herzlicher Freude drang in seinen Geist ein. »... Versuch den nächsten Baum ...«

Lazarus tat es, ebenso eifrig wie vorsichtig. Frischgebackenes braunes Brot und süße Butter war die Kombination, obwohl sich von irgendwoher auch ein Spritzer Eiscreme eingeschlichen zu haben schien. Es überraschte ihn kaum noch, als der dritte Baum Zeugnis davon ablegte, daß sowohl Pilze als auch über Holzkohlenfeuer gebratenes Steak zu seinen Vorfahren gehörten. »... Wir haben fast ausschließlich deine Gedankenbilder benutzt ...«, erklärte sein Gefährte. »... Sie waren viel stärker als die deiner Frauen ...«

Lazarus hielt sich nicht damit auf, ihm zu erklären, daß er nicht verheiratet sei. Das kleine Wesen setzte hinzu: »... Es war noch keine Zeit, die Strukturen und Farben nachzubilden, die deine Gedanken zeigten ... Kommt es dir darauf an?«

Lazarus versicherte ihm ernsthaft, es komme nur sehr wenig darauf an.

Zur Basis zurückgekehrt, hatte er beträchtliche Schwierigkeiten, andere von der Wahrheit seines Berichts zu überzeugen.

Besonders gut bekam das Leben in ihrer neuen Heimat, die wie das Land der Lotusesser war, Slayton Ford. Als er aus dem Kälteschlaf erwachte, hatte er seine Psychose überwunden, nur daß er nicht die geringste Erinnerung an das Geschehen im Kreel-Tempel hatte. Ralph Schultz betrachtete das als gesunde Verdrängung eines unerträglichen Erlebnisses und entließ ihn als Patienten.

Ford machte jetzt einen jüngeren und glücklicheren Eindruck als vor seinem Zusammenbruch. Er hatte kein offizielles Amt mehr unter den Mitgliedern – tatsächlich gab es so gut wie keine Regierung; die Familien lebten auf diesem bevorzugten Planeten in fröhlicher, gemütlicher Anarchie –, aber er wurde immer noch mit seinem Titel angesprochen und zusammen mit Zaccur Barstow, Lazarus, Kapitän King und anderen als Ältester behandelt, dessen Rat man suchte und dessen Urteil man sich beugte. Die Familien gaben wenig darauf, wie alt jemand nach dem Kalender war; zwischen engen Freunden mochte ein Altersunterschied von einem Jahrhundert bestehen. Jahrelang hatten sie den Vorteil von seiner geschickten Amtsführung gehabt; jetzt fuhren sie fort, ihn als ›älteren Staatsmann‹ zu behandeln, obwohl zwei Drittel von ihnen älter waren als er.

Das endlose Picknick erstreckte sich über Wochen,

über Monate. Nachdem sie, schlafend oder arbeitend, solange im Schiff eingeschlossen gewesen waren, konnten sie der Versuchung nicht widerstehen, lange Ferien zu machen, und es gab keinen Grund, ihnen das zu verbieten. Fast überall wuchs Nahrung im Überfluß, die leicht zu gewinnen und leicht zu essen war, und das Wasser in den zahlreichen Bächen war sauber und trinkbar. Was die Kleidung anging, so hatten sie reichlich davon, wenn sie Lust hatten, sich anzuziehen, aber dann taten sie es eher aus ästhetischen Gesichtspunkten. In diesem elysischen Klima waren Kleider zum Schutz ebenso überflüssig wie Anzüge zum Schwimmen. Diejenigen, die Kleider liebten, trugen sie. Armbänder und Perlen und Blumen im Haar waren den meisten genug und längst nicht so lästig, wenn man ein Bad im Meer nehmen wollte.

Lazarus blieb bei seinem Kilt.

Die Zivilisation und der Entwicklungsstand der Kleinen Leute waren schwierig zu erfassen. Äußere Zeichen wissenschaftlicher Errungenschaften nach irdischen Begriffen hatten sie nicht – keine großen Gebäude, keine komplizierten mechanischen Transportmittel, keine pulsierenden Kraftwerke. Es lag nahe, sie irrtümlich für Mutter Naturs Kinder zu halten, die in einem Garten Eden lebten.

Nur ein Achtel eines Eisbergs zeigt sich über Wasser.

Ihre naturwissenschaftlichen Kenntnisse waren nicht geringer als die der Kolonisten, sie waren ihnen sogar unglaublich überlegen. Sie besichtigten die Beiboote mit höflichem Interesse und stürzten ihre Führer in Verwirrung, wenn sie fragten, warum man etwas so und nicht lieber so mache – und jedes Mal stellte sich heraus, daß das, was sie vorschlugen, einfacher und wirksamer als die irdische Lösung war – sofern die erstaunten menschlichen Techniker überhaupt begriffen, worauf sie hinauswollten.

Die Kleinen Leute verstanden die Maschinen und alles, was mit ihnen zusammenhing, aber sie hatten kaum Bedarf dafür. Offensichtlich brauchten sie Maschinen nicht zur Kommunikation, und zum Transport brauchten sie sie nur wenig, obwohl das den Menschen nicht gleich klar wurde. Aber wenn sie einen spezifischen Bedarf für ein mechanisches Gerät hatten, waren sie durchaus imstande, es zu erfinden, zu bauen, ein einziges Mal zu benutzen und zu zerstören, und der ganze Prozeß erfolgte in einer reibungslosen Zusammenarbeit, die den Menschen fremd ist.

Am überraschendsten war ihre Überlegenheit auf dem Gebiet der Biologie. Die Kleinen Leute waren Meister im Manipulieren von Lebensformen. Sie sahen kein Wunder darin, sondern eine Routine-Aufgabe, die jeder ihrer Biotechniker erledigen konnte, wenn sie innerhalb von Tagen Pflanzen entwickelten, deren Früchte nicht nur im Geschmack, sondern auch im Nährwert Speisen glichen, an die die Menschen gewöhnt waren. Das machte ihnen weniger Mühe als einem irdischen Gartenbauexperten die Züchtung einer bestimmten Farbe oder Form bei einer Blüte.

Aber ihre Methoden unterschieden sich von denen menschlicher Pflanzenzüchter. Man muß ihnen zugutehalten, daß sie versuchten, ihre Methoden zu erklären, aber die Erklärungen kamen einfach nicht durch. In unsern Begriffen ausgedrückt, behaupteten sie, eine Pflanze in die gewünschte Form und die gewünschten Eigenschaften zu ›denken‹. Was sie damit auch meinen mochten, sie konnten einen Sämling nehmen und ihn, ohne daß sie ihn berührten oder irgend etwas daran vornahmen, das ihre menschlichen Zuschauer bemerkten, innerhalb von ein paar Stunden zum Blühen und Reifen bringen – mit neuen Eigenschaften, die bei den Elternpflanzen nicht vorhanden gewesen waren, sich nun aber weitervererbten.

Trotzdem gab es in der Wissenschaft nur quantitative Unterschiede zwischen den beiden Rassen. Grundlegend anders waren die Kleinen Leute in völlig unerwarteter Hinsicht.

Sie waren keine Individuen.

Der Körper eines Eingeborenen beherbergte kein von

den übrigen abgegrenztes Einzelwesen. Ihre Individuen besaßen viele Körper und eine Gruppen-›Seele‹. Die Grundeinheit ihrer Gesellschaft war eine aus vielen Teilen bestehende telepathische Rapport-Gruppe. Die Zahl der Körper und Gehirne, die zu einem Individuum gehörten, konnte bis zu neunzig betragen und betrug immer mehr als dreißig.

Erst als die Kolonisten das erfahren hatten, begannen sie manches zu verstehen, was ihnen an den Kleinen Leuten rätselhaft gewesen war. Sicher fanden die Kleinen Leute die Erdenmenschen ebenso rätselhaft, weil auch sie davon ausgegangen waren, die Struktur ihrer Existenz müsse sich in anderen widerspiegeln. Als gegenseitige Mißverständnisse über Identitätsfragen schließlich auf beiden Seiten die Wahrheit ans Licht brachten, entsetzten sich die Kleinen Leute. Sie zogen sich aus der Nähe der Familien zurück und blieben mehrere Tage weg.

Endlich betrat ein Bote das Lager und suchte Barstow auf. »... Es tut mir leid, daß wir euch alleingelassen haben ... Voreilig haben wir euer Unglück als eure Schuld angesehen ... Wir bieten euch an, euch zu lehren, wie ihr uns gleich werden könnt ...«

Barstow wog ab, wie er auf dieses großmütige Angebot antworten solle. »Wir danken euch für euren Wunsch, uns zu helfen«, sagte er schließlich, »aber was ihr unser Unglück nennt, scheint ein wesentlicher Teil unseres Wesens zu sein. Unsere Lebensweise ist nicht eure Lebensweise. Ich glaube nicht, daß wir eure Lebensweise verstehen könnten.«

Ein sehr bekümmerter Gedanke erreichte ihn. »... Wir haben den Tieren in der Luft und auf dem Boden geholfen, ihren Streit einzustellen ... aber wenn ihr unsere Hilfe nicht wünscht, werden wir sie euch nicht aufdrängen ...«

Der Bote ging, und Zaccur Barstow blieb beunruhigt zurück. Vielleicht, dachte er, hatte er vorschnell gehandelt, als er antwortete, ohne sich Zeit zur Beratung mit den Ältesten zu nehmen. Telepathie war gewiß kein

Geschenk, das man schnöde ablehnte. Vielleicht konnten die Kleinen Leute sie in der Telepathie unterrichten, ohne daß die Menschen ihre Individualität verloren. Aber was er von den Telepathen unter den Familien wußte, förderte eine solche Hoffnung nicht. Kein einziger von ihnen war emotional gesund, und viele waren dazu auch noch geistig behindert – das sah nicht nach einer sicheren Straße für Menschen aus.

Sie konnten später darüber diskutieren, sagte er sich. Es hatte ja keine Eile.

»Es hat keine Eile« – das war der Geist, der in der ganzen Siedlung vorherrschte. Man brauchte um nichts zu kämpfen, es gab sehr wenig zu tun, und es kam selten vor, daß das wenige schnell getan werden mußte. Die Sonne war warm und angenehm, ein Tag war wie der andere, und danach kam immer noch ein Tag. Die Mitglieder der Familien, die schon durch ihr Erbgut prädisponiert waren, in großen Zeiträumen zu denken, richteten jetzt den Blick auf die Ewigkeit. Die Zeit spielte keine Rolle mehr. Sogar das Interesse an der Langlebigkeitsforschung, die betrieben worden war, seit sie sich erinnern konnten, erlahmte. Gordon Hardy widmete sich der viel lohnenderen Aufgabe, zu ergründen, was die Kleinen Leute über die Natur des Lebens wußten. Er war gezwungen, langsam vorzugehen, und verbrachte viele Stunden mit der Assimilierung neuer Ideen. Schließlich merkte er gar nicht mehr, daß die Perioden der Meditation immer länger und die Perioden aktiven Schaffens immer seltener wurden.

Eines jedoch lernte er, und die Folgerungen daraus eröffneten ganz neue Felder des Nachdenkens: Die Kleinen Leute hatten in gewissem Sinn den Tod besiegt.

Da jedes ihrer Egos von vielen Körpern geteilt wurde, bedeutete der Tod eines einzigen Körpers nicht den Tod des Egos. Alle Erinnerungen dieses Körpers blieben intakt, die mit ihm verbundene Persönlichkeit ging nicht verloren, und der physische Verlust konnte wettgemacht werden, indem man einen jungen Eingeborenen in die Gruppe ›einheiraten‹ ließ. Aber ein Gruppen-Ego, eine der Persönlichkeiten, die mit den Erdenmenschen sprach, konnte nicht sterben, solange nicht jeder einzelne Körper, in dem es lebte, vernichtet wurde. Es lebte weiter, anscheinend auf ewig.

Ihre Jungen schienen bis zur Zeit der ›Heirat‹ oder Assimilierung durch eine Gruppe wenig Persönlichkeit zu besitzen und nur zu rudimentären oder möglicherweise instinktiven Denkprozessen fähig zu sein. Die Erwachsenen erwarteten von ihnen nicht mehr an intelligentem Benehmen als ein Mensch von einem Kind, das noch im Mutterleib ist. Jede Ego-Gruppe sorgte für viele solcher unvollständiger Personen wie für heißgeliebte Schoßtiere oder hilflose Babies, obwohl sie für Menschenaugen oft ebenso groß und ebenso reif waren wie ihre Eltern.

Das Paradies wurde Lazarus schneller langweilig als den meisten seiner Vettern. »Es kann doch nicht immer Zeit für den Tee sein«, beschwerte er sich Libby gegenüber, der neben ihm im weichen Gras lag.

»Was ärgert dich, Lazarus?«

»Nichts im besonderen.« Lazarus setzte die Spitze seines Messers auf den rechten Ellenbogen, schnippte es mit der anderen Hand weg und sah zu, wie sich die Spitze in den Boden grub. »Es ist nur, daß mich dieser Ort an einen gutgeführten Zoo erinnert. Er hat auch ungefähr ebensoviel Zukunft.« Lazarus grunzte verächtlich. »Hier ist das Wolkenkuckucksheim.«

»Was macht dir eigentlich Sorge?«

»Nichts. Das ist es, was mir Sorge macht. Bei Gott, Andy, findest du es nicht verkehrt, wenn man so auf die Weide geführt wird?«

Libby grinste verlegen. »Ich vermute, das ist mein Hillbilly-Blut. ›Wenn es nicht regnet, regnet es nicht durch, und wenn es regnet, kann ich das Dach nicht reparieren‹«, zitierte er. »Ich habe den Eindruck, es geht uns recht gut. Was juckt dich?«

»Nun ...« Lazarus' hellblaue Augen blicken in weite

Fernen. Er stellte das müßige Spiel mit dem Messer ein. »Vor langer Zeit, als ich ein junger Mann war, strandete ich einmal in der Südsee ...«

»Hawaii?«

»Nein. Weiter südlich. Verdammt will ich sein, wenn ich weiß, wie man es heute nennt. Es ging mir dreckig, sehr dreckig, und ich verkaufte meinen Sextanten. Schon bald – oder vielleicht dauerte es auch eine Weile – wäre ich für einen Eingeborenen durchgegangen. Ich lebte wie einer. Es schien gar keine Rolle zu spielen. Aber eines Tages sah ich mich zufällig in einem Spiegel.« Lazarus seufzte schwer. »Ich verließ den Ort als Matrose auf einem Frachter mit rohen Häuten, was dir eine Vorstellung davon geben mag, wie entsetzt und verzweifelt ich war.«

Libby gab dazu keinen Kommentar ab.

»Was fängst du mit deiner Zeit an, Lib?« fragte Lazarus.

»Ich? Das Gleiche wie immer. Denke über Mathematik nach. Versuche, den Trick herauszubringen, wie ein Raumantrieb von der Art funktioniert, der uns hergebracht hat.«

»Hast du schon Glück damit gehabt?« Lazarus war plötzlich hellwach.

»Noch nicht. Laß mir Zeit. Oder ich beobachte, wie die Wolken sich integrieren. Überall gibt es amüsante mathematische Beziehungen, wenn man danach Ausschau hält. In den Kräuselwellen auf dem Wasser oder in der Form von Brüsten – elegante Funktionen fünften Grades.«

»Wie? Du meinst vierten Grades.«

»Fünften. Du vergißt die Zeit-Variable. Ich liebe Gleichungen fünften Grades«, meinte Libby verträumt. »In Fischen findet man sie auch.«

»Hummph!« sagte Lazarus und stand plötzlich auf. »Das mag für dich schön und gut sein, aber für mich ist das wirklich nichts.«

»Willst du irgendwohin?«

»Einen Spaziergang machen.«

Lazarus wanderte nach Norden. Er ging den ganzen Rest des Tages, schlief in der Nacht wie üblich auf dem Boden und war im Morgengrauen schon wieder in der gleichen Richtung unterwegs. Dem nächsten Tag folgte noch einer, und dann noch einer. Es ging sich leicht, ganz wie bei einem Spaziergang in einem Park ... zu leicht in Lazarus' Augen. Für den Anblick eines Vulkans oder eines anständigen Wasserfalls hätte er gern vier Münzen bezahlt und noch ein Taschenmesser dreingegeben.

Die Essenspflanzen waren manchmal seltsam, aber reichlich vorhanden und zufriedenstellend. Gelegentlich traf er einen oder mehrere der Kleinen Leute, die ihren geheimnisvollen Angelegenheiten nachgingen. Sie belästigten ihn nicht und fragten auch nicht, wohin er wolle, sondern grüßten ihn nur wie üblich als alte Bekannte. Allmählich sehnte er einen herbei, der sich als Fremder herausstellte; er fühlte sich beobachtet.

Dann wurden die Nächte kälter, die Tage weniger mild und die Kleinen Leute weniger zahlreich. Als er einen ganzen Tag lang keinen gesehen hatte, legte er sich für die Nacht nieder. Am nächsten Morgen blieb er dort, nahm seine Seele heraus und untersuchte sie.

Er mußte zugeben, daß er verstandesmäßig an dem Planeten und seinen Bewohnern keinen Fehler fand. Aber ganz entschieden war er nicht nach seinem Geschmack. Keine Philosophie, von der je gehört oder gelesen hatte, gab einen vernünftigen Grund für die Existenz des Menschen an und ebensowenig einen rationellen Hinweis, wie er sich zu betragen habe. Im Sonnenschein zu faulenzen mochte auch ein Lebenszweck sein – aber für ihn war das nichts. Das wußte er, auch wenn er nicht erklären konnte, woher er es wußte.

Die Hedschra der Familien war ein Fehler gewesen. Menschlicher, reifer und männlicher wäre es gewesen, zu bleiben und für ihre Rechte zu kämpfen, auch wenn sie dabei gestorben wären. Statt dessen waren sie durch das halbe Universum geflogen (Lazarus nahm es mit den Größenangaben nicht so genau) und hatten nach einem Ort gesucht, wo sie sich niederlassen konnten. Sie hatten einen gefunden, einen guten – aber bereits von Wesen besetzt, die ihnen auf niederschmetternde Weise überlegen – und doch in ihrer Überlegenheit den Menschen gegenüber so gleichgültig waren, daß sie sich nicht die Mühe gemacht hatten, sie auszulöschen, sondern sie hierher gefegt hatten in diesen ... diesen manikürten Country-Club.

Und das an sich war die unerträgliche Demütigung. Die *New Frontiers* war der Gipfel von fünfhundert Jahren menschlicher Forschungsarbeit, das Beste, was Menschen schaffen konnten – aber sie war so beiläufig über die Tiefen des Raums geschoben worden, wie ein Mensch vielleicht einen jungen Vogel ins Nest zurücksetzt.

Anscheinend hatten die Kleinen Leute nicht die Absicht, sie hinauszuwerfen, aber die Kleinen Leute waren auf ihre Art ebenso demoralisierend für die Menschen wie die Götter der Jockaira. Einer auf einmal mochten sie Schwachsinnige sein, aber als Gruppen genommen, war jede Rapport-Gruppe ein Genie, das die besten Gehirne, die die Menschheit anzubieten hatte, in den Schatten stellte. Sogar Andy. Menschliche Wesen konnten ebensowenig hoffen, mit dieser Organisation zu konkurrieren, wie eine Hinterzimmerwerkstatt mit einer automatisierten Kyberfabrik konkurrieren konnte. Aber wenn sie selbst solche Gruppen bilden würden – immer vorausgesetzt, daß sie dazu fähig waren, was Lazarus bezweifelte –, mußten sie, davon war Lazarus fest überzeugt, aufgeben, was sie zu *Menschen* machte.

Er gestand sich ein, daß er ein Vorurteil zugunsten der Menschen hatte. Er *war* ein Mensch.

Die ungezählten Tage glitten vorüber, während er mit sich selbst über die Dinge diskutierte, die ihn quälten – Probleme, die die Seele seiner Rasse beunruhigt hatten, seit der erste Affenmensch sich seiner selbst bewußt wurde, Fragen, die nie von einem vollen Bauch oder von komplizierten Maschinen gelöst worden waren. Und die endlosen ruhigen Tage halfen ihm ebensowenig zu endgültigen Antworten wie die Seelenerforschungen aller seiner Vorfahren. Warum? Was soll es einem Menschen nützen? Eine einzige Antwort kam zurück – die feste, nicht vernunftmäßig zu begründende Überzeugung, daß er für diesen zeitlosen Hafen des Müßiggangs weder geplant noch bereit war.

Seine bekümmerten Träumereien wurden durch das Auftauchen eines der Kleinen Leute unterbrochen. »... Grüße, alter Freund ... deine Frau King wünscht, daß du sofort nach Hause kommst ... er braucht deinen Rat ...«

»Was ist los?« fragte Lazarus.

Aber das kleine Wesen konnte oder wollte es ihm nicht sagen. Lazarus rückte seinen Gürtel zurecht und wandte sich nach Süden. »... Es ist nicht notwendig, zu Fuß zu gehen ...«, sagte ihm ein Gedanke.

Lazarus ließ sich zu einer Lichtung hinter einer Baumgruppe führen. Dort fand er ein etwa sechs Fuß langes eiförmiges Objekt, das bis auf eine Tür in der Flanke glatt war. Der Eingeborene ging durch die Tür hinein. Lazarus quetschte seinen größeren Körper hinterher, und die Tür schloß sich.

Beinahe sofort öffnete sie sich wieder, und Lazarus sah, daß sie auf dem Strand gleich unterhalb der menschlichen Siedlung standen. Er mußte zugeben, daß es ein guter Trick war.

Lazarus eilte zu dem auf dem Strand geparkten Beiboot, in dem Kapitän King gemeinsam mit Barstow eine Art Hauptquartier für die Gemeinschaft teilte. »Sie haben nach mir geschickt, Skipper. Was ist los?«

Kings strenges Gesicht war ernst. »Es geht um Mary Sperling.«

Um Lazarus' Herz schloß sich eine eiskalte Faust. »Tot?«

»Nein. Nicht eigentlich. Sie ist zu den Kleinen Leuten übergegangen. Hat in eine ihrer Gruppen eingeheiratet.«

»*Was?* Aber das ist unmöglich!«

Lazarus irrte sich. Es war völlig ausgeschlossen, daß Erdenmenschen und Eingeborene sich paarten, aber wenn Sympathie vorhanden war, hinderte nichts einen

Menschen daran, mit einer ihrer Rapport-Gruppen zu verschmelzen und seine Persönlichkeit im Ego der vielen zu ertränken.

Mary Sperling war überzeugt gewesen, daß ihr Tod nahe bevorstand, und hatte in den unsterblichen Gruppen-Egos einen Ausweg gesehen. Mit dem ewigen Problem von Leben und Tod konfrontiert, war sie ihm ausgewichen, indem sie sich selbst aufgab ... nicht lebte und nicht tot war. Sie hatte eine Gruppe gefunden, die bereit war, sie aufzunehmen, und war übergewechselt.

»Das schafft eine Menge neuer Probleme«, schloß King. »Slayton und Zaccur und ich waren alle der Meinung, Sie sollten besser herkommen.«

»Ja, ja sicher – aber wo ist Mary?« fragte Lazarus und rannte aus dem Raum, ohne auf eine Antwort zu warten. Er stürmte durch die Siedlung, ignorierte Grüße ebenso wie die Versuche, ihn aufzuhalten. Ein kurzes Stück vor dem Lager begegnete er einem Eingeborenen. Rutschend kam er zum Stehen. »Wo ist Mary Sperling?«

»... Ich bin Mary Sperling ...«

»Um der Liebe ... das *kannst du nicht* sein.«

»... Ich bin Mary Sperling und Mary Sperling ist ich ... Erkennst du mich nicht, Lazarus? ... Ich erkenne dich ...«

Lazarus wehrte mit beiden Händen heftig ab. »Nein! Ich will Mary Sperling sehen, die wie ein Erdenmensch aussieht – wie ich!«

Der Eingeborene zögerte. »... Dann folge mir ...«

Lazarus fand sie eine weite Strecke vom Lager entfernt. Es war offensichtlich, daß sie den anderen Kolonisten aus dem Weg gegangen war. »Mary!«

Sie antwortete ihm von Geist zu Geist: »... Es tut mir leid, dich traurig zu sehen ... Mary Sperling gibt es nur noch insoweit, als sie Teil von uns ist ...«

»Oh, laß das, Mary! Komm mir nicht mit dem Unsinn! Erkennst du mich nicht?«

»... Natürlich erkenne ich dich, Lazarus ... aber du erkennst *mich* nicht ... Betrübe deine Seele nicht und beschwere dein Herz nicht mit dem Anblick des Körpers vor dir ... ich bin keine von deiner Art ... ich gehöre zu diesem Planeten ...«

»Mary«, drängte er, »du mußt das rückgängig machen. Du mußt hier weg!«

Sie schüttelte den Kopf, eine seltsam menschliche Geste, denn das Gesicht enthielt keine Spur von einem menschlichen Ausdruck mehr, es war eine Maske des Andersseins. »... Das ist unmöglich ... Mary Sperling gibt es nicht mehr ... Das Wesen, das mit dir spricht, ist eins mit mir, ist *ich* und nicht von deiner Art ...« Das Geschöpf, das Mary Sperling gewesen war, wandte sich ab und ging fort.

»Mary!« schrie er. Sein Herz machte einen Sprung über die Spanne von Jahrhunderten bis zu der Nacht, als seine Mutter gestorben war. Er bedeckte das Gesicht mit den Händen und brach in das untröstliche Weinen eines Kindes aus.

5

Als Lazarus zurückkehrte, warteten King und Barstow auf ihn. King sah sein Gesicht. »Ich hätte es Ihnen sagen können«, stellte er ernst fest, »aber Sie wollten nicht warten.«

»Vergessen Sie's!« erwiderte Lazarus hart. »Was nun?«

»Lazarus, bevor wir irgend etwas besprechen, mußt du dir noch etwas ansehen«, sagte Zaccur Barstow.

»Okay. Was?«

»Komm mit!« Sie führten ihn in ein Abteil des als Hauptquartier benutzten Beibootes. Im Gegensatz zum Brauch der Familien war es verschlossen; King öffnete es für sie. Drin war eine Frau, die sich, als sie die drei sah, schweigend zurückzog und beim Hinausgehen die Tür wieder verschloß.

»Sieh dir das an«, verlangte Barstow.

Es war ein lebendes Wesen in einem Inkubator – ein

Kind, aber eines, wie es noch nie zuvor geboren worden war. Lazarus starrte es an, und dann fragte er zornig: »Was, zum Teufel, ist das?«

»Sieh selbst! Nimm es hoch! Du wirst ihm nicht weh tun.«

Lazarus tat es, vorsichtig erst, dann mit wachsender Neugier, ohne vor dem Kontakt zurückzuschrecken. Was es war, konnte er nicht sagen. Es war nicht menschlich, und mit ebensolcher Sicherheit war es kein Abkömmling der Kleinen Leute. Lebte auf diesem Planeten wie auf dem vorigen eine bisher unbekannt gebliebene Rasse? Es war menschenähnlich, doch gewiß kein Menschenkind. Ihm fehlte sogar die Knopfnase eines Babys, auch waren keine Ohrmuscheln zu sehen. Die Organe saßen an den üblichen Stellen, aber bündig mit dem Schädel und von Knochenauswüchsen geschützt. Die Hände hatten zu viele Finger, und an beiden Handgelenken saß ein extra langer, der in einem Bündel von rosa Würmern endete.

Am Torso des Kindes war etwas Seltsames, das Lazarus nicht definieren konnte. Aber zwei weitere auffällige Tatsachen bemerkte er: Die Beine endeten nicht in menschlichen Füßen, sondern in hornigen Hufen. Und das Wesen war hermaphroditisch – nicht deformiert, sondern gesund entwickelt, ein Androgyne.

»Was ist das?« wiederholte er voller Argwohn.

»Das«, antwortete Zaccur, »ist Marion Schmidt, vor drei Wochen geboren.«

»Was soll denn das heißen?«

»Es soll heißen, daß die Kleinen Leute ebenso geschickt darin sind, uns zu manipulieren, wie sie Pflanzen manipulieren.«

»Was? Sie haben doch versprochen, uns in Ruhe zu lassen!«

»Verurteile sie nicht zu rasch. Wir haben es herausgefordert. Die ursprüngliche Idee war, nur ein paar Verbesserungen vorzunehmen.«

»Verbesserungen! Das Ding ist eine Obszönität.«

»Ja und nein. Mir dreht sich immer, wenn ich es ansehen muß, der Magen um – aber in Wirklichkeit ... nun, da ist es eine Art Supermensch. Der Körperbau ist zu größerer Leistungsfähigkeit umgestaltet, unsere nutzlosen äffischen Überreste sind beseitigt, und die Organe sind vernünftiger angeordnet. Man kann nicht sagen, es sei nicht menschlich – denn es ist tatsächlich – ein verbessertes Modell. Sieh dir diesen Fortsatz am Handgelenk an! Das ist eine weitere kleine Hand – und darin ein Mikroskop-Auge. Du verstehst doch, wie nützlich das sein würde, wenn man sich einmal an die Idee gewöhnt hat.« Barstow starrte das Wesen an. »Aber auch für mich sieht es scheußlich aus.«

»Es muß für jeden scheußlich aussehen«, stellte Lazarus fest. »Eine Verbesserung mag es sein, aber, verdammt noch mal, ich sage, es ist nicht menschlich.«

»Auf jeden Fall schafft es ein Problem.«

»Das will ich gern glauben.« Lazarus betrachtete es noch einmal. »Du sagst, es hat ein zweites Augenpaar in diesen winzigen Händen? Das kommt mir unmöglich vor.«

Barstow zuckte die Achseln. »Ich bin kein Biologe. Aber jede Zelle des Körpers enthält einen vollständigen Chromosomensatz. Ich vermute, man kann Augen oder Knochen oder was man sonst will überall wachsen lassen, wenn man weiß, wie die Gene in den Chromosomen zu manipulieren sind. Und sie wissen es.«

»Ich will nicht manipuliert werden!«

»Ich auch nicht.«

Lazarus stand auf den Dünen und sah über eine Vollversammlung der Familien auf dem breiten Strand hin. »Ich bin ...«, begann er förmlich und brach dann verwirrt ab. »Komm mal einen Moment her, Andy!« Er flüsterte Libby etwas ins Ohr. Libby verzog schmerzlich das Gesicht und flüsterte zurück. Lazarus blickte entgeistert drein und fing wieder an zu zischeln. Schließlich richtete er sich auf und begann von neuem.

»Ich bin zweihundertundeinundvierzig Jahre alt – mindestens. Ist jemand hier, der älter ist?« Es war eine leere Formalität; er wußte, daß er der Älteste war, und er kam sich doppelt so alt vor. »Die Versammlung ist eröffnet«, fuhr er fort, und das Lautsprechersystem der Beiboote ließ seine Stimme über den Strand schallen. »Wer ist euer Vorsitzender?«

»Mach weiter!« rief jemand aus der Menge.

»Na gut«, sagte Lazarus. »Zaccur Barstow!«

Ein Techniker hinter Lazarus zielte mit einem Richtmikrophon auf Barstow. »Zaccur Barstow«, dröhnte seine Stimme los, »ich spreche für mich selbst. Einige von uns sind zu der Überzeugung gelangt, daß dieser Planet, mag er noch so angenehm sein, für uns nicht der richtige Ort ist. Ihr alle wißt über Mary Sperling Bescheid, ihr habt Bilder von Marion Schmidt gesehen; es hat weitere Vorfälle gegeben, und ich möchte nicht bei ihnen verweilen. Aber wenn wir von neuem auswandern, erhebt sich die Frage: Wohin? Lazarus Long schlägt vor, daß wir zur Erde zurückkehren. In diesem Fall ...« Seine Worte gingen im Lärm der Menge unter.

Lazarus brüllte sie nieder. »Niemand wird gezwungen, den Planeten zu verlassen. Aber wenn die große Mehrheit ihn verlassen will, ist es gerechtfertigt, daß sie das Schiff nimmt. Ich sage, kehren wir zur Erde zurück. Manche wollen nach einem neuen Planeten suchen. Das muß noch entschieden werden. Aber zuerst – wie viele von euch denken so wie ich und wollen weg von hier?«

»Ich!« Dem Ruf folgten wie ein Echo viele weitere. Lazarus versuchte, den Mann zu entdecken, der als erster geantwortet hatte, blickte über die Schulter zu dem Techniker hin und zeigte mit dem Finger. »Sprich, Kumpel! Die übrigen halten den Mund.«

»Mein Name ist Oliver Schmidt. Ich warte seit Monaten, daß jemand diesen Vorschlag macht. Ich glaubte, das einzige Mitglied der Familien zu sein, das die Nase voll hat. Einen triftigen Grund, den Planeten zu verlassen, habe ich nicht – die Sache mit Mary Sperling jagt mir keine Angst ein, auch nicht die mit Marion Schmidt. Jedem, der solche Dinge liebt, gönne ich sie gern – leben und leben lassen. Aber ich verspürte in mir den unwiderstehlichen Drang, Cincinnati wiederzusehen. Ich habe diesen Ort satt. Mir steht es bis obenhin, ein Lotusesser zu sein. Verdammt noch mal, ich will für meinen Lebensunterhalt *arbeiten!* Nach den Genetikern der Familien bin ich für noch mindestens ein weiteres Jahrhundert gut. Ich kann mir nicht vorstellen, daß ich die ganze Zeit in der Sonne liege und mich Tagträumen hingebe.«

Als er verstummte, versuchten mindestens tausend Leute, zu Wort zu kommen. »Langsam! Langsam!« brüllte Lazarus. »Wenn jeder reden will, muß ich die Vertreter der Familien zwischenschalten. Aber laßt uns hier und da ein Beispiel hören.« Er wählte einen zweiten Mann aus.

»Ich brauche nicht lange«, erklärte der neue Sprecher, »da ich einer Meinung mit Oliver Schmidt bin. Ich möchte nur meinen eigenen Grund erwähnen. Vermißt jemand von euch den Mond? Zu Hause pflegte ich in warmen Sommernächten draußen auf meinem Balkon zu sitzen, zu rauchen und den Mond anzusehen. Ich wußte nicht, daß er mir wichtig war, aber er ist es. Ich möchte einen Planeten mit einem Mond.«

Der nächste Sprecher sagte nur: »Diese Sache mit Mary Sperling geht mir an die Nieren. Ich habe Alpträume, ich selbst sei übergelaufen.«

Viele weitere Argumente wurden vorgetragen. Jemand wies darauf hin, sie seien von der Erde weggejagt worden; wie könne man jetzt glauben, ihnen werde die Rückkehr gestattet? Darauf antwortete Lazarus selbst. »Wir haben von den Jockaira eine Menge gelernt, und jetzt haben wir noch mehr von den Kleinen Leuten gelernt – Dinge, von denen die Wissenschaftler der Erde noch nicht einmal zu träumen wagen. Wir kehren mit Schätzen beladen zur Erde zurück. Das wird uns ermöglichen, unsere Rechte zu verlangen, und uns stark genug machen, sie zu verteidigen.«

»Lazarus Long . . .«, rief einer.

»Ja – du da drüben, sprich!« forderte Lazarus ihn auf.

»Ich bin zu alt, um weiter von Stern zu Stern zu springen, und viel zu alt, um am Ende eines solchen Sprungs zu kämpfen. Ganz gleich, was ihr übrigen tun werdet, ich bleibe.«

»In dem Fall«, sagte Lazarus, »ist eine Diskussion überflüssig, nicht wahr?«

»Ich habe das Recht zu sprechen.«

»Gut, du hast gesprochen. Jetzt gib einem anderen die Chance!«

Die Sonne ging unter, und die Sterne kamen heraus, und immer noch wurde geredet. Lazarus wußte, das würde nie enden, wenn er nicht eingriff. »Schluß jetzt!« rief er, die vielen ignorierend, die noch sprechen wollten. »Vielleicht müssen wir die Sache den Familienräten zur Beratung übergeben, aber laßt uns einmal zur Probe abstimmen. Jeder, der zur Erde zurückkehren möchte, geht da hinüber zu meiner Rechten. Jeder, der hierbleiben möchte, geht den Strand hinunter zu meiner Linken. Alle, die einen neuen Planeten suchen wollen, versammeln sich hier vor mir.« Er trat einen Schritt zurück und sagte zu dem Tontechniker: »Gib ihnen ein bißchen Musik, damit sie schneller machen!«

Der Techniker nickte, und die heimwehkranken Töne von *Valse triste* seufzten über den Strand. Ihnen folgten *Die grünen Hügel der Erde.* Zaccur Barstow sagte zu Lazarus: »Diese Musik hast du ausgesucht.«

»Ich?« fragte Lazarus unschuldig. »Du weißt doch, daß ich absolut unmusikalisch bin, Zack.«

Auch mit Musik dauerte die Aufteilung lange Zeit. Der letzte Takt der unsterblichen Fünften war längst verklungen, bevor sich die Mitglieder endlich in drei Gruppen zusammengefunden hatten.

Links hatte sich etwa ein Zehntel der Gesamtzahl aufgestellt und zeigte so die Absicht zu bleiben. Es waren zumeist die Alten und die Müden, deren Uhr nahezu abgelaufen war. Bei ihnen waren ein paar junge Leute, die die Erde nie gesehen hatten, und ganz wenige Vertreter anderer Altersgruppen.

Die Gruppe in der Mitte war sehr klein, nicht mehr als dreihundert Personen, vor allem Männer und ein paar jüngere Frauen, die zu neuen Ufern aufbrechen wollten.

Aber die große Masse stand rechts von Lazarus. Er betrachtete sie und sah neues Leben in ihren Gesichtern. Das gab ihm frischen Mut, denn er hatte große Angst gehabt, mit seinem Wunsch, den Planeten zu verlassen, so gut wie allein dazustehen.

»Es sieht aus, als seid ihr überstimmt worden«, sagte er, ohne das Mikrophon zu benutzen, zu der kleinen Gruppe vor ihm. »Aber macht euch nichts draus, es kommt immer wieder ein neuer Tag.« Er wartete.

Langsam löste sich die Gruppe in der Mitte auf. Einzeln, zu zweit und zu dritt gingen die Leute weg. Ganz wenige trieben zu denen hinüber, die bleiben wollten. Die meisten schlossen sich der Gruppe rechts an.

Als diese zweite Aufteilung beendet war, wandte sich Lazarus zu der kleineren Gruppe zu seiner Linken. »Gut«, sagte er sehr sanft, »Ihr ... ihr alten Leute könnt jetzt zurück auf die Wiese gehen und schlafen. Wir anderen müssen Pläne machen.«

Dann erhielt Libby das Wort und erklärte der Mehrheit, der Rückflug zur Erde werde nicht wieder so lange dauern wie der Hinflug zum Planeten der Jockaira und auch nicht so deprimierend sein wie die zweite Etappe. Den Ruhm dafür sprach Libby denen zu, die ihn verdienten, den Kleinen Leuten. Sie hatten ihm bei der Überwindung der Probleme geholfen, die er mit Geschwindigkeiten, die größer als die des Lichts zu sein schienen, gehabt hatte. Wenn die Kleinen Leute wußten, wovon sie sprachen – und davon war Libby überzeugt –, gab es keine Grenzen für das, wofür Libby den Ausdruck ›Parabeschleunigung‹ geprägt hatte – ›Para-‹ deswegen, weil sie wie Libbys Lichtdruck-Antrieb gleichmäßig auf die ganze Masse einwirkte und von den Sinnen ebensowenig wahrgenommen werden konnte wie die Schwerkraft, und auch deswegen, weil das Schiff nicht ›durch‹, sondern vielmehr um den normalen Raum oder neben dem normalen Raum her fliegen würde. »Es handelt sich nicht darum, das Schiff anzutreiben, sondern um die Auswahl einer geeigneten potentialen Ebene in einem ndimensionalen Hyperplenum von n plus einem möglichen ...«

Lazarus schnitt ihm entschlossen das Wort ab. »Das ist dein Fach, Sohn, und jeder hat darin Vertrauen zu dir. Wir sind nicht qualifiziert, die Feinheiten zu diskutieren.«

»Ich wollte nur noch hinzufügen ...«

»Ich weiß. Aber du befandest dich schon außerhalb der Welt, als ich dich unterbrach.«

Aus der Menge wurde eine Frage gerufen. »Wann werden wir dort ankommen?«

»Das weiß ich nicht.« Libby dachte daran, wie Nancy Weatheral das vor langer Zeit hatte von ihm wissen wollen. »Ich kann nicht sagen, welches Jahr man schreiben wird – aber es wird so ungefähr in drei Wochen sein.«

Die Vorbereitungen brauchten Tage, einfach weil die Beiboote viele Fahrten machen mußten, um die Leute einzuschiffen. Auffällig war, daß es keine Abschiedsszenen gab, denn die Zurückbleibenden mieden die Abreisenden. Zwischen den beiden Gruppen herrschte Kälte. Die Aufteilung am Strand hatte Freundschaften zerrissen, sogar befristete Ehen zerbrochen, viele Gefühle verletzt und nicht wiedergutzumachende Bitterkeit erzeugt. Vielleicht war der einzige wünschenswerte Aspekt der Aufteilung, daß die Eltern der Mutantin Marion Schmidt sich entschieden hatten zu bleiben.

Lazarus führte das Kommando über das letzte den Planeten verlassende Boot. Kurz bevor er starten wollte, berührte ihn jemand am Ellbogen. »Entschuldige«, sagte ein junger Mann, »mein Name ist Hubert Johnson. Ich möchte mitkommen, aber ich muß bei der anderen Gruppe bleiben, damit meine Mutter keinen Anfall bekommt. Wenn ich in der letzten Minute auftauche, kann ich dann noch an Bord gehen?«

Lazarus musterte ihn. »Du siehst alt genug aus, um dich zu entscheiden, ohne mich zu fragen.«

»Du verstehst nicht. Ich bin das einzige Kind, und

meine Mutter klammert sich sehr an mich. Ich muß mich zurückschleichen, bevor sie mich vermißt. Wie lange wird es noch dauern, bis ...«

»Ich lasse dieses Boot auf niemanden warten. Und du bekommst keine zweite Gelegenheit mehr. Steig ein!«

»Aber ...«

»Marsch!«

Der junge Mann gehorchte und warf nur noch einen besorgten Blick zu den Dünen zurück. Es ließ sich eine Menge, dachte Lazarus, zugunsten der Ektogenese sagen.

Lazarus meldete sich bei Kapitän King im Kontrollraum der *New Frontiers.* »Sind alle an Bord?« fragte King.

»Ja. Es wurden noch ein paar späte Entschlüsse gefaßt, pro und contra, und im letztmöglichen Sekundenbruchteil kam ein weiterer Passagier gelaufen – eine Frau namens Eleanor Johnson. Wir können.«

King wandte sich an Libby. »Wir können, Mister.«

Die Sterne erloschen.

Sie flogen blind, geleitet nur von Libbys einzigartigem Talent. Falls er Zweifel an seiner Fähigkeit hatte, sie durch die gesichtslose Schwärze des anderen Raums zu steuern, behielt er sie für sich. Am dreiundzwanzigsten Tag Schiffszeit und am elften Tag der Para-Bremsung tauchten die Sterne wieder auf, alle in ihren vertrauten Konstellationen – der Große Bär, der Orion, das schiefe Kreuz des Südens, die schönen Plejaden. Und genau voraus flammte vor dem Rauhreif der Milchstraße ein goldenes Licht, das die Sonne sein mußte.

Zum zweiten Mal in einem Monat hatte Lazarus Tränen in den Augen.

Sie konnten nicht einfach ein Rendezvous mit der Erde durchführen, in eine Parkbahn einschwenken und mit den Beibooten landen. Zuerst mußte verhandelt werden. Außerdem mußten sie wissen, zu welcher Zeit sie ankamen.

Libby konnte durch Beobachtung der nächsten Sterne

erkennen, daß es nicht später als 3700 nach Christi Geburt war, aber er wollte sich ohne Präzisionsinstrumente nicht weiter festlegen lassen. Sobald sie nahe genug herangekommen waren, um die Planeten des Sonnensystems zu erkennen, stand ihm jedoch eine weitere Uhr zur Verfügung: Die Planeten selbst sind eine Uhr mit neun Zeigern.

Für jedes Datum gibt es eine einmalige Konfiguration dieser ›Zeiger‹, da keine planetare Periode exakt mit einer anderen übereinstimmt. Pluto gibt eine ›Stunde‹ von einem Vierteljahrtausend an, Jupiter eine kosmische ›Minute‹ von zwölf Jahren, Merkur eine ›Sekunde‹ von ungefähr neunzig Tagen. Die anderen ›Zeiger‹ verfeinern diese Ablesungen – die Umlaufzeit des Neptun unterscheidet sich so gewaltig von der des Pluto, daß sich eine bestimmte Stellung der beiden Planeten zueinander erst in siebenhundertundachtundfünfzig Jahren wiederholt. Von der großen Uhr läßt sich die Zeit in jedem gewünschten Genauigkeitsgrad ablesen – aber das ist nicht leicht.

Libby begann damit, sobald einer der Planeten zu erkennen war, und murmelte vor sich hin. »Wir haben keine Chance, Pluto ins Visier zu bekommen«, beklagte er sich bei Lazarus, »und bei Neptun habe ich meine Zweifel. Die inneren Planeten geben mir eine unendliche Folge von Annäherungen – und du weißt ebensogut wie ich, daß ›unendlich‹ ein Ausdruck ist, der gar nichts bedeutet. Zum Aus-der-Haut-fahren!«

»Machst du es dir nicht zu schwer, Sohn? Eine Antwort, die dem Praktiker genügt, kannst du doch finden. Oder rücke herüber, und ich finde sie.«

»Natürlich kann ich das«, erwiderte Libby gereizt, »wenn du damit zufrieden bist. Aber ...«

»Hör auf mit deinen ›Aber‹! *Welches Jahr ist es, Mann?*«

»Hä? – Laß es mich wie folgt ausdrücken: Der Zeitablauf im Schiff einerseits und auf der Erde andererseits sind dreimal ohne Beziehung zueinander gewesen. Aber jetzt ist die Beziehung wiederhergestellt, so daß etwas mehr als vierundsiebzig Jahre seit unserem Abflug vergangen sein müssen.«

Lazarus seufzte schwer. »Warum hast du das nicht gleich gesagt?« Er hatte sich Sorgen gemacht, die Erde sei vielleicht nicht mehr wiederzuerkennen – man habe New York abgerissen oder so etwas. »Wirklich, Andy, du hättest mich nicht so ängstigen dürfen.«

»Hmmm ...«, machte Libby. Die Sache interessierte ihn nicht mehr. Es blieb nur das köstliche Problem übrig, eine Mathematik zu erfinden, die elegant zwei anscheinend unvereinbare Gruppen von Tatsachen beschreiben konnte: Die Michelson-Morley-Experimente und das Log der *New Frontiers*. Glücklich machte er sich an die Arbeit. Hmmm ... was war die kleinste Zahl von Paradimensionen, die unbedingt notwendig waren, um das vergrößerte Plenum aufrechtzuerhalten, wenn man ein Bündel von Postulaten ...

Das beschäftigte ihn beträchtliche Zeit – subjektive Zeit natürlich.

Das Schiff ging eine Milliarde Meilen von der Sonne entfernt in einen senkrecht zur Ekliptik-Ebene stehenden vorläufigen Orbit. Die Wahrscheinlichkeit, daß sie entdeckt wurden, war auf diese Weise äußerst gering. Während des Flugs war ein Beiboot mit dem neuen Libby-Antrieb ausgerüstet worden, und mit ihm schickte man eine Gruppe zum Verhandeln auf die Erde.

Lazarus wollte mitfliegen, doch King schlug es ihm ab, was Lazarus sehr verdroß. King hatte kurz festgestellt: »Dies ist kein Überfall, Lazarus, sondern eine diplomatische Mission.«

»Teufel, Mann, ich kann auch diplomatisch sein, wenn es sich auszahlt!«

»Zweifellos. Aber wir werden einen Mann schicken, der nicht bewaffnet in den Erfrischer geht.«

Ralph Schultz führte die Gruppe an, da die psychodynamischen Faktoren auf der Erde von größter Wichtigkeit waren. Ihm standen Fachleute auf juristischem, militärischem und technischem Gebiet zur Seite. Die Familien wollten vor allem herausfinden, ob man sie in

Frieden landen lassen würde. Aber wenn man sie zwang, um Lebensraum zu kämpfen, mußten sie wissen, welchen Waffen, welcher Technologie sie gegenüberstanden. Schultz war von den Ältesten bevollmächtigt worden, den Vorschlag zu unterbreiten, daß die Familien sich auf dem dünn besiedelten und zurückentwickelten europäischen Kontinent niederließen. Nur war es möglich, ja sogar wahrscheinlich, wenn man die in Rede stehenden Halbwertzeiten bedachte, daß dies in ihrer Abwesenheit bereits geschehen war. Dann mußte Schultz improvisieren und entsprechend den Bedingungen, die er vorfand, einen anderen Kompromiß anbieten.

Wieder gab es nichts zu tun, als zu warten.

Lazarus kaute vor Nervosität an den Nägeln. Er hatte öffentlich erklärt, die Familien besäßen einen großen wissenschaftlichen Vorsprung vor dem Besten, was die Erde aufzuweisen habe. Das war ein Trugschluß, wie er selbst genau wußte, und jedes andere Mitglied der Familien, das die Sache beurteilen konnte, wußte es ebenso. Das Wissen allein gewann keine Kriege. Die ignoranten Fanatiker des europäischen Mittelalters hatten die unvergleichlich höhere islamische Kultur besiegt. Archimedes war von einem blödsinnigen Soldaten erschlagen worden. Barbaren hatten Rom geplündert. Libby oder sonst jemand mochte aus der Masse ihres neuen Wissens eine unschlagbare Waffe entwickeln – oder auch nicht. Und wer wußte, welche Fortschritte die Kriegskunst auf der Erde in drei Vierteln eines Jahrhunderts gemacht hatte?

King, der in der Kriegskunst ausgebildet war, machte sich die gleichen Sorgen und dazu noch schlimmere über das Personal, mit dem er würde zu arbeiten haben. Die Familien waren alles andere als geschulte Legionen. Die Aussicht, aus diesen versponnenen Individualisten so etwas wie eine disziplinierte Kampftruppe zu schmieden, raubte ihm den Schlaf.

King und Lazarus sprachen davon nicht einmal zueinander. Jeder von ihnen fürchtete, die bloße Erwähnung dieser Dinge werde das Gift der Angst im Schiff ausbreiten. Aber sie waren nicht allein mit ihren Sorgen. Die Hälfte der Passagiere war sich über die Schwächen ihrer Position im klaren und schwieg nur, weil der feste Entschluß, nach Hause zurückzukehren, ihnen die Kraft verlieh, jeder Gefahr ins Auge zu blicken.

»Skipper«, sagte Lazarus zu King zwei Wochen nachdem Schultz' Gruppe zur Erde aufgebrochen war, »haben Sie sich schon Gedanken darüber gemacht, mit welchen Gefühlen die Leute auf der Erde uns wegen der *New Frontiers* als solcher betrachten?«

»Wie bitte? Was meinen Sie?«

»Nun, wir haben sie entführt. Das ist Piraterie.«

King sah ihn erstaunt an. »Gott im Himmel, das stimmt! Wissen Sie, es ist so lange her, daß ich mir kaum noch vorstellen kann, sie sei einmal etwas anderes als mein Schiff gewesen – oder mich erinnere, daß ich sie durch einen Akt der Piraterie betreten habe.« Er überlegte, dann lächelte er grimmig. »Wie mag es heutzutage in Coventry aussehen?«

»Die Rationen werden ziemlich mager sein«, sagte Lazarus. »Aber wir werden zusammenhalten und uns durchschlagen. Keine Bange – sie haben uns noch nicht geschnappt.«

»Glauben Sie, man wird Slayton Ford mit der Sache in Zusammenhang bringen? Das wäre nach allem, was er durchgemacht hat, sehr bitter für ihn.«

»Vielleicht gibt es überhaupt keinen Ärger«, antwortete Lazarus nüchtern. »Wir haben das Schiff zwar auf irreguläre Weise in unseren Besitz gebracht, aber wir haben es zu genau dem Zweck benutzt, für den es gebaut worden ist – wir haben die Sterne erkundet. Und wir geben es heil zurück, lange vor der Zeit und obendrein noch mit einem großartigen neuen Raumantrieb. Die da unten bekommen für ihr Geld mehr, als sie vernünftigerweise erwarten durften. Da könnten sie vergeben und vergessen und das gemästete Kalb schlachten.«

»Hoffentlich«, meinte King zweifelnd.

Der Voraustrupp war zwei Tage überfällig. Kein Signal traf ein, bevor das Boot in der normalen Raumzeit auftauchte, denn bis jetzt war noch keine Methode gefunden worden, vom Pararaum in den Orthoraum zu funken. Während sie die Rendezvous-Manöver durchführten, erschien Ralph Schultz' Gesicht auf dem Schirm des Kontrollraums. »Hallo, Captain! Wir kommen gleich an Bord und erstatten Bericht.«

»Geben Sie mir jetzt eine Zusammenfassung!«

»Ich wüßte gar nicht, wo ich anfangen soll. Aber es ist alles in Ordnung – *wir können nach Hause kommen!*«

»Wie war das? – Wiederholen Sie!«

»Alles ist in Ordnung. Die im Vertrag festgelegten Rechte sind uns wiedergegeben worden. Sehen Sie, es gibt keinen Unterschied mehr. *Jeder ist jetzt ein Mitglied der Familien.*«

»Was soll das heißen?« fragte King.

»Sie haben es.«

»Was haben sie?«

»Das Geheimnis der Langlebigkeit.«

»Wie bitte? Reden Sie vernünftig. Es gibt doch gar kein Geheimnis. Es hat nie eins gegeben.«

»*Wir* hatten kein Geheimnis – aber sie bildeten es sich ein. Also haben sie es gefunden.«

»Das müssen Sie erklären!« verlangte Kapitän King.

»Captain, kann das nicht warten, bis wir wieder im Schiff sind?« protestierte Schultz. »Ich bin kein Biologe. Wir haben einen Vertreter der Regierung dabei – ihn können Sie statt meiner ausquetschen.«

6

King empfing den Vertreter Terras in seiner Kabine. Er hatte Zaccur Barstow und Justin Foote gebeten, als Sprecher der Familien teilzunehmen, und auch Dr. Gordon

Hardy eingeladen, da die überraschende Neuigkeit in das Gebiet des Biologen schlug. Libby war als Erster Offizier des Schiffes anwesend, Slayton Ford wegen seines einzigartigen Status, obwohl er seit seinem Zusammenbruch im Kreel-Tempel kein öffentliches Amt mehr innegehabt hatte.

Lazarus war dabei, weil er dabei sein wollte, und in keiner anderen Eigenschaft als der eines Privatmannes. Er war nicht eingeladen, aber sogar Captain King hatte Hemmungen, dem ältesten Mitglied seine angemaßten Privilegien abzusprechen.

Ralph Schultz übernahm die Vorstellung. »Dies ist Kapitän King, unser kommandierender Offizier – und dies ist Miles Rodney, der den Rat der Föderation vertritt – man könnte ihn, glaube ich, einen Generalbevollmächtigten und außerordentlichen Gesandten nennen.«

»Das wohl kaum«, wehrte Rodney ab, »obwohl ich dem ›außerordentlichen‹ Teil zustimme. Diese Situation ist ohne jeden Präzedenzfall. Es ist mir eine Ehre, Sie kennenzulernen, Captain.«

»Freue mich, Sie an Bord zu haben, Sir.«

»Und dies ist Zaccur Barstow, Sprecher der Treuhänder der Howard-Familien, und Justin Foote, Sekretär der Treuhänder ...«

»Zu Diensten.«

»Zu Ihren Diensten, Gentlemen.«

»... Andrew Jackson Libby, Erster Astrogationsoffizier, Dr. Gordon Hardy, Biologe und Leiter unserer Forschungsarbeiten über die Gründe des Alterns und des Todes.«

»Kann ich Ihnen zu Diensten sein?« Hardy verbeugte sich förmlich.

»Zu Ihren Diensten, Sir. Sie sind also der Chef-Biologe? Es hat eine Zeit gegeben, da hätten Sie der ganzen menschlichen Rasse einen Dienst erweisen können. Denken Sie nur, Sir – denken Sie, wie anders alles gekommen wäre. Aber glücklicherweise ist es der menschlichen Rasse gelungen, das Geheimnis der Lebensverlängerung ohne die Hilfe der Howard-Familien zu lösen.«

Hardy blickte verärgert drein. »Was meinen Sie damit, Sir? Leiden Sie vielleicht immer noch unter der Illusion, wir könnten Ihnen ein großes Geheimnis mitteilen, wenn wir nur wollten?«

Rodney zuckte die Achseln und spreizte die Hände. »Es gibt doch jetzt wirklich keinen Grund mehr, die Fiktion aufrechtzuerhalten! Wir sind unabhängig von Ihnen zu den gleichen Forschungsergebnissen gekommen.«

Captain King schaltete sich ein. »Einen Augenblick – Ralph Schultz, steht die Föderation immer noch unter dem Eindruck, mit unserer Langlebigkeit sei ein ›Geheimnis‹ verbunden? Haben Sie es den Leuten nicht gesagt?«

»Das ist ja lächerlich!« erwiderte Schultz irritiert. »Das Thema ist kaum zur Sprache gekommen. Sie haben die kontrollierte Langlebigkeit selbst erreicht und sind in dieser Beziehung nicht mehr an uns interessiert. Es stimmt, daß immer noch geglaubt wird, unser langes Leben sei auf Manipulation statt auf Vererbung zurückzuführen, aber ich habe diesen Eindruck korrigiert.«

»Offenbar nicht sehr gründlich, nach dem, was Miles Rodney soeben gesagt hat.«

»Offenbar nicht. Ich habe nicht viel Mühe darauf verwandt; es hätte doch geheißen, einen toten Hund zu schlagen. Die Howard-Familien und ihr langes Leben sind auf der Erde kein Gesprächsthema mehr. Das öffentliche wie das offizielle Interesse konzentriert sich auf die Tatsache, daß wir eine interstellare Reise erfolgreich durchgeführt haben.«

»Das kann ich bestätigen«, fiel Miles Rodney ein. »Jeder Funktionär, jede Nachrichtenagentur, jeder Bürger, jeder Wissenschaftler im System erwartet mit Ungeduld die Ankunft der *New Frontiers.* Das ist das Größte und Sensationellste, was es seit dem ersten Flug zum Mond gegeben hat. Sie sind berühmt, meine Herren – Sie alle.«

Lazarus zog Zaccur Barstow auf die Seite und flüsterte ihm etwas ein. Barstow blickte bestürzt drein, doch dann nickte er nachdenklich. »Captain ...«, sagte Barstow zu King.

»Ja, Zack?«

»Ich schlage vor, daß wir unseren Gast bitten, uns zu entschuldigen, während wir uns Ralph Schultz' Bericht anhören.«

»Warum?«

Barstow warf einen Blick zu Rodney hinüber. »Ich finde, wir werden besser diskutieren können, nachdem wir von unserem Unterhändler informiert worden sind.«

King wandte sich an Rodney. »Wollen Sie uns entschuldigen, Sir?«

Lazarus fiel ein: »Das ist nicht nötig, Skipper. Zack meint es gut, aber er ist zu höflich. Genosse Rodney kann ebensogut dabeibleiben. Sagen Sie mir eins, Miles: Welchen Beweis haben Sie, daß Sie und Ihre Freunde eine Möglichkeit gefunden haben, so lange zu leben wie wir?«

»Beweis?« Rodney war ganz perplex. »Warum fragen Sie ... Mit wem spreche ich? Wer sind Sie, Sir?«

Ralph Schultz legte sich ins Mittel. »Verzeihung – ich hatte keine Gelegenheit, die Vorstellung zu beenden. Miles Rodney, dies ist Lazarus Long, der Senior.«

»Zu Diensten. Der Senior – ... was?«

»Er meint einfach Senior, Punkt«, antwortete Lazarus. »Ich bin das älteste Mitglied. Ansonsten bin ich Privatmann.«

»Der Älteste der Howard-Familien! Dann ... ja dann müssen Sie der älteste Mensch der Welt sein – man stelle sich das vor!«

»Stellen *Sie* sich das vor«, erwiderte Lazarus. »Ich habe vor zwei Jahrhunderten aufgehört, mir darüber Gedanken zu machen. Wie wäre es nun mit einer Antwort auf meine Frage?«

»Aber ich kann nicht umhin, beeindruckt zu sein. Neben Ihnen komme ich mir wie ein Kind vor – und ich bin doch selbst kein junger Mann mehr. Im kommenden Juni werde ich hundertundfünf.«

»Wenn Sie beweisen können, daß das Ihr Alter ist, sind Sie auch imstande, meine Frage zu beantworten. Ich würde Sie auf ungefähr vierzig schätzen. Wie ist es?«

»Du meine Güte, ich habe nicht damit gerechnet, über diesen Punkt verhört zu werden. Möchten Sie meinen Ausweis sehen?«

»Wollen Sie mich auf den Arm nehmen? Ich habe zu meiner Zeit mehr als fünfzig Ausweise gehabt, jeden mit einem anderen gefälschten Geburtsdatum. Was haben Sie sonst anzubieten?«

»Einen Augenblick, Lazarus«, bat Kapitän King. »Welchen Zweck haben Ihre Fragen?«

»Es ist so, Skipper«, antwortete Lazarus Long ihm. »Wir sind Hals über Kopf aus dem Sonnensystem geflohen, um unser Leben zu retten, weil die Blödmänner glaubten, wir besäßen das Geheimnis des ewigen Lebens, und es aus uns herausquetschen wollten, auch wenn sie jeden einzelnen von uns dabei hätten umbringen müssen. Jetzt ist alles Licht und Freundschaft – behaupten sie. Aber mir kommt es schon sehr komisch vor, daß der Vogel, den sie uns hochgeschickt haben, um die Friedenspfeife mit uns zu rauchen, immer noch überzeugt ist, dieses sogenannte Geheimnis sei in unserem Besitz.

Das gibt mir zu denken.

Angenommen, sie haben keinen Weg gefunden, den Tod aus Altersschwäche zu besiegen, und klammern sich immer noch an die Vorstellung, uns sei es gelungen? Gäbe es eine bessere Methode, uns in völliger Ahnungslosigkeit zu wiegen, als uns vorzumachen, ihre Forschungen hätten Erfolg gehabt, bis sie uns einkassiert haben und uns die Frage von neuem vorlegen können?«

Rodney schnaubte. »Eine groteske Idee! Captain, ich halte es für unter meiner Würde, darauf einzugehen.«

Lazarus sah ihn kalt an. »Es war auch das erste Mal grotesk, Mann – und doch ist es geschehen. Das gebrannte Kind scheut das Feuer.«

»Einen Augenblick, alle beide!« befahl King. »Ralph, wie ist das? Könnte man Sie getäuscht haben?«

Schultz dachte angestrengt darüber nach. »Das glaube ich nicht.« Er hielt inne. »Es ist schwer zu sagen. Aus dem Äußeren der Menschen läßt es sich natürlich nicht schließen, ebensowenig, wie man uns und unsere Verwandten aus einer Masse normaler Personen herausfinden könnte.«

»Aber Sie sind Psychologe. Ihnen müssen doch Hinweise auf einen Betrug aufgefallen sein, falls es sich um einen solchen handelt.«

»Ich mag Psychologe sein, aber ich bin kein Wunderwirker und kein Telepath. Ich habe nicht nach einem Betrug Ausschau gehalten.« Er grinste verlegen. »Dazu kam noch etwas. Ich war so aufgeregt, wieder zu Hause zu sein, daß ich nicht in der besten emotionalen Verfassung war, um Diskrepanzen zu entdecken, sofern es welche gegeben hat.«

»Dann sind Sie sich nicht sicher?«

»Nein. Ich bin gefühlsmäßig überzeugt, daß Miles Rodney die Wahrheit spricht ...«

»Ich spreche die Wahrheit!«

»... und ich glaube, daß ein paar Fragen die Sache aufklären könnten. Er behauptet, einhundertundfünf Jahre alt zu sein. Das können wir nachprüfen.«

»Ich verstehe«, nickte King. »Hmm ... Wollen Sie die Fragen stellen, Ralph?«

»Gut. Sie erlauben, Miles Rodney?«

»Bitte«, antwortete Rodney steif.

»Sie müssen etwa dreißig Jahre alt gewesen sein, als wir die Erde verließen, denn wir waren beinahe fünfundsiebzig Jahre Erdzeit fort. Erinnern Sie sich an das Ereignis?«

»Sehr genau. Ich arbeitete damals im Novak-Turm in der Kanzlei des Administrators.«

Slayton Ford war während der Diskussion im Hintergrund geblieben und hatte nichts getan, was die Aufmerksamkeit auf ihn hätte lenken können. Bei Rodneys Antwort richtete er sich auf. »Gestatten Sie, Captain?«

»Ja?«

»Vielleicht kann ich das Verfahren abkürzen. Entschuldigen Sie, Ralph.« Er wandte sich an den Repräsentanten Terras. »Wer bin ich?«

Rodney betrachtete ihn einigermaßen verwirrt. Sein

Gesichtsausdruck wandelte sich von schlichtem Staunen über die seltsame Frage bis zu vollständiger, ungläubiger Bestürzung. »Sie ... *Sie sind Administrator Ford!*«

7

»Einer nach dem anderen! Bitte, immer einer nach dem anderen!« rief Kapitän King. »Sprechen Sie nicht alle gleichzeitig! Slayton, Sie haben das Wort. Kennen Sie diesen Mann?« Ford musterte Rodney. »Nein, ich kann nicht sagen, daß ich ihn kenne.«

»Dann stimmt auch sein Alter nicht.« King wandte sich an Rodney. »Vermutlich haben Sie Ford nach historischen Stereos erkannt – ist das richtig?«

Rodney schien kurz vor dem Platzen zu sein. »Nein! Ich kenne ihn. Er hat sich verändert, aber ich erkenne ihn wieder. Mr. Administrator – bitte, sehen Sie mich an! Kennen Sie mich nicht? Ich habe unter Ihnen *gearbeitet!*«

»Ganz offensichtlich erkennt er Sie nicht«, bemerkte King trocken.

Ford schüttelte den Kopf. »So oder so würde das gar nichts beweisen, Captain. In meiner Kanzlei waren über zweitausend Zivilangestellte tätig. Rodney mag einer von ihnen gewesen sein. Mir kommt sein Gesicht irgendwie vertraut vor, aber das tun die meisten Gesichter.«

»Captain ...«, sagte Dr. Gordon Hardy. »Wenn ich Miles Rodney befragen darf, könnte ich mir ein Urteil darüber bilden, ob sie auf dem Gebiet des Alterns und des Todes wirklich etwas Neues entdeckt haben.«

Rodney wehrte ab. »Ich bin kein Biologe. Ihnen wäre es ein Leichtes, mich hereinzulegen. Captain King, ich bitte Sie, so schnell wie möglich für meine Rückkehr zur Erde zu sorgen. Eine weitere Befragung lasse ich mir nicht gefallen. Und ich möchte hinzufügen, daß ich keinen Deut darum gebe, ob Sie und Ihre ... Ihre *liebenswürdige* Mannschaft jemals wieder in die Zivilisation zurückkehren. Ich bin hergekommen, um Ihnen zu helfen, aber Sie widern mich an.« Er stand auf.

Slayton Ford vertrat ihm den Weg. »Langsam, Miles Rodney, bitte! Haben Sie Geduld! Versetzen Sie sich einmal in ihre Lage. Sie wären ebenso vorsichtig, wenn Sie das Gleiche mitgemacht hätten wie diese Leute.«

Rodney zögerte. »Mr. Administrator, was tun *Sie* hier?«

»Das ist eine lange und komplizierte Geschichte. Ich werde Sie Ihnen später erzählen.«

»Sie müssen ein Mitglied der Howard-Familie sein. Das erklärt eine Menge seltsamer Vorkommnisse.«

Ford schüttelte den Kopf. »Nein, Miles Rodney, das bin ich nicht. Später, bitte – ich werde es Ihnen erklären. Sie haben einmal für mich gearbeitet – wann?«

»Von 2109 bis zu ... ah ... Ihrem Verschwinden.«

»Welche Aufgabe hatten Sie?«

»Zur Zeit der Krise von 2133 war ich Korrelationsassistent in der Abteilung für Wirtschaftsstatistik, Kontroll-Sektion.«

»Wer war Ihr Sektionschef?«

»Leslie Waldron.«

»So, der alte Waldron? Welche Haarfarbe hatte er?«

»Haarfarbe? Das Walroß war kahl wie ein Ei.«

Lazarus flüsterte Zaccur Barstow zu: »Anscheinend war ich auf dem Holzweg, Zack.«

»Warte«, tuschelte Barstow zurück. »Es könnte immer noch eine gründliche Vorbereitung sein – sie mögen gewußt haben, daß Ford mit uns geflohen ist.«

Ford fragte weiter: »Was war *Die heilige Kuh?*«

»*Die heilige ...* Chef, Sie dürften gar keine Ahnung davon haben, daß es diese Zeitung gab!«

»Sie dürfen meinem Geheimdienst einige Aktivität zutrauen«, stellte Ford trocken fest. »Ich habe jede Woche ein Exemplar bekommen.«

»Was war denn das?« erkundigte sich Lazarus.

Rodney antwortete: »Ein Blättchen mit Comics und Klatschgeschichten, das in der Kanzlei von Hand zu Hand weitergegeben wurde.«

»Die Vorgesetzten wurden darin auf die Schippe genommen«, setzte Ford hinzu, »besonders ich.« Er legte Rodney den Arm um die Schultern. »Freunde, es gibt keinen Zweifel, Miles war einer meiner Mitarbeiter.«

»Ich möchte immer noch wissen, was es mit dem neuen Verjüngungsprozeß auf sich hat«, meinte Dr. Hardy einige Zeit später.

»Das möchten wir wohl alle«, pflichtete King ihm bei. Er füllte das Weinglas ihres Gastes von neuem. »Wollen Sie uns davon erzählen, Sir?«

»Ich will es versuchen«, antwortete Miles Rodney, »doch ich muß Dr. Hardy bitten, Nachsicht mit mir zu haben. Es ist nicht ein einziger Prozeß, sondern verschiedene – eine Grundbehandlung und mehrere Dutzend weitere, von denen einige rein kosmetisch und besonders für Frauen gedacht sind. Auch ist die Grundbehandlung nicht eigentlich ein Verjüngungsprozeß. Man kann den Vorgang des Alterns aufhalten, aber nicht umkehren – also einen senilen alten Mann nicht in einen Jungen verwandeln.«

»Ja, ja«, stimmte Hardy zu, »natürlich. Aber worin besteht die Grundbehandlung?«

»Vor allem in einem Austausch des gesamten Blutes einer alten Person gegen neues, junges Blut. Das Altern, so sagt man, rührt hauptsächlich von der Anhäufung der Abfallprodukte des Stoffwechsels im Blut her. Das Blut soll sie wegspülen, aber allmählich wird das Blut so voll von Gift, daß das nicht mehr richtig funktioniert. Stimmt das, Dr. Hardy?«

»Es ist eine merkwürdige Art, es auszudrücken, aber ...«

»Ich sagte Ihnen ja, ich bin kein Biotechniker.«

»... im wesentlichen ist es korrekt. Es kommt daher, daß der Diffusionsdruck an den Zellwänden nachläßt – er muß ziemlich hoch sein, sonst kommt es zu einer progressiven Selbstvergiftung der Zellen. Aber ich muß gestehen, daß ich ein bißchen enttäuscht bin, Miles Rodney. Die Grundidee, den Tod fernzuhalten, indem man für den vollständigen Abtransport der Abfallstoffe sorgt, ist nicht neu. Ich selbst habe ein Stück Hühnerherz, das mit entsprechenden Techniken seit zwei und einem halben Jahrhundert am Leben gehalten wird. Und was die Benutzung von jungem Blut betrifft – ja, das funktioniert. Bei mir sind Versuchstiere durch solche Blutspenden etwa doppelt so alt wie normal geworden.« Mit beunruhigtem Gesichtsausdruck hielt er inne.

»Ja, Dr. Hardy?«

Hardy kaute auf der Unterlippe. »Ich habe dieses Forschungsgebiet aufgegeben. Wie sich herausstellte, waren mehrere junge Spender notwendig, um einen einzigen Empfänger nicht altern zu lassen. Auf jeden der Spender hatte es einen kleinen, aber meßbaren ungünstigen Effekt. Für die Rasse als Ganzes stellt es eine Selbsttäuschung dar; nie würden genug Spender vorhanden sein. Muß ich es also so verstehen, Sir, daß die Methode auf eine kleine, auserwählte Schar der Bevölkerung beschränkt ist?«

»O nein! Ich habe mich nicht klar ausgedrückt, Dr. Hardy. Es gibt keine Spender.«

»Wie das?«

»Neues Blut, genug für jeden, wird außerhalb des Körpers erzeugt. Das Amt für Volksgesundheit und Langlebigkeit kann jede Menge von jeder Blutgruppe erzeugen.«

Hardy war ganz verstört. »Zu denken, daß wir der Lösung so nahgekommen sind ... Das ist es also.« Er dachte nach, dann sagte er: »Wir haben Versuche mit Knochenmark-Gewebekulturen in Reagenzgläsern gemacht. Damit hätten wir nicht aufhören sollen.«

»Seien Sie nicht traurig darüber. Milliarden von Credit und die Arbeit von Zehntausenden von Technikern sind auf dieses Projekt verwendet worden, bevor es nennenswerte Ergebnisse zeitigte. Ich habe gehört, daß auf diesem Gebiet mehr Anstrengungen gemacht worden sind als auf dem der Atomtechnik.« Rodney lächelte. »Sie sehen, die Leute *mußten* zu Ergebnissen kommen; es war politisch notwendig – und deshalb wurden übermenschliche Anstrengungen gemacht.« Er sah Ford an. »Chef, als die Nachricht von der Flucht der Howard-Familien an die Öffentlichkeit gelangte, mußte Ihr feiner Nachfolger vor dem Mob geschützt werden.«

Hardy plagte Rodney weiter mit Fragen über unterstützende Techniken – das Wachsenlassen von Zähnen, die Bekämpfung von Wucherungen, Hormon-Therapien und vieles andere mehr –, bis King zu Rodneys Rettung herbeieilte, indem er daran erinnerte, Zweck des Besuchs sei hauptsächlich, Einzelheiten über die Rückkehr der Familien zur Erde auszumachen.

Rodney nickte. »Ja, kommen wir zur Sache. Nicht wahr, Captain, eine große Zahl Ihrer Leute liegt jetzt im Kälteschlaf?«

»Ja, so ist es.«

»Dann macht es ihnen auch nichts aus, noch einige Zeit weiterzuschlafen.«

»Worauf wollen Sie hinaus, Sir?«

Rodney spreizte die Hände. »Die Regierung ist in einer etwas peinlichen Situation. Um es geradeheraus zu sagen, wir hätten Schwierigkeiten mit der Unterbringung. Wir können nicht über Nacht einhundertzehntausend Heimatlose absorbieren.«

Wieder mußte King die anderen zum Schweigen bringen. Dann nickte er Zaccur Barstow zu, der sich an Rodney wandte. »Ich weiß nicht, wo da das Problem liegen soll. Wie hoch ist die gegenwärtige Einwohnerzahl des nordamerikanischen Kontinents?«

»Rund siebenhundert Millionen.«

»Und Sie können keinen Platz für ein Siebzigstel eines Prozents dieser Anzahl finden? Das kommt mir lächerlich vor.«

»Sie verstehen nicht, Sir«, protestierte Rodney. »Die Überbevölkerung hat sich zu einem unserer größten Probleme ausgewachsen. Hand in Hand damit ist der Anspruch, im ungestörten Besitz der eigenen Heimstatt oder Wohnung zu bleiben, zu dem am eifersüchtigsten gehüteten Bürgerrecht geworden. Bevor wir Ihnen entsprechenden Lebensraum zur Verfügung stellen können, müssen wir ein Stück Wüste urbar machen oder etwas in der Art.«

»Natürlich«, sagte Lazarus, »Politik. Sie wagen es nicht, jemandem auf die Zehen zu treten, weil Sie fürchten, daß er dann quietscht.«

»Das ist kaum eine angemessene Ausdrucksweise.«

»So? Könnte es sein, daß Ihnen allgemeine Wahlen ins Haus stehen?«

»In der Tat, so ist es, aber das hat nichts mit der Sache zu tun.«

Lazarus schnaubte.

Justin Foote ergriff das Wort. »Mir scheint, die Regierung hat das Problem nur höchst oberflächlich betrachtet. Es ist doch nicht so, als seien wir heimatlose Einwanderer. Die meisten Mitglieder besitzen eigene Häuser. Wie Sie zweifellos wissen, waren die Familien vermögend, sogar reich, und aus offensichtlichen Gründen bauten wir unsere Häuser dauerhaft. Ich bin überzeugt, daß die meisten noch stehen.«

»Sicher«, räumte Rodney ein, »aber Sie werden sie besetzt finden.«

Justin Foote zuckte die Achseln. »Was hat das mit uns zu tun? Es ist Sache der Regierung, mit den Leuten klarzukommen, die unsere Häuser illegal besetzt halten. Ich jedenfalls werde so bald wie möglich landen, mir beim nächsten Gericht einen Räumungsbefehl besorgen und wieder in mein Haus einziehen.«

»So einfach geht das nicht. Man kann ein Omelett aus Eiern machen, aber keine Eier aus einem Omelett. Juristisch gesehen sind Sie seit vielen Jahren tot; der gegenwärtige Bewohner Ihres Hauses hat es rechtmäßig in Besitz.«

Justin Foote stand auf und funkelte den Abgesandten der Föderation an, und er sah, so dachte Lazarus Long, wie eine in die Enge getriebene Maus aus. »Juristisch gesehen tot! Auf wessen Antrag hin, Sir, auf wessen Antrag? Auf meinen? Ich war ein geachteter Sachwalter, ich ging ruhig und ehrenhaft meiner Tätigkeit nach, ich fügte niemandem etwas Böses zu, als ich ohne Grund verhaftet und gezwungen wurde, mein Leben durch die Flucht zu retten. Jetzt wird mir ohne Umstände mitgeteilt, daß aufgrund dieser Folge von Ereignissen mein Eigentum konfisziert wurde und ich juristisch als Person und als Bürger nicht mehr existiere. Was ist das für eine Gerechtigkeit? Besteht der Vertrag noch?«

»Sie mißverstehen mich. Ich ...«

»Ich mißverstehe gar nichts. Wenn Gerechtigkeit nur waltet, solange es bequem ist, dann ist der Vertrag nicht das Pergament wert, auf dem er geschrieben steht. Ich werde aus mir einen Präzedenzfall machen, Sir, einen Präzedenzfall für jedes einzelne Mitglied der Familien. Falls mir mein Eigentum nicht vollständig und sofort zurückgegeben wird, werde ich jeden Beamten, der mir Hindernisse in den Weg legt, verklagen. Ich werde einen Musterprozeß daraus machen. Viele Jahre lang habe ich Unbequemlichkeit und Unwürdigkeit und Gefahr ertragen; ich werde mich nicht mit Worten abspeisen lassen. Das werde ich von den Hausdächern verkünden.« Er rang nach Atem.

»Er hat recht, Miles«, sagte Slayton Ford ruhig. »Die Regierung täte gut daran, einen zufriedenstellenden Ausweg zu finden – und zwar rasch.«

Lazarus fing Libbys Blick auf und bewegte sich unauffällig auf die Tür zu. Beide schlüpften hinaus. »Justin wird sie für die nächste Stunde beschäftigt halten«, sagte er. »Komm, wir gehen in den Club hinunter und verleiben uns ein paar Kalorien ein!«

»Glaubst du wirklich, wir sollten verschwinden?«

»Klar. Wenn der Skipper uns braucht, kann er uns rufen.«

8

Lazarus verdrückte drei Sandwiches, eine doppelte Portion Eiscreme und ein paar Kekse, während Libby sich mit etwas weniger zufriedengab. Bestimmt hätte Lazarus noch mehr gegessen, wäre er nicht gezwungen worden, den übrigen Clubmitgliedern auf ein Sperrfeuer von Fragen zu antworten.

»Die Verpflegungsausgabestelle ist noch nicht wieder auf Zack«, beschwerte er sich und goß sich die dritte Tasse Kaffee ein. »Die Kleinen Leute haben ihnen das Leben zu leicht gemacht. Andy, ißt du gern *Chili con carne?*«

»O ja.«

Lazarus wischte sich den Mund ab. »In Tijuana war ein Restaurant, da gab es das beste Chili, das ich je gegessen habe. Ob es noch existiert?«

»Wo liegt Tijuana?« fragte Margaret Weatheral.

»Du erinnerst dich nicht mehr an die Erde, nicht wahr, Peggy? Nun, Schätzchen, das liegt in Niederkalifornien. Weißt du, wo das ist?«

»Du meinst wohl, ich hätte keine Geographie studiert? Das ist in Los Angeles!«

»Beinahe richtig. Und vielleicht hast du sogar recht – jetzt.« Das Lautsprechersystem des Schiffes plärrte: »Chef-Astrogator – sofort beim Kapitän im Kontrollraum melden!«

»Das bin ich«, sagte Libby und stand eilends auf.

Die Durchsage wurde wiederholt, und dann folgte: »An alle fertigmachen zur Beschleunigung! An alle – fertigmachen zur Beschleunigung!«

»Es geht wieder los, Kinder!« Lazarus erhob sich, wischte sich die Brösel vom Kilt und folgte Libby. Dabei pfiff er: »*Kalifornien, ich komme!*«

Das Schiff war unterwegs, die Sterne waren erloschen. Kapitän King hatte den Kontrollraum verlassen und seinen Gast, den Abgesandten der Erde, mitgenommen. Miles Rodney hatte sich sehr beeindruckt gezeigt; wahrscheinlich brauchte er jetzt einen Drink.

Lazarus und Libby blieben im Kontrollraum zurück. Es gab nichts zu tun; ungefähr vier Stunden lang, Schiffszeit, würde die *New Frontiers* im Pararaum verweilen, bevor sie in Erdnähe in den Normalraum zurückkehrte.

Lazarus zündete sich eine Zigarette an. »Was hast du vor, wenn wir wieder auf der Erde sind, Andy?«

»Habe noch nicht darüber nachgedacht.«

»Fang besser damit an. Es hat sich manches verändert.«

»Wahrscheinlich werde ich eine Weile zu Hause bleiben. Ich kann mir nicht vorstellen, daß sich die Ozark-Berge sehr verändert haben.«

»Die Berge werden wohl noch genauso aussehen. Aber die Leute werden anders sein.«

»Wie?«

»Erinnerst du dich, daß ich dir erzählt habe, wie mir die Familien bis zum Hals standen und ich ein Jahrhundert lang die Verbindung mit ihnen verloren hatte? Im großen und ganzen waren sie so satt und selbstgefällig geworden, daß ich sie nicht mehr ertragen konnte. Ich fürchte, wir werden feststellen, daß heute fast alle so sind, wo sie doch damit rechnen, für immer zu leben. Langfristige Investitionen, Gummistiefel, wenn es regnet ... lauter so Sachen.«

»Auf dich hat die Langlebigkeit diese Wirkung nicht gehabt.«

»Meine Einstellung dazu ist anders. Ich hatte eigentlich nie Grund zu der Annahme, ewig zu leben – schließlich bin ich, wie Gordon Hardy betont hat, erst die dritte Generation nach dem Howard-Plan. Ich habe das Leben genommen, wie es kam, und mir den Kopf nicht darüber zerbrochen. Aber das ist nicht die übliche Haltung. Nimm zum Beispiel Miles Rodney. Er fürchtet sich zu Tode, eine neue Situation mit beiden Händen anzupacken, weil er keinen Präzedenzfall schaffen und keine etablierten Privilegien verletzen will.«

»Ich habe mich gefreut, daß Justin ihm die Meinung gesagt hat«, sagte Libby lachend. »Ich hätte gar nicht gedacht, daß Justin das Zeug dazu hätte.«

»Hast du je gesehen, wie ein kleiner Hund einem großen Hund sagt, er solle schleunigst von seinem, dem Hof des kleinen Hundes, verschwinden?«

»Meinst du, Justin wird sich durchsetzen?«

»Sicher – mit deiner Hilfe.«

»Mit *meiner?*«

»Wer weiß etwas über den Para-Antrieb, abgesehen von dem, was du mich gelehrt hast?«

»Ich habe einen vollständigen Bericht auf Band gesprochen.«

»Aber du hast dieses Band nicht Miles Rodney gegeben. Die Erde *braucht* deinen Sternenschiff-Antrieb, Andy. Du hast gehört, was Rodney von der Überbevölkerung gesagt hat. Ralph hat mir erzählt, daß man eine Genehmigung der Regierung braucht, bevor man ein Baby in die Welt setzen darf.«

»Was du nicht sagst!«

»Tatsache. Du kannst dich darauf verlassen, daß es zu einer Massenauswanderung käme, wenn es nur ein paar anständige Planeten gäbe, auf die man auswandern könnte. Und da kommt dein Antrieb ins Spiel. Mit ihm wird eine Ausbreitung im Raum praktisch durchführbar. Die Erde wird um ihn feilschen müssen.«

»Eigentlich ist es ja nicht mein Antrieb. Die Kleinen Leute haben ihn ausgearbeitet.«

»Sei nicht so bescheiden. Du hast ihn. Und du willst doch Justin Rückendeckung geben, nicht wahr?«

»Oh, natürlich.«

»Dann werden wir ihn als Handelsobjekt benutzen. Vielleicht werde ich das Handeln persönlich übernehmen. Aber das ist Nebensache. Irgend jemand muß auf Erkundung ausziehen, bevor die Auswanderung im großen Stil beginnt. Laß uns ins Immobiliengeschäft einsteigen, Andy. Wir werden diese Ecke der Galaxis abstecken und sehen, was sie zu bieten hat.«

Libby kratzte sich die Nase und dachte darüber nach.

»Das hört sich recht gut an – aber erst will ich einen Besuch zu Hause machen.«

»Es eilt ja nicht. Ich werde mich nach einer hübschen kleinen Jacht von etwa zehntausend Tonnen umsehen, und die statten wir dann mit deinem Antrieb aus.«

»Und womit sollen wir sie bezahlen?«

»Wir werden Geld haben. Ich gründe eine Dachgesellschaft mit einer so weitgefaßten Satzung, daß wir damit anfangen können, was wir wollen. Für unterschiedliche Zwecke gibt es Tochterfirmen, und bei jeder verkaufen wir eine Minderheit an Aktien. Dann ...«

»Das hört sich nach Arbeit an, Lazarus. Ich dachte, es solle Spaß machen.«

»Ach, wir werden uns doch nicht damit abplagen. Ich setze jemanden ein, der das Heimatbüro führt und sich den Kopf über die Bücher und die juristische Seite der Angelegenheit zerbricht – so jemanden wie Justin. Vielleicht Justin selbst.«

»Dann geht es in Ordnung.«

»Du und ich werden den Raum durchstreifen und uns ansehen, was es zu sehen gibt. Ja, es *wird* Spaß machen.«

Beide schwiegen lange Zeit. Worte waren überflüssig. Plötzlich sagte Lazarus: »Andy ...«

»Ja?«

»Wirst du bei dieser Neues-Blut-für-altes-Sache mitmachen?«

»Ich denke schon, später einmal.«

»Ich habe darüber nachgedacht. Unter uns, ich bin mit den Fäusten nicht mehr so schnell wie vor hundert Jahren. Vielleicht nähert sich die mir zugemessene Zeitspanne ihrem Ende. Mit den Plänen für unser Immobiliengeschäft habe ich erst angefangen, als ich von dieser neuen Behandlung gehört hatte. Dadurch haben sich für mich neue Perspektiven eröffnet. Ich ertappe mich dabei, daß ich in Jahrtausenden denke – und früher habe ich nie über den nächsten Mittwoch hinausgedacht.«

Wieder lachte Libby. »Es hat den Anschein, als würdest du erwachsen.«

»Manche würden sagen, es wird auch Zeit. Im Ernst, Andy, ich glaube, genau das ist es. Die letzten zweieinhalb Jahrhunderte waren sozusagen meine Jugendzeit. Solange ich schon da sein mag, über die letzten Antworten, die *wichtigen* Antworten weiß ich nicht mehr als Peggy Weatheral. Die Menschen – *unsere* Art von Menschen – die Erdenmenschen – haben nie genug Zeit gehabt, die wirklich wichtigen Fragen in Angriff zu nehmen. Eine Menge Kapazität, und nicht genug Zeit, um sie richtig auszunutzen. Was die wirklich wichtigen Fragen betrifft, könnten wir ebensogut noch Affen sein.«

»Wie willst du sie denn in Angriff nehmen?«

»Das weiß ich nicht. Frag mich in fünfhundert Jahren wieder.«

»Meinst du, das wird einen Unterschied machen?«

»Ja. Jedenfalls wird es mir Zeit geben, mich umzusehen und ein paar interessante Tatsachen zu sammeln. Nimm zum Beispiel diese Jockaira-Götter ...«

»Das waren keine Götter, Lazarus. Du solltest sie nicht so nennen.«

»Natürlich waren sie keine – glaube ich jedenfalls. Ich vermute, sie sind Wesen, die Zeit genug gehabt haben, um gründlich nachzudenken. Irgendwann, vielleicht in tausend Jahren, will ich geradenwegs in den Tempel Kreels hineinmarschieren, ihm in die Augen blicken und sagen: »Wie geht's, Junge – weißt du etwas, das ich *nicht* weiß?«

»Das könnte ungesund sein.«

»Zu einer Kraftprobe wird es auf jeden Fall kommen. Ich bin mit dem Ausgang der Geschichte dort nie zufrieden gewesen. Es dürfte im ganzen Universum nichts geben, in das der Mensch seine Nase nicht stecken darf – so sind wir nun einmal gebaut, und ich nehme an, es gibt einen Grund dafür.«

»Vielleicht gibt es überhaupt keine Gründe.«

»Ja, vielleicht ist alles nur ein einziger kolossaler Witz ohne Pointe.« Lazarus stand auf, streckte sich und kratzte sich die Rippen. »Aber eins kann ich dir sagen, Andy. Wie die Antworten auch lauten mögen, hier ist ein Affe, der weiterklettern und sich ansehen wird, was es zu sehen gibt, solange der Baum steht.«

ZUKUNFTSGESCHICHTE

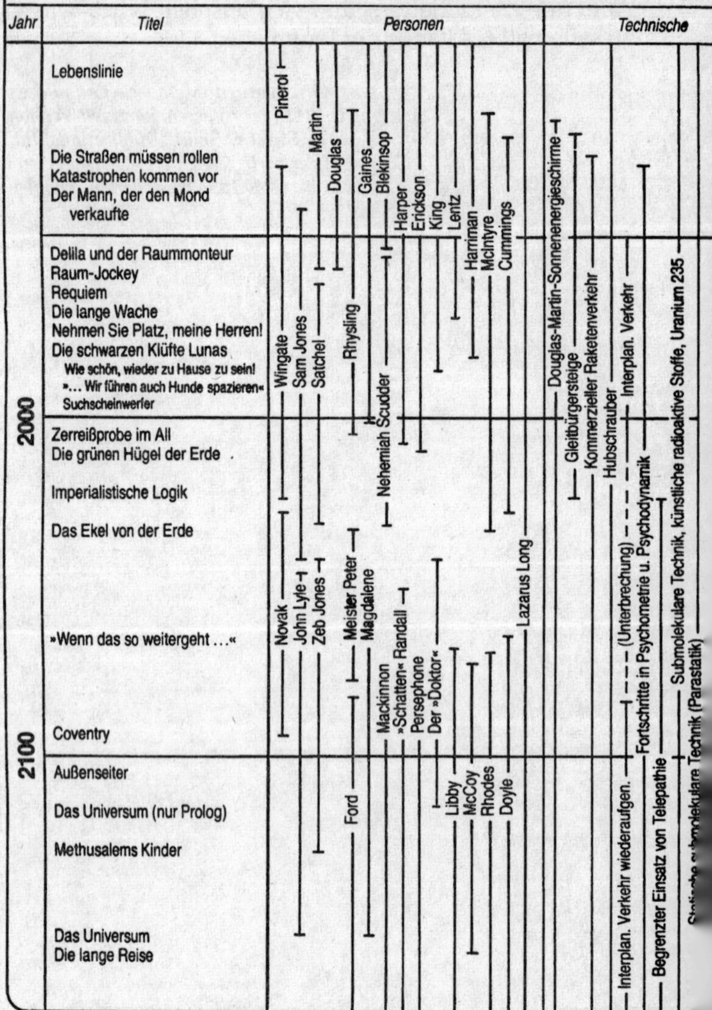

(FUTURE HISTORY)

Daten	*Soziologische Daten*	*Bemerkungen*
Transatlantische Raketen Raketenverbindung mit den Antipoden	DIE »VERRÜCKTEN JAHRE« Streik von 1976 Die »FALSCHE MORGENRÖTE« Erste Rakete zum Mond Luna City gegründet Raumsicherheitsakte Harrimans Mondfirmen	Beträchtlicher techn. Fortschritt in dieser Periode, begleitet von allmählichem Verfall der Sitten, der Orientierung und der gesellschaftl. Institutionen. Daraus folgen im 6. Jahrzehnt Massenpsychosen und das Interregnum. Dem Interregnum folgte eine Periode des Wiederaufbaus, in der die finanzpolitischen Vorschläge der Voorhis für wirtschaftl. Stabilität sorgten und eine Chance zur Neuorientierung boten. Das erschloß Neuland im Raum und führte auf der Erde zur Ökonomie des 19. Jahrhunderts zurück.
Bakteriophagen Die Reise-Einheit und die Kampf-Einheit	PERIODE IMPERIALISTISCHER AUSBEUTUNG Revolution in Klein-Amerika Interplanetare Erforschung und Ausbeutung Amerikanisch-australischer Anschluß	Drei Revolutionen beendeten die kurze Periode des interplanetaren Imperialismus (Antarktica, USA und Venus). Keine Raumfahrt mehr bis 2072.
Kommerzielles Stereoptikum	Zunahme des religiösen Fanatismus Der »Neue Kreuzzug« Rebellion und Unabhängigkeit der Venus-Kolonisten Religiöse Diktatur in den USA	Wenig Forschung und nur geringer techn. Fortschritt in dieser Periode. Extremer Puritanismus. Priester-Clans beschäftigen sich mit bestimmten Aspekten der Psychodynamik, Psychometrie, Massenpsychologie und Kontrolle der Massen.
Strahlengewehre Synthetische Nahrungsmittel Wetterkontrolle Wellenmechanik Die »Barriere«	DIE ERSTE MENSCHLICHE ZIVILISATION	Wiederherstellung der bürgerl. Freiheit. Renaissance der wissenschaftlichen Forschung. Wiederaufnahme der Raumfahrt. Neugründung von Luna City. Wissenschaft der sozialen Beziehungen auf der Grundlage der negativen Aussagen der Semantik. Erstarren der Erkenntnistheorie. Der Covenant.
»Herstellung« der Elemente 98—416 Parastatische Technik Härtung von Kolloiden Symbionten-Forschung Langlebigkeit		Beginn der Konsolidierung des Sonnensystems. Erster Versuch einer interstellaren Expedition. Unruhen und Aufruhr, Ende des Jugendalters der menschlichen Rasse, Beginn der ersten reifen Kultur.

Der Armageddon-Zyklus

Dies ist die Zukunft der SF,
der SF-Roman des nächsten
Jahrtausends schlechthin.

Peter F. Hamilton

hat mit diesen ungeheuer spannenden Romanen um den drohenden Untergang
der menschlichen Zivilisation
die klassische Space Opera entstaubt.
Ein intergalaktisches Abenteuer,
genial konstruiert und detailreich inszeniert.
Ein Könner ohne gleichen.

23 221 • Band 1
Die unbekannte Macht
23 222 • Band 2
Fehlfunktion
23 227 • Band 3
Seelengesänge
23 228 • Band 4
Der Neutronium Alchemist

In Vorbereitung:
23 233 • Band 5
Die Besessenen
23 234 • Band 6
Der nackte Gott

BASTEI LÜBBE

Der erste Thriller des nächsten Jahrtausends. Eine Art ›STIRB LANGSAM‹ im Weltraum von einem der begabtesten deutschen SF-Autoren der Gegenwart.

Im Jahr 2015: Hauchdünn und kostbar sind die Sonnensegel der japanischen Solarstation NIPPON. Von ihnen aus wird die Erde mit Energie versorgt. Als die Energieübertragung versagt, denken Leonard Carr und die Mannschaft der Station zuerst an eine technische Panne. Doch dann geschieht ein Mord, und ein fremdes Raumschiff dockt widerrechtlich an. Entsetzt erkennt die Besatzung, daß sie Spielball in einem Plan ist, der die Station zu einer nie dagewesenen Bedrohung für die Erde werden läßt. Leonard hat nur eine Chance gegen die kalte Präzision, mit der seine Widersacher vorgehen: Er kennt alle Geheimnisse der Solarstation und weiß beim Kampf, die Gesetze der Schwerelosigkeit für sich zu nutzen ...

›Eine höchst ungewöhnliche Mischung aus Thriller und SF.‹

Brigitte

ISBN 3-404-24259-9

BASTEI LÜBBE

Vor langer Zeit haben die Menschen den Blauen Planeten besiedelt, eine riesige Wasserwelt. Nun leben sie auf gigantischen Blättern von Wasserpflanzen, und ihr Leben dreht sich um das, was das Meer ihnen gibt – und um König Krakon, Gott und gefräßiger Tyrann in einem, ein krakenähnliches Geschöpf, das die Siedler schützt, aber auch einen großen Tribut verlangt. Der junge Signalgeber Sklar Hats sieht in ihm bloß einen Parasiten und wagt es, gegen die althergebrachte Ordnung zu rebellieren ...

HUGO- und NEBULA-Preisträger Jack Vance gehört mittlerweile zu den Klassikern des Genres. Er ist ein Meister des SF-Abenteuerromans. Wie kein Zweiter versteht er es, die unterschiedlichsten Elemente phantastischer Literatur miteinander zu vermischen. Er ist einer der Begründer und bis heute einer ihrer prominentesten und literarischsten Vertreter der Science Fantasy.

ISBN 3-404-23209-7

BASTEI
LÜBBE